힘든 선택들

옮긴이 **김규태**

고려대학교 신문방송학과와 동 대학원을 졸업했다. 미국 워싱턴 대학교에서 MBA 학위를 취득하고 전문 번역가로 활동 중이다. 《창조적 지성》《아놀드 토인비 역사의 연구 1, 2》《게임이론의 사고법》《46억 년의 생존》《위험한 이웃 중국과 일본》《위대한 혁신》《클래식 리더십》《경건한 지성》《인격의 힘》 등 많은 책을 번역했다.

옮긴이 **이형욱**

서울대학교 국문과를 졸업하고 위스콘신 주립대학교에서 행정학 석사와 박사 과정을 수료했다. 텍사스 대학교에서 한국어를 강의하며 번역가로 활동 중이다. 《창업자의 딜레마》《비즈니스의 핵심 영업의 기술》《누가 진짜 인재인가》《스톱워치 마케팅》《위기의 북한 경제와 한반도 미래 북한의 선택》 등 많은 책을 번역했다.

힐러리 로댐 클린턴

힘든 선택들

Hillary Rodham Clinton

HARD CHOICES

김영사

힘든 선택들

1판 1쇄 발행 2015. 4. 30.
1판 3쇄 발행 2016. 11. 11.

지은이 힐러리 로댐 클린턴
옮긴이 김규태, 이형욱

발행인 김강유
편집 고우리 | 디자인 이경희
발행처 김영사
등록 1979년 5월 17일 (제406-2003-036호)
주소 경기도 파주시 문발로 197(문발동) 우편번호 10881
전화 마케팅부 031)955-3100, 편집부 031)955-3250 | 팩스 031)955-3111

값은 뒤표지에 있습니다. ISBN 978-89-349-7036-1 03840

독자 의견 전화 031)955-3200
홈페이지 www.gimmyoung.com 카페 cafe.naver.com/gimmyoung
페이스북 facebook.com/gybooks 이메일 bestbook@gimmyoung.com

좋은 독자가 좋은 책을 만듭니다.
김영사는 독자 여러분의 의견에 항상 귀 기울이고 있습니다.

이 도서의 국립중앙도서관 출판시도서목록(CIP)은 서지정보유통지원시스템 홈페이지
(http://seoji.nl.go.kr)와 국가자료공동목록시스템(http://www.nl.go.kr/kolisnet)에서
이용하실 수 있습니다.(CIP제어번호 : CIP2015006817)

큰 국가건 작은 국가건, 평화로운 지역이건 위험한 지역이건

전 세계에서 미국과 미국의 가치를 훌륭하게 대표하는

외교관들과 개발전문가들에게

그리고

내 부모님을 추모하며:

휴 엘스워스 로댐Hugh Ellsworth Rodham (1911~1993)

도로시 에마 하월 로댐Dorothy Emma Howell Rodham (1919~2011)

| 차례 |

PART 5 대격변

PART 6 우리가 바라는 미래

프롤로그

우리는 모두 삶 속에서 힘든 선택들과 마주한다. 어떤 사람들은 보다 감당하기 힘든 선택에 직면하기도 한다. 우리는 일과 가족 사이에서 어떻게 균형을 잡을지 결정해야 하고, 아픈 아이와 늙은 부모 중 누구를 먼저 돌볼지 선택해야 한다. 대학 학비를 어떻게 마련할지, 좋은 일자리를 어떻게 구하며 그 일자리를 잃지 않으려면 무엇을 해야 할지도 생각해야 한다. 결혼을 할지, 혹은 결혼생활을 유지해야 할지 판단해야 하고, 우리 아이들이 꿈꾸고 마땅히 누려야 하는 기회를 어떻게 열어줄지도 고심해야 한다. 인생은 이러한 선택의 연속이다. 우리가 내리는 선택과 그 선택을 어떻게 다루는지가 곧 우리의 모습이 된다. 지도자들과 국가들에게 그러한 선택들은 전쟁과 평화, 빈곤과 번영이라는 엄청난 차이를 의미할 수 있다.

나는 온갖 기회와 축복을 제공하는 나라에서 아낌없는 사랑과 지원을 해준 부모에게서 태어난 데 항상 감사한다. 내 선택의 여지를 벗어난 이런 요소들은 내가 영위해온 삶과 내가 받아들인 가치와 신념의 밑거름이 되었다. 내가 워싱턴의 변호사 일을 그만두고 아칸소로 가서 빌Bill Clinton과 결혼해 새로운 가정을 꾸리겠다는 선택을 했을 때 친구들은 "제정신이니?"라고 물었다. 퍼스트레이디로서 건강보험 개혁을 맡았을 때, 공직에 출마했을 때, 국무장관으로 우리나라를 대표해달라는 버락 오바마Barack Obama 대통령의 제안을 수락했을 때도 비슷한 질문을 들었다.

이런 결정들을 내릴 때 나는 마음과 머리의 소리에 모두 귀를 기울였다. 아칸소로 떠난 것은 마음을 따른 결정이었다. 딸 첼시가 태어났을 때는 마음에 사랑이 넘쳐흘렀지만 부모님과 함께하지 못하는 것은 마음이 아팠다. 한편 머리는 학업과 직업 선택에서 내가 앞으로 나아갈 수 있도록 독려했다. 그리고 공직에 나간 것은 마음과 머리가 함께 한 선택이었다. 그런 선택을 내리는 과정에서 나는 같은 실수를 되풀이하지 않으려 노력했고 배우고 적응하려 애썼다. 그리고 앞으로는 더 나은 선택을 할 수 있는 지혜를 달라고 기도했다.

일상생활에서의 진리는 정부의 최고위층에서도 진리다. 미국이 안전, 힘, 번영을 유지하려면 끝없는 선택을 해야 하는데, 그중 상당수는 불완전한 정보와 상충하는 긴급한 책무들 속에서 행해진다. 4년간 국무장관으로 재직하면서 내가 접한 선택들 중 가장 잘 알려진 예는 오바마 대통령이 칠흑 같은 밤에 파키스탄에 네이비실 팀을 투입하라는 명령을 내려 오사마 빈 라덴Osama bin Laden이 정의의 심판을 받도록 한 일일 것이다. 대통령의 최고참모진은 이 사안을 두고 의견이 갈렸다. 빈 라덴의 은신처를 발견했다는 첩보는 설득력이 있긴 했지만 사실이 확인된 건 아니었다. 엄청난 실패의 위험을 안고 있었고, 미국의 국가안보, 알카에다와의 전쟁, 그리고 파키스탄과의 관계에 큰 위기를 불러올 수 있는 문제였다. 무엇보다도 용감한 네이비실 대원들과 헬기 조종사들의 목숨이 위태로울 수도 있는 상황이었다. 이 선택은 내가 이제껏 본 것 중 가장 기민하고 용맹한 리더십을 보여주었다.

이 책은 내가 국무장관으로서 내린 선택들과 오바마 대통령을 비롯해 전 세계 지도자들이 내린 선택들에 관한 이야기다. 언론에 대대적으로 보도된 사건을 다룬 장도 있고, 미래 세대들을 위해 이 세계의 특징으로 지속될 추세를 이야기한 장도 있다.

물론 이 책에는 상당수의 중요한 선택, 인물, 국가, 사건 들이 빠져 있다. 그 이야기들을 충분히 다루려면 훨씬 더 많은 지면이 필요할 것이다. 국무부에서 내가 의지했던 유능하고 헌신적인 동료들에 대한 감사만으로도 책 한 권을 채울 수 있을 정도다. 나는 그들의 도움과 우정에 깊이 감사한다.

국무장관으로서 나는 우리의 선택과 과제를 세 범주로 나누어 생각했다. 두 건의 전쟁과 세계 경제위기를 포함해 우리가 물려받은 문제들, 또 예측불허인 중동의 상황부터 태평양의 분쟁수역과 사이버공간이라는 미지의 영역에 이르기까지 대개 예기치 못한 새로운 사건들과 최근 등장한 위협들, 그리고 21세기에 미국의 번영과 리더십의 토대를 쌓는 데 도움이 될 수 있는 점점 긴밀히 그물망처럼 연결되는 세계가 제시하는 기회가 그것이다.

나는 미국의 변치 않는 저력과 목적의식에 대한 믿음, 그리고 우리가 알지 못하고 통제하지 못하는 것이 많다는 겸허한 태도로 내 일에 임했고, 미국의 대외정책이 내가 '스마트파워'라고 부르는 외교기조를 지향하도록 노력했다. 21세기에 성공을 거두기 위해서는 대외정책의 전통적인 도구들(외교술, 개발원조, 군사력)을 통합시키는 한편 민간부문의 에너지와 아이디어를 활용하고, 시민들, 특히 우리가 시민사회라고 부르는 활동가, 조직가, 문제해결 전문가 들이 저마다의 과제를 수행해 스스로 미래를 형성해나가도록 힘을 실어주어야 한다. 우리는 미국의 모든 힘을 이용하여 협력국은 늘어나고 적대국은 줄어든 세계, 책임을 더 많이 공유하고 분쟁은 감소한 세계, 좋은 일자리가 많아지고 빈곤이 줄어든 세계, 환경에 피해를 덜 미치면서 널리 번영하는 세계를 만들어야 한다.

지나고 나서 되돌아보면 으레 그렇듯 과거로 돌아가 특정 선택들을 다시 검토하고 싶은 마음도 든다. 그러나 나는 우리가 이룬 성과가 자랑스럽다. 우리나라는 트라우마를 겪으며 이번 세기를 시작했다. 9·11 테러 공격이 일어났고 긴 전쟁이 이어졌으며 대침체가 찾아왔다. 우리는 더 잘해내야 했고 나는 우리가 그렇게 했다고 믿는다.

또한 이 시기는 내게는 여행이었다고 할 수 있다. 글자 그대로의 의미로도 그렇고(나는 112개국을 방문했고 거의 160만 킬로미터를 돌아다녔다) 2008년도 대선 후보 경선의 뼈아픈 결과에서 출발해 당시의 경쟁자 버락 오바마와 뜻밖의 협력관계와 우정으로 나아간 여정을 생각하면 비유적으로도 그렇다. 나는 수십 년 동안 어떤 식으로든 우리나라를 위해 일해왔다. 하지만 국무장관으로 일하면서 우리의 뛰어난 저력에 대해 더 많이 알게 되었고 국내외에서 경쟁을 펼치고 성공하기 위해서 무엇이 필요한지 깨닫게 되었다.

나는 이 책이 오바마 정부가 위기의 시기에 어떤 중대한 과제들에 직면했는지뿐 아니라 미국이 21세기 초에 무엇을 위해 싸웠는지 알고 싶은 사람에게 도움이 되길 바란다.

분명 내 견해와 경험은 워싱턴에서 벌어지는 일을 드라마처럼 바라보는 사람들에게 누가 어떤 편에 섰는지, 누가 누구에게 반대했는지, 누가 부상하고 누가 몰락했는지 철저히 검토받겠지만 나는 그들을 위해 이 책을 쓴 것이 아니다.

나는 이 급속하게 변화하는 세계를 이해하려 하고, 지도자들과 국가들이 어떻게 서로 협력할 수 있는지, 왜 이들이 때때로 충돌하는지, 이들의 결정이 우리 모두의 삶에 어떤 영향을 미치는지 알고 싶어하는 미국인과 세계 각국의 사람들을 위해 이 책을 썼다. 그리스 아테네의 경제 붕괴가 조지아 주 애선스의 기업들에 어떤 영향을 미칠까? 이집트 카이로에서 일어난 혁명이 일리노이 주 카이로의 삶에 어떻게 작용할까? 러시아 상트페테르부르크에서의 긴장된 외교 접촉이 플로리다 주 세인트피터즈버그의 가정에 무슨 의미를 지닐까?

이 책에 나오는 모든 이야기가 행복하게 마무리된 것은 아니다. 심지어 아직 결말이 나지 않은 일도 있다. 모든 일이 항상 행복한 결말로 이어지지는 않는 것이 우리가 사는 세상이다. 그러나 이 이야기들은 우리와 생각이 같건 다르건 우리가 무언가를 배울 수 있는 사람들에 관해 다룬다. 세상에는 아직 영웅들이 있다. 성공할 가능성이 전혀 없어 보일 때도 끈기 있게 노력한 중재자들, 압박을 이기고 정치적 견해를 떠나 어려운 결단을 내린 지도자들, 새롭고 나은 미래를 만들기 위해 과거에서 벗어난 용기 있는 사람들이 바로 그들이다. 그들이 내가 전하는 이야기의 한 부분을 차지한다.

나는 미국의 67대 국무장관으로서 뛰어난 외교관들과 개발전문가들을 지휘하는 영광을 누렸다. 이 책을 쓴 것은 그들을 기리기 위해서이기도 하다. 한편 미국이 세계를 이끄는 데 필요한 역량을 아직 보유하고 있는지 의구심을 느끼는 사람을 위해서도 이 책을 썼다. 내게 그 대답은 확실한 '예스'다. 흔히 미국이 쇠퇴했다고 말하지만 우리의 미래에 대한 내 믿음은 그 어느 때보다 크다. 오늘날의 세계에는 미국이 단독으로 해결할 수 있는 문제가 거의 없지만 미국 없이 해결할 수 있는 문제는 더욱 드물다. 내가 목격하고 수행했던 모든 일들은 미국이 여전히 '없어서는 안 되는 국가'라는 확신을 주었다. 그러나 우리의 리더십이 처음부터 주어진 것이 아니라는 점 또한 확실하다. 그것은 매 세대마다 얻어내야 하는 것이다.

그리고 우리는 그러한 리더십을 얻어낼 것이다. 우리의 가치를 충실히 지키고, 공화당원이나 민주당원, 자유주의자나 보수주의자, 혹은 그 밖에 흔히 우리를 정의하고 분리하는 꼬리표 이전에 우리는 모두 우리나라에서 한 사람 몫의 권리를 지닌 미국인이라는 사실을 기억하는 한 말이다.

국무부를 떠난 직후 이 책을 쓰기 시작했을 때 나는 많은 제목을 검토했다. 〈워싱턴포스트Washington Post〉가 독자들에게 책 제목을 제안해달라고 요청해 내게 도움을 주었다. 한 독자는 '세계가 필요하다It Takes a World'라는 제목을 추천했다. 내 전작인《아이 하나를 키우려면 마을 전체가 필요하다*It Takes a Village*》의 속편으로 어울리는 제목이었다. 가장 내 마음에 든 제목은 '머리끈 연대기 : 112개국, 그리고 여전히 중요한 건 내 헤어스타일The Scrunchie Chronicles: 112 Countries and It's Still All about My Hair'이었다.

결국 외교라는 줄타기를 하며 내가 겪은 경험과 21세기에 미국이 리더십을 얻기 위해 필요한 요소들에 대한 내 생각과 느낌을 가장 정확하게 포착한 제목은 '힘든 선택들'이었다.

내게 한 번도 힘든 적이 없었던 한 가지 선택은 우리나라를 위해 일한다는 것이다. 그것은 내 삶에서 가장 큰 영광이었다.

카라해
랍테프해
그린란드해
노르웨이해
아이슬란드
러시아
핀란드
스웨덴
노르웨이
북해
에스토니아
라트비아
덴마크
발트해
리투아니아
벨라루스
아일랜드
영국
네덜란드
폴란드
독일
벨기에
룩셈부르크
체코
우크라이나
슬로바키아
프랑스
스위스
오스트리아
헝가리
몰도바
슬로베니아
루마니아
모나코
크로아티아
세르비아
몬테네그로
보스니아 헤르체고비나
불가리아
알바니아
마케도니아
포르투갈
에스파냐
이탈리아
그리스
터키
조지아
카스피해
아르메니아
아제르바이잔
카자흐스탄
우즈베키스탄
투르크메니스탄
키르기스스탄
타지키스탄
몽골
지중해
몰타
튀니지
시리아
레바논
이스라엘
요르단
이라크
이란
아프가니스탄
중국
북한
동해
대한민국
일본
모로코
알제리
리비아
이집트
쿠웨이트
바레인
카타르
아랍에미리트
파키스탄
네팔
부탄
방글라데시
동중국해
타이완
서사하라
모리타니
말리
니제르
차드
수단
홍해
사우디아라비아
오만
인도
버마
라오스
남중국해
세네갈
감비아
기니비사우
기니
부르키나파소
베냉
나이지리아
에리트레아
예멘
아라비아해
타이
베트남
필리핀
캄보디아
시에라리온
라이베리아
코트디부아르
토고
카메룬
중앙아프리카공화국
남수단
지부티
에디오피아
말레이시아
스리랑카
몰디브
싱가포르
팔라우
적도기니
소말리아
우간다
상투메프린시페
가봉
콩고
콩고민주공화국
르완다
부룬디
케냐
세이셸
인도네시아
탄자니아
동티모르
코모로
앙골라
잠비아
말라위
마다가스카르
짐바브웨
나미비아
보츠와나
모잠비크
모리셔스
인도양
오스트레일리아
스와질란드
레소토
남아프리카공화국
남대서양
프랑스령 남부와 남극지역
남극대륙
10°
0°
10°
20°
30°
40°
50°
60°
70°
80°
90°
100°
110°
120°
130°
140°

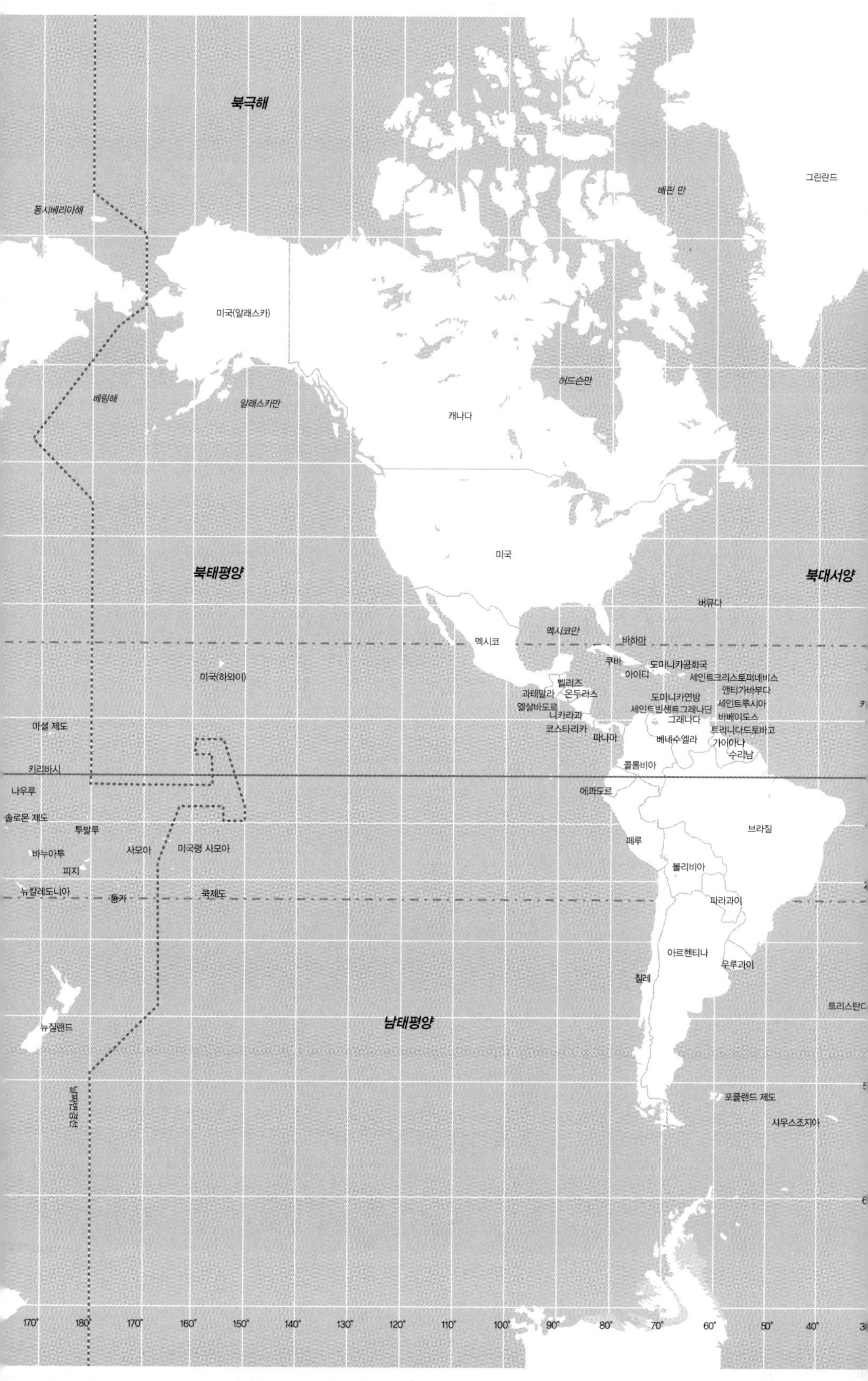

북극해
그린란드
배핀 만
동시베리아해
미국(알래스카)
허드슨만
베링해
알래스카만
캐나다
미국
북태평양
북대서양
버뮤다
멕시코만
멕시코
바하마
쿠바
도미니카공화국
미국(하와이)
아이티
세인트크리스토퍼네비스
벨리즈
앤티가바부다
과테말라
온두라스
도미니카연방
세인트루시아
엘살바도르
세인트빈센트그레나딘
니카라과
그레나다
바베이도스
마셜 제도
코스타리카
트리니다드토바고
파나마
베네수엘라
가이아나
수리남
키리바시
콜롬비아
나우루
에콰도르
솔로몬 제도
투발루
브라질
페루
바누아투
사모아
미국령 사모아
피지
볼리비아
뉴칼레도니아
통가
쿡제도
파라과이
아르헨티나
우루과이
칠레
남태평양
뉴질랜드
포클랜드 제도
날짜변경선
사우스조지아
170°
180°
170°
160°
150°
140°
130°
120°
110°
100°
90°
80°
70°
60°
50°
40°

Hillary Rodham Clinton

PART 1

새로운 출발

1

2008년 : 라이벌에서 한 팀으로

선팅이 된 파란색 미니밴 뒷좌석에 누워 있다니, 대체 어찌된 영문이냐고? 좋은 질문이다! 나는 워싱턴 D. C.의 내 집 앞에 진을 치고 있는 기자들의 눈을 피해 몰래 집을 빠져나가려는 중이었다.

때는 2008년 6월 5일 저녁이었다. 나는 버락 오바마와 비밀 회동을 위해 집을 나섰다. 불과 몇 달 전까지만 해도 이런 만남을 갖게 되리라곤 바라지도 않았고 예상조차 못 했다. 나는 패배했고 그는 승리한 터였다. 아직 이런 현실을 직시하고 대처할 만한 경황이 없었지만 우리는 이렇게 만났다. 이번 민주당 대선후보 경선은 버락이 흑인이고 내가 여성이라는 점 때문에 역사적으로 의미 있는 경합이었지만 힘들고 치열하고 우열을 가리기 힘든 긴 접전이기도 했다. 나는 낙담했고 신이 다 빠져버렸다. 나는 마지막 순간까지 최선을 다했지만 결국 버락이 승리했고 이제는 그를 지지해야 할 시간이었다. 내가 추구했던 대의와 돕고자 했던 사람들, 즉 일자리를 잃거나 건강보험 혜택을 받지 못하는 미국인, 가스나 식료품을 사지 못하고 대학에 진학하지 못하는 미국인, 지난 7년간 정부의 관심을 받지 못했다고 느끼는 미국인의 삶이 이제 버락의 제44대 미국 대통령 당선 여부에 달려 있었다.

나나, 내 승리에 모든 것을 바쳤던 참모들과 지지자들로서는 버락을 지지하는 일이 받아들이기 쉽지 않을 것이었다. 공평하게 말하자면 버락과 그의 지지자들도 마찬가지였을 것이다. 버락의 선거캠프는 나와 내 팀을 경계했고 우리 역시 그러했다. 서로 뜨거운 설전이 오갔고 양측 모두 상처가 남아 있었다. 그리고 버락의 지지자들의 거센 압력에도 불구하고 나는 마지막 표가 집계될 때까지 경선을 포기하지 않은 터였다.

이틀 전, 몬태나 주와 사우스다코타 주에서 최종 경선이 끝난 뒤 저녁 늦게 나는 버락과 이야기를 나누었다. 버락은 "당신이 받아들일 수 있을 때 마주앉아 이야기합시다"라고 말했다. 그다음 날 우리는 오래전에 정해진 일정에 따라 워싱턴에서 열린 미국 이스라엘 공공문제 위원회American Israel Public Affairs Committee 총회에서 비밀리에 만났다. 그 자리는 다소 어색한 분위기였지만 우리 두 사람의 만남에 대해 각자의 가장 가까운 보좌관들이 세부적으로 의논을 시작할 수 있는 기회가 되었다. 내 쪽의 수행 수석보좌관은 백악관 시절부터 나를 위해 일해온 똑똑하고 끈기 있고 우아한 젊은 여성인 후마 애버딘Huma Abedin이었고, 버락 쪽은 그의 곁을 한시도 떠나지 않는 전 듀크 대학교 야구선수 레지 러브Reggie Love였다. 후마와 레지는 선거운동이 가장 치열했을 때에도 계속 소통 창구를 열어놓았다. 일종의 핫라인이었는데, 그 이유 중 하나는 각 주의 경선이 끝날 때마다 어느 쪽이 이기든 버락이나 내가 서로에게 전화를 걸어 결과를 인정하고 축하를 건네기 위해서였다. 통화의 분위기는 대체로 우호적이었고 때로는 명랑하기까지 했다. 통화를 하고 있는 우리 둘 중 적어도 한 명은 기분이 좋은 상태였기 때문이다. 하지만 퉁명스럽게 꼭 필요한 말만 하는 경우도 적잖았다. 풋볼 코치들도 경기가 끝난 뒤 필드 한가운데서 만나지만 항상 서로 껴안는 건 아니잖은가.

우리는 언론의 스포트라이트를 피해 만나서 이야기할 장소가 필요했다. 그래서 나는 친한 친구인 캘리포니아 주 상원의원 다이앤 페인스테인Dianne Feinstein에게 전화를 걸어 워싱턴에 있는 그녀의 집을 이용해도 될지 물었다. 전에 다이앤의 집에 가본 적이 있었는데, 그 집이라면 우리가 이목을 끌지 않고 오가기에 적합할 것 같았다. 이 계략은 잘 통했다. 밴이 집 앞 거리를 몰래 빠져나가 모퉁이에서 급하게 좌회전을 해 매사추세츠 애비뉴로 접어드는 동안 나는 뒷좌석에 누운 채로 이동했다.

약속장소에는 내가 먼저 도착했다. 버락이 오자 다이앤은 우리에게 캘리포니아 샤도네이 한 잔씩을 건넨 뒤 거실에 우리를 남겨놓고 나갔다. 버락과 나는 난로 앞의 윙체어에 서로를 마주보고 앉았다. 지난 1년간은 대결하는 사이였지만 우리는 같은 경험을 공유하면서 서로에게 존경심을 갖게 되었다. 대통령 출마는 지적으로 부담이 크고 감정적으로 진이 빠질뿐더러 육체적으로도 고된 일이다. 하지만 전국적 선거운동이 아무리 힘들다 해도 이것이 현재 우리의 민주주의식 선거전이다. 이런 상황을 일선에서 겪다보니, 시어도어 루스벨트Theodore Roosvelt가 말한 "경기장"에 뛰어들어 온 힘을 다해 헤쳐나간 것에 대해 서로를 높이 사게 되었다.

당시 나는 버락을 안 지 4년이 되었는데 우리는 그중 2년을 서로 논쟁하며 보냈다. 많은 미국인들과 마찬가지로 나는 보스턴에서 열린 2004년도 민주당 전당대회에서 버락이 한 연설에 깊은 인상을 받았다. 그해 초에 나는 워싱턴에 있는 우리 집에서 기금모금 행사를 열고 시카고에서 개최된 모금 행사에도 참석해 버락의 상원의원 선거운동을 지원했다. 내 상원의원 집무실에는 시카고 행사에서 버락과 미셸Michelle Obama, 그들의 딸들과 내가 함께 찍은 사진이 계속 놓여 있었고, 그걸 보고 많은 사람이 놀라곤 했다. 대선후보 경선이 끝난 뒤 상원으로 돌아갔을 때도 그 사진은 내가 놔둔 자리에 그대로 있었다. 우리는 동료로서 수많은 핵심 과제들과 법안을 놓고 함께 일해왔다. 허리케인 카트리나가 남부를 강타했을 때 빌과 나는 버락에게 휴스턴에서 우리와 합류해 조지 H. W. 부시George H.W.Bush 전 대통령 부부와 함께 이재민들을 방문하고 위기관리 담당 관료들을 만나자고 요청했다.

우리는 둘 다 사회정의를 위한 민중운동가로 출발한 변호사 출신이었다. 경력 초기에 나는 아동보호기금Children's Defense Fund에서 일했고, 텍사스 주에서 히스패닉계 유권자들을 선거인으로 등록시켰다. 법률구조 봉사단Legal Aid의 변호사로 가난한 사람들을 대변하기도 했다. 버락은 시카고의 사우스사이드에서 지역사회 조직가로 활동했다. 우리는 개인사와 경험은 매우 다르지만 공공봉사가 고귀한 활동이라는 보수적인 생각을 공유했고, 아메리칸 드림의 중심을 이루는 기본적인 합의, 즉 당신이 누구이건 어디 출신이건 열심히 일하고 규칙을 지킨다면 자신과 가족을 위해 행복한 삶을 꾸릴 수 있는 기회를 가져야 한다는 생각을 굳게 믿었다.

하지만 선거운동의 기본은 서로의 차이를 강조하는 것이고 우리 역시 예외가 아니었다. 우리는 대부분의 사안에 대해 전반적으로 의견이 일치했음에도 서로에게 동의하지 않을 수많은 이유를 찾았고 차이를 보여줄 수 있는 기회를 적극 활용했다. 이판사판의 선거전에 겁쟁이나 신경과민인 사람은 어울리지 않는다는 걸 알고 있었지만, 버락과 나, 그리고 우리 참모들 모두 불만이 많았다. 이제 분위기를 바꿔야 할 시간이었다. 우리는 백악관을 차지해야 했고 국가와 나 개인을 위해서도 앞으로 나아가야 했다.

우리는 어색한 첫 데이트에 나온 10대들처럼 샤도네이를 마시며 서로를 바라보았다. 마침내 버락이 우리가 맞붙었던 힘든 선거전에 관해 친근한 농담을 하며 서먹한 분위기를 깼다. 그런 뒤 버락은 우리 당의 단결과 대통령선거에서의 승리를 위해 도와달라고 부탁했다. 버락은 빠른 시일 내에 우리 두 사람이 함께 사람들 앞에 나서길 바랐고, 덴버에서 열릴 민주당 전당대회가 통합되고 활기찬 장이 되길 원했다. 버락은 빌의 도움도 바란다고 강조했다.

나는 지원 요청을 받아들이기로 이미 마음먹고 있었지만, 지난해의 불쾌했던 순간들에 대해서도 짚고 넘어갈 필요가 있었다. 우리 두 사람 모두 선거운동 기간 중의 모든 발언이나 행동을 완전히 통제하지는 못했다. 많은 블로거들을 포함해 우리의 열렬한 지지자들이나 정치 기자들은 말할 것도 없었다. 내가 한 몇몇 발언을 비롯해 양쪽에서 나온 말들이 앞뒤 상황을 무시한 채 받아들여졌지만, 빌이 인종차별주의자라는 터무니없는 혐의를 받은 일이 특히 괴로웠다. 버락은 자신도, 자신의 팀도 그런 혐의를 믿지 않는다고 분명하게 밝혔다. 선거 기간 동안 수면에 떠오른 성차별 문제도 그랬다. 나는 성차별이 사회에서의 여성의 역할에 대한 문화적, 심리적 태도에서 비롯된다는 것을 알고 있었지만 그렇다고 해도 나와 내 지지자들의 마음이 편해지진 않았다. 이에 대한 버락의 대답은 감동적이었다. 그는 자신의 할머니가 직장에서 얼마나 힘들게 투쟁했는지 말했고, 미셸과 두 딸 말리아, 사샤에 대한 자랑스러움을 드러내며 이들이 우리 사회에서 평등하고 완전한 권리를 누릴 자격이 있음을 확신한다고 했다.

허심탄회한 대화를 나누면서 나는 안심이 되었고 그를 지지하겠다는 결심이 더욱 굳어졌다. 이런 부탁을 받기보다는 그에게 나를 지지해달라고 부탁하는 쪽이 되길 분명 더 바랐었지만, 나는 이제 그의 성공이 내가 지난 2년(그리고 평생) 동안 얻기 위해 싸워온 가치들과 진보적인 정책을 앞당기기 위한 최선의 방법임을 알고 있었다.

버락이 내 지지자들이 자신의 진영에 합류하도록 설득하려면 어떻게 해야 할지 묻자, 나는 그들에게 시간을 주되 환영받는다고 느낄 수 있도록 진심어린 노력을 하면 대다수가 돌아올 것이라고 대답했다. 어쨌든 이제 버락이 우리 의제들을 앞장서서 이끌어갈 기수였다. 그를 물리치려고 최선을 다했던 내가 그를 대통령으로 당선시키기 위해 가능한 모든 일을 다 하는 쪽으로 바뀔 수 있다면 내 지지자들도 그럴 것이었다. 결과적으로 거의 모든 지지자들이 그에게 돌아왔다.

한 시간 반 정도가 지난 뒤, 우리는 서로 하고 싶은 말을 했고 앞으로 어떻게 나아갈 것인지에 대해 이야기를 나눈 터였다. 그날 밤 늦게 버락은 이메일을 보내 그의 선거캠프에서 공동성명을 발표하자고 제안했다. 우리가 만나서 "11월의 승리를 위해 해야 할 일들"에 관해 "생산적인 논의"를 했다고 알리는 내용이었다. 버락은 빌과 직접 통화가 가능한 전화번호도 물어보았다.

다음 날인 6월 6일, 빌과 나는 워싱턴 D. C.에 있는 우리 집의 뜰에서 내 선거운동 참모들을 초대해 함께 시간을 보냈다. 푹푹 찌는 더운 날이었다. 대선후보 경선 기간의 갖가지 우여곡절을 추억하면서 우리 모두는 분위기가 너무 과열되지 않도록 애썼다. 나를 위해 그렇게 열심히 싸워준 헌신적인 팀과 함께 있으니 감동적이면서도 겸허해졌다. 아칸소 시절부터 내내 우리와 함께 선거운동을 해온 친구들도 있었고 이번이 첫 선거전이었던 좀 더 젊은 사람들도 여럿이었다. 나는 이 사람들이 이번 패배로 낙담하거나 정치선거와 공공봉사에 관심을 끊게 되는 걸 바라지 않았다. 그래서 우리가 치렀던 선거운동이 자랑스러우며 우리가 믿는 대의와 후보들을 위해 계속해서 열심히 일하자고 말했다. 나는 솔선수범해야 한다는 걸 알고 있었다. 전날 밤 버락과 난롯가에서 이야기를 나눈 일이 그 시작이었지만 그건 출발점일 뿐이었다. 지난 일들을 모두 과거로 묻어두려면 시간이 필요했지만, 사람들은 내가 행동하는 대로 따라할 것이다. 그래서 바로 행동을 개시했다. 나는 버락 오바마를 백퍼센트 지지할 것이라고 분명히 밝힌 것이다.

선거에서 패한 상황이었지만 그날 모인 사람들은 느긋하게 즐거운 시간을 보냈다. 용감한 아프리카계 미국인 여성으로 오하이오 주의 하원의원인

스테파니 터브스 존스Stephanie Tubbs Jones는 극심한 압박감에도 굴하지 않고 대선후보 경선 기간 내내 내 곁에 있어준 절친한 친구였다. 그날 존스는 수영장에 걸터앉아 발을 달랑거리며 재미있는 이야기를 들려주었다. 두 달 뒤 존스는 뇌동맥류로 갑작스레 세상을 떠났다. 그녀의 가족, 오하이오 주민들, 나와 내 가족들은 정말 소중한 사람을 잃고 말았다. 하지만 적어도 그날 우리는 앞으로 다가올 더 나은 날들을 함께 고대하고 있던 전우였다.

다음 날 나는 대통령 후보 경선 마지막 유세장에서 캠프와 작별하고 연설문을 쓰기 시작했다. 이번 연설문 작성은 몹시 까다로웠다. 지지자들에게 감사를 표하고, 여성으로서는 최초로 예비선거 과정에서 승리를 거두었다는 역사적 의미를 기려야 했다. 또한 본선거에서 버락에게 도움이 되도록 그를 지지하는 의사를 표현해야 했다. 한 연설에 담기에는 너무 많은 내용이었고 내 뜻을 효과적으로 전달할 연설문을 준비하기엔 시간도 충분치 않았다. 나는 대선후보를 결정하는 전당대회를 앞두고 벌어진 오래전의 격렬한 경선을 떠올렸다. 1980년에 테드 케네디Ted Kennedy가 지미 카터Jimmy Carter 대통령에게 패했던 일이 생각났다. 나는 그러한 역사를 되풀이하고 싶지 않았다. 우리 당에도, 나라에도 도움이 되지 않을 일이었다. 따라서 나는 즉시 공개적으로 버락을 지지하고 그를 위해 선거운동에 나설 생각이었다.

이번 연설에서 나는 유권자들이 내게 보낸 지지에 존경을 표하는 한편 미래에 대한 기대를 표현하고 싶었고 그 둘을 균형 있게 조율하길 원했다. 나는 연설문 작성자들, 조언자들과 직접 만나거나 통화를 하면서 적당한 논조와 단어에 대해 의견을 주고받았다. 마술 같은 터치로 은유와 상징의 언어를 만드는 내 오랜 친구 짐 케네디Jim Kennedy는 한밤중에 깨어나 떠오른 생각을 말해주었다. 그는 내게 표를 던졌던 1,800만 명은 여성이 대통령직에 오르는 것을 가로막는 가장 높은 유리천장에 저마다 균열을 낸 사람들이라고 했다. 그 말을 듣자 가닥이 잡혔다. 나는 판에 박힌 진부한 말을 되풀이하고 싶지 않았다. 그를 지지하려면 내 언어로, 왜 우리 모두가 버락의 당선을 위해 일해야 하는지 설득력 있게 주장해야 했다. 나는 밤을 꼬박 새우고 이른 아침까지 빌과 함께 식탁에 앉아 초안을 거듭 수정했다.

연설 날짜는 6월 7일 토요일, 장소는 워싱턴 국립건축박물관이었다. 우리는 참석이 예상되는 지지자들과 기자들을 수용할 장소를 찾느라 애를 먹었다. 그러다 장엄한 기둥들이 늘어서 있고 천장이 높은 이 건물로 장소가 정해지자 마음이 놓였다. '연금 빌딩Pension Building'이라고 불리는 이 건물은 원래 남북전쟁 참전용사들, 미망인들, 고아들을 위해 지어졌으며 책임을 같이한다는 미국의 정신을 기리는 기념비적인 건축물이다. 내가 군중을 헤치고 연단으로 걸어갈 때 빌, 첼시, 그리고 당시 여든아홉 살이던 내 어머니 도로시 로댐이 함께했다. 내가 말을 시작하기도 전에 사람들은 눈물을 흘렸다.

그 분위기는 초상집의 밤샘행사와도 비슷한 구석이 있었다. 슬픔과 분노가 가득했지만 긍지와 애정 또한 느껴졌다. 한 여성은 "힐러리를 교황으로!"라는 문구가 쓰인 커다란 배지를 달고 있었다. 그럴 일이야 물론 없겠지만, 가슴이 뭉클했다.

연설문을 쓰기가 어려웠다면 그 내용을 청중에게 전하기는 더욱 어렵다. 나는 수백만 명의 사람들, 특히 자신들의 꿈을 나에게 걸었던 여성들과 소녀들의 기대를 저버렸다는 생각이 들었다. 나는 함께 선거운동을 해주고 나에게 투표해준 모든 사람에게 감사한다는 말을 전하며 연설을 시작했다. 그리고 나는 공공봉사의 가치를 믿으며 "사람들이 각자의 문제를 해결하고 꿈을 이루며 살아갈 수 있도록 돕는 일"에 계속 헌신하겠다고 말했다.

나는 여성에게 투표권조차 없던 시대에 태어나서 내가 대통령 선거운동을 하는 모습을 지켜보았던 나이 지긋한 어머니 세대 여성들에게 특별히 목소리를 높여 말했다. 그들 중 사우스다코타 주에 사는 88세의 플로렌스

스틴Florence Steen은 딸에게 호스피스 병동 침상에 부재자 투표용지를 가져다달라고 고집을 부렸고 그 덕분에 민주당 경선에서 투표를 할 수 있었다고 한다. 하지만 스틴이 선거 전날에 세상을 떠나는 바람에 주법에 따라 그녀의 표는 무효 처리되었다. 그런데 그녀의 딸이 나중에 기자에게 이런 말을 했다. "저의 아버지는 아주 고집 센 독불장군인데, 근래 20년 동안 투표를 한 적이 없는 아버지가 어머니의 표가 무효 처리됐다는 말을 듣고는 발끈하시더군요. 그래서 이번에는 어머니를 대신해서 투표를 하셨죠." 희망을 실은 배가 되는 것, 그리고 수백만 명의 염원을 끌어안는 것은 막중한 책임이 따르는 일이었다. 나는 선거운동의 주체는 내가 아니라 대중임을 잊지 않고자 했다.

나는 지지자들의 실망감에 대해 직접적으로 말했다. "비록 높고도 단단한 유리천장을 깨뜨리진 못했지만, 여러분 덕분에 이제 그 천장에는 1,800만 개의 균열이 생겼습니다. 그 틈으로 지금껏 볼 수 없었던 빛이 새어 들어와 다음번에는 좀 더 수월한 길이 되리라는 희망과 확신으로 우리 모두를 채워주고 있습니다. 미국의 역사는 늘 그렇게 진보해왔습니다." 나는 맹세했다. "저는 항상 민주주의의 최전선에서 미래를 위해 투쟁할 것입니다." 그러고 나서 덧붙였다. "우리가 가지고 있는 목표를 이루기 위해 투쟁을 계속하는 방법은 우리의 에너지와 열정과 힘을 한데 모아 버락 오바마가 차기 미국 대통령으로 선출될 수 있도록 모든 노력을 기울이는 것입니다."

이 모든 일이 힘들었던 만큼, 나는 실패를 통해 많은 것을 배웠다. 나는 몇 년 동안 개인으로서나 공인으로서 낙담스러운 일들을 경험했지만 2008년까지는 이례적일 정도로 성공적인 선거들을 치렀다. 첫 번째 성공은 남편의 아칸소 주지사선거와 대통령선거를 도왔을 때였고, 다음은 2000년과 2006년 내가 상원의원 후보로 나섰던 시절이었다. 그러다가 아이오와

주 전당대회에서 고작 3위를 차지했을 때는 정말 고통스러웠다.

나는 뉴햄프셔 주로 이동했고, 그다음에는 전국을 누비면서 기반을 다지고 내 목소리를 냈다. 내 의욕은 불타올랐고, 전국에서 만난 수많은 미국인들 덕분에 내 결심은 확고해졌다. 오하이오 주에서 나는 예비선거에서 거둔 승리를 "KO패 당했어도 결코 그대로 뻗어버리지 않는 모든 미국인, 비틀거리다가도 곧바로 중심을 잡는 모든 미국인, 열심히 일하고 절대 포기하지 않는 모든 미국인"에게로 돌렸다. 사람들을 만나 이야기를 들으며 미국의 무한한 가능성에 대한 내 믿음을 재확인했다. 하지만 그 가능성을 모두가 나누어 갖기 위해서는 우리가 얼마나 많은 노력을 기울여야 하는지도 깨달았다. 비록 그 여정은 길고 피곤하고 돈도 너무나 많이 들긴 했지만, 유권자들에게 나라의 미래에 대해 진정한 선택권을 주었다는 것만으로도 성공적이었다.

패배를 통해 얻은 긍정적인 측면이 하나 있다면 나에 대한 비평가들의 말에 그리 신경 쓰지 않게 되었다는 것이다. 나는 비판을 진지하게 받아들이되 개인적인 감정을 섞지 않는 법을 배웠고, 선거운동은 분명 그런 면을 테스트하는 시험대가 되었다. 덕분에 나는 자유로웠다. 머리를 풀 수도 있게 되었다. 느긋하게 쉬게 되었다는 뜻이기도 하지만, 문자 그대로의 뜻이기도 하다. 국무장관으로 인도를 방문했을 때 CNN의 질 도허티Jill Dougherty와 인터뷰를 한 적이 있는데, 그녀는 긴 비행 뒤에 안경을 쓰고 화장도 하지 않은 얼굴로 외국 중심도시에 나타난 내 모습을 집요하게 취재하려 하는 언론을 어떻게 생각하는지 물었다. 도허티는 그것을 "힐러리의 맨얼굴"이라고 불렀다. 나는 피식 웃음이 나왔다. "지금 이 순간 내가 이런 삶을 살고 있다는 것에 큰 안도감을 느낍니다. 안경을 쓰고 싶을 땐 쓰면 되니까요. 머리를 묶고 싶으면 묶으면 되고요." 국무부에서 이따금씩 외교적으로 논란이 될 것을 고려하지 않고 내 생각을 있는 그대로 이야기하면 나를 취재하는 전담기자들은 더러 놀라기도 했다. 북한 지도자를 비난하는 이야기든, 오사마 빈 라덴의 행방에 관해 파키스탄 사람들을 몰아붙이는 이야기든 간에 말이다. 하지만 나에게는 살얼음 위를 걸을 인내심이 더 이상 남아 있지 않았다.

또한 실패는 내게 어려운 결정을 편안하게 받아들이고 자국의 이익을 위해 앞으로 나아가는 방법에 관해 다른 나라들의 지도자들에게 이야기할 기회를 주었다. 전 세계에는 민주주의를 표방하면서도 정작 유권자들이 그의 반대편에 투표하거나 그를 해임하려 하면 결사적으로 막고 나서는 국가수반들이 있다. 나는 다른 모델을 제시할 기회가 생겼음을 깨달았다. 물론 나와 견해가 비슷하고 나를 자신의 팀에 영입하기 위해 수고를 감수한 후보에게 패한 것은 운이 좋았다고 생각한다. 그럼에도 한때 강력한 맞수였던 우리 두 사람이 함께 뭉친 것은 꽤나 인상적인 민주주의의 증거였다. 민주주의야말로 내가 세계 어디에서 무슨 일을 하든 추구하는 가치일 것이다.

═══

건축박물관에서 연설을 하고 3주가 흐른 뒤, 나는 버락과의 첫 합동연설 지역으로 택한 뉴햄프셔 주 유니티로 향하고 있었다. 그 도시를 선택한 것은 '화합'이라는 뜻을 가진 도시 이름 때문이기도 했지만, 그곳에서 치러진 대선후보 경선에서 버락과 내가 각각 107표씩 똑같이 득표했기 때문이기도 했다. 우리는 워싱턴에서 만나 버락의 선거운동용 비행기를 타고 유니티로 함께 날아갔다. 공항에 도착하자 커다란 관광버스가 우리를 기다리고 있었다. 두 시간여를 달려 우리를 유니티에 데려다줄 버스였다. 나는 1992년 민주당 전당대회 직후 빌과 나, 앨 고어Al Gore와 티퍼 고어Tipper Gore가 함께했던 멋진 버스여행을 떠올렸고, 1972년도 선거운동에 대한 티머시

크라우즈Timothy Crouse의 유명한 저서《버스에 탄 소년들*The Boys on the Bus*》도 기억났다. 이번에 나는 버스에 탄 '소녀'였으며, 후보는 나나 내 남편이 아니었다. 나는 크게 심호흡을 하고 버스에 올랐다.

버락과 나는 나란히 앉아서 편안하게 대화를 나누었다. 나는 백악관에서 딸을 키운 이야기며 이런저런 경험들을 털어놓았다. 버락과 미셸은 그가 당선될 경우 말리아와 사샤가 어떤 삶을 살게 될지에 대해 이미 생각하고 있었다. 찬란한 여름날 드넓은 야외에서 펼쳐진 집회는 '대선후보 경선은 끝났고 이제 우리는 한 팀이다'라고 분명한 메시지를 전하는 듯했다. 우리가 U2의 노래 〈뷰티풀 데이Beautiful Day〉가 흘러나오는 무대로 걸어갈 때 사람들은 우리 두 사람의 이름을 함께 연호했다. U-N-I-T-Y라고 쓰인 커다란 문자 피켓이 군중 뒤에 펼쳐져 있었고, 무대 뒤에는 "변화를 위한 화합"이라는 파란색 현수막이 걸려 있었다. 나는 모인 사람들에게 말했다. "우리는 지금부터 앞으로 다가올 미래에 우리가 공유하는 이상, 우리가 소중히 여기는 가치들, 우리가 사랑하는 나라를 힘을 합쳐 지켜낼 것입니다." 연설을 마치자 사람들이 나를 격려하기 시작했다. "고마워요, 힐러리. 고마워요, 힐러리." 버락도 거들었다. 그는 "여러분 혹시 제 연설문 미리 엿보신 거 아닌가요? 첫마디가 뭔지 이미 알고 계시는군요"라고 농담을 던졌다. 그런 다음 유창한 말솜씨로 내가 달려온 경선 과정에 대해 이야기했다. 그로부터 며칠 후 빌과 버락은 오랫동안 이야기를 나누었다. 그들은 대선후보 경선 때부터 질질 끌어온 사안들을 청산하고 선거운동을 함께 하기로 뜻을 모았다.

그해 여름에 있었던 가장 큰 행사는 8월 말 덴버에서 열린 민주당 전당대회였다. 나는 1976년 이후 모든 민주당 전당대회에 참석했고, 특히 1992년 뉴욕과 1996년 시카고에 대해서는 분명한 이유 때문에 특별히 좋은 기억이 남아 있다. 이번에는 버락이 공식적으로 대선후보로 지명되는 황금시간대의 연설을 내게 부탁했고, 나는 흔쾌히 수락했다.

연설 시간이 되자, 첼시가 나를 소개했다. 긴 예비선거 기간 동안 첼시가 얼마나 고생했는지 아는 나로서는 그녀가 더없이 자랑스럽고 고마웠다. 첼시는 발 벗고 나서서 전국을 돌며 젊은 사람들과 이야기를 나누고, 가는 곳마다 사람들에게 활력을 불어넣었다. 사람들이 빼곡하게 들어찬 대회장 앞에 서 있는 딸을 보며, 나는 그녀가 어느새 철이 들어 어른이 되었다는 것을 알았다.

곧 내 차례가 왔다. 붉은색, 흰색, 파란색의 '힐러리' 피켓 물결이 나를 반겼다. 그동안 수없이 해왔던 연설과 마찬가지로 이번 연설도 대회장에 모인 수많은 청중과 텔레비전을 지켜보는 수백만 명의 시청자 앞에서 하는 대규모 연설이었다. 솔직히 말해 걱정이 이만저만이 아니었다. 연설 시작 직전까지 연설문을 붙들고 고친 까닭에, 내가 탄 자동차 퍼레이드 행렬이 도착하자마자 보좌관 한 명은 텔레프롬프터 기사에게 USB 메모리를 전해주기 위해 차에서 뛰어내려 전속력으로 달려야 했다. 오바마 캠프에서는 훨씬 전부터 연설문을 보여달라고 했는데 내가 보여주지 않자, 그의 고문 몇몇은 내가 그들로서는 탐탁지 않을 말을 숨기고 있는 게 틀림없다며 걱정했다. 하지만 나는 연설을 제대로 해내기 위해 마지막 순간까지 최선을 다했을 뿐이다.

오래전부터 내가 이 전당대회에서 하기를 바라온 것은 이런 연설이 아니었지만, 이것은 아주 중요한 연설이었다. 나는 청중에게 말했다. "저에게 투표했든 버락에게 투표했든, 지금은 하나의 목표를 가진 한 정당으로 결속해야 할 때입니다. 우리는 같은 팀이며, 우리 중 누구도 경기장 밖에 앉을 여유가 없습니다. 이것은 미래를 위한 싸움이며, 우리가 반드시 함께 승리해야 하는 싸움입니다. 버락 오바마는 제가 지지하는 후보입니다. 그가 우리의 대통령이 되어야 합니다." 연설이 끝난 뒤 대기실 밖으로 나갔더니 조

바이든Joe Biden이 무릎을 꿇고 내 손에 입을 맞추며 나를 맞았다. (기사도가 죽었다고 그 누가 말했던가!) 버락은 몬태나 주 빌링스에서 전화를 걸어 내게 고맙다고 말했다.

그날 일찍 나는 무대 뒤에서 미셸 오바마와 만났다. 미셸도 내가 버락을 돕기 위해 하는 모든 일들에 대해 깊은 감사를 표했다. 물론 경선을 치를 때만큼은 빌도 단순한 배우자가 아니었으며, 버락이나 나 모두 종종 가족이 받는 고통이 가장 크다는 것을 배웠다. 하지만 나와 미셸은 대중의 따가운 시선 속에서 가정을 꾸려나가야 하는 과제를 맡았다는 점에서 서로 유대감을 느꼈다. 몇 달 후, 우리는 백악관 2층 옐로오벌룸에서 사적으로 점심식사를 같이 했다. 우리는 백악관의 새 주인이 된 대통령 가족의 안부와 보다 건강한 식사와 운동으로 소아비만에 맞서 싸우겠다는 미셸의 계획에 대해 이야기했다. 우리는 작은 식탁에 앉아 남향 창문으로 트루먼 발코니 너머 워싱턴 기념탑을 내다보며 식사를 했다. 2001년 1월 20일에 이곳을 떠난 뒤 내가 백악관의 대통령 가족 거주공간에 온 것은 이번이 처음이었다. 모든 대통령 가족이 백악관에서 편히 지낼 수 있도록 돕는 관저 직원들을 보니 반가웠다. 1993년 내가 퍼스트레이디가 되었을 때를 돌아보면, 재클린 케네디Jacqueline Kennedy, 레이디 버드 존슨Lady Bird Johnson, 베티 포드Betty Ford, 로절린 카터Rosalynn Carter, 낸시 레이건Nancy Reagan, 바버라 부시Barbara Bush에게 백악관에서 지낸 경험에 대해 들은 것이 큰 도움이 되었다. 백악관에서 생활하는 특권을 누리는 사람은 매우 적은 만큼, 나는 힘이 닿는 데까지 그들에게 도움을 주고 싶었다.

대회장에서 내 역할은 연설을 하는 것뿐이라고 생각했지만, 확고한 의지를 가진 대의원들은 주별 지명투표 기간에 여전히 나에게 투표할 생각인 모양이었다. 오바마 캠프에서는 나에게 다음 날 대회장에 가서 지명투표를 중단시키고, 대신 버락 오바마가 우리 당의 후보임을 즉각 선언하는 쪽으로 움직여줄 수 있는지 물었다. 나는 오바마 캠프가 원하는 바에 동의했지만 적잖은 수의 지인과 지지자, 대의원 들이 간절히 반대하는 이유도 이해가 되었다. 그들은 기왕 시작한 것을 끝내고 싶었던 것이다. 그들은 또한 여성이 스무 번이 넘는 예비선거와 전당대회에서 승리하고 무려 1,900명에 달하는 대의원을 확보한 전례 없는 기록을 역사에 남기고 싶었던 것이다. 그들은 지명투표가 중단되면 우리의 노력이 제대로 인정받지 못할 것이라고 주장했다. 그들의 열렬한 충성심에 감동을 받았지만, 나는 우리가 완벽하게 화합하고 있음을 보여주는 것이 더 중요하다고 생각했다.

몇몇 지지자들은 버락이 러닝메이트로 내가 아닌 바이든을 선택한 데 대해서도 언짢아했다. 하지만 나는 부통령이 되는 데 전혀 관심이 없었다. 그저 하루빨리 상원으로 돌아가 건강보험제도 개선이나 일자리 창출 등 다른 긴급 과제들을 앞장서서 해결해나가고 싶었다. 진심으로 버락의 선택에 동의했고, 조 바이든이 선거전에나 백악관에 유용한 자산이 되리라는 것도 알았다.

우리는 내가 연단에 올라가는 걸 비밀로 했다. 그래서 뉴욕 주의 지명투표 표결을 하려는 순간 수천 명의 흥분한 민주당원 앞에 내가 갑자기 나타나자 대의원들과 기자들 사이에서 적잖은 소동이 일어났다. 나는 친구들과 동료들 한가운데서 선언했다. "오직 미래만 내다보며, 하나 된 마음으로, 승리를 목표로, 우리 당과 우리나라를 믿으며, 바로 여기에서 지금 당장 한목소리로 함께 선언합시다. 버락 오바마가 우리의 후보이며 그가 우리의 대통령이 될 것입니다." 곧이어 나는 지명투표를 중단하고 만장일치의 박수로 버락을 후보로 지명하자고 청했다. 연단에서 낸시 펠로시Nancy Pelosi 하원의장이 내 발의에 대한 동의 여부를 묻자, 전체 대회장에는 찬성을 외치는 목소리가 울려퍼졌다. 그곳의 분위기는 에너지가 넘쳤고, 미국 대선 사상 처음으로 주요 정당에서 아프리카계 미국인 후보를 내는 역사를 함께 만들어간다는 생각으로 단결하게 해주었다.

그 주에는 깜짝 놀랄 만한 일이 한 가지 더 있었다. 버락이 대회장에서 연설한 다음 날 아침, 유력한 공화당 대통령 후보인 상원의원 존 매케인John McCain이 알래스카 주지사 세라 페일린Sarah Palin을 러닝메이트로 선택했다고 발표한 것이다. 전국에 "페일린이 누구지?" 하는 소리가 메아리쳤다. 그로부터 몇 달이 흐르면서 세라 페일린에 대해 점점 더 알게 되었지만, 당시에 그녀는 정계에서 잔뼈가 굵은 사람들 사이에도 거의 알려지지 않은 인물이었다. 오바마 캠프에서는 페일린 지명에 대해, 나를 열렬하게 지지하던 여성층을 오바마 편에서 흡수하지 못하게 하려는 속셈을 노골적으로 드러낸 것이라고 추측했다. 캠프에서는 즉시 이를 폄하하는 성명을 발표한 뒤 나에게 손을 뻗어 내가 맞불을 놓기를 바랐지만, 나는 그러지 않았다. 여성들에게 지지를 호소한다는 이유만으로 페일린을 공격할 생각은 없었기 때문이다. 그런 전략이 정치적으로 먹히지 않을 거라는 생각이 들었고, 옳다고 느껴지지도 않았다. 그래서 나는 비판할 수 있는 시간은 앞으로도 많을 거라고 말하며 부탁을 거절했다. 몇 시간 후 오바마 캠프는 입장을 바꾸어 페일린 주지사에게 축하를 전했다.

그 후 몇 주 동안 나와 빌은 100회가 넘는 각종 행사와 기금조성 파티에 다니며 지지자들 및 부동층 유권자들과 이야기를 나누고 오바마와 바이든을 지지했다. 선거 당일인 11월 4일 아침, 우리는 투표를 하기 위해 집에서 가까운 뉴욕 차파콰의 한 초등학교로 향했다. 길고 긴 여정이 끝나는 날이었다. 그날 밤 빌은 여느 선거날 밤과 마찬가지로 텔레비전에서 눈을 떼지 않고 투표율과 출구조사 데이터를 모두 분석하고 있었다. 이제 우리가 도울 수 있는 일이 더 이상 없었기 때문에 나는 결과가 나올 때까지 다른 일들을 하며 바쁘게 움직이려 했다. 개표 결과는 단호한 승리였다. 2004년이나 유명한 2000년 선거 같은 각축전은 없었다. 후마가 레지 러브에게 전화를 걸고, 나는 대통령 당선자에게 축하인사를 했다. 선거가 끝난 바로 그 순간부터 나는 그를 '미스터 프레지던트'라고 생각하고, 사적으로나 공적인 자리에서나 그렇게 불렀다. 취임식만 지나면 정말로 그렇게 될 테니까. 나는 의기양양했고 자랑스러웠으며, 솔직히 말하면 안도감을 느꼈다. 이제 발 뻗고 잘 수 있게 되었으니 일상으로 돌아가 좋아하는 일을 마음껏 하고 싶었다.

═══

선거 닷새 후의 조용한 일요일 오후는 긴장을 풀기에 딱 좋은 시간이었다. 가을 공기가 상쾌해서 우리 부부는 우리가 사는 웨스트체스터 카운티 근처의 많은 오솔길 가운데 하나인 마이애너스 강 협곡에 가기로 했다. 둘 다 정신없이 바쁘게 사는 터라, 우리는 종종 마음을 비우기 위해 긴 시간 함께 산책을 했다. 나는 그때를 특별히 자유로웠던 순간으로 기억한다. 선거가 끝났고, 다시 상원으로 돌아갈 수 있게 되었기 때문이다. 나는 뉴욕 시민들을 대변하는 것이 좋았고, 선거운동을 통해서 내가 추진하고 싶은 의제들을 한 아름 안게 되었다. 내 머리에서 마구 샘솟는 아이디어들은 모두 차기 대통령과 긴밀한 관계를 유지함으로써 힘을 얻게 될 것이었다.

나는 그 관계가 얼마나 가까워질지 알 수 없었다. 산책 도중에 빌의 휴대전화가 울렸다. 전화를 받자, 수화기 너머에서 대통령 당선자의 목소리가 들려왔다. 그는 빌에게 우리 두 사람과 이야기를 나누고 싶다고 했다. 빌은 우리가 자연을 만끽하는 중이니 집에 들어가면 다시 통화하자고 이야기했다. 그가 왜 전화를 했을까? 아마 자신이 꾸리고 있는 팀에 우리를 영입하고자 했을 것이다. 아니면 경기 회복이나 건강보험제도 개선 같은 주요 정책 과제에 대한 전략을 짜고 싶었던 것이거나. 아니면 그냥 봄부터 정신없이 바빠질 입법활동에 대비해 우리의 도움을 구하려는 것일 수도 있다. 빌은 정신없었던 자신의 대통령 당선자 시절을 떠올리며, 지금의 대통령 당선자가 백악관과 내각 요직에 우리 이름을 걸고 싶어하는 것이라고 추측했다.

집으로 돌아와 확인해보니 빌의 추측이 정확하게 들어맞았다. 대통령 당선자는 미국이 직면한 금융위기를 해결할 경제팀 구성원 중 한 명으로 빌을 고른 것이었다. 조만간 나와 만나기를 고대한다는 말도 잊지 않았다. 나는 그가 상원에 제출할 입법안들을 구상하는 데 긴밀하게 협조해달라는 이야기를 하려나보다 하고 생각했다.

하지만 궁금증을 참을 수 없었던지라 내 대변인 필립 레인스Philippe Reines를 포함하여 상원 관계자 몇 명에게 전화를 걸어 그들의 생각을 알아보았다. 필립은 정열적이고 충직하며 영민한 인물이다. 그는 정부를 쥐고 흔드는 사람들이 행동을 하기도 전에 무슨 생각을 하는지를 잘 알았다. 그래서 나는 필립이 심중을 털어놓고 하는 말이라면 항상 믿을 수 있다. 이번에도 다르지 않았다. 이틀 전에 필립은 내가 국방장관부터 우정공사 총재까지 온갖 요직에 임명될 거라는 소문이 떠돌고 있다면서 자신 있게 예언했다. "그가 의원님께 국무장관직을 제안할 겁니다." 나는 곧바로 대답했다. "말도 안 돼요! 안 될 이유가 백만 개는 넘을걸요!" 나는 필립도 착각을 할 때가 있구나 하고 생각했다. 그리고 솔직히 내각 일에는 흥미가 없었다. 나는 상원으로 돌아가 뉴욕을 위해 일하고 싶었다. 9·11 테러부터 2008년 금융시장 붕괴에 이르기까지, 뉴욕 사람들에게는 힘겨운 8년의 시간이었다. 뉴욕 시민들은 2000년에 나를 믿고 상원의원으로 선출했고, 지금은 워싱턴에서 자신들을 위해 일할 강하고 헌신적인 대변자를 필요로 했다. 게다가 나는 독립적으로 일하는 걸 좋아했고, 내 일정과 의제를 스스로 정하는 편을 선호했다. 내각에 들어간다는 건 그러한 자율성을 일부 포기한다는 뜻이었다.

일요일에 내가 필립에게 전화를 하자, 그는 언론이 평소대로 온갖 추측을 하기 시작했다고 전했다. ABC 프로그램 〈디스 위크This Week〉에서는 오바마 대통령 당선자가 나를 국무장관으로 임명하려 한다는 소문에 대해 언급했다. 그가 내각에 '라이벌로 이루어진 팀'을 둔다는 아이디어에 마음이 끌렸다는 사실도 덧붙였다. 그러고는 에이브러햄 링컨Abraham Lincoln이 1860년에 공화당 후보 경선에서 낙마한 뉴욕 상원의원 윌리엄 수어드William Henry Seward를 국무장관으로 선택한 일화를 실은 도리스 컨스 굿윈Doris Kearns Goodwin의 2005년 베스트셀러 《권력의 조건*Team of Rivals*》을 언급했다.

나는 오래전부터 수어드의 광팬이어서 이와 같은 평행이론이 특히 흥미로웠다. 그는 당대의 리더 가운데 한 명이었고, 소신 있는 개혁가였으며, 노예제도를 강하게 비판한 사람이었고, 뉴욕 주지사이자 상원의원이었고, 마지막으로 국무장관이 되었다. 그는 또한 링컨 대통령을 도와 추수감사절을 미국의 축일로 지정하는 초안을 마련했다. 그와 동시대 사람은 그를 "결코 짜증내거나 흥분하는 일이 없고, 통찰력이 있으며, 농담을 가려들을 줄 알고, 좋은 것에 감사하며, '좋은 음식' 애호가"라고 묘사했다. 나는 그 말에 공감했다.

잘나가는 뉴욕 주 상원의원 수어드가 대통령 후보로 지명되려고 애쓰다가 일리노이 주 출신의 다재다능하고 전도유망한 정치인을 만난 것도 나와 비슷했다. 그런데 이 평행이론이 완벽한 것은 아니었다. 역사학자 헨리 애덤스Henry Adams는 저서에서 수어드를 "슬기로운 마코앵무새"라고 표현했는데, 나는 누구도 나를 그렇게 표현하지 않았으면 싶다. 그리고 개인적으로 수어드에게서 대통령이 될 기회를 앗아간 사람이 다름 아닌 차파콰에 동상이 세워질 정도로 유명한 언론인 호러스 그릴리Horace Greeley(노예제도를 반대한 진보주의 언론인. 윌리엄 수어드와 친구였으나 1860년 공화당 대통령 후보 경선에서는 에드워드 베이츠를 지지했다_옮긴이)라는 사실에 짜릿한 기분이 들었다.

수어드가 내 마음을 사로잡은 데는 역사적 우연들보다 더 심오한 이유도 있었다. 나는 남부에서 자유를 찾아 탈출한 노예들을 도운 비밀조직 '지하철도Underground Railroad'의 정거장 역할을 하던 뉴욕 오번 소재의 수어드 자택에 간 적이 있었다. 그곳은 엄청난 양의 업무의 흔적들과 은퇴 후 14개월 동안 세계여행을 하면서 남긴 유품들로 가득 차 있었다. 외교 전시실에는 세계 각지의 지도자들한테서 받은 기념물들이 있었는데, 그 지도자들은 대부분 왕관을 쓴 세습군주였다. 그들이 어느 미천한 민주주의의 하인에게 경의를 표한 것이다.

이토록 세상사에 밝으면서도 수어드는 자신을 대표자로 선출해준 사람들에게 매우 헌신적이었으며, 그들 역시 수어드에게 헌신적이었다. 그는 미국이 차별 없는 나라가 될 수 있다고 호소했고 스스로 내뱉은 말을 실천에 옮겼다. 지하철도의 영웅 해리엇 터브먼Harriet Tubman 차장이 수어드의 마을에 해방된 흑인들을 위해 지은 집도 애초에 수어드에게서 직접 땅을 사서 마련한 것이었다. 특히 링컨과 수어드의 우정은 감동적이었다. 수어드는 후보 경선에서 패배를 인정한 후 열차로 전국을 누비며 연설을 하는 등 링컨 진영에서 열심히 선거운동을 했다. 그는 곧 링컨이 신뢰하는 고문 중 한 명이 되었다. 수어드는 대통령 링컨의 처음과 끝을 함께한 사람이다. 링컨의 첫 취임연설문 중에서 사람들의 가슴을 뛰게 한 마지막 구절을 생각해내 링컨이 "선량한 본성을 가진 천사들"의 마음을 끌어당길 수 있게 해주었다. 링컨 암살 음모에는 수어드에 대한 공격도 포함되어 있었지만 그는 살아남았다. 링컨과 수어드는 긴 여정을 함께했으며, 두 사람의 우정과 노고가 북군을 구하는 데 일조했다.

남북전쟁이 끝났을 때도 수어드의 일은 끝나지 않았다. 1867년, 정치인으로서 마지막 열정을 터뜨리던 그는 러시아로부터 알래스카 땅을 매입할 계획을 세웠다. 가격이 무려 720만 달러에 달해, 사람들은 이 거래가 돈 낭비라며 "수어드의 바보짓"이라 말하기도 했다. 비록 지금 우리는 그것이 미국 역사상 최고의 토지 거래 중 하나였음을(그리고 1에이커당 2센트였으니 거저나 다름없었음을) 실감하지만 말이다. 나는 대학을 졸업한 직후 알래스카에서 생선 내장 빼내는 일과 접시닦이를 하며 잊지 못할 몇 달을 보냈다. 정부 요직과 관련해 내 이름이 자주 오르내리자 수어드의 망령이 나를 따라다니고 있는 건 아닌지 궁금해지기 시작했다. 여전히 나는 스스로에게 물어보아야 했다. 대통령 당선자가 나에게 장관직을 제안한다면, 짧은 기간일지라도 요직에 앉기 위해 상원의원직과 내가 맡은 모든 의제들을 포기하는 건 순전히 바보짓이 아닐까?

===

오바마 대통령 당선자가 빌에게 전화를 걸어온 날 밤, 뉴욕 시에서 열린 〈글래머Glamour〉지 올해의 여성 시상식에서 한 리포터가 행사장으로 향하는 나에게 오바마 행정부의 요직을 받아들일 생각인지 물었다. 나는 당시의 심경을 이렇게 표현했다. "뉴욕 상원의원이라 행복합니다." 물론 그건 사실이었지만, 나는 정치판에서는 어떤 일이든 일어날 수 있다는 걸 아는 현실주의자이기도 했다.

11월 13일 목요일 아침, 나는 대통령 당선자를 만나기 위해 후마와 함께 비행기를 타고 날아가 시카고에 무사히 도착했다. 대통령직 인수위원회에 도착한 뒤 나는 의자 몇 개와 접이식 탁자 하나가 놓인, 벽에 나무판사가 덧대어진 큰 방으로 안내를 받아 거기서 대통령 당선자와 단둘만 만났다.

그는 지난 몇 달 동안보다 더 여유롭고 건강해 보였다. 아무리 대공황 이후 가장 심각한 경제위기에 직면해 있다고 해도 자신 있어 보였다. 나중에도 여러 번 목격한 대로, 그는 서론을 생략하고 바로 본론을 끄집어냈다. 그는 나에게 국무장관직을 제안했다. 나를 그 자리에 이미 내정해놓았으며, 미국이 나라 안팎으로 유례없는 난관들에 직면해 있는 지금과 같은 시기에 그 역할을 할 수 있는 최고 적임자(그의 표현대로라면 유일한 인물)가 나라고 생각한다고 했다.

그동안 이 제안에 관한 온갖 암시와 소문, 그리고 노골적인 질문까지 받았지만 나는 여전히 어안이 벙벙했다. 겨우 몇 달 전만 해도 나와 버락 오바마는 역사상 가장 치열한 대선후보 경선에 몰두해 있었다. 그런데 지금 그가 나에게 자신의 행정부에 합류해달라고 요청하고 있는 것이다. 그것도 내각에서 가장 높은 직위, 유고 시 대통령직 승계서열 4위인 요직에 말이다. 마치 드라마 〈웨스트 윙The West Wing〉(미국 대통령과 보좌관들을 그린 정치드라마_옮긴이) 마지막 시즌을 재방영하는 것 같았다. 거기에서도 새 대통령 당선자가 자신에게 패한 상대에게 국무장관직을 제안한다. 드라마에서 그 라이벌은 처음에는 제안을 거절하지만, 대통령 당선자는 쉽게 물러서지 않는다.

현실에서 오바마 대통령 당선자는 충분히 숙고한 의견을 제시했다. 자신은 경제위기에 모든 시간과 노력을 쏟아부어야 하니, 국외에서 그를 대신할 명망 높은 누군가가 필요하다는 것이었다. 나는 귀 기울여 듣고 나서 그의 제안을 정중하게 거절했다. 물론 그런 제안을 받았다는 것 자체는 영광이었다. 나는 국외 정치에 관심이 많았고 국제사회에서 추락한 미국의 위상을 다시 높이는 것이 중요하다고 생각했다. 두 건의 전쟁을 종식시키고, 새로 다가오는 위협들에 대응하고, 새로운 기회들을 잡아야 했다. 하지만 국내에서 벌어지고 있는 대규모 실직 사태를 해결하고, 엉망인 건강보험제도를 바로잡고, 노동자 가족들에게 새로운 기회를 만들어주는 것에 더 많은 열정을 쏟고 싶었다. 사람들은 괴로워했고, 자신들을 위해 싸워줄 챔피언을 갈망했다. 그 모든 일과 그 밖의 많은 일들이 내가 상원으로 돌아오기를 기다리고 있었다. 더구나 국무장관직을 훌륭하게 수행할 노련한 외교관들은 아주 많았다. 나는 "리처드 홀브룩Richard Holbrooke이나 조지 미첼George Mitchell은 어때요?"라고 제안했지만, 대통령 당선자는 마음을 바꾸지 않았고, 나는 그럼 생각해보겠다고 했다. 뉴욕으로 돌아가는 비행기 안에서 나는 온통 그 생각에만 매달려 있었다.

내가 다시 뉴욕 땅을 밟기도 전에 언론은 추측 강도를 한층 높였다. 이틀 후, "오바마와 클린턴의 대화, 심상치 않다"라는 머리기사가 〈뉴욕타임스New York Times〉 1면에 실렸는데, 내가 미국의 최고위 외교관으로 지명될 가능성이 높은 가운데 대통령 선거운동과 관련된 "오바마-클린턴의 드라마"에 "반전 결말"이 맺어질 수 있다는 설명이었다. 대통령 당선자의 입장을 존중해 나는 그런 제안을 받았다는 사실조차 언론에 공개하지 않기로 했다.

약속대로 나는 생각할 시간을 가졌다. 제안을 받고 한 주 동안 가족과 친구, 동료 등과 폭넓게 이야기해보았다. 빌과 첼시는 묵묵히 내 이야기를 들은 뒤 그 제안의 중요성을 신중하게 생각해보라고 말했다. 친구들은 제안 수락에 대해 찬성하는 편과 회의적인 편으로 나뉘었다. 나는 생각을 많이 했지만 며칠 내로 결정을 내려야 했다. 국무장관직은 매우 탐나는 자리였고, 잘해낼 자신도 있었다. 퍼스트레이디로서, 그리고 상원의원으로서 몇 년 동안 전 세계에서 미국이 맞닥뜨린 난관들과 씨름해오기도 했고, 독일의 앙겔라 메르켈Angela Merkel 총리나 아프가니스탄의 하미드 카르자이Hamid Karzai 등 수많은 주요 지도자들과 이미 친분을 쌓고 있었기 때문이다.

오바마 대통령 인수위원회 공동의장이자 남편 빌의 대통령 시절 백악관 비서실장을 지냈던 소중한 친구 존 포데스타John Podesta가 11월 16일에 나에게 전화를 걸어왔다. 그는 몇 가지 사안에 대해서 이야기를 나눌 겸 대통령 당선자가 내가 제안을 수락하기를 얼마나 희망하고 있는지 못박아둘 작정으로 전화한 것이었다. 우리는 좀 더 실제적인 걱정들에 대해 이야기했는데, 이를테면 만약 국무장관이 된다면 600만 달러가 넘게 남아 있는 선거

빚을 어떻게 갚을 것인지, 정당 정치에서 손을 떼야 하는지 등이었다. 나는 또한 클린턴재단을 통해 빌이 전 세계에서 펼치고 있는 구호사업에 지장을 주는 것도 원치 않았다. 언론에서는 빌의 자선활동과 나에게 주어질 수 있는 새 직위 사이에 이해관계가 충돌할지도 모른다며 말들이 많았다. 그 문제는 대통령직 인수위원회가 재단 기부자들을 조사하고 빌이 명단을 모두 공개하는 데 동의함으로써 금방 해결되었다. 빌은 혹시라도 생길지 모를 갈등을 피하기 위해 혁신적인 자선단체 클린턴 글로벌 이니셔티브Clinton Global Initiative의 해외 학회 개최도 포기해야 했다. "당신이 국무장관으로서 좋은 일을 하는 게 더 중요하지. 내가 하려던 일을 포기하더라도 말이야." 빌이 단언했다.

이 일이 진행되는 동안은 물론이고 그 후로도 4년 동안 빌은 늘 그랬듯 나의 절대적 지지자요 고문이었다. 그는 늘 표면적인 것보다는 '추세'에 초점을 맞추고 경험을 즐기라고 말해주었다.

나는 믿을 만한 동료 몇 명에게도 조언을 구했다. 상원의원 다이앤 페인스테인과 바버라 미쿨스키Barbara Mikulski, 하원의원 엘런 타우셔Ellen Tauscher는 제안을 수락할 것을 권했고, 뉴욕 주의 동료 상원의원 척 슈머Chuck Schumer도 마찬가지였다. 많은 지인들이 나와 척은 다른 점이 많고 때때로 경쟁관계라는 것을 지적하길 즐겼지만, 사실 우리 둘은 훌륭한 팀이었고 나는 그의 직관을 존중했다. 해리 리드Harry Reid 상원 다수당 대표는 대통령 당선자가 지난가을 선거운동차 라스베이거스에 들렀을 때 이미 그의 의견을 물어봤다는 이야기를 해 나를 놀라게 했다. 그는 상원에서 나를 잃는 것도 싫지만 내가 제안을 거절하는 모습 또한 보고 싶지 않다고 말했다.

심사숙고의 시간은 계속되었다. 한순간 제안을 수락하는 쪽으로 마음이 기울었다가 다음 순간에는 이내 새 의회 회기 중에 상정할 법안을 준비하고 있었다. 그때는 몰랐는데, 우리 팀과 대통령 당선자 팀이 제안을 거절하기 어렵게 만들려고 일을 꾸몄음을 나중에 알게 되었다. 내 참모가 조 바이든의 생일이라고 말하는 바람에 나는 진짜 생일보다 이틀 전에 축하 전화를 걸었고 덕분에 바이든은 나를 구슬릴 기회를 한 번 더 얻은 일도 있었다. 차기 백악관 비서실장 람 이매뉴얼Rahm Emanuel은 내가 거절 전화를 하려 하자 대통령 당선자가 통화를 할 수 없는 상황인 것처럼 굴기도 했다.

마침내 나와 대통령 당선자는 11월 20일 새벽에 전화로 이야기를 했다. 그는 나의 고민에 귀를 기울였고, 질문에 잘 대답해주었으며, 우리가 함께 하게 될 일들에 열성을 보였다. 나는 빌의 자선사업과 내 선거 빚도 부담으로 작용하기는 하지만, 과연 상원에서만큼 내각에서 능력을 발휘하고 쓸모가 있을지가 가장 걱정이라고 말했다. 그리고 솔직히 말해서 나는 긴 선거운동도 끝난 마당에 보다 규칙적인 일정을 세우려 하고 있었다. 이 모든 이야기를 털어놓자, 차분하게 내 이야기를 듣던 그는 그 고민들이 모두 해결될 것이라고 자신했다.

대통령 당선자는 장관직 제안 이야기는 쏙 빼고 장관 업무 자체에 대해 화두를 던지며 영리하게 대화를 이끌어갔다. 우리는 이라크와 아프가니스탄에서 치르고 있는 전쟁, 이란과 북한이 끝없이 일으키는 문제들, 미국을 불경기에서 빠르고 확실하게 구해낼 방법 등에 대해 이야기를 나누었다. 언론의 뜨거운 조명 아래 텔레비전으로 중계되는 논쟁을 벌이고 서로를 집요하게 공격하며 1년을 보낸 후 이렇게 사적으로 편안하게 대화하면서 의견을 교환하게 된 것이 참 좋았다. 돌이켜보니 이 대화는 당시에 생각했던 것보다 훨씬 중요한 것이었다. 의제를 공유함으로써 앞으로 몇 년간 미국의 대외정책을 좌우할 토대를 다졌던 것이다.

하지만 내 대답은 여전히 "아니요"였다. 대통령 당선자는 이번에도 내 뜻을 받아들이려 하지 않았다. "'예'라는 대답을 듣고 싶군요. 그 일에는 당신이 적격입니다." 애초에 반드시 승낙을 얻어내기로 작정한 것이다. 그 점이

나에게 강한 인상을 남겼다.

전화를 끊고 나서 거의 뜬눈으로 밤을 지새웠다. 만약 반대의 상황이라면 어땠을까? 내가 대통령에 당선되어 버락 오바마를 국무장관으로 임명하고 싶어했다면? 그가 지금 마주하고 있는 문제들을 내가 떠안고 있다면? 물론 나도 그에게서 긍정적인 대답을 듣고 싶었을 것이다. 그러면 신속하게 다른 문제들로 넘어갈 수 있을 테니까. 나 역시 가장 유능한 공직자가 나와 힘을 합쳐 국민을 위해 열심히 일하기를 원했을 것이다. 그런 생각을 하면 할수록 대통령 당선자가 옳다는 생각이 들었다. 나라는 대내외적으로 어려움에 빠져 있었다. 그는 국제무대에 곧장 올라설 수 있고 우리가 물려받은 상처를 치유하는 일에 착수할 수 있는 국무장관을 필요로 했던 것이다.

결국 나는 단순한 생각으로 돌아왔다. 대통령이 나에게 각료직을 제안할 때는 수락하는 편이 좋은 것이다. 내가 상원에서 하던 일을 좋아하고 그곳에서 더 많은 기여를 할 수 있다고 믿는 만큼, 그도 국무부가 나를 필요로 한다고 말했다. 나의 아버지는 2차대전에서 해군으로 복무하며 태평양전쟁에 투입시킬 젊은 수병들을 훈련시켰다. 아버지는 종종 백악관에서 대통령들이 내린 결정들에 대해 불평하곤 했지만, 그러면서도 아버지와 어머니는 항상 나에게 의무감과 봉사정신을 가슴 깊이 불어넣어주었다. 그런 생각은 우리 가족의 신앙이었던 감리교에서 얻은 가르침으로 더 깊게 새겨졌다. "되도록 좋은 일을 되도록 많이, 되도록 많은 사람에게, 되도록 오랫동안 하라." 봉사에 대한 소명은 내가 2000년에 처음으로 상원 선거운동을 시작할 때 공직에 뛰어들 수 있도록 도와주었고, 이제는 상원을 떠나 국무장관직 수락이라는 어려운 결정을 내리도록 돕고 있었다.

==

아침이 되어서야 마음의 결정을 내리고 대통령 당선자와 한 번 더 이야기하고 싶다는 뜻을 전했다. 그는 내가 생각을 바꾼 것에 기뻐하며, 필요하면 언제든지 직접 연락하거나 독대할 수 있게 하겠다고 약속했다. 몇 가지 안을 갖고는 있지만 내가 스스로 팀을 꾸릴 수 있게 해주겠다고 말했다. 백악관에 있었던 사람으로서 이 두 가지 약속이 얼마나 중요한지 나는 잘 알고 있었다. 역사를 살펴봐도 백악관에 의해 국무부 운영이 태만해져 좋지 않은 결과를 부른 경우가 허다했다. 대통령 당선자는 이번에는 다를 거라며 자신했다. "당신이 성공하는 걸 꼭 봐야겠습니다."

이어서 그는 우리의 대외정책 파트너십에 실수나 난항이 없지는 않겠지만 나라를 위해 가능한 한 최선의 결정을 내리도록 노력해야 한다고도 말했다. 당시 그와 나는 지금만큼 가까운 사이는 아니었지만, 그가 이렇게 말하자 마음이 움직였다. "난 보도내용과 반대로 우리가 좋은 친구가 될 수 있을 거라 생각해요." 그 말은 몇 년 동안 뇌리에 남아 있었다.

대통령은 약속을 모두 지켰다. 그는 팀을 꾸릴 재량권을 주었고, 큰 결정을 내릴 때는 대외정책 핵심 고문인 나의 조언에 의지했으며, 만남의 자리를 자주 마련해 허심탄회하게 대화할 수 있었다. 우리는 출장을 가지 않을 때면 대개 적어도 일주일에 한 번은 자리를 함께했다. 전체 각료회의, 국가안전보장회의National Security Council, 미국을 방문한 외국 지도자들과의 양자회담에 참석했다가 대통령을 만나기도 했다. 게다가 백악관에서 국방장관과 국가안보 보좌관과 함께 정기적으로 만나기도 했다. 해외 출장을 열심히 다녔음에도, 4년 임기 동안 내가 백악관을 들락거린 횟수를 모두 합치면 700번은 족히 될 것이다. 선거에서 패한 후 그곳에서 그토록 많은 시간을 보내게 될 줄은 미처 몰랐다.

그 후 몇 년간, 내 의견과 대통령 및 그의 팀 구성원들의 의견이 늘 일치하지는 않았다. 그중 몇 가지 일화는 이 책에 실었지만, 다른 것들은 대통령과 국무부 사이의 기밀을 유지하기 위해 비밀에 부치고자 한다. 특히 그는 여전히 임기 중이니까 말이다. 그럼에도 그와 나는 직업적 관계를 건강하게 발전시켰고, 그가 예언했다시피 개인적인 우정을 오랫동안 키워 아주 소중하게 만들었다. 새 행정부에 들어간 지 몇 주 지나지 않은 4월의 어느 오후, 대통령은 한번쯤 집무실인 오벌 오피스 밖의 사우스론에 있는 피크닉 테이블에서 주간 회의를 마무리해보는 게 어떻겠냐고 제안했다. 피크닉 테이블 바로 옆에는 말리아와 사샤의 새 놀이터가 있었다. 구미가 당기는 제안이었다. 언론에서는 그것을 "피크닉 테이블 전략회의"라고 표현했다. 나라면 "정답게 대화하는 두 사람"이라고 표현했을 것이다.

12월 1일 월요일, 오바마 대통령 당선자는 나를 67대 국무장관으로 선택했다고 발표했다. 내가 그의 옆에 서 있을 때, 그는 나에게 개인적으로 했던 말을 공개석상에서 그대로 되풀이했다. "힐러리를 국무장관으로 임명한 것은 미국의 외교를 다시 확립하려는 저의 진지한 의도를 지지하는 분들과 반대하는 분들에게 보내는 신호입니다."

다음 달인 2009년 1월 20일에 나는 살을 에는 듯한 추위 속에서 버락 오바마가 대통령 취임선서를 하는 모습을 남편과 함께 지켜보았다. 한때 치열했던 우리의 라이벌 관계는 끝났다. 이제 우리는 파트너였다.

2

안개가 자욱한 땅 : 스마트파워

내가 맨 처음 만난 국무장관은 딘 애치슨Dean Acheson이었다. 냉전 초기에 해리 트루먼Harry Truman 대통령 밑에서 일했던 그는 눈길을 끄는 외모에 보수적인 기질의 외교관이었다. 대학생이었던 나는 처음으로 대중 앞에서 하는 중요한 연설을 앞두고 걱정이 많았다. 때는 1969년 봄이었다. 웰즐리 대학 동기이자 친구인 전직 장관의 손녀 엘디 애치슨Eldie Acheson은 우리 졸업식에서 졸업생도 연설을 해야 한다고 판단했다. 총장님에게 졸업연설을 해도 된다는 허락을 받은 뒤, 학우들은 나에게 파란만장했던 웰즐리에서의 4년에 대해 연설해달라고, 알 수 없는 미래로 떠나기 전 마지막 송별식을 멋지게 장식해달라고 부탁했다.

졸업식 선날 밤, 연설문을 아직 완성하지도 못한 상태에서 나는 엘디와 그녀의 가족들을 우연히 만났다. 그녀는 "내일 연설할 친구예요"라며 할아버지에게 나를 소개했다. 76세의 그 할아버지는 회고록 《창조의 현장에서 *Present at the Creation*》를 막 탈고한 참이었다(이 회고록은 다음 해에 퓰리처상을 수상했다). 애치슨 장관은 웃으며 나와 악수했다. 그는 "연설에서 무슨 이야기를 할지 기대하마"라고 말했다. 머릿속이 하얘진 나는 서둘러 기숙사로 돌아가 밤새 연설문을 써내려갔다.

그날 밤만 해도 나는 40년 뒤에 애치슨을 따라 국무부, '안개가 자욱한 땅 Foggy Bottom'이라는 별칭으로 알려진 그곳에 입성하게 되리라고는 꿈에도 생각하지 못했다. 오히려 어릴 적 꿈이던 우주비행사가 되는 것이 더 현실적으로 보였을 것이다. 그런데 국무장관이 되고 나서는 그날 밤 웰즐리에서 만났던 백발의 원로 정치가를 생각할 때가 많았다. 그는 격식을 갖춘 겉모습과 달리 나라와 대통령을 위해 최선이라 여겨지면 외교적 관례도 깨버리는 매우 창의적인 외교관이었다.

세계 속 미국의 리더십은 릴레이 경주를 닮았다. 장관과 대통령을 비롯한 한 시대 사람들이 배턴을 손에 쥐고 한 구간을 달리고 나면, 그 배턴은 다음 선수에게 넘어간다. 내가 전임자들의 활동과 그들이 남긴 교훈 덕을 많이 보았던 것처럼, 내가 국무장관을 지내는 동안 시작된 계획들은 존 케리 John Kerry 장관에게 배턴을 넘겨주고 국무부를 떠난 이후에 결실을 맺었다.

나는 국무장관이 세 직업을 하나로 통합해놓은 것임을 이내 깨달았다. 국가의 최고위 외교관, 대통령의 대외정책 핵심 고문, 사방으로 뻗은 부서들을 관할하는 CEO의 일을 모두 해야 했다. 처음부터 나는 상충하는 시급한 사안들을 처리하는 데 시간과 에너지를 균형 있게 분배해야 했다. 틀어진 동맹관계를 회복시키고 새로운 파트너십을 구축하기 위해 공공과 민간 부문을 넘나들며 외교를 이끌어나가야 했다. 더구나 우리 정부 내에서도 특히 백악관이나 의회와 정책을 처리할 때는 외교술을 어느 정도 발휘해야 했다. 국무부 자체에서도 유능한 인재들을 최대한 활용하고, 사기를 끌어올리고, 효율을 높이고, 새로운 과제들을 처리하는 데 필요한 능력을 키우는 등 할 일이 많았다.

한 전임 장관은 나에게 전화를 걸어 이렇게 조언했다. "모든 걸 한꺼번에

하려고 하지 마세요." 다른 부서의 원로들도 비슷한 말을 했다. "정책을 수정하거나 관료주의를 뜯어고치려고 할 수는 있겠지만, 둘 다 할 수는 없습니다."

가장 빈번하게 들은 또 다른 충고는 큰 문제 몇 개를 골라서 거기에 매진하라는 것이었다. 그런데 이런 충고들은 우리 앞에 놓인 점점 복잡해지는 국제정세에 대입하기에는 너무 획일적이었다. 아마도 예전에는 국무장관은 몇 가지 우선 과제에만 전적으로 초점을 맞추고 부장관 및 보좌관이 나머지 국제적 사안들과 국무부 내부 일을 맡았던 때가 있었을 것이다. 하지만 그런 시대는 끝났다. 우리는 지역과 위협을 무시하면 고통스러운 결과가 나타날 수 있다는 것을 어렵사리 깨달았다(예를 들면 1989년 소련 붕괴 후 아프가니스탄처럼). 나는 판 전체를 주시할 필요가 있었다.

9·11 테러 이후, 미국의 대외정책은 가장 심각한 위협들에 초점을 맞추는 양상으로 자연스럽게 바뀌었다. 물론 그렇다고 해서 경계를 늦추지는 않았다. 또한 우리가 특히 아시아태평양지역에서 중대한 기회를 잡도록 더욱 노력해야 한다는 생각도 했다.

나는 많은 관심과 창조적인 전략이 요구되는 신생 과제들을 다루고 싶었다. 몇 가지 예를 들면, 북극해와 태평양의 해저자원을 두고 벌이는 경쟁을 어떻게 조정할 것인가, 힘센 공기업들의 경제적 횡포를 보고만 있을 것인가, 소셜미디어를 통해 새로운 권력층으로 부상한 전 세계 젊은이들과 어떻게 소통할 것인가 하는 문제 말이다. 대외정책을 수립할 때 국무장관이 트위터의 영향력에 대해 생각하거나, 여성 기업가들을 위한 프로그램을 시작하거나, 해외에 나가 있는 미국 기업들을 대변하는 등의 일에 시간을 들이는 것이 과연 가치가 있는지 의문을 갖는 전통주의자들이 있으리라는 건 안다. 하지만 나는 이 모든 것이 21세기 외교관이 해야 할 일에 속한다고 보았다.

═══

새로 출범할 오바마 정부의 새 국가안보팀 구성원들이 12월 15일 시카고에서 여섯 시간 동안 만남을 가졌다. 이 자리는 2주 전 인사 발표가 있고 나서 우리가 처음으로 갖는 회의였다. 우리는 이라크와 아프가니스탄의 전쟁 국면과 중동 평화 가능성 등을 포함하여 앞으로 직면하게 될 난이도 높은 몇 가지 정책 딜레마로 곧장 뛰어들었다. 또한 지금껏 해결하지 못한 매우 까다로운 문제, 즉 이제까지 사용되어온 쿠바 관타나모 만의 전쟁포로 수용소를 폐쇄하겠다는 대통령 당선자의 공약을 어떻게 이행할 것인지에 대해서도 충분히 이야기를 나누었다.

나는 미국의 리더십과 대외정책뿐만 아니라, 대통령이라면 누구나 국가안전보장회의 구성원들에게 기대할 수 있는 팀워크에 대해서도 각각 나름의 아이디어를 가지고 오바마 정부로 왔다. 그렇게 입성한 정부 안에서 내 입장을 적극적으로 밝힐 작정이었다. 그런데 나는 역사와 개인적 경험을 통해, 대통령 집무실 안 해리 트루먼의 책상에 남겨진 다음 글이 옳다는 것을 알았다. "모든 책임은 대통령이 진다." 게다가 나와 대통령이 긴 시간 동안 대선후보 경선에서 싸워온 만큼 언론이 둘 사이에서 불화의 조짐을 찾으려 하거나 심지어 그런 조짐이 있기를 바라리라는 것도 나는 알고 있었다. 그래서 언론에는 그런 빌미를 주지 않기로 했다.

대통령 당선자가 뽑은 팀원들은 매우 인상적이었다. 부통령으로 선출된 조 바이든은 상원 외교위원회의 위원장을 지내면서 국제 경험을 풍부하게 쌓은 인물이었다. 그의 온화함과 재치는 백악관 상황실에서 보내는 긴 시간을 즐겁게 해주었다. 조와 나는 매주 만나 비공식적인 아침식사를 함께 하려고 노력했다. 우리가 만나는 곳은 그의 관사인 해군 관측소였는데 우리 집에서도 가까웠다. 언제나 신사적인 조는 내 차까지 마중을 나와서 나랑 함께 걸으며 햇살이 비치는 현관 한편으로 안내했고, 우리는 그곳에서 식사를 하며 담소를 나누었다. 뜻이 맞을 때도, 맞지 않을 때도 있었지만, 나는 우리가 솔직하고 허물없는 대화를 나눌 수 있음에 늘 감사했다.

람 이매뉴얼과는 오랫동안 알고 지낸 사이다. 그는 1992년 선거운동을 할 때부터 남편과 함께 활동하기 시작하여 백악관에서 근무하다가 고향 시카고로 가서 의회활동을 했다. 하원의 떠오르는 샛별이었던 그는 선거운동에 적극적으로 뛰어들어 2006년에 민주당을 새로운 다수당으로 만들었지만, 오바마 대통령이 그에게 백악관 비서실장직을 부탁하자 의원직을 포기했다. 훗날 그는 시카고 시장 선거에 출마하여 당선되었다. 람은 단호한 성격과 강렬한 어휘 사용(점잖게 말해서 그렇다는 소리다)으로 유명했지만, 창의적인 사상가이자 입법전문가였으며, 대통령에게는 커다란 재산이기도 했다. 고된 대선후보 경선을 치르는 동안 람은 중립을 유지했다. 이유인즉 람이 당시 상원의원이었던 오바마와도 끈끈한 유대관계를 맺고 있었기 때문인데, 자신의 지역 언론사인 〈시카고트리뷴Chicago Tribune〉에 "나는 책상 밑에 숨어 있다"라고 입장을 밝히기도 했다. 이제 모두 함께 일하게 되면서 람은 이 '라이벌로 이루어진 팀'을 서로 뭉치게 하는 아교 역할을 하게 되었다. 람이 이야기를 잘 들어주고 비서실의 문도 활짝 열어두어서 우리는 자주 대화를 나누었다.

신임 국가안보 보좌관 제임스 존스James Jones는 퇴역한 해병대 사령관으로, 내가 상원 군사위원회에서 활동할 당시 그가 유럽연합군 최고사령관으로 복무하던 터라 알고 있었다. 그는 위엄 있고 냉철하면서도 유머감각이 있는 공정한 협상가였으며, 국가안보 보좌관이 갖추어야 할 모든 중요한 자질을 갖춘 인물이었다.

존스 장군의 부관이자 최종적으로 후임이 된 인물은 내가 카터 정부 때부터 보아온 토머스 도닐런Thomas Donilon이었다. 토머스는 워런 크리스토퍼Warren Christopher 국무장관의 수석보좌관으로 일한 터라 국무부를 잘 이해하고 평가할 수 있었다. 게다가 아태지역에서 점점 증가하고 있는 우리 업무에 대해 나만큼 열정적인 사람이었다. 소중한 동료가 된 토머스는 관계부처 간 까다로운 정책처리 과정을 감독하여 선택지들을 분석하고 대통령이 최종 판단을 내릴 수 있게 했다. 그가 이따금 답하기 어려운 질문을 던지는 까닭에 질문을 받는 우리는 중요한 정책결정들을 보다 철저하게 검토해야 했다.

대통령은 유엔 대사로 수전 라이스Susan Rice를 선택했다. 그녀는 국가안전보장회의에서 활동한 뒤 1990년대에 국무부 아프리카 담당 차관보를 역임했다. 대선후보 경선 기간에 수전은 오바마 캠프 대리인으로 활발하게 활동하며 텔레비전에서 나를 자주 공격하곤 했다. 물론 그게 그녀의 일이었다는 걸 나도 이해했기 때문에 우리는 과거를 제쳐두고 긴밀한 공조관계를 형성했다. 예를 들면 이란과 북한에 대한 새로운 제재조치를 둘러싸고 유엔에서 표를 모으는 일이나, 리비아 민간인들을 보호하기 위한 특별임무를 인가하는 일 등을 함께 했다.

한편 대통령이 로버트 게이츠Robert Gates의 국방장관직을 그대로 유지한 데 대해 많은 사람들이 의외라는 반응을 보였다. 로버트 게이츠는 CIA와 국가안전보장회의에서 근무하며 양당의 대통령 8명을 위해 일한 눈에 띄는 이력을 가진 인물로, 텍사스 A&M 대학에 재직하던 중 2006년 조지 W. 부시George W. Bush 대통령에게 발탁되어 도널드 럼스펠드Donald Rumsfeld의 후임으로 국방장관이 되었다. 나는 상원 군사위원회에서 일할 당시 로버트가 활동하던 모습을 본 적이 있었기에 우리가 물려받은 두 전쟁을 해결하는 데 그가 연속성과 일관성을 보태줄 거라고 생각했다. 로버트는 미국의 대외정책에서 외교 및 개발원조 부문에 더 많은 자원을 투입하고 더 큰 역할을 부여해야 한다는 설득력 있는 주장을 펼쳤다. 세력다툼이 존재하는 미국 정부에서 타 부처에 자금이 더 많이 돌아가야 한다고 주장하는 관료는 흔하지 않을 것이다. 하지만 그동안 미국의 외교정책에서는 다년간 군사 부문이 가장 두드러졌고, 이제 로버트는 더 큰 전략적 그림을 내다보며 내가 3D라고 부르는 국방defense, 외교diplomacy, 개발development 전략 사이에 균형이 더욱 필요한 시점이라고 생각했다.

불균형을 가장 쉽게 찾아볼 수 있는 분야는 바로 예산이었다. 국민들은 대외원조 비용이 연방 예산의 최소 4분의 1을 차지한다고 생각했지만, 사실 연방정부가 1달러를 쓴다면 외교 및 개발원조에 쓰는 돈은 불과 1페니밖에 되지 않았다. 로버트는 2007년의 한 연설에서, 외무 예산은 "우리가 군사 부문에 쓰는 돈에 비하면 불균형적일 정도로 적다"라고 말한 적이 있다. 로버트가 자주 지적하는 것처럼 군악대에 복무하는 미국인의 수가 미국 외교진 전체의 수와 맞먹었다.

우리는 좀 더 현명하게 국가안보 예산을 수립하기 위해 처음부터 동맹을 맺었다. 의회에서 한 팀으로 움직이며 여러 건의 내부 정책토론에서 같은 편에 섰다. 뮤지컬 〈웨스트 사이드 스토리West Side Story〉의 샤크단과 제트단처럼 앙숙관계가 되었던 수많은 전 정권의 국무부와 국방부와 달리, 두 부처 사이의 내분을 피했다. 우리는 각국의 국방장관 및 외무장관들과 공동회의를 열고 함께 회견을 하며 당면한 대외정책 쟁점들에 공동전선을 제시하기도 했다.

2009년 10월, 우리는 조지워싱턴 대학 강당에서 합동행사를 가졌다. 보도와 진행은 CNN 방송국이 맡았다. 둘이 함께 일해보니 어떠냐고 진행자가 묻자, 로버트는 "관료생활을 하는 동안 국무장관과 국방장관이 서로 대화하는 걸 거의 본 적이 없었습니다"라고 말해 좌중의 웃음을 자아냈다. "사실 꽤 추한 모양새가 나올 수도 있었습니다. 그러니 우리가 함께 대화할 수 있는 관계가 된다는 건 굉장한 일이에요…… 우리는 마음이 잘 통하고 손발도 잘 맞습니다. 국방장관으로서 제 경험에 비추어볼 때, 솔직히 이런 관계는 국무부가 미국 대외정책의 주요 대변자임을 기꺼이 인정하는 데서부터 시작된다고 생각합니다. 그 장애물을 넘으면 나머지는 알아서 제자리를 찾는 거죠."

═══

우리 국무부는 미국이 세계를 이끌어나가는 능력에 대한 국내외의 기대가 줄어들고 있는 시점에 벅찬 난제들을 물려받았다.

만약 그 당시의 신문을 봤거나 워싱턴 싱크탱크를 잠깐 살펴보았다면 미국이 쇠퇴하고 있다는 말을 들을 수 있었을 것이다. 2008년 대통령선거 직후, 국가정보국Director of National Intelligence이 지명한 분석가 및 전문가로 이루어진 국가정보위원회National Intelligence Council는 〈세계 동향 2025 : 변화된 세계Global Trends 2025 : A Transformed World〉라는 제목의 깜짝 놀랄 만한 보고서를 발행했다. 이 보고서는 미국의 영향력 감소와 국제적 경쟁의 증가, 자원의 고갈, 불안정성 확대 등 어두운 전망들을 내놓았다. 정보분석가들은 미국의 상대적 경제력과 군사력이 앞으로 줄어들 것이며, 2차대전 이후 미국이 구축하고 방어하는 데 힘써온 국제 체제는 중국 같은 신흥 경제대국이나 러시아와 이란 같은 산유국, 알카에다 같은 비국가 활동 세력 등의 영향력이 커짐에 따라 점점 쇠퇴할 것이라고 전망했다. 이에 더해 몹시 단정적인 어휘를 써서 "상대적 부와 경제력이 서양에서 동양으로 역사적 이동을 하고 있는 것"이라고 표현했다.

오바마 대통령의 취임식이 열리기 얼마 전, 예일대 역사학과 폴 케네디Paul Kennedy 교수는 〈월스트리트 저널Wall Street Journal〉에 "미국의 힘은 약해지고 있다"라는 제목으로 칼럼을 썼다. 케네디 교수는 2008년과 2009년에 자주 언급되었던 비평 내용을 분명하게 설명하면서, 미국 국력 약화의 원인이 늘어나는 부채와 대침체가 안겨준 심각한 경제적 타격, 이라크와 아프가니스탄에서 치르고 있는 전쟁의 "제국주의적 과잉팽창" 때문이라고 지적했다. 그는 미국이 확고했던 글로벌 리더로서의 입지를 잃어가고 있다고 보는 이유를 의미심장한 비유를 통해 설명했다. "신체가 균형 잡히고 근육이 잘 발달한 힘센 사람은 아주 무거운 배낭을 메고도 장시간 오르막길을 올라갈 수 있다. 그런데 그 사람이 힘을 잃었는데(경제 문제) 짐의 무게가 변함없이 무겁거나 더 무거워지면(부시 독트린), 그리고 지세가 더 험준해지면(신흥강국의 부상, 국제적인 테러, 국가 부도), 한때 힘이 셌던 여행자라도 발걸음이 느려지고 비틀거리기 시작한다. 바로 그때 더 민첩하고 짐도 덜 무거운 사람이 가까이 따라붙은 뒤 나란히 걷다가 앞으로 치고 나가게 되는 것이다."

그래도 나는 미국의 미래에 대해 기본적으로 낙관적인 태도를 유지했다. 나의 이런 자신감은 살아오면서 미국 역사의 부침에 대해 연구하고 경험하며 나머지 세계에 대한 미국의 비교우위를 냉정하게 평가해온 데서 나왔다. 국가의 운은 물살을 탈 수밖에 없으며, 재앙이 코앞에 닥쳤다고 보는 사람들은 항상 있게 마련이다. 하지만 미국의 운명을 두고 내기를 하는 것은 결코 영리한 행동이 아니다. 전쟁이든 불황이든 국제적인 경쟁이든, 우리 미국인들은 난관에 봉착할 때마다 열심히 일하고 창의력을 발휘하며 위기를 잘 모면해왔다.

나는 이 비관적인 분석들이 미국이 가진 회복 능력과 재창조 능력을 비롯한 수많은 능력을 평가절하한다고 생각했다. 미국의 군사력은 단연 세계 최강이고, 경제력은 여전히 최고이며, 외교적 영향력에는 적수가 없고, 대학들은 세계 기준을 제시하며, 자유와 평등과 기회라는 미국의 가치는 아직도 전 세계 많은 사람들을 미국 땅으로 끌어들이고 있었다. 세계 어디서든 우리가 문제를 해결해야 할 때는 수십 개국의 우방과 동맹을 부를 수 있을 것이었다.

나는 미국에 일어난 일들은 여전히 미국인이 해결해야 할 몫이라고 생각했다. 늘 그래왔듯이 말이다. 우리는 연장을 손질해서 그것이 쓰일 곳에 놓기만 하면 되었다. 그런데 이 모든 쇠퇴론은 우리가 맞닥뜨린 난관들이 얼마나 큰지만 강조했다. 그럴 때면 스티브 잡스Steve Jobs를 흉내 내어 21세기 국무부의 역할에 대해 "다르게 생각think different"하고 싶어졌다.

═══

장관들은 4년마다 새로 오고 떠나기를 반복하지만, 국무부와 미국 국제개발처United States Agency for International Development에 있는 사람들은 대부분 훨씬 오래 근무한다. 이 기관들은 모두 합해 전 세계 약 7만 명을 채용하고 있으며, 그들 중 대다수는 여러 정권에 걸쳐 지속적으로 근무해온 경력 전문가다. 이는 국방부에서 근무 중인 300만 명에 비하면 훨씬 적지만 결코 적은 수는 아니다. 내가 장관이 되었을 때, 예산은 줄고 할 일은 산더미였던 국무부와 국제개발처의 경력 전문가들은 자신들이 맡은 중요한 업무를 위해 싸워줄 지도자를 간절히 원하고 있었다. 나는 그들이 원하는 지도자가 되고 싶었다. 그러려면 나와 같은 가치관을 갖고 성과를 얻기 위해 고집스럽게 밀어붙일 실력자 팀이 필요했다.

나는 셰릴 밀스Cheryl Mills를 나의 법률고문이자 수석보좌관으로 채용했다. 1990년대에 셰릴이 백악관에서 부법률고문으로 근무할 때부터 우리는 친구가 되었다. 그녀는 말이 빠르고 생각은 더 빨랐다. 셰릴의 지성은 그녀에게 닥친 모든 문제를 썰고 다지는 예리한 칼날 같았다. 뿐만 아니라 그녀는 강심장이기도 했고, 한없이 성실했으며, 바위처럼 단단한 청렴함을 지녔고, 사회정의에 깊이 헌신했다. 백악관에서 근무한 후 셰릴은 민간부문과 뉴욕 대학교의 법률과 경영 분야에서 요직을 맡았으며, 뉴욕대에서는 수석 부총장으로 재임하고 있었다. 그녀는 내가 국무부로 자리를 옮기는 것은 돕겠지만 뉴욕대를 떠나 정부에서 상임직을 맡고 싶지는 않다고 말했다. 그러던 셰릴이 고맙게도 생각을 바꾸었다.

국무부 사람들은 모두 관료사회를 '빌딩'이라 불렀는데, 셰릴은 내가 빌딩을 관리하는 것을 돕고 주요 우선 과제들 중 식품안전, 세계 건강정책, 성소수자 권리, 아이티 문제 등 몇 가지를 직접 감독했다. 게다가 그녀는 인사문제 같은 민감한 사안들에 백악관과 나의 주요 연락책 역할도 했다. 대통령이 나에게 팀을 꾸릴 재량권을 주겠다고 약속했음에도, 내가 가장 유능하다고 판단한 사람을 채용하려 하면 대통령 고문들과 격론이 벌어지는 일이 처음에는 몇 번 있었다.

그중 하나가 카프리샤 마셜Capricia Marshall 채용 문제였다. 나는 그녀를 의전장으로 임명하여 워싱턴을 방문한 외국 지도자들을 맞이하고, 정상회담을 준비하고, 외교사절과 만나고, 대통령과 함께 해외출장을 가고, 대통령과 내가 상대국 지도자들에게 줄 선물을 고르는 일을 맡기고 싶었다. 나는 퍼스트레이디 생활을 통해 외교에 의전이 얼마나 중요한지 깨달았다. 관대한 주최자와 예의 바른 손님은 관계 형성을 돕지만, 그렇지 않은 경우에는 의도치 않게 모욕을 줄 수 있다. 그래서 우리의 의전도 최상으로 갖추고 싶었다.

1990년대에 백악관 사회 담당 비서였던 카프리샤는 그 일에 필요한 것이 무엇인지 이미 알고 있었지만, 백악관에서는 대선후보 경선 때 대통령을 도왔던 사람을 원했다. 나는 그것이 근시안적이라고 생각했지만, 오바마월드와 힐러리랜드라는 불규칙한 독립체를 합치는 과정에서 어느 정도의 마찰과 고통은 피할 수 없음을 감안했다. "우리가 해결할 겁니다. 당신이 이 일에 적임자가 아니었다면 이렇게 밀어붙이지도 않았을 거예요." 나는 카프리샤에게 단언했다.

대통령은 나에게 그와 가장 가까운 고문 중 한 사람인 데니스 맥도너Denis McDonough와 셰릴 사이에 조정과 합의가 필요한지 물었지만, 중재는 필요치 않았다. 그들은 원만한 해결을 보았고 카프리샤는 채용되었다. 그녀는 기대했던 대로 나를 실망시키는 일이 없었다. 훗날 데니스는 NPR의 아침 방송에서 인터뷰를 하는 카프리샤의 모습을 아내 카리와 함께 본 이야기를 해주었다. 카리는 카프리샤에게 매료되어 "너무나도 우아한" 이 외교관에 대해 이것저것 물었다. 데니스는 자신이 원래 카프리샤 임명을 반대했었다고 고백했다. 카리가 남편에게 정신 나간 사람이라고 놀리자, 데니스도 그것을 인정했다. 그는 나중에 셰릴에게 이렇게 말했다. "내가 진 게 당연합니다. 그리고 져서 다행입니다."

카프리샤의 성공은 우리가 선거판의 적수에서 존경하는 동료가 되기까지 거쳐온 모든 여정의 축소판이라 할 수 있었다. 우리가 초반 경선을 벌일 때부터 선두에 나서서 전투를 이끌었던 셰릴과 데니스는 동료가 되었을 뿐만 아니라 우정도 쌓았다. 그들은 거의 매일 끊임없이 대화하고 주말 아침마다 만나서 달걀과 핫초콜릿을 놓고 식사를 하며 전략을 짰다. 나의 장관 임기가 거의 끝나갈 무렵, 대통령은 셰릴에게 작별편지를 보냈다. "우리는 '라이벌로 이루어진 팀'에서 '라이벌이 없는 무적의 팀'으로 성장했습니다."

나는 리처드 홀브룩도 채용할 생각이었다. 저돌적인 성격의 그는 우리 세대 최고의 외교관으로 널리 알려져 있다. 그는 직접 뛰어다니며 1990년대 발칸 반도에 평화를 가져왔다. 유엔 대사 시절에는 공화당을 설득해 유엔

회비를 납부하게 하고, 안전 이슈였던 HIV/에이즈와의 전쟁을 역설했다. 나는 장관직을 수락한 직후에 그에게 아프가니스탄과 파키스탄 문제의 특사가 되어달라고 부탁했다. 임기 첫날부터 새 정부는 아프가니스탄 전쟁의 미래, 특히 국방부의 요구대로 추가 파병을 할 것인지에 관한 심각한 문제들에 직면하게 된다. 대통령이 어떤 결정을 내리든 우리에게는 보다 훈련된 외교관과 더불어 양국관계를 발전시키려는 노력이 필요했다. 그런 목표를 추구할 수 있는 경험과 투지를 가진 사람이 바로 리처드였다.

또 하나의 우선 과제는 여느 때와 마찬가지로 중동의 평화를 추구하는 것이었다. 나는 조지 미첼 전 상원의원에게 그 일을 주도해달라고 부탁했다. 조지는 개방적인 리처드 홀브룩과 달리 빈틈없고 보수적인 사람이었지만 경험이 풍부하고 전문성도 갖추고 있었다. 그는 총 15년 동안 메인 주 상원의원이었고, 그중 6년간은 다수당 원내대표를 역임했다. 1990년대 중반 상원에서 물러난 뒤에는 빌과 함께 일하며 아일랜드 평화협상 과정을 도왔다. 훗날 그는 2000년에 시작된 팔레스타인 사람들의 반反이스라엘 투쟁인 제2차 인티파다를 조사하던 샤름 엘셰이크 사실조사위원회의 위원장을 맡기도 했다.

많은 대통령과 국무장관이 특사를 활용해 목표로 설정한 임무를 처리하고 정부 부처의 특정 문제를 둘러싼 정책을 조정해왔다. 나 역시 그런 시스템이 효율적으로 돌아가는 모습을 지켜봐온 터였다. 어떤 평론가들은 홀브룩과 미첼처럼 뛰어난 이력의 외교관을 임명할 경우 중요한 정책결정이나 의사결정에서 나의 역할이 줄어들 것이라고 말했다. 하지만 나는 그렇게 생각하지 않았다. 장관으로도 손색이 없는 사람들을 임명하면 나의 역량은 물론이고 정부의 신뢰성도 높아지는 것이다. 그들은 나에게도 보고하지만 백악관과도 긴밀하게 협조하면서 다각도로 일을 하게 된다. 대통령은 이에 동의하고 부통령과 함께 국무부로 와서 리처드 홀브룩과 조지 미첼 임명안을 발표했다. 나는 그런 높은 위상의 인물들이 우리 국무부의 일원이 되어 이러한 역할을 맡아주겠다는 데 뿌듯함을 느꼈다. 리처드와 조지 두 사람 모두 오랫동안 화려한 경력을 쌓아온 터라, 불가능한 과제는 아니지만 어느 모로 보나 힘든 과제들을 굳이 떠맡을 필요가 없었다. 하지만 그들은 애국자이자 공직자로서 부름에 응답했다.

국무부 운영을 도울 일류 부장관들도 필요했다. 오바마 대통령 측근의 추천으로, 나는 짐 스테인버그Jim Steinberg를 정책 담당 부장관으로 임명할 것을 고려했다. 일부 언론에서는 짐은 오바마가 심어둔 인물이라며 우리 사이에 긴장이 조성될 것으로 예상했다. 유치한 예상이었다. 짐과는 클린턴 정부 시절 국가안보 부보좌관으로 근무할 때부터 알고 지낸 사이였으니까. 짐은 2008년 대선후보 경선에서 양쪽 진영 모두에 대외정책에 관한 조언을 해주었고, 대통령과 나는 그를 깊이 존경했다. 게다가 그는 내가 중요하게 여기던 아태지역을 연구하고 있었다. 나는 짐에게 부장관직을 제안했고, 첫 만남에서부터 나는 우리를 한 팀으로 보고 있다는 생각을 확실히 전달했다. 짐도 나와 생각이 같았다. 부장관 짐은 2011년 중반 시러큐스 대학 맥스웰 대학원 학장이 되어 떠났다. 나는 매우 유능하고 노련한 외교관인 빌 번스Bill Burns에게 후임을 맡아달라고 부탁했다.

전통적으로 국무부 부장관은 단 한 명뿐이었다. 관리 및 자금을 담당하는 부장관직이 의회의 승인을 받았다는 것은 알았지만 그 자리가 채워진 적은 없었다. 나는 연방의회나 백악관에서 국무부가 필요로 하는 자금을 얻으려 고군분투할 때 나를 도와줄 수 있고, 그 자금을 현명하게 사용할 수 있는 고위간부를 간절히 원했다. 내 선택은 1990년대 말에 관리예산국 국장을 지낸 잭 루Jack Lew였다. 재정과 관리에 대한 그의 전문지식은 우리가 함께 일하는 동안 정책을 검토하고 구조적 변화를 실행하는 데 매우 귀중한 재산이었다.

2010년에 대통령이 잭에게 관리예산국에서 했던 일을 다시 해달라고 부탁하자, 잭의 직책은 재계와 공무 모두에서 오랜 경험을 가진 톰 나이즈Tom Nides가 자연스럽게 이어받았다. 나이즈는 톰 폴리Tom Foley 하원의장의 수석보좌관을 역임한 뒤 나의 친구인 미국 무역대표부United Slates Trade Representatine 대표 미키 캔터Mickey Kantor의 수석보좌관을 지낸 경험을 바탕으로, 의회에서 정부 부처를 옹호하고 해외의 미국 기업들을 도울 수 있는 능력을 갖추고 있었다. 그는 뛰어난 협상 능력으로 수많은 난제를 해결했으며, 특히 2012년에는 매우 민감했던 파키스탄과의 교착상태를 해결하는 데 도움을 주기도 했다.

═══

상원 외교위원회 인준청문회를 앞두고 나는 강도 높은 준비에 뛰어들었다. 제이크 설리번Jake Sullivan은 나무랄 데 없는 경력(옥스퍼드 대학 로즈 장학생, 연방대법원 사무원, 상원 보좌관)을 가진 훌륭하고 성실한 미네소타 사람으로, 내가 대통령 선거운동을 할 때 신임한 고문이었고, 본선거를 치를 때 당시에는 상원의원이던 오바마를 도와 토론 준비를 하기도 했다. 나는 제이크에게 내 친구이자 전직 백악관 연설원고 작성자로 국무부에 들어와 같은 일을 하게 된 리사 머스커틴Lissa Muscatine과 함께 일해달라고 부탁했다. 두 사람은 청문회에서 분명한 메시지를 전달할 수 있도록 방법을 마련했고, 하늘 아래 온갖 쟁점들에 대해 예상되는 질의와 답변을 준비했다. 제이크는 정책비서실 부수석보좌관이 되었다가 나중에는 정책기획실 실장이 되었으며, 향후 4년 동안 내가 가는 거의 모든 곳에서 내 곁을 지켰다.

인수위원회는 국무부에서 경력 전문가들과 협업하며 빌딩 내 구내식당 예산부터 모든 의회 의원의 정책적 관심사에 이르기까지 상상할 수 있는 모든 주제에 대해 엄청난 양의 브리핑 문서를 넘겨주었고, 직접 설명해주기도 했다. 나는 주어진 문서를 충분히 살펴보고 나서 국무부가 만들어낸 이 결과물의 깊이와 규모, 체계에 깊은 인상을 받았다. 아주 작은 세부사항에도 많은 정성을 들인 것은 물론 광범위한(때로는 복잡미묘한) 정리 과정을 거친 터라, 국무부를 비롯한 많은 정부기관 소속의 전문가들이 핵심을 파악할 수 있었다.

공식 브리핑 과정이 끝난 뒤에는 몇 주 동안 책을 읽고 사색을 하고 전문가들과 지인들에게 연락을 하며 지냈다. 빌과 나는 오랫동안 산책을 하며 세계정세에 관해 이야기했다. 12월 초에는 오랜 친구인 토니 블레어Tony Blair가 워싱턴에 있는 우리 집을 방문했다. 그는 2007년 6월 영국 수상직에서 물러난 뒤 일하고 있는 '콰르텟Quartet'과 관련된 근황에 대해 이야기해주었다. 콰르텟은 중동 평화협상을 위한 4자회의기구로 미국, 유엔, 유럽연합European Union, 러시아가 속해 있다.

콘돌리자 라이스Condoleezza Rice 국무장관이 워터게이트 단지 안에 있는 자신의 아파트에서 개인적인 저녁식사 자리를 마련해 나를 초대했다. 우리는 식사를 하며 정책 변화에 대해서나 나에게 결정권이 주어진 인사 문제에 대해 이야기를 나눌 수 있었다. 그녀의 요청은 단 하나, 그녀의 운전기사를 계속 고용해줄 수 있는가였다. 나는 그러겠다고 했고, 콘돌리자가 그랬듯이 나도 곧 그 기사에게 의지하게 되었다.

콘돌리자는 국무부의 고위간부들과 함께 하는 저녁식사에 다시 한 번 나를 초대했고, 이번에는 국무부 8층의 한적한 곳에 자리한 공식 만찬장에서 만났다. 신임 장관으로서 내가 앞으로 겪게 될 일들에 대해 그녀가 해준 조언들은 매우 유익했다.

나는 생존해 있는 전 국무장관들과 이야기를 나누었다. 정말이지 초당파적이고 매력적인 모임이 아닐 수 없었다. 릴레이 경주에서 저마다 한 구간씩 달려온 그들은 내가 배턴을 쥐고 빠르게 출발할 수 있도록 도움을 아끼지 않았다. 나의 오랜 친구인 매들린 올브라이트Madeleine Albright는 여성의 권리와 기회 신장을 위해 함께 활동했던 파트너로서, 새로운 민관 파트너십으로 중동에서 기업가정신과 혁신을 증진시키자는 데 의견을 같이했다. 워런 크리스토퍼가 해준 조언은 아마도 내가 들은 것 중에 가장 실용적일 것이다. "8월에는 휴가 계획을 세우지 마십시오. 그 달에는 항상 무슨 일이 일어나게 마련이니까요. 2008년 8월에도 러시아가 그루지야를 침공하지 않았습니까." 헨리 키신저Henry Kissinger는 정기적으로 내게 연락해 외국 지도자들을 면밀히 관찰한 결과를 알려주기도 하고, 해외출장 보고서들을 보내주기도 했다. 제임스 베이커James Baker는 백악관의 디플로매틱 리셉션 룸을 의례용으로 보존하고 워싱턴에 미국 외교박물관을 건립한다는 오랜 염원을 실현하려는 국무부의 노력을 격려했다. 콜린 파월Colin Powell은 대통령과 내가 고심하고 있던 인사 문제와 아이디어들에 대해 솔직한 평가를 해주었다. 역대 국무장관 중 유일하게 직업 외교관이었던 로렌스 이글버거Lawrence Eagleburger는 나와 함께 국무부 작전센터Operation Center(빌딩 사람들은 옵스Ops라고 불렀다) 50주년 기념식에 참석했다. 하지만 가장 큰 선물을 준 사람은 바로 조지 슐츠George Shultz였다. 그의 선물은 곰인형이었는데, 앞발을 꾹 쥐면 〈돈 워리, 비 해피Don't Worry, Be Happy〉 노래가 흘러나왔다. 나는 그 인형을 집무실에 두었는데, 처음에는 재미 삼아서였지만, 앞발을 꾹 쥐고 노래를 들으면 때때로 정말 기분이 나아지곤 했다.

나는 초대 국무장관 토머스 제퍼슨Thomas Jefferson 등 전임자들의 경험에 대해 많이 생각해보았다. 미국의 대외정책을 마련하는 일은 늘 지속성과 변화 사이에서 아슬아슬하게 균형을 잡는 줄타기와 같았다. 오래전 웰즐리에서 만난 딘 애치슨과 그의 걸출했던 전임자 조지 마셜George C. Marshall이 당시의 불안했던 국제정세에 대해 어떤 생각들을 했을지 상상해보기도 했다.

1940년대 후반 트루먼 정부의 임무는 2차대전의 상흔과 냉전의 그늘에서 벗어나 새로운 세상(자유로운 세상)을 만드는 것이었다. 애치슨은 그것을 "창세기 첫 장에 묘사된 것에 아주 조금 못 미치는 어마어마한" 임무로 묘사했다. 오랜 제국들은 산산조각 나고 새로운 세력이 부상하고 있었다. 유럽 대다수 지역은 폐허가 되었고 공산주의에 위협받았다. 당시 제3세계라 불리던 곳에서는 오랫동안 억압받던 사람들이 저마다 목소리를 찾고 자결권을 부르짖고 있었다.

2차대전의 영웅으로 트루먼 정부에서 국무장관과 국방장관을 역임한 조지 마셜은 미국의 안보와 번영이 미국과 이해관계를 같이하고 미국의 제품을 사줄 능력이 있는 동맹국에 달려 있음을 알았다. 더 중요한 건, 그가 이미 미국이 세계를 이끌 책임과 기회를 가지고 있다는 것과 새로운 과제는 새로운 방식으로 처리해야 한다는 것을 알았다는 사실이다.

마셜과 트루먼은 군사, 경제, 외교, 문화, 윤리 등 미국이 가진 모든 힘을 활용하여 산산이 부서진 유럽 국가들을 재건하고 공산주의의 확산을 저지할 야심찬 계획에 착수했다. 두 사람은 당파를 초월해 양당 모두의 지지를 이끌어냈고, 자신들의 목표를 국민들에게 설명하기 위해 기업주와 노동단체장, 학자 들에게 협력을 요청했다.

60년 후, 21세기의 첫 번째 10년이 끝나갈 무렵에 미국은 또다시 급변하는 세계 속에서 항해에 나서게 되었다. 기술과 국제화는 세계를 여느 때보다 긴밀하게 연결시켜 서로 의존하게 만들었고, 우리는 무인비행기와 사이버전쟁, 소셜미디어가 일으키는 문제를 해결하려 노력 중이었다. 중국과 인도, 브라질, 터키, 남아프리카공화국 등 더 많은 나라들이 국제적인 논쟁에 영향을 끼치는가 하면, 시민사회 활동가, 다국적 기업, 테러리스트 네트워크 같은 비국가 활동 세력들은 국제 문제에 긍정적 혹은 부정적으로 보다 중대한 역할들을 하고 있었다.

비록 일부 사람들은 오바마 독트린(냉전 때의 '봉쇄정책'처럼, 새로운 시대의 대외정책에 단순하고 명쾌한 로드맵을 제시할 대통일 이론)을 갈망할지 모르겠지만, 우리가 직면한 문제들에 관해서는 단순하거나 명쾌한 건 없었다. 소련이라는 단일한 적을 상대했던 냉전 때와 달리, 이제는 다수의 적대적인 세력과 싸워야 했다. 그래서 우리는 2차대전 이후의 전임자들처럼 새로운 사고를 함으로써 우리를 둘러싼 모든 변화에 대응해야 했다.

대외정책 전문가들은 2차대전 이후에 형성된 제도와 동맹, 규범의 체계를 '건축물architecture'이라 부르곤 한다. 우리는 국가 간 상호작용을 조율할 수 있고, 기본적인 자유를 보호할 수 있고, 공조 행동을 끌어낼 수 있는 규칙을 기반으로 한 국제 질서가 여전히 필요했다. 하지만 그 질서는 전보다 더 유연하고 포괄적이어야 했다. 나는 그 오래된 건축물을 선이 뚜렷하고 명료한 규칙이 있는 그리스의 파르테논 신전에 비유하고 싶다. 신전을 지탱하는 기둥들(소수의 중요한 제도, 동맹, 협정)은 대단히 튼튼했다. 그러나 시간은 어마어마한 대건축물까지 부식시켰고, 우리는 새로운 세계를 위해 새 건축물을 필요로 하게 되었다. 형식적인 그리스 고전주의보다는 프랭크 게리Frank Gehry의 정신에 더 가까운 건축물 말이다. 한때는 튼튼한 기둥들이 세계의 무게를 지탱하고 있었지만, 이제는 자재와 형태, 구조를 역동적으로 조합할 필요가 있다.

수십 년 동안 대외정책 도구들은 군사력이라는 '하드파워hard power' 또는 외교적, 경제적, 인도주의적, 문화적 영향력이라는 '소프트파워soft power'로 분류되었다. 나는 시대에 뒤진 이 패러다임을 타파하고, 미국의 모든 대외정책 요소를 어디서 어떻게 사용해야 조화를 이룰 수 있는지에 대해 폭넓게 생각하고 싶었다.

조약 협상이나 외교회의 참석 등 전통적인 업무를 넘어서, 우리는 (다른 과업들 중에서 무엇보다) 소셜미디어 활동가들을 고용하고, 에너지 수송로 결정을 둘러싼 갈등을 조정하고, 탄소배출량을 제한하고, 소외집단들이 정치에 참여하도록 격려하고, 보편적인 인권을 옹호하고, 경제라는 도로 위에서 공통된 교통규칙을 지키게 해야 했다. 이런 일들을 해내는 능력이 곧 우리의 국력을 평가하는 중요한 척도가 되는 것이다.

이와 같은 분석을 통해 나는 몇 년 동안 정부 곳곳에서 들려오던 스마트파워smart power 개념을 받아들이게 되었다. 하버드 대학의 조지프 나이Joseph Nye, 국제인권감시기구Human Rights Watch의 수잔 노셀Suzanne Nossel, 그 밖에 몇몇 지식인이 그 용어를 사용했다. 비록 우리 모두가 생각하는 의미는 조금씩 달랐지만 말이다. 나에게 스마트파워란 각각의 상황에 맞게 외교적, 경제적, 군사적, 정치적, 법적, 문화적 도구들을 선택해 잘 조합하는 것을 의미했다.

스마트파워라는 목표와 더불어 활동영역을 넓혀 기술, 민관 파트너십, 에너지, 경제, 그 밖에 국무부의 통상적인 업무목록을 넘어서는 영역들에 집중하겠다는 목표는 비교적 전통적인 외교 수단과 우선 과제들을 대체하기보다 보완하는 것이었다. 우리는 모든 자원을 동원해 가장 크고 까다로운 국가안보라는 과제를 수행하는 데 이바지하고자 했다. 그런 일을 이루어낸 사례들이 이 책 전체에 걸쳐 담겨 있다. 우리가 이란 문제에 쏟은 노력을 생각해보자. 우리는 새로운 금융 도구와 민간부문 파트너들을 활용해 엄격한 제재를 가함으로써 이란을 국제경제에서 고립시켰다. 우리는 에너지 외교를 통해 이란의 석유 판매량을 감소시켰고, 시장 안정을 위해 새로운 공급자들을 모았다. 우리는 소셜미디어를 활용하기 시작해 이란 사람들과 직접 소통했고, 새로운 최첨단 도구에 투자해 정부의 억압에 반대하는 사람들을 도왔다. 이 모든 것은 낡은 방식을 답습하던 우리의 외교력을 강화시켰으며, 이들이 합쳐져 국가안보라는 우리의 핵심 목표를 한층 진보시켰다.

2009년 1월 13일, 나는 상원 동료들과 마주앉아 상원 외교위원회 인준청문회를 받고 있었다. 다섯 시간이 넘도록 장관의 역할을 재정립할 계획을 세운 이유와 방법을 설명하고, 가장 긴급한 과제들에 대한 나의 입장을 간략히 확인시켜주고, 북극 정책과 세계경제, 에너지 공급 등에 관한 온갖 질문들에 대답했다.

1월 21일, 상원 전체가 찬성 94표 대 반대 2표로 나의 임명을 승인했다. 그날 늦게 상원 청사인 러셀 빌딩 안의 내 의원실에서 소박한 비공식 취임식이 열렸다. 내 보좌관들이 지켜보는 가운데, 나는 케이 오벌리Kay Oberly 판사 주재하에 남편이 들고 있는 성경책에 손을 얹고 서약을 했다.

1월 22일, 신임 장관들의 전통대로 나는 C스트리트에 있는 정문을 통해 국무부로 걸어 들어갔다. 로비는 응원을 보내는 동료들로 가득 차 있었다. 나는 그들의 열광적인 환영에 감동했고, 마음이 겸허해졌다. 미국과 외교관계를 맺은 세계 모든 나라의 국기가 긴 물결을 이루며 펄럭이고 있었다. 이제 막 시작된 정신없이 바쁜 일정 속에서 나는 전체 수교국 중 절반이 넘는 112개국을 방문하게 된다. 군중 앞에 선 나는 "미국에 새로운 시대가 열렸다고, 온 마음을 다해 믿습니다"라고 말했다.

로비를 가득 메운 사람들 뒤로, 건국 이후 해외에서 미국을 대표하다 숨진 외교관 200여 명의 이름이 대리석 벽에 새겨진 것을 보았다. 그들은 전쟁과 자연재해, 테러 공격, 유행병, 조난 사고 등으로 목숨을 잃었다. 위험하고 불안한 곳에서 임무를 수행하다 목숨을 잃는 미국인은 앞으로도 더 늘어날 수도 있었다(실제로 우리는 아이티 지진을 비롯하여 리비아 벵가지나 그 밖의 지역들에서 일어난 테러 공격 등으로 많은 이들을 잃는 슬픔을 겪었다). 그날, 그리고 매일 나는 세계 곳곳에서 미국을 위해 일하는 사람들을 지원하고 보호할 수 있다면 뭐든지 다 하겠다고 다짐했다.

7층 스위트룸에 있는 장관실은 '마호가니 복도'로 알려져 있다. 복도에는 전 국무장관들의 초상화가 걸려 있어 눈길을 끌었다. 나는 그들의 감시를 받으며 일하게 될 것이다. 집무실과 회의실이 모여 있는 곳은 외교안보국 직원들이 지키며 도청장치가 있지 않은지 일상적으로 확인했다. 이곳은 SCIF로 불리는 극비정보시설Sensitive Compartmented Information Facility이었고, 우리는 가끔 거대한 금고 안에서 일하는 느낌이 들었다. 도청 예방 차원에서 휴대전화를 포함한 외부 전자기기는 일절 반입이 허용되지 않았다.

국무부 직원들과 인사를 나눈 후, 나는 개인 집무실로 걸어 들어가 처음으로 내 자리에 앉았다. 전임 장관인 라이스의 편지가 나를 기다리고 있었다. 작은 개인 집무실 안쪽 벽은 조지 슐츠 전 장관이 고른 북부지방 벚나무 판자가 대어져 있어 방문객을 맞는 바깥 사무실과 달리 아늑한 느낌이 들었다. 책상에는 백악관, 국방부, CIA와 연결되는 직통 라인을 비롯해 석 대의 전화기가 놓여 있었다. 나는 편하게 책을 읽고 가끔 낮잠도 잘 수 있도록 소파를 하나 놓았다. 딸려 있는 방에는 작은 주방과 샤워기가 구비된 욕실이 있었다.

이 집무실은 곧 내게 제2의 집이 되었고, 나는 작은 방 안을 왔다갔다하며 외국 지도자들과 전화 통화를 하는 데 많은 시간을 보내게 된다. 하지만 첫날에는 그곳의 분위기를 한껏 음미하는 것으로 족했다.

나는 콘돌리자의 편지를 집어 봉투를 열었다. 간결하고 따스하며 진심이 담긴 편지였다. 그녀는 국무장관이 된다는 것은 "정부에서 가장 좋은 일"을 하는 것이며, 국무부를 믿을 만한 사람에게 맡겼다는 확신이 든다고 썼다. "당신은 이 일을 하는 데 가장 중요한 자질을 갖추었어요. 바로 이 나라를 가슴 깊이 사랑하고 있다는 사실이지요." 그녀의 말에 가슴이 뭉클 했다.

얼른 일을 시작하고 싶어졌다.

PART 2

태평양을 건너

HARD CHOICES

3

아시아 : 중심축

2009년 2월 중순의 어느 화창한 일요일, 내가 탄 차량 행렬이 앤드루스 공군기지의 조용한 거리를 줄지어 지나갔다. 우리는 초소들, 주택들, 격납고를 지나 드넓게 펼쳐진 콘크리트 활주로로 들어섰다. 내가 국무장관직을 맡고 나서 첫 순방길이었다. 차량들은 파란색과 흰색이 칠해진 미 공군 보잉 757기 옆에 멈춰 섰다. 세계 어디서든 외교 업무를 볼 수 있도록 첨단 통신장비를 갖춘 이 비행기의 측면에는 "미합중국United States of America"이라는 글자가 검정색으로 커다랗게 박혀 있었다. 차에서 내려 잠시 멈춰 서서 이 모든 것을 눈여겨보았다.

퍼스트레이디일 때 관용 비행기 중 가장 크고 웅장한 에어포스원을 타고 빌과 함께 세계를 날아다녔다. 상원의원일 때는 의회 대표단의 일원으로 이라크, 아프가니스탄, 파키스탄 등 많은 곳을 누볐는데, 주로 이 비행기와 비슷한 757기나 다양한 소형 비행기를 타고 다녔다. 이런 경험을 했음에도 나는 4년 동안 하늘에서 2,000시간을 넘게 보내며 160만 킬로미터에 이르는 거리를 다니는 생활이 어떠할지 예상하지 못했다. 전부 합치면 꼬박

87일을 시속 800킬로미터가 넘는 속도로 나아가는 쌍발 터보팬 엔진의 꾸준한 진동과 재순환 공기 속에서 보낸 것이다. 이 비행기는 내가 영광스럽게도 대표하고 있는 이 나라의 강력한 상징이기도 했다. 아무리 많은 거리를 다니고 여러 나라를 방문했어도, 먼 활주로에서 빛나고 있는 이 상징적인 파란색과 흰색을 보면 항상 긍지를 느꼈다.

비행기에 오르자, 컴퓨터와 통신장비가 가득 설치된 왼쪽 방에서 공군 장교들이 분주하게 일을 하고, 그들 너머로 조종사들이 최종 점검을 하고 있었다. 오른쪽의 좁은 복도를 따라가면 작은 책상과 침대 겸용 소파, 화장실과 옷장, 보안이 되는 전화기와 일반 전화기가 갖추어진 내 개인 객실이 나왔다.

그 너머의 주 객실은 국무부 직원, 보안요원, 기자와 공군을 위한 세 개의 구역으로 나뉘어 있었다. 첫 번째 구역에는 탁자 두 개가 있었는데, 탁자마다 가죽의자 네 개가 열차 칸처럼 서로 마주 놓여 있었다. 국무부의 외무담당 관료들은 이 탁자 위에 이동 사무실을 마련했다. 3만 피트 상공에서도 국무부 청사의 상황실을 연결하고, 기밀전보 발송부터 상세한 일정 수립까지 모든 것을 준비할 수 있었다. 복도 건너편에서는 내 선임 참모들이 각자의 랩톱 컴퓨터를 세팅하거나 전화기를 붙들고 일을 하거나 막간을 이용해 잠깐 눈을 붙이고 있었다. 그들 앞의 테이블에는 대개 두툼한 브리핑 자료와 수정한 연설문 초안들이 잔뜩 쌓여 있었지만 공식문서들 아래로 〈피플People〉과 〈US위클리US Weekly〉도 심심찮게 눈에 띄었다.

비행기의 중간 부분은 국내선의 일반적인 비즈니스 클래스 객실과 비슷했다. 국무부 내 관련 부서들의 정책전문가들, 백악관과 국방부의 동료들, 통역사, 그리고 외교안보국 요원 몇 명이 좌석을 채우고 있었다. 그다음 칸은 이번 출장을 보도하는 기자들과 카메라맨들을 위한 언론용 객실이었다.

맨 뒤쪽에는 우리가 먹을 음식을 준비하고 늘 우리를 잘 보살펴주는 공군 승무원들이 있었다. 모두가 제각각인 입맛과 수면 습관을 맞추는 건 쉬운 일이 아니다. 승무원들은 우리가 방문한 나라에서 식료품을 구입해 뜻밖의 식사를 대접하기도 했다. 가령 멕시코에서는 옥사카 치즈, 아일랜드에선 훈제연어, 캄보디아에서는 열대과일을 먹었다. 하지만 세계 어디를 가든 우리가 평소 좋아하는 음식도 메뉴에 있었다. 예를 들면 공군의 명물요리 칠면조 타코샐러드 같은 것 말이다.

사람들이 가득 들어찬 이 금속관이 하늘에서 우리의 집이 되었다. 나는 직원들에게 편한 옷차림을 하고 가능한 한 잠을 많이 자라고 당부했다. 그리고 고되고 혹독한 스케줄 속에서 정신이나 신체가 건강을 유지하는 데 도움이 될 수 있는 활동을 하라고 일렀다. 하늘에서 보낸 그 2,000시간 동안 우리는 생일을 축하하기도 하고, 저명한 외교관들이 로맨틱코미디 드라마를 보며 훌쩍이는 모습을 목격하는가 하면(이 일을 놀리지 않으려고 애썼지만 허사였다), 리처드 홀브룩이 "애들 잠옷"이라며 입고 나온 연노란색 파자마를 보고 깜짝 놀라기도 했다.

대부분의 비행에서 순방단은 업무에 많은 시간을 할애했고 나 역시 그러했다. 하지만 긴 해외 일정이 끝나고 귀국하는 비행기에서는 다들 긴장이 풀리고 안도감이 역력했다. 우리는 와인을 즐기고 영화를 보거나 이야기를 주고받았다. 한번은 그런 귀국길에 영화 〈브리치Breach〉를 본 적이 있었다. 1980년대와 1990년대에 러시아의 스파이 노릇을 했던 FBI 요원 로버트 핸슨Robert Hanssen에 대한 영화였다. 그런데 한 장면에서 핸슨이 "바지 정장을 입은 여자는 못 믿어. 바지는 남자들이 입는 거야. 세상은 더 이상 힐러리 클린턴을 필요로 하지 않아"라고 불평하는 게 아닌가. 비행기 전체에서 폭소가 터져나왔다.

비행기는 여러 번 고장을 일으켰다. 사우디아라비아에서 기계적 결함으로 발이 묶여 있다가 마침 그 지역을 지나던 데이비드 퍼트레이어스David Petraeus 장군의 비행기를 얻어 타고 돌아온 적도 있었다. 퍼트레이어스는 친절하게도 내게 자기 객실을 양보하고 자신은 직원들과 함께 앉아서 갔다. 한밤중에 비행기는 연료를 보충하려고 독일의 한 공군기지에 멈췄다. 퍼트레이어스는 비행기에서 내리더니 곧바로 공군기지의 체육관으로 가서 한 시간 동안 운동을 했다. 비행기는 그가 운동을 마친 뒤 다시 출발했다.

2009년의 첫 순방 때 나는 기자들이 앉아 있는 비행기 뒤쪽을 찾아갔다. 그중에는 전임 국무장관들부터 쭉 취재해오던 기자들이 많았다. 이들은 예전의 순방을 떠올리며 신임 장관에게서 무엇을 기대할 수 있을지 생각에 잠겨 있었다.

내 자문가 중 일부는 부시 정부 시절에 벌어진 대서양 건너 국가들과의 사이를 좁히도록 첫 해외 순방지를 유럽으로 정하라고 제안했다. 미군 병사들이 반군과 치열한 접전을 벌이고 있는 아프가니스탄을 권한 이들도 있었다. 콜린 파월의 첫 순방지는 남쪽의 가장 가까운 이웃국가인 멕시코였는데, 그 역시 매우 합당한 선택이었다. 워런 크리스토퍼는 지속적으로 관심을 집중해야 하는 중동으로 향했었다. 하지만 내 신임 부장관인 짐 스테인버그는 21세기 역사의 많은 부분을 써내려갈 것으로 예상되는 아시아를 권했다. 스테인버그의 생각이 옳다고 판단한 나는 전례를 깨고 일본을 시작으로 인도네시아, 한국, 그리고 중국을 순방지로 선택했다. 우리는 아시아와 전 세계에 미국이 돌아왔다는 메시지를 전해야 했다.

═══

국무장관 자리를 맡았을 무렵, 나는 미국이 아시아의 미래 구축을 돕고 점점 복잡해지는 중국과의 관계를 관리하기 위해 더 많은 노력을 기울여야 한다고 믿게 되었다. 세계경제와 미국의 번영, 민주주의와 인권의 발전, 20세기보다 평화로운 21세기가 되길 바라는 우리의 희망, 이 모든 것은 아시아태평양지역의 상황에 크게 좌우되었다. 인도양부터 시작해 태평양의 작은 섬나라들에 이르는 이 광대한 지역에는 세계 인구의 절반 이상이 살고 있고, 우리의 가장 믿음직한 동맹국들과 귀중한 무역 상대국들, 세계에서 가장 활발한 통상로와 에너지 수송로가 다수 자리 잡고 있다. 미국에 불황이 닥쳤을 때 아태지역 수출은 경기 회복에 박차를 가하는 데 도움이 되었고, 앞으로의 우리의 성장은 증가하고 있는 아시아의 중산층 소비자 기반에 얼마나 더 깊숙이 침투하는지에 달려 있다. 한편 아시아, 특히 예측이 불가능한 북한의 독재정권은 우리의 안보에 실질적인 위협을 가하고 있기도 했다.

중국의 부상은 우리 시대에 전개된 가장 중요하고 새로운 전략적 국면 중 하나다. 중국은 모순으로 가득 찬 국가다. 점점 더 부유해지고 영향력이 높아지는 국가이고 수억 명의 국민들이 가난에서 벗어났지만, 1억여 명에 이르는 국민이 여전히 하루에 1달러 이하의 돈으로 근근이 살아가고 있고 권위주의적 정권은 심각한 국내 문제들을 미봉책으로 덮으려 한다. 세계 최대의 태양전지판 생산국인 동시에 온실가스 최대 배출국이기도 하며 도시 공기오염도가 세계에서 가장 심각한 국가 중 하나다. 중국은 국제무대에서 중요한 역할을 하길 갈망하지만 주변국들을 대할 때는 단독 행동을 하기로 결정한 터였다. 다른 국가들의 내부 문제에 대해서는 극단적인 상황일지라도 이의를 제기하길 꺼렸다.

상원의원일 때 나는 미국이 새로운 세력으로 떠오르는 중국의 경제력, 외교력, 군사력 성장을 주의 깊고 엄정하게 다루어야 할 것이라고 주장했다. 역사적으로도 새로운 강대국이 마찰 없이 원만하게 등장한 사례는 드물다. 이번 경우에는 양국의 경제가 상호의존적이 되고 있어서 상황이 특히 더 복잡했다. 2007년에 미국과 중국 간 교역 규모는 3,879억 달러를 상회했고 2013년에는 5,620억 달러에 이르렀다. 중국은 미국 국채를 다량 보유하고 있는데, 이는 양국이 서로의 경제적 성공에 깊이 개입되어 있다는 뜻이다. 따라서 양국 모두 아시아와 세계의 안정 유지와 에너지 및 교역 안정에 관심이 높았다. 그러나 이러한 공통 관심사들을 넘어서면 양국의 가치관과 세계관은 많은 차이를 보였다. 북한, 대만, 티베트 같은 오래된 일촉즉발의 화약고와 기후변화, 남중국해와 동중국해 분쟁 같은 새로운 중요한 쟁점들에서 의견 차이가 나타났다.

이런 모든 상황 때문에 균형을 잡는 것이 까다로워졌다. 우리의 가치와 이해관계를 꿋꿋이 지키면서 중국이 책임감 있는 일원으로 국제사회에 참여하도록 독려하는 정교한 전략이 필요했다. 나는 2008년도 대선 캠페인에서 이 주제를 다루었고, 미국은 합의점을 찾는 방법과 입장을 고수하는 방법을 모두 인지해야 한다고 주장했다. 나는 세계시장에서 규칙을 지키라고 중국을 설득하는 것이 중요하다고 강조했다. 중국은 차별적인 무역관행을 중단하고, 위안화 가치를 절상하며, 오염된 식품과 제품이 전 세계 소비자들 사이에 유통되지 않도록 해야 했다. 가령 유독한 납 성분의 페인트를 칠한 장난감이 미국 어린이들의 손에 쥐여지는 일이 없어야 했다. 세계는 기후변화 문제에 실질적인 진전을 이루고, 한반도의 분쟁을 막고, 그 외의 수많은 지역적, 세계적 과제들을 해결하기 위해 중국의 책임감 있는 리더십을 필요로 했다. 따라서 중국을 냉전의 새로운 악귀로 만드는 건 우리에게 도움이 되지 않았다. 대신 우리는 경쟁을 조정하고 협력을 촉진할 방법을 찾아야 했다.

부시 정부는 재무장관 행크 폴슨Hank Paulson의 주도 아래 중국과 고위급 경제회담을 시작해 일부 중요한 통상 문제들에서는 진전을 보았지만, 보다 폭넓은 전략 및 안보 논의는 별개로 남았다. 많은 사람들이 부시 행정부가 이라크, 아프가니스탄, 중동에 초점을 맞추면서 아시아에서 미국이 전통적으로 수행하던 지도적 역할에서 이탈하게 되었다고 느꼈다. 그러한 우려 중 일부는 과장된 것이었지만, 그런 인식을 갖게 된 것 자체가 문제였다. 나는 중국과의 관계를 확대하고 아태지역을 우리의 최우선 외교 과제로 삼아야 한다고 생각했다.

짐 스테인버그와 나는 국무부 산하 동아시아태평양 담당국의 책임자로 커트 캠벨Kurt Campbell 박사가 적임자라는 데 재빨리 합의했다. 클린턴 정부 시절 국방부와 국가안전보장회의에서 아시아 정책 수립을 도왔던 커트는 우리의 전략 설계에 핵심 인물이 되었다. 그는 사고방식이 창의적이고 전략적이며 헌신적인 공직자일 뿐 아니라, 장난을 좋아하고 끊임없는 농담과 재미있는 이야기로 여행에 활기를 불어넣는 친구였다.

취임 초창기에 나는 아시아의 주요 지도자들과 돌아가며 통화를 했다. 당시 허심탄회하게 이야기를 나눈 사람들 중 한 명이 오스트레일리아의 외무장관 스티븐 스미스Stephen Smith였다. 스미스의 상관인 케빈 러드Kevin Rudd 총리는 중국어가 유창했고 중국의 부상으로 나타나는 기회와 과제를 냉철하게 판단했다. 자연자원이 풍부한 오스트레일리아는 산업화 붐이 일어난 중국에 광물을 비롯한 원자재들을 공급하여 이익을 보고 있었다. 중국은 일본과 미국을 누르고 오스트레일리아의 최대 무역 상대국이 되었다. 하지만 러드는 태평양지역의 평화와 안보가 미국의 리더십에 달려 있다는 것도 알고 있었고, 양국이 역사적으로 쌓아온 유대를 중시했다. 그는 무엇보다도 미국이 아시아에서 철수하거나 영향력을 잃는 것을 원치 않았다. 첫 통화에서 스미스는 오바마 정부가 "아시아에 더 깊이 개입하길 바란다"는 자신과 러드의 바람을 표현했다. 나는 스미스에게 나도 똑같은 생각이며 긴밀한 동반자관계를 기대한다고 말했다. 이후 몇 년 동안 오스트레일리아는 러드와 그의 후임인 줄리아 길러드Julia Gillard 총리 집권하에서 우리의 아시아 전략의 핵심 동맹국이 되었다.

오스트레일리아의 이웃 뉴질랜드와는 좀 더 어려운 과제를 안고 있었다. 뉴질랜드가 원자력 추진 선박의 자국 입항을 금지한 이후 25년 동안 미국과 뉴질랜드는 제한적인 관계를 유지해왔기 때문이다. 그러나 나는 양국이 오래 친선을 쌓아왔고 공통 관심사가 있으니 워싱턴과 웰링턴 간에 벌어진 틈을 메우고 새로운 관계를 형성하는 외교의 문을 열 수 있다고 생각했다. 일찍이 2001년에 뉴질랜드를 방문한 나는 존 키John Key 총리와 함께 웰링턴 선언에 서명함으로써 양국이 아시아태평양지역, 그리고 다국적 기구들에서 더욱 긴밀히 협력하기로 합의했다. 2012년에는 리언 패네타Leon Panetta 국방장관이 26년간 이어온 뉴질랜드 선박의 미군기지 입항 금지조치를 철회했다. 국제정치에서는 때때로 옛 친구에게 손을 내미는 것이 새로운 친구를 만드는 것 못지않게 가치 있을 수 있다.

취임 첫 주에 아시아 지도자들과 나눈 통화로 이 지역에 대한 새로운 접근방식이 필요하다는 믿음은 더욱 확고해졌다. 스테인버그와 나는 다양한 가능성을 놓고 전문가들과 협의했다. 한 가지 안은 중국과의 관계를 확대하는 데 초점을 맞추는 것이었다. 이는 우리가 중국을 상대로 올바른 정책을 수립한다면 아시아에서의 나머지 활동이 훨씬 쉬워질 것이라는 생각 때문이었다. 또 다른 안은 이 지역(일본, 한국, 태국, 필리핀, 오스트레일리아)에서 동맹관계를 강화하는 데 총력을 기울여 점점 강력해지는 중국의 힘에 맞서 균형을 잡아준다는 것이었다.

세 번째 안은 동남아시아국가연합(ASEAN)Association of Southeast Asian Nations, 아시아태평양경제협력체(APEC)Asia-Pacific Economic Cooperation organization처럼 흔히 알파벳 약자로 표기되는 지역 다국적 기구들의 위상을 높이고 조화시키는 것이었다. 유럽연합처럼 긴밀한 연합체가 하룻밤 사이에 나타나리라고 기대한 사람은 아무도 없었지만, 유럽연합의 사례를 통해 다른 지역들도 잘 조직된 다국적 기구의 가치에 관한 중요한 교훈을 얻은 터였다. 이런 기구들은 모든 국가가 참여해 서로 견해를 들을 수 있는 장이 될 수 있고, 국가들이 공통 과제에 대해 협력하고 의견 차이를 해결하며, 규칙과 행동기준을 마련하기도 하고, 책임을 맡은 국가들에게 합당한 보상을 하는 한편 규칙을 어긴 국가들에게는 책임을 묻는 기회를 제공할 수 있다. 아시아의 다국적 기구들이 지원을 받고 현대화된다면, 지적재산권부터 핵 확산, 항행의 자유에 이르기까지 갖가지 사안에 대한 지역적 규범을 강화하고, 기후변화나 해적행위 같은 과제에 대해서도 조치를 취할 수 있다. 이런 유형의 체계적인 다국가 간 외교는 대개 진행이 느리고 실망스럽기도 하며 본국에서 대대적으로 보도되는 일도 드물지만, 수백만 명의 삶에 영향을 미치는 실질적인 기여를 할 수 있다.

나는 상원의원과 대통령 후보일 때 분명히 밝힌 입장에 맞추어 이 세 접근방식을 합치는 것이 스마트파워 외교에 걸맞은 선택이라고 판단했다. 우리는 미국이 아시아 문제에 관한 한 '올인'한다는 것을 보여줄 작정이었다. 나는 앞장설 준비가 되어 있었지만 이 선택이 성공을 거두려면 백악관부터 시작해 정부 전체의 동의가 필요했다.

대통령은 아시아를 정부 외교정책의 중심점으로 둔다는 데 나와 뜻이 같았다. 하와이에서 태어나 인도네시아에서 성장기를 보낸 대통령은 그 지역에 개인적인 유대감을 느꼈고 해당 지역의 중요성을 이해하고 있었다. 대통령의 지시에 따라 제임스 존스 장군이 이끄는 국가안전보장회의 위원들이 토머스 도닐런과 아시아 전문가인 제프 베이더Jeff Bader와 함께 우리 전략을 지원했다. 다음 4년 동안 우리는 이른바 '전진배치 외교'를 아시아에서 수행했다. 전진배치 외교란 우리의 군 동료들에게서 차용한 용어였다. 우리는 발걸음을 재촉해 지역 전반에 걸쳐 우리의 외교적 개입 범위를 확대했다. 고위관료들과 개발전문가들을 널리 파견하고 다국적 기구들에 더욱 전면적으로 참여했다. 또한 전통적인 동맹국들과의 관계를 재확인하고 새로운 전략적 동반자들에게 손을 내밀었다. 아시아에서는 개인적 관계와 존중의 표현이 매우 중요하기 때문에 이 지역의 거의 모든 국가를 방문하는 일을 우선순위로 삼았다. 그리하여 나는 태평양에서 가장 작은 제도 중 한 곳부터 오랫동안 감금생활을 했던 노벨평화상 수상자의 고국, 그리고 세계에서 가장 경비가 삼엄한 국경까지 방문했다.

나는 4년 동안 일련의 연설에서 우리의 전략과 아태지역에 대한 미국 정부의 관심이 높아진 이유를 설명했다. 2011년 여름에는 이 지역에서 벌인 우리의 활동을 더욱 광범위한 미국의 외교전략 내에서 자리매김하는 긴 글을 쓰기 시작했다. 이라크 전쟁이 끝나가고, 아프가니스탄에도 변화가 일어나고 있었다. 10년 동안 가장 위협적인 지역들에 초점을 맞추어온 우리는 이제 '중심축'에 도달했다. 물론 남아 있는 위협을 계속 주시해야 하겠지만 이제는 가장 큰 기회가 있는 지역에서 더 많은 일을 할 때였다.

〈포린 폴리시Foreign Policy〉는 내 글을 "미국의 태평양세기"라는 제목으로 실었지만 '중심축'이라는 단어가 유명세를 얻게 되었다. 언론에서는 정부가 아시아에 새로이 중점을 둔다는 것을 환기시키는 표현으로 이 단어를 이해했지만, 정부의 많은 인사들은 "아시아의 재균형"이라는 좀 더 온건한 용어를 선호했다. 자연스럽게 세계 다른 지역의 우호국들과 동맹국들은 이 표현이 우리가 그들에게서 등을 돌린다는 암시가 아닌지 우려했다. 하지만 우리는 미국이 아시아로 중심축을 이동하기로 결정했지만 그 외의 의무와 기회에서 돌아서지 않는다는 것을 분명하게 밝히기 위해 노력했다.

우리의 첫 번째 과제는 중국과 불필요한 대립을 일으키지 않으면서 미국

을 태평양에 기반을 둔 세력으로 재천명하는 것이었다. 그래서 나는 국무장관으로서 첫 해외순방을 다음 세 목표를 이루는 데 이용하기로 결정했다. 아시아에서 우리의 핵심 동맹국인 일본과 한국을 방문하고, 지역의 신흥강국이자 ASEAN 사무국이 있는 인도네시아에 손을 내밀고, 중국과의 중대한 관계 개선을 시작한다는 것이었다.

국무장관 취임 직후인 2월 초에 나는 많은 학자들과 아시아 전문가들을 국무부 저녁식사에 초대했다. 우리는 청사 8층에 있는 우아한 토머스 제퍼슨 접견실에서 식사를 했다. 청록색으로 칠해지고 미국 초기에 유행한 치펜데일 양식의 고가구들로 꾸며진 이 방은 내가 국무부 청사에서 가장 좋아하는 방 중 하나가 되었다. 나는 몇 년 동안 이곳에서 많은 식사자리를 마련하고 행사를 열었다. 우리는 아시아와 미국의 이해관계의 균형을 맞추는 방법에 대해 논의했는데, 각 사안들은 때때로 서로 우위를 다투는 것처럼 보였다. 예를 들어 어떻게 하면 인권이나 기후변화 문제에 대해서는 중국을 강하게 몰아붙이면서 이란과 북한 같은 안보 문제에 대해서는 중국의 지원을 얻을 수 있을까? 싱가포르, 인도네시아, 중국 대사를 지낸 스테이플턴 로이Stapleton Roy는 동남아시아를 간과하지 말라고 강조했는데, 스테인버그와 커트도 같은 충고를 했다. 지난 몇 년간 미국의 주의는 대개 동북아시아에 집중되었다. 일본, 한국과 동맹관계이고 양국에 군대를 주둔시키고 있기 때문이다. 그러나 인도네시아, 말레이시아, 베트남 같은 국가들의 경제적, 전략적 중요성이 높아지고 있었다. 로이와 다른 전문가들은 ASEAN과 조약을 맺어 그 지역에 미국의 개입을 확대할 길을 열겠다는 우리 계획을 지지했다. 작은 한 걸음처럼 보이지만 앞으로 실질적인 이득을 얻을 수 있는 방법이었다.

일주일 뒤 나는 뉴욕의 아시아 소사이어티Asia Society(아시아에 대한 이해를 높이려는 목적으로 설립된 미국의 비영리재단_옮긴이)를 방문해 아태지역에 대한 우리의 접근방식에 관해 국무장관으로서 첫 주요 연설을 했다. 아시아 소사이어티의 백발이 성성한 중국 전문가 오빌 셸Orville Schell은 《손자병법》에 나오는 고사성어를 연설에서 인용해보라고 제안했다. 사이가 대단히 나쁜 두 봉건국가의 병사들이 폭풍우 속에서 같은 배를 타고 넓은 강을 건너게 되면 서로 싸우는 대신 협력한다는 데서 나온 말이었다(오월동주嗚越同舟의 고사를 가리키는 듯하다_옮긴이). "한 배를 타면 서로 평화롭게 강을 건너라." 세계경제라는 폭풍의 한가운데에서 경제적 운명이 서로 밀접하게 연결되어 있는 미국과 중국에게는 훌륭한 조언이었다. 연설에서 이 고사를 인용한 일은 나중에 베이징에서 효과를 나타냈다. 원자바오溫家寶 총리를 비롯한 지도자들이 나중에 나와 담화하는 자리에서 그 말을 언급했다. 아시아 소사이어티에서 연설을 한 지 며칠 뒤, 나는 앤드루스 공군기지에서 비행기를 타고 태평양 너머를 향해 출발했다.

수년 동안 해외에 다니면서 나는 언제 어디서든 잠들 수 있는 능력을 발달시켰다. 비행기에서든 차에서든, 회의를 앞두고 호텔 객실에서든, 금세 잠들어 숙면을 취했다. 이동 중에는 가능한 한 한숨 자두려고 애썼다. 다음에 제대로 쉴 수 있을 때가 언제인지 확실하지 않았기 때문이다. 면담이나 전화회의를 하느라 계속 깨어 있어야 할 때는 커피와 차를 엄청나게 많이 마시고, 때로는 손톱으로 다른 쪽 손바닥을 꾹꾹 찌르기도 했다. 말도 안 되게 빡빡한 스케줄과 시차로 인한 극심한 피로에 대처하는, 내가 아는 유일한 방법이었다. 하지만 우리가 탄 비행기가 국제날짜변경선을 넘어 도쿄로 향해 갈 때 나는 잠이 들 가망이 없다는 걸 깨달았다. 이번 순방을 최대한 활용하기 위해서는 생각을 멈출 수가 없어서였다.

나는 빌이 아칸소 주지사일 때 무역 대표단의 일원으로 빌과 함께 처음 일본을 방문했다. 당시 일본은 핵심 동맹국이었지만 미국에서는 일본에 대한 우려가 커지고 있었다. 21세기 중국의 부상과 마찬가지로, 일본의

'경제기적'은 미국의 경기침체와 쇠퇴에 대한 뿌리 깊은 두려움을 상징했다. 1987년에 출간된 폴 케네디의 《강대국의 흥망*The Rise and Fall of the Great Powers*》 표지에는 미국을 상징하는 엉클 샘이 지친 모습으로 지구의 높은 단 위에서 내려오고 있고 그 뒤에서 단호한 모습의 일본 사업가가 위를 향해 기어오르고 있다. 들어본 적 있는 이야기인가? 1989년에 일본의 한 대기업이 뉴욕의 유서 깊은 록펠러센터를 사들였을 때도 언론에서는 작은 소동이 일었다. 〈시카고트리뷴〉은 "미국이 팔릴 것인가?"라고 묻기도 했다.

당시에는 미국 경제의 장래에 대한 우려가 당연했고, 이는 1992년에 빌이 대선에서 승리를 거두는 데 도움이 되었다. 그러나 1993년 여름 일본의 아키히토明仁 일왕과 미치코美智子 왕비가 도쿄의 왕궁에서 빌과 나를 맞았을 무렵, 우리는 미국이 경제력을 회복하고 있음을 이미 알 수 있었다. 반면 일본은 자산 버블과 신용 버블이 붕괴된 뒤 극심한 경기침체기인 '잃어버린 10년'을 겪으며 은행과 여타 산업들이 엄청난 악성부채를 떠안았다. 한때 미국인에게 두려움의 대상이던 일본 경제는 심각하게 둔화되어, 일본사회에나 우리에게 이전과는 완전히 다른 우려를 불러일으켰다. 그러나 일본은 여전히 세계 최대 경제대국 중 하나였고 세계 경제위기에 대응하는 데 중요한 파트너였다. 나는 우리 새 행정부가 이 동맹국을 미국의 대아시아 전략의 초석으로 생각한다는 것을 강조하기 위해 도쿄를 내 첫 방문지로 정했다. 오바마 대통령도 그달 말 워싱턴에서 아소 다로麻生太郎 총리를 만났다. 아소 다로 총리는 백악관 대통령 집무실에서 오바마 대통령을 만난 첫 외국 지도자였다.

양국 간 동맹이 얼마나 굳건한지는 2011년 3월 일본의 동부 해안에 진도 9의 강진이 일어나 파고가 수백 피트에 이르는 쓰나미가 발생하고 후쿠시마 원자력발전소에 용융 사고가 일어났을 때 극적으로 드러났다. 이 '3중 재난'으로 2만 명에 달하는 사람들이 목숨을 잃었고 수십만 명이 삶의 터전을 잃었다. 이 사고는 역사상 가장 손실이 큰 자연재해 중 하나가 되었다. 일본 해상자위대와 오랫동안 긴밀한 협력관계를 맺어온 우리 대사관과 미국 제7함대는 곧바로 행동에 돌입해 일본인들과 함께 식량과 의료품을 공급하고 수색구조 작업을 실시했으며 부상자들을 후송하고 그 밖에 중요한 임무들을 도왔다. 이 구호작전은 일본어로 '친구'를 뜻하는 '도모다치' 작전이라고 불렸다.

이번 첫 방일에서 나는 성대하고 화려한 환영 속에 도쿄에 착륙했다. 공항에는 귀빈을 맞이하는 공식 환영단 외에도 여성 우주비행사 두 명과 일본의 스페셜올림픽 팀 선수들도 나와서 나를 맞이했다.

나는 유서 깊은 오쿠라 호텔에서 몇 시간 잠을 청했다. 드라마 〈매드 맨 Mad Men〉(1960년대 뉴욕의 광고업계를 배경으로 한 드라마_옮긴이)을 바로 옮겨놓은 듯한 1960년대 스타일과 문화로 꾸며진 호텔이었다. 그런 뒤 먼저 역사적으로 중요한 메이지 신궁을 돌아보았다. 이 정신없이 바빴던 날의 이후 일정은 미 대사관 직원 및 가족과 인사를 나누고, 외무장관과 점심식사를 한 뒤, 북한에 납치된 일본인들의 가족과 가슴 아픈 만남을 갖는 것으로 이어졌다. 그러고 나서 도쿄대 학생들과 활기찬 토론을 벌이고, 미국과 일본 언론과 인터뷰를 했으며, 총리와 저녁식사를 한 다음에는 밤늦게 야당 대표와 만났다. 이후 4년간 수없이 겪은 빡빡한 하루, 외교적으로나 감정적으로 기복을 거듭하는 하루의 첫 시작이었다.

방일 일정의 하이라이트 중 하나는 왕궁을 방문해 미치코 왕비를 다시 만난 것이었다. 이런 예우는 드문 일로, 내가 퍼스트레이디이던 시절부터 우리 두 사람이 맺어온 따뜻한 친분의 결과였다. 우리는 웃으며 서로 반갑게 껴안았다. 그런 뒤 왕비가 나를 사적 공간으로 안내했고, 우리는 왕과 함께 차를 마시며 내 여행과 두 사람의 여행에 관해 담소를 나누었다.

===

이번 순방처럼 복잡한 해외여행을 계획하는 데는 인재들로 이루어진 팀이 필요하다. 이제 운영 담당 부보좌관이 된 후마와 내 일정관리 책임자인 로나 발모로Lona Valmoro는 엄청난 수의 초청 건들을 매끄럽게 조율하고 다양한 절차들을 조정해 우리가 행선지와 행사들에 대해 최상의 아이디어를 모을 수 있도록 해주었다. 나는 외무부와 궁전들에서 벗어나 시민들, 특히 지역사회 활동가와 자원봉사자, 언론인, 학생과 교수, 사업가, 노동자, 종교 지도자, 정부에 책임을 묻고 사회변화를 추진하는 시민단체 들을 만나고 싶다는 뜻을 분명히 밝혔다. 나는 퍼스트레이디 시절부터 이렇게 해왔다. 1998년에 스위스 다보스에서 열린 세계경제포럼에서 한 연설에서 나는 건강한 사회를 세 개의 다리로 된 의자에 비유했다. 책임감 있는 정부, 개방경제, 활기찬 시민사회가 바로 그 다리들이다. 그런데 이 세 번째 다리는 간과되기 일쑤였다.

인터넷, 특히 소셜미디어 덕분에 시민들과 지역사회 단체들이 전보다 정보를 더 많이 접하고 활발하게 의견을 개진할 수 있게 되었다. 아랍의 봄(2010년 말 튀니지에서 촉발되어 중동과 북아프리카로 확산된 반정부 시위들_옮긴이)에서 보았듯이, 지금은 독재국가도 국민의 감정에 관심을 기울여야 한다. 미국으로서는 외국의 정부뿐 아니라 외국의 대중과도 강한 유대감을 형성하는 것이 중요하다. 이는 우호국들과 더 지속적인 협력관계를 유지하는 데 도움이 될 것이다. 또한 정부는 우리와 뜻이 다를지라도 국민들이 우리와 뜻을 같이할 경우 우리의 목표와 가치관에 힘이 실릴 수 있다. 시민단체들과 그 지지자들이 국내의 발전을 견인하는 경우가 많다. 이들은 공직자의 부패와 싸우고 풀뿌리 운동을 펼치며 환경 악화, 인권 침해, 경제 불균형 같은 문제들에 대한 관심을 끌어낸다. 처음부터 나는 미국이 굳건하게 그들의 편에

서서 그러한 노력을 북돋우고 지원하길 원했다.

내 첫 번째 간담회는 도쿄대에서 이루어졌다. 나는 학생들에게 미국은 그들에게 다시 귀를 기울이고 발언권을 넘겨줄 준비가 되어 있다고 말했다. 학생들은 질문 공세를 퍼부었는데, 질문 내용은 미일동맹이나 지속적인 세계 경제위기 등 신문 헤드라인을 장악하고 있는 쟁점들에 국한되지 않았다. 버마의 민주주의 전망, 원자력의 안전성(예측), 이슬람 세계와의 긴장, 기후변화, 남성중심의 사회에서 여성이 성공하는 방법 등에 관한 질문도 나왔다. 도쿄대 학생들과의 만남은 내가 전 세계의 젊은이들과 가지게 된 간담회의 첫 번째 자리였다. 나는 학생들의 생각을 듣고, 현실적이지만 결론이 나지 않는 토론에 참여하는 것이 즐거웠다. 몇 년 뒤 나는 도쿄대 총장의 딸이 그날 청중석에 앉아 있다가 자신도 외교관이 되어야겠다고 결심했다는 이야기를 들었다. 나중에 그녀는 일본 외무성에 들어갔다.

며칠 뒤, 한국 서울의 이화여자대학교에서는 젊은이들에게 손을 내밀면 전통적인 외교정책 문제를 훨씬 넘어서는 영역까지 도달할 수 있음을 알게 되었다. 이화여대에서 내가 무대에 오르자 청중석에서 환성이 터져 나왔다. 젊은 여성들은 차례로 마이크를 잡고, 매우 개인적인 질문들을 정중하면서도 열성적으로 물어보았다.

"여성을 존중하지 않는 세계의 지도자들을 대하기가 힘든가요?"

나는 많은 지도자들이 나를 대할 때는 여성을 상대한다고 생각하지 않기로 한 것 같다고 대답했다. 하지만 나는 그들이 여성을 존중하지 않는 문제에 대해 미꾸라지처럼 빠져나가지 못하게 하려고 노력했다. (그럼에도 불구하고 유감스럽게도 공직에 있는 여성들은 여전히 불공정한 이중 잣대에 직면하고 있는 것이 현실이다. 오스트레일리아의 전 총리 줄리아 길러드 같은 지도자도 충격적인 성차별을 겪었는데, 이런 일은 어느 나라에서도 용납되어서는 안 된다.)

“따님 첼시에 대해서 말해줄 수 있나요?”

이 질문에 대해서라면 나는 몇 시간이라도 이야기할 수 있다. 하지만 첼시는 놀랄 만큼 대단한 사람이고 나는 딸을 아주 자랑스러워한다고만 말해도 충분할 것이다.

“사랑이 무엇인지 어떻게 묘사하시겠습니까?”

이 질문에 나는 웃으며 내가 국무장관이 아니라 고민상담 칼럼니스트가 된 것 같다고 말했다. 나는 잠시 생각한 뒤 말했다. “그 누가 사랑을 제대로 묘사할 수 있을까요? 시인들은 수천 년 동안 사랑에 관해 써왔습니다. 심리학자들과 많은 분야의 작가들도 그렇고요. 사랑을 묘사할 수 있다면 사랑을 충분히 경험하지 못하고 있는 것일 수도 있습니다. 사랑은 아주 개인적인 관계니까요. 남편은 나의 가장 좋은 친구이고, 우리 두 사람은 아주 오랜 시간 동안, 여러분 대부분이 태어나기 전부터 함께한 사이라는 점에서 나는 아주 운이 좋다고 생각합니다.”

이 여성들은 나와 사적인 관계라고 느끼는 듯했고, 놀랍게도 내가 먼 나라에서 온 정부 관료가 아니라 친구나 멘토인 양 편안하고 자신 있게 말했다. 나는 그들의 존경에 합당한 사람이 되고 싶었다. 또한 개인 대 개인으로 이런 대화를 나눠 문화적 차이를 뛰어넘고 그들이 미국에 대해 다시 생각하도록 설득할 수 있길 바랐다.

일본에 뒤이어 방문한 인도네시아의 자카르타에서는 오바마 대통령이 어릴 때 다녔던 초등학교 학생들의 환영을 받았다. 인도네시아에 있는 동안 나는 이 나라에서 가장 인기 있는 텔레비전 프로그램 중 하나인 〈어섬쇼The Awesome Show〉에 나갔다. 이 방송은 MTV와 분위기가 비슷했다. 방송 사이사이에 요란한 음악이 울렸고, 인터뷰 진행자들은 국민적 사랑을 받는 토크쇼의 사회자가 아니라 학생이라고 해도 될 정도로 모두 젊어 보였다.

그들이 던진 질문은 이후 내가 전 세계에서 숱하게 듣게 되는 것이었다. 오바마 대통령과 그렇게 치열한 선거전을 벌인 뒤에 어떻게 함께 일할 수 있는가라는 질문이었다. 인도네시아의 민주주의는 아직 초기 단계였다. 장기 집권을 해온 수하르토Suharto 정부가 1998년에 대중 시위로 퇴진한 뒤, 2004년에야 첫 직선 대통령선거가 열렸다. 따라서 대통령의 정적이 외교 수장으로 임명되기보다 투옥되거나 축출되는 데 더 익숙한 것도 당연했다. 나는 오바마와의 치열한 선거전에서 패한 것에 마음이 편하진 않았지만, 정치 지도자들이 사익보다 공익을 우선순위에 두어야만 민주주의가 제대로 작동한다고 대답했다. 그리고 오바마 대통령이 공직을 제안했을 때 내가 받아들인 것은 우리 두 사람 모두 조국을 사랑하기 때문이라고 말했다. 우리 두 사람의 협력관계는 민주주의를 이해하기 위해 노력하는 다른 나라 국민들에게 여러 차례 예시로 쓰였는데 이때가 그 첫 출발이었다.

전날 밤, 나는 자카르타의 국립 공문서박물관에서 시민단체 지도자들과 저녁을 먹으면서 인도네시아의 지도자들과 국민들이 안고 있는 특별한 과제들에 대해 논의했다. 민주주의, 이슬람교, 현대성, 그리고 이슬람 인구가 세계에서 가장 많은 국가에서의 여성의 권리 문제가 혼재되어 있었다. 지난 반세기 동안 인도네시아는 이 지역의 정치 문제들에서 상대적으로 중요한 역할을 하지 못했다. 15년 전에 퍼스트레이디로서 방문했을 때 인도네시아는 아직 가난하고 비민주주의적인 국가였다. 하지만 2009년에는 수실로 밤방 유도요노Susilo Bambang Yudhoyono 대통령의 진취적인 리더십 아래 변모하고 있었다. 경제성장으로 많은 사람들이 가난에서 벗어났다. 인도네시아시아는 독재에서 민주주의로 가는 과정에서 배운 교훈을 아시아의 다른 국가들과 공유하기 위해 노력하고 있었다.

나는 유도요노 대통령에게서 깊은 인상을 받았다. 그는 지역의 외교 역학을 깊이 이해하고 자국의 지속적인 발전에 대한 비전을 가지고 있었다. 첫 대화에서 유도요노 대통령은 오랜 세월 억압적인 군사정권이 통치해온 버마에 대해 새로운 접근방식을 추진하라고 권했다. 그는 버마 군정의 최고 지도자이며 은둔에 가까운 생활을 하는 탄 슈웨Than Shwe를 두 번 만난 적이 있는데, 미국과 국제사회가 돕는다면 군사정권이 민주주의를 향해 조금씩 움직일 의사가 있을 거라고 했다. 나는 유도요노 대통령의 현명한 조언을 주의 깊게 들었고 우리는 버마의 민주화 진전과 관련해 긴밀한 접촉을 유지했다. 결과적으로 버마에 대한 우리의 개입은 내가 국무장관으로 재임한 시절의 가장 흥미로운 진전 중 하나가 되었다.

자카르타는 워싱턴의 아시아 전문가들이 내게 우선순위에 두라고 강조한 지역기구 ASEAN의 영구 거점이기도 했다. 도쿄에서 가진 인터뷰에서 한 일본 기자는 최근의 ASEAN 회의에 미국 관료들이 불참한 것에 대해 동남아시아인들 사이에 실망하는 분위기가 퍼졌다고 언급했다. 일부는 이 일을 중국이 영향력을 확대하려 애쓰고 있는 바로 그 시점에, 아태지역에서 미국의 존재감이 약해진 징조로 보았다. 그 기자는 내가 이런 동향을 이어갈 계획인지, 아니면 다시 적극적으로 개입할 것인지 알고 싶어했다. 미국 지도부의 구체적인 신호를 원하는 아시아인들의 갈망을 담은 질문이었다. 나는 ASEAN 같은 기구와의 관계를 확대하는 것이 이 지역에서 우리 전략의 중요한 부분이며, 가능한 한 많은 회의에 참석할 계획이라고 대답했다. 중국 역시 입지 강화를 위해 노력하고 있는 시점에 우리가 동남아시아에서의 지위를 개선하고 국가들을 독려해 무역, 안보, 환경문제에 대해 더욱 협조하겠다는 동의를 얻으려 한다면, ASEAN은 그 출발점으로 적당한 기구였다.

전임 미 국무장관들 중에서 ASEAN 본부를 방문한 사람은 없었다. 노란 장미 꽃다발을 들고 나를 맞은 ASEAN의 수린 피츠완Surin Pitsuwan 사무총장은 인도네시아에서는 노란색이 희망과 새로운 출발을 상징한다고 설명했다. 그는 말했다. "장관님의 방문은 이 지역에서의 외교 부재를 끝내겠다는 미국의 진지한 의도를 보여줍니다." 다소 뼈가 있는 인사말이었지만 그는 우리 의향을 제대로 파악했다.

═══

그다음 방문지는 억압적이고 호전적인 이웃을 북쪽에 둔 풍요롭고 발전된 민주주의 국가이자 우리의 핵심 동맹국인 한국이었다. 1953년에 한국전쟁이 끝난 이후 미군은 한국에 쭉 주둔하며 안보위협에 대처했다. 나는 이명박 대통령과 다른 고위관료들을 만나 미국의 행정부는 바뀌었지만 한국의 방위에 대한 미국의 약속은 변함이 없다고 안심시켰다.

반면 북한은 세계에서 가장 폐쇄적인 전체주의 국가다. 2,500만 명에 가까운 국민 중 많은 사람이 극빈생활을 하고 있으며, 거의 전면적인 정치 탄압이 자행되고 있다. 이곳에서 기근은 흔한 일이다. 그러나 오바마 정부 초기에는 연로하고 기이한 인물인 김정일이, 뒤를 이어 그의 젊은 아들 김정은이 이끄는 북한 정권은 제한된 자원 대부분을 군부 지원과 핵무기 개발, 그리고 주변국들의 적대감을 사는 데 쏟아붓고 있다.

1994년에 클린턴 정부는 북한과 협상을 진행해 협정을 체결했다. 핵무기 개발 의혹을 받는 설비의 운영과 건설을 중단하는 조건으로 소규모 원자로 두 개를 건설하는 데 도움을 주겠다는 내용이었다. 이 원자로는 무기 제조 수준의 플루토늄이 아니라 에너지를 생산하는 용도였다. 이 협정은 양국관계를 정상화하기 위한 경로도 제시했다. 1999년 9월에는 북한이 장거리 미사일 시험을 유예하기로 합의했고, 2000년 10월에는 국무장관 매들린 올브라이트가 북한 정권의 의중을 떠보고 지속적인 사찰에 관한 또 다른 협정을 맺기 위해 방북했다. 유감스럽게도, 북한은 수많은 약속을 했지만 포괄적인 협정으로 구체화되지는 못했다. 그런데 조지 W. 부시 대통령은 취임 뒤 곧 정책기조를 바꾸었고 2002년도 신년 국정연설에서 북한을 "악의 축" 가운데 하나라고 지칭했다. 북한이 비밀리에 우라늄을 농축했으며 2003년에는 플라토늄 농축 작업을 재개했다는 증거가 나타났다. 부시 정부 말기에 북한은 한국과 주변지역을 위협할 정도의 많은 핵무기를 개발했다.

서울에서 한 공식발언에서 나는 북한에 초대장을 내밀었다. 북한이 핵무기 프로그램을 완전히, 검증 가능할 정도로 폐기하면, 오바마 정부는 관계를 정상화하고 한반도의 오랜 휴전협정을 항구적인 평화협정으로 대체하며 북한 주민들이 필요로 하는 에너지와 그 밖의 경제적, 인도적 요구를 충족시키기 위해 지원할 용의가 있다고 밝힌 것이다. 그렇게 하지 않으면 북한 정권의 고립은 계속될 터였다. 앞서 수십 년간 그랬듯 우리의 임기 내내 대북관계에서는 극적인 상황이 이어질 것이었다. 나는 그에 대비해 초기에 포석을 둔 셈이었고 이 첫 수가 바로 먹혀들리라고 기대하지는 않았다. 그러나 핵 문제에 관해 야심을 품고 있는 또 다른 국가 이란의 경우와 마찬가지로, 포용 제안을 내놓으며 출발한 것이었다. 이 제안이 성공을 거두길 희망하는 한편, 만약 거절당하더라도 다른 국가들이 북한을 압박하기가 더 쉬워질 것임을 알기 때문이었다. 특히 북한의 오랜 후원자이자 보호자인 중국을 국제적인 연합전선에 동참시키는 것이 중요했다.

회답을 받는 데는 그리 오랜 시간이 걸리지 않았다.

다음 달인 2009년 3월, 미국 커런트TV(전 부통령 앨 고어가 공동 설립했다가 이후 알자지라 방송에 매각한 케이블 채널이다) 기자들이 북한과 중국의 국경에서 취재를 하고 있었다. 기자들은 그곳에서 중국으로 인신매매되어 성매매를 비롯해 다른 형태의 현대판 노예생활을 강요당한 북한 여성들의 사연을 취재하려고 했다. 3월 17일 새벽에 현지 안내인이 중국과 북한의 접경지대인 두만강 유역으로 미국인들을 안내했다. 초봄인데도 두만강은 아직 얼어 있었다. 기자들은 안내인을 따라 얼음 위를 걸었고, 곧 강 저쪽의 북한 땅에 이르렀다. 기자들에 따르면 그러고 나서 그들은 중국 땅으로 되돌아갔다고 했다. 그런데 갑자기 북한의 국경 수비대가 총을 겨누며 나타났다. 미국인들은 달아났다. 프로듀서는 안내인과 함께 무사히 도망쳤지만, 여성 기자 유나 리Euna Lee와 로라 링Laura Ling은 그렇게 운이 좋지 못했다. 두 사람은 붙잡혀서 강 건너 북한으로 끌려간 뒤 12개월의 강제노동을 선고받았다.

두 달 뒤 북한은 지하 핵실험을 감행했고 1953년에 체결한 휴전협정을 무효로 간주하겠다고 발표했다. 오바마 대통령이 취임사에서 약속한 대로 우리는 손을 내밀어 악수를 청했지만 북한은 꽉 쥔 주먹으로 응수하고 있었다.

우리가 취한 첫 번째 단계는 유엔의 조치가 가능한지 확인하는 것이었다. 나는 뉴욕에서 수전 라이스 대사와 긴밀하게 협력하면서 몇 시간 동안 베이징, 모스크바, 도쿄, 그 외의 주요 도시에 있는 지도자들과 통화해 북한 정권에 제재를 가할 강력한 결의안이 지지를 받도록 애썼다. 모두가 핵실험을 용납할 수 없다는 데는 동의했다. 하지만 이 문제에 대해 무엇을 해야 할지는 별개의 이야기였다.

나는 중국의 양제츠楊潔篪 외교부장과 통화했다. "중국의 신생정부에게는 힘든 일이라는 것을 압니다. [하지만] 우리가 단체행동을 하면 북한이 핵실험과 미사일 프로그램을 강행했을 때 치러야 하는 손실을 계산해 마음을 바꿀 가능성이 있습니다." 양제츠 부장은 중국은 역내 군비 확장 경쟁에 대해 미국과 마찬가지로 우려하고 있다며 "적절하고 신중한" 대응이 필요하다는 데 동의했다. 나는 이러한 동의가 "실질적 효력이 없는" 관례적 대응이 아니길 바랐다.

6월 중순에 우리의 노력은 성과를 거두었다. 유엔안전보장이사회가 북한에 강력한 제재를 가하는 데 동의한 것이다. 중국과 러시아의 지지를 얻기 위해 일정 부분 양보를 해야 했지만, 이 제재는 지금까지 북한에 가해진 가장 강경한 조치였다. 그리고 마침내 우리가 단합된 국제적 대응을 할 수 있게 된 것이 기뻤다.

하지만 투옥된 기자들을 어떻게 도울 것인가? 우리는 미국의 고위급 대표단이 직접 방북해서 요청해야만 김정일이 여기자들을 풀어줄 것이라는 이야기를 들었다. 나는 이 문제를 오바마 대통령과 국가안보팀원들과 의논했다. 앨 고어가 가면 어떨까? 아니면 전 세계에서 인도주의적 활동을 펼친 것으로 유명한 전 대통령 지미 카터는? 1990년대에 외교관으로 활약하며 이례적으로 북한을 방문한 경험이 있는 매들린 올브라이트는? 하지만 북한은 이미 특정 인사를 염두에 두고 있었다. 바로 내 남편 빌이었다. 놀라운 요구였다. 북한은 한편으로는 핵 문제에 관해 내게 터무니없는 비난을 퍼붓기에 바빴다. 나를 "웃기는 여자"라고 부르기도 했다. (북한의 선전활동은 정도가 지나치고 종종 황당한 표현을 써서 공격하기로 유명하다. 바이든 부통령을 "뻔뻔스러운 절도범"이라고 부르기도 했다. 북한의 공격을 패러디하는 '무작위 모욕 생성기random insult generator'라는 사이트가 인터넷에 생겼을 정도다.) 그러면서도 김정일은 1994년에 김일성이 사망했을 때 빌이 조문을 보낸 이후 그에게 호감을 가지고 있는 것 같았다. 물론 김정일은 전 대통령이 주도하는 구조 임무에 쏟아질 국제적 관심도 노렸다.

나는 이 문제에 대해 빌과 의논했다. 빌은 두 기자가 풀려날 수 있다면 기꺼이 가겠노라고 했다. 앨 고어와 여기자들의 가족들도 빌에게 임무를 맡아달라고 독려했다. 하지만 백악관에는 반대하는 사람들도 적잖았다. 그중 일부는 2008년 대선 경선 과정에서 빌에게 부정적인 감정을 가졌기 때문일 수 있다. 하지만 대부분은 김정일의 악행에 대해 그렇게 세간의 주목을 끄는 인사를 파견하며 대응하는 것을 꺼렸고, 그렇게 할 경우 동맹국들의 우려를 불러일으킬 수 있다고 생각했다. 그들의 주장에는 설득력이 있었다. 우리는 무고한 미국 시민 두 명을 구하기 위해 필요한 일을 하되 지정학적으로 좋지 않은 결과를 낳을 수 있는 방법은 피해야 했다.

나는 시도해볼 만한 가치는 있다고 생각했다. 북한은 이 사건으로 얻을 수 있는 이득은 이미 다 챙겼지만 여기자들을 돌려보낼 명분이 필요했다. 게다가 우리가 이 문제를 해결하기 위해 뭔가를 하지 않으면 북한과의 다른 모든 사안에 대한 노력이 여기자 억류사건으로 중단되어버릴 터였다. 7월 말에 오바마 대통령과 점심을 먹으며 이 얘기를 꺼내자 대통령은 그것이 우리에게 주어진 최고의 카드라는 내 생각에 동의했다.

그러나 이 일은 '민간 차원의 활동'으로 간주되어야 했다. 빌과 그가 데려갈 소규모 팀은 출발에 앞서 충분한 브리핑을 받았다. 불가피하게 김정일과 공식사진을 찍어야 할 때는 웃지 말라고(혹은 찌푸리지도 말라고) 코치하는 일도 준비 과정에서 빠트릴 수 없는 우습지만 중요한 부분이었다.

빌은 8월 초에 임무 수행을 위해 출발했다. 그리고 북한 땅에서 20시간을 머물며 김정일과 직접 만나 기자들이 즉각 풀려나게 하는 데 성공했다. 기자들은 빌과 함께 귀국해 캘리포니아에 극적으로 도착했다. 가족들, 친구들, 그리고 수많은 텔레비전 카메라가 이들을 맞았다. 북한이 내보낸 공식 사진들은 적당할 정도로 딱딱한 모습이었다. 미국인 중 누구도 미소를 짓지 않았다. 나중에 빌은 제임스 본드 영화의 오디션을 보는 기분이었다고 농담을 했다. 하지만 빌은 이번에 자신이 거둔 성공으로 판단하건대, 우리가 적절한 보상책을 제시한다면 이 배타적인 정권이 적어도 특정 사항들에 대해서는 긍정적으로 대응할 것이라고 생각했다.

유감스럽게도 더 많은 문제가 우리를 기다리고 있었다. 2010년 3월의 어느 날 밤, 한국 해군 함정인 천안함이 북한과 가까운 자국 해역에서 임무를 수행하고 있었다. 추운 밤이었고, 104명의 승조원 대부분이 선실에서 잠을 자거나 먹거나 운동을 하고 있었다. 그런데 어떠한 경고도 없이, 미확인 물체에서 발사된 어뢰가 천안함 선체 아래에서 터졌다. 이 폭발로 배가 두 동강이 나고, 남은 선체들이 서해에 침몰하기 시작했다. 이 사건으로 46명이 목숨을 잃었다. 5월에 유엔조사단은 북한의 잠수정이 이 이유 없는 공격에 책임이 있는 것으로 보인다는 결론을 내렸다. 안전보장이사회는 한목소리로 이 공격을 규탄했지만, 중국은 북한을 직접 지명하거나 더 강경한 대응을 하지 못하도록 막았다. 여기에서 중국의 모순 중 하나가 확연히 드러났다. 중국은 안정을 다른 무엇보다 중시한다고 주장하지만, 심각하게 안정을 위협하는 노골적인 공격을 암묵적으로 용납하고 있었다.

2010년 7월에 나는 로버트 게이츠와 함께 다시 방한해 관계자들을 만났고, 미국이 우리 동맹국들 뒤에 계속 굳건하게 버티고 서 있다는 것을 북한에 분명하게 보여주었다. 우리는 1953년부터 한국과 북한을 갈라놓은 비무장지대 내 판문점으로 갔다. 비무장지대는 한반도를 가로지르는 38선을 중심으로 남북으로 각각 2킬로미터씩, 4킬로미터 너비로 설정되어 있다. 이곳은 지뢰가 설치되어 있는, 세계에서 가장 경비가 삼엄한 국경이고 가장 위험한 지대 중 하나이기도 하다. 하늘이 잔뜩 찌푸린 가운데 우리는 감시탑 아래에 위장을 해놓은 관측초소까지 올라갔다. 머리 위에는 미국, 유엔, 한국 국기가 펄럭였다. 우리가 모래주머니 뒤에 서서 쌍안경으로 북한 영토를 보는 동안 이슬비가 내렸다.

비무장지대 건너편을 바라보면서 나는 이 좁은 선이 두 개의 세상을 극적으로 다르게 갈라놓았음을 새삼 느끼지 않을 수 없었다. 한국은 가난과 독재에서 벗어나 번영과 민주주의로 성공적으로 전환한 빛나는 발전의 사례였다. 한국의 지도자들은 국민들의 안녕에 관심을 기울였고, 젊은이들은 자유와 기회를 누리며 성장했다. 고속 데이터 통신망의 다운로드 속도가 세계에서 가장 빠른 나라라는 것은 말할 필요도 없다. 그러나 겨우 4킬로미터 떨어진 북한은 공포와 기근의 땅이었다. 이보다 더 뚜렷하고 비극적인 대비는 있을 수 없었다.

게이츠와 나는 한국 측 장관들과 함께 근처의 유엔군 본부로 가서 군사 브리핑을 받았다. 또한 우리는 군사분계선을 사이에 두고 반은 남쪽에, 반은 북쪽에 반듯하게 자리 잡은 사각형의 군사정전위원회 건물도 돌아보았다. 휴전협정에 따라 양측의 협상을 위해 이렇게 설계된 것이었다. 긴 회의 탁자도 정확히 경계선에 놓여 있었다. 우리가 걸어다니는 동안 북한 병사 한 명이 창문 바로 너머에 서서 냉담한 표정으로 우리를 노려보았다. 어쩌면 그는 그저 호기심을 느꼈을 뿐인지도 몰랐다. 하지만 나를 겁주려는 것이었다면 그는 실패했다. 나는 브리핑에 계속 집중했고, 게이츠는 즐겁게 미소를 지어 보였다. 사진기자가 이 흔치 않은 순간을 포착했고 이 사진은 〈뉴욕타임스〉 1면을 장식했다.

한국과의 회담에서 게이츠와 나는 북한에 압력을 가하고 더 이상의 도발 행위를 막기 위해 우리가 취할 수 있는 조치들에 대해 논의했다. 우리는 양국의 우호관계를 확인해주는 강력한 무력 시위를 하고, 미국이 이 지역의 안전을 보호할 것임을 분명히 밝히기로 합의했다. 우리는 새로운 제재조치를 발표했고, 미국 해군 항공모함 조지워싱턴호가 한국 연안으로 이동하여 한국 해군과 합동군사훈련을 실시했다. 모두 18척의 선박, 200여 대의 항공기, 그리고 약 8,000명의 미국과 한국 병력이 4일 동안 훈련을 받았다. 북한과 중국은 모두 이 해군훈련에 격분했는데, 이는 우리의 메시지가 전달되었다는 신호였다.

그날 저녁 한국의 이명박 대통령이 관저인 청와대에 게이츠와 나를 초대했다. 이명박 대통령은 정말 필요할 때 한국의 편에 서준 것에 감사를 표했고, 그가 종종 그러듯이, 가난한 환경에서 성장한 자신의 성공을 한국의 성공과 연결시켰다. 한국은 한때 북한보다 가난했지만 미국과 국제사회의 도움을 받아 경제발전에 성공했는데, 이는 아시아에서 미국의 리더십이 남긴 유산을 상기시켰다.

===

우리의 중심축 전략의 또 다른 측면은 아태지역의 정치판에 인도를 더 완전히 끌어들이는 것이었다. 이 지역에서 영향력이 높은 또 다른 거대한 민주국가를 확보하면, 다른 국가들이 중국의 독재적인 국가자본주의 사례를 따르기보다 정치적, 경제적 개방 쪽으로 나아가도록 독려하는 데 도움이 될 수 있었다.

내게는 1995년에 첼시와 함께 인도를 첫 방문했을 때의 좋은 추억이 있었다. 우리는 박애정신과 성인 같은 삶으로 세계인의 존경을 받는 가톨릭 수녀 마더 테레사가 운영하는 고아원 한 곳을 둘러보았다. 고아원은 거리에 버려지거나 수녀들이 발견할 수 있도록 문 앞에 두고 간 여자아기들로 가득했다. 이 아기들은 아들이 아니라는 이유로 가족들에게서 버림을 받았다. 우리가 방문하자 지방정부는 고아원까지 가는 먼지투성이 흙길을 포장했는데, 수녀들은 이 일을 작은 기적으로 여겼다. 1997년 마더 테레사가 세상을 떠났을 때 나는 미국 대표단을 이끌고 콜카타에서 열린 장례식에 참석해 그녀가 남긴 놀라운 인도주의적 유산에 경의를 표했다. 시신이 안치된 관이 열린 채 운구되는 거리는 인파로 가득했고 대통령, 총리, 수많은 종교 지도자들이 보낸 흰색 화환이 상여를 장식했다. 나중에 마더 테레사의 후임자가 '사랑의 선교수녀회' 본부에 나를 초대해 개인적 만남을 가졌다.

회칠을 한 소박한 방에는 층층이 놓인 기도용 촛불들만이 깜빡거리며 어둠을 밝히고 있었고, 마지막 안식처로 되돌아온 닫힌 관 주위에 수녀들이 둘러서서 조용히 기도를 올리고 있었다. 놀랍게도 수녀들이 내게도 기도를 올리라고 권했다. 나는 망설이다가 머리를 숙이고는 이 작지만 강하고 성스러운 여성이 이 땅에 있는 동안 그녀를 알게 하는 특권을 준 신에게 감사드렸다.

내가 국무장관으로서 인도를 처음 찾은 것은 2009년 여름이었다. 예전의 첫 방문 이후 14년 동안 양국 간 무역 거래는 100억 달러에 못 미치던 수준에서 600억 달러 이상으로 늘어났고, 이후 2012년에는 거의 1,000억 달러로 계속 증가했다. 아직 수많은 장벽과 제약이 있지만, 미국 기업들은 서서히 인도 시장에 접근해 양국 국민 모두에게 일자리와 기회를 창출하고 있다. 인도 기업들 역시 미국에 투자하고 있고, 뛰어난 기술을 보유한 인도 노동자들이 비자를 신청해 혁신적인 미국 기업들을 활성화시키는 데 힘을 보태고 있다. 해마다 10만 명 이상의 인도 학생이 미국에서 공부하는데, 일부는 귀국하여 고국에서 능력을 발휘하지만 많은 사람이 계속 머물며 미국 경제에 기여한다.

나는 뉴델리에서 만모한 싱Manmohan Singh 총리를 비롯해 재계 지도자, 여성 기업가, 기후 및 에너지 관련 과학자, 학생 등 각계각층의 사람들을 만났다. 1990년대에 알게 된 인도 국민회의당 총재 소냐 간디Sonia Gandhi도 만나서 반가웠다. 소냐와 싱 총리는 전년도 11월 뭄바이에서 조직적인 폭탄테러가 일어난 뒤 파키스탄에 대해 자제력을 보이기가 얼마나 어려운지 설명했다. 두 사람은 두 번째 공격이 발생할 경우에는 지금처럼 관망하지 않을 것이라고 내게 분명하게 밝혔다. 인도인들은 2008년 11월 26일에 일어난 이 공격을 11·26 테러라고 불렀는데, 미국이 겪은 9·11 테러를 상기시켰다. 나는 인도 국민들과의 유대감을 보여주기 위해 뭄바이의 우아하고 오래된 타지마할 팰리스 호텔에 묵기로 했다. 이 호텔은 인도인 138명과 미국인 4명을 포함해 164명의 목숨을 앗아간 끔찍한 공격의 현장 중 하나였다. 나는 이 호텔에 묵고 추도식에 참석함으로써 뭄바이가 마냥 좌절에 빠져 있지 않고 경제활동을 하고 있다는 메시지를 보내고 싶었다.

2011년 7월, 찌는 듯한 무더위 속에 나는 인도의 벵골 만에 있는 항구도시 첸나이를 방문했다. 첸나이는 동남아시아의 활기찬 통상로, 에너지 수송로들과 가까운 상업 중심지다. 지금까지 이 도시를 방문한 미국 국무장관은 없었지만 나는 우리가 인도의 델리와 뭄바이 이외의 지역에도 관심이 있다는 것을 보여주고 싶었다. 나는 인도 최대의 도서관인 첸나이 공공도서관에서 세계무대, 특히 아태지역에서 인도의 역할에 대해 이야기했다. 인도는 말라카 해협을 항해하던 상인들부터 동남아시아 지역 곳곳에 흩어져 있는 힌두교 사원에 이르기까지 고대부터 동남아시아와 유대관계를 맺어왔다. 나는 인도가 파키스탄과의 풀기 어려운 갈등을 넘어서서 아시아의 민주주의와 자유시장의 가치를 더욱 적극적으로 지지하기를 희망한다고 말했다. 내가 첸나이의 청중에게 말한 대로, 미국은 인도의 '동방을 보라Look East' 정책을 지지했다. 뿐만 아니라 우리는 인도가 '동방을 이끌기lead East'를 원했다.

매일매일 조금씩 상황이 달라지긴 했지만 우리와 인도의 관계에서 전략적인 기본원칙들, 즉 민주주의적 가치, 경제적 임무, 외교적 우선순위의 공유는 양국의 이해관계를 더욱 가까이 수렴시키고 있었다. 양국관계는 더욱 성숙한 새로운 단계로 들어섰다.

═══

아시아에서 우리 전략의 주요 목표는 경제성장뿐 아니라 정치개혁을 촉진하는 것이었다. 우리는 21세기에 아시아인들이 더욱 번영할 뿐 아니라 더욱 자유로워지길 바랐다. 그리고 나는 더 많은 자유야말로 더 큰 번영의 원동력이 될 것이라고 확신했다.

아시아의 많은 국가들이 어떤 정부 모델이 자국의 사회와 환경에 가장 적합한가 하는 문제와 씨름하고 있었다. 중국이 부상하면서 이 나라의 권위주의와 국가자본주의가 일부 지도자에게는 매력적인 사례가 되었다. 우리는 민주주의가 세계 다른 곳에서는 효력을 발휘하지만 아시아에서는 효과적이지 않다는 이야기를 종종 들었다. 이 같은 주장은 민주주의가 이 지역의 역사에 맞지 않고 심지어 아시아에서 추구하는 가치와 상반될지도 모른다고 암시했다.

그러나 이 이론이 틀렸음을 반증하는 사례들이 많이 있다. 일본, 말레이시아, 한국, 인도네시아, 대만은 모두 민주주의 사회로서, 국민들에게 엄청난 경제적 혜택을 안겨주었다. 미국의 민간 인권단체인 프리덤하우스Freedom House에 따르면, 2008년부터 2012년까지 아시아는 정치적 권리와 국민의 자유를 꾸준히 성취한 세계 유일의 지역이었다. 예를 들어, 필리핀의 2010년도 선거는 이전 선거들보다 상당한 발전을 이루었다고 널리 찬사를 받았고, 신임 대통령 베니그노 아키노 3세Benigno Aquino III는 부패를 척결하고 투명성을 높이기 위한 결연한 노력을 시작했다. 필리핀은 미국의 귀한 동맹국이었다. 양국은 확고한 동반자관계를 구축해, 2013년 말에 초강력 태풍이 필리핀을 덮쳤을 때는 미 해군 주도의 합동구호활동이 즉시 전개되기도 했다. 물론 버마도 마찬가지였다. 2012년 중순에 버마에서는 인도네시아의 유도요노 대통령이 예상한 대로 민주주의적 개방이 한창 진행되었고, 수십 년 동안 연금생활을 했던 이 나라의 양심 아웅산 수치Aung San Suu Kyi가 국회의원으로 당선되어 활동했다.

그러나 고무적이지 않은 사례들도 있었다. 너무나 많은 아시아 정부들이 계속해서 개혁을 거부하고, 견해와 정보에 대한 국민들의 접근을 제한하는가 하면, 반대의견을 표현했다는 이유로 국민들을 감금했다. 김정은 정권하의 북한은 여전히 세계에서 가장 폐쇄적이고 억압적인 국가로 남아 있다. 상상하기 어렵겠지만 김정은은 실제로 상황을 더욱 악화시켰다. 캄보디아와 베트남은 어느 정도의 발전을 보였지만 충분하지 않다. 2010년 베트남을 방문했을 때, 내가 도착하기 며칠 전에 유명한 블로거 몇 명이 구금되었다는 것을 알았다. 나는 베트남 관료들을 만난 자리에서 반체제 인사, 법률가, 블로거, 가톨릭 활동가, 불교 승려 들을 빈번하게 구속하고 가혹한 선고를 내리는 등 기본적인 자유를 임의로 제한하는 데 대한 우려를 구체적으로 제기했다.

2012년 7월, 나는 또다시 아시아지역 장기 순방에 들어갔다. 이번 순방은 민주주의와 번영은 밀접하게 연관되어 있다는 점을 강조하기 위해 계획되었다. 나는 세계에서 가장 강하고 부유한 민주국가 중 하나인 일본을 시작으로 베트남, 캄보디아, 라오스를 방문했다. 미 국무장관이 라오스에 발을 들여놓은 것은 57년 만에 처음이었다.

나는 라오스를 짧은 기간 방문하면서 전체적으로 두 가지 인상을 받았다. 먼저, 라오스는 아직 공산당의 철저한 지배하에 놓여 있었고, 공산당에 대한 중국의 정치적, 경제적 통제가 점점 커지고 있었다. 중국은 양국관계를 이용하여 라오스의 천연자원을 채굴하고 일반 국민들에게는 거의 도움이 되지 않는 건설 프로젝트들을 추진했다. 둘째, 라오스인들은 베트남 전쟁 당시 미국이 그들의 영토에 실시한 대규모 폭격으로 여전히 고통 받고 있었다. 라오스는 '세계에서 가장 심한 폭격을 당한 나라'라는 끔찍한 유명세를 얻었다. 내가 비엔티안에서 집속탄으로 팔다리를 잃은 성인들과 아이들 수천 명에게 보철기구를 제공하고 갱생을 돕는 미국 국제개발처 지원 프로젝트를 둘러본 것은 그 때문이었다. 국토의 3분의 1에 흩뿌려져 있는 이 집속탄 중 발견되어 해체된 것은 1퍼센트에 불과하다고 했다. 나는 미국이 이 문제에 지속적인 책임을 져야 한다고 생각했고, 2012년에 의회가 폭탄 해체 작업을 가속화하기 위해 예산을 3배로 늘리자 힘이 났다.

2012년 여름의 아시아 순방 하이라이트는 몽골이었다. 내가 1995년에 잊을 수 없는 첫 방문을 한 곳이었다. 중국 북부와 시베리아 사이에 낀 이 외진 국가는 당시 곤경에 빠져 있었다. 소련은 수십 년간 몽골을 지배하면서 유목사회에 스탈린주의 문화를 강요하려 했다. 그러다가 소련의 원조가 중단되자 몽골의 경제는 무너졌다. 하지만 많은 방문객들과 마찬가지로, 나는 강풍이 휩쓸고 지나가는 스텝지대가 펼쳐진 황량하고도 아름다운 풍경과 몽골 사람들의 에너지와 결단력, 환대에 매료되었다. '게르'라고 불리는 전통 천막 안에서 한 유목민 가족이 내게 발효된 말젖 한 그릇을 주었는데, 하루 묵힌 따뜻한 요구르트 맛이 났다. 나는 몽골의 수도에서 학생, 행동가, 정부 관료 들을 만났는데, 공산당 일당 독재를 다원적이고 민주적인 정치체제로 변모시키기 위한 이들의 헌신적인 노력에 깊은 인상을 받았다. 쉽지 않은 여정이 되겠지만 그들은 해보겠다는 결의가 단단했다. 나는 그들에게 앞으로 누군가가 전혀 가능성이 없어 보이는 곳에도 민주주의는 뿌리내릴 수 있다는 것을 의심하면 이렇게 대꾸하겠다고 했다. "그 사람들을 몽골로 보내세요! 영하의 기온에서도 시위를 열고 멀리까지 투표를 하러 가는 몽골 사람들을 보게 하세요."

17년 뒤에 다시 방문해보니 몽골과 주변지역에는 많은 변화가 일어나 있었다. 중국의 급속한 성장과 천연자원에 대한 끝없는 수요는 구리와 그 외의 광물자원이 풍부한 몽골에 광업 붐을 일으켰다. 몽골의 경제는 2011년에 17퍼센트 이상의 성장률을 기록하며 맹렬한 속도로 팽창했고, 일부 전문가들은 향후 10년 동안 몽골이 지구상의 어느 나라보다 빠른 성장을 보일 것이라 예상했다. 대부분의 국민이 여전히 가난했고 많은 사람들이 계속 유목생활을 했지만, 한때 멀리 동떨어진 것처럼 느껴졌던 세계경제가 몽골에 전면적으로 들어와 있었다.

예전에는 조용하고 활기 없던 수도 울란바토르로 차를 타고 들어가면서 나는 변화된 모습을 보고 놀랐다. 전통적인 게르와 옛 소련의 주택단지가 뒤섞인 사이로 유리로 된 고층건물들이 높이 솟아 있었다. 수흐바토르 광장에서는 몽골 전통의상을 입은 군인들이 새로 문을 연 루이뷔통 매장 바로 옆에서 보초를 서고 있었다. 나는 스탈린 시대의 유물인 정부청사로 걸어 들어가 칭기즈 칸의 거대한 동상을 지났다. 칭기즈 칸은 인류 역사상 가장 넓은 영토로 제국을 확장했던 13세기의 몽골 전사다. 소련은 칭기즈 칸에 대한 개인숭배를 금했지만 이제 그는 당당히 돌아와 있었다. 청사 내에서 나는 대통령의 의전용 게르에서 차히아긴 엘베그도르지Tsakhiagiin Elbegdorj 대통령을 만났다. 우리는 스탈린 시대의 정부청사 내에 있는 전통적인 유목민 천막 안에 앉아 급속하게 성장하고 있는 아시아 경제의 미래에 관해 논의했다. 충돌하고 있는 세계에 대한 대화였다!

1995년에 내가 방문한 이후 몽골에서는 민주주의가 지속되어왔다. 몽골은 여섯 번의 의회선거를 성공적으로 치렀다. 텔레비전에서는 여러 정파의 몽골인들이 출연해 솔직하고 활기찬 토론을 벌였다. 오랫동안 기다려온 정보자유법의 시행으로 국민들은 정부의 활동을 더욱 분명하게 볼 수 있었다. 이러한 진보와 더불어 우려되는 상황들도 있었다. 광업 붐은 부패와 불평등 문제를 악화시키고 있었고, 중국은 갑자기 가치가 높아진 이 북쪽의 이웃국가에 더 큰 흥미를 보이고 있었다. 몽골은 기로에 서 있는 것처럼 보였다. 민주주의의 길을 계속 걸어가서 새로 얻은 부를 국민 전체의 생활수준을 향상시키는 데 사용할지, 아니면 중국의 영향권 내로 끌려들어가 최악의 '자원의 저주'를 겪을 것인지. 나는 전자를 장려하고 후자를 막고 싶었다.

시기가 딱 좋았다. 새로 등장한 민주국가들, 특히 구소련에 속했던 국가들을 육성하기 위해 2000년에 올브라이트 국무장관의 주도 아래 설립된 국제기구인 민주주의공동체Community of Democracies가 울란바토르에서 각료회의를 개최했다. 이 회의는 몽골의 발전을 강화하고 중국의 뒷마당에서 아시아 전역의 민주주의와 인권의 중요성을 알리는 좋은 기회였다.

아시아의 반민주주의운동의 진원지가 중국이라는 점은 공공연하게 알려져 있었다. 2010년도 노벨평화상은 감금 중인 중국의 인권운동가 류사오보劉曉波에게 수여되었고, 오슬로에서 열린 시상식에서 텅 비어 있는 그의 의자를 전 세계가 주목했다. 나중에 나는 이 일이 "대국의 실현되지 못한 잠재력과 성취되지 못한 약속의 상징"이 될 수 있다고 경고했다. 2011년에도 상황은 더욱 악화되기만 했다. 2011년의 첫 몇 달 동안 공익 변호사, 작가, 예술가, 지식인, 활동가 들이 임의 체포되고 구금되었다. 그중에는 저명한 예술가 아이웨이웨이艾未未도 있었는데, 나를 비롯한 여러 사람이 그가 추구하는 대의를 지지했다.

울란바토르에서 한 연설에서 나는 민주적인 미래가 왜 아시아에 올바른 선택인지 설명했다. 중국을 비롯한 여타 지역에서 민주주의에 반대하는 사람들은 민주주의가 무질서한 대중의 힘을 촉발시켜 안정을 위협할 것이라고 주장한다. 하지만 민주주의가 실제로는 안정을 증진한다는 수많은 증거를 전 세계에서 찾아볼 수 있다. 정치적 표현을 탄압하고 국민들이 읽거나 말하거나 보는 것을 철저히 장악하면 안전이 보장된다는 환상에 빠질 수는 있다. 하지만 환상은 서서히 사라져도, 자유를 향한 사람들의 갈망은 사라지지 않는다. 반면 민주주의는 사회에 중요한 안전판을 제공한다. 국민들이 지도자들을 스스로 선택하고, 그 지도자들에게 나라의 이익을 위해 어렵지만 필요한 결정을 내릴 합법적 권한을 부여하며, 소수집단들이 자신들의 견해를 평화적으로 표현할 수 있도록 한다.

나는 또한 민주주의는 부유한 국가들의 특권이며 개발도상국은 성장이 우선이고 민주주의는 그다음 문제라는 주장을 반박하고 싶다. 중국은 종종 의미 있는 정치적 개혁 없이 경제적 성공을 이룬 국가의 전형적인 예로 회자된다. 그러나 나는 그러한 방식은 너무나 "근시안적이고 궁극적으로 지속불가능한 흥정"이라고 연설했다. "장기적으로 보면 정치적 해방 없이 경제적 해방을 이룰 수 없습니다. 시장 개방은 원하지만 자유로운 표현은 막으려는 국가들은 그러한 접근방식에는 대가가 따른다는 걸 알게 될 것입니다." 생각의 자유로운 교환과 강력한 법규가 없으면 혁신과 기업가정신은 쇠퇴하게 마련이다.

나는 미국이 인권 및 기본적인 자유에 헌신하는 아시아와 세계의 모든 국가에게 강력한 동반자가 될 것이라고 맹세했다. 나는 몇 년 동안 "그 사람들을 몽골로 보내세요!"라고 말해왔는데, 많은 민주주의 활동가들이 마침내 이곳에 모인 것이 기뻤다. 〈워싱턴포스트〉는 사설에서 내 연설이 "아시아를 중심축으로 두는 미국의 전략이 단순한 힘의 과시를 넘어 중국이 현대의 초강대국으로 떠오른 복잡한 상황에 부응하는 다층적 접근방식이 되길 바라는 마음"을 담았다고 평했다. 그러나 중국에서는 검열관들이 인터넷에서 내 메시지를 언급한 글들을 지우는 작업에 곧바로 착수했다.

4

중국 : 미지의 바다

많은 미국인들과 마찬가지로 내가 중국을 처음 제대로 본 것은 1972년에 리처드 닉슨Richard Nixon 대통령이 태평양을 건너 역사적인 방문을 했을 때였다. 당시 빌과 나는 텔레비전도 없는 법대생들이었다. 그래서 우리는 밖으로 나가 실내용 소형 안테나가 달린 휴대용 텔레비전 세트를 대여했다. 낑낑대며 텔레비전을 아파트로 들고 와서는 매일 밤 채널을 돌려가며 그때까지 우리의 삶에서 두꺼운 장막에 가려져 있던 나라의 모습을 지켜보았다. 내 시선은 화면에 고정되었고, 닉슨 대통령이 "세계를 바꾼 주"라고 부른 기간 동안 미국이 이룬 성과가 자랑스러웠다.

돌아보면 양측 모두 엄청난 위험을 감수한 방문이었던 게 분명하다. 바야흐로 냉전이 한창이던 무렵에 이들은 미지의 세계에 뛰어든 셈이었다. 양측 지도자들은 본국에서 유약한 모습으로 비칠 수 있었고, 우리의 경우에는 '공산주의에 관대하다'는 인상을 주어 정치적으로 심각한 결과를 초래할 수도 있었다. 그러나 방문을 성사시킨 장본인인 미국의 헨리 키신저와 중국의 저우언라이周恩來, 그리고 양국 지도자들은 정치적 이익이 위험보다 크다고 계산했다. (나는 키신저에게 그가 처음 중국을 비밀리에 방문했을 때 스마트폰이나 소셜미디어가 없었던 게 운이 좋았다고 농담을 했다. 지금 국무장관이 몰래 중국을 방문한다면 어떤 일이 벌어질지 상상해보라.) 오늘날에도 우리는 미국이 동의하지 않는 정책들을 펼치지만 협조가 필요한 국가들을 상대할 때, 혹은 의견 차이와 경쟁이 충돌로 번지는 것을 막고 싶을 때 비슷한 계산을 한다.

미국과 중국의 관계에는 여전히 난관이 산재해 있었다. 양국은 매우 다른 역사, 정치체제, 전망을 보유했지만 경제와 미래가 서로 깊이 얽혀 있는 크고 복잡한 나라들이다. 친구라고 하기도 경쟁자라고 하기도 적절하지 않고, 결코 그런 관계가 되지 않을지도 모른다. 우리는 미지의 바다를 항해하고 있다. 항로를 따라가는 와중에 숨은 위험이나 소용돌이를 피하려면 때로는 골치 아픈 취사선택을 해야 하고 종종 항로를 수정하기 위해 정확한 나침반과 유연한 태도도 필요하다. 한 영역을 너무 강하게 밀어붙이면 다른 영역을 위험에 빠트릴 수 있다. 마찬가지로, 타협이나 수용을 서두르다가는 오히려 상대방의 공격을 자초할 수 있다. 이런 온갖 요소들을 고려하다보면 상대방 역시 나름대로 부담과 책무를 지고 있다는 사실을 망각하기 쉽다. 양측이 용감무쌍했던 대화 초기의 외교관들을 거울삼아 이해와 이익의 간극을 메우기 위해 노력할수록 진전을 이룰 가능성이 더 높아질 것이다.

═══

나는 1995년에 중국을 처음 방문했는데, 이것은 내 인생에서 가장 잊지 못할 일들 중 하나였다. 나는 제4차 세계여성회의에서 "인권은 여권이며 여권이 곧 인권입니다"라고 선언했고, 이는 내게 매우 뜻깊은 경험이었다. 중국 정부가 회의장과 공식 텔레비전 및 라디오에서 내 연설의 방송을 막았을 때는 중국의 검열이 얼마나 엄격한지 피부로 느낄 수 있었다. 내 연설은 대부분 여성의 권리에 관한 내용이었지만, 행사를 하는 시민단체 활동가들을 베이징에서 차로 꼬박 한 시간 걸리는 화이러우의 외딴 장소로 내쫓고 티베트와 대만 여성들의 참석을 전면 금지한 중국의 권위주의 체제에 보내는 메시지도 담겨 있었다. 나는 연단에 서서 "자유는 사람들이 모이고 조직을 만들고 터놓고 토론할 수 있는 권리를 의미합니다"라고 선언했다. "자유는 정부의 견해에 동의하지 않는 사람들의 의견도 존중한다는 의미입니다. 자유란 시민이 자신의 생각과 의견을 평화적인 방법으로 표현했음에도 사랑하는 사람들에게서 떼어놓고 투옥하고 학대하거나 그의 자유와 존엄성을 부정하지 않는 것을 의미합니다." 미국 외교관들이 통상적으로 쓰는 것보다 신랄한 표현이었다. 특히 이곳이 중국인만큼 더욱 예외적인 일이었다. 미국 정부에서 연설을 다른 내용으로 하거나 아예 하지 말라고 충고도 받은 터였다. 하지만 민주주의적 가치와 인권이 심각하게 위협받는 곳에서 이런 가치와 권리를 지지하는 것이 중요하다고 생각했다.

1998년 6월에 빌과 함께 좀 더 긴 일정으로 중국을 방문했다. 이 국빈 방문에는 첼시와 내 어머니가 동행했다. 중국 측은 톈안먼 광장에서 공식적인 환영식을 열자고 요청했다. 톈안먼 광장은 1989년 6월에 탱크를 앞세워 민주주의 시위를 진압했던 현장이다. 빌은 추악한 역사를 지지하거나 간과하는 것처럼 보이지 않기 위해 이 요청을 거절하는 문제를 검토했지만, 결국 자신이 존경받는 손님이라는 것을 보여주면 중국에 인권 메시지가 더 효과적으로 전달될 수 있으리라고 판단했다. 그러자 중국은 빌과 장쩌민江澤民 주석의 회담에서 금기시되는 주제인 티베트 문제를 포함해 인권에 대해 대화하는 장면을 검열 없이 방송하도록 허가해 우리를 놀라게 했다. 중국은 베이징 대학교에서 빌이 학생들에게 했던 연설을 방송하기도 했다. 빌은 이 연설에서 "진정한 자유에는 경제적인 자유보다 더 많은 것이 포함됩니다"라고 강조했다.

당시 나는 중국이 시간이 흐르면서 개혁과 현대화를 받아들인다면 건설적인 세계적 강대국이자 미국의 중요한 파트너가 될 수 있다는 확신을 안고 돌아왔다. 하지만 그리 만만한 일이 아니었다. 미국은 점점 성장하는 이 국가와 긴장을 늦추지 않고 영리하게 관계를 맺어야 했다.

내가 국무장관 자격으로 2009년 2월 다시 중국을 방문한 목적은 불가피한 분쟁과 위기가 일어나더라도 버틸 수 있을 만큼 튼튼한 관계를 구축하는 것이었다. 또한 중국과의 관계를 우리의 좀 더 광범위한 아시아 전략에 포함시키고, 중국을 아시아지역의 다국적 기구에 참여시켜 합의된 규칙에 따라 주변국들과 협력하도록 독려하고 싶었다. 동시에 아시아에서 우리의 관심이 오로지 중국에만 있는 것은 아님을 알게 하고 싶었다. 중국과의 관계를 개선하기 위해 우리의 가치나 전통적인 동맹국들을 희생시키지는 않을 터였다. 중국은 놀라운 경제성장과 군사력 증강을 보이고 있지만 아태지역에서 가장 강력한 국가인 미국을 넘어서려면 아직 멀었다. 우리는 유리한 입장에서 관계를 맺을 준비가 되어 있었다.

나는 한국을 떠나 베이징에 도착하기 전에 수행기자단과 이야기를 나누는 자리에서 세계 경제위기, 기후변화, 북한과 아프가니스탄 같은 안보 문제에서 협력을 강조할 것이라고 말했다. 나는 핵심 안건들을 열거한 뒤, 대만, 티베트, 인권이라는 민감한 문제들 역시 회의석상에서 다뤄질 것이며 "우리는 그들이 이 문제들에 대해 뭐라고 할지 아주 잘 알고 있습니다"라고 말했다.

물론 정말로 알고 있었다. 미국 외교관들은 수년간 이 문제들을 제기해왔고, 중국이 어떤 반응을 보일지는 뻔했다. 나는 1997년 10월에 백악관에서 빌과 내가 장쩌민 전 주석을 초대해 국빈 만찬회를 열었을 때 티베트 문제를 놓고 열띤 논쟁을 벌인 일을 기억한다. 나는 그전에 달라이 라마Dalai Lama를 만나 티베트인들이 처한 곤경에 대해 이야기를 나눈 적이 있었고,

장쩌민 주석에게 중국의 티베트인 탄압에 대해 설명해달라고 청했다. 장쩌민 주석은 "중국인들은 티베트인들을 해방시켰습니다. 나는 우리 도서관들에서 역사를 읽었는데, 현재 티베트인들은 전보다 나은 생활을 하고 있습니다"라고 대답했다. 하지만 나는 끈질기게 물고 늘어졌다. "하지만 전통을 유지하고 자신들이 선택한 종교를 지킬 티베트인들의 권리에 대해서는 어떻게 생각하십니까?" 그는 티베트는 중국의 일부라고 강력하게 주장한 뒤 왜 미국인들이 그런 "주술사"들을 옹호하는지 알고 싶다고 했다. 그러고는 잘라 말했다. "티베트인들은 종교의 피해자들입니다. 이제 그들은 봉건제도에서 벗어났습니다."

그래서 나는 이 문제들을 다시 꺼냈을 때 중국 관료들이 내놓을 대답에 환상을 품지 않았다. 또한 우리와 중국의 관계가 폭넓고 복잡하다는 점을 감안해, 인권 문제에 대한 심오한 의견 차이로 다른 모든 문제에 대한 개입이 차단되어선 안 된다는 점도 분명히 밝혔다. 우리는 반체제 인사들을 강력하게 지지하는 한편 경제, 기후변화, 핵 확산에 대해서는 협력을 도모해야 했다. 이것은 닉슨이 중국을 방문한 이래 지금까지 우리의 접근방식이었다. 그럼에도 내 발언은 인권이 오바마 정부의 우선순위가 아니며 중국이 인권 문제를 무시해도 무방할 것이라고 해석되었다. 이후의 사건들에서 알 수 있듯이 그 해석은 전혀 사실과 달랐지만 말이다. 그래도 이 일은 내게 귀중한 교훈을 안겨주었다. 나는 미국의 외교 수장이기 때문에 모든 발언은 완전히 새로운 차원으로 철저하게 검토되어야 하고, 따로 설명이 필요 없을 정도로 자명해 보이는 논평이라도 언론의 좋은 먹잇감이 될 수 있다는 교훈이었다.

지난번 방문 이후로 10년이 넘는 시간이 지난 터라, 차를 타고 베이징을 지나자니 마치 영화를 빨리 감아서 보는 기분이었다. 그때는 눈에 띄는 고층건물이 손에 꼽을 정도였는데, 지금은 새로 지은 반짝이는 올림픽 경기장과 끝없이 이어지는 높은 기업 건물들이 하늘을 차지하고 있었다. 한때 페이거 브랜드의 자전거가 점령했던 도로는 이제 자동차들로 붐볐다.

베이징에 있는 동안 나는 한 여성 활동가 단체를 만났는데, 그중에는 1998년에 만난 사람들도 있었다. 당시 올브라이트 국무장관과 나는 어느 비좁은 법률구조 사무실로 들어가 여성이 재산권과 결혼 및 이혼에 대한 발언권을 얻고 평등한 시민으로 대우받도록 하기 위해 그들이 기울이고 있는 노력에 대해 들었다. 10여 년의 세월이 흐른 지금은 단체의 규모가 커지고 활동 범위도 넓어졌다. 이제 활동가들은 여성의 법적 권리뿐 아니라 환경, 건강, 경제적 권리를 위해 일하고 있었다.

자그마한 몸집의 의사 가오야오제高耀潔도 그들 중 한 명이었다. 82세의 가오야오제는 중국의 에이즈 실태와 오염된 혈액의 거래를 고발해 정부의 탄압을 받아왔다. 처음 만났을 때 나는 가오야오제의 발이 전족을 해서 아주 작다는 것을 알아차렸고, 그녀의 사연을 듣고 놀랐다. 가오야오제는 내전, 문화혁명, 가택연금, 가족과의 강제 이별 등의 모진 시련을 겪으면서도 신념을 꺾지 않았고 가능한 한 많은 시민들을 에이즈로부터 지키기 위해 헌신했다.

2007년에 나는 여행을 금지당한 가오야오제가 워싱턴에 와서 시상식에 참석할 수 있게 해달라고 후진타오胡錦濤 주석에게 탄원한 적이 있었다. 그 후 2년 만에 우리가 다시 만난 것이다. 가오야오제는 여전히 정부의 탄압에 시달리고 있었다. 하지만 그녀는 중국의 에이즈 실태를 투명하게 밝히고 책임을 묻는 활동을 계속할 것이라고 말했다. "나는 벌써 여든두 살입니다. 그리 오래 살지 못할 거예요. 하지만 이건 중요한 문제입니다. 나는 두렵지 않습니다." 내가 방문한 지 얼마 지나지 않아 가오야오제는 중국을 떠나야 했다. 그녀는 현재 뉴욕에서 살면서 중국의 에이즈 문제에 관한 글을 쓰고 의견을 밝히고 있다.

국무장관으로 베이징을 처음 방문하자, 중국의 고위관료들과 인사를 하는 자리가 많았다. 나는 조용하고 전통적인 양식의 댜오위타이 국빈관에서 다이빙궈戴秉國 국무위원과 만나 점심을 먹었다. 댜오위타이는 1972년에 닉슨 대통령이 방중했을 때 머물렀고, 1998년에 빌과 나도 묵었던 곳이다. 다이빙궈 외교 담당 국무위원은 양제츠 외교부장과 함께 나를 상대할 중국 정부의 외교 사령탑이었다(중국의 정부체계에서는 국무위원이 장관급인 부장보다 상관이며 부주석 바로 아래의 직급이다).

직업 외교관인 다이빙궈는 후진타오 주석과 가까운 사이였고, 중국 권력구조 내부의 정치적 문제들을 교묘하게 조정하는 수완이 탁월했다. 그는 시골 출신으로 출세한 인물이라는 세간의 평가를 자랑스러워했다. 작고 다부진 몸집의 다이빙궈는 나이가 들었지만 규칙적인 운동과 오랜 산책으로 활력과 건강을 유지한다면서 내게도 그렇게 해보라고 적극 권했다. 그는 시사 문제뿐 아니라 역사와 철학에 대해서도 편안하게 이야기했다. 헨리 키신저는 다이빙궈와의 관계를 매우 소중하게 여긴다는 말을 내게 해준 적이 있는데, 다이빙궈를 그가 만난 중국 관료들 중에서 가장 매력적이고 열린 마음의 소유자라고 표현했다. 다이빙궈는 역사의 거대한 발전에 대한 생각을 이야기했고 내가 아시아 소사이어티 연설에서 사용했던 표현에 동의한다는 듯 다시 언급했다. "한 배를 타면 서로 평화롭게 강을 건너라." 내가 미국과 중국은 기존 세력과 신진 세력이 만났을 때 무슨 일이 일어나는가 하는 오래된 문제에 대해 새로운 답을 써내려가야 한다고 말하자, 그는 열렬히 동의했고 내가 말한 어구를 종종 다시 언급했다. 역사에서 이 시나리오는 흔히 충돌로 이어졌다. 따라서 수용할 수 있는 테두리 안에서 경쟁을 유지하되 가능한 한 협력을 증진해 충돌을 피할 방법을 찾는 것이 우리의 임무였다.

다이빙궈와 나는 금세 마음이 맞았고 수년간 자주 이야기를 나눴다. 때때로 나는 미국이 아시아에서 잘못하고 있는 모든 일에 대해 긴 강의를 들어야 했는데, 빈정거리는 투로 말할 때도 다이빙궈는 늘 미소를 잃지 않았다. 우리 두 사람은 이따금 미래 세대를 위해 미국과 중국이 굳건한 관계를 유지해야 할 필요성에 대해 심도 깊은 이야기를 개인적으로 나누기도 했다. 초기에 베이징을 방문했을 때 한번은 다이빙궈가 첼시와 내 어머니에게 전해달라며 정성이 담긴 사적인 선물을 주었다. 일반적인 외교 의례를 넘어서는 선물이었다. 다음에 다이빙궈가 워싱턴에 왔을 때 나는 답례로 그의 외동손녀에게 줄 선물을 준비했다. 다이빙궈는 몹시 기뻐하는 듯 보였다. 서로 만난 지 얼마 안 되었을 때 한 회의석상에서의 일이었다. 다이빙궈는 여자아기의 사진을 꺼내 보여주며 "우리가 일하는 건 바로 이런 아이들을 위해서죠"라고 말했다. 그걸 보고 나는 감동을 받았다. 내가 공직에 발을 들인 이유도 아동복지에 대한 관심 때문이었다. 국무장관으로서 나는 세계를 더 안전한 곳으로 만들고, 미국과 중국을 포함한 전 세계의 어린이들이 더 나은 삶을 영위할 수 있도록 도울 기회를 얻었다. 나는 이것을 평생의 기회이자 책임이라고 생각했다. 이런 열정을 공유한 덕분에 다이빙궈와 나는 지속적인 유대를 이어갈 수 있었다.

양제츠 외교부장은 통역사에서 출발해 차근차근 단계를 밟아 승진한 외교관이다. 그는 영어 실력이 뛰어나 많은 회의와 통화에서 우리는 긴 대화를 주고받았고 때로는 활발한 토론을 벌였다. 외교관으로서 신중한 태도를 잃지 않는 양제츠이지만 나는 때때로 그 뒤에 숨은 그의 진짜 모습을 어렴풋이 볼 수 있었다. 한번은 양제츠가 어릴 적 상하이에 살았을 때 난방이 되지 않는 교실에 앉아 떨면서 공부했던 이야기를 했다. 손이 꽁꽁 얼어 펜을 잡기도 힘들었다고 했다. 얼어붙을 듯 추운 학교에서 외교부에 들어가기까지 양제츠가 걸어온 여정은 그가 중국의 발전에 대해 개인적으로 느끼는 강한 긍지의 원천이었다. 그는 당당한 국수주의자였고 우리는 특히 남중국해, 북한, 일본과의 영토 분쟁 같은 난제를 놓고 팽팽한 언쟁을 벌였다.

우리가 마지막으로 토론을 벌인 2012년 어느 늦은 밤의 일이다. 양제츠가 스포츠 부문의 우세를 포함해 중국이 거둔 수많은 최고의 성과들을 열심히 이야기하기 시작했다. 런던 올림픽이 끝난 지 한 달 정도밖에 지나지 않았을 때였고, 나는 사실 미국이 메달을 가장 많이 딴 나라라고 점잖게 지적했다. 그러자 양제츠는 농구 스타 야오밍姚明이 부상으로 불참하는 바람에 올림픽에서 중국의 "운이 약해졌다"고 응수했다. 그는 "출장을 다닌 거리" 같은 종목이 있는 "외교 올림픽"이 열려야 한다는 농담도 했다. 그런데 그런 올림픽이 열리면 미국이 적어도 메달 하나를 더 추가하게 될 것이다.

2009년 2월에 우리가 처음 대화를 나눴을 때 양제츠는 내가 예상치 못했던 화제를 꺼냈다. 그가 신경을 쓰고 있는 문제가 분명했다. 중국은 2010년 5월에 개최될 이전 시대의 만국박람회와 비슷한 국제박람회를 준비하고 있었다. 세계의 모든 나라가 전시회 부지에 자국의 문화와 전통을 보여줄 수 있는 전시관을 건설하고 있었는데, 딱 두 나라만 참여하지 않았다. 유럽의 작은 나라인 안도라와 미국이었다. 중국에서는 이 일을 결례라고 여겼고 한편으로 미국의 쇠퇴의 징후라고도 생각했다. 나는 우리가 제 역할을 다하지 않은 것을 알고 놀랐고, 양제츠에게 미국을 잘 표현한 전시관을 짓겠다고 약속했다.

그런데 곧 미국관을 지을 자금도 없고 일정도 많이 지연되어 극적인 변화가 없는 한 완공 가능성이 낮다는 것을 알게 되었다. 아시아에 미국의 힘과 가치관을 보여주기에 좋지 않은 상황이었다. 그래서 나는 미국관 건축을 개인적인 우선순위로 삼았다. 이 결정은 기록적으로 빠른 시간 내에 자금을 모으고 민간부문에서 지원을 얻어야 함을 의미했다.

결국 우리는 일을 성사시켰다. 2010년 5월에 나는 전 세계에서 모인 수백만 명의 방문객들에 합류해 박람회를 둘러보았다. 미국관은 미국의 제품들과 우리가 가장 소중히 여기는 국가적 가치인 인내, 혁신, 다양성을 잘 보여주는 이야기들로 꾸몄다. 내게 가장 강한 인상을 남긴 것은 진행요원과 안내요원으로 자원봉사를 하던 미국 학생들이었다. 갖가지 배경을 지닌 이들은 각계각층의 미국인을 대표했고 모두 중국어를 사용했다. 많은 중국인 방문객이 미국인들이 그렇게 자기 나라 말을 잘하는 것에 놀랐다. 그들은 걸음을 멈추고 미국 학생들에게 말을 걸고 질문을 던지는가 하면 농담을 건네고 이야기를 주고받았다. 이 일은 개인적인 접촉이 미중관계에 외교적 교류나 미리 계획된 정상회담 못지않은, 혹은 그보다 더 큰 효과를 거둘 수 있음을 상기시켜준 또 다른 경험이었다.

2009년 2월 방문했을 때 나는 다이빙궈, 양제츠와 회담을 한 뒤 후진타오 주석과 원자바오 총리를 따로 예방할 기회를 가졌다. 이후 수년간 적어도 열두 번은 이루어진 만남의 시작이었다. 다이빙궈나 양제츠에 비해 고위급 지도자들은 자유로운 논의를 불편해하고 각본대로 말하는 경향이 있었다. 중국인들은 상위계급으로 올라갈수록 예측가능성, 형식, 정중한 예의를 중시했다. 뜻밖의 돌발 상황을 원하지 않았고, 겉으로 드러나는 모습을 중시했다. 그들은 내게 조심스럽고 정중했으며 심지어 약간 경계하는 태도였다. 내가 그들을 면밀히 살피는 것처럼 그들도 나를 살펴보고 있었다.

후진타오 주석은 정중했고, 중국을 이렇게 일찍 방문한 것에 감사를 표했다. 그는 중국 최고의 권력자였지만 덩샤오핑鄧小平이나 장쩌민 같은 전임자들이 지녔던 개인적 권위는 부족했다. 후진타오는 실무를 처리하는 CEO라기보다 냉정한 이사장에 더 가까워 보였다. 그가 복잡하게 얽힌 공산당 조직 전체, 특히 군부를 실제로 어떻게 장악하고 있는지 의문이었다.

'원 할아버지'라고 불리는 원자바오 총리(공식 서열 2위)는 중국과 세계에 다정하고 부드러운 이미지를 보여주려고 노력했다. 하지만 개인적인 자리에서는 날카로운 면모를 드러내기도 했다. 특히 미국이 세계 경제위기에 책임이 있다고 주장하거나, 중국의 정책에 대한 비판을 일축해버릴 때 더욱 그러했다. 전투적인 태도를 보인 적은 없지만 공식적인 모습에서 받는 인상보다는 매몰차 보였다.

이 지도자들과의 초기 회담에서 나는 이전의 재무장관 행크 폴슨이 시작했던 양국 간 경제대화를, 훨씬 더 넓은 사안들을 다루고 양국 정부의 더 많은 전문가들과 관료들이 함께하는 전략대화로 확대하자고 제안했다. 그렇다고 해서 국무부가 대화에 끼어들 빌미를 얻으려는 것은 아니었고, 세간의 이목을 끄는 토론회를 만들 의도도 전혀 없었다. 나는 본질적으로 관계 개선을 위한 고위급 운영위원회 격인 정기 회담이 마련되면 양국 간 협력이 새로운 분야들로 확대되고 더 큰 신뢰와 관계 회복 능력이 쌓이리라는 것을 알고 있었다. 양측의 정책입안자들이 서로를 알게 되고 함께 일하는 데 익숙해질 것이고, 소통 창구가 열리면 오해로 인해 긴장이 고조될 가능성이 줄어들 것이며, 양국의 협력에 필요한 모든 일들을 틀어지게 할 분쟁이 일어날 가능성도 낮아질 것이었다.

나는 2009년 2월에 행크 폴슨의 후임자인 재무장관 티머시 가이트너Timothy Geithner와 국무부에서 점심을 먹으며 이 아이디어에 대해 논의했다. 나는 가이트너가 뉴욕 연방준비은행 총재였을 때 그를 알게 되었고 그를 좋아했다. 가이트너는 아시아에서의 경험이 풍부했고 중국어도 조금은 할 줄 알아 중국과의 관계에 있어 이상적인 파트너였다. 물론 영역을 나누는 것은 정부에 꼭 필요하고 유용한 일이지만, 가이트너는 대화를 확대하자는 내 제안을 재무부의 영역을 침해하는 일로는 보지 않았다. 나와 마찬가지로 가이트너도 이 아이디어를 세계 금융위기로 경제와 안보 간의 경계가 그 어느 때보다 흐릿해지고 있는 시기에 두 부처의 힘을 합칠 기회로 보았다. 중국이 동의한다면 가이트너와 내가 이 새로운 연합 대화를 주재하기로 했다.

베이징에서 나는 중국 측이 거부감을 나타내거나 심지어 거절하는 상황까지 대비했다. 아무튼 중국은 민감한 정치적 문제는 논의하고 싶어하지 않았다. 그러나 중국 역시 미국과의 고위급 접촉은 열망하고 있으며, 후진타오 주석이 "긍정적이고 협력적이며 포괄적인 관계"라고 부른 관계를 모색하고 있는 것으로 드러났다. 전략경제대화는 장차 우리가 인도부터 시작해 남아프리카공화국과 브라질에 이르기까지 세계의 신흥강국들에 적용하는 모델이 되었다.

═══

수십 년 동안 중국의 외교정책을 이끈 원칙은 덩샤오핑이 말한 "냉철하게 관찰하고 차분하게 처리하라. 자신의 입장을 고수하고 능력을 숨기며 때를 기다리다 가능한 경우에 일을 수행하라"라는 조언이었다. 마오쩌둥毛澤東 사후에 중국을 통치한 덩샤오핑은 중국은 아직 세계무대에서 자기주장을 할 만큼 강하지 않다고 판단했다. 덩샤오핑의 '숨어서 기다리는' 전략은 중국 경제가 도약하는 동안 주변국들과의 충돌을 피하는 데 도움이 되었다. 빌과 나는 1979년에 덩샤오핑이 역사적인 미국 방문을 했을 때 그를 잠깐 만난 적이 있었다. 중국 지도자를 난생처음 만나본 나는 조지아 주 주지사 관저에서 열린 연회에서 덩샤오핑이 미국인 손님들과 편안하게 대화를 나누는 동안 그를 자세히 관찰했다. 덩샤오핑은 호감이 가는 인물이었고, 개인적인 변모와 중국의 개혁을 시작하겠다는 의지 모두 좋은 인상을 남겼다.

그러나 2009년, 중국의 일부 관료들, 특히 군부는 이렇게 자제하는 태도를 못마땅하게 여겼다. 이들은 오랫동안 아태지역에서 가장 강력한 국가였던 미국이 이 지역에서 물러나고 있으면서도 중국이 자신의 힘으로 강국으로 부상하는 것은 여전히 막으려 한다고 생각했다. 이들은 미국의 경제 약화를 불러온 2008년의 금융위기, 미국의 관심과 자원을 소모시킨 이라크와 아프가니스탄에서의 전쟁, 중국 국민들 사이에서 일어나고 있는 국수주의 물결로 대담해졌다. 그리하여 중국은 자국이 얼마나 강하게 밀고 나갈 수 있는지 시험하면서 아시아에서 더욱 적극적인 행보에 나서기 시작했다.

2009년 11월에 오바마 대통령은 베이징을 방문하는 동안 눈에 띄게 미적지근한 대접을 받았다. 중국은 오바마 대통령이 등장하는 공식 외교행사를 대부분 연출하겠다고 고집을 부렸고, 인권이나 통화가치 평가 같은 문제들에서 조금도 물러서지 않으려 했을 뿐 아니라, 미국의 예산 문제에 관해 신랄한 설교를 하기도 했다. 〈뉴욕타임스〉는 오바마 대통령과 후진타오 주석의 공동 기자회견을 "지나치게 형식적이었다"고 묘사했다. 이 모습은 〈새터데이 나이트 라이브Saturday Night Live〉에서 패러디될 정도였다. 독단적이고 상승세에 있는 중국은 더 이상 자국이 보유한 자원을 숨기지 않고 군사력을 증강시키며 '숨어서 기다리는' 전략에서 벗어나 '보여주고 말하는'쪽으로 움직이고 있었다. 많은 평론가들이 우리가 양국관계에 새로운 국면이 전개되리라고 보는지를 궁금해했다.

중국의 독단이 가장 극적으로 드러난 무대는 바다였다. 중국, 베트남 필리핀, 일본은 모두 남중국해와 동중국해 연안국들이다. 이 국가들은 이 지역의 모래톱, 암석, 노두, 무인도가 대부분인 섬들을 놓고 몇 세대에 걸쳐 영유권 분쟁을 벌여왔다. 남중국해의 경우, 중국은 1970년대와 1980년대에 베트남과 섬 영유권 문제로 격렬하게 충돌했고, 1990년대에는 다른 섬들을 놓고 필리핀과 대립했다. 동중국해에서는 일본인에게는 센가쿠 열도, 중국인에게는 댜오위다오로 불리는 8개의 무인도로 이루어진 작은 제도를 두고 오랫동안 격렬한 영토 분쟁을 벌여왔다. 2014년 현재 이곳은 언제 터질지 모르는 화약고다. 2013년에 중국은 분쟁 대상인 섬들을 포함해 동중국해의 상당부분을 '방공식별구역'으로 선포하고, 이 구역을 운항하는 세계의 모든 항공기는 중국이 정한 규정을 지키라고 요구했다. 미국과 우리 동맹국들은 이러한 조치를 인정하지 않고 여전히 이 영역을 공해 상공으로 간주하며, 군용기들이 비행을 계속했다.

이러한 갈등들은 새로운 사안은 아니지만 위험수위가 점점 높아졌다. 아시아 경제가 성장하면서 이 지역을 거치는 교역도 증가했다. 미국이 보내거나 받는 많은 화물을 포함해 전 세계 무역선박의 적어도 절반이 남중국해를 통과한다. 에너지 자원이 매장된 새로운 연안과 주변 어장을 발견하면, 특별할 것 없는 바위무더기 주변의 바다가 잠재적인 귀중한 보고가 된다. 새로운 부를 얻을 가능성이 생기자 오랜 경쟁관계가 고조되면서 쉽게 불이 붙을 수 있는 위험한 상황으로 흘러가고 있다.

2009년과 2010년에 중국의 주변국들은 중국이 해군력 증강을 가속화하고 광범위한 수역과 섬, 에너지 자원에 권리를 주장하는 것을 점점 더 불안한 마음으로 지켜보았다. 이러한 행동은 전 미국 국무부 부장관이던(그리고 나중에 세계은행 총재를 지낸) 로버트 졸릭Robert Zoellick이 2005년에 한 유명한 연설에서 중국은 "책임감 있는 이해당사자"가 되어야 한다고 주장했을 때 희망한 것과는 완전히 정반대였다. 중국은 책임감 있는 강대국답게 행동해야 할 때와 작은 주변국들에게 자국의 의지를 강요하기 위해 권리를 주장할 때를 제멋대로 고르는 이른바 '선택적 이해당사자'가 되어가고 있었다.

오바마 행정부가 출범한 지 불과 두 달이 지난 2009년 3월, 중국의 하이난 성에서 120킬로미터가량 떨어진 해상에서 중국 선박 나섯 척이 미 해군 소속의 비무장 관측선 임페커블호와 대치하는 상황이 벌어졌다. 중국인들은 배타적 영해를 침범했다며 미국 함선에 떠날 것을 요구했다. 임페커블호의 승무원들은 자신들이 공해에 있으므로 자유로이 항해할 권리가 있다고 응수했다. 그러자 중국 선원들은 나무토막을 바다에 던져 임페커블호의 진로를 방해했고 미국 승무원들은 소방호스로 물을 뿌리며 대응했다. 중국 선원 일부는 몸이 젖자 옷을 벗고 속옷 바람이 되었다. 위험천만한 대치상황이 아니었다면 코믹해 보일 수도 있는 장면이었다. 그 후 2년 동안 중국과 일본, 중국과 베트남, 중국과 필리핀 간에 이와 유사한 해상 대치가 벌어져 걷잡을 수 없는 상황으로 치달을 조짐을 보였다. 무슨 조치를 취해야 했다.

중국은 주변국들과의 영토 분쟁을 양자 간, 즉 일대일로 해결하는 쪽을 원했다. 일대일 상황에서는 중국의 힘이 상대적으로 더 크기 때문이다. 약소국들이 한데 뭉칠 수 있는 다자간 회담에서는 중국의 영향력이 줄어든다. 당연히 지역의 나머지 국가들은 다자간 접근방식을 선호했다. 이 국가들은 일회성으로 따로따로 만나 문제들을 해결하기에는 요구사항과 이해관계가 중복되는 부분이 너무 많다고 보았다. 관계자들을 모두 한 방에 모아서 각자의 (특히 약소국들의) 견해를 표명할 기회를 주는 것이 포괄적인 해결책을 얻을 수 있는 최상의 방법이었다.

나는 이 방식에 동의했다. 미국은 남중국해나 동중국해에 영유권 주장을 하지 않는다. 우리는 그러한 분쟁에서 어느 측의 편을 들지 않으며 현재 상황을 변화시키기 위한 일방적인 활동들에 반대한다. 우리는 항행의 자유, 해상교역, 국제법을 보호하는 데 변함없는 관심이 있다. 그리고 일본과 필리핀을 지원한다는 조약상의 의무가 있다.

2010년 5월에 전략경제대화 참여차 베이징에 있으면서 이 문제에 대한 나의 우려는 점점 커졌고, 중국 지도자들이 남중국해의 영유권 주장을 대만, 티베트 같은 전통적인 중대한 사안과 함께 "핵심 이익"이라고 표현하는 것을 처음으로 들었다. 이들은 중국이 외부 간섭을 용인하지 않을 것이라고 경고했다. 이후 회의에서 중국의 한 해군 장성이 자리에서 일어서서 미국이 중국을 포위하고 중국의 부상을 억누르려 한다고 큰 소리로 비난해 회의가 중단되는 사태가 벌어졌다. 신중하게 계획된 정상급 회담에서 좀처럼 일어나지 않는 이례적인 사건이었고(나는 그 해군 장성이 군과 당의 상관에게 적어도 암묵적으로라도 허락을 얻었을 것이라고 짐작했지만) 일부 중국 외교관들은 나만큼 놀란 것 같았다.

오바마 행정부가 출범한 뒤 첫 2년 동안 남중국해에서 벌어진 대치 상황들을 보면서 우리의 대아시아 전략에 지역 다국적 기구의 지위를 향상시키기 위한 상당한 노력을 포함시켜야 한다는 생각이 더 굳어졌다. 당시 아시아의 다국적 기구들은 국가 간 분쟁을 해결하거나 조치를 동원할 만큼 효과적이지 않았다. 약소국들에게는 무법천지의 거친 서부처럼 느껴질 수 있었다. 약자는 강자의 처분에 따를 수밖에 없었다. 우리는 남중국해나 동중국해 같은 화약고의 위험 완화를 돕는 것뿐 아니라, 미래의 분쟁을 피하고 아시아지역에 질서와 장기적인 안정을 불러오는 데 보탬이 될 수 있는 국제적인 규칙 체계 마련과 지역조직 육성도 목표로 삼았다. 이는 유럽이 구축한 것과 유사한 구상이었다.

베이징에서의 회담을 마치고 귀국하는 비행기에서 팀원들과 이 문제를 검토했다. 나는 중국이 자국의 역량을 과신한다고 판단했다. 미국의 아시아지역에 대한 관심이 소홀해지고 경제위기가 일어난 시기를, 중국은 주변국들과의 우호관계를 공고히 하는 데 이용하는 대신 오히려 더욱 공격적인 태도를 보였다. 그러한 변화는 아시아의 나머지 지역들을 불안에 빠뜨렸다. 안보나 번영을 위협하는 요소가 거의 없는 호시절에는 국가들이 비용이 많이 드는 방위동맹, 강력한 국제법규와 규범, 영향력 있는 다국적 기구의 필요성을 잘 느끼지 못할 수 있다. 그러나 분쟁이 일어나 현재의 상황이 불안정해지면 이러한 협정과 보호책이 특히 약소국에게는 훨씬 더 매력적일 수 있다.

═══

이 모든 골치 아픈 정세에서도 기회는 찾을 수 있을 것이었다. 그리고 그 기회는 두 달 뒤 베트남에서 열린 ASEAN 지역포럼에서 모습을 드러냈다. 나는 2010년 7월 22일에 하노이에 도착해 베트남과 미국 간의 외교관계 정상화 15주년 기념 오찬에 참석했다.

1995년 7월, 빌이 백악관의 이스트룸에서 상원의원 존 케리, 존 매케인을 비롯한 베트남전 참전용사들에게 둘러싸여 역사적인 발표를 한 날을 생생하게 기억한다. 그날은 묵은 상처를 치유하고 전쟁 포로 문제를 해결하며 경제적, 전략적 관계를 개선할 방향을 그려나가는 새로운 시대의 시작이었다. 2000년에 우리는 하노이를 방문했다. 미국 대통령의 첫 하노이 방문이었다. 우리는 분노와 적대적인 분위기를 예상했지만, 차를 타고 시내로 들어가는 동안 많은 군중이 길가에 서서 우리를 환영했다. 양국 관계가 평화로워진 시절만 알고 자란 수많은 학생들이 빌의 연설을 들으려고 하노이 국립대학교에 모였다. 우리는 가는 곳마다 베트남 사람들의 따뜻한 환대를 받았는데, 이는 단 한 세대 동안 두 나라 사이에 피어난 호의를 반영하며 과거가 미래를 결정해서는 안 된다는 사실을 보여주는 강력한 증거였다.

국무장관으로 하노이를 다시 찾은 나는 지난번 방문 이후 베트남의 발전과 양국의 꾸준한 관계 개선을 확인하고 놀랐다. 양국의 연간 교역량은 관계 정상화 이전의 2억 5,000만 달러 이하에서 2010년에는 거의 200억 달러까지 증가했고 해마다 빠른 속도로 늘어나고 있었다. 게다가 베트남은 (어렵긴 하지만) 독특한 전략적 기회를 제시했다. 베트남은 한편으로는 인권, 특히 언론의 자유가 열악한 권위주의적 국가지만, 다른 한편으로는 경제를 개방하고 아시아에서 더 큰 역할을 주장하기 위한 단계를 꾸준히 밟고 있기 때문이다. 수년간 베트남 관료들은 내게, 우리가 그들과 맞서 전쟁을 벌였지만 그들은 미국을 존중하고 좋아한다고 말했다.

베트남과의 관계 구축에 있어 우리의 가장 중요한 도구 중 하나는 환태평양경제동반자협정(TPP)Trans-Pacific Partnership이라는 새로운 무역협정안이었다. TPP는 아시아와 미국의 시장을 연결시키고 무역장벽은 낮추는 한편 노동, 환경, 지적재산권에 대한 기준은 높이는 협정이다. 오바마 대통령이 설명한 것처럼 TPP 협상의 목표는 "지금까지 종종 이 지역 시장 진출이 막혀 있던 미국 기업들에게 믿을 수 없을 정도의 효과를 발휘할, 기준이 높고 실행가능하며 의미 있는 무역협정"을 확립하는 것이다. 이 협정은 실제 현장에서 좀 더 공정한 경쟁을 함으로써 혜택을 볼 미국 노동자들에게도 중요했다. 또한 아시아에서 미국의 입지를 강화할 전략적 구상이기도 했다.

지난 몇십 년 동안 미국은 세계화와 국제무역 확대에는 혜택뿐 아니라 대가도 따른다는 사실을 힘겹게 깨우쳤다. 2008년의 선거유세에서 상원의원 오바마와 나는 둘 다 좀 더 영리하고 공정한 무역협정을 추진하겠다고 약속했다. TPP 협상은 아직 진행 중이므로 최종 합의안을 평가할 수 있을 때까지는 판단을 유보하는 게 맞다. 그러나 TPP는 완벽하진 않겠지만(10여 개 국가들이 협상한 어떤 거래도 완벽하진 못할 것이다) 체결되어 시행될 경우, 이에 따른 높은 기준으로 미국의 기업과 노동자 들이 혜택을 볼 것이라고 말하는 건 괜찮을 것이다. 베트남 역시 이 거래에서 많은 것을 얻으려 하기 때문에 (TPP는 전 세계 무역의 3분의 1을 차지한다) 지도자들은 합의에 도달하기 위해 어느 정도의 개혁을 할 의사가 있었다. 협상에 탄력이 붙으면서 역내 다른 국가들도 베트남과 비슷한 생각을 갖기 시작했다. TPP는 규칙에 따른 질서와 미국과의 협력 확대로 인한 이익을 보여주며 우리의 대아시아 전략의 경제 부문을 특징짓는 원칙이 되었다.

7월 22일 오후에 하노이의 국립 컨벤션센터에서 ASEAN 지역회의가 열렸다. 무역, 기후변화, 인신매매, 핵 확산, 북한, 버마 문제에 관해 장시간의 공식적인 논의가 이루어졌다. 하지만 회의가 이틀째로 접어들었을 때 모든 사람의 머릿속에 도사린 한 가지 문제가 있었다. 바로 남중국해 문제였다. 이미 역사, 민족주의, 경제 문제가 잔뜩 얽혀 있는 남중국해 영토 분쟁은 중대한 시험 과제가 되었다. 중국이 점점 증대하는 힘을 팽창 중인 자국의 세력권을 지배하는 데 쓸 것인가? 아니면 아시아지역의 국가들이 설령 가장 강력한 국가일지라도 국제규범을 준수해야 함을 다시 확인할 것인가? 분쟁해역에서는 해군 함선들이 공세를 취하고 언론은 민족주의적 감정을 자극하며 외교관들은 노골적인 충돌을 막느라 허둥대고 있었다. 하지만 중국은 계속 이 문제가 지역회의에 부적합한 안건이라고 고집을 부렸다.

그날 밤 나는 커트 캠벨과 아시아 담당 팀을 모아 다음 날의 계획을 검토했다. 우리가 염두에 둔 목표를 위해서는 지난 1년 반 동안 이 지역에서 다져온 토대를 활용한 섬세한 외교수완을 발휘해야 했다. 우리는 몇 시간에 걸쳐 다음 날 내가 발표할 선언문을 세심하게 다듬고 협력국가들과 계획을 세웠다.

ASEAN 회의가 시작되자마자 극적인 드라마가 펼쳐졌다. 시작은 베트남이었다. 중국은 이 회의에서 남중국해 문제를 논의하는 데 반대했지만 베트남이 이 말 많은 사안을 제기했다. 그러자 다른 장관들도 차례로 우려를 표명하면서 영토 분쟁을 해결하기 위한 협력적인 다자간 접근방식을 요구했다. 중국이 2년간 힘을 과시하고 주도권을 요구한 끝에, 이제 아시아가 반격에 나서고 있었다. 적당한 순간이 오자 나는 연설을 하겠다는 신호를 보냈다.

나는 미국은 어떤 특정 분쟁에서도 어느 한쪽 편을 들지 않을 테지만, 국제법에 부합하고 강압이나 무력위협이 없는 다자간 접근방식을 지지한다고 말했다. 또한 아시아 국가들에게 남중국해에 대한 자유로운 접근을 보장하고 충돌을 막을 행동수칙을 개발하라고 촉구했다. 미국은 남중국해에서의 항행의 자유를 "국익"이라고 보기 때문에 이 과정을 도울 준비가 되어 있었다. 이 말은 앞서 중국이 이 지역에서의 광범위한 영유권 주장을 "핵심 이익"이라고 선언한 데 대한 대응으로 아주 신중히 고른 표현이었다.

연설을 마친 나는 중국 외교부장 양제츠가 몹시 화가 났다는 것을 알 수 있었다. 그는 한 시간의 휴회를 요청한 뒤 돌아와 대답을 내놓았다. 그는 나를 똑바로 쳐다보며, 남중국해 분쟁은 묵살해버린 채 외부의 간섭에 대해 경고했다. 그리고 아시아의 주변국들을 바라보며 "중국은 대국입니다. 여기 있는 어떤 나라보다 큽니다"라고 상기시켰다. 그러나 그 자리에서는 설득력이 없는 주장이었다.

하노이에서의 대립은 남중국해와 동중국해에서의 다툼을 해결하지는 못했다. 이 글을 쓰는 지금도 그곳은 여전히 분쟁의 불씨가 살아 있는 위험지대다. 그러나 이후 몇 년 동안 이 지역의 외교관들은 이 회의가 아시아에서 미국의 리더십, 그리고 도를 지나친 중국에 대한 반발, 두 측면 모두에서 극적인 전환점이었다고 평가했다.

워싱턴으로 돌아오면서 아시아에서의 우리 전략과 입장에 대한 확신은 더욱 강해졌다. 2009년에 처음 이 전략을 시작했을 때 아시아에서는 우리의 약속과 지구력을 의심하는 목소리가 많았다. 중국의 일부 인사들은 그런 인식을 이용하려 하기도 했다. 그러나 우리의 중심축 전략은 그러한 의심을 불식시키도록 설계되었다. 다이빙궈와의 긴 논의 중에 그는 "여기서 '중심축'을 옮겨가는 게 어떻습니까?"라고 외치기도 했다. 나는 상상할 수 있었던 것보다 더 많은 거리를 돌아다녔고, 더 어설프게 통역되는 외교 연설들을 끝까지 들었다. 그런 노력은 결실을 맺었다. 우리는 정부 출범 초기에 빠져 있던 구덩이에서 기어나왔고 이 지역에서 미국의 존재감을 되찾았다. 이후에도 북한의 갑작스러운 지도부 교체부터 베이징의 미국대사관에 피신한 시각장애인 인권운동가 문제를 둘러싼 중국과의 신경전에 이르기까지 새로운 과제들이 등장했다. 새로운 기회 역시 나타났다. 버마에서 깜빡거리던 진보의 불씨는 극적인 변화에 불을 붙였고 전에는 닫혀 있던 땅의 심장부에 민주주의의 약속을 전했다. 그리고 중국과의 관계도 많은 사람들의 기대보다 더 회복력이 높다는 것이 증명되었다. 여기에는 상호신뢰와 꾸준한 협력 관행을 쌓기 위한 우리의 결연한 노력이 한몫했다.

═══

하노이에서 귀국하는 비행기에서도 내 머릿속은 남중국해 사건으로 가득 차 있었지만, 이제 다른 긴급한 일로 관심을 돌려야 할 시간이었다. 내 인생에서 가장 중요한 사건 중 하나가 될 일이 불과 일주일밖에 남아 있지 않았다. 언론에서는 정보를 달라고 야단이었고, 나는 준비할 일이 많았다. 이 일은 고위급 회담이나 외교위기와 관련된 문제가 아니었다. 바로 내가 30년 동안 고대해온 딸의 결혼식이었다.

나는 첼시의 결혼 계획이 많은 관심을 받는 것이 즐거웠다. 미국만 관심이 있는 게 아니었다. 7월 초 폴란드에서는 한 인터뷰 진행자가 내게 국무장관으로 미국을 대표해 일하면서 딸의 결혼 준비까지 어떻게 해내고 있는지 물었다. "둘 다 몹시 중요하지만 서로 아주 다른 두 가지 일을 어떻게 조율하고 있습니까?" 그리고 결혼 준비는 정말로 중요한 일이었다! 1975년 빌과 내가 결혼했을 때는 아칸소 주 페이엇빌에 있는 작은 우리 집 거실에서 친구와 가족 몇 명 앞에서 결혼식을 올렸다. 나는 그 전날 밤 어머니와 쇼핑을 하다 발견한 빅토리아 시대풍의 레이스 달린 모슬린 드레스를 입었다. 그러나 지금은 시대가 바뀌었다.

첼시와 곧 우리 사위가 될 마크 메즈빈스키Marc Mezvinsky는 뉴욕 주 라인벡에서 가족, 친구들과 잊을 수 없는 주말을 보내기로 계획을 세웠다. 나는 신부 어머니로서 꽃길 사진을 살펴보는 일부터 피로연 음식 시식과 웨딩드레스 선택까지, 할 수 있는 한 여러모로 결혼 준비를 돕는 것이 즐거웠다. 성대한 결혼식을 준비하려면 정교한 사교 능력이 필요한데, 내 본업 덕분에 그런 수완을 익힌 게 다행이다 싶었다. 나는 매우 들떠서 어머니날에 국무부 직원들 모두에게 보내는 이메일에서 나를 "MOTBmother of the bride"라고 부르고, 첼시가 크리스마스 선물로 준 목걸이에 이 알파벳 머리글자를 새기기도 했다. 이제 하노이를 떠나왔으니, 나를 기다리고 있는 세부사항들과 결정들로 얼른 돌아가고 싶었다.

월요일에 종일 백악관에 머무르며 대통령 집무실에서 오바마 대통령을 만나고, 상황실에서 국가안보팀과 회의하고, 이스라엘 국방장관 에후드 바라크Euhd Barak를 예방했다. 나는 에후드와 만나는 것을 늘 좋아했고, 우리는 중동에서의 평화회담과 관련하여 또다시 민감한 시기에 있었다. 하지만 이번만큼은 언제 이곳을 떠나 뉴욕을 오가는 비행기에 몸을 실을 수 있을까 하는 생각뿐이었다.

마침내 7월 31일 토요일, 결혼식 날 아침이 밝았다. 허드슨 밸리의 라인벡은 독특한 상점과 멋진 식당이 많은 예쁜 마을로, 결혼식의 완벽한 무대였다. 첼시와 마크의 친구들과 가족이 애스터 코트에 모였다. 애스터 코트는 20세기가 시작될 무렵 건축가 스탠퍼드 화이트Stanford White가 제이컵 애스터Jacob Astor와 에이바 애스터Ava Astor를 위해 설계한 우아하고 예술적인 저택이다. 프랭클린 델러노 루스벨트Franklin Delano Roosevelt가 소아마비로 물리치료를 받았다는 이곳의 실내수영장은 미국에서 개인 가정에 처음으로 지어진 실내수영장일 것이다. 제이컵 애스터가 타이타닉호 침몰로 목숨을 잃은 뒤 이 집은 여러 주인을 거치다 가톨릭 성당에 몇 년 동안 요양소로 운영되었다. 그러다 2008년에 원래의 아름다운 모습으로 복원되었다.

첼시는 기가 막히게 근사했다. 웨딩마치가 울리는 가운데 첼시가 빌의 손을 잡고 입장하는 모습을 보자니, 1980년 2월 27일에 처음 내 팔에 안겼던 아기가 이렇게 아름답고 침착한 여성으로 성장했다는 게 실감이 나지 않았다. 빌 역시 나만큼, 어쩌면 나보다 더 감개무량한 것 같았다. 무사히 입장을 마친 게 다행일 정도였다. 첼시가 유대 결혼식 전통에 따라 버드나무 가지와 꽃으로 장식된 차양인 후파 아래로 들어가서 팔짱을 끼자 마크는 활짝 웃었다. 주례는 윌리엄 실라디William Shillady 목사와 제임스 포넷James Ponet 랍비가 보았는데, 그들은 신랑신부에게 딱 적절한 말을 해주었다. 마크가 유대인의 전통에 따라 유리잔을 밟아 깨뜨리자 모두 환성을 질렀다. 나중에 빌은 〈더 웨이 유 룩 투나잇The Way You Look Tonight〉에 맞춰 첼시와 춤을 추었다. 내 인생에서 가장 행복하고 뿌듯한 순간 중 하나였다.

머릿속으로 수많은 생각이 스쳐지나갔다. 우리 가족은 좋은 시절과 힘든 시절을 함께 겪어왔고, 이제 이곳에서 최고의 순간을 축복하고 있었다. 특히 내 어머니가 이날을 볼 수 있어서 기뻤다. 자신은 제대로 사랑받지 못하고 힘든 어린 시절을 보냈지만 나와 내 남동생 휴와 토니를 정성껏 돌본 자애로운 어머니였다. 어머니와 첼시는 특별한 유대관계로 이어져 있었고, 나는 첼시가 마크와의 결혼을 계획하고 예식을 올리는 동안 할머니가 곁에 있어 얼마나 든든했을지 잘 알았다.

나는 미래에 관해, 그리고 첼시와 마크가 함께 꾸려나갈 삶에 대해 생각했다. 두 사람에게는 많은 꿈과 야심이 있었다. 우리 부부가 더 나은 세상을 만들기 위해 노력해온 세월이 이 때문이란 생각이 들었다. 첼시가 안전하고 행복하게 자라 언젠가 자신의 가정을 꾸리고, 다른 모든 아이들도 같은 기회를 누리길 원했던 것이다. 나는 다이빙궈가 손녀딸의 사진을 꺼내면서 했던 말을 기억한다. "우리가 일하는 건 바로 이런 아이들을 위해서죠." 자식들과 손자손녀들이 마땅히 누려야 할 좋은 세상을 물려받도록 협력하는 방법을 찾는 것이 바로 우리의 의무였다.

5

베이징 : 반체제 인사

내가 국무장관으로 확정된 직후, 기술자들이 워싱턴 북서쪽에 있는 우리 집에 몰려왔다. 그들이 밝은 노란색의 보안전화기를 설치해준 덕분에, 나는 밤에도 가끔씩 대통령이나 먼 지역의 대사와 민감한 주제에 관해 이야기를 나눌 수 있었다. 이 전화기는 세계의 문제들이 집에서 멀리 떨어져 있지 않다는 것을 끊임없이 상기시켜주었다.

2012년 4월 25일 수요일, 밤 9시 36분에 노란색 전화기가 울렸다. 정책기획실 실장이자 부수석보좌관인 제이크 설리번이 국무부 7층에서 자신의 보안전화기로 건 전화였다. 제이크는 오랜만에 야근을 하루 쉬려다가 급하게 사무실로 되돌아온 참이었다. 그는 베이징에 있는 미국대사관이 뜻밖의 위기에 처해 긴급하게 지시가 필요하다고 말했다.

우리가 미처 모르는 사이에, 천광청陳光誠이라는 중국의 시각장애인 인권운동가가 산둥성에서 가택연금 중에 집 담장을 넘어 탈출한 사건이 벌어졌다. 일주일도 되지 않은 일이었다. 천광청은 발이 부러졌지만 자신을 감시하던 지역 경찰들을 가까스로 따돌렸다. 그리고 가족들을 뒤에 남긴 채, 반체제 인사들과 지지자들로 이루어진 현대식 지하철도의 도움을 받아 수백 킬로미터 떨어진 베이징까지 갔다. 천광청은 베이징에서 숨어 지내면서 중국의 인권단체와 오랫동안 관계를 맺어온 미국대사관의 한 외무 직원과 접촉했다. 그녀는 곧 상황의 심각성을 인지했다.

천광청은 장애인들의 권리를 옹호하고, 부패한 지방당국의 불법 토지몰수에 항의하는 시골 주민들을 도왔으며, 강제 불임수술과 낙태 같은 한자녀정책의 오용 실태를 고발해 중국에서 '맨발의 변호사'로 이름을 알렸다. 중국의 많은 다른 유명 반체제 인사들과 달리 천광청은 일류 대학을 나오지도 않았고 도시 지식층도 아니었다. 그는 가난한 시골 출신으로 독학한 사람이었다. 대중은 그를 진정으로 서민을 이해하는 인물로 보게 되었다. 2005년에 천광청은 정부의 억압으로 피해를 본 수천 명을 대신해 집단소송을 제기한 뒤 체포되었다. 지방법원은 그에게 재물손괴와 교통방해 혐의로 51개월형을 선고했다. 법치가 없는 국가에서도 충격적이라 할 만한 노골적인 오판이었다. 형기를 다 채운 뒤 출옥해서도, 그는 무장한 경비원들에 둘러싸여 바깥세계와 차단된 채 가택연금 생활을 했다.

도주 중에 부상을 당한 천광청은 우리에게 도움을 청했다. 베이징에서 두 명의 미 대사관 직원이 새벽녘에 비밀리에 천광청을 만났다. 국가안전부에 쫓기는 처지였던 그는 치료를 받고 새로운 계획을 세우는 동안만이라도 미국대사관에 피신할 수 있을지 물어보았다. 직원들은 워싱턴에 이 요청을 전달하겠노라고 했고, 워싱턴에서는 이 사건을 재빨리 상부로 보고했다. 천광청은 대답을 기다리는 동안 차를 타고 베이징 교외를 계속 돌아다녔다.

이 일은 수많은 요인들로 인해 특히 결정을 내리기 힘들었다. 일단 그를 대사관에 어떻게 데려올지가 문제였다. 천광청은 발이 부러진데다 지명수배자였다. 우리가 재빨리 조치를 취하지 않으면 그는 체포될 터였다. 게다가 대사관 주변은 중국 보안대가 철통같이 지키고 서 있다는 사실이 문제를 더 까다롭게 만들었다. 만약 천광청이 앞문으로 걸어 들어간다면 우리가 문의 빗장을 채 풀기도 전에 그는 붙잡히고 말 것이다. 천광청을 대사관 내부로 안전하게 들여보내는 유일한 방법은 그를 조용히 데리고 들어갈 팀을 보내는 것이었다. 중국 주재 미국대사관의 로버트 왕Robert Wang 대사 대리는 천광청이 혼자서 대사관에 들어올 수 있는 확률은 10퍼센트도 되지 않지만 우리가 나가서 그를 데려온다면 성공 확률이 90퍼센트가 넘는다고 추정했다. 그러나 그렇게 하면 중국과의 긴장이 높아질 게 분명했다.

타이밍 역시 고려요소였다. 공교롭게도 나는 재무장관 티머시 가이트너와 함께 중국 측 파트너와의 연례 전략경제대화에 참여하기 위해 베이징 방문을 불과 닷새 앞두고 있었다. 이번 대화는 꼬박 1년간 공을 들인 외교 활동이 결실을 맺는 자리였고, 남중국해에서의 긴장, 북한의 도발, 통화가치 평가와 지적재산권 침해 같은 경제적 문제 등 중요하고 민감한 사안들이 대거 의제로 포함되어 있었다. 우리가 천광청을 돕기로 결정하면 중국 지도자들이 격노해 회담을 취소해버릴 수도 있었다. 적어도 중요한 전략적 문제들에 대해 많은 협조를 기대할 수 없을 것이었다.

매우 공감이 가고 상징적인 인물이긴 하지만, 어떤 한 사람을 보호하는 일과 우리와 중국과의 관계를 보호하는 일 사이에서 선택을 해야 할 판국이었다. 저울의 한쪽에는 미국의 핵심 가치들과 더불어 자유와 기회의 등불인 우리의 지위가, 다른 한쪽에는 우리의 가장 긴급한 안보 및 경제적 우선순위들이 놓여 있었다.

나는 결정을 내리기 위해 양쪽을 저울질하면서, 냉전 시대에 공산국가들에서 미국대사관에 피신했던 반체제 인사들을 생각했다. 그중 한 명인 헝가리의 유제프 민드센치Jozsef Mindzenty 추기경은 15년 동안 대사관에서 지냈다. 1989년에는 중국의 물리학자들이자 톈안먼 광장 시위를 이끈 유명한 활동가들인 팡리즈方勵之와 그의 아내 리수셴李淑嫻이 베이징의 미국대사관에서 거의 13개월 동안 머물다가 마침내 미국으로 망명했다. 천광청 사건에는 이런 전례가 처음부터 영향을 미치고 있었다.

나는 훨씬 최근에 일어난 사건도 고려했다. 불과 두 달 전인 2012년 2월에 왕리쥔王立軍이라는 공안국장이 중국 남서부 쓰촨성의 성도인 청두에 있는 미국영사관에 나타나 도움을 청했다. 왕리쥔은 그동안 인근지역에서 막강한 권력을 행사하던 공산당 지도자 보시라이薄熙來의 오른팔 노릇을 하며 보시라이가 광범위한 부정부패를 저지르고 부당이익을 취하도록 도왔으나, 신임을 잃은 터였다. 그는 보시라이의 아내가 영국인 사업가를 살해하고는 은폐했다고 주장했다. 보시라이는 다채로운 이력을 지닌 인물로 중국공산당의 유망주였다. 하지만 후진타오 주석의 통화를 도청한 혐의를 포함한 어마어마한 직권남용 행각으로 베이징의 상관들을 당황시켰다. 그들은 보시라이와 왕리쥔의 수사에 착수했다. 독살당한 영국인과 같은 최후를 맞을까봐 겁이 난 왕리쥔은 청두의 미 영사관으로 달아났다. 그는 많은 것을 알고 있는 사람이었다.

왕리쥔이 미 영사관에 있는 동안 보시라이에게 충성을 바치는 보안대가 영사관 건물을 에워쌌다. 긴장된 순간이었다. 왕리쥔은 인권운동가가 아니었지만 우리는 그를 바깥의 보안대에 넘길 수는 없었다. 그러면 왕리쥔은 사형선고를 받을 테고 은폐는 계속될 것이었다. 그렇다고 그를 영원히 영사관에 둘 수도 없는 노릇이었다. 그래서 우리는 왕리쥔의 의사를 물어본 뒤, 베이징의 중앙 당국에 연락해 지도부가 그의 증언을 들어준다면 왕리쥔이 자발적으로 투항할 의사가 있다고 제안했다. 우리는 왕리쥔이 밝힐 이야기들이 얼마나 큰 파장을 일으킬지, 중국이 이 사건을 얼마나 심각하게 받아들일지 알지 못했다. 우리는 이 문제에 대해서는 함구하기로 했고, 중국은 우리의 신중함을 고맙게 여겼다.

곧 연쇄반응이 일어났다. 보시라이는 실각했고 그의 아내는 살인죄로 유죄를 선고받았다. 엄격하기 짝이 없는 중국의 검열제도도 이 사건이 엄청난 스캔들로 번져나가는 건 막지 못했고, 민감한 시기에 공산당 지도부에 대한 신뢰가 뒤흔들렸다. 후진타오 주석과 원자바오 총리는 2013년 초에 새로운 세대의 지도부에게 권력을 물려주기로 되어 있었다. 두 사람은 공직자 부패와 음모를 둘러싼 국가적 분노에 따른 퇴임이 아닌 순조로운 권력이양을 간절히 원했다.

그 일이 있은 지 겨우 두 달이 지난 지금 우리는 또 다른 시험에 맞닥뜨렸고, 나는 중국 지도부가 그 어느 때보다 더 신경이 곤두서 있다는 것을 알고 있었다.

═══

나는 제이크에게 커트 캠벨, 빌 번스 부장관, 셰릴 밀스 고문과의 전화회의를 준비하라고 지시했다. 천광청이 처음 접촉한 뒤부터 베이징의 미 대사관과 함께 상황을 세밀하게 조율해오던 커트는 내게 아마도 한 시간 이내에 결정을 내려야 할 것이라고 말했다. 대사관은 내가 지시를 내리자마자 약속장소로 움직일 팀을 구성해두었다. 우리는 이 문제를 한 번 더 논의했고, 마침내 내가 말했다. "가서 그를 데려오세요."

궁극적으로 보면 이것은 아주 어려운 결정은 아니었다. 나는 미국의 힘과 안보의 최대 원천은 군사력이나 경제력보다 우리가 중시하는 가치들이라고 항상 믿어왔기 때문이다. 이런 믿음은 단지 이상주의가 아니다. 우리의 전략적 입장에 대한 냉철한 분석을 바탕으로 하고 있다. 수십 년 동안 미국은 민주당 정부와 공화당 정부 공히 중국에서의 인권 문제를 거론해왔다. 이번 일은 중국뿐 아니라 아시아지역과 전 세계의 다른 국가들에 대한 우리의 신뢰가 걸려 있는 문제였다. 천광청을 돕지 않는다면 모든 곳에서 우리의 입지가 약화될 것이었다.

또한 나는 중국이 다가오는 회담의 주최자로서, 적어도 미국이 이 대화를 순조롭게 진행하기 위해 쏟은 만큼의 노력을 기울여왔다는 계산에 따라 도박을 하고 있었다. 그리고 중국 지도부는 보시라이 스캔들 및 임박한 권력이양만으로도 바빠서 새로운 위기를 달가워하지 않을 것이었다. 나는 중국이 이 사건 하나로 관계 전체를 틀어버리지는 않을 게 분명하다고 판단했다.

일단 내 승인이 떨어지자 상황이 빠른 속도로 진전되기 시작했다. 로버트 왕이 대사관을 나가 약속장소로 향했고, 그동안 제이크가 백악관에 이 사건을 브리핑했다. 제이크는 내 판단의 근거를 설명하고 회의적인 질문들에 답변했다. 대통령 보좌관들 중 일부는 우리가 미국과 중국 간의 관계를 깨뜨리려 한다고 우려했다. 하지만 우리가 이 일에서 손을 떼고 천광청을 그의 운명에만 맡겨버리는 경우 일어날 일에 책임을 지려는 사람은 아무도 없었다. 보좌관들은 나와 국무부가 어떻게든 이 문제를 해결하길 원했다.

제이크가 백악관에 보고하는 동안 베이징 거리에서는 탐정소설을 그대로 옮겨놓은 듯한 드라마가 펼쳐지고 있었다. 대사관 차량은 약 45분 뒤에 약속장소에 도착했고 로버트가 천광청을 발견했다. 부근에는 중국 보안대도 보였다. 그 순간이 아니면 기회가 없었다. 로버트는 천광청을 차에 밀어 넣고 재킷으로 그의 머리를 덮은 다음 속도를 높였다. 로버트는 차 안에서 워싱턴으로 보고를 했고, 우리는 모두 숨을 죽인 채 이들이 탄 차가 안전한 대사관 구내로 무사히 들어갈 수 있길 바랐다. 마침내 워싱턴 시각으로 새벽 3시경 로버트가 좋은 소식을 가지고 전화를 했다. 임무를 완수했고 현재 천광청은 대사관 의사에게 치료를 받고 있다는 소식이었다.

다음 이틀 동안 빌 번스, 커트 캠벨, 셰릴 밀스, 제이크와 나는 다음 대책을 논의했다. 첫 번째 할 일은 중국 측에 우리가 천광청을 데리고 있지만 그의 상황에 대해서는 어떤 판단도 내리지 않았음을 알리고, 회담이 시작되기 전에 만나서 해법을 찾자고 요청하는 것이었다. 중국 측이 진지하게 이 문제의 논의에 참여하게 할 수 있다면 반쯤은 일을 해결한 것이나 마찬가지였다.

다음 단계는 천광청과 이야기하는 일이었다. 그는 정확히 무엇을 원하는가? 민드센치 추기경처럼 15년을 대사관에서 생활할 각오가 되어 있는가?

일단 방침을 정한 뒤 나는 커트에게 가능한 한 빨리 베이징행 비행기에 올라 직접 협상을 진행하라고 지시했다. 커트는 4월 27일 금요일 늦게 워싱턴을 떠나 일요일 날이 밝기 전에 베이징에 도착했고, 빌 번스는 다음 날 출발했다. 우리는 발리로 가족휴가를 떠나 있던 게리 로크Gary Locke 대사를 소환했고, 전 예일대 로스쿨 학장을 지낸 국무부 법률고문 해럴드 고Harold Koh(고홍주)의 행방을 찾았다. 해럴드는 마침 중국 벽지를 여행하는 중이었다. 셰릴이 해럴드에게 연락해 보안전화를 찾으려면 얼마나 시간이 걸릴지 물어보자, 적어도 네 시간은 걸린다는 답이 돌아왔다. 셰릴은 말했다. "지금 출발하세요. 보안전화로 연락하시면 무슨 일인지 설명하겠습니다."

베이징에 도착한 커트는 곧바로 대사관의 해병대 막사 3층으로 향했다. 대사관을 둘러싼 중국 보안대원이 전날부터 현저히 늘어나서, 안에서는 꼭 포위된 기분이었다. 천광청은 힘이 없고 허약해 보였다. 커다란 선글라스를 쓴 이렇게 가냘픈 사람이 국제적인 문제로 번질 수 있는 사건의 중심에 있다는 게 믿기지 않았다.

나는 커트에게서 최소한 조금은 반가운 소식이 기다리고 있었다는 이야기를 듣고 안도했다. 중국 측이 만나는 데 합의했다는 것이다. 우리가 중국 땅에서 중국 국민 중 한 사람을 차에 태워 데려와서 그에 대해 이야기하자고 청하고 있다는 것을 감안하면, 만나자는 제안에 응한 것 자체만으로도 조짐이 좋았다. 게다가 천광청은 벌써 로버트나 중국어를 할 줄 아는 대사관의 다른 직원들과 유대감이 생긴 듯했고, 망명을 하거나 대사관의 막사에서 계속 지내기보다 중국에 남길 원한다는 확고한 뜻을 밝혔다. 천광청은 산둥성에서 부패한 지역 관료들에게 괴롭힘을 당한 이야기를 하면서 베이징의 중앙정부가 나서서 심판하길 바란다고 말했다. 그는 가난하고 권리를 박탈당한 사람들에게 관심이 많다고 알려진 원자바오 총리에게 특별한 믿음을 가지고 있었다. '원 할아버지'가 실제 상황을 알기만 하면 분명 도와줄 것이라고 믿었다.

우리가 협상이 시작되길 초조하게 기다리면서 조심스레 낙관적인 전망을 했던 데는 이유가 있었다. 사건 초기였던 당시에는 천광청이 느닷없이 변덕을 부리고 돈 키호테 식으로 나올 줄은 몰랐기 때문이다. 그는 외부의 중국 지도자들 못지않게 만만찮은 협상가였다.

중국 측이 내세운 커트의 협상 상대는 후일 주미 중국대사로 임명된 노련한 외교관 추이톈카이崔天凱였다. 커트와 나는 추이톈카이와의 첫 회의에서 신중하게 협상을 시작하고 합의점을 찾자는 데 동의했다. 우리가 천광청의 신병을 중국 측에 넘겨줄 리는 없지만 나는 이 위기를 조속히 해결하고 중국과의 관계와 회담을 잡음 없이 지키고 싶었다. 양측 모두가 득을 볼 수 있는 윈윈 전략이 필요했다. 적어도 우리 계획은 그랬다.

하지만 중국 측은 이런 접근방식을 받아들이려 하지 않았다. 추이톈카이는 말했다. "미국이 이 문제를 어떻게 해결할지 알려드리겠습니다. 천광청의 신병을 즉시 우리에게 인도하십시오. 미국과 중국 간 관계를 정말로 염려한다면 그것이 미국이 할 일입니다." 커트는 중국 측이 대사관에 와서 천광청과 직접 이야기를 나누라고 제안하며 신중하게 대응했다. 그러나 이 말은 추이톈카이의 화를 돋웠을 뿐이었다. 추이톈카이는 중국의 자주권과 위신에 대해 30분간 열변을 토했다. 갈수록 목소리가 커지고 흥분했다. 우리가 양국관계를 약화시키고 중국인들을 모욕하고 있으며 천광청은 미국의 치맛자락 뒤에 숨은 겁쟁이라고 공격했다. 다음 몇 시간과 며칠 동안 우리 팀은 외교부의 공식 회의장에서 똑같은 방식으로 진행된 다섯 번의 협상회의를 더 견뎌야 했다. 추이톈카이 뒤에는 국가안보기구들에서 나온, 딱딱한 표정의 상급 관료들이 여럿 버티고 있었다. 이들은 회의 직전과 직후에 추이톈카이 주위에 모여 밀담을 나누었지만 미국인들 앞에서는 한마디도 하지 않았다. 한번은 커트가 추이톈카이와 상급 안보관료 한 명이 치열한 논쟁을 벌이는 장면을 목격했지만 세부적인 대화 내용은 들리지 않았다. 10분 정도 뒤에 낙담한 듯 보이는 추이톈카이가 동료를 내보냈다.

대사관으로 돌아온 우리 팀은 법을 공부하고 싶고 중국에 남아 계속 개혁을 지지하고 싶다는 천광청의 이야기를 들었다. 천광청은 망명한 반체제 인사들이 일단 조국을 떠난 뒤에는 영향력을 잃고 미국에서 안전하지만 잊힌 채 살아간다는 이야기를 많이 들었다. 그는 그렇게 되는 걸 원하지 않았다. 해럴드 고는 이런 우려를 이해할 수 있었다. 한국의 외교관이던 해럴드의 아버지는 1961년 군부 쿠데타가 일어나자 서울에서 몸을 피해 미국으로 망명했다. 해럴드는 천광청이 중국을 떠나기로 결정할 경우 겪게 될 난관을 이야기해 그의 마음을 움직였던 것이다.

해럴드는 미국의 최고 법학자 중 한 명이자 뛰어난 대학 행정가이기도 하다. 이제 그 분야에서 쌓은 경험이 중요한 역할을 했다. 해럴드는 천광청을 대사관에서 내보내되 망명으로 인해 감정적인 문제를 불러일으키는 것을 피하면서 회담 시작 전에 중국의 체면을 살려줄 해법을 모색했다. 천광청이 중국의 법학전문대학원에서 공부하게 하면 어떨까? 베이징에서 떨어진 어딘가에서 공부를 하고, 일정 기간, 아마도 2년쯤 지난 후 미국의 대학으로 유학을 간다면? 해럴드는 상하이 캠퍼스를 세우고 있던 뉴욕 대학교의 교수들, 행정관들과 밀접한 관계를 맺고 있었고, 하룻밤 사이에 대학 측을 설득해 천광청에게 장학금을 제안했다. 이렇게 해서 우리는 중국에 일괄 거래를 제시할 수 있었다.

중국 측은 회의적이었지만 제안을 즉각 거절하지는 않았다. 공산당 지도부는 우리와 건설적으로 함께 일하고 전략경제대화를 지키는 방법과 안보기구 강경파들의 우려를 무마시킬 방법 사이에서 줄타기를 하는 듯 보였다. 마침내 추이톈카이에게 문제해결을 위해 필요한 조치를 취하라는 명령이 내려왔다.

이 사건을 보고한 첫 전화가 울린 지 닷새 뒤인 4월 30일 월요일 저녁 늦게 나는 앤드루스 공군기지에서 공군기를 타고 베이징으로 향했다. 협상자들에게는 세부적인 내용을 해결하는 데 스무 시간 정도가 주어진 셈이었다. 돌이켜보건대 몹시 긴장된 비행이었다. 백악관에서는 대통령이 명확한 메시지를 보냈다. "일을 망치지 마시오."

협상의 윤곽이 서서히 드러났다. 먼저 천광청은 베이징의 병원으로 옮겨져 도주하다가 당한 부상을 치료받을 것이다. 그런 뒤 산둥성에서 가택연금 중에 당한 가혹행위에 관해 적절한 관료와 이야기할 기회를 얻고, 그가 탈출한 뒤 계속 고초에 시달려온 가족들과 재회할 것이다. 그런 다음 베이징을 떠나 중국의 다른 곳에서 2년간 공부한 뒤 아마도 미국 유학길에 오를 것이다. 매 단계마다 미국대사관이 천광청과 접촉을 유지할 것이다. 커트는 검토해볼 만한 대여섯 개의 중국 대학 목록을 제시했다. 추이톈카이는 목록을 훑어보더니 벌컥 화를 냈다. "절대로 화둥 사범대학에는 보낼 수 없습니다. 그런 자와 동창이 되지는 않을 거요!" 그 말은 상황이 약간 진척을 보인다는 뜻이었다.

한편 대사관의 천광청은 확신을 하지 못하고 있었다. 그는 최종 결정을 내리기 전에 가족과 이야기하길 원했고 그들을 베이징으로 데려오고 싶어 했다. 재회를 기다리는 것만으론 충분치 않았다. 커트는 중국 측이 이미 많이 양보한 마당에 또 다른 요구사항을 들고 돌아가는 걸 걱정했지만, 천광청은 고집을 부렸다. 아니나 다를까 중국 측은 커트의 말을 곧이곧대로 믿지 않았다. 이들은 커트와 팀을 비난하며 더 이상 양보하려 하지 않았다. 협상이 마무리될 때까지 천광청의 아내와 아이들을 베이징에 데려오는 건 절대 허락할 수 없다고 했다.

우리는 이 위기에서 벗어나야 했다. 중국은 의례에 민감하고 권위를 존중하기로 유명하다. 우리는 이런 점을 이용하기로 했다. 빌 번스는 미국 정부에서 최고위급 직업 외교관이며 요르단과 러시아 대사를 지내며 널리 존경을 받았다. 게다가 그는 내가 지금껏 만난 가장 침착하고 흔들림 없는 사람들 중 한 명으로, 협상 테이블에서 우리에게 꼭 필요한 품성을 갖추고 있었다. 빌은 월요일에 베이징에 도착해 다음번 회의에 참석했다. 그는 추이톈카이 맞은편에 앉아 외교관 대 외교관으로 그를 진정시키고 설득했다. 가족을 데려오고 회담과 함께 예정대로 일을 진행시키기만 하면, 이 사건 전체를 과거지사로 만들 수 있었다. 화가 누그러진 추이톈카이는 이 문제를 상관들에게 보고하기로 했다. 내가 아직 태평양 상공 어딘가에 있던 자정 무렵, 천광청의 가족이 산둥성에서 아침 기차에 탔다는 소식이 전해졌다. 이제 천광청이 대사관을 나가기만 하면 되었다.

5월 2일 이른 시각에 베이징에 도착하자마자, 나는 바로 제이크를 대사관으로 보냈다. 그 편에 천광청에게 격려의 말도 전했다. 장거리 비행을 한 터라 우리는 낮 시간 대부분은 일정 없이 비워두었고, 첫 공식행사는 중국

측의 내 상대인 다이빙궈 국무위원과의 비공개 저녁식사였다.

천광청은 여전히 불안해했다. 그는 막사에서는 안전하다고 느꼈고 대사관 의사의 치료를 받았다. 대사관 직원들, 특히 중국계 미국인으로서는 첫 중국 대사인 게리 로크와 강한 유대감을 형성했다. 중국에서 미국으로 이민 온 게리의 할아버지는 남의 집안일을 도왔고, 때로는 일을 해주는 대가로 영어를 배우기도 했다. 가족이 조그만 식료품점을 운영하던 시애틀에서 태어난 게리는 워싱턴 주지사를 거쳐 미국 상무장관을 지냈다. 게리는 아메리칸 드림의 살아 있는 화신이었고, 나는 이 민감한 시기에 그가 우리의 대표인 것이 자랑스러웠다.

게리와 해럴드는 몇 시간 동안 천광청과 함께 앉아 그의 손을 잡고 두려움을 달래주며 앞으로의 희망에 관해 이야기를 나누었다. 기차를 타고 베이징으로 달려오고 있는 아내와 두 번 통화도 하게 해주었다. 마침내 천광청이 단호하고 격앙된 모습으로 벌떡 일어서더니 말했다. "갑시다." 이리하여 길고 어려운 드라마가 마침내 막을 내리는 듯 보였다.

천광청은 대사의 팔에 기대고 커트의 손을 붙잡은 채 막사에서 나와 모습을 드러냈다. 그리고 대기하고 있던 밴으로 천천히 걸어갔다. 천광청이 무사히 차에 타자 제이크는 휴대전화로 내게 전화를 걸어 천광청을 바꿔주었다. 기다림과 걱정으로 점철된 힘든 며칠을 보낸 뒤 드디어 우리 두 사람이 이야기할 기회가 생겼다. 그는 "당신에게 키스하고 싶습니다"라고 말했다. 그 순간 나도 같은 심정이었다.

천광청이 탄 밴은 근처의 차오양 병원으로 향했다. 병원에는 기자들과 보안대원들이 잔뜩 몰려와 있었다. 중국 측은 이번 거래에서 끝까지 책임을 다했다. 천광청은 병원에서 아내, 아이들과 상봉한 뒤 서둘러 의사를 만나 치료를 받았다. 물론 우리 대사관 직원이 동행했다. 나는 신중하게 작성한 언론성명을 발표했다. 이 사건에 대한 나의 공식논평 첫마디는 다음과 같왔다. "천광청이 본인의 선택과 미국이 추구하는 가치에 따라 미 대사관에 머물렀다가 떠날 수 있어 기쁩니다." 예상대로 중국 측은 미국의 내정간섭을 비난했지만, 회담은 계속 진행했고 천광청을 즉시 다시 체포하고 싶은 유혹을 억눌렀다.

천광청을 무사히 병원에 보내고 나니, 저녁식사 시간이었다. 16세기에 지어진 사찰인 완서우사에서 다이빙궈와 추이톈카이가 우리를 맞았다. 완서우사는 조용한 안뜰과 많은 고대 공예품으로 꾸며진 화려한 건물들로 이루어져 있었다. 다이빙궈는 자랑스레 사찰을 구경시켜주었고, 우리는 옥으로 된 작은 조각상과 우아한 서예작품에 감탄하면서 더없이 안도감을 느꼈다. 다이빙궈와 나는 미중관계의 중요성과 역사의 발전에 대해 광범위하게 이야기를 나누었다. 대표단의 저녁식사가 끝난 뒤 다이빙궈와 나는 커트, 추이톈카이와 함께 비공개 대화를 위해 작은 방으로 갔다. 다이빙궈가 손녀 사진을 처음 보여주고 우리가 아이들에게 평화로운 미래를 물려줄 수 있도록 협력하기로 한 이후로 얼마 만에 갖는 자리이던가. 이제 우리는 지금까지의 위기 중 가장 힘든 위기를 헤쳐나왔고 유대를 유지했다. 그러나 다이빙궈는 참지 못하고 분통을 터뜨렸다. 그는 우리가 영악한 범죄자인 천광청을 믿은 게 큰 실수였다고 비판했다. 그러고는 그 주에 후진타오 주석과 원자바오 총리와 만나는 자리에서는 이 사건을 언급하지 말라고 간청했다. 우리 두 사람은 북한에서 이란 문제까지 회담에서 논의할 긴급한 전략적 사안들에 다시 초점을 맞출 때라는 데 생각이 일치했다.

═══

한편 시내 저편에서는 전혀 다른 대화가 이루어지고 있었다. 천광청과 아내가 오랜 고난을 겪은 뒤라 대사관 직원들은 가족에게 개인적인 시간을 주기로 결정했다. 드디어 병실에 자기들끼리만 남게 되자 반체제 인사와 가족은 그가 내린 결정을 따져보기 시작했다. 그렇게 혹독하게 괴롭히던 중국 당국이 약속을 지키리라고 어떻게 믿을 수 있을까? 일단 대사관 담장의 보호 밖으로 나온데다 자신으로 인해 위험에 빠질 수 있는 사랑하는 사람들을 만난 천광청은 위험을 무릅쓰고 중국에 남아 인권운동에 계속 관여하겠다는 원대한 계획이 썩 내키지 않게 되었다. 전화로 이야기를 나눈 인권단체의 친구들은 그의 안전을 걱정하며 국외로 나가라고 재촉했고, 기자들은 중국에 머물겠다는 결심에 의문을 던졌다. 저녁시간이 흘러가면서 천광청의 대답이 바뀌기 시작했다.

완서우사에서 내 동료들의 블랙베리에 곤혹스러운 기사들이 뜨기 시작했다. 내가 다이빙궈와 만나고 나올 즈음에는 뭔가가 잘못되었다는 것이 분명해졌다. 천광청이 병실 침대에서 "더 이상 안전하다고 느끼지 못하겠다"며, 미국인들이 자신을 버렸고 중국에 남으려던 마음이 바뀌었다고 말했다는 보도가 나왔다. 천광청은 내게 키스하고 싶다고 말한 것까지 부인했다! (나중에 그는 언론에 힐러리 장관에게 "그렇게 친밀한 말을 해놓고 당황했다"라며 그 말을 했던 것을 시인했다.) 우리가 공들여 짠 시나리오가 허물어지고 있었다.

호텔로 돌아와 내 방에서 긴급회의를 소집했다. 베이징과 워싱턴의 모든 기자들이며 활동가들이 천광청과 수월하게 연락이 되는 것 같았지만, 대사관 직원들은 아무도 천광청과 통화할 수 없었다. 아이러니하게도 그의 휴대전화는 우리가 지급한 것이었다. 우리는 아직 중국 측에서 어떤 공식적인 이야기도 듣지 못했지만 그들도 우리와 같은 기사들을 읽고 있었고 시간이 지날수록 병원 밖에는 보안대원들이 늘어났다. 나는 다이빙궈와 추이톈카이가 "그러게 내가 뭐라고 했소"라고 말하려고 벼르는 모습이 눈에 선했다.

커트는 상황이 계속 악화될 경우 자신이 사임하겠다고 씩씩하게 말했다. 나는 그 말은 묵살하고, 계획을 수정하는 작업을 시작해야 한다고 말했다.

먼저 우리는 숨차게 쏟아지는 일부 기사와 반대로 천광청은 망명을 요청한 적이 없고 거부당한 적도 분명 없다는 점을 명확히 밝히는 성명서를 바로 내놓아야 했다. 둘째, 다음 날 아침에도 천광청이 계속 미국으로 가겠다고 고집하면 아무리 힘들고 난처한 과정이 되더라도 중국 정부와 다시 접촉해 새로운 협상을 할 방법을 찾아야 했다. 우리는 이 문제가 공개적으로 곪아 터져 회담에 영향을 미치게 할 수 없었다. 셋째, 나는 다이빙궈와 합의를 유지하면서 예정된 전략경제대화 행사를 아무 일 없었다는 듯 계속해야 했다. 진격명령을 받아든 내 부대원들은 피곤함도 잊은 채 걱정스러운 표정으로 방에서 줄지어 나갔다. 그날 밤 우리 중 누구도 푹 잠들지 못했다.

═══

다음 날은 여러 외교적 난제를 동시에 처리해야 하는 초현실적인 날이었다. 회담에 앞서 정부가 공들여 조치를 취해놓은 덕에, 그날 아침 우리가 탄 차량 행렬이 도시를 지나갈 때는 평소엔 정체가 심하던 베이징의 거리가 훤히 뚫리고 오염됐던 공기도 깨끗해진 것 같았다. 그러나 우리 앞에 놓인 길은 꽉 막혀 있었다. 다음 몇 시간에 많은 것이 달려 있었다.

우리는 전통 양식의 영빈관, 정원, 회의실 들이 넓게 펼쳐져 있는 댜오위타이에 도착했다. 1971년에 헨리 키신저가 저우언라이와 첫 협상을 벌여 닉슨 대통령의 역사적인 중국 방문, 관계 정상화, 그리고 그 이후 일어난 모든 일의 토대를 마련한 곳이 바로 이곳이었다. 2010년의 회의 중에 중국의 한 해군 장성이 과격하게 분노를 표출해 여전히 두 나라를 갈라놓고 있는 깊은 불신의 골을 드러낸 곳도 여기였다. 나는 우리가 처한 현재의 곤경을 감안할 때 중국 측이 그 두 사람 중 어느 쪽의 태도를 보일지 궁금했다.

첫 번째 공식연설이 시작되자마자 답을 알 수 있었다. 다이빙궈와 다른 중국 지도자들은 가이트너와 내가 아무렇지도 않은 듯 차분해 보이려고 애쓰는 만큼이나 열심히 노력하고 있는 게 분명했다. 이들은 중국의 조화로운 성장과 내정불간섭의 중요성에 대해 늘 꺼내던 화두들을 반복했다. 익숙한 이야기지만 최근의 사건들을 고려해 조금 더 날이 서 있었다. 내 차례가 되자 나는 천광청 문제의 언급을 피하고, 중국과의 협력이 필요한 이란, 북한, 시리아, 그리고 수많은 다른 과제들에 초점을 맞추었다. 하지만 이런 말을 덧붙였다. "모든 국민의 권리를 보호하는 중국은 더 강하고 번영하는 국가가 될 것이고, 물론 우리의 공동 목표를 위한 더 확실한 파트너가 될 것입니다." 그날 아침에는 현재의 위기에 대해 그 정도까지만 접근했다.

연설이 끝난 뒤 우리는 소규모 그룹으로 나뉘어 안건들을 더욱 상세하게 논의했다. 시내 건너편 병실에서 펼쳐지고 있는 드라마로 종종 생각이 흘러갔지만, 이번 회담은 중요한 사안들을 다룰 기회였다. 이 기회를 허비해선 안 되었다. 그래서 나는 몇 시간에 걸친 프레젠테이션과 논의가 끝날 때까지 자리를 지키며 질문을 하고 우려를 제기했다.

한편 커트는 천광청과의 일이 어떻게 진행되고 있는지 알아보기 위해 빈번하게 양해를 구하고 자리를 떴다. 들려오는 소식은 어두웠다. 우리 대사관 쪽은 아직도 천광청과 연락이 되지 않았고, 중국 측은 병원에 직접 오는 것을 제한하고 있었다. 병원 밖에 시위자들이 나타났는데, 일부는 자신들의 영웅에 경의를 표하기 위해 천광청과 비슷한 스타일의 선글라스를 쓰고 있었다. 중국 보안대 쪽에서는 점점 불안해했다. 그러나 천광청이 미국 기자들과 이야기하는 것은 아무도 막지 않았다. 미국 언론은 천광청이 중국을 떠나 미국으로 가고 싶어한다고 대대적으로 알리면서 우리가 그를 돕기 위해 최선을 다했는지 의문을 제기했다.

대선을 앞두고 소용돌이치던 워싱턴의 정계가 떠들썩하게 끓어올랐다. 존 뵈너John Boehner 하원의장은 천광청이 "미덥지 않은 약속과 가족에게 해를 가하겠다는 위협을 받으며 자신의 뜻과 다르게 미 대사관을 떠나라는 압력을 받았다"는 보도에 "몹시 혼란스러웠다"라고 밝혔다. 공화당 대통령 후보인 전 매사추세츠 주지사 밋 롬니Mitt Romney는 한술 더 떠서 "자유에는 암흑의 날이고 오바마 행정부에게는 치욕의 날"이라고 혹평했다. 이렇게 비판하는 사람들이 우리가 천광청이 원하는 것을 얘기할 때마다 다 해주었다는 것을 알고 있었는지는 모르겠다. 백악관은 완전한 피해대책 모드로 돌입했다. 베이징에 있는 우리에게 내려진 지침은 간단했다. '이 문제를 해결하라.'

나는 커트와 로크 대사에게 추이톈카이와 즉각 협상을 재개하고 천광청을 망명시키도록 노력하라고 지시했다. 그러나 말처럼 쉬운 일이 아니었다. 중국 측은 자신들이 처음부터 원하지 않았던 협상을 우리가 재개하려 하자 어이없어했다. 추이톈카이는 단칼에 거절했다. 그리고 커트에게 "워싱턴으로 돌아가 사임하라"고 했다. 한편 천광청은 다른 쪽으로 손을 뻗었다. 아직 미 대사관의 누구와도 이야기를 하지 않았으면서 워싱턴의 의회청문회와 접촉한 것이다. 천광청과 가까운 사이인 활동가 밥 푸Bob Fu가 하원의원 크리스 스미스Chris Smith가 주재하는 청문회의 위원들 앞에서 자신의 아이폰을 스피커 모드로 돌려놓고 통화했다. 천광청은 "저는 제 가족의 안위가 걱정됩니다"라고 말하며 미국으로 가고 싶다고 또다시 호소했다. 그러지 않아도 정계에 번지고 있던 비판의 불길에 기름을 끼얹은 격이었다.

이제 내가 나설 때였다. 나는 추이톈카이가 협의를 거부한다면 무언극은 때려치우고 다이빙궈에게 직접 이 문제를 제기하기로 했다. 몇 년간의 관계구축 노력이 과연 효과를 발휘할 것인가? 금요일에 나는 후진타오 주석

과 원자바오 총리와 인민대회당에서 만나기로 되어 있었고, 그 만남이 차질 없이 진행되는 것은 나와 다이빙궈 모두에게 중요했다. 이 문제가 해결되는 것이 우리 두 사람 모두에게 좋았다.

5월 4일 아침, 나는 다이빙궈와 만나 우선 중국이 합의를 지켜준 것에 감사를 표했다. 그런 다음 미국의 정계에 불길처럼 번지고 있는 파문과 우리가 안고 있는 어려움을 설명했다. 다이빙궈는 내가 의회청문회에서 벌어진 소동을 설명하자 놀란 듯했다. 중국에서는 일어난 적이 없는 일이었다. 대체 어떻게 해야 할까? 나는 체면을 차릴 수 있는 해결책을 원한다고 말했다. 원래의 합의에서 천광청은 일정 기간 동안 중국 대학에 다닌 뒤 미국 대학에서 학업을 계속하기로 되어 있었다. 그 시간표를 앞당긴다면, 전적으로 새로운 합의가 아니라 기존 합의 내용을 다듬는 정도가 될 터였다. 다이빙궈는 한참 동안 말없이 나를 쳐다보았다. 그의 냉정한 표정 뒤에 무슨 생각들이 오가고 있을지 궁금했다. 마침내 다이빙궈는 불안한 기색이 역력한 추이톈카이를 천천히 돌아보더니 커트와 세부사항을 해결하라고 지시했다.

기운이 났지만 완전히 확신하지는 못한 채 고위급 지도자들과 만나기 위해 인민대회당으로 향했다. 나는 약속대로 후진타오 주석과도, 나중에 원자바오 총리와도 천광청 이야기는 거론하지 않았다. 대화를 나누는 동안 두 사람은 집중이 되지 않는 듯했지만 예의바른 모습이었다. 우리가 주로 미래의 양국관계에 중요한 문제들을 빙빙 돌려 이야기하는 동안, 보좌관들은 우리가 공통으로 안고 있는 딜레마를 해결할 방법을 찾느라 바빴다. 후진타오 주석과 원자바오 총리는 10년간의 임기가 끝나가고 있었고, 우리 역시 정부를 새로운 형태로 만들 수도 있는 선거를 앞두고 있었다. 하지만 선수들이 바뀌어도 근본적으로 경기는 그대로일 것이다.

나는 인민대회당을 나와 톈안먼 광장을 건너 중국 국가박물관으로 향했다. 중국 정부에서 여성으로서는 최고위급 인사인 국무위원 류옌둥劉延東을 만나 교육과 문화 교류 문제를 논하기 위해서였다. 공산당과 연고가 깊은 전 농업부 부부장을 부친으로 둔 류옌둥은 단 두 명뿐인 여성 중앙정치국 위원 중 한 명이다. 우리는 수년간 친밀한 관계를 발전시켜온 터라, 이 긴장된 시기에 친숙한 얼굴을 보니 반가웠다.

베이징의 국가박물관은 광장 건너편의 인민대회당에 필적하도록 설계되어 엄청난 규모를 자랑한다. 하지만 1948년에 장제스蔣介石 총통의 군대가 퇴각하면서 대만으로 가져간 중국의 가장 귀한 예술작품들과 유물들을 완전히 되찾지는 못했다. 이는 국가적 긍지에 일종의 상처로 남아 치유에 오랜 시간을 요했다. 높은 정문 계단을 걸어 올라가면서 커트가 나를 보더니 물었다. "우리가 옳은 일을 했다고 느끼십니까?" 그토록 위험성이 높은 외교행위와 신경을 곤두세워야 하는 우여곡절을 겪은 뒤 응당 나올 수 있는 질문이었다. 나는 그를 돌아보며 대답했다. "이 자리에 있다보니 마음 깊은 곳에서 두려움을 느끼며 내리는 결정이 많습니다. 이번에는 그렇지 않아요. 이것은 미국이 미국다워지기 위해 치러야 하는 작은 대가입니다." 커트가 듣고 싶어한 말이었고, 진실이었다.

박물관 안으로 들어가니 많은 중국인, 미국인 어린이들이 국기를 흔들며 우리를 환영했다. 위층에서는 양국 학생들이 우리를 환영하는 노래 두 곡을 합창했다. 한 곡은 영어, 한 곡은 중국어 노래였다. 마지막으로 교환학생 두 명이 앞으로 나와 외국에서 공부한 경험에 대해 이야기했다. 영어 발음이 유창한 젊은 중국인 여성은 뉴욕생활이, 책으로만 읽었던 미국에서 삶의 지평을 넓히고 야망을 고취시키는 놀라운 여정이었다고 말했다. 젊은 미국인 남성 역시 말솜씨가 좋았다. 그는 중국에서 하고 있는 공부에 대해 중국어로 설명하면서 양국관계를 더 잘 이해하는 데 도움이 되었다고 말했다.

준비된 연설과 연출된 틀에 따라 진행되는 이런 정상회담의 거창한 외교의식과 분위기 속에서 가끔 인간적인 기분을 느끼는 순간이 찾아오면, 우리가 애초에 이곳에서 무엇을 하고 있었는지 되새기게 된다. 이때도 그런 순간들 중 하나였다. 공감과 흥분이 가득한 학생들의 이야기를 들으면서 나는 일부 비평가들이 외교의 "비교적 소프트한" 측면이라고 무시하는 교육 교류, 문화관광, 과학협력 등의 분야에 우리가 쏟은 모든 노력을 떠올렸다. 나는 더 많은 미국 학생들을 중국에 보내는 일을 하나의 우선순위로 삼았고 4년간 10만 명을 보내겠다는 목표를 세웠다. 경계하는 중국 관료들에게 우리가 진심으로 중국과의 관계를 넓히길 원한다고 확신시키는 데 도움이 될 것이라는 이유도 있었다. 이 프로그램들은 신문에 대서특필되는 일은 드물지만, 다른 어떤 조치로도 대적하지 못할 방식으로 미국과 중국의 차세대 지도자들에게 영향을 미칠 잠재력이 있다. 이 학생들은 이러한 프로그램이 효과를 내고 있다는 징후라고 볼 수 있었다. 테이블 건너편의 류옌둥, 추이톈카이, 그 밖의 사람들을 쳐다보니 그들 역시 같은 생각을 하고 있음을 알 수 있었다.

점심을 먹은 뒤 천광청 드라마의 다음 향방을 논의하기 위해 커트와 그의 팀과 마주앉은 추이톈카이의 어조가 분명하게 달라졌다. 여러 차이점에도 불구하고 우리는 양국관계와 그 두 학생이 대표하는 미래를 구하기 위해 협력하고 있었다. 협의 후에 커트와 제이크는 노골적인 거래가 있었던 게 아니라 상호이해에 도달했음을 분명히 하는 짧고 신중한 표현으로 선언문을 급히 작성했다. 천광청은 완전한 자격을 갖춘 중국 국민으로서 미국 비자를 신청할 것이고 미국과 중국 양측 모두 신속하게 비자 발급절차를 처리할 것이다. 그러면 그는 가족을 데려가 뉴욕 대학교에서 공부를 시작할 수 있었다.

다시 댜오위타이로 간 나와 티머시 가이트너는 전략경제대화를 끝맺는 공식발언을 하기 위해 중국 측 상대들과 함께 무대에 올랐다. 내 차례가 되자 나는 지난 며칠간 다룬 실질적인 분야들을 되짚었다. 그리고 심각한 의견 차이를 보인 부분도 많았지만 지난 4년간 노력해온 덕분에 분열과 혼란을 이겨낼 만큼 튼튼한 신뢰를 발전시킬 수 있었다고 언급했다. 나는 '이끌기 위해서는 큰 그림을 보아야 한다'는 뜻의 도교의 금언을 인용했다. 우리는 이 위기 상황에서 그렇게 하려고 노력했고, 전략적 관심사도, 우리의 핵심 가치도 시야에서 놓치지 않았다. 나는 앞을 내다보며 청중에게 말했다. "우리는 양국 모두가 번창할 수 있고, 불건전한 경합이나 경쟁, 갈등 없이 우리의 지역적, 세계적 책임을 충족시킬 수 있는 탄력적인 관계를 구축해야 합니다. 이 상황을 제로섬으로 본다면 네거티브섬의 결과가 나타날 것입니다."(게임이나 경제이론에서 제로섬은 이익과 손실의 합이 0이 되는 형태로 승자와 패자가 확연하게 나뉜다. 네거티브섬은 이익의 총합보다 손실이 오히려 큰 형태다_옮긴이)

원칙적으로 중국 지도자들은 이 폐막 '기자회견'에서는 질문을 받지 않는다. 그래서 티머시 가이트너와 나는 공식성명서를 발표한 뒤 호텔로 돌아가 베이징 도착 후 처음으로 세계 언론사들과 정식 기자회견을 열었다. AP통신의 맷 리Matt Lee 기자가 던진 첫 질문은 예상한 내용이었다. 리는 "국무장관님, 제가 드리려는 질문은 놀랍지 않을 것입니다. 우리를 끈질기게 따라다니는 방 안의 코끼리(모두가 문제라는 것은 알지만 아무도 거론하고 싶어하지 않는 일을 가리키는 관용구_옮긴이)와 관련된 질문이니까요"라고 운을 뗐다. 나는 이 복합적인 은유에 미소를 지었다. "우리를 끈질기게 따라다니는 코끼리라…… 재미있네요. 출발이 좋아요, 맷." 그러자 웃음이 터져나와 방 안의 팽팽한 긴장이 조금이나마 풀렸다. 리는 계속 밀고 나갔다. "장관님이 이야기를 나눈 중국의 관료들, 고위지도부는 장관님이 [천광청을] 대신한 호소에 어떤 반응을 보였습니까? 중국이 그가 고국을 떠나 가족과 함께 미국으로 가서 공부할 수 있도록 허가할 것이라고 확신하십니까? 그리고 이 문제에 대한 정부의 처리가 미숙했다는 본국이나 다른 국가들의 비판자들에게는 어떻게 대응하시겠습니까?"

드디어 이 드라마를 최종적으로 깨끗이 마무리할 때가 왔다. 나는 중국 측과 합의해 신중하게 준비한 내용으로 답변을 시작한 뒤 내 생각을 덧붙였다.

> 먼저 천광청 씨와 관련된 우리의 모든 노력은 처음부터 그의 선택과 우리의 가치에 따라 이루어졌다는 것을 말씀드립니다. 그리고 오늘 우리 대사가 천광청 씨와 다시 이야기를 나눴고, 우리 대사관 직원과 의사가 그를 만날 기회를 가졌으며, 천광청 씨가 이제 가족과 함께 미국으로 가서 공부하길 원한다는 의사를 확인해주어 기쁩니다. 그런 면에서 오늘 중국 정부가 천광청 씨가 이런 목적으로 해외여행을 신청할 수 있다고 확인하는 성명서를 발표한 것도 고무적이라고 생각합니다. 하루 동안, 천광청 씨가 자신이 원하는 미래를 꾸리도록 돕는 일에 진전이 이루어졌습니다. 우리는 이러한 절차가 진행될 수 있도록 그와 접촉을 유지할 것입니다. 그러나 덧붙이자면, 이번 일은 단지 유명한 활동가들과 관련된 문제가 아닙니다. 10억 명이 넘는 중국 국민과 수십억 명의 전 세계 사람들의 인권과 관련된 문제입니다. 또한 이 강대한 국가와 모든 국가의 미래에 관한 문제입니다. 우리는 이러한 관심사들을 우리 외교의 핵심에 두면서 중국 정부와 최상의 수준으로 계속 관계를 맺어나갈 것입니다.

여기저기서 카메라 셔터 소리가 들리고 기자들이 급하게 내용을 받아

적는 동안 나는 문제가 이렇게 해결된 것을 다행스럽게 느꼈다. 기자회견을 마친 뒤에는 내 팀원들을 초대해 베이징덕과 다른 중국의 별미들로 축하 만찬을 가졌다. 충분히 축하할 만한 일이었다. 커트와 해럴드는 지난주에 겪은 더 황당한 불운들을 이야기했고 우리는 마침내 긴장을 풀고 편하게 웃을 수 있었다. 다음 날 나는 공항으로 가서 방글라데시의 다카로 향하는 비행기에 올랐다.

천광청은 아직도 병실에 있었고, 우리 모두는 이 두 번째 합의 역시 첫 번째 합의처럼 어긋날 수 있음을 알고 있었다. 천광청이 미국 땅에 무사히 발을 디딜 때까지 우리 중 누구도 정말로 마음을 놓진 못할 터였다. 중국과의 암묵적 합의에 따르면 천광청이 미국에 가기까지는 여러 주가 걸릴 수 있었다. 하지만 중국 측은 이번 위기에서 홍정에 따른 자신들의 책임을 지켰고, 나는 일이 다시 잘못되더라도 그들이 그렇게 할 것이라고 믿었다. 과연 5월 19일에 천광청은 가족과 함께 미국에 도착해 뉴욕 대학교에서 장학금을 받고 공부를 시작했다.

═══

나는 국무부와 베이징 대사관의 모든 직원이 몹시 자랑스러웠다. 이는 어느 한 사람에게만 느끼는 것이 아니었다. 우리는 4년 동안 이와 같은 위기에 대비해왔다. 전략경제대화와 그 외의 외교 기제를 구축해왔고, 상황의 기복에 관계없이 양측 관계자들 사이의 신뢰를 키웠으며, 상호이익과 존중의 틀 안에서 미중관계의 토대를 쌓는 한편 인권과 민주주의적 가치에 대해서는 분명한 입장을 밝혀왔다. 처음부터 세심하게 균형을 잡아야 하는 까다로운 줄타기였지만, 이제 그럴 만한 가치가 있었음을 증명한 느낌이었다. 또한 우리는 양국관계가 미래에 일어날 위기를 견딜 수 있을 만큼 튼튼해졌다고 믿을 수 있게 되었다. 우리의 비전, 가치, 이해관계가 서로 다르다는 점을 감안하면 위기가 일어나는 것을 피할 수는 없지만 말이다.

중심축 계획의 주된 목표 중 하나는 중국과 긍정적인 관계를 구축하려는 노력을 약화시키지 않으면서 좀 더 민주적이고 번영하는 지역에서 우리의 이익을 증진하는 방식으로 아시아의 문제들에 더욱 적극적으로 관여하는 것이었다. 미중관계에서 발생하는 마찰에는 당면 사안들에 대한 의견 차이, 세계 혹은 적어도 아시아가 어떻게 해야 할지에 대한 커다란 인식 차이가 반영되어 있다. 미국은 번영을 공유하고 평화 및 안보에 대한 책임도 공유하는 미래를 원한다. 그러한 미래를 건설하는 유일한 방법은 협력 기제와 관행을 발전시키고 중국에 더 많은 개방과 자유를 촉구하는 것이다. 중국이 인터넷 자유를 통제하고, 천광청 같은 정치적 활동가들, 티베트와 이슬람교도인 위구르의 소수집단을 억압하는 것에 우리가 반대하는 것은 이 때문이다. 또한 영토 분쟁과 관련해 중국과 주변국들 간에 평화적 해결이 이루어지길 바라는 것도 이 때문이다.

중국 측은 우리가 중국이 얼마나 발전했고 변화했는지, 혹은 내부 갈등과 분열에 대한 두려움이 얼마나 깊고 지속적인지 인식하지 못한다고 생각한다. 그들은 외부의 비판을 몹시 불쾌하게 여긴다. 또한 그들은 중국 국민들이 그 어느 때보다 자유로우며 자유롭게 일하고 이동하고 재산을 모으고 불릴 수 있다고 주장한다. 중국이 역사상 그 어느 나라보다 빠른 속도로 많은 국민을 가난에서 벗어나게 한 데 긍지를 느끼는 것은 당연하다. 이들은 양국관계가 상호이익과 서로의 내정에 대한 불간섭 위에 형성되어야 한다고 믿는다.

양국 간에 의견이 일치하지 않으면, 중국 측은 우리가 세계무대에서 중국의 부상을 두려워해 막으려 하기 때문이라고 믿는다. 그러나 의견 차이는 양국관계에 정상적인 부분이며, 이러한 차이를 잘 관리할 수 있으면 협력이 강화될 것이다. 우리는 중국을 견제하는 데는 전혀 관심 없다. 하지만 중국이 모든 나라가 지켜야 하는 규칙에 따라 행동해야 한다고 주장한다.

다시 말해, 판정을 내리긴 아직 이르다. 중국에게는 해야 할 힘든 선택들이 있고 우리 역시 그러하다. 우리는 오랜 세월에 걸쳐 입증된 전략을 따라야 한다. 최상의 결과를 위해 일하되 그에 못 미치는 상황에 대비하라. 그리고 우리의 가치를 고수하라. 나는 천광청이 미국대사관으로 피신하겠다고 처음 요청해온 긴장된 날 밤 커트와 제이크에게 보편적인 인권을 지키는 것이 미국이 보유한 힘의 가장 큰 원천 중 하나라고 말했다. 그 위험천만한 밤에 앞이 보이지 않는데다 부상까지 입은 몸으로, 자유와 기회의 상징이라고 알고 있는 어떤 한 장소, 미국대사관으로 가길 원했던 천광청의 모습은 미국이 전 세계의 반체제 인사들과 이상을 추구하는 사람들의 불빛으로 남아야 한다는 책임을 다시 우리에게 상기시켜주었다.

6

버마 : 숙녀와 장군들

가냘프고 연약하기까지 한 모습이지만 그녀에게선 분명한 내면의 힘이 느껴진다. 기품이 넘치며, 오랜 연금생활 속에서도 내면에 단단하게 자리 잡은 강하고 활기찬 정신이 전해진다. 그녀는 내가 넬슨 만델라Nelson Mandela나 바츨라프 하벨Václav Havel 등 다른 정치범들에게서 봤던 품성을 보여주었다. 그들과 마찬가지로 그녀는 어깨에 한 나라의 희망을 짊어지고 있었다.

2011년 12월 1일 내가 아웅산 수치를 처음 만났을 때, 우리는 둘 다 흰 옷을 입고 있었다. 이 우연의 일치가 좋은 조짐으로 느껴졌다. 나는 오랜 세월 버마의 이 유명한 반체제 인사에 관해 읽고 생각해왔다. 마침내 우리가 만나게 된 것이다. 수치는 가택연금에서 풀려났고, 나는 독재국가인 그녀의 조국의 민주 개혁 전망을 논의하려고 수천 킬로미터를 날아갔다. 우리는 양곤에 있는 미국 외교대표 관저의 테라스에서 비공개로 저녁을 먹었다. 인야 호숫가에 자리 잡은 식민지풍의 오래되고 예쁜 집이었다. 이제 막 만났음에도 나는 우리가 평생 알고 지낸 사이처럼 느껴졌다.

나는 물어볼 게 많았고 그녀 역시 마찬가지였다. 오랫동안 민주화운동의 상징이었던 그녀는 처음으로 현실 민주주의에 뛰어들기 위해 준비하고 있었다. 저항가에서 정치가로 어떻게 옮겨갈 것인가? 공직에 출마해 완전히 새로운 방식으로 전력을 다하는 느낌은 어떨까? 대화는 편안하고 솔직했고 곧 우리는 오래된 친구처럼 담소를 나누고 전략을 짜고 함께 웃었다.

우리 두 사람은 지금이 민감한 시기라는 것을 알고 있었다. 집권 군부는 미얀마, 반체제 인사들은 버마라고 부르는 그녀의 조국은 중대한 변화를 향한 불확실한 첫걸음을 내딛고 있었다. (몇 년 동안 미국 정부는 버마라는 국호만 사용하기로 엄격한 공식정책을 유지해왔지만 결국 일부에서는 두 이름을 혼용하기 시작했다. 이 책에서는 당시에 내가 그랬던 것처럼 버마라는 국호를 사용하겠다.) 버마는 과거와 마찬가지로 뒤로 나자빠져 유혈 사태와 억압에 빠져들기 쉬웠다. 그러나 올바른 방향을 그려나가도록 우리가 도울 수 있다면 버마가 진전을 이룰 가능성이 지난 30년의 그 어느 때보다 높았다.

미국 입장에서는 버마가 독재에서 민주주의로 이행하고 국제사회의 일원이 되도록 도울 기회였다. 버마 입장에서는 노력할 만한 가치가 있는 일이었다. 수천만 명의 버마 국민들은 자유와 번영의 축복을 누릴 기회를 얻을 자격이 있기 때문이다. 전략적으로도 의미가 컸다. 버마는 미국과 중국이 모두 영향력을 증대시키려 노력하고 있는 지역인 동남아시아의 중심부에 자리 잡고 있다. 버마에서 의미 있는 개혁이 이루어진다면 그 과정은 우리의 중심축 전략의 한 이정표가 되고, 아시아의 민주주의 및 인권운동가들의 사기를 높이며, 독재정권을 질책할 수 있을 터였다. 그러나 우리가 실패하면 역효과가 날 수도 있었다. 버마의 장군들이 우리를 속이고 있을 위험도 있었다. 어쩌면 그들은 약간의 적절한 제스처를 취하면 근본 토대를 변화시키지 않고 국제적 고립에서 벗어나기에 충분하리라 기대하고 있을지도 몰랐다. 미국의 많은 신중한 관계자들은 내가 그토록 불분명한 상황에서 손을 내밀어 잘못된 선택을 하고 있다고 생각했다. 나도 위험부담을 알고 있었지만, 모든 요인을 평가했을 때 이 기회를 놓칠 수는 없다고 판단했다.

수치와 나는 두 시간 동안 이야기를 나누었다. 그녀는 버마 정권이 검토하고 있는 개혁에 미국이 어떻게 대응할지 알고 싶어했다. 나는 우리는 행동에 맞추어 행동한다고 말했다. 외교관계 정상화부터 제재 완화와 투자 활성화까지 우리가 제시할 수 있는 당근은 많았다. 하지만 우리는 더 많은 정치범이 풀려나고, 신뢰할 만한 선거를 치르고, 소수집단과 인권을 보호하고, 북한과의 군사적 관계를 종식하고, 시골지역에서 장기간 이어져온 민족 분쟁을 끝내는 과정을 봐야 했다. 나는 그녀에게 우리가 취하는 모든 행동의 목표는 더 많은 진보를 돕는 것이라고 단언했다.

수치는 향후 과제들과 조국을 지배하는 사람들에 대해 냉철하게 판단하고 있었다. 그녀의 아버지 아웅산 역시 장군이었는데, 그는 영국과 일본과의 독립투쟁을 성공적으로 이끌었지만 1947년에 정적들에게 암살당했다. 수치는 1989년 7월에 처음으로 가택연금 조치를 당했다. 이전 해에 실패로 돌아간 반군부 민주화 시위에 참여하면서 정치에 뛰어든 지 1년도 채 되지 않았을 때였다. 그 이후로 그녀는 가택연금과 해제를 반복해서 겪었다. 1990년에 군부가 선거를 허가하자 그녀의 정당이 압승을 거두었다. 장군들은 즉시 투표를 무효화했다. 다음 해 그녀는 노벨평화상 수상자로 선정되었지만, 옥스퍼드 대학교 교수이자 저명한 티베트 불교학자인 남편 마이클 아리스Michael Aris와 두 아들이 대리 수상했다. 가택연금 중에 수치가 가족을 만난 횟수는 손에 꼽을 정도였다. 아리스가 전립선암 판정을 받았을 때도 버마 정부가 비자 발급을 거부하는 바람에 그는 마지막 시간을 아내와 함께 보내지 못했다. 대신 정부는 수치에게 남편을 만나러 버마를 떠날 것을 제안했다. 그러나 그녀는 다시는 고국으로 돌아올 수 없을까봐 이 제안을 거절했고 결국 남편에게 작별인사도 하지 못했다. 아리스는 1999년에 세상을 떠났다.

수치는 선의를 잘 믿지 않게 되었고 그녀의 이상주의적 이미지와는 맞지 않는 철저한 실용주의를 발달시켰다. 그녀는 민주주의적 개방이 이루어질 가능성이 실제로 있긴 하지만 신중하게 검증되어야 한다고 생각했다. 우리는 다음 날 다시 만나 더욱 세부적인 사항들을 파고들기로 했다. 이번에는 그녀의 집에서 만나기로 했다.

수치와 헤어지면서 나는 이게 꿈이 아닌가 싶어 스스로를 꼬집어보아야 했다. 2009년에 내가 국무장관이 되었을 때 이 만남이 가능하리라고 생각한 사람은 거의 없었다. 불과 2년 전인 2007년에 세계는 버마 군인들이 사프란처럼 샛노란 승복을 입고 평화적인 반정부 시위를 벌이는 승려들에게 실탄을 발사하며 진압하는 모습을 공포에 질려 지켜보았다. 그러나 이제 버마는 새로운 시대로 접어들려 하고 있었다. 이런 사실은 세계가 얼마나 빠르게 변할 수 있으며, 미국이 그러한 변화에 대응하고 도울 적절한 준비를 갖추는 것이 얼마나 중요한지 일깨워주었다.

═══

버마는 인도 아대륙과 동남아시아의 메콩 삼각주 지역 사이에 자리 잡은 나라로, 6,000만 명에 가까운 인구가 살고 있다. 한때 '아시아의 곡창지대'로 불렸고, 고대의 탑들과 푸른 자연의 아름다움은 여행객들과 러디어드 키플링Rudyard Kipling, 조지 오웰George Orwell 같은 작가들의 상상력을 사로잡았다.

2차대전 동안 버마는 일본 대 연합군의 전장이 되었다. '식초 장군'이라 불릴 정도로 독설가이던 미국의 조지프 스틸웰Joseph Stilwell 장군이 중국으로 이어지는 주요 보급로인 유명한 버마 로드를 재개통했고, 수치의 부친 아웅산은 전쟁 중에 리더십을 발휘해 전쟁이 끝난 뒤 버마의 독립을 보장받는 데 기여했다.

수십 년간의 군사독재와 잘못된 경제 운영으로 버마는 빈곤에 시달리는 외톨이 신세가 되었다. 현재 버마는 세계에서 인권 침해가 가장 심한 국가 중 하나로 꼽힌다. 이곳은 동남아시아 중심부의 불안정과 적의의 근원이며, 늘어나는 마약 거래와 북한과의 군사적 연계로 세계안보를 위협하기도 했다.

나의 양곤 방문은 2009년 1월 의회에서 열린 한 이례적인 회의에서 시작되었다. 나는 상원에서 8년간 함께 일한 미치 매코넬Mitch McConnell을 아주 잘 알고 있었다. 우리는 어떤 일에서건 의견이 일치하는 법이 드물었다. 켄터키 주의 보수적인 공화당 의원이자 소수당 대표이던 매코넬은 거의 모든 의제에서 오바마 정부에 대한 반대 의사를 노골적으로 드러냈다. ("우리가 이루고 싶은 단 하나의 가장 중요한 일은 오바마 대통령의 임기가 한 번으로 끝나는 것입니다"라는 말까지 했다.) 하지만 내 생각에 우리가 협력할 수 있을지도 모르는 외교정책 분야가 하나 있었다. 매코넬 상원의원은 1988년의 잔혹한 무력 진압 이후 버마의 민주화운동을 열렬히 지지해왔다. 그는 수년간 버마의 군사정권에 제재를 가하기 위해 앞장서서 싸웠고 수치를 비롯한 반체제 인사들과 접촉했다.

국무장관으로 취임하면서 나는 우리의 버마 정책을 재검토해야 한다고 확신했고, 매코넬 상원의원이 이 생각에 동의할지 궁금했다. 2008년에 버마 정부는 신헌법을 제정하고 2010년에 선거를 치를 계획이라고 발표했다. 1990년의 총선이 실패로 돌아간 뒤, 새로운 선거가 제대로 실시될 가능성을 진지하게 믿는 전문가는 드물었다. 수치는 여전히 공직 취임이 금지되어 있었고, 장군들은 군부가 의석의 적어도 4분의 1을, 아마도 대다수를 차지하도록 보장하는 법을 마련한 터였다. 그러니 민주주의를 향한 작은 몸짓이라도, 이처럼 억압적인 정권에서는 흥미로운 발전이었다.

예전에는 분명 헛된 기대를 하던 순간들도 있었다. 1995년에 버마 정권은 예기치 않게 수치의 가택연금을 해제했고, 당시 유엔 주재 미국대사였던 매들린 올브라이트가 군사정권이 통제를 완화할 준비가 되었는지 알아보기 위해 양곤으로 날아갔다. 올브라이트는 나를 비롯해 여러 사람들이 서명한 베이징 유엔여성회의의 포스터를 들고 갔다. 그러나 개혁 조짐은 찾아보기 힘들었다. 1996년에 버마의 이웃국가인 태국을 방문한 나는 치앙마이 대학교에서 "아웅산 수치와 군사정권 간의 현실적인 정치대화"를 요구하는 연설을 했다. 그러나 군사정권은 대화 대신 1997년부터 수치의 움직임과 정치활동을 엄격하게 제한하기 시작했고, 2000년에 그녀는 다시 가택연금을 당했다. 빌은 수치의 영웅적인 항쟁을 인정해 미국에서 가장 영예로운 시민상인 대통령자유메달을 수여했다. 물론 수치는 이 상을 직접 받지 못했다. 당시에 개입은 실패했다. 하지만 2009년이라고 해서 우리의 고립 및 제재 정책이 조금이라도 더 효력을 발휘하고 있다고 주장하기도 어려웠다. 우리가 할 수 있는 다른 일이 있을까?

나는 매코넬 의원에게 버마 정책을 처음부터 끝까지 새롭게 살펴보고 싶다면서 그가 이 작업에 참여해주길 바란다고 전했다. 그는 회의적인 입장이었지만 결국은 도와주었다. 우리의 정책 검토는 초당적인 지원을 받았다. 매코넬은 액자에 넣어 의원실 벽에 걸어둔 수치의 메모를 자랑스레 보여주었다. 이 사안이 매코넬에게 개인적인 의미도 지니게 된 것이 분명했다. 나는 일을 진행시키면서 정기적으로 그와 상의하겠다고 약속했다.

내가 만나야 할 상원의원이 한 명 더 있었다. 짐 웨브Jim Webb는 훈장을 받은 베트남 참전용사로 레이건 정부 때 해군장관을 지냈다. 지금은 버지니아 주 민주당 상원의원으로 상원 외교위원회 동아시아 및 태평양 소위원회 위원장을 맡고 있었다. 웨브는 혈기왕성하고 틀에 얽매이지 않는 성격으로, 미국의 동남아시아 정책에 관해 확고한 견해를 지니고 있었다. 그는 서방의 제재는 버마를 빈곤으로 몰아넣는 데는 성공했지만 군부정권이 더욱 강화되고 피해망상이 커졌을 뿐이라고 평가했다. 또한 우리가 의도치 않게 중국이 버마에 경제적, 정치적 영향력을 확대할 기회를 주고 있는 점도 우려했다. 중국 기업들은 버마의 댐, 광산 공사와 주요 송유관 건설을 포함한 에너지 사업에 엄청난 투자를 하고 있었다. 웨브는 버마에 대한 정책 검토는 좋은 아이디어라고 생각했지만 일을 천천히 진행하는 것은 달가워하지 않았다. 그는 내게 창의적이고 적극적으로 일을 추진하라고 독려했고 자신이 위원장으로 있는 소위원회에서도 그렇게 하겠노라고 약속했다.

하원의 의견도 들었다. 하원에서는 내 친구인 뉴욕의 조 크롤리Joe Crowley 의원이 버마 정권에 대한 제재를 오랫동안 앞장서서 지지해왔다. 퀸스 지역구 의원인 조는 바르고 정직한 사람의 전형이다. 내가 상원의원일 때, 뉴욕의 행사들에서 만나면 그는 내게 아일랜드 발라드를 불러주곤 했다. 조가 버마의 인권을 위해 싸우게 된 건 하원 외교위원회에서 그의 멘토였던 작고한 위대한 정치가 톰 랜토스Tom Lantos 의원의 영향 때문이었다. 조의 지지와 조언 역시 우리가 일을 진행해나가는 데 중요한 역할을 했다.

2009년 2월에 아시아를 첫 순방했을 때 나는 지역의 여러 지도자들에게서 버마에 대한 생각과 조언을 들었다.

가장 용기를 북돋워준 사람은 인도네시아의 수실로 밤방 유도요노 대통령이었다. 유도요노 대통령은 버마의 장군들과 이야기를 나눈 적이 있는데 버마의 발전이 가능하다는 확신이 들었다고 말했다. 유도요노 역시 장군으로 퇴역해 공직에 출마한 사람이라 그의 말이 설득력 있게 다가왔다. 게다가 유도요노는 버마 정권이 미국과의 대화 개시에 관심이 있을 거라고 했다. 미국은 수년간 버마에 대사를 파견하지 않았지만 가끔씩 소통하는 채

널들은 있었다. 더 확실한 논의의 장이 열릴 수 있다는 가능성이 기대감을 자아냈다.

3월에 나는 고위급 외교관이자 국무부의 동남아시아 본토 담당 국장인 스티븐 블레이크Stephen Blake를 버마로 보냈다. 버마 정권은 블레이크에게 외무장관과의 만남을 제안하는 성의를 보였다. 이런 만남은 매우 드문 일이었다. 블레이크는 답례로 미국 관료로서는 처음으로 양곤에서 네피도까지 가는 데 동의했다. 네피도는 2005년에 군부가 외딴 정글 지역에 건설한 버마의 새 수도다. 널리 회자된 소문에 따르면, 점성가의 조언에 따라 새 수도가 선정되었다고 한다. 그러나 블레이크에게 수치나, 은둔생활을 하는 고위 장성인 탄 슈웨와의 만남은 허용되지 않았다. 블레이크는 버마 정권이 대화에 정말로 관심이 있으며 지도부의 일부는 버마의 심각한 고립에 초조해하고 있다는 확신을 안고 귀국했다. 하지만 이러한 상황이 빠른 시일 내에 실질적인 진전으로 이어질지에 대해서는 회의적이었다.

그러다 5월에 국제관계를 재형성할 수 있는 예기치 못한 별난 사건이 벌어졌다. 미주리 주에 사는 53세의 존 예타우John Yettaw라는 베트남 참전용사가 수치에게 집착하게 된 것이다. 2008년 11월에 양곤으로 간 예타우는 인야 호수를 헤엄쳐 수치가 갇혀 있는 집에 접근했다. 그러고는 경찰의 보트와 보안요원의 눈을 피해 울타리를 기어올라 들키지 않고 집 안으로 침입했다. 예타우를 발견한 가정부들은 겁에 질렸다. 인가받지 않은 방문객은 들어올 수 없었기 때문에 예타우의 등장은 그들 모두를 위험에 빠뜨리는 일이었다. 예타우는 마지못해 수치를 만나지 않고 돌아가는 데 동의했다.

하지만 다음 봄에 예타우는 다시 양곤을 찾았다. 예타우는 몸무게가 약 30킬로그램이나 줄었고, 전처는 예타우가 외상후 스트레스 장애를 앓고 있다고 걱정했다고 한다. 2009년 5월 초에 그는 다시 인야 호수를 헤엄쳐서 건넜다. 그는 이번에는 집에서 나가달라는 요구를 거부했고 지친데다 건강이 좋지 않다고 호소했다. 수치는 그가 바닥에서 자도록 허락한 뒤 당국에 연락했다. 예타우는 다시 호수를 건너 돌아가려다 5월 6일 새벽 5시 30분경에 붙들렸다. 다음 주에 수치와 가정부들은 가택연금 규정 위반 혐의로 체포되었다. 예타우는 결국 유죄 판결을 받고 7년의 강제노동형을 선고받았다. 수치와 가정부들은 3년형을 선고받았는데, 탄 슈웨는 곧 가택연금 18개월 연장으로 감형시켰다. 그러나 그렇게 되면 약속된 2010년도 선거가 치러지는 동안 수치는 감금 상태일 것이다. "모든 사람이 이 한심한 미국인에게 화가 났어요. 그는 이 모든 문제의 원흉입니다. 바보예요." 수치의 변호사 중 한 명이 언론에 대고 비난했다.

이 소식을 들었을 때 나 역시 몹시 화가 났다. 어리석은 미국인 한 명의 무모한 행동 때문에 수치, 그리고 우리가 버마에서 보길 간절히 기원하는 진보가 피해를 입어서는 안 되었다. 그러나 예타우가 미국 시민인 까닭에 내게는 그를 도와야 할 책임이 있었다. 나는 상원의원 웨브와 매코넬을 불러 전략을 짰다. 웨브가 버마로 가서 예타우의 석방을 협상하겠다고 제안했고 나는 동의했다. 시도해볼 만한 가치가 분명히 있었다.

6월 중순에, 큰 파장을 일으킬 수 있는 또 다른 사건이 터졌다. 우리와 한국은 북한의 2,000톤급 화물선 한 척이 로켓발사기와 미사일 부품을 포함한 군사장비들을 싣고 버마로 향하고 있다는 의혹을 포착했고, 미 해군이 그 선박을 추적하기 시작했다. 이 의혹이 사실이라면 5월의 핵실험에 대응해 유엔안전보장이사회가 북한에 가한 무기밀매 금지 조치를 직접적으로 위반하는 것이었다. 버마 군부와 전문적인 핵 기술을 보유한 북한의 한 기업 간의 거래, 기술자들 및 과학자들의 비밀 방문에 대한 기사가 쏟아졌다.

국방부는 공해상을 항해하는 북한 화물선을 쫓을 구축함을 파견했다. 우리는 유엔 결의안에 의거해 그 선박을 추적할 권한이 있었지만, 북한은 이를 전쟁행위로 간주하겠다고 선언했다. 우리는 중국을 포함해 지역 내 다른 국가들에게 지원을 요청했다. 그 선박이 버마로 가는 도중에 기착할 모든 항구에서 유엔의 칙령을 집행하고, 화물을 철저하게 검사하는 것이 중요했다. 중국의 양제츠 외교부장은 "북한에 강력하고 통일된 메시지가 전달될 수 있도록 결의안이 엄격하게 시행되어야 한다"는 데 동의했다. 북한은 막판에야 물러섰다. 배는 방향을 돌려 본국으로 돌아갔다.

8월에 상원의원 웨브가 네피도를 방문했다. 이번에는 탄 슈웨가 만나는 데 동의했다. 웨브에게는 협의할 안건이 세 가지 있었다. 첫째, 웨브는 인도주의적 이유로 예타우를 본국으로 보내달라고 청했다. 예타우는 식사를 거부하고 있었고 여러 질병을 앓고 있었다. 둘째, 이전에 블레이크가 허락을 받지 못한 바 있지만, 웨브는 수치를 만나길 원했다. 셋째, 웨브는 탄 슈웨에게 수치의 가택연금을 해제하고 정치참여를 허용하라고 촉구했다. 다가오는 선거가 진지하게 받아들여지게 하려면 그 방법이 유일했다. 슈웨는 웨브의 이야기를 신중하게 들었지만 자신의 생각은 드러내지 않았다. 하지만 결국 웨브는 세 가지 요구 중 두 가지를 관철시켰다. 그는 양곤으로 가서 수치를 만났다. 그런 뒤 예타우와 함께 미국 공군기를 타고 태국으로 날아갔다. 나와 통화하는 웨브의 목소리에서 안도감이 느껴졌다. 하지만 수치는 여전히 가택연금 상태였다.

다음 달에 나는 뉴욕의 유엔 본부에서 버마 정책 검토 결과를 발표했다. 우리의 목표는 바뀌지 않았다. 우리는 확실한 민주적 개혁을 보고자 했다. 즉 버마 정권이 아웅산 수치를 포함한 정치범들을 즉각 무조건 석방하고, 반대파 및 소수민족들과 진지한 대화를 하길 원했다. 하지만 우리는 '관여와 제재 중에서 하나를 고르는 것은 잘못된 선택'이라는 결론을 내렸다. 우리는 두 도구를 모두 사용해 목표를 추구하고 버마의 고위관료들에게 직접 접근할 것이었다.

═══

실망스럽게도 다음 몇 해 동안은 거의 진전이 이루어지지 않았다. 수치는 커트 캠벨을 두 차례 만나는 것은 허가받았지만 계속 가택연금 상태였다. 수치는 자신의 고독한 삶을 커트에게 이야기했다. 그녀를 가두고 있는 벽 너머에서 어떤 일들이 벌어지는지 알기 위해 BBC 월드서비스와 보이스오브아메리카 방송을 매일 듣는다는 이야기도 포함되었다. 버마 국영 신문은 수치를 방문한 커트의 사진에서 수치의 모습을 잘라냈다.

1990년과 달리 2010년의 선거에서는 친민주주의 진영이 압도적 승리를 거두지 못했다. 대신 군부의 지원을 받는 당이 압승을 거두었다. 예상한 대로였다. 야당들과 국제인권단체들은 미국과 연합해, 투표에서 커다란 부정이 있었다고 비난했다. 군부정권은 기자나 외부 참관인이 선거를 감시하도록 허용하지 않았다. 맥이 빠질 정도로 익숙하고 결과가 예견된 선거였다. 장군들은 민주주의로의 이행과 국가적 화해를 시작할 기회를 놓쳐버렸다. 한편 버마 국민들은 더욱 극심한 빈곤과 고립 속으로 빠져들고 있었다.

선거 결과는 실망스러웠지만 2010년 11월의 투표가 실시된 지 일주일 뒤에 장군들이 돌연히 수치의 가택연금을 풀어주었다. 그 뒤 탄 슈웨가 퇴진을 결심했고, 또 다른 고위 장성이자 총리를 지낸 테인 세인Thein Sein이 그 뒤를 이었다. 테인 세인은 군복을 치워버리고 명목상 문민정부를 이끌기로 했다. 정권의 다른 지도자들과 달리, 테인 세인은 이 지역의 주변국들을 방문한 경험이 있었고, 아시아의 외교관들에게 잘 알려진 인물이었다. 그는 나라가 정체되어 있는 동안 이웃들은 무역과 기술의 혜택을 누리는 모습을 직접 목격한 터였다. 양곤은 한때 동남아시아의 국제적인 도시들 중 하나였다. 테인 세인은 양곤이 지금은 방콕, 자카르타, 싱가포르, 쿠알라룸푸르 같은 도시보다 얼마나 뒤처졌는지 알고 있었다. 세계은행에 따르면 2010년에 버마에서 인터넷 사용 인구는 0.2퍼센트에 불과했고 이동전화 서비스가 취약해서 스마트폰은 아예 존재하지 않았다. 주변국들과 극명한 대조를 이루었다.

2011년 1월에 나는 가택연금이 해제된 수치에게 처음으로 전화를 걸었다. 그녀가 이런 새로운 국면에 대해 어떻게 생각하는지 알고 싶어서였다. 마침내 수치의 목소리를 들으니 흥분되었다. 그녀는 새로 얻은 자유로 활기에 차 있는 것 같았다. 수년간 미국과 양당 대표들이 보내준 확고한 지지에 감사를 표했고, 첼시의 결혼에 대해 물었다. 수치의 정당은 조직을 강화하고 새 정부 정책방침의 한계를 테스트하고 있었다. 나는 그녀를 돕고 세계의 다른 민주주의운동들에서 얻은 교훈을 나눌 준비가 되어 있다고 말했다. 그리고 "언젠가 당신을 방문할 수 있길 바랍니다. 당신이 나를 방문할 수 있으면 더 좋고요!"라고 덧붙였다.

그해 봄 테인 세인은 버마의 대통령으로 공식 취임했다. 놀랍게도 세인은 자신의 소박한 집에 수치를 초대했다. 군부가 오랫동안 가장 중대한 정적 중 한 명으로 두려워해온 여성에게 버마의 최고권력자가 보인 놀라운 제스처였다. 테인 세인의 아내가 식사를 준비했고, 이들은 수치 아버지의 초상화 아래에서 식사를 했다. 두 사람은 그해 여름에 네피도에서 다시 만났다. 첫 번째 대화는 조심스러운 분위기에서 진행되었다. 장군과 반체제 인사는 당연히 서로를 경계했다. 하지만 분명히 무슨 일이 일어나고 있었다.

나는 새로운 버마 정부가 품은 보다 나은 직관을 독려하는 데 미국이 건설적인 역할을 하되, 이들을 너무 성급하게 받아들이거나 우리의 강력한 제재가 발휘한 영향력을 잃지 않길 원했다. 버마에 공식적으로 미국대사를 다시 파견하는 건 시기상조이겠지만 테인 세인의 의도를 시험할 새로운 외교 채널이 필요했다. 전략회의에서 나는 커트와 그의 팀에게 다음 단계를 어떻게 진행할지 창의력을 발휘해 다양한 시나리오를 개발하라고 요청했다. 우리는 데릭 미첼Derek Mitchell이라는 노련한 아시아 전문가를 최초의 버마 특사로 지명했다. 의회는 작고한 톰 랜토스 의원이 2007년에 제출한 법안에서 이 지위를 마련했고 2008년에 부시 대통령이 이를 승인했지만, 이행되지 않고 있었다. 특사 선발은 버마에 상임 대사를 임명하는 정도의 위신을 세워주지는 않겠지만 더 나은 소통 기회를 열어두겠다는 뜻이었다.

═══

버마를 북쪽에서 남쪽으로 종단하는 이라와디 강은 오랜 세월 이 나라의 문화와 상업의 중심이 되어왔다. 조지 오웰은 이라와디 강이, 광대하게 펼쳐진 논들 옆의 "햇빛이 잘 드는 작은 땅들 사이에서 다이아몬드처럼 반짝거린다"고 회상했다. 버마의 주요 수출품인 티크 통나무 다발들이 내륙의 숲에서 강을 따라 바다까지 떠내려간다. 동부 히말라야 산맥의 빙하지대에서 발원한 이라와디 강은 무수한 운하와 관개시설을 지나 흘러가면서 전국의 농토와 마을, 넓고 비옥한 삼각주의 젖줄 노릇을 한다. 인도의 갠지스 강이나 베트남의 메콩 강과 마찬가지로 이라와디 강은 버마 사회에서 숭배의 대상이다. 수치의 말에 따르면 이 강은 "거대한 자연의 고속도로이자 풍요로운 식량원, 다양한 수생 동식물의 보금자리, 전통적인 생활방식의 버팀목, 무수한 산문과 시에 영감을 준 뮤즈"이다.

이렇게 수많은 의미를 지니는 이라와디 강이지만, 중국의 한 국영 전기회사가 중국과 버마 집권 군부 사이의 오랜 관계를 이용해 강 상류에 최초의 수력발전 댐을 건설하는 허가를 얻어내는 것은 막지 못했다. 이 거대한 공사는 지역 경제와 생태계에 엄청난 피해를 초래하겠지만 중국에게는 상당한 이익을 안겨줄 것이다. 밋손 댐이라고 불리게 된 이 댐은 중국이 버마 북부에 건설한 다른 여섯 개의 댐과 함께 에너지가 필요한 중국 남부의 도시들에 전기를 공급할 것이다. 2011년, 안전모를 쓴 중국의 건설 인부들이 외진 북부 언덕을 흐르는 이라와디 강 상류의 둑에 몰려왔다. 이곳은 분리주의를 주장하는 소수민족 카친족의 본거지였다. 인부들은 폭파 작업을 하고 터널을 뚫으며 댐 건설을 시작했다. 부근에 사는 수천 명의 주민이 이주했다.

변덕스러운 독재자들이 오래 지배해온 나라에서 그런 파괴적인 공사는 놀랄 만한 일이 아니다. 놀라운 것은 대중의 반응이었다. 지역의 카친족이 처음부터 댐 건설에 반대했다. 곧 다른 지역들로 비판이 확산되었고 심지어 엄격한 검열을 받는 신문들에도 실렸다. 활동가들은 중국 과학자들의 900페이지짜리 환경영향평가 보고서를 입수해 공사의 필요성과 타당성에 의문을 제기했다. 강 하류의 어류와 야생생물들에 미칠 피해와 공사현장이 지진단층선과 가깝다는 점을 경고한 보고서였다. 신성한 이라와디 강의 생태계 훼손에 대한 분노는 군사정권의 주요 국외 후원자인 중국에 대한 대중의 뿌리 깊은 적개심으로 발전했다. 다른 독재국가들에서 봐왔듯이 민족주의는 종종 반체제 의견보다 무마시키기가 더 어렵다.

전례 없던 대중의 분노가 버마 전역에서 고조되었다. 가택연금 해제 이후 비교적 조심스러운 태도를 보이던 수치가 2011년 8월에 댐을 비판하는 공개항의서를 발표했다. 명목상 문민정부인 새로운 정부는 분열되고 허를 찔린 듯했다. 퇴역장군 출신인 정보장관은 기자회견을 열고 이라와디 강을 지키겠다고 눈물을 흘리며 약속했지만, 다른 고위관료들은 대중의 우려를 무시하고 댐 건설이 계획대로 진행될 것이라고 주장했다. 마침내 테인 세인 대통령이 의회에서 이 문제를 해결했다. 그는 정부는 국민에 의해 선출되었으므로 대중의 우려에 답할 책임이 있다고 말했다. 논란이 된 댐 건설은 중단되었다.

이 일은 새 정부가 개혁을 진지하게 생각하고 있음을 보여주는 매우 강력한 증거였다. 또한 놀랍게도 중국을 공식적으로 거부한 사건이었다. 중국은 이 소식에 크게 놀랐다.

나는 그토록 오랫동안 박해받고 자유로운 발언이나 조직 구성이 금지되어왔던 버마에서 새로운 시민사회가 거둔 성공에 감탄했다. 밋손 댐을 기폭제로 이용한 것을 보니 엘리너 루스벨트Eleanor Roosevelt의 놀라운 통찰이 떠올랐다. "결국 보편적인 인권은 어디에서 시작됩니까?" 그녀는 1958년 유엔에서 한 연설에서 이렇게 질문한 뒤 자신이 생각한 답을 제시했다. "집과 가까운 작은 장소들에서입니다. 개개인이 사는 세계 속에서, 우리가 사는 동네에서, 우리가 다니는 학교나 대학에서, 우리가 일하는 공장이나 농장이나 사무실에서 시작됩니다…… 우리의 집 가까이에서 인권을 지키려는 단합된 시민행동이 없다면 더 큰 세상에서 진보를 찾는 것은 헛일입니다." 버마 국민들은 아주 오랫동안 기본적인 많은 자유를 거부당해왔다. 그러나 결국 광범위한 분노를 촉발시킨 것은 환경적, 경제적 문제였다. 직접적이고 구체적으로 가슴에 와 닿는 문제이기 때문이다. 중국의 환경오염 반대 시위에서도 비슷한 현상을 볼 수 있다. 평범한 불평으로 시작된 일이 곧 훨씬 중요한 사안이 될 수 있다. 시민들은 일단 이러한 일상사에 정부의 대응을 요구하는 데 성공함으로써 더욱 근본적인 변화에 대한 기대감을 불러일으킬 수 있다. 이것은 내가 "인권을 인간의 현실로" 만든다고 부르는 과정의 한 부분이다.

댐 건설 중단이 수많은 새로운 행동을 촉발시킨 듯했다. 10월 12일에 정부는 2,000명이 넘는 정치범 중 수백 명을 사면하기 시작했다. 10월 14일에는 1960년대 이후 처음으로 노동조합 결성을 합법화했다. 이러한 움직임은 연초에 검열 규제를 완화하고 시골지역의 무장한 소수민족 집단과의 충돌을 진정시키기 위해 취한 온건한 조치들에 잇따라 나온 것이었다. 정부는 또한 국제통화기금International Monetary Fund과 경제개혁에 관한 논의를 시작했다. 수치는 신중하지만 낙관적인 입장에서 양곤의 지지자들과 이야기를 나누었고, 더 많은 정치범의 석방과 추가적인 개혁을 요구했다.

한편 우리는 워싱턴에서 이 사건들을 면밀하게 관찰했고 이런 움직임을 얼마나 중요하게 평가해야 할지 고민했다. 우리는 현지에서 실제 일어나고 있는 일을 더 잘 감지해야 했다. 나는 국무부의 인권 담당 최고 관료인 마이클 포스너Michael Posner에게 데릭 미첼과 함께 버마에 가서 새 정부의 의도를 파악하라고 요청했다. 11월 초에 마이클과 데릭은 버마의 국회의원들을 만나 추가적인 개혁에 관해 고무적인 대화를 나누었다. 집회의 자유를 허가하고 정당 등록을 허용하는 문제가 포함된 내용이었다. 수치의 정당은 여전히 활동이 금지되어 있었고 법이 바뀌지 않는 한 2012년 국회의원 선거에 출마할 수 없었다. 이 문제는 마이클과 데릭이 만난 회의적인 야당 지도자들의 최고 관심사 중 하나였다. 이들은 여전히 많은 정치범들이 갇혀 있다는 점과 소수민족 거주지역에서의 인권 침해 문제도 언급했다. 수치와 다른 사람들은 우리에게 민주적 진전이 이루어지고 있다는 더욱 확실한 증거를 얻을 때까지 성급하게 제재를 해제하고 버마 정부에 보상을 주지 말라고 촉구했다. 그 말도 일리 있어 보였지만, 우리는 지도부에 계속 개입하고 이러한 초기의 진전을 발전시켜나가야 했다.

═══

마이클과 데릭이 버마에서 반체제 인사들과 국회의원들을 만나고 있던 11월 초에 오바마 대통령과 나는 중심축 전략을 다음 단계로 가져갈 방안을 짜느라 바빴다. 우리는 다가오는 대통령의 아시아 순방이 중심축의 의미를 입증할 최상의 기회가 될 것임을 알고 있었다. 출발은 하와이에서 열린 APEC 경제회의였다. 이 회의 뒤에 대통령은 오스트레일리아를 방문했다. 나는 필리핀의 마닐라로 날아가 미 해군 구축함 피츠제럴드호의 갑판에서 상호방위조약 체결 60주년 기념일을 축하한 뒤, 또 다른 주요 동맹국인 태국을 방문해 오바마 대통령과 만났다.

11월 17일에 오바마 대통령과 나는 아시아지역 정부수반들의 가장 중요한 연례모임인 동아시아 정상회의와 미-ASEAN 정상회담 참석차 인도네시아의 발리에 도착했다. 미국 대통령이 동아시아 정상회의에 참석한 것은 처음이었다. 이번 참석은 아시아지역에서의 개입을 확대하겠다는 오바마 대통령의 약속에 대한 증거였으며, 2009년 ASEAN과 우호협력조약을 체결하고 다자간 외교를 아시아에서의 우선순위로 삼으면서 쌓기 시작한 토대가 일궈낸 직접적 결과였다. 전해에 베트남에서 그랬던 것처럼, 이번에도 남중국해 영토 분쟁이 모든 사람의 머릿속에 도사리고 있었다. 하노이에서 열린 ASEAN 회의에서와 마찬가지로 중국은 그 문제를 공개적인 다자간 환경, 특히 미국이 참여한 상황에서 논의하기를 원하지 않았다. 중국의 원자바오 총리는 "어떤 구실로도 외부 세력이 개입해서는 안 됩니다"라고 말했다. 외교부 부부장은 더 노골적이었다. 그는 기자들에게 "우리는 동아시아 정상회의에서 남중국해 문제가 논의되지 않길 바랍니다"라고 말했다. 하지만 베트남, 필리핀을 비롯한 작은 국가들은 이 문제를 논의하기로 결심하고 있었다. 하노이에서 우리는 남중국해 분쟁을 평화롭게 해결하려고 협력적 접근방식을 진전시키려 노력한 바 있지만, 그때의 충돌 이후 몇 달이 지난 뒤 중국은 더욱 완강하게 자국의 입장을 고수했다.

11월 18일 오후에 나는 오바마 대통령과 함께 비공개 지도자회의에 참석해 17개국의 국가수반과 외무장관을 만났다. 그 외의 직원들이나 기자들은 참석할 수 없었다. 다른 지도자들이 논의를 시작할 때 오바마 대통령과 원자바오 총리는 조용히 귀를 기울였다. 초반에 싱가포르, 필리핀, 베트남, 말레이시아가 발언했는데, 모두 남중국해에 이해관계가 있는 국가들이었다.

두 시간 동안 차례로 발언한 지도자 대부분이 하노이에서 논의했던 원칙들을 되풀이했다. 남중국해에 대한 자유로운 접근과 항해를 보장하고, 국제법의 틀 안에서 분쟁을 평화롭고 협력적으로 해결하며, 강제와 위협을 피하고 행동수칙을 지지하자는 내용이었다. 곧 회의장 안에 확고한 합의가 이루어졌다는 게 분명해졌다. 지도자들은 얼버무리지 않고 단호하게 이야기했지만 신랄한 어조는 아니었다. 러시아조차 이 문제가 이 그룹이 논의해야 할 적절하고 중요한 사안이라는 데 동의했다.

16명의 지도자가 발언한 뒤 마침내 오바마 대통령이 마이크를 잡았다. 그때쯤에는 모든 주장이 충분히 발언되었기 때문에 그는 합의가 이루어진 것을 환영하고, 미국은 나머지 지역의 지도자들이 말한 접근방식을 지지하겠다는 입장을 재확인했다. "미국은 남중국해의 분쟁 당사국이 아니며 어느 편도 들지 않지만, 태평양지역의 강대국으로서, 해양에 접한 국가로서, 무역국으로서, 그리고 아시아태평양지역의 안보를 보장하는 국가로서 전반적인 해양안보와 특히 남중국해 문제의 해결에 강한 이해관계가 있습니다." 오바마 대통령은 말을 마친 뒤, 불쾌한 기색이 역력한 원자바오 총리 쪽을 포함해 회의장 안을 둘러보았다. 하노이 때보다 상황이 더 심각했다. 원자바오 총리는 남중국해 문제를 전혀 다루지 않길 원했는데 지금 공동전선과 맞닥뜨린 것이다. 하노이에서의 양제츠 외교부장과 달리, 원자바오 총리는 휴회를 요청하지 않았다. 그는 중국의 행동을 옹호하고 이번 회의는 그러한 문제를 다루기에 적절한 장이 아니라고 재차 주장하면서 정중하지만 단호하게 대응했다.

이렇게 극적인 외교적 상황이 펼쳐지는 동안, 나는 버마에서 전개되고 있는 사건들에도 똑같이 초점을 맞추었다. 발리에 오기 전 몇 주 동안 커트는 버마 정권과 관계를 맺고 개혁 확대를 독려하는 대담한 새로운 조치들을 제시했다. 나는 오바마 대통령, 국가안보 보좌관들과 버마 문제를 논의했다. 이들은 우리가 너무 일찍 버마 정권에 대한 경계를 늦추거나 압력을 완화하지 않기를 원했다. 백악관에는 내가 버마에 대한 개입정책을 밀고 나가도록 도와주는 든든한 동지가 있었다. 대통령을 오래 보필해온 국가안보부보좌관 벤 로즈Ben Rhodes였다. 벤은 그동안 토대를 쌓아왔으니 이제 앞으로 나아가야 할 때라는 내 생각에 동의했다. 그러나 대통령은 지금이 적절한 때라는 확신을 얻기 위해 최종적으로 특별히 한 사람의 의견을 듣고 싶어했다. 나는 커트와 제이크에게 수치와 이야기를 나누도록 요청했고 그녀와 오바마 대통령의 전화 통화를 준비했다. 오바마 대통령은 에어포스원을 타고 오스트레일리아에서 인도네시아로 날아가는 도중에 처음으로 수치와 통화를 했다. 수치는 자신의 나라가 민주주의를 향해 나아가도록 돕는 데 미국이 할 수 있는 중요한 역할을 강조했다. 두 노벨평화상 수상자는 각자 기르는 개에 대해 이야기를 나누기도 했다. 통화를 마친 대통령은 이제 앞으로 나아갈 준비가 되어 있었다. 다음 날 발리에서 오바마 대통령이 연단에 서서, 버마의 민주적 개혁과 양국 간 더욱 밀접한 관계 형성 가능성을 직접 살펴보기 위해 내게 버마 방문을 요청했다고 발표할 때 나는 그 옆에 서 있었다. 대통령은 "수년간의 암흑 끝에 우리는 진보의 불꽃이 깜빡거리는 것을 보았습니다"라고 말했다. 나는 반세기 만에 처음으로 버마를 방문하는 국무장관이 될 것이었다.

인도네시아에서 귀국하는 비행기 안에서 내 머릿속은 앞으로 다가올 버마 방문을 향해 달음박질쳤다. 이번 방문은 테인 세인에 대해 나 스스로 판단을 내리고 마침내 수치를 직접 만나는 기회가 될 것이었다. 대통령이 말한 깜빡거리는 진보의 불꽃에 부채질을 해서 진정으로 폭넓은 영향을 미칠 민주 개혁의 불길을 일으킬 방법을 찾을 수 있을까?

우리는 억수 같은 빗속에서 급유를 위해 일본에 들렀다. 도쿄의 미 대사관에는 버마 관련 경험이 있는 두 명의 외교관이 근무하고 있었는데, 대통령의 발표를 들은 두 사람이 버마에 관한 책 한 무더기와 수치의 이야기를 다룬 〈더 레이디The Lady〉라는 영화를 챙겨놓고 우리를 기다리고 있었다. 내게 딱 필요한 자료들이었다. 태평양을 건너 서쪽의 워싱턴으로 날아가는 동안 수행기자단을 포함해 팀 전체가 영화를 보았다. 나는 비행기 안에서 바로 버마 방문 계획을 세우기 시작했다.

═══

나는 2011년 11월 30일 늦은 오후에 네피도에 도착했다. 외딴 수도의 작은 활주로는 포장은 되어 있었지만 일몰 뒤의 착륙을 위한 조명시설이 불충분했다.

우리 방문단이 워싱턴을 떠나기 직전에 국무부의 아시아 전문가들이 지역의 문화적 규범상 흰색이나 검은색, 빨간색 의상은 입지 말라는 메모를 돌렸다. 방문 전에 그런 메모를 받는 건 특이한 일이 아니었다. 특정 정당이나 민족집단이 특정 색상과 관련되어 있는 지역들이 있다. 그래서 나는 버마에 알맞은 색상의 옷을 찾으려고 옷장을 열심히 뒤졌다. 바로 얼마 전에 사둔 멋진 흰색 재킷이 있었다. 무더운 날씨에 딱 알맞을 옷이었다. 이 옷을 가져가는 게 정말 문화적으로 둔감한 일일까? 나는 전문가들이 틀렸을 경우를 대비해 이 옷을 짐 속에 넣었다. 아니나 다를까, 비행기에서 내리자 우리가 피해야 한다고 경고받은 색상의 옷을 입은 버마인들이 우리를 맞았다. 나는 우리 측에 이 일보다 더 심각한 착오가 없기를 바랐지만, 석어도 내 흰색 재킷을 맘 놓고 입을 수 있게 되었다.

우리의 차량 행렬이 공항을 빠져나가자 드넓은 들판이 펼쳐졌다. 텅 빈 고속도로는 왕복 10차선은 됨직한 너비였다. 가끔씩 자전거는 보였지만 차는 한 대도 보이지 않았고 사람도 보기 드물었다. 전통적인 원뿔 모양 밀짚

모자를 쓰고 건초가 가득 실린 우마차를 타고 가는 농부 한 명을 지나쳤다. 우마차는 흰 소가 끌고 있었다. 창문 너머로 보이는 풍경은 옛날로 돌아간 듯한 느낌을 주었다.

멀리 네피도의 휑뎅그렁한 정부청사들이 보였다. 2005년에 군부가 비밀리에 건설한 이 도시는 미국의 침략을 가정하고 벽과 해자 등의 삼엄한 방비를 갖추었다. 실제로 도시에 사는 사람은 거의 없었다. 많은 건물들이 비어 있거나 완공되지 않은 상태였다. 도시 전체가 눈가림을 위한 겉치레 같은 느낌을 주었다.

다음 날 아침 대통령 접견실을 찾아가 테인 세인 대통령을 만났다. 우리는 어마어마하게 넓은 방의 거대한 샹들리에 아래에 놓인 황금색 의자에 앉았다. 화려한 방과 달리 테인 세인은 놀라울 정도로 조심스럽고 겸손했다. 한 국가의 수반이자 군사정권의 지도자로서는 특히나 의외의 태도였다. 머리숱이 줄고 있고 안경을 썼으며 작은 몸집에 약간 구부정한 모습이었다. 장군이라기보다 회계사에 더 가까워 보였다. 군사정부에서 총리를 지내던 시절에는 항상 빳빳하게 풀을 먹인 녹색 군복을 입었지만 지금은 버마의 전통적인 파란색 사롱과 샌들, 흰색 튜닉 차림이었다.

버마와 그 외 지역의 많은 사람들은 전 통치자 탄 슈웨가 온화한 테인 세인을 후임자로 선택한 이유를 세인이 외부 세계에 위협적이지 않은 인물인 동시에 강경파들의 간판 노릇을 할 만큼 고분고분해 보였기 때문이라고 짐작한다. 그런데 지금까지 테인 세인은 뜻밖의 독립적인 모습을 보이며 초기 단계인 개혁 사안들을 추진하는 데 진정한 중추역할을 해서 모든 사람을 놀라게 했다.

대화를 나누면서 나는 국제적인 화해와 제재 완화에 이를 수 있는 단계를 설명하고 독려했다. 나는 이렇게 말했다. "대통령께서는 올바른 길을 걷고 있습니다. 아시다시피 앞으로 힘든 선택들과 극복해야 할 어려운 난관이 많을 것입니다. [하지만] 이것은 대통령께서 조국을 위해 역사적인 유산을 남길 기회입니다." 그리고 같은 점을 강조한 오바마 대통령의 친서도 전달했다.

테인 세인은 조심스럽게 대응했는데, 신중하게 고른 단어들에서 좋은 성품과 야심, 비전이 엿보였다. 그는 개혁이 계속될 것이라고 말했다. 수치와의 관계 개선 역시 계속될 것이다. 또한 테인 세인은 더 광범위한 전략적 지형을 예리하게 인식하고 있었다. 그는 "우리나라는 두 거인 사이에 위치하고 있습니다"라고 했다. 중국과 인도를 가리키는 말이었는데, 그는 중국과의 관계를 망가뜨릴 위험을 감수하지 않기 위해 신중해야 했다. 그는 조국의 미래와 자신이 할 수 있는 역할에 관해 오랫동안 열심히 생각해온 사람이 분명했다.

나는 세계를 돌아다니며 적어도 세 유형의 지도자들을 만났다. 우리의 가치와 세계관을 공유하고 자연스럽게 협력하는 지도자들, 옳은 일을 하고 싶어하지만 정치적 의지나 역량이 부족한 지도자들, 그리고 자국의 이해와 가치가 근본적으로 우리와 상충한다고 생각하고 가능할 때마다 우리에게 반대하는 지도자들이다. 나는 테인 세인이 어떤 부류에 속할지 궁금했다. 민주주의에 대한 그의 염원이 진심이라 해도, 군 동료들의 확고한 반대를 극복하고 그토록 어려운 국가적 변화를 실제로 성사시킬 만큼 정치적 수완이 뛰어날까?

나는 국제적 화해가 버마 내에서 테인 세인의 영향력을 강화해주기를 기대하며 그를 기꺼이 받아들이는 쪽으로 마음이 끌렸다. 그러나 신중해야 했다. 많은 말을 하기 전에 먼저 수치를 만나 의견을 나누어보아야 했다. 우리는 외교라는 섬세한 춤을 추고 있는 터라 스텝이 어긋나면 안 되었다.

회담 후에 우리는 점심을 먹으러 넓은 홀로 갔다. 나는 테인 세인 대통령과 영부인 사이에 앉았다. 영부인은 내 손을 잡고 자신의 가족 이야기와 버마 어린이들의 삶이 개선되길 바라는 마음을 감동적으로 말했다.

그런 뒤에는 의회에 가서 일부 국회의원들과 만났는데 대부분 군부에서 신중하게 고른 사람들이었다. 의원들은 뿔이 달리고 자수가 놓인 모피 모자를 썼고, 밝은 색상의 전통의상을 입고 있었다. 의원들 중에는 미국과의 수교와 버마의 개혁 확대에 열성을 보이는 사람들도 있었고, 주위에서 일어나고 있는 모든 변화에 회의적이며 옛날 방식으로 돌아가길 갈망하는 사람들도 있었다.

또 다른 거대한 방에서는 역시 장군 출신인 쉐 만Shwe Mann 하원의장을 만났다. 벽에는 족히 수 킬로미터는 되어 보이는 버마의 푸르른 풍경을 담은 그림이 걸려 있었다. 쉐 만은 말이 많고 온화한 사람이었다. 그는 "우리는 의회 운영방식을 이해하기 위해 미국을 공부해왔습니다"라고 말했다. 나는 그에게 책을 읽거나 전문가들과 상의를 했는지 물었다. 그러자 그가 답했다. "아, 아닙니다. 우리는 〈웨스트 윙〉을 보았습니다." 나는 웃으며 더 많은 정보를 주겠노라 약속했다.

저녁에 호텔로 돌아와 미국 기자단과 야외의 커다란 테이블에 앉은 나는 그날 알게 된 것들을 요약하려고 애썼다. 언론과 시민사회에 대한 규제 완화, 수치의 가택연금 해제, 200여 명의 정치범 사면, 새로운 노동법과 선거법 제정 등 문민정부가 취한 조치들은 의미 있는 것이었다. 테인 세인 대통령은 이런 진전을 발판으로 삼아 더욱 광범위한 개혁을 추진해나가겠다고 약속했고, 나는 그를 믿고 싶었다. 하지만 나는 깜빡거리는 진보의 불꽃이 쉽게 꺼져버릴 수 있다는 것을 알고 있었다. 버마에는 이런 속담이 전해진다. "비가 내릴 때 물을 모아라." 지금이 미래를 위해 개혁을 강화하고 확고히 하여 개혁이 철저하게 뿌리를 내리고 뒷걸음치지 않게 만들어야 할 시점이었다. 아침에 테인 세인 대통령에게 말한 것처럼, 버마가 계속 그러한 방향으로 움직이기로 결정한다면 미국은 버마인들과 개혁의 길을 함께 걸

1_ 워싱턴 국립건축박물관에서 친구들과 지지자들과 함께. 2008년 6월 7일, 나는 민주당 대선후보 경선 패배를 인정하고 버락 오바마를 지지하기로 결정했다. 가장 높고 가장 단단한 유리천장에 1,800만 개의 균열을 만들고 나서였다.

2_ 2008년 6월 7일 워싱턴의 집을 나서기 전. 빌과 나는 밤새도록 고별 연설문을 고치고 또 고쳐 최종안을 완성했다.

3, 4_ 버락 오바마와 나는 힘겨운 경선을 벌였지만, 2008년 6월 뉴햄프셔 주 유니티에서 열린 첫 번째 통합연설을 하러 가는 버스 안에서 편안하게 대화했다. 유니티를 첫 번째 연설 장소로 정한 이유는 마을 이름이 '통합'을 의미할 뿐 아니라, 그곳에서 버락과 내가 대통령 후보 지명투표에서 똑같이 득표했기 때문이다. 유니티의 전당대회에서 대통령 후보 경선은 이미 지난 이야기고 우리는 한 팀이라는 메시지를 전했다.

5_ 2008년 12월 1일. 오바마 대통령 당선자가 국가 안보팀의 동의를 얻어 나를 67대 국무장관으로 임명한다고 발표했다. 뒤에 있는 사람들은 대통령 국가안보 보좌관 지명자인 퇴역 해병대 사령관 제임스 존스, 부통령 당선자 조 바이든, 국방장관 로버트 게이츠, 국토안보부 장관 지명자 재닛 나폴리타노, 그리고 법무장관 지명자 에릭 홀더.

6_ 2009년 2월 2일 부통령 바이든 옆에서 국무장관 취임 선서를 하는 모습. 빌, 첼시, 그리고 어머니 도로시가 함께 성경에 손을 얹고 있다. 몇 주 전 인준표결이 있자마자 내 의원사무실에서 공식적인 선서를 마쳤기 때문에 이날 선서한 후에 바로 직무를 시작할 수 있었다.

7_2009년 1월 22일. 국무장관으로서 처음으로 국무부 로비를 걸어가고 있다. 열광적인 환영에 압도되었고 마음이 겸허해졌다.

8_ 바이든 부통령의 온화한 품성과 재치 있는 입담 덕택에 백악관 상황실에서 보낸 긴 시간들이 즐거웠다. 가능하면 매주 바이든의 해군 관측소 관사에서 아침식사를 함께 하려고 애썼다.

9_ 나는 오바마 대통령 행정부의 내각에 기용되는 영예를 누렸다. 오바마 대통령, 바이든 부통령과 함께 2012년 7월 26일 백악관 홀에서 찍은 사진. 앉아 있는 사람들은 왼쪽부터 교통부 장관 레이 라후드, 상무부 장관 레베카 블랭크, 미국의 유엔대사 수전 라이스, 농무부 장관 톰 빌색. 둘째 줄은 왼쪽부터 교육부 장관 아른 던컨, 법무부 장관 에릭 홀더, 노동부 장관 힐다 솔리스, 재무부 장관 티머시 가이트너, 백악관 수석 보좌관 잭 루(잭은 국무부 부장관으로 나와 함께 일한 적이 있다) 그리고 나, 국방부 장관 리언 패네타, 보훈부 장관 에릭 신세키, 국토안보부 장관 재닛 나폴리타노, 미국 무역대표부 대표 론 커크. 세 번째 줄은 왼쪽부터 주택도시개발부 장관 숀 도너번, 에너지부 장관 스티븐 추, 보건복지부 장관 캐슬린 시벨리우스, 내무부 장관 켄 살라사르, 미 환경보호청 청장 리사 잭슨, 예산관리국 국장 제프리 자이언츠, 경제자문위원장 앨런 크루거, 중소기업청장 캐런 밀스.

10_ 국무부에서 함께 일한 탁월한 동료들과 함께. 외교관, 공무원, 보좌관 들.

11_ 퍼스트레이디를 경험했다는 공통점 때문에 미셸 오바마와 친했다. 우리는 가끔 재미있는 대화를 나누기도 했다.

12_ 국무장관으로 첫 출근하던 날. 오바마 대통령과 바이든 부통령이 국무부에 방문해 리처드 홀브룩(왼쪽)을 아프가니스탄과 파키스탄 특사로, 상원의장 조지 미첼(오른쪽)을 중동평화 특사로 임명한다고 발표했다.

13_ 국무부 식당에서의 간단한 점심식사. 규칙적인 식사를 하려고 노력하지만 상황이 여의치 않을 때가 종종 있다. 특히 이동 중에는 더욱 그렇다.

14_ 나의 선임 자문위원들. 창가가 제이크 설리번, 복도 쪽이 필립 레인스, 그리고 내 옆이 후마 애버딘. 파란색과 흰색의 미 공군 특별기 757로 이동 중. 지난 4년간 우리는 꼬박 87일을 공중에서 보냈다!

15_ 2009년 4월 어느 맑은 날, 오바마 대통령이 사우스론에 있는 대통령 집무실 밖 피크닉 테이블에서 미팅을 마치자고 제안했다. 우리는 일주일에 한 번은 만나려고 노력했다. 놀랍게도 나는 국무장관으로 일한 4년 동안 백악관을 700번 넘게 방문했다.

16_ 2009년 2월 16일 미 국무장관으로서 첫 해외 순방지인 일본 도쿄에 내리는 모습. 관례를 깨고 나는 아시아를 먼저 방문했다. 여기서 아시아에 대한 미국의 '중심축' 정책을 표명했다.

17_ 일본 미치코 왕비와 다시 만나게 되어 기뻤다. 왕비 또한 내가 국무장관으로서 일본을 제일 처음 방문했다고 즐거워했다.

18_ 2009년 2월. 오바마 대통령이 어린 시절 다녔던, 인도네시아 자카르타에 있는 학교의 사랑스러운 학생들과 함께. 인도네시아는 신흥개발국이며 ASEAN의 본거지로, 미국의 아시아 개입에서 중요한 파트너다.

19_ 2009년 8월. 빌은 북한 국방위원장 김정일과 협상한 끝에 커런트TV 기자 로라 링(중앙)과 유나 리(오른쪽)를 안전하게 귀환시키는 데 성공했다. 참으로 감동적인 순간이었다. 빌 옆으로는 커런트TV 설립자 조엘 하이엇과 전 부통령 앨 고어.

20_ 2010년 7월. 로버트 게이츠 국방장관과 함께 비무장지대의 한 경계초소에서 망원경으로 고립국가인 북한을 바라보고 있다.

21_ 로버트 게이츠 국방장관과 함께 세계에서 가장 첨예한 대립지역인 비무장지대를 돌아보고 있다. 한 북한 군인이 창문으로 우리를 바라보고 있다.

22_ 2011년 7월 인도 첸나이에 있는 칼락셰트라 재단에서 인도 전통 무용수들과 함께. 인도의 풍성한 문화와 역사를 체험했다.

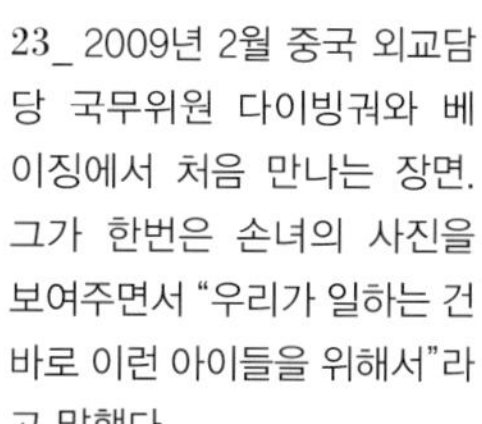

23_ 2009년 2월 중국 외교담당 국무위원 다이빙궈와 베이징에서 처음 만나는 장면. 그가 한번은 손녀의 사진을 보여주면서 "우리가 일하는 건 바로 이런 아이들을 위해서"라고 말했다.

24_ 2009년 3월 중국 외교부장 양제츠가 미 국무장관실을 방문했다. 중국의 성장은 우리 시대 전략적 발전이 이루어낸 중요한 결과 중 하나다. 중국과 미국은 친구로만 혹은 적으로만 지내기에 적당한 관계는 아니다. 또한 그렇게 될 수도 없을 것이다. 그래서 나는 양국의 균형 잡힌 관계를 유지하는 데 많은 시간을 들였다.

25_ 2009년 4월 G20 정상회의 참석차 들른 런던의 미국대사 관저에서. 왼쪽에서 오른쪽으로 중국 외교 담당 국무위원 다이빙궈, 왕치산 부총리, 후진타오 주석, 오바마 대통령, 나, 그리고 재무장관 티머시 가이트너.

26_ 미국이 중국 상하이에서 열리는 국제박람회에 참여하지 않는 나라 중 하나라는 사실을 알게 된 후, 나는 박람회에 미국관을 개설하기 위해 팀을 꾸렸다. 2010년 5월 박람회 기간 중 가장 인상 깊었던 부분은 중국과 미국의 학생들과 나눈 대화였다.

27_ 2010년 1월 31일 뉴욕 라인벡. 딸 첼시와 마크의 결혼식이자 내가 신부 어머니가 되는 최고의 순간이었다. 첼시와 마크, 빌과 나, 그리고 어머니 도로시. 첼시한테는 결혼식에 외할머니가 함께하는 것이 매우 의미 깊은 일이었다.

28_ 중국 인권변호사 천광청이 베이징 소재 미국대사관에서 보호를 받으며 나오고 있다. 왼쪽에서 오른쪽으로, 미 국무부 법률고문 해럴드 고, 주중 미국대사 게리 로크, 동아시아태평양 담당 차관보 커트 캠벨.

29_ 2013년 12월. 나는 워싱턴 D. C.에서 천광청을 만날 기회가 있었다.

30_ 2011년 말, 버마 대통령 테인 세인과 함께 네피도에 있는 그의 화려한 의전실에서. 50년 만에 처음 버마와 수교한 미 국무장관으로서 그들에게 민주주의로의 진보를 격려하고 싶었다.

31_ 2011년 12월 버마 양곤 방문 중 들른 쉐다곤 파고다에서. 아름다운 모습에 넋을 잃고 말았다.

32_ 2011년 12월 버마의 노벨평화상 수상자 아웅산 수치를 처음 만났을 때. 둘 다 흰 옷을 입은 터라 서로 마음이 통한 것 같았다. 그날 처음 만났지만 전생에 만난 적이 있는 듯한 느낌마저 받았다.

33_ 오바마 대통령과 쉐다곤 파고다를 다시 찾아 엄청나게 큰 종을 세 번 쳤다. 우리는 미국이 버마 정부뿐만이 아니라 버마 국민과도 돈독한 관계를 유지하길 원한다는 메시지를 전했다.

34_ 2012년 11월 버마뿐 아니라 나에게도 깊은 감동을 주었던 아웅산 수치와 작별하는 순간. 오바마 대통령이 지켜보고 있다. 지금도 나는 그녀와의 우정을 소중히 간직하고 있다.

을 준비가 되어 있었다.

양곤까지는 비행기로 40분밖에 걸리지 않았지만 유령도시 네피도를 방문한 뒤라 새로운 세계로 들어가는 기분이었다. 400만 명이 넘는 인구가 살고 있는 양곤은 북적거리는 거리와 낡은 식민지 시대의 아름다움이 어우러진 도시다. 수십 년 동안 고립되고 제대로 관리되지 못해 건물 외벽이 부서지고 페인트가 벗겨졌지만 왜 양곤이 한때 '아시아의 보석'으로 여겨졌는지 상상할 수 있었다. 양곤 중심부에는 반짝거리는 금탑과 수없이 많은 금불상이 있는 2,500년 된 불탑 쉐다곤 파고다가 높이 솟아 있다. 나는 그 지역 관습에 대한 존중의 표시로 신발을 벗고 맨발로 불탑 안의 장대한 복도를 걸어갔다. 보안요원들은 신발 벗기를 꺼려했다. 위급 상황이 일어날 경우 대처하기가 더 어렵다고 느꼈기 때문이다. 하지만 미국 기자들은 아주 재미있는 일로 여겼고 내 발톱의 페디큐어를 보고 즐거워했다. 어떤 기자는 "섹시한 사이렌 레드" 색상이라고 표현하기도 했다.

나는 승려들과 구경꾼 무리와 함께 커다란 불상 앞으로 가서 초와 향에 불을 붙였다. 그러고 나서 그들은 나를 무게가 40톤이나 나간다는 거대한 종들 중 하나로 데려갔다. 승려들이 금박을 입힌 막대를 내밀면서 종을 세 번 치라고 권했다. 그다음에는 시키는 대로 작은 설화석고 불상에 전통적인 경의의 표시로 열한 잔의 물을 부었다. "소원도 열한 가지 빌까요?" 내가 물었다. 그 일정은 버마의 문화를 대단히 흥미롭게 접할 수 있는 기회이기도 했지만 단순한 관광 이상의 의미를 지녔다. 버마인들이 숭배하는 불탑을 방문함으로써 나는 미국이 버마 정부뿐 아니라 버마 사람들과 관계를 맺는 일에도 관심이 있다는 메시지를 전할 수 있었다.

그날 저녁 미국대사들의 관저로 사용되는 호숫가의 집에서 드디어 수치를 만났다. 나는 흰색 재킷과 검정색 바지를 입었다. 주의해야 할 복장에 대한 메모는 이제 공식적으로 잊혔다. 수치도 나와 비슷한 옷차림을 하고 나타나자 모두들 재미있어했다. 우리는 데릭 미첼, 커트 캠벨과 함께 차를 마신 뒤 단둘만 비공개로 저녁을 먹기 위해 함께 앉았다. 수치의 정당은 2011년 11월에 등록허가를 받았고, 당 지도부는 수많은 회의를 거친 끝에 2012년 선거에 참여하기로 결정했다. 수치도 의원으로 출마할 것이라고 했다. 긴 세월의 고립된 생활 끝에 마침내 벅찬 앞날을 기대할 수 있게 된 것이다.

저녁을 먹으면서 나는 네피도에서 만난 테인 세인 대통령과 다른 정부 관료들에게서 받은 인상을 이야기했다. 또한 내가 처음 공직에 출마했을 때의 경험도 들려주었다. 수치는 입후보 준비와 과정에 대해 많은 질문을 던졌다. 이 모든 일은 수치에게 매우 개인적인 의미를 지니기도 했다. 버마 독립의 영웅이자 암살당한 아버지가 남긴 유산이 수치를 짓누르고 채찍질했다. 아버지의 유산은 수치가 버마의 정신을 고수하도록 해주었지만, 그녀를 오랫동안 감금한 장군들과의 연결고리가 되기도 했다. 그녀는 장교의 딸, 군인의 자식이었고 언제나 제도와 규정을 존중해왔다. 그녀는 그들과 함께 일할 수 있다고 자신 있게 말했다. 나는 넬슨 만델라가 남아프리카공화국 대통령으로 취임한 뒤 자신이 수감됐던 감옥의 교도관들을 포용했던 일이 떠올랐다. 최고의 이상주의와 철저한 실용주의가 모두 발현된 순간이었다. 수치도 같은 품성을 갖추고 있었다. 그녀는 자신의 조국을 변화시키기로 굳게 결심했고, 수십 년을 기다린 끝에 이제 옛 정적들과 타협하고 그들을 회유하고 공동의 노력을 기울일 준비가 되어 있었다.

그날 저녁 헤어지기 전에 수치와 나는 개인적 선물을 주고받았다. 나는 그녀가 흥미롭게 읽을 만한 미국 책 한 꾸러미와 그녀가 기르는 개에게 줄 개껌을 준비했다. 그녀는 직접 디자인한 은목걸이를 주었다. 고대 버마의 꼬투리 문양을 모티브로 한 목걸이였다.

다음 날 아침, 수치와 나는 호수 건너편에 있는, 그녀가 어린 시절에 살왔던 옛 집에서 다시 만났다. 원목 마룻바닥에 천장이 곡선으로 된 식민지 풍의 집이었다. 그 집이 오랜 세월 그녀의 감옥이기도 했다는 사실이 실감이 나지 않았다. 그녀는 당 원로들을 소개시켜주었다. 오랜 세월 박해받으며 살아온 이 80대 노인들은 지금 일어나고 있는 변화들을 좀처럼 믿지 못했다. 우리는 크고 둥근 나무탁자에 둘러앉아 그들의 이야기를 들었다. 수치는 사람들과 어울리는 방법을 알고 있었다. 그녀는 세계적인 유명인사이고 조국의 상징적 존재였지만, 이 원로들에게 그들이 마땅히 누려야 할 존경과 관심을 보였다. 그래서 그들은 그녀를 좋아했다.

그다음에 우리는 분홍색과 붉은색 꽃들이 눈부시게 피어 있는 정원을 걸었다. 집 주위를 에워싼 철조망 장벽은 격리된 생활을 했던 수치의 지난 시절을 통렬하게 떠올리게 했다. 우리는 팔짱을 끼고 현관에 서서 모여든 기자들에게 이야기했다.

나는 수치에게 말했다. "당신은 감화를 주는 존재입니다. 당신은 모든 곳의 사람들이 누리는 것과 같은 권리와 자유를 누려야 마땅한 당신 조국의 국민들을 대표합니다." 나는 버마 국민들이 더 나은 미래를 향한 역사적인 여정을 밟는 동안 미국이 친구가 될 것이라고 약속했다. 수치는 지난 몇 달, 몇 년 동안 우리가 보낸 모든 지원과 자문에 정중한 감사를 표했다. 그리고 "이것은 우리 모두에게 새로운 미래의 출발점이 될 것입니다. 우리가 이 여정을 유지시킬 수 있다면 말입니다"라고 말했다. 그 말에는 우리 모두가 느끼고 있던 낙관주의와 신중함이 섞여 있었다.

수치의 집에서 나온 나는 버마의 많은 소수민족 집단 예술가들의 작품을 전시하는 근처 미술관으로 갔다. 소수민족들은 버마 인구의 약 40퍼센트를 차지한다. 전시실 벽에는 많은 버마인들의 인물사진이 걸려 있었다. 긍지가 엿보이는 눈에는 슬픔이 어려 있었다. 1948년에 버마가 독립을 얻은 이후, 군부는 소수민족 거주지의 무장한 분리주의자 집단들과 전쟁을 벌였다. 양측에서 모두 잔혹행위를 저질렀고, 민간인들이 십자포화에 휩싸였다. 주된 가해자는 군이었다. 이 피비린내 나는 분쟁이 우리로서는 버마가 곧 진입하길 바라는 새로운 시대의 주요 장애물이었고, 나는 테인 세인 대통령과 각료들에게 이런 분쟁을 평화롭게 끝내는 것이 얼마나 중요한지 강조했다. 모든 주요 민족 집단의 대표자들이 내게 분쟁으로 사람들이 얼마나 많은 고통을 당했는지 이야기했고 정전을 희망했다. 어떤 사람들은 버마의 새로운 권리와 자유가 자신들에게 어떤 영향을 미칠지 못 미더워했다. 이것은 개혁 과정을 계속 따라다닐 문제였다.

깜빡거리는 진보의 불꽃은 진짜였다. 테인 세인이 정치범의 사면을 확대하고 인권을 보호하는 새로운 법을 통과시키며 민족 분쟁을 중지할 방법을 모색하고 북한과의 군사적 계약을 중단하며 2012년에 자유롭고 공정한 선거를 보장한다면, 우리는 정식 외교관계 회복, 대사 임명, 제재 완화, 버마에 대한 투자 및 개발 지원 강화로 화답할 것이었다. 내가 수치에게 말한 대로, 행동에 행동으로 대응할 것이었다. 나는 이 방문이 개혁주의자들이 신뢰성을 높이고 일을 추진해나가는 데 필요한 국제적인 지지를 제공했기를 바랐다. 양곤의 거리에는 내가 수치와 함께 정원을 산책하는 사진을 담은 포스터들이 나붙었다. 수치의 사진이 금세 그녀의 아버지의 사진만큼 흔해지고 있었다.

한편 나는 이 그림같이 아름다운 나라를 더 경험하고 싶었다. 이라와디 강 상류로 거슬러 올라가 만달레이에 가보고 싶었다. 나는 곧 가족과 함께 다시 버마를 방문하리라 마음먹었다.

개혁 절차가 진행된 다음 몇 달 동안 수치와 나는 긴밀하게 연락을 하며 지냈고 다섯 번의 통화를 했다. 2012년 4월에 수치를 포함해 그녀의 정당에서 출마한 후보자가 40명 이상 국회의원에 당선되었다는 기쁜 소식이 들렸다. 경합에 나선 후보들 중 한 명만 제외하고 모두 승리를 거둔 압승이었다. 이번에는 선거 결과가 무효화되지 않았고 수치는 국회의원 취임을 허가받았다. 이제 그녀는 자신의 정치적 수완을 발휘할 수 있게 되었다.

===

2012년 9월에 수치는 미국을 17일간 여행했다. 우리가 첫 통화에서 나누었던 소원이 생각났다. 내가 그녀를 찾아갔고 이제 그녀도 나를 찾아왔다. 수치와 나는 워싱턴에 있는 우리 집 주방 바깥의 아늑한 구석자리에 단둘이 앉아 이야기를 나누었다.

내가 버마를 방문한 이후 몇 달 동안 흥미진진한 변화들이 넘쳐났다. 테인 세인 대통령은 정부를 네피도에서 우리가 논의했던 길로 느리지만 분명하게 이끌고 갔다. 그와 나는 여름에 캄보디아에서 열린 회의에서 다시 만났고 그는 개혁 의지를 재차 확인해주었다. 1988년에 민주화 시위를 주도했던 학생들과 2007년에 시위에 참가했던 불교 승려들을 포함해 수백 명의 정치범이 풀려났다. 소수민족들을 대표하는 일부 반군들과 취약하나마 정전이 체결되었다. 정당들이 다시 결성되기 시작했고, 얼마 지나지 않아 민영 신문사들이 50년 만에 처음으로 간행을 허가받았다.

그에 화답해 미국은 제재 완화에 착수했고, 데릭 미첼이 수십 년 만에 처음으로 버마 주재 대사로 취임했다. 버마는 국제사회에 다시 합류했으며 2014년에는 오랜 숙원이던 ASEAN 의장국을 맡았다. 중동에서 아랍의 봄이 빛을 잃어가는 동안, 버마는 독재에서 민주주의로의 평화로운 이행이 정말로 가능하다는 새로운 희망을 세계에 안겨주고 있다. 버마가 보여준 진전은 제재와 개입을 적절하게 혼합하면 가장 폐쇄된 사회에서도 변화를 이끌어내는 효과적인 도구가 될 수 있다는 주장에 힘을 실어주고 있다. 국제무역과 존중으로 버마의 장군들을 회유할 수 있다면, 아마도 지구상에 구제할 수 없는 정권은 없을 것이다.

2009년에 버마에 대한 통념을 재검토한 뒤 본국의 많은 동료들이 만류하는데도 직접 개입을 실험한 일은 위험한 선택이었다. 하지만 미국이 기대했던 결실을 맺고 있었다. 2011년 11월 오바마 대통령의 아시아 순방이 별다른 성과가 없었던 2009년 베이징 방문의 기억을 지우는 데 일조한데다, 결과적으로 버마가 이러한 진전을 보이자, 오바마 정부의 중심축 전략이 성공을 거둔 것처럼 보였다. 향후에 버마와 아시아지역에 어떤 상황이 벌어질지는 불확실하다. 하지만 아시아에서 오랜 경험을 쌓은 기자 제임스 팰로스James Fallows는 2012년 2월 〈애틀랜틱Atlantic〉지에서 중심축 전략과 대통령의 순방을 극찬했다. "나는 이 전략이 중국에 대한 닉슨의 접근방식과 매우 유사하게 하드파워와 소프트파워, 유인책과 위협, 긴급성과 인내, 여기에 더해 의도적인 (그리고 효과적인) 시선 돌리기가 능숙하게 결합된 사례로 연구될 것이라고 생각한다." 오바마 정부에 대해 비난을 일삼던 월터 러셀 미드Walter Russell Mead 교수도 우리의 노력을 "누구나 보고 싶어하는 결정적인 외교적 승리"라고 표현했다.

그러나 우리가 버마에서 본 진전에도 불구하고 워싱턴에서 만난 수치는 걱정스러운 기색이었다. 우리 집에 와서는 나와 단둘이 이야기하고 싶다고 했다. 그녀는 여전히 철창 속에 갇혀 있는 정치범들, 실제로 더욱 악화된 일부 민족 분쟁, 몰려드는 외국 기업들로 인한 새로운 부패의 가능성이 문제라고 말했다.

현재 수치는 의회에서 예전의 정적들과 협의해 새로운 관계를 맺고 있으며, 자신에게 가해지는 모든 압력에 균형을 맞추려고 노력한다. 하원의장인 쉐 만의 위상이 높아지고 있었고 수치는 그와 긍정적인 업무관계를 발전시켰다. 수치는 쉐 만이 중요한 문제들에 대해 그녀와 협의하려는 것을 고마워했다. 그러나 테인 세인, 쉐 만, 수치가 모두 2015년 대선에 출마할 가능성 때문에 정치적 상황이 복잡해졌다. 막후 공작, 수시로 바뀌는 연합구도, 정치적 경쟁이 치열해졌다. 민주주의에 오신 것을 환영합니다!

테인 세인은 버마의 변화에 발동을 걸었지만 과연 이 과제를 완료할 수 있을까? 수치가 협력을 중단하면 어떤 상황이 벌어질지 알 수 없었다. 국제적 신뢰가 무너질 수도 있었다. 테인 세인은 강경파들의 공격에 시달릴 것이다. 강경파들은 여전히 개혁을 싫어하고 철회하길 원했다. 수치와 나는 그녀가 직면한 상충되는 압박에 대해 이야기를 나누었다. 나 역시 정치적 삶의 밀고 당기기를 겪은 터라 수치에게 공감했다. 수년간의 고통스러운 경험을 통해 정적과 협력하는 건 고사하고 우호적으로 지내는 것조차 얼마나 어려운지 알고 있었기 때문이다. 내 생각에 수치가 할 수 있는 최상의 선택은 이를 악물고 참으면서 테인 세인이 약속을 완수하도록 계속 독려하고 적어도 다음 선거 때까지 협력관계를 유지하는 것이었다.

나는 쉽지 않다는 것도 안다고 말했다. '하지만 당신은 지금 결코 쉽지 않을 일을 하는 위치에 있다. 대안이 나타날 때까지 계속 협력을 유지할 방법을 찾아야 하고, 대안이 나타나지 않는 한 계속 협력을 유지해야 한다. 이 모든 것이 정치의 일부분이다. 당신은 지금 무대 위에 있다. 가택연금으로 갇혀 있지 않다. 그러니 수많은 서로 다른 이해관계와 역할을 동시에 파악해야 한다. 당신은 인권의 대변자이자 국회의원이며 미래의 대통령 후보이기 때문이다.' 수치는 이 말을 모두 이해했지만 그녀에게 가해지는 압박은 엄청났다. 그녀는 살아 있는 성인으로 숭배되었지만 지금은 여느 선출직 공무원들이 쓰는 수완을 배워야 했다. 그것은 아슬아슬한 줄타기와도 같았다.

우리는 식당으로 가서 커트, 데릭, 셰릴 밀스와 함께 앉았다. 식사를 하는 동안 수치는 자신의 지역구에 대해 설명했다. 수치는 극적인 상황에 놓인 버마 정치에 중점을 두는 것 못지않게 선거구의 세부적인 일들과 문제해결에도 굉장히 신경을 썼다. 뉴욕의 유권자들이 나를 미국 상원의원으로 뽑

아주었을 때 정확히 같은 마음이었던 것이 생각났다. 도로에 움푹 파인 구멍을 보수하지 못한다면 다른 어떤 일도 중요하지 않다.

나는 충고를 한마디 더 보탰다. 다음 날 수치는 국회의사당에서 성대하게 열릴 행사에서 미국 의회가 수여하는 최고 명예인 의회황금메달을 받을 예정이었다. 그녀가 수년간 보여준 도덕적 리더십이 인정을 받는 자리가 될 것이었다. "내일 의회황금메달을 받을 때, 테인 세인 대통령에 대해 인사를 해야 할 거예요." 나는 수치에게 조언했다.

다음 날 오후 나는 국회의사당에서 의회 지도자들과 500여 명의 의원들과 함께 수치를 축하했다. 발언 차례가 되자 그토록 오랜 세월 동안 감옥이 되었던 집에서 수치를 만난 일을 회상하고, 몇 년 전 넬슨 만델라와 함께 로벤 섬을 걸었던 일과 비교했다. "이 두 사람의 정치범은 아주 먼 거리를 떨어져 있지만 모두 흔치 않은 품위와 관대한 정신, 그리고 흔들리지 않는 의지를 지니고 있었습니다. 그리고 제 생각에 우리 모두가 알아야 할 무언가를 이해하고 있었습니다. 바로 그들이 감옥에서 나오는 날, 가택연금에서 풀려나는 날이 투쟁의 끝이 아니라는 사실입니다. 그날은 새로운 단계의 시작입니다. 과거를 극복하고 상처받은 나라를 치료하고 민주주의를 건설하려면, 상징적 존재에서 정치인이 되어야 합니다." 나는 수치를 쳐다보았고, 전날 밤에 한 제안을 그녀가 어떻게 받아들였을지 궁금했다. 그녀는 순간 감정이 북받친 것처럼 보였다. 이어 수치가 연설을 시작했다.

"저는 지금 이 자리에 굳건하게 서 있습니다. 우리가 국가의 평화와 번영을 불러오고 그 안에 거주하는 모든 사람의 기본적인 인권을 법으로 보호하는 나라를 건설하는 과업을 계속 수행해나갈 때 함께할 친구들 사이에 제가 있다는 것을 알기 때문입니다." 그리고 그녀는 이렇게 덧붙였다. "이 과업은 테인 세인 대통령이 시작한 개혁조치들 덕분에 가능해졌습니다." 나는 그녀와 눈을 맞추며 미소 지었다. "자유와 정의가 아득히 멀어 보이던 암울한 시절에, 마음과 생각 속에 우리를 계속 간직해준 미국 국민들과 그들의 대표자인 여러분에게 진심으로 감사드립니다. 우리 앞에는 난관들이 놓여 있겠지만, 친구들의 도움과 지원으로 모든 장애를 극복할 수 있을 것이라고 확신합니다."

나중에 수치는 눈을 반짝거리며 내게 물었다. "연설이 어땠나요?"

"오, 훌륭했어요. 정말 멋졌어요." 내가 대답했다.

"음, 저는 노력할 거예요. 정말로 노력할 겁니다."

그다음 주에 나는 뉴욕의 유엔총회에서 테인 세인 대통령을 만나 수치가 제기했던 많은 우려들을 논의했다. 테인 세인은 네피도에서 나눈 첫 대화 때보다 더 침착해 보였고 주의 깊게 귀를 기울였다. 그는 카리스마가 넘치는 정치인이 되지는 않겠지만 유능한 지도자라는 것을 입증해 보이고 있었다. 유엔 연설에서 그는 공개석상에서는 처음으로, 수치를 개혁 파트너로서 높이 평가했고 민주주의를 향해 그녀와 계속 협력할 것이라고 다짐했다.

═══

2012년 11월에 오바마 대통령이 버마의 "깜빡거리는 진보의 불꽃"을 직접 보기로 결심했다. 재선 이후 대통령의 첫 해외순방이었고 나와 함께하는 마지막 해외방문이 되었다. 우리는 먼저 방콕으로 가서 태국 국왕의 병실을 방문해 이야기를 나눈 뒤 여섯 시간 체류 일정으로 버마로 날아갔다. 그 뒤에는 캄보디아에서 열리는 동아시아 정상회의가 기다리고 있었다. 대통령은 테인 세인, 수치와 만나고 양곤 대학교에서 학생들에게 연설을 할 계획이었다. 우리가 차를 타고 지나가는 동안 거리는 인파로 뒤덮였다. 어린아이들이 성조기를 흔들었다. 사람들은 얼마 전까지만 해도 상상하지 못했던 광경을 보기 위해 목을 길게 뺐다.

지난번 방문 이후로 1년이 채 지나지 않았지만 양곤은 다른 도시처럼 느껴졌다. 버마를 발견한 외국 투자자들이 몰려와 아시아의 마지막 개척지로 판단한 이곳에 저마다 영역 표시를 하고 있었다. 새 건물들이 지어졌고 부동산 가격이 치솟았다. 정부는 인터넷에 대한 규제를 완화하기 시작했고 인터넷 이용이 서서히 늘어났다. 산업 전문가들은 버마의 스마트폰 시장이 2011년에는 실 사용자가 한 명도 없던 상황에서 2017년에는 600만 명으로 늘어날 것이라고 예상했다. 그리고 이제 미국 대통령이 버마를 방문한 것이었다. 길에 나온 한 시민이 기자에게 말했다. "우리는 이 방문을 50년 동안 기다려왔습니다. 미국에는 정의와 법이 있어요. 우리나라도 그렇게 되길 바랍니다."

공항에서 커트와 나는 오바마 대통령과 그의 측근인 발레리 재럿Valerie Jarrett 보좌관과 함께 대통령이 가는 곳이면 어디든 함께 다니는 대통령 전용 방탄 리무진('비스트the Beast'라는 애칭으로 불린다)에 탔다. 도시를 달려 지나가면서 오바마 대통령은 창 너머로 높이 솟은 황금빛 쉐다곤 파고다를 보고는 무엇인지 물어보았다. 커트가 쉐다곤 파고다는 버마 문화의 중심이라고 설명하면서, 내가 버마 사람들과 역사에 대한 존중을 보여주기 위해 방문했었다고 이야기했다. 그러자 대통령은 왜 자신은 저곳에 가지 않느냐고 물어보았다. 방문 계획을 세울 때 비밀검찰 대통령이 복잡한 사찰을 방문한다는 안에 반대했다. 수많은 신도들이 모이는 곳이라서 안전 문제가 걱정되었기 때문이다. (그리고 분명 신발을 벗고 싶지 않은 마음도 있었을 것이다!) 그렇다고 다른 방문객들이 들어오지 못하게 막아 그들에게 불편을 끼치고 싶어 하는 사람도 없었다. 비밀검찰국의 우려에 수년간 익숙해져 있던 나는 그들이 예정에 없던 '비공식' 방문(비밀검찰국에서는 이를 OTR, 즉 오프더레코드off the record라고 부른다)에는 동의할지도 모른다고 제안했다. 미국 대통령이 방문할지 아무도 모를 테니, 안전에 대한 걱정이 약간 줄어들 것이다. 게다가 대통령이 어느 곳에 가기로 결정하면 반대하기란 아주 어려운 법이다. 테인 세인 대통령과 만난 뒤 곧 우리는 놀란 승려들에게 둘러싸인 채 일반 관광객 커플처럼 고대 사찰을 거닐었다.

테인 세인 대통령과 만나고 예정에 없던 사찰을 방문한 뒤 우리는 수치의 집으로 갔다. 수치는 한때 자신의 감옥이었지만 지금은 정치활동의 중심지가 된 집으로 대통령을 맞이했다. 우리는 오랜 친구처럼 서로를 껴안았다. 그녀는 오바마 대통령에게 미국이 버마의 민주주의를 지원해주어 감사하다고 말했지만 "어떤 변화에 있어서든 가장 힘든 시기는 성공이 눈에 보인다고 생각할 때입니다. 그러니 우리는 성공의 신기루에 혹하지 않도록 조심해야 합니다"라고 신중을 기했다.

버마의 민주주의 이행기는 아직 결말이 쓰이지 않았고 많은 과제들이 앞에 놓여 있다. 민족 분쟁이 계속되어 새로운 인권 유린을 경고하고 있었다. 특히 이슬람교도인 로힝야족에게 가해지는 돌발적인 집단폭력 사태들이 2013년과 2014년 초에 버마를 뒤흔들었다. 국경없는의사회Medecins Sans Froutieres를 지역에서 추방하겠다는 결정과 다가오는 인구조사에서 로힝야족을 제외하겠다는 결정은 빗발치는 비난을 받았다. 이 모든 문제가 진보의 토대를 허물고 국제적인 지원을 약화시켰다. 2015년 총선은 버마의 신생 민주주의의 중요한 시험대가 될 것이고 자유롭고 공정한 선거가 되려면 더 많은 노력이 필요하다. 요컨대 버마는 계속 앞으로 나아갈 수도 있고 뒤로 미끄러질 수도 있다. 미국과 국제사회의 지원이 중요한 역할을 할 것이다.

버마에 대해서는 때때로 마음을 졸이지 않을 수 없다. 그러나 우리는 앞에 놓인 과제와 난관을 명철하고 분별력 있게 판단해야 한다. 일부 버마인들은 민주주의의 여정을 완수하려는 의지가 부족하고, 그럴 의지가 있는 이들은 이를 이루어나갈 도구가 부족하다. 갈 길이 멀다. 하지만 오바마 대통령이 2012년 11월에 양곤 대학교 학생들에게 말한 것처럼, 버마 국민들이 이미 성취한 것들은 인간의 정신력과 자유를 향한 보편적인 갈망을 보여주는 놀라운 증거다. 깜박거리는 진보의 불꽃과 불확실한 희망에 의지했던 버마의 개혁 초기에 대한 기억은 내게 국무장관 시절에서 가장 좋은 부분으로 남아 있고, 미국이 인간의 존엄성과 민주주의의 옹호자로서 이 세계에서 할 수 있고 해야 하는 역할을 확인해주었다. 그것이 최상의 미국의 모습이다.

PART 3

전쟁과 평화

7

아프가니스탄-파키스탄 : 추가 파병

오바마 대통령이 탁자에 둘러앉은 우리에게 차례로 조언을 구했다. 과연 우리는 8년을 끌어온 아프가니스탄 전쟁에 병력을 증파해야 하는가? 만약 그렇게 한다면 얼마나 많이 보내야 하는가? 그들에게 어떤 임무를 맡길 것인가? 그리고 얼마나 오래 그곳에 머무르게 할 것인가? 이것은 대통령이 해야만 하는 힘든 선택이었다. 그의 선택은 아프가니스탄의 미래에는 물론이고 우리의 남녀 장병들, 장병 가족들, 그리고 국가안보에도 지대한 영향을 끼칠 것이었다.

2009년 추수감사절을 사흘 앞둔 날 오후 8시, 대통령은 백악관 상황실 안 긴 탁자의 상석에 앉았고 그 옆으로는 국가안전보장회의 구성원들이 자리했다. 나는 대통령 왼쪽 제임스 존스 국가안보 보좌관 옆에 앉아 바이든 부통령과 로버트 게이츠 국방장관, 마이크 멀린Mike Mullen 합동참모본부 의장과 마주보았다. 앞에 놓인 탁자에는 서류철이 가득했다. (국방부 고위 공무원들이 현란한 파워포인트 프레젠테이션과 형형색색의 지도를 준비해 상황실 회의를 진행하는 모습을 여러 달 지켜본 터라, 나는 국무부도 좀 더 창의적인 브리핑 도구를 준비하자고 요청했다. 이때는 알록달록한 지도와 돌려볼 차트가 많이 있었다.)

오바마 대통령과의 백악관 회의는 나 개인으로서는 그날 하루에만 세 번째 회의였으며, 고위 국가안보팀으로서는 지난 9월에 아프가니스탄 대책을 논의하는 모임을 가진 이래 아홉 번째였다. 우리는 최대한 다양한 각도에서 문제를 바라보았다. 그리하여 마침내 2010년 중반까지 미군 병사 3만 명과 동맹군 1만 명을 추가로 아프가니스탄에 파병한다는 목표를 설정했다. 이번 계획은 탈레반 반군과 소모전을 벌이기보다는 새로운 접근방식을 취해 아프가니스탄 각 도시의 안전보장, 정부의 역할 강화, 공익사업 추진 등에 초점을 맞추게 될 터였다. 이후 연말에는 전체적인 진행 상황을 검토해 2011년 7월에는 병력 축소에 착수하기로 했다. 얼마나 많이, 얼마나 빨리 조정할지는 논의에 부쳐야겠지만 대개는 현지 상황에 따를 것으로 짐작되었다.

이 계획의 장단점을 두고 팀 내 의견이 엇갈렸다. 게이츠 장관과 군부는 강력하게 지지했고, 바이든 부통령은 그에 못지않게 강력하게 반대했다. 이제 주요 쟁점들에 대한 검토는 잘 끝났지만, 그래도 대통령은 우리 각각의 입장을 다시 한 번 확인하고 싶어했다.

═══

아프가니스탄은 동쪽의 파키스탄과 서쪽의 이란 사이 내륙에 둘러싸인 산악 국가로, 약 3,000만 명의 국민은 지구상에서 가장 가난하고 가장 교육 수준이 낮으며, 가장 심한 전쟁 피해를 입었다. 이곳은 '제국의 무덤'이라 불리는데, 이는 수많은 침략군과 정복자들이 아프가니스탄의 지독한 지형 때문에 좌절을 맛보았기 때문이다. 1980년대에 미국과 사우디아라비아, 파키스탄은 아프가니스탄의 소련 괴뢰정부에 맞서 반군을 지지했다. 그러다

1989년에 소련군이 철수하자 아프가니스탄에 대한 미국의 관심도 조금씩 사라져갔다.

1990년대 내전 시기가 지난 후, 아프가니스탄은 중세적 문화관을 가진 과격단체 탈레반이 장악했다. 지도자인 물라 오마르Mullah Omar는 한쪽 눈이 없는 급진적인 이슬람 성직자였다. 그들은 이슬람 율법을 내세워 여성들의 삶을 엄격하게 제한했다. 예를 들어, 여성은 공적인 일에 참여할 수 없고, 머리부터 발끝까지 다 가리고 눈 주위만 망사 천으로 덮는 부르카를 착용해야 하며, 남성 가족을 동반하지 않고 외출을 할 수도 없었다. 학교 교육도 받을 수 없고 사회적·경제적 권리도 박탈당했다. 탈레반은 규칙을 어기는 여성들에게 고문에서 공개처형에 이르기까지 가혹한 처벌을 내렸다. 나라 밖으로 새어나온 이야기들은 소름이 끼칠 정도였다. 한 초로의 여인이 부르카 아래 발목을 살짝 노출했다는 이유로 금속 케이블로 매질을 당해 다리가 부러졌다는 이야기가 기억난다. 인간이 신의 이름으로 이토록 잔인해질 수 있다는 게 도무지 믿기 어렵다.

아프가니스탄에서 벌어지고 있는 일들에 몸서리가 난 나는 국제사회의 비난을 끌어내기 위해 퍼스트레이디로서 공개적으로 이야기하기 시작했다. "오늘날 탈레반의 철권통치 아래 놓인 아프가니스탄만큼 여성의 기본 인권이 악독하게 조직적으로 유린당하는 곳은 없을 것입니다." 나는 1999년 유엔 세계 여성의 날 행사에서 말했다.

탈레반은 오사마 빈 라덴을 비롯한 알카에다 테러리스트들에게 은신처를 제공하기도 했다. 이 광신도 중에는 다른 지역 출신으로 소련에 맞서 싸우다가 아프가니스탄 지역에 깊게 뿌리를 내린 이들이 많았다. 1998년 동아프리카에서 미국대사관들이 폭파된 사건이 있었는데, 이에 대응하고자 클린턴 정부는 아프가니스탄 내 알카에다 훈련소에 빈 라덴이 있다는 첩보를 입수하고 크루즈미사일로 그곳을 공격했다. 하지만 빈 라덴은 용케 빠져나갔고, 그 뒤 2001년 9월 11일에 테러 공격이 자행되었다. 탈레반이 빈 라덴 인도를 거부하자, 부시 대통령은 탈레반을 무력화시키기 위해 아프가니스탄 침공을 지시하고 일명 북부동맹Northern Alliance이라 불리는 반군단체를 지원하기 시작했다.

단기간 내에 탈레반은 아프가니스탄에서 실권했다. 그러나 곧 파키스탄 접경지역에 은신처를 마련해 조직을 재정비하면서 장기적인 반란에 돌입했다. 나는 상원의원 시절에 아프가니스탄을 세 번 방문했다. 처음은 칸다하르에 주둔 중이던 미군 병사들과 추수감사절 만찬을 함께 했던 2003년이었고, 그다음은 2005년과 2007년이었다. 그곳에서 만난 한 미군 병사의 말을 잊을 수가 없다. "테러와의 전쟁에서 잊힌 최전선에 오신 것을 환영합니다." 탈레반은 부시 정부가 이라크에 온 신경을 곤두세우고 있는 틈을 타 아프가니스탄 곳곳의 빼앗긴 영토를 되찾으려는 시도에 나섰다. 서방의 지원을 등에 업은 카불의 아프가니스탄 정부는 부패하고 무력해졌다. 주민들은 굶주리고, 좌절하고, 두려움에 떨었다. 치안을 담당할 미군이 부족했고, 부시 정부 역시 전세를 역전시킬 뾰족한 수가 없는 듯했다.

2008년 대통령선거 기간 동안, 상원의원이었던 오바마와 나는 아프가니스탄으로 다시 시선을 돌려야 한다고 주장했다. 나는 그러려면 더 많은 군사가 필요할 뿐만 아니라, 포괄적인 새 전략을 마련해 양국의 분쟁에서 파키스탄의 역할을 강조할 필요도 있다고 주장했다. 2008년 2월에 나는 이렇게 연설했다. "파키스탄과 아프가니스탄 접경지역은 세계에서 가장 중요하고 위험한 곳입니다. 아프가니스탄과 파키스탄 양국 현지에서 벌어지고 있는 이 현실을 무시한 것은 부시 정부의 실패한 대외정책 가운데 가장 위험한 것입니다." 미군과 우리 동맹군에 대한 공격은 계속 늘어났고, 2008년은 아프가니스탄에서 임무 수행 중이던 연합군이 무려 300명이나 전사하는 최악의 해로 기록되었다.

2009년 1월 오바마 대통령이 집무를 시작하자 국방부의 요청이 그를 기다리고 있었다. 국방부는 탈레반이 그해 여름에 공격할 것으로 예상되는 지역을 방어하고, 아프가니스탄 대통령선거를 앞두고 안전보장을 위해 수천 명을 추가 파병할 것을 요구했다. 우리는 취임식 후 시작된 첫 국가안전보장회의 회기에 이 안건에 관해 논의했다. 선거운동을 할 때 아프가니스탄 전쟁에 더 많은 자원을 투입하겠다고 약속은 했지만, 새 전략을 결정하기도 전에 추가 파병을 하는 것이 과연 현명한 판단인지 숙고하는 일은 당연한 절차였다. 하지만 여름까지 그만한 병력을 동원하는 데 필요한 병참을 확보하려면 빠른 시일 내에 결정을 내려야 했다.

대통령은 2월 17일에 1만 7,000명의 군사 파병안을 승인했다. 그는 아프가니스탄 분쟁에 관해 폭넓은 지식을 갖고 있는 숙련된 CIA 분석가 브루스 리델Bruce Riedel을 주축으로 미셸 플러노이Michele Flournoy 국방부 차관, 아프가니스탄 및 파키스탄 특사 리처드 홀브룩이 함께 전략을 검토해줄 것을 부탁했다. 이들이 3월에 제출한 보고서는 아프가니스탄과 파키스탄을 두 개의 구분되는 주제로 보기보다 하나의 지역적 문제로 보는 접근방식을 권장해 이를 아프팍Af-Pak 문제로 명명하고 있었다. 미국과 동맹국이 작전을 통제할 수 있도록 우리가 아프가니스탄군을 훈련하는 데 더욱 집중해야 한다는 내용이었다. 그리하여 오바마 대통령은 미군 교관 4,000명을 추가로 배치해 아프가니스탄 보안군을 훈련하도록 했다. 리델 등의 보고서는 이번 대게릴라 활동이 전적으로 자원싸움이 될 것이므로 "국력의 모든 요소"를 "군사 측면뿐만 아니라 민간 측면에도" 활용할 필요가 있음을 강조했다. 그 요소들에는 보다 집중적인 지역 내 외교와 폭넓은 경제개발, 농업 지원, 기반시설 건설 등이 포함되었다. 이 사업 가운데 다수는 국무부와 국제개발처가 맡게 되었다.

대통령은 3월 27일에 아프가니스탄과 파키스탄에 대한 군사 및 민간 전략을 발표했다. 그가 세운 전쟁 목표는 단순했다. "파키스탄과 아프가니스탄에서 알카에다를 무너뜨리고 해체시키고 섬멸하는 것, 그리고 앞으로 그들이 두 나라 어디로도 돌아가지 못하게 하는 것"이었다. 대통령은 특히 싸움의 대부분을 조장하고 있는 탈레반 반군이 아닌 알카에다에 특별히 초점을 맞춤으로써, 이 전쟁을 그 근원인 9·11 테러와 다시 연결지었다. 아울러 투항하는 반군은 평화와 화해의 장으로 끌어들이는 한편 강경파 극단주의자들은 고립시키는 방안도 제기했다.

그리하여 약 6만 8,000명의 미군이 아프가니스탄에 주둔하게 되었지만 여름 전투는 나쁜 방향으로 진행되었다. 탈레반 반군은 힘을 계속 키워나갔고, 치안 상황은 악화되었다. 탈레반 반군 수가 지난 3년 동안 7,000명에서 2만 5,000명으로 증가했다는 보고가 있었다. 나토(NATO)North Atlantic Treaty Organization군에 대한 공격 횟수도 늘어, 6월 이전 4개월 동안 100명 미만이었던 사망자 수는 6월부터 9월까지 260명 이상으로 늘어났다. 5월에는 아프가니스탄 주둔 연합군 사령관을 스탠리 매크리스털Stanley McChrystal 중장으로 교체했다. 게이츠 국방장관은 "새로운 사고"와 "새로운 시각"이 필요하기 때문에 지휘관을 교체했다고 설명했다. 그 뒤 8월에 치러진 아프가니스탄 대통령선거는 광범위한 부정행위로 얼룩졌다. 9월에 매크리스털 중장은 추가 병력 지원을 대통령에게 요청하며, 추가 병력이 없으면 전쟁에서 패할 수도 있다고 경고했다.

백악관에서 듣고 싶어한 건 그런 말이 아니었다. 그래서 오바마 대통령은 국방부의 요청을 수락하기 전에 정부가 모든 기회와 가능성을 고려하고 있다는 점을 확실히 밝혀두고자 했다. 이번에는 대통령 스스로 2차 종합 전략 검토에 착수했다. 오바마 대통령은 9월 중순 어느 일요일부터 가을 내내 정기적으로 고위급 국가안보 고문들을 백악관 상황실에 소집해, 미국 역사상 가장 긴 전쟁이 될 수도 있는 아프가니스탄 전쟁을 둘러싼 골치 아픈 문제들을 논의했다.

매크리스털 중장은 그 지역의 미군 병력 전체를 총괄하는 데이비드 퍼트레이어스 사령관의 도움을 받아 마침내 세 가지 선택지를 내놓았다. 첫째는 아프가니스탄군 훈련의 질을 높일 소규모 군대를 약 1,000명 규모로 파병하는 것, 둘째는 최대 격전지에서 탈레반을 상대할 군사 4만 명을 투입하는 것, 셋째는 나라 전체의 안전을 책임질 군사 8만 명 이상을 파견하는 것이었다. 두 사령관은 지식이 풍부한 관료적 투사여서 어떤 문제에든 세 가지 답을 내놓곤 했다. 그리고 세 선택지 중 나머지 둘을 절충한 중간의 안이 채택될 가능성을 높게 점쳤다.

═══

퍼트레이어스 장군은 노련하게 주장을 펼쳤다. 그는 사고가 명석하고 승부욕이 있으며 정치 지식이 풍부했다. 이라크에서 힘들게 얻은 교훈 덕분에, 그의 주장에는 뒷받침하는 정보가 있었다. 그가 이라크 전쟁에서 얻은 체험의 흔적은 우리와 아프가니스탄 관련 논의를 할 때 불쑥 튀어나오기도 했다.

퍼트레이어스는 2007년 초에 또 다른 반란의 한가운데 있었다. 그는 이라크에서 무너져가는 미군을 지휘했는데, 이라크에서도 가장 위험한 몇몇 지역에 추가로 배치된 2만 명 이상의 미군 병사들을 통솔했다. 2007년 1월에 부시 대통령은 회의적인 미국 국민들을 향해 황금시간대에 이라크 관련 발표를 했다.

부시가 추가 파병을 결정한 것은 꽤 놀라운 일이었다. 공신력 있는 초당파 조직인 이라크연구회Iraq Study Group에서 발행한 보고서에서는 이라크 보안군에 더 많은 책임을 넘겨주고, 미군 병력을 줄이며, 그 지역에서 보다 집중적인 외교활동에 착수할 것을 권장했기 때문이다. 부시 대통령은 정반대의 선택을 했다. 연설에서 그는 지역 외교를 비롯하여 이라크의 분열된 종파 및 정치파벌을 화해시키는 데 더 많은 노력을 기울일 것을 언급했지만, 미군이 제공할 수 있는 안전보장에 가장 역점을 두었다.

당시에 나는 그것이 과연 옳은 결정인지 의문이 들었다. 여러 해 동안 결정을 뒤엎고 기회도 놓친 뒤라, 부시 정부가 과연 대규모 병력 증파를 감당할 수 있을까 하는 의문도 있었다. 다음 날 밤 나는 에번 베이Evan Bayh 인디애나 상원의원과 공화당원인 존 맥휴John McHugh 뉴욕 하원의원(존 맥휴는 오바마 정권에서 육군장관을 맡게 되었다)과 함께 이라크로 떠났다. 상원의원으로서 나의 세 번째 이라크 방문이었다. 그 이전인 2005년에는 존 매케인, 수전 콜린스Susan Collins, 러스 페인골드Russ Feingold, 린지 그레이엄Lindsey Graham 등의 상원의원들과 함께 방문했었다. 나는 상황이 얼마나 변했는지 내 눈으로 직접 확인하고 우리 장병 및 지휘관을 만나 이야기를 나누며 그들은 당면 과제를 어떻게 보고 있는지 알아보고 싶었다.

의심스러운 이유는 또 있었다. 내가 부시 정부를 신뢰할 수 없게 된 계기는 정부가 사담 후세인Saddam Hussein의 대량살상무기에 대해 확실한 정보가 있다고 자신하던 2002년 가을로 거슬러 올라간다. 증거를 조사하고 정부 안팎이며 민주당과 공화당 내에서 최대한 많은 의견을 모아 종합한 뒤, 나는 외교적인 노력, 즉 유엔의 무기사찰이 실패할 경우에 이라크 내 군사작전을 정식으로 허가하자는 결의안에 찬성표를 던졌다.

그런데 부시 대통령은 이 표결을 자의적으로 유리하게 해석해 큰 실망을 안겨주었다. 나중에 그는 무기사찰 만료시한을 독단적으로 결정할 수 있는 권한이 결의안 내용에 따라 자신에게 주어졌다고 강력하게 주장했다. 2003년 3월 20일, 부시는 사찰 시한이 만료되었다는 판단하에 전쟁을 개시했다. 유엔 무기사찰단이 사찰을 끝낼 때까지 몇 주만 말미를 달라고 호소했는데도 말이다. 그 후 몇 년 동안 다수의 상원의원이 결의안에 반대하지 않은 것을 못내 아쉬워했다. 나도 마찬가지였다. 전쟁이 길어지고, 전쟁터에서 아들이나 딸, 아버지나 어머니를 잃은 뉴욕의 가족들에게 일일이 편지를 보내는 동안, 나는 그때의 실수를 뼈저리게 후회했다.

5년 후, 이번에 부시 대통령은 본인이 제안한 추가 파병안을 의회에 들고 나와 다시 한 번 자기를 믿어달라고 했는데, 나는 넘어가지 않았다. 단순히 추가 파병만으로 우리가 처한 혼란이 해결되리라고 생각하지 않았기 때문이다. 미군은 세계 최고의 군대이며, 장병들은 어떤 명령을 받든 수행해내기 위해 전력투구한다. 그러나 그들의 역량만큼 강건한 외교전략 없이 군에 모든 부담을 지우는 것은 공정하지도, 현명하지도 않은 처사였다. 이라크 내부에서 벌어지는 지역 대립이나 나라를 분열시키는 종파 간 대립 등 잠재적 과제들의 핵심으로 파고들고자 한다면 공정함과 현명함이 모두 필요했다. 부시 정부는 시리아, 이란 문제에 대한 대응을 비롯해 이런 유의 일에는 별로 관심이 없어 보였다. 시리아나 이란 모두 이라크와 관련해 우리 앞에 놓인 잠재적 과제들 가운데 큰 부분을 차지하고 있음에도 말이다. 2003년 미국은 콜린 파월의 국무부가 내놓은, 전후 계획을 무시한 반쪽짜리 전략만 가지고 이라크 전쟁을 치렀다. 전쟁을 반만 끝낼 생각은 없었는데 말이다. 훗날 내가 장관이 되어 직접 국무부 전문가들의 식견을 확인했을 때, 그들 대부분이 부시 정부에서 배제되었음을 알고 어이가 없었다.

2007년 1월 말 퍼트레이어스가 상원 군사위원회 청문회장에 섰을 때 나는 캔자스 주 포트 리븐워스의 미 육군 지휘참모대학에서 그가 작성한 반란군대응 매뉴얼 내용을 추궁했다. 거기에는 군사적 진보는 국내 정치의 진보와 연결되어 있으며, 한쪽이 없으면 나머지 한쪽도 실현되지 못한다고 쓰여 있었다. 우리는 발칸 반도의 평화를 위해 노력할 때도 똑같은 교훈을 얻었다. “솔직히 말하면 퍼트레이어스 장군께서는 자신의 경험이나 조언을 반영해주지 않는 정책을 운영해야 할지도 모릅니다. 이 책을 쓰셨지만, 정책은 책 내용대로 굴러가지 않을 수도 있어요. 원을 사각형으로 만들려고 하듯이, 거꾸로 정치적 위기를 타개할 군사적 해결책을 찾으라는 요청을 받을 수도 있습니다." 내가 말했다.

다행히 퍼트레이어스가 이라크에서 펼친 전략은 자신이 책에서 주장했던 것과 가깝고, 이전까지 부시 정권이 접근했던 방식 대신 내가 청문회에서 강조했던 내용과 가까웠다. 퍼트레이어스의 포괄적인 반란군대응Counterinsurgency 전략은 줄임말인 COIN으로 불렸다. 그것은 민간인 밀집지역을 보호하고, 친밀한 관계 형성과 개발 계획 등으로 이라크인들의 '마음을 얻는 데' 중점을 두었다. 전략 구호는 '소탕, 장악, 구축'으로 정해졌다. 전략 목표는 반란 세력을 소탕하고, 반란군이 다시 들어서지 못하게 장악하고, 기반시설 구축 및 관리에 투자해 주민들이 보다 나은 삶을 살고 스스로를 방어할 수 있게 하는 것이었다. 퍼트레이어스가 지휘하는 이라크 주둔 미군은 요새화된 크고 단단한 기지에서 벗어나 민가로 흩어져나갔다. 이로써 장병들이 보다 직접적으로 위험에 노출되기는 했지만 그만큼 주민의 안전도 확보할 수 있었다.

그에 못지않은 중요한 분위기 반전이 이라크 현지에서 일어났다. 전에 반군을 지지했던 수니파 족장들이 알카에다의 잔혹한 행태에 못 이겨 극단주의자들과 결별을 선언한 것이었다. '수니파 각성운동'으로 알려지게 된 이 사건을 계기로 10만 명이 넘는 부족 전사들이 미군의 편으로 넘어왔다. 이 일련의 사건으로 전쟁의 판세는 크게 달라졌다.

이라크 추가 파병을 둘러싼 논쟁이 불거진 데는 미국 국내 정치도 한몫했음이 분명하다. 당시 정황으로는 이라크에서 미국이 잘못을 저지른 것이 분명했다. 처음에 미국은 이라크 전쟁에 대한 찬반양론으로 분열되었지만, 2006년에 이르러서는 전쟁을 반대하는 미국인이 압도적으로 많아졌다.

게다가 11월 중간선거로 여론은 더욱 확실해졌다. 베트남전을 통해 깨달은 바지만, 미국 국민들의 지지와 공동의 희생정신 없이 길고 소모적인 전쟁을 계속 치르기는 매우 어렵다. 나는 그토록 압도적인 미국 내 반대의 목소리를 무시한 채 이라크에서 군사작전을 확대해서는 안 된다고 생각했다.

상원의원으로 활동할 때, 몇몇 공화당원들의 의견을 높게 평가한 적이 있다. 그들 중 한 명이 존 워너John Warner 버지니아 주 상원의원이다. 닉슨 정권에서 해군장관을 지낸 워너 의원은 당시 내가 속해 있던 상원 군사위원회의 간사였다. 워너는 2002년 이라크 결의안에 찬성했는데, 그가 2006년 말에 이라크를 방문하고 돌아와 자신의 판단으로는 전쟁이 현재 "겉돌고 있다"라고 발표하자 당 안팎으로 적잖은 파장이 일었다. 존 워너의 발언은 온건하긴 했지만 그의 입에서 나온 그 명료한 단어는 현 상황에 대한 비난이자 변화 요구를 의미했다.

어디로 출장을 가든 나는 전쟁을 단호하게 반대하는 사람들의 목소리를 듣는데, 결국 개인적으로 나에게 실망했다는 이야기였다. 그들 중 다수는 원래부터 전쟁을 반대해왔지만, 오랜 시간에 걸쳐 조금씩 반대 입장으로 돌아서게 된 부류도 있었다. 누구보다도 강력하게 전쟁을 반대한 사람들은 사랑하는 이들이 집으로 돌아오기를 바라며 괴로운 나날을 보내는 장병 가족들, 여전히 이라크에서 복무 중인 친구들을 걱정하는 퇴역군인들, 수많은 젊은이를 잃은 슬픔을 안고 사는 각계각층의 모든 미국인이었다. 그들은 전쟁으로 세계에서 미국의 입지가 약화되고, 아무 대가도 얻지 못한데다, 교전지역에서 미국의 전략적 이해관계마저 방해받게 된 현실에 좌절감을 느끼기도 했다.

많은 사람들이 내가 2002년 결의안에 대해 어떤 언행을 했든 굳이 돌아보려 하지 않았지만, 나는 최대한 분명하고 직설적으로 후회하는 점에 대해 가급적 빨리 언급해야 했다. 부시 대통령의 월권행위가 유감스럽다고,

만약 결과를 미리 알았더라면 결의안에 찬성하지 않았을 거라고 말하는 것이 최선이었다. 하지만 '실수'라는 말은 끝까지 쓰고 싶지가 않았다. 정치적인 계산이 있어서 그런 건 아니었다. 그래도 결국 주요 유권자들과 언론은 내게 그 말을 하도록 다그쳤다. 나는 2002년에 결의안에 찬성하면서 그것이 "아마도 내 인생에서 가장 힘든 결정일 것"이라고 말한 터였다. 나는 소신껏 행동했다고 생각했고, 내가 가진 정보로 최선의 선택을 했다고 믿었다. 잘못된 판단을 내린 것은 나뿐이 아니었지만, 어쨌거나 내가 틀린 건 사실이다. 정말 잘못한 것이다.

우리 정치 정서에서 실수를 인정하는 것은 약점이 되곤 하는데, 사실 그것은 국민과 국가가 강해지고 성장했음을 알려주는 신호일 수도 있다. 이것은 내가 국무장관을 지내며 개인적으로 체득한 또 하나의 교훈이다.

장관이라는 직책은 국가안보를 지키자고 국민들을 사지로 보내는 일에 대해서도 책임져야 했다. 퍼스트레이디 시절에 나는 빌이 이처럼 중요한 결정들과 씨름하는 것을 지켜보았고, 상원의원 시절 군사위원회에서 동료들이나 군사 지도자들과 긴밀하게 협조해 그 결정들이 엄격하게 시행되는지 감독했다. 그러나 그런 일은 백악관 상황실 안에 앉아 있는 것과는 전혀 다르다. 상황실에서는 전쟁과 평화 문제에 관해 토론을 벌이고, 매 결정으로 의도치 않게 빚어지는 결과들을 마주해야 한다. 위험한 곳에 보내진 사람들이 집으로 돌아오지 못할 때, 도대체 무엇을 할 수 있겠는가.

아무리 간절히 원해도, 나는 이라크 결의안에 던진 찬성표를 되돌릴 수 없었다. 하지만 우리가 이라크 전쟁에서 올바른 교훈을 얻고, 아프가니스탄 문제를 비롯해 우리가 관심을 갖고 있는 여러 근본적인 안보 문제들에 그 교훈을 적용하도록 도울 수도 있었다. 훗날 힘든 선택의 기로에 놓일 때 그렇게 하기로 결심했다. 더 많은 경험과 지혜, 의심, 겸손을 쌓아서 말이다.

퍼트레이어스, 매크리스털 장군은 COIN을 아프가니스탄에 적용하자고 제안했다. 그렇게 하려면 이라크에서와 마찬가지로 더 많은 병사가 필요했다. 그런데 이번에는 수니파 각성운동 같은 일이 벌어지지 않는다면? 과연 이라크를 타산지석으로 삼을 수 있을까?

국방부의 제안을 가장 강하게 반대한 사람은 바로 바이든 부통령이었다. 그는 애초에 추가 파병이 의미가 없다고 생각했다. 아프가니스탄은 이라크가 아니기 때문이다. 기반시설이나 통치구조가 거의 없다시피 한 곳에서 벌이는 대규모 '국가건설' 노력은 실패하기 마련이었다. 그는 탈레반을 물리칠 수 없다고 생각했고, 미군 추가 파병은 또 한 번 피투성이의 잔혹한 수렁으로 들어가는 것과 다름없다고 생각했다. 부통령은 오히려 주둔하는 군대의 규모를 줄이고 대테러활동에 중점을 두어야 한다고 주장했다. 존스 장군과 람 이매뉴얼도 비슷한 의견을 내놓았다.

이 같은 주장은 만약 탈레반이 아프가니스탄에서 더 많은 영토를 계속 장악한다면 효과적인 대테러작전을 실시하기가 훨씬 어려워질 거라는 문제를 안고 있었다. 우리는 테러리스트들의 소재나 아프가니스탄 안팎으로 공격의 본거지를 파악하는 데 필요한 정보망을 확보할 수 없게 될 수도 있었다. 알카에다는 이미 파키스탄에 은신처를 마련해두고 있었다. 만약 우리가 아프가니스탄 대다수 지역을 탈레반에게 내어준다면, 그곳 또한 알카에다의 은신처가 될 것이었다.

추가 파병에 관한 또 다른 회의론자는 리처드 홀브룩이었다. 우리는 그가 클린턴 정부에서 발칸 반도의 주요 협상가로 활동하던 1990년대부터 서로 알고 지냈다. 1996년에 리처드는 나에게 보스니아로 가서 종교 지도자들과 시민사회단체, 폭력에 노출되어 있는 여성들을 만나는 것이 어떠냐고 제안했다. 퍼스트레이디였던 나에게 그것은 범상치 않은 임무였지만, 나중에 나는 리처드 홀브룩이 평범한 일을 하며 시간을 낭비하는 사람이 아님을 알게 되었다.

리처드는 체구가 크고 인상적인 외모에 재능과 야망이 넘치는 인물이었다. 그는 케네디J. F. Kennedy 시대의 이상주의로 가득했던 1962년, 21세의 나이로 국무부의 외무 부서에 몸담은 뒤 베트남 관련 업무를 맡았고, 이를 계기로 반란군대응 활동의 어려움을 직접 체험했다. 리처드는 빠르게 진급했다. 카터 정부에서, 아직 30대 중반이었던 그는 동아시아태평양 담당 국무차관보가 되어 중국과의 국교 정상화를 도왔다. 그는 1995년 세르비아 독재자 슬로보단 밀로셰비치Slobodan Milošević에 정면으로 맞서고 데이턴 평화협정 교섭으로 보스니아 전쟁을 종식시켜 역사의 한 면을 장식했다.

나와 리처드의 관계는 시간이 흐를수록 무르익어갔다. 클린턴 정부 말기에 그가 유엔 대사였을 때 우리는 에이즈 및 세계 보건 문제를 두고 힘을 모았다. 나는 언론인이자 저술가인 그의 아내 케이티 마턴Kati Marton과도 친해졌다. 리처드와 케이티는 멋진 디너파티를 여러 번 열었다. 노벨상 수상자, 영화배우, 심지어 여왕까지, 상상도 못 할 손님들이 참석했다. 리처드는 언젠가 내가 구세군을 호의적으로 이야기하는 걸 귀담아듣고서, 어느 날 저녁 나를 위해 깜짝 이벤트를 준비하기도 했다. 디너파티가 한창일 때 그가 신호를 주자, 문이 활짝 열리면서 구세군 악대가 노래를 부르고 트럼펫을 불며 행진해 들어왔다. 리처드는 좋아서 귀가 입에 걸리도록 웃었다.

국무장관이 되고 나서 리처드가 외무직에 복귀하고 싶어한다는 걸 알고 그에게 아프가니스탄-파키스탄 포트폴리오를 맡아달라고 부탁했다. 그의 탁월한 재능과 기질이 필요할 것 같아서였다. 리처드는 1971년에 처음으로 아프가니스탄을 방문했다. 평생 그가 마음을 빼앗기게 될 일이 시작되는 순간이었다. 2006년과 2008년에 민간인 신분으로 그 지역을 여행한 뒤에는 파키스탄에 더욱 역점을 두어, 새로운 전쟁 전략을 수립할 것을 부시 정부에 촉구하는 기사 몇 개를 썼다. 리처드의 분석에 공감한 나는 그에게 정부 안팎에서 최고의 지성인들을 찾아 그의 아이디어를 실행에 옮길 전문팀을 꾸리라는 과제를 내주었다. 리처드는 곧바로 학자들과 비영리단체의 전문가들, 9개 정부기관 및 부서 내의 전도유망한 인재들, 심지어 동맹국 정부의 대표들에게까지 도움을 구했다. 다방면으로 별나고 영리하며 매우 헌신적인 사람들이 모인 꽤 젊은 집합체가 탄생했다. 나는 그들과 가까워졌다. 특히 리처드가 세상을 떠난 후에는 더욱 그랬다.

불도저 같은 리처드의 스타일에 익숙해지기까지는 시간이 꽤 걸렸다. 그는 어떤 아이디어가 떠오르면 사정없이 내뱉는 스타일이어서 끊임없이 전화를 걸어오거나, 집무실 밖에서 기다리거나, 약속도 없이 회의실 안에 불쑥 들어왔다. 심지어 파키스탄 문제에 관해서는 하던 말을 끝맺으려다 여자 화장실까지 나를 따라 들어온 적도 있었다. 내가 그의 제안을 거절할 때면 그는 며칠 기다렸다가 아무 일 없었다는 듯이 다시 이야기를 꺼냈다. 그러다 결국 나는 소리를 버럭 지르곤 했다. "안 된다고 이미 말했잖아요. 그만 좀 하라고요." 그러면 리처드는 순진한 눈으로 나를 보며 이렇게 대답했다. "어떤 면에서는 장관님이 틀리고 제가 옳다는 걸 아시는 줄 알았는데요." 솔직히 말하자면 가끔은 그럴 때가 있었다. 바로 그런 고집 덕분에 리처드는 긴박한 임무에서 최선의 선택을 할 수 있었던 것이다.

2009년 초 어느 저녁에 워싱턴에 있는 우리 집으로 리처드와 데이비드 퍼트레이어스를 초대했다. 서로를 소개해주고 싶어서였다. 나는 끝없는 에너지와 아이디어로 무장한 두 사람이 잘 어울리리라 생각했다. 그들은 곧장 본론으로 뛰어들어 가장 골치 아픈 정책 문제에 관해 의견을 주고받기 시작했다. 그날의 만남이 끝나갈 무렵 두 사람은 누가 먼저랄 것도 없이 "내일 저녁에 다시 이야기합시다"라고 말했다.

리처드는 아프가니스탄 정부의 신뢰성을 유지하거나, 탈레반의 흡인력을 약화시키는 데 초점을 맞춘 공격적인 반란군대응 전략 면에서 데이비드와 관심사가 같았다. 그러나 그는 이 일을 하는 데 수만 명의 병사를 추가로 투입해야 하는지에 대해서는 확신이 서지 않았다. 리처드는 병사 수나 교전 횟수가 많아지면 아프가니스탄 시민들이 미국을 더욱 외면하게 될 것이고, 경제개발 범위를 확대하고 통치구조를 개선시켜 얻어낸 호의마저도 잃게 될 거라며 걱정했다.

발칸 반도에서 얻은 경험을 바탕으로 리처드는 외교와 정치가 전쟁을 종식시킬 열쇠라고 굳게 믿었다. 그는 외교 공세를 주도해, 특히 파키스탄과 아프가니스탄의 갈등, 파키스탄과 인도의 갈등 관계에 계속해서 기름을 붓는 지역 역학구도를 바꾸고 싶어했다. 아울러 교전 중인 아프가니스탄 투사들의 화해를 최우선으로 고려하도록 우리를 압박하기도 했다.

리처드는 정치적 해결책으로 이어질 만한 외교적 단초를 조그만 것이라도 찾으려 지역 내 주요 도시들을 방문하기 시작했다. 그와 더불어 아프가니스탄 주변국들에게 국경 너머로 무역 거래 및 접촉을 늘릴 것을 촉구하기 시작했다. 그는 함께 교섭에 나설 수 있는 동지들을 모으기 위해 다수의 미국 동맹국과 협력국에 각각 특사 임명을 권장했다.

우리가 임무를 시작한 지 몇 주 되지 않은 2009년 2월, 리처드는 유엔과 나토, 유럽연합, 이슬람협력기구Organization of Islamic Cooperation를 비롯해 약 50개국의 대표들을 한자리에 모은 국제적인 아프가니스탄 '접촉그룹'을 조직했다. 그는 아프가니스탄에 군사원조를 하거나 기금을 쾌척하거나 영향력을 행사하는 모든 나라와 모든 기구가 잦은 조정회의를 통해 책임을 나누기를 원했다. 한 달 후 리처드 홀브룩과 그의 팀은 유엔을 도와 네덜란드 헤이그에서 아프가니스탄 관련 국제회담 개최를 계획했다. 나의 경우 아프가니스탄 국경 치안 개선과 마약밀매 단속 같은 공동의 관심사에 협력 가능성을 시험하기 위해 이란을 초대하는 일까지 허락했다. 오찬에서 리처드는 이란의 고위급 외교관을 만나 잠시 대화를 나누었다. 9·11 테러 이후 직접 접촉한 두 나라 인사들 가운데 최고위급에 속하는 인물들이었다.

리처드 홀브룩은 리델 보고서의 권고안을 실행에 옮겨, 아프가니스탄 자체 내에서 주민들의 삶을 개선하고 아프가니스탄 정부의 힘을 키우기 위한 원조 규모를 대폭 확대하는 이른바 '추가 민간원조'를 주창했다. 그는 미국 정부가 아프가니스탄에서 벌이는 마약 퇴치 작전을, 아편을 재배하며 근근이 살아가는 농부들이 아니라, 마약 거래로 부를 축적하여 반군에 자금을 대는 마약밀매업자들을 대상으로 해야 한다고 강하게 주장했다. 또한 국제개발처 개발 프로그램을 재구성해, 에너지가 부족한 파키스탄에 수력발전 댐을 건설하는 등 국민들에게 긍정적인 인상을 줄 특징적인 프로젝트들을 아프가니스탄과 파키스탄 양국에서 실시하고자 했다. 한편 미국의 자원과 기술이 압도적으로 우세함에도 탈레반이 승기를 잡아가고 있다는 내용의 선전에 리처드는 격한 반응을 보였다. 반군은 휴대용 라디오 송신기를 당나귀나 오토바이, 트럭 등에 싣고 다니며 선전방송을 해서 주민들에게 공포심을 확산시키고 두려움을 불러일으키면서도 연합군의 눈을 피했다. 리처드로서는 분통이 터지는 노릇이었다.

그런데 리처드의 요란한 행동은 다수의 부수적 피해를 몰고 왔다. 백악관의 일부 고위관료들은 여러 정부기관의 역할을 조정하려는 그의 노력을 자신들의 영역을 침범하는 것으로 간주했다. 젊은 백악관 보좌관들은 리처드가 베트남 이야기를 꺼내자 짜증을 냈다. 군사활동 관련 업무를 하는 관료들은 그가 농업 프로젝트나 이동전화 기지국 사업을 중요시하는 이유를 이해하지 못했다. 즉흥적이고 듣기 좋은 언변으로 밀로셰비치를 몰아붙였던 리처드 홀브룩의 구식 외교는 최대한 차분하고 질서 있게 정책을 수행하는 백악관과는 맞지 않았다. 그처럼 노련한 외교관이 주류에서 소외되고 내쳐지는 모습을 지켜보기란 여간 괴로운 일이 아니었다. 나는 틈날 때마다 리처드를 옹호해 그를 경질하려는 시도를 여러 번 막아내기도 했다.

어느 순간 백악관 보좌관들은 나에게 리처드를 쫓아내야 한다고 노골적으로 말했다. 나는 "리처드 홀브룩을 해고하려는 사람은 대통령이라 해도 나에게 직접 말해야 할 겁니다"라고 대답했다. 그러고 나서, 나는 어려운 문제를 마주할 때마다 으레 해온 대로 오바마 대통령에게 직접 이야기했다. 나는 리처드를 귀중한 인재로 생각하는 이유를 설명했다. 대통령은 내 의견을 받아들였고, 리처드는 중요한 업무를 계속할 수 있었다.

나는 외교활동과 추가 민간원조 모두가 필요하다는 의견에 있어서는 확실히 리처드가 옳다고 생각했지만, 추가 파병이 필요치 않다는 주장에는 반대했다. 그리고 이렇게 물었다. "전세가 탈레반 쪽으로 기운 경우에 그들을 강제로 협상 테이블로 끌어낼 수나 있겠습니까? 탈레반이 칸다하르를 장악해버리면 어떻게 그곳에서 민간사업을 원조하죠?"

상황실 정기회의가 진행될수록, 리처드와 내가 추천한 신임 외교관 및 개발전문가들은 물론 대통령마저 군부의 바람대로 수만 명을 추가 파병하는 안으로 결심이 기울고 있는 듯했다. 하지만 대통령은 아직 의문점이 많았다. 그중 주된 문제는 어떻게 무제한 파병으로 전쟁이 꼬리에 꼬리를 무는 사태를 피할 수 있는가였다. 과연 어떻게 이 전쟁을 끝낼 것인가?

우리는 아프가니스탄 정부와 군부가 결과적으로 자국의 안전을 확보하고 반군을 몰아낼 역량을 충분히 갖추기를 바랐다. 그러면 미국의 도움을 더 이상 필요로 하지 않게 되고, 우리 장병들도 고국으로 돌아올 수 있을 테니까. 그렇기 때문에 우리와 우리의 동맹국들이 아프가니스탄 군인들을 훈련하고, 아프가니스탄 정부 부처를 현대화하고, 반군을 색출하려는 것이었다. 이 모든 일이 아프가니스탄 정부에 통제권을 이양할 길을 닦기 위한 것이었다. 그런데 이 시나리오가 제대로 연출되려면, 아프가니스탄 정부에 이러한 책임들을 받아들일 준비가 된 믿을 수 있는 파트너가 있어야 했다. 그리고 2009년 가을, 협상 테이블로 나온 사람들 가운데서는 적임자를 찾을 수 없었다.

═══

하미드 카르자이 아프가니스탄 대통령과 이야기하다보면 실망할 때가 한두 번이 아니었다. 그는 매력적이고 박식하며 자신의 신념에 대해 열정적이었다. 그런가 하면 자존심이 강하고 고집도 있으며, 조금이라도 무례한 일을 당하면 버럭 화를 냈다. 그런 그를 무작정 피할 수도 없고, 우리와 의견이 일치하는 부분만 이야기할 수도 없었다. 좋든 싫든 카르자이는 아프가니스탄에서 우리가 임무를 수행하는 데 중요한 인물이었다.

카르자이는 아프가니스탄 정계에서 오랜 전통을 가진 유명한 파슈툰족 가문 출신이다. 2001년 탈레반 몰락 후 그는 유엔에 의해 과도정부 수반이 되었다가, 나중에는 전통 부족장회의인 로야 지르가loya jirga에서 임시대통령으로 추대되었다. 이후 2004년에 실시된 첫 대통령선거에서 당선되어 5년의 임기를 보장받았다. 나라는 민족 간의 대립으로 갈가리 찢기고, 수십 년 동안 벌어진 전쟁으로 황폐해지고, 계속되는 반란으로 불안정해져 있었다. 이런 상황을 수습해야 했던 카르자이는 수도 카불을 비롯한 지방 곳곳에서 치안과 공공서비스를 확립하려고 애썼다. 그는 직접 혹은 언론을 통해 과격한 돌발 행동을 함으로써 미국 파트너들에게 끊임없이 좌절을 안겨주었지만, 한편으로는 경쟁관계인 아프가니스탄 당파들을 서로 싸움붙이고 자신은 조지 W. 부시 대통령과 개인적으로 끈끈한 유대를 쌓은 진정한 정치적 생존자이기도 했다. 번덕스럽다는 평판과는 달리, 카르자이는 실제로 아프가니스탄의 주권과 단일성, 그리고 자신의 권력유지라는 핵심 우선 과제에 대해서는 꽤 일관성을 유지했다.

9·11 테러 이후 나는 카르자이를 꽤 잘 알게 되었다. 2004년 6월에 그를 뉴욕 북부의 포트 드럼 기지로 데려갔다. 그곳에서 카르자이는 미군에서 아프가니스탄에 가장 많은 군사를 파병한 제10산악사단 병사들에게 감사인사를 했다. 몇 년 동안 나는 포트 드럼에서, 그리고 이라크와 아프가니스탄에서 제10산악사단 장병들과 함께 시간을 보내는 특권을 누렸다. 상원의원으로 교전지역을 방문할 때마다 뉴욕 출신 장병들과 실제 현지 상황에 대한 이야기를 나누려 노력했다. 장병들은 방탄복이 부족하고 험비Humvee(지프와 경트럭의 특성을 합쳐 만든 군용차량_옮긴이)의 내구성이 떨어진다는 등 속상한 이야기도 했지만, 군인으로서 용기와 인내심이 잘 드러나는 훈훈한 이야기도 해주었다. 포트 드럼에 온 카르자이는 병사들이 아프가니스탄을 위해 바친 숭고한 희생에 정중하게 경의를 표했다. 그러나 수년 동안 다른 곳에서는 자국 폭력 사태의 원인으로 탈레반보다 미군을 더 심하게 비난하기도 했다. 그건 정말이지 참기 힘든 모욕이었다.

그럼에도 우리에게는 카르자이가 필요했다. 나는 그와 좋은 관계를 유지하기 위해 애썼다. 우리는 사적으로나 정치적으로나 유대관계가 좋았다. 다른 수많은 지도자들에게도 그랬듯이, 존중하고 정중하게 대하자 카르자이도 마음이 움직였다. 나는 그가 워싱턴에 올 때마다 귀빈으로서 대접받는다는 기분을 느끼게 해줄 방법을 찾으려 애썼다. 그리고 그런 상황에서 그는 가장 건설적인 파트너였다. 하루는 그와 함께 조지타운에 있는 덤버턴 오크스 저택에서 장미정원을 산책하다 온실에 들어가 차를 마신 적이 있다. 카르자이는 탈레반이 파키스탄 은신처에서 계속 가해오는 위협 등 고국이 처한 난관에 대해 평소보다 더 솔직하게 이야기했다. 워싱턴에서의 나의 유화적인 제스처에 대한 답례로, 카르자이는 내가 카불을 방문하는 동안 사저에서 부인을 소개하는 등 나를 환대했다.

2009년 8월 카르자이는 선거에 재출마했다. 그런데 국제감시단의 조사 결과, 투표 과정에서 부정행위가 있었음이 밝혀졌다. 유엔은 카르자이와 그의 최대맞수인 압둘라 압둘라Abdullah Abdullah의 결선투표를 촉구했지만, 카르자이는 이를 받아들이려 하지 않았다. 그는 외부 조직이 선거에 개입했다는 데 화가 나 있었고(그는 리처드 홀브룩이 자신을 몰아내기 위해 이 일을 주도했다고 확신했다) 권력을 잃지 않으려 안간힘을 썼다. 1차투표로 승패가 갈리지 않자, 카르자이는 자존심이 크게 상했다. 그는 궁지에 몰려 발버둥쳤고 10월에는 아프가니스탄 정부에 대한 국제사회의 협력노선이 삐걱거리기 시작했다. 아프가니스탄 국민들의 정부에 대한 얄팍한 신뢰마저 무너질 처지가 되고 말았다.

"처음으로 민주적으로 선출된 지도자인 대통령님과 조국 아프가니스탄이 어떤 역사를 만들어냈는지 한번 생각해보세요." 나는 전화로 사정하며 나라의 안정과 정권의 합법성을 지킬 수 있도록 타협을 이끌어내려 애썼다. "대통령님의 지도력으로 더욱 강력한 정부를 탄생시킬 수 있지만, 그것은 앞으로 어떤 선택을 하느냐에 달려 있어요."

카르자이는 완강하게 버텼다. 그는 선거가 대대적인 부정행위로 얼룩졌다는 주장에 방어적인 태도를 취했다. "어떻게 국민들에게 그들의 투표가 부정했다고 말할 수 있습니까?" 그가 물었다. 어쨌든 국민들은 탈레반의 위협을 무릅쓰고 선거에 참여한 터였다. "사람들은 코와 손가락이 잘려나가고 총에 맞았고, 젊은 여성들이 희생되었고, 당신네 군사들도 희생되었어요. 이 모든 희생이 잘못된 것이고 쓸데없는 짓이라고 말한다면 끔찍한 동요가 일어날 겁니다." 아프가니스탄 사람들의 엄청난 희생에 관해서는 카르자이의 말이 옳았지만, 그들의 희생을 치하하는 방법은 잘못됐다.

그 후 며칠 동안 우리는 엎치락뒤치락 논쟁을 벌였다. 나는 카르자이에게 만약 그가 이길 가능성이 큰 결선투표를 받아들인다면 그는 도덕적으로 우세해질 것이고 국제사회와 국민들에게 보다 신뢰를 얻게 될 거라고 설명했다. 그러던 중 상원 외교위원회 의장 존 케리가 카불을 방문할 예정이라는 기쁜 소식이 들려왔다. 케리는 현지에서 카르자이가 2차투표를 받아들이도록 설득할 귀중한 동지가 되어줄 것이었다. 케리가 카르자이를 직접 만나고, 나는 나대로 국무부 집무실에서 전화 공세를 벌였다. 한 조가 된 우리는 경험을 활용해 카르자이를 설득하는 일에 나섰다. 나는 카르자이에게 상기시켰다. "나 역시 공직에 출마한 경험이 있고, 남편도 그렇습니다. 이기고 지는 게 어떤 건지 잘 알아요. 케리 의원도 물론 그렇고요. 그러니 이런 결정을 내리기가 얼마나 어려울지 우리도 잘 압니다."

일이 진척되고 있는 것 같아 케리가 상원 업무 때문에 워싱턴으로 복귀하려는 즈음 그에게 카불에 조금만 더 머물러달라고 부탁했다. 케리 역시 자기가 복귀할 때까지 표결을 보류해달라는 부탁을 해리 리드 상원 다수당 대표에게 전해달라고 했다. 리드에게 케리의 부탁을 전하자, 리드는 하루나 이틀 정도 유예기간을 줄 수는 있지만 빨리 돌아와야 할 것이라고 말했다.

나흘간의 압박 끝에 마침내 카르자이의 마음이 누그러졌다. 그는 유엔 감시단의 조사 결과를 받아들이고 11월 초에 2차투표를 치르기로 했다. 압둘라는 결국 사퇴했고 카르자이가 승자로 결정되었다. 그리 아름다운 모습은 아니었지만, 적어도 카르자이 정권의 전반적인 적법성이 치명타를 입는 일이나 정부의 붕괴 가능성, 많은 아프가니스탄 사람들이 민주주의에 강한 회의감을 품는 일만은 피할 수 있었다.

11월 중순에 카불에서 열린 카르자이의 취임식에 참석했다. 세계 각국 지도자들이 모인 터라 그날 카불의 경비는 이례적으로 삼엄했다. 취임식 전날 대통령궁에서 오랜 시간 만찬을 즐기는 동안, 나는 카르자이에게 몇 가지 중요한 사안을 강조했다. 먼저, 이제 미국 주도의 다국적 연합군이 맡고 있는 안보 책임을 아프가니스탄 국군으로 이전할 방법을 진지하게 논의할 때가 되었다고 했다. 물론 그 일이 하루아침에 이루어지리라 기대할 수는 없지만, 오바마 대통령은 미국이 기약 없이 파병을 계속할 수는 없음을 확실히 해두고 싶어했다.

카르자이와 나는 언젠가 싸움을 끝낼 실마리가 될 정치적 화해 가능성에 대해서도 이야기했다. 협상이나 보상으로 탈레반을 무장해제시키고 그들이 새로운 아프가니스탄을 받아들이도록 할 수 있을까? 우리가 타협이나 화해를 모르는 무자비한 극단주의자나, 배수진을 친 무법자 집단을 상대하고 있는 것은 아닐까? 평화에 이르는 과정을 가로막는 이런 장애물을 극복하기는 거의 불가능해 보였다. 하지만 나는 문이 열리지 않으면 아무도 그곳을 통과하려 하지 않는다는 점을 카르자이에게 상기시켰다. 카르자이는 항상 자기 나름대로 탈레반과의 협상을 추구할 의지가 있었다. 카르자이와 관련해 미국이 안고 있는 문제 중 하나는 그가 탈레반이 아닌 파키스탄을 주적으로 여긴다는 것이었다. 실제로 그는 탈레반과 싸우고 있는 정부군을 방문하는 일조차 꺼렸다. 그는 아프가니스탄군과 연합군의 주 병력을 파키스탄 쪽에 할애해야 한다고 생각하는가 하면, 탈레반 내 자신의 혈족인 파슈툰족을 만나서 협상하기도 했다. 탈레반은 그에게 보답하려 하지 않았지만 말이다. 미군과 외교관들이 협상 테이블의 기초를 마련하고 정당들을 불러 모으는 동안 카르자이는 탈레반 대표라는 사람들과 시답잖은 이야기를 주고받았던 것이다.

논란이 분분했던 선거가 끝난 후, 나는 카르자이를 붙들고 그가 더욱 확고하게 부패를 단속하겠다는 의지를 반드시 보여주어야 한다고 강조했다. 부패는 아프가니스탄의 국고를 서서히 갉아먹고 무법상태인 사회 분위기에 기름을 끼얹으며 국민들을 외면하는 풍토병이나 다름없었다. 카르자이에게는 아프가니스탄 사람들의 생활을 잠식하고 있는 소액의 '일상적 부패'를 단속하고, 엄청난 규모의 국제사회 원조비용 및 개발 프로젝트 자원을 빼돌려 자신의 호주머니를 채운 고위 공직자들의 악질적인 부패를 단속할 계획이 필요했다. 최악의 사례는 카불은행의 자금을 횡령한 일이었다. 우리는 아프가니스탄을 '언덕 위의 빛나는 도시'로 만들 필요까지는 없었지만, 대규모 횡령과 갈취행위를 줄이는 것은 전시에 매우 중요한 일이었다.

다음 날 카르자이는 붉은 카펫 위를 당당히 걸으며 제복을 갖춰 입은 의장대를 사열했다. 산뜻한 흰 장갑을 끼고 번쩍이는 군화를 신은 의장대 군인들을 보면, 새로 탄생한 아프가니스탄 국군이 탈레반과의 싸움을 충분히 주도할 것만 같은 착각이 들 정도였다. 적어도 그날만은 그들도 당당하고 절도 있었다.

카르자이도 마찬가지였다. 평소대로 그는 독특한 망토를 두르고 모자를 비스듬히 써 멋진 모습이었다. 나는 몇 안 되는 여성 참석자 중 한 명이었고, 카르자이는 나를 파슈툰족 지도자들을 만나는 자리로 데려갔다. 카르자이의 말에 의하면 그들은 아프가니스탄과 파키스탄 사이 미지정 국경 양쪽에서 온 지도자들이었다. 파슈툰족은 세계에서 가장 눈에 띄는 매력적인 민족이다. 이목구비가 뚜렷한 얼굴과 종종 푸른빛을 띠는 날카로운 눈은 정교한 터번 덕에 더욱 두드러졌다. 자신이 그 민족의 일원임을, 카르자이는 결코 잊지 않았다.

카르자이가 취임연설을 한 궁전 내부는 연단 좌우로 아프가니스탄 국기가 게양되어 있고 넓은 화단에 핀 붉은 꽃과 흰 꽃들이 주위를 에워싸고 있었다. 연설 내내 그는 거의 옳은 말들만 했다. 부패를 책임지겠다는 굳은 맹세도 했다. 그리고 우리가 전에 논의했던 대로 정부 공직자들이 재산을 신고해 돈의 흐름과 그 쓰임새를 보다 쉽게 추적할 수 있게 하는 새로운 방책도 발표했다. 아울러 기본적인 공공서비스를 개선하고, 사법제도를 강화하고, 교육 기회와 경제적 기회를 확대해나갈 방법들을 간략히 설명했다. 반군에게는 이런 제안을 했다. "우리는 현실에 환멸을 느끼고 고국으로 돌아와 헌법을 받아들이고 평화롭게 살 의지가 있는 모든 동포들을 환영하며, 그들에게 필요한 도움을 제공할 것입니다." 단, 알카에다를 비롯해 국제 테러조직과 직접적으로 연계되어 있는 전투원들은 제외한다고 못박았다. 진지한 태도를 증명하기 위해 그는 로야 지르가를 다시 한 번 소집해 평화와 화해 분위기 조성을 논의하겠다고 약속했다.

무엇보다 중요한 것은 카르자이가 유능하고 실용적인 아프가니스탄 보안군을 구축하는 일을 밀어붙이기로 한 점이다. 시간이 지나면 그들은 미군과 연합군을 대체할 수 있을 것이다. "지금부터 5년 후에는 아프가니스탄군이 나라의 안전과 안정을 유지하는 일을 주도하게 될 것입니다." 오바마 대통령이 그토록 기다려온 말이 드디어 카르자이의 입에서 나왔다.

11월 23일, 나는 오바마 대통령을 세 번 만났다. 처음에는 한낮의 각료회의 도중에, 다음은 늦은 오후 대통령 집무실 비밀 회의에서 바이든 부통령과 함께, 마지막으로는 밤에 백악관 상황실에서 열린 국가안전보장회의 회합 중에 만났다. 몇 달 동안 이어진 논의가 정점에 오른 날이었다.

나는 카불에 출장을 가 있는 동안 카르자이와 논의한 내용을 비롯한 아프가니스탄 현지 사정을 대통령에게 계속해서 보고했다. 그러고 나서 우리가 아프가니스탄을 포기할 수 없다는 전제를 깔고 내 의견을 개진했다. 미국은 1989년 소련군이 철수한 뒤 아프가니스탄을 포기하려 했다가 그 나라를 테러리스트의 온상으로 만들어버리는 혹독한 대가를 치렀다. 현 상황도 만족스럽지는 않았다. 미군은 죽어나가고, 아프가니스탄 정부는 나날이 기반을 잃어가고 있었다. 무언가 변화가 필요했다.

나는 갈등을 종식시킬 방편으로 군부에서 제안한 병력 증파를 지지했다.

이 파병은 추가 민간원조는 물론 아프가니스탄과 그 주변지역에서의 외교 활동과도 결합되어 있었다. 나는 아프가니스탄 정부에 치안과 안보 책임을 이전할 국면을 조성하고, 사회안정과 안전을 확보해 정부를 재건하고 강화시키며 외교적 결의안을 발효시키는 등의 일을 해내려면 더 많은 병력 투입이 무엇보다 중요하다고 생각했다.

아무런 조건도, 기대도 없이 계속되는 파병이 내키지 않는 것은 대통령이나 나나 마찬가지였다. 그래서 내가 카르자이에게 취임연설에서 아프가니스탄 정부가 안보 책임을 이양받는 문제에 관해 비전을 제시하라고 그토록 강하게 압박했던 것이다. 책임 이전을 계획하고 국제사회의 호감을 사는 것이 앞으로의 우선 과제가 되어야 했다.

오바마 대통령은 회의장에 앉아 있는 우리 모두의 의견을 귀 기울여 들었다. 밤은 깊었지만 그는 아직도 최종 결정을 내릴 준비가 되지 않은 상태였다. 하지만 며칠 후, 게이츠, 멀린과 함께 군사적 대응방침을 최종 검토하고 나서 대통령은 마음을 굳혔다.

오바마 대통령은 웨스트포인트(미국 뉴욕 주 남동부에 있는 미국 육군사관학교 소재지_옮긴이) 연설에서 새 정책을 발표하기로 했다. 나는 외국 지도자들에게 전화를 걸고 의원들에게 브리핑하고 나서, 대통령과 함께 대통령 전용 헬기 머린원을 타고 금세 앤드루스 공군기지로 간 뒤, 그곳에서 에어포스원을 타고 뉴욕 스튜어트 국제공항으로 향했다. 그 후 다른 머린원을 타고 다시 웨스트포인트로 갔다. 나는 헬기를 별로 좋아하지 않는 편이다. 시끄럽고 갑갑한데다 격렬하고 초조한 움직임으로 간신히 중력을 거스르는 것 같아서다. 하지만 머린원은 다르다. 녹색과 흰색으로 상징화된 대통령 전용 헬기는 흰 가죽시트와 파란 커튼, 승객 십여 명이 탈 수 있는 공간이 있어 마치 작은 비행기 객실 같은 느낌이다. 그리고 승용차만큼 조용하다. 백악관 사우스론에서 이륙해 내셔널 몰(워싱턴 D. C.의 중심으로, 링컨 기념관과 국회의사당 사이에 있는 공원_옮긴이) 위를 돌아나와 워싱턴 기념탑 바로 위를 지나는(그 대리석에 손을 뻗으면 닿을 것만 같았다) 비행은 아주 독특한 경험이었다.

이번 여정에서 나는 게이츠와 멀린 옆에 앉아, 연설 초안을 거듭 고쳐 읽고 있는 대통령과 존스를 마주보았다. 이라크 전쟁에 반대하고 전쟁을 종식시키겠다는 약속은 오바마가 대통령으로 선출된 이유 중 일부이기도 했다. 지금 그는 그토록 멀리 떨어진 나라에서 또 벌어진 전쟁에 왜 자꾸만 개입하려 하는지를 미국 국민들에게 설명하려 하고 있었다. 신중하게 검토해야 하는 어려운 문제였지만, 나는 대통령이 옳은 선택을 했으리라 믿었다.

웨스트포인트에 도착한 뒤, 나는 아이젠하워 홀 극장 안에서 게이츠 장관 옆에 앉았다. 앞에는 회색 코트를 입은 사관후보생들이 가득했다. 게이츠의 오른편에는 보훈부 장관 에릭 신세키Eric Shinseki 장군이 있었다. 2003년 육군 참모총장이었던 신세키는 선견지명을 발휘해, 이라크를 침공한 뒤 그곳을 안전하게 지키려면 기존 예산보다 더 많은 군사가 필요할 거라고 부시 정부에 경고했다. 신세키는 솔직한 발언 때문에 비난을 받고 주류에서 밀려난 뒤 결국 물러나게 되었다. 그리고 거의 7년이 지난 지금 여기에서 우리는 목표를 달성하는 데 얼마나 많은 군사가 필요한지 또다시 논의하고 있었다.

대통령은 우선 미군이 아프가니스탄에 주둔하는 이유를 청중에게 상기시켰다. "우리는 이렇게까지 싸울 필요가 없었습니다." 그가 말했다. 하지만 2001년 9월 11일 알카에다가 미국을 공격했을 때(아프가니스탄에 있는 탈레반의 비호 아래 계획된 공격이었다), 우리는 전쟁을 떠안을 수밖에 없었다. 이어서 그는 이라크 전쟁으로 얼마나 많은 자원이 고갈되었는지, 그리고 아프가니스탄 문제에 얼마나 소홀해졌는지 설명했다. 오바마 대통령이 취임했을 때 아프가니스탄에 주둔 중이던 미군은 겨우 3만 2,000여 명에 불과했던 반면, 전쟁이 한창이던 이라크에는 16만 명이 파병돼 있었다. "아프가니스탄은 패전하지 않았지만, 수년 동안 점점 후퇴하고 있습니다. 탈레반이 우위를 점하고 있습니다." 대통령은 아프가니스탄에서 우리가 더욱 중점적으로 수행해야 할 임무를 재확인시켰다. 즉 아프가니스탄과 파키스탄에서 알카에다를 무너뜨리고 해체시키고 섬멸하는 것, 그리고 그 후 미국과 우리 동맹국을 위협하지 못하게 하는 것이다. 우리가 그 일을 실행하려면 미군 3만 명을 추가로 보내고 동맹국들도 추가 지원사격을 해주어야 한다고 설명한 후 그는 덧붙였다. "18개월 후면 우리 장병들이 고국으로 돌아오기 시작할 겁니다."

이것은 내가 바랐던 것보다 더 노골적인 선포여서, 적과 동지 모두에게 엉뚱한 신호가 될 수도 있다는 생각에 걱정이 되었다. 나는 추가 파병에 시간제한을 두고 책임 이양을 신속하게 해야 한다는 생각에는 변함이 없었지만, 우리의 수를 꼭꼭 숨기는 게 도움이 될 거라고 생각했다. 하지만 구체적인 철군 계획이 세워지지 않은 터라, 충분히 융통성 있게 임무를 수행할 수 있었다.

대통령은 아프가니스탄의 경제발전 촉진과 부패 축소, 농업처럼 아프가니스탄 국민들의 삶에 직접적인 영향을 끼칠 수 있는 특정 분야에서의 집중적인 협력, 그리고 책임과 투명성에 관한 새로운 기준 확립이 중요하다는 것을 강조했다.

잭 루 국무부 부장관은 '추가 민간원조'에 필요한 스태프를 꾸리고 자금을 마련하는 일을 맡았다. 홀브룩과 그의 팀은 카불에 있는 미국대사관 직원들과 함께 우선 과제를 준비했다. 즉 아프가니스탄 사람들에게는 미래를 설계할 수 있는 밑천을 마련해주고, 극단주의자들과 반군에게는 믿을 만한 대안을 제시하는 것이었다. 다음 한 해 동안은 현지에 파견된 외교관 및 개발전문가, 그 밖의 민간 전문가 수를 3배로 늘리고, 현지 주둔군을 거의 6배로 늘리기로 했다. 내가 국무부를 떠날 때쯤, 아프가니스탄 사회는 진보했다. 경제성장률이 상승하고 아편 생산은 줄어들었다. 영유아 사망률은 22퍼센트 감소했다. 탈레반 정권에서는 학교에 입학한 학생 수가 남학생 90만 명뿐이었고 여학생은 한 명도 없었지만, 2010년에는 710만 명이 취학했으며 그중 약 40퍼센트가 여학생이었다. 아프가니스탄 여성들의 개인 소액대출도 10만 건이 넘어 일을 시작하고 정식으로 경제활동에 참여하는 여성 인구가 많아졌다. 수십만 명의 농부들이 훈련을 통해 새로운 종자와 기술을 갖추게 되었다.

웨스트포인트에 갔던 날, 나는 이 전쟁의 국면이 쉽게 호전되리라는 환상은 갖지 않았다. 하지만 모든 점을 감안했을 때 대통령은 옳은 선택을 했고, 우리를 적재적소에 배치했다. 가야 할 길은 아직 멀었다. 나는 어두컴컴한 극장 안 좌석을 빼곡히 채우고 있는 사관후보생들을 둘러보았다. 사관후보생들은 앞으로 그들 다수가 경험하게 될 전쟁에 관해 최고통수권자가 하는 연설을 넋 놓고 듣고 있었다. 미국을 더욱 안전한 나라로 만들겠다는 바람으로 위험한 세계에 뛰어들 준비를 하고 있는, 원대한 꿈을 품은 전도유망한 젊은이들이었다. 나는 우리가 이 젊은이들을 통해 하려는 일이 옳은 것이기를 바랐다. 연설을 마친 대통령은 청중에게 다가가 악수를 나누기 시작했고, 사관후보생들이 몰려들어 그를 에워쌌다.

8

아프가니스탄 : 전쟁의 종식

리처드 홀브룩은 진정한 협상가였다. 1990년대에 나온 그의 흥미진진한 저서 《전쟁의 종식*To End a War*》에 묘사된 내용처럼, 리처드는 세르비아 독재자인 슬로보단 밀로셰비치를 괴롭히고 협박하고 회유하고 그와 함께 위스키도 마시며 점점 구석으로 몰아 굴복시킬 때까지 수단과 방법을 가리지 않았다. 오하이오 주 데이턴에서 개최된 평화협상에서 한 치도 물러나려 하지 않는 밀로셰비치 때문에 힘들어하던 리처드는, 어느 날 밀로셰비치를 군용기가 잔뜩 있는 라이트패터슨 공군기지 격납고로 데려가 미국의 군사력을 눈으로 확인시켜주었다. 메시지는 분명했다. 타협하거나, 싸워서 패배를 받아들이거나. 그 모든 노력이 탁월한 외교술의 증거였으며, 끝나지 않을 것만 같았던 전쟁도 마침내 종지부를 찍었다.

리처드는 자신이 발칸 반도에서 이루어냈던 것을 아프가니스탄에서도 해내기를 갈망했다. 즉 정당들을 화해시키고, 갈등을 평화롭게 해결하기 위해 협상을 벌이는 것이다. 그는 그 일이 얼마나 어려울지 잘 알고 있었다. 오죽하면 친구들에게 지금까지 해온 일들 하나하나가 모두 '미션 임파서

블'이었지만 이번 과제가 가장 힘들다는 말을 털어놓았을까. 하지만 리처드는 처음에 나에게 말했듯이 평화협상 조건을 만들어볼 만한 가치는 있다고 확신했다. 만약 탈레반이 알카에다와의 연결고리를 끊는 쪽으로 마음을 돌리거나 압박을 받아 아프가니스탄 정부와 화해할 수 있다면, 평화가 이루어질 수 있고 미군도 안전하게 고국으로 돌아올 수 있을 것이다. 비록 파키스탄과 미국 등의 나라가 이 전쟁에 영향력을 행사하고 연루되어 있기는 해도, 결국 이것은 국가 간의 전쟁이 아니라 아프가니스탄 사람들이 조국의 미래를 결정하기 위해 벌이는 그들만의 전쟁이었다. 언젠가 리처드는 이렇게 말했다. "이런 종류의 전쟁에서는 고립에서 벗어나고 싶어하는 사람들을 위한 창이 있게 마련이지요."

역사적으로 반란이라는 게 전함 갑판에서 정식 항복문서에 조인하는 것으로 결말지어지는 경우는 거의 없다. 오히려 반란자들은 끈질긴 외교 공세 때문에, 혹은 현지인의 삶의 질이 꾸준히 개선되거나, 평화를 원하는 사람들의 꿋꿋한 의지 때문에 싸움을 지속할 동력을 잃게 되는 경향이 있다.

이 분쟁에 정치적 해결책이 먹혀들 가능성에 대해 리처드 홀브룩과 초반에 대화를 나누었을 때, 우리는 상향식과 하향식이라는 두 가지 접근방식을 논의했다. 상향식은 비교적 수월했다. 여러 가지 근거로 보아 탈레반 반군의 하급대원 다수는 특별한 이념을 갖고 있지 않았다. 그들은 가난과 부패에 찌든 나라에서 고정된 수입과 존중을 받을 수 있다는 이유로 반군에 합류한 농부나 부락민이었다. 사면을 비롯해 다른 유인책이 주어진다면, 대원들 중 일부는 기꺼이 전쟁을 포기하고 민간인의 삶으로 되돌아갈 가능성이 있었다. 특히나 그들이 증가하는 미군의 압박에 지쳐 있다면 말이다. 상당수가 이런 생각을 갖게 된다면 남은 반군은 가장 강경한 극단주의자들로 꾸려질 것이다. 그러면 아프가니스탄 정부로서는 이들을 다루기가 훨씬 수월해진다.

하향식 접근은 어렵지만 보다 확실한 가능성을 안고 있었다. 탈레반 지도자들은 평생 동안 실전에 몸담은 종교적 광신자들이었다. 그들은 알카에다와 긴밀한 유대를 형성하고, 파키스탄 정보장교들과 관계를 맺었으며, 아프가니스탄 정권에 뿌리 깊은 반감을 가지고 있었다. 그들이 싸움을 중단할 가능성은 거의 없었다. 하지만 충분히 압박을 하면 그들도 무장 저항이 헛된 일임을, 그리고 아프가니스탄에서 다시 공적 활동을 할 수 있는 유일한 길은 교섭뿐임을 깨달을지도 몰랐다. 리처드는 상당히 어렵겠지만 두 접근법을 동시에 추진해야 한다고 생각했고, 나도 동의했다.

2009년 3월 리델 전략보고서는 상향식 재통합 노력에는 찬성했지만 하향식 평화협상의 전망에는 부정적이었다. 탈레반 지도자들이 "화해할 의사가 없어서 그들을 끼고서는 합의에 도달할 수 없다"는 것이었다. 그럼에도 이 보고서는 두 접근법에 중요한 지침이 될 몇 가지 핵심 원칙을 세워두고 있었다. 반군이 무기를 내려놓고 알카에다를 버리고 아프가니스탄 헌법을 받아들여야 화해할 수 있다는 내용이었다. 그리고 이 화해는 성평등이나 인권에 관한 아프가니스탄의 진보를 희생시켜는 안 되며, 보수적인 사회제도로 돌아가서도 안 되었다.

나는 퍼스트레이디 시절이나 상원의원으로 일하던 때부터 그 점을 심각하게 우려해왔다. 2001년 탈레반이 실권한 뒤에는 로라 부시Laura Bush의 미-아프가니스탄 여성위원회를 비롯하여 새로운 권리와 기회를 찾는 아프가니스탄 여성을 위한 프로그램들을 지원하기 위해 여러 여성 상원의원들과 협력했다. 국무장관이 되었을 때는 아프가니스탄에서 미국이 벌이고 있는 모든 개발 및 정치적 프로젝트에 여성의 요구와 관심사를 고려할 것을 요청했다. 여성에게 기회를 만들어주는 것은 단순한 도덕적 이슈가 아니었다. 아프가니스탄의 경제와 안전에 필수적인 일이었다. 아프가니스탄 여성 대부분에게 삶은 여전히 고달프지만, 그 가운데서도 우리는 몇 가지 고무적인 결과를 확인했다. 2001년에는 아프가니스탄 여성의 수명이 44세에 불과했지만 2012년에는 62세로 훌쩍 늘었다. 산모와 영아, 5세 미만의 영유아 사망률 모두 눈에 띄게 낮아졌다. 이 12년 동안 무려 12만 명의 아프가니스탄 소녀들이 고등학교를 졸업했고, 1만 5,000명이 대학에 진학했으며, 500명에 달하는 여성이 대학 교직원이 되었다. 21세기 초반에 이 모든 수치가 0에 가까웠다는 사실을 감안하면 대단히 놀라운 결과다.

이러한 발전에도 불구하고 아프가니스탄 여성들의 안전과 지위는 끊임없이 위협받았다. 위협의 주체는 되살아난 탈레반뿐만이 아니었다. 한 예로, 2009년 봄 카르자이 대통령은 소수자인 시아파 여성들의 권리를 크게 제한하는 끔찍한 새 법률을 승인했는데, 이는 보수적인 문화적 관습을 가진 하자라족을 대상으로 한 것이었다. 배우자강간을 사실상 적법화하고 시아파 여성이 외출을 할 때는 남편의 허락을 구해야 한다는 조항들을 집어넣은 이 법은 아프가니스탄 헌법을 노골적으로 위반하고 있었다. 카르자이는 하자라족 강경파 지도자들의 지지를 공고히 할 방편으로 이런 법률을 마련했지만, 변명의 여지가 없었다. 어이가 없어 카르자이에게 내 참담한 심경을 전했다.

나는 이틀 동안 세 번이나 카르자이에게 전화를 걸어 법률 제정을 철회하라고 촉구했다. 헌법이 무시되고 소수자들의 권리가 후퇴한다면, 여성이든 남성이든 아무도 권리를 보장받을 수 없게 된다고 경고했다. 또한 이는 탈레반에 맞서는 카르자이 정권의 도덕적 기반을 약화시키는 행위이기도 했다. 나는 카르자이가 개인적인 친분과 존중을 중요하게 여긴다는 걸 알고 있었기 때문에 이 일은 나에게도 개인적으로 중요하다고 분명하게 말했다. 만약 흉악하기 짝이 없는 이 법률을 고수한다면 나로서는 전에 의회에서 함께 일하던 동료들을 비롯해 미국 여성들에게 그를 지지해달라고 호소할 명분이 사라질 것이라고 이야기했다. 그러자 그도 수긍하기 시작했다.

그리하여 카르자이는 법 제정을 보류하고 사법부에 재검토를 맡기기로 했다. 결국 변화는 이루어졌다. 아직 충분하지는 않지만 올바른 방향으로 한 발 내디딘 것이다. 나는 카르자이와의 신뢰를 지키기 위해 이처럼 개인적인 외교에 대해서는 대개 발설하지 않았다. 그리고 우리가 신문 지면을 장식하지 않고도 대화하고 논쟁할 수 있다는 것을 그가 알기를 바랐다.

카불에서든 세계 각지의 국제회의에서든, 아프가니스탄 여성들과 만나 얘기하다보면 나는 큰 감동을 받았다. 조국을 일으켜 세우고 이끌어나가는 데 무한한 도움을 주고 싶어하는 그들의 마음 때문이었다. 물론 미군이 철수하거나 카르자이가 탈레반과 협상하는 순간 그들이 어렵게 얻은 것들이 사라져버릴 거라는 두려움도 마음에 와 닿았다. 그것은 아프가니스탄 여성뿐만 아니라 나라 전체의 비극이었다. 그래서 반군과의 통합이나 탈레반과의 화해에 관해 이야기를 나눌 때마다, 나는 아프가니스탄 여성의 권리를 평화와 맞바꾸는 일은 절대 있을 수 없다고 아주 분명하게 말했다. 그런 건 평화가 아니다.

나는 리델 보고서의 재통합 원칙, 즉 폭력을 버리고 알카에다와의 관계를 끊고 헌법을 지키는 것을 외교 신조로 삼았다. 2009년 3월 헤이그에서 열린 아프가니스탄 관련 첫 국제회의에서는 그곳에 모인 대표단을 향해 "확신 때문이 아니라 생존을 위해 알카에다와 탈레반에 가담한 사람들을 극단주의자들에게서 떼어놓는 일"에 대해 발표했다. 2010년 1월 런던에서 열린 국제회의에서는 일본이 하급대원들을 전쟁터 밖으로 끌어낼 유인책으로 5,000만 달러를 지원하기로 했다. 미국도 충분한 자금을 제공하기로 약속했고, 다른 나라들에게도 선례를 따르도록 설득했다.

런던에서 인터뷰를 하던 중, 오바마 대통령이 탈레반과의 전쟁에 더 많은 미군 병력을 투입하고 있는 가운데 우리가 다름 아닌 탈레반 반군 일부와 화해를 시도하고 있다는 소식이 전해질 경우, 미국 국민들이 놀라고 혼란스러워하지 않겠냐는 질문이 날아들었다. 내가 대답했다. "하나를 주지 않고는 다른 하나를 얻을 수 없습니다. 정치적 노력 없이 군사적으로 파병만 한다면 성공할 가능성은 희박해집니다…… 지원해줄 능력이 없는 상태에서 적과 화해하려 하면 성공할 수 없어요. 그러니까 이건 사실상 아주 합리적인 결합전략인 셈입니다." 백악관 상황실에서 추가 파병에 관해 수많은 논쟁을 벌일 때도 나는 이렇게 주장했었다. 그리고 이런 주장은 스마트파워에 대한 나의 신념을 지키는 일이기도 했다. 하지만 그것이 현명한 전략일지라도 받아들이기 어려울 수 있다는 것도 알고 있었다. 그래서 나는 덧붙였다. "당신이 한 질문의 저의는 그러니까, 말하자면 '나쁜 놈들'과 왜 대화하려고 하느냐는 거죠?" 질문은 타당했다. 하지만 우리는 테러리스트 조종자나 오사마 빈 라덴을 보호하는 탈레반 지도자들과의 화해에 대해 이야기하고 있는 것이 아니었다. 우리가 하고 있는 일은 오로지 생계 때문에 탈레반에 합류한 비이념적인 반군을 빼내는 게 전부였다.

적어도 그때까지 우리 계획은 그랬다. 카르자이의 경우, 탈레반 지도자들과 직접 대화할 기회를 알아봄으로써 2009년 취임연설에서 했던 화해 발언을 관철했다. 2010년 여름에는 아프가니스탄 전역의 부족 원로들을 소집해 전통회의를 열고 그의 활동을 지지하게 했다. 그런 다음 부르하누딘 라바니Burhanuddin Rabbani 아프가니스탄 전 대통령을 의장으로 고위 평화위원회를 구성해 앞으로 있을 교섭을 이끌도록 했다. (비통하게도, 라바니는 2011년 9월 괴한이 터번에 숨긴 자살폭탄에 의해 피살되었다. 이후 위원회 의장대행은 그의 아들이 맡았다.)

이 초기 활동을 가로막은 한 가지 장애물은 파키스탄 정보부Inter Services Intelligence 내 반대파들이었다. 파키스탄 정보부는 1980년대에 소련에 대항하던 때부터 탈레반과 오랜 관계를 지속해오고 있었다. 파키스탄 내 탈레반 반군들에게 계속해서 은신처를 제공했고, 아프간 정부를 뒤흔들어 인도의 잠재적 영향력을 방어할 방편으로 아프가니스탄 내의 반군활동을 지원했다. 파키스탄인들은 카르자이가 자신들의 이해관계를 고려하지 않고 탈레반과 단독 강화를 맺는 것을 원치 않았다. 그리고 그것이 바로 카르자이가 직면한 복잡한 문제들 중 하나였다. 카르자이는 옛 북부동맹 내 동맹들의 반대도 걱정이었다. 다수 동맹들이 타지크족과 우즈베크족 같은 소수민족이었는데, 이들은 카르자이가 탈레반 내 그의 동지인 파슈툰족과 내통해 자신들을 배반할지도 모른다는 의심을 품었다. 이 모든 주체들과 이해관계를 조정해 지속적인 평화를 이룩하는 일은 마치 루빅큐브를 푸는 일처럼 되어가고 있었다.

2010년 가을, 카불은 카르자이와 탈레반 지도부를 잇는 새로운 채널에서 들어온 소식으로 떠들썩해졌다. 파키스탄에서 국경을 넘어와 연합군의 도움으로 안전하게 입국한 사람을 카르자이의 부하 장교들이 몇 번 만났는데, 어느 순간 그가 카르자이를 직접 만나려고 나토 항공기를 타고 카불로 날아간 것이다. 그 남성은 자신이 탈레반 반군의 고위지휘관인 물라 아크타르 무함마드 만수르Mullah Akhtar Muhammad Mansour라고 주장하며, 협상할 준비가 돼 있다고 말했다. 보고된 바에 의하면, 붙잡힌 탈레반 전사 몇 명이 사진을 보고 만수르임을 확인해주었다. 앞으로의 전개가 기대되는 순간이었다.

10월에 벨기에 브뤼셀에서 열린 나토 정상회의에서 나와 게이츠 장관은 이 보고에 관한 질문을 받았다. 우리 둘은 신뢰를 줄 수 있는 화해 방법을 찾도록 돕겠다는 점을 강조했지만, 나는 경고해두었다 "다양한 긴장요소가 많아서, 진실된 화해를 이루어내는 데 적합한지 아닌지, 도움이 되는지 아닌지는 두고 보아야 합니다."

불행히도 나의 의심은 현실이 되고 말았다. 아프가니스탄에서 화해 이야기는 물거품이 되어가고 있었다. 만수르를 오래 알고 지낸 몇몇 아프가니스탄 사람들은 이 협상가가 만수르와 전혀 닮지 않았다고 주장했다. 11월에 〈뉴욕타임스〉에서는 아프가니스탄 정부가 결국 이 남자를 탈레반 지도부가 아닌 사기꾼으로 결론 내렸다고 보도했다. 〈타임스Times〉는 이를 "스파이 소설에 나올 법한 이야기"로 묘사했다. 카르자이로서는 씁쓸하고 실망스러운 일이었다.

아프가니스탄 정부가 계속해서 악재를 거듭 겪는 동안, 유명한 학자 발리 나스르Vali Nasr를 포함한 리처드 홀브룩의 팀은 파키스탄에 집중하고 있었다. 파키스탄이 전체 퍼즐을 풀 열쇠라 믿었기 때문이다. 우리는 파키스탄 사람들을 아프가니스탄의 미래에 투자하게 하고, 갈등을 지속할 때보다 평화 속에서 더 많은 것을 얻을 수 있다고 설득할 필요가 있었다.

리처드는 1960년대 이래 매듭이 지어지지 않은 채 교착상태에 빠져 시들해진 아프가니스탄-파키스탄 간 '중계무역협정'을 붙들고 있었다. 협정이 체결되면 무역장벽이 낮아져, 최근 몇 년간 군사 이동과 무기 수송에 가장 자주 이용된 국경 너머로 소비재와 원자재를 이동시킬 수 있게 된다. 리처드는 만약 아프가니스탄과 파키스탄이 함께 무역을 할 수 있게 된다면, 서로 힘을 합쳐 양국을 위협하는 무장집단들을 물리치는 법도 익힐 수 있을 거라고 추론했다. 통상교류가 늘어나면 양국 국경지역의 경기가 활성화될 것이고, 극단주의와 반란에 대한 대안이 마련될 것이다. 그리고 상대국의 성공으로 자국이 얻는 이익도 늘어나는 것은 두말할 나위가 없다. 리처드는 두 나라가 협상을 다시 시작하고 그들의 두드러진 차이점들을 해결하도록 설득해냈다.

2010년 7월, 나는 공식 조인식에 참석하기 위해 파키스탄의 수도 이슬라마바드로 날아갔다. 아프가니스탄과 파키스탄 상무장관들이 나란히 앉아서 그들 앞에 놓인 두툼한 초록색 문서를 내려다보고 있었다. 거기에 최종 합의문이 들어 있었다. 나와 리처드는 그들 뒤, 유수프 라자 길라니Yousuf Raza Gilani 파키스탄 총리 옆에 섰다. 우리는 장관들이 신중하게 합의문에 서명하고 자리에서 일어나 악수를 나누는 모습을 지켜보았다. 새로운 사업 거래만큼 마음가짐도 새로워지기를 바라며, 그 자리에 있던 모두가 이 중요한 한 걸음을 향해 박수를 쳤다.

이 협정은 아프가니스탄을 이웃나라들과 연결해주고, 그들 모두가 평화와 안전을 도모함으로써 보상을 얻게 하는 확장된 상업 및 교류 네트워크로서, 이른바 '신新 실크로드'의 초석이 되었다. 그 후 몇 년 동안 미국은 7,000만 달러를 들여 유명한 카이베르 고개 등 아프가니스탄과 파키스탄을 잇는 주요 도로들을 크게 발전시켰다. 또한 파키스탄으로 하여금 '최혜국' 범위를 인도까지로 넓히게 하고, 인도에는 여전히 파키스탄의 투자 및 자금 흐름을 가로막고 있는 장벽을 자유롭게 할 것을 장려했다. 이러한 양국의 계획은 아직 추진 중이다. 서로 간에 불신이 쌓여 있는 터라 파키스탄과 인도를 묶어서 무언가를 한다는 것은 쉬운 과제가 아니었다. 우즈베키스탄과 투르크메니스탄에서 생산된 전기는 아프가니스탄 사업에 활력을 불어넣기 시작했다. 우즈베키스탄 국경에서 아프가니스탄 북부 도시 마자리샤리프까지 새 철로가 건설되어 열차가 달리기 시작했다. 에너지가 풍부한 중앙아시아에서 아프가니스탄을 지나 에너지가 부족한 남아시아로 10억 달러 규모의 천연가스를 수송하게 될 송유관 건설 계획도 진행되었다. 이 모든 발전은 오랜 갈등과 대립으로 그동안 지연된 더 평화롭고 풍요로운 미래에 쏟는 장기적인 투자였다. 속도는 느렸지만, 이러한 전망은 짧은 기간 동안에도 낙관과 진보에 대한 감각을, 그것을 가장 필요로 하는 곳들에 주입해주었다.

2010년 7월 이슬라마바드에서 (그리고 그곳을 방문할 때마다) 나는 파키스탄 지도자들에게 아프가니스탄에서 벌어지고 있는 전쟁을 다 함께 책임져야 한다며 강하게 압박했다. 탈레반 반군이 국경 공격의 근거지로 삼고 있는 은신처들을 폐쇄하려면 그들의 도움이 필요했다. 리처드가 계속 강조했던 것처럼, 파키스탄의 지원 없이는 외교적으로 갈등을 해결할 방법이 없었다. 하루는 파키스탄 미국대사 관저에서 다섯 명의 저널리스트와 함께 텔레비전 인터뷰를 했다. 내가 파키스탄의 개입을 얼마나 중요하게 생각하는지 보여주기 위해, 적대적인 파키스탄 언론에 뭇매를 맞는 듯한 연출을 하기로 했다. 그들은 전쟁터에서는 아직도 서로 치고받는 중인데 조정활동을 추진하는 것이 과연 가능하냐고 질문했다. "싸우기로 다짐한 사람들을 패주시키는 것과, 통합하고 화해하려는 의지가 있는 사람들에게 문을 열어주는 것은 엄연히 다릅니다." 내가 대답했다.

사실 나와 리처드는 탈레반 최고지도자들이 언젠가 협상 의지를 내비칠지도 모른다는 희망을 계속 품고 있었다. 그러던 중 일이 흥미롭게 흘러갔다. 2009년 가을, 리처드가 카이로를 방문했을 때 이집트 고위관료들은 그에게 최고지도자인 물라 오마르의 측근을 비롯한 탈레반 대표들이 얼마 전에 방문했었다고 말했다. 2010년 초, 한 독일 외교관은 자기도 걸프 만에서 그 측근을 만났는데, 소재 파악이 어려운 탈레반 우두머리와 직접적으로 연락을 주고받는 것 같았다고 말하기도 했다. 무엇보다 흥미로운 것은, 보고에 따르면 그 측근이 우리와 직접 대화할 방법을 찾고자 했다는 점이었다.

리처드는 협상의 물꼬를 트려는 것일 수도 있으니 시험해봐야 한다고 생각했지만, 국방부와 CIA, 백악관에 있는 몇몇 동료들은 썩 내키지 않는 모양이었다. 그들 다수는 탈레반 최고지도자들이 아프가니스탄 정부와 결코 화해할 수 없는 극단주의자라는 리델 보고서 분석에 동의했다. 다른 이들은 협상이 아직 시기상조라고 생각했다. 추가 파병이 막 시작되었기 때문에 상황을 두고 보아야 한다는 것이었다. 어떤 이들은 미군 병사들의 죽음에 책임이 있는 적들과 굳이 직접 협상을 해서 정치적 부담을 떠안으려 하지 않았다. 나는 이런 회의적 의견들을 이해하면서도 리처드에게는 조용히 가능성을 타진해보라고 말했다.

리처드는 탈레반 연락책에 전화를 걸기 시작했다. 그 연락책은 훗날 언론 보도에 의해 사이드 타이야브 아가Syed Tayyab Agha로 확인되었으며, 열성 야구팬인 리처드에게 '에이로드A-Rod'(미국 프로야구 뉴욕 양키스 구단의 선수인 알렉스 로드리게스의 애칭_옮긴이)라는 암호명으로 불렸다. 독일과 이집트 외교관들은 모두 그가 물라 오마르나 탈레반 수뇌부의 입장을 대변하는 진짜 대리인이라고 말했다. 탈레반 내에 연락책이 있는 노르웨이 외교관도 수긍했다. 다른 접선 경로가 가짜로 판명난 뒤라 확신할 수는 없었지만, 조심스럽게 접촉해볼 만하다는 생각이 들었다.

아프가니스탄 정부가 탈레반 사기꾼을 데리고 헛수고를 하던 가을에, 우리는 독일에서 극비리에 첫 예비회의를 진행했다. 10월의 어느 일요일 오후, 리처드는 칸다하르에서 민간 군사고문 역할을 하고 있던 부특사 프랭크 루지에로Frank Ruggiero에게 전화를 걸어 뮌헨으로 가서 에이로드를 만나보라고 했다. 루지에로는 일곱 살 된 딸과 차를 타고 필라델피아의 벤저민 프랭클린 다리를 건너는 중이었다. 리처드는 그에게 지금 우리가 역사를 만들 수도 있으니 이 순간을 기억하라고 말했다. (리처드 홀브룩은 원래 극적인 성향이 넘치는 사람이었다. 자신이 역사와 씨름을 하고 있다고 생각했고 그 싸움에서 늘 이길 수 있다고 믿었다.)

추수감사절 다음 날 리처드는 루지에로에게 마지막 지시를 내렸다. "첫 회의의 가장 중요한 목표는 두 번째 회의를 여는 겁니다. 외교수완을 발휘해서, 장관 승인을 받은 빨간 줄 부분을 확실히 제시하고 그대로 협상을 이어나가도록 하세요. 장관님이 이 일에 지대한 관심을 갖고 있으니 회의가 끝나는 대로 나에게 연락을 주세요." 빨간 줄을 그은 부분은 내가 1년 전부터 줄기차게 제시해온 조건들이었다. 즉 탈레반이 고립에서 벗어나고자 한다면 싸움을 멈추고, 알카에다와의 관계를 끊고, 여성의 권리 보호를 포함한 아프가니스탄 헌법을 받아들여야 한다는 조건이다. 이 조건들에는 타협의 여지가 없었지만 우리가 평화로 나아갈 수만 있다면 나는 창의적인 외교를 받아들일 준비가 되어 있다고 리처드에게 말했다.

이틀 후 루지에로와 백악관 국가안전보장회의 위원인 제프 헤이스Jeff Hayes가 독일 측에서 뮌헨 외곽지역에 마련한 회의장에 도착했다. 주최자는 아프가니스탄-파키스탄 담당 독일 특사 미하엘 슈타이너Michael Steiner였다. 에이로드는 30대 후반의 젊은 남자였는데, 10년 넘게 물라 오마르와 함께 일하고 있었다. 그는 영어를 구사했으며, 다른 여러 탈레반 지도자들과 달리 국제 외교에 경험이 있었다. 참석자들은 모두 그날의 모임을 극비에 부칠 필요가 있다고 보았다. 만약 파키스탄에서 이 모임에 대해 알게 된다면 일전에 카르자이에게 그랬던 것처럼 이번 회담을 몰래 방해할 수도 있었기 때문이다.

이들은 서로 탐색전을 벌이고 탁자 위에 두툼하게 쌓인 쟁점들을 신중하게 살피며 꼬박 여섯 시간 동안 회의를 했다. 철천지원수가 과연 전쟁을 끝내고 만신창이가 된 나라를 재건하자는 데 뜻을 같이할 것인가? 수년 동안 싸움을 계속해온 터라 서로를 믿기는커녕 함께 얼굴을 마주보며 앉아서 대화하기도 여간 어려운 일이 아니었다. 루지에로는 우리 측 협상조건을 설명했다. 탈레반은 관타나모 등의 수용소에 갇혀 있는 대원들 같은 운명을 맞이하는 것을 가장 우려하는 듯했다. 포로 문제를 논의할 때마다 우리는 2009년 6월에 포로로 잡힌 보 버그달Bowe Bergdahl 육군병장을 석방할 것을 요구했다. 버그달 병장을 고국으로 귀환시키지 않고서는 포로에 관한 그 어떤 협상도 할 수 없었다.

다음 날 리처드는 덜레스 공항으로 가서 루지에로가 탄 비행기가 도착하기를 기다렸다. 그는 나에게 전할 보고를 받기 위해 기다릴 여유가 없었다. 두 사람은 공항 안 해리스탭룸 식당에 앉았다. 리처드가 치즈버거를 먹는 동안 루지에로는 이야기를 했다.

루지에로가 뮌헨에서 돌아오고 며칠 뒤인 2010년 12월 11일, 루지에로와 리처드가 국무부 7층에 있는 집무실로 찾아왔다. 나와 제이크 설리번을 만나 일정을 논의하기 위해서였다. 우리 역시 오바마 대통령이 추가 파병을 승인하면서 약속한 1개년 정책을 최종 검토하는 단계였다. 아프가니스탄 일이 잘 풀리고 있다고 말하기는 어려웠지만 고무적인 보고도 없지는 않았다. 추가 병력이 탈레반의 기세를 둔화시키는 데 도움을 주고 있었다. 카불과 헬만드, 칸다하르 같은 주요 지역들의 치안 상황은 나아지고 있었다. 우리의 개발활동은 경제 면에서 성과를 내기 시작했으며, 역내 및 국제사회와의 외교도 차츰 활기를 찾아가고 있었다.

11월에 오바마 대통령과 함께 포르투갈 리스본에서 열린 나토 정상회의에 참석했다. 회담에서는 아프가니스탄과 관련한 공동 임무를 재확인하고, 2014년 연말까지 안보 책임을 아프가니스탄군에 이전하는 것은 물론, 국가의 안전과 안정에 나토가 개입하는 것을 허가한다는 데 합의했다. 무엇보다 중요한 것은, 이 회담이 오바마 대통령이 웨스트포인트에서 발표했던 전략 아래 국제사회가 하나가 되었다는 강력한 메시지를 남겼다는 점이다. 미군의 병력 증파에 나토 연합군까지 가세하면서 안보 책임 이전 및 외교 공세 기반에는 물론이고 정치적, 경제적 책임 이전을 위한 조건들을 만드는 데 도움이 되고 있었다. 미군의 군사작전 종료와 아프가니스탄의 민주주의 정착에 필요한 지속적인 지원을 위한 확실한 로드맵이 갖춰졌다. 이번에야말로 탈레반 지도부와의 비밀 통로가 생겼다. 이 통로로 그들이 실제로 모습을 나타내고, 언젠가는 아프가니스탄 사람들 간의 진짜 평화회담이 이어질지도 몰랐다. (인용하는 재주가 뛰어난 내 대변인 토리아 눌런드Toria Nuland는 우리 서로가 강조할 세 가지 방침을 "싸우라, 대화하라, 건설하라"로 멋지고 간단명료하게 요약했다.)

리처드는 리스본 회의의 여세를 몰아, 외교야말로 앞으로 우리 전략의 핵심요소가 되어야 한다는 주장을 뒷받침하는 이야기를 정책 검토 과정 내내 되풀이했다. 12월 11일, 내 집무실에서 회의를 열었는데 리처드가 늦었다. 그는 파키스탄 대사와의 볼일을 매듭짓고 백악관에 들렀다가 오느라 늦었다고 해명했다. 평소와 다름없이 그는 많은 아이디어와 실행방안을 내놓았다. 이야기를 나누던 중 리처드가 점점 말이 줄더니 갑자기 얼굴이 새빨개졌다. 나는 어디가 아프냐고 물었는데, 단번에 상태가 심각하다는 걸 알았다. 리처드는 다시 나를 보며 "몸이 안 좋군요"라고 말했다. 그가 통증을 호소하기에 건물 저층부에 있는 국무부 의료진에게 얼른 가보라고 말했다. 리처드는 마지못해 알겠다고 했고, 제이크와 프랭크 루지에로, 그리고 클레어 콜먼Clair Coleman 보좌관이 그를 부축해 진료실로 데려갔다.

의료진은 급히 리처드를 근처의 조지워싱턴 대학병원으로 후송 조치했다. 리처드는 엘리베이터를 타고 주차장까지 내려간 다음 구급차에 실려 신속하게 병원으로 향했다. 리처드의 최측근 중 한 명인 댄 펠드먼Dan Feldman이 그와 동행했다. 응급실에 도착해서 보니 대동맥이 파열된 상태여서 곧바로 수술에 들어가야 했다. 수술은 무려 21시간 동안 계속되었다. 파열이 심각한데다 예후도 좋지 않았지만 리처드를 담당한 의사는 포기하려 하지 않았다.

수술이 끝날 때쯤 나는 병원에 있었다. 의료진은 결과를 "조심스레 낙관"하면서 앞으로 몇 시간이 고비라고 말했다. 리처드의 아내 케이티와 자녀들, 많은 친구들이 병원에서 밤을 새웠다. 국무부의 그의 팀원들이 자발적으로 병원 로비에서 교대로 손님들을 맞이하고 케이티를 보호해주었다. 시간이 많이 흘렀지만 아무도 병원을 떠나지 않았다. 국무부 작전센터는 리처드의 안부를 묻는 외국 지도자들의 빗발치는 전화를 받느라 정신이 없었다. 특히 아시프 알리 자르다리Asif Ali Zardari 파키스탄 대통령은 케이티에게 자신이 리처드를 많이 걱정하고 있음을 전하고 싶어했다. 그는 모든 파키스탄 국민이 그녀의 남편을 위해 기도하고 있다고 전했다.

다음 날 아침 리처드가 여전히 삶의 끈을 부여잡고 있을 때, 의료진은 계속되는 출혈을 막으려면 추가 수술이 필요하다고 판단했다. 우리 모두는 기도했다. 나는 리처드를 사랑하는 수많은 사람들과 마찬가지로 병원 근처를 떠나지 않았다. 오전 11시쯤 카불에서 카르자이 대통령이 전화를 걸어와 케이티와 통화했다. "아프가니스탄으로 다시 오셔야 한다고 부군께 꼭 전해주십시오." 통화를 하는 동안 케이티에게 또 다른 전화가 걸려왔다. 곧 다시 전화하겠다던 자르다리 대통령이었다. 이렇게 저명한 많은 사람들이 몇 시간 동안이나 리처드 이야기만 하는 모습을 리처드가 직접 보았다면 아주 기뻐했을 텐데, 놓치고 말았으니 그로서는 적잖이 아쉬운 일일 것이다.

늦은 오후, 우연하게도 파키스탄 라호르 출신인 주치의는 리처드가 아직도 위중한 상태이기는 하지만 "조금씩 호전되고 있다"고 통보했다. 의료진은 리처드의 회복력에 감탄했고 병과 싸우는 그의 투지에 놀랐다고 했다. 하지만 그를 잘 알고 좋아하는 우리에게는 전혀 새삼스러운 일이 아니었다.

월요일 오후, 상태가 호전되지 않은 가운데 케이티와 그의 가족은 오래전부터 예정되어 있던 국무부 외교단 환영회에 나와 오바마 대통령과 함께 참석하기로 했다. 나는 8층 벤저민 프랭클린 룸에서 그들 모두를 맞이한 뒤, 먼저 몇 블록 떨어지지 않은 곳에서 생사를 다투고 있는 우리 친구 리처드 이야기를 꺼냈다. "전 세계 외교관들과 독재자들이 오래전부터 알고 있던 것을 이제 의사들도 알게 되었습니다. 바로 리처드 홀브룩만큼 강인한 사람은 없다는 사실이죠."

바로 몇 시간 뒤 상태가 악화되었다. 2010년 12월 13일 오후 8시경, 리처드 홀브룩은 세상을 떠났다. 그의 나이 69세였다. 담당 의사들은 리처드의 생명을 구하지 못해 좌절한 모습이었다. 그들은 병원으로 후송될 때 리처드의 모습이 그런 충격적인 일을 겪은 사람치고는 비범한 품위를 지니고 있었다고 말했다. 나는 그의 가족들, 케이티와 아들 데이비드와 앤서니, 의붓자녀인 엘리자베스와 크리스, 그리고 며느리인 사라를 조용히 만난 다음 아래층의 지인들과 동료들에게로 갔다. 사람들은 손을 맞잡고 눈물을 글썽이며 리처드의 삶을 기려야 한다고 말하거나, 리처드가 그토록 전념했던 일들을 계속하는 것에 대해 이야기했다.

나는 모인 사람들 앞에서 막 작성한 공식발표문을 큰 소리로 낭독했다. "오늘밤 미국은 가장 치열한 용사이자 가장 헌신적인 공직자 한 사람을 잃었습니다. 리처드 홀브룩은 먼 타국의 전쟁터와 고위급 평화회담에서 늘 특유의 명석함과 비길 데 없는 결단력으로 미국을 대표했으며, 약 반세기 동안 사랑하는 조국을 위해 일했습니다. 그런 그였기에, 진정한 정치가였기에, 그의 죽음이 더더욱 가슴 아픕니다." 나는 의료진과 더불어 지난 며칠 동안 기도해주고 도움을 준 모든 사람에게 감사의 말을 전했다. "늘 그랬듯이, 리처드는 마지막 순간까지 투사였습니다. 의료진은 그의 의지와 힘을 놀라워했지만, 우리 친구들이 보기에는 그게 바로 리처드다운 모습이었습니다."

모두가 리처드에 관해 기억에 남는 이야기들을 나누면서 이 대단한 남자를 추억하기 시작했다. 얼마 후, 아마 리처드도 좋아할 거라고 생각하면서, 우리 중 대다수는 가까운 리츠칼튼 호텔 바로 향했다. 몇 시간 동안 우리는 즉흥적인 밤샘의식을 치르며 리처드의 삶을 추모했다. 모두가 멋진 이야기를 늘어놓으며 울기도 하고, 웃기도 하고, 울며 웃기도 했다. 리처드는 세대를 아우르며 외교관들을 길러냈다. 그리고 그중 많은 이들이 리처드를 스승으로 두는 것이 삶과 직업에 어떤 의미였는지에 대해 감동적인 이야기들을 해주었다. 댄 펠드먼은 병원으로 가는 길에 리처드가 한 말을 우리에게 전했다. 자기가 맡은 국무부 팀이 "지금까지 함께 일한 팀 중 최고"였다고.

1월 중순, 세계 각지에서 온 리처드의 수많은 지인들과 동료들이 워싱턴 케네디센터에서 열린 추도식에 모였다. 오바마 대통령과 내 남편, 마지막으로 내가 추도사를 낭독했다. 리처드의 비범한 사교성을 증명이라도 하듯 추도식장을 가득 메운 사람들을 바라보며, 그의 빈자리가 얼마나 큰지 새삼 깨달았다. "언제나 그랬지만 지금 우리가 살고 있는 시대에는 '내가 전쟁을 멈추게 했다' '내가 평화를 이룩했다' '내가 생명을 구했다' '내가 나라의 회복을 도왔다'라고 자신 있게 말할 수 있는 사람이 더더욱 없습니다. 그런데 리처드 홀브룩은 그 일들을 해냈습니다. 그를 잃은 것은 저라는 개인에게도, 국가에도 손해입니다. 우리 앞에 놓인 커다란 과제를 리처드와 함께 해결해나갈 수 있었으면 좋았을 것입니다. 비록 그가 우리가 해야 할 일들을 깨우쳐주며 모두를 미치도록 괴롭히더라도 말입니다."

나는 리처드의 죽음으로 인해 그가 그토록 공들였던 일이 틀어지도록 내버려둘 수 없었다. 그의 팀원들도 같은 생각이었다. 우리는 아프가니스탄의 평화와 화해 전망에 대해 연설을 하자는 아이디어를 가지고 토론해오고 있었다. 리처드라면 분명 우리가 그 일을 계속하기를 원할 것이다. 그래서 우리는 비통함은 일단 접어두고 업무에 착수하기로 했다.

나는 프랭크 루지에로에게 특사 역할을 부탁하고 2011년 1월 첫째 주에 그를 카불과 이슬라마바드로 보내 내가 준비한 내용을 카르자이와 자르다리에게 간략히 전했다. 탈레반과의 화해안에 더 많은 무게와 추진력을 실을 작정이었기 때문에 우리는 그들이 준비가 되었기를 바랐다. 카르자이는 이 일에 격려와 회의라는 이중적 입장을 보였다. "도대체 탈레반과 무슨 논의를 하고 있는 겁니까?" 그가 물었다. 파키스탄이 그랬던 것처럼 그를 빼놓고 협상을 진행한 뒤 결국 그를 버릴 수도 있다고 생각해 걱정이 된 모양이었다.

내가 워싱턴에서 팀원들과 연설문을 준비하는 동안, 루지에로는 탈레반 연락책인 에이로드와의 두 번째 회의를 위해 카타르로 향했다. 에이로드가 과연 적임자인지, 제대로 일처리를 할 수 있는지 여전히 확신을 못 하자 루지에로가 테스트를 제안했다. 그는 에이로드에게 탈레반의 선전부대로 하여금 몇 가지 특정 어휘를 담아 성명을 발표하게 하라고 요구했다. 요구대로 이루어진다면 그가 진짜 연락책임을 알 수 있을 것이었다. 그 대가로 루지에로는 곧 있을 나의 연설에 대해 에이로드에게 정보를 주었다. 나는 미국 각료로서는 전례 없이 강력한 언어로 화해의 문을 열겠다고 말할 참이었다. 에이로드는 제안을 받아들이고 상관들에게 메시지를 전하겠다고 약속했다. 그리고 발표된 성명에는 약속했던 어휘가 들어 있었다.

나는 연설을 마무리하기 전에 리처드 홀브룩의 후임을 결정해야 했다. 그의 자리를 완벽하게 대신하는 것은 불가능하겠지만, 그의 팀을 이끌고 그동안 해온 활동을 계속 이어나갈 베테랑 외교관이 필요했다. 그래서 나는 널리 존경받는 은퇴한 대사 마크 그로스먼Marc Grossman에게 눈을 돌렸다. 나는 마크가 터키에서 근무할 때 만난 적이 있었다. 마크는 조용하고 겸손해 리처드와는 매우 다른 인물이었지만, 남다른 기술과 섬세한 일처리 능력이 있었다.

2월 중순에 뉴욕으로 날아가 리처드가 한때 의장을 지냈던 아시아 소사이어티에서 그의 이름으로 추모강연을 했다(이것은 장차 연례 관습이 되었다). 우선 오바마 대통령이 웨스트포인트에서 발표한 추가 파병 및 추가 민간원조 현황을 보고했다. 그런 다음 우리가 추진하고 있는 세 번째 추가 계획, 즉 외교 공세에 관해 이야기했다. 외교 공세의 목적은 갈등의 무대를 정치로 옮겨 탈레반과 알카에다의 동맹관계를 깨뜨리고, 반란을 잠재우며, 아프가니스탄과 그 주변지역을 안정시키는 것이라고 말했다. 이는 우리가 처음부터 꿈꿔온 이상이며, 2009년 오바마 대통령이 전략을 검토할 때 내가 주장했던 것으로, 이제는 최대관심사가 되고 있었다.

미국인들이 우리 전략을 이해하기 위해서는 9·11 테러를 주도한 무장단체인 알카에다와, 아프가니스탄 정부에 반대해 반란을 일으킨 아프가니스탄 극단주의 집단인 탈레반의 차이를 분명하게 아는 것이 중요했다. 탈레반은 2001년에 국제사회를 무시하고 알카에다를 비호했다가 큰 대가를 치렀다. 이번에도 점점 거세게 밀어붙이는 우리 군사작전의 압박 속에 전과 같은 결정을 반복하려 하고 있었다. 그러나 만약 탈레반이 우리의 세 가지 기준을 만족시킨다면, 그들은 다시 아프가니스탄 사회로 돌아갈 수 있었다. 나는 "정치적 해답을 찾고 지도부와 군부의 목숨을 겨냥한 군사행동을 끝내려면 이 정도 대가는 치러야 할 것"이라고 말했다. 그리고 이 단계들을 협상의 "전제조건"이 아닌 "필수적인 결과"로 바꾸어 표현한 것도 미묘하지만 중요한 일이었다. 변화는 미묘했지만, 직접적인 대화로 가는 길은 분명해졌다.

여느 때와 다름없이, 나는 오랜 시간 동안 전쟁을 겪어온 수많은 미국인들에게 탈레반과 협상의 문을 연다는 것이 받아들이기 어려운 일임을 알고 있었다. 한편 하급대원들을 다시 사회에 통합시킨다는 것도 불쾌할 만했다. 그것은 고위지도자들과 직접 협상하는 것과는 완전히 다른 문제였다. 하지만 외교라는 건 친구들하고만 대화하는 것이 아니다. 그래서는 평화를 이룰 수 없다. 냉전 시대를 지나온 대통령들은 소련과 군축 협상을 할 때 그것을 이해했다. 케네디 대통령은 "절대 두려움 때문에 협상하지는 맙시다. 그렇다고 협상하기를 두려워하지도 맙시다"라고 했다. 리처드 홀브룩은 그것을 평생의 업으로 삼았고, 밀로셰비치 같은 추악한 폭군과도 협상을 했다. 그것이야말로 전쟁을 끝내는 최선의 방법이었기 때문이다.

나는 파키스탄과 인도 등 아프가니스탄 주변국가들이 평화와 화해를 이루어내도록 협력할 것을 촉구해 알카에다를 고립시키고, 모두가 새로운 안보의식을 가질 수 있게 하자는 말로 연설을 끝맺었다. 만약 아프가니스탄 주변국들이 아프가니스탄을 계속 경쟁자들의 각축장으로만 본다면, 결코 평화는 이루어지지 않을 것이다. 아주 고생스러운 외교가 될 테지만 우리는 내부에서는 아프가니스탄과 게임을, 외부에서는 주변지역들과 게임을 할 필요가 있었다.

이번 연설은 국내에서 몇몇 언론사의 머리기사를 장식했지만, 진짜 충격을 받은 쪽은 외국 정부, 특히 카불과 이슬라마바드였다. 이제 우리가 탈레반과의 평화협상을 진지하게 추진하려 한다는 사실을 모두가 알게 됐다. 카불의 한 외교관은 이 "격심한 변화"로 모두가 더욱더 적극적으로 평화를 추구하게 될 것이라고 말했다.

═══

2011년 5월, 미 해군 특수부대 네이비실이 아보타바드의 은거지를 급습해 오사마 빈 라덴을 사살했다. 이는 우리가 알카에다와의 싸움에서 거둔 커다란 승리임과 동시에, 이미 심한 긴장상태이던 파키스탄과의 관계를 최악으로 치닫게 한 사건이기도 했다. 그러나 나는 이 사건을 계기로 우리가 탈레반을 다룰 뭔가 새로운 도구를 얻을 수도 있다고 생각했다. 습격 닷새 후, 루지에로는 다시 뮌헨에서 에이로드와 세 번째 만남을 가졌다. 빈 라덴이 사망했으니 지금이야말로 탈레반은 알카에다에게서 영원히 벗어나 스스로를 구원하고 평화를 이룰 때였다. 나는 이 메시지를 에이로드에게 그대로 전해주라고 말했다. 에이로드는 빈 라덴을 잃은 것에 크게 상심하지 않은 듯, 우리와 교섭하는 일에 계속 관심을 두었다.

우리는 양측이 취할 수 있는 신뢰구축 조치를 논의하기 시작했다. 그리고 탈레반이 알카에다 및 국제 테러조직과 관계를 끊고 카르자이 정부와의 평화협상에 참여하겠다는 공개성명을 발표하기를 원했다. 탈레반은 앞으로 안전하게 협상 및 계약을 할 수 있는 정치사무소를 카타르에 마련하고 싶어했다. 우리는 그 의견에 찬성했지만 몇 가지 난관이 있었다. 많은 탈레반 지도자들이 국제사회에서 테러리스트로 간주되고 있어 법적인 위험성을 감수하지 않고서는 공개석상에 모습을 드러낼 수 없다는 것이었다. 그들이 공개적으로 이동하려면 파키스탄의 허가도 필요했다. 그리고 카타르에 탈레반의 전초기지가 들어서면 카르자이에게는 자신의 정통성과 권위를 직접적으로 위협하는 요소가 될 수 있었다. 이 모든 사안들은 보기에는 다루기 쉬워 보여도 세심한 외교술이 필요한 작업이었다.

첫 단계로, 우리는 유엔과 협력해 탈레반 핵심 구성원들을 출국금지 테러리스트 명단에서 삭제하는 일부터 시작하기로 했다. 얼마 후 유엔안전보장이사회에서는 내가 연설에서 직접 표명했던 대로 탈레반과 알카에다 명단을 분리하고 그들을 따로 취급하기로 합의해, 우리로서는 일처리에 상당한 융통성이 생겼다. 탈레반은 아직도 관타나모 수용소에 갇힌 대원들의 석방을 원했지만, 아직 그럴 단계까지는 가지 못했다.

5월 중순에 카불에서 아프가니스탄 관료들이 우리의 비밀 회의에 대해 누설했다. 곧 〈워싱턴포스트〉와 독일 시사주간지 〈슈피겔Der Spiegel〉에서는 탈레반 측 협상대표 이름이 아가Agha라고 보도했다. 탈레반은 내부적으로는 이번 누설사건의 범인이 우리가 아니라는 걸 알았지만, 대외적으로는 분노를 표하고 향후 대화를 연기시키는 모습을 보였다. 빈 라덴 공격으로 이미 감정이 상해 있던 파키스탄 당국은 탈레반과의 논의에 자신들이 제외된 것을 알고 크게 분노했다. 우리는 흩어진 조각들을 주워 모으기 위해 민첩하게 움직여야 했다. 나는 이슬라마바드로 가서 파키스탄 관계자들과 처음으로 접촉 내용에 대해 이야기하고, 에이로드를 처벌하지 말아달라고 부탁했다. 또한 루지에로를 도하로 보내, 카타르 정부를 통해 탈레반에게 협상 테이블로 돌아오라는 메시지를 전했다. 7월 초 카타르에서는 아가가 기꺼이 돌아오려 한다는 보고를 전해왔다.

8월에 도하에서 회의가 재개되었다. 에이로드는 물라 오마르가 오바마 대통령에게 직접 보내는 것이라며 루지에로에게 편지를 건넸다. 정부 내에서는 물라 오마르가 아직 살아 있는지, 탈레반을 이끌고, 반군을 지휘하고 있는지에 대해 약간의 논쟁이 있었다. 하지만 그 편지를 오마르가 썼든 다른 고위지도자가 썼든 간에 어조와 내용은 확실히 고무적이었다. 편지에는 지금이야말로 양측이 화해라는 어려운 결정을 내리고 전쟁을 끝내는 데 힘을 합쳐야 할 때라고 쓰여 있었다.

도하 정치사무소와 포로 교환 가능성에 대해서 건설적인 토론이 벌어졌다. 마크 그로스먼이 처음으로 대화에 참여했는데, 그가 직접 개입하자 상황은 진전되었다.

10월에 카불을 방문했을 때, 카르자이는 그와 친밀한 관계를 맺고 있던 유능하고 노련한 라이언 크로커Ryan Crocker 대사와 나에게 우리가 하고 있는 일을 열렬하게 지지한다고 말했다. 그러면서 "더 밀어붙여요"라고 했다. 워싱턴에서는 제한적인 포로 석방 가능성에 대해 진지한 논의가 시작되었다. 비록 국방부도 그다지 협조적이지 않고 나 역시 우리가 탈레반의 카타르 사무소 개설 합의에 필요한 조건들을 확보할 수 있을지 확신할 수 없었지만 말이다. 그래도 늦가을이 되자 마침내 조각들이 제자리를 찾아가는 듯했다. 그리하여 12월 첫째 주에 독일의 본에서 아프가니스탄 관련 국제회의를 열기로 했다. 우리의 목표는 회의에 이어서 사무소 개설을 발표하는 것이었다. 그때까지는 그것이 진짜 평화협상이 이루어지고 있음을 알려주는 가장 명확한 신호였다.

본 회의는 내가 아시아 소사이어티 연설에서 설명한 외교 공세의 일부로서, 아프가니스탄이 수많은 과제들을 책임질 수 있도록 더욱 폭넓은 국제사회의 도움을 이끌어내는 것이 목적이었다. 그로스먼과 그의 팀은 이스탄불과 본, 카불, 시카고, 도쿄 등에서 정상회담을 비롯한 각종 회의를 계획하는 일을 도왔다. 2012년에 열린 아프가니스탄 문제 관련 도쿄 회의에서 국제사회는 2015년까지 160억 달러 규모의 경제적 지원을 하기로 했다. 아프가니스탄이 원조보다는 무역을 통해 '10년의 변혁'을 준비하도록 도우려는 것이었다. 2015년부터 활동을 시작하는 아프가니스탄 국가보안군에 투입될 예상 자금은 연간 40억 달러 이상으로 책정되었다. 아프가니스탄의 자국 안보 능력이야말로 그들이 미래에 이루고자 하는 모든 희망의 전제조건이었으며, 지금도 그러하다.

그런데 그에 앞서 2011년 12월 본에서 열린 회의는 평화를 위한 우리의 노력에 재를 뿌렸다. 카르자이가 탈레반 사무소 개설을 반대하며 그로스먼과 크로커에게 비난을 퍼부은 것이다. 전혀 예측하지 못한 일이었다. 그는 "왜 이런 이야기들을 나에게 해주지 않았소?"라고 말했다. 바로 몇 달 전에 더 밀어붙이라고 우리를 격려했으면서 말이다. 카르자이는 이번에도 세를 잃고 고립될까봐 두려웠던 것이다. 우리의 계획에서 미국과 탈레반의 대화는 언제나 아프가니스탄 정부와 반군 사이의 평행한 협상을 이끌어내기 위한 것이었다. 그것은 우리가 에이로드와 합의하고 카르자이와 논의한 결과였다. 그런데 지금 카르자이는 탈레반과 미국이 벌일 향후 모든 회의에 아프가니스탄 관계자가 참여해야 한다고 주장하고 있었다. 결국 그로스먼과 루지에로가 카르자이의 제안을 꺼냈을 때 에이로드는 망설일 수밖에 없었다. 에이로드의 입장에서는 우리가 게임 규칙을 바꾸려는 것처럼 여겨졌기 때문이다. 2012년 1월, 탈레반은 또다시 대화에서 발을 뺐다.

이번에는 그들을 달래기가 그리 쉽지 않았다. 평화협상은 동결되고 말았다. 그러나 2012년 내내 발표된 여러 가지 공식성명을 근거로 보면, 탈레반 군부 내에서는 여전히 대화와 대립을 놓고 새로이 논의를 하고 있는 듯했다. 몇몇 핵심 인물은 협상을 통한 해결을 거의 10년 동안 반대해오다가 이제는 그것이 불가피하다는 것을 공개적으로 인정했다. 하지만 다른 인물들은 격렬하게 반대했다. 2012년 말에도 화해의 문은 아직 열려 있었지만 활짝 열린 것은 아니었다.

═══

장관 임기가 끝나기 직전인 2013년 1월에 나는 리언 패네타 국방장관과 그 밖의 고위급 관료들과 함께 하는 워싱턴의 국무부 만찬에 카르자이 대통령을 초대했다. 카르자이는 고위 평화위원회 의장을 비롯한 주요 고문들을 대동했다. 우리는 미 공화국 초창기의 골동품들로 둘러싸인 8층 제임스 먼로 룸에 모여 아프가니스탄 민주주의의 미래에 대해 이야기했다.

카르자이와 내가 만찬을 함께 한 건 그의 취임식 전날 이후 3년 만이었다. 이제 나는 국무부의 고삐를 케리 의원에게 넘겨줄 것이고, 곧 다시 치러질 아프가니스탄 선거에서는 카르자이의 후임이 선택될 것이었다. 혹은 적어도 그럴 계획이었다. 카르자이는 헌법을 준수하고 2014년에 퇴임하겠노라고 공개적으로 선언했지만, 많은 아프가니스탄 국민들은 그가 정말 약속을 끝까지 지킬지 확신하지 못했다. 한 통치자에서 다음 통치자로의 평화로운 권력이양은 민주주의를 시험하는 중요한 문제이며, 아프가니스탄 주변지역(그 밖에도 많은 지역)에서 지도자가 자신의 임기를 늘리려 하는 것은 특별한 일이 아니다.

만찬 전 장시간에 걸친 일대일 만남을 통해 나는 카르자이에게 약속을 지키라고 다그쳤다. 아프가니스탄 정부가 시민들과 더 많은 신뢰를 쌓고 시민을 위해 봉사하며 법을 공정하고 실효성 있게 집행할 수 있다면, 반군의 목소리는 약해지고 국가적 화해의 가능성은 커질 수 있었다. 그 일은 모든 정부 관료의 역할에 달려 있었지만, 특히 카르자이가 헌법과 법치를 따를 것인지가 중요했다. 카르자이로서도 헌법에 따라 권력을 이양하는 것이 보다 평화적이고 안전하며 민주적인 아프가니스탄을 만든 국가 재건의 아버지로서 확고한 유산을 남길 수 있는 길이었다.

나도 이 일이 그에게 얼마나 어려울지 알고 있었다. 워싱턴 국회의사당 내 로턴다 홀에는 최초 이주자들의 항해부터 요크타운에서의 승리에 이르기까지 초기 민주주의 시절의 자랑스러운 순간들을 묘사한 애국적인 그림들이 그려져 있다. 그중에서도 볼 때마다 미국의 민주주의 정신을 대변한다는 생각이 들게 하는 그림이 있다. 바로 자기에게 주어진 권좌를 버리고 군 총사령관 지위를 포기하는 조지 워싱턴George Washington 장군의 모습이다. 워싱턴은 문민대통령으로 대통령직을 2회 연임한 뒤 자발적으로 물러났다. 그 어떤 선거에서의 승리나 취임 퍼레이드보다도 그의 사심 없는 행동이 바로 우리 민주주의의 특징을 고스란히 드러냈다. 카르자이가 아프가니스탄의 조지 워싱턴으로 기억되고자 한다면 이런 선례를 따라 권좌를 포기해야 했다.

나와 카르자이는 교착상태에 빠진 탈레반과의 평화협상에 대해서도 이야기했다. 카르자이는 사실상 2011년 말에 손을 뗀 상태였다. 나는 그가 재고해주기를 원했다. 기다리다가 미군이 철수를 시작해버리면 우리와 그는 탈레반을 다룰 정치적 영향력이 약해진다. 강자의 입장에서 협상하는 것이 나은 법이다.

만찬 내내 카르자이는 알 만한 근심거리를 장황하게 늘어놓았다. 탈레반 협상가들이 실제로 지도부를 대변하는 사람들인지 어떻게 입증할 수 있는가? 파키스탄 정부가 배후에서 조종하는 것은 아닌가? 미국이나 아프가니스탄이 대화를 주도할 것인가? 나는 그의 질문에 차근차근 대답했다. 그러고는 빨리 협상을 재개해야 한다는 긴박감을 전하려 애쓰며, 탈레반 사무소 개설에 관해 카르자이가 직접적으로 관여할 필요가 없는 합의 계획을 제시했다. 카르자이가 할 일은 그 의견을 지지한다는 공개성명을 발표하는 것뿐이라고 나는 말했다. 그런 다음 앞으로의 협상을 위해 카타르 국왕을 통해 탈레반을 초대하도록 조치를 취했다. 목표는 사무소를 열고 30일 이내에 아프가니스탄 고위 평화위원회와 탈레반 대표단의 회의를 개최하는 것이었다. 회의 개최에 실패한다면 사무소는 폐쇄될 것이다. 충분한 논의 끝에 카르자이도 합의했다.

내가 국무부를 떠난 지 몇 달 후인 2013년 6월, 탈레반 협상사무소가 마침내 문을 열었다. 그러나 몇 년에 걸쳐 새롭게 이루어낸 합의는 불과 한 달 남짓 만에 깨지고 말았다. 탈레반이 사무소에서 기를 게양하고, 그것을 탈레반이 아프가니스탄에서 정권을 잡았던 1990년대의 공식 국호인 '아프가니스탄 이슬람 에미리트'의 상징으로 선포한 것이다. 우리는 사무소를 이런 용도로 쓰는 것은 용납할 수 없다고 처음부터 못박아두었다. 우리의 목표는 늘 아프가니스탄의 헌법질서를 강화하는 것이었고, 내가 카르자이에게 확언했듯이, 그 나라의 주권과 단일성을 공고히 하는 것이었다. 당연히 카르자이는 화가 나서 길길이 뛰었다. 그에게는 그곳이 협상 장소라기보다는 망명정부 청사로 보였다. 카르자이가 항상 우려했던 일이 바로 이것이었다. 탈레반은 물러서지 않았고, 관계는 단절되었으며, 사무소는 강제 폐쇄되었다.

이제 민간인 신분으로 이 모든 사태를 지켜보며, 나는 실망은 해도 놀라지는 않는다. 평화를 이룩하기가 쉽다면 이미 오래전에 이루었을 것이다. 우리는 탈레반과의 비밀 접촉이 성공하기보다 실패할 가능성이 더 큰 위험한 도박이라는 걸 알았다. 하지만 시험할 가치는 있었다. 나는 우리가 앞으로 평화협상에 도움을 줄 긍정적인 토대를 마련했다고 믿는다. 이제 아프가니스탄과 탈레반의 접촉 범위는 더욱 넓어졌고, 우리는 갈수록 격렬해질 탈레반 내부의 논쟁을 밖으로 노출시켰다. 화해와 정치적 해결의 필요성은 사라지지 않고 있다. 오히려 그 어느 때보다도 커지고 있다. 우리가 세운 기준들은 변함없이 길잡이가 되어줄 수 있다.

리처드라면 어떻게 생각했을까? 마지막 순간까지 그는 아주 단단히 엉킨 매듭도 풀 수 있다는 외교적 자신감을 결코 잃지 않았다. 그가 우리 곁에 계속 남아 있었더라면, 우리 모두에게 훈계를 하고 등짝을 후려치면서 전쟁의 종식은 대화에서 시작된다는 말을 다시 해주었을 것이다.

9

파키스탄 : 국가의 명예

웨스트 윙 지하의 보안 영상회의실은 정적에 빠졌다. 와이셔츠 차림으로 내 옆에 앉아 있던 로버트 게이츠 장관은 팔짱을 낀 채 뚫어져라 스크린을 쳐다보았다. 영상은 흐릿했지만 어떤 상황인지 분명히 알아볼 수 있었다. 블랙호크 헬기 두 대 중 한 대가 저택을 둘러싼 돌담 꼭대기에 부딪혀 땅으로 추락했다. 우리가 가장 두려워하던 일이 현실이 된 것이다.

오바마 대통령은 태연스레 스크린을 바라보았지만 우리 모두는 같은 생각을 하고 있었다. 바로 1980년에 이란에서 벌인 인질구출 작전이었다(1979년에 이란의 과격파 시위대가 팔레비 국왕의 신병인도를 요구하며 미국대사관을 점거, 52명의 미국인을 인질로 붙잡았다. 미국 정부는 1980년 4월 특공대를 동원해 인질구출 작전을 벌였으나 실패했다_옮긴이). 당시 이 작전은 사막에서 헬기가 충돌해 폭발사고로 미국인 8명이 사망하면서 끝났고 우리 국민과 군에 아픈 상처를 남겼다. 이번 작전도 같은 식으로 끝날 것인가? 당시 로버트는 CIA의 고위관료였다. 그때의 기억이 로버트와 탁자 건너편에 앉아 있는 오바마 대통령을 무겁게 짓누르고 있는 게 분명했다. 대통령이 최종 명령을 내렸고, 해군 특수부대

네이비실 대원들과 특수작전 헬기 조종사들의 목숨, 그리고 대통령직의 운명까지 그 작전의 성공에 달려 있었다. 이제 그가 할 수 있는 일은 우리를 비추는 흐릿한 영상을 보는 것뿐이었다.

2011년 5월 1일이었다. 백악관 밖의 워싱턴은 봄날의 일요일 오후를 즐기고 있었다. 그러나 백악관 안에서는 약 한 시간 전 아프가니스탄 동부의 한 기지에서 헬리콥터가 이륙한 이후 긴장이 고조되고 있었다. 목표물은 파키스탄 아보타바드에 있는 삼엄한 경비 속의 한 저택이었다. CIA는 세계의 지명수배 대상 1순위인 오사마 빈 라덴이 그 안에 숨어 있다고 판단했다. 정보기관이 수년간 힘든 추적 작업을 벌이고 오바마 정부의 최고위급에서 몇 달 동안 심혈을 기울인 토론을 거듭한 끝에 드디어 이날이 왔다. 이제 모든 것은 첨단 헬기의 조종사들과 그 안에 탄 네이비실 대원들에게 달려 있었다.

첫 번째 관문은 파키스탄 국경을 건너는 것이었다. 이 블랙호크 헬기들은 첨단기술을 도입해 레이더에 탐지되지 않고 운행되도록 설계되었다. 하지만 과연 그 기술이 효과를 발휘할 것인가? 테러와의 전쟁에서 명목상 동맹국이었던 파키스탄과 미국의 관계는 이미 아주 많은 문제를 안고 있었다. 인도의 기습 공격에 항상 민감한 반응을 보이는 파키스탄군이 자국 영공에 몰래 침입한 물체를 발견하면 무력으로 대응할 수도 있었다.

우리는 그런 상황이 벌어져 양국관계가 완전히 와해되는 사태를 피하기 위해 사전에 파키스탄에 이번 급습작전을 알려야 할지를 놓고 논쟁을 벌였다. 로버트 게이츠가 종종 우리에게 상기시키는 대로, 아프가니스탄에 우리 병력을 재배치하고 국경지역의 다른 테러리스트들을 추적하려면 어쨌거나 파키스탄의 지속적인 협조가 필요할 것이다. 나는 수년간 파키스탄과의 관계에 상당한 시간과 에너지를 쏟았고, 우리가 이 정보를 공유하지 않을 경우 파키스탄 쪽에서 얼마나 불쾌해할지 알았다. 하지만 파키스탄 정보국

요원들이 탈레반, 알카에다, 그 외의 극단주의자들과 관계를 유지하고 있다는 것도 알았다. 전에 비밀이 새어나가 낭패를 본 적이 있었다. 작전 전체가 들통 날 위험이 너무 컸다.

어느 시점에서 또 다른 정부 고위관료는 우리가 파키스탄의 국가적 명예에 돌이킬 수 없는 상처를 입힐 거라는 데 우려를 표했다. 하지만 나는 미국이 2001년 아프가니스탄 토라보라에서 놓친 빈 라덴을 붙잡을 수 있는 최상의 기회를 잃게 놔둘 수 없었다. 어쩌면 일부 파키스탄 인사들의 앞뒤가 맞지 않는 말들과 속임수에 대응하느라 울분이 쌓였기 때문일 수도 있고, 로어 맨해튼의 검게 그을린 잔해에 대한 기억이 여전히 생생하게 남아 있기 때문일 수도 있었다. 나는 화가 나서 쏘아붙였다. "우리의 국가적 명예는요? 우리가 입은 손실은요? 3,000명의 무고한 인명을 빼앗은 장본인을 쫓는 일이잖아요?"

아보타바드로 가는 길은 아프가니스탄의 산길들에서 출발해, 동아프리카의 미국대사관들과 미 해군 이지스 구축함 콜호에 가해진 폭탄테러를 거쳐 9월 11일의 참사로 이어진, 그럼에도 절대 추적을 포기하지 않았던 미 정보장교들의 끈질긴 결단력이 만들어낸 여정이었다. 빈 라덴 작전은 테러 위협을 종식시키거나 테러가 부추긴 혐오스러운 이념을 무너뜨리지 못했다. 테러와의 전쟁은 계속되고 있다. 그러나 그 작전은 알카에다에 맞선 미국의 오랜 싸움에서 중요한 순간이었다.

2001년 9월 11일은 모든 미국인과 마찬가지로 내 가슴에도 깊이 각인되어 있다. 나는 그날 본 광경에 충격을 받았고, 뉴욕 주 상원의원으로서 상처받은 뉴욕 시민들과 함께해야 할 강한 책임감을 느꼈다. 워싱턴에서 잠 못

이루는 긴 밤을 보낸 뒤 나는 상원의 파트너인 척 슈머 의원과 함께 연방긴급사태관리청Federal Emergency Management Agency이 운행하는 특별기를 타고 뉴욕으로 날아갔다. 도시는 봉쇄되었고 상공을 순찰하는 공군 전투기들을 제외하면 우리가 탄 특별기가 그날 하늘에 있는 유일한 항공기였다. 우리는 라과디아 공항에서 헬기에 타고 로어 맨해튼 쪽으로 날아갔다.

세계무역센터가 서 있던 자리에 쌓인 까맣게 그을린 잔해에서 아직도 연기가 피어오르고 있었다. 헬기가 그라운드 제로 위를 선회하는 동안 나는 건물 파편 사이에서 필사적으로 생존자를 찾고 있는 응급처치요원들과 현장 인부들 위로 뒤틀린 대들보와 박살 난 기둥들을 보았다. 전날 밤 텔레비전으로 보았던 영상은 참사를 완전히 포착하지 못했다. 현장은 단테의 《신곡》〈지옥〉 편의 한 장면 같았다.

우리가 탄 헬기는 허드슨 강 근처의 웨스트사이드에 착륙했다. 척과 나는 조지 퍼타키George Pataki 주지사, 루디 줄리아니Rudy Giuliani 시장, 그 외의 관료들을 만나 현장으로 걸어가기 시작했다. 공기는 매캐했고 자욱한 연기 때문에 숨 쉬기가 힘들고 앞도 잘 보이지 않았다. 수술용 마스크를 쓰고 있는데도 목과 가슴이 화끈거리고 눈물이 났다. 가끔 먼지와 어둠 속에서 소방관이 나타나 지친 모습으로 검댕투성이 도끼를 끌면서 우리 쪽으로 터덜터덜 걸어왔다. 그중에는 항공기가 세계무역센터 건물에 충돌한 이후 한시도 쉬지 못하고 일한 사람들도 있었다. 모두 친구와 동료를 잃은 사람들이었다. 다른 사람들을 구하려다 목숨을 잃은 응급구조요원이 수백 명에 이르렀고, 나중에 건강에 문제가 생겨 고생한 사람은 더 많았다. 나는 이 사람들을 껴안고 감사를 표하면서 모든 게 괜찮아질 거라고 말하고 싶었다. 하지만 정말 괜찮아질지 확신하지는 못했다.

척과 나는 20번가의 경찰학교에 마련된 임시 지휘본부에서 피해 상황에 대한 브리핑을 들었다. 참담했다. 뉴욕 시민들이 이 피해에서 회복되려면 많은 도움이 필요할 것이고, 그런 도움을 받도록 하는 것이 우리의 일이었다. 그날 밤 나는 펜 역이 문을 닫기 전에 마지막 남행 기차를 탔다. 아침에 워싱턴에서 처음 한 일은 긴급구호기금을 받을 수 있도록 웨스트버지니아주 상원의원이자 세출위원회 의장인 전설적인 인물 로버트 버드Robert Byrd를 만나러 간 것이었다. 버드 의원은 내 말을 끝까지 듣더니 "나를 뉴욕 시의 세 번째 상원의원이라고 생각하십시오"라고 말했다. 그리고 그는 그 말대로 행동했다.

그날 오후 척과 나는 백악관으로 가서 부시 대통령에게 우리 주에 200억 달러가 필요할 것이라고 말했다. 대통령은 곧바로 동의했고, 긴급지원에 필요한 모든 정치적 흥정에서 우리를 지지해주었다.

내 사무실에는 실종된 가족을 찾도록 도와달라거나 지원을 요청하는 전화가 빗발쳤다. 유능한 수석보좌관 타메라 루자토Tamera Luzatto와 워싱턴과 뉴욕의 내 상원 팀원들이 밤낮없이 일하고 있었고, 다른 상원의원들도 우리를 도와줄 보좌관들을 보내기 시작했다.

다음 날 척과 나는 부시 대통령과 함께 에어포스원을 타고 다시 뉴욕으로 갔다. 그리고 대통령이 건물 파편 위에 서서 수많은 소방관들에게 하는 이야기를 들었다. "저는 여러분의 목소리를 들을 수 있습니다. 세계의 다른 사람들도 여러분의 목소리를 들을 수 있습니다! 그리고 이 건물들을 무너뜨린 사람들도 곧 우리 모두의 목소리를 듣게 될 것입니다."

그 후 며칠 동안 나는 빌, 첼시와 함께 뉴욕 제69연대 병기고에 마련된 임시 실종자센터와 피어94 빌딩의 가족지원센터를 방문했다. 우리는 생사를 알 수 없는 사랑하는 사람들의 사진을 손에 꼭 쥔 채 이들이 발견되길 바라며 기도하는 가족들을 만났다. 부상자들이 이송된 세인트빈센트 병원과 화상을 입은 많은 피해자들이 치료를 받고 있는 웨스트체스터 카운티의 재활센터도 방문했다. 몸의 82퍼센트에 심한 화상을 입어 생존확률이 20퍼센트도 안 되던 로런 매닝Lauren Manning이라는 여성도 만났다. 그녀는 불굴의 의지력과 치열한 노력으로 사투를 벌여 삶을 되찾았다. 두 아들을 둔 로런과 그녀의 남편 그레그는 다른 9·11 피해자 가족들의 대변자로 활약했다. 또 다른 놀라운 생존자는 두 번째 항공기에서 떨어진 파편에 다리가 으스러져 중상을 입은 신원미상의 여성으로 뉴욕 대학교 다운타운 병원에 실려온 데비 마덴펠드Debbie Mardenfeld였다. 나는 데비를 몇 번 만나러 갔고 그녀의 약혼자인 그레고리 세인트 존Gregory St. John도 알게 되었다. 데비는 자신의 결혼식에서 춤을 출 수 있으면 좋겠다고 말했다. 하지만 의사들은 그녀가 걷는 것은 고사하고 살 수 있을지도 확신하지 못했다. 거의 30회에 걸친 수술을 받고 병원에서 15개월을 보낸 뒤, 데비는 모두의 예상이 틀렸다는 것을 입증했다. 그녀는 살아남았고 걸었으며 기적적으로 결혼식에서 춤까지 췄다. 데비는 내게 결혼식에서 축사를 해달라고 부탁했다. 나는 식장으로 걸어 들어오던 그녀의 기쁨으로 가득 찬 얼굴을 영원히 잊지 못할 것이다.

나는 또한 그라운드 제로 부근에서 초기 구조 작업을 하다 다치거나 건강이 나빠진 응급처치요원들의 치료 자금을 마련하기 위해 몇 년간 상원에서 싸웠다. 피해자들을 도울 때와 똑같은 분노와 투지로 노력했다. 9·11 희생자 보상기금을 마련하고 9·11위원회를 설립했으며 위원회의 권고사항이 이행되도록 도왔다. 빈 라덴과 알카에다의 추적을 촉구하고, 테러에 대항하는 미국의 노력을 강화하기 위해 할 수 있는 모든 일을 했다.

2008년도 선거 기간 동안 오바마 상원의원과 나는 부시 정부가 아프가니스탄 문제에 대해 방심하고 빈 라덴 추적에 집중하지 않는다고 비난했다. 선거가 끝난 뒤 우리는 알카에다를 적극적으로 쫓는 것이 미국의 안보에 중요하며 빈 라덴을 찾아 법의 심판에 넘기려는 노력을 재개해야 한다는 데 동의했다.

나는 아프가니스탄과 파키스탄에 대한 새로운 전략과 전 세계의 대테러 활동에 대한 새로운 접근방식이 필요하다고 생각했다. 미국의 모든 힘을 이용해 테러조직의 첩보원들과 지도부를 공격할 뿐 아니라, 자금 확보와 새로운 테러리스트의 충원을 막고 은신처를 습격할 전략이 필요했다. 이를 위해서는 대담한 군사행동, 신중한 정보수집, 끈질긴 법 집행, 세심한 외교 수완이 결합되어야 했다. 즉 스마트파워가 필요했다.

네이비실 대원들이 아보타바드 저택으로 다가가는 동안 이 모든 기억들이 떠올랐다. 내가 만나고 함께 일했던, 10년쯤 전에 9·11 공격으로 사랑하는 사람을 잃은 모든 가족이 생각났다. 그들은 10년 동안 정의의 심판을 보지 못했다. 이제 마침내 그 순간이 다가왔다.

═══

우리의 국가안보팀은 심지어 오바마 대통령이 집무실에 처음 발을 들여놓기도 전부터 긴급한 테러 위협과 씨름하기 시작했다.

오바마 대통령 취임 전날인 2009년 1월 19일, 나는 물러나는 부시 정부와 새로 선출된 오바마 정부의 고위급 국가안보 관료들을 백악관 상황실에서 만났다. 상상도 할 수 없는 일에 대해 생각하기 위해서였다. 대통령이 연설을 하는 도중 내셔널 몰에 폭탄이 떨어지면 어떻게 할 것인가? 전 세계가 지켜보는 가운데 경호팀이 대통령을 연단에서 밀어낼 것인가? 부시 정부 관료들의 표정을 보니 아무도 묘안이 없는 것 같았다. 우리는 취임식에 테러리스트들이 위협을 가할 수 있다는 믿을 만한 보고에 어떻게 대응할지 두 시간에 걸쳐 논의했다. 정보기관은 알카에다와 연계된 알샤바브al-Shabaab 소속 소말리아 극단주의자들이 신임 대통령을 암살할 계획으로 캐나다 국경으로 잠입하려 하고 있다고 판단했다.

취임식 장소를 실내로 옮겨야 할까? 아니면 취임식을 완전히 취소해야 할까? 어느 쪽도 선택할 수 없었다. 취임식은 예정대로 진행되어야 했다. 평화적인 권력이양은 미국 민주주의의의 중요한 상징이기 때문이다. 그러나 이를 위해서는 공격을 막고 대통령의 안전이 보장되도록 모든 사람이 갑절의 노력을 기울여야 했다.

결과적으로 취임식은 무사히 끝이 났고, 소말리아의 위협은 허위 보고로 드러났다. 그러나 이 일은 우리가 부시 집권기의 많은 측면들을 마무리하고 새로운 장을 열려고 노력하고 있지만 그 시절을 특징짓는 테러의 망령에 대해서는 경계를 늦추지 말아야 한다는 사실을 다시 한 번 상기시켜주었다.

정보 보고서들에는 하나같이 골치 아픈 상황뿐이었다. 2001년 미국이 주도한 아프가니스탄 침공으로 카불의 탈레반 정권이 전복되고 이와 관련된 알카에다 동맹 조직들이 심각한 타격을 입었다. 그러나 탈레반은 전열을 가다듬고 국경 너머 파키스탄의 무법적인 부족 지역 은신처에서 미군과 아프가니스탄군에 공격을 가하고 있었다. 알카에다의 지도자들도 그곳에 숨어 있을 것으로 예상되었다. 파키스탄 국경지역은 세계적인 테러조직의 본거지가 되었다. 테러리스트들이 도피할 수 있는 은신처가 열려 있는 한 아프가니스탄의 우리 군은 아주 힘겨운 싸움을 해야 할 테고, 알카에다는 새로운 국제적인 공격을 계획할 기회를 얻을 것이다. 이런 판단하에 나는 리처드 홀브룩을 아프가니스탄-파키스탄 특사로 임명했다. 또한 이 은신처들은 파키스탄 내부의 불안정을 가중시키고 있었다. 탈레반의 파키스탄 지부는 이슬라마바드의 취약한 민주주의 정부를 상대로 유혈폭동을 벌였다. 파키스탄 정부를 극단주의자들이 장악한다면 그 지역과 세계에 악몽처럼 끔찍한 시나리오가 펼쳐질 것이었다.

2009년 9월에 FBI가 나지불라 자지Najibullah Zazi라는 스물네 살의 아프가니스탄 이민자를 체포했다. 나지불라는 파키스탄에서 알카에다의 훈련을 받고 뉴욕 시 테러 공격을 기도하고 있다는 혐의를 받았다. 나중에 나지불라는 대량살상무기 사용을 모의하고 외국에서 살인을 저지를 음모를 꾸몄으며 테러조직에 물자를 지원한 죄를 시인했다. 이 사건 역시 파키스탄에서 일어나고 있는 일들을 우려해야 하는 또 하나의 이유였다.

═══

나는 파키스탄의 아시프 알리 자르다리 대통령의 슬픈 눈을 바라본 뒤 그가 내민 오래된 사진으로 시선을 떨구었다. 14년 전 사진이지만 1995년에 그 사진을 찍었던 날의 기억이 생생하게 떠올랐다. 사진 속에는 영민하고 우아한 파키스탄의 전 총리이자 자르다리 대통령의 죽은 아내 베나지르 부토Benazir Bhutto가 선명한 빨간색 옷과 흰색 두건 차림의 눈부신 모습으로 어린 두 자녀의 손을 잡고 있었다. 부토 옆에는 당시 10대이던 내 딸 첼시가 서 있었다. 첼시의 얼굴에는 이 멋진 여성을 만나고 그녀의 나라를 탐험하게 된 데 대한 경이와 흥분이 넘쳐흘렀다. 그리고 거기에는 내가 있었다. 퍼스트레이디 자격으로 처음으로 빌 없이 장기 해외순방에 나선 참이었다. 그때 내 모습이 어찌나 젊어 보이던지. 지금과는 헤어스타일도 다르고 맡은 역할도 달랐지만, 지구 반대편의 어려운 자리에서 조국을 대표하고 있다는 자긍심은 예나 지금이나 마찬가지였다.

1995년 이후 많은 일이 일어났다. 파키스탄은 쿠데타, 군사독재, 극단주의자들의 잔혹한 폭동을 겪었고 경제적 어려움이 더해갔다. 무엇보다 고통스러운 사건은 부토가 파키스탄의 민주주의 회복운동을 펼치다 2007년에 피살된 일이었다. 2009년 가을 현재, 10년 만에 처음으로 당선된 문민대통령 자르다리는 우리의 우정과 양국 간 친선을 재개하길 원했다. 나 역시 그러했다. 파키스탄에 반미 감정이 고조되고 있는 시기에 내가 국무장관으로 이곳을 방문한 것도 그 때문이었다.

자르다리와 나는 파키스탄의 많은 엘리트들과의 공식 만찬장에 갈 참이었다. 그러나 그에 앞서 우리는 추억에 잠겼다. 1995년, 국무장관이 내게 인도와 파키스탄을 방문해 이 전략적 요충지이자 불안정한 지역이 미국에게 중요하다는 것을 보여주고, 민주주의 강화, 자유시장 확대, 관용과 여성의 권리를 포함한 인권 증진을 위한 활동을 지원해달라고 요청했다. 내가 태어난 해인 1947년에 우여곡절 속에 인도에서 분리된 파키스탄은 냉전 시대에 미국의 오랜 동맹국이었지만 양국관계가 우호적이진 않았다. 1995년 내가 파키스탄을 방문하기 3주 전에 극단주의자들이 카라치에서 미국영사관 직원 두 명을 살해했다. 1993년에는 세계무역센터 폭탄테러의 주 공모자 중 한 명인 람지 유세프Ramzi Yousef가 이슬라마바드에서 체포되어 미국으로 이송되었다. 사정이 이러하니 내가 안전한 정부청사를 나가 학교, 회교사원, 병원을 방문하겠다고 하자 경호팀이 우려하는 것이 당연했다. 그러나 국무부는 파키스탄 국민들과 그런 식으로 직접 만나는 것에 진정한 가치가 있다는 내 생각에 동의했다.

나는 1988년에 총리로 당선된 베나지르 부토를 매우 만나고 싶었다. 그녀의 아버지인 줄피카르 알리 부토Zulfikar Ali Bhutto는 1970년대에 총리를 지내다가 군사쿠데타로 실각하고 처형당했다. 베나지르는 수년간 가택연금을 당한 뒤 1980년대에 부친의 정당 수반으로 모습을 드러냈다. 그녀의 자서전에는 《운명의 딸*Daughter of Destiny*》이라는 적절한 제목이 붙어 있다. 이 책은 아직도 많은 여성이 푸르다purdah(부녀자를 남의 눈에 띄지 않게 하는 관습_옮긴이) 때문에 엄격하게 격리되어 살고 있는 사회에서 베나지르가 결단력과 각고의 노력, 정치적 재능으로 권력을 잡은 이야기를 흥미진진하게 들려준다. 파키스탄 여성들은 직계가족 외에 남성들의 눈에 띄어서는 안 되고 외출할 때는 베일로 얼굴을 다 가려야 한다. 나는 파루크 아흐메드 칸 레가리Farooq Ahmad Khan Leghari 대통령의 영부인이며 전통주의자인 베굼 나스린 레가리 Begum Nasreen Leghari 여사를 만났을 때 그런 모습을 직접 본 적이 있었다.

베나지르는 내가 유일하게 저지선 뒤에서 본 유명인사였다. 1987년 여름에 런던에서 가족 휴가를 보내던 첼시와 나는 리츠 호텔 밖에 사람들이 우르르 몰려 있는 모습을 보았다. 베나지르 부토가 곧 그곳에 도착할 것이라고 했다. 호기심이 생긴 우리는 사람들 틈에 끼어 그녀의 자동차가 도착하길 기다렸다. 머리부터 발끝까지 노란색 시폰으로 우아하게 감싼 베나지르가 리무진에서 내리더니 품위 있고 차분하며 골똘하게 생각에 잠긴 모습으로 로비로 걸어갔다.

8년 뒤인 1995년에 나는 미국의 퍼스트레이디이고 베나지르는 파키스탄의 총리였다. 베나지르가 옥스퍼드와 하버드에 다닐 적 친구들 중에는 내 지인들도 있었는데, 그녀에게서는 빛이 났다고 이야기했다. 눈이 반짝거리고 잘 웃으며 유머감각이 뛰어나고 예리한 지성을 가졌다는 것이었다. 그것은 전부 사실이었다. 베나지르는 자신이 직면한 정치적 난제들과 여성이기 때문에 안고 있는 과제들을 솔직하게 털어놓으며 여성 교육 문제에 얼마나 심혈을 기울이고 있는지 이야기했다. 그때나 지금이나 파키스탄에서는 여성의 교육 기회가 부유한 상류층에 제한되어 있었다. 베나지르는 파키스탄 전통의상인 샬와르 카미즈를 입고 있었다. 헐렁한 바지에 길게 흘러내리는 튜닉을 걸치는, 실용적이면서도 멋진 옷이었다. 머리에는 아름다운 스카프를 둘렀다. 이 스타일에 매료된 첼시와 나는 라호르에서 열린 공식 환영만찬에 이렇게 입고 나갔다. 나는 빨간색 실크를, 첼시는 밝은 청록색을 골랐다. 저녁을 먹을 때 베나지르와 자르다리 사이에 앉았다. 베나지르와 자르다리의 결혼에 대해 말도 많고 소문이 무성했지만 나는 그날 밤 두 사람의 애정과 다정한 농담을 나누는 모습을 직접 목격했고, 그가 그녀를 얼마나 행복하게 하는지도 보았다.

다음 해는 고통과 분쟁으로 얼룩졌다. 1999년에 군사쿠데타로 권력을 장악한 페르베즈 무샤라프Pervez Musharraf 장군은 베나지르를 추방하고 자르다리를 투옥했다. 베나지르와 나는 계속 연락하며 지냈고 그녀는 남편의 석방을 도와달라고 청했다. 자르다리는 여러 혐의에 대해 재판도 받지 못하다가 2004년에 마침내 석방되었다. 9 · 11이 일어난 뒤 부시 행정부의 강한 압박을 받은 무샤라프는 아프가니스탄 전쟁에서 미국과 동맹을 맺었다. 그러나 그는 정보 및 안보기관의 인사들이 아프가니스탄과 파키스탄의 탈레반을 비롯한 극단주의자들과 관계를 유지하고 있다는 것을 알았다. 이러한 관계는 소련과 대립하던 1980년대까지 거슬러 올라간다. 나는 파키스탄의 외교대표들에게 이런 행태는 뒤뜰에 독사들을 기르면서 뱀이 이웃사람만 물길 바라는, 화를 자초하는 짓이라고 말하곤 했다. 아니나 다를까, 불안정, 폭력, 극단주의가 팽배하고 경제가 무너졌다. 1990년대에 만난 파키스탄 친구들은 이렇게 말했다. "현재 상황이 어떤지 짐작도 못 할 겁니다. 너무나 달라졌어요. 우리나라의 가장 아름다운 지역들에 가는 것도 겁이 날 정도예요."

2007년 12월에 8년 동안의 망명에서 돌아온 베나지르는 파키스탄 군사령부에서 그리 멀지 않은 라왈핀디에서 유세 중에 암살당했다. 베나지르가 피살된 뒤 대중 시위에 의해 무샤라프가 물러났고, 국민적 비탄에 힘입어 자르다리가 대통령에 당선되었다. 그러나 자르다리의 문민정부는 점점 심각해지는 안보 및 경제 문제로 어려움을 겪었다. 게다가 먼 국경지대에 자리 잡았던 파키스탄의 탈레반 조직이 인구가 밀집된 스와트 계곡까지 세력을 확장하기 시작했다. 이슬라마바드에서 고작 160킬로미터밖에 떨어지지 않은 곳이었다. 파키스탄군이 극단주의자들을 소탕하기 위해 이 지역에 접근하면서, 수십만 명의 주민이 집을 떠나 피난길에 올랐다. 2009년 2월에 자르다리 정부와 탈레반이 맺은 정전협정은 불과 몇 달 뒤에 결렬되고 말았다.

국내 문제들이 악화되자 많은 파키스탄인이 미국에 분노의 화살을 돌렸다. 언론이 터무니없는 음모론을 은연중에 전달하며 이런 감정을 부채질했다. 그들은 미국이 탈레반과 문제를 일으켰고, 전략적 목표를 위해 파키스탄을 이용했으며, 대대로 그들의 경쟁상대이던 인도에 편중된 우호를 드러냈다고 비난했다. 게다가 그 주장은 매우 논리적이었다. 우리가 수년간 수십억 달러의 원조를 제공했음에도, 일부 여론조사에서 미국에 대한 호감도가 10퍼센트 아래로 떨어졌다. 미 의회에서 통과된 새로운 대규모 지원 프로그램에 대해서도 실제로 파키스탄에서는 비난이 빗발쳤다. 파키스탄인의 눈에는 이 지원 프로그램에 따르는 조건이 너무 많아 보였기 때문이다. 미칠 노릇이었다. 이러한 대중의 분노로 파키스탄 정부가 대테러작전에서 우리와 협조하기가 더 어려워진 반면, 극단주의자들이 은신처를 찾고 새로운 대원을 모집하기는 더 쉬워졌다. 그러나 자르다리는 예상보다 정치적 수완이 뛰어났다. 그는 군과 잠정협정을 이끌어냈고, 자르다리 정부는 파키스탄 역사상 처음으로 민주적으로 선출되어 임기를 마친 정부가 되었다.

2009년 가을에 파키스탄을 방문해 반미 감정과 맞붙어보기로 결심했다. 참모들에게 이번 방문 스케줄을 간담회, 언론 토론회, 그 외에 대중과 만날 수 있는 자리들로 채우라고 지시했다. 참모들은 우려를 표했다. “장관님이 샌드백이 될 겁니다.” 나는 미소를 지으며 대꾸했다. “버텨야죠.”

나 자신도 수년간 적대적인 여론을 겪었고, 무작정 그런 여론이 사라지기를 바랄 수도, 좋은 이야기로 그런 여론을 덮을 수도 없다는 것을 배웠다. 국민들과 국가들 사이에는 항상 상당한 의견 차이가 있기 마련이니 당황해서는 안 된다. 직접 다가가 그들의 이야기를 경청하고 정중하게 의견을 나누는 쪽이 이치에 맞다. 그렇게 해도 많은 사람들을 변화시키지 못할 수도 있지만, 그것만이 건설적인 대화 쪽으로 나아가기 위한 유일한 방법이었다. 오늘날처럼 서로 과도하게 연결된 세계에서는 정부들뿐 아니라 대중과 소통하는 능력이 국가안보 전략의 일부가 되어야 한다.

정계에서 보낸 시간 덕분에 나는 이런 국면에 준비가 되어 있었다. 나는 내게 겨누어진 비판을 어떻게 받아들일지 종종 질문을 던져보았다. 그리고 세 가지 답을 얻었다. 먼저, 공적 생활을 하기로 선택했다면 엘리너 루스벨트의 조언을 명심하고 코뿔소처럼 낯이 두꺼워져야 한다. 둘째, 비판을 진지하게 받아들이되 개인감정을 싣지 말아야 한다. 비판자들은 친구들이 알려줄 수 없거나 알려주지 않을 교훈을 가르쳐줄 수 있다. 나는 그러한 비판이 나오게 된 동기가 당파적인 문제인지, 이념적, 상업적 혹은 성차별적인 문제인지 파악하고 분석해 무엇을 배울 수 있을지 알아본 다음 나머지는 버리려고 노력했다. 셋째, 정계에서는 옷, 체형 그리고 당연히 헤어스타일까지 여성에게 끈질기게 이중 잣대를 들이댄다. 여기에 좌절해서는 안 된다. 미소를 지으며 계속 나아가라. 이 조언들은 수년간의 시행착오와 숱한 실수를 통해 얻은 것이지만, 고국뿐 아니라 전 세계에서 내게 많은 도움이 되었다.

미국의 입장을 잘 전달하고 비판에 제대로 맞서기 위해 나는 미국에서 가장 똑똑한 미디어기업 경영자 중 한 명인 주디스 맥헤일Judith McHale에게 공공외교 및 공보 담당 차관으로 합류해달라고 요청했다. 주디스는 MTV와 디스커버리 채널의 설립을 이끌었으며, 직업 외교관의 딸이었다. 주디스는 그러한 역량을 발휘해 회의적인 태도를 보이는 세계에 우리의 정책을 설명하고, 극단주의자들의 선전과 충원활동을 저지하고, 우리의 세계 소통 전략을 나머지 스마트파워 의제들과 통합시키는 작업을 도왔다. 또한 주디스는 보이스오브아메리카를 포함해 미국의 자금지원을 받는 전 세계 매체를 감독하는 방송위원회에 내 대리인으로 참석했다. 냉전 시대에 방송은 우리

지원활동의 중요한 한 부분이었고 철의 장막 뒤에 갇혀 있는 사람들에게 검열되지 않은 뉴스와 정보를 전했다. 그러나 이후 우리는 기술과 시장 판도의 변화에 발맞추지 못했다. 주디스와 나는 우리의 역량을 점검하고 향상시켜야 한다는 데 의견이 일치했다. 하지만 이 문제를 우선순위로 올리려면 의회나 백악관을 설득하는 힘든 싸움을 벌여야 했다.

═══

나는 파키스탄이 테러와의 전쟁에 더 열성적이고 협조적으로 나서고, 파키스탄 정부가 민주주의를 강화하고 국민들에게 급진주의에 대한 실효성 있는 대안을 제시하는 경제적, 사회적 개혁을 추진하도록 돕는 것이 내 임무라고 생각했다. 양국 모두의 미래에 중요한 테러와의 전쟁에서 파키스탄의 지원을 잃지 않으면서 이 국가를 압박하고 비판해야 했다.

2009년 10월 말, 이슬라마바드에 도착한 직후에 우리가 있던 곳에서 북서쪽으로 불과 150킬로미터쯤 떨어진 페샤와르의 한 붐비는 시장에서 차량폭탄이 터졌다. 100명이 넘는 사람이 목숨을 잃었는데, 희생자의 대다수가 여성들과 아이들이었다. 그곳 극단주의자들은 여성이 시장에서 장을 보는 것을 금지하라고 요구해왔고 이번 폭탄테러는 이러한 위협에 굴복하지 않은 사람들을 겨냥한 것 같았다. 심한 화상을 입은 시신들과 검게 그을린 잔해들이 파키스탄 전역에서 텔레비전 화면을 가득 채웠다. 내 방문에 맞춰 테러가 일어난 건 우연의 일치일까? 아니면 극단주의자들이 메시지를 보낸 것일까? 어느 쪽이든, 그렇지 않아도 민감한 방문이 더욱 살얼음판이 되었다.

첫 일정은 파키스탄의 외무장관 샤 메흐무드 쿠레시Shah Mahmood Qureshi와의 회담이었다. 나는 미 대사관을 출발해 이슬라마바드의 잘 정돈된 외교공관 구역을 잠깐 달려가 쿠레시 장관을 만났다. 이슬라마바드는 넓은 도로들이 낮고 푸른 산들로 둘러싸인 계획도시로, 1960년대에 정부가 카라치의 상업중심지에서 이곳으로 이전하면서 건설되었다. 이로써 수도가 라왈핀디의 군사령부와 더 가까워졌다. 명목상 문민정부가 나라 운영을 맡고 있지만 군은 여전히 광범위한 영향력을 발휘했다. 수행기자들 중 한 명이 비행기에서 파키스탄의 군과 정보기관이 테러리스트와의 관계를 전부 끊었다고 확신하는지 물었다. 아니라고 답했다. 나는 확신하지 못했다.

수년간 파키스탄인 대부분은 북서쪽 국경의 불안한 상황을 자신들과 동떨어진 일로 생각해왔다. 그 지역은 중앙정부의 완전한 통제를 받은 적이 없었다. 사람들은 전력 부족이나 실업 같은 눈앞에 닥친 현실적인 문제들을 더 많이 걱정했다. 그러나 이제 폭력이 확산되자 태도가 바뀌기 시작했다.

회담 뒤에 열린 기자회견에서 쿠레시는 폭탄테러에 깊은 우려를 표하며 극단주의자들을 겨냥해 말했다. "우리는 무너지지 않을 것입니다. 우리는 당신들과 싸울 것입니다. 무고한 사람들과 목숨을 공격해서 우리의 결심을 흔들 수 있을 것이라 생각했습니까? 아니요, 그렇게 하지 못할 것입니다." 나도 그에 동조해 폭탄테러를 강하게 규탄했다. "이것이 파키스탄 혼자만의 싸움이 아님을 당신들이 알았으면 합니다." 그리고 파키스탄 경제를 괴롭히는 만성적인 에너지 부족 문제에 도움을 줄 중요한 새로운 지원 프로젝트를 발표했다.

그날 저녁 늦게까지 나는 파키스탄 텔레비전 기자들과 토론을 계속했다. 처음에 그들은 적대적이고 의심에 찬 질문들을 던졌다. 그 주에 내가 만난 많은 다른 사람들과 마찬가지로, 기자들은 의회의 승인을 받은 새로운 대규모 지원 프로그램에 붙어 있는 조건들에 대해 따지고 물었다. 미국 역시 경제적으로 어려운 시기에 이렇게 관대한 지원 프로그램을 제공하는 데 감사의 말이 한마디쯤은 나왔으리라고 생각할지 모르겠다. 그러나 내가 들은 것은 왜 '조건들을 붙여서' 돈을 주는지에 대한 분노와 의혹뿐이었다. 이번 법안은 우리의 지원을 3배로 늘린다는 내용이었다. 그러나 파키스탄인들은 군사원조가 탈레반과 싸우려는 노력과 연계되어야 한다는 요구를 문제 삼았다. 이것은 합당한 요구 같았지만, 파키스탄군은 우리가 주는 돈으로 무엇을 할 수 있고 무엇을 할 수 없는지 지시받는 것에 부정적으로 반응했다. 많은 파키스탄인이 이 조건을 그들의 주권과 자존심에 대한 모욕이라고 생각했다. 나는 이 문제를 둘러싼 신랄한 비판과 깊은 오해에 놀랐고, 많은 사람들이 법안의 한마디 한마디를 면밀하게 살피며 모욕의 여지가 있는지 검토했다는 것에도 놀랐다. 미국인 중에서도 우리 법안을 그렇게 꼼꼼하게 읽어보는 사람은 드물다. 한 기자는 "미국의 홍보와 사람의 마음을 사로잡는 능력은 좋습니다. 미국의 입장을 설명하는 것도 좋습니다. 하지만 우리는 법안에 일종의 숨은 의도가 있다고 생각합니다"라고 말했다. 나는 인내심과 침착함을 유지하려고 애썼다. 이 원조의 의도는 사람들을 돕는 것, 그 이상도 그 이하도 아니었다. 나는 대답했다. "그렇게 생각하신다니 유감입니다. 우리의 의도는 그게 아니니까요. 명확하게 말씀드리죠. 파키스탄이 이 돈을 꼭 가져가야 하는 건 아닙니다. 원치 않으면 우리에게서 어떤 원조도 받을 필요가 없습니다."

파키스탄 개발원조에 대한 우리의 접근방식이 효과를 발휘하지 못하고 있는 건 분명했다. 양국관계에서 불편한 정치적 문제가 원조의 성격에 영향을 미치는 것일 수도 있고, 원조한 자금이 파키스탄 국민들에게 긍정적인 인상을 주도록 할당되고 사용되지 않는 것일 수도 있었다. 혹은 둘 다 원인일 수도 있었다.

내가 국무장관에 취임했을 때 미국은 파키스탄에서 100개가 넘는 프로젝트에 자금을 지원하고 있었다. 대부분 대상이 한정된 비교적 소규모 프로젝트들이었다. 일부는 미 국제개발처가 직접 운영했지만 대부분은 운영을 위탁했다. 그런데 이 도급업체 중에는 비영리 민간단체, 종교적 자선단체, 연구기관 등의 비영리기관뿐 아니라 영리를 목적으로 하는 곳도 있었다. 도급업체들은 자신들이 운영한 프로그램이 입증할 만한 결과를 낳았는지, 혹은 미국의 이해관계와 가치를 발전시켰는지에 따라 보상을 받았다. 그런 식으로 미국이 자금을 지원하는 프로젝트가 워낙 많아서 우리 대사관이 총 개수를 파악할 수 없을 정도였다. 파키스탄인들이 미국의 노력을 부정적으로 말하는 것도 놀라운 일이 아니었다.

파키스탄 방문을 전후해 리처드 홀브룩과 함께 이런 문제들을 해결하기 위한 전략을 짰다. 우리는 모든 노력을 능률화해야 한다는 데 동의했다. 국제개발처는 파키스탄인들을 실질적으로 지원하고 양국 모두에게 가시적인 영향을 미칠 수 있는 대표 프로젝트들로 수많은 프로그램들을 통합해야 했다. 우리는 다른 모든 국가를 합친 것보다 10배나 많은 돈을 파키스탄에 쓰고 있었기 때문에 이 목표는 쉽게 성취할 수 있을 것 같았다.

어떤 일도 내가 만족할 만큼 신속하게 진행되지 않았지만, 2012년 4월에 국제개발처가 파키스탄에 대한 더 집중적이고 전략적인 계획을 수립했다. 프로그램 수를 2009년의 140개에서 2012년 9월에는 35개로 줄이고 에너지, 경제성장, 안정화, 보건, 교육에 중점을 둔다는 계획이었다. 적어도 올바른 방향으로 한발 내디딘 셈이었다.

2009년 10월의 방문 당시 파키스탄인들은 테러와의 전쟁에서 자신들이 감당하고 있는 인적, 재정적 희생을 강조했다. 많은 파키스탄인이 테러와의 전쟁을 부당하게 자국에 강요된 미국의 전쟁이라고 생각했다. 이것이 3만 명에 이르는 파키스탄 민간인과 군인의 목숨만큼 가치가 있을까? 그냥 극단주의자들과 단독 강화를 맺고 평화롭게 살 수 있지 않을까? 라호르에서 만난 한 여성은 "미국은 9 · 11을 한 번 겪었겠지만 우리는 날마다 9 · 11을 겪고 있답니다"라고 말했다. 나는 그들의 기분을 이해했고, 가는 곳마다 파키스탄인들의 희생에 애도의 뜻을 표했다. 그리고 이 전쟁이 왜 미국만큼 파키스탄의 미래에도 중요한지 설명하려 애썼다. 특히 극단주의자들이 국경지역 너머까지 세력을 확장하고 있기 때문에 더 중요하다는 걸 알렸다. 나는 학생들에게 말했다. "저는 국민을 위협하고 영토의 많은 부분을 탈취하는 테러리스트 세력을 좌시할 수 있는 국가를 모릅니다." 나는 그들에게 테러리스트들이 캐나다에서 국경을 넘어와 몬태나 주를 차지한다면 미국이 어떻게 대응할지 상상해보라고 했다. 몬태나 주가 외딴 지역에 있고 인구가 적다고 해서 우리가 그 사태를 용인할까? 당연히 아니었다. 우리는 미국의 어느 곳에서도 그런 일이 벌어지는 것을 허락하지 않을 것이며, 파키스탄 역시 그래야 했다.

무인기에 대해서도 많은 질문을 받았다. 원격조정 항공기 투입은 알카에다를 비롯해 접근이 어려운 지역에 있는 테러리스트들에 맞선 오바마 정부의 전략에서 가장 효과적이면서도 논란이 많은 요소 중 하나가 되었다. 최종적으로는 오바마 대통령이 이 프로그램의 많은 세부사항을 기밀 리스트에서 제외하고 자신의 정책을 세계에 설명할 테지만, 2009년에 이 주제가 나올 때마다 내가 할 수 있는 말은 "노 코멘트"뿐이었다. 그러나 수십 명의 고위급 테러리스트가 무인기로 암살당했다고 널리 알려져 있었고, 나중에 우리가 알게 된 바로는 빈 라덴도 무인기로 인한 심각한 손실을 우려했다.

정부 내에서도 무인기 공격의 법적, 윤리적, 전략적 의미에 대해서 열띤 논쟁을 벌였고 명확한 지침, 감독체계, 책임성을 확립하기 위해 노력했다. 의회는 9·11 이후 알카에다에 무력 사용을 승인할 때 대테러작전에 대한 국내의 법적 근거를 제시했고, 자위권과 교전규칙에 따른 국제적인 법적 근거도 확보했다. 정부는 이라크와 아프가니스탄 밖에서 벌어지는 모든 공격을 의회의 해당 위원회들에 보고하기 시작했다. 가능하면 테러리스트들을 생포해 심문하고 기소하는 쪽을 선호했다. 그러나 미국 국민들에게 실질적 위협을 가하는 테러리스트 개개인을 체포할 수 없을 때는 무인기가 중요한 대안이 되었다.

나는 오바마 대통령이 한 다음의 말에 동의했다. "이 신기술은 심오한 문제들을 제기합니다. 누가 타깃인가? 왜 그런가? 민간인 사상자나 새로운 적을 만들 위험은 없는가? 이 공격이 미국법과 국제법 아래서 합법적인가? 그리고 책임과 윤리성에 대해서도 질문합니다." 나는 이 복잡한 문제들에 관해 국무부 법률고문이자 전 예일 대학교 로스쿨 학장이며 저명한 국제법 전문가인 해럴드 고와 논의했다. 해럴드는 모든 신무기와 마찬가지로 국내법과 국제법, 그리고 미국 국가안보의 이해관계에 맞추어 이 무기의 사용에 관한 투명한 절차와 기준을 정립해야 한다고 주장했다. 법치국가라는 점은 미국의 가장 큰 저력 중 하나였고, 대법원은 테러와의 전쟁이 "법적 블랙홀"에서 일어날 수 없음을 명확히 했다.

모든 공격 결정은 엄격한 법적, 정책적 검토를 거쳐야 했다. 나는 미국의 국가안보에 중요하다고 생각되고 대통령이 정한 기준에 맞을 경우 특정 공격을 지지했지만, 그렇지 않을 때는 반대하기도 했다. 상정된 한 공격 건을 두고 친한 친구이자 CIA 국장인 리언 패네타와 격렬한 언쟁을 벌이기도 했다. 하지만 모든 경우에 나는 이런 공격들이 외교, 법 집행, 제재, 그 외의 도구들이 포함된 더욱 광범위한 스마트파워 대테러전략의 일부가 되어야 한다고 생각했다.

정부는 무인기 때문에 민간인 사상자가 발생하는 경우를 최대한 막기 위해 할 수 있는 모든 조치를 다 했다. 이런 노력을 기울였지만 무인기 공격으로 민간인 사상자가 발생했다는 보도가(대개는 사실이 아니지만 항상 근거 없는 이야기는 아니었다) 분노와 반미 감정을 부채질했다. 이 프로그램은 기밀사항이어서 나는 그런 보고가 정확한지 확인해주거나 부인할 수 없었다. 무고한 인명 손실에 조의를 표할 수도 없고, 우리의 방침이 민간인에게 피해를 입힐 가능성이 가장 적다고(특히 미사일이나 폭탄 같은 재래식 군사작전과 비교하거나 테러리스트들을 계속 방치할 때의 대가에 비하면 말이다) 설명할 수도 없었다.

파키스탄에서 흔히 들었던 또 다른 질문은 무샤라프를 그렇게 오랫동안 지원했던 미국이 개발과 민주주의를 증진시키길 원한다는 것을 어떻게 진지하게 받아들일 수 있는가 하는 문제였다. 한 텔레비전 기자는 우리의 행동을 "독재자를 위해 레드 카펫을 깔아준 것"이라고 표현했다. 나는 그 기자와 조지 부시, 무샤라프, 그리고 누가 무엇에 책임이 있는지에 대해 약간 옥신각신하다가 마침내 말했다. "보세요, 우리는 과거에 대해 논쟁을 벌일 수 있습니다. 이런 논쟁은 항상 재밌긴 하지만 과거를 바꿀 수는 없지요. 하지만 우리는 다른 미래를 만들어가겠다고 결정할 수도 있습니다. 자, 저는 다른 미래를 만들자는 데 한 표 던집니다." 내가 그를 설득했는지는 확실치 않지만 회의가 끝날 무렵에는 그 자리에 모인 사람들의 분노가 적어도 약간은 누그러진 듯했다.

기자들과의 대담이 끝나자 자르다리 대통령과 만나 저녁을 먹을 시간이었다. 그때 대통령궁의 공식 만찬장에 들어가기 전 조용한 틈을 타, 자르다리 대통령이 14년 전에 나와 첼시가 베나지르, 아이들과 함께 찍은 사진을 내밀었다.

다음 날 나는 무굴제국의 환상적인 건축물들이 즐비한 라호르로 날아갔다. 우리 일행이 시내로 달려가는 동안 경찰 수천 명이 길가에 서 있었다. 거리에 걸린 환영 플래카드들도 보았지만 "힐러리는 돌아가라", "무인기 공격은 테러다"라고 적힌 표지판을 든 젊은이들 무리도 지나쳤다.

대학생들과 만난 자리에서 더 많은 질문을 받았다. 왜 미국은 항상 파키스탄 대신 인도를 지원하는가? 미국은 파키스탄의 에너지 부족과 열악한 교육 문제를 어떻게 도울 수 있는가? 원조 프로그램에 왜 그렇게 많은 조건이 붙어 있는가 하는 질문도 또 나왔다. 왜 미국에서 공부하는 파키스탄 교환학생들을 테러리스트라는 선입견을 가지고 보는가? 미국이 예전에 우리를 그토록 여러 번 실망시켰는데 어떻게 미국을 믿을 수 있겠는가?

나는 정중하고 알찬 대답을 내놓으려 노력했다. 그리고 "우리가 항상 백미러를 본다면 앞으로 나아가기 힘듭니다"라고 지적했다. 방 안 분위기는 뚱하고 불만에 차 있었다. 내가 세계의 다른 대학을 방문했을 때 접했던 긍정적인 에너지는 찾아보기 어려웠다.

그때 한 젊은 여성이 일어났다. 의과대학생인 그녀는 '평화의 씨앗Seeds of Peace' 회원이었다. 문화적 차이와 갈등을 넘어 젊은이들의 화합을 도모하는 평화의 씨앗은 내가 오랫동안 지원해온 단체였다. 그녀는 세계의 젊은 여성들에게 영감을 준 것에 내게 아낌없이 감사를 표했다. 그런 뒤 무인기 사용으로 화제를 옮겨 신랄한 질문을 던지기 시작했다. 그녀는 무인기가 파키스탄의 민간인들에게 가하는 부수적인 피해를 언급하고 이러한 공격이 그렇게 중요하다면 미국은 왜 필요한 기술과 정보를 파키스탄군과 공유해 직접 이 일을 처리하게 하지 않는지 물었다. 나는 그녀의 어조가 갑자기 바뀌는 것에 약간 놀랐다. 하지만 그녀를 보면서 권위 있는 인물에게 당돌한 질문을 던지던 내 학창 시절이 떠올랐다. 젊은이들은 종종 다른 사람들이 생각은 하고 있지만 조심스러워서 입 밖에 내지 않는 일을 대담하게 이야기하곤 한다. 누가 알겠는가. 내가 파키스탄에서 태어났다면, 지금 그녀의 자리에 서 있을지.

"저는 그 문제에 대해 구체적으로 말하진 않을 것입니다." 나는 당시 내가 무인기에 대해 합법적으로 말할 수 있는 범위를 염두에 두며 대답했다. "하지만 전반적으로 말하자면, 지금 전쟁이 벌어지고 있습니다. 그리고 고맙게도 파키스탄군이 매우 전문적이고 성공적인 군사적 노력을 기울이고 있습니다. 저는 미국이 제공하는 지원과 파키스탄군의 용맹성이 문제의 많은 부분을 매듭짓길 바랍니다. 유감스럽게도 테러를 가하려는 사람들은 항상 존재할 것입니다. 하지만 그들은 결국 제거될 수 있고, 사회가 그들에게서 돌연히 등을 돌리는 것만으로도 그들을 저지할 수 있습니다. 따라서 저는 지금 파키스탄 정부와 군이 벌이는 전쟁은 귀국의 미래에 매우 중요하다고 생각하며, 우리는 정부와 군이 그 전쟁에서 승리하도록 계속해서 도울 것입니다."

그녀가 그 대답에 만족했는지는 모르겠다. 내가 한 말은 사실이었지만 내 머릿속에 있는 다른 이야기는 할 수 없었다. 맞다. 파키스탄인들은 극단주의자들에 맞선 이 전쟁에서 민간인, 군인 할 것 없이 끔찍한 대가를 치렀다. 그 희생은 결코 잊혀서는 안 된다. 고맙게도, 파키스탄군이 마침내 스와트 계곡 같은 분쟁지역으로 이동하고 있었다. 그러나 파키스탄 군부와 정보기관의 너무 많은 지도자들이 인도 문제에 사로잡혀, 탈레반의 반란과 다른 테러집단은 보지 못하거나 심지어 방조까지 했다. 알카에다는 파키스탄 땅에서 제재 없이 태연히 활동했다. 따라서 파키스탄인들은 어떤 나라에서 살고 싶은지, 그런 나라를 지키기 위해 무엇을 하고 싶은지에 대한 힘든 선택을 안고 있었다.

나는 모든 질문에 내가 할 수 있는 대답을 했다. 내가 해야 했던 말이 학생들 마음에 들지 않을지라도, 모든 사람에게 미국이 그들의 관심사를 듣고 응답하고 있다는 것을 이해시키고 싶었다.

그 뒤에는 현지 기자들과의 또 다른 대담이 기다리고 있었고, 나는 다시 한 번 샌드백 노릇을 했다. 미국이 파키스탄의 주권을 존중하지 않는다는 똑같은 질문들을 들었고, 할 수 있는 한 정직하고 정중하게 대응했다. 한 언론이 표현했듯이, 나는 "외교관이라기보다 결혼상담사 같았다." 나는 질문자들에게 신뢰와 존중은 쌍방향이어야 한다는 점을 확인시켰다. 나는 이 지역에서 지금까지의 미국의 전력을 솔직하게 평가하고 우리 행동의 결과에 책임을 질 각오가 되어 있었다. 예를 들어 미국은 1989년에 소련이 철수한 뒤 아프가니스탄에서 너무 빨리 빠져나왔다. 그러나 파키스탄인들 역시 책임을 져야 하고 우리에게 하듯 자신들의 지도자들을 철저하게 검증해야 한다. 나는 이렇게 말했다. "저는 어려운 문제를 피해 주변에서 빙빙 도는 것은 옳지 않다고 생각합니다. 아무에게도 도움이 안 되니까요."

우리가 왜 충분한 도움도 주지 않으면서 파키스탄인들에게 미국의 전쟁에서 싸우라고 강요하는지에 답한 뒤 나는 기자들을 둘러보았다. 그중 많은 사람이 자신들이 처한 온갖 어려움에 대해 미국을 탓하려 했다. "여러분에게 묻고 싶은 것이 있습니다. 알카에다는 2002년부터 파키스탄에 은신처를 갖고 있었습니다. 그들이 어디에 있는지 아무도 모르고 그들을 잡길 정말로 원하는데 잡지 못한다는 파키스탄 정부의 말은 믿기 어렵습니다…… 세계는 이 테러조직의 배후 주도자들을 붙잡고 죽이는 데 관심이 있습니다. 하지만 우리가 아는 바로는 그들은 파키스탄 내에 있습니다."

잠시 동안 대담장 안이 쥐 죽은 듯 조용해졌다. 나는 모든 미국 관료들이 사실이라고 믿지만 입 밖에 꺼내지 않는 이야기를 했다. 빈 라덴과 그의 핵심 부관들은 십중팔구 파키스탄에 숨어 있었다. 누군가는 틀림없이 그곳이 어디인지 알고 있을 터였다. 그날 저녁 파키스탄 텔레비전에서는 내 발언이 끝없이 반복되었고 이슬라마바드의 정부 관료들은 아는 바가 없다고 잡아떼기에 급급했다. 한편 워싱턴에서는 백악관 대변인 로버트 깁스Robert Gibbs가 "클린턴 국무장관이 파키스탄을 향해 자국 내에 있는 테러리스트들을 찾으려 하지 않는다고 직설적인 발언을 한 것이 적합하다고 보십니까?"라는 질문을 받았다. 깁스는 "전적으로 적절합니다"라고 대답했다.

다음 날 열린 파키스탄 언론과의 또 다른 대담에서 나는 재차 강조했다. "파키스탄의 누군가는, 어딘가는 그 사람들이 어디에 있는지 알고 있는 것이 틀림없습니다."

파키스탄에서 돌아온 지 몇 달 뒤에 리언 패네타가 버지니아 주 랭글리에 있는 CIA 본부로 나를 초청했다. 나는 리언과 그의 아내 실비아와 몇십 년을 알고 지낸 사이였다. 리언은 클린턴 정부에서 관리예산국 국장을 지내며 빌이 성공적인 경제 계획안을 마련하고 통과시키는 데 큰 몫을 했다. 그 이후 그는 비서실장을 맡아 클린턴 정부가 공화당이 의회를 장악한 1994년부터 빌이 재선된 1996년까지의 어려운 시기를 잘 헤쳐나가도록 도왔다. 자부심이 강한 이탈리아계 미국인인 리언은 빈틈없고 직설적이며, 다채로운 이력, 뛰어난 직관과 판단력을 지닌 워싱턴의 수완가였다. 나는 오바마 대통령이 리언을 처음에는 CIA 국장, 이후에 국방부 장관으로 임명해 정부로 다시 불렀을 때 기뻤다. 이제 리언은 알카에다와의 전쟁 전략을 수립하려 하고 있었다. 테러에 대응하는 정부의 군사, 외교, 정보활동이 성과를 나타내고 있었지만 우리 두 사람은 극단주의자들의 선전활동에 더 강경하게 맞서 싸우고, 알카에다의 자금이나 인력 조달, 은신처 확보를 더 효과적으로 차단해야 한다고 생각했다.

2010년 2월에 랭글리로 향했다. 스파이 스릴러물에서 수도 없이 재창조되곤 하는 CIA 본부의 유명한 로비에는 숙연함을 자아내는 기념물이 있다. 100여 개의 작은 별이 대리석 벽에 새겨져 있는데, 그 하나하나가 임무 수행 중에 숨진 CIA 요원을 기리는 것이다. 그중에는 신원이 기밀로 남아 있는 사람도 많다. 랭글리를 처음 방문한 때가 떠올랐다. 나는 1993년 초에 CIA 본부 아래쪽에 있는 신호등에서 총격으로 목숨을 잃은 CIA 요원 두 명의 추도식에 남편을 대신해 참석했다. 살해범은 미르 아이말 칸지Mir Aimal Kansi라는 파키스탄 이민자였다. 칸지는 자기 나라로 달아났지만 나중에 붙잡혀 미국에 신병이 인도되어 유죄를 선고받고 처형되었다. 당시 퍼스트레이디가 된 지 몇 주 밖에 안 된 때였는데, 랭글리의 추도식에서 CIA 직원들의 조용한 헌신에 깊은 인상을 받았다.

17년이 지난 지금 CIA는 다시 비통함에 빠져 있었다. 2009년 12월 30일, 아프가니스탄 동부의 한 기지에서 7명의 요원이 자살폭탄 테러로 목숨을 잃었다. 기지의 안보 및 정보요원들은 매우 가치 높은 정보를 보유했을 가능성이 있는 알카에다 정보원을 만나기로 했는데, 그가 폭탄을 숨겨 들어와 터뜨린 것이다. 이 테러 공격은 유대감이 두터운 CIA 조직과 리언에게 심각한 충격을 주었다. 리언은 델라웨어 주의 도버 공군기지에서 성조기로 덮인 관들을 직접 맞았다.

리언은 "스파이활동에 필요한 기술이 부족했다"는 부당한 비판에 맞서 〈워싱턴포스트〉에 기고한 논평에서 요원들을 옹호했다. "우리 요원들은 세계의 위험한 지역에서 중요한 임무에 관여했다. 그들은 이 임무에 위험을 무릅쓰고 기꺼이 자신의 기술 및 전문지식과 열정을 쏟아부었다. 우리는 그렇게 해서 임무에 성공한다. 그리고 전쟁에서 승리는 때때로 큰 대가를 치른다." 위험한 지역에서 우리나라를 위해 일하는 것의 중요성도, 이와 관련된 위험한 현실도 리언의 말이 옳았다. 대부분의 미국인은 우리 군이 종종 위험에 처할 수밖에 없다는 것을 알고 있다. 그러나 내가 국무장관을 지내면서 비통하게 되새긴 것처럼 우리의 정보요원, 외교관, 개발전문가 역시 위험에 노출된다.

내가 랭글리에 도착하자 리언은 나를 7층에 있는 자기 사무실로 데려갔다. 사무실에서는 숲과 무질서하게 뻗어나간 버지니아 외곽, 그리고 포토맥 강이 내려다보였다.

곧 CIA 대테러센터의 분석가들이 들어와 알카에다와의 전쟁에 관해 브리핑을 했다. 우리는 아프가니스탄, 파키스탄, 그 밖에 전 세계 분쟁지역의 과격한 극단주의에 대응하기 위해 국무부가 정보기관과 어떻게 긴밀하게 협조할 수 있을지 논의했다. CIA 팀은 특히 온라인과 방송에서의 정보전쟁에서 우리의 도움을 열렬히 원했다. 나는 그 생각에 동의했다. 파키스탄인들의 분노에 찬 불평이 아직도 내 귓가에 쟁쟁거렸다. 게다가 리처드 홀브룩이 말했던 대로, 우리가 숨어서 생활하는 극단주의자들에게 커뮤니케이션 전쟁에서 지고 있다는 생각에 미칠 것 같았다. 더 중요한 것은 극단주의의 확산을 둔화시킬 방법을 찾아야 한다는 점이었다. 더 많은 테러리스트들이 생겨나 우리가 지금 전장에서 제거하고 있는 사람들의 자리를 메우지 않도록 해야 했다. 또한 더 많은 국가, 특히 극단주의의 선전활동과 새 조직원 확충을 저지하도록 도울 수 있는 이슬람 국가들을 알카에다와의 전쟁에 참여시켜야 했다. 리언과 나는 국무부와 CIA 직원들에게 대통령에게 제출할 수 있는 구체적인 제안서를 함께 작성하라고 지시했다. 그 뒤 몇 달 동안 우리는 대테러 관련 고문 대니 벤저민Danny Benjamin의 리더십에 힘입어 네 가지 측면에서 접근한 전략을 개발했다.

먼저 우리는 알카에다와 산하 조직들이 선전활동을 벌이고 추종자들을 모집하는 언론 웹사이트와 채팅방 등 온라인 공간에서의 싸움을 강화하기 위해 대테러 커뮤니케이션 전략센터를 신설하고자 했다. 대테러 커뮤니케이션 전략센터는 국무부 소속이지만 여러 관계부처의 전문가들과 협력하는 형태로 운영될 것이었다. 워싱턴의 이 센터가 중추가 되어 전 세계의 군 및 민간 팀들을 연결하고 우리 대사관들의 커뮤니케이션 활동을 강화하여, 극단주의의 선전원들을 선제공격하고 이들이 하는 말의 신빙성을 떨어뜨려 노련하게 압도하도록 도울 것이다. 우리는 소규모인 '디지털지원팀'을 확대해 우르두어, 아랍어, 소말리아어, 그 외의 언어를 유창하게 구사하며 온라인에서 극단주의자들과 싸우고 미국에 적대적인 잘못된 정보에 대응할 수 있는 소통전문가 대대를 만들고자 했다.

둘째, 국무부는 폭력적인 극단주의와의 투쟁에서 우리와 이해관계를 공유하는 전 세계 동맹국과 협력국의 협조를 강화하기 위한 외교 공세를 이끌 것이다. 놀랍게도 9·11이 일어난 지 거의 10년이 지났는데도 주요 대테러정책과 관련된 정책입안자들과 실행자들이 정기적으로 모이는 국제적인 장이 마련되지 않았다. 따라서 우리는 이슬람 세계의 많은 국가를 포함해 수십 개국이 함께 모여 모범 사례를 공유하고, 허점이 많은 국경 강화방안, 납치범들의 몸값 요구에 대한 대응방법 같은 공통 과제를 해결할 국제 대테러포럼을 구상했다.

셋째, 우리는 외국의 법 집행 및 대테러군 훈련 강화를 원했다. 국무부는 이미 매년 60개국이 넘는 국가의 7,000명에 가까운 관료들과 협조하고 예멘, 파키스탄, 그 외의 최전선 국가들에 대테러 역량을 구축한 경험을 보유하고 있었다. 우리는 이를 더 확장하길 원했다.

넷째, 우리는 목표가 명확한 개발 프로그램들과 지역 시민사회와의 제휴를 활용해, 조직원을 모집하는 특정 테러리스트 거점들에서 극단주의의 국면을 변화시키고자 했다. 시간이 지나면서 우리는 새로운 테러리스트들이 가족과 사회 네트워크의 영향을 받아 여러 명이 함께 조직에 가담한다는 것을 알게 되었다. 우리는 세계의 모든 국가에서 민주주의를 실현하거나 빈곤을 퇴치하지는 못할 수도 있다. 그러나 특정 동네, 마을, 교도소, 학교에 초점을 맞추면 급진주의의 순환을 깨고 테러리스트 모집 사슬을 끊을 수 있을지도 모른다.

나는 이 네 구상안이 테러자금 조달 네트워크를 와해시키려는 재무부의 적극적인 노력과 함께 일관성 있는 스마트파워 대테러 접근방식을 이루어, 정보기관과 군이 수행하고 있는 활동을 보완할 것이라고 생각했다. 나는 대니 벤저민에게 우리의 계획을 백악관 참모들에게 브리핑해달라고 요청하고, 내게도 대통령과 국가안전보장회의에 우리 전략을 설명할 시간을 달라고 했다.

백악관의 국가안보 보좌관들 중 일부는 우리 계획을 지지했지만 나머지는 우려를 표했다. 그들은 국무부가 다양한 기관들의 활동, 특히 커뮤니케이션 관련 활동을 주로 조율하는 백악관의 역할을 침해하려는 것이 아님을 확인하고 싶어했다. 대니는 우리의 의도는 극단주의자들의 선전활동과 싸우기 위해 정교하게 타깃을 설정한 구상안을 마련하는 것이라고 끈기 있게 설명했다. 나는 오해를 풀기 위해, 이미 수차례 불가피하게 써온 방법대로 대통령에게 이 구상을 직접 제시하기로 결정했다.

7월 초에 나는 오바마 대통령과 그의 국토안보 및 대테러 팀 전체와의 정기회의에서 우리 전략을 소개했다. 대니가 네 개의 구상안과 이를 실행하기 위해 필요한 자원 및 권한을 설명한 상세한 파워포인트 자료를 챙겨 왔다. 패네타는 즉시 나를 지지하면서 대통령에게 이 구상이야말로 딱 필요한 것이라고 말했다. 게이츠 장관도 동의했다. 에릭 홀더Eric Holder 법무장관과 재닛 나폴리타노Janet Napolitano 국토안보부 장관 역시 지지 발언을 했다. 그런 뒤 우리는 대통령을 쳐다보았다. 나는 그가 약간 기분이 상했음을 느낄 수 있었다. 대통령은 화가 난 얼굴로 말했다. "여기 사람들이 내 말에 귀를 기울이게 하려면 어떻게 해야 할지 모르겠군요." 뭔가 시작이 좋지 않았다. 그러나 뒤이은 말은 이랬다. "나는 이런 계획을 1년이 넘도록 요청해왔어요!" 최고책임자에게서 승인이 떨어진 것이다. 회의가 끝난 뒤 나는 대니에게 말했다. "우리는 필요한 모든 것을 가졌어요. 시작합시다."

═══

"단서를 잡았어요."

2011년 3월 초였다. 리언 패네타와 나는 국무부 8층의 내밀한 다이닝룸에서 점심을 먹고 있었다.

그 얼마 전에 상황실에서 한 회의가 끝난 뒤 리언이 나를 한쪽으로 데려가더니 중요한 일로 은밀히 이야기하고 싶다고 했다. 참모가 참석해서도 안 되고 기록을 해서도 안 된다고 했다. 내가 랭글리에 있는 그의 사무실로 다시 찾아가겠다고 하자, 리언은 이번에는 자기가 국무부로 오겠다고 고집을 부렸다. 그래서 여기에서 점심을 먹게 된 것이다. 나는 리언의 머릿속에 있는 일을 얼른 듣고 싶었다.

리언이 내 쪽으로 몸을 기울이더니 CIA가 오사마 빈 라덴의 행방에 대해 최근 수년 들어 가장 유력한 단서를 잡았다고 말했다. CIA는 한동안 조용히 이 단서를 확인하는 작업을 진행했고, 리언은 백악관부터 시작해 고위관료들에게 서서히 이 첩보를 알리기 시작했다. 12월에 국방부를 방문해 로버트 게이츠 장관을 만났고, 2월에는 합동참모본부와 합동특수작전 사령부 사령관 빌 맥레이븐Bill McRaven 제독을 끌어들였다. 첩보가 믿을 만하다고 판단되면 맥레이븐의 부대에 습격작전을 이끄는 임무가 떨어질 수 있었다. 그리고 이제 내게 그 이야기를 꺼낸 것이다. 이 사안에 대한 대응방안을 논의할 백악관의 소규모 그룹에 내가 합류하길 원해서였다.

나는 오바마 대통령이 취임 직후에 리언에게 CIA가 알카에다 관련 활동과 빈 라덴 수색에 다시 중점을 두길 원한다고 말한 것을 알고 있었다. CIA 요원들과 분석가들은 랭글리와 현장에서 몇 갑절 노력을 기울였고 이제 그러한 노력이 성과를 내고 있었다. 내가 그라운드 제로의 검게 그을린 잔해 무더기에 서 있던 때로부터 거의 10년이 흘렀고 미국인들은 여전히 정의의 실현을 원했다. 하지만 나는 첩보활동은 불확실성을 안고 있으며 이전의 단서들이 성공적인 결과로 이어지지는 않았다는 것도 잘 알고 있었다.

나는 국무부의 누구에게도(그 일과 관련해서는 어디에서도) 무슨 일이 벌어지고 있는지 말할 수 없었다. 그래서 내 참모들과 약간 어색한 순간들이 생겼다. 내가 적어도 열 명의 사람들에게 들키지 않고 무슨 일을 할 수 있었던 것은

20년도 더 전의 일이었다. 하지만 이번에는 약간의 눈속임으로 비밀을 유지할 수 있었다.

우리 그룹은 3월과 4월에 백악관에서 여러 차례 만났다. 리언과 그의 팀이 파키스탄 아보타바드에 있는 높은 담장에 둘러싸인 한 저택에 '매우 가치 높은 표적', 즉 아마도 빈 라덴이 거주하고 있으리라고 의심하게 된 경위를 설명했다. 미국의 웨스트포인트에 해당하는 파키스탄 최고의 사관학교에서 그리 멀지 않은 곳이었다. 일부 정보분석가들은 그토록 애타게 찾던 사람을 마침내 발견했다고 강하게 확신했다. 그러나 다른 사람들, 특히 사담 후세인이 대량살상무기를 보유했다고 판단해 첩보활동 실패를 겪어본 사람들은 확신이 덜했다. 우리는 보고서들을 꼼꼼하게 살펴보고 전문가들의 의견을 들으면서 양쪽 가능성을 평가했다.

우리는 여러 작전방안에 대해서도 논의를 벌였다. 파키스탄과 첩보를 공유해 공동으로 습격작전을 수행하는 것도 선택안 중 하나였지만 나도 그렇고 다른 사람들도 파키스탄을 믿을 수 없다는 입장이었다. 대통령은 즉각 그 안을 검토 대상에서 제외했다. 또 다른 선택안은 공중에서 저택을 폭격하는 방안이었다. 이 방안을 채택하면 미국 측 대원들은 거의 위험에 처하지 않겠지만 인구가 밀집된 주변지역에 상당한 부수적 피해를 입힐 가능성이 있었고, 빈 라덴이 정말로 거기에 있었는지 확인할 방법도 없어질 것이었다. 무인기나 다른 플랫폼에서 표적 미사일을 발사하는 방법은 피해를 줄일 수는 있지만 역시 시체를 회수해 신원을 확인하거나 저택에서 다른 유용한 정보들을 수집하지는 못할 것이다. 설상가상으로 미사일이 표적에서 빗나가 작전이 성공하지 못할 수도 있었다. 오사마 빈 라덴이 정말로 그 집에 있는지 확인하고 그가 생포 혹은 사살되었다고 확신할 수 있는 유일한 방법은 파키스탄에 특수작전부대를 투입해 저택을 급습하는 방안이었다. 맥레이븐 제독의 특수작전 대원들은 숙련된 전문가들이고 경험도 풍부했지만, 이 방안이 단연 가장 큰 위험을 안고 있다는 데는 의심의 여지가 없었다. 특히 우리 대원들이 빈 라덴의 은거지에서 수백 킬로미터 떨어진 곳에서 파키스탄 보안부대와 충돌할 경우 더욱 그러했다.

대통령의 최고참모진은 급습작전의 타당성에 대해 의견이 갈렸다. 리언과 당시 국가안보 보좌관이던 토머스 도닐런은 궁극적으로 작전을 개시하자는 입장이었다. 그러나 몇십 년 동안 CIA 분석가로 일했던 로버트 게이츠는 뜻을 굽히지 않았다. 그는 이번 정보가 정황적인 것이라 생각했고 파키스탄인들과 충돌하면 아프가니스탄에서의 전쟁 지원이 위태로워질 것이라고 걱정했다. 로버트에게는 1980년 이란에서 벌인 이글클로 작전의 뼈아픈 기억이 남아 있었다. 당시 이 작전은 헬기가 수송기와 충돌해 미국 군인 8명이 목숨을 잃는 비극적인 결과를 낳았다. 누구도 다시는 보고 싶지 않은 악몽이었다. 로버트는 침입 급습작전에 따르는 위험이 너무 크다고 생각해서 공중습격 방안을 선호했다. 하지만 결국 마음을 바꿨다. 조 바이든 부통령은 계속 회의적인 입장이었다.

힘들고 감정적인 토론이었다. 국무부에서 내가 처리했던 대부분의 사안들과 달리, 이번 경우는 절대적으로 비밀이 유지되어야 했기 때문에 신뢰할 만한 조언자에게 의지하거나 전문가를 부를 수도 없었다.

나는 비밀을 철저하게 지켰다. 오바마 대통령은 습격작전이 끝난 뒤 국민들에게 방송으로 그 내용을 공식적으로 알리기에 앞서 전직 대통령 네 명에게 전화를 걸어 이 일을 직접 전했는데, 그때 내가 비밀을 엄수했다는 것을 알게 되었다. 빌에게 전화한 오바마 대통령은 "클린턴 장관에게 들었으리라 생각됩니다만……"이라고 운을 뗐다. 그러나 빌은 대통령이 무슨 말을 하고 있는지 전혀 알지 못했다. 아무에게도 말하지 말라고 해서 나는 누구에게도 입도 벙긋하지 않았기 때문이다. 나중에 빌은 내게 "당신이 비밀을 지킬 수 있다는 건 이제 아무도 의심 안 할 거요!"라고 농담을 했다.

나는 로버트와 조가 급습작전에 대해 우려하는 것을 이해했지만 이번 정보가 믿을 만하며 작전이 성공했을 때의 이점이 위험보다 크다는 결론에 이르렀다. 우리는 이 작전을 반드시 성공시켜야 했다.

맥레이븐 제독이 이 임무를 맡았다. 맥레이븐 제독은 수중폭파대 소대장에서부터 차근차근 승진해온 해군이었다. 제독을 더 잘 알게 되고 그가 이 임무를 계획하는 모습을 지켜보면서 나는 더욱 큰 확신을 갖게 되었다. 내가 저택 급습작전의 위험에 대해 물어보자, 맥레이븐 제독은 자신이 지휘하는 특수작전부대는 이라크와 아프가니스탄에서 이와 비슷한 임무를 수백 번 수행했다며 성공을 장담했다. 때로는 하룻밤에 두 번, 세 번 혹은 그보다 여러 번 작전을 벌인 적도 있다고 했다. 이글클로 작전은 참사였지만 특수작전부대는 그 사건에서 배운 바가 있었다. 이번 급습작전에서 어려운 부분은 파키스탄군의 레이더에 걸려 근처에 주둔한 보안부대의 공격을 받는 일 없이 아보타바드에 무사히 도착하는 것이었다. 일단 지상에 착륙하기만 하면 네이비실은 임무를 완수할 것이었다.

네이비실과 육군 제160특수작전항공연대 조종사들인 나이트스토커는 작전에 대비해 광범위한 훈련을 받았고 미국의 비밀장소 두 곳에 빈 라덴의 은신처와 똑같은 실물 크기의 모형을 지어놓고 두 번의 리허설을 하기도 했다. 네이비실과 함께 작전을 수행할 특수훈련견도 투입되었는데, 카이로라는 이름의 벨기에 말리노이즈 종이었다.

2011년 4월 28일, 오바마 대통령이 백악관 상황실에서 마지막 회의를 소집했다. 대통령은 테이블을 한 바퀴 돌면서 모든 사람에게 최종 의견을 이야기하라고 청했다. 대통령과 나는 둘 다 변호사 출신이었고, 시간이 지나면서 나는 매우 분석적인 사고의 소유자인 그에게 호소하는 방법을 터득했다. 그래서 이번 작전으로 파키스탄과의 관계에 미칠 수 있는 피해와 폭파작전의 위험성을 포함한 여러 사항을 체계적으로 제시했다. 그러나 빈 라덴을 붙잡을 수 있는 기회라면 그러한 위험을 감수할 가치가 있다고 결론 내렸다. 내가 직접 경험했듯이 우리와 파키스탄은 신뢰가 아니라 상호이익이 바탕이 된 철저히 업무적인 관계였다. 양국관계는 존속될 것이다. 나는 우리가 단호하게 밀고 나가야 한다고 생각했다.

타이밍과 구체적인 실행 계획 문제도 있었다. 급습은 어둠을 틈타 이루어져야 했기 때문에 맥레이븐 제독은 달이 보이지 않는 날 중 가장 가까운 날 밤에 작전을 개시하기를 권했다. 알아보니 그날은 불과 이틀밖에 남지 않은 4월 30일 토요일이었다. 그런데 일부 관료들이 뜻밖의 문제를 제기했다. 세간의 주목을 받는 행사인 연례 백악관 기자단 만찬이 토요일 밤에 예정되어 있다는 것이었다. 이 행사에서는 대통령이 방 안을 가득 메운 기자들과 유명인사들 앞에서 편하게 농담을 하곤 했다. 관료들은 작전이 진행되는 동안 대통령의 지시가 필요한 사태가 발생할 경우 그가 어떻게 평소처럼 태연하게 농담을 하고 있을지 우려했다. 행사를 취소하거나 대통령이 일찍 자리를 뜨면 사람들의 의심을 사서 작전의 비밀이 지켜지지 않을 수도 있었다. 언제나 훌륭한 군인인 맥레이븐 제독은 일요일로 최종 결정이 내려지면 그날 작전을 수행하겠노라고 투지 있게 약속했다. 그러나 그보다 더 미루면 힘들 것이라고 했다.

나는 이 터무니없는 대화를 끝까지 들었다. 하지만 이건 너무 심했다. 우리는 대통령이 지금껏 내린 가장 중요한 안보 결정 중 하나에 대해 논의하는 중이었다. 이런 문제 말고도 임무는 이미 충분히 복잡하고 위험했다. 특수작전 사령관이 토요일에 움직이길 원하면 그렇게 해야 했다. 내가 어떻게 말했는지는 정확히 기억나지 않지만 일부 언론은 내가 철자 네 개짜리 단어를 사용해 기자단 만찬에 대한 걱정을 일축해버렸다고 전했다. 나는 정정을 요청하지 않았다.

대통령도 내 말에 동의했다. 대통령은 최악의 사태가 일어나 자신이 만찬

도중에 나와야 하면 배탈 핑계를 대면 된다고 했다. 그러나 토요일 밤에 아보타바드에 안개가 낄 것이라는 예보로 결국 작전은 일요일로 연기되었다. 하지만 적어도 워싱턴의 파티 때문에 작전이 미뤄진 것은 아니었다.

최종 회의가 끝난 뒤 대통령은 이 문제를 심사숙고했다. 우리의 의견은 여전히 엇갈렸다. 오직 대통령만 결정을 내릴 수 있었다. 그리고 마침내 대통령의 명령이 떨어졌다. 이렇게 하여 암호명 넵튠스피어 작전이 시작되었다.

═══

토요일 밤에 첼시의 친한 친구 결혼식에 참석했다. 신부는 중국어에 능통하고 중국군에 관해 공부한 젊고 똑똑한 군사전략가였고, 신부 친구들은 모두 영리하고 매력적인 젊은이들이었다. 시원한 봄날 밤이었다. 피로연은 포토맥 강이 내려다보이는 옥상에서 열렸다. 나는 한쪽에 혼자 떨어져나와 강을 바라보며 다음 날 벌어질 일을 생각했다. 손님들이 계속 다가와 말을 걸었고 곧 내 주위에 십여 명이 모였다. 그중 한 사람이 물었다. "클린턴 장관님, 우리가 빈 라덴을 잡을 거라고 생각하십니까?" 나는 많고 많은 날 중 하필 그날 밤에 그런 질문을 받은 것에 깜짝 놀랐지만 아무렇지도 않은 척 대답했다. "음, 그렇게 되길 정말로 바랍니다."

다음 날인 5월 1일 일요일, 정오가 지난 12시 30분에 집에서 출발해 15분 뒤에 백악관에 도착했다. 그리고 상황실로 가서 국가안보팀의 다른 고위관료들에 합류했다. 백악관 직원들이 동네 식품점에서 음식을 사왔고, 우리는 모두 평상복 차림이었다. 10년 넘게 빈 라덴을 추적해온 CIA 관료 두 명도 자리를 함께했다. 이들의 추적이 곧 끝나리라는 것이 실감이 나지 않았다. 우리는 작전의 세부사항을 다시 검토했다. 물론 나중에 전화를 걸어야 할 곳들도 확인했다.

워싱턴 시간으로 오후 2시 30분에 네이비실 대원들을 태운 두 대의 블랙호크 헬기가 아프가니스탄 동부에 있는 잘랄라바드의 기지를 출발했다. 현지시간으로는 밤 11시였다. 헬기들이 파키스탄 국경을 넘자 대형 치누크 수송헬기 세 대가 만일의 사태에 대비해 투입 준비를 마친 채 뒤를 따랐다.

블랙호크기의 회전날개가 아보타바드의 밤의 정적을 가르며 2분 동안 윙윙 돈 뒤 저택 위로 급강하했다. 우리가 모인 상황실 바로 맞은편의 작은 회의실에 설치된 비디오화면으로 헬기들이 빠르고 낮게 저택에 접근하는 모습을 볼 수 있었다. 그런 다음 헬기가 제자리 비행을 하고 그동안 네이비실 대원들이 밧줄을 타고 내려오기로 되어 있었다. 그런데 계획과 달리 헬기 중 한 대가 급속히 양력을 잃기 시작했다. 조종사는 '경착륙'을 시도했고 헬기 꼬리가 저택의 담을 쳤다(나중에 군은 문제의 원인을 정확하게 파악했다. 저택 모형에는 철사를 엮은 울타리가 설치되어 있던 반면, 실제 저택은 돌담으로 둘러싸여 블랙호크의 운행을 위태롭게 할 만큼의 난기류를 만들어낸 것이다). 이것만으로는 충분히 놀랍지 않다는 듯, 저택 지붕에 대원들을 내려줄 예정이던 두 번째 헬기마저 멈춰야 할 지점을 지나쳐 계속 날아가 저택 밖의 땅에 착륙하는 바람에 즉석에서 대책을 세워야 했다.

내가 기억하는 가장 긴장된 순간이었다. 로버트가 처음부터 우려했던 이란에서의 비극적 사건뿐 아니라 1993년 소말리아 모가디슈에서 미국 군인 18명이 사망한 악명 높은 블랙호크다운 사건의 망령도 떠올랐다. 우리는 미국의 또 다른 참사를 목격하게 될 것인가? 나는 세계의 반대편에서 한밤중에 목숨을 걸고 작전을 수행하는 사람들을 생각하며 숨을 죽였다. 그날 우리 모두가 화면을 뚫어져라 쳐다보는 와중에 찍힌 유명한 사진에서, 나는 손으로 입을 틀어막고 있다. 어느 순간에 찍혔는지는 모르지만 내 기분을 정확히 포착한 사진이다.

그러다 마침내 우리는 숨을 내쉬었다. 손상된 블랙호크기가 착륙하자 네이비실 대원들이 공격 태세를 갖추고 뛰어내렸다. 그날 밤 수행된 수많은 영웅적 행위들의 시작이었다. 맥레이븐 제독의 말이 옳았다. 그의 팀은 어떤 문제라도 처리할 방법을 알고 있었다. 작전은 여전히 진행 중이었다.

우리는 대원들이 저택의 안뜰로 몰려들어가 빈 라덴을 찾으려고 건물 안으로 들어가는 모습을 영상으로 지켜보았다. 뉴스 보도나 영화와 달리, 건물 안에서 벌어지는 일은 볼 방법이 없었다. 우리가 할 수 있는 일은 현장에서 소식을 알려오길 기다리는 것뿐이었다. 나는 대통령을 쳐다보았다. 침착한 모습이었다. 내가 대통령을 보좌하는 것이 그날만큼 자랑스러웠던 때도 드물다.

영원처럼 길게 느껴졌지만 실제로는 15분 정도밖에 지나지 않았을 때 맥레이븐 제독이 빈 라덴을 발견했으며 그가 "작전 중 사살"되었다는 소식을 전했다. 오사마 빈 라덴이 죽은 것이다.

네이비실 대원들, 그리고 빈 라덴의 시신과 저택에서 발견된 귀중한 정보들을 안전한 곳으로 옮기기 위해 지원 헬기 중 한 대가 먼저 도착했다. 그러나 대원들은 우선 손상된 헬기를 폭발시켰다. 헬기의 첨단기술이 복구되어 연구자료로 쓰이는 것을 막기 위해서였다. 일부 대원들이 폭약을 설치하는 동안 다른 대원들은 저택에 살고 있던 여성들과 아이들(빈 라덴의 가족과 그 외의 사람들)을 한데 모은 뒤 폭발로 다치지 않도록 담 뒤의 안전한 곳으로 데려갔다. 그날의 모든 극심한 위험과 압박에도 불구하고 우리 군이 보여준 이러한 인도적인 모습은 미국의 가치에 대해 많은 것을 시사한다.

═══

네이비실 대원들이 아프가니스탄으로 귀환하고 시신이 빈 라덴임이 확인되자, 이제 대통령이 국민들에게 이 소식을 알릴 차례였다. 나는 대통령, 바이든, 패네타, 도닐런, 마이크 멀린, 그리고 국가정보국 국장 제임스 클래퍼James Clapper와 함께 이스트룸으로 향했다. 성명을 발표하고 연주회나 국빈 만찬에 참석하고자 수없이 드나든 곳이었다. 이제 나는 소규모 청중 중 한 명이 되어 대통령이 역사적 발언을 하는 모습을 지켜보았다. 이 순간이 오기까지의 몇 달, 몇 주는 제쳐두고, 그날 하루 동안의 감정과 엄청난 긴장만으로도 진이 빠졌다. 작전의 성공에 대한 대통령의 설명을 들으니 자랑스럽기도 하고 감사하기도 했다. 그러고 나서 우리가 로즈가든 옆의 주랑을 걸어 나오는데 문 쪽에서 예기치 못한 함성이 들렸다. 소리 나는 쪽을 바라보니 수많은 젊은이들이 백악관 밖에 모여 성조기를 흔들고 "미국! 미국!"이라고 연호하면서 자발적인 축하행사를 벌이고 있었다. 그중에는 근방의 대학교들에 다니는 학생이 많았다. 2001년 9월 11일에 알카에다가 미국을 공격했을 때 이 젊은이들 대부분은 어린아이였다. 이들은 테러와의 전쟁이 드리운 그늘 속에서 자라났고, 그 일은 이들이 기억하는 한 늘 의식 한편에 자리 잡고 있었다. 그토록 오랫동안 정의를 기다려온 끝에 이제 이들은 나라 전체가 느끼는 감정적 해방감을 표출하고 있었다.

나는 가만히 선 채로 밀려오는 함성과 환호성을 들었다. 지금도 그 끔찍한 날 잃어버린 사랑하는 사람들을 애도하고 있을, 뉴욕에서 만났던 가족들을 생각했다. 오늘밤 그들은 조금이라도 위안을 얻었을까? 심한 부상을 당했던 로런 매닝, 데비 마덴펠드 같은 생존자들이 새로운 낙관주의와 믿음을 가지고 미래와 맞설까? 빈 라덴의 행방이 묘연할 때도 결코 추적을 포기하지 않았던 CIA 장교들, 맥레이븐 제독의 약속보다 훨씬 더 훌륭하게 작전을 수행한 네이비실 대원들과 조종사들도 생각했다. 그들 모두가 무사히 집에 돌아왔다.

═══

나는 다가올 파키스탄인들과의 힘든 대화가 기다려지지 않았다. 이번 작전이 알려지자 예상했던 대로 파키스탄에서는 난리가 났다. 군은 굴욕감을 느꼈고 대중은 파키스탄 주권에 대한 침해라고 생각하여 격앙했다. 그러나 자르다리 대통령과 통화가 되었을 때 그는 적대적이라기보다 달관한 듯한 태도를 보였다. 자르다리는 말했다. "사람들은 내가 약하다고 생각합니다. 하지만 나는 약하지 않습니다. 나는 내 조국을 잘 알고 있고, 가능한 모든 일을 해왔습니다. 전 세계의 지명수배 1순위이던 사람이 내 조국에 있었다는 사실을 부인할 수는 없습니다. 그것을 알지 못했던 것은 모두의 잘못입니다." 그는 파키스탄이 60년 동안 미국의 친구였음을 강조하고, 테러와의 전쟁을 매우 개인적인 측면에서 표현했다. "나는 내 삶을 위해, 내 아이들의 미래의 삶을 위해 싸우고 있습니다. 나는 내 아이들의 어머니를 죽인 사람들과 싸우고 있습니다."

나는 자르다리 대통령에게 위로를 표하고, 미국의 많은 고위관료들이 그를 직접 만나러 가고 있다고 말했다. 나도 적당한 때가 되면 방문할 것이다. 하지만 나는 단호한 태도도 잃지 않았다.

"대통령님, 저는 양국 모두의 이해관계에 맞추어 앞으로 나아갈 길이 있다고 굳게 믿습니다. 양국의 긴밀한 협력이 끊어지면 두 나라 모두 상황이 더욱 어려워질 것입니다. 막역한 친구이자 대통령님을 매우 존경하는 사람으로서 분명히 말씀드리자면, 이 길을 발견하려면 대통령님과 파키스탄이 선택을 해야 할 것입니다. 우리는 더 긴밀한 협력을 원합니다."

나는 그 뒤 몇 개월 동안 취약한 양국관계를 탄탄히 하는 데 에너지를 쏟았다. 이슬라마바드의 캐머런 먼터Cameron Munter 미국대사와 그의 팀이 한 것처럼 말이다. 양국관계는 몇 차례나 단절 위기에 처했지만, 백악관에서 협의할 때 내가 동료들에게 설명한 근본적인 공통된 이해관계가 두 나라를 다시 화해시켜주었다. 빈 라덴은 죽었지만 테러는 어떤 국가도 무시할 수 없는 위협으로 남아 있었다. 파키스탄은 여전히 탈레반의 잔혹한 반란행위와 점점 악화되는 사회적, 경제적 문제들에 직면한 상황이었다.

아보타바드 작전을 벌인 지 6개월 뒤인 2011년 11월, 아프가니스탄과의 국경에서 일어난 비극적인 사고로 파키스탄 병사 24명이 미군에 의해 목숨을 잃었다. 미국은 곧바로 애도를 표했지만 파키스탄인들의 감정은 들끓어 올랐다. 파키스탄 정부는 이 사건에 대응하며 나토 연합군의 아프가니스탄 물자보급로를 차단했고, 의회는 미국과의 관계 검토에 착수했다. 파키스탄은 직접적인 사과를 원했지만 백악관은 그럴 의사가 없었다. 몇 달 동안 미군 컨테이너 선적 작업이 중단되는 바람에 우리 군의 병참 업무에 차질이 생겨 한 달에 1억 달러 규모로 재무비용이 증가했다. 파키스탄 측도 긴요한 수익을 잃었다.

2012년 시카고에서 나토 정상회의가 열릴 때까지도 보급로 재개통 문제에 진전이 없자 나는 오바마 대통령에게 교착상태를 해결하기 위해 다른 접근방식이 필요하다고 제안했다. 대통령은 국가안전보장회의와 국방부의 반대를 누르고 내게 시도해보라고 했다. 재선을 앞두고 선거운동에 신경을 곤두세운 대통령 보좌관 중 일부는 사과한다는 생각에 거부반응을 보였는데, 빈 라덴이 숨어 지내던 국가에 사과하는 것은 더욱 꺼려했다. 하지만 연합군의 물자보급을 도우려면 이 문제를 해결해야 했다. 나는 대통령에게 앞으로 닥칠 어떤 정치적 공격도 받아들이겠다고 말했다. 그리고 시카고에서 자르다리 대통령을 만나 보급로 개통을 위해 도움이 필요하다고, 파키스탄 정부도 수송대가 파키스탄 횡단을 허용하는 대가로 받는 돈이 필요할 거라고 말했다. 나는 노련한 협상가인 톰 나이즈 부장관을 파견해 파키스탄의 재무장관과 비공개로 만나도록 했다. 이번 경우 잘못을 인정하는 것은 나약함의 표시가 아니라 실용적인 타협이었다. 그래서 나는 나이즈에게 명확한 지시를 내렸다. 신중할 것, 합리적일 것, 거래를 성사시킬 것.

이 비밀 외교 루트는 파키스탄인들의 감정을 누그러뜨리는 데 도움이 되었다. 6월에 이스탄불에서 쿠레시의 뒤를 이어 외교장관이 된 히나 라바니 카르Hina Rabbani Khar를 만났을 때, 나는 문제해결이 가까워졌다는 것을 알 수 있었다. 7월 초에 우리는 협정서에 조인했다. 나는 파키스탄 병사들의 사망에 대한 우리 측의 실수를 인정했고 다시 한 번 심심한 애도를 표했다. 양측 모두 테러와의 전쟁에서 입은 손실을 안타까워했다. 파키스탄이 국경을 다시 열었다. 연합군은 파키스탄 국경을 통해 예정대로 철수를 진행했고, 다른 경로보다 훨씬 적은 비용이 들었다. 나이즈와 재무장관은 대화를 계속해 협력이 가능한 분야, 특히 경제개발 분야를 고찰한 공동 논평을 발표하기까지 했다.

보급로를 둘러싼 협상과 그 결과 이룬 합의는 미국과 파키스탄이 상호이익을 추구하는 데 앞으로 어떻게 협력할 수 있을지 교훈을 제시했다. 미국의 전투병력이 아프가니스탄을 떠나면서 양국관계의 성격이 변화할 것이다. 하지만 양국은 여전히 상호의존적인 이해관계를 가지고 있다. 따라서 우리는 건설적인 협력방안을 찾아야 한다. 앞으로도 의견 차이와 혼란은 피할 수 없겠지만, 양국이 성과를 얻고 싶다면 계속 관심을 집중하고 실용적인 입장을 유지하는 것 외에는 다른 방법이 없다.

한편 알카에다는 심각한 타격을 입었지만 아직 궤멸되지는 않았다. 아보타바드에서 벌인 작전에서 네이비실은 알카에다의 내부 운용에 관한 광범위한 새로운 정보를 확보했다. 이 정보들은 연계조직들의 확산에 관한 기존의 이해의 폭을 넓혀줄 것이다. 소말리아의 알샤바브, 알카에다 북아프리카 지부와 아라비아 반도 지부는 날이 갈수록 더욱 위협적인 존재가 되고 있다. 빈 라덴이 사망하고 그의 최측근이 많이 줄어들면서 알카에다 핵심부가 서구에 대해 새로운 공격을 할 역량은 약화될 것이다. 그러나 동시에 연계조직들로 영향력과 세력이 이동해 위협이 더 널리 분산되고 복잡해질 것이다.

이렇게 변화하는 과제에 직면한 나는 2010년에 대통령에게 설명했듯 테러에 대한 스마트파워 접근방식을 추구해야 한다는 확신이 더 강해졌다. 국무부에서는 대테러 사무소를 국무부 차관보가 이끄는 본격적인 전담 부서로 확장하는 등 필요한 도구와 역량을 개발하는 작업을 조용히 추진해왔다. 그러나 정부의 나머지 부처와의 협력은 불만스러울 정도로 느렸다. 우리는 한 푼의 자금을 위해서도 싸워야 했고, 2010년 7월에 느린 일처리를 두고 대통령이 날카롭게 비판했음에도 백악관에서 대테러 커뮤니케이션 전략센터 설립을 승인하는 최종 명령을 받기까지는 1년 넘는 시간이 걸렸다. 우리는 2011년 9월 9일에 마침내 센터 설립허가를 받았다. 같은 날 나는 뉴욕의 존제이 형사사법 대학을 방문해 대테러활동의 민간 측면을 강화하는 우리 전략을 설명하는 중요한 연설을 했다.

12일 뒤에 나는 유엔총회와 별도로 세계 대테러포럼을 개최했다. 터키가 공동의장을 맡았고 중동과 그 밖에 이슬람이 주류인 국가들을 포함해 30여 개국이 참석했다. 이후 2년간 나타난 초기 결과는 고무적이다. 아랍에미리트는 폭력적인 극단주의를 저지하는 데 초점을 맞춘 국제센터를 여는 데 동의했고, 몰타에 정의 및 법규와 관련된 센터가 개관할 예정이다. 이 기관들에서는 경찰, 교육자, 종교 및 지역사회 지도자, 정책입안자 들을 교육시킬 것이다. 극단주의자들의 선전을 약화시키는 방법을 아는 커뮤니케이션 전문가들, 정부와 지역사회에 테러를 막는 방법을 가르칠 수 있는 법 집행관들을 모을 것이다. 또한 증오가 배제된 교육 과정을 고안할 수 있고 극단주의자들의 충원활동에 노출된 어린이들을 보호하는 방안을 교사들에게 제시할 수 있는 교육자들과도 협력할 것이다.

초기에 세계 대테러포럼은 북아프리카와 세계 곳곳에서 알카에다 조직의 최대 자금확보 방법으로 대두한 납치와 몸값 요구 문제에 초점을 맞췄다. 특히 다른 자금확보 방법들이 차단되자 납치가 더욱 기승을 부렸다. 세계 대테러포럼은 미국의 강력한 지지를 얻어 해당 국가들의 몸값 지불을 중단시킬 행동강령을 개발했다. 몸값을 건네면 납치를 더 부추길 뿐이었다. 유엔안전보장이사회가 이 강령을 지지했고, 아프리카연합Africa Union은 지역의 보안부대들이 대체 전술을 개발하도록 도울 교육을 마련했다.

우리는 커뮤니케이션 전선에서도 어느 정도 진전을 이루었다. 예를 들어, 아랍의 봄이 중동을 휩쓰는 동안 대테러 커뮤니케이션 전략센터는 알카에다가 역사의 잘못된 편에 서 있음을 보여주기 위해 노력했다. 국무부가 제작해 온라인에 배포한 한 짧은 영상은 평화적 행동은 결코 중동에 변화를 불러오지 않을 것이라 주장하는 알카에다의 신임 지도자 아이만 알자와히리Ayman al-Zawahiri의 목소리로 시작한 뒤, 이집트의 평화 시위와 호스니 무바라크Hosni Mubarak의 실각 이후 축하하는 모습이 담긴 장면들이 이어진다. 이 영상은 중동지역에서 엄청난 반응을 불러일으켰다. 이집트포럼 웹사이트의 한 논평자는 "자와히리는 이집트와 아무 관계가 없다. 우리 문제는 우리가 해결할 것이다"라고 썼다.

이런 유형의 이념전쟁은 진행이 느리고 점진적이지만 중요하다. 알카에다와 연계 테러조직들은 살해되거나 붙잡힌 테러리스트들의 자리를 채울 새로운 대원들을 꾸준히 확보해야 존속할 수 있거니와, 선전활동을 통해 사회 불안정을 야기하고 공격을 유발할 수 있기 때문이다. 우리는 2012년 극단주의자들이 예언자 무함마드에 관한 모욕적인데다 조악한 인터넷 영상으로 이슬람 세계에 분노를 불러일으켰을 때 이런 현상을 목격했다. 당시 많은 국가의 미 대사관과 영사관이 공격 표적이 되었다.

한 발 물러나 더 넓은 시각으로 보면 폭력적인 극단주의는 오늘날 세계의 거의 모든 복잡한 문제들과 밀접하게 얽혀 있다. 극단주의는 위태롭고 빈곤한 지역에 뿌리를 내리고, 탄압이 자행되는 곳에서 융성한다. 법의 지배가 없을 때 극단주의는 여러 세대 동안 나란히 살아온 지역들 간에 증오를 촉발시키고 국가 내부와 국가들 간의 갈등을 이용한다. 미국이 세계에서 가장 어려운 과제를 안은 가장 어려운 지역들에 관여하는 것은 이 때문이다.

PART 4

희망과 역사 사이에서

HARD CHOICES

10

유럽 : 단단한 매듭

초등학교 때 배운 걸스카우트 노래 중에 이런 가사가 있다. "새 친구를 사귀되 옛 친구를 놓치지 마라. 새 친구는 은이고 옛 친구는 금이다." 미국에게 유럽과의 동맹은 금보다 더 큰 가치가 있다.

2001년 9월 11일, 미국이 테러 공격을 받았을 때 유럽 국가들은 주저 없이 미국의 편에 섰다. 프랑스 신문 〈르몽드Le Monde〉는 "우리 모두가 미국인이다"라는 제목의 머리기사를 내보냈다. 테러가 일어난 다음 날 나토는 사상 처음으로 하나의 동맹국을 공격하는 것은 곧 동맹국 전체를 공격하는 것으로 간주한다는 워싱턴 조약 제5항을 적용하기로 결정했다. 미국이 유타 해변을 비롯해 체크포인트 찰리, 코소보 등에서 유럽과 함께한 지 수십 년이 지난 뒤, 유럽은 앞으로 미국이 도움을 필요로 할 때 미국의 입장을 지지하겠다는 의견을 표명해왔다(프랑스의 유타 해변은 미국과 영국을 주축으로 한 연합군의 노르망디 상륙작전이 있었던 곳. 독일의 체크포인트 찰리는 분단된 동·서베를린을 통합할 수 있는 유일한 관문으로 미국이 지었다. 세르비아공화국 남부의 코소보는 알바니아계 주민과 세르비아 정부군 사이에 유혈충돌이 벌어진 지역으로 미국이 개입해 평화협상을 시도했다_옮긴이).

불행히도, 그 정점의 순간에 관계는 악화되었다. 대부분의 유럽 동맹국은 이라크 침공에 동의하지 않았다. 다수는 '아군 아니면 적군'이라는 식으로 대응하는 부시 정부 때문에 미국에 반감을 가지게 되었다. 예를 들면 2003년 초 이라크 문제로 논쟁이 뜨거웠을 때 도널드 럼스펠드 국방장관이 프랑스와 독일을 "구유럽Old Europe"으로 비꼰 것이 그 일례다. 2009년 유럽 전역에서 미국을 긍정적으로 보는 시각은 현저히 줄어들어 2000년에 영국에서 83퍼센트, 독일에서 78퍼센트였던 호감도가 2008년 말에는 각각 53퍼센트와 31퍼센트로 추락했다. 새로운 오바마 정부는 이런 상황에서 업무를 수행해야 했다.

유럽 여론의 조류 변화에 대응한 우리의 가장 큰 자산은 아마도 '오바마 효과'일 것이다. 유럽 대륙 전역의 사람들이 새 미국 대통령에 크게 열광했다. 2008년 7월, 대선후보로 베를린을 방문한 오바마는 20만 명에 달하는 수많은 독일 군중을 감동시켰다. 선거 다음 날 한 프랑스 신문에서는 "아메리칸 드림"이라는 제목의 머리기사를 내보냈다. 실제로 기대가 커진 만큼 오바마에게는 그 기대를 활용해 모든 긍정 에너지를 지속적인 발전의 밑거름으로 삼는 것이 우선 과제가 되었다.

미국과 유럽은 특정 정책들에서 의견 차이가 있기는 했지만, 부시 정권이 만들어놓은 긴장 속에서도 긴밀하게 결속했다. 유럽 동맹국들은 미국과 가장 가까운 파트너로 남아 대부분의 과제를 함께 해결해나갔다. 그리고 무엇보다도 이것은 자유와 민주주의를 사회 깊숙이 뿌리 내린다는 가치관을 바탕으로 한, 가치의 동맹이었다. 두 차례의 세계대전과 냉전의 상처가 역사와 함께 아물어가고 있었지만 수많은 유럽인들은 그들의 자유를 지켜주기 위해 미국이 치른 크나큰 희생을 아직도 잊지 않았다. 프랑스 땅에만 6만 명이 넘는 미국 군인이 묻혀 있다.

냉전 종식 후 미국은 새 정부가 들어설 때마다 유럽의 통합, 자유, 평화를 비전으로 삼았다. 그 중심에는 국민과 국가는 오랜 갈등을 넘어서 평화롭고 풍요로운 미래를 계획할 수 있다는 믿음이 있었다. 그러나 나는 이것이 얼마나 어려운지, 역사의 사슬이 온 세대와 사회를 얼마나 단단하게 옭아매는지 봐왔다. 한번은 남유럽 출신의 한 관료에게 그녀의 나라는 어떤 상황인지 물어본 적이 있는데, 그녀는 "십자군전쟁 이래……"라며 말문을 열었다. 이것은 유럽과 전 세계가 수많은 영역에서 간직하고 있는 기억의 뿌리가 얼마나 깊은지 보여주는 말이었다. 마치 20세기와 21세기는 단지 지표면에 덮인 흙에 불과하다는 듯했다. 기억이란 이웃과 동맹을 하나로 묶어주고 지나온 힘든 시간들을 투영하면서도, 한편으로는 해묵은 증오를 남겨두어 미래로 눈을 돌리지 못하게 한다. 그럼에도 서유럽 사람들은 2차대전 이후의 화해를 통해 그들이 짊어져야 했던 과거의 짐을 떨쳐버릴 수 있다는 것을 증명해 보였다. 그리고 베를린 장벽이 무너진 후 중부유럽과 동유럽, 그리고 유럽연합 국가들이 통합을 꾀하는 과정에서 우리는 그 증거를 또 한 번 목격할 수 있었다.

2009년에는 유럽 대다수 지역에서 역사적 진보가 이루어졌고, 우리는 여러모로 그 어느 때보다 유럽의 통합, 자유, 평화라는 비전에 접근할 수 있게 되었다. 하지만 그것은 수많은 미국인이 실감했던 것보다 더 약했다. 유럽 주변국들을 보면, 남유럽 국가들은 경제위기로 휘청거렸고, 발칸 반도국들은 여전히 전쟁 후유증으로 몸살을 앓고 있었으며, 너무나 많은 구소련계 국가들이 민주주의와 인권을 위협받았고, 블라디미르 푸틴Vladimir Putin이 통치하는 러시아는 그루지야를 침공해 과거의 공포를 재현하고 있었다. 우리의 전임자들은 유럽에서 동맹국을 만들고 그들을 도와 유럽 대륙이 더 큰 통합, 자유, 평화를 향해 나아갈 수 있도록 힘을 쏟았다. 이제는 내가 배턴을 이어받아 낡은 관계를 청산하고 해묵은 갈등을 풀어나가는 데 모든 노력을 쏟아부을 차례였다.

⸻

국가 간의 관계에서는 공동의 이해와 가치관뿐만 아니라 사람이 바탕이 되어야 한다. 국제 문제에서 인물의 성격은 많은 사람들이 생각하는 것보다 더 상황을 개선 또는 악화시킨다. 냉전을 승리로 이끄는 데 한몫했던 로널드 레이건Ronald Reagan과 마거릿 대처Margaret Thatcher의 돈독한 우정, 혹은 패배의 길로 치닫게 한 흐루쇼프Nikita Sergeyevich Khrushchyov와 마오쩌둥의 대립을 생각해보라. 그런 생각들 때문에 나는 국무부 출근 첫날부터 유럽의 주요 지도자들에게 손을 내밀기 시작했다. 몇몇은 내가 퍼스트레이디 시절과 상원의원 시절부터 알고 지내고 좋아한 사람들이었다. 다른 사람들은 새로 만나 가까워졌다. 어쨌든 우리가 목표로 한 일에서 그들 모두가 소중한 파트너였다.

나는 일일이 전화를 걸어 그들을 안심시키며 미국의 새로운 다짐을 전하기 시작했다. 영국 외무장관 데이비드 밀리밴드David Miliband는 "저런! 전임자가 당신에게 골치 아픈 세상을 떠맡겼군요. 매우 어려운herculean 일이기는 하지만 나는 당신이 이 일에 적격인 헤라클레스Hercules라고 생각합니다"라는 말로 비행기를 태워 나를 미소 짓게 했다. 나는 순간 우쭐해졌지만 (그럴 만했다) 우리에게 필요한 것은 신화에나 나오는 외로운 영웅이 아니라 파트너십 회복과 공조라는 생각을 확실히 했다.

밀리밴드는 더할 나위 없이 귀중한 파트너였다. 그는 젊고 활기차고 똑똑하고 창의적인데다 인상이 좋고 매력적이었다. 우리는 세계가 매우 유사한 양상으로 변화하는 것에 대해 의견을 나누었다. 밀리밴드는 시민사회를 중요시했는데, 유럽과 미국을 비롯해 전 세계적으로 증가하는 실업률과 젊은 세대와의 소통단절 문제에 관해 나와 같은 걱정을 안고 있었다. 우리는 좋은 업무 파트너가 된 것은 물론, 순수한 우정도 키워나갔다.

밀리밴드의 상관은 토니 블레어의 후임으로 총리직에 오른 노동당의 고든 브라운Gordon Brown이었다. 지적이고 고집 센 스코틀랜드 사람인 브라운은 영국을 강타한 경제불황의 책임을 떠맡으며 궁지에 몰렸다. 그는 블레어가 비난을 감수하고 부시의 이라크 침공을 지지하면서 남긴 앙금까지 떠안는 등 좋은 패를 손에 쥐지 못했다. 브라운이 2009년 4월 런던에서 G20 정상회의를 주최했을 때, 나는 그가 안고 있는 부담감을 엿볼 수 있었다. 그는 다음 선거에서 낙선해 보수당 데이비드 캐머런David Cameron에게 총리 자리를 내주었다. 캐머런이 당선되기 전부터 그를 사적으로 알고 지냈던 오바마 대통령은 곧바로 캐머런 총리를 만났다. 그들은 원만한 관계를 유지하며 서로의 동료들과도 즐겁게 어울렸다. 몇 년 동안 캐머런과 나는 둘이 만나거나 오바마 대통령과 함께 자리를 갖는 등 여러 차례 교분을 쌓아갔다. 그는 지적 호기심이 강했으며, 아랍의 봄 전개나 리비아 사태, 경제긴축 대 경제성장에 관한 끝나지 않은 논의 등 세계정세에 관해 의견을 교환하고 싶어했다.

캐머런은 전 보수당 당대표이자 1900년대 말 토니 블레어의 정적이었던 윌리엄 헤이그William Hague를 외무장관에 선임했다. 그는 선거 전 아직 예비내각 외무장관이었을 때 워싱턴으로 와서 나를 만났다. 우리는 서로를 자극하지 않으려고 조심했는데, 기쁘게도 그는 분별력이 좋으면서도 재치와 유머를 겸비한 정치인이었다. 게다가 그는 좋은 친구가 되어주기도 했다. 나는 19세기 영국에서 노예제도 폐지를 주장한 윌리엄 윌버포스William Wilberforce의 전기를 좋아했는데, 그 책의 저자가 바로 헤이그였다. 헤이그는 외교란 느리고 종종 지루하기도 하지만 절대적으로 필요한 것임을 이해하게 해주었다. 2013년 워싱턴의 영국대사관에서 열린 작별만찬에서 헤이그는 건배선창을 하며 주옥같은 말을 남겼다. "영국의 외무장관과 총리를 역임한 위대한 솔즈베리Robert Salisbury 경은 이런 말을 했죠. 외교적 승리는 '작은 장점들이 모여 완성되는 것이다. 어떤 곳에서는 신중하게 제안하고 다른 곳에서는 예의를 차려 적절하게 행동하며, 어떤 때는 현명하게 양보할 줄 알고 또 어떤 때는 혜안을 가지고 고집부릴 줄 아는 것, 우둔함과 도발과 실책에도 흔들리지 않고 방심하지 않는 감각과 변하지 않는 평온과 인내 등이 그것이다'라고요." 이 말은 미국의 외교 수장으로서 나의 경험을 아주 잘 요약한 것이었다. 그리고 헤이그가 건배선창에서만큼은 데이비드 베컴이라는 생각을 심어준 말이기도 했다.

영국해협 너머에서는 또 다른 인상적인 파트너들을 만났다. 프랑스 외무부장관 베르나르 쿠슈네르Bernard Kouchner는 보수정당 출신인 니콜라 사르코지Nicolas Sarkozy 정권에서 일하는 사회주의자이자 의사였다. 쿠슈네르는 국경없는의사회를 결성해 세계 최빈국 가운데 재난지역이나 분쟁지역에 의료서비스를 제공했다. 그의 역할은 2010년 1월 아이티 대지진 이후에 더 중요해졌다. 나는 쿠슈네르의 후임 알랭 쥐페Alain Juppé와 함께 일하기도 했고, 훗날 2012년 5월 사르코지의 후임으로 대통령에 당선된 프랑수아 올랑드François Hollande가 외무장관으로 임명한 로랑 파비우스Laurent Fabius와 일하기도 했다. 쥐페와 파비우스는 비록 몸담은 정당은 서로 반대였지만 노련한 전문가요, 유쾌한 벗이었다.

대부분의 지도자들은 연단에 섰을 때보다 실제로 만났을 때 더 조용한 편이다. 그런데 사르코지는 달랐다. 그는 실제 모습이 훨씬 활기차고 유쾌했다. 그와 마주앉아서 이야기하는 것은 늘 신나는 모험이었다. 자기주장을 펼칠 때 그는 펄쩍 뛰거나 과장된 몸짓을 하곤 했다. 그럴 때마다 곁에 있는 여성 통역사는 그를 따라하느라 애를 먹었지만 대개는 억양을 비롯한 모든 특징을 나무랄 데 없이 재현해냈다. 독백하듯 의식의 흐름을 속사포처럼 내뱉는 사르코지와 대외정책 전반을 논하다보면, 가끔은 끼어들 기회를 찾기가 어려웠다. 그래도 나는 결코 포기하지 않았다. 그는 잡담을 할 때 다른 국가지도자들을 두고 아무렇지도 않게 미쳤다거나 물러터졌다고 표현하기도 했다. 어떤 지도자는 "약쟁이"라고 하고, 다른 한 지도자의 군대는 "싸우는 방법을 모른다"고 했으며, 또 어떤 지도자는 "야만인"의 후예로 묘사했다. 그는 자기를 찾아오는 외교관들은 왜 하나같이 용서할 수 없을 정도로 늙은 백발의 남성인지 늘 궁금해했다. 우리는 웃고 토론하고 언쟁을 벌이기도 했지만 대부분은 해야 할 일들에 대한 합의점을 찾아내곤 했다. 사르코지는 최강대국으로서 프랑스의 국위를 다시 확립하는 데 전력했고, 리비아에서 보여주었듯이 국제 문제에 대한 책임을 스스로 더 많이 떠안고 싶어했다. 그는 이토록 활기가 넘치면서도 늘 신사다운 면모를 잃지 않았다. 2010년 1월의 쌀쌀한 어느 날, 나는 사르코지에게 인사하려고 파리의 엘리제 궁 계단을 올라가다 그만 기자단 앞에서 신발이 벗겨지고 말았다. 그러자 기자들이 기다렸다는 듯이 맨발 사진을 찍어댔다. 사르코지는 점잖게 내 손을 잡고는 내가 신발을 신도록 도와주었다. 나는 나중에 사진 복사본에 메모를 적어 그에게 보냈다. "나는 신데렐라가 아닐지 몰라도 당신은 언제나 나의 왕자님이에요."

하지만 가장 강력한 유럽 지도자는 사르코지와 기질이 거의 반대인 여성, 바로 앙겔라 메르켈 독일 총리였다. 1994년 빌이 베를린을 방문했을 때 앙겔라를 처음 만났다. 그녀는 동독 출신으로, 헬무트 콜Helmut Kohl 정권에서 이미 여성청소년부 장관을 맡고 있었다. 그때 "앞으로 더욱 크게 성공할 젊은 여성"이라며 앙겔라를 소개받았는데, 그 말은 예언처럼 맞아떨어졌다. 앙겔라와 나는 오랫동안 친분을 유지해 2003년에는 독일 텔레비전 방송에 함께 출연하기도 했다. 2005년에 그녀는 총리로 선출되었다. 독일 역사상 최초의 여성 지도자였다. 유럽은 건강보험제도나 기후변화 같은 문제들에는 혁신적인 태도를 취하지만 아직도 세계에서 가장 케케묵은 '올드보이들의 클럽'이라는 느낌을 떨칠 수 없는데, 앙겔라가 그런 상황을 뒤흔드는 모습을 보니 내심 기운이 솟구쳤다.

나는 국무장관을 지내는 동안 앙겔라에게 더욱 감탄하게 되었다. 그녀는 단호하고 통찰력 있고 직선적이며, 늘 자신이 생각하는 바를 그대로 나에게 말했다. 물리학을 공부하고 양자화학 논문으로 박사학위를 취득한 뛰어난 과학자이기도 한 앙겔라는 특히 기후변화나 원자력 같은 기술적 문제들에 정통했다. 그녀는 토론을 할 때마다 사건이나 인물, 사상 등에 관한 온갖 질문들로 무장해 세상에 대한 호기심을 펼쳐놓았다. 알 만한 건 다 알고 있다고 생각하는 듯한 다른 지도자들은 그런 식으로 토론 분위기가 바뀌는 것을 반겼다.

2011년 6월 앙겔라 메르켈 총리가 워싱턴을 공식 방문했을 때, 국무부 오찬에 그녀를 초대해 따뜻하게 맞이했다. 앙겔라는 답례로 내가 최근 베를린을 방문했을 때의 기사와 사진이 실린 신문을 액자에 끼워 선물해주었다. 나는 액자를 보자마자 웃음을 터뜨렸다. 1면에 우리 둘이 나란히 서 있는 사진이 대문짝만 하게 실렸는데, 머리는 잘려나가고 없었다. 손을 맞잡고 비슷한 바지정장을 입은 두 사람이 똑같은 포즈로 서 있었다. 이 신문사는 독자들에게 둘 중 누가 앙겔라 메르켈이고 누가 나인지 맞혀보라고 하는 것 같았다. 솔직히 말하면 나도 구별하기 어려웠다. 나는 신문을 넣은 그 액자를 남은 장관 임기 동안 집무실 벽에 걸어두었다.

최악의 금융위기가 세계를 강타하는 동안 앙겔라의 리더십이 시험대에 올랐다. 유럽은 많은 유럽 국가들이 사용하는 단일통화인 유로화로 인해 심각한 타격을 입고 유례없는 난관에 직면한 상태였다. 경제력이 가장 약한 그리스와 스페인, 포르투갈, 이탈리아, 아일랜드 등은 공공부채와 저조한 성장률, 높은 실업률에 허덕이는데도 자국 통화를 임의로 조정할 수 있는 통화정책 수단이 없었다. 유로존 내 경제 최강국인 독일은 이 나라들이 강력한 처방을 통해 지출을 줄이고 예산을 재정비해야 한다고 주장했다.

이 위기는 까다로운 정책적 딜레마를 야기했다. 침체된 경제가 부채의 늪에서 벗어나지 못한다면 유로존 전체가 붕괴해 유럽은 물론 우리 미국의 경제까지 혼란에 빠질 수 있었다. 그런데 유럽이 지나치게 긴축정책을 펼 경우 경제성장이 더욱 둔화되어 유럽을 비롯한 나머지 세계가 위기에서 헤어나오기 더욱 어려워질 우려도 있었다. 미국에서는 오바마 대통령이 경기침체 대응방안으로 장기적인 국가부채 감축과 함께 과감한 투자 전략을 밀어붙여 성장세를 회복하자는 안을 의회에 내놓았다. 유럽이 그저 지출 줄이는 데만 집중한다면 경기가 더욱더 침체될 테니 미국과 비슷한 대응조치를 취해야 한다는 주장도 타당성이 있었다.

나는 앙겔라 메르켈을 포함한 여러 유럽 지도자들과 이 난관을 어떻게 헤쳐나가야 할지 많은 이야기를 나누었다. 개중에는 앙겔라가 주장하는 재정 및 통화 정책에 동의하는 사람도 있고 반대하는 사람도 있었겠지만, 그녀의 단호한 결단력에 깊은 인상을 받지 않은 사람은 없었을 것이다. 2012년에 내가 본 그녀는 '유럽을 어깨에 짊어지고' 있었다.

═══

대서양 국가들을 이어주는 가장 강력한 고리는 우리의 유럽 협력국들은 물론이고 캐나다까지 포함된 군사동맹 나토였다. (많은 미국인들이 캐나다와의 협력관계를 당연시할지 몰라도, 이 북쪽 이웃은 우리가 전 세계에서 다루는 거의 모든 일에 없어서는 안 될 중요한 파트너다.) 냉전 초기에 활동을 시작한 북대서양조약기구 나토는 이후 40여 년 동안 구소련과 바르샤바조약기구 회원국들을 차례차례 포섭해왔다. 냉전이 끝난 뒤, 이 군사동맹은 대서양공동체 안보의 새로운 위협에 대비했다. 이전의 구소련공화국이었던 나라들은 러시아가 언젠가 호전적인 확장주의 노선으로 다시 돌아설 수도 있다는 두려움에 서유럽이라는 울타리가 꼭 필요하다고 생각했다. 그리하여 미국의 주도로 나토가 동유럽 나라들을 위해 문을 열어주기로 한 것이다. 나토 동맹은 또한 구소련이었던 공화국 다수와 협력망을 구축하고, 러시아와 자문위원회를 구성했다. 클린턴 정권 당시에 밝혔듯이, 나토는 새롭게 닥친 어려움들과 싸우는 가운데서도 미래의 러시아가 또다시 이웃국가들을 위협할 경우 이른바 '울타리' 역할을 계속 유지하겠다는 입장을 취했다.

나토군이 코소보의 평화를 위해 싸우던 1999년 4월, 빌과 나는 나토 창설 50주년을 기념해 정상회의를 열었다. 이 회의는 각국 정상들이 모인 워싱턴 행사 가운데 가장 큰 규모였다. 회담에서는 유럽과 나토의 미래에 대해 매우 낙관적인 의견들이 오갔다. 냉전 종식 후 최초의 체코공화국 대통령이자 열성적이고 설득력 있는 민주주의 옹호자이기도 한 바츨라프 하벨은 이렇게 말했다. "불과 10년 전 바르샤바조약기구에 가입했던 나라 대표들이 참석한 최초의 나토 정상회의로군요…… 이로써 우리가 힘센 외국 독재자에게 휘둘리지 않고 스스로 국가의 운명을 결정하는 입장에 서게 되었기를 바랍시다." 그런 입장에 서지 못했다면, 그는 우리가 얻은 자유를 지킬 준비를 하자고 덧붙였을지도 모르겠다.

2004년에 구 동구권 7개국이 추가로 나토에 가입하면서 나토의 영역은 더욱 확장되었다. 그리고 2009년 4월 1일에 알바니아와 크로아티아가 추가로 가입하자 총 회원국은 28개국이 되었다. 그 밖에도 우크라이나와 보스니아, 몰도바, 그루지야 등이 향후 유럽연합과 나토 가입 여부를 타진하고 있었다.

2014년 초에 러시아가 크림 반도를 불법으로 합병하자, 일부에서는 나토의 확장이 러시아의 침략행위를 유발했거나 부추겼다고 주장했다. 나는 그런 주장에 동의하지 않는데, 가장 설득력 있는 반박이 바로 유럽 지도자들과 나토의 회원국임을 감사하게 여기는 사람들에게서 나온다. 나토는 블라디미르 푸틴 러시아 대통령의 야심 앞에서 회원국들이 미래에 대해 더 큰 자신감을 갖도록 해준다. 나토 회원국들은 나토가 문을 개방하는 것이 러시아에 대한 협박이라고 주장하는 푸틴의 말 속에, 러시아와 서유럽이 파트너십과 상호이익을 기반으로 한 관계를 맺을 수 있다는 보리스 옐친Boris Yeltsin과 미하일 고르바초프Mikhail Gorbachyov와 같은 생각을 받아들이지 않겠다는 의지가 반영되어 있다고 본다. 푸틴의 입장을 지지하는 사람은 이 위기가 앞으로 얼마나 더 심각해질지, 그리고 만약 동유럽과 중부유럽 국가들이 지금 나토 동맹국이 아니라면 러시아의 침략행위를 견디기가 얼마나 더 어려웠을지 곰곰이 생각해보아야 한다. 나토의 문은 열려 있어야 하며, 우리는 러시아에 대해 분명하고 현실적인 입장을 취해야 한다.

오바마 대통령이 취임할 무렵 나토는 동쪽의 발트 해안에서 서쪽의 알래스카에 걸쳐 거의 10억 인구의 민주주의 공동체가 되었다. 2009년 3월에 내가 처음으로 브뤼셀의 나토 본부를 방문했을 때, 그곳 복도에는 미국이 '돌아왔다'는 흥분의 목소리가 울려퍼지고 있었다. 나는 그 기분을 함께 느끼며, 나토 회원국 외무장관들과 더불어 나토 동맹이 필요로 하던 노련하고 능숙한 지도자인, 덴마크 총리를 역임한 아네르스 포그 라스무센Anders Fogh Rasmussen 나토 사무총장과 많은 시간을 보냈다.

가끔은 나토의 규모 확대에 따른 문제도 있었지만, 전부 다 심각한 것은 아니었다. 예를 들어 2004년에 나토에 가입한 불가리아는 아프가니스탄 문제 등을 해결하는 데 도움을 준 믿음직한 파트너였다. 그런데 2012년 2월에 내가 불가리아 수도 소피아를 방문했을 때 보이코 보리소프Boyko Borisov 총리의 얼굴에는 긴장이 역력했다. 나는 우리가 심각한 문제들을 논의해야 한다는 걸 알았고, 별 탈 없이 마무리되기를 바랐다. 어쨌거나 우리는 동맹이니 말이다. 그가 말문을 열었다. "장관님이 비행기에서 내리는 모습을 텔레비전으로 보면서 몹시 걱정했습니다. 제 보좌관에게 들었는데, 장관님이 머리카락을 뒤로 빗어 넘겼을 때는 기분이 좋지 않은 상태라고 하더군요." 실제로 그때 나는 머리를 뒤로 빗어 넘긴 상태였다(아마도 KGB 요원들이나 공산당 정치국원들과 관련된 나쁜 기억이 떠올랐던 모양이다). 나는 거의 대머리나 다름없는 보리소프 총리를 향해 미소를 지으며 말했다. "총리님보다 제가 머리를 만지는 시간이 조금 더 긴 것뿐입니다." 그는 껄껄 웃었다. 그리고 가벼운 대화는 이쯤에서 접어두고 본격적인 회의에 돌입했다.

아프가니스탄에서의 오랜 전쟁으로 나토는 큰 부담을 안고 있었고 군사 대응 면에서도 허점이 노출되었다. 일부 동맹국들이 국방예산을 삭감하면 다른 나라들(주로 미국)이 부족분을 메워야 했다. 모두가 경제위기에 허덕이고 있었다. 그런 분위기 속에서, 냉전이 종식된 지 20년이나 되었는데 아직도 나토의 힘이 필요한가를 묻는 목소리가 대서양 양쪽에서 흘러나왔다.

나는 점점 거세지는 21세기의 위협들에 맞서려면 나토의 힘이 여전히 필수적이라고 생각했다. 미국 혼자서 모든 일을 다 할 수도 없고, 해서도 안 된다. 그래서 공동의 이익과 목표를 가진 국가들 사이에 파트너십을 구축하는 일이 그토록 중요했던 것이다. 단연 나토는 아직도 가장 역량 있는 우리의 파트너였다. 특히 회원국들이 처음으로 '비회원국'인 보스니아에 군대를 파견하는 안건에 찬성했던 1995년 이후 나토의 중요성은 더욱 커졌다. 이 일은 나토에 속한 국가가 직접적으로 공격을 받지 않더라도 우리의 집단적인 안전이 위협받을 수 있다는 점을 인지하게 된 사례였다. 그리고 우리는 나토 동맹국들이 아프가니스탄에서 생명과 재산을 희생했다는 사실도 결코 잊어서는 안 된다.

2011년에 나토 동맹은 리비아 시민들을 보호하기 위해 처음으로 아랍연맹Arab League 및 그 회원국들과 협력하여 군사 개입을 주도함으로써, 21세기 나토의 현주소를 보여줄 수 있었다. 14개 동맹국과 4개의 아랍 협력국이 이 임무를 위해 해군과 공군을 투입했다. 일부 비평가들의 견해와 달리,

이 합동작전은 성공리에 끝났다. 미국은 독자적으로 역량을 발휘했지만, '우리'가 아닌 '우리 동맹들'이 출격한 항공기 가운데 75퍼센트를 담당했고 리비아 내 600개가 넘는 목표물 중 90퍼센트를 파괴했다. 10년 전 나토가 코소보 사태에 개입했을 때 방공체계와 군사목표의 90퍼센트가량을 미국이 도맡아 폭격했던 전력 배치 상황과 거의 정반대가 된 것이다. 영국과 프랑스가 유능한 군대를 동원해 작전을 주도했고, 그 밖의 많은 나라들이 큰 힘을 보태주었다. 이탈리아는 동맹국 제트기 수백 대를 관리할 기지 일곱 곳을 제공했다. 아랍에미리트와 카타르, 요르단에서 온 제트기뿐만 아니라 벨기에, 캐나다, 덴마크, 네덜란드, 노르웨이 항공기도 참여해 모두 2만 6,000회 이상 출격했다. 그리스와 스페인, 터키, 루마니아 해군은 해상을 통한 무기 수출입 통제를 도왔다. 나토의 설립 목적대로, 진정한 팀워크를 이룬 것이다.

나토가 역사상 가장 성공적인 군사동맹이라면, 유럽연합은 가장 성공적인 정치경제기구일 것이다. 20세기에 두 번의 세계대전을 치렀던 나라들이 놀랍도록 짧은 기간 안에 합의에 따라 의사결정을 하고 공동의회의 대표들을 선출하기로 뜻을 모았으니 말이다. 유럽연합의 관료제가 다소 거추장스럽기는 해도, 이런 기적 같은 일은 아마 전무후무할 것이다.

유럽연합은 권역 안팎에서 세계의 평화와 번영에 많은 공헌을 해 2012년에 노벨평화상을 수상했다. 우리의 유럽 협력국들은 세계 곳곳에서 각각 그리고 공동으로 대단히 많은 일들을 수행하고 있다. 노르웨이는 세계 공중보건계획을 누구보다 앞서서 지원하는 나라다. 한때 기근으로 황폐했던 아일랜드는 기아 근절에 앞장서고 있다. 네덜란드는 빈곤 퇴치 및 지속가능한 발전과 관련된 활동에 모범 사례를 제시한다. 발트 3국인 에스토니아, 라트비아, 리투아니아는 전 세계 민주주의 활동가들에게 귀중한 지원과 전문지식을 제공한다. 덴마크와 스웨덴, 핀란드는 기후변화 문제에 관해선 최강국들이다. 이 밖에도 일일이 열거하자면 끝이 없다.

나는 특히 에너지와 경제 면에서 유럽연합과의 협력관계를 확장하고 싶었다. 오바마 대통령 첫 임기 초반에 나는 미국-유럽연합 에너지위원회를 구성할 것을 유럽연합에 촉구했다. 대서양 국가들이 힘을 합쳐서 에너지 약소국들을 돕고, 특히 동유럽과 중부유럽 국가들이 자국의 동력자원을 개발해 러시아 가스 의존도를 줄일 수 있게 하려는 취지였다. 또한 미국과 유럽연합은 법규를 조정하고 무역을 증진하며 대서양 양안 국가들 모두의 경제성장을 촉진시킬 포괄적 경제협정에 관한 논의를 시작했다.

═══

미국과 유럽 국가들의 관계에서 터키만큼 관리가 필요한 경우는 없었다. 터키는 유럽과 서남아시아의 가운데 걸쳐 있는 나라로 인구가 7,000만 명 이상이며 국민 대부분이 이슬람교 신자다. 1차대전 이후 오스만제국이 분열하면서 무스타파 케말 아타튀르크Mustafa Kemal Atatürk에 의해 건국된 근대 터키공화국의 건국이념은 서구화를 지향한 세속적 민주주의였다. 터키는 1952년에 나토에 가입했는데, 한국전쟁에 군사를 파병해 우리와 같은 편에서 싸우고 수십 년 동안 미군을 주둔하게 하는 등 냉전 시대 내내 믿음직한 동맹의 역할을 톡톡히 해주었다. 그런데 터키 군부는 아타튀르크의 이상을 좇는다는 명분을 내세워, 이슬람주의나 좌편향이 지나치다거나 무력하다는 이유로 정권을 무너뜨리는 데 여러 차례 개입했다. 그것이 냉전 시대에는 효과적이었을지 몰라도 민주주의의 발전을 지연시킨 게 사실이었다.

그런가 하면 불행히도 부시 정부가 우리의 관계에 큰 타격을 입혔다. 2007년에는 미국에 대한 터키인의 호감도가 9퍼센트 선으로 추락해, 그해 퓨리서치센터Pew Research Center가 실시한 '세계인의 태도 조사' 결과에서

47개국 가운데 최저치를 기록했다.

한편 터키는 경제가 급격히 발전해 세계에서 가장 빠른 성장세를 보이는 나라 가운데 하나다. 나머지 유럽 국가들은 금융위기로 휘청거리고 중동은 경기가 침체된 가운데 터키는 지역 내 실세로 떠올랐다. 터키는 인도네시아처럼 민주주의와 현대화, 여성 인권, 세속주의, 이슬람교가 모두 공존할 수 있는지 시험하고 있었고, 중동 전역이 그것을 지켜보았다. 미국으로서는 이 실험이 과연 성공할지, 그리고 두 나라의 관계가 전보다 더 견고하게 회복될지 여부가 큰 관심사였다.

장관에 취임해 유럽 순방길에 올랐을 때 가장 먼저 터키를 방문했다. 그리고 그곳에서 레제프 타이이프 에르도안Recep Tayyip Erdoğan 국무총리와 압둘라 귈Abdullah Gül 대통령을 비롯해 고위직 관리들을 만났을 뿐만 아니라, 이곳저곳을 돌아다니며 터키 시민들을 직접 만나기도 했다. 이런 일은 터키처럼 정부는 미국과 협력하기를 원하지만 국민 대다수는 일반적으로 불신감을 품고 있거나 반미 성향을 가진 나라에서 특히 중요했다. 나는 대중매체를 통해 국민들에게 직접 내 입장을 밝힘으로써 그들의 마음을 바꾸려 노력했고, 결국은 그들 정부에 우리와 협력할 수 있는 정치적 구실을 더 많이 만들어줄 수 있었다.

〈우리와 함께합시다Haydi Gel Bizimle Ol〉라는 인기 있는 텔레비전 토크쇼에서 나를 게스트로 초청했다. 〈더 뷰The View〉와 비슷한 형식의 이 프로그램은 터키 사회의 폭넓고 다양한 실태를, 특히 여성과 관련해 알리는 방송이었다. 여러 부류의 여성으로 구성된 진행자들이 개인적인 질문은 물론이고 진지한 정책 문제에 대해서도 질문을 던졌다. 훈훈하고 재미있고 폭넓은 토론이었다.

"마지막으로 사랑에 빠졌던 때는 언제예요? 자신이 평범한 사람으로서 평범한 삶을 살고 있다는 느낌이 들었던 때는 언제인가요?" 한 진행자가 궁금한 듯 물었다. 국무장관에게 일반적으로 던지는 질문은 아니었지만, 나는 시청자들과 교감하기에 딱 좋은 주제라고 생각했다. 그래서 로스쿨에서 남편을 만나 사랑에 빠진 일, 부부가 된 사연, 대중의 관심 속에 가족을 부양하며 겪는 애로사항 등을 이야기했다. "내가 가장 행복할 때는 남편과 딸과 함께 평범한 일을 할 때예요. 그러니까, 영화를 보러 가거나, 함께 수다를 떨며 놀거나, 카드게임, 보드게임 따위를 하는 것 말이죠. 우린 산책도 오래 하는 편이에요. 남편과 오붓한 시간을 갖게 되면 늘 산책을 하려고 한답니다. 딸은 요즘 자기 일로 많이 바쁘지만 기회가 되면 같이 해요. 평범하게 산다는 게 결코 쉽지는 않지만, 언론의 조명이 꺼지고, 온전히 나라는 개인으로서 좋아하는 사람들과 함께할 수 있을 때는 이처럼 평온한 시간을 찾으려고 많이 노력해요. 그때가 내 삶에서 가장 좋은 때랍니다."

스튜디오 안의 관객들은 따뜻하게 박수를 쳐주었고, 대사관 직원이 수집한 방송 후의 반응은 고무적이었다. 미국과 미국 지도자들에 대한 불신이 점점 커져가고 있던 터키인들 사이에서, 미국 국무장관도 자신들과 별반 다르지 않게 근심과 걱정을 안고 사는 평범한 사람임을 알게 된 것은 분명 기분 좋은 놀라움이었으리라. 이로 인해서 터키인들이 미국과 터키의 향후 관계에 대해 내가 꺼내야 했던 이야기들을 전보다 더 잘 받아들이게 된 것 같다.

터키와 미국, 양국의 향후 관계에서 한 인물이 중요한 열쇠를 쥐고 있었다. 바로 에르도안 총리였다. (터키의 체제에서 대통령은 주로 의례적인 역할만 하고, 정부 운영은 사실상 국무총리의 몫이다.) 나는 에르도안이 이스탄불 시장을 역임하던 1990년대에 그를 처음 만났다. 그는 야심과 패기가 있고, 열성적이며, 영향력 있는 정치인이었다. 2002년 총선거에서 에르도안이 속한 이슬람주의자 정당이 처음으로 집권여당이 되었고, 2007년과 2011년 총선에서 다시 승리를 거머쥐었다. 에르도안 총리는 이 세 번의 선거로 전면적인 변화를 일으킬 권한을 얻었다고 생각했다. 그의 정부는 군사쿠데타 음모를 꾸밀 여지가 있어 보이는 세력을 적극적으로 추적하고, 과거의 여느 문민정부 지도자들보다도 권력을 강화하려 노력했다. (이슬람주의자Islamist라는 말은 일반적으로 정계 및 정부에서 이슬람교가 지도적 역할을 할 수 있도록 이슬람교를 지지하는 사람과 정당을 말한다. 그 범위는 다양해서, 이슬람교의 가치관을 공공정책 결정에 반영해야 한다고 생각하는 사람도 있고, 모든 법을 이슬람법에 비추어 판단하거나 그에 맞게 이슬람교 권위자들이 공식화해야 한다고 생각하는 사람도 있다. 모든 이슬람주의자가 다 같지는 않다. 이슬람주의 지도자 및 조직 가운데는 민주주의에 적대적인 이들도 있고, 급진주의나 극단주의, 테러리즘 이념과 테러활동을 지지하는 이들도 있다. 하지만 이 세계에는 힌두교, 기독교, 유대교, 이슬람교 등 종교와 관련이 있으면서도 민주적인 정책을 존중하는 정당들이 있으며, 미국은 종교를 기반으로 한 모든 정당과 그 지도자들이 포괄적인 민주주의를 수용하고 폭력을 거부하도록 장려하는 데 주의를 기울인다. 이슬람교든 어떤 종교든 민주주의 안에서는 종교가 번성할 수 없다는 주장은 무례하고 위험하며 잘못된 것이다. 미국 안에서만 해도 매일 그런 일이 일어나고 있으니 말이다.)

에르도안의 리더십이 일으킨 몇 가지 변화는 긍정적이었다. 터키는 잠재적으로 유럽연합 회원국 자격을 갖추기 위해(그러나 지금까지는 미가입 상태다) 국가안보법원을 폐지하고, 형법전을 개정했으며, 법률고문의 권리를 확대하고, 쿠르드어 수업과 방송에 대한 규제를 완화했다. 에르도안은 또한 "이웃나라들과 갈등 없는" 대외정책을 추진하겠다는 의사를 표명했다. 그리고 오랜 지역갈등을 해소하고 중동에서 보다 적극적인 역할을 하자는 계획은 에르도안의 고문 중 한 명으로 훗날 외무장관이 된 아흐메트 다우토을루Ahmet Davutoğlu가 지지하기도 했다. 갈등 없는 대외정책은 듣기에도 좋고 여러 사례를 통해 건설적인 정책임이 입증되었으나 단점도 있었다. 이웃나라인 이란이 테헤란 핵 프로그램에 관한 국제사회의 우려를 해소할 노력을 거의 하지 않는데도 터키는 이란과의 부적절한 외교적 합의를 수용하는 데 지나치게 열을 올리게 되었다는 점이다.

에르도안 정권에서 긍정적인 발전이 이루어졌음에도 정적들과 언론인들을 대하는 정부의 태도에 관해서는 우려와 불안이 점점 커졌다. 반대여론이 점점 봉쇄되자, 에르도안이 나라와 자신을 과연 민주주의 쪽으로 이끌어가고 있는지 의문이 제기되었다. 반대자들은 그의 최종 목표가 터키를 반대가 허용되지 않는 이슬람 국가로 만드는 것이 아니냐며 의심했고, 그가 보여준 몇몇 활동도 그런 우려를 더 키웠다. 에르도안 집권 2기와 3기에 투옥된 언론인의 수만 해도 문제가 될 만한 정도였으며, 특정 법령에 의문을 제기하는 시위자에 대한 단속도 강화되었다. 부패 문제는 여전히 심각했고, 정부는 갈수록 세속적이 되어가는 중산층 시민들의 높아진 기대에 발 빠르게 부응할 수가 없는 지경이었다.

이슬람교와 세속주의가 불안하게 공존하고 서로 다른 신앙의 전통이 때때로 압박감을 주는 나라는 종교적, 문화적 문제에 특히나 민감하다. 나는 그리스정교회 총대주교 바르톨로메오스 1세Bartholomeos I를 수년 동안 알고 지냈는데, 종파를 초월한 대화와 종교의 자유를 성실하게 이행하는 모습이 존경스러웠다. 바르톨로메오스 총대주교는 에르도안을 건설적인 파트너로 여겼으며, 정교회에서는 여전히 정부가 점유한 교회 재산을 돌려주기를, 그리고 오랫동안 닫혀 있던 할키 신학교의 문을 다시 열어주기를 기다리고 있었다. 나는 총대주교의 목표를 지지하며 할키 신학교의 재개교를 촉구하는 활동에 여러 번 앞장섰지만, 안타깝게도 아직 실현되지 못했다.

에르도안이 대학교에서 여학생들에게 두건을 쓸 권리를 주는 것에 대해 이야기했을 때, 어떤 사람들은 종교의 자유와 여성의 진로 선택 권리에 진전이 이루어지고 있다고 생각했다. 그에 반해 다른 이들은 이것을 세속주의에 가하는 일격이자 신정국가를 위한 물밑작업으로 보고 궁극적으로는 여성의 권리가 축소될 거라고 예상했다. 21세기의 터키는 이렇게 일리 있는 두 견해가 다 옳을 수 있는 커다란 모순에 휘말려 있다. 에르도안은 자신의 성숙한 딸들이 베일을 쓰는 것을 매우 자랑스러워하며, 딸들 중 한 명을 미국의 대학원에서 공부시키는 것이 어떨지 나에게 조언을 구했다.

나는 여러 차례 에르도안과 대화했는데, 그는 통역으로 다우토을루만 대동할 때가 종종 있었다. 다우토을루는 대단한 학구열로 외교관과 정치가가 되었는데, 터키가 다시 국제적으로 중요한 지위를 점할 수 있는 방법을 연구해 펴낸 저서는 그의 사상과도 밀접한 관련이 있었다. 그가 열정과 학식을 쏟아부어 맡은 임무를 수행한 덕분에, 우리는 수차례 긴장된 순간이 있었음에도 결코 깨지지 않은 생산적이고 우호적인 업무관계를 발전시킬 수 있었다.

4년간의 장관 임기 동안 터키는 중요하고도 때때로 불만스러운 파트너였다. 우리는 아프가니스탄 문제, 대테러활동, 시리아 문제를 다룰 때처럼 뜻이 맞아 긴밀하게 협조할 때도 있었고, 이란 핵 프로그램의 경우처럼 그렇지 않을 때도 있었다.

오바마 대통령과 내가 시간을 들이고 주의를 기울인 덕분에 양국관계는 안정될 수 있었지만, 특히 팽팽해져가는 이스라엘과의 긴장을 비롯한 대외적 사건들은 새로운 난제를 던져주었다. 터키 내부의 격동으로 혼란스러운 상태도 지속되었다. 2013년에는 점점 강압이 심해지는 에르도안의 규제에 반대하는 대규모 시위가 일어났고, 광범위한 부패 조사가 이어져 선임장관 여러 명이 연루된 사실이 드러났다. 에르도안이 점점 권위적으로 국가를 통치하고 있음에도, 이 글을 쓰고 있는 지금 터키 보수지역에서는 그의 지지율이 여전히 높다. 터키의 미래가 어떤 방향으로 흘러갈지는 알 수 없다. 하지만 확실한 건 터키가 중동과 유럽에서 중대한 역할을 계속할 것이라는 사실이다. 그리고 터키와의 관계는 앞으로도 미국에서 대단히 중요한 의미를 가질 것이다.

═══

갈등 없는 대외정책은 특히 터키가 몇몇 주변국과 장기적인 분쟁에 휘말려 있는 처지라 야심찬 목표였다. 터키는 지중해 섬나라 키프로스를 두고 그리스와 수십 년 동안 갈등을 겪고 있었고, 캅카스의 구소련공화국이었던 터키 동쪽의 작은 내륙국가 아르메니아와 감정적인 충돌도 있었다. 이 두 경우 모두 오랜 적대감이 새로운 발전을 저해할 수 있다는 것을 보여주는 사례였다.

소련이 붕괴된 후 아르메니아가 독립국가로 거듭났을 때도 터키와 아르메니아는 공식적으로 외교관계를 수립하지 않았다. 그리고 1990년대 초반에 아르메니아가 터키의 동맹국인 아제르바이잔과 나고르노-카라바흐 지역의 영유권을 놓고 영토 분쟁을 벌여 긴장은 더욱 커지고 말았다. 지금까지도 이러한 갈등으로 인해 양쪽 국경지역에서는 이따금씩 군사교전이 일어나곤 한다.

터키-아르메니아나 나고르노-카라바흐 같은 분쟁은 수년 동안 해결될 기미를 보이지 않는 까닭에 때때로 '동결 분쟁frozen conflicts'이라고 불린다. 유럽을 비롯한 전 세계에서 우리가 직면한 모든 난관들을 바라보고 있노라면, 해결할 수 없는 이 분쟁지역들은 그저 무시해버리고 싶은 충동이 들곤 했다. 하지만 각각의 지역은 보다 광범위한 전략적 중요성을 지니고 있다. 예를 들면, 캅카스 지역의 갈등은 중앙아시아의 천연가스를 유럽 시장으로 조달해 러시아의 에너지로부터 독립하려던 계획에 차질을 일으켰다. 전체적으로 이러한 갈등들은 유럽의 구상을 실현하는 것을 도우려는 우리의 노력에 걸림돌이 되었다. 나는 터키의 갈등 없는 대외정책 전략을 통해 이러한 몇몇 동결 분쟁에 대해 협상의 길을 열고 나아가 분쟁을 해결할 수도 있을 거라는 생각에, 유럽 및 유라시아 담당 필 고든Phil Gordon 차관보에게 우리가 할 수 있는 일이 무엇인지 알아보라고 부탁했다.

2009년 내내 우리는 터키와 아르메니아의 협상을 지원하기 위해 스위스와 프랑스, 러시아, 유럽연합을 포함한 유럽 파트너들과 긴밀하게 협력했다. 그리고 협상을 통해 두 나라가 공식적인 외교관계를 수립하고 무역을 위해 국경을 개방할 수 있기를 바랐다. 나는 이 일에 착수하고서 처음 몇 달 동안 양측 관료들과 서른 번 가까이 전화로 이야기를 나누고, 다우토을루와 에두아르드 날반디안Edward Nalbandian 아르메니아 외무장관을 직접 만나 상의하기도 했다.

양국의 강경노선 지지자들은 타협을 무조건 반대하고 각 정부가 협상을 하지 못하도록 상당한 압박을 가했다. 그러다가 봄과 여름에 걸쳐 스위스의 노력 덕분에 국경 개방을 둔 양측의 협정 조건이 명확해졌다. 10월에 스위스에서 공식적인 조인식을 진행한 뒤 양국 의회에 협정문을 제출해 비준을 요청하는 계획이 마련되었다. 시일이 다가오자 오바마 대통령이 아르메니아 대통령에게 전화를 거는 등 우리는 서로를 더욱 격려했다. 모든 일이 순조로운 듯 보였다.

10월 9일, 조인식을 직접 보기 위해 프랑스와 러시아, 스위스 외무장관들과 유럽연합 고위급 대표와 함께 취리히로 날아갔다. 다음 날 오후에 호텔을 나와 조인식이 있을 취리히 대학으로 향했다. 그런데 문제가 생겼다. 아르메니아의 날반디안 외무장관이 주저하고 있었던 것이다. 그는 다우토을루가 조인식에서 무슨 말을 할지 걱정된다며 갑자기 호텔을 떠나지 않으려 했다. 몇 달 동안 공들여온 협상이 물거품이 되는 것 같았다. 우리는 차를 돌려 다시 취리히의 돌더 그랜드 호텔로 달렸다. 내가 차에서 기다리는 동안, 필 고든이 스위스 협상가와 함께 호텔에서 날반디안을 찾아내 그를 조인식으로 데려가려 했다. 그러나 그는 꿈쩍도 하지 않았다. 필은 호텔에서 나와 호텔 뒤에 주차해놓은 내 차에서 상황을 보고했다. 나는 전화를 걸기 시작했다. 먼저 날반디안에게, 이어 다우토을루에게 걸었다. 우리는 한 시간 동안 줄다리기를 하며 서로 이견을 좁히고 날반디안을 방에서 나오게 하려 애썼다. "이건 너무나 중요한 일입니다. 끝까지 해내야 하는 일이에요. 우리 벌써 이만큼이나 왔잖아요." 나는 그들에게 말했다.

결국 내가 날반디안과 직접 이야기하러 호텔로 올라갔다. 만약 조인식에서 발언하는 부분을 생략하기로 하면 어떨까? 문서에 서명만 하고 아무 말 없이 자리를 뜨는 것이다. 양측은 그렇게 하기로 합의했고, 날반디안도 마침내 자리에서 일어났다. 우리는 아래층으로 내려가 내 차를 타고 대학교로 향했다. 그리고 그를 조인식 현장으로 끌고 들어가기까지 또다시 한 시간 반 동안 어르고 달래야 했다. 우리는 세 시간이나 늦었지만 어쨌든 현장에 도착했다. 서둘러 조인식이 거행되자, 그제야 마음이 놓였다. 그러고는 모두 다 최대한 빨리 그 자리를 떠났다. 지금까지는 양국 모두 협약 원안을 비준하지 않은 상태이고 그 과정 역시 교착상태에 빠져 있다. 하지만 2013년 12월에 열린 회의에서 터키와 아르메니아 외무장관이 서로 만나 앞으로 나아갈 방법을 두 시간 동안 논의했으니, 아직 돌파구는 있을 거라는 희망을 가져본다.

조인식 후 공항으로 가는 길에 오바마 대통령이 나에게 축하전화를 걸어왔다. 모양새가 썩 좋지는 않았지만 어쨌든 우리는 민감한 지역의 갈등을 해소하는 길로 한 발 나아간 것이다. 훗날 〈뉴욕타임스〉에서는 그날 오후에 벌인 나의 고군분투를 "끝까지 밀어붙인 리무진 외교"라고 표현했다. 내 차가 리무진은 아니었지만, 그 사실만 빼면 적절한 묘사였던 것 같다.

═

1990년대에 벌어진 발칸 전쟁은 유럽 내의 해묵은 증오가 지독한 폭력으로 새로이 분출될 수 있다는 것을 상기시켜준 아주 쓰라린 사례다.

2010년 10월, 사흘 일정의 발칸 반도 순방 중 보스니아를 방문했을 때, 나는 그곳의 발전된 현실을 보고 기쁘면서도 한편으로는 아직 갈 길이 멀다는 생각에 이내 냉정을 되찾았다. 아이들은 안전하게 학교를 다니고 부모들은 일을 할 수가 있었지만, 좋은 일자리는 부족한데다 경제적으로도 어려워 불만이 서서히 끓어오르고 있었다. 전쟁 불씨에 기름을 부었던 지독한 인종적, 종교적 증오는 어느 정도 가라앉았지만, 위험한 종파주의와 민족주의 기류는 여전히 남아 있었다. 보스니아는 두 공화국의 연합체였는데, 하나는 보스니아 무슬림과 크로아티아계, 다른 하나는 세르비아계가 주축을 이루었다. 세르비아계들은 보스니아를 성장시키고 통치구조의 장애물을 없애려는 모든 노력을 방해했는데, 이는 그들이 언젠가 세르비아에 편입되거나 독립국가로 거듭날 수 있다는 끈질긴 희망 때문이었다. 유럽연합이나 나토에 가입해도 더 큰 안정성과 기회가 보장될 수 있을지는 미지수였다.

나는 보스니아의 수도 사라예보에서 학생들과 시민사회 지도자들과의 공개토론에 참여했다. 토론 장소는 전쟁에서 다행히 심각한 피해를 입지 않고 살아남은 유서 깊은 국립극장이었다. 한 청년이 일어나, 미국 국무부가 주관하고 미국 대학들이 진행하는 교환학생 프로그램의 일환으로 미국을 방문한 일을 이야기했다. 그는 그 일을 자신의 삶 가운데 "단연 최고의 경험이었다"고 말하며, 나에게 학술교환을 계속해서 지원하고 확대해주기를 간청했다. 왜 그것을 그토록 중요하게 생각하는지 묻자, 청년이 대답했다. "우리가 배운 내용의 핵심은 서로 동등하게 존중받는 관계에서 일하려면 편협함을 버리고 포용을 택해야 한다는 것이었어요…… 코소보에서 온 학생과 세르비아에서 온 학생이 같이 있었는데, 자기네 나라들이 안고 있는 문제에 대해서는 신경 쓰지 않았습니다. 왜냐하면 우리가 친구라는 것,

대화를 할 수 있다는 것, 서로 교류할 수 있다는 것, 진심으로 원하는 일이 있다면 국가 간 갈등쯤은 문제가 되지 않는다는 것을 깨달았기 때문이죠."

나는 "편협함을 버리고 포용을 택해야 한다"라는 단순한 말이 참 마음에 들었다. 과도기를 겪고 있는 발칸 반도에 딱 들어맞는 표현이었다. 그들이, 아니 누구나가 가진 오랜 상처를 치료할 수 있는 유일한 방법이기도 했다.

다음 목적지는 코소보였다. 1990년대에 코소보는 세르비아 영토였는데, 슬로보단 밀로셰비치 군대는 인구의 대부분인 알바니아인들을 무자비하게 공격해 강제로 추방했다. 1999년, 이들의 인종청소를 중단시키기 위해 미국을 주축으로 한 나토군이 항공작전을 펼쳐 세르비아군과 베오그라드를 포함한 세르비아 도시들을 폭격했다. 2008년에 코소보는 독립을 선언했고, 대다수의 국제사회가 코소보를 새로운 국가로 인정했다. 그러나 세르비아는 코소보의 독립을 인정하지 않고, 세르비아인들이 다수 거주하는 북쪽 국경지역에서 상당한 영향력을 지속적으로 행사했다. 그곳에 있는 대부분의 병원과 학교는 물론 심지어 재판소까지 베오그라드로부터 자금을 지원받아 계속 운영되었으며, 세르비아 보안대가 이들을 보호했다. 이 모든 활동이 코소보의 주권을 약화시키고 국가 내분을 부채질했으며, 두 이웃나라의 관계 또한 긴장시켰다. 이러한 긴장 상황은 유럽연합 가입 문제를 비롯해 두 나라가 스스로 이뤄내야 할 경제적, 사회적 발전을 저해했다. 결국 오랜 역사와 증오를 넘어서기란 어려운 일이었다. 하지만 두 나라가 타협의 장을 향해 한 걸음만이라도 떼게 하는 것이 내가 이들을 방문한 목적이기도 했다.

내가 코소보의 수도 프리슈티나에 도착하자, 성조기를 흔들며 열광하는 사람들이 공항 앞에서부터 줄지어 서서 우리의 차량 행렬이 지나갈 때마다 환호했다. 아이들은 어른들의 어깨에 올라타서 우리를 보기도 했다. 빌의 기념동상이 있는 시내 광장에 도착했을 때는 사람들이 워낙 많아 차가 나아갈 수 없을 정도였다. 그래도 나는 좋았다. 인사를 하고 싶어진 나는 차에서 내려 사람들과 악수하고 포옹도 나누었다. 광장 건너편에는 내게 익숙한 이름의 작고 예쁜 옷가게가 있었다. 바로 '힐러리'였다. 나는 그곳에 잠시 들어가보지 않을 수 없었다. 가게 주인은 내 이름을 딴 가게라며 "그래야 이 광장에 서 있는 빌이 외롭지 않죠"라고 말했다.

몇 달 후인 2011년 3월, 코소보와 세르비아 대표들이 유럽연합의 주최로 브뤼셀에 모였다. 그들이 이런 식으로 직접 만나 긴 시간 서로 이야기를 나눈 것은 처음이었다. 미국 외교관들은 모든 회의에 참석해, 양측이 관계를 정상화하고 최종적으로 유럽연합에 가입할 수 있도록 서로 타협할 것을 촉구했다. 이것은 국경 문제만 해결된다면 가능한 일이었다. 회담은 1년 반 동안 계속되었다. 협상 담당자들은 이동의 자유, 관세, 국경 관리 등에 관해 신중하게 합의했다. 세르비아는 아직도 코소보의 독립을 인정하지 않지만, 코소보가 지역회담에 참여하는 것에 대한 반대 입장은 철회했다. 그때 나는 1999년 6월부터 코소보에 주둔한 31개국 출신 약 5,000명의 평화유지군을 철수시키지 않고 계속 둘 것을 나토 측에 요구하고 있었다.

2012년 봄 세르비아에서 새로운 민족주의 정부가 출범했을 때, 주요 문제는 해결되지 않은 채 남아 있었다. 유럽연합의 대외정책 담당 고위관료인 캐서린 애슈턴Catherine Ashton(유럽연합의 첫 외교안보정책 고위대표)과 나는 함께 두 나라를 방문해 돌파구를 찾아 최종 합의를 앞당길 수 있을지 알아보기로 했다.

캐서린은 이 문제를 비롯한 많은 문제들을 다루는 데 매우 귀중한 동반자였다. 그녀는 영국의 고든 브라운 내각에서 상원 원내총무와 추밀원 의장을 역임했다. 그러다 이듬해에 유럽연합의 외무직으로 발탁되어 유럽 무역위원회 의원을 맡았다. 나와 마찬가지로 그녀도 전문 외교관으로 활동한 경력은 없는 터라 놀라운 발탁이었다. 하지만 그녀는 유능하고 창의적인 파트너였다. 서민적인 그녀(캐서린이 남작부인 작위를 받은 터라 농담으로 하는 소리다)는 붙임성이 좋아 우리는 유럽 문제뿐만 아니라 이란과 중동 문제에 대해서도 서로 긴밀하게 협조했다. 또한 규모가 큰 회의에서 남성 동료가 어쩌다 본의 아니게 혹은 무의식적으로 성차별적 발언을 하면 캐서린과 나는 천천히 시선을 돌려 서로를 바라보기도 했다.

2012년 10월에 우리는 발칸 반도를 함께 돌아다녔다. 우리는 양국의 국교 정상화에 필요한 구체적인 방법을 제시할 것을 각 나라에 촉구했다. 코소보의 하심 타치Hashim Thaci 국무총리는 다음과 같이 말했다. "지금의 코소보는 아직 우리가 꿈꾸던 코소보가 아닙니다. 우리는 유럽의 코소보, 유럽-대서양의 코소보가 되기 위해 끊임없이 노력하고 있습니다. 우리는 해야 할 일이 더 많다는 것을 잘 알고 있습니다." 캐서린과 나는 2004년에 반세르비아 폭동으로 불탔던 프리슈티나의 세르비아정교회 예배당에서 세르비아 소수민족 대표들과도 만났다. 그들은 독립국가 코소보의 미래를 걱정하면서도, 최근 세르비아인들에 대한 차별을 줄이고 일자리도 제공해주는 정부의 노력에 감사하고 있었다. 정부의 그런 행동이 바로 우리가 도모하고자 했던 근본적인 화해였다. 인상적인 여성이자 무슬림인 코소보 대통령 아티페트 자흐자가Atifete Jahjaga는 국가 내부의 변화를 추진하고 화해를 도모하는 데 있어서 우리의 동맹이었다. 캐서린의 말을 빌리면, 이번 외교의 목적은 양국의 국교 정상화뿐만 아니라 "삶을 정상화해 북쪽에 살고 있는 사람들이 일상생활을 할 수 있게 하고 공동체의 일부임을 느끼게 하는 것"이었다.

2013년 4월, 우리가 함께 의논했던 기반 확충 작업을 캐서린이 계속 열심히 해준 덕분에, 마침내 코소보의 타치 총리와 세르비아의 이비차 다시치Ivica Dačić 총리가 역사적인 합의에 도달하게 되었다. 국경을 둘러싼 영유권 분쟁을 해결하고, 관계를 정상화하며, 유럽연합 회원국으로 가는 문을 열기 위한 합의였다. 코소보는 북부지역 세르비아 공동체에 자치권을 확대해주기로 했고, 세르비아는 군대를 철수시키기로 했다. 양측 모두 서로의 유럽연합 가입 시도를 방해하지 않기로 약속했다. 이들이 협정 내용을 계속 실행해나간다면, 코소보와 세르비아 국민들은 마땅히 누려야 할 평화롭고 풍요로운 미래를 만들어갈 기회를 마침내 얻게 될 것이다.

═══

2012년 12월, 내가 국무장관으로서 마지막으로 다시 방문한 곳은 북아일랜드였다. 그곳 국민들은 열심히 일했지만, 과거에 일어난 갈등을 잊는 데 고통을 겪고 있었다. 먼저 말해두자면, 가톨릭과 기독교로 나뉜 종파 분쟁이 끝나지 않은 상태에서, 번영을 함께 누리고 각 공동체가 이익을 얻을 수 있도록 경제활동을 촉진시키는 것이 가장 중요한 과제였다. 그래도 벨파스트에서 가진 오찬에서는 오랜 벗들과 지인들과 기분 좋게 둘러앉아 지난날을 회상했다.

빌이 처음으로 대통령에 당선되었을 때, 북아일랜드 문제는 몇십 년에 걸쳐 격화되고 있었다. 기독교도들은 대부분 영국의 일부로서 머무르고 싶어 한 반면, 가톨릭교도들은 대부분 남쪽에 있는 아일랜드공화국과 합치기를 원했다. 오랜 시간 이어져온 폭력은 양측에 적개심을 남겼고, 그것이 마음속 깊이 자리 잡은 터였다. 북아일랜드는 섬 안에 있는 또 하나의 섬이었다. 거리거리에서 오래된 정체성이 불쑥 튀어나왔다. 어느 가족이 어느 교회에 다니는지, 아이들은 어느 학교에 다니는지, 어느 축구팀을 응원하는지, 하루 중 어느 시간대에 어느 친구와 함께 어느 거리로 다니는지도 알 수 있었다. 모두가 모든 것을 알고 지냈다. 그것이 그들에게는 평범한 일상이었다.

1995년, 빌은 조지 미첼 전 상원의원을 북아일랜드 특사로 임명했다. 그리고 그해 말 빌과 나는 벨파스트를 방문해 수많은 군중 앞에서 크리스마스트리에 점등식을 했다. 그리하여 빌은 북아일랜드를 방문한 첫 미국 대통령이 되었다.

나는 2000년까지는 거의 매년 북아일랜드를 다시 찾았고, 이후에 상원의원이 되어서도 적극적으로 신경을 썼다. 1998년에는 평화협상을 강하게 요구하는 벨파스트 여성들을 주축으로 한 '생명의 목소리Vital Voice' 회담을 구성하는 일을 도왔다. "이제 그만!"이라는 그들의 속삭임은 더 이상 무시할 수 없는 구호가 되었다. 연단에 서서 연설을 할 때, 앞을 보니 게리 애덤스Gerry Adams와 마틴 맥기니스Martin McGuinness를 비롯해 아일랜드공화국군(IRA)Irish Republican Army의 정치집단인 신페인Sinn Féin당의 다른 지도자들이 발코니 앞줄에 앉아 있는 모습이 보였다. 그들 뒤에는 신페인당과의 대화를 거부했던 통일당의 주요 인사들이 보였다. 양측 인사들 모두가 여성 평화회담에 자리한 사실로 보아 그들은 타협의 문을 연 것이 틀림없었다.

그해에 체결된 '성 금요일 협정'은 북아일랜드에 평화의 길을 터주었다. 특히 두 정당의 단합을 위해 많은 노력을 기울였던 빌과 조지 미첼은 외교적으로 승리를 거둔 셈이었다. 하지만 그것은 무엇보다도 북아일랜드 국민들의 용기를 입증하는 증거였다. 마치 아일랜드의 위대한 시인 셰이머스 히니Seamus Heaney의 시구처럼, "희망과 역사가 운을 띄우는" 순간으로 느껴졌다. 협정을 이행하는 데는 시련이 따르기 마련이지만 평화의 효과는 곧 발휘되기 시작했다. 실업률이 떨어지고, 주택 경기가 살아났으며, 북아일랜드에 투자하는 미국 기업들의 수도 증가했다.

2009년에 내가 국무장관으로서 이곳을 다시 찾았을 때, 그 용감했던 '켈트의 호랑이'는 세계 금융위기로 큰 타격을 입고 있었다. 바리케이드와 철조망은 거리에서 사라졌지만, 무장해제 및 '권리 이전' 과정이 지연되어 북아일랜드의 자치권 확대에 차질이 생기고 말았다. 가톨릭교도와 기독교도들은 여전히 구역을 나누어 서로를 차별하며 살고 있었고, 어떤 경우 실제로 벽을 쌓고 생활하기도 했다. 조지 오웰의 소설에 등장하는 '평화의 벽' 처럼 말이다(《1984》에서 진리부의 벽에 걸린 '전쟁은 평화다'라는 구호가 전하는 이중적 의미를 말한다_옮긴이).

2009년 3월, 북아일랜드 앤트림 카운티에서 영국 군인 두 명, 아마 카운티에서 경찰관 한 명이 사망했다. 그런데 이 살인사건은 폭력 사태로 번지지 않고 오히려 그 반대의 효과를 냈다. 가톨릭교도와 기독교도들은 함께 철야기도를 강행하고, 종파를 초월한 봉사에 참여했으며, 과거로 돌아가지 않겠다고 한목소리로 선언했다. 그 죽음은 과거의 나락으로 떨어지는 계기가 될 수도 있었지만, 오히려 북아일랜드가 얼마나 앞으로 나아왔는지를 확인시켜주었다. 나는 2009년 10월 북아일랜드 방문에서 피터 로빈슨Peter Robinson 총리와 마틴 맥기니스 부총리 등의 지도자들과 자주 통화하면서, 준군사조직을 계속해서 무장해제시키고 중요한 지역은 북아일랜드 정부가 관할하여 치안을 유지하고 사법권을 행사하게 하는 최종적인 권리 이전 단계를 밟을 것을 촉구했다.

나는 북아일랜드 의회 총회의 연단에 올라 이렇게 연설했다. "북아일랜드에 평화가 찾아오기까지 숱한 순간들이 있었습니다. 일의 진척이 어려워 보일 때도 있었고, 모든 진로가 막힐 때도 있었으며, 어디로 가야 할지 막막할 때도 있었지요. 하지만 여러분은 북아일랜드 국민을 위해서 옳다고 믿는 일을 할 수 있는 길을 항상 찾아냈습니다. 이러한 끈기 덕분에 북아일랜드는 아무리 확고한 적이라도 서로의 차이를 극복하고 더 큰 공동의 이익을 위해 힘을 합칠 수 있음을 보여주는 세계의 본보기로 거듭났습니다. 그래서 나는 이제 여러분이 누구도 막을 수 없는 그 불굴의 정신과 결의를 가지고 앞으로 나아갈 수 있도록 기운을 북돋워드리고자 합니다. 여러분이 평화를 향해 나아가고 그 평화를 계속 유지할 때 미국은 언제까지나 여러분의 뒤에 있겠다고 약속합니다."

북아일랜드를 방문한 지 불과 몇 주 지나지 않아서 자동차 폭발사고로 또 경찰관 한 명이 중상을 입자, 조심스럽게 꿰맨 평화의 조각이 다시 뜯어질 것만 같았다. 하지만 이번에도 그런 일은 없었다. 2010년 2월, 정당들은 경찰의 공권력에 대해 새롭게 합의한 힐스버러 협정을 체결했다. 양측 극단주의자들이 온갖 수단을 동원해 협상의 진행을 방해하려 애썼음에도, 지속적인 평화를 향한 진보는 다시 정상 궤도에 들어섰다. 2012년 6월, 우리는 지금껏 볼 수 없었던 가장 놀라운 변화의 신호를 보았다. 엘리자베스 2세 여왕Elizabeth II이 북아일랜드를 방문해 마틴 맥기니스와 악수를 나눈 것이다. 불과 몇 년 전만 해도 상상할 수 없었던 일이다.

벨파스트를 처음 방문한 지 17년이 된 2012년 12월, 다시 벨파스트로 간 나는 오래 우정을 나눈 샤론 호히Sharon Haughey를 우연히 만났다. 1995년 당시에 열네 살이었던 샤론은 빌에게 자신이 꿈꾸는 삶과 북아일랜드의 미래에 대해 아주 감동적인 편지를 써서 보냈다. 빌은 벨파스트의 크리스마스트리 점등식에서 그 편지의 일부를 낭독했다. "양쪽 다 상처를 입었어요. 양쪽 다 서로를 용서해야 해요." 시간이 조금 더 흐른 뒤 샤론은 나의 상원 집무실에서 인턴으로 일하며, 규모가 크고 자긍심도 넘치는 뉴욕 내의 아일랜드계 미국인 공동체를 도왔다. 워싱턴에서 많은 것을 배우고 익힌 그녀는 고국으로 돌아가 공직에 출마한 뒤 결국 아마 시 시장에 당선되었다. 2012년 그날 점심식사 자리에 정복을 입고 나타난 샤론은 나에게 그달 말에 결혼할 예정이라고 말했다. 나는 샤론이 꾸리게 될 가정과 성 금요일 협정 이후 북아일랜드에서 자라게 될 모든 아이들에 대해 생각했다. 그 아이들에게는 과거의 갈등으로 인한 고통에 물들지 않고 살아갈 기회가 있다. 나는 그들이 과거로 돌아가지 않기를, 그리고 그들의 평화와 진보가 나머지 유럽 국가와 전 세계를 고무시키기를 희망했다.

11

러시아 : 재설정과 후퇴

강경한 사람은 힘든 선택을 하게 만드는데, 러시아의 블라디미르 푸틴 대통령이 딱 그렇다. 푸틴의 세계관은 러시아 역사 속 강력한 차르들을 향한 존경, 인접 국가들을 지배하고자 하는 러시아의 오랜 관심, 소련 해체 후 조국의 힘이 약해지고 서구에 의해 좌우되었다는 생각에 다시는 그런 모습을 보이지 않으려는 개인적 결심 등에 의해 형성되었다. 그는 인접국들을 지배하고 그들의 에너지 접근권을 통제해 러시아의 힘을 재확인시키고 싶어 했다. 또한 중동에서 입지를 더욱 공고히 해 중동 내 러시아의 영향력을 키움과 동시에 러시아 남부 국경지역 안팎의 다루기 힘든 무슬림의 위협을 줄이고자 했다. 이 목표들을 달성하기 위해 푸틴은 중부유럽과 동유럽, 그리고 그 밖에 러시아 세력권에 속한다고 생각되는 지역들에서 미국의 영향력을 축소하고, 아랍의 봄으로 떠들썩한 나라들에서 미국의 활동을 저지하거나 적어도 약화시킬 방법을 모색하고 있다.

이러한 모든 정황은 푸틴이 먼저 2013년 말에 빅토르 야누코비치Viktor Yanukovych 우크라이나 대통령에게 유럽연합과의 긴밀한 관계를 청산하라고 압박한 이유가 무엇인지, 그리고 야누코비치 정권이 무너진 후 크림 반도를 침공하고 병합한 이유가 무엇인지 설명해준다. 만약 푸틴이 절제력을 발휘해 크림 반도 너머 우크라이나 동부까지 쳐들어가지 않는다면, 그건 그가 큰 힘과 영토, 영향력에 흥미를 잃어서는 아닐 것이다.

푸틴이 생각하는 지정학은 승자가 얻으면 패자는 그만큼 잃을 수밖에 없는 제로섬 게임과 같다. 진부하지만 여전히 위험한 개념이다. 이 개념에 따르면 미국은 힘과 인내 모두를 보여주어야 한다. 미국이 러시아와의 관계를 잘 관리해나가려면 구체적인 문제들에서 협력할 수 있는 부분을 찾아 협력해야 한다. 러시아가 적대적인 행동을 할 경우 다른 나라들과 힘을 합쳐 그것을 막거나 제한해야 한다. 4년 동안 장관직을 지내며 터득한 어렵지만 필수적인 절충법이다.

═══

윈스턴 처칠Winston Churchill은 "진정한 유럽의 통합은 러시아를 포함시키는 것"이라고 말했다. 그리고 1991년, 소련이 해체되자 그것이 실현될 거라는 기대가 커졌다. 보리스 옐친이 러시아의 새 민주주의를 위협하던 소비에트 보수강경파들의 쿠데타를 저지하고 모스크바 거리를 탱크로 행진하는 모습을 보며 가슴 뛰었던 기억이 떠오른다. 옐친은 미국 도시들을 겨누고 있던 핵무기를 기꺼이 거두고자 했고, 50톤의 플루토늄을 폐기했으며, 나토와 협약을 체결했다. 그러나 옐친의 정책을 강하게 반대하는 세력이 있었다. 그들은 유럽 및 미국과 거리를 두고, 인접국들에 대한 지배권을 최대한 유지하며, 제어하기 어려운 러시아 민주주의의 힘을 저지하고자 했다.

1996년에 심장 수술을 받은 후 옐친은 통제불능의 러시아 정치체제를 관리하는 데 필요한 활력과 집중된 권력을 다시 얻지 못했다. 그는 임기 만료를 6개월 앞둔 1999년 12월 31일에 전격 사임하면서, 블라디미르 푸틴이라는 무명의 상트페테르부르크 출신 전직 KGB 요원에게 직무를 인수인계할 준비를 했다.

대부분의 국민들은 푸틴이 충성을 다해 옐친과 그의 가족을 보호하고 있고, 옐친보다 더 정력적으로 통치할 능력이 있기 때문에 후임으로 선택되었다고 생각했다. 그는 건강하고 잘 훈련된 유도 유단자였으며, 수많은 정치적 변화와 경제적 역경으로 여전히 휘청거리고 있는 러시아 사람들에게 희망과 자신감을 불어넣어주었다. 하지만 시간이 지나면서 예민한 독재자라는 사실도 드러났다. 그는 비판받는 것을 싫어해 결국은 자유언론과 NGO들의 반대의견과 논쟁까지 엄중히 단속했다.

2001년 6월, 푸틴을 처음 만난 부시 대통령은 유명한 말을 남겼다. "나는 그의 기백을 느낄 수 있었다." 두 지도자는 '테러와의 국제적인 전쟁'을 일으켰다는 공통점이 있었다. 특히 푸틴은 고분고분하지 않은 이슬람 공화국인 체첸에서 벌이는 러시아의 무자비한 군사활동과 알카에다와 싸우는 미군의 활동을 같은 맥락에 두는 것이 효과적임을 알았다. 그러나 이들의 관계가 악화되기까지는 그리 오랜 시간이 걸리지 않았다. 이라크 전쟁, 러시아에서 점점 커져가는 푸틴의 권위주의적 태도, 2008년 8월 러시아의 그루지야 침공 등으로 긴장은 더욱 팽팽해졌다.

석유와 가스 매출 덕분에 러시아의 경제가 발전하면서, 푸틴은 러시아 국민들의 능력 계발이나 국가 기반사업 등에 폭넓게 투자하기보다는 정치적 유착관계에 있는 올리가르히Oligarch(러시아의 과두 지배 세력으로 산업·금융 재벌을 의미한다_옮긴이)들에게 부가 집중되는 것을 허가했다. 그는 '위대한 러시아'라는 공격적 이상을 추구해 이웃나라들을 불안하게 하고 소비에트 팽창주의의 망령을 다시 불러냈다. 그리고 2006년 1월에 러시아의 천연가스 수출권을 이용해 우크라이나 등의 나라들을 위협했다가, 2009년 1월에 공급을 중단하고 가격을 올려 또다시 주변국을 위협했다.

새로운 러시아에서 가장 어처구니없는 현상은 바로 언론 탄압이었다. 신문, 텔레비전 방송국, 블로거 등은 정부의 명령을 따르도록 강한 압박을 받았다. 2000년 이후 러시아는 기자에게 위험한 국가 순위 4위를 차지했는데, 이라크만큼은 아니었지만 소말리아나 파키스탄보다 위험했다. 2000년과 2009년 사이에는 무려 20명의 언론인이 러시아에서 살해되었으나 살인으로 유죄 판결을 받은 경우는 단 한 건뿐이었다.

2009년 10월 모스크바를 방문했을 때, 언론의 자유를 지지하고 정부의 공식적인 위협행위를 반대한다는 목소리를 크게 내는 것이 중요하다고 생각했다. 1933년부터 미국대사들이 사용하고 있는 대사관저 스파소 하우스에서 열린 환영식에서 나는 언론인과 법률가를 비롯해 시민사회 지도자 들을 만났다. 그중에는 정체 모를 폭력배들에게 심한 구타를 당했다는 사회운동가도 있었다. 이 러시아인들은 친구들과 동료들이 괴롭힘을 당하고, 위협을 받고, 심지어 살해당하는 상황을 보아왔으면서도 계속 일을 하고, 글을 쓰고, 말을 하고, 침묵을 거부하고 있었다. 나는 미국이 러시아 정부와 관련된 인권 문제를 공적, 사적으로 제기할 것이라고 약속했다.

때로는 말하는 장소가 말하고자 하는 내용만큼 중요할 때도 있다. 나는 스파소 하우스에서 사회운동가들과 하고 싶은 이야기를 다 할 수 있었지만, 대부분의 러시아인들은 내 말을 들으려 하지 않았다. 그래서 나는 독립 방송국 중에 출연할 만한 곳이 있는지 대사관에 물어보았다. 한 곳이 있긴 했다. '에코 모스크비Ekho Moskvy(모스크바의 메아리)'라는 라디오 방송국이었는데, 자유언론의 수호자라기보다는 선전의 배출구 같은 기괴한 이름이었다. 하지만 현지에서 근무하는 우리 외교관들은 이 방송국이 러시아에서 가장 독립적이고 공정하며 신랄한 언론사라며 나를 안심시켰다.

생방송으로 진행된 인터뷰에서는 미국과 러시아의 관계, 그루지야와 이란 등과 관련된 몇 가지 시급한 문제들에 대해 질문을 받았다. 그다음으로 우리는 러시아 내 인권 문제들로 화제를 돌렸다. 나는 이렇게 말했다. "민주주의가 러시아의 최고 관심사라는 데는 의심의 여지가 없습니다. 그리고 사회 전반의 번영을 위한 발판을 제공할 수 있는 강력하고 안정된 정치체제를 구축하려면 인권 존중, 사법권 독립, 언론의 자유가 필요합니다. 우리는 이것을 계속해서 강조할 것이며, 이런 가치를 지지하는 사람들을 계속해서 도울 것입니다." 우리는 언론인 수감, 구타, 살해 등에 대해서도 이야기했다. "사람들은 정부가 나서서 '이건 잘못됐다'라고 말해주기를 원합니다. 그리고 잘못된 일을 막으려다 알게 되지요. 비판의 목소리를 낸 사람들이 오히려 심판받게 된다는 사실을요." 그 방송국은 지금까지도 방송을 하고 있고 독립성도 계속 유지하고 있다. 그런데 불행히도, 2014년 크림 반도 침공을 둘러싸고 정부가 반대의견 단속에 나선 동안에 이 라디오 방송국의 웹사이트가 일시적으로 차단되었다. 러시아 정부가 모든 반대의 목소리를 더욱 강력하게 근절하려는 움직임을 보이기 시작한 것 같다.

═══

8년간의 대통령 임기가 끝난 뒤 헌법상 연임이 불가능하게 된 푸틴은 2008년에 드미트리 메드베데프Dmitry Medvedev 총리와 자리를 바꾸었다. 처음에는 이런 자리 바꾸기가 푸틴을 다른 자리에 앉혀놓고 계속 권력을 쥐게 하는 우스운 짓처럼 보였고 그런 요소도 확실히 없지는 않았다. 그런데 메드베데프는 정부에 새로운 경향을 가미해 많은 사람들을 놀라게 했다. 그는 국내의 반대여론에 보다 개방적이고, 외국과 화해를 표방하며, 석유와 가스 등의 원자재 시장을 넘어서 러시아 경제를 다각화하는 데 더 많은 관심을 기울이는 듯했다.

러시아의 지도자 콤비가 의심스럽기는 했지만 우리가 협력할 수 있는 영역을 찾을 수 있으리라는 희망을 안고 집무실로 돌아왔다. 상원의원이던 시절에는 푸틴의 통치방식을 자주 비판했는데, 이제는 러시아와 함께 추구해야 할 문제들이 있을 때 우리가 러시아를 그저 위협의 주체로만 본다면 역효과가 일어난다는 걸 알았다.

국가들이 어떤 사안에 대해서는 협력하지만 다른 사안에 대해서는 충돌한다는 것은 대외정책 영역에서 고전적인 논쟁거리가 되는 문제다. 만약 미국이 러시아의 그루지야 공격을 반대한다는 이유로 군축이나 무역에 관한 교섭을 중단한다면? 또는 서로 평행선을 달릴 수밖에 없는 문제를 안고 있다면? 직설적으로 거래하는 외교가 늘 아름다운 건 아니지만 반드시 필요할 때가 종종 있다.

2009년, 오바마 대통령과 나는 세 가지 요소에 접근함으로써 미국이 러시아와의 관계에서 중대한 국가적 이익을 달성할 수 있을 거라고 생각했다. 세 가지 요소란, 협력을 했을 때 우리에게 이익을 줄 수 있는 구체적인 영역을 찾는 것, 이해관계가 빗나갈 때 완강히 버티는 것, 러시아 국민들과 계속해서 직접적인 교류를 하는 것이다. 이 접근법은 '재설정reset'이라는 이름으로 불리게 되었다.

국무부에서 이 접근법을 고안할 때 기획을 맡은 사람은 3년 동안 러시아 주재 미국대사로 근무한 빌 번스였는데, 그에게는 러시아 정부 인사들의 권모술수들을 꿰뚫어볼 수 있는 통찰력이 있었다. 메드베데프는 극단적인 냉전 시대의 유물 없이도 정권을 장악한 젊은 지도자였다. 반대로 푸틴은 1970년대와 1980년대에 KGB에서 성장한, 냉전이 낳은 전형적인 인물이었다. 내가 보기에, 정권이 개편되었다고는 하나 푸틴은 여전히 협력 범위 확대를 어렵게 만들 수 있는 막강한 힘을 지니고 있었다. 만약 협력 범위를 확대할 기회가 생긴다면(나는 그럴 기회가 있다고 생각했다) 그것은 양국이 공동의 이익을 현실적으로 평가했기 때문일 것이었다.

내가 세르게이 라브로프Sergei Lavrov 러시아 외무장관을 처음 만난 것은 2009년 3월이었다. 1990년대 말 유엔 대사로 함께 근무하면서 라브로프를 알게 된 리처드 홀브룩은 라브로프가 지성과 활력을 겸비하고 거만하지 않은 태도로 정부 지도자들을 돕는 능숙한 외교관이라고 말했다. (리처드의 입에서 그런 말이 나온다는 건 정말 훌륭한 인물이라는 뜻이다!) 라브로프는 늘 햇볕에 그을린 모습에 옷맵시가 좋았으며, 영어를 유창하게 구사하고, 질 좋은 위스키와 푸시킨의 시를 좋아했다. 그와 콘돌리자 라이스 전 국무장관의 관계는 매우 불안했는데, 특히 러시아의 그루지야 침공이 좋은 핑계가 되었다. 둘 사이의 긴장은 사라지지 않았다. 그러나 우리가 만약 핵무기를 계속 통제하거나, 이란 핵 프로그램에 제재조치를 취하거나, 아프가니스탄 북부에 진입하고자 한다면 러시아와 협력할 필요가 있었다. 어쩌면 농담 한마디로 분위기를 부드럽게 할 수도 있지 않았을까.

정치에서 유머감각은 필수다. 나 자신을 웃음거리로 만들 수 있어야 하는 이유는 무수히 많다. 뉴욕 상원의원 시절에 데이비드 레터맨David Letterman이 진행하는 토크쇼에서 내가 입은 바지정장을 가지고 얼마나 농담을 많이 했던가? (세 번 했다.) 2008년 선거운동을 하던 당시에는 〈새터데이 나이트 라이브〉에 배우 에이미 포엘러Amy Poehler와 함께 깜짝 출연했는데, 그녀는 아주 우스꽝스럽게hilarious '힐러리 클린턴'을 흉내 내 배꼽이 빠지게 만들었다. 그런데 서로의 언어와 문화가 달라 신중하게 시나리오대로 대화를 해야 하는 외교의 장에는 유머가 끼어들 틈이 많지 않다. 하지만 가끔은 도움이 된다. 한번은 이런 일도 있었다.

2월에 열린 뮌헨안보회의 연설장에서 바이든 부통령이 말했다. "이제 재설정 버튼을 눌러야 할 때이며, 우리가 러시아와 협력할 수 있는, 그리고 협력해야 하는 많은 영역들을 재검토해야 할 때입니다." 나는 우리의 실질적인 의견 차이를 무시하지 않고 더 넓은 의제 속에 끼워넣어, 공동의 이익이 있는 영역과 나란히 다루는 '재설정' 개념이 좋았다. 스위스 제네바에서 라브로프를 만날 준비를 하는 동안 재설정에 대해 팀원들과 이야기하다가 한 가지 아이디어가 떠올랐다. 라브로프에게 진짜 재설정 버튼을 선물하면 안 될 이유가 있을까? 라브로프를 포함한 많은 사람들을 웃게 만들 수 있고, 뉴스 헤드라인에 '미-러, 의견 충돌'이 아니라 '미-러, 산뜻한 출발'이 실릴 수도 있는 일이니 말이다. 관례에 벗어나는 것이긴 하지만 해볼 만할 것 같았다.

라브로프와 나는 인터콘티넨털 호텔의 파노라마 살롱에서 만났다. '파노라마'라는 이름대로 제네바의 전경을 볼 수 있는 장소였다. 자리에 앉기 전에 그에게 리본을 단 작은 녹색 상자를 선물했다. 카메라가 찰칵거리는 동안 나는 상자를 열어 호텔 월풀 욕조에서 떼어낸 듯한 노란 바탕의 빨간 버튼을 꺼냈다. 버튼에는 러시아어로 peregruzka라고 적힌 라벨이 붙어 있었다. 우리는 둘 다 크게 웃으며 버튼을 함께 눌렀다. "적당한 러시아어를 찾느라 애먹었습니다. 저희가 제대로 쓴 거 맞나요?" 내가 물었다. 라브로프 외무장관은 글자를 자세히 들여다보았다. 그 자리에 있던 다른 미국인들, 특히 그 단어를 고른 러시아어 능통자들이 숨을 죽였다. 라브로프는 "틀렸는데요"라고 말했다. 이 짧은 순간이 하나의 국제적인 사건이 되려는 것일까? 나는 계속 그저 웃기만 했다. 그러자 라브로프도 웃었고, 이내 모두 긴장이 풀렸다. 그가 설명했다. "perezagruzka가 맞아요. 여기 이건 '과부하'라는 뜻입니다." 내가 대답했다. "우리가 장관님을 과부하에 걸리게 할 일은 없을 겁니다. 약속하죠."

당시 우리 측의 러시아어 구사 능력이 최상은 아니었다. 하지만 딱딱한 분위기를 깨고 '재설정'이라는 단어를 결코 잊을 수 없게 하는 것이 우리 목표라면, 번역 실수 덕분에 목표 달성에는 확실히 성공한 것이다. 라브로프는 그 버튼을 집으로 가져가 책상 위에 놓아둘 거라고 말했다. 그날 밤, 처음에 그 익살스러운 선물을 생각해내는 데 도움을 주었던 필립 레인스가 철자 실수를 바로잡기 위해 최후의 노력을 시도했다. 그는 버튼을 가지고 있는 스위스 주재 러시아대사에게 연락해 라벨을 교체해주겠다고 말했다. 대사는 "저희 장관님과 얘기해봐야 할 것 같은데요"라고 신중하게 대답했다. 그러자 필립은 "이런, 만약 그걸 저희에게 보내주시지 않는다면 우리 장관님이 절 시베리아로 보내버리고 말 겁니다!"라고 소리쳤다. 그건 인정할 수밖에 없는 아주 괜찮은 아이디어였다.

오바마 대통령이 메드베데프를 처음 만난 2009년 4월 런던의 미국대사관저인 윈필드 하우스의 공식 만찬장에서, 미국과 러시아 대표단이 서로 마주보며 앉았다. 나는 양쪽을 통틀어 유일한 여성이었다. 이번이 오바마 대통령의 취임 후 첫 해외방문으로, G20 정상회의와 나토 정상회의에 참석하고 주요 동맹국들을 방문하는 전략적인 유럽 행보였다. 나는 대통령을 보좌하게 되어 기뻤다. 우리는 런던을 처음 방문한 이때부터 2012년 말 버마로 역사적인 마지막 여행을 할 때 수년 동안 함께 돌아다니며, 나날이 시끄러운 워싱턴의 일상에서 벗어나 의논하고 전략을 짤 기회를 얻었다. 같은 해 4월 프라하에서 열릴 회담을 앞둔 어느 날에는 오바마 대통령이 내 옆으로 다가와 얘기를 좀 하자고 했다. 그는 내 어깨에 팔을 두르더니 창가로 나를 데려갔다. 나는 대통령이 어떤 민감한 정책 문제를 논의하려 하는지 궁금했다. 그런데 그는 내 귀에 대고 "이에 뭐가 꼈어요"라고 속삭이는 것이었다. 나는 무척 당황했지만, 그런 말은 친구만이 해줄 수 있는 것이고 우리가 서로에게 의지한다는 신호이기도 했다.

그날 러시아와의 첫 만남에서 두 대통령은 미사일 방어체계와 그루지야에 대해 의견이 엇갈렸음에도 불구하고, 양측 모두 핵무기 수를 줄이자는 새 협정 아이디어를 처음으로 입 밖에 냈으며, 아프가니스탄, 테러리즘, 무역, 이란 등에 관해 공동의 기반을 찾는 데도 성공했다. 메드베데프는 러시아가 1980년대에 아프가니스탄에서 "비참한" 경험을 했다며, 미국이 러시아 영토를 지나 군대보급용 위험물을 수송하는 것을 기꺼이 허락하겠다고 말했다. 이전까지 아프가니스탄으로 군사 및 장비를 수송할 수 있는 유일한 경로는 파키스탄을 통하는 것이었는데, 이로써 우리에게는 파키스탄에 영향력을 행사할 수 있는 수단이 생긴 셈이었다. 메드베데프는 또한 러시아가 이란의 핵전쟁 수행 능력 증대를 과소평가했었다고 고백해 나를 놀라게 했다. "결국 당신 말이 맞았군요." 그는 말했다. 러시아는 이란과 복잡한 관계에 있었다. 이란 정부에 핵무기를 판매하고 핵발전소 건설까지 돕고 있었지만, 정작 핵무기가 확산되는 것이나 이미 폭발 직전인 이란 남쪽 측면이 불안정한 상황에 빠지는 것을 보고 싶어하지는 않았다. 뒤에서 서술하겠지만, 메드베데프의 말은 이란 문제에 대한 협력의 강도를 더욱 높일 수 있도록 문을 열어주었으며, 결국 강하고 새로운 제재를 결의한 역사적인 유엔 표결로 이어졌다. 그러나 그는 유럽 내에서 미국이 진행할 미사일방어체계 관련 계획들에 대한 반대 입장을 철회하지는 않았다. 러시아보다는 이란이 가해올 잠재적 위협을 방지하기 위한 것이라고 여러 번 설명했음에도 말이다.

오바마 대통령은 긍정적인 면을 강조하며 새 핵무기 협정의 조속한 이행, 아프가니스탄 및 테러리즘 문제, 러시아의 세계무역기구World Trade Organization 가입 등과 관련해 더 많은 협력을 약속했다. 어려운 쟁점들에 대해 전반적으로 면면이 터놓고 논의했다. 우리가 메드베데프에게 바란 대로였다. 재설정은 궤도에 오른 듯 보였다.

엘런 타우셔 차관과 로즈 고테묄러Rose Gottemoeller 차관보가 이끄는 국무부 협상팀은 러시아와 미국의 미사일과 폭격기에 핵탄두 수를 제한해 장착한다는 전략무기 감축 협정, 즉 뉴스타트(New START)New Strategic Arms Reduction

Treaty의 모든 세부사항을 러시아 측과 조정하는 작업을 1년 동안 했다. 오바마 대통령과 메드베데프 총리가 2010년 4월에 협정을 체결한 뒤, 나는 예전 상원 동료들에게 협정 비준의 필요성을 설명하기 시작했다. 이를 위해, 오랫동안 해리 리드 상원 다수당 대표의 보좌관을 맡았고 연방의회에서 종종 돌파구를 찾아내기도 했던 기민한 연구자 리처드 버머Richard Verma 입법 담당 차관보와 긴밀하게 협력했다. 그리고 러시아를 믿지 않을뿐더러 러시아가 협정을 준수하는지 미국이 검증할 수도 없을 거라며 우려를 내비쳤던 주요 상원 공화당원들을 소집해, 협정에는 우리가 준수 여부를 검증할 수 있는 장치가 있으며, 만약 러시아가 약속을 지키지 않을 경우 언제든지 협정을 철회할 수 있다고 설명했다. 아울러 '신뢰하되 검증하라'라는 철학을 갖고 있던 레이건 대통령도 소련과 군축협정을 체결했었다는 사실을 상기시켰다. 시간이 아주 중요하다는 점도 강조했다. 왜냐하면 기존의 스타트가 만료된 터라, 거의 1년 동안 러시아 현지에서 무기 현황을 조사할 사람이 없어 미사일 격납고에서 어떤 일들이 벌어지는지 확인할 길이 없었기 때문이다. 이런 위험한 실수는 두 번 다시 있어서는 안 되었다.

표결을 앞두고 몇 주 동안 나는 18명의 상원의원과 이야기했고, 그들은 대개 공화당원이었다. 국무장관으로서 국무부 예산을 비롯한 많은 문제들에 대해 의회와 공조했지만, 백악관을 대표해서 압력을 가하기는 이번이 처음이었다. 법률을 제정하고 위원회의 자문을 구하는 데는 좌우를 불문하고 8년 동안 관계를 쌓아온 예전 동료들의 도움이 컸다. 또한 상원 베테랑인 바이든 부통령, 당을 초월해 상원 외교위원회를 대표하는 매사추세츠주의 존 케리 위원장과 인디애나 주의 리처드 루거Richard Lugar 위원회 간사도 우리 편에 있었다.

우리는 협정 비준을 위해 헌법상 필요한 3분의 2 다수에 가까운 상원의 지지를 확보하고 있었지만, 마지막 몇 표를 얻는 일은 쉽지 않았다. 2010년

11월 중간선거에서는 공화당이 63석을 더 얻어 하원을 장악하고, 상원에서는 민주당이 6석 차이로 겨우 다수당을 차지했다. 공화당과의 의석 차이가 좁혀지면서 선거 후 우리의 전망은 불투명해졌다. 하지만 민주당의 기세가 약화되었는데도 루거 상원의원은 나에게 연방의회로 직접 와서 마지막 설득을 하라고 재촉했다. 전망이 어두운 가운데서도 나는 계속해서 전화를 돌리고 크리스마스 직전에는 마지막으로 비준을 호소하기 위해 연방의회를 다시 방문했다. 그날 저녁 상원 표결은 최종 논쟁까지 성공적이었고, 다음 날 찬성 71표, 반대 26표로 비준안이 통과되었다. 이것은 당을 초월한 승리이자, 미-러 관계의 승리이며, 더욱 안전한 세계를 위한 승리였다.

오바마 대통령과 메드베데프 대통령은 오랜 시간 사적으로 관계를 쌓아나가 더 많은 협력의 기회를 만들었다. 2009년 10월에 사석에서 메드베데프와 만나 오랜 시간 대화를 나누었는데, 그때 그는 미국의 실리콘 밸리를 본뜬 첨단기술 단지를 러시아에 조성하겠다는 계획을 이야기했다. 내가 캘리포니아 주에 있는 원조 실리콘 밸리를 직접 방문하는 게 어떠냐고 제안하자, 그는 참모진을 부르더니 추진해보라고 지시했다. 결국 그는 2010년 미국 방문에서 실리콘 밸리에 들렀고, 어느 면에서나 강한 인상을 받고 돌아갔다. 이 일을 계기로 러시아 경제의 다각화라는 메드베데프의 이상이 현실화되기 시작할 수도 있었다. 푸틴이 허락한다면 말이다.

재설정 계획은 초반에는 순조롭게 진행되었다. 이란과 북한에 강한 제재를 가하고, 아프가니스탄에 파병된 우리 군대에 장비를 보낼 북쪽 보급로를 개방하고, 러시아를 WTO에 가입시키고, 리비아 내 비행 금지구역 설정을 유엔이 지원하게 하는 안건을 통과시키고, 대테러활동에 필요한 협력을 늘리는 등의 성과를 거두었다. 그런데 2011년 말이 되자 분위기가 바뀌기 시작했다. 일찌감치 9월에 메드베데프가 재선에 도전하지 않겠다고 발표한 것이다. 그리고 2012년 푸틴이 다시 대통령에 선출되었다. 메드베데프가 그저 푸틴의 자리를 잠깐 지키는 것일 뿐이라고 했던 4년 전 나의 말이 사실로 확인된 셈이다.

그 후 12월에는 러시아 의회가 부정선거 의혹에 휘말렸다. 독립정당들은 정당으로 등록할 권리를 부정당했고, 투표함 조작과 선거인단 조작 등 뻔뻔스러운 부정행위 시도도 있었다. 중립을 지켜야 할 러시아 선관위는 곤란한 상황에 놓였으며 웹사이트는 사이버 공격을 받았다. 리투아니아에서 열린 국제회담에서 나는 이 보고에 대해 진심어린 우려를 표명했다. "여느 국민과 마찬가지로 러시아 국민들은 마땅히 자신들의 목소리를 낼 권리가 있고 자신들이 던진 표를 인정받을 권리가 있습니다. 그리고 그것은 국민들이 마땅히 공정하고 자유롭고 투명한 선거를 치러야 한다는 것, 자신들을 책임질 수 있는 지도자를 얻을 권리가 있다는 것을 뜻합니다." 수만 명의 러시아 시민들이 이와 같은 생각으로 거리로 나와 시위를 벌였다. "푸틴은 도둑이다"라는 구호가 울려퍼지자, 푸틴은 다름 아닌 나를 향해 채찍을 들었다. "클린턴이 우리나라에 바람잡이들을 심어놓고 신호를 줬다"고 그는 주장했다. 나에게 퍽이나 그런 힘이 있었으려고! 그 뒤 푸틴 대통령을 만났을 때 나는 그의 발언에 대해 주의를 주었다. "모스크바 시민들이 들고 일어나 '힐러리 클린턴은 우리가 시위하기를 바란다'고 말하는 걸 봤는데요, 그건 사실이 아닙니다, 대통령님." 만약 내가 적은 수의 사람들에게라도 진정한 민주주의를 위해 큰 소리로 말할 수 있는 용기를 심어줄 수 있었다면, 그건 무조건 환영할 일이지만 말이다.

2012년 5월, 푸틴은 공식적으로 대통령 직함을 달았다. 그리고 그 직후 오바마 대통령이 초청한 캠프데이비드 G8 정상회의에 참석을 거절했다. 동쪽에서 찬바람이 불어오고 있었다. 6월에 오바마 대통령에게 내 의견을 간략하게 개진한 메모를 보냈다. 그의 상대는 더 이상 메드베데프가 아니었으므로 보다 강경한 노선을 취할 준비를 해야 했다. 나는 푸틴이 "미국에 몹시 분노하고 있으며 우리의 행동을 의심한다"라고 썼다. 게다가 그는 동유럽부터 중앙아시아까지 인접국가들에서 잃어버렸던 러시아의 영향력을 되찾는 데 전념하고 있었다. 푸틴 자신은 그 계획을 '지역통합'이라고 부를지 모르지만, 그건 그저 '잃어버린 제국의 재건'을 다른 말로 바꾼 것에 지나지 않았다. 멕시코 로스카보스에서 열린 G20 정상회의의 양쪽 사이드라인으로 오바마 대통령과 푸틴이 처음 한자리에 모였을 때 나도 함께 있었다. 나는 대통령에게 "흥정을 잘해야" 한다고 조언했다. 푸틴은 "거저 줄 사람이 아니기 때문"이었다.

러시아는 곧 많은 주요 화제들에 대해 덜 발전적인 접근방식을 취했다. 특히 시리아 내 갈등에 대해서는 잔혹한 전쟁을 치르고 있는 바샤르 알아사드Bashar al-Assad 정권을 비호하며, 강력한 국제사회의 대응을 계획하려는 유엔의 모든 시도를 막고 나섰다. 러시아 정부는 자국 내에서도 반대의견을 가진 사람들과 NGO, 성소수자들을 엄중하게 단속하고 이웃국가들을 다시 괴롭히기 시작했다.

러시아와 미국이 서로 호의를 가지고 재설정을 통해 새 시대를 열 것으로 기대했던 사람들은 씁쓸해하며 실망했다. 어려운 문제들은 제쳐두고 서로 논조를 좀 누그러뜨리면 특정 우선 과제들을 해결해나갈 여지가 생길 거라는 보다 온건한 기대를 했던 사람들에게는 재설정이 이루어진 셈이었다. 훗날 2014년에 러시아가 크림 반도를 침공한 이후, 일부 의원들은 재설정 작업이 푸틴을 기고만장하게 만들었다며 비난했다. 나는 이런 시각이 푸틴과 재설정 모두를 잘못 이해하는 거라고 생각한다. 어쨌든 2008년에 푸틴이 그루지야를 침공했을 때는 미국이든 어디든 그에게 별다른 영향을 주지 않았으니 말이다. 푸틴은 나름대로 이유를 들어, 무력 도발행위에 대한 조치라는 명분으로 자신이 계획한 일정에 따라 그루지야와 크림 반도를 침공했다. 부시 정부가 선제공격 원칙을 앞세워 강경 발언을 하든, 오바마 정부가 중요한 이익을 두고 실리적으로 협동하자는 데 초점을 맞추든, 러시아의 공격적 행위를 멈추게 하지도 그런 행위를 초래하지도 않았다. 재설정은 보상이 아니었다. 미국이 전략적, 안보적으로 중요한 이해관계를 많이 확보하고 있다는 사실, 그리고 우리가 필요에 따라 그 관계들을 진전시킬 수 있다는 사실을 인식하는 것이 바로 재설정이었다. 지금까지도 그렇다.

재설정을 하는 동안 우리와 러시아의 관계가 얼마나 복잡했는지, 그리고 우리가 무엇을 이루려고 했는지를 이해하기 위해 예를 들어보기로 하자. 중앙아시아, 그리고 아프가니스탄에 파병된 미군의 보급 문제에 대한 이야기다.

9·11에 대한 대응으로 미국이 아프가니스탄 침공을 준비할 때, 부시 정부는 멀지만 전략적으로 중요한 중앙아시아 국가인 우즈베키스탄과 키르기스스탄의 구소련 공군기지 두 곳을 빌렸다. 두 기지에서 병사와 보급물자를 아프간 전투지역으로 실어 날랐다. 러시아는 당시 심상치 않았던 국제정세를 감안해 이를 반대하지 않았다. 한때 구소련공화국이었던 이 저개발국들을 자신의 영향권에 속하는 나라들로 보았음에도 말이다. 하지만 곧 러시아 정부는 우즈베키스탄과 키르기스스탄 정부에 미군을 영구 주둔시키지 말 것을 종용했다. 푸틴에게 중앙아시아는 러시아의 세력권이었다. 그는 커져가는 중국의 경제적 영향력과 미국의 군사적 영향력을 경계하고 있었다.

2009년에 오바마 대통령은 아프가니스탄 파병 규모를 크게 늘리고 2011년부터 단계적 철수에 들어간다는 계획의 초안을 짜고 있었다. 그것은 미국 군대가 또다시 육지에 둘러싸인 산악지대로 대규모 병력과 물자를 이

동시켜야 한다는 뜻이었다. 아프가니스탄과 직접 연결되는 보급로로 파키스탄을 통하는 길이 있었지만, 그 경로를 이용하면 탈레반 반군들의 공격을 받을 위험이 크고 파키스탄 관료들의 신경을 자극할 가능성도 있었다. 국방부 기획자들은 시간이 더 오래 걸리고 비용이 더 들더라도 우리 병력이 고립될 위험이 없는 차선의 경로를 선호했다. 자연히 중앙아시아에 시선이 집중될 수밖에 없었다. 발트 해 항구에 화물을 하역하면 열차로 러시아를 지나 카자흐스탄과 우즈베키스탄으로, 마지막으로는 아프가니스탄 북부 국경으로 수천 킬로미터를 수송할 수 있었다. 그러는 동안 병사들은 아직 개방되어 있는 키르기스스탄 공군기지를 지나 날아갈 수 있었다. 이른바 북부 보급로는 부패한 정권들에게 쏠쏠한 수입을 안겨줄 테지만 전쟁 활동에도 상당한 도움을 줄 터였다. 고전적인 대외정책 절충안인 셈이었다. 하지만 그전에 우리는 러시아 영토를 통해 군사장비를 수송할 수 있도록 러시아 정부의 동의를 얻어야 했다.

오바마 대통령은 메드베데프와의 첫 만남에서 재설정의 일환으로 북부 보급로가 최우선 과제임을 강조했다. 그러자 메드베데프는 러시아는 기꺼이 협력하겠다고(그리고 통행료도 받겠다고) 대응했다. 오바마 대통령이 모스크바를 방문한 2009년 7월, 러시아를 통해 아프가니스탄으로 위험한 군사장비를 수송하는 데 합의한다는 협정이 공식적으로 체결되었다.

그런데 메드베데프가 전투물자 수송을 허락한 데는 숨은 의도가 있었다. 러시아 정부에게 중앙아시아에서의 영향력은 여전히 비상한 주의를 기울여 지켜야 할 기반이었다. 따라서 러시아가 자국 영토를 통한 미국 화물 수송을 기꺼이 허락했어도, 그것은 미군을 구실로 중앙아시아 정권들에 대한 지배권을 넓혀 그 지역 내 러시아의 군사적 족적을 확대하고, 그들과 미국 정부의 결속을 약화시키려는 것이었다. 마치 19세기 영국과 러시아가 중앙아시아 패권을 두고 벌인 치열한 외교 싸움 '그레이트 게임'의 현대판을 보는 것 같았다. 차이가 있다면 미국은 중앙아시아와 관련된 일에만 주로 초점을 맞췄을 뿐 패권을 장악하려 하지는 않았다는 점이다.

2010년 12월 초, 나는 일을 순조롭게 진행하기 위해 키르기스스탄과 카자흐스탄, 우즈베키스탄을 순방하며 지도자들과 만났다. 비슈케크에서 열린 학생들과 언론인들과의 간담회에서는 러시아 정부와의 관계에 대한 질문에 답했다. "키르기스스탄이 미국과 러시아의 재설정 계획에서 하는 역할이 무엇입니까?" 한 청년이 물었다. 나는 여러 가지 주제(그루지야와 인권 문제 등을 특별히 언급했다)에서 두 나라의 의견이 대립하는 건 사실이지만, 우리의 목표는 긍정적인 의제를 위해 협력하고 오랜 불신을 떨쳐버리는 것이라고 설명했다.

이어서 한 기자가 재설정 계획에 키르기스스탄 및 중앙아시아의 희생이 따르는지 물었다. "러시아와 미국이 대립할 가능성은 없습니까? 그러니까 이 지역, 특히 키르기스스탄에서 말입니다." 나는 우리가 그럴 일이 생기지 않도록 노력하고 있으며, 미국과 러시아 정부 간 긴장을 완화하는 것이 재설정의 목표인 만큼, 때때로 두 나라 사이에서 덫에 걸린 듯 느끼는 키르기스스탄 같은 나라들에 도움이 될 것이라고 대답했다. 하지만 키르기스스탄은 독재국가들 사이에서 갓 민주주의를 꽃피운 나라라고 덧붙였다. 러시아의 민주주의는 후퇴하고 있었다. 이 지역의 또 다른 강대국인 중국에는 민주주의가 존재하지 않는다. 따라서 재설정이 쉽지만은 않을 터였다. "저는 여러분이 다수와 관계를 맺되, 어느 누구에게도 의지하지 않는 것이 중요하다고 생각합니다. 여러분이 맺은 모든 관계의 경중을 따지지 말고, 최대한 많은 도움을 끌어내보십시오." 내가 말했다.

2011년 가을, 모스크바에서 대통령직 탈환을 준비하던 푸틴은 러시아 신문에 논평을 냈다. 그는 구소련공화국들에 대해 잃었던 영향력을 되찾고 "현대의 기둥이 될 수 있는 강력한 초국가적 공동체"를 만들겠다는 계획을 발표했다. 푸틴은 이 새로운 유라시아연합Eurasian Union이 "전 대륙의 지정학적, 지리경제적 구도를 바꿀 것"이라고 말했다. 어떤 사람들은 이것이 선거용 홍보문구라며 무시했지만, 나는 푸틴이 사실상 러시아 주변을 '다시 소비에트화'하겠다는 진짜 속내를 드러낸 것이라고 생각했다. 그리고 그 첫 단계가 바로 관세동맹 확대였다.

푸틴의 야심은 중앙아시아에서 멈추지 않았다. 유럽에서도 그는 구소련 공화국들이 서방과 연대를 맺지 못하도록 우크라이나에 가스 공급을 차단하고, 몰도바산 와인 수입을 금지하고, 리투아니아산 유제품 불매운동을 벌이는 등 자신이 가진 모든 수단을 동원했다. 그의 탐욕스러운 눈길은 북쪽으로도 뻗쳐, 빙하가 녹으면서 새로운 무역로 및 석유와 가스를 탐사할 기회를 열어주고 있는 북극권으로 향했다. 2007년에 이미 러시아 잠수함이 북극 부근 대양저에 국기를 꽂는 상징적인 행보를 보였다. 더 불길한 조짐은 북극권 전역에 설치된 구소련 군사기지를 재개방한 것이다.

오바마 대통령과 나는 푸틴의 위협과 그것을 막아낼 방법을 논의했다. 나는 또한 위기감을 느끼는 나라들을 순방할 필요성을 역설했다. 나는 그루지야를 두 번째로 방문하여, 러시아를 향해 그루지야 '점령'을 끝내라고 요구해 러시아 정부를 다소 놀라게 했다. 그리고 2008년에 점유한 지역들에서도 철수하라고 요구했다.

많은 미국인들은 2014년 초 러시아의 크림 반도 침공과 우크라이나의 위기 소식에 큰 충격을 받았다. 냉전 종식 후 많은 사람들의 뇌리에서 사라졌던 어느 변방이 갑자기 레이더망에 잡힌 것이다. 그런데 우크라이나의 위기는 사실 푸틴의 오랜 목표를 최근 일깨워주었을 뿐이라 그리 놀랍지는

않았다. 그의 이런 야심을 알고 있던 오바마 정부와 우리의 유럽 동맹국들은 푸틴의 영향력을 축소시키고 그의 계책을 저지하기 위해 몇 년 전부터 조용히 작전을 실행해왔다.

2009년 1월 1일, 러시아의 거대한 국영 에너지복합기업인 가즈프롬Gazprom에서 우크라이나로 천연가스 수출을 중단했다. 그 결과 유럽 일부 지역으로 흘러들어가는 에너지의 양도 제한되었다. 열흘 동안 11명이 동사했는데, 그중 기온이 영하 20도 이하로 떨어지는 폴란드에서만 10명이 숨졌다. 이런 일이 처음은 아니었다. 사실 3년 전 한겨울에도 똑같은 일이 벌어진 적이 있었다.

꽤 큰 규모의 러시아 민족공동체와 러시아어를 구사하는 소수민족이 살고 있는 우크라이나는 수세기 동안 모스크바와 가깝고도 먼 모순적 관계였다. 논란이 많았던 2004년 대선을 규탄하는 오렌지 혁명이 일어나자, 우크라이나의 친서방 정부는 유럽연합과의 친밀한 관계를 모색할 수 있는 힘을 얻었다. 이에 분노한 푸틴은 2006년에 가스 수출을 중단해 독립성 강한 우크라이나 정부 지도자들에게 노골적으로 분노의 메시지를 보냈다. 2009년, 그는 러시아산 에너지 가격을 올려 모두에게 자신의 힘을 상기시키고자 했다. 푸틴의 이런 행동에 온 유럽은 등골이 오싹해졌다. 대다수 유럽 국가들이 러시아산 가스에 의존하고 있었기 때문이다. 우크라이나로 가는 가스가 끊긴다면 다른 나라들도 끊길 수 있었다. 결국 19일 후 새로운 협정이 체결되었고, 오바마 대통령이 취임할 때쯤 가스는 다시 우크라이나로 흘러들기 시작했다.

같은 해 1월, 상원 외교위원회 인사청문회에서 나는 이 혼란의 와중에 나토 역량의 강화와 대서양동맹의 중요성을 이야기하고 "외교정책에서 에너지 안보의 우선순위를 높이겠다"는 의지를 강조했다. 그리고 동유럽 문제들에 대해서는 "에너지 취약성 때문에 전 세계에서 우리가 선택할 수 있는 대외정책의 폭이 좁아져, 효율성이 떨어지기도 하고 행동을 강요당하기도 한다는 사실을 보여주는 최근 사례 가운데 하나일 뿐"이라고 말했다.

나는 국무장관으로 취임하고 일주일 후 폴란드의 라도스와프 시코르스키Radosław Sikorski 외무장관과 처음으로 전화로 대화하며 에너지 문제에 대해 논의했다. 시코르스키는 "새로운 정책과 새로운 에너지원을 원합니다"라고 말했다. 그는 발칸 반도와 터키를 통하는 송유관을 건설해 카스피 해에 매장되어 있는 천연가스를 유럽으로 공급하는 계획에 찬성했다. 이 계획은 '남부 가스회랑 송유관'으로 알려졌고, 우리의 가장 중요한 에너지 외교정책 중 하나로 부상했다. 나는 프로젝트를 진행하는 데 필요한 합의를 이끌어낼 특사로 리처드 모닝스타Richard Morningstar 대사를 지명했다. 사실 이 일은 다소 복잡했다. 카스피 해 연안에 위치한 주요 지하자원 보유국인 아제르바이잔이 인접국인 아르메니아와 오랜 갈등을 겪고 있었기 때문이다. 모닝스타가 일함 알리예프Ilham Aliyev 아제르바이잔 대통령과 건설적인 업무관계를 유지하고 있는 터라 큰 고민 없이 그를 아제르바이잔 대사로 추천했다. 나는 아제르바이잔을 두 번 방문해 지역 내 평화활동을 장려하고, 민주 개혁을 촉진하고, 송유관 관련 계획을 진전시켰으며, 2012년 수도 바쿠에서 열린 연례 카스피 해 석유 및 가스 쇼에서는 에너지 업계 리더들을 만나기도 했다. 내가 국무부를 떠날 때쯤에는 거래가 제대로 이루어지고 있었으니 2015년 건설에 착공해 2019년경부터 가스를 공급할 수 있을 것으로 예상된다.

2009년 3월에 유럽연합 지도자들을 만나 에너지 문제에 대한 긴급대책 수립을 촉구했다. 그 후에는 유럽연합의 캐서린 애슈턴과 함께 미국-유럽연합 에너지위원회 창설에 힘썼다. 미국의 에너지 전문가들은 러시아산 가스를 대체할 방법을 모색 중인 나라들을 돕기 위해 유럽 전역으로 흩어졌다. 2010년 7월에는 폴란드를 방문해, 안전하고 환경보전이 가능한 새로운 기술을 이용해 셰일가스를 채굴한다는 국제 셰일가스 계획에 폴란드와 미국이 동참할 것을 시코르스키 외무장관과 함께 발표했다. 현재 개발조사가 이루어지고 있다.

미국의 자체적인 천연가스 공급이 늘어나자 유럽의 전력망을 휘어잡고 있던 러시아의 지배권이 약해지기 시작했다. 이는 우리가 많은 양의 가스를 수출하기 시작해서가 아니라, 더 이상 수입할 필요가 없어졌기 때문이었다. 미국에서 소비될 운명이었던 가스가 이제 유럽으로 가는 길을 찾기 시작했다. 유럽 소비자들이 값싼 가스를 구할 수 있게 되자, 이제 수요와 공급을 독점하지 못하게 된 가즈프롬은 경쟁에 나설 수밖에 없었다.

이런 활동들이 미국 내에서는 그리 놀랄 만한 소식이 아닐 수도 있지만, 푸틴에게는 큰일이었다. 2013년에 우크라이나가 유럽연합과 긴밀한 무역협상을 진행할 때 그는 분명 러시아의 영향력이 축소되고 있다고 느꼈을 것이다. 푸틴은 협상이 체결될 경우 가스 가격을 올리겠다고 협박했다. 우크라이나가 러시아에 진 빚은 이미 30억 달러를 넘었으며, 국가 재정상태는 불안하기 짝이 없었다. 그런데 11월에 야누코비치 우크라이나 대통령이 거의 마무리되어가던 유럽연합과의 협정을 갑자기 취소하더니, 곧바로 러시아로부터 150억 달러에 달하는 구제금융을 지원받는 것이었다.

수많은 우크라이나인들이, 특히 수도 키예프에 사는 사람들과 러시아어를 쓰지 않는 지역 사람들을 중심으로, 갑작스러운 정책 변경에 격분했다. 그들은 풍요로운 유럽 민주사회의 일원이 되는 것을 꿈꾸다가 별안간 다시 모스크바의 손아귀에 끌려갈 위기에 직면했다. 대규모 시위가 벌어졌고, 정부가 탄압하자 오히려 더욱 거세졌다. 야누코비치 대통령은 압박에 못 이겨 헌법을 개정하고 선거를 새로 실시하는 데 동의했다. 이어서 폴란드와 프랑스, 독일 외교관들의 중재로 정부와 반대측 대표자들 간의 협상이 이루어졌다(러시아 대표들은 회의에는 참여했지만 협정 체결은 거부했다). 하지만 거리로 나온 사람들은 타협을 거부하고 야누코비치의 하야를 요구했다. 그러자 놀랍게도 그는 대통령직을 버리고 키예프를 떠나 동쪽으로 달아났다가 결국 러시아로 잠입했다. 이에 우크라이나 국회는 반대측 대표자들에게 새 정부 구성을 요청했다.

이 모든 것은 러시아 정부를 불안에 빠뜨렸다. 푸틴은 러시아 시민과 러시아계 우크라이나인을 이른바 우크라이나의 무질서와 폭력으로부터 보호한다는 미명 아래, 흑해 연안의 크림 반도를 점령하려고 러시아 군대를 보냈다. 그곳은 1950년대까지 러시아 영토였으며, 여전히 러시아계 주민들이 많이 살고 있고 러시아의 주요 해군시설들도 남아 있었다. 오바마 대통령과 유럽 지도자들의 경고에도 불구하고 러시아 정부는 은밀하게 크림 반도 분리를 위한 주민투표를 계획했다. 그러나 러시아어를 쓰지 않는 시민들은 투표를 거부했다. 3월 말 유엔총회 표결에서는 크림 주민투표가 부당하다는 표가 압도적으로 많았다.

이 글을 쓰고 있는 지금 우크라이나의 미래는 위험에 처해 있다. 이 상황이 어떻게 전개될지, 그리고 특히 독립을 두려워하는 그 밖의 구소련 국가들과 위성국들의 상황은 어떻게 전개될지 전 세계가 지켜볼 것이다. 푸틴이 쥐고 있는 카드는 적지 않다. 하지만 우리가 2009년 이후 나토에 활력을 되찾아주기 위해, 경직된 대서양 연안국들의 관계를 회복시키기 위해, 그리고 유럽의 러시아 에너지 의존도를 줄이기 위해 온갖 노력을 한 덕분에 이러한 난관 속에서도 우리는 더욱 강해질 수 있었다. 그러니 그 노력을 계속해야 한다.

═══

나는 몇 년 동안 푸틴을 이해할 방법을 찾느라 고심했다.

2010년 3월에는 모스크바에 있는 푸틴의 별장을 방문해 그와 무역 및 WTO에 대해 격한 논쟁을 벌였지만 계속 제자리만 맴돌았다. 푸틴은 한 치도 물러서지 않았을뿐더러 내 말을 제대로 들으려 하지도 않았다. 나는 화가 났지만 다른 방식을 시도했다. 그가 나만큼이나 야생동물 보호에 열정을 쏟는다는 걸 아는지라, 냉랭한 분위기를 깨고 이렇게 말했다. "푸틴 총리님, 시베리아에 서식하는 호랑이들을 어떤 방법으로 보호하고 계시는지 말씀 좀 해주시죠." 그는 놀란 듯이 고개를 들었다. 그제야 나는 그의 주의를 끌 수 있었다.

푸틴은 자리에서 일어나 따라오라고 했다. 보좌관들은 남겨두었다. 그는 긴 복도를 지나 개인용 집무실로 나를 안내했다. 우리가 나타나자, 주변을 어슬렁대던 살집 좋은 경호원들이 깜짝 놀라 곧바로 차려 자세를 취했다. 방호문을 열고 들어가 책상 쪽으로 가니, 벽에 커다란 러시아 지도가 붙어 있었다. 푸틴은 동쪽의 호랑이와 북쪽의 북극곰, 그 밖의 위험에 처한 동물들의 운명에 대해 영어로 생기 있게 말하기 시작했다. 사교적으로 변한 그의 태도를 보는 것은 정말 흥미진진한 일이었다. 그는 몇 주 후에 빌과 함께 북극곰들에게 식별표지를 부착하러 제믈랴 프란차 이오시파 제도에 가겠느냐고 물었다. 나는 일단 남편에게 물어보겠다고 하고, 만약 빌이 못 간다면 내 일정을 확인해보겠다고 말했다. 그는 대답 대신 눈썹을 치켜올렸다. (결국 우리 둘 다 못 갔다.)

2012년 9월에 푸틴이 블라디보스토크에서 개최한 APEC 회담에서 푸틴과 또 한 번 기억에 남을 만한 대화를 즉흥적으로 나누었다. 오바마 대통령이 선거운동 일정 때문에 회담에 참석할 수가 없어서 내가 대신 참석했다. 푸틴과 라브로프는 대통령이 불참한 사실과, 내가 시리아의 바샤르 알아사드를 돕는 러시아를 강하게 비판한 사실을 불쾌하게 여겼다. 그들은 만찬 15분 전까지 푸틴과 나의 만남을 반대하려고 했다. 하지만 관례에 따라 미국 대표는 APEC 회담의 전 개최국으로서 그해 개최국 대표 옆에 앉도록 되어 있었다. 즉 푸틴과 내가 나란히 앉게 되었던 것이다.

우리는 중국과 면한 러시아 동부의 긴 국경 문제를 비롯해, 러시아와 국경을 맞댄 고집 센 이슬람 국가들에 관한 문제까지, 푸틴이 안고 있는 난제들에 대해 논의했다. 나는 1941년부터 1944년까지 나치가 상트페테르부르크(당시 레닌그라드)를 포위했을 때 목숨을 잃은 60만 명 이상의 희생자를 추모하기 위해 최근 그곳을 방문한 일을 푸틴에게 이야기했다. 그 이야기는 역사의식이 투철한 러시아 지도자의 심금을 울렸다. 그러자 그는 부모님에 대한 이야기를 하기 시작했다. 나는 푸틴의 가족사에 대해서는 전혀 들어본 적도, 읽어본 적도 없었다. 전쟁이 한창일 때 푸틴의 아버지는 전선에 있다가 짧은 휴가를 받아 집으로 왔다. 아내가 기다리고 있을 집 근처에 다다르자, 거리에는 시체들이 쌓여 있고 남자들이 시체를 평대트럭에 싣고 있었다. 가까이 다가가보니 신발을 신은 한 여자의 다리가 보였는데, 바로 자신의 아내였다. 그는 얼른 달려가 아내의 시신을 내놓으라며 남자들과 실랑이를 벌인 끝에 아내를 되찾았다. 그런데 품에 안고 확인해보니 그녀는 아직 살아 있었다. 푸틴의 아버지는 아내를 집으로 데려가 간호했고, 아내는 건강을 되찾았다. 그리고 8년 후인 1952년, 아들 블라디미르가 태어났다.

러시아 주재 미국대사이자 탁월한 러시아 전문가인 마이크 맥폴Mike McFaul에게 이 이야기를 하자, 그는 자신도 전혀 들어본 적이 없는 이야기라고 말했다. 물론 진실인지 증명할 방법은 없지만 푸틴의 그 이야기는 자주 생각나곤 했다. 그 이야기를 통해 푸틴이라는 인물의 성격이 형성된 배경과 그가 통치하는 나라를 더욱 잘 이해할 수 있었다. 그는 늘 상대방을 시험하고, 늘 한계를 뛰어넘는 사람이다.

2013년 1월, 국무부를 떠날 준비를 하는 동안 나는 오바마 대통령에게 러시아에 관해서, 그리고 집권 2기에 있는 푸틴에게 기대할 만한 것에 관해서 마지막 메모를 남겼다. 재설정을 통해 우리가 핵무기 통제와 이란 제재, 아프가니스탄 문제 등 주요 관심사들을 진전시킨 지 4년이 지났다. 나는 러시아와 건설적인 협력관계를 맺어야 장기적인 국제정세에서 미국에 득이 될 것이라 변함없이 믿고 있었다. 하지만 푸틴의 의도는 물론 그가 주변국들과 국제질서에 끼치는 위험성에 대해 현실적인 판단을 내려야 했고, 정책도 그에 맞게 설계해야 했다. 그래서 대통령에게 앞으로 힘든 날들이 펼쳐질 것이며 러시아 정부와의 관계는 나아지기는커녕 더욱 악화될 수 있다고 냉정하게 조언했다. 메드베데프라면 서방과의 관계를 개선시키는 데 관심을 가질지도 모르지만, 푸틴은 애가 타는 쪽은 러시아가 아니라 우리라고 단단히 잘못 알고 있었다. 그는 기본적으로 미국을 경쟁자로 보았다. 또한 국내에서 반대 세력이 되살아나고 중동 등지에서 독재체제가 무너지고 있었기 때문에 두려움에 떨고 있었다. 이건 긍정적인 관계를 위한 요소가 아니었다.

나는 이 모든 걸 염두에 두고 새로운 진로를 설정하자고 제안했다. 재설정의 경우 상호협력 면에서 우리는 손 닿는 곳에 열린 열매를 따기만 하면 되었고, 이란이나 아프가니스탄을 상대로 우리의 공조체제를 무너뜨릴 필요도 없었다. 하지만 새로운 활동을 하려면 일시정지 버튼을 눌러야 한다. 협력하는 데 너무 열을 올리는 듯 보여서는 안 된다. 지나치게 높은 관심을 보여 푸틴의 콧대가 높아지게 해서는 안 된다. 9월에 모스크바에서 열리는 정상회담 초청에는 거절의사를 표해야 한다. 그리고 러시아가 비타협적으로 나오더라도 우리가 유럽과 중앙아시아, 시리아 등 주요 지역들에 관한 이익과 정책을 추구하는 일은 멈추지 않을 것임을 확실히 보여주어야 한다. 푸틴을 이해시킬 수 있는 유일한 언어는 바로 힘과 결의다. 우리는 푸틴에게 그의 행동에는 책임져야 할 결과가 따른다는 메시지를 보내야 하며, 우리의 동맹국들에게는 미국이 그들의 편임을 분명히 전달해 그들을 안심시켜야 한다.

백악관에 있는 모든 사람이 비교적 강경한 나의 분석 내용에 동의한 것은 아니었다. 오바마 대통령은 푸틴이 가을에 열릴 양국 정상회담에 초청하자 이를 수락했다. 그런데 여름을 지나면서 부정적인 흐름을 무시하기가 더욱 어려워졌다. 특히 미국 국가안보국National Security Agency의 기밀정보를 언론에 유출시킨 계약직 직원 에드워드 스노든Edward Snowden에게 푸틴이 러시아 망명을 허락한 일이 결정적이었다. 대통령은 모스크바 정상회담을 취소하고 푸틴에 대해 강경노선을 취하기 시작했다. 2014년에는 우크라이나 사태로 관계가 급격히 냉각되었다.

러시아는 크림 반도 사태 등 푸틴의 집권방식이 국제사회에 미친 영향력 이외에도 잠재력을 낭비한다는 점에서 연구 대상이 되었다. 재능 있는 사람들과 돈이 떠나고 있다. 이렇게까지 할 필요는 없지 않은가. 러시아는 막대한 천연자원뿐만 아니라 교육 수준이 높은 노동력을 보유한 축복받은 나라다. 내가 푸틴과 메드베데프, 라브로프와 논의해오는 몇 년 동안 러시아는 유럽의 적이기보다는 일원으로서 평화롭고 풍요로운 미래를 계획할 수도 있었다. 러시아가 종전과 다른 태도로 교섭에 임했다면 더욱 광범위하게 무역 거래가 이루어질 수 있지 않았을까. 우크라이나 같은 이웃나라들을 협박하는 대신, 유럽연합이나 미국 파트너들과 보다 과학적인 협력을 도모해 혁신을 확대하고 진보된 기술들을 개발함으로써 메드베데프가 상상했던 대로 러시아만의 세계적인 첨단기술 사업장을 구축해볼 수도 있지 않았을까. 만약 푸틴이 소비에트 제국을 되찾고 국내의 반대 세력을 진압하는 데 집착하지 않았다면, 러시아는 장기적인 전략적 이해관계도 추구할 수 있지 않았을까. 어쩌면 그는 유럽 및 미국과 더욱 친밀한 관계를 맺어 동부의 중국과 남부 국경에 있는 극단주의자들을 대할 때 더욱 강한 힘을 발휘할 수 있다는 것을 깨달았을지 모른다. 어쩌면 그는 우크라이나의 바람대로 우크라이나를 유럽과 아시아 사이에서 양쪽 모두의 번영과 안전을 증진시켜줄 다리로 보는지도 모른다. 하지만 불행히도 현재 푸틴이 통치하는 러시아는 흘려보낼 수 없는 과거와 선뜻 껴안을 수 없는 미래 사이에서 여전히 얼어붙어 있다.

12

라틴아메리카 : 민주주의와 민중지도자

미국 수출품의 40퍼센트 이상은 어디로 가는가? 이 질문의 답을 알고 나면 놀랄지도 모른다. 중국은 단 7퍼센트밖에 되지 않는다. 유럽연합은 21퍼센트이므로 정답이 아니다. 정답은 바로 아메리카다. 사실상 우리 수출품의 최대 행선지 두 곳은 우리와 가장 가까이 있다. 바로 캐나다와 멕시코다.

이 사실을 처음 알게 된 사람이 적지 않을 것이다. 수많은 미국인들은 우리 지역에서 일어나는 일들을 시대에 뒤처진 방식으로 머릿속에 그리고 있다. 우리는 아직도 라틴아메리카를 자유시장과 자유민이 넘쳐나는 지역이라기보다 쿠데타와 범죄의 땅으로 생각하며, 무역과 투자의 목적지라기보다 이주자와 마약의 원천으로 여긴다.

우리의 남쪽 이웃들은 지난 20년 동안 현저한 경제적, 정치적 성장을 이룩했다. 라틴아메리카는 36개 국가 및 준주準州로 이루어진 지역으로, 대부분 민주주의를 채택하고 있다. 인구는 약 6억 명이고, 중산층이 빠르게 증가하고 있으며, 풍부한 에너지의 보고인데다 GDP 총합은 5조 달러를 상회한다.

접근성이 좋다보니 미국과 인접국들의 경제는 오래전부터 서로 깊이 얽혀 있다. 공급망이 겹치고 가족적, 사회적, 문화적 네트워크도 마찬가지다. 이처럼 긴밀한 관계를 주권이나 정체성에 대한 위협으로 생각하는 사람들도 있지만, 나는 특히 자국의 성장에 박차를 가해야 할 때는 우리의 상호의존성이 상대적인 장점이라고 생각한다. 라틴아메리카의 변천사와 그것이 미국을 비롯한 세계에 의미하는 바를 통해 우리가 배울 것이 많다. 특히 앞으로 이 '접근성의 힘'을 최대한으로 활용하고자 한다면 말이다.

═══

최근 라틴아메리카에 대해 품고 있는 오해의 많은 부분이 지난 100년 동안의 고통스러운 역사에서 비롯되었다. 라틴아메리카는 미국과 소련의 이념 전쟁터였다. 특히 쿠바가 가장 주요한 격전지였지만, 그 대리전들이 남반구 곳곳에서 여러 형태로 벌어졌다.

소련의 해체와 냉전의 종식은 라틴아메리카에 새로운 시대를 예고했다. 길고 잔혹했던 내전이 잦아들었다. 선거를 통해 민주주의 정부가 새롭게 들어섰다. 경제가 성장하면서 사람들은 가난에서 구제되기 시작했다. 1994년에는 남편이 마이애미 주에서 열린 첫 미주정상회담에 라틴아메리카 내 민주주의 국가들을 모두 초대했다. 회담에서 우리 모두는 경제 통합과 정치적 협력을 계속해나가기 위해 4년마다 만나기로 약속했다.

이 정상회담은 클린턴 정부가 이웃나라들과 폭넓은 파트너십을 맺기 위해 했던 다양한 노력 가운데 하나일 뿐이었다. 미국은 멕시코와 브라질이 금융위기에 빠졌을 때 결정적인 도움을 주었다. 의회에서 양당이 힘을 합쳐 도운 덕분에 콜롬비아 계획을 전개하고 그에 대한 기금을 마련할 수도 있었다. 콜롬비아 계획은 라틴아메리카의 오랜 민주주의를 마약밀매업자들과 게릴라들로부터 보호하려는 야심찬 계획이었다. 한편 아이티에서는 입헌민주정체를 재건하는 쪽으로 쿠데타의 방향을 돌리고자 했다. 퓨리서치센터에 따르면, 2001년 라틴아메리카에서 미국에 대한 호감도는 63퍼센트에 달했다.

조지 W. 부시 대통령은 텍사스 주지사 시절 무역 증대와 이민정책 개정을 지지한 경력이 있어 라틴아메리카 내에서 좋은 평판을 얻고 있었다. 그는 멕시코의 비센테 폭스Vicente Fox 대통령과 그의 후임 펠리페 칼데론Felipe Calderon 대통령과 개인적으로 두터운 친분을 쌓았다. 부시 정부는 콜롬비아 계획을 지원, 강화했으며, 마약조직들과 전쟁을 벌이고 있는 멕시코를 돕기 위해 메리다 계획을 시작하기도 했다. 하지만 대외정책 면에서 정부의 폭넓은 접근방식은 라틴아메리카에서 많은 친구를 얻지 못하게 했다. 냉전의 잔재인 좌파 대 우파라는 이념적 잣대를 그 지역에 들이대는 경향도 한몫을 했다. 2008년에는 미국에 대한 호감도가 멕시코 24퍼센트, 브라질 23퍼센트밖에 되지 않았다. 갤럽 조사에 따르면 이 지역 평균은 35퍼센트로 나타났다. 오바마 정부가 들어선 2009년 초, 우리는 이제 새롭게 시작해야 할 때임을 알았다.

오바마 대통령은 2009년 4월 트리니다드토바고에서 열린 미주정상회담 연설에서 "동등한 파트너십" 접근방식을 설명했다. 그는 더 이상 "우리의 관계에서 선배 파트너와 후배 파트너"는 없을 것이며, 그 대신 라틴아메리카 사람들이 "상호존중과 공동의 이익, 공동의 가치관을 기반으로 한 약속"을 기대할 수 있게 하겠다고 맹세했다. 대통령은 "경직된 계획경제 혹은 제멋대로 방치된 자본주의, 우익 준군사조직에 대한 비난 혹은 좌익 반란자들에 대한 비난, 쿠바에 대해 융통성 없는 정책을 고수하는 행위 혹은 쿠바 사람들이 온전하게 가져야 할 인권을 부정하는 행위" 사이에서 종종 그랬듯 "진부한 논쟁"과 "그릇된 선택"을 뛰어넘을 필요성을 되돌아보았다. 그는 특히 쿠바에 새로운 시작을 약속했다. 그 첫 단계로 "쿠바 국민들에게 더 많은 자유나 기회를 주지 못했던" 정책들을 현대화했다. 미국은 먼저 쿠바계 미국인들이 쿠바를 방문할 수 있도록 하고 현지 가족들에게 송금할 수 있는 돈의 액수를 늘리기로 했다. 대통령은 또한 민주적인 개혁을 실시하고 마약밀매 및 이주 문제를 해결하기 위해 협력하는 등, 다양한 문제들이 실제적으로 진전을 보일 때까지 쿠바 정부와 직접적으로 관여할 준비가 되었다고 말했다. "나는 과거에 대해 논쟁하려고 여기에 온 것이 아닙니다. 미래에 대처하려고 온 것입니다."

대통령의 약속을 실행에 옮기는 것은 국무부 내 최고의 라틴아메리카 전문가들과 나의 몫이었다. 나는 우리가 라틴아메리카에서 새로운 정책기조를 진지하게 고려하고 있다는 대담한 신호부터 보내기로 했다. 그 대상은 운명의 기로에서 장래성 못지않게 위험도 많이 안고 있는, 우리와 가장 가까운 남쪽의 이웃, 멕시코였다.

═══

미국과 멕시코 간의 국경은 3,200킬로미터쯤 되는데, 특히 그 국경 인근 지역에서는 경제와 문화가 깊이 융합되어 있다. 미국 남서부의 대다수 지역은 한때 멕시코의 영토였는데, 수십 년간 이주가 이루어진 까닭에 양국의 혈통적, 문화적 연대는 더욱 견고해졌다. 내가 이 지역을 직접 체험하기 시작한 것은 1972년이었다. 당시 나는 조지 맥거번George McGovern 후보의 대통령 선거운동을 돕기 위해 민주당 전국위원회의 지시로 텍사스 주 리오그란데 밸리에 선거인 등록을 하러 갔었다. 스페인어를 전혀 할 줄 모르는 시카고 출신의 금발 아가씨를 일부에서는 당연히 경계했지만, 나는 곧 우리의 민주주의 사회에 적극적으로 참여하기를 열망하는 멕시코계 시민들 및 공동체의 환영을 받았다.

나는 새로운 친구들과 함께 저녁식사를 하고 춤을 추기 위해 국경을 넘어간 적도 몇 번 있었다. 그때는 국경을 넘나들기가 아주 쉬웠다. 당시에 사귀고 있던 빌 클린턴이라는 예일대 출신의 남자와 함께 일하게 되기도 했다. 맥거번이 선거에서 참패한 후에 빌과 나는 태평양 연안에 위치한 작은 리조트에서 머리를 식히기로 했다. 그러다 우리는 멕시코의 매력에 푹 빠져 그 뒤로도 몇 년 동안 멕시코를 자주 여행했고, 1975년에는 아카풀코로 신혼여행도 떠났다.

미국 내에서 이민정책에 관한 논쟁이 워낙 뜨겁다보니, 많은 미국인들은 아직도 멕시코를 북쪽을 향해 떠나기를 간절히 바라는 사람들로 가득한 가난한 나라로 생각한다. 그런데 사실상 최근 몇 년 동안 멕시코의 경제는 성장했고 중산층은 증가했으며, 민주주의 역시 비약적으로 발전했다. 내가 특히 깊은 인상을 받은 것은 펠리페 칼데론 정권이 들어선 뒤 멕시코에서는 학비가 무료인 대학을 140곳이나 만들어 경제발전에 필요한 요건을 갖춰 나가고 있다는 사실이었다.

오바마 정권 초기에 멕시코의 지속적인 민주적, 경제적 발달을 저해하는 최대 장애물 중 하나는 바로 유행처럼 번지는 마약 관련 폭력이었다. 라이벌 조직들이 서로 이권 다툼을 벌이거나 공권력에 맞서기도 해 공동체 전체를 곤경에 빠뜨리는 일이 허다했다. 칼데론 대통령은 2006년 12월 취임한 이후, 군대를 동원해 마약조직들과 전면전을 벌이기로 했다. 충돌은 더욱 거세졌고, 정부가 어느 정도 성공을 거두었음에도 조직들은 운영을 계속했다. 내가 국무장관이 되었을 때는 마약밀매조직들이 준군사조직으로 발전한 뒤라 해마다 수천 명이 죽어나가는 실정이었다. 마약밀매업자의 손길이 닿지 않은 지역들은 범죄율이 낮았지만, 조직이 운영되는 지역에서는 차량폭파와 납치 등이 다반사로 일어났다. 티후아나와 시우다드후아레스

같은 국경도시들은 교전지역을 방불케 했다. 그리고 이러한 폭력행위는 엘파소와 그 근방의 미국 공동체들로까지 흘러들어갈 위험이 있었다.

2008년, 무장 강도들이 몬테레이에 위치한 미국영사관을 소형 무기와 수류탄으로 공격했다. 다행히 다친 사람은 아무도 없었다. 하지만 2010년 3월에는 시우다드후아레스에 위치한 영사관에서 관계자 3명이 피살되었다. 영사관에서 근무하는 미국인 직원 레슬리 엔리케스Lesley Enriquez가 차 안에 있다가 남편 아서 레델프스Authur Redelfs와 함께 총에 맞아 숨졌고, 비슷한 시각 도시 반대편에서는 영사관에 고용된 현지 직원의 멕시코인 남편 조르주 알베르토 살시도 세니세로스Jorge Alberto Salcido Ceniceros가 총에 맞았다. 이 살인사건들은 미국을 대표하는 사람들이 이라크나 아프가니스탄, 리비아 등지뿐만 아니라 세계 각지에서 위험을 겪고 있음을 다시 한 번 상기시켰다. 또한 멕시코가 치안과 질서를 회복할 수 있도록 도와야 한다는 점을 강조하기도 했다.

마약전쟁에서 알 수 있는 기본적 사실은 밀매조직들이 마약을 미국으로 수출할 권리를 두고 서로 싸운다는 점이다. 미국에서 사용되는 마약의 약 90퍼센트가 멕시코를 통해 유입되며, 마약밀매조직들이 쓰는 무기의 약 90퍼센트가 미국에서 공급되는 것으로 추정된다. (1994년에 빌이 공격용 무기 판매금지법을 시행했는데, 10년 뒤 만료되고 나서 연장되지 않아, 국경 너머로의 밀수입이 증가한 총포시장에 문을 열어주게 된 것이다.) 이 사실들을 검토하고서 멕시코의 폭력 사태를 중단시키기 위해 미국도 도와야 할 책임이 있다는 결론을 내리지 않을 수 없었다. 2009년 3월, 국무장관 신분으로 첫 순방 일정을 잡은 나는 폭력이 심화되는 가운데 어떻게 하면 협력을 증대할 수 있을지 협의하기 위해 멕시코시티로 날아갔다.

나는 칼데론과 파트리시아 에스피노사Patricia Espinosa 외무장관을 만났다. 에스피노사는 전문 외교관으로, 훗날 내가 가장 좋아하는 동료이자 절친한 친구가 되었다. 그들은 갈수록 강력하게 무장하는 마약조직들에 대응할 더 많은 블랙호크 헬리콥터 등 여러 가지 요구사항을 간략하게 이야기했다. 칼데론은 국민을 상대로 한 폭력행위를 막는 일에 열과 성을 다했으며, 아주 개인적인 일에도 그의 강렬한 성격이 묻어났다. 마약조직들의 뻔뻔함은 그를 분노하게 했고, 일자리 창출 및 교육과 관련해 그가 세워둔 계획들도 망가뜨리고 있었다. 칼데론은 또한 미국에게서 받은 혼란스러운 메시지들에도 화가 나 있었다. "무장한 마약밀매업자들을 무슨 수로 막을 거라고 생각하십니까? 국경 너머에서 무기 구입이 이루어지는데도 미국은 이를 막기는커녕 심지어 어떤 주에서는 대마초를 합법화하기까지 했는데 말입니다. 그런 상황에서 왜 멕시코 시민들과 경찰과 군대가 목숨을 걸어야 합니까?" 그가 물었다. 듣기 거북하지만 지당한 질문이었다.

나는 부시 정부가 시행한 메리다 계획을 확장해 법 집행을 도울 것이라고 칼데론과 에스피노사에게 말했다. 우리는 헬리콥터와 야간투시경, 방탄복 등의 장비 구입에 8,000만 달러 이상의 예산을 할당해달라고 의회에 요구했다. 또한 우리 쪽 국경에 총포 밀수입과 마약 밀반입을 단속할 수비대원 수백 명을 추가로 배치하는 데 필요한 자금을 요청했다. 이 일을 위해 재닛 나폴리타노 국토안보부 장관, 에릭 홀더 법무부 장관, 국토안보 및 대테러활동을 담당하는 존 브레넌John Brennan 대통령 보좌관 등 정부 부처 전체가 힘을 모았다.

회의가 끝난 뒤 에스피노사와 나는 공동 기자회견을 열었다. 나는 오바마 정부가 마약밀매를 "공동의 문제"로 보고 있다고 설명했고, 우리는 미국 내 불법약물 수요를 줄이고 불법총포가 국경을 넘어 멕시코로 유입되는 걸 막는 일이 쉽지 않으리라는 것을 인정했다. 다음 날에는 북쪽의 몬테레이로 날아갔다. 테크밀레니오 대학에서 연설하면서 학생들에게 이 말을 되풀이했다. "미국은 마약밀매가 멕시코만의 문제가 아님을 인정합니다. 이건 미국의 문제이기도 합니다. 그리고 우리 미국은 여러분이 이 문제를 해결하도록 도울 의무가 있습니다."

그 말은 분명히 해두고 싶었다. 명백한 사실이니까. 또한 오바마 정부가 라틴아메리카에 접근하는 새로운 방식에서 중요한 신조이기도 했다. 하지만 이런 솔직함이 때로는 자국에 부담을 줄 수도 있었다. 특정 언론매체에서 "미국의 사과"라며 과장된 반응을 보이리라는 것도 예상되었다. 대외정책과 관련된 정치적 우려는 당연한 것이다. 미국은 하나로 뭉쳤을 때 가장 강한 힘을 발휘하기 때문에, 국내에서도 지지층을 확보하고 유지하는 것이 중요하다. 하지만 이번 일에서 나는 옳은 일을 하기 위해 비판을 감수하고 의제를 실행할 준비가 되어 있었다. 아니나 다를까, 〈뉴욕포스트New York Post〉에는 "힐러리, 약물 쇼크"라는 머리기사가 실렸다. 나는 이런 비판을 개인적 차원으로 받아들이지 않게 된 지 꽤 오래되었다. 그리고 만약 전 세계에서 미국의 지위를 격상시키고 실제로 문제를 풀고자 한다면, 받아들이기 힘든 진실을 말해야 할 때도 있고 있는 그대로의 세계를 마주해야 할 때도 있음을 강하게 느꼈다.

확대된 우리의 협력관계는 곧 이익을 낳기 시작했다. 멕시코는 2009년에 100명이 넘는 도망자의 신병을 미국에 인도했다. 정보력이 향상되어 표적수사를 한 덕분에 20명이 넘는 거물급 마약밀매업자들이 생포되거나 사살되었다. 오바마 정부는 미국 내 불법약물 수요를 줄이는 데 필요한 자금을 3배로 늘려 연간 100억 달러 이상을 투입하기로 했으며, FBI는 국경 북쪽에서 활동하는 마약밀매 조직원들을 체포하는 데 박차를 가했다. 우리는 멕시코 경찰관, 판사, 검사 등 수천 명의 인재를 양성하는 일에 협조하고, 중앙아메리카와 카리브 해역에 걸쳐 새로운 파트너십을 형성해 시민의 안전을 라틴아메리카와의 외교에서 최우선 과제로 정했다.

2010년 말, 위키리크스 사태로 멕시코 주재 카를로스 파스쿠알Carlos

Pascual 미국대사의 기밀 보고서가 세간에 알려지면서 미국과 멕시코의 관계가 경직되었다. 2011년 1월에 멕시코를 다시 방문했을 때, 칼데론은 화가 많이 나 있었다. 〈뉴욕타임스〉는 칼데론이 유출된 문건 가운데 특히 "미국이 입수한 마약조직 우두머리 관련 정보에 따라 대응하는 것을 멕시코군이 망설이는 것은 아닌지 의심된다는 파스쿠알의 말" 때문에 분노하고 있다고 전했다. 칼데론은 유출된 내용이 멕시코와 미국의 관계에 "심각한 타격"을 입혔다고 기자들에게 말했다. 그는 〈워싱턴포스트〉에 불만을 털어놓았다. "[문제의] 군대에 갑자기 용기를 내보이라고 하면 되겠는가? 이를테면, 군은 이미 300명 정도의 병사를 잃었는데 갑자기 미국대사관에서 사람이 나와서 멕시코 군인들이 용감하지 않다고 말하는 꼴이다." 에스피노사는 나에게 대통령을 만나 해명하고 사과하라고 조언했다. 그녀의 조언대로 하자, 칼데론은 이제 더 이상 카를로스와 일할 생각이 없으니 대사를 다른 사람으로 교체해달라고 했다. 끝까지 앉아 상대의 이야기를 들어야 했던 힘든 만남이었다. 이 일이 있은 후 나는 카를로스에게 그를 본국으로 복귀시킬 수밖에 없다고 말하며, 대신 그의 능력과 경험을 활용할 수 있는 새로운 임무를 찾아보겠노라고 안심시켰다. 카를로스는 3월에 공식적으로 대사직을 사퇴했고, 머지않아 새로 개설된 세계 에너지자원 담당국의 관리를 맡았다. 그리고 에스피노사와 내가 피해를 복구하기 위해 열심히 뛰어다닌 결과, 우리의 협력은 지속되었다.

═══

멕시코처럼 의욕을 가지고 노력하면 성공할 수 있다는 것을 보여주는 좋은 모델이 있다. 바로 콜롬비아다. 콜롬비아는 내 남동생인 휴가 1970년대 초반에 평화봉사단Peace Corps 활동을 할 때부터 나의 상상력을 자극한 나라였다. 휴는 평화봉사단 활동이 삶에서 가장 보람 있는 경험이었다며, 집으로 돌아온 후 모험담을 즐겁게 들려주곤 했다. 빌은 그 이야기들이 마치 자기가 좋아하는 가브리엘 가르시아 마르케스의 소설《백 년 동안의 고독》에 나오는 내용 같다고 생각했지만, 휴는 맹세코 모든 이야기가 사실이라고 했다. 슬프게도, 1990년대의 콜롬비아는 지구상에서 가장 폭력적인 나라 중 하나였다. 마약밀매업자들과 게릴라들이 방대한 영역을 지배하고 주요 도시들을 제멋대로 공격했다. 대외정책 전문가들은 콜롬비아를 두고 파탄국가라고 입버릇처럼 얘기하곤 했다.

빌은 안드레스 파스트라나Andrés Pastrana 대통령과 협력해, 마약조직들과 콜롬비아무장혁명군FARC으로 알려진 급진좌파 반란파벌과 싸우는 콜롬비아 정부에 10억 달러 이상의 자금을 지원했다. 그 후 10년 동안, 파스트라나의 후임 알바로 우리베Álvaro Uribe 대통령이 부시 정부의 강력한 지원을 등에 업고 콜롬비아 계획을 확장했다. 그는 1980년대에 게릴라단체 FARC의 손에 아버지를 잃은 터였다. 그러나 정부의 활동이 진전을 보임과 동시에 인권 유린이나 노동조합에 대한 폭력, 표적 암살, 우익 준군사집단들의 잔학행위 등 새로운 문제들이 생겨나기 시작했다. 오바마 정부가 들어선 후에도 미국은 당파를 초월해 콜롬비아 계획을 계속 지지하기로 했지만, 치안 문제를 넘어 통치와 교육, 개발 등에 더 매진하기 위해 정부와의 파트너십을 넓혀나갔다.

2010년 6월 보고타를 방문했을 때는 폭력행위가 크게 줄어들어 있었다. 폭동은 잦아드는 중이었고, 시민들은 전례 없는 치안 수준과 번영을 누리고 있었다. 빡빡한 일정 중에 운 좋게도, 내가 콜롬비아에 머무는 동안 빌도 클린턴재단의 일 때문에 그곳에 들르게 되었다. 우리는 보고타에서 만나 친구들, 직원들과 함께 스테이크 전문점에서 저녁을 먹으며 콜롬비아의 발전을 위해 건배했다. 우리는 거리를 걸으며 변한 콜롬비아의 모습에 경탄했다. 이처럼 한적한 저녁 산책은 몇 년 전만 해도 상상할 수 없었다.

나는 우리베 대통령과 함께 콜롬비아에 남아 있는 치안 문제들을 논의했지만, 그것은 의제의 일부분에 지나지 않았다. 대부분의 시간 동안 어떻게 하면 콜롬비아와 미국이 유엔안전보장이사회에서 국제 이슈들을 두고 협력할 수 있을지, 어떻게 무역을 확대할지, 다가오는 미주정상회담을 어떻게 준비할지 이야기했다. 우리베는 엄격하고 현실적인 지도자였다. 임기 종료가 다가오고 있었기에 그는 조국이 걸어온 기나긴 여정을 되돌아보았다. "8년 전 취임했을 당시에 우리는 밖에서 취임식조차 거행할 수가 없었습니다. 피격될 위험이 너무나 컸고, 저격수에 폭발물까지 있었으니까요. 그렇게 먼 길을 걸어온 겁니다."

우리베의 후임이며 1980년대에 풀브라이트 장학생으로 미국에서 공부한 적이 있는 후안 마누엘 산토스Juan Manuel Santos 대통령이 이러한 발전을 가속화하기 위해 나서서, 2012년에는 FARC의 잔당들과 협상을 시작했다. 이 대화는 콜롬비아에 지속적인 평화를 보장해주었다. 나는 산토스 대통령에게 전화를 걸어 축하를 건넸다. 그가 대답했다. "매우 중요하고 상징적인 일이니만큼, 우리가 이 일에서 유종의 미를 거둘 수 있기를 희망합니다."

콜롬비아가 발전할 수 있었던 것은 용감한 국민들 덕분이다. 하지만 나는 정권이 세 번 바뀔 동안 한 나라의 분열 위기를 반전시키고, 인권과 법치를 강화하고, 경제발전을 도운 미국의 역할이 자랑스럽다.

═

2009년 3월 멕시코에서 내가 공동의 책임에 대해 얘기한 데 이어 4월에 트리니다드토바고에서 오바마 대통령이 동등한 파트너십에 대해 발언하자, 우리가 라틴아메리카에서 찾던 접근방식의 새로운 장을 위해 초석을 마련한 듯한 기분이 들었다. 6월에 우리의 노력과 의지가 예기치 못한 방식으로 시험대에 오를 거라고는 생각지 못했다.

나의 6월은 중앙아메리카에서 가장 작은 나라인 엘살바도르에서 시작되었다. 그곳에서 새 대통령의 취임식에 참석하고 지역회담에도 참여해 광범위한 경제성장을 촉진하고 경제 불평등을 줄이기 위한 방안을 논의했다. 이 두 행사는 우리가 미국과 라틴아메리카의 관계를 정의하길 바라는 전망과 가능성을 보여주었다.

라틴아메리카의 총 경제 규모는 인도나 러시아의 3배 정도로, 중국과 일본에도 크게 뒤지지 않는 수준이었다. 이 지역은 2010년 성장률이 약 6퍼센트, 2011년 실업률이 20년 만에 최저치를 기록하는 등 세계 경기침체에서 빠르게 벗어날 듯 보였다. 세계은행에 따르면 라틴아메리카의 중산층은 2000년 이후 전체의 50퍼센트 수준까지 증가했는데, 그중 브라질에서 40퍼센트 이상 증가하고 멕시코에서 17퍼센트 증가했다. 이 통계는 라틴아메리카의 경제적 번영이 확대되었음을 의미하며 5,000만 명 이상의 새로운 중산층 소비자들이 미국 제품과 서비스를 열망하는 것으로 해석되었다.

그래서 우리는 콜롬비아와 파나마와의 무역 수준을 높이고 무역협정을 비준하는 데 힘을 쏟았다. 그리고 캐나다를 비롯해 태평양동맹Pacific Alliance으로 알려진 국가들(멕시코, 콜롬비아, 페루, 칠레)에게는 시장을 전면 개방한 민주주의 국가를 표방하도록 장려하고 아시아 국가들과의 환태평양경제동반자협정, 즉 TPP 교섭에 참여하여 더욱 번영된 미래를 향해 나아가게 했다. 태평양동맹은 보다 권위적인 정책과 중앙계획경제를 실행하는 베네수엘라와 정반대였다.

그런데 이렇게 많이 발전했는데도 라틴아메리카의 경제 불평등은 여전히 세계 최악 수준이었다. 많은 지역에서 빠른 발전을 이루었음에도, 라틴아메리카 일부 지역들은 여전히 지독한 빈곤에서 헤어나지 못했다. 부시 정부의 "번영으로 가는 길"이라는 발언에서 시작되어 지역구상이라는 기치 아래 열린 엘살바도르 회담에서, 나는 앞으로 라틴아메리카의 주요 과제는 경제성장의 효과를 폭넓게 공유하고, 이 지역 민주주의의 영향력을 지역 시민들이 몸소 체험해 그 혜택을 확신하게 하는 것이라고 주장했다. "경제발전을 단순히 이익률이나 GDP로 정의내리기보다 사람들의 삶의 질을 척도로 삼아야 합니다." 그러니까 "식탁에 가족들이 먹을 음식이 충분히 있는지, 아동기부터 대학에 진학할 때까지 학업에 접근할 수 있는 환경이 조성되어 있는지, 노동자들이 임금을 제대로 받는지, 그들의 근무환경은 안전한지"를 판단해야 한다고 제안했다.

몇몇 라틴아메리카 국가, 특히 브라질과 멕시코, 칠레는 이미 소득불평등을 줄이고 국민들을 가난에서 구제하는 데 성공을 거두었다. 가장 효과적인 도구는 이른바 '조건부 현금 지급' 프로그램이었다. 1990년대에 브라질의 페르난두 카르도주Fernando Cardoso 정부는 취학 아동이 있는 수백만 빈곤 가정을 대상으로 소액의 지원금을 정기적으로 지급하기 시작했다. 그 후 루이스 이나시우 룰라 다 시우바Luiz Inacio Lula da Silva 대통령이 프로그램을 확대해 정기 건강검진, 영양학 및 질병예방 수업을 추가했다. 이러한 조치는 여성의 지위를 향상시켰고, 취학률을 높였으며, 아동 건강을 개선시켰고, 경제성장을 촉진했다. 프로그램이 확대된 만큼 그 결과도 크게 달라졌다. 브라질에서 빈곤선 아래에 있는 인구의 비율은 2003년 22퍼센트에서 2009년에 단 7퍼센트로 떨어졌으며, 이와 비슷한 프로그램들이 라틴아메리카 곳곳으로 퍼져나갔다.

내가 특히 중요하다고 생각한 경제협력 분야는 바로 에너지였다. 미국은 이미 수입 에너지의 50퍼센트 이상을 아메리카 대륙에서 얻고 있었다. 나아가 에너지 및 기후변화 대책 마련을 위해 협력 범위를 늘린다면, 이를 계기로 국가 간 분열에 접합점이 생기고, 경제적 기회가 마련되고, 환경이 개선되는 등의 일들이 한꺼번에 해결될 수 있었다. 우리 국무부는 '에너지 및 기후에 관한 미주협력체' 설립안을 개진해 혁신을 지원하고 미주지역의 힘을 기를 수 있도록 도왔다. 교훈적 사례를 많이 찾아볼 수 있었다. 브라질은 바이오연료에 관한 한 선두주자였으며, 코스타리카는 전력의 대부분을 수력발전으로 얻었다. 콜롬비아와 페루는 청정에너지 대량수송체계를 구축하고 있었다. 멕시코는 쓰레기매립지를 폐쇄해 발전용 메탄가스를 채집하고, 멕시코시티의 대기 질을 개선시키고, 건물 지붕과 벽을 녹지화하며 대량의 나무를 새로 심는 작업 등을 하고 있었다. 바베이도스는 태양열 온수기의 잠재력을 발현시키고 있었다. 또한 세인트키츠네비스와 도미니카 같은 섬들은 지열자원을 개발 중이었다.

그 후 몇 년 동안 우리는 이처럼 토대를 쌓아나갔고, 캐나다 북쪽에서 칠레 최남단, 그리고 세계에서 전기료가 가장 비싼 카리브 지역에 이르기까지 국가 간, 지역 간 전력망을 연결할 것을 특히 강조했다. 카리브 지역은 전기료가 매우 비싸기 때문에 각국 정부가 석유 수입에 쓰는 돈을 국산 청정에너지 개발에 쏟을 의지만 있다면 정부보조금 없이도 태양, 바람, 바이오매스 연료를 만들어 독립적으로 에너지를 얻을 수 있었다. 중앙아메리카에서는 실제로 그렇게 한다. 이 모든 것이 특히 중요한 이유는 아메리카 대륙 남반구에 사는 3,100만 명은 여전히 저렴하고 안정적인 전기를 얻기가 어렵기 때문이다(전 세계적으로는 13억 명에 달한다). 에너지 부족은 여러 면에서 발전을 저해했다. 21세기에 전력 없이 기업이나 학교를 잘 운영할 수 있을까? 사람들이 에너지에 쉽게 접근할수록, 가난에서 벗어나고 아이들을 교육하고 건강하게 생활할 기회는 더 많아진다. 그래서 우리는 2022년까지 라틴아메리카 내 모든 지역사회가 전기를 이용할 수 있게 하는 것을 목표로 정했다.

2009년 6월 초 엘살바도르 방문에서 하이라이트는 바로 새 대통령 마우리시오 푸네스Mauricio Funes의 취임이었다. 이는 냉전 종식 후 라틴아메리카를 휩쓸었던 대대적인 정치개혁의 반영이었다. 우익 군사독재 대신 좌익 민중지도자가 정치 지형을 장악하고 입헌민주주의를 뿌리내리게 된 것이다. 2013년에 NGO인 프리덤하우스는 미국과 캐나다를 포함한 미주지역을 "서유럽 다음으로 자유와 인권 존중의 수준이 높은 지역"으로 분류했다.

이 지역의 정치적, 경제적 성공은 (다소 저항이 있었음에도 불구하고) 중동 등 다른 지역의 신흥 민주국가들에게 본보기가 되었다. 그리고 라틴아메리카가 여성 지도자의 위력을 보여주고 있다는 점도 매우 만족스러웠다. 세계적으로도 남성적인 문화로 잘 알려진 라틴아메리카에서 강하고 뛰어난 여성들이 아르헨티나와 브라질, 칠레, 코스타리카, 가이아나, 자메이카, 니카라과, 파나마, 트리니다드토바고를 이끌었으며, 에콰도르와 볼리비아에서 임시 지도자 역할을 해냈다.

═══

나는 미주기구Organization of American States 연례회의 참석차 엘살바도르를 떠나 온두라스로 날아갔다. 면적이 미시시피 주와 비슷한 온두라스는 라틴아메리카에서 가장 가난한 나라로, 800만 명의 주민이 산다. 온두라스의 역사는 언뜻 보기에 끝없는 내분과 재난의 연속이었다. 마누엘 셀라야Manuel Zelaya 온두라스 대통령은 흰 카우보이모자를 쓰고 새까만 콧수염을 길러 마치 옛 중앙아메리카 독재자를 희화화한 듯한 모습이었으며, 베네수엘라의 우고 차베스Hugo Chavez와 쿠바의 피델 카스트로Fidel Castro를 유난히 좋아했다.

6월 2일, 아침 일찍 일어나 다자간 외교전을 준비했다. 온갖 진부한 연설과 절차상 의식 때문에 무척 지루한 시간이 되기 십상이지만, 이날 하루만큼은 미주기구에서 드라마가 예정되어 있었다. 몇몇 나라가 1962년부터 시행되어온 쿠바의 회원국 자격정지 처분을 해제하자는 결의안을 내놓을 것으로 예상되었기 때문이다. 미주기구는 관습적으로 의사결정에서 만장일치가 기본인데, 이는 단 1개국이라도 반대하면 안건을 보류할 수 있다는 뜻이다. 그러나 원칙적으로는 3분의 2 다수결의 찬성표만 있으면 되었다. 표결을 집계하는 사람들은 모두 과반 이상의 국가가 쿠바에 대한 처분을 대개 시대에 뒤진 냉전의 산물로 보고 회원국 자격정지 해제를 지지할 것으로 예상했으며, 쿠바를 미주 국가군의 일원으로 끌어들이는 것이 쿠바 내 개혁을 장려하는 최선의 방법이라고 믿었다. 베네수엘라와 니카라과, 볼리비아, 에콰도르를 포함한 몇몇 국가들은 회원국 자격정지 처분에 대해 미국이 불량배 같은 짓을 했다고 거칠게 표현하는 한편, 쿠바를 미주기구에 재가입시키는 것은 결국 미국의 간섭 아래 두려는 것이자 미주 전역의 민주주의 규범을 약화시키는 행위로 보았다. 바로 그 점이 속을 썩였다. 미주기구는 2001년에 강력한 민주주의 원칙을 집대성한 헌장을 채택한 바 있는데, 그것은 과거의 독재에서 벗어나려는 미주지역의 여정에 한 획을 긋는 획기적인 사건이었다. 우리는 차베스와 그의 추종자들이 그 헌장을 보란 듯이 무시하도록 내버려둘 수 없었다.

새로 출범한 오바마 정부에게 이것은 초기 행정부의 입장에 대한 시험이었다. 민주국가들이 연합한 곳에 독재국가의 자리는 없다는 이유를 들어 오랜 정책을 고수하며 쿠바의 회원국 자격정지 해제를 거부할 수 있지만, 그럴 경우 미국은 다수의 이웃과 멀어질 가능성이 있고 이웃들에 둘러싸인 채로 고립될 수도 있었다. 반대로 저자세를 취해 쿠바의 회원국 자격정지를 시대착오적인 냉전의 산물로 인정한다면, 어렵게 얻어낸 민주주의 규범이 물거품이 되고 미국 내에도 커다란 파문이 일어날 우려가 있었다. 어느 것도 매력적인 선택지는 아니었다.

호텔에서 준비하는 동안 CNN 방송을 켰다. 방송에는 미국에서 생활하고 일하는 쿠바인 남성에 대한 이야기가 나왔다. 그는 양국 간 여행 규제 때문에 어린 아들을 1년 반 동안이나 만나지 못했었는데, 오바마 정부가 규제를 완화해준 덕분에 마침내 상봉하게 되었다. 이런 변화에 이어서 우리는 직통우편 서비스를 되살리고 이민 절차와 관련해 협력하는 일 등을 주제로 쿠바 정부와의 대화를 제안한 터였다. 그리고 온두라스에서 열리는 이 정상회담을 준비하는 동안에 쿠바 정부로부터 수락한다는 답이 왔다. 간단히 말해서, 미국은 새롭게 시작하겠다던 대통령의 약속을 실천에 옮긴 것이다. 하지만 극적인 민주적 개혁 없이 쿠바를 다시 미주기구에 받아들인다는 것은 재고할 가치가 없는 생각이었다.

쿠바는 50년 동안 피델 카스트로 독재하의 공산주의 국가였다. 카스트로와 그의 정권은 국민들의 기본적인 자유와 인권을 무시하고 반대파를 억압했으며, 중앙계획경제 체제를 단단히 유지하고, 대륙 안팎 국가들로 '혁명'을 퍼뜨리기 위해 노력했다. 나이가 들어 건강이 점점 쇠약해지고 있음에도, 피델 카스트로와 그의 동생 라울 카스트로Raul Castro는 쿠바에서 계속 절대권력을 휘둘렀다.

미국은 1960년부터 쿠바에 금수조치를 시행해 카스트로 정권의 약화를 꾀해왔지만, 카스트로는 이를 빌미 삼아 쿠바의 경제난을 미국의 탓으로 돌렸다. 1995년 말에 클린턴 정부는 관계 개선 가능성을 알아보기 위해 카스트로에게 비밀 회담을 제의했다. 그리하여 회담이 진행되던 중, 1996년 2월에 쿠바 공군 제트기가 소형 민간항공기 두 대를 격추해 승무원 4명이 사망하는 사건이 일어났다. 피격 비행기는 마이애미 주에 본거지를 둔 '구원의 형제들Brothers to the Rescue'이라는 쿠바 망명자 집단의 소유였는데, 이들은 카스트로 정부에 반대하는 내용의 전단을 쿠바 상공에 주기적으로 뿌리고 있었다. 빌은 이 사건을 "국제법을 위반한 뻔뻔스러운 행위"라고 표현했다. 유엔안전보장이사회는 쿠바의 대응을 비난했고, 미국 의회는 양원에서 양당 모두 거의 만장일치로 쿠바에 금수조치를 강화하고 향후 변경사항은 의회 승인을 요구하는 입법안을 통과시켰다. 이 경험을 통해 카스트로를 대할 때는 눈을 크게 떠야 한다는 걸 알았다.

카스트로 형제가 미주기구 헌장에 실린 민주주의 원칙과 심하게 대립하고 이 기구에 대한 경멸을 드러낸 후부터, 그들에게 의석을 주는 것이 민주주의나 미주기구를 위해 과연 좋은 일인지 판단하기가 어려워졌다. 만장일치로 의사결정을 내리는 게 관습인 만큼 중요한 지역적 문제에 대해 쿠바가 사실상 거부권을 쥐게 될 수 있기 때문이다.

카스트로 형제는 자신들과 관련된 안건임에도 자기주장을 하러 온두라스를 찾아오지도 않았다. 사실 그들은 미주기구 가입에 아무런 흥미를 보이지 않았다. 그들이 그런 태도를 취하게 만든 것은 바로 베네수엘라의 우고 차베스 정부였다(비록 많은 나라들이 베네수엘라를 지지했지만 말이다). 자기과시형 독재자인 차베스는 자국민에게는 실제로 위협을 가했고, 외부에 대해서는 위협보다 차라리 도발을 가했다. 수년간 미국에 대항해 큰소리를 치고 음모를 꾸미기도 했으며, 자국을 비롯한 주변국가들에서 민주주의를 타도하려 애썼다. 차베스는 라틴아메리카가 넘어서려고 애쓰는 역사의 부정적인 면들을 골고루 갖춘 인물이었다. 그는 베네수엘라 내 정적과 언론을 탄압했고, 기업을 국유화해 자산을 빼앗았으며, 석유로 벌어들인 국고를 낭비했고, 나라를 독재체제로 전환시키느라 정신이 없었다.

4월에 오바마 대통령이 미주정상회담에서 차베스를 만났다. 당시 차베스는 오바마 대통령과 기분 좋게 악수를 나누는 듯했고, 호의의 표시로 선물을 건네는 쇼맨십을 보였다. 선물은 책이었고, 호의적인 제스처와는 달리 책의 내용은 미국의 제국주의와 라틴아메리카 약탈에 관한 것이었다.

나는 공공연하게 차베스를 비난했고, 그에게 용감하게 맞서는 베네수엘라 사람들을 옹호했다. 라틴아메리카 지역 전체에서 미국의 간섭에 불평이 많은 터라, 차베스에게 우쭐거릴 빌미를 줄 만한 말은 삼갔다. 한번은 그가 베네수엘라 방송에 출연해 많은 사람들 앞에서 유행가에 맞춰 "힐러리는 날 사랑하지 않아…… 그리고 나도 그녀를 사랑하지 않지" 하고 노래를 불렀는데, 그에 대해서 왈가왈부하기도 뭣했다.

온두라스에서의 일정은 카리브 해에서 온 외무장관들과의 이른 아침식사로 시작되었다. 우리는 늘어나는 마약 관련 폭력과 에너지 협력을 중심으로 많은 이야기를 나누었다. 대부분의 카리브 해 국가들은 에너지가 부족했고, 해수면 상승과 기상이변 등 기후변화의 영향에도 취약했다. 그들은 해결책을 찾기 위해 우리와 협력하고 싶어했다. 하지만 역시 화제는 쿠바로 되돌아왔다. "우리는 쿠바가 미주기구에 가입할 수 있게 될 날을 고대합니다." 나는 확신에 찬 목소리로 장관들에게 말했다. "하지만 우리 미주기구 회원국은 회원으로서 책임감을 가져야 합니다. 우리는 지역에 많은 발전을 가져다준 민주주의 규범과 국가운영 방식을 지키기 위해 서로에게 책임감을 빚지고 있습니다. 과거를 다시 체험하자는 이야기가 아닙니다. 미래로 나아가자는 것, 그리고 이 기구의 설립원칙에 충실하자는 것입니다."

조찬이 끝나고 본행사인 미주기구 총회가 열렸다.

칠레 외교관인 호세 미겔 인술사José Miguel Insulza 사무총장과 주최측인 온두라스의 셀라야 대통령이 강당으로 들어오는 우리를 맞이하고 장관 전원을 한곳으로 모아 단체사진을 찍었다. 이 지도자들 가운데 미국과 함께 미주기구의 민주주의 원칙 수호에 동참할 사람이 과연 몇 명이나 될까?

열쇠를 쥔 건 바로 브라질이었다. 루이스 이나시우 룰라 다 시우바 대통령의 리더십 아래서 브라질은 중요한 국제 세력으로 부상했다. 알려진 바와 같이, 카리스마 있는 노조 지도자 출신으로 2002년에 대통령에 당선된 룰라는 세계에서 가장 빠른 경제성장을 자랑하며 중산층이 급격히 증가하고 있는 역동적인 새 브라질의 얼굴이었다. 아마 다른 어떤 나라보다도 브라질의 상승세가 라틴아메리카의 변화와 밝은 미래의 상징이 될 것이다.

1995년에 퍼스트레이디로서 처음 브라질을 방문했을 때, 그곳은 아직 민주주의 기반이 약하고 경제 불평등이 심각한 비교적 가난한 나라였다. 수년간의 군사독재 이후 급진좌파의 반란으로 문민정부가 들어섰지만, 세력이 미약해 국민들을 위한 큰 공적을 남기지는 못했다. 브라질은 내가 방문하기 몇 달 전에 취임한 페르난두 카르도주의 대통령 당선과 함께 현대화되기 시작했다. 그는 국가경제 활성화에 불을 지폈고, 노련한 사회학자인 영부인 루스Ruth Cardoso는 여성과 빈민가정의 삶을 개선하기 위해 빈곤구제 활동과 조건부 현금 지급 프로그램을 시작했다. 카르도주의 후임이 바로 유명한 룰라였다. 룰라는 카르도주의 경제정책을 이어나갔고, 사회안전망을 확대해 빈곤을 줄였으며, 아마존 열대우림의 연간 파괴속도를 75퍼센트 늦추었다.

브라질의 경제가 성장할수록 룰라의 대외정책도 단호해졌다. 그는 브라질이 강대국이 되는 것을 꿈꾸며 여러 가지 조치를 취했는데, 협력을 통해 건설적인 결과를 낳기도 했지만 몇몇은 실패하기도 했다. 예를 들면 2004년에 룰라는 유엔 평화유지 임무에 앞장서서 아이티에 군대를 파견해 어려운 상황에서도 치안과 질서를 훌륭하게 유지해냈다. 반면 핵 프로그램과 관련해서는 터키와 함께 이란과 이면 거래를 고집하는 등 국제사회의 요구를 무시하기도 했다.

그래도 나는 브라질이 영향력을 점점 키우고 상당한 문제해결 능력을 갖추는 것을 전반적으로 반겼다. 훗날 나는 룰라 대통령의 후계자이자 비서실장이었으며 결국 대통령 배턴까지 이어받은 지우마 호세프Dilma Rousseff와 원활한 협력관계를 유지하게 된다. 2011년 1월 1일, 브라질리아에서 열린 지우마의 취임식에 참석해 비가 내리는 가운데 축제 분위기에 젖은 행사를 지켜보았다. 브라질의 첫 여성 대통령이 1952년식 롤스로이스 차량을 타고 이동할 때, 거리에는 수만 명의 사람들이 늘어섰다. 그녀는 취임선서를 하고 나서 전임인 룰라에게 녹색과 금색이 섞인 고풍스러운 대통령 현장을 건네받아, 빈곤과 불평등을 근절해나가겠다고 맹세했다. 지우마는 또한 자신이 새로운 역사를 쓰고 있다는 것을 알았다. "오늘, 모든 브라질 여성은 자부심과 행복감을 느끼고 있을 것입니다." 지우마는 내가 존경하고 또 좋아하는 아주 탁월한 지도자다. 1970년대 초 그녀는 좌익 게릴라 조직의 일원으로 활동하다 독재를 일삼는 군부에 의해 투옥되어 고문을 당했다. 일부 비평가들의 주장대로 그녀는 룰라처럼 변화무쌍하고 호기로운 면이나 카르도주처럼 기술적인 전문지식을 갖추지는 않았을지 몰라도, 이토록 어려운 시기를 맞이한 지도자에게 요구되는 두 가지 특성, 즉 강한 지성과 진정한 기개를 지닌 것만은 분명했다. 2013년, 브라질 국민들이 느린 성장과 물가상승, 보통 시민들의 삶을 개선하기보다 2014년 월드컵과 2016년 올림픽처럼 세간의 이목을 끄는 행사들을 준비하는 데 더욱 신경 쓰는 정부에 좌절해 거리로 나와 시위를 벌였을 때, 지우마는 자신의 기개를 확실히 보여주었다. 베네수엘라 등 많은 나라들처럼 시위자들을 저지하거나 구타하고 투옥시키기보다, 그들을 직접 만나 고충을 헤아려주고 정부와 힘을 합해 문제를 해결해나가자고 부탁했다.

쿠바 문제를 두고 브라질을 설득하는 일이 쉽지 않으리라는 것은 알고 있었다. 룰라의 마음이 미주기구 회원국 자격정지 처분을 풀어주는 쪽으로 기울고 있었기 때문이다. 하지만 지역을 대표하는 정치인 역할을 하고 싶어하는 룰라의 욕망이 과연 우리에게 유리한 쪽으로 작용할지, 그리고 룰라가 우리를 도와 타협을 중개할지는 알 수 없었다. 나는 브라질의 세우수 아모링Celso Amorim 외무장관의 의중을 엿보며 가능성을 타진하기로 했다.

또 하나의 중요한 나라는 바로 칠레였다. 칠레는 아우구스토 피노체트

Augusto Pinochet 장군의 야만적인 군사독재 체제에서 1990년대에 민주주의 체제로 전환한 나라로, 브라질과 마찬가지로 라틴아메리카 성공신화의 주역이었다. 1973년에 미국이 쿠데타를 지원해 피노체트에게 권력을 쥐여주고 그의 우익정권을 지지한 일은 라틴아메리카 역사에 남긴 오점이라고 할 수 있지만, 최근으로 접어들면서 미국과 칠레의 관계는 견고하고 생산적인 방향으로 전환되었다. 2006년 칠레의 첫 여성 대통령으로 선출된 미첼 바첼레트Michelle Bachelet는 소아과 전문의였다. 브라질의 지우마 호세프처럼, 바첼레트 역시 군사독재 체제 아래 박해를 받고 결국 정치적 망명길에 올랐다. 하지만 피노체트 정권이 무너진 후 칠레로 돌아와 정치 기반을 쌓고 상승세를 타기 시작했다. 대통령이 된 바첼레트는 기념박물관을 열고 국립인권연구소를 설립하는 등 국민화합을 도모하고 지난날의 인권 유린을 청산하자고 촉구했다. 칠레 여성들을 대신한 바첼레트의 노력은 다양한 분야에서 칭송받았다. 2010년에 대통령 임기가 끝난 뒤 그녀는 새로 창설된 유엔여성기구의 대표가 되었다. 바첼레트와 나는 동맹이자 친구가 되어 여성의 권리를 위한 활동을 계속했다. 그 후 칠레로 돌아온 바첼레트는 2013년 말 대통령선거에서 재선에 성공했다.

칠레는 쿠바를 더 이상 고립시키지 말자는 데 찬성했고, 미국의 금수조치 해제를 촉구했다. 2009년 초, 바첼레트는 칠레 대통령으로서 수십 년 만에 아바나를 방문하고 카스트로 형제를 만났다. 그런데 그 후 피델 카스트로는 1870년대부터 계속되어온 칠레와 볼리비아의 영토 분쟁에서 볼리비아의 편을 들고 볼리비아인의 노동력을 착취하는 '칠레판 올리가르히'를 비난하는 칼럼을 썼다. 이는 카스트로가 얼마나 변덕스럽고 불쾌한 인물인지를 재확인시켜준 사건이었다. 나는 칠레가 스스로 민주주의 원칙을 지키고 우리와 함께 위기를 진정시키는 길을 선택하길 바랐다.

라틴아메리카에 관한 한 내가 아는 최고의 자문가는 국무부 중남미 담당국의 톰 섀넌Tom Shannon 차관보였다. 그는 다섯 정권을 거치며 근무해온 매우 존경받는 선임 외교관이었다. 나는 라이스 국무장관 시절에 라틴아메리카 임무에서 최고책임자였던 톰에게 그 자리에 계속 남아주기를 부탁하고 나중에는 그를 브라질 대사로 공식 임명했다. 톰이 쿠바가 미주기구에 재가입할 때 생기는 장단점을 정리하고 우리가 외교적으로 얼마나 어려운 위치에 있는지를 이야기한 뒤로, 톰과 나는 이 위기를 타파할 묘안을 마련하는 데 힘을 모았다. 그리고 결국 계획의 윤곽은 뚜렷해졌다.

오바마 대통령이 냉전이 남긴 진부한 논쟁은 이제 접어두자고 발언한 마당에, 쿠바를 미주기구에 재가입시킬 수 없다는 주장을 계속하는 것이야말로 위선이었다. 1962년 쿠바의 회원국 자격은 원칙적으로 '마르크스 레닌주의'를 지지하고 '공산권'과 협력한다는 이유로 정지되었기 때문이다. 그보다는 미주기구 헌장과 충돌하는 현재 쿠바의 인권 유린 실태에 초점을 맞추는 것이 더 설득력 있고 정확한 길일 것이다. 만약 우리가 자격정지 해제에는 동의하지만 쿠바가 헌장에 따른 민주적 개혁을 충분히 실현했을 경우에만 회원국으로 복위될 수 있다는 전제조건을 내세운다면? 그리고 카스트로 형제가 미주기구 자체를 경멸한다는 점을 드러내면서, 쿠바에 공식적으로 재가입을 요청하라고 할 수도 있지 않겠는가? 아마 그것은 브라질과 칠레 등의 국가들이 받아들일 만한 타협안일 것이다. 베네수엘라 같은 강경파는 굳이 끌어들일 필요가 없었다. 현 상태를 유지하는 것만으로 우리는 승리의 고지에 있었으니까. 하지만 타협하는 방향으로 움직이는 주변 국가들을 보면 아무리 강경파라도 동참하고 싶어지지 않을까.

위풍당당한 개회식이 끝난 후 나는 외무장관들과 소회의에 들어가서, 조건 없는 자격정지 해제안을 대신할 타협안을 내놓았다. 그 타협안은 지금까지 미국이 취해온 노선과 상당히 달라서 장내에 있는 사람들을 놀라게 했다. 그래도 내 입장에서는 같은 목표를 달성했지만 말이다. 톰과 나는 돌아가며 각국 외무장관들을 붙들고 긴 얘기를 나누고, 우리 계획의 정당성을 설명하기 시작했다. 정오 무렵 총회 연설에서는, 미주기구의 민주주의 원칙과 라틴아메리카의 민주적 발전은 너무나 중요해서 포기할 수 없다고 주장했다. 게다가 오바마 정부가 이미 쿠바와의 협상 단계를 밟고 있음을 동료들에게 상기시켰다.

쿠바 지지자들도 변론했다. 셀라야는 쿠바의 회원국 자격을 정지시킨 1962년의 원안 표결을 두고 "언젠가 불명예로 치부될 날이 올 것"이라고 말하며 이번 회의를 통해 "실수를 바로잡자"고 촉구했다. 니카라과의 다니엘 오르테가Daniel Ortega 대통령은 자격정지 처분을 "폭군이 내린 조치"라고 했으며, "미주기구가 미국의 지배수단 역할을 벗어나지 못하고 있다"며 입장을 분명히 밝혔다. 베네수엘라와 니카라과는 표결을 하지 않으면 회의장을 떠나 미주기구를 탈퇴하겠다고 으름장을 놓아 모두를 곤혹스럽게 만들었다.

시간이 흐를수록 조바심이 났다. 저녁 일찍 온두라스를 떠나 카이로로 출발해야 했다. 카이로에서 이슬람 세계를 대상으로 오바마 대통령의 연설이 예정되어 있었다. 그곳을 떠나기 전에 조건 없이 쿠바를 받아들일 준비가 된 회원국이 전체의 3분의 2를 넘지 않는다는 점을 분명히 인식시켜둘 필요가 있었다. 우리는 이야기를 들어주는 모든 사람들게 이 문제가 미주기구의 최고 관심사는 아닐 것이라고 주장했다. 한편, 어느 시점에서 오바마 대통령이 룰라에게 직접 전화를 걸어 타협안을 통과시키도록 힘써달라고 말했다. 나는 셀라야를 작은 방으로 살짝 불러 그의 역할을 강조하고 회의 주최국으로서의 책임을 언급했다. 만약 우리의 타협안을 지지한다면 이 회담뿐만 아니라 미주기구도 구할 수 있지만, 그러지 않을 경우에는 기구의 붕괴를 초래한 지도자로 기억될 것이다. 이러한 호소가 효과가 있는 것 같았다. 늦은 오후 무렵에는 회의가 올바른 방향으로 움직이고 있다는 확신이 들었다. 의견차는 좀처럼 좁혀지지 않았지만 말이다. 우리의 결의안이 통과되지 않는다고 해서 자격정지 해제 결의안이 통과되거나 하지는 않을 것이다. 그리고 미주기구가 이 사안을 두고 붕괴될 일도 없으리라. 나는 공항으로 향하며 톰에게 계속 소식을 알려달라고 부탁했다. 그리고 차에 오르며 "미국에 돌아가서 봅시다"라고 말했다.

몇 시간 후 톰이 전화를 걸어왔다. 그는 협상 타결이 가까워진 듯하다고 말했다. 우리 팀은 해제 조건을 두고 막판까지 교섭하는 중이었지만 타협안은 이미 지지를 얻고 있는 듯했다. 저녁 무렵에는 베네수엘라와 니카라과, 온두라스 등 소수의 동맹국만이 자신들의 조건 없는 해제 결의안을 고수하고 있었다. 처음에 우려했듯 미국이 고립되는 일은 없었으며, 오히려 차베스와 한 배를 탄 사람들이 단합된 주변국들과 대치하게 되었다. 소식통에 따르면 셀라야가 차베스에게 전화를 걸어 다수의 의견을 따라 타협안을 수용할 것을 제안했다고 한다. 이유야 어쨌든, 아침이 되었을 때 그들은 주장을 뒤엎었고, 우리는 결의안에 대한 의견을 하나로 모을 수 있었다. 결의안이 채택되자 장관들의 박수가 터져나왔다.

쿠바의 카스트로 정부는 격분하여 미주기구 가입 신청을 거부했고, 어떠한 조건이나 민주적 개혁도 받아들이지 않았다. 이는 즉 자격정지 처분이 그대로 유지된다는 뜻이었다. 하지만 우리는 시대착오적인 기존의 정당화 논리를 현대적인 절차에 따라 교체해 미주기구의 민주주의 실현 능력을 한층 강화하는 데 성공했다.

2009년 12월, 카스트로 형제는 전처럼 새로운 문제들을 만들어냈다. 앨런 그로스Alan Gross라는 미국 국제개발처의 하도급업체 직원을 체포한 것이다. 아바나에 있는 낙후된 소규모 유대인 공동체에 컴퓨터 장비를 반입한 혐의였다. 쿠바 당국은 일부판결 후 잔부판결에서 그를 징역 15년형에 처했다. 내가 장관으로서 애석하게 생각하는 것 중 하나가 바로 앨런을 고국으로 데려오지 못한 일이다. 나는 국무부와 함께 앨런의 아내 주디와 딸들과 계속 연락을 주고받았다. 그리고 앨런 사건을 공개적으로 이야기하며 여러 나라에 나서달라고 요청했다. 하지만 쿠바 관료들과 직접교섭도 하고 제3자들의 도움도 많이 받았음에도, 쿠바는 미국이 수감하고 있는 쿠바 첩보원 5명을 풀어주지 않으면 앨런을 석방하지 않겠다고 대응했다. 쿠바 정권 내의 강경파는 미국과의 관계 회복이나 그에 따라 요구되는 국내 개혁에 제동을 거는 계기로 앨런 사건을 이용할 수 있다. 만약 그렇게 된다면 수백만 명의 쿠바인들마저 일종의 감옥으로 몰아넣는 더 큰 비극이 생기고 말 것이다.

쿠바 정부로 인해 큰 장벽에 부딪힌 오바마 대통령과 나는 정부보다는 국민들의 관심을 끄는 일을 계속했다. 우리는 세계 전역에서 얻은 교훈을 바탕으로, 쿠바에 변화를 가져다줄 최선의 방법은 국민들이 바깥세상의 정보와 가치관과 물질적 안락함에 접할 수 있게 해주는 것이라고 믿었다. 고립은 오로지 정권이 쥔 권력만을 강화시키지만, 국민들을 자극하고 격려한다면 반대의 효과가 나타날 수도 있다. 2011년 초, 우리는 미국 종교단체들과 학생들이 쿠바를 더욱 쉽게 방문하고, 미국 공항에서 전세여객기를 가동할 수 있게 허용하는 새로운 규정을 발표했다. 또한 쿠바계 미국인들이 가족들에게 보낼 수 있는 송금액의 한도도 높였다. 이제는 연간 수십만 명의 미국인이 쿠바를 여행하고 있다. 그들은 미국과 더욱 개방된 사회가 주는 혜택을 알리는 걸어다니는 광고판이나 마찬가지다.

일을 진행할 때마다 우리는 쿠바 조치에 대해 무기한 동결을 원하는 국내 일부 의원들의 강경한 반대에 부딪혔다. 하지만 국민 대 국민의 만남이 쿠바의 개혁을 촉진할 최선의 방법이며 미주지역에도 큰 도움을 줄 것이라는 내 믿음에는 변함이 없었다. 그래서 쿠바에서 서서히 변화가 나타나기 시작했을 때 정권 내 강경파가 이를 저지하려고 열을 올리든 말든 나는 기뻐기만 했다. 블로거들과 단식투쟁자들은 자유를 요구하는 목소리를 보태고 본보기가 되었다. 나는 특히 '흰옷을 입은 여성들Damas de Blanco'이라는 쿠바 여성단체의 용기와 결의에 감동받았다. 그들은 정치범들을 지속적으로 감금하는 정부를 규탄하기 위해 2003년부터 일요일마다 미사를 마친 뒤 행진을 했다. 정치범으로 체포되어 구금당하고 희롱과 구타를 겪으면서도 행진을 멈추지 않았다.

장관 임기가 끝나갈 무렵, 오바마 대통령에게 금수조치를 다시 한 번 점검할 것을 권했다. 그 조치는 목표를 달성하는 데 도움을 주기는커녕 라틴아메리카 전역에서 의제들을 폭넓게 논의하는 데 방해만 되었다. 미국과 쿠바의 관계를 20년 동안 지켜보고 또 다루어보고 나니, 카스트로 형제가 왜 비민주적이고 폭력적인 행태를 저지르는지를 설명하기 위해서는 그들에게 직접 책임을 지워야 한다는 생각이 들었다.

═══

온두라스의 산페드로술라에서 열린 회담은 끝났지만 6월의 드라마는 아직 끝나지 않았다. 불과 몇 주 후 라틴아메리카의 불안했던 과거의 망령이 다시 온두라스를 덮쳤다. 2009년 6월 28일 일요일, 온두라스 대법원은 비리 혐의로 셀라야 대통령을 체포하라고 명령했다. 그가 법망을 교묘히 빠져나가 임기를 연장할 방책을 마련하고 있을 우려가 있다고 판단했기 때문이다. 결국 셀라야는 잠옷 차림으로 붙잡혀 코스타리카행 비행기에 태워져 추방되었다. 임시정부 수장으로 로베르토 미첼레티Roberto Micheletti 국회의장이 정권을 인수했다.

톰 섀넌이 이 소식을 전해왔을 때 나는 차파콰 집에서 조용한 일요일 아침을 즐기고 있었다. 그는 확보한 많지 않은 정보를 전해줬고, 우리는 대응책을 논의했다. 무엇보다 셀라야의 부인과 딸들의 요청에 따라 그들을 온두라스에 있는 미국대사의 관저로 피신시키는 일이 급선무였다. 톰에게 그들의 안전을 확보하고 사태가 수습될 때까지 잘 보살피라고 지시했다. 그리고 백악관에서 존스 장군과 토머스 도닐런과 함께 대책을 논의하고 스페인 외무장관에게 전화를 걸어 간단한 자문을 구했다.

셀라야의 강제추방으로 미국은 또다시 딜레마에 빠졌다. 미첼레티와 대법원은 셀라야의 부정한 권력 장악을 타도해 온두라스의 민주주의를 보호해야 한다고 주장했다. 또한 그가 제2의 차베스나 카스트로가 되려 한다고 경고했다. 물론 라틴아메리카는 새로운 독재자가 필요치 않았고, 많은 사람들이 셀라야를 기소할 근거가 충분하다고 생각했다. 하지만 온두라스 국민들이 선출한 대통령을 야음을 타서 추방한 행위는 중남미 전역을 섬뜩하게 만들었다. 어느 누구도 쿠데타가 빈번하고 정권은 불안정한, 암흑 같은 과거로 돌아가기를 원하지 않았다. 내게는 셀라야의 추방을 비난하는 것밖에는 선택의 여지가 없었다. 그래서 공식발표에서는 모든 온두라스 정당에 헌법상의 질서 및 법치를 존중할 것과 정치 논쟁을 대화로 평화롭게 풀어나가도록 힘써줄 것을 당부했다. 우리 정부는 현행 미국법에 따라, 민주주의가 회복될 때까지 온두라스에 대한 지원을 중단하는 조치에 돌입했다. 브라질, 콜롬비아, 코스타리카 등의 미주지역 국가들도 우리와 의견을 같이했다. 그리고 이것은 곧 미주기구의 공식 입장이 되었다.

그 후 며칠간 멕시코의 에스피노사 장관 등 라틴아메리카 지역 외무장관들과 이야기를 나누었다. 우리는 온두라스의 질서를 회복하고 공정하고 자유로운 선거가 신속하고 합법적으로 치러지도록 전략을 짰다. 셀라야 문제를 쟁점화하고 온두라스 국민들에게 스스로 미래를 선택할 기회를 주기 위해서 말이다.

나는 중재자 역할을 할 만한 존경받는 원로 정치인을 찾기 시작했다. 자연스레 중앙아메리카에서 1인당 소득이 가장 높고 경제력도 탄탄한 코스타리카의 오스카르 아리아스Oscar Arias 대통령을 지목하게 되었다. 아리아스는 전 세계에서 존경받는 노련한 지도자로서, 1987년에는 중앙아메리카의 갈등을 해결하는 데 공을 세워 노벨평화상을 수상한 이력이 있었다. 그는 16년 동안이나 공직을 떠나 있다가 2006년에 다시 대통령으로 선출되어, 책임감 있는 통치와 지속가능한 발전을 외치는 영향력 있는 인물이 되었다. 7월 초에 그에게 전화를 걸었다. 우리는 11월 선거를 예정대로 치러야 할 필요성에 대해 논의했다. 아리아스는 협정 중재에 열의를 보였지만, 셀라야가 자신을 중재자로 받아들일지 모르겠다며 해임된 대통령의 신뢰를 얻을 수 있도록 도와달라고 부탁했다.

그날 오후 셀라야를 국무부로 초대했다. 그는 코스타리카에서 처음 연단에 섰을 때보다 좋아진 모습으로 도착했다. 잠옷 차림 대신, 다시 카우보이 모자를 쓰고 있었다. 강제로 비행기에 실렸던 일을 두고 농담까지 했다. 그는 "라틴아메리카 대통령들이 온두라스의 일에서 뭘 배웠는지 아십니까?"라고 물었다. 나는 웃으며 고개를 저었다. 그러자 그는 대답했다. "잠자리에 들 때는 짐을 싸놓고 옷도 갖춰 입어야 한다는 것이지요."

농담은 그렇다 치고, 셀라야는 낙담하고 초조해 보였다. 온두라스에서 들려오는 시위대와 공권력의 충돌 소식은 긴장만 가중시킬 뿐이었다. 나는 그에게 유혈 사태를 피하려면 우리가 뭐든 해야 한다고 말하고, 아리아스가 주재하는 조정 과정에 참여할 것을 촉구했다. 대화가 끝날 무렵, 셀라야는 참여를 결정했다. 나는 미첼레티가 셀라야가 우위에 있다고 여긴다면 중재를 받아들이지 않으리라는 걸 알고, 일단 셀라야를 빼고 혼자서 새로운 외교활동안을 발표할 생각이었다. 대화가 끝나자마자, 나는 톰에게 셀라야를 빈 사무실로 안내한 뒤 작전센터를 통해 아리아스와 전화를 연결하고 두 사람이 이야기를 나눌 수 있게 해달라고 부탁했다. 그사이에 나는 공식

발표를 하러 국무부 기자회견장으로 급히 달려갔다.

처음 며칠 동안은 돌파구를 찾지 못했다. 아리아스의 보고에 의하면 셀라야는 대통령으로 완전히 복직하기를 강하게 요구하는 반면, 미첼레티는 셀라야가 헌법을 위반했다는 주장을 반복하며 예정된 다음 선거일까지는 사퇴하지 않겠다고 했다. 다시 말해, 어느 쪽도 타협의 의지를 보이지 않는다는 것이었다.

나는 아리아스에게 "우리 임무의 요점은 공정하고 자유로운 민주 선거를 치러 평화롭게 정권을 이양하는 것"임을 강조했다. 그는 진지한 대화가 필요하다는 데 동의하면서도 그들의 비타협적인 태도를 마주하고 실망감을 표했다. 그리고 우리 다수가 갖고 있던 생각을 그대로 읊었다. "그들은 양보할 뜻이 없습니다. 내가 이 일을 하는 이유, 셀라야를 지지하는 이유는 말이죠, 그런 사람들이 좋아서가 아니에요. 원칙 때문입니다, 클린턴 장관. 우리가 임의적인 대리정부를 계속 유지시킨다면 라틴아메리카 전역에 도미노효과가 퍼집니다." 작은 국가 하나가 공산화되면 주변국들도 곧 공산화된다는, 냉전 시대 공포를 공식화한 그 유명한 도미노이론을 그는 흥미롭게 재해석했다.

셀라야는 추가협상을 위해 9월 초 다시 국무부로 왔다. 그 뒤 9월 21일, 비밀리에 온두라스로 돌아가 브라질대사관에서 다시 모습을 드러냈다. 참으로 아슬아슬하기 짝이 없었다.

협상은 느릿느릿 진행되었다. 10월 말이 되자, 아리아스가 양쪽의 합의를 끌어내는 데 별 진척이 없음을 분명히 알 수 있었다. 나는 톰을 온두라스에 보내 미국의 인내심이 바닥났음을 알리기로 했다. 10월 23일 오후 9시가 막 지났을 무렵, 미첼레티에게서 전화가 왔다. 나는 "지금 워싱턴 등에서 느끼는 실망이 이만저만이 아닙니다"라고 경고했다. 미첼레티는 "셀라야 씨와 합의를 이뤄내려고 힘닿는 데까지 최선을 다하고 있습니다"라며 자신들의 입장을 정당화하려 했다.

약 한 시간 뒤, 그때까지 브라질대사관에 숨어 있던 셀라야와 연락이 닿았다. 그에게 톰이 문제해결을 도우러 곧 갈 거라고 알려주었다. 그리고 공적으로나 사적으로나 계속 가까운 관계를 유지할 것이며, 가능한 한 빨리 위기를 진정시키기 위해 노력하겠다고 약속했다. 우리는 온두라스인들 스스로 양쪽 모두가 수용할 수 있는 방식으로 이 문제를 해결할 절차를 마련해야 한다는 것을 알고 있었다. 어려운 일이었지만, 결과적으로 불가능하지는 않았다. 10월 29일, 마침내 셀라야와 미첼레티는 다음 선거 때까지 온두라스 국정을 운영할 국민통합정부를 세우고 셀라야를 해임에 이르게 한 사건들을 조사할 '진실과 화해 위원회'를 설립하는 안에 합의했다. 두 사람은 셀라야를 국민통합정부의 일원으로 공직에 복귀시키는 문제를 온두라스 의회에 맡기기로 했다.

그런데 시작하자마자 통합정부의 구성 및 목적에 대한 논쟁이 불거지면서 양측은 합의안을 철회하겠다고 으름장을 놓았다. 의회 표결 결과, 셀라야의 복귀를 반대하는 표가 압도적으로 많이 나왔다. 자신의 대의를 지지하는 층이 매우 두터울 거라 착각하고 있던 셀라야는 예기치 못한 불쾌한 좌절을 맛보았다. 표결 후 그는 도미니카공화국으로 날아가 이듬해까지 망명생활을 했다. 그래도 선거는 예정대로 치러졌다. 11월 말, 유권자들은 2005년 선거에서 셀라야에게 패한 포르피리오 로보Porfirio Lobo를 온두라스의 새 대통령으로 선택했다. 그런데 남미 국가 다수가 이 결과를 받아들이지 않은 탓에, 온두라스는 1년 동안 추가로 외교작전을 펼친 뒤에야 다시 미주기구 회원국이 될 수 있었다.

쿠데타와 중대한 국민적 갈등으로 위기에 처한 나라가 외압 없이 협상을 통해 헌법상의 민주 절차를 복구시킬 수 있었던 것은 중앙아메리카 역사상 처음 있는 일이었다.

표면적인 문제를 넘어서서 추세에 주목해야 하는 지역이 있다면 바로 라틴아메리카일 것이다. 물론 해결해야 할 큰 문제들은 아직 남아 있다. 하지만 그 추세는 대체로 민주주의, 혁신, 보다 폭넓게 공유되는 기회, 역내 국가 및 미국과의 긍정적인 파트너십을 향한다. 그것이 바로 우리가 원하는 미래다.

13

아프리카 : 갈등이냐 발전이냐

아프리카의 미래는 어떤 단어로 정의해야 할까? 갈등과 비리? 아니면 발전과 훌륭한 통치? 이 거대한 대륙에는 급속한 번영과 지독한 빈곤, 책임 있는 정부와 무법천지, 풀이 우거진 들판이며 숲과 가뭄에 시달리는 나라들이 있다. 한 지역이 이 모든 극단을 안고 있다는 점은 국무부의 우리 임무에 의문을 던졌다. 아프리카의 수많은 지역에서 이루어지고 있는 이 엄청난 발전을 어떻게 지원할 수 있을까? 그와 동시에 아직도 혼돈과 빈곤이 지배하는 곳에서는 변화를 일으키는 데 어떤 도움을 줄 수 있을까?

이 문제에는 역사가 남긴 유산이 해결되지 않은 채로 얽혀 있다. 아프리카 대륙이 겪는 수많은 갈등과 시련은 식민지 시대에 민족이나 부족, 종교적 차이를 고려하지 않고 국경을 그어버린 데서 비롯되었다. 식민지에서 독립한 후에도 어설픈 통치이론과 잘못된 경제이론 때문에 식민지 시대에 이루어진 결정이 영속되고 부패는 만연해졌다. 어디서나 마찬가지지만, 반란을 일으킨 지도자들은 싸울 줄은 알지만 통치할 줄은 몰랐다. 냉전으로 인해 아프리카 대다수 지역이 이념으로 갈렸으며, 때로는 서방과 소련을 대리해 실제로 전쟁을 치르기도 했다.

아프리카가 극심한 시련을 겪고 있는 것은 사실이지만, 21세기의 아프리카에는 다른 면도 나타나고 있다. 세계에서 경제성장 속도가 가장 빠른 나라들 중 일부가 바로 사하라 이남 아프리카에 있다. 2000년 이후 아프리카의 대외무역 거래량은 3배로 증가했다. 해외 민간투자 규모도 공식원조 규모를 넘어섰으며, 계속 성장할 것으로 예상된다. 2000년에서 2010년 사이에는 아프리카 비석유제품 품목의 대미 수출 규모가 10억 달러에서 40억 달러로 4배나 증가했다. 이 품목에는 탄자니아의 의류와 공예품, 케냐의 꽃꽂이용 꽃, 가나의 얌, 에티오피아의 최고급 가죽제품 등이 포함된다. 같은 기간 동안 영유아 사망률은 감소했고 초등학교 입학률은 증가했다. 더 많은 사람들이 깨끗한 물을 구할 수 있게 되었고 무력충돌로 사망하는 숫자도 감소했다. 현재 아프리카의 휴대전화 사용자는 미국이나 유럽보다도 많다. 경제학자들은 사하라 이남 아프리카의 소비자 지출이 2010년에 6억 달러에서 2020년에는 1조 달러로 늘어날 것으로 예측한다. 이 모든 것은 종전과 다른 미래가 만들어질 수 있음을 의미한다. 그 미래는 이미 많은 곳에 찾아와 있다.

나와 오바마 대통령은 아프리카가 갈등 대신 기회를 향해서 나아가도록 돕는 일이 미국에서 떠들썩하게 화제가 되지는 않겠지만 장래에는 큰 이익이 되리라는 걸 알았다. 그 목적을 달성하기 위해 오바마 대통령은 2009년 7월에 가나를 방문함으로써 어느 전임 대통령보다도 일찍 사하라 이남 아프리카를 찾았다. 대통령은 아크라에서 국회 연설을 할 때, 아프리카의 민주주의 확립 지원과 무역 확대에 대한 새로운 비전을 이야기하며 인상적인 말을 남겼다. "아프리카에는 강력한 독재자가 필요치 않습니다. 강력한 사회제도가 필요합니다." 그는 또한 역사적으로 서방 강대국들이 아프리카를 자원 착취 대상이나 보호가 필요한 구제 대상으로만 여겼다는 사실을 인정했다. 그리고 이제는 아프리카와 서방이 모두 같은 난관을 마주하고 있다고 발표했다. 즉 아프리카는 보호가 아니라 파트너십을 필요로 한다는 것이었다.

그러나 그토록 많은 발전이 이루어졌음에도, 많은 아프리카 국가에서 노동자 일당이 1달러도 채 되지 않고, 성인은 예방가능한 질병으로 죽고, 아이들은 책 대신 총을 가지고 등교하며, 성인 여성과 어린 소녀들이 전쟁으로 인해 강간을 당하고, 탐욕과 뇌물이 유력하게 통용되었다.

오바마 정부의 아프리카와의 연대는 네 가지 기둥을 중심으로 이루어질 터였다. 첫째는 기회와 개발 증진, 둘째는 경제성장과 무역 및 투자 촉진, 셋째는 평화와 안전 도모, 넷째는 민주적 제도 강화였다.

우리의 접근방식은 아프리카에 들어오는 다른 나라들과는 확연히 달랐다. 다수가 국영인 중국 기업들은 중국 내의 엄청난 천연자원 수요를 만족시키기 위해 아프리카 광산과 삼림지대의 영업허가권을 모조리 사들이고 있었다. 2005년부터 시작된 중국 기업들의 아프리카 직접투자 규모는 2009년까지 30배나 증가해, 중국이 미국을 제치고 아프리카 최대의 무역 파트너가 되었다. 중국 기업들의 투자 패턴은 한층 발전했다. 그들은 시장에 진입해 자원을 채굴하고 아시아로 운송하는 전 과정을 유리한 조건으로 계약하고, 그 대가로 축구경기장이나 고속도로(주로 중국 소유의 광산과 항구를 잇는다)처럼 눈에 띄는 기반시설을 지어주었다. 또한 에티오피아의 수도 아디스아바바에 거대한 아프리카연합 본부 청사를 지어주기도 했다.

수많은 아프리카 지도자들이 이 프로젝트를 반겼음은 말할 것도 없다. 도로포장률이 30퍼센트밖에 되지 않는 대륙에서 기반시설을 현대화해주겠다는데, 돕지 않을 이유가 없었다. 그런데 중국은 일자리와 안정된 수입이 필요한 현지 노동자를 고용하기보다는 중국 노동자를 데려다 일을 시켰으며, 서방 국가들과 국제단체들이 걱정하는 보건 및 개발 과제에는 관심조차 없었다. 인권 유린과 비민주적 행태에 대해서도 모르쇠로 일관했다. 예컨대 다르푸르 대학살을 저지른 수단의 오마르 알바시르Omar al-Bashir 정권에 대한 중국의 강력한 지원은 국제사회의 제재와 압박의 효과를 크게 떨어뜨렸다. 그로 인해 이 문제를 중시하는 몇몇 운동가들이 2008년 베이징 올림픽 보이콧을 요구하기도 했다.

나는 아프리카 내 해외투자의 부정적 영향이 점점 걱정되어 중국과 아프리카 지도자들에게 이 문제를 자주 언급했다. 2011년 잠비아를 방문했을 때, 한 텔레비전 저널리스트가 이런 식의 투자가 미치는 영향에 대해 물었다. 나는 "아프리카 투자는 장기적으로 지속가능해야 하고 아프리카 사람들에게 이득이 되어야 한다는 것이 우리의 입장입니다"라고 대답했다. 우리는 미국의 자금지원으로 운영되는 의료센터에서 소아 에이즈에 대해 함께 이야기했다. 얼마 전에 에이즈 양성 판정을 받은 젊은 엄마를 만났는데, 센터에서 치료를 받을 수 있었던 덕분에 그녀의 11개월 된 딸은 에이즈 음성 반응이 나왔다고 했다. 이것이 미국이 아프리카에서 벌이는 투자활동을 단적으로 보여주는 좋은 예다. 우리가 돈을 벌려고 그런 일을 하는가? 아니다. 잠비아 국민들이 건강하고 활동적으로 살아가기를 바라기 때문이다. 결과적으로는 그것이 미국의 국익에 도움이 된다. "미국은 잠비아의 엘리트 계층에게만이 아니라 모든 국민에게 투자를 하고 있습니다. 그리고 이것은 장기적인 투자입니다." 나는 말했다.

이어서 저널리스트는 중국을 특정해 질문을 던졌다. "중국의 정치적, 경제적 체제가 아프리카 국가들에게 좋은 모델이 될 수 있을 거라 보십니까? 주로 서구에 의해 아프리카에 알려진 좋은 통치의 개념과는 대조적인데 말입니다." 나는 먼저 중국이 수백만 명을 빈곤에서 구해낸 일에 대해서는 칭찬을 아끼지 않았다. 하지만 중국은 올바른 통치와 민주주의라는 측면에서는 부족한 점이 많다. 예를 들어, 아프리카에 내정간섭을 하지 않는다는 중국의 정책은 부패를 무시하거나 부추기는 것으로서, 아프리카 경제에서 연간 약 1,500억 달러나 되는 지출이 어디로 흘러가든, 투자자를 겁주어 쫓아내든, 혁신을 억제하든, 거래를 침체시키든 말든 신경 쓰지 않겠다는 뜻이다. 책임감 있고 투명하며 효과적인 민주적 통치야말로 더 바람직한 모델이다. 중국이 자국과 외국에서 큰 프로젝트들을 수행할 능력이 있다는 점은 제대로 평가받아야 하지만 말이다. 우리가 아프리카 국가에서 기회를 창출하고 부패를 줄이는 데 앞서나가려면, 해당 국가의 역량을 더 끌어올려야 했다.

2012년 여름 세네갈 연설에서 이러한 몇 가지 과제에 대해 이야기했다. 특히 미국이 "가치를 빼내기보다 가치를 더해주는 지속가능한 파트너십 모델"을 추구하고 있음을 강조했다. 나는 아프리카 지도자들이 현명한 구매자가 되기를, 그리고 눈앞의 이익보다는 장기적으로 국민들이 필요로 하는 것을 우선시하기를 바랐다.

아프리카 대다수 지역에서 민주주의는 압박을 받고 있었다. 2005년과 2012년 사이에 사하라 이남 지역에서 민주적인 선거가 치러진 횟수는 24회에서 19회로 줄어들었다. 민주 선거가 거의 없다시피 했던 1990년대에 비하면 비약적인 발전이지만, 그리 고무적인 추세는 아니었다. 내 장관 임기 중에도 여러 건의 쿠데타를 목격했다. 선거에서 당선된 대통령이 5년 임기를 다 채운 적이 없는 기니비사우, 그리고 중앙아프리카공화국과 코트디부아르, 말리, 마다가스카르에서 쿠데타가 일어났다.

미국은 이 불안정한 상황들을 해결하는 데 상당한 외교적 노력을 기울였다. 2011년 6월, 나는 에티오피아의 아프리카연합 본부를 방문해 대륙 지도자들에게 직접 과제를 내주었다. "현 상태는 문제가 많습니다. 옛날 통치방식은 더 이상 통하지 않습니다. 이제 지도자들은 책임을 갖고 나라를 이끌며, 국민을 존귀하게 대하고, 그들의 권리를 존중하며, 경제적 기회를 만들어야 할 때입니다. 그리고 그렇게 하지 않는 지도자는 물러나야 하는 시대가 되었습니다." 나는 중동과 북아프리카에 걸쳐 썩은 정권을 계속 쓸어내고 있는 격동의 아랍의 봄을 상기시키며, 미래에 대한 긍정적 이상과 변화가 없다면 그 파도가 사하라 이남 아프리카도 덮치고 말 거라는 암시를 내비쳤다.

내가 방문했을 때 세네갈은 얼마 전부터 헌법상의 위기를 맞고 있었다. 세네갈은 오래전부터 군사쿠데타를 한 번도 겪은 적이 없어 아프리카의 민주주의 모델로 여겨져왔다. 그런데 2011년, 85세의 별난 지도자인 압둘라예 와데Abdoulaye Wade 대통령이 헌법상의 임기 제한을 교묘히 피해 3선 출마를 시도하다가 대대적인 시위가 발생한 것이다. 아프리카에서 너무나도 익숙한 문제였다. 나이 든 지도자들 가운데서도 특히 조국의 아버지를 자처하는 민족해방운동의 주역들은 임기가 끝나도 퇴임을 거부하거나, 자신들이 없는 조국의 미래를 용납하려 들지 않았다. 가장 유명한 사례가 바로 나라가 고통에 허덕이는데도 권력에만 집착하는 짐바브웨의 로버트 무가베Robert Mugabe 대통령이다.

세네갈의 와데가 연임을 결정했을 때 소수의 음악가들과 젊은 운동가들은 "우리는 질렸다"라는 단순한 구호를 외치며 대중운동을 부추겼다. 국무부 아프리카 담당국 조니 카슨Jonnie Carson 차관보는 나라를 먼저 생각해야 하지 않겠냐고 와데를 설득했지만, 와데는 들으려 하지 않았다. 세네갈 시민사회는 대통령이 헌법을 존중해 자리에서 물러날 것을 요구하고, 곧 유권자 등록과 선거교육에 착수했다. 학생들은 거리에서 "투표용지가 곧 무기다"를 외치며 행진했다. 한편 세네갈 군부는 관례대로 정치문제에 나서지 않았다.

2012년 2월 선거 당일, 투표를 하려는 시민들이 길게 늘어섰다. 운동가들은 곳곳에 흩어져서 1만 1,000개가 넘는 투표소를 감시하고, 투표자 집계와 부정행위에 대한 보고를 다카르 소재의 독립 정보처리기관에 보냈다. 그 기관을 운영하는 세네갈 여성들은 그곳을 상황실이라고 불렀다. 이것은 아마 아프리카에서 활용하고 있는 선거 감시 프로그램을 통틀어 가장 수준이 높을 것이다. 개표가 끝난 뒤 와데는 패배했다. 그는 결국 유권자들의 뜻을 받아들였고, 평화로운 정권이양이 이루어졌다. 나는 마키 살Macky Sall 대통령 당선자에게 전화를 걸어 승리를 축하했다. "당선자 개인의 승리도 승리지만, 평화로운 정권이양이야말로 민주주의의 역사적인 승리입니다." 선거 다음 날, 살은 상황실을 방문해 세네갈 헌법을 수호하려 열심히 일한 운동가들에게 고마움을 전했다.

그해 8월 다카르 연설에서 나는 세네갈 국민들에게 축하의 말을 전하며, 민주적인 발전을 도모하는 것이 바로 미국이 아프리카를 대하는 방식의 핵심임을 강조했다.

> 때때로 민주주의는 부유한 나라들의 특권이며, 개발도상국들은 경제성장이 먼저이기에 민주주의는 뒷전일 수밖에 없다고 주장하는 사람들이 있습니다. 하지만 역사는 그렇게 가르치지 않습니다. 먼 미래를 내다본다면, 우리는 정치적 자유 없이 실질적인 경제적 자유를 누릴 수 없습니다…… 미국은 민주주의와 전 세계의 인권을 수호할 것입니다. 부의 흐름을 유지하기에는 다른 길로 가는 것이 더 쉽고 더 큰 이익을 주더라도 말입니다. 모든 협력국이 그런 선택을 하지는 않지만, 우리는 그렇게 하고 있고 앞으로도 그럴 것입니다.

===

고통스러웠던 과거와 희망찬 미래 사이에서, 갈등과 발전 사이에서 갈등하는 수많은 아프리카 국가 중 라이베리아는 여느 곳 못지않은 분투를 보여주고 있다.

미국인들은 워싱턴에서 당쟁이 벌어지는 것을 걱정하고, 선출된 지도자들이 왜 서로 잘 지내지 못하는지 궁금해한다. 그러나 미국 의원들의 싸움은 라이베리아 입법기관에서 벌어지는 전투에 비하면 보잘것없다. 내가 2009년 8월에 방문한 라이베리아의 의회는 몇 년 동안 서로를 향해 글자 그대로 '무기를 들었던' 입법자들로 가득했다. 거기에는 헤이그에서 전범재판을 받고 있던 라이베리아 독재자 찰스 테일러Charles Taylor의 전 부인인 주얼 테일러Jewel Taylor 상원의원이 있었다. 전직 군 사령관으로 상원의원이 된 아돌푸스 돌로Adolphus Dolo도 있었는데, 전쟁터에서 '땅콩버터 장군'으로 알려져 있던 그는(라이베리아 장군들은 대체로 다양한 별명을 갖고 있었다) 선거 구호로 "당신의 빵에 버터를 발라드립니다"라는 문구를 내건 바 있었다. 마침내 평화를 맞이한 나라에서 대표로 선출된 그들이 함께 앉아 있는 광경은 길고 처참했던 라이베리아 내전시대에는 상상조차 못 한 것이었다. 1989년부터 2003년까지 라이베리아인 약 25만 명이 죽임을 당하고 수백만 명이 조국에서 탈출했다. 라이베리아인들이 마침내 그 어두운 역사를 뒤로할 수 있게 된 이야기는 희망의 신호이자, 여성의 역할을 통해(여성이 역할을 수행해야만) 평화를 이룩하고 찢어진 사회를 다시 이어붙이며 더 나은 미래를 위해 힘을 모을 수 있음을 증명한다.

2003년에 라이베리아 여성들은 서로에게 "더 이상은 안 된다"고 말하기 시작했다. 훗날 노벨평화상을 수상한 레이마 보위Leymah Gbowee는 평화를 부르짖으며 운동단체를 조직했다. 그해 봄 기독교도와 이슬람교도가 섞인 다양한 계층의 여성 수천 명이 거리로 쏟아져나와 행진하고 노래하고 기도했다. 그들은 모두 흰옷을 입은 채 햇볕이 내리쬐는 어시장의 "지금 라이베리아 여성들은 평화를 원한다"라는 현수막 아래 앉아 농성을 벌였다. 군 사령관들은 처음에 그들을 무시하려 했으나, 나중에는 해산시키기에 나섰다. 하지만 여성들은 떠나지 않았다. 결국 군 사령관들은 평화협상 착수에 동의했다. 그러나 회담은 결론이 나지 않고 시간만 질질 끌었다. 그러자 한 집단의 여성들이 이웃나라 가나에서 열린 평화회담장으로 가서 연좌농성을 벌이기에 이른다. 농성자들은 서로 팔짱을 끼고, 회담 참석자들이 협상을 타결할 때까지 나오지 못하도록 문과 창을 가로막았다. 이 이야기는 〈프레이 더 데빌 백 투 헬Pray the Devil Back to Hell〉이라는 훌륭한 다큐멘터리에 담겨 있으니 꼭 보기 바란다.

평화협정은 마침내 체결되었고, 독재자 찰스 테일러는 추방되었다. 하지만 라이베리아 여성들은 거기서 멈추지 않았다. 그들은 평화를 지키기 위해 에너지를 쏟았고, 가정과 국가를 화합의 길로 이끌었다. 2005년에는 또 한 명의 미래의 노벨상 수상자이자 아프리카 대륙의 첫 여성 대통령인 엘런 존슨 설리프Ellen Johnson Sirleaf가 지도자로 선출되었다.

넬슨 만델라처럼 존슨 설리프 대통령의 조부도 추장이었다. 그녀는 젊은 시절에는 미국에서 경제학과 공공정책을 공부해 1971년 하버드 대학교 케네디스쿨에서 행정학 석사학위를 받았다. 라이베리아에서의 정치경력은 마치 고공줄타기 같았다. 재무부 차관으로 재직하다가 1980년에 쿠데타로 정부가 전복되자 망명길에 올라야 했으며, 세계은행과 시티은행에서 근무한 뒤 1985년에 고국으로 돌아와 부통령 선거에 출마했다. 그러나 곧바로 독재자 새뮤얼 도Samuel Doe 정권의 탄압을 비난한 죄로 수감되었다. 국제사회의 격한 항의로 사면된 뒤에는 상원의원에 출마해 의석을 얻었지만 정권을 비판하며 사퇴했다. 체포되었다가 석방된 1986년에는 미국으로 망명을 모색하기도 했다. 1997년, 고국으로 돌아와 이번에는 찰스 테일러에 맞서 라이베리아 대통령선거에 출사표를 던졌지만, 큰 표 차로 2위에 머물러 또다시 망명할 수밖에 없었다. 2003년에 내전이 끝나고 테일러가 퇴임하자, 존슨 설리프는 라이베리아로 돌아와 2005년에 마침내 대통령에 당선되었으며, 2011년에는 재선에 성공했다.

존슨 설리프의 통치 아래, 라이베리아는 재건을 시작했다. 정부는 더욱 믿을 수 있는 재정정책을 실시하고 부패 타도와 투명성 증진에 나섰다. 채무 면제와 토지개혁도 진전시켜, 세계 경제위기에도 라이베리아의 경제는 성장해나갔다. 곧 남녀 학생 모두에게 무상으로 초등학교 의무교육이 실시되었다. 존슨 설리프는 국가안보를 개혁하고 시민들이 신뢰할 수 있는 법 규범을 마련하는 데 힘썼다.

2009년에 나는 라이베리아 의회 연단에 서서, 라이베리아 국민들에게 축하의 메시지를 전하며 단언했다. 국민들이 진보를 멈추지 않는다면, 라이베리아는 "아프리카만이 아니라 전 세계의 모델"이 될 수 있을 것이라고.

═══

2009년 8월에는 케냐도 방문했다. 나는 미국 무역대표부 대표 론 커크Ron Kirk와 함께 근대 케냐 건국자의 이름을 딴 나이로비의 조모 케냐타 국제공항으로 날아갔다. 케냐가 탄생한 1963년 12월 12일에 조모 케냐타Jomo Kenyatta는 스와힐리어로 '단결'이라는 뜻의 '하람비harambee'라는 말을 꺼내며 새롭게 독립한 조국의 시민들에게 하나로 단결하자고 청한 유명한 연설을 했다. 공항에서 시내로 들어가면서, 길가에 즐비한 수백 개의 작고 영세한 가게들과 나이로비 번화가의 사무용 건물들을 보는 내내 케냐타의 그 말이 떠올랐다.

론과 나는 아프리카의 대미 수출을 늘리기 위해 2000년에 빌이 체결한 '아프리카 성장과 기회 법'에 따라 연례 무역투자회담에 참석하려고 케냐에 있었다. 미국은 나이지리아와 앙골라에서 매일 수십만 배럴의 석유를 수입하는 한편, 석유 수익에 대한 투명성과 책임감을 높이는 일에 지속적으로 협력했다. 뿐만 아니라, 중소기업 중심의 비석유제품 품목도 더 많이 수출하도록 장려하고자 했다.

부패는 아프리카 대부분 지역에서 성장을 방해하는 주 요인이었다. 나는 나이로비 대학 캠퍼스에 들어갔을 때 많은 사람들이 환영의 현수막을 흔들어 보이는 와중에 "당신은 지금 부패하지 않은 지역에 들어와 있습니다"라는 문구를 보고 웃음을 지었다. 강당 안에 들어가서는 미국 언론인 파리드 자카리아Fareed Zakaria의 사회로 학생들, 운동가들과 함께 목이 쉬도록 토론을 벌였다.

참가자 가운데는 왕가리 마타이Wangari Maathai도 끼어 있었다. 케냐인인 왕가리는 가난한 여성들로 풀뿌리 민중운동을 조직해 아프리카 전역에 나무를 심어 이 대륙을 다시 녹지화하고자 한 공로로 노벨평화상을 수상했다. 나는 왕가리의 팬이자 친구였으며 그녀를 보게 되어 기뻤다. (2011년에 그녀가 그토록 빨리 세상을 떠났을 때는 너무나 슬펐다.) 토론 중에 자카리아는 왕가리가 아프리카에서 점점 커지는 중국의 영향력과 투자 규모에 대해 언론에 대고 "중국은 인권 같은 것을 따지지 않고 사업을 벌이고 싶어합니다"라고 말했던 사실을 끄집어냈다. 그때 왕가리가 했던 대답이 아직도 내 뇌리를 떠나지 않는다. "우리는 굉장히 풍요로운 대륙에 살고 있습니다. 아프리카는 가난한 대륙이 아닙니다. 세상 사람들이 원하는 모든 것이 이 대륙에 있어요. 이 세상이 만들어질 때 신이 우리 편에 있었던 것 같아요." 사람들은 박수를 쳤다. "그런데 우리는 지구상에서 가장 가난한 사람들로 취급받고 있습니다. 뭔가 심각하게 잘못됐어요." 왕가리는 아프리카인들이 지도자들에게 올바른 통치와 책임감을 요구하는 것은 물론이고, 아프리카에서 사업의 길을 찾는 외국 투자자들과 협력자들에게도 책임감을 요구할 필요가 있음을 역설했다.

나는 왕가리의 말에 전적으로 동의하며 좋은 선택이 얼마나 좋은 결과를 낳는지 잘 보여주는 모델로 보츠와나의 사례를 제시했다. 남아프리카공화국 바로 북쪽에 자리 잡은 이 내륙 국가는 20세기 중반만 해도 세계에서 가장 가난한 나라에 속했다. 영국에게서 독립한 1966년에는 포장도로가 약 3킬로미터에 불과했고 공립중학교는 단 한 곳뿐이었다. 그런데 이듬해 거대한 다이아몬드 광산이 발견되면서 이 나라의 미래는 완전히 바뀌었다. 새로 출범한 보츠와나의 세레체 카마Seretse Khama 정권은 새로운 부의 유입과 함께 힘 있는 외부인들이 저마다의 목적을 가지고 들어오는 상황에 직면했다.

이 같은 상황에 놓인 나라들 가운데 다수는 부패와 무능한 통치로 잠재적인 이익을 낭비하고 '자원의 저주'의 희생양으로 전락해버렸다. 지도자들은 자신의 잇속을 차리거나 눈앞의 이익을 얻는 대가로 장기적인 지속가능성을 내주어야 했다. 외국 정부와 기업들이 취약한 제도를 이용해 착취를 일삼는 동안 국민들 대부분은 전보다 더 빈곤해졌다. 하지만 보츠와나는 달랐다. 보츠와나 지도자들은 다이아몬드로 얻은 수입으로 국가신용기금을 조성해 국민과 기반시설에 투자했다. 그 결과 보츠와나는 번영을 이루었고, 미국 국제개발처와 평화봉사단은 짐을 싸서 집으로 돌아갈 수 있었다. 민주주의가 뿌리내리면서 자유롭고 공정한 선거가 정기적으로 실시되고 인권이 크게 향상되었다. 보츠와나는 아프리카에서 가장 잘 닦인 고속도로(1998년에 빌과 함께 방문했을 때 보았다), 거의 보편화된 초등교육, 깨끗한 물, 아프리카 대륙에서 가장 긴 기대수명을 자랑한다. 보츠와나의 지도자들은 5D, 즉 민주주의Democracy, 개발Development, 존엄Dignity, 규율Discipline, 이행Delivery을 강조해왔다.

더 많은 아프리카 국가들이 보츠와나를 본보기로 삼는다면 아프리카가 맞닥뜨린 수많은 난관들은 결국 극복될 것이다. 내가 나이로비에 모인 청중에게 말했듯이 말이다. "천연자원을 이용할 때 누가 혜택을 보는지, 수익이 어디로 가는지 등 전반적인 문제를 검토한다면 아프리카의 전성기를 앞당길 수 있습니다."

아프리카 사람들이 직면한 여러 가지 선택의 문제들을 더 이야기한 뒤, 자카리아는 좀 더 가벼운 주제로 화제를 돌렸다. 5년 전에 케냐의 한 시의원이 빌에게 염소 40마리와 소 20마리를 줄 테니 우리 딸 첼시와 결혼을 하게 해달라는 편지를 보내왔다. 내가 나이로비 방문을 준비하던 무렵, 그 의원은 자신의 청혼이 아직 유효하다고 발표해 현지 언론을 떠들썩하게 만들었다. 청중이 즐거워하자, 자카리아는 청혼에 대한 내 생각을 물었다. 나는 머뭇거렸다. 전 세계를 돌아다니며 온갖 질문을 다 받아봤지만 이런 질문은 처음이었다. "글쎄요, 딸아이가 독립심이 워낙 강해서요. 너그러운 제안을 한번 잘 전달해보겠습니다." 내가 말하자, 학생들은 웃음을 터뜨리며 박수를 쳤다.

강당의 분위기는 좋았지만 바깥 분위기는 복잡하고 불확실했다. 논란이 많았던 2007년 12월 선거가 폭동의 기폭제가 되면서 한때 적수였던 음와이 키바키Mwai Kibaki 대통령과 라일라 아몰로 오딩가Raila Amolo Odinga 총리(새로 만들어진 직위) 사이에 불편한 동맹이 맺어진 것이다. 한편 이 내각에 포함되었던 우후루 케냐타Uhuru Kenyatta 부총리는 훗날 이 폭동을 주도한 혐의로 국제형사재판에 기소된 상태에서도 대통령에 당선되었다.

키바키 대통령과 오딩가 총리는 각료들과 함께 나를 만나면서 오바마 대통령이 곧 방문할 것이라는 말이 내 입에서 나오기를 기대했다. 하지만 나는 오히려 대통령과 내가 케냐의 부실한 선거와 정치적 폭력, 만연한 부패 등을 걱정하고 있다는 사실과, 대통령이 그들에게 더 많은 것을 기대하고 있다는 이야기를 했다. 나의 발언을 시작으로 열띤 토론이 벌어졌고, 나는 미국이 케냐의 선거체계를 개선하도록 돕겠다고 제안했다. 그리하여 영국과 더불어 미국도 선거인단 등록을 지원하고 자동개표 시스템을 제공하게 되었다. 이는 2010년에 실시된 개헌 투표와 케냐타가 승리한 2013년 선거에 많은 도움을 주었다. 미국은 또한 케냐 군대로까지 지원 범위를 넓혀, 알카에다와 유대를 맺고 있는 테러단체 알샤바브에 맞서 소말리아에서 싸우고 있는 케냐군을 돕기도 했다.

케냐는 동아프리카의 경제적, 전략적 중심지이기 때문에 이곳에서 생기는 문제는 단순히 케냐인들만의 문제가 아니다. 국가 통치방식을 개선하고 성장을 증진하는 것이 그들의 안정과 번영을 도모하는 데 가장 중요하며, 그러기 위해 가장 먼저 해야 할 일은 농업생산성을 키우는 것이었다. 내가 미국의 톰 빌색Tom Vilsack 농무장관과 함께 케냐 농업연구소를 방문한 것은 그런 이유 때문이었다. 우리는 미국의 원조로 만들어진 토양시험연구소와 농업발전전시관을 둘러보았다. 아프리카 전역에서 주된 일자리가 농업임에도, 30년 동안 농산물 수출량은 감소했다. 부족한 도로, 제대로 활용되지 않는 관개시설, 열악한 저장시설, 비효율적인 경작법, 불량종자와 낮은 발아율 등으로 인해 논밭에서 열심히 일하는 농부들은 힘이 빠지고 식량공급에는 차질이 생겼다. 이런 문제가 해결되지 않는 한, 케냐건 아프리카건 경제적, 사회적 잠재력을 충분히 발휘하지 못할 터였다.

역사적으로 미국 정부는 아프리카를 비롯한 세계 각지의 개발도상국들이 기아를 이겨낼 수 있도록 많은 양의 식량을 원조해왔다. 쌀과 밀 등의 필수작물을 무상으로 원조해 굶주림에 허덕이는 가족들을 먹여 살릴 수는 있었지만, 이 때문에 토착산업인 농업의 시장성이 떨어지고, 원조 의존도가 높아졌으며, 수혜국 스스로 지속가능한 해결책은 거의 마련되지 않았다. 새로운 방식으로 접근하기로 한 우리는 현지 농부들의 능력을 키우고, 그들이 생산한 식량이 소비자들에게 전달되기에 적절한 기반시설을 갖추는 데 초점을 맞추었다. 그 결과물이 바로 피드더퓨처Feed the Future 프로그램이었다. 훗날 나는 이 프로그램이 성공적으로 시행된 지역들을 둘러보았다. 탄자니아에서는 자카야 키크웨테Jakaya Kikwete 대통령의 강력한 지원이 있었고, 말라위에서는 조이스 반다Joyce Banda 대통령이 농업생산성 개선의 중요성을 강조했다. 현재까지 피드더퓨처는 900만이 넘는 가구에 혜택을 주고 있으며, 그중 영양 프로그램을 통해서 5세 미만 아동 1,200만 명 이상을 돕고 있다. 나는 대부분 여성인 아프리카 농부들이 아프리카 대륙을 먹여 살리고도 남아 해외로 수출까지 할 만큼의 식량을 생산할 수 있는 날이 오기를 바란다.

===

비약적인 발전과 더불어 아프리카는 갈등과 혼란이 예상되는 나라들에 많은 교훈적인 이야기를 전해주기도 했다. 세계지도에 콩고민주공화국 동부지역보다 더 암울한 곳은 아마 없을 것이다.

2009년 5월, 오래전부터 여성인권을 대변해온 바버라 복서Barbara Boxer 상원의원이 교전지대 여성에게 가해지는 폭력에 대한 의견을 듣고자 상원 외교위원회 공청회 의장석에 앉았다. 복서 의원은 콩고민주공화국의 장기 내전에 초점을 맞추었는데, 그곳에서는 지역사회를 지배하고 전술적 우위를 점하기 위한 하나의 방편으로 양측 군인들이 너나 할 것 없이 여성을 강간하고 있었다. 15년이 넘게 이어진 교전에서 최소한 500만 명이 목숨을 잃고 수백만 명의 난민이 고국을 떠나는 바람에 중앙아프리카의 대호수 지역은 불안정해지고 있었다. 실향민으로 가득 찬 동부 도시 고마는 세계 강간 수도라는 악명을 떨치게 되었다. 하루에 대략 36명, 한 달에 1,100명의 여성이 강간을 당한 것으로 보고될 정도이니, 보고되지 않은 수는 얼마나 더 많을지 짐작도 되지 않았다.

공청회가 끝난 뒤 복서 상원의원과 러스 페인골드, 진 섀힌Jeanne Shaheen이 나에게 콩고민주공화국에서 미국의 훌륭한 리더십을 보여주자는 일련의 권고를 담은 서신을 보냈다. 고마에 대한 보고에 몸서리를 친데다 방대한 전략적 이해관계가 걱정되었던지라, 조니 카슨에게 내가 개인적으로 그곳을 방문하면 고마 여성들을 위해 가시적인 성과를 거둘 수 있을지 물어보았다. 그는 만약 내가 교전 중인 조지프 카빌라Joseph Kabila 대통령을 설득해 성폭력 단속을 돕겠다는 제안을 받아들이게 할 수 있다면 방문할 가치는 있다고 생각했다. 게다가 세계의 이목을 끌고 국제기구들과 원조단체들을 자극해 보다 강한 반응을 이끌어내기에 이보다 더 나은 방법은 없었다. 그래서 우리는 떠나기로 했다.

2009년 8월, 나는 콩고 강을 따라 굽이치는 콩고민주공화국의 수도 킨샤사에 도착했다. 나보다 한참 키가 큰 NBA 스타 디켐베 무톰보Dikembe Mutombo가 나를 비암바 마리 무톰보 병원의 소아과 병동으로 안내했다. 그곳은 무톰보가 돌아가신 어머니를 기리기 위해 어머니의 이름을 따서 세운 병원이었다.

세인트조지프 스쿨에서 열린 간담회에 참석해서는 킨샤사 젊은이들 사이에서 무거운 체념적 분위기를 느꼈다. 그들이 절망을 느끼는 데는 그만한 이유가 있었다. 정부는 무능하고 부패했으며, 도로는 아예 없거나 통행이 거의 불가능하고, 병원과 학교는 터무니없이 부족했다. 나라가 가진 풍부한 자원들은 처음에는 벨기에에게, 그다음에는 악명 높은 독재자 조지프 모부투Joseph Mobutu에게(말하기 씁쓸하지만, 그는 미국의 원조를 이용해 엄청난 이득을 챙겼다), 그리고 그의 뒤를 이은 통치자들에게 몇 세대에 걸쳐 약탈당했다.

가뜩이나 시큰둥한 분위기인데다 강당 안은 덥고 숨이 막혔다. 한 청년이 일어나서 논란이 많은 중국의 정부대출 문제에 대해 질문했다. 그는 긴장해서 약간 더듬거렸지만, 내가 들은 말을 해석하면 대충 '클린턴 부인의 입을 통해서 클린턴 씨의 생각을 말해달라'는 것이었다. 마치 내 생각이 아닌 내 남편의 생각을 알고 싶다고 묻는 듯했다. 너무나 많은 여성이 학대를 당하고도 방치되는 나라에서 이런 질문을 받자 화가 났다. 그래서 나는 청년의 말을 잠시 끊었다. "잠깐만요, 남편의 생각을 저더러 말해달라고요? 국무장관은 제 남편이 아니라 접니다. 그러니까 제 의견을 물으면 제 의견을 말씀드리죠. 남편의 생각을 전달하지는 않겠습니다." 사회자는 재빨리 다른 질문을 받았다.

간담회가 끝나고 나서 그 청년이 나를 찾아와 사과했다. 그는 클린턴 대통령이 아니라 오바마 대통령의 생각을 물으려 했던 것인데 잘못 해석되었다고 말했다. 나는 그의 말을 끊어서 미안했지만, 무엇보다 속상한 건 그 일이 뉴스 헤드라인을 장식하는 바람에 콩고의 통치구조 개선과 여성 보호에 관해 내가 전하고자 했던 메시지가 가려진 것이었다.

다음 날 킨샤사를 떠나 유엔 수송기를 타고 세 시간 남짓 이동해 동쪽의 고마에 도착했다. 가장 먼저 키부 호수 기슭에 위치한 대통령 사저 뒤쪽 천막에서 카빌라 대통령을 만났다.

카빌라는 산만하고 집중을 못 했는데, 골치 아픈 국내 문제로 경황이 없는 것 같았다. 중대한 사안 중 하나가 바로 국군 급료를 어떻게 지급할 것인가였다. 훈련도 제대로 못 받고 급료도 받지 못한 군인들은 밀림에서 공격하는 반군 못지않게 지역민들에게 큰 위협이 되었다. 킨샤사에만 할당하기에도 돈이 부족했다. 군에 돈이 풀리면 대부분 부패한 고위 장교들의 주머니로 들어가 일반 장병들에게는 아무것도 돌아가지 않았다. 나는 보다 쉽게 각 병사의 계좌에 직접 송금할 수 있는 모바일뱅킹 시스템을 마련하도록 정부를 돕겠다고 제안했다. 카빌라는 그런 기술의 쓰임새에 감탄하며 제안을 받아들였다. 그 후 2013년에 이 시스템은 '기적에 가깝다'는 칭송을 받았다. 비록 부패는 고질병처럼 남았지만 말이다.

카빌라를 만난 후 나는 국내 실향민들과 난민들이 모여 있는 무군가 난민수용소로 향했다. 10년이 넘게 계속돼온 전쟁으로 도시와 마을은 황폐해졌고, 수많은 가족들은 집과 가재도구를 버리고 비교적 안전한 대피소를 찾아다녀야 했다. 그런데 난민이 자주 발생하다보니 수용소마다 여러 가지 문제로 골치를 앓았다. 깨끗한 물을 구하는 일이나 위생설비, 그 밖의 기본적인 서비스가 계속 문제였다. 치안요원들은 몇 달 동안 급료를 받지 못했다. 질병과 영양실조가 만연했다.

나는 우선 수용소의 현실을 더 살펴보려고 구호요원들을 만났다. 그 뒤 자신들을 수용소에서 "선출된 지도자"라 소개한 콩고인 남자와 여자가 나를 길게 늘어선 천막과 작은 시장, 진료소 등이 마련된 곳으로 안내했다. 그 광경을 보자, 그동안 난민수용소를 볼 때마다 그토록 애가 탔던 이유를 알 것 같았다. 무력충돌이 발생했을 때나 재난이 벌어진 후에 사람들에게 임시보호소를 마련해줄 필요성이 있다는 것은 인정하지만, 이런 수용소들이 질병과 가난과 절망으로 가득한 반영구적인 포로수용소로 변하는 경우가 허다한 것이 사실이다.

나는 안내하는 여성에게 수용소 사람들에게 무엇이 가장 필요한지 물어보았다. "그야 애들을 학교에 보내는 거죠." 그 여성이 대답했다. 나는 놀라서 물었다. "뭐라고요? 학교가 없나요? 당신은 여기에서 얼마나 지냈죠?" "거의 1년요." 그 대답에 나는 기가 막혔다. 알면 알수록 궁금증은 더해갔다. 왜 장작이나 물을 구하러 나간 여성들이 강간을 당하는가? 왜 수용소에서는 오가는 여성들을 보호해줄 남성 순찰대를 조직하지 못하는가? 왜 의약품을 쓸 수 있는데도 젖먹이들이 설사로 죽어가는가? 왜 우리같이 원조를 제공하는 나라들은 다른 곳에서 난민들과 실향민들을 도왔던 경험을 살려 더 나은 일을 하지 못하는가?

밝은 옷을 입은 수용소 사람들은 활기 넘치고 의연한 모습으로 내가 가는 곳마다 나를 둘러싸고 손을 흔들며 웃고 소리쳤다. 나는 그 많은 고통과 파멸을 마주하고도 인내를 잃지 않는 꿋꿋한 그들의 모습에 고무되었다. 비영리단체 활동가, 의사, 상담사, 유엔 직원 들은 모두 극도로 어려운 상황 속에서 각자 최선을 다하고 있었다. 매일 그들은 강간이나 윤간을 당한 여성, 무자비하게 유린당해 더 이상 아이를 가질 수 없거나, 일을 할 수 없거나, 심지어 걷지도 못하게 된 여성들의 상처 입은 몸과 마음을 치료하는 일을 했다. 나는 수용소 내부조건을 비판하면서도 사람들의 활기에는 감탄했다.

수용소에서 나와서는 강간 및 성범죄 피해자들을 치료할 목적으로 세워진 힐 아프리카 병원으로 향했다. 그곳의 작은 방에서 나는 야만적인 성폭행으로 끔찍한 신체적, 정신적 상처를 입은 채 살아남은 두 여성과 비통한 대화를 나누었다.

이번 방문으로 최악의 인간성을 보았다면, 강간과 구타의 상처에서 회복된 뒤 죽음 앞에 방치된 다른 여성들을 구조하려고 숲으로 돌아간 여성들에게서는 최고의 인간성도 보았다. 콩고민주공화국을 돌아다니는 동안 "밤이 아무리 길어도 낮은 오게 마련"이라는 옛 아프리카 속담을 들었다. 낮이 빨리 오기를 바라며 최선을 다하는 이 사람들을 보면서, 힘이 닿는 데까지 돕고 싶었다.

나는 미국이 콩고민주공화국의 성폭력 근절을 위해 1,700만 달러 이상을 제공할 것이라고 발표했다. 그 돈은 의료서비스와 상담, 경제적 보조, 생존자를 위한 법적 지원 등에 쓰일 터였다. 약 300만 달러는 여성들을 보호할 경찰관을 고용하고 양성하는 일, 성폭력 실태를 조사하는 일, 여성과 일선 노동자의 휴대전화 사용을 장려해 피해 사례를 기록하고 문서화할 기술전문가를 파견하는 일에 투입하기로 했다.

미국은 또한 갈등을 지속시키려는 민병대들이 자금원으로 활용하는 '분쟁광물'의 채취 및 유통에 관한 입법을 지지했다. 이 광물 중에는 최종적으

35_ 2009년 12월 1일 웨스트포인트로 가는 대통령 전용 헬기 안. 나는 오바마 대통령 건너편에 앉았고, 대통령 국가안보 보좌관 제임스 존스, 국방장관 로버트 게이츠, 합참의장 마이크 멀린과 함께했다. 웨스트포인트에서 오바마 대통령은 아프가니스탄에 군대를 추가 투입하겠다는 성명을 발표했다.

36_ 2009년 11월 18일 아프가니스탄의 카불. 아프가니스탄 주둔 미군 사령관 스탠리 매크리스털, 리처드 홀브룩, 아프가니스탄 주재 미국대사 칼 에이큰베리가 지켜보는 가운데, 나를 환영하러 나온 나토군 병사와 악수하고 있다.

37_ 2010년 4월 아프가니스탄 카불에서 열린 컨퍼런스에서. 리처드 홀브룩 대사가 대통령 하미드 카르자이와 데이비드 퍼트레이어스 사령관이 지켜보는 가운데 의견을 말하고 있다.

38_ 2010년 5월. 워싱턴 소재 덤버턴 오크스 지구에서 하미드 카르자이 대통령과 식사하고 있다. 세계적인 지도자들과의 접촉이 그러하듯, 하미드 대통령과 만나 서로 존중하며 인격적으로 친밀한 관계를 가지는 데 참 오랜 시간이 걸렸다.

39_ 2011년 12월 독일 본에서 열린 국제 컨퍼런스에서 아프가니스탄 여성들을 만났다. 2001년 탈레반 세력이 몰락한 이후, 나는 아프가니스탄 여성들이 권리와 기회를 찾을 수 있도록 돕기 시작했다.

40_ 9·11 테러가 발생한 다음 날, 뉴욕 주지사 조지 퍼타키(왼쪽), 뉴욕 시장 루돌프 줄리아니(가운데)와 함께 맨해튼의 폐허를 돌아보았다. 오바마 대통령과 나는 알카에다를 무너뜨리는 것이 국가안보를 위해 가장 시급한 일임을 절감했다. 오사마 빈 라덴을 찾아내 그를 정의 앞에 무릎 꿇리는 데 온 힘을 기울이겠다고 결심했다.

41_ 2009년 10월. 파키스탄 학생들이 나의 라호르 방문에 반대하는 시위를 벌이고 있다. 참모 한 명은 파키스탄의 반미 정서가 고조되어 내가 "샌드백"이 될 거라며 위험하다고 했다. 하지만 나는 그 시기에 방문하는 것이 매우 중요하다고 생각했고, "버텨야죠!"라고 응수했다.

42_ 2011년 10월. 파키스탄에서 행할 연설문을 최종 수정하고 있다. 나는 파키스탄인들에게, 탈레반을 감춰주는 것은 독사를 뒤뜰에 감춰두고 이웃사람만 물길 바라는 것과 마찬가지라고 경고했다. 왼쪽부터 후마 애버딘, 파키스탄 주재 미국대사 캐머런 먼터, 연설문 작성자 댄 슈워린, 아프가니스탄 및 파키스탄 특사 마크 그로스먼, 토리아 눌런드 대변인, 그리고 필립 레인스.

43_ 2011년 5월 1일. 나의 4년 임기에서 가장 상징적이자 가장 극적인, 오사마 빈 라덴 사살 작전을 지켜보는 장면. 테이블에 둘러앉은 사람들은 왼쪽부터 바이든 부통령, 오바마 대통령, 합동특수작전사령부 부사령관 마셜 B. '브래드' 웨브, 국가안보 부보좌관 데니스 맥도너, 나, 국방장관 게이츠. 서 있는 사람들은 왼쪽부터 합참의장 마이크 멀린 제독, 국가안보 보좌관 토머스 도닐런, 비서실장 빌 데일리, 부통령실 국가안보 보좌관 토니 블링컨, 대테러 국장 오드리 토머슨, 국토안보 및 대테러 담당 대통령 보좌관 존 브레넌, 그리고 국가정보국장 제임스 클래퍼.

44_ 2011년 5월 1일. 참으로 긴 하루를 보낸 후 국가안보팀이 오바마 대통령의 연설을 듣고 있다. 대통령은 오사마 빈 라덴이 정의 앞에 무릎 꿇었다고 연설했다. 나와 함께한 사람들은 왼쪽부터 국가정보국장 제임스 클래퍼, 국가안보 보좌관 토머스 도닐런, CIA 국장 리언 패네타, 합참의장 마이크 멀린, 부통령 조 바이든.

45_ 오바마 대통령이 오사마 빈 라덴이 사살되었다고 발표한 후, 군중이 백악관으로 몰려들어 축하행사를 벌이고 있다. 그들이 "미국! 미국!"이라고 외치는 소리를 들을 수 있었다.

46_ 2009년 7월 국무부에서 영국 외무장관 데이비드 밀리밴드와 함께. 참으로 귀중한 동반자이자 친구였던 데이비드는 첫 통화 때 내가 "이 일에 적격인 헤라클레스"라며 나를 치켜세웠다.

47_ 2012년 9월. 중동평화와 안보를 위한 유엔안전보장이사회 회의에서 밀리밴드의 후임자로 영국 외무장관이 된 윌리엄 헤이그와 대화하고 있다. 강한 설득력의 소유자인 헤이그 또한 절친한 친구이자 동료가 되었다.

48_ 2011년 5월. 런던의 버킹엄 궁전을 돌아보다가 그림을 바라보며 감탄하고 있다. 궁전에서의 하룻밤 동안 동화 속 세상에 들어온 것 같았다.

49_ 2010년 1월. 파리의 엘리제 궁전에서 프랑스 대통령 니콜라스 사르코지가 나를 맞이하러 나왔을 때, 계단을 오르다 구두가 벗겨졌다. 기자들 앞에서 맨발을 보이고 말았다. 사르코지 대통령이 친절하게도 내 손을 잡고 구두를 신도록 도와줬다. 나중에 사르코지에게 이 사진을 보내주면서 이렇게 썼다. "나는 신데렐라가 아닐지 몰라도 당신은 영원한 나의 왕자님이에요."

50_ 독일 총리 앙겔라 메르켈은 유머감각이 뛰어나다. 2011년 6월 국무부 오찬에서 부통령 바이든과 나는 그녀가 보여준 독일 신문을 보며 웃음을 터뜨렸다. 이 신문 1면에서 우리 두 사람은 나란히 같은 방향을 쳐다보며 서 있는데 얼굴 부분이 잘려나간 모습이었다. 기사는 독자들에게 누가 메르켈이고 누가 나인지 알아맞혀보라고 문제를 냈다.

51_ 2012년 4월. 워싱턴 소재 블레어 하우스에서 G8 정상회담에 참석한 각국 외무장관들을 맞고 있다. 왼쪽부터 일본의 고이치로 겜바, 독일의 기도 베스터벨레, 러시아의 세르게이 라브로프, 영국의 윌리엄 헤이그, 프랑스의 알랭 쥐페, 캐나다의 존 베어드, 이탈리아의 줄리오 테르지 디 산타가타, 그리고 유럽연합의 캐서린 애슈턴.

52_ 2012년 4월 터키 이스탄불 소재 돌마바흐체 궁전에서. 터키 총리 레제프 타이이프 에르도안과 만나고 있다. 이 지역에서 강국으로 성장하고 있는 터키의 총리와 긴 시간 대화하면서 이란, 리비아, 시리아 등 다양한 문제를 논의했다.

53_ 터키 대통령 압둘라 귈(왼쪽), 터키 외무장관 아흐메트 다부토을루(오른쪽)와 함께. 뒤편으로 이스탄불이 보인다. 꽤 오랜 시간 힘겨운 과정을 거쳤지만, 압둘라 대통령과 친근하고 생산적인 관계를 이끌어냈다.

54_ 2010년 3월 러시아 대통령 블라디미르 푸틴과 모스크바 외곽에 있는 그의 집무실에서. 푸틴은 지역정치를 한쪽이 이기면 한쪽은 질 수밖에 없는 제로섬 게임으로 생각했다. 오바마 대통령과 나는 푸틴의 위협과 그 위협에 대응할 방법을 의논했다.

55_ 2012년 6월 상트페테르부르크 광장에서 러시아 외무장관 세르게이 라브로프와 함께. 우리는 미국과 러시아의 관계 재설정을 위해 해결해야 할 주요 과제부터 교착상태에 빠진 시리아 문제에 이르기까지 많은 대화를 나누었다. 푸틴이 복귀해 양국관계가 다시 냉랭해지기 전까지는, 이란과 북한에 강력한 제재조치를 취하는 등 관계 재설정을 통한 외교정책이 초기에 상당한 성과를 거두었다.

56_ 2009년 10월. 스위스 취리히에 있는 한 호텔 밖 내 차 안에서 유럽 및 유라시아 담당국 차관보 필 고든과 함께 대기하고 있다. 나는 호텔 방 밖으로 나와 있는 아르메니아 외교장관에게 전화를 걸어 터키와의 현안에 관한 합의안에 사인할 것을 권했다. 〈뉴욕타임스〉는 이 사진을 보도하며 "끝까지 밀어붙인 리무진 외교"라고 나의 노력을 칭찬했다.

57_ 코소보 프리슈티나에 세워진 빌의 거대한 동상 앞에서 군중에게 손을 흔들고 있다. 빌은 1990년대 이 지역에서 전쟁을 멈추게 한 장본인으로 존경을 받고 있다. 광장 건너편에는 '힐러리'라는 이름의 멋진 옷가게가 있었다. 가게 주인은 내 이름을 따서 가게 이름을 지었다면서 "그래야 이 광장에 서 있는 빌이 외롭지 않죠"라고 말했다.

58_ 2011년 1월 1일 브라질 대통령으로 새롭게 선출된 지우마 호세프를 축하하며. 지우마는 이 어려운 시대의 지도자에게 꼭 필요한 두 가지, 즉 강한 지성과 진정한 기개를 모두 갖추고 있었다.

59_ 2012년 2월 멕시코 해안. 나는 녹색 재킷을 입었다. 돌고래 한 마리가 우리가 탄 작은 보트에 가까이 다가오자 전율과 두려움을 동시에 느꼈다. 내 바로 옆은 G20 정상회의를 주재한 멕시코 외교장관 파트리시아 에스피노사. 다른 G20 외교대표들과 함께했다.

60_ 국무장관 시절 온통 일만 한 건 아니었다. 2012년 4월, 콜롬비아 카르타헤나에서 진행한 미주정상회담 중에 중남미 담당 차관보 로버타 제이컵슨의 생일파티에 참석했다. 후에 언론은 국무부 대변인에게 내가 얼마나 재밌어했는지 정확히 말해달라고 부탁했다. 공식적인 답변은 이랬다. "많이."

61_ 2010년 초 지진이 난 후에 산티아고 국제공항에서 칠레 대통령 미첼 바첼레트와 인사하는 장면.

62_ 2009년 8월 라이베리아 몬로비아. 라이베리아 대통령 엘런 존슨 설리프와 담화 중이다. 아프리카 최초로 여성 대통령이 된 존슨 설리프는 매우 인상적인 지도자였다. 그녀의 열정과 인내심에 경의를 표한다.

63_ 국무장관 재임 중 가장 마음 아팠던 여행 가운데 하나는 2009년 8월, 콩고민주공화국 고마에 있는 난민수용소를 방문한 일이다. 이곳을 돌아보면서 너무도 열악한 환경과 만연한 성폭력에 노출된 사람들과 이야기를 나누었다.

64_ 2009년 8월 케냐 나이로비소말리아 과도정부의 셰이크 샤리프 셰이크 아흐마드 대통령이 회담 후에 나와 악수하는 이 장면은 종교적으로 매우 보수적인 사회의 사람들에게 큰 충격이었다. 우리가 그의 정부를 도와 알샤바브 테러리스트들을 격퇴한 것은 아프리카에서 국가안보에 대한 가장 귀중한 사례가 되었다.

65_ 2012년 8월 남수단 주바. 엘리아스 타반 주교를 만난 것은 나로서는 굉장한 특권이었다. 타반 주교의 감동적인 이야기가 내 마음을 깊이 울렸다. 나는 그의 감동적인 이야기가 실린 특집 기사를 들고 남수단 대통령 살파 키르와의 회담에 나갔다.

66_ 2011년 6월 탄자니아 국무총리 미젠고 핀다와 함께. 탄자니아 믈란디지의 여성협동단체에서 '피드더 퓨처' 프로그램의 일환으로 식물을 심는 모습.

67_ 2012년 8월. 말라위 릴롱궤의 룸바드지 밀크 벌킹 그룹에서 말라위 여성들과 함께 노래하고 박수치는 모습. 굶주림과 극심한 가난을 극복하려는 노력은 가치 있고 멋진 일이다.

68_ 탄자니아 카라투에서 본 힐러리 클린턴 숍. 이 가게를 보자 절로 웃음이 나왔다.

69_ 2012년 8월. 우간다 캄팔라 소재 병원에서 HIV/에이즈 환자들을 만났다. 나는 '에이즈 없는 세대' 라는 새로운 목표를 세웠다. HIV는 미래에 사라질 수도 있겠지만 에이즈는 그렇지 않다.

70_ 2013년 12월. 남아프리카공화국에서 넬슨 만델라 추도식 후 우리 친구 보노와 함께 만델라의 삶과 그가 남긴 값진 유산에 대해 이야기를 나누었다. 보노는 나와 함께 피아노 앞에 앉아 있다. 내가 피아노 건반을 몇 번 두드리자 빌이 재미있어했다.

로 휴대전화 등 첨단기술 소비재상품에 들어가는 것도 있었다.

고마에 들른 지 한 달이 조금 넘은 2009년 9월 말, 나는 여성과 평화와 치안 문제를 다루는 유엔안전보장이사회 회의에서 의장을 맡아, 콩고에서 목격했던 것 같은 지독한 성폭력으로부터 여성과 아이 들을 보호하는 일을 유엔의 세계 평화유지 임무 가운데 우선 과제로 삼을 것을 제안했다. 15개 이사국이 모두 동의했다. 하루아침에 문제가 해결되지는 않겠지만, 시작은 한 셈이다.

═══

미래의 희망을 구체화했음에도, 불안했던 과거와 어수선한 현재 때문에 괴로워하는 나라가 있었다. 바로 남수단이었다. 남수단은 세계에서 가장 최근에 독립한 신생국으로, 수십 년 동안 갈등과 다툼을 겪은 후 2011년 7월에 수단에서 독립했다. 그런데 내가 2012년 8월에 이 지역을 방문했을 때 남수단과 수단은 또다시 심각한 분쟁에 휘말렸다.

수단은 20세기 중반부터 종교적, 민족적, 정치적으로 분열되어왔다. 2000년 이후에는 다르푸르 지역 집단학살과 더불어 북쪽 아랍인과 남쪽 기독교도 사이에서 영토와 자원을 두고 격렬한 싸움이 벌어졌다. 250만 명 이상이 목숨을 잃었고, 민간인들이 차마 말로 표현할 수 없는 잔학행위를 당했으며, 난민들은 이웃나라로 탈출해야 했다. 그러다 2005년에 마침내 포괄적 평화협정이 체결되었고, 협정에 따라 남수단은 독립안을 두고 국민투표를 실시할 수 있게 되었다. 그러나 2010년에 회담이 결렬되면서 국민투표 준비 작업은 난관에 봉착했다. 평화협정이 깨지기 직전이었고 다시 충돌이 시작될 것 같았다. 다행히 미국과 아프리카연합, 그 밖의 국제공동체 구성원들의 많은 격려 덕분에 양측은 고비를 넘길 수 있었다. 2011년

1월에 마침내 독립 투표가 실시된 뒤, 7월에 남수단은 아프리카의 54번째 국가가 되었다.

그런데 안타깝게도 2005년 평화협정으로 해결하지 못한 중요한 문제가 몇 가지 있었다. 양측은 모두 특정 국경지역들의 영유권을 주장하며 무력으로 점유할 각오를 다지고 있었다. 더 중요한 것은 바로 석유 문제였다. 지리적 특질로 인해, 남수단은 엄청난 석유 매장량을 자랑하는 축복받은 땅인 반면, 수단은 그렇지 않았다. 하지만 남수단은 내륙국가여서 북쪽처럼 정제 및 운송시설을 충분히 갖추지 못했다. 다시 말해 두 앙숙은 서로가 필요하고, 공생하지 않고는 제 기능을 할 수 없는 파트너라는 뜻이었다.

남쪽 지배권을 잃어 상심한 하르툼의 수단 정부는 남수단의 석유를 가공하고 수송하는 비용을 터무니없이 높게 부르기 시작했다. 그리고 남수단이 지불을 거부하자 원유를 압수해버렸다. 이에 맞서 남수단은 2012년 1월에 원유 생산 전면 중단으로 응수했다. 몇 달 동안 양측은 서로에게 총을 겨누었다. 이미 약해질 대로 약해진 양측의 경제는 무너지기 시작했다. 물가가 급등했다. 수백만 가구가 식량난에 처했다. 군인들은 다시 싸움을 준비했고 석유자원이 풍부한 국경지역에서 교전이 발발했다. 양쪽이 모두 피해를 입을 게 뻔했다.

그리하여 나는 협상을 중재하고자 8월에 남수단의 새 수도 주바로 날아갔다. 우리는 내전을 종식시키고 새 국가의 탄생을 돕기 위해 수년 동안 참을성 있게 외교정책을 펼쳐온 터라, 이제 와서 그 노력을 물거품으로 만들 수는 없었다. 더욱이 전 세계 에너지 부족 국가들을 설득해 이란산 석유 소비를 줄이고 새로운 공급자를 찾으라고 권장하느라 열심인 마당에, 수단의 석유가 시장에서 사라지는 모습을 보고 있을 여유가 없었다.

그러나 남수단의 새 대통령 살파 키르Salva Kiir는 꿈쩍도 하지 않았다. 그는 남수단이 석유 문제를 둘러싸고 북측과 타협할 수 없는 이유를 조목조목 이야기했다. 가격 및 정제를 둘러싼 모든 논쟁 뒤에는 단순한 인간적 현실이 존재하고 있었다. 전쟁으로 상처 입은 이 자유의 전사들은 새 국가의 번영에 필요한 자원이 부족해지는 한이 있어도, 끔찍했던 과거를 그저 묻어둘 수가 없다는 것이었다. 대통령이 잠시 말을 멈췄을 때 다른 방법을 시도하기로 했다. 그래서 며칠 전 〈뉴욕타임스〉에 실렸던 기고문을 꺼내 탁자 위로 밀었다. "이야기를 더 하기 전에 그것부터 읽어봐주시면 감사하겠네요." 고위급 외교회담에서 좀처럼 보기 힘든 행동이라 키르 대통령은 어리둥절해했다. 글을 읽기 시작한 키르는 돌연 눈이 휘둥그레지더니, 필자의 이름을 가리키며 말했다. "그는 내 전우였소." 내가 대답했다. "맞습니다. 하지만 지금은 평화의 수호자이지요. 그는 대통령께서 석유가 아닌 자유와 존엄을 위해 함께 싸웠던 것을 기억하고 있습니다."

엘리아스 타반Elias Taban 주교는 내가 만나본 사람들 중에서 가장 훌륭한 인물이다. 그는 영국의 식민지배를 받고 있던 1955년에 남수단의 예이 시에서 태어났다. 그날 북측 군대가 쳐들어와 예이 시민 수십 명을 학살하자 엘리아스의 어머니는 자지러지게 우는 갓난아이를 데리고 밀림으로 도망쳤다. 탯줄을 막 자른 터라 짓이긴 나뭇잎으로 지혈을 했다. 두 사람은 사흘 동안 숨어 있다가 마침내 집으로 돌아왔다. 엘리아스는 자라면서 끝없는 내전의 소용돌이에 휩쓸렸다. 그는 열두 살 때 아버지를 따라 소년병이 되었다. 아버지 타반은 우여곡절 끝에 마침내 엘리아스를 우간다 국경으로 데려다놓은 뒤 달아나라고 말했다. 그 후 엘리아스는 국경 너머에서 유엔 구호요원에게 발견되었다.

엘리아스는 1978년에 남수단으로 돌아와 주바에서 살았다. 그는 케냐에서 온 선교사들을 만난 뒤 소명을 받아 성직자가 되었다. 엘리아스는 토목공학 및 이론을 공부해 학위를 취득하고 영어와 링갈라어, 아랍어, 바리어, 스와힐리어를 익혔다. 1980년대에 다시 전쟁이 발발했을 때는 주교로서 아내 앤그레이스와 함께 수단 국민해방운동에 가담해 남수단의 독립을 위해 싸웠다. 2005년에 평화협정이 체결되고 나서는 화해와 지속가능한 발전을 도모하는 일에 전념했다. 타반 주교와 그의 추종자들은 학교와 고아원, 병원을 짓고 우물을 정화하기도 했다.

2012년 7월, 계속되는 남북의 대립에 실망한 타반 주교는 평화를 호소하는 탄원서를 썼다. 그의 기고문에 나는 큰 감동을 받았다. "우리가 과거의 잘못을 따지는 싸움을 중단하길 바라거나 멈출 필요가 있다고 인지하면, 그런 순간은 반드시 찾아온다. 그래서 우리가 새로운 미래를 계획할 수 있는 것이다." 이것은 개인적 차원에서든 정치적 차원에서든 쉽게 깨달을 수 없는 교훈이지만, 여전히 케케묵은 증오와 갈등에 사로잡혀 있는 사회가 많은 세계에서는 더없이 중요한 교훈이기도 하다.

나는 옛 전우의 글을 읽는 키르 대통령의 모습을 지켜보았다. 내 말을 무시하려던 기세는 누그러진 듯했다. 이제 본론에 들어가야 할 때가 된 것 같았다. "몇 퍼센트라도 타협에 성공할 확률이 있다면 0퍼센트보다는 낫지요." 나는 계속 강조했다. 마침내 키르 대통령은 유가 안정을 위한 북측과의 협상 재개에 동의했다. 다음 날 새벽 2시 45분, 에티오피아에서 마라톤 협상을 벌인 끝에 양측의 협상이 타결되어 석유가 다시 공급되었다.

이는 올바른 방향으로 내디딘 한 걸음이었지만, 이야기는 이대로 끝나지 않았다. 남수단 안팎으로 긴장이 계속 고조되었다. 2013년 말, 부족 분열과 사사로운 불화가 폭력의 형태로 폭발하면서 나라가 갈가리 찢어질 위기에 처했다. 2014년 현재, 아프리카에서 가장 젊은 나라의 미래는 완전히 안개에 가려져 있다.

8월에 주바를 떠나기 전, 나는 그토록 강력한 메시지를 전해준 타반 주교에게 직접 감사의 말을 전하기 위해 만남을 청했다. 미국대사관으로 찾아온 주교와 그의 부인을 직접 만나보니, 내가 생각했던 것보다 훨씬 활기차고 용기를 북돋우는 사람들이었다. 그의 기고문이 대통령궁에 배포되었다는 이야기를 해주었더니 몹시 기뻐했다.

2013년 9월, 나는 타반 주교를 뉴욕에서 열린 클린턴 글로벌 이니셔티브 회의에 초청하고 평화를 위해 노력한 그의 공로를 인정해 세계시민상을 수여했다. 청중 앞에 선 그는 석유 분쟁에 미국이 개입한 일이 "기도에 응답한 것"이라며, 아직 자신의 나라에 많은 과제들이 남아 있지만 미약하게나마 평화는 유지되고 있다고 말했다. 다음 순간 그는 아내의 무릎에 앉아 있는 8개월 된 아기를 가리켰다. 2월에 예이 인근 밀림에서 발견된 남자아이였다. 경찰이 주교 부부에게 도움을 요청하자, 잠시 성찰의 시간을 가진 뒤 앤그레이스는 이렇게 말했다. "그것이 신의 계시라면 우리에게 선택권은 없습니다. 아이를 데려오세요." 안도한 경찰이 그제야 아직 아기의 탯줄이 붙어 있다며 얼른 병원으로 데려가 탯줄부터 자르겠다고 말했다. 주교 부부는 주교 자신과 똑같은 출생의 운명을 가진 이 아이를 신의 뜻으로 여기고, 어렵게 탄생한 끝에 성장하려 몸부림치는 나라에서 입양한 네 아이와 함께 키우기로 했던 것이다.

═══

소말리아는 수십 년 동안 세계에서 가장 가난하고 전쟁으로 피폐해진 나라 중 하나로, 전형적인 '파탄국가'였다. 앙숙 군벌들과 극단주의자들 사이의 끊임없는 갈등, 오랜 가뭄, 광범위하게 퍼진 기근, 자주 창궐하는 질병 등으로 인구의 약 40퍼센트가 인도적 원조의 손길을 절실히 필요로 했다. 미국인들에게 소말리아라는 이름은 유엔의 인도주의적 임무가 남긴 고통스러운 기억을 떠올리게 만든다. 1992년 말 조지 H. W. 부시 대통령은 군벌들의 싸움을 피해서 굶주리는 소말리아인들에게 직접 식량을 원조하기 위해 유엔을 통해 인도주의적 임무를 시작했다. 내 남편이 대통령이 되었을 때도 그 임무는 계속되었다. 모가디슈에서 미군 병사 18명이 목숨을 잃은 비극적인 블랙호크다운 사건은, 미국이 정세가 복잡한 국제 분쟁지대에 개입하는 일의 위험을 지속적으로 상징하게 되었다. 빌은 미군을 소말리아에서 철수시켰다. 이후 15년 동안 미국은 아프리카에서 정치적, 인도적 활동은 계속 활발하게 유지하되, 군사 자원을 보내는 것은 꺼려왔다.

하지만 2009년, 소말리아의 문제들은 미국이 무시할 수 없을 정도로 커져버렸다. 알카에다와 관계를 맺고 있는 과격 무장단체 알샤바브가 이제는 그 지역 전체를 위협할 정도가 된 것이다. 9·11 테러 공격으로 미국은 파탄국가들이 그들의 국경 너머를 타격 무대로 삼을 수도 있다는 교훈을 얻었는데, 소말리아 해적 역시 아덴 만과 인도양을 지나는 국제 선박들을 점점 더 위협하고 있었다. 특히 2009년 4월에 발생한 머스크앨라배마호 납치 사건은 2013년에 영화 〈캡틴 필립스Captain Phillips〉로 극화되기도 했다. 따라서 미국과 국제사회는 소말리아가 세상에서 잊혀가는 것을 막고 아프리카의 뿔(소말리아와 에티오피아, 지부티가 위치한 아프리카 북동부 지역. 이곳의 지형이 코뿔소의 뿔같이 인도양 쪽으로 돌출한 데서 유래했다_옮긴이)이 대강이나마 질서와 안정을 찾을 수 있도록 돕는 일에 관심을 갖지 않을 수 없었다. 갈등이냐 발전이냐의 문제는 우리의 국가안전에도 이처럼 많은 것을 시사하고 있다.

2009년 봄과 여름에 공세를 취한 알샤바브는 소말리아 수도 모가디슈에 배치된 무력한 과도정부 군대와 아프리카연합 군대를 제압했다. 극단주의자들이 대통령궁 인근의 몇몇 구획까지 밀고 들어왔다. 나는 조니 카슨에게 소말리아 정부가 실패하고 알샤바브가 승리하도록 내버려둘 수 없다고 말했다. 훗날 조니는 그날 밤 빠르고 효과적으로 테러리스트의 승리를 막을 수 있는 방법을 구상하느라 뜬눈으로 밤을 지새웠다고 했다. 정부가 군대에 급료를 지급하고 극단주의자들을 물리치는 데 쓸 군수품을 구입하려면, 무엇보다도 자금이 가장 시급했다. 나는 포위된 소말리아 군대에 필요한 것을 제공할 독창적인 방법을 고안하도록 조니의 기운을 북돋워주었다. 그해 여름 조니는 필요한 자금을 융통할 방법을 마련하고 돈의 행방을 추적할 회계사들을 고용했다. 국무부도 사람을 고용해 비행기 몇 대 분량의 소형무기와 군수품을 우간다에서 실어 날랐다. 양이 많지는 않았지만 포위된 소말리아 군대가 버티는 데 필요한 정도는 되었던지, 알샤바브가 밀려나기 시작했다.

8월에 소말리아 과도정부의 셰이크 샤리프 아흐마드Sheikh Sharif Ahmed 대통령과 만나기로 했다. 그는 나이로비로 날아와 그곳 미국대사관에서 나와 마주앉았다. 셰이크 샤리프는 독실한 이슬람교도인 학자로, 정부를 이슬람 법정 체제로 바꾸기 위해 전쟁을 벌였지만 성공하지 못했다(그래도 납치된 아이들을 석방시키기 위한 협상은 성공시켰다). 전쟁터에서 패한 뒤 투표소에서 승리한 그는 당장 소말리아의 취약한 민주주의를 보호하고 국민들의 삶을 개선하는 데 초점을 맞추었다. 만약 정권이 알샤바브의 손에 넘어갔다면 그런 일은 중요한 문제로 부각되지도 못했을 것이다.

나이보다 젊어 보이는 45세의 셰이크 샤리프는 지적이고 솔직한 사람이었다. 그는 하얀 이슬람교 기도용 모자를 쓰고 푸른 정장을 입었으며, 옷깃에 소말리아와 미국의 국기를 표현한 핀을 달고 있었다. 나는 그 라펠핀이 샤리프가 드러내고자 하는 섬세한 균형을 멋지게 담아냈다고 생각했다. 대화를 하면서 그는 자신의 나라와 허약하기 짝이 없는 정부가 마주한 커다란 난관들을 솔직하게 이야기했다. 나는 공격당하고 있는 군대를 위해 미국이 지속적으로 수백만 달러의 군사원조를 제공하고 훈련 등 다른 지원도 확대할 것이라고 말했다. 그 대신 샤리프의 정부는 분열된 파벌들을 하나로 모을 포용력 있는 민주주의가 자리 잡을 수 있도록 실질적인 진보를 이루어야 할 것이라고 당부했다. 그렇게 하려면 다른 사람보다도 셰이크 샤리프 자신의 정치적 의지가 상당히 필요할 터였다.

이야기를 하는 동안 한 가지 궁금증이 생겼다. 그가 과연 나와 악수를 나누려 할까? 아직도 세계의 많은 지역에서는 성차별이 만연해 있지만 세계에서 가장 힘 있는 나라의 외교책임자로서 이런 생각을 하는 경우는 그리 많지 않다. 여성이 집 밖에서 남성과 거의 접촉하지 않는 매우 보수적인 나라에서도 나는 대부분 정중한 대우를 받았다. 하지만 이 보수적인 이슬람 학자가 사람들 앞에서 여성과 악수를 나누어 지지자들을 멀어지게 할 위험을 감수하려고 할까? 그 여성이 미국 국무장관이긴 하지만 말이다. 대화를 끝낸 뒤 우리는 밖으로 나가 공동 기자회견을 열었다. 나는 셰이크 샤리프의 정부야말로 "우리가 오랫동안 희망했던" 소말리아의 미래를 보여줄 거라는 나의 신념을 밝혔다. (하지만 개인적으로는 조니에게 이 나라가 정상궤도에 오르려면 우리가 2배로 노력해야 할 것이라고 이야기했다.) 헤어질 때가 되자, 기쁘게도 셰이크 샤리프는 내 손을 열심히 잡고 흔들었다. 청중 가운데 한 소말리아 기자가 큰 소리로 그런 행동은 이슬람법에 어긋나는 것이 아닌지 물었다. 셰이크 샤리프는 그저 못 들은 척 계속 미소를 지었다.

2009년 내내 오바마 정부는 소말리아 과도정부 및 아프리카연합 동맹군 지원을 늘렸다. 1,000만 달러에 달하는 금액을 지원하자, 형세는 알샤바브에 불리해지기 시작했다. 국무부와 국방부가 협력해 우간다에서 수천 명의 소말리아 군인에게 강도 높은 훈련을 실시한 후 식량과 천막, 휘발유, 그 밖의 필수품을 지급해 모가디슈로 돌려보냈다. 우리는 소말리아 군대와 함께 싸우고 있는 아프리카 평화유지군에도 더 많은 훈련과 원조를 지원했다. 또한 우간다와 부룬디, 지부티, 케냐, 시에라리온에서 직접 증원군을 파견하기도 했다.

해적에 맞서기 위해서는 국방부 및 관계 기관들과 특별대책팀을 꾸리고, 전 세계 동맹 및 협력국들과 힘을 모아 가장 위험한 해역을 순찰할 국제해

군부대를 창설하기로 했다. 이런 활동을 대체로 꺼리는 중국도 이번에는 참여했다. 그리하여 2011년 아프리카의 뿔 해역에서 해적의 공격 사례는 75퍼센트로 감소했다.

우리는 여전히 취약한 과도정부를 보강하기 위해, 늘어난 경제발전 지원이 적절하게 할당되고 있는지 감독할 기술고문을 투입했다. 마침내 모가디슈의 등불은 다시 켜졌고 거리는 다시 깨끗해지기 시작했다. 우리가 인도주의적인 긴급원조에 나선 덕분에 굶주린 소말리아인들은 살아남을 수 있었으며 극단주의자들의 폭동을 물리치고 나라를 다시 일으켜 세울 수 있는 힘과 희망도 얻었다.

우리는 미래를 위한 계획을 추진하기 위해 외교 공세를 시작했다. 이는 소말리아의 정치적 화해 및 모든 씨족과 종교를 대표하는 영구적 민주정부 수립을 목표로 소말리아와 인접한 동아프리카 국가들과 국제사회를 단일 로드맵으로 끌어들이는 작업이었다. ('과도'정부는 몇 년째 존재하고 있었지만 앞으로 나아가려는 움직임은 거의 보이지 않았다.)

그 후 몇 년 동안, 소말리아는 여러 번의 고비를 겪으며, 민주적인 제도를 강화하고 국제 로드맵을 이행하는 일에 이렇다 할 진전을 보이지 않았다. 상황이 교착상태에 빠지는 듯하자 심기일전한 알샤바브가 또다시 교전에서 전술적 우위를 차지한 적도 여러 번 있었다. 극단주의자들은 테러 공격을 계속했는데, 2011년 10월에는 모가디슈에서 자살폭탄을 터뜨려 시험 성적표를 받으려고 줄을 서 있던 어린 학생들을 비롯해 70명 이상의 인명을 앗아가기도 했다. 하지만 2011년 9월, 분열된 소말리아 정계의 핵심 지도자들은 로드맵을 이행하고 개헌을 마무리지으며 2012년 중반에 새 정부를 선출하기로 약속한 터였다. 짧은 시간 동안 할 일이 많았지만 적어도 계획과 약속은 확인한 셈이었다.

2012년 8월, 소말리아에서 선거가 치러지고 새 지도자들에게 정권이 넘어가기 몇 주 전, 나는 나이로비에서 다시 한 번 셰이크 샤리프를 만났다. 소말리아의 여러 씨족과 당파의 지도자들도 자리를 함께했다. 나는 그들이 이루어낸 발전을 높이 평가했지만, 선거를 통한 평화로운 정권이양을 앞으로도 계속해나가는 것이 얼마나 중요한지를 강조했다. 그것은 평화와 민주주의를 향한 소말리아의 행보에 보내는 강력한 메시지였다.

9월에 소말리아는 하산 셰흐 모하무드Hassan Sheikh Mohamud를 새 정식 정부의 대통령으로 선출했다. 큰 표 차로 2위에 머무른 셰이크 샤리프는 명예롭게 물러났다.

우리가 소말리아를 돕고 알샤바브에 맞서 군사작전을 추진하기 위해 펼친 외교활동은 지역 내에서 부가적인 이익을 낳기도 했다. 우선 우리는 동아프리카 협력국들과 긴밀한 관계를 발전시켰고, 아프리카연합은 역량이 향상되어 아프리카 문제를 스스로 해결하는 데 더욱 앞장섰다.

2012년 8월, 나는 우간다의 빅토리아 호수 인근에 위치한 카세니 군사기지를 방문해 아프리카 군대를 훈련 및 지원하는 미국 특수작전부대 군인들과 이야기를 나누었다. 장병들은 아프리카연합 군대가 알샤바브를 추적할 때 사용하는 작은 레이븐 무인정찰기 몇 대를 보여주었다. 생김새는 마치 아이들이 가지고 노는 모형비행기 같았고, 손으로 들어보니 놀라울 정도로 가벼웠다. 그런데도 정교한 카메라가 장착돼 있어 우간다 군인들이 아주 좋아했다.

나는 미국의 혁신이 이 중요한 싸움에서 효과를 나타내고 있다는 사실이 기뻤다. 그래서 미국과 우간다 장병들에게 이 신기술을 활용해서 악명 높은 군지도자 조세프 코니Joseph Kony도 조속히 잡을 수 있었으면 좋겠다고 말했다. 코니와 그가 이끄는 잔인무도한 '신의 저항군Lord's Resistance Army'은 오랫동안 중앙아프리카 전역을 황폐화시키고 있었다. 코니는 아이들을 유괴해 여자아이들은 강제로 성노예로 삼고 남자아이들은 자신이 이끄는 반군에 집어넣었다. 그의 잔악무도한 행동에 수만 명의 아프리카인들이 집을 잃었고, 셀 수 없이 많은 사람들이 끝없는 공포에 떨어야 했다. 코니의 잔인성은 2012년에 한 문건을 통해 악명을 떨치면서 전 세계 인터넷을 뜨겁게 달구었다. 예전부터 이 괴물이 중앙아프리카의 아이들에게 한 짓에 혐오감과 분노를 느끼던 나는 어떻게든 그를 정의의 심판대에 세우고 싶었다. 나는 백악관이 외교력과 군사력, 정보력을 발휘해 코니와 신의 저항군을 잡는 데 도움을 줄 것을 촉구했다.

오바마 대통령은 코니를 잡을 아프리카 군대를 지원하고 훈련하기 위해 미국 특수작전부대 군인 100여 명을 배치하기로 했다. 나는 중요한 교전 지역에서 국무부가 더 큰 역량을 발휘할 수 있도록 충돌 및 안정화 작전국을 새로 만들고, 거기에 소속된 국무부 전문가들을 아프리카로 보내 군인들과 함께 일하게 했다. 군대를 파견하기 몇 달 전에 우리가 보낸 민간인으로 구성된 팀이 현장에 도착해서 현지 공동체들과 관계를 맺기 시작한 상태였다. 이들의 격려 덕분에 마을 추장을 비롯한 지도자들은 우리가 설치해준 새 라디오 방송국 등을 통해 신의 저항군 탈퇴를 적극적으로 권장하기 시작했다. 비록 작은 임무였지만 나는 이 일을 통해 군인과 외교관이 같은 막사에서 생활하고, 같은 전투식량을 먹으며, 같은 목표에 초점을 맞출 때 우리가 무언가를 이루어낼 수 있다는 가능성을 보았다. 그게 바로 스마트파워의 역할이다. 내가 살펴보고 있는 무인정찰기를 밀림이 우거진 곳에서 사용할 수 있다면 언젠가 코니의 소재를 알아내고 그의 잔학행위를 멈출 수 있을지도 모른다. 2014년 3월, 오바마 대통령은 특수작전부대 병력과 항공기를 추가로 투입해 코니를 찾겠다고 발표했다. 국제사회는 코니를 발견해 물리칠 때까지 안심해서는 안 될 것이다.

그사이 소말리아에서 알샤바브는 한때 지배하던 지역의 대부분을 잃었다. 그러나 소말리아뿐만 아니라 주변지역에 가하는 그들의 위협은 여전히 무시무시하다. 우리는 2013년 9월, 나이로비의 한 쇼핑몰에서 알샤바브 테러리스트들의 공격으로 70명 이상이 목숨을 잃는 참극을 목격했다. 희생자 중에는 에이즈 등의 질병과 싸우는 클린턴 의료재단Clinton Health Access Initiative에서 근무하던 33세의 네덜란드인 간호사 엘리프 야부즈Elif Yavuz도 있었다. 엘리프는 그때 임신 8개월이 넘은 상태였다. 오스트레일리아인 남편 로스 랭던Ross Langdon과 뱃속에 든 아이까지 셋 모두 목숨을 잃었다. 빌은 바로 6주 전 탄자니아 여행길에 엘리프를 만났는데, 그가 기억하는 엘리프는 동료들에게 사랑받는 사람이었다. "만삭의 아름다운 여성이었지. 내가 라마즈 분만을 해본 적이 있으니 언제든지 도와줄 수 있다고 말해줬어." 나중에 빌은 그렇게 회상했다. 빌이 슬픔에 빠진 엘리프의 어머니에게 애도를 표하러 갔을 때, 그녀는 미처 태어나지 못한 아기의 이름을 지어놓았었다며 스와힐리어로 쓰인 '삶'과 '사랑'이라는 글자를 바라보고 있었다. 재단의 모든 사람들이 가슴 아파했다. 이 이야기는 우리나라와 전 세계가 가장 시급하게 해결해야 할 과제가 바로 테러임을 되새기게 해주었다.

═══

많은 개발원조 관련자들과 마찬가지로, 엘리프 야부즈는 에이즈와 말라리아 같은 사회적 문제를 극복하기 위해 헌신했다. 아프리카에게 질병의 퇴치란 장기적인 발전과 번영, 평화를 기대할 수 있는 중요한 도전이었다. 2003년에 조지 W. 부시 대통령은 야심차게 '에이즈 구제를 위한 대통령 긴급계획(PEPFAR)President's Emergency Plan for AIDS Relief'을 시작했다. 전 세계 HIV 감염자는 3,500만 명 이상이며, 그중 70퍼센트 이상이 사하라 이남 아프리카에 있다.

나는 장관이 된 뒤 PEPFAR을 지원, 확대하기로 결심하고, 우선 에릭 구스비Eric Goosby 박사에게 국제 에이즈 조정관으로서 이 프로그램을 이끌어 달라고 설득했다. 1980년대 초, 샌프란시스코의 의사였던 에릭 구스비는 훗날 에이즈라 불리게 되는 불가사의한 질병을 앓는 환자들을 치료하기 시작했다. 그는 나중에 클린턴 정부에 합류해, 수혈 후 에이즈에 걸린 미국인 소년 라이언 화이트Ryan White의 이름을 딴 프로그램을 운영했다.

2009년 8월, 에릭 박사와 나는 남아프리카공화국 요하네스버그의 PEPFAR 진료소를 시찰했다. 그곳에서 우리는 남아공의 새 보건부 장관 아론 모초알레디Aaron Motsoaledi 박사를 만났다. 모초알레디는 그해 5월에 임명되었는데, 이로써 제이컵 주마Jacob Zuma 대통령은 전임 대통령이 무시했던 남아공의 심각한 에이즈 문제를 새로운 방식으로 다루고, 이 병을 치료하고 퇴치하기 위해 새롭고 적극적인 방법을 활용하겠다는 의지를 드러냈다. 처음 만나는 자리에서 모초알레디는 국고가 부족해 남아공 9개 주 전체에 퍼져 있는 환자들을 치료할 약을 살 수가 없으니 도와달라고 말했다.

이 문제는 나에게 익숙한 것이었다. 2002년부터 클린턴 의료재단의 아이라 매거지너Ira Magaziner가 이끄는 팀과 빌은 에이즈 치료제의 비용을 낮추어 수백만 명이 필요한 약물을 구할 수 있도록 돕기 위해 제약회사들과 힘을 모았다. 2014년에는 클린턴 의료재단의 활약으로 전 세계 800만 명 이상의 환자들이 에이즈 치료약을 훨씬 저렴한 가격에 구할 수 있게 되었다. 게다가 가격이 그냥 조금 싼 것이 아니라 최대 90퍼센트나 저렴했다.

그런데 2009년, 일반 항레트로바이러스 약물이 대량으로 생산되는데도 남아공 정부는 여전히 특정 브랜드의 항레트로바이러스 약물만을 대량으로 사들이고 있었다. PEPFAR와 클린턴 의료재단, 게이츠재단이 해당 약물을 일반 약물로 대체시키려 노력한 결과, 이제는 구매량의 대부분이 일반 약물이다. 오바마 정부는 2009년과 2010년에 1억 2,000만 달러를 투자해 남아공이 좀 더 저렴한 약을 구입할 수 있도록 도왔다. 그 결과 치료율이

2배로 증가했다. 내 임기가 끝날 무렵 남아공에서는 더 많은 사람들이 항레트로바이러스 약물로 치료를 받았다. 정부는 이 과정에서 수억 달러를 절약했고, 절약한 돈은 모두 의료제도를 개선하는 데 쓰였다. 2012년 8월에 다시 그곳을 찾았을 때, 남아공 정부는 자국 내 모든 에이즈 프로그램 관리 권한을 넘겨받아, 2016년까지 치료가 필요한 환자의 80퍼센트 이상 완치를 목표로 더욱 광범위한 치료 프로그램 관리를 준비하고 있었다.

우리는 원조예산이 줄어든 상태에서 더 적은 자원으로 PEPFAR의 프로그램을 성공시켜야 했다. 일반 항레트로바이러스 약물을 사용하고 유통하며, 진료소를 합병 운영하여 능률을 높인 결과, PEPFAR는 수억 달러를 절약할 수 있었다. 우리는 의회에 추가자금을 요청하지 않고 프로그램을 확대할 수 있었다. PEPFAR와 글로벌펀드의 국가투자 및 지원사업으로 구입한 항레트로바이러스 약물로 치료받은 환자 수는 2008년에 170만 명에서 2013년에 무려 670만 명으로 늘어났다.

결과는 기대 이상이었다. 유엔에 따르면, 2000년부터 사하라 이남 아프리카의 여러 지역에서 새로 HIV에 감염되는 비율이 절반 이상 줄었다고 한다. 사람들은 더 오래 살고 더 나은 치료를 더 많이 받는다. 한때 치사율이 100퍼센트였던 에이즈는 이제 더 이상 사형선고 같은 불치병이 아니다.

이러한 성공과 과학의 진보 덕분에 나는 2011년 세계 에이즈의 날 새로운 목표를 야심차게 선언할 수 있었다. 즉 에이즈 없는 세대라는 목표다. 다시 말해 바이러스를 갖고 태어나는 아이가 없고, 젊은이들은 평생 동안 에이즈에 감염될 위험이 현저히 낮으며, HIV에 감염된 환자는 적절한 치료를 받음으로써 HIV가 에이즈로 발전하거나 바이러스가 다른 사람에게 퍼지는 것을 막는 세대다. HIV는 미래에도 우리와 함께하겠지만, 에이즈는 그럴 필요가 없을 것이다.

이 목표를 달성하기 위해 우리는 핵심 관리 대상 지정, 위험군 식별, 최대한 신속한 예방 및 치료에 중점을 두어야 했다. 신규 감염자 수를 계속 줄여나가고 치료자 수를 늘려나간다면, 결국에는 연간 치료자 수가 감염자 수를 뛰어넘을 것이다. 그 순간 급격한 변화가 일어난다. 예방이 곧 치료책이 될 테니까.

2012년 8월, 나는 우간다 캄팔라에 있는 리치아웃 음부야 의료센터를 방문했다. 그곳에서 만난 환자 존 로버트 엔골John Robert Engole은 8년 전 에이즈에 걸려 체중이 45킬로그램으로 줄어들고 결핵까지 발병해 거의 죽음 직전까지 갔었다. 그러나 그는 PEPFAR를 통해 약물치료로 생명을 구한 세계 최초의 에이즈 환자가 되었다. 기적적으로 살아남은 그는 지금까지 잘 지내고 있다. 미국의 도움이 세계인들에게 희망을 줄 수 있다는 것을 드러내는 살아 숨 쉬는 표본인 셈이다. 엔골은 내게 자신의 두 자녀를 자랑스레 소개하기도 했다.

넬슨 만델라만큼 아프리카의 지난 아픔이나 미래에 대한 전망을 잘 상징하는 인물은 없다. 만델라가 전설적인 영웅으로 추앙받는 것은 당연하다. 하지만 깊숙이 들여다보면 그도 사실은 복잡한 요소로 가득한 인간이었다. 즉 자유의 투사이자 평화의 수호자였고, 죄수이자 대통령이었으며, 분노하는 사람이자 용서하는 사람이었다. 마디바Madiba(만델라의 부족과 가족, 친구들이 만델라를 부른 이름)는 감옥에서 늘 이런 모순들을 조화시키는 법을 익혔고 마침내 조국이 필요로 하는 지도자가 되었다.

만델라의 취임식에 참석하느라 1994년에 처음으로 남아공을 방문했다. 27년을 정치범으로 살아온 사람이 이제는 대통령 서약을 하고 있다니, 취임식을 지켜본 사람들은 아마 그 순간을 잊을 수 없을 것이다. 그리고 만델라의 여정은 더 큰 무언가를 상징하는 것이었다. 즉 남아공 국민 모두의 자유를 위한 길고 꾸준한 행진에 대한 상징이었다. 만델라의 삶은 도덕적 본보기가 되어, 폭력과 분열 속에서 태어난 체제가 진실과 화해를 맞이하도록 도왔다. 그것은 궁극적으로 갈등이냐 발전이냐를 결정하는 문제였다.

그날 활달한 성격의 데 클레르크F. W. de Klerk 대통령과 대통령 관저에서 아침식사를 하고, 새 대통령과 점심을 먹기 위해 그곳으로 다시 돌아왔다. 몇 시간 동안 나라의 역사가 완전히 바뀌었다. 오찬회에서 만델라 대통령은 세계 각지에서 온 수많은 고위급 대표단 앞에 서서 인사를 했다. 그때 그가 한 말들을 나는 언제나 기억하고 있다. (나름대로 정리하자면 다음과 같다.) "이 많은 참석자들 가운데 나에게 가장 중요한 사람이 세 분 있습니다. 제가 로벤 섬에 갇혀 있을 때 간수였던 분들이지요. 세 분은 자리에서 일어나 주십시오." 만델라가 세 사람을 각각 호명하자 중년의 백인 남성 세 명이 일어났다. 만델라는 수년 동안 감옥에 갇혀서 끔찍한 나날들을 보내고 있을 때, 이 세 사람은 자신을 인간적으로 대했다고 이야기했다. 그들은 만델라를 존엄과 존중으로 대했다. 만델라에게 말을 걸어주었고, 만델라의 이야기를 들어주었다.

1997년, 이번에는 첼시와 함께 남아공으로 갔다. 우리는 만델라를 따라 로벤 섬에 가보았다. 독방들을 둘러보며 이제껏 걸어온 길을 더듬으면서 그는 감옥에서 마침내 풀려났을 때 자신이 선택의 기로에 놓였음을 알았다고 말했다. 마음에 쌓인 적개심과 증오를 평생 안은 채 계속 감옥에 갇혀 살 수도 있었고, 가슴속 감정들과의 화해를 시작할 수도 있었다. 이때 화해를 선택했다는 사실은 넬슨 만델라가 남긴 위대한 유산이다.

그곳에 가기 전에 워싱턴의 정치싸움과 적대감으로 머리가 복잡한 상태였지만, 만델라의 이야기를 들으니 이 골칫거리들이 제대로 보이는 듯한 기분이 들었다. 그를 따라다니며 밝게 빛나는 첼시의 얼굴을 보는 것도 좋았다. 두 사람의 특별한 우정은 그가 세상을 떠날 때까지 계속되었다. 만델라는 빌과 통화할 때마다 첼시를 바꿔달라고 해 이야기를 나누곤 했고, 첼시가 스탠퍼드대와 옥스퍼드대에 입학할 때, 그 후 뉴욕대로 진학할 때까지도 계속 연락을 하고 지냈다.

장관으로서 처음 남아공을 방문한 2009년 8월, 요하네스버그 근교에 있는 만델라의 집무실을 정식 방문했다. 91세의 만델라는 전에 만났을 때보다 더 야위었지만, 그의 미소는 변함없이 실내 분위기를 환하게 밝혀주었다. 나는 의자를 가까이 당겨 앉으며 그의 손을 잡았고, 우리는 약 30분 동안 대화했다. 이날 나는 그의 훌륭한 아내이자 나의 친구이기도 한 그라사 마셸Graca Machel을 만나서 또 한 번 기뻤다. 만델라와 결혼하기 전 그라사는 정치 활동가이자 모잠비크 정부의 장관이었으며, 전쟁으로 분열된 나라를 평화로 인도하려 노력했던 사모라 마셸Samora Machel 모잠비크 대통령의 아내이기도 했다. 사모라 마셸은 1986년에 원인을 알 수 없는 비행기 추락사고로 세상을 떠났다.

나는 그라사와 함께 넬슨 만델라 재단 '기억과 대화 센터' 내부를 걸었다. 그곳에서 만델라의 옥중일기와 편지, 예전 사진들, 그리고 1929년에 발급된 그의 감리교회 신자카드까지 보았다. 같은 감리교 신자로서 나는 만델라가 수양과 수련(그가 자주 언급했던 주제)에 흔들림 없이 매진한 데 큰 감동을 받았다.

만델라의 뒤를 이은 타보 음베키Thabo Mbeki와 제이컵 주마는 여전히 폭력적이고 가난한 국가의 현실에 만델라가 남긴 유산을 이식하는 데 어려움을 겪었다. 두 사람은 냉전 당시 미국이 공산주의에 맞설 보루로 수십 년간 아파르트헤이트(예전 남아프리카공화국의 인종차별정책_옮긴이) 정부를 지지했다는 사실과 관련해 서구에 의심을 품었다. 그들은 남아공이 아프리카에서 가장 강력한 국가로 존경받기를 원했고, 세계무대에서도 영향력 있는 국가가 되기를 바랐다. 그건 우리가 원하는 바이기도 했다. 나는 강력하고 풍요로운 남아공이 평화와 안정을 추구하는 세력이 되기를 바랐다. 하지만 존경은 책임을 이행하는 데서 나온다.

몇 가지 사례에서 남아공은 실망스러운 파트너가 될 수도 있었다. 음베키 대통령이 에이즈의 유행에 대처하면서 과학을 받아들이지 않은 것은 비극적인 실수였다. 남아공은 대체로 국제사회의 인도적 개입을 반대했으며, 심지어 리비아나 코트디부아르처럼 민간인이 공격을 당하는 심각한 상황 속에서도 도움을 구하지 않았다. 가끔은 정부의 행동에 숨은 의도를 이해하기 어려울 때도 있었다. 내가 마지막으로 방문하기 직전인 2012년 8월, 남아공은 우리 측 외교안보팀이 입국 시 차량과 무기를 소지해서는 안 된다며 막판에 퇴짜를 놓았다. 우리 비행기는 말라위에 있는 비행장에 착륙한 뒤 협상 소식을 기다렸다. 결국 문제는 해결되었고, 우리는 마침내 이륙할 수 있었다. 나는 페덱스, 셰브런, 보잉, GE 등 남아공에 투자를 확대하려는 미국 기업들의 경영자 대표단을 이끌고 남아공으로 들어갔다.

미국과 남아공이 무역을 통해 활발히 교류하면 양국 모두에 일자리와 기회가 더 많이 창출될 수 있으므로, 우리는 미국 상공회의소와 힘을 모아 방문일정을 짰다. 600여 개의 미국 기업들이 이미 남아공에 뿌리를 내리고 있었다. 예를 들어 2011년에 아마존은 케이프타운에 고객관리센터를 새로 개설해 직원 500명을 채용했으며, 앞으로 1,000명을 더 고용할 계획이었다. 켄터키 주 루이빌에 본사를 둔 재생에너지 기업인 원월드클린에너지는 유기물질로 전기와 천연가스, 에탄올, 바이오디젤을 동시에 생산하기 위해 남아공의 바이오리파이너리 업계와 1억 1,500만 달러 상당의 거래를 체결했다. 설비는 미국에서 만들어져 2012년에 남아공으로 운송되었으며, 인력은 남아공에서 250명, 켄터키 주에서 숙련된 기술자 100여 명이 고용되었다. 나와 함께 간 미국 경영자들은 200여 명의 남아공 기업가들을 만나 양측 모두에 이익이 되는 투자 전망에 대해 이야기할 기회를 얻었다.

프리토리아에서 저녁식사를 할 때 우리를 환영하듯 보기 드문 눈이 내렸다(남반구에서 8월은 겨울이다). 그러자 몇몇 남아공 사람들이 나를 "눈을 몰고 온 사람"이라며 님키타Nimkita라고 부르기 시작했다. 나의 외교상대인 국제관계협력부의 마이테 은코아나마샤바네Maite Nkoana-Mashabane 장관과는 논의할 것이 많았다. 유머감각이 뛰어나고 자국이 누리는 특권들을 냉철하게 볼 줄 아는 당찬 여성인 마이테와 나는 곧 친구가 되었다. 마이테는 나의 두 차례 공식방문 때마다 만찬을 주선했다. 손님은 여성 지도자들이 주를 이루었고, 아프리카연합의 첫 여성 의장이 된 은코사자나 들라미니주마Nkosazana Dlamini-Zuma도 함께했다. 2012년 방문 때는 남아공의 한 실력파 대중가수 덕분에 모두가 자리에서 일어났다. 그 눈 내리는 밤에 우리는 춤추고, 노래하고, 함께 웃을 수 있었다.

그 일정에서 오랜 친구 만델라를 마지막으로 만났다. 그는 조상 대대로 살아온 남아프리카 이스턴케이프 주의 쿠누 마을에서 지내고 있었다. 유년 시절의 대부분을 그곳에서 보냈는데, 그의 자서전에는 그때가 일생 중 가장 행복한 시절이었다고 기록되어 있다. 완만한 구릉지대에 자리한 아담한 그의 집 안으로 걸어 들어갔을 때, 나는 언제나처럼 만델라의 인상적인 미소와 남다른 품위에 매료되었다. 건강이 좋지 않았음에도 만델라는 여전히 존엄과 고결의 상징이었다. 마지막까지 그는 자신이 가장 좋아하는 윌리엄 어니스트 헨리William Earnest Henry의 시 〈불굴의 영혼Invictus〉에 묘사된 대로 "정복할 수 없는 영혼"의 선장이었다.

만델라를 만나고 나서 들뜬 기분은 남아공과 아프리카 대륙의 미래에 대해 강연하러 케이프타운의 웨스턴케이프 대학에 갔을 때까지도 가라앉지 않았다. 강연 마지막 대목에서 나는 만델라 덕분에 우리 모두가 얼마나 먼 곳까지 도달했는지를 그곳의 젊은이들에게 일깨워주고자 했다. 만델라가

교도소 간수들에게 보여준 인간애를 다시 한 번 떠올리면서, 모든 소년 소녀가 성공의 기회를 가질 수 있는 세상, 서로에 대한 이해와 정의가 있는 세상을 만들 수 있도록 도와달라고 청년들에게 부탁했다. 그리고 미국이나 남아공처럼 다른 나라들의 귀감이 되는 나라는 더 높은 기준을 설정해야 한다고 상기시켰다. 그 무거운 짐을 만델라는 기꺼이 받아들이려 했고, 그 점이 만델라를 돋보이게 만들었다.

2013년 12월 5일, 넬슨 만델라가 95세의 나이로 타계했다. 세계 각지의 수많은 사람들이 그랬듯, 나 또한 이 시대 가장 위대한 정치인이자 사랑하는 친구인 그를 떠나보내고는 비탄에 잠겼다. 그는 오랫동안 우리 가족 모두에게 너무나 큰 존재였다. 오바마 대통령은 미셸과 조지 W. 부시 부부와 함께 우리 가족에게 장례식 참석을 권했다. 나는 그들과 합류했고, 브라질에 있던 빌과 첼시도 곧장 남아공으로 날아왔다.

대통령 전용기 에어포스원 안에서 오바마 대통령 부부는 비행기 맨 앞쪽 객실을 사용했다. 그곳에는 대통령 가족이 긴 비행을 잘 견뎌낼 수 있도록 침대 두 개, 샤워시설, 사무실이 있었다. 부시 전 대통령 부부는 주로 의료팀이 쓰던 객실을 배정받았다. 나는 참모진 방을 썼다. 오바마 부부가 부시 부부와 나를 커다란 회의실로 불러냈다. 조지와 로라, 나 세 사람은 '백악관 이후의 삶'에 대해 이야기했는데, 조지는 최근 그림 그리는 데 푹 빠져 있다고 했다. 사진으로 찍어둔 그림이 있는지 물었더니, 그는 아이패드를 꺼내 자신의 농장에서 발견된 표백한 동물 두개골을 최근에 그리고 있다며 보여주었다. 흰색의 음영을 다양하게 표현하는 방법을 연습하고 있다고 했다. 조지에게 타고난 재능이 있고 미술 공부를 열심히 했다는 건 분명했다. 분위기는 훈훈하고 편안했다. 정치와 상관없는 독특한 경험이었다. 서로서로 지난 이야기를 나눌 시간을 갖는 건 늘 유익하고 즐겁다.

소웨토의 한 경기장에서 비가 추적추적 내리는 가운데 추도식이 진행되었다. 현직과 전직 대통령, 세계 각국의 왕, 여왕, 총리, 고위인사 들이 수천 명의 남아공 국민과 함께 참석해, 오바마 대통령이 "역사의 거인"이라 칭한 그 인물에게 경의를 표했다.

추도식이 끝난 뒤 나와 빌, 첼시는 요하네스버그에 있는 만델라의 집을 개인적으로 방문해 그라사와 다른 가족 구성원들, 측근들을 만났다. 우리는 만델라를 기린 책에 서명을 하고 파란만장했던 그의 삶을 회상했다. 추도식에는 록스타이면서 활동가인 또 한 명의 친구 보노Bono도 참석했다. 그는 전 세계 빈곤을 퇴치하는 데 열정을 쏟고 감명을 주었으며 만델라와도 깊은 우정과 파트너십을 쌓았다. 보노는 우리가 머무는 호텔에 와 커다란 흰색 피아노 앞에 앉아 만델라를 추모하는 곡을 연주했다. 나는 콘돌리자 라이스처럼 피아노를 잘 치지는 못하지만, 보노는 친절하게도 내가 그의 옆에 앉아서 잠깐 연주할 수 있도록 배려해주었다. 그러자 나보다 음악에 더 조예가 깊은 남편이 즐거워했다.

1994년 만델라의 취임식을 회상하며 그와 그의 나라가 이룬 모든 업적에 경탄했다. 하지만 그와 동시에 남아공이 이 슬픈 순간을 잊지 말고 만델라가 닦아온 길을 좇아 더 강하고 더 포용력 있는 민주주의를 향해, 더욱 정의롭고 평등하며 인간적인 사회를 향해 나아가기를 바랐다. 또한 전 세계의 우리 모두가 그렇게 하기를 바랐다. 만델라는 노벨평화상을 받을 때 "민주주의가 있고 인권이 존중되는 세계, 빈곤과 기아, 무지의 공포에서 해방된 세계"를 꿈꾼다고 했다. 그런 이상을 잊지 않는다면 뭐든 이루어낼 수 있으니, 21세기 아프리카가 젊은이들에게 기회를, 시민들에게 민주주의를, 모두에게 평화를 만들어주는 대륙으로 떠오르기를 간절히 바란다. 그것이 바로 넬슨 만델라가 오랫동안 자유를 위해 걸어온 가치가 있는 아프리카일 것이다.

Hillary Rodham Clinton

PART 5

대격변

14

중동 : 험난한 평화의 길

팔레스타인 국기에는 검정, 흰색, 녹색의 가로줄 세 개와 깃대에서 튀어나온 듯한 붉은 삼각형이 그려져 있다. 이스라엘이 팔레스타인을 점령한 1967년 6일 전쟁 이후, 팔레스타인이 자치정부를 수립한 1993년 오슬로 평화협정이 있기까지, 이스라엘 정부는 팔레스타인 영토에서 팔레스타인 국기를 사용하지 못하게 했다. 일부 사람들은 팔레스타인 국기를 테러와 저항의 상징으로, 그리고 1980년대 말 이스라엘의 통치에 맞서 무력으로 봉기하며 팔레스타인 일대를 뒤흔든 인티파다의 상징으로 여겼다. 오슬로 평화협정 체결 후 17년이 지났음에도, 팔레스타인 국기는 보수적인 이스라엘인들 사이에서 논란과 선동의 상징으로 남아 있었다. 그래서 2010년 9월 중순경 우익인 리쿠드 당의 당수 베냐민 비비 네타냐후Benjamin Bibi Netanyahu 국무총리를 만나러 예루살렘 관저에 갔을 때 파란색과 흰색의 친숙한 이스라엘 국기 옆에 검정색, 흰색, 녹색, 붉은색의 팔레스타인 국기가 나란히 걸린 것을 보고 놀라지 않을 수 없었다.

몇 년 전 전임자인 에후드 올메르트Ehud Olmert가 팔레스타인 국기를 게양한 것을 두고 비판했던 네타냐후가 이번에 그 국기를 내건 것은 그날 참석한 또 다른 손님에게 총리로서 보내는 회유의 제스처였다. 그 손님은 바로 팔레스타인 자치정부 수반 마무드 아바스Mahmoud Abbas였다. 이 팔레스타인 수반은 입구에서 잠깐 멈추어 총리의 방명록에 서명하며 글을 남겼다. "대화와 교섭을 지속하고자 오랜 공백 끝에 오늘에야 이곳으로 돌아왔습니다. 모든 지역에, 특히 이스라엘과 팔레스타인 국민들 사이에 언제까지나 평화가 찾아오기를 바라며."

그러나 아무리 온화한 말들을 주고받아도 우리 모두가 그날 느꼈던 압박감은 감출 수가 없었다. 네타냐후의 작은 서재에서 이야기를 시작하자마자 마감시한이 우리의 숨통을 죄었기 때문이다. 팔레스타인 영토인 웨스트뱅크(현재 팔레스타인 자치정부의 영토는 웨스트뱅크 지구와 가자 지구로 이루어져 있다_옮긴이)에 이스라엘 정착촌을 새로 건설하기 전 유예기간으로 지정했던 10개월이 2주밖에 남지 않았던 것이다. 유예기간 연장 합의에 이르지 못할 경우 아바스는 갓 시작한 직접교섭에서 손을 떼겠다고 했고, 네타냐후는 10개월이면 충분하고도 남는다는 입장을 고수했다. 수십 년 동안 중동을 괴롭혀온 갈등을 해결하기 위해 이 두 지도자를 직접교섭 테이블로 데려오기까지 거의 2년이 걸린 까다로운 외교였다. 향후 팔레스타인 국경 문제와 이스라엘 안전대책, 난민 문제, 양측이 서로 자신들의 수도라 주장하고 있는 예루살렘의 영유권 문제 등 그전까지 화해에 쏟아부은 모든 노력에서 비켜나 있던 핵심 이슈들을 마침내 함께 해결하려 나서는가 싶더니, 이제 이들은 중요한 순간에 손을 떼려는 듯 보였다. 나는 이 난관을 돌파해나갈 자신이 없었다.

1981년 12월 교회 성지순례 때 빌과 함께 처음으로 이스라엘을 방문했

다. 첼시는 리틀록의 부모님에게 맡겨두고, 우리는 열흘 남짓 갈릴리와 마사다, 텔아비브, 하이파, 그리고 예루살렘 구시가지의 오래된 거리를 돌아다녔다. 예수님이 묻힌 뒤 부활했다는 성묘교회에서 기도하고, 통곡의 벽과 알아크사 사원, 바위돔 사원 등 기독교도와 유대교도, 이슬람교도가 가장 신성하게 여기는 곳들에서 참배도 했다. 나는 예루살렘이 좋았다. 그곳은 역사와 전통으로 가득하면서도 생명과 에너지가 약동하는 도시였다. 그리고 이스라엘 사람들의 재능과 의지에 진심으로 감탄했다. 그들은 적들과 독재자들로 가득한 척박한 사막에서 민주주의를 꽃피우고 퍼뜨렸다.

예루살렘을 떠나 웨스트뱅크 예리코에 갔을 때, 나는 미국인들에게는 당연한 것으로 여겨지는 존엄성과 자결권을 무시당한 채 이스라엘에 점령된 땅에서 살아가는 팔레스타인 사람들의 삶을 처음으로 둘러보게 되었다. 빌과 나는 성지 팔레스타인과 그 땅의 사람들에게 강한 개인적 유대감을 느끼며 여행에서 돌아왔다. 그리고 언젠가는 이스라엘과 팔레스타인이 갈등을 해결하고 평화롭게 살아갈 수 있을 거라는 희망의 끈을 몇 년 동안 놓지 않았다.

그 후 30년 동안 나는 여러 차례 이스라엘을 방문해 친구를 사귀고 이스라엘의 훌륭한 지도자들을 알게 되어 함께 일하곤 했다. 퍼스트레이디 시절에는 이츠하크 라빈Yitzhak Rabin 국무총리와 그의 부인 레아와 두터운 친분을 쌓았다. 담배를 피우려는 라빈 총리를 백악관 발코니로 쫓아낸 건 용서받을 수 없을지도 모르지만 말이다. (라빈이 나에게 이런 식으로 우리의 평화협상을 깨뜨리려는 것이냐고 농담을 던지고 나서야 나는 마음을 놓고 "글쎄요, 백악관 내 금연정책이 평화에 방해가 된다면 폐지해야겠지만, 총리께만은 적용해야겠어요!"라고 말했다.) 이츠하크 라빈과 야세르 아라파트Yasser Arafat가 백악관 사우스론 잔디밭에서 역사적인 악수를 나누고 오슬로 협정을 체결한 1993년 9월 13일은 빌의 대통령 임기 중 최고의 날이었다. 그리고 라빈이 암살된 1995년 11월 4일은 최악의 날이었다. 나는 이스라엘에서 치러진 라빈의 장례식에 참석해 레아 옆에 앉아서 그들의 손녀 노아가 읊는 가슴 아픈 추도사를 듣던 순간을 결코 잊지 못할 것이다.

수년 동안 내가 만났던 이스라엘인 테러 희생자들도 잊을 수 없다. 병원에서 피해자들의 손을 잡은 채, 그들의 팔다리나 머리에 유산탄 파편이 무수히 박혔다는 의사들의 설명을 들었다. 2002년 2월에는 폭탄 공격을 받은 예루살렘의 어느 피자가게에 가보았다. 이때는 제2차 인티파다가 일어나던 가장 암울했던 시기로, 2000년과 2005년 사이에 수천 명의 팔레스타인인과 천 명가량의 이스라엘인이 목숨을 잃었다. 그 뒤에는 길로 지역 인근에 있는 보안울타리를 따라 걸으며, 언제든 로켓탄이 떨어질 수 있다는 두려움 속에 사는 현지인들과 이야기를 나누었다. 이런 경험들은 언제까지나 내 기억에 남아 있을 것이다.

내 삶에 큰 감동을 준 한 이스라엘인의 이야기가 있다. 2002년에 요차이 포랏Yochai Porat을 만났다. 당시 그는 겨우 스물여섯의 나이에 이스라엘 응급의료단체인 MDA의 선임 의사로 활동하고 있었다. 포랏은 이스라엘에 온 외국인 자원봉사자들을 응급처치요원으로 양성하는 프로그램을 감독했다. 나는 그 프로그램의 수료식에 참석했는데, 생명을 구하러 떠날 준비를 마친 또 한 무리의 청년들을 흐뭇하게 바라보던 그의 얼굴을 기억한다. 포랏은 이스라엘 방위군의 예비군이기도 했다. 우리가 만난 지 일주일이 지난 뒤, 그는 바리케이드 근처에서 저격되어 목숨을 잃고 말았다. 다른 군인들과 민간인들이 그와 함께 사망했다. MDA는 그를 추모하여 해외봉사자 프로그램의 이름을 바꾸었다. 2005년에 다시 그곳을 찾았을 때 포랏의 가족을 만났다. 가족들은 MDA와 그들의 임무를 계속 지원하는 일이 얼마나 중요한지에 대해 열변을 토했다. 고국에 돌아온 나는 반세기 동안 국제적십자 가입에 번번이 실패했던 MDA를 정식으로 가입시킬 것을 요구하는 캠페인을 벌이기 시작했다. 그리고 마침내 2006년에 승인을 받아냈다.

이스라엘의 안전과 성공에 각별한 감정을 느끼는 것은 나뿐만이 아니다. 수많은 미국인들이 이스라엘을 오랫동안 억압당한 사람들의 고향으로서, 언제나 스스로를 방어해야 했던 민주주의의 고향으로서 존경한다. 이스라엘 이야기에 우리 자신의 이야기가 있고, 스스로 운명을 개척할 자유와 권리를 찾아 고군분투하는 모든 사람들의 이야기가 있다. 그렇기 때문에 1948년에 해리 트루먼 대통령이 단 11분 만에 이스라엘을 새로운 국가로 인정한 것이다. 이스라엘은 하나의 국가 이상의 의미를 지닌다. 그것은 대를 이어 키워온 꿈이며, 힘든 싸움에도 굴하지 않은 사람들이 실현해낸 꿈이다. 또한 힘든 상황에서도 혁신과 기업가정신과 민주주의는 국가를 번영시킬 수 있다는 것을 보여주는 경제성장의 모델이기도 하다.

또한 나는 일찍부터 팔레스타인을 독립국가로 인정할 것을 공개적으로 촉구했다. 1998년 중동 '평화의 씨앗' 청년지도자들에게 위성으로 생중계된 연설에서 나는 이스라엘과 팔레스타인 청년들에게 팔레스타인이 독립국가가 되면 "장기적으로 중동에 이익이 될 것"이라고 말했다. 언론은 이 발언에 상당히 주목했다. 그로부터 2년 후 빌이 대통령 임기가 거의 끝날 무렵에 팔레스타인 독립 계획을 건의했다. 에후드 바라크 이스라엘 총리는 받아들였지만 아라파트는 받아들이지 않았다. 3년 후에 부시 정부는 미국이 팔레스타인을 독립국가로 인정한다고 공식적으로 발표했다.

오바마 정부는 중동이 매우 불안했던 시기에 출범했다. 2008년 12월 내내, 팔레스타인 극우 세력인 하마스Hamas 소속의 무장단체들이 가자 지구에서 이스라엘을 향해 로켓탄을 쏘았다. 하마스는 2007년에 팔레스타인 내 라이벌 단체인 파타Fatah를 가자 지구에서 몰아낸 뒤 그곳을 장악하고 있었다. 2009년 1월 초, 이스라엘 군대가 가자 지구를 침공해 로켓탄 공격을 중단시켰다. 부시 정권 마지막 주에 이스라엘 군대와 하마스 무장대원들은 인구밀집 지역에서 전투를 벌였다. 하마스가 큰 인명피해를 입고 로켓탄 등의 무기를 다량 소실하면서 이 '캐스트 리드 작전'은 이스라엘군의 승리로 돌아갔다. 하지만 이는 대중에게는 재앙이기도 했다. 천 명이 넘는 팔레스타인 사람들이 목숨을 잃었으며, 이스라엘은 국제적으로 맹비난을 받았다. 오바마 대통령 취임식이 열리기 직전인 1월 17일, 이스라엘의 에후드 올메르트 총리가 자정을 기해 휴전에 돌입하겠다고 발표하기에 이른다. 단, 하마스를 비롯해 가자 지구 안에 있는 또 다른 과격단체 팔레스타인 이슬람지하드Palestinian Islamic Jihad가 로켓탄 발사를 중단해야 한다는 전제를 달았다. 다음 날 무장단체들은 이에 동의했다. 싸움은 멈췄지만, 이스라엘은 교통과 통상을 연결하는 접경지역 대부분을 막고 가자 지구 주위를 사실상 계속 포위하고 있었다. 하마스는 이집트 접경 비밀 터널을 이용해 곧바로 무기고를 다시 짓기 시작했다. 이틀 후 워싱턴에서는 오바마 대통령이 취임 선서를 했다.

가자 지구의 위기에 세계의 이목이 집중된 가운데, 내가 국무장관으로서 가장 먼저 연락한 외국 지도자는 바로 올메르트였다. 우리는 즉각 언제 깨질지 모르는 휴전상태를 어떻게 유지할지, 이스라엘을 로켓탄 공격으로부터 어떻게 보호할지, 아울러 가자 지구 내의 인도주의에 대한 심각한 요구를 어떻게 해결할지 이야기하기 시작했다. 또한 팔레스타인과의 광범위해진 갈등을 종식하고 이스라엘 및 분쟁지역에 포괄적 평화를 가져다줄 수 있도록 교섭을 재개하는 방안에 대해서도 이야기를 나누었다. 나는 오바마 대통령과 함께 그날 오후 조지 미첼 전 상원의원을 새 중동평화 특사로 임명한다는 내용을 발표할 것이라고 올메르트 총리에게 말했다. 올메르트는 미첼을 "좋은 사람"이라 말하며 우리가 논의했던 모든 분야에서 함께 일하고 싶다는 바람을 내비쳤다.

3월 초에 이집트에서 열린 회담에서 나는 국제원조국 대표단에 합류했다. 가자 지구에 있는 가난한 팔레스타인 가족들을 위해 인도주의적 원조를 구하기 위해서였다. 그것은 최근의 폭력으로 상처받은 팔레스타인과 이스라엘 사람들이 상처를 극복할 수 있도록 돕기 위한 일보전진이었다. 혼란스러운 중동 정치를 어떻게 생각하든, 인간이 겪는 고통, 특히 어린이가 겪는 고통을 무시할 수는 없었다. 팔레스타인과 이스라엘 어린이들도 전 세계 모든 어린이와 마찬가지로 좋은 교육과 의료 혜택을 받고 밝은 미래를 건설할 기회를 가지며 안전한 유년기를 보낼 권리가 있다. 그리고 가자와 웨스트뱅크 안에 있는 부모들도 텔아비브와 하이파에 사는 부모들과 마찬가지로 안정된 직장과 안전한 집을 가지고 싶다는 소망, 아이들에게 더 좋은 기회를 주고 싶다는 소망을 품고 산다. 그 점을 이해하는 것이 이 지역을 갈라놓는 틈을 메우고 지속적인 평화를 위한 토대를 마련하는 데 꼭 필요한 출발점이다. 이집트 회담에서 내가 이렇게 주장하자, 대체로 적대적인 아랍 언론인들이 갑자기 박수를 쳐주었다.

예루살렘에서는 나의 오랜 친구인 시몬 페레스Shimon Peres 대통령을 만나는 기쁨을 누렸다. 그는 새 국가의 국방체계 수립을 돕고, 오슬로 협상을 맡았으며, 라빈 피살 후 평화를 추진하는 과정에 기여한 이스라엘 좌파의 거물이었다. 페레스는 대통령으로서 주로 의례적인 역할을 맡았지만, 이스라엘 국민을 대표하는 도덕적 양심이기도 했다. 그는 '두 국가 해법two-state solution'이 필요하다는 생각에는 변함이 없었지만 이루기 어렵다는 것을 깨달았다. 그가 나에게 말했다. "당신이 어깨에 짊어지고 있는 짐이 결코 가볍지 않다는 걸 알아요. 하지만 그 어깨는 상당히 튼튼한 것 같군요. 당신이 어깨를 빌려주면, 테러 방지와 중단, 그리고 중동에 사는 모든 사람들을 위한 평화 정착이라는 두 가지 목적에서 우리가 진정한 파트너임을 깨닫게 될 겁니다."

나는 가자 지구의 긴장 완화 및 휴전 강화 문제에 대해서 올메르트와 더

불어 똑똑하고 다부진 외무장관이자 이스라엘 정보기관 모사드의 요원이었던 치피 리브니Tzipi Livni와도 상의했다. 산발적인 로켓탄과 박격포 공격이 계속되는 터라, 본격적인 충돌이 언제라도 다시 일어날 수 있을 것 같았다. 아울러 오바마 정부가 이스라엘의 안전과 유대국가로서의 미래를 위해 전적으로 헌신하고 있음을 이스라엘에 확인시켜주고 싶었다. "어떤 나라든 가만히 손 놓고 있다가 날아오는 로켓탄에 국민과 영토를 잃어서는 안 됩니다." 내가 말했다. 수년간 미국은 민주당 정부와 공화당 정부를 떠나, 이스라엘이 중동 내 모든 경쟁자들을 따돌리고 '군사력 질적 우위'를 유지하도록 돕는 데 힘써왔다. 오바마 대통령과 나는 이를 다음 단계로 진행시키고 싶었다. 그래서 즉시 안보협력을 늘리고 주요 합동방위계획에 투자하는 일에 착수했다. 이스라엘 도시와 가정을 로켓탄으로부터 보호할 단거리 미사일 방어체계 아이언돔도 이 방위계획에 포함되었다.

올메르트와 리브니는 수십 년 동안 교섭이 진전되지 않아 낙담을 거듭했음에도, 역내에 포괄적 평화를 조성하고 '두 국가 해법'으로 팔레스타인과의 갈등을 해결해나가기로 결심했다. 그런데 이들은 곧 권력을 내려놓게 되었다. 올메르트는 대부분 예루살렘 시장 시절에 저지른 비리 혐의로 사임을 발표했다. 리브니는 카디마당 당수를 맡아 다시금 네타냐후와 리쿠드당과의 선거전에 돌입했다. 카디마당은 이스라엘 국회 크네세트 의석을 리쿠드당보다 1석 더 차지하면서 사실상 승리했지만(카디마당 28석, 리쿠드당 27석), 리브니는 권력 균형을 쥔 까다로운 군소 정당들과 연립정부를 이루는 데 실패했다. 그리하여 정부를 구성할 기회는 네타냐후에게 주어지고 말았다.

나는 팔레스타인과의 평화를 추구하는 일이 좀 더 수월해질 수 있도록 카디마당과 리쿠드당이 연합정부를 구성하는 것은 어떠냐고 리브니에게 말했다. 그러나 그녀는 완강히 반대했다. "아뇨, 난 그의 정부에는 들어가지 않을 겁니다." 이로써 2009년 3월 말 군소 정당들과 연립한 네타냐후가

1996년부터 1999년까지 자신의 자리였던 총리실로 돌아오게 되었다.

나는 네타냐후를 오래전부터 알고 지냈다. 그는 까다로운 인물이다. 미국에서 성장기를 보내고 하버드대와 MIT 공대에서 공부했으며, 1976년에는 밋 롬니와 함께 보스턴 컨설팅그룹에서도 잠깐 일했다. 네타냐후는 영토와 평화의 교환을 골자로 하는 오슬로 협정의 기본 틀과 1967년부터 이스라엘이 점유하고 있는 영토를 팔레스타인에 넘겨준다는 두 국가 해법에 매우 회의적이었다. 그는 또한 이란이 이스라엘에 가해오는 위협에 집착할 수밖에 없었는데, 특히 이란 정부의 핵무기 보유가능성을 예의주시했다. 네타냐후가 이 같은 날카로운 관점을 갖게 된 데는 여러 배경이 있다. 특히 1973년에 벌어진 욤 키푸르 전쟁, 즉 제4차 중동전쟁 당시 이스라엘 방위군으로 복무했던 경험과, 매우 존경받는 특공대원으로 1976년 엔테베 작전(팔레스타인 테러리스트에게 공중납치된 103명의 인질을 구출하기 위해 이스라엘 특공대가 우간다의 엔테베에서 벌인 기습작전_옮긴이)을 이끌다 전사한 형 요나탄Yonatan Netanyahu에 대한 기억, 이스라엘이라는 나라가 생겨나기 전에 웨스트뱅크와 가자지구 전역을 둘러싼 유대국가를 지지했던 초국가주의 역사가인 부친 벤지온Benzion Netanyahu의 영향이 있었다. 부친은 2012년에 102세의 나이로 작고할 때까지 한결같은 입장을 고수했다.

내가 대통령 선거운동을 마친 뒤인 2008년 8월, 네타냐후가 나를 만나기 위해 뉴욕 3번가에 있는 상원의원실로 찾아왔다. 네타냐후는 1999년 선거에 패배하고 나서 10년 동안 정계를 떠나 있다가 리쿠드당 당수 자리에 복귀했고, 이제는 총리 집무실을 탈환할 준비를 하고 있었다. 맨해튼의 중심부가 내려다보이는 회의실에 앉아서, 그는 자신의 불운에 대해 냉정하게 평가했다. 그는 선거에서 패한 뒤 철의 여인 마거릿 대처 총리가 몇 가지 조언을 직접 해주었다고 말했다. 그중 하나가 "늘 예상치 못할 일을 예상하라"였다고. 이제는 그가 나에게 똑같은 조언을 해주고 있었다. 몇 달 후 오바마 대통령 당선자가 처음으로 '국무장관' 이야기를 꺼냈을 때, 네타냐후의 예견이 떠올랐다.

나중에 우리 관계가 새로운 출발점을 맞이했을 때, 우리는 그때의 대화를 회상했다. 정치 성향은 서로 달랐지만 네타냐후와 나는 파트너이자 친구로서 협력했다. 논쟁도 자주 벌여 한 시간 넘게 통화하는 일이 허다했고 어쩌다 두 시간까지 이어지기도 했다. 하지만 이렇게 의견이 충돌할 때도 우리는 양국의 동맹관계를 변함없이 지켜냈다. 네타냐후는 궁지에 몰렸다고 느끼면 맞서 싸우지만, 친구로서 그에게 다가가면 함께 뭔가를 해낼 수 있는 기회가 생겼다.

두 나라는 가자 지구 내 충돌로 여전히 동요하고 있고 이스라엘 지도층은 다시 회의적으로 돌아선 마당에, 포괄적 평화협정을 맺기는 아무래도 어려울 듯했다.

2000년 9월에 제2차 인티파다가 일어난 후 10년간은 테러의 시대였다. 2000년 9월부터 2005년 2월까지 테러리스트의 공격으로 이스라엘인 약 1,000명이 사망하고 8,000명이 다쳤다. 같은 기간에 팔레스타인 사망자는 이스라엘의 3배였고 부상자도 수천 명이 더 많았다. 이스라엘 당국은 물리적으로 웨스트뱅크에서 이스라엘을 분리하기 위해 긴 보안울타리를 짓기 시작했다. 이 같은 보호조치 결과, 이스라엘 정부는 자살테러 공격이 2002년에 50여 건에서 2009년에는 0건으로 크게 줄었다고 발표했다. 물론 이것은 이스라엘 국민들을 크게 안심시켜주었지만, 포괄적 평화협정을 통해 더욱 견고한 안전대책을 강구해야 한다고 압박하기도 했다.

게다가 웨스트뱅크로 이주하는 이스라엘 사람들의 수는 계속해서 늘어났다. 그들 대부분은 땅을 조금도 포기할 생각이 없거니와, 이른바 '유대와 사마리아 땅'(성경에서 요르단 강 서안의 땅을 이르는 명칭)이라 불리는 곳에 이주를 막는 것도 단호하게 반대했다. 일찍이 1967년 접경선을 넘어 이 경계지역으로 이주해온 일부 정착민들은 그저 물가가 비싼 이스라엘 도시에서 주택 가격이 치솟는 것만 피하려 애쓰고 있었지만, 다른 사람들은 신이 유대인에게 약속한 땅이 바로 웨스트뱅크라는 종교적 열정과 믿음에 의해 움직였다. 이주민들은 네타냐후의 주요 연정 파트너인 이스라엘 베이테이누Yisraėl Beiteinu당의 정치적 기반이었다. 이 당은 러시아 이주자 출신으로 새로 들어선 정권에서 외무장관이 된 아비그도르 리에베르만Avigdor Lieberman이 이끌고 있었다. 리에베르만은 협상에서 양보를 한다는 것은 곧 약점을 드러내는 것이라 여겼으며, 오슬로 평화협정을 이끌어내는 과정에서는 줄곧 반대 입장을 취해왔다. 네타냐후와 리에베르만은 또한 이란의 핵 프로그램이 팔레스타인과의 갈등보다 더 심각하고 시급한 위협이라고 생각했다. 그리고 이 모든 것으로 인해 이스라엘 지도자들은 지속적인 평화를 이룩하는 데 꼭 필요한 어려운 결정들을 선뜻 내리지 못했다.

═══

2009년 3월 초 예루살렘을 오가며 이스라엘 지도자들과 이야기를 나눈 뒤, 나는 웨스트뱅크로 넘어가 팔레스타인 자치정부의 청사가 있는 라말라로 향했다. 팔레스타인 자치정부는 앞서 이루어진 협정에 따라 팔레스타인 영토 일부를 관리하고 자체적으로 치안조직을 운용하고 있었다. 나는 미국이 지원하는 영어 교실을 방문해 그곳에서 공부하는 팔레스타인 학생들을 만났다. 마침 학생들은 '여성 역사의 달'을 공부하는 시간이었고, 미국 최초의 여성 우주인인 샐리 라이드Sally Ride에 대해 배우고 있었다. 학생들, 특히 여학생들은 샐리 라이드의 이야기에 흠뻑 빠져들었다. 그녀의 삶과 업적을 한마디로 표현해달라고 했더니, 한 학생이 "희망"이라고 대답했다. 그토록 어려운 상황에서 자라나는 어린 학생이 그렇게 긍정적인 태도를 보인 것은 고무적인 일이었다. 가자 지구에서라면 누가 이런 감정을 쉽게 가질 수 있을까. 그 대답은 내게 두 팔레스타인 영토의 상반된 운명을 압축해주었다.

거의 2년 동안 양대 파벌인 파타와 하마스는 팔레스타인 사람들에게 영향력을 행사하기 위해 경쟁했다. 아라파트가 살아 있을 때는 그의 파벌인 파타가 우위에 있었고 아라파트 개인의 평판도 좋아 두 파벌이 충분히 평화를 유지했다. 그러나 2004년에 아라파트가 사망하자 별안간 파벌 갈등이 불거졌다. 하마스는 평화협정을 보다 실제적으로 진척시키지 못한 것에 환멸을 느낀 사람들에게 팔레스타인이 폭력과 완강한 저항을 통해 어쨌든 국가로 거듭날 수 있다며 그릇된 희망을 심어주었다. 반면 아라파트의 후임이자 파타와 팔레스타인해방기구Palestine Liberation Organization의 핵심 인물인 마무드 아바스(아부 마젠Abu Mazen으로도 알려져 있다)는 비폭력을 주장했다. 자신을 지지하는 사람들에게 정치권이 타협을 통해 갈등 해결책을 내놓도록 압박하라고 촉구하며, 미래의 국가 팔레스타인을 위해 경제 및 사회제도를 마련했다.

2006년 초, 부시 정부의 압박과 파타 당원 및 이스라엘인들의 반대에도 불구하고 하마스가 팔레스타인 총선에서 승리했다. 예상 밖의 승리는 이스라엘과의 새로운 위기와 파타와의 격렬한 권력 투쟁으로 이어졌다.

선거 결과가 발표된 후, 나는 상원의원으로서 하마스를 강력하게 비난하는 성명을 발표했다. "하마스가 폭력과 테러를 멈추지 않고 이스라엘의 멸망을 요구하는 입장을 버리지 않는다면, 미국은 물론이고 전 세계 어느 나라도 하마스를 인정하지 않을 것입니다." 나는 그 선거의 결과를 통해, 진정한 민주주의는 선거에서 승리하는 것 이상의 의미가 있다는 사실과 미국의 지지가 분명한 선거를 치를 경우 선거 절차에 대해 국민과 정당을 교육할 책임이 있다는 사실을 새삼 깨달았다. 파타 당은 의석 몇 석을 잃었다. 하마스는 단일후보를 냈지만 파타는 여러 지역에서 두 명의 후보를 냈기 때문이다. 뼈아픈 실수였다. 이듬해 하마스는 소속 정당이 총선에서 패했음에도 수반직을 계속 유지하던 아바스 정권에 반대하며 가자에서 쿠데타를 일으켰다. 그러나 웨스트뱅크는 여전히 파타가 지배하고 있었기 때문에, 팔레스타인 주민들은 경쟁하는 두 권력 중추와 서로 판이한 두 미래 비전 사이에서 분열되었다.

이와 같은 분열로 평화회담 재개 가능성은 더욱 희박해졌고 이스라엘도 회담을 더욱 꺼리게 되었다. 하지만 결과적으로 이러한 비정상적인 분열은 양측이 각각의 지배방식을 시험할 수 있는 계기가 되었고, 팔레스타인 거리와 주민들 사이에서 매일 그 결과를 확인할 수 있었다. 가자에서는 하마스가 테러와 절망으로 부서지고 고립된 영토를 지배했다. 하마스가 로켓탄을 비축하는 동안에 사람들은 빈곤의 수렁으로 점점 깊이 빠져들었다. 전체 실업률이 거의 40퍼센트까지 치솟아 청년 실업률을 훨씬 웃돌았다. 하마스는 국제사회의 도움이나 NGO들의 인도적 활동을 방해했고, 지속가능한 경제성장을 촉진하려는 노력은 거의 하지 않았다. 오히려 자신들의 통치 실패를 감추고 팔레스타인 사람들의 주의를 돌리기 위해 또다시 이스라엘과의 긴장을 조성함으로써 대중의 분노를 유발했다.

한편 웨스트뱅크에서 아바스와 유능한 기술관료 출신 살람 파야드Salam Fayyad 총리는 비교적 짧은 기간에 매우 다른 결과를 낳았다. 이들은 오랜 부패를 척결하고 투명하고 책임감 있는 사회제도를 구축하는 일에 나섰다. 국제사회의 협력자들 중에서 특히 요르단과 미국은 팔레스타인 자치정부가 이스라엘에 대한 대응에서 최우선순위를 둔 치안부대의 효율성과 신뢰성을 높이는 데 도움을 주었다. 법 개정으로 사법기관에 대한 대중의 신뢰가 높아지기 시작하면서 2009년에 처리한 소송이 2008년보다 67퍼센트나 많았다. 세수도 마침내 확보되고 있었다. 팔레스타인 자치정부는 학교와 병원을 짓고 교사와 의료 인력을 양성하기 시작했다. 국민건강보험 프로그램도 시작했다. 팔레스타인 자치정부의 최대 동맹이자 공여국인 미국으로부터 매년 수억 달러의 원조 자금을 받는 등 여러 국제사회의 지원으로 더욱 책임 있는 재정정책을 시행했다. 안전과 법규 또한 강화되어 경제가 눈에 띄게 성장했다. 경제적 난관이 계속되었지만 웨스트뱅크에서는 더 많은 사람들이 일자리를 얻고, 사업을 시작하고, 2000년에 2차 인티파다가 일어난 이후 찾아온 경기침체를 반전시켜나가고 있었다. 2009년 4/4분기에 웨스트뱅크에서 신규 등록된 사업자 수는 2008년 같은 기간보다 50퍼센트 더 많았는데, 이는 팔레스타인 사람들이 벤처금융에서부터 철물점, 고급 호텔에 이르기까지 모든 사업 영역을 개방한 덕분이었다. 웨스트뱅크의 실업률은 가자의 절반 이하로 떨어졌다.

이렇게 발전을 하고도 아직 할 일은 많았다. 너무나 많은 사람들이 여전히 절망에 빠져 있고 실직한 상태였다. 반이스라엘 선동과 폭력 문제는 여전했다. 그래서 우리는 부패를 근절하고 팔레스타인 사람들 사이에 평화와 관용의 문화를 서서히 불어넣으며 외국에 대한 원조 의존도도 낮춰줄 더 큰 개혁을 원했다. 독립국가 팔레스타인의 그림은 점점 더 수월하게 그려지고 있었다. 자주통치가 가능하고 의무를 다하며 시민과 이웃의 안전을 보장하는 모습으로 말이다. 2010년 9월 세계은행에서는, 만약 팔레스타인 자치정부가 여세를 몰아 계속해서 사회제도를 마련하고 공공서비스를 제공하는 데 힘쓴다면 "가까운 미래에 언제든지 국가를 수립할 여건이 충분히 조성될 것"이라고 발표했다.

나는 2009년과 2010년에 웨스트뱅크를 방문해 그 발전상을 직접 확인했다. 무장한 팔레스타인 치안요원들이 도로에 줄지어 있었다. 아마 그들 다수는 미국과 요르단의 도움으로 훈련받았을 것이다. 라말라로 들어가자, 언덕에 아파트와 사무실 건물들이 새로 들어서 있었다. 그러나 가게와 가정에서 나오는 사람들의 얼굴을 보니, 한 번도 자기 나라를 가지지 못한 사람들의 가슴 아픈 역사를 잊을 수는 없었다. 경제발전과 사회제도 개선은 중요하고 필요한 것이지만 그걸로 충분하지는 않다. 팔레스타인인과 이스라엘인 모두의 존엄과 정의, 안전을 보장해줄 두 국가 해법 없이는 팔레스타인 사람들의 정당한 염원은 결코 이루어지지 않을 것이다.

2000년 말과 2001년 초에 아라파트가 바라크 총리와 단합하기를 거부하고, '클린턴 파라미터Clinton Parameters'를 수용하지 않은 것이 엄청난 실수였다고 나는 언제나 생각한다. 클린터 파라미터에 따르면 웨스트뱅크와 가자 지역에 수도를 동예루살렘으로 하는 독립국가 팔레스타인이 들어설 수 있었다. 이번에 우리는 아바스 수반을 똑같이 설득했다. 그는 팔레스타인 사람들의 꿈을 실현시키기 위해 오랫동안 열심히 일해왔다. 그리고 그 꿈들은 오로지 비폭력과 협상을 통해서만 이루어질 수 있음을 알고 있었다. 아바스는 독립국가 팔레스타인이 이웃 이스라엘과 더불어 평화롭고 안전하게 살아갈 수 있고 또 그렇게 해야 한다고 믿었다. 나는 가끔씩 이런 생각을 한다. 아라파트는 화해가 필요한 상황에 놓였지만 그걸 밀고 나갈 의지가 없었던 반면, 아바스는 의지는 있지만 상황이 받쳐주지 않았다고. 비록 우리를 실망시킬 때는 아바스에게 화해의 의지가 있는지도 의심스럽기는 했지만 말이다.

이스라엘과 팔레스타인을 협상 테이블로 다시 불러내는 일은 쉽지 않았다. 최종 평화협정이 어떤 내용일지, 어떤 식으로 타협에 이르게 될지는 쉽게 상상할 수 있다. 문제는 양측이 그 타협안을 수용하고 화해하는 데 반드시 필요한 선택과 희생을 할 수 있도록 정치적 의지를 움직이는 것이었다. 우리 외교는 양측이 믿음과 확신을 쌓는 것, 지도자들이 정치적인 입장을

배제하고 서로 협상하도록 돕는 것, 모두에게 현 상황은 지속불가능함을 설득력 있게 입증하는 데 초점을 맞추어야 했다.

나는 그것이 맞는다고 확신했다. 팔레스타인의 경우, 수십 년 동안의 저항과 테러, 반란은 독립국가를 이루어내지 못했을뿐더러, 그들의 정당한 염원도 어느 하나 이루어진 게 없었다. 협상은 목표로 나아가는 유일하고 확실한 방향을 제시했지만, 마냥 기다리기만 해서는 그저 점령기간이 늘어나고 양측의 고통만 가중될 뿐이었다.

이스라엘로서는 현 상황이 불확실하고 당장 문제가 될 수 있는 여지가 많았기 때문에 더 힘든 사안이었다. 경제는 급성장하고 있고, 안보체제가 개선되어 테러의 위협이 현저히 줄어든데다, 많은 이스라엘인들은 자기네 정부가 화해를 시도했지만 돌아온 건 비탄과 폭력뿐이라고 생각했다. 그들이 보기에는 이스라엘이 아라파트와 아바스에게 관대한 제안을 했는데도 팔레스타인이 그것을 외면한 형국이었다. 2000년 아리엘 샤론Ariel Sharon 총리가 이끌던 이스라엘은 (평화협정 교섭을 하지 않고) 가자에서 일방적으로 철수했는데, 그 결과 테러리스트의 아지트가 된 그곳에서 이스라엘 남쪽으로 로켓탄을 쏘아보냈다. 2000년 이스라엘이 레바논 남쪽에서 물러났을 때도, 헤즈볼라Hezbollah를 비롯한 무장단체들은 이란과 시리아의 도움을 받아 그 지역을 이스라엘 북부 공격을 위한 기지로 사용했다. 이스라엘은 어떤 이유에서 더 많은 땅을 포기하는 것이 실질적인 평화를 가져올 수 있다고 믿었을까?

그들이 뒤로 감춘 두려움과 염려와 좌절에 연민을 느꼈다. 하지만 이스라엘의 안전과 미래에 깊은 관심을 가진 한 사람으로서, 나는 또 한 번 진지한 평화협상을 시도하지 않을 수 없게 만드는 인구통계학적, 기술적, 이념적 동향이 있을 거라고 생각했다.

팔레스타인의 출산율은 높고 이스라엘의 출산율은 낮았다. 따라서 이스라엘과 팔레스타인 영토의 인구를 합쳤을 때 팔레스타인인이 다수를 차지할 날도, 그리고 그 팔레스타인 사람들이 대부분 2등 시민으로 전락해 투표를 할 수 없게 될 날도 다가오고 있었다. 이스라엘이 그 지역에서 버티기로 고집하는 한, 민주주의 국가로서, 그리고 유대국가로서의 지위를 유지하기란 점점 어려워질 것이고 결국 불가능해질 것이다. 조만간 이스라엘은 버티다가 곤란해지거나 버티는 데 실패하는 것 중 하나를 택하거나, 팔레스타인을 독립국가로 인정해야만 할 것이다.

같은 시기에 가자의 하마스와 레바논의 헤즈볼라에 흘러들어가던 로켓탄들은 점점 정교해져서 접경지와 한참 떨어진 이스라엘 지역사회에도 접근할 수 있을 만큼 발달했다. 2010년 4월, 시리아가 이스라엘 주요 도시 전역에 도달할 수 있는 장거리 스커드미사일을 레바논의 헤즈볼라에 보내고 있다는 보고가 들어왔다. 2014년 봄에 이스라엘은 가자 지구 내 팔레스타인 무장단체들에게 넘겨줄 시리아제 M-302 지대지 로켓탄을 싣고 가던 선박을 붙잡았다. 이 로켓탄의 발사거리는 이스라엘 전 지역에 도달할 수 있는 정도였다. 우리는 이스라엘의 공중 방어를 계속 강화했지만, 가장 좋은 미사일 방어체계는 바로 지속적인 평화였다. 중동 내 갈등이 지속될수록 과격파의 영향력은 강해지고 온건파의 영향력은 약해져갔다.

이와 같은 이유로 팔레스타인에 외교적 기회를 한 번 더 주는 것이 이스라엘의 장기적인 안보에 필요하다고 생각했다. 나는 이전 정부보다 더 수월하게 합의에 이를 거라는 환상은 품지 않았지만, 오바마 대통령은 본인이 쌓아온 정치적 자산을 투자할 각오가 되어 있었고 그 점은 아주 중요했다. 그런데 강경파로 알려진 네타냐후는 이스라엘의 안전에 이익이 된다는 확신이 들어야만 협정을 맺을 인물이라는 인상을 이스라엘 대중에게 심어주고 있었다. 마치 닉슨이 중국을 방문할 때 그랬던 것처럼 말이다. 아바스는 연로한데다 언제까지 집권할 수 있을지도 알 수 없는 노릇이었다. 후임이 누가 되든 아바스만큼 헌신적으로 평화정책을 펼치리라는 보장도 없었다. 여러 가지 정치적 하자와 개인적 한계를 드러내고 있지만, 아바스는 외교적 해결안을 찾는 데 힘쓰고 그 해결안을 사람들에게 충분히 납득시키고자 하는 팔레스타인 파트너로서 최후이자 최선의 희망이었다. 물론 중동평화협상의 수렁으로 다시 뛰어드는 것은 항상 위험을 안고 있었다. 도전했다 실패하면 온건파의 신뢰를 잃고 과격파는 더 대담해지며 협상 당사자들은 전보다 불신감이 더 커져 멀어질 수 있다. 하지만 도전하지 않으면 성공은 불가능하다. 그래서 나는 도전하기로 결심했다.

2009년 1월, 화해 재개를 향한 첫 단계는 조지 미첼을 특사로 임명해 그가 북아일랜드에서 성공시켰던 성 금요일 협정의 드라마를 재현하도록 하는 것이었다. 메인 주 상원의원 출신에 온건한 말투의 그는 늘 두 갈등 사이에 어떤 차이가 있는지 지적하기 바빴지만, 북아일랜드도 한때는 중동만큼 완고해 화해 교섭도 그만큼 힘들었다는 사실을 들며 고무적인 태도를 취하기도 했다. 그는 "우리는 700일을 실패하고 단 하루 성공했다"라고 자주 말하곤 했다. 한편, 미첼이 예루살렘 청중 앞에서 북아일랜드에 마침내 평화가 찾아오기까지 800년이라는 갈등의 세월이 있었다고 말하자, 한 노신사는 이렇게 조롱했다. "얼마 되지도 않은 싸움이군. 그 정도면 당연히 해결해야지!"

오바마 대통령은 미첼이 이 중요한 과업을 수행하기에 적합한 국제적인 명성과 협상 기술, 인내심을 갖추었다는 데 동의했다. 나는 1990년대에 중동 특사로 활약했던 데니스 로스Dennis Ross에게도 국무부로 돌아와 이란을 비롯한 지역적 문제들을 맡아달라고 요청했다. 로스에게 깊은 인상을 받았던 오바마 대통령은 곧 그에게 백악관으로 와서 좀 더 가까이에서 평화협상 등에 대해 조언해달라고 부탁했다. 로스와 미첼의 책임 범위가 겹치는 데다 임무가 워낙 중대한 만큼 둘 사이에 때때로 긴장감이 조성될 때도 있었다. 하지만 나는 두 사람 모두의 관점을 높이 평가했고 우리 국무부에 그토록 노련한 대외정책 전문가가 둘이나 있다는 사실이 고맙기만 했다.

미첼은 특사로 임명되고 바로 며칠 뒤에 분쟁지역으로 가서 곳곳을 돌아보았다. 이스라엘이 아직 새 정부를 꾸리는 중이어서 미첼은 아랍 국가 수도들을 차례차례 순방했다. 그는 이스라엘과 팔레스타인을 화해시키는 일뿐만 아니라 이스라엘과 인접국들을 화해시키는 일까지 맡았다. 이렇게 포괄적인 지역평화를 도모하게 된 저변에는 아마 2002년 사우디아라비아의 압둘라Abdullah 국왕이 건의한 계획이 있었을 것이다. 2002년 3월에 시리아를 포함한 모든 아랍연맹 회원국이 만장일치로 통과시킨 그 계획, 이른바 '아랍평화안'에 따르면, 전체 회원국과 그 지역 밖의 일부 이슬람 국가들은 이스라엘과 팔레스타인이 화해에 성공하면 자신들도 이스라엘과의 관계를 정상화해 경제, 정치, 안보 분야에서 협력하기로 했다. 만약 이 일이 성사되면 중동의 전략적 역학관계에 커다란 영향을 끼칠 수 있을 터였다. 아랍연맹 국가들은 이란을 불신하고 미국과 협력했으므로, 아랍 국가 다수, 특히 걸프 만 군주국들은 자연스럽게 이스라엘과도 동맹을 맺은 바 있었다. 그런데 이스라엘과 팔레스타인의 갈등이 그런 관계를 막은 것이다. 2008년과 2009년에 가자 지구에서 전쟁이 터지기 전, 터키는 이스라엘과 시리아의 평화회담을 주선하려 했다. 만약 시리아가 골란 고원(1967년에 이스라엘에 빼앗긴 영토)으로 향하지 않고 독약 같은 이란과의 연대에서 빠져나올 수 있었다면 그 또한 전략적으로 중대한 결과를 낳았을 것이다.

아랍의 거의 모든 수도에서 미첼은 똑같은 말을 들었다. 언젠가 팔레스타인 영토가 될 지역에 이스라엘이 정착촌을 건설하는 일은 중단해야 한다는 것이었다. 1967년에 획정된 옛 경계선 너머로 새롭게 생겨나는 정착촌 하나하나가 최종 합의를 어렵게 만들 수 있었다. 수십 년 동안 미국은 화해 노력에 찬물을 끼얹는 정착촌 확장에 반대해왔다. 일찍이 조지 H. W. 부시 대통령과 제임스 베이커 국무장관은 이스라엘이 이주정책에 사용하는 자금의 융자 보류를 검토했다. 조지 W. 부시 대통령은 자신의 '화해 로드맵'을 통해 건설 전면 중단을 요구했다. 그러나 이주자들과 네타냐후의 정책은 정치적으로 얽혀 있었기 때문에 네타냐후는 정책에 제한을 두려 하지 않을 거라는 예측이 있었다.

미첼은 초기 진단을 마친 뒤 세 집단, 즉 이스라엘, 팔레스타인, 아랍 국가들이 성의를 보이며 직접적인 평화협상으로 돌아가는 토대를 마련하도록 그들에게 구체적이고 건설적인 단계를 밟을 것을 요구하자고 제안했다.

우리는 팔레스타인 자치정부가 테러를 단속하고 반이스라엘 선동행위를 줄이는 데 더 많은 노력을 기울여주기를 바랐다. 선동 사례를 들자면, 웨스트뱅크에 있는 광장의 명칭을 이스라엘 민간인들을 죽인 테러리스트의 이름으로 바꾼 일, 이스라엘이 이슬람교 성지들을 파괴할 계획을 세우고 있다며 음모론을 조장한 일, 그 밖에도 폭력을 예찬하고 부추긴 행위 등이 있다. 하마스가 폭력을 중지하고, 이스라엘을 인정하고, 이전에 체결했던 협정들을 지키겠다고 약속할 때까지 그들의 고립은 계속될 것이었다. 이런 기본적인 단계를 거치지 않고서 하마스가 테이블 앞에 앉을 수는 없었다. 우리는 가자에서 납치된 이스라엘 병사 길라드 샬리트Gilad Shalit의 즉각적인 석방도 요구했다.

아랍 국가들에게 바라는 것은 이스라엘과의 관계 정상화를 위해 아랍평화안에 구상된 대로 이스라엘 상업용 항공기의 영공 통과 허가, 무역업무 재개, 우편노선 확립 등이었다. 네타냐후는 2009년 5월에 국무부에서 저녁식사를 하며 이 일로 나를 채근했다. 그는 특히 중동에서 아주 중요한 역할을 하는 사우디아라비아의 '두 성지의 수호자'(이슬람 성지 메카와 메디나를 수호하는 일의 중요성을 강조하는 사우디아라비아 국왕의 별칭_옮긴이)가 어떤 식으로 나올지 보고 싶어했다. 2009년 6월, 오바마 대통령이 리야드로 가서 압둘라 국왕에게 친히 이 문제를 제기했다.

이스라엘에는 팔레스타인 영토에서 정착촌을 건설하는 일을 예외 없이 모두 중단할 것을 요구했다. 돌이켜 생각해보면 이주 문제에 대해 우리가 초반에 펼쳤던 강경책은 먹혀들지 않은 셈이었다.

이스라엘은 애초에 우리의 요구를 거부했다. 이후 우리의 의견 차이가 공론화되고 오바마 대통령과 네타냐후 양측의 신뢰에 금이 가면서 두 사람의 관계는 아주 냉랭해졌다. 상황이 그러하니 어느 쪽도 쉬이 양보하거나 타협할 수 없게 되었다. 아랍 국가들은 그저 방관하면서 그 다툼을 자신들의 나태함에 대한 핑계로 댔다. 그러자 수년간 정착촌 건설 중단을 지속적으로 요구해온 아바스는 이제 협상은 전적으로 미국의 생각이었다고 주장하며 정착촌 건설을 보류하지 않으면 자신은 평화협상 테이블에 앉지 않겠다고 말했다.

대통령과 그의 고문들은 정착촌 건설 중단을 요구하는 것이 과연 현명한 일인지 논의해왔다. 중단 요구에 가장 적극적으로 찬성하고 나선 사람은 백악관 비서실장인 람 이매뉴얼이었다. 이스라엘 방위군에서 민간인 자원봉사자로 일한 적이 있는 람은 이스라엘의 안전에 개인적으로 깊이 몰두해 있었다. 클린턴 정부에서 쌓은 경험을 바탕으로 람은 네타냐후의 새 연립정부를 다루는 가장 좋은 방법은 즉시 강경한 입장을 취하는 것이라고 생각했다. 그렇게 하지 않으면 네타냐후가 우리를 좌지우지한다는 것이었다. 대통령은 그 주장에 공감하면서, 정착촌 건설 중단을 밀어붙이는 것이 좋은 정책인 동시에 영리한 전략이라고 생각했다. 그런 대응을 통해 미국은 평화협상 과정에서 정직한 중개자로 거듭날 수 있고, 우리가 늘 이스라엘의 편이라는 인식 또한 약화시킬 수 있기 때문이다. 미첼과 나는 이런저런 걱정이 들었다. 불필요한 대립을 자초하는 건 아닌지, 이스라엘 쪽에서 자신들이 다른 관계자들보다 더 많은 것을 요구당하고 있다는 느낌을 받지는 않을지, 일단 정착촌 건설 중단을 공론화하고 나면 아바스가 그 점을 감안하지 않고는 진지한 교섭을 시작할 수 없을 것이라는 걱정이 들었다. 한번은 어느 이스라엘 고관이 나에게 이스라엘에서 가장 나쁜 것은 '프라이어freier'가 되는 것이라고 했다. 히브리 속어로 '봉'이라는 뜻이다. 이스라엘 운전자들은 도로에서 누가 끼어들려고 하면 차라리 들이받아서 쌍방이 다 병원 신세를 진다고 한다. 네타냐후도 이 표현을 쓴 적이 있다. "우리는 프라이어가 아니다. 받는 게 없으면 주는 것도 없다." 이런 식이라면 우리가 정착촌 건설 중단을 요구해봤자 얻을 게 별로 없을 것 같아 걱정되었다. 하지만 꺼져가는 평화협상의 불씨를 다시 살리려면 얼마간의 위험은 감수해야 한다는 람과 대통령의 의견에는 나도 동감했다. 그리하여 그해 봄 대통령의 뜻을 최대한 강력하게 전달했고, 양측의 반응이 부정적일 때 일어나는 결과들도 수용하려 애썼다.

2009년 6월, 두 개의 중대한 연설이 외교 정세를 다시 바꾸어놓았다. 첫 번째는 오바마 대통령의 카이로 연설이다. 그는 미국과 이슬람 세계의 관계를 진취적이고 명료하게 재조정하자고 제안했다. 광범위한 연설을 통해 그는 이스라엘과 팔레스타인 모두의 소망을 이루어줄 두 국가 해법을 추진하는 데 직접 헌신할 것을 재확인했다. 연설을 하기 전에 나와 대통령은 카이로 관광을 할 겸 세계에서 가장 큰 사원 중 하나로 동굴처럼 생긴 술탄 하산 사원을 방문했다. 우리는 신발을 벗었고 나는 머리에 히잡까지 둘렀다. 그런 채로 중세 시대 장인정신의 정교함에 감탄하며 이집트계 미국인 미술사가의 설명을 들었다. 대통령의 출장과 중대 정책 발표로 정신없는 가운데 모처럼 즐겁고 한가한 순간이었다. 그날 늦게 대통령은 연설에서 이렇게 말해 나를 미소 짓게 만들었다. "이슬람 문화는 우리에게 웅장한 아치와 우뚝 솟은 첨탑을, 시대를 초월한 시와 소중하게 간직해온 음악을, 기품 있는 캘리그래피와 평온한 명상 장소를 주었습니다."

열흘 뒤 네타냐후는 텔아비브 외곽에 위치한 바르일란 대학을 방문했다. 그는 정착촌 건설 중단에는 계속 반대했지만, 처음으로 두 국가 해법을 지지했다. 네타냐후가 대담하게 위험을 감수하고 역사에 길이 남을 협상을 이루어낸 지도자로 기억되고 싶어하는 것을 보니, 중대한 변화가 찾아온 듯했다.

미첼과 나는 그해 여름과 초가을 동안 이스라엘, 팔레스타인과 함께 정착촌 문제를 둘러싼 정체를 해소하는 일에 매진했다. 우리는 이 문제를 가지고 화해 의지를 시험함으로써 정체를 빚어낸 책임을 공평하게 나누었다. 오바마 대통령은 9월에 열릴 유엔총회를 위해 양측 지도자들이 뉴욕을 방문하면, 자신과 함께 대화할 자리를 마련하는 것이 협상을 진전시키는 최고의 방법이라고 판단했다. 이는 공식적인 교섭행위는 아니지만, 두 지도자는 처음으로 서로 이야기할 기회를 얻게 될 테고 더욱 실질적인 과정으로 나아갈 수 있는 추진력을 얻을지도 모르는 일이었다. 뉴욕에서의 만남은 어색하기만 했다. 양측 지도자는 자신들의 입장을 노골적으로 드러냈고 타협하려는 의지를 거의 보이지 않았다. 특히 정착촌 문제에 관해서는 더 그랬다. 오바마 대통령이 말했다. "우리 모두 평화를 위해서 위험을 감수해야만 합니다. 누구나 역사로부터 자유롭기는 힘들지만, 우리는 그렇게 되어야 합니다."

뉴욕에서의 만남은 별 소득 없이 끝나고 말았다. 하지만 미첼과 나는 계속해서 네타냐후를 설득했고, 마침내 네타냐후는 향후 웨스트뱅크 지역의 정착촌 건설을 부분적으로 중단하는 데 동의했다. 어느 지역이 해당되며 얼마나 오래 중단할지 문제가 남아 있었지만 이것은 중요한 출발이었다. 이스라엘 정부의 의지도 이전의 어느 정부보다 강했다. 문제는 예루살렘이었다. 1967년에 동예루살렘이 웨스트뱅크와 함께 점령당한 뒤, 팔레스타인은 언젠가 그곳에 조국의 수도를 건설하겠다는 꿈을 가지고 있었다. 그리하여 팔레스타인은 동예루살렘의 정착촌 건설을 중단시킬 방법을 모색했다. 물론 예루살렘 어디에도 건설 제한을 둘 수 없다는 네타냐후에게는 재고의 가치가 없는 생각이었다.

10월 초에 네타냐후의 연립정부 파트너이자 국방장관이며 정부 내에서 평화를 지지하는 가장 중요한 인물이기도 한 에후드 바라크와 이야기를 나누었다. 바라크는 온갖 문제를 안고 있는 지역에 살면서도 한없이 낙천적이었다. 그는 이스라엘 전쟁영웅 가운데서 훈장을 가장 많이 받은 사람이기도 했다. 전해지는 이야기에 의하면, 1980년대에 그는 여장을 한 채 용맹한 특공대를 이끌고 베이루트를 습격했다고 한다. 우리는 사이가 좋았다. 가끔씩 그는 나에게 전화를 걸어 이렇게 말하곤 했다. "힐러리, 전략을 짭시다." 그러고는 자신의 아이디어와 주장을 속사포로 거침없이 쏟아내기 시작했다. 그는 내가 정착촌 문제를 잘 조정하고 교섭을 진전시킬 수 있도록 열렬히 돕고 싶어했다. "이야기를 들을 준비, 마음 쓸 준비, 응답할 준비를 합시다." 그가 말했다. 이스라엘은 결국 웨스트뱅크 내 새로운 정착촌 건설을 10개월간 중단하는 데 합의했지만 거기에 예루살렘을 포함시키는 것은 완강하게 반대했다.

나는 이스라엘의 제안에 대해 논의하기 위해 아바스에게 전화를 걸었다. 그는 제안을 듣자마자 "안 한 것만 못한" 말도 안 되는 제안이라며 곧바로 거절했다. 하지만 나는 이것이야말로 두 지도자가 취할 수 있는 최선의 조치라고 생각했다. 게다가 우리는 직접교섭을 추진할 기회도 잡아야 했다. 그래서 나는 그에게 분명하게 말했다. "다시 한 번 강조하고 싶은 건, 정착촌 건설에 대한 우리 정책은 지금이나 나중에나 변하지 않을 거라는 점이에요. 그리고 조지 미첼이 전에 말씀드린 대로, 이스라엘이 정착촌 건설에 유예기간을 두기로 한 것은 중요하고 전례 없는 행보가 될 겁니다. 건설을 전면 중단하는 로드맵을 대신할 수는 없겠지만요." 아바스는 내가 "전례 없는"이라는 단어를 사용한 데 대해 트집을 잡지는 않았지만, 예루살렘이 제외된 것이나 다른 제한들이 생긴 것에 불만을 느끼고 끝내 교섭 시도를 거부했다.

그럼에도 아바스는 특유의 신뢰를 보여주며 양보를 하기도 했다. 그는 논쟁이 되고 있는 골드스톤 보고서에 관한 투표를 연기할 것을 유엔에 요청하겠다고 했다. 이 보고서는 2008년 가자 지구에서 발발한 전쟁에 대해 이스라엘에 책임을 묻는 내용이다. 아바스가 연기 제안을 하자마자 아랍권 전역에서 그의 결정에 신랄한 비난을 퍼부었다. 카타르에서 운영하는 위성 뉴스네트워크인 알자지라에서는 가차 없이 인신공격을 하기도 했다. 아바스는 안절부절못하며 나에게 속내를 털어놓았다. 신변의 위협을 느끼고, 손주들까지 학교에서 괴롭힘을 당해 두렵다고 했다. 나는 그에게 "매우 용기 있고 중요한 결정"이었다며 고마워했지만, 그는 내심 흔들리기 시작했던 것 같다. 일주일쯤 후에 아바스는 생각을 바꾸어 유엔에 골드스톤 보고서에 관한 투표를 실시하라고 요구했다. 훗날 2011년에, 보고서를 작성한 리처드 골드스톤Richard Goldstone이 이스라엘 군대가 의도적으로 민간인을 노렸다는 내용을 포함하여 보고서의 지나치게 자극적인 내용들을 직접 철회했지만, 상처는 고스란히 남았다.

2009년 10월 말 나는 관계자들 간에 직접교섭을 할 수 있는 길이 열리기를 바라며, 정착촌 건설 유예 제안을 준비하는 데 집중했다. 나는 아부다비에서 아바스를 만난 뒤 예루살렘에서 네타냐후를 만났다. 심야 기자회견 자리에서 네타냐후 옆에 선 나는, 정착촌 건설 중단을 아바스에게 말했듯 "전례 없는" 일이라고 표현했다. 그러나 이번에는 이 말이 아랍 국가들을 격분하게 했다. 아랍권 사람들은 내가 제한적이고 단기적이며 동예루살렘은 제외된 이번 제안을 지나치게 관대하게 여긴다고 생각했다. 하지만 힘들게 진실을 이야기해야 하는 난감한 상황은 이번이 처음이 아니었고, 마지막도 아니었다.

나중에는 유예 제안이 혹독한 비난을 받는 것을 상당히 애석한 눈으로 바라보는 사람들도 많았다. 하지만 가장 시급한 문제는 이 상황을 진정시키고 당사자들이 직접교섭에 다시 초점을 맞추도록 하는 것이었다. 이후 며칠 동안 나는 모로코와 이집트에서 사태 수습에 나섰다. 카이로에서는 정착촌에 대한 우리의 공식적인 정책이 바뀌지 않았다는 것을 호스니 무바라크 대통령에게 개인적으로 이야기하고, 공개적으로도 발표했다. 우리는 여전히 모든 정착촌 건설에 반대했고, 더욱 장기적이고 포괄적인 중단을 원했다. 그러나 "새로 추진하는 모든 이주활동과 토지 몰수를 중단하고, 허가나 승인을 내어주지 않는 것"을 "전례 없는" 일로 표현한 것은 번복할 생각이 없었다. 그게 사실이니까.

11월 말 정착촌 건설이 정식으로 중단되고, 시계가 돌아가기 시작했다. 우리는 10개월이라는 시간 동안 관계자들을 직접교섭과 포괄적 평화협상의 장으로 불러내야 했다.

═══

시간은 한 달, 한 달 빠르게 흘러갔다. 약속대로 이스라엘은 웨스트뱅크에 새 정착촌 건설을 중단했지만, 팔레스타인은 끝까지 동예루살렘을 포함시킬 것을 주장하며 직접교섭을 거부했다. 그래도 미첼이 양측을 왕래하면서 교섭에 관한 각각의 바람을 전해 논의하자는 이른바 '근거리 외교'에는 동의했다.

2010년 3월, 이스라엘은 불필요하게 도발적인 행동을 하여 팔레스타인과의 분쟁에서 자신들의 정당함을 표명하기에 이른다. 이스라엘 친선 방문 중에 바이든 부통령은 미국 정부가 이스라엘의 안전을 강력하게 지원한다는 사실을 재확인시키고, 정착촌 문제를 두고 벌어진 대립으로 인한 불쾌감을 씻어내려 애썼다. 그런데 그가 아직 이스라엘에 머무르고 있을 때 이스라엘 내무장관이 동예루살렘에 주택 1,600가구를 신축하겠다는 계획을 발표해 팔레스타인의 감정을 건드렸다. 네타냐후는 의도적으로 그의 방문에 맞춰 그런 발표를 한 게 아니라고 말했지만, 많은 사람들은 그 발표가 미국과 바이든 부통령을 모욕하는 처사라고 생각했다.

바이든은 과연 그답게 이 모든 소동에도 침착했다. 그러나 오바마 대통령과 람은 몹시 화가 나서 네타냐후에게 자신들의 분노를 분명히 전달해달라고 나에게 요청했다. 나는 네타냐후 총리와 전화로 장시간 열띤 대화를 나누었다. 오바마 대통령이 동예루살렘에 관한 소식을 "자신과 부통령과 미국에 대한 모욕"으로 보고 있다고 전했다. 외교적인 대화를 위해 고자세를 취한 것이다. 나는 나쁜 경찰 역할을 즐기지 않지만 직무상 그런 역할도 해야 했다. 네타냐후는 "전혀 그럴 의도는 없었는데, 이번 발표는 때가 좋지 않았음을 장관님과 대통령께 시인합니다"라고 대답했다. 하지만 결정을 번복하려 하지는 않았다.

우연히도 이 사건은 워싱턴에서 친이스라엘 단체로 유명한 미국-이스라엘 공공정책위원회의 연례총회가 열리기 직전에 벌어졌다. 네타냐후는 워싱턴 D. C.를 방문해 그 회의에서 연설을 할 예정이었다. 정부를 대표하는 건 내 몫이었다. 나는 일단 회의장으로 갔다. 워싱턴 컨벤션센터에 모인 수많은 사람들이 처음부터 경계하는 눈치였다. 그들은 내가 그 논쟁에 대해 어떻게 이야기할지, 내가 계속해서 네타냐후를 비난할지 알고 싶어했다. 물론 나도 입장을 밝혀야 한다는 걸 알았지만, 한발 물러나서 평화협정 교섭이 왜 이스라엘의 미래에 대단히 중요한가를 증명하고 싶기도 했다.

나는 이스라엘의 안전과 두 국가 해법에 개인적으로 헌신하고 있음을 이야기하고, 인구통계와 과학기술, 이념 등의 동향에 대해 미국이 염려하는 바도 덧붙여 설명했다. 현 상황이 지속불가능한 이유와 평화가 반드시 필요한 이유를 밝힌, 장관 임기를 통틀어 가장 포괄적이고 공식적인 주장이었다. 이어서 동예루살렘과 관련해 사소한 비판을 했다. 우리가 동예루살렘에 정착촌 건설을 반대하는 이유는 자존심이 상해서가 아니었다. 동예루살렘의 최종적인 지위에 대해 어떤 판단을 내려서도 아니었다. 그것은 협상테이블에서 결정할 일이었다. 동예루살렘이나 웨스트뱅크에 새로 정착촌을 건설하면 당사자들 사이에 필요한 신뢰가 무너진다. 또 이스라엘과 미국의 우호관계가 노출되어 지역 내 다른 나라들이 그 점을 악용하려 할 수도 있고, 미국 특유의 공정한 중재 능력이 떨어질 수도 있었다. 나는 말했다. "이 과정에서 우리의 신뢰성을 결정하는 것은 두 가지입니다. 양쪽 중 어느 쪽이 용기를 내든 그들의 용기를 기꺼이 칭찬해줄 수 있는가, 그리고 우리가 동의하지 않을 때는 동의하지 않는다고 명확하게 말할 수 있는가입니다."

나의 연설은 적어도 그 공간 안에서만큼은 긴장을 완화하는 데 도움이 됐지만, 네타냐후와 오바마 대통령의 관계는 계속 악화되었다. 그날 오후 늦게 나는 네타냐후가 묵는 호텔에서 한 시간 남짓 그를 만났다. 그는 연설을 할 때 자신의 정당성을 주장할 계획이라고 말했고, 결국 그 말대로 회의에서 도전적인 말투로 선언했다. "예루살렘은 정착지가 아니라 우리의 수도입니다." (우리는 예루살렘을 정착지라고 말한 적이 없었다. 우리는 예루살렘의 최종 지위가 선의의 협상에 의해 결정되어야 하며 팔레스타인 지역에 이스라엘 사람들을 위한 주택을 신축하는 것은 바람직한 결정을 내리는 데 결코 도움이 되지 않는다고 주장했다.) 다음 날 백악관에서는 네타냐후와 오바마 대통령 사이에 다소 감정적인 충돌이 있었다. 전해지는 말에 의하면, 논의 도중 대통령이 네타냐후를 루스벨트 룸에서 거의 한 시간 동안 기다리게 해놓고 자신은 다른 볼일을 보았다고 한다. 대통령이 이런 행동을 하는 경우는 흔치 않았지만 불쾌감은 제대로 전달되었다. 이 작은 위기로 얻은 한 가지 긍정적인 결과는 이스라엘이 논쟁거리가 될 수 있는 주택 신축 프로젝트를 발표하기 전에 우리에게 어느 정도 언질을 주게 되었다는 점이다. 게다가 동예루살렘에 관해서도 훨씬 신경을 쓰는 모습을 보였다. 적어도 10개월의 유예 기간이 적용되는 동안 그곳에서 추가로 공사가 이루어진 일은 없었다.

정착촌 문제를 둘러싼 긴장이 아직 충분하지 않았던지, 5월 말에 사태는 더욱 악화되었다. 이스라엘 특공대가 터키 소함대를 습격한 것이다. 터키 선박에는 가자 지구를 봉쇄하고 있는 이스라엘 바리케이드를 깨부수려는 친팔레스타인 운동가들이 타고 있었다. 이 사건으로 터키 민간인 9명이 사망했고, 그중에는 이중 국적의 미국인도 있었다. 나는 내가 가장 좋아하는 우리 고장 연례 전통행사인 차파콰 메모리얼데이 퍼레이드에 참가해 행진하던 도중에 에후드 바라크에게서 긴급연락을 받았다. 바라크가 상황을 설명했다. "결과가 이렇게 되어 마음이 편치 않지만, 저희로서는 힘든 선택을 해야만 했습니다. 어쩔 수 없었습니다." 나는 그에게 경고했다. "예상하지 못한 반향이 있을 겁니다."

터키는 오래전부터 분쟁지역 내에서 이스라엘의 유일한 협력국이었지만, 나는 이 참사의 여파로 분노한 터키가 이스라엘을 상대로 심각한 대응조치를 취하지 않도록 설득해야 했다. 습격사건이 터진 다음 날 다우토을루 외무장관이 나를 찾아왔고, 우리는 두 시간이 넘도록 이야기를 나누었다. 그는 감정이 매우 격앙되어, 터키가 이스라엘에 전쟁을 선포할지도 모른다고 위협했다. 그는 "심리학적으로 봤을 때 이 공격은 터키판 9·11과 다름없습니다"라고 말하며, 이스라엘의 사과와 희생자에 대한 보상을 요구했다. 그는 말을 이어나갔다. "어떻게 그리도 태연할 수 있지요? 피해자 중에 미국 시민도 있지 않습니까!" 물론 나도 신경을 많이 쓰고 있었다. 하지만 내게 가장 시급한 건 그를 진정시키고 전쟁과 그 결과를 운운하는 이 모든 이야기를 접어두는 것이었다. 그 후 나는 오바마 대통령에게 에르도안 터키 총리에게도 연락하라고 조언했다. 그런 다음에는 네타냐후에게 터키의 우려와 요구를 그대로 전했다. 네타냐후는 터키와의 사태를 수습하고 싶어했지만 공개 사과는 거부했다. (나는 나머지 임기 동안 터키에 사과하도록 네타냐후를 설득하려고 밀고 당기기를 반복했다. 그는 결국 사과는 하겠지만 그래봤자 자신과 연립한 중도우파 구성원들이 저지에 나설 거라고 여러 번 이야기했다. 나는 심지어 2011년 8월에 헨리 키신저에게 도움을 청해 네타냐후에게 전략 사례를 만들어달라고 요청하기까지 했다. 마침내 2013년 3월, 재선에 성공해 예루살렘을 방문 중이던 오바마 대통령과 만난 네타냐후는 그가 보는 앞에서 에르도안에게 전화를 걸어 "작전상 실수"에 대해 사과하고 의도치 않은 인명 피해를 입힌 데 유감을 표했다. 터키와 이스라엘은 여전히 이 사건을 통해 잃어버린 신뢰를 다시 쌓기 위해 노력하고 있다.)

2010년 여름으로 거슬러 올라가보자. 10개월의 유예 기간이 서서히 끝나갈 무렵 우리는 관계자들을 협상 테이블로 급하게 다시 불러들여야 했다. 미첼과 나는 요르단과 이집트에 도움을 청해 팔레스타인이 전제조건을 완화하도록 압박해달라고 요청했다. 6월에 아바스를 만난 오바마 대통령은 웨스트뱅크와 가자 지구에 새로운 지원책을 추진하겠다고 발표했다. 마침내 8월에 아바스는 워싱턴에서 열리는 직접교섭에 참여하기로 합의하고 유예가 유효한 동안 갈등의 핵심 문제들을 논의하기로 했다. 그런데 유예 기간이 9월 말에 예정대로 만료된다면 그는 또다시 입장을 바꿀 것이었다. 화가 난 조지 미첼이 아바스에게 물었다. "8개월 전에는 안 한 것만 못한 제안이라고 하더니 이제는 필수적인 것이 되었단 말입니까?" 우리 모두 아바스가 자신의 민족은 물론 아랍 국가들과 관련된 골치 아픈 정책들을 처리해야 하는 입장이라는 건 이해했다. 그래도 실망스러운 건 어쩔 수 없었다.

한 달 안에 모든 핵심 문제들을 해결할 방법은 없었지만, 우리는 네타냐후를 설득해 유예 기간을 늘리거나, 아바스를 설득해 그 문제를 제쳐놓고 교섭을 이어갈 수 있도록 밀어붙이고자 했다. 그 와중에 미첼은 회담기한을 1년으로 하자는 낙천적인 제안을 했다. 만약 우리가 두 국가의 최종 국경 문제를 충분히 진전시킬 수 있다면 정착촌 문제는 대단히 수월하게 해결될 것이다. 최종적으로 어느 지역이 이스라엘에 남고 어느 지역이 팔레스타인으로 갈지가 모두에게 명료해지기 때문이다. 그런데 그 일은 단순히 1967년 접경선으로 되돌리는 것처럼 간단한 문제가 아니었다. 접경선 주변에 정착민들이 크게 늘어서 그런 방법으로는 해결할 수가 없었다. 토지를 교환한다면 정착민 구역을 떼어내 이스라엘에 편입시키고, 그와 비슷한 면적의 다른 곳 토지를 팔레스타인에 제공할 수도 있긴 했다. 하지만 항상 문제는 아주 작은 것에서 시작된다.

═══

9월 첫날, 오바마 대통령은 백악관을 방문한 네타냐후와 아바스, 요르단 국왕 압둘라 2세Abdullah II와 이집트의 무바라크 대통령을 영접했다. 그는 백악관 올드 패밀리 다이닝룸에서 작은 실무 만찬을 열었다. 토니 블레어 전 영국 총리와 나도 자리를 함께했다. 블레어는 콰르텟의 특사 역할을 했는데, 콰르텟은 2002년에 유엔과 미국, 유럽연합, 러시아가 중동 평화를 위한 외교 협력을 목적으로 설립한 조직이다. 우리 일곱 명은 밝은 노랑으로 채색된 방 안에서 우아한 크리스털 샹들리에 아래 놓인 만찬 테이블에 둘러앉았다. 그곳은 내가 퍼스트레이디일 때 개인적으로 식사 대접을 하곤 했던 시절과 크게 달라진 것이 없었다. 네타냐후와 아바스는 서로 나란히 앉고, 두 사람의 양옆으로 나와 블레어가, 맞은편에 오바마 대통령과 무바라크 대통령, 압둘라 2세가 앉았다.

오바마 대통령은 만찬에 앞서서 기조를 정하는 한마디를 했다. 그는 지도자들에게 사명감을 일깨웠다. "여러분 각각은 아주 대담한 평화중재자의 후예입니다. 메나헴 베긴Menachem Begin과 안와르 사다트, 이츠하크 라빈과 후세인Hussein 왕 등의 정치인은 세계를 있는 그대로 보되, 세계가 나아가야 할 길을 상상했습니다. 우리는 지금 우리 선배들의 어깨 위에 서 있는 것입니다. 우리가 앞으로 해나가야 할 일은 바로 그들이 했던 일입니다. 그들 모두가 그랬듯, 이제 우리는 스스로에게 물어야만 합니다. '우리에게 평화의 길을 걸을 만한 지혜와 용기가 있는가?'라고 말입니다."

이 순간을 맞이하기까지 수개월 동안 힘든 시간을 보냈음에도 분위기는 훈훈했다. 하지만 조심스러운 건 여전했다. 다들 시간이 많지 않다는 것도 알고 오바마 대통령이 마련한 만찬자리에서 무례한 모습을 보이려 하지도 않았다. 하지만 기본적인 의견 차이를 감추기는 쉽지 않았다.

이 드라마는 다음 날 국무부로 옮겨왔다. 나는 이 지도자들과 이들의 협상팀을 8층에 있는 화려한 벤저민 프랭클린 룸으로 불렀다. 이제 팔을 걷어붙이고 성과를 확인할 시간이었다. 나는 네타냐후와 아바스에게 이렇게 말했다. "두 분은 오늘 이 자리에 참석함으로써, 우리가 바꿀 수 없는 역사의 족쇄에서 각자의 국민을 해방시키고 여러분만이 창조할 수 있는 평화와 존엄이 있는 미래를 향해 나아가기 위한 중요한 한발을 내디뎠습니다. 이번 교섭의 핵심 쟁점인 영토나 안보, 예루살렘, 난민, 정착촌 등의 문제는 기다리기만 해서는 결코 쉽게 해결되지 않을 것입니다. 저절로 해결되지도 않을 거고요…… 지금이야말로 대담한 리더십이 필요한 시점이고, 어려운 결정을 내릴 용기가 있는 정치인이 필요한 시점입니다." 내 양쪽에 각각 앉아 있던 네타냐후와 아바스는 그 도전 과제를 받아들일 준비가 되었다는 의지를 표명했다.

네타냐후는 성경에 나오는 이삭(유대인의 조상)과 이스마엘(아랍인의 조상) 이야기를 꺼냈다. 이 두 사람은 아브라함의 아들로, 이복형제임에도 아버지의 장례를 함께 치렀다. "내가 할 수 있는 건 기도뿐입니다. 나는 수백만 명의 이스라엘인과 수백만 명의 팔레스타인인을 비롯한 수백만 명의 세계인이 지난 몇백 년 동안의 갈등으로 우리 서로가 경험해온 고통이 끝나기를 기도한다는 걸 압니다. 이곳 워싱턴에 마련된 평화의 장에서 한순간의 평화로 끝나지 않고, 이 자리를 떠나서도 변하지 않으며 세대를 넘어 지속되는 평화를 이루도록 우리를 하나로 만들어달라고 말입니다."

아바스는 1993년 라빈과 아라파트가 악수를 나누었던 유명한 일례를 회상하며 "갈등을 끝내고, 모든 요구를 충족시키고, 이스라엘과 팔레스타인 사람들에게 새로운 시대를 열어줄 평화"를 이루자고 말했다. 우리가 극복해야 할 간극은 여전히 넓고, 종료시간은 점점 다가왔지만, 이때만큼은 모두가 옳은 말을 하고 있었다.

공식적인 교섭을 하며 긴 오후를 보낸 뒤, 두 지도자를 7층 집무실로 초대했다. 미첼 상원의원과 나는 한동안 이야기를 나누다가 그들만 남겨두고 자리에서 빠졌다. 두 지도자는 벽난로 앞에서 높은 등받이 의자에 앉아 2주 후에 다시 만남을 갖기로 합의했다. 상당한 진전이 있었던 것은 아니지만, 나는 두 사람이 주고받은 말과 몸짓에서 힘을 얻었다. 낙관적이고 희망에 찬 순간이었다. 슬프게도 행동으로 이어지지는 않았지만.

2주 후 우리는 햇살을 가득 머금은 이집트 홍해의 휴양도시 샤름 엘셰이크에 다시 모였다. (외교를 수행하면서 겪는 아이러니 중 하나는 바로 우리가 샤름 엘셰이크나 발리, 하와이 같은 곳으로 자주 출장을 가면서도 정작 그곳을 관광할 시간이 없고 심지어 공식 회의실 부근을 둘러볼 시간조차 없다는 것이다. 나는 가끔 그리스 신화에서 먹음직스러운 과일과 시원한 물을 먹지는 못하고 영원히 바라봐야만 하는 운명에 처한 탄탈로스가 된 기분이 들었다.) 이번 모임의 주최자는 무바라크 대통령이었는데, 그는 자국에서는 독재자였지만 두 국가 해법과 중동 내 평화는 강력하게 지지했다. 이집트는 가자 지구 및 이스라엘과 접경을 이루고 있고, 아랍 국가로서는 처음으로

1979년에 이스라엘과 평화협정을 체결한 터라 매우 중요한 역할을 했다. 무바라크는 아바스와 가까운 사이여서 일단 팔레스타인을 협상 테이블로 불러내는 데 도움을 주었다. 나는 이제 그가 두 지도자를 협상 테이블에 붙잡아둘 수 있기를 바랐다.

무바라크와 나는 이스라엘과 팔레스타인 사람들을 따로따로 만나는 것으로 하루를 시작했다. 그런 다음에는 네타냐후와 아바스를 함께 불렀다. 그들은 한 시간 40분 동안 대화를 나누었다. 양측은 진지한 목표와 선의를 갖고 참여하겠다는 서로의 의지를 재확인했다. 이어서 우리는 갈등의 핵심 사안 몇 가지를 깊게 파고들기 시작했다. 각자의 입장을 표명하고 상대가 취하려는 조치를 확인하는 시간이 길어져 논의는 천천히 진행되었지만, 마침내 근본적인 문제에 대해 이야기할 수 있게 되어 기분은 좋았다. 첫 단추를 잘못 꿴 후 20개월 이상이 흐른 뒤에야 우리는 갈등을 완전히 종식시키겠다는 약속을 가로막고 있던 핵심 문제에 칼을 댄 것이다. 우리는 다 함께 점심식사를 한 뒤 다시 만나기로 했다. 네타냐후가 출발시간을 미뤄주어서 이야기를 계속할 수 있었다.

다음 날은 예루살렘에 있는 네타냐후의 거처에서 대화를 이어나갔다. 그는 아바스를 존중한다는 표시로 팔레스타인 국기를 걸어두었다. 총리 공관인 베이트 아기온은 1930년대에 부유한 상인이 지은 건물이었다. 1948년 아랍-이스라엘 전쟁 당시에는 전투원들을 수용하는 병원으로 사용되었다. 이 건물은 부촌인 레하비아에서도 중심지와 다소 떨어진 한적한 곳에 자리잡고 있었다. 외관은 '통곡의 벽'과 구시가지 대부분의 건물과 마찬가지로 예루살렘 석회암으로 덮였고, 내부는 놀랍도록 아늑했다. 우리 네 사람, 즉 네타냐후, 아바스, 미첼과 나는 총리의 서재로 들어가 열띤 토론을 벌였다. 모두의 머릿속은 최종시한이 다가오고 있다는 생각으로 가득했다. 타개점을 찾지 못한다면 정착촌 건설 중단 기간은 그대로 만료될 것이고, 최종시

한까지 2주도 남지 않은 상황에서 지금까지의 회의는 물거품이 될 것이다. 똑딱거리는 시계 소리에 귀가 멀 것 같았다.

그 밖의 어려운 문제들 가운데서는 요르단과 미래의 팔레스타인 독립국 사이 국경이 될 요르단 계곡에 이스라엘 군대가 얼마나 오래 주둔할 것인가에 초점을 맞추어 논의했다. 미첼과 나는 이스라엘의 안보에 대한 지속적인 요구와 팔레스타인의 주권 문제를 조율해 해결점을 찾도록 제안했다. 네타냐후는 접경지에 이스라엘 군대를 수십 년 동안 무기한 배치해두고 향후 문제는 현지 상황에 따라 유동성 있게 결정하자고 주장했다. 한때 아바스는 새로 수립될 국가 너머 요르단 계곡에 이스라엘 군대가 몇 년 동안 주둔하는 것은 수용할 수 있다고 말했지만, 이제는 더 이상 수용할 수 없으며 무기한 주둔할 것이 아니라 철수시한을 정해야 한다고 했다. 이렇게 의견 차이가 확연한데도 나는 이것이 중요한 시작이 될 수도 있다고 생각했다. 만약 이 대화의 주제가 수십 년 된 고질적 문제나 수개월 된 뜨거운 감자 같은 문제가 아니라 적당히 몇 년 묵혀온 문제였다면, 아마 대화를 계속하기만 하면 국제적인 안보 지원과 진보한 국경보호 전술 및 기술을 적절히 조합해 갈라진 틈을 메울 수 있었을 것이다.

그들은 몇 시간 동안 논쟁을 계속하며 결론을 내지 못했다. 바깥에 있던 미국 기자단은 애가 탔고, 언론인 다수는 근처의 호텔 바로 떠났다. 안에서 나는 정착촌 건설 중단을 연장시키는 데 필요하다고 생각되는 방안들을 내놓지 못해 속이 탔다. 하지만 지리하게 끌어온 북아일랜드 협상을 성공으로 이끈 베테랑 외교관인 미첼은 다소 유익한 전망을 내놓았다. "북아일랜드에서는 22개월 동안 협상을 벌였습니다. 그리고 당사자들을 갈라놓은 주요 문제들에 대해 본격적으로 진지하고 실질적인 논의를 시작하기까지는 수개월이 걸렸지요." 우리는 이미 갈등을 일으킨 원인 중 가장 어렵고 민감한 문제 속으로 깊이 들어와 있었던 것이다.

세 시간에 걸친 회의가 마침내 끝나고, 나는 네타냐후와 따로 남아서 이야기를 나누었다. 그는 논의가 시작되어 이제 핵심 문제에 파고든 시점에서 자기 때문에 이 회담이 중단되는 것을 원치 않았다. 그렇다면 유예 기간을 일시적으로 연장해 성과가 나올 때까지 협상을 계속 진행하는 데 동의해주려는 것일까? 하지만 네타냐후 총리는 고개를 가로저었다. 그는 10개월을 주었고, 팔레스타인은 그중 9개월 이상을 허비했다. 그는 대화를 계속할 준비가 되었지만 정착촌 건설은 예정대로 재개하겠다고 했다.

예루살렘에 모였던 그날 저녁은 네타냐후와 아바스가 마주보며 대화를 나눈 마지막 시간이었다. 2013년과 2014년에 관계자들이 많은 노력을 쏟아부었음에도 두 지도자는 이 글을 쓰고 있는 지금까지 추가 논의를 하지 않고 있다.

═══

그 후 몇 주 동안 우리는 유예 기간 연장을 고려하도록 네타냐후를 설득하는 일에 총력을 기울였다. 유엔총회 참석을 위해 모두가 뉴욕에 다시 모여 있었기 때문에 설득작전도 대부분 뉴욕에서 이루어졌다. 한 해 전에는 오바마 대통령이 네타냐후와 아바스 두 사람만의 첫 만남을 주선한 바 있다. 이제는 우리가 협상 결렬을 막기 위해 싸우고 있었다. 나는 길고 긴 밤들을 월도프 아스토리아 호텔에서 보내며 오바마 대통령과 국무부 직원들과 함께 전략을 짜고 이스라엘, 팔레스타인, 아랍 국가들과 해결책을 찾으려 노력했다. 그곳에서 아바스를 두 번 만나고, 에후드 바라크와 개인적인 만남을 갖고, 아랍 국가 외무장관들과 함께 아침식사를 하고, 네타냐후와 전화 통화를 했다. 이 회담을 그만둔다면, 정착촌 건설을 중단하든 말든, 팔레스타인 사람들의 염원을 방해하는 것이라고 네타냐후를 매번 설득했다.

오바마 대통령은 총회 연설에서 유예 기간 연장과 양측의 협상 지속을 촉구했다. "지금이야말로 이 장애물을 극복할 수 있도록 관계자들이 서로 도와야 할 때입니다. 지금이야말로 신뢰를 쌓고 시간을 들여 실질적인 진전을 이루어야 할 때입니다. 지금이야말로 이 기회가 사라지지 않도록 잡아야 할 때입니다."

처음에는 완강하게 거부하던 네타냐후도 점점 유예 기간 연장에 관해 논의할 의지를 보이는 듯했지만, 그에 대한 조건으로 최첨단 전투기를 비롯해 끝없는 요구사항을 늘어놓았다. 아바스 측에서는 이스라엘이 "평화와 정착촌 건설 중 하나를 선택"해야 한다고 주장했다.

최종시한 전날 밤, 나는 에후드 바라크에게 "유예 기간 종료는 이스라엘과 미국에 재앙이 될 것"임을 상기시켰다. 그는 팔레스타인에게도 마찬가지라고 대답했다. 바라크는 내가 타협을 잘 이끌어갈 수 있도록 최선을 다해 도왔지만, 네타냐후나 나머지 이스라엘 내각을 끌어들일 수는 없었다.

최종시한이 지났다. 현재로선 직접교섭도 끝났다. 하지만 내 임무는 끝나지 않았다. 나는 회담 결렬로 인해 대중의 신뢰를 잃거나 과거처럼 폭력사태가 발생하지 않도록 하는 것이 매우 중요하다고 생각했다. 2010년 마지막 몇 달간, 양측이 서로를 자극하지 않게 하고 교섭회의에서 발견한 틈새들을 근거리 외교와 창조적인 외교안을 통해 메울 수 있을지 탐구하는 데 총력을 기울였다. 10월 초에 네타냐후에게 전화로 이야기했다. "앞으로 가야 할 길이 점점 걱정스러워집니다. 우리는 일을 순조롭게 처리하고, 사태가 급격히 악화되는 것을 막기 위해 정말 열심히 노력하고 있어요. 유예 기간 연장에 실패해 우리가 얼마나 실망했는지 아시잖아요." 나는 그에게 새 건설 계획을 승인하거나 향후 계획들을 발표할 때 조심해줄 것을 당부했다. 무모한 발표는 긴장만 고조시킬 뿐이었다. 네타냐후는 신중한 판단을 내리겠다고 약속했지만, 팔레스타인이 '벼랑 끝 전술'을 펼치지 못하게 하라고 나에게 경고했다.

팔레스타인 대중과 아랍권 후원자들이 분열되어 자신의 입지가 불안해질까 늘 걱정하던 아바스는 유예 기간 만료로 타격을 입은 신뢰를 회복할 방법을 모색하고 있었다. 그가 고려하고 있던 방법들 중 하나가 바로 유엔으로 가서 국가적 지위를 요구하는 것이었다. 그런데 협상에서 교묘히 발을 빼는 이 방법은 미국의 입장을 난처하게 만들 수 있었다. 안전보장이사회에서 우리는 그 문제에 대해 거부권을 행사해야겠지만, 표결을 하면 이스라엘이 얼마나 고립되었는지가 고스란히 노출될 가능성이 있었다. 나는 아바스에게 말했다. "이제 지치셨다는 걸 압니다. 그리고 지금 우리가 하는 노력이 어떤 결과를 낳을지 궁금하실 거라는 것도요. 지금 하고 있는 일을 통해 우리 모두가 동반자로서 성공의 기회를 얻을 거라는 확신이 없었다면 이렇게 모시지 않았을 겁니다. 우리는 쉼 없이 일하고 있어요. 말씀하신 대로, 평화로 가는 길은 오직 교섭뿐입니다." 그는 궁지에 몰려 어쩔 줄 몰라했지만, 이것은 어디까지나 아바스 자신과 우리가 자초한 곤경이었다.

나는 지도자들과 통화를 하거나 직접 만나서 우리가 영토 및 국경 문제로 벌어진 의견차를 좁혀 정착촌 문제를 넘어설 수 있을지 철저히 조사해보았다. 10월 중순에 네타냐후에게 이렇게 말했다. "총리께서 요구하신 안전보장에 관한 요구는 충족되었다고 보는데요, 문제는 이겁니다. '국경에 관해서는 아바스에게 무엇을 줄 수 있는가?' 이 점은 팔레스타인에서도 대충은 알고 있으니 자세한 내용을 좀 들어야겠습니다." 네타냐후가 대답했다. "내 관심사는 아바스의 영토 요구가 아니라, 내가 안전보장을 요구하는 이유를 그가 이해하고 수용해주는 것입니다…… 나는 현실주의자요. 거래를 성사시킬 때 필요한 게 뭔지 알지요." 우리는 이런 식으로 한 시간 20분 동안 통화했다.

11월에는 뉴욕 시 리젠시 호텔에서 네타냐후와 여덟 시간을 보냈다. 국무장관으로 있으면서 양자회의를 한 번에 이토록 오래 한 건 처음이었다. 우리는 온갖 주제를 가지고 이야기를 나누고 또 나누었다. 대화 도중에는 정착촌 건설 유예를 재개하는 조건으로 군사장비를 비롯한 안보 원조를 제공하는 일 등 오래전부터 주고받았던 의견들을 꺼내기도 했다. 결국 그는 내각을 소집해 웨스트뱅크 정착촌 건설을 90일 동안 중단하는 안건을 발의하기로 했다(하지만 동예루살렘은 제외했다). 그 대가로 우리는 30억 달러에 준하는 방위 지원을 제공하기로 하고, 유엔에서 분쟁 당사자들 간의 직접교섭 기회를 차단해버릴 수 있는 결의안이 나올 경우 무조건 거부권을 행사하기로 약속했다.

협상 소식이 공개되자 모두가 경악했다. 네타냐후의 연정 파트너인 우익 세력은 분노에 휩싸였고, 네타냐후는 그들을 달래기 위해 동예루살렘에서는 건설을 계속할 거라는 사실을 강조했다. 그런데 이번에는 팔레스타인이 들고일어났다. 미국 일각에서도 교섭이 어떻게 될지 모르는데 90일짜리 동결 조치에 돈을 들이는 행위가 과연 현명한가 하는 타당한 질문이 제기되었다. 물론 나 스스로도 토니 블레어에게 "찝찝한 거래"라고 털어놓았을 만큼 유쾌하지 않았지만, 그래도 그럴 만한 가치가 있는 희생이라고 느꼈다.

이 모든 압박 속에서도 거래는 곧 삐걱거리기 시작했고, 11월 말에 사실상 무위로 돌아갔다. 2010년 12월, 나는 중동과 미국의 지도자들과 전문가들이 모인 회담인 사반포럼에 참석했다. 그 자리에서 나는 미국은 계속해서 양측과 관계를 맺을 것이고, 양측이 핵심 문제를 극복하려 노력하도록 계속 압박할 것이라고 맹세했다. 다시 근거리 외교를 활용하는 한이 있더라도 말이다. 우리는 이스라엘과 팔레스타인이 민족 최대의 난제들을 대하는 각자의 입장을 분명하게 제시하도록 압박해, 벌어진 의견차를 좁히고 필요에 따라 우리 나름의 아이디어를 제시하는 데 힘쓰고자 했다. 남편이 10년 전에 클린턴 파라미터를 제안한 이후 그동안 미국은 구체적인 계획을 실행하거나 독자적으로 틀을 만드는 일을 추진하기를 꺼렸다. "평화는 남이 쥐여주는 게 아니다"라는 말도 자주 했고 또 그게 사실이었지만, 이제 우리는 논의 조건을 정하는 데 더욱 공격적으로 임했다.

오바마 대통령은 이와 관련해 2011년 봄 국무부 연설에서 선언했다. "우리는 쌍방의 합의에 의한 영토 교환이 이루어졌던 1967년 접경선을 바탕으로 이스라엘과 팔레스타인의 국경을 획정해야 한다고 생각합니다. 그러면 양쪽 지역 모두가 인정하는 안전한 국경선이 그어질 것입니다."

네타냐후는 쓸데없이 "1967년 접경선"이라는 말에 초점을 맞추고 "합의에 의한 영토 교환"이라는 말을 무시하기로 한 모양이었다. 그러자 두 지도자 사이에는 또다시 냉랭한 분위기가 조성되었다. 그사이에 팔레스타인은 유엔총회에 독립국 인정을 청원하기로 한 계획을 차근차근 진행시켰다. 조지 미첼은 그해 여름 사임했고, 나는 2011년 남은 시간의 대부분을 상황이 교착상태에서 재앙으로 악화되지 않도록 애썼다.

그것은 쉽지 않은 일이었다. 아랍 국가들 사이에서 가장 두각을 드러내는 평화의 수호자였던 호스니 무바라크가 이집트 권좌에서 내려왔다. 분쟁지역으로 불안감이 퍼져나갔다. 이스라엘은 예측할 수 없는 새 전략적 정세에 직면하고 말았다. 일부 팔레스타인 사람들은 튀니지나 이집트, 리비아처럼 거리에서 시위라도 해야 하지 않을까 의문을 가졌다. 다시 진지한 교섭을 벌일 가능성은 전보다 더 희박해지는 듯 보였다. 2009년 초 오바마 대통령의 취임과 동시에 열렸던 기회의 창은 이제 닫히고 있는 듯했다.

그렇게 힘든 날들을 보내며 이따금 워싱턴과 샤름 엘셰이크, 예루살렘에서 장시간 토론을 벌였던 기억을 떠올리곤 했다. 나는 언젠가 평화를 부르짖는 두 민족의 목소리가 커지고 강해져서 두 지도자가 타협할 수밖에 없는 날이 오기를 기원했다. 머릿속에서 암살된 친구 이츠하크 라빈의 깊고 차분한 목소리가 들려왔다. "차디찬 평화가 뜨거운 전쟁보다 낫다."

15

아랍의 봄 : 혁명

"화약고 위에 앉아 있던 그들이 마음을 바꾸지 않았다면 그 화약고는 분명 폭발했을 겁니다."

나는 분노에 차 있었다. 때는 2011년 1월 첫째 주, 우리는 중동지역을 방문할 예정이었다. 이번에 나는 아랍권 국가들의 공식회담에 흔히 등장하는 진부한 의제와 개인적인 감언이설에 지나지 않는 정치적, 경제적 개혁을 뛰어넘고 싶었다. 나의 둘도 없는 조력자이자 국무부 근동 담당 차관보 제프리 펠트먼Jeffrey Feltman도 내 생각에 동의했다. 중동을 변화시키려는 노력을 두고 헛고생이라고 생각하는 사람들도 있겠지만, 제프리는 수년간 여러 정권에 걸쳐 그렇게 해왔다. 그는 여러 직책을 거쳤는데, 그중에서도 레바논의 근현대사에서 가장 격변의 시기에 대사를 지냈다. 2005년 전 세계를 떠들썩하게 한 라피크 하리리Rafik Hariri 총리 암살사건과 이를 계기로 일어난 백향목 혁명, 시리아군의 철수가 있었고, 2006년에는 이스라엘과 헤즈볼라 간의 전쟁이 일어났다. 이런 경험으로 인해 그는 우리가 중동지역을 덮친 변혁의 파도 속에서 걸음을 내딛으려 노력하는 문제의 몇 주 동안 잘 대처할 수 있었다. 이 격변의 시기는 경험이 풍부한 외교관들에게도 몹시 유동적이고 혼란스러웠다.

나는 연설문 작성자인 메건 루니Megan Rooney와 댄 슈워린Dan Schwerin에게 "그곳에 갈 때마다 매번 변화 없이 같은 말을 반복하는 데 신물이 난다"고 말했다. 그리고 "이번에는 진정한 변화를 가져올 뭔가에 대해 말하고 싶다"는 말을 덧붙였다. 매년 열리는 '미래를 위한 포럼'이 부유한 산유국 카타르의 수도 도하에서 개최되는데, 나로서는 중동에서 가장 영향력 있는 많은 사람들, 즉 왕족, 정치 지도자, 기업총수, 학자, 시민사회 활동가 들에게 메시지를 전할 기회였다. 그들 중 다수가 같은 시간 같은 자리에 모일 것이었다. 이 지역의 현 상태가 지속불가능하다는 걸 알리려면 이 자리에서 해야 했다. 그리하여 메건과 댄과 함께 바로 이 일에 착수했다.

물론 내가 중동의 변혁을 꾀한 최초의 미국인 정치가는 아니다. 2005년에 이미 콘돌리자 라이스 전 국무장관이 이집트에서 변혁의 물꼬를 텄다. 그녀는 "반세기가 넘는 시간 동안 미국은 중동의 민주주의를 희생시키는 대신 안정을 추구해왔습니다. 하지만 안정도 민주화도 이루지 못했습니다"라며 더 이상 그렇게 하지 않겠노라고 약속했다. 그리고 4년 후 오바마 대통령도 카이로 연설에서 이집트의 민주적 개혁을 주창했다.

하지만 온갖 말들이 공개적으로 전달되고 더욱 신랄한 이야기가 개인적으로 전해졌음에도, 2011년 초까지 사회 각계각층에서 중동의 번영과 자유를 위해 지속적으로 노력했음에도, 중동과 북아프리카 지역 대부분은 여전히 정치적으로 폐쇄되었고 경제적으로도 침체를 벗어나지 못하고 있었다. 많은 나라에서 군정이 수십 년 동안 실시되었다. 또한 아랍 전역에 걸쳐 사회 각층에서 부패가 만연했고, 기득권의 부패가 특히 심했다. 정당과 시민단체는 더 이상 존재하지 않거나 심한 압박을 받았다. 사법권은 자유롭거나 독립적이지 못했다. 투표 역시 갖가지 부당한 방법으로 조작되었다. 이런 상태는 이름뿐인 야당을 거의 배제한 반쪽짜리 이집트 총선이 치러진 2010년 11월, 다시 극적으로 드러나기 시작했다.

2002년에 중동지역을 대표하는 지식인들과 유엔개발계획UN Development Program에서 중요한 연구를 진행했는데, 발표 즉시 문제를 일으켰다. 아랍 인력개발보고서는 쇠퇴하고 있는 지역의 황폐한 초상을 그려냈다. 중동은 엄청난 양의 석유자원을 비롯해 무역에 최적인 지리 조건을 갖추었음에도 실업률이 전 세계 평균의 2배가 넘고, 특히 여성과 청년의 실업률은 훨씬 더 높았다. 빈곤층이 늘어났고, 위생시설은 물론 안전한 식수와 전력도 공급되지 않는 과밀한 빈민가에 반해, 소수의 엘리트 집단이 나라의 모든 권력과 자원을 독식했다. 또한 아랍권 여성의 정치적, 경제적 참여도가 세계 최저라는 건 놀랄 일도 아니었다.

이런 문제점에도 불구하고 중동 지도자들과 실세들은 전혀 변혁의 필요성을 느끼지 못하는 듯했다. 미국의 행정부들은 잇달아 선의의 정책을 펴는 방향으로 흘러가는데도, 정작 외교정책의 현실은 아랍 협력국들의 내부적 개혁을 독려하는 장기적인 목표보다는 대테러활동, 이스라엘 지원, 이란의 핵 야심 차단 같은 전략 및 안보에 관한 긴급한 일을 우선시했다. 물론 우리는 장기적인 안목으로 볼 때 사회안정과 포괄적인 번영을 위해 내부 개혁이 필수적이라고 믿는 만큼, 각국 지도자들에게 개혁을 강하게 주문했다. 그러나 우리는 광범위한 안보관계를 형성하기 위해 협력했고, 그들과 군사적 관계를 끊는 것은 진지하게 고려하지도 않았다.

이는 미국의 정책입안자들이 여러 세대 동안 고민하고 있는 딜레마다. 민주적 가치를 고취시키기 위해 연설을 한다든가 책을 쓰는 일은 쉽다. 우리의 안보와 관련해 이해관계가 충돌하더라도 말이다. 하지만 탁상공론에서 벗어나 실제로, 실재하는 나라와의 거래를 맞닥뜨리면 선택은 더 힘들어진다. 정책 수립이란 결국 균형을 잡는 행위이기 때문이다. 우리는 그 행위가 문제를 일으키기보다는 긍정적인 결과를 더 많이 가져오기를 바란다. 하지만 후회스러운 선택도 있고, 예기치 못한 결과도 생기게 마련이며, 가지 못한 길에 대한 미련도 남는 법이다.

나는 오랜 시간 동안 많은 아랍권 지도자들과 많은 이야기를 나누었고, 이들이 변화에 동참하게 하기가 그리 쉽지 않다는 걸 알게 되었다. 그들은 변화가 일어나겠지만 느리게 찾아오리라고 보았다. 나는 그들의 행동에 영향을 끼친 문화적, 사회적 견해를 보다 잘 파악하기 위해 개인적으로 친분과 신뢰를 쌓기 위한 방법을 모색하고, 변화를 가능한 한 앞당기기 위해 힘썼다.

2011년 새해가 밝으면서 이런 생각들이 머릿속을 가득 채우자 다시 한 번 중동지역을 방문할 계획을 세웠다. 2009년과 2010년에 나는 이스라엘과 팔레스타인 지도자들을 직접 평화회담 자리에 모으려고 많은 시간을 들여 이집트의 무바라크 대통령과 요르단 국왕 압둘라 2세와 협력했다. 그러나 세 차례에 걸친 교섭 끝에 협상은 결렬되고 말았다. 나는 다시 한 번 그들에게 현재 상태는 지속불가능함을 설명하고, 평화와 진보를 도모하는 선택이 필수적이라고 주장했다. 이제는 두 나라뿐만 아니라 중동 전역에도 평화와 진보가 필요하다는 생각이 들었다. 대다수가 미국의 협력자인 아랍권 지도자들이 변화 요구를 수용하지 못한다면, 청년층과 소외계층 인구를 통제하기가 어려워지고 불안과 갈등, 테러에 노출되는 위험을 감수해야 한다. 본질을 흐리는 뻔하고 미묘한 외교적 표현들은 빼고, 내가 주장하고 싶었던 바는 바로 이것이었다.

우리가 정치적, 경제적, 환경적 지속가능성을 주제로 순방 계획을 세우고 있을 때, 중동 현지에서 위기가 한층 고조되는 일이 발생했다.

친서방 성향의 레바논 정부가 헤즈볼라의 거센 압박으로 붕괴될 지경에 처한 것이다. 헤즈볼라는 시아파 민병대의 무장 세력으로 레바논 정치권에 지대한 영향력을 행사하고 있었다. 1월 7일, 나는 암살당한 전 총리 라피크 하리리의 아들로 현재 레바논 총리인 사드 하리리Saad Hariri와 사우디아라비아 압둘라 국왕과 함께 이번 위기에 대해 논의하고자 뉴욕으로 날아갔다. 마침 두 사람은 미국 방문 중이었다.

그때, 튀니지에서는 제인 엘아비디네 벤 알리Zein el-Abidine Ben Ali의 장기 독재에 반기를 든 거리 시위가 발생했다는 보고가 들어왔다. 북아프리카 지중해 연안의 리비아와 알제리 사이에 위치한 튀니지는 한때 프랑스 식민지였던 나라다. 해변과 세계적인 호텔에 매료된 유럽인 여행객들은 벤 알리에 의해 잠식된 튀니지의 어두운 면에는 관심이 없었다. 표면적으로는 다른 중동 국가에 비해 여성들이 더 많은 권리를 누렸고, 경제는 더욱 분화되어 있었으며, 극단주의자들은 환영받지 못했다. 하지만 정권은 무자비하고 억압적이고 부패했다. 화려한 관광지 너머에서는 많은 사람들이 가난 속에서 절망한 채 살고 있었다.

사회불안은 2010년 12월 17일에 발생한 가슴 아픈 사건을 계기로 촉발되었다. 수도 튀니스 남쪽의 빈곤한 지방도시 시디부지드에 과일 노점상을 하는 모하메드 부아지지Mohamed Bouazizi라는 26세 청년이 있었다. 튀니지 사람들 대부분이 그렇듯 그도 지하경제에서 가족을 부양하기 위해 돈을 벌었다. 부아지지는 허가 없이 장사를 하던 어느 날 여성 경찰관에게 모욕과 창피를 당하고 말다툼을 했다. 그날, 그는 지방정부 청사 앞에서 분신했다. 이 사건은 튀니지 전역에서 일어난 시위의 도화선이 되었다. 사람들은 거리로 쏟아져나와 부패와 모욕, 기회의 부족에 대해 격렬히 저항했다. 소셜미디어에서는 벤 알리의 부패와 관련된 충격적인 이야기들이 퍼져나갔다. 그중 몇 가지는 미국 외교관들이 튀니지 정부의 오랜 월권행위를 보고한 문서에서 유출된 내용으로, 시위가 시작되기 얼마 전 폭로 전문 사이트 위키리크스에 게재된 터였다.

정부는 강경한 무력 진압으로 대응해 시민의 분노를 심화시켰다. 벤 알리는 병원에서 사경을 헤매는 부아지지를 직접 위문했지만 이런 제스처는 점점 커져가는 사회 불안을 억누르기에는 역부족이었으며, 결국 부아지지는 사망하고 말았다.

1월 9일, 내가 아랍에미리트 연방에서 예멘, 오만, 카타르를 거치는 순방을 시작하려고 워싱턴에서 아부다비로 출발했을 때, 튀니지 치안부대는 시위자들에 대한 탄압을 강화했다. 이 과정에서 몇몇 사람들이 목숨을 잃었다. 하지만 전문가 대부분은 이를 소요가 흔한 지역에서 벌어진 익숙한 탄압 사례로 여겼다.

걸프 만에 자리 잡은 아랍에미리트 연방은 엄청난 양의 석유자원과 천연가스로 어마어마한 부를 축적한 작지만 영향력 있는 나라다. 모하메드 빈 자이드 알나하얀Mohammed bin Zayed al Nahyan 왕세제를 수반으로 한 정부는 경제발전을 다각화하고 훗날 국제 석유시장이 불안정해질 것에 대비해 대체에너지인 태양열 기술을 개발하고 있었다. 이런 통찰과 영리한 계획은 다른 산유국에서는 보기 드문 사례다. 나는 아부다비에서 약 30킬로미터 떨어진 사막에 위치한 마스다르 연구소에 도착했다. 최첨단 시설을 갖춘 그곳에서 줄어드는 석유 공급량과 지하수면에 대해 대학원생들과 이야기를 나누었다. 나는 말했다. "더 이상 예전과 같은 방법으로는 경제성장과 번영이 어려울 것입니다. 지금은 수요가 너무나 많습니다. 이 상태가 지속되지는 못할 거예요."

내 경고를 가장 상징적으로 보여주는 나라는 아라비아 반도 최남단에 위치한 예멘인 것 같았다. 흙먼지에 뒤덮인 중세풍의 도시인 수도 사나는 깨끗하고 현대적인 도시 아부다비나 두바이와 극명하게 대비되었다. 1990년부터 독재자 알리 압둘라 살레Ali Abdullah Saleh가 통치해온 부족사회 예멘은 잔혹한 분리주의자들의 폭동을 비롯해 알카에다와 연계된 테러리스트들의 유입, 광범위한 실업, 물 부족, 높은 영유아 사망률 등으로 몸살을 앓고 있었다. 한 가지 직관에 반하는 사실은 높은 영유아 사망률에도 불구하고 20년 후에는 인구가 2배를 넘어설 것이라는 전망이었다. 예멘은 전 세계에서 가장 위험한 분쟁국 중 하나이며 문맹률 또한 높다.

살레 대통령과의 관계는 미국 정부가 중동지역 정책을 이행하는 데 핵심적이고 전형적인 딜레마였다. 살레는 부패한 독재자이기는 하지만, 알카에다에 맞서 싸우고 분쟁이 끊이지 않는 조국을 단결시키기 위해 많은 노력을 기울이기도 했다. 결국 오바마 정부는 내키진 않지만 예멘에 대한 군사 및 개발원조를 늘리고 대테러활동에서 협력을 확대하기로 했다. 나는 대통령궁에서 살레 대통령과 긴 시간 동안 점심식사를 하며 국가의 안전을 위해 더 긴밀하게 협력할 수 있는 방법을 모색했다. 그리고 인권 문제와 경제개혁에 대해서도 압박을 가했다. 하지만 그는 내 말에는 귀를 기울이지 않고 노먼 슈워츠코프Norman Schwarzkopf 장군(1991년 걸프전 때 미국 주도 다국적군의 총지휘를 맡은 걸프전의 영웅_옮긴이)에게 받은 오래된 라이플총을 보여주는 것이었다. 그는 내게 떠나기 전에 사나 구시가지를 꼭 보라고, 관광을 해야 한다고 단호하게 말하기도 했다.

구시가지는 《아라비안나이트》에서 막 튀어나온 듯한 모습이었다. 설화석고로 외벽을 장식한 흙벽돌 건물들이 마치 생강빵으로 만든 집처럼 여기저기 지어져 있었다. 우리가 지나가자 향신료 가게와 카페에 있던 사람들이 신기한 눈으로 우리를 쳐다보았다. 대부분의 여성들은 베일을 썼는데, '히잡'이라고 불리는 두건, 또는 더 심하게 얼굴을 다 가리는 '니캅'을 썼다. 남성들은 대개 허리춤에 단도를 차고 다녔다. 칼라시니코프 라이플총을 들고 다니는 이들도 있었다. 그리고 많은 사람들이 카트 나뭇잎을 씹고 있었는데 이것은 마약성분이 있는 예멘의 기호식품이었다. 나는 도시의 좁은 길에는 걸맞지 않은 아주 큰 SUV 차량을 타고 있었다. 길이 너무 좁아서 지나갈 때마다 옆에 있는 상점이나 주택의 벽을 스칠 것만 같았다. 만약 창문이 열려 있었다면 집 안에 손을 집어넣을 수도 있었을 것이다.

시가지가 훤히 내려다보이는 뫼벤픽 호텔에 도착했다. 그곳에서 예멘 시민사회에서 가장 활발하게 움직이는 활동가와 학생 단체를 만나 이야기를 나누었다. 이날 모임에서 나는 예멘뿐만 아니라 중동 전역 사람들에게 전하고자 하는 메시지로 토론을 시작했다. "예멘의 다음 세대는 그들을 세계 경제와 연결해주는 일자리 및 의료 혜택, 지식, 교육, 훈련 등의 부족에 시달리게 될 것입니다. 그리고 자신들의 공동체를 돌봐줄 수 있는 책임감 있고 민주적인 권력을 찾게 될 것입니다." 중동지역 전체는 젊은이들이 안전하고 안정적인 토대에서 더 많은 기회가 있는 미래를 꿈꿀 수 있도록 방법을 찾아야 했다. 나의 발언은 활기찬 대화의 장을 만들어 많은 사람들이 자유롭게 아이디어를 내놓게 했다. 외국에서 공부를 마친 몇몇 학생들은 나라를 바로 세우는 데 일조하기 위해 조국으로 돌아와야 했다고 열정적으로 말했다. 억압과 부패에 좌절한 그들이었지만 아직도 진보가 가능하다는 희망의 끈을 놓지 않고 있었다.

참석자 가운데 열 살 때 이혼소송을 해서 이겼다는 누주드 알리Nujood Ali라는 한 여성은 나이가 자신의 3배나 되는 남성과 강제결혼을 하는 바람에 제대로 된 교육을 받은 적이 없다고 했다. 이런 일이 예멘에서는 비일비재하지만 자신에게는 마치 감옥과도 같았다고 했다. 그녀는 폭력적인 결혼생활에서 벗어나 교육의 꿈과 독립된 삶을 되찾기 위해 버스에 올라 법원으로 향했다. 법원에 있는 사람들은 모두 알리보다 나이가 많았는데, 판사가 그녀에게 그곳에 온 이유를 묻기까지는 아무도 관심을 갖지 않았다. 알리가 이혼을 하고 싶다고 말하자, 인권변호사인 샤다 나세르Shada Nasser가 그녀를 도왔다. 그들의 법정싸움은 예멘은 물론 전 세계 사람들을 놀라게 했으며, 결국 재판은 승리했다. 부디 이 사건을 계기로 이 나라에 더 이상 알

리처럼 어린 나이에 결혼을 강요받는 아이들이 없기를 바란다.

다음 날 방문한 오만은 예멘과는 대조적이었다. 술탄인 카보스 빈 사이드 알사이드Qaboos bin Said al-Said는 일찍이 현명한 선택을 해서, 오만의 문화와 전통을 지키면서도 사회를 현대화시켰다. 그는 "사각지대 없이 모든 사람이 교육받을 수 있어야 한다"고 주장했다. 1970년대 오만에는 학교라고는 초등학교 3개뿐이었고, 학생 수는 1,000명이 채 되지 않았는데 이마저도 여자아이들은 제외되었다. 40여 년이 지난 2014년, 오만에서는 성별 구분 없이 초등교육이 실시되고, 대학 졸업자는 여성이 남성보다 더 많다. 오만은 민주주의가 아닌 군주제 국가다. 하지만 지도자가 교육에 관심을 갖고 여성의 권리를 보장하고 국민을 중심에 놓고 발전을 이루면 나라가 어떻게 달라지는지를 보여주는 아주 좋은 예다. 2010년 유엔개발계획은 오만을 1970년 이후 인력개발이 가장 활발하게 이루어진 나라로 꼽았다.

같은 날인 1월 12일, 레바논의 하리리 총리는 미국에서 오바마 대통령과의 만남을 준비 중이었다. 당시 레바논은 내분으로 나라가 분열된 상태였다. 정부는 서로 다른 종파인 이슬람교의 수니파와 시아파, 기독교, 드루즈파 간의 분쟁을 해결하기 위해 종교적 의제와 이해관계를 조화시키려는 노력을 오랫동안 지속해왔다. 한편 튀니지에서는 폭동의 강도가 심해지고 있었다. 이 지역의 위기가 극에 다다른 상태는 아니었지만, 동요하기 시작했다는 것은 확실히 느낄 수 있었다.

마지막 목적지는 카타르의 도하였다. 지역회담에 참석해 그동안 열심히 준비한 연설을 하게 되었다. 1월 13일 이른 아침, 나는 아랍권 지도자들이 모여 있는 회의실로 들어가, 실업과 부패, 그리고 국민의 존엄과 보편적 인권을 무시하는 낡은 정치질서의 문제를 직설적으로 전했다. "너무나 많은 곳에서 많은 방식으로 지역의 기반이 모래 속으로 잠기고 있습니다." 나는 이렇게 말하면서 이번 순방의 주제를 다시 한 번 상기시켰다. 그리고 직접적으로 과제를 제시했다. "여기 계신 바로 여러분이 이 나라의 청년들이 신뢰하고 지켜나갈 미래를 만들 수 있습니다. 만일 지금의 상태를 고수한다면, 국가적인 문제들로 인한 엄청난 영향을 당분간은 막을 수 있을지 모르지만, 영원히 그럴 수는 없을 것입니다."

공개적이고 직접적인 비판에 귀를 기울일 줄 아는 아랍권 지도자는 그리 많지 않다. 물론 나는 이 아랍 국가들의 특별한 관습과 그들이 어떤 기분을 느낄지 잘 이해했다. 하지만 그들이 자신들을 둘러싼 세계가 얼마나 빠르게 변하는지 깨닫는 것이 중요했다. 이 국가들을 변화시킬 수 있다면 나는 어떤 노력이라도 할 것이었다. "다가올 미래를 정직하게 바라봅시다. 그리고 무슨 일을 해야 할지 터놓고 의논해봅시다. 이제부터라도 미사여구를 뛰어넘어서 행동으로 실천하고, 소극적이고 굼뜬 계획들은 집어치우고, 이 지역이 계속해서 올바른 방향으로 나아가도록 노력합시다." 말을 마치자, 순방에 동행한 미국 기자들은 내 발언이 너무 직설적이었다며 쓴소리를 했다. 나는 이제 어떤 반응이 뒤따를지 궁금했다.

다음 날 튀니지의 폭동은 걷잡을 수 없이 커져버렸고, 결국 벤 알리는 사우디아라비아로 망명했다. 과일을 팔던 젊은 청년의 안타까운 죽음으로 일어난 이 폭동은 결국 혁명으로 발전했다. "기반이 모래 속으로 잠기고 있다"는 내 경고를 그토록 급격하고 극적으로 역설하는 사태가 일어나리라고는 예상치 못했지만, 이제 그 메시지는 부정할 수 없는 사실이 되어버렸다. 더욱 걱정스러운 것은 이 혁명이 어떻게 변할지 우리 중 누구 하나도 장담할 수 없다는 점이었다.

튀니지 혁명은 전염성이 있는 것으로 밝혀졌다. 위성방송과 소셜미디어

덕분에 중동과 북아프리카 청년들은 민중폭동이 벤 알리 정권을 무너뜨렸다는 소식을 생생하게 접할 수 있었다. 대담해진 그들은 각국 정부에 대해 개인적인 비판의 목소리를 내고 공개적으로 쇄신을 요구하기 시작했다. 그러자 튀니지와 마찬가지로 국민을 절망으로 몰아넣은 중동지역 정부들의 부패와 부조리가 하나둘 드러나기 시작했다.

1월 25일, 카이로에서는 경찰의 가혹행위에 대한 항의가 권위주의적인 무바라크 정권을 비난하는 대규모 시위로 이어졌다. 수만 명의 이집트인이 도심의 타흐리르 광장을 장악하고, 이를 저지하려는 경찰과 충돌했다. 갈수록 타흐리르 광장을 메우는 시위대의 숫자가 늘어났다. 이 많은 사람들의 공통된 목표는 바로 무바라크 축출이었다.

나는 무바라크와 그의 아내 수잔을 거의 20년 동안 알고 지냈다. 무바라크는 공군 장교로 복무하다 안와르 사다트 정권 당시 부통령을 지냈다. 사다트는 1973년 이스라엘과의 욤 키푸르 전쟁(4차 중동전쟁)을 지휘했고 캠프 데이비드 협정에 조인한 인물이다. 무바라크는 1981년 사다트가 극단주의자들의 손에 암살될 당시 부상을 입었지만 살아남아 대통령이 되었다. 그는 이슬람주의자들과 반정부주의자들을 엄중하게 단속했다. 그리고 고대 이집트 파라오처럼 절대권력을 손에 쥐고 30년 동안 이집트를 통치했다.

나는 무바라크 대통령과 오랜 시간을 함께했다. 그리고 그가 캠프 데이비드 협정, 이스라엘과 팔레스타인의 두 국가 해법 타결을 일관되게 지지한 데 대해 고마움을 느꼈다. 그는 2000년에 그 어떤 아랍 지도자보다도 열심히 야세르 아라파트를 설득해 남편이 제안한 평화협정을 받아들이게 하려고 노력했다. 그러나 핵심 전략 문제에 대한 미국과의 협력관계에도 불구하고, 그의 정권이 그토록 오랫동안 권력을 행사하면서 여전히 이집트 국민들에게 기본적인 자유와 인권을 보장하지 않고 있다는 사실과 경제를 파탄 지경으로 몰아가고 있다는 사실은 실망스러울 따름이었다. '태고의 곡창지대'로 불리던 이집트는 무바라크의 통치하에서 자국민을 먹여 살리기도 힘든 세계 최대의 밀 수입국이 되어버렸다.

2009년 5월, 열두 살 된 무바라크의 손자가 원인 모를 병으로 죽었다. 손자의 죽음으로 그는 눈에 띄게 늙어버린 것 같았다. 내가 수잔 무바라크에게 위로 전화를 하자, 그녀는 죽은 손자가 무바라크의 "가장 친한 친구"였다며 안타까워했다.

오바마 행정부로서는 이집트 시위가 민감한 사안일 수밖에 없었다. 무바라크는 수십 년간 미국에 아주 중요한 협력자였지만, 미국의 이상은 '빵과 자유와 존엄을 달라'고 외치는 젊은이들의 편이었다. 시위 첫날 한 기자가 나에게 이집트 사태에 대해 질문했다. 나는 양국의 이익과 가치관, 그리고 사태의 불확실성 등을 고려해 최대한 자극적인 표현을 피해서 신중하게 답했다. "우리는 모든 국민의 표현과 집회에 대한 기본권을 존중하며, 모든 당파에 폭력을 자제할 것을 촉구합니다. 하지만 이미 이집트 현 정권이 안정적인 상태를 유지하고 있고 또한 국민들의 정당한 요구와 관심에 부응하기 위해 백방으로 노력하고 있다고 생각합니다." 물론 결국 정권은 확실히 '안정적'이지 않은 것으로 드러났지만, 실제로 그렇게 쉽게 무너지리라고 예측한 사람은 거의 없었다.

1월 28일, 오바마 대통령은 백악관 상황실에서 이집트 사태를 처리할 방안을 논의하기 위해 국가안보팀과 회의를 했다. 여러 의견이 제시되었지만 회의는 제자리걸음이었다. 우리는 수세대에 걸쳐 미국 정책입안자들을 괴롭혀온 몇 가지 질문을 다시 파고들었다. '핵심 가치와 전략적인 이해를 어떻게 조화시킬 것인가?' '우리가 다른 나라의 국내정치에 긍정적인 영향을 줄 수 있을 것인가?' '민주주의를 꽃피운 적 없는 나라에서 민주주의를 발현시킬 때 의도와 다른 부정적인 결과가 일어나지 않게 할 수 있을까?' '올바른 역사를 세운다는 것은 어떤 것일까?' 우리는 이른바 아랍의 봄 내내 이런 질문들을 곱씹으며 논의를 계속했다.

전 세계 수많은 젊은이들과 마찬가지로 백악관에 있는 오바마 대통령의 보좌관들 중에도 타흐리르 광장의 모습을 텔레비전으로 보면서 드라마와 이상주의에 빠지는 사람들이 있었다. 그들은 젊은 이집트 시위자들의 민주주의에 대한 열망과 기술적 지식에 동질감을 느꼈다. 실제로 나이나 정치적 성향에 무관하게 모든 미국인들이 오랫동안 억압받던 이집트 국민들이 마침내 보편적 인권을 요구하는 모습을 보며 감동했고, 그런 국민들에게 무차별적인 진압과 폭력으로 대응하는 이집트 정부를 보며 눈살을 찌푸렸다. 나 역시 그들과 공감하면서 전율을 느꼈다. 하지만 바이든 부통령과 로버트 게이츠 국방장관, 토머스 도닐런 국가안보 담당 대통령보좌관과 나는 우리가 오랜 파트너를 등한시해 이집트, 이스라엘, 요르단 등의 분쟁지역들을 불확실하고 위험한 미래로 떠밀고 있는 건 아닌지 걱정이 되었다.

시위대를 돕자는 미국인들의 목소리가 높아졌고 이는 단순히 이상주의를 넘어선 것이었다. 민주주의와 인권의 수호야말로 반세기 이상 미국이 글로벌 리더십을 갖게 한 핵심이었다. 물론 냉전 시기에는 뜻하지 않게 반공산주의 독재자들을 지지하는 등 때때로 국가의 전략적, 안보적 이해관계에 따라 민주주의, 인권 등의 가치를 양보하면서 복합적인 결과를 내기도 했다. 하지만 사람이라면 누구나 누려야 한다고 우리가 늘 말해온 그 당연한 권리와 기회를 지금 이집트 국민들이 요구하고 있는데, 그들 앞에서 예전과 같은 타협은 계속하기가 어려웠다. 전에는 무바라크가 이스라엘과의 평화와 협력을 도모하고 테러리스트들을 몰아낸 인물이라는 데 초점을 맞출 수 있었지만, 이제는 그가 부정부패를 일삼고 정권을 독점한 냉혹한 독재자라는 사실을 두고 볼 수만은 없게 되었다.

그럼에도 이전의 여러 정권을 거쳐 무바라크 정부까지 이어져온 수많은 국가안보 관련 이해관계는 여전히 긴급한 우선 과제에 대해 무바라크와 긴밀한 관계를 유지하게 했다. 이란은 여전히 핵무기를 만들고 있었고 알카에다는 새로운 테러공작을 준비하고 있었다. 수에즈 운하는 여전히 중요한 통상로였다. 이스라엘의 안보는 그 어느 때보다도 중요해졌다. 이집트 국민들의 감정이 반미, 반이스라엘 성향이었음에도 무바라크 대통령은 이 지역 모두에서 미국과 협력하면서 불안한 주변 정세를 안정시키는 데 중요한 역할을 했다. 그런 30년간의 협력관계를 모른 척해야 하는 것일까?

심지어 우리가 그와의 관계를 청산하는 것이 옳은 결정이라 한들 지금 이집트에서 일어나고 있는 끔찍한 사태에 얼마나 많은 영향을 끼칠 수 있을까? 다수의 중동 국가에 팽배한 믿음과 달리, 미국에는 다른 나라를 꼭두각시처럼 조종해 원하는 대로 무엇이든 이룰 수 있는 절대권력이 없었었다. 만약 우리 정부가 무바라크의 하야를 촉구했는데 그가 거부하고 계속 정권을 장악하려 한다면? 만약 그가 하야한 뒤 위험하고 무질서한 혼란이 오랫동안 지속된다면? 새로 들어선 정부가 민주주의를 반대하고 미국과 적대적인 관계로 돌아선다면? 결과가 어떻든 미국과 이집트의 관계는 전과 같을 수 없을 것이고 이 지역에서 우리의 영향력은 작아질 터였다. 그리고 우리가 무바라크를 어떻게 대하는지 지켜본 다른 나라들도 우리와의 관계에 대해 신뢰를 잃게 될 것이었다.

역사적으로도 독재에서 민주주의로 정권이 이양될 때는 항상 어려움이 따랐으며 때때로는 끔찍한 결과를 낳기도 했다. 예를 들어 1979년 이란에서는 과격주의자들이 국왕에 반대하는 광범위한 시민혁명에 편승해 악랄한 신정국가를 세웠다. 만일 그와 비슷한 일이 이집트에서 일어난다면 이집트 국민들뿐 아니라 이스라엘과 미국에게도 큰 재앙이 될 것이었다.

현재 이집트 타흐리르 광장의 시위대는 엄청난 규모에도 불구하고 지도자가 없었다. 일관성 있는 반정부활동이라기보다는 그저 소셜미디어와 입에서 입으로 전해지는 말들에 동요된 봉기였다. 수년간 일당 독재를 겪은 터라, 이집트 시위자들은 민주선거를 실시하거나 민주주의적 사회제도를 마련할 준비가 되어 있지 않았다. 그런데 그들과는 대조적으로 80년째 입지를 굳건히 하고 있는 이슬람 조직 무슬림형제단은 정권이 무너지면 빈자리를 메울 수 있을 만큼 구조가 탄탄했다. 무슬림형제단은 무바라크에 의해 지하로 내몰렸지만, 전국 곳곳에 지지자들을 확보하고 있었고 권력구조도 매우 체계적이었다. 이 집단은 폭력을 버리고 보다 온건한 태도를 보이려고 노력했다. 하지만 권력을 장악했을 때 어떻게 나올지는 아무도 모르는 노릇이었다.

이런 고민들 때문에 망설였다. 나는 부통령과 게이츠, 도닐런과 자리를 마련해 주의사항들에 대해 논의하기 시작했다. 나는 대통령에게 말했다. "만약 무바라크 정권이 무너진다면 나라가 안정되는 데 적어도 25년은 걸리겠지요. 하지만 그동안 이집트 국민들은 물론 중동과 미국 역시 불안정한 상태로 지내게 될 것입니다." 그러나 나는 오바마 대통령이 평화적인 시위대가 거리에서 폭행을 당하고 죽어가는데 속 편하게 앉아만 있지는 않으리라는 걸 알고 있었다. 그는 이집트를 민주화할 방법을 찾아야 했지만 갑작스러운 정권 붕괴로 인한 혼란은 피하고자 했다.

1월 30일 일요일, 나는 NBC 방송국의 대담프로그램인 〈미트 더 프레스Meet the Press〉에 출연해 지속가능한 접근법에 대해 설명하고자 했다. "사회를 장기적으로 안정시키려면 이집트 국민들의 정당한 요구에 귀를 기울이는 자세가 필요합니다. 우리가 보고 싶은 것이 바로 그런 모습입니 다." 그리고 "민주주의 정권으로의 권력이양이 평화롭고 '질서 있게' 진행"되기를 바란다고 말했다. 여기서 '즉시'가 아니라 '질서 있게'라는 단어를 사용한 데는 이유가 있었다. 비록 미국 정부 내 몇몇 부처에서는 그다지 좋아하지 않았지만. 오바마 대통령의 몇몇 측근들은 내가 무바라크 대통령의 사퇴를 요구하는 정도까지는 아니더라도 최소한 사퇴를 종용하는 암시는 하기를 원했다. 하지만 나와 정부 동료들의 메시지는 이집트의 개혁이 강경한 방식보다는 시위자들 대부분이 원하듯 매끄러운 정권이양 형태로 이루어질 수 있도록 도움을 주는 것이 중요했다.

그 주에 아메드 아불 게이트Ahmed Aboul Gheit 이집트 외무장관과 이야기를 나누며, 지금 이집트 정부는 온건하게 시민들의 요구에 부응하는 모습을 보여야한다고 말했다. 그리고 덧붙였다. "30년이나 독재정치를 고수했던 무바라크 대통령이 국민들의 요구에 귀를 기울이고 있다는 것을 증명하려면 더 이상 권력을 장악하지 않겠다는 뜻을 자유롭고 공정한 선거를 통해 보여줘야 합니다. 물론 그 과정이 쉽지는 않을 것입니다." 그러자 게이트는 대답했다. "그건 하루이틀 안에 이룰 수 있는 일이 아닙니다. 격분해 있는 국민들을 달래고 안정시키는 것이 가장 시급한 문제입니다." 그래도 그는 내 우려를 일반에 알리는 데는 동의했다.

그러나 무바라크는 듣지 않았다. 정국은 갈수록 불안해지고 정부의 통제 능력이 삐걱거리는 지경에 이르렀는데도, 1월 29일 저녁에 연설을 통해 각료 다수를 해임하겠지만 자신은 사임하거나 임기를 단축할 생각이 없다며 도전적인 발언을 했다.

나는 오바마 대통령에게 즉시 이집트에 특사를 파견해, 무바라크 대통령을 직접 만나 일련의 개혁조치를 발표하고 1981년부터 시행된 억압적인 비상조치법을 해제하도록 설득해야 한다고 말했다. 그리고 9월에 예정된 선거를 취소하고, 그의 아들인 가말 무바라크Gamal Mubarak를 후계자로 지명하는 일도 취소해야 한다고 말했다. 이런 단계들이 모두를 만족시킬 수는 없겠지만, 정부로서는 상당한 양보를 하는 셈이고 시위자들은 선거에 앞서서 조직을 꾸릴 기회를 얻는 셈이 된다.

나는 이 어려운 임무를 맡길 사람으로 프랭크 위스너Frank Wisner를 추천했다. 그는 은퇴한 외교관으로 1986년부터 1991년까지 이집트 주재 대사로 근무하며 무바라크와 친밀한 관계를 이어온 인물이었다. 위스너와 무바라크는 중동과 세계에 대해 토론하느라 긴 시간을 보내곤 했다. 위스너는 전 세계 주요 지역에서 미국을 대표하는 인물이 되기 전에는 그의 절친한 친구 리처드 홀브룩처럼 베트남에서 외교 감각을 처음 익혔다. 그리고 이집트뿐만 아니라 1997년 은퇴하기 전까지 잠비아, 필리핀, 인도에서 대사로 일한 경험이 있다. 나는 위스너야말로 무바라크를 제대로 상대할 수 있는 유일한 미국인이라고 생각했다. 물론 미국 정부에는 위스너와 그가 맡은 임무에 회의적인 시선을 보내는 이들도 있었다. 그들은 무바라크와의 관계를 끊을 생각이었다. 오바마 대통령 역시 인내심이 바닥나고 있었지만, 결국은 내 의견에 따라 외교관을 한 번 더 보내기로 했다.

위스너는 1월 31일 무바라크 대통령을 만나 미국의 입장을 전했다. 무바라크 대통령은 그의 말을 듣고서도 한 치도 물러서지 않았다. 그는 주변에서 일어나는 일들 때문에 스트레스를 받고 심지어 혼란을 겪고 있었지만 권력을 포기할 생각은 전혀 없는 듯했다. 그동안 권좌에 앉았던 수많은 전제군주들처럼 무바라크도 자신과 국가를 불가분의 관계로 여겼다. 하지만 자신이 더 이상 권좌에 앉아 있을 수 없고 시위대를 마냥 무시할 수도 없다는 사실을 모를 정도로 현실에 둔감한 사람은 아니었다. 그래서 오랫동안 정보국 국장을 역임한 후 새롭게 부통령에 임명된 오마르 술레이만Omar Suleiman을 통해 실현가능한 개혁안에 관해 국민과의 대화를 제안했다. 사실 무바라크 대통령은 시위를 무마하기 위한 방편으로 겨우 이틀 전에 오랜 공석이던 부통령 자리에 술레이만을 앉힌 것이었다. 그러나 국민과의 대화 약속이나 부통령 임명 모두 성난 국민을 달래기에는 역부족이었다.

그날 저녁 군부는 시위대 무력 진압을 중단하며, 시위대의 합법적인 권리와 요구를 인정하겠다고 발표했다. 무바라크에게 불길한 신호였다. 군부가 무바라크에게서 등을 돌리면 그의 권력은 더 이상 유지될 수 없었다.

2월 1일, 시위대의 규모는 더 커졌다. 그날 오후 백악관 상황실에서는 국가안보팀이 또다시 대책회의를 열었다. 회의 도중 무바라크 대통령이 곧 텔레비전으로 대국민 연설을 할 거라는 소식이 전해졌다. 우리는 커다란 화면 앞에 모여 싸움터로 나서는 대통령이 무슨 말을 할지 지켜보기로 했다. 공식석상에 오른 그는 늙고 지쳐 보였지만 목소리만큼은 도전적이었다. 그는 9월 선거를 취소하고, 헌법을 개정하며, 임기가 끝나기 전에 "평화적인 권력이양"을 하겠다고 약속했다. 그러나 비상조치법은 철회하지 않았고, 대선에서 아들을 후계자로 지명하는 일을 취소하겠다는 약속도 하지 않았으며, 절대권력을 이양하는 데 착수하겠다는 말도 하지 않았다. 사실상 무바라크는 위스너가 요구한 방향으로 입장을 바꾼 셈이지만, 이는 분노한 이집트 국민에게나 상황실에 모인 미국 국가안보팀에게나 턱없이 미미한 늑장대응이었다.

"저것만으로는 부족해." 오바마 대통령이 인상을 찌푸리며 말하더니, 이내 무바라크 대통령에게 전화를 걸어 그 말을 전했다. 우리는 오바마 대통령이 무바라크의 옳은 대응을 기다린다는 내용의 공식발표를 해야 할지 논의했는데, 나를 포함한 각료들은 이번에도 조심스러운 입장이었다. 대통령이 지나치게 강경한 태도를 취하면 저쪽에서도 가만히 있지 않을 테니 말이다. 하지만 다른 각료들은 오바마 대통령의 이상에 호소하며, 현지 상황이 걷잡을 수 없이 빠르게 악화되어 더 이상 기다릴 수만은 없다는 입장을 밝혔다. 대통령은 마음을 정하지 못하다가 그날 저녁 백악관 그랜드포이어에서 카메라 앞에 섰다. "그 어떤 나라도 이집트의 지도자를 결정할 수 없습니다. 오직 이집트 국민들만이 할 수 있습니다. 분명한 것은, 그리고 오늘 제가 무바라크 대통령에게 한 가지 말해두고 싶은 것은, 질서 있는 권력이동은 뜻깊은 일이어야 하고, 평화로워야 하며, 바로 지금 시작해야 한다는 것입니다." 다음 날 로버트 깁스 백악관 대변인은 연설을 브리핑하는 자리에서 기자들에게 "바로 지금"이 언제냐는 질문을 받자, 의문의 여지를 남기지 않고 대답했다. "바로 지금은 어제였습니다."

카이로의 상황은 더욱 악화되었다. 현 정권을 지지하는 자들이 대거 거리로 쏟아져나와 시위대와 무력충돌한 것이다. 낙타나 말을 탄 남자들이 몽둥이 따위의 둔기로 시위자들의 머리를 마구 때리며 타흐리르 광장을 휩쓸고 다녔다. 나는 술레이만 부통령에게 전화를 걸어 이처럼 폭력적인 탄압은 절대 받아들일 수 없다고 못박았다. 그러자 이후로는 같은 일이 반복되지 않았다. 2월 4일, 아불 게이트 외무장관과 다시 대화했다. 이전에 대화했을 때 그는 자신감이 넘치고 명랑했는데, 이제는 낙담하다 못해 절망에 이르렀음을 감추지 못했다. 게이트는 미국이 결과는 고려하지 않고 무례하다 싶을 정도로 무바라크를 내몰고 있다며 불만을 토로했다. 그러고는 이란에서 뭐라고 말하는지 들어보라고 경고했다. 이란이 이집트의 잠재적인 붕괴를 앞두고 이익을 노린다는 것이다. 게이트는 이슬람 세력이 국가를 장악하는 것에 본능적인 두려움을 느꼈다. 그는 내게 말했다. "손녀가 둘 있는데, 작은아이는 여섯 살이고 큰아이는 여덟 살입니다. 그 애들이 자기 할머니와 장관님처럼 자랐으면 좋겠어요. 사우디아라비아 여인들처럼 니캅 같은 걸 입지 않고요. 나는 끝까지 싸울 겁니다."

국제사회 지도자들과 지식인들이 모이는 자리인 뮌헨안보회의에 참석하기 위해 독일로 이동하는 내내 게이트의 말이 머릿속에서 맴돌았다. 우리 모두가 민주주의를 지지한다고 말하지만, 민주주의란 과연 무엇일까? 선거 한 번 치른다고 민주주의가 자리 잡는 건 아닐 것이다. 선거를 통해 새로 출범한 정부가 지금의 정부보다 이집트 여성들의 권리와 기회를 더 많이 빼앗는다면, 그게 민주주의일까? 이집트 소수종교인 콥트교도들이 박해를 받거나 이단으로 취급받는다 해도 민주주의일까? 무바라크가 대통령직을 사임하고 이집트에 과도기가 시작될 경우, 이후에 벌어질 일들에 대한 이런 질문들은 중요한 쟁점이 될 것이다.

나는 한 달 전 도하에서 그랬듯이 뮌헨에서도 중동의 정치적, 경제적 개혁을 주창했다. "이것은 단순히 이상의 문제가 아닙니다. 전략적으로 꼭 필요한 것입니다. 정치체제가 투명하고 책임감 있는 방향으로 나아가지 못하면 국민과 정부 사이의 틈은 더 벌어지고 불안정한 상황은 심화될 뿐입니다." 물론 이러한 과도기는 나라별로 특수한 상황에 따라 그 양상과 속도가 다를 수 있다. 하지만 어떤 나라든 국민의 염원을 무시할 수는 없다.

아울러 나는 과도기에 내재된 위험요소들을 명확하게 볼 줄 알아야 한다고 경고했다. 자유로운 공명선거는 반드시 필요하지만 그것으로는 불충분하다. 민주주의가 제 기능을 하려면 기본 인권과 소수자의 권리와 책임 있는 통치를 중시하는 법치가 필요하다. 독립적인 사법권은 물론 언론과 시민사회의 자유 등도 필요하다. 이집트처럼 오랫동안 독재가 이루어진 나라에서 민주주의를 제대로 싹틔우려면 강력하고 포용력 있는 리더십이 있어야 한다. 사회 전반의 지속적인 노력과 국제적인 지원도 있어야 한다. 민주주의가 하루아침에 이루어질 거라고 믿는 사람은 없다. 그날 내가 한 말은 카이로 거리에 쏟아져나온 시위자들을 보며 많은 사람들이 느낀 희망과 낙관론에 찬물을 끼얹는 소리였을 수도 있지만, 결국 내가 예측한 문제들이 현실로 나타났다.

그날 뮌헨안보회의에서는 위스너가 정부에서 맡고 있는 역할을 내려놓고 평범한 시민으로서 의견을 피력하는 모습이 위성 중계되었다. 하지만 그러한 행동은 백악관을 고민에 빠뜨렸다. 모두들 위스너가 자신의 임무를 회의장에서 그렇게 쉽게 공개하리라고는 생각도 못 했기 때문이다. 위스너는 무바라크가 즉시 떠날 것이 아니라 권력이양을 감독해야 한다고 말해 파장을 일으켰다. 그의 발언은 백악관의 공식입장과는 반대여서 정부는 위스너가 도를 넘은 데 불쾌해했다. 오바마 대통령은 나에게 전화를 걸어 미국이 "혼란스러운 메시지들"을 보내게 되었다며 언짢은 기색을 내비쳤다. 대통령은 나를 질책할 때 이런 외교적인 방식으로 말하곤 했다. 그는 이집트 사태를 미국이 통제할 수 없다는 걸 알고 있었지만 미국의 가치와 이해관계를 고려해 올바르게 행동하고 싶어했다. 그건 나도 마찬가지였다. 무바라크가 그토록 오랫동안 정권을 잡고도 해낸 일이 거의 없다는 건 나도 알았다. 그런데 타흐리르 광장에 모인 사람들은 단지 대통령을 몰아내는 것 말고는 별다른 계획이 없어 보였다. 우리 중 "질서 있는 정권교체"를 지겹게 외치던 사람들은 무바라크 이후에 나타날 조직적 세력이 무슬림형제단과 군부밖에 없다는 점을 염려했던 것이다.

2월 10일, 시위대와 치안부대가 충돌해 수백 명이 목숨을 잃었다. 이러한 폭력행위는 무바라크의 퇴진을 요구하는 시위대의 분노에 불을 붙였다. 항간에는 무바라크가 결국은 압박에 굴복할 것이라는 소문이 나돌았다. 그 상황에 무바라크가 또다시 대국민 연설을 하자 시위대의 기대는 더 커졌다. 이번에 그는 자신의 권력 일부를 술레이만 부통령에게 이임한다고 발표했지만, 사임하거나 권력을 포기하고 이양하라는 요구에는 여전히 불응해 타흐리르 광장에 모인 군중을 격분시켰다.

다음 날인 2월 11일, 무바라크가 마침내 패배를 인정했다. 텔레비전에는 술레이만 부통령이 지치고 수척한 모습으로 등장해 대통령이 하야와 함께 모든 권한을 군부 대표에게 이임했다고 발표했다. 이어서 군 대변인이 나와 성명서를 읽으며 "자유롭고 공정한 대통령선거"와 "국민의 정당한 요구에 응답할 것"을 약속했다. 무바라크는 침묵을 지키며 조용히 카이로를 떠나 홍해에 있는 별장으로 향했다. 그는 튀니지의 벤 알리와 달리, 타국으로 망명하지 않고 당당하게 "이집트에서 죽을 것"이라고 했던 약속을 지키고자 했다. 그런 고집 때문에 무바라크는 결국 기소와 처벌을 피할 수 없었다. 그는 이후 몇 년 동안 가택연금되어 법원과 병원만 오가야 했다. 전하는 바에 따르면 그는 건강이 몹시 나빠졌다고 했다.

한 달쯤 후에 카이로를 방문해 직접 타흐리르 광장에 가보았다. 경호팀에서는 우리의 행보를 불안해하며 철저히 비밀에 부쳤다. 하지만 직접 마주한 이집트 시민들은 나를 따뜻하게 환대해주었다. 사람들은 "와줘서 고마워요!" "새로운 이집트에 온 걸 환영해요!"라고 외쳤다. 그들은 스스로 이루어낸 혁명을 자랑스러워했다.

나는 시위를 주도한 몇몇 학생들과 활동가들을 만났다. 나는 그들이 이번 시위를 어떻게 정치적으로 활용할 것인지, 새로운 헌법 제정에 어떤 식으로 영향력을 행사할 계획인지, 앞으로 있을 선거에서 어떤 식으로 경쟁할 생각인지 묻고 싶었다. 하지만 그들은 아무런 준비도 안 된 상태였다. 정치 경험도 없거니와, 어떻게 정당을 만드는지, 어떻게 후보자를 등록하는지, 어떻게 선거운동을 하는지 전혀 몰랐다. 아무런 기반도 없고, 기반을 구축하는 데도 관심이 없어 보였다. 오히려 자기네들끼리 말다툼을 하거나 다양한 과실을 두고 미국을 탓하기에 급급했고, 선거정치에 대해 부정적인 반응을 보였다. 내가 "혹시 정치적 연합을 결성하거나, 특정한 후보나 목표를 지원하는 조직을 만들려는 생각은 해본 적 없나요?"라고 물었더니 그저 눈만 껌뻑거릴 뿐이었다. 그들과 헤어지면서 이러다가는 이 나라의 정권이 결국 무슬림형제단이나 군부로 넘어가버릴 수도 있겠다는 걱정이 앞섰다. 안타깝게도 내 걱정은 현실이 되었다.

국가원수 대행은 무함마드 탄타위Mohamed Tantawi 육군원수가 맡았다. 그는 민주적으로 선출된 문민정부에 평화적으로 정권을 이양하겠다고 약속했다. 카이로에서 나와 만났을 때 그는 아주 초췌한 모습이었는데, 눈 밑 그늘이 길게 내려와 있었다. 뼛속까지 군인인 그의 모습을 보고 있노라면 파키스탄의 아슈파크 파르베즈 카야니Ashfaq Parvez Kayani 장군이 떠올랐다. 두 사람 모두 지극한 민족주의자였고, 자신이 몸담은 군을 위해 헌신했으며,

미국의 원조를 달가워하지 않았다. 또한 정치적, 경제적인 이유로 자국의 막대한 군사력이 위협받는 것을 싫어했다. 탄타위와 나는 정권교체와 관련된 그의 계획에 대해 이야기했는데 그는 아주 조심스럽게 자신의 뜻을 전했다. 그는 어려운 상황에 놓여 있었다. 자신의 분신이나 다름없는 군이 무바라크 정권의 표류로 난파되지 않도록 지키고, 군이 약속한 대로 국민을 보호하고, 그가 군에서 성장할 수 있게 해준 전직 대통령을 공정하게 평가하고자 노력하는 중이었다. 마침내 탄타위는 약속대로 선거를 실시했다. 선거에서 그가 지지하던 후보인 아흐마드 샤피크Ahmed Shafik 전 국무총리가 무슬림형제단의 무함마드 무르시Mohamed Morsi 후보에게 근소한 차로 패하자, 탄타위는 겸허히 결과를 받아들였다.

═══

이집트의 정권이 교체되는 미묘한 과정에서 미국은 줄타기를 했다. 어느 한쪽의 편을 들거나 특정 후보 또는 파벌을 지지하지 않으면서 민주주의적 가치관을 심어주고 전략적 이해관계를 수립하려 노력했다. 하지만 중립을 지키고 건설적인 역할을 하려는 우리의 노력에도 불구하고 많은 이집트인들이 미국을 불신했다. 무슬림형제단 지지자들은 미국이 무바라크 정권의 뒤를 봐주며 군부와 공모해 무슬림형제단의 권력 장악을 막으려 했다고 생각했다. 그런데 이슬람 세력의 정권 장악을 두려워하는 무슬림형제단 반대자들은 오히려 무슬림형제단과 미국이 연합해 무바라크를 정권에서 밀어냈다고 생각했다. 나는 미국이 어쩌다가 무슬림형제단 지지파와 반대파 모두에게 비난받게 되었는지 알 수가 없었다. 하지만 정교한 음모론 앞에서 논리는 아무 소용이 없다.

2012년 7월, 다시 이집트를 방문했을 때 나는 또 한 번 카이로의 거리가 시위대로 가득 찬 것을 보았다. 하지만 이번 표적은 정부가 아니었다. 그들의 분노는 나를 향해 있었다. 시위대는 내가 묵는 호텔 주변을 에워쌌고, 우리가 탄 차가 옆문을 통해 주차장으로 들어가려고 하자 차를 마구 두드려댔다. 이집트 경찰은 아무런 조치도 취하지 않았고, 급한 대로 우리 측 외교안보국 직원들이 시위대를 밀어냈다. 평소에는 하지 않는 과격한 행동이었다. 내 방은 10층 이상의 높이였는데도 반미를 외치는 시위대의 목소리가 들렸다. 그날 밤 경호팀과 수행원들은 유사시 호텔을 떠날 준비를 하며 불안한 밤을 보냈다. 알렉산드리아에서는 더 큰 규모의 시위대가 기다릴 거라는 경고를 들었지만, 나는 예정대로 다음 날 그곳에서 열리는 미국영사관 개관식에 가야 한다고 고집했다. 다음 날 행사가 끝나고 우리는 주차장으로 이동하다 화난 군중 근처로 떠밀려갔다. 용감한 토리아 눌런드 대변인은 머리에 토마토를 맞고도 침착하게 대응했다. 차를 공항으로 출발시킬 때 한 남성은 신발로 차창을 두드리기도 했다.

카이로에서 나는 무르시를 비롯해 여러 장군들과 개별적인 만남을 가졌고, 미국대사관에서 콥트교도들과 대화를 나누기도 했다. 그들은 자신들의 미래와 나라의 미래가 어떤 방향으로 흘러갈지 심히 걱정하고 있었다. 지극히 감정적이고 개인적인 대화였다.

혁명이 일어나 혼란스러운 타흐리르 광장에서 몹시 감동적인 광경이 있었다. 바로 이슬람교도 동지들이 기도하는 시간에 기독교도 시위자들이 그들을 둘러싸고 보호하는 모습이었다. 반대로 기독교도들이 예배할 때는 이슬람교도들이 그들을 보호했다. 하지만 슬프게도 하나가 된 그들의 모습은 오래가지 못했다. 무바라크 정권이 무너진 지 한 달 만에 키나 시에서 이슬람 근본주의자 무리가 한 콥트교도 교사의 귀를 자르고 집과 차를 불태워버리는 사건이 발생했다. 다른 공격들도 뒤따라 일어났다. 무르시의 당선으로 기독교 사회 내의 공포감만 더욱 커진 셈이었다.

한편, 우리가 모임을 갖던 도중 흥분한 참가자 한 명이 말도 안 되는 유언비어를 들이대며 나의 충직한 보좌관이자 무슬림인 후마 애버딘을 무슬림형제단의 스파이로 몰아붙였다. 미국에서 의회 의원 등을 포함한 정치적 우익 세력과 언론인들이 무책임하게 선동하는 바람에 떠돌던 뜬소문이 결국 카이로까지 오고야 말았다. 나는 보좌관을 매도하는 발언을 듣고만 있을 수 없어서 그의 발언이 얼마나 잘못되었는지, 조금도 의혹이 남지 않게 설명했다. 몇 분 동안 대화를 한 후에야 그는 부끄러워하며 나에게 사과했고, 사실이 아니라면 미국 의원들이 왜 그런 소문을 퍼뜨렸냐고 되물었다. 나는 웃으며 원래 수많은 뜬소문이 의회를 떠돈다고 설명했다. 모임이 끝난 후 후마가 아까 질문을 한 이에게 다가가 정중하게 자신을 소개한 후, 궁금한 것이 있다면 전부 답하겠다고 말했다. 이런 품위 있는 행동은 그녀를 잘 보여주는 특징이었다.

솔직히 나는 후마가 몇몇 무례한 의원들에게 공격을 받았을 때 아주 화가 났다. 그래서 오랫동안 후마를 알고 지내며 상원 연단에서 그녀를 변호해준 존 매케인 상원의원에게 감사했다. "의회의 의원이든 누구든, 사정은 제대로 모른 채 단지 자격지심 때문에 동료 미국인에 대해 악의적이고 저급한 말들을 마구 내뱉어대면 그만큼 우리 국가의 정신은 썩어들어가고, 우리는 그로 인해 비열해져갑니다. 우리가 죽고 나면 평판과 인격만 남을 뿐입니다. 그리고 훌륭하고 고결한 사람의 이름을 부당하게 더럽히는 행위는 잘못일 뿐 아니라, 우리가 소중히 여기는 모든 것에 반하는 짓입니다."

몇 주 후, 백악관에서 매년 열리는, 라마단 기간의 금식을 깨는 첫 만찬인 이프타르Iftar에서 오바마 대통령도 후마를 옆자리에 앉히고 그녀를 변호했다. "미국 국민들은 후마에게 감사의 인사를 해야 합니다. 후마는 미국의 애국자이며, 이 나라에 꼭 필요한 존재이기 때문입니다. 더 많은 공직자들이 후마처럼 품위와 예의와 너그러움을 가져야 합니다. 이 자리에서 국민들을 대신해 감사의 말을 전하고 싶습니다." 가장 유명한 전쟁영웅과 미국 대통령의 연이은 발언은 뜬소문을 잠재우기에 충분했다.

나는 콥트교 지도자들에게 미국은 종교의 자유를 굳게 수호할 것이라고 말했다. 이슬람교도든 기독교도든 어떤 종교를 가졌든, 모든 시민은 각자가 선택한 대로 살아가고 일하고 찬양할 권리가 있다. 그 어떤 집단이나 당파도 자신들의 권위나 이념, 종교를 강요해서는 안 된다. 미국은 이집트 국민들이 누굴 택하든 그와 함께 일할 준비가 되어 있었다. 하지만 우리가 그 지도자들과의 약속을 지키려면 먼저 기본적인 인권과 민주주의 원칙이 밑바탕이 되어야 했다.

안타깝게도, 민주적인 정권교체에 수반되는 난제들에 대한 나의 우려는 몇 달, 몇 년 동안 사실로 증명되었다. 무슬림형제단은 권력은 강화했지만 투명하고 포용력 있게 국가를 운영하는 데는 실패했다. 무르시 대통령은 빈번하게 사법부와 충돌했고, 정적들과 폭넓은 국가적 합의를 이루기는커녕 그들을 배척하기 일쑤였다. 경제성장을 위한 노력은 거의 하지 않았고, 콥트교도 같은 소수자들을 계속 박해했다. 반면 이스라엘과의 평화협정을 준수하고, 2012년 11월 가자 지구 공습 때는 나를 도와 휴전협상을 이끌어 내 회의론자들을 놀라게 하기도 했다. 여기서 미국은 또 한 번 딜레마에 빠졌다. 안보상의 이해관계가 중요하다는 이유만으로 의견이 너무나 다른 지도자와 과연 손을 잡아야 하는가? 결국 쉽게 답을 찾을 수 없는 상황에서 미국은 또 한 번 위험한 줄타기를 해야 했다.

2013년 7월, 이번에는 무르시 정부의 무능력을 비난하는 시위가 벌어졌다. 탄타위의 후임으로 군부 수장이 된 압둘팟타흐 알시시Abdul-Fattah al-Sisi 장군이 시위를 주도하고, 수백만 명의 이집트 국민이 참여했다. 이들은 무르시를 축출한 뒤 무슬림형제단을 공격적으로 탄압하기 시작했다.

2014년 현재, 이집트 민주주의의 전망은 밝지 않아 보인다. 대통령선거에 출마한 압둘팟타흐 시시는 적수가 거의 없고, 중동 독재자들의 계보를 잇고 있는 듯하다. 많은 이집트 국민들은 계속된 혼란에 지쳐 사회의 안정을 갈구하고 있다. 하지만 부활한 군사통치가 무바라크 시절만큼이라도 지속되리라는 보장은 없다. 지속적인 통치가 가능하려면 더 큰 포용력이 있어야 하고, 국민의 요구에 더 많은 책임을 느껴야 하며, 무엇보다도 보다 민주적이어야 한다. 결국 이집트와 다른 중동 국가들을 시험하는 척도는 믿을 만한 민주적 사회제도를 만들어 모든 시민의 권리를 옹호할 수 있는지, 그리고 종교적, 민족적, 경제적, 지리적 분열을 일으키는 케케묵은 증오에 직면해 안전과 안정을 제공할 수 있는지다. 물론 그것은 최근 역사에서도 드러났듯이 쉽지는 않을 것이다. 하지만 시도조차 하지 않는다면 이 지역은 영원히 모래 속에 가라앉아버릴 것이다.

═══

요르단의 국왕 압둘라 2세는 아랍의 봄 기간 동안 주변 일대를 휩쓴 혁명의 물결에 앞장섰다. 요르단은 공정한 국회의원 선거를 실시해 부정부패 근절에 나섰지만, 극심한 에너지 부족 탓에 경기는 좀처럼 침체에서 벗어나지 못했다. 요르단은 에너지의 약 80퍼센트를 이집트와 연결된 가스관을 통해 들어오는 천연가스에서 얻고 있었다. 그런데 무바라크 정권이 무너지고 시나이 반도 상황이 불안정해지면서, 요르단과 이스라엘로 연결된 이 가스관들은 빈번하게 공격과 파괴의 대상이 되었고, 따라서 요르단으로 유입되는 에너지의 흐름도 방해를 받았다.

전기요금 폭등은 정부보조금으로 간신히 막고 있었지만, 그 결과 공공부채가 눈덩이처럼 불어났다. 국왕은 아주 어려운 딜레마에 직면했다. 보조금 지원을 끊고 에너지 가격이 오르도록 놔두어 국민의 분노를 살 것인가, 아니면 보조금을 계속 지원해 경제를 파탄으로 몰아갈 것인가?

확실한 해결책은 동쪽에 있었다. 바로 이라크였다. 미국 정부는 무너진 이라크의 석유 및 가스 사업을 재건하려는 누리 알말리키Nouri al-Maliki 총리를 돕고 있었다. 한편 확실치 않고 논란의 소지가 더 많은 에너지원이 바로 서쪽의 이스라엘에 있었다. 지중해 동쪽에서 방대한 양의 천연가스가 막 발견되었기 때문이다. 요르단과 이스라엘은 1994년에 역사적인 협정을 체결한 후 줄곧 평화상태를 유지하고 있었지만, 대다수가 팔레스타인 출신인 요르단 국민들은 이스라엘을 그리 달가워하지 않았다. 이런 모든 문제점을 안고서도 압둘라 2세는 반발을 감수하면서까지 이스라엘과 새롭게 무역거래를 추진하려 할까? 반대로 무역 거래를 포기할 수는 있을까? 2012년 1월, 나는 국무부에서 압둘라 2세와 오찬을 함께 했다. 이어서 나세르 주데Nasser Judeh 요르단 외무장관과 이야기를 나누며, 그들에게 이스라엘과 대화를 시작할 것을 촉구했다. 필요하다면 비밀리에라도.

요르단은 미국의 도움으로 이라크와 이스라엘 두 나라와 협상을 시작했다. 2013년, 요르단은 이라크 남쪽과 홍해의 아카바를 잇는 송유관을 건설하기로 이라크와 협약을 체결했다. 이로써 요르단은 하루 100만 배럴의 원유와 약 708만 입방미터의 천연가스를 공급받을 수 있게 되었다. 한편 요르단이 이스라엘과 비밀 회담을 진행하고 1년이 지난 2014년 초에는 지중해 동쪽의 이스라엘 천연가스를 요르단 사해 연안에 위치한 발전소에 연료로 공급한다는 소식이 발표되었다. 그토록 신중을 기했던 국왕의 생각이 옳았다. 요르단의 무슬림형제단 대표자들은 이 "시온주의 국가"와의 협정을 "팔레스타인의 대의명분에 대한 공격"이라며 강하게 반대했다. 하지만 국왕의 결정이 향후 요르단에 안정적인 에너지 공급을 약속해주었고, 커다란 난관에 가로막힌 지역에서 두 나라와 협력할 수 있는 새로운 계기가 된 것만은 분명했다.

중동 국가들 중 우리가 균형 있는 관계를 맺는 데 가장 조심스러웠던 곳은 바레인과 쿠웨이트, 카타르, 사우디아라비아, 아랍에미리트 같은 걸프 만 연안국들이었다. 미국은 이 부유하고 보수적인 군주국가들과 경제적, 전략적으로 긴밀하게 관계를 발전시켜오면서도 이들이 행하는 인권 유린, 특히 여성 및 소수자에 대한 처우와 극단주의 이념 전파 등에 대한 우려를 숨기지 않았다.

미국의 모든 정부 부처가 걸프 만 연안국을 상대로 한 정책적 모순과 씨름했다. 가장 힘든 선택은 9 · 11 테러 직후였다. 미국인들은 당시 비행기 납치범 19명 가운데 15명, 그리고 오사마 빈 라덴이 사우디아라비아 출신이라는 데 충격을 받았다. 사우디아라비아는 1991년 걸프 전쟁에서 미국의 도움을 받은 국가였다. 걸프 만 주변국들이 극단주의자 교육시설에 지속적으로 투자를 하고 전 세계를 대상으로 선전행위를 하고 있다는 사실도 경악스러웠다.

하지만 그와 동시에 이 국가들은 우리 정부와 중요한 안보 문제 다수를 공유했다. 사우디아라비아는 빈 라덴을 추방했고, 이 나라의 치안부대는 알카에다에 맞서 싸우는 강력한 파트너가 되었다. 대부분의 걸프 만 연안국들은 이란의 핵무기 개발 및 적극적인 테러 지원에 대해 우리처럼 걱정하고 있었다. 이러한 긴장의 원인은 바로 이슬람교 내부의 오래된 종파 분열이었다. 이란은 시아파가 주를 이루는 반면, 걸프 만 연안국들은 대개 수니파다. 바레인은 예외인데, 사담 후세인이 통치했던 이라크처럼, 바레인에서는 소수의 엘리트 수니파가 다수의 시아파를 지배하고 있다. 그리고 시리아는 바레인과 정반대다.

미국은 안보적 이해관계를 오랫동안 공유하고 이란의 도발을 저지하기 위해 걸프 만 연안국들에 대량의 군사장비를 판매했다. 또한 미 해군 제5함대를 바레인에 배치하고, 합동항공우주작전센터를 카타르에 설치했으며, 쿠웨이트와 사우디아라비아, 아랍에미리트를 비롯해 여러 나라의 주요 기지에 군부대를 주둔시켰다.

장관이 되었을 때 나는 걸프 만 연안국 지도자들과 개인적으로 친분을 쌓고, 이들의 정치적, 경제적 발전을 도모하기 위해 설립된 걸프협력위원회Gulf Cooperation Council를 통해 공적으로도 긴밀한 관계를 형성해나갔다. 우리는 미국-걸프협력위원회 간 안보대화를 열어 협력 수준을 한층 높였다. 논의는 대부분 이란과 대테러에 초점을 맞췄지만, 나는 각국 지도자들이 사회를 개방하고 인권을 존중하며 청년들과 여성들에게 더 많은 기회를 주어야 한다고 주장했다.

가끔은 내가 개입해 상황을 좀 더 나은 방향으로 이끌기도 했다. 사우디아라비아의 악명 높은 아동 강제결혼 문제가 그중 하나였다. 나는 여덟 살짜리 소녀의 아버지가 1만 3,000달러의 지참금을 받고 어린 딸을 쉰 살의 남자와 강제로 결혼시킨 이야기를 듣게 되었다. 법원은 결혼 무효를 주장하는 아이 어머니의 탄원을 기각했고, 정부는 개입하려 하지 않는 것 같았다. 정부를 공개적으로 비난해 난처하게 만들면 오히려 더욱 완강하게 나올 우려가 있었다. 그래서 기자회견을 열어 그러한 관습을 비난하고 개선을 요구하기보다는, 사우디 사람들이 그 일을 바로잡으면서도 체면을 유지할 수 있도록 그들을 설득할 방법을 찾기로 했다. 나는 외교적인 방법으로 조용히 접근해 간결하고도 단호한 메시지를 전했다. "이건 스스로 결정할 일이니 저는 아무 말도 하지 않겠습니다." 사우디 정부는 새 판사를 임명해 신속하게 이혼 판결을 냈다. 내가 전 세계를 돌아다니면서 얻은 교훈이 있다. 자기주장을 내세워야 할 때도 있지만(나에게는 꽤 여러 번 있었다), 때때로 외교에서나 생활 속에서 진정한 변화를 이루어내는 최선의 방법은 관계를 맺고 그 관계를 언제, 어떻게 활용해야 할지를 아는 것이다.

사우디아라비아 여성의 자동차운전 금지에 대해서는 다른 방법으로 대응했다. 2011년 5월, 사우디의 한 여성운동가가 인터넷에 직접 자동차를 운전하는 영상을 게시했다가 체포되어 9일간 구류되었다. 6월에는 사우디아라비아 각지에서 수십 명의 여성이 운전대를 잡는 시위를 벌였다. 나는 사우디 외무장관인 사우드 알파이살Saud al-Faisal 왕자와 통화를 하며 그 문제에 대한 개인적 우려를 이야기했다. 이번에는 공개적으로 그녀들을 "용감한" 여성이라고 칭하며 그들의 행동에 감동받았음을 표현하기도 했다. 2013년 10월 26일에 또 다른 여성들이 시위를 하자, 몇몇 반대자들은 엉뚱하게도 시위 날짜가 내 생일이라는 이유를 들먹이며 그 여성들이 사우디 외부에서 조직된 시위대라고 주장했다. 결국, 안타깝지만 사우디 여성에 대한 운전 금지령은 계속 유지되었다.

2010년 2월에 사우디아라비아를 찾았을 때는 국왕과의 안보회담과 제다 소재의 한 여자대학교 방문 사이에서 균형을 잡았다. 두 일정 모두 나름대로 기억에 남는 것이었다.

수도 리야드의 공항에 도착했을 때, 1975년부터 외무장관을 역임해온 70세의 프린스턴 대학 출신 왕자 사우드 알파이살이 나를 환영해주었다. 내가 만난 대부분의 사우디 사람들과 마찬가지로 그 역시 맞춤정장을 입거나, 길고 낙낙한 예복에 카피예라는 두건을 착용하곤 했다. 전통과 현대를 대표하는 것이야말로 중동을 지배할 경쟁력이라고 생각하는 알파이살 왕자와 시간을 보낼 수 있어서 참 좋았다.

80대인 압둘라 국왕이 시내에서 한 시간 거리에 있는 자신의 사막 야영장으로 나를 초대했다. 우리를 그곳으로 데려다줄 호화 우등버스를 보내주었는데, 나로서는 처음 경험하는 일이었다. 알파이살과 나는 호사스럽게 꾸며진 버스에 올라 복도를 사이에 두고 플러시 가죽으로 된 의자에 앉아 교외를 달렸다. 야영지에는 낙타가 아주 많았다. 알파이살과 나는 사우디 내의 낙타 수와 그 인기에 대해 재미있는 대화를 시작했다. 거기에는 실용적이면서도 감정적인 이유가 있었다. 그는 유목민이 낙타를 부리던 시절부터의 오랜 역사에 대해 말해주었는데, 정작 자신은 낙타를 좋아하지 않는다고 했다. 나는 좀 놀랐다. 상상해보라, 오스트레일리아 사람이 코알라를 싫어하고 중국인이 판다를 싫어하다니! 하지만 낙타를 보느라 시간을 지체할 수는 없었다. 게다가 녀석들은 성미가 아주 고약하다고 했다.

우리는 곧 그 사막 '야영장'에 도착했다. 그런데 그곳은 궁전 한편에 마련된, 냉난방 시설이 갖춰진 거대한 텐트였다. 바닥은 대리석이었고, 욕실은 황금빛이었으며, 외부는 트레일러들과 헬리콥터들이 둘러싸고 있었다. 검정색의 긴 예복을 입은 군주가 위엄 있는 모습으로 우리를 기다리고 있었다. 곧바로 일 얘기를 하기 좋아하는 몇몇 미국 동료들과 달리, 나는 보통 존중과 친교의 의미로 가벼운 잡담을 하면서 공식적인 대화를 시작한다. 그래서 낙타 이야기를 이어나갔다. "폐하, 여기 계신 왕자님은 낙타가 추하게 생겼다고 생각하는 모양입니다." 내가 알파이살 왕자를 슬쩍 가리키며 말했다. 그러자 국왕은 웃으며 말했다. "내 생각에는 왕자가 낙타 보는 눈이 없는 것 같소." 우리는 한동안 가벼운 농담을 주고받은 뒤, 초대된 손님들을 만났다. 정성들여 만든 오찬을 함께 할 사람들이 기자단을 포함해 40명 정도 모여 있었다. 국왕은 끝이 보이지 않을 만큼 푸짐하게 차려진 뷔페 음식 쪽으로 나를 안내했고, 두 명의 웨이터가 쟁반을 들고 우리 뒤를 따랐다. 음식의 종류는 양고기와 쌀밥처럼 현지인들이 즐겨 먹는 음식부터 바다가재와 파에야까지 수십 가지나 되었다. 길에서 대충 끼니를 때울 때가 많은 기자들과 수행원들은 마치 죽어서 음식천국에 온 듯한 모습이었다. 웨이터들은 손님들 주위를 돌아다니며 접시에 음식을 채워주었다. 나는 기다란 U자 모양의 식탁 상석에 국왕과 함께 앉았다. 식탁 가운데 빈 공간에는 커다란 평면 텔레비전이 떡하니 자리하고 있어서, 국왕은 식사를 하며 축구나 오프로드 자동차경주를 볼 수 있었다. 그가 텔레비전 음량을 아주 크게 키워놓아서 연회장 안에 북적거리는 사람들 중 누구도 우리가 무슨 이야기를 하는지 들을 수 없었다. 내가 그 쪽으로 몸을 기울였고, 우리는 대화를 시작했다.

그날 오후 우리는 네 시간 동안 이란과 이라크, 이스라엘과 팔레스타인 등 중동지역이 안고 있는 과제들을 심도 있게 논의했다. 국왕은 이란이 핵무기를 보유하지 못하도록 막아야 한다고 강력하게 주장했으며, 우리가 이란 정부에 더욱 강경한 입장을 취할 것을 촉구하기도 했다. 그는 9 · 11 테러 이후 사우디 학생들이 미국에서 공부하기가 어려워졌지만 앞으로는 더 많은 학생들이 공부할 수 있기를 바란다고도 이야기했다. 이번 만남은 꽤 생산적이었다. 우리의 파트너십이 든든한 토대 위에 서 있음을 확인하는 자리이기도 했다. 서로 문화와 가치관, 정치체제는 매우 다르지만, 최대한 협력하면 미국의 국익을 꾀할 수도 있을 것이다.

다음 날 이 모든 것이 얼마나 복잡미묘한지 직접 깨닫게 되었다. 후마의 어머니 살레하 애버딘Saleha Abedin 박사는 제다에 위치한 다르 알헤크마 여자대학의 부학장인데, 그곳에서 나는 학생들과 직접 토론하는 시간을 가지기로 되어 있었다. 강당 안으로 들어가자, 히잡을 머리에 두르거나 얼굴 전체를 가린 젊은 여성들이 모여 있었다.

아랍어로 다르 알헤크마Dar Al-Hekma는 '지혜의 집'이라는 뜻이다. 나는 여학생들이 남학생들 못지않게 교육 혜택을 누리고 있는지 확인하기 위해 학생들과 그곳의 지혜에 관한 이야기를 나누었다. 나는 이집트 시인 하페즈 이브라힘Hafez Ibrahim이 쓴 글귀를 인용했다. "어머니는 학교다. 어머니의 힘을 기르면 위대한 국가를 기르게 되리라." 그러고 나서 여자대학인 웰즐리 칼리지에서 내가 쌓은 경험을 이야기했다. 학생들은 나에게 이란의 핵 야심부터 팔레스타인의 위기, 심지어 미국의 건강보험제도 개편 전망에 대해서까지 질문공세를 퍼부었다. 그중 한 학생은 세라 페일린에 대해 어떻게 생각하는지, 그리고 페일린이 대통령이 된다면 나는 캐나다로 이주할 것인지 물었다(나는 달아나지 않을 것이라고 대답했다). 초보수적인 사회에 살고 있는 이 여성들이 공공활동에 참여할 기회는 제한되어 있을지 몰라도, 그들의 지성과 에너지, 호기심에는 결코 한계가 없었다.

질의응답이 오고가는 동안, 두 눈만 내놓고 머리부터 발끝까지 검은색으로 감싼 한 여자 경비원은 그곳에 있는 미국인들에 대한 경계를 늦추지 않았다. 남성 수행원들이나 기자들이 학생들에게 접근하지 못하게 감시하는 것이었다. 내가 토론회를 마무리 짓고 있을 때쯤 그녀는 후마에게 다가와서 아랍어로 "클린턴과 사진을 찍고 싶습니다"라고 속삭였다. 토론회가 끝나자, 후마는 내 옆으로 다가와 온몸을 가린 이 여성을 가리켰다. 나는 조심스러워하는 그녀를 배려해서 "조용한 곳으로 갈까요?"라고 물었다. 그녀가 고개를 끄덕이자, 우리는 일단 작은 사무실로 들어갔다. 사진을 찍으려는 순간이었다. 그녀는 베일을 벗더니 활짝 웃었다. 그러나 촬영이 끝나자 곧장 다시 베일을 썼다. 이곳이 바로 사우디아라비아다.

1년이 지난 후 우리와 걸프 만 연안국들의 미묘한 균형이 흐트러질 위기에 처했다. 튀니지에서 시작되어 이집트를 강타한 대중 시위의 물결은 멈출 줄을 몰랐다. 정치개혁과 경제적 기회를 요구하는 목소리가 중동 전역으로 퍼져나가면서 조용한 나라가 없을 정도였다. 예멘은 거의 분열되었고 살레 대통령은 결국 대통령직에서 물러나야 했다. 리비아에서는 내전이 터졌다. 요르단과 모로코 정부는 신중하고도 현실적인 개혁을 단행했다. 사우디아라비아 왕실은 보다 관대한 사회복지 프로그램으로 시민들을 달래고자 돈주머니를 활짝 열었다.

미 해군 걸프 만 기지가 있는 바레인의 경우는 유난히 복잡했다. 걸프 만

군주국 가운데 가장 빈곤한 바레인의 시위는 다수인 시아파가 수니파 통치자들에게 저항하며 종파 간 분쟁 양상을 띠었다. 2011년 2월 중순, 모든 바레인 국민의 평등과 민주화를 요구하는 군중이 종파를 불문하고 마나마 중심가의 '진주광장'이라 불리는 주요 교차로에 모였다. 튀니지와 이집트에서 발발한 시위로 중동지역의 치안부대가 가뜩이나 신경이 곤두선 상태에서 마나마 시위 초기 진압에 과도한 무력을 행사하자 성난 시민들이 더 많이 거리로 쏟아져나왔다.

2월 17일 목요일 새벽 3시경, 진주광장 주변에 천막을 치고 농성하던 시위자 몇몇이 경찰의 급습으로 사망했다. 이 불씨는 곧 대대적인 폭동으로 번졌다. 그러나 바레인의 수니파 지도자들과 걸프 만의 이웃국가들은 시아파의 대규모 시위를 대중의 민주화 열망이 분출된 결과로 보지 않았다. 이란이 부추기고 있다고 생각했다. 그들은 바다 건너 덩치 큰 적이 걸프 만의 정부들을 약화시키고, 자신의 전략적 입지를 강화하기 위해 사회 불안을 조장하고 있다며 걱정했다. 이란의 전력을 살펴보면 이런 걱정이 아주 터무니없지만은 않았다. 하지만 그렇게 생각할수록 국민들의 정당한 불만에 대한 인식은 흐려지고, 무력만 앞세우게 될 뿐이었다.

나는 셰이크 칼리드 빈 아흐메드 알칼리파Sheikh Khalid bin Ahmed al-Khalifa 바레인 외무장관과 통화를 하며, 폭력으로 진압하다가는 사태가 걷잡을 수 없이 악화될지도 모른다는 우려를 표했다. 중요한 건 다음 날이었다. 나는 바레인 정부가 장례식과 금요예배가 열릴 때는 폭력을 행사하지 않기를 바랐다. 지역 전체가 전시체제화될 것이기 때문이었다. 비폭력적인 시위자들을 무력으로 대응한다면 더 큰 문제를 일으키게 마련이다. "이건 우리가 속한 세계를 오해하는 겁니다. 지금 세계정세는 훨씬 복잡해지고 있어요. 잘 들으세요. 우리는 폭력으로 인해 외부 세력이 바레인의 국내 사정에 개입하는 것을 원치 않습니다. 그걸 피하려면 진솔하게 자문을 구하려는 노력이 있어야 합니다." 우리 모두는 "외부 세력"이 이란을 가리킨다는 것을 알았다. 내 말의 요지는 과도한 무력 진압으로 사회가 불안정해지면 이란이 그것을 이용할 수 있다는 것이었다. 다시 말해, 바레인 정부가 가장 피하고자 하는 바로 그 일이 일어날 수도 있다는 것이었다.

외무장관의 걱정스러운 목소리와 대답은 나의 우려를 키우기만 했다. 그는 공권력 사용은 계획에 없던 것이고 잘못은 폭력을 시작한 시위대에 있다며, 정부는 대화와 개혁에 전념할 것이라고 약속했다. 그는 말했다. "이번 사망사건은 비극이었습니다. 우리는 종파 간 갈등으로 나락에 떨어질 위기에 처해 있습니다." 냉담하기 그지없는 말이었다. 나는 제프리 펠트먼을 바레인으로 급파했다고 말했다. "저희는 이 어려운 시기에 도움이 될 생산적인 방법들을 제안하고자 합니다. 쉬운 답이 있다는 말은 결코 아닙니다. 바레인의 상황이 지금 직면한 종파 간 갈등 때문에 특히 더 어려워지고 있지 않습니까. 장관님은 다른 나라들이 관심도 갖지 않는 문제를 함께 해결할 든든한 이웃을 얻으신 겁니다."

점점 커지는 폭력의 공포에 조치를 취하려던 바레인 왕세자는 제프리가 이후 몇 주 동안 마나마 시위 현장에서 살다시피 하는 모습을 보고 고무되어, 국민과의 대화를 통해 시위자들이 주장하는 문제들을 해결하고 온 나라를 옥죄는 팽팽한 긴장을 완화시키려 행동에 나섰다. 왕세자는 개혁의 필요성을 주장하는 온건파로서, 통치자 일가 중에서는 나라 곳곳에서 벌어지는 종파 간의 갈등을 중재할 최적임자였다. 무대 뒤에서는 제프리가 왕실과 왕실의 반대세력인 시아파의 비교적 온건한 지도자들 사이에서 통로 역할을 하고 있었다. 그러나 시위자들은 계속 늘어났고, 3월에는 군주제의 완전 폐지를 요구하기에 이르렀다. 공권력과의 충돌은 더욱 규모가 커지고 더욱 폭력적으로 변해갔다. 정부는 통제력을 잃어가고, 바레인 통치 가문의 보수적인 구성원들은 왕세자를 압박해 중재자 역할을 포기하게 만들고 있는 듯했다.

3월 13일 일요일, 리야드 대사관의 국방무관이 사우디아라비아에서 심상치 않은 병력 이동이 보이는데, 이들이 바레인으로 향할 수도 있다는 보고를 해왔다. 제프리가 곧장 셰이크 압둘라 빈 자이드 알나하얀Sheikh Abdullah bin Zayed Al-Nahyan('압즈AbZ'라고도 불렸다) 아랍에미리트 외무장관에게 전화를 걸어 군사 개입이 곧 시작될 거라는 사실을 확인했다. 바레인 정부는 미국에 이를 알릴 필요성을 못 느끼고 미국의 허락을 구할 생각도, 무력대응을 멈춰달라는 탄원을 받아들일 생각도 없었던 듯, 이웃나라들에게 치안수단을 요청하기로 한 것이다. 다음 날 수천 명으로 이루어진 사우디 군대가 장갑차 150대가량을 끌고 바레인 국경을 넘었다. 그리고 아랍에미리트 경찰 약 500명이 그 뒤를 이었다.

나는 이처럼 상황이 심각해지는 것이 염려스러웠다. 사우디아라비아 탱크들이 바리케이드로 둘러싸인 마나마 거리를 휩쓸기 시작할 경우 유혈사태가 일어날까봐 걱정이 되었다. 게다가 타이밍은 그야말로 최악이었다. 바로 그때 우리는 리비아 시민들이 무아마르 카다피Muammar Qaddafi 대령에 의해 당장 대학살을 당할지도 모르는 판국에 이를 막을 국제적인 연대를 위해 한창 외교협상을 벌이는 중이었고, 아랍에미리트와 더불어 걸프 만 연안국들이 중요한 역할을 해주리라 믿고 있었다. 3월 12일 아랍연맹에서는 리비아에 비행 금지구역을 지정할 것을 유엔안전보장이사회에 요청하는 투표를 실시했는데, 이들의 적극적인 군사 개입은 중동지역 내에서 충분히 정당성을 얻고 있었다. 아랍연맹이 적극적으로 나서지 않았더라면 국제사회는 대응에 나서지 못할 수도 있었다. 미국은 이라크 및 아프가니스탄 사태를 겪은 후 '서방 세력이 또 무슬림 국가에 개입한다'는 인식을 심어주지 않으려 했다.

나는 리비아 사태를 논의하기 위해 파리에 있었다. 압즈도 나와 일정이 같아서 우리는 내가 묵고 있던 호텔에서 만나기로 했다. 그가 호텔로 들어오자, 한 기자가 그에게 바레인 상황에 관해 질문했다. 압즈는 말했다. "바레인 정부에서는 어제 우리에게 긴장 완화를 도와줄 방법들을 검토해달라고 부탁했습니다." 나로서는 정반대의 상황이 벌어지지나 않을까 걱정되었다. 다음 날 바레인 국왕이 국가비상사태를 선포했다. 나는 사우디아라비아 알파이살 외무장관에게 시위대에 대한 무력 사용을 보류할 것을 촉구하고, 제프리가 협상을 마무리할 때까지만 기다려달라고 부탁했다. 24시간이면 결과가 나올 것이었다. 협상 내용은 국민 다수가 속한 시아파가 도시 주요 지역에서 물러나는 대신 정부는 평화적인 집회를 열 권리를 인정해주고 성실하게 대화를 시작한다는 것이었다. 그런데 사우드 알파이살은 냉정했다. 그는 시위대가 조건 없이 해산해 일상생활에 복귀하는 것이 먼저고, 협상은 그다음 문제라고 말했다. 이어 그는 이란이 문제를 일으키고 급진 세력을 지원한다며 힐난한 뒤, 이제는 위기를 끝내고 걸프 만의 안정을 되찾아야 할 때라고 이야기했다.

3월 16일 오전, 진주광장에 치안부대가 들이닥쳤다. 탱크와 헬리콥터로 무장한 경찰기동대가 시위대와 충돌하면서 최루탄을 사용해 시위자들을 임시 농성지에서 쫓아냈다. 이 과정에서 5명이 목숨을 잃었다. 사우디 병력이 도착하고 새로 강경 진압이 시작되자 전국에서 시아파 지지자들이 들고 일어났다. 양측이 강경노선을 취하며 압박하는 가운데 왕세자와 반대파 간의 협상은 결렬되고 말았다.

이집트 과도정부와의 회담을 준비하느라 카이로에 있다가 바레인 소식을 듣고 경악했다. BBC와의 인터뷰에서 나는 우려하는 점들을 솔직하게 털어놓았다. "바레인 상황은 실로 놀라울 따름입니다. 우리는 걸프 만 연안에 있는 동지들에게 안보적 대치가 아니라 정치적 해결을 요청해왔습니다. 그런데 그들 중 네 국가가 바레인의 공권력을 돕고 있습니다."

"그렇다면 바레인이나 사우디아라비아 같은 국가들에게 어떤 식으로 영향력을 행사하실 계획입니까?" BBC의 킴 가타스Kim Ghattas 기자가 물었다. 나는 이렇게 대답했다. "그들이 당신의 동맹이라고 칩시다. 당신은 그들의 군대를 훈련시키고 무기도 공급합니다. 그런데 사우디아라비아가 바레인에 군대를 보내겠다기에 당신은 그런 결정에 불만을 표했습니다. 그러자 그들이 말하길 '걸프협력위원회 내부의 문제니까 간섭하지 말라'는 겁니다." 이것은 사실이고, 실망스러운 일이었다.

나는 다시 덧붙였다. "그들도 우리의 생각을 알고는 있어요. 우리는 공적, 사적으로 우리의 생각을 확실하게 밝히고자 합니다. 그리고 바레인이 장기적 발전을 저해하는 잘못된 궤도에서 벗어나, 올바른 정치적, 경제적 궤도로 올라서도록 최선을 다할 것입니다."

온당한 표현 같지만(실제로 그렇다), 우리가 평소에 걸프 만 연합군에 대해 공개적으로 이야기할 때에 비하면 좀 더 날카로운 것이었다. 나의 메시지는 걸프 만에 크고 또렷하게 전달되었다. 사우디와 아랍에미리트에서는 화를 내며 불쾌감을 드러냈다.

3월 19일, 나는 파리로 돌아와 리비아를 상대로 한 연합군의 구축을 매듭짓고 있었다. 카다피군은 벵가지에 있는 혁명군의 본거지로 접근했고, 유엔이 지원하는 항공작전 실행이 임박했다. 나는 압즈에게 전화해, 미국이 여전히 걸프 만 연안국들과 파트너십을 유지하려 애쓰고 있다고 다시 한 번 강조했다. 수화기 너머로 긴 침묵이 이어지더니 이내 전화가 끊어졌다. 상황이 이 정도로 나빴었나? 잠시 후 다시 전화가 연결되었다. 내가 잘 들리는지 묻자, 압즈는 "듣고 있었습니다!"라고 대답했다. "그렇군요. 제가 계속 말하고 있는데 한참 아무 말씀을 안 하셔서 저 혼자 뭐라고 떠든 건가 하고 생각했어요." 내 말에 그는 웃음을 터뜨렸다. 그러나 이내 다시 심각해지더니 날카로운 일격을 가했다. "우리의 주요 우방이 우리 군대의 바레인 파병이 얼마나 중요한가에 대해 물으신다면, 솔직히 말해서 바레인으로 파병된 우리 군이 실제 상황에 돌입하면 다른 작전에는 참여하기가 어렵다고 답하겠습니다." 바꿔서 말하면, 리비아 작전에 아랍 국가의 참여는 기대하지 말라는 이야기였다.

재앙이 닥치고 있었다. 나는 얼른 상황을 수습해야 했다. 하지만 어떻게 수습해야 할까? 좋은 선택지는 없었다. 미국의 가치관과 양심대로라면 바레인에서 자행되는 민간인에 대한 폭력을 모두 멈추라고 규탄해야 했다. 리비아 상황에서도 원칙은 같았다. 그런데 만약 우리가 우리 의견만 고집한다면, 카다피를 저지하기 위해 공들여 쌓아온 국제적 연대의 탑이 막판에 무너져버릴 수 있었다. 그렇게 되면 더욱 본격적으로 심화되는 대학살을 막을 수 없을지도 몰랐다.

나는 보다 발전적인 방향으로 이해하고 싶다고 압즈에게 말했다. 그러자 그는 직접 만나서 이야기할 수 있는지 물었다. "이야기를 들어보니 우리는 모두 타개책을 원하고 있군요. 리비아 문제도 협력하기를 바라고요." 그가 덧붙였다. 몇 시간 뒤, 파리 시간으로 오후 6시가 조금 넘은 시각에 압즈와 마주앉았다. 나는 걸프 만 연안국들을 모욕하지 않고도 우리의 가치관을 드러내는 성명을 마련할 수 있다고 말했다. 그걸로 아랍에미리트를 설득해 리비아 문제를 해결하는 데 다시 동참하게 할 수 있기를 바랐다. 하지만 아랍에미리트가 동참하지 않을 경우 그들을 제외하고 일을 추진할 각오도 되어 있었다.

그날 저녁에 파리의 미국대사관 관저에서 기자회견을 열어 리비아에 대해 이야기하고, 아랍권 지도자들의 항공작전이 중요하다는 것을 역설했다. 그런 다음 바레인 이야기로 넘어갔다. "우리의 목표는 모든 바레인 국민의 정당한 염원을 들어줄 수 있는 신뢰할 만한 정치적 절차입니다. 그러려면 일단 왕세자와의 대화에 모든 정당이 참여해야 합니다." 아울러 바레인은 이웃나라들의 치안 능력을 빌릴 권리가 있으며, 걸프 만 연안국들이 경제적, 사회적 발전을 위해 일괄 원조를 지원하겠다고 한다면 우리는 환영할 것이라고 덧붙였다. "우리는 치안만으로는 바레인이 처한 난관을 해결할 수 없다는 것을 확실히 알았습니다. 폭력은 답이 아니고 답이 될 수도 없습니다. 정치적 절차가 답입니다. 우리는 현행 조치들에 대한 우려를 바레인 공직자들에게 직접 표명해왔고, 앞으로도 그렇게 할 것입니다."

카이로 발언과 비교해 어조나 내용이 크게 다르지 않아서 우리의 가치관이나 진실성을 희생하지 않았다는 생각에 마음이 편안해졌다. 외부의 비평가들은 뭔가 다르다고 느끼기가 더 어려웠을 것이다. 머지않아 아랍 제트기들이 리비아 상공을 날게 되었다.

나는 바레인 사태에 쓸 수 있는 더 나은 카드와 긍정적인 결과를 낳을 수 있는 더 많은 도구가 있었으면 좋았겠다는 생각이 들었다. 그 이후에도 우리는 몇 달 동안 계속 터놓고 이야기하며, 대규모 연행과 폭력은 바레인 시민들의 보편적인 권리와 충돌하므로 정당한 개혁을 요구하는 목소리를 사라지게 할 수 없으리라는 점을 강조했다. 아울러 바레인 정부와 그 주변의 걸프 만 국가들과 여러 문제들을 두고 지속적으로 긴밀하게 협력했다.

2011년 11월, 워싱턴에 있는 미국 민주주의연구소에서 연설하며 나는 미국과 아랍의 봄에 관해 제기되던 몇 가지 질문에 답했다. 그중에서 자주 들었던 질문 하나는 '미국은 왜 나라마다 방식을 달리하여 민주주의를 장려하는가?'였다. 쉽게 말하자면, 이집트에서는 무바라크에게 권력 포기를 요구하고 리비아에서는 국제적인 군사 연대를 동원해 카다피를 몰아내려 하면서, 바레인을 비롯해 그 밖의 걸프 만 군주국들과는 관계를 유지하느냐는 것이다.

나는 그 답을 아주 실증적인 점에서 찾을 수 있다고 말했다. 그리고 나라마다 상황이 매우 다르기 때문에 "천편일률적인 방법을 적용하거나 현지 상황을 고려하지 않고 무조건 밀어붙이는 것은 어리석은 행동"이라는 설명을 덧붙였다. 어느 한 곳에서 가능했고 잘 통했다고 해서 다른 곳에서도 그러리라는 보장은 없다. 중동지역에 중요한 국가적 이해관계가 많이 걸려 있는 건 사실이지만, 우리가 최선을 다해도 그 이해관계들이 늘 완벽하게 맞물리지는 않는다. "우리는 항상 둘 이상의 일을 동시에 해야 합니다." 이 말은 바레인 사정에 꼭 들어맞았다. 미국은 어김없이 우리를 불완전한 존재로 보는 불완전한 파트너들과 항상 협력할 것이고, 불완전한 타협을 이루고 싶은 충동도 항상 느낄 것이다.

═══

2012년 2월, 나는 격동의 아랍의 봄이 처음 시작되었던 튀니지를 다시 찾았다. 경찰기동대는 사라졌고, 공기 중에 최루가스도 더 이상 남아 있지 않았다. 시위대의 고함소리는 잦아들었다. 공개적이고 경쟁적인 방식으로 치러진 정당한 선거에서 온건파 이슬람주의 정당이 과반수 이상을 득표해 승리한 것이다. 승리한 당의 지도자들은 종교의 자유와 여성의 모든 권리를 인정할 것을 약속했다. 미국은 상당한 재정 지원을 약속했고, 양국은 무역과 투자를 활성화해 경기를 회복시키기 위한 협력에 돌입했다. 수많은 난관에 봉착한 새 정부의 앞길은 험난했지만, 적어도 튀니지에서만큼은 아랍의 봄에 걸었던 약속이 현실이 될 수도 있다는 희망을 가질 만했다.

나는 혁명에서 정서적 구심점 역할을 한 장본인이자 튀니지에 민주주의가 뿌리내릴 경우 최대 수혜자가 될 젊은이들과 이야기를 나누고 싶었다. 그래서 바다가 내려다보이는 절벽 위 아랍 음악과 지중해 음악이 울려퍼지는 데를랑제 남작의 대저택에서 200명가량의 청년들을 만났다. 나는 민주주의로의 전환을 이루어내는 고단한 작업과 그들의 세대가 할 수 있는 역할에 대해 이야기한 뒤 질문을 받았다. 젊은 변호사 한 명이 마이크를 잡고 말했다. "튀니지를 비롯한 여러 중동 국가의 젊은이들 다수가 서방을 깊이 불신하고 특히 미국을 불신하는 것 같습니다. 그리고 많은 전문가들이 중동지역과 튀니지에 과격주의가 급증하게 된 데는 이런 불신감이 어느 정도 작용했다고 설명합니다. 심지어 주류 온건파와 친서방 성향의 청년들도 상호이익을 기반으로 진정한 영구적 파트너십을 구축할 가능성에 대해서는 절망하거나 체념하곤 합니다. 미국은 이런 문제에 대해 알고 있습니까? 그것을 어떻게 해결할 수 있을까요?"

그는 우리의 최대 난제를 콕 집어서 말했다. 그와 그 밖의 많은 사람들이 느낀 불신은 앞으로 우리가 중동과 이루어내야 하는 타협과도 연관되어 있었다. 내가 대답했다. "물론 알고 있습니다. 그 점에 대해서는 유감이에요. 우리는 그런 불신풍조가 미국의 가치관이나 정책 때문이라고 생각하지 않습니다." 나는 미국이 왜 튀니지의 벤 알리나 이집트의 무바라크, 걸프 만의 협력국 지도자 등 이 지역의 독재군주들과 그토록 오랫동안 협력해왔는지 설명했다. "여러분은 지금 정상적인 정부와 관계를 맺고 있지요. 우리도 그랬습니다. 우리도 정상적인 정부들과 관계를 맺었습니다. 그리고 정상범위를 벗어난 정부들과도 그렇게 하죠. 지금 우리는 중국, 러시아와 치열한 다툼을 벌이고 있습니다. 그들이 시리아 빈민들을 돕자는 안전보장이사회 결의안에 동의하지 않겠다고 해서죠. 하지만 우리의 의견이 러시아나 중국과 심각하게 다르다고 해도, 그런 이유로 전반적인 관계를 끊어버리지는 않아요. 그래서 그 부분에 대해서는 각 정부가 대처해야 하는 현실을 인정하고, 전체 그림을 보아야 한다고 생각합니다."

썩 만족스러운 대답은 아니었지만, 사실이 그랬다. 미국은 언제까지나 우리 국민의 안전을 지키고 중대한 이익을 취하는 데 필요한 일을 할 것이다. 이는 우리와 뜻이 현저하게 다른 파트너들과 협력할 때도 있다는 뜻이다.

하지만 큰 그림을 보다보면 종종 놓치는 부분도 있게 마련이다. 매일 보도되는 굵직한 사건사고들 가운데서 미국에 관한 진실은 놓치기 쉽다. 미국은 세계 각지의 사람들에게 자유를 찾아주기 위해 어마어마한 생명과 재산을 희생했다. 나는 열린 자세로 이번 만남에 참여한 튀니지 청년들을 둘러보며, 미국이 동유럽 사람들을 가리고 있던 철의 장막을 걷어낸 이야기와 아시아에 민주주의를 전파한 이야기 등의 사례를 열거했다. "우리도 다른 나라들처럼 실수를 저질러왔습니다. 이런 말을 하기는 제가 처음이네요. 우린 정말 많은 실수를 저질렀어요. 하지만 여러분이 역사의 기록 전반을 살펴본다면 미국이 그동안 자유의 편에 있었음을, 인권의 편에 있었음을, 자유시장 및 경제역량 강화의 편에 있었음을 알 수 있을 겁니다." 젊은 변호사는 고개를 끄덕이며 자리에 앉았다.

16

리비아 : 필요한 모든 수단

마흐무드 지브릴Mahmoud Jibril은 약속시간에 늦었다.

때는 이집트의 호스니 무바라크 정권이 물러난 지 한 달이 조금 지난 2011년 3월 14일이었다. 세상의 관심은 이미 중동 내 다른 지역으로 옮겨갔다. 그곳은 북아프리카 지중해 연안의, 이집트와 튀니지 사이에 있는 인구 약 600만 명의 나라, 리비아였다. 리비아의 독재자 무아마르 카다피 대령의 장기 집권을 규탄하는 시위는 카다피가 시위자들에게 무력을 사용하고부터 전면적인 혁명으로 바뀌었다. 그러자 피츠버그 대학 정치학 박사인 리비아인 지브릴이 카다피군과 싸우는 혁명군을 대신해 나를 만나러 오고 있었다.

나는 G8 선진국(프랑스, 독일, 이탈리아, 일본, 영국, 캐나다, 러시아, 미국. 그러나 러시아가 크림 반도 침공 이후 2014년에 이 그룹에서 제외되자 결국 다시 1998년 이전으로 돌아가 G7이 되었다)의 외무장관들과 카다피의 살상행위를 막을 방법을 논의하기 위해, 밤새 비행기를 타고 아침에 파리에 도착했다. 우리는 그곳에서 몇몇 아랍 국가의 외무장관들을 만났다. 그들은 특히 카다피군의 공군으로부터 리비아

시민들을 보호하기 위해 국제사회의 강경한 대응을 요구했다. 나는 파리에 도착한 뒤, 카다피군의 병력이 혁명군을 압도할 정도라는 우려를 안고 유럽 및 아랍 지도자들과 온종일 논의에 몰두했다. 니콜라 사르코지 프랑스 대통령을 만났을 때, 그는 카다피가 혁명군의 본거지인 리비아 동부 벵가지로 진격하지 못하도록 미국이 국제적인 군사 개입을 지원할 것을 촉구했다. 그의 말에 나도 공감은 했지만 확신이 서지는 않았다. 미국은 지난 10년 동안 이라크와 아프가니스탄에서 길고 힘든 전쟁을 치르느라 꼼짝도 할 수 없었다. 그리고 미국이 또 다른 갈등에 끼어들기 전에 그 안에 숨은 의미를 충분히 생각했음을 확실히 해두고 싶었다. 즉 리비아 주변국들을 포함한 국제사회가 이 임무를 놓고 과연 단합할까? 우리가 원조하게 될 이 혁명군들은 누구이며, 그들은 카다피 정권이 무너졌을 때 리비아를 이끌 준비가 되어 있는가? 우리의 최종 목표는 무엇인가? 나는 마흐무드 지브릴을 직접 만나 이런 의문들을 함께 논의하고 싶었다.

내가 묵을 호텔은 리볼리 거리에 위치한 웅장하고 오래된 웨스틴 방돔 호텔이었다. 내 방에서는 튈르리 정원이 내려다보이고 창밖으로 파리 하늘을 밝히는 에펠탑이 보였다. 파리의 아름다움과 그 색채는 리비아에서 펼쳐지는 공포와는 너무나도 달랐다.

사태는 어딘가 익숙한 방식으로 시작되었다. 2011년 2월 중순에 유명한 인권운동가가 벵가지에서 체포되면서 시위가 촉발되었고 이내 전국적으로 번졌다. 튀니지와 이집트에 자극받은 리비아 국민들은 정부 내에서 발언권을 요구하기 시작했다. 군이 시민들에게 발포를 거부했던 이집트와 달리, 리비아 치안부대는 군중을 향해 중화기를 발포했다. 카다피는 외국인 용병과 폭력배까지 동원해 시위자들을 공격했다. 무차별 살상과 임의연행, 고문에 대한 보도가 잇따랐다. 이웃이나 마찬가지인 시민들에게 발포하기를 거부하는 군인들은 처형되었다. 정부가 이렇게 폭력적인 진압을 하자, 시위대는 카다피의 과대망상적 통치에 오랫동안 분노를 느껴온 지역들을 중심으로 자연스레 무장혁명군으로 변해갔다.

2월 하순경, 카다피의 무자비한 대응에 깜짝 놀란 유엔안전보장이사회는 폭력 진압의 즉각적인 중단을 요구하고 리비아에 무기 금수조치를 취하자는 결의안을 통과시켰다. 또한 인권 침해 가해자들과 카다피 일가의 재산을 동결하고, 리비아 사건을 국제형사재판소에 회부했다. 결국 국제형사재판소에서는 카다피와 그의 아들 사이프 알이슬람 카다피Saif al-Islam Qaddafi, 군사정보 책임자인 압둘라 알세누시Abdullah al-Senussi의 반인륜적인 범죄 혐의를 인정했다. 미국도 자체적으로 조치를 취해 리비아에 필요한 긴급 인도주의적 지원에 나섰다. 2월 말에 나는 제네바 유엔인권이사회로 가서, 국제사회는 보편적 권리를 보호하고 권리 침해자에게 책임을 물을 의무가 있다는 사실을 상기시켰다. 그리고 "카다피가 국가를 통치할 정당성을 잃었으며, 이제는 그가 더 이상 폭력을 쓰지 말고 지체 없이 떠나야 할 때라는 것을 리비아 국민들이 증명해주었습니다"라고 말했다. 며칠 전 유엔 유럽본부 팔레 데 나시옹의 바로 이 공간에서 리비아 대표단이 더 이상 카다피에 충성하지 않고 혁명군을 지지하겠다는 극적인 선언을 했다. 한 외교관이 말했다. "오늘날 우리나라의 젊은이들은 자신들의 피로 투쟁과 저항의 역사의 새 장을 써나가고 있습니다."

일주일 후 벵가지의 혁명군은 과도국가위원회를 구성했다. 서부 산악지대를 포함해 정권에 반대하는 무장민병대의 수가 전국적으로 늘어났지만, 카다피가 투입한 군사력을 감당할 수는 없었다. 카다피군의 탱크들이 도시를 차례차례 짓밟았다. 저항 세력은 무너지기 시작했고, 카다피는 반대자들을 모조리 잡아 없애버리겠다고 선포했다. 상황은 점점 절망으로 치달았다. 그래서 지브릴이 그 문제로 호소하러 오고 있었다.

지브릴이 오기를 기다리는 동안 나는 세상에서 가장 엉뚱하고 잔인하며 예측불가능한 독재자인 무아마르 카다피에 대해 생각했다. 세계무대에서 그는 화려한 복장과 아마조네스라 불리는 경호부대, 과도한 미사여구 사용으로, 기이하고도 때로는 냉담한 인물로 인식되었다. 그는 한때 "나를 사랑하지 않는 자들은 살아갈 자격이 없다!"라고 말하기도 했다. 카다피는 1969년에 쿠데타로 권력을 잡아, 신사회주의와 파시즘, 개인 숭배 등을 뒤섞어 과거 이탈리아 식민지였던 리비아를 통치해왔다. 정권이 불안정한 와중에도 석유산업으로 창출되는 부는 유지되었지만, 카다피의 변덕스러운 통치 때문에 리비아의 경제와 사회제도는 빈껍데기만 남았다.

테러 후원자이자 구소련의 고객이었고 대량살상무기 확산의 주범인 카다피는 1980년대에 미국 최대의 적이었다. 1981년, 〈뉴스위크Newsweek〉 표지에는 카다피의 사진과 함께 "세계에서 가장 위험한 인물?"이라는 헤드라인 문구가 실렸다. 레이건 전 대통령은 카다피를 "중동의 미친 개"라고 불렀으며, 1986년 카다피가 주도한 테러 공격에 의해 베를린에서 미국 시민들이 사망하자 보복으로 리비아를 폭격했다. 카다피가 이 공습으로 자녀 한 명을 잃었다고 주장하면서 두 나라의 관계는 더 긴장되었다.

1988년, 리비아 스파이들이 팬암기 103편에 설치한 폭탄이 스코틀랜드 로커비 상공에서 폭발해 270명이 사망했다. 사망한 승객 중 35명은 뉴욕주 북부에 위치한 시러큐스 대학교 학생들이었는데, 나는 그들 중 몇 명의 가족들을 상원에서 대변한 적이 있어 잘 알고 있었다. 내 눈에 카다피는 절대 신뢰할 수 없는 범죄자이며 테러리스트였다. 이 점은 리비아 주변 아랍 국가들도 다수 인정했다. 그들 대부분이 수년 동안 카다피와 얽혀 다투고 있었다. 심지어 카다피는 사우디아라비아 국왕을 암살하려는 음모를 꾸민 적도 있었다.

2008년에 트리폴리에서 카다피를 만난 콘돌리자 라이스는 그를 "불안정"하고 "어딘가 섬뜩하게 사람의 마음을 휘어잡는" 인물로 묘사했다.

2009년, 그가 집권 40년 만에 처음으로 뉴욕의 유엔총회에서 발언을 하자 모두가 놀랐다. 그는 유목민들이 쓰는 커다란 텐트를 가져왔지만 센트럴파크에서는 텐트 설치가 금지되어 있었다. 유엔총회에서 그에게 주어진 발언 시간은 단 15분이었는데, 그는 케네디 암살에 관해 과장된 말들을 늘어놓고 돼지 인플루엔자가 사실은 실험실에서 만들어진 생화학무기라는 등의 기이한 주장을 펼치며 한 시간 반 동안이나 발언했다. 또한 이스라엘과 팔레스타인이 '이스라타인Isratine'이라는 단일국가를 만들어 함께 살 것과, 유엔 본부를 리비아로 이전해 시차증을 줄이고 테러리스트들이 뉴욕을 공격할 위험도 줄이자고 제안했다. 요컨대 이런 기괴한 행동이 카다피의 전형적인 특징이었다.

그런데 최근 몇 년 사이에 카다피는 핵 개발 계획을 포기하고, 국제사회와의 협력을 도모하고, 알카에다와의 싸움에 일조하는 등 새로운 면모를 보이려 노력했다. 하지만 그도 나이가 들어 이제 뭔가 정치인다워지고 있구나 하는 희망은 슬프게도 시위가 시작되자마자 증발해버렸다. 그는 다시 늙고 잔인한 카다피로 돌아와 있을 뿐이었다.

도전적인 독재자, 민간인 공격, 궁지에 몰린 혁명군, 이 모든 것이 우리 동맹국 다수가 논의해야 할 것이 무엇인지 생각하게 만들었다. 국제사회는 인도주의적 지원과 제재를 넘어 리비아의 폭력을 멈추기 위해 단호한 행동을 취해야 하는가? 그 대답이 '예스'라면, 미국은 우리의 이익을 증진하고 보호하기 위해 어떤 역할을 해야 하는가?

며칠 전인 3월 9일, 나는 백악관 상황실에서 오바마 대통령의 국가안보팀을 만나 리비아 사태를 논의했다. 하지만 다들 미국의 직접적인 개입은 찬성하지 않는 분위기였다. 로버트 게이츠 국방장관은 리비아와 관련해 미국의 중대한 국가적 이익이 걸린 문제는 없다고 생각했다. 국방부가 전한 바에 따르면, (우리가 1990년대에 이라크에서 설정한) 비행 금지구역처럼 가장 흔히 언급되는 군사적 대응방법은 혁명군에게 유리한 쪽으로 국면을 바꾸기에는 미흡하다고 했다. 카다피의 지상병력이 그만큼 강력했던 것이다.

다음 날 의회 회의에 앞서 나는 미국이 불안한 상황 속으로 일방적으로 뛰어들 시기는 아니라고 주장했다. "미국이 국제사회의 동의 없이 독단적으로 행동한다면 결과를 예측할 수 없는 상황이 찾아올 것입니다. 우리 군 또한 그렇게 생각하는 걸로 알고 있습니다." 사실 다른 나라들은 신속한 대응을 요구하면서도 미국의 어깨에 모든 짐을 얹고 모든 위험을 떠넘기는 경우가 너무 흔했다. 나는 의회에서 일전의 일을 상기시켰다. "우리는 이라크에 비행 금지구역을 설정했었습니다. 하지만 사담 후세인이 지상에서 사람들을 학살하는 것은 막지 못했고, 그를 퇴진시키지도 못했습니다."

1990년대에 코소보에서 나토의 공중전을 이끈, 은퇴한 장군이자 내 오랜 친구 웨슬리 클라크Wesley Clark는 3월 11일자 〈워싱턴포스트〉에 미국 정부의 개입에 대한 주장을 이렇게 요약했다. "우리가 비행 금지구역에 어떤 자원을 들이붓든 효과는 미미하고 시기는 너무 늦었다. 이런 말을 꺼내기조차 힘들지만, 무슬림의 땅에 정권교체가 이루어지도록 우리는 다시 한 번 군사를 투입해야 할 것이다. 그러니 성공적인 개입에 기본적으로 필요한 것 중에 적어도 지금까지 빠져 있는 것이 무엇인지를 알아내야 한다. 우리에게는 명확하게 공시된 목표가 없고 법적 권한도 없으며, 국제적인 지원에 대한 약속도 없는데다 현장 군사력도 충분하지 않다. 그리고 리비아의 정치적 분위기상 확실한 결과를 쉽게 예측할 수 없다."

바로 다음 날 카이로의 분위기가 바뀌기 시작했다. 다섯 시간 넘도록 숙고하고 토론한 후, 아랍연맹은 중동 21개국을 대표하여 유엔안전보장이사회가 리비아에 비행 금지구역을 설정할 것을 요청하는 안건에 대해 표결했다. 아랍연맹은 전에 카다피 정부의 연맹 회원자격 인정을 보류했고, 이제는 혁명군이 조직한 과도국가위원회를 리비아 국민들의 합법적 대표로 인정했다. 한때 독재자와 석유재벌을 위한 클럽이라는 꼬리표를 달았던 아랍연맹이 중요한 걸음을 내딛은 것이다. 변화를 꾀한 주요 인사 중 한 명이 바로 이집트 외교관 아므르 무사Amr Moussa인데, 그는 아랍연맹 사무총장으로 재임하면서도 정신은 온통 이집트 대선에 쏠려 있었다. 이번 비행금지구역 설정 관련 결의안 통과에는 무바라크의 퇴진을 도운 혁명단체들의 지지를 구하려는 무사의 노력이 부분적으로 영향을 미쳤다. 한편 걸프 만 연안 군주국들이 이 결의안에 찬성한 데는 불안해하는 국민들에게 자신들이 변화의 편에 있음을 보여주려는 목적이 일부 있었다. 물론 그들 모두 카다피를 싫어했다.

만약 아랍권이 이번 일에 앞장설 의지가 있었다면, 국제적인 개입이 결국 불가능하지는 않았을 것이다. 그랬다면 유엔총회에서 서방 세력이 지지하는 활동이라면 무조건 거부하고 보는 중국과 러시아에도 압박이 가해졌을 것이다. 하지만 아랍연맹은 성명서에 '인도주의적 행동'이라는 용어를 사용하고 군사력에 대해서는 명확하게 언급하지 않았다. 나는 아므르 무사를 비롯한 사람들이 카다피의 대학살을 멈추기 위해 과연 진정으로 준비하고 있는지 의문스러웠다.

아랍연맹의 막후 실력자인 아랍에미리트 외무장관 압즈는 내가 파리에 도착했을 때 그곳에 와 있었다. 우리는 G8 만찬을 앞두고 내가 머무는 호텔에서 만났다. 나는 아랍의 약속이 얼마나 지켜지지 않는지에 대해 그를 압박했다. 그들은 외국 비행기들이 리비아에 폭탄을 떨어뜨리는 데 대한 준비가 되어 있는 것일까? 아니, 그보다 더 중요하게, 스스로 비행기를 출격시킬 생각이 있는 것일까? 적어도 아랍에미리트만큼은 이 두 질문에 대한 답이 놀랍게도 '예스'였다.

유럽 국가들은 훨씬 저돌적이었다. 나는 군사 개입에 대해 사르코지 대통령에게 한바탕 잔소리를 들었다. 그는 역동적인 인물로 항상 에너지가 넘쳤으며 행동의 중심에 서는 걸 좋아했다. 그러나 오래전 북아프리카를 지배했던 프랑스 정부는 튀니지의 벤 알리와 친밀한 관계였으므로, 튀니지에서 혁명이 일어났을 때 사르코지는 움직일 수가 없었다. 그리고 프랑스는 이집트와는 관련이 없었다. 따라서 튀니지 혁명은 프랑스가 아랍의 봄을 지지하는 투쟁에 뛰어들어 자신들도 변화의 편임을 증명할 절호의 기회였던 것이다. 현지 상황을 자신의 눈으로 직접 확인하기 위해 이집트 국경에서 채소트럭을 잡아탔던 프랑스의 지식인 베르나르앙리 레비Bernard-Henri Lévy도 사르코지에게 영향을 주었다. 그들은 모두 잔혹한 독재자의 손아귀에서 고통 받는 리비아 국민들에게 진심으로 연민을 느꼈고, 뭔가 해야 한다는 주장을 설득력 있게 펼쳤다.

그날 저녁 만찬에서 만난 윌리엄 헤이그 영국 외무장관은 신속한 행동을 촉구했다. 헤이그가 리비아 내에 군사적 행동이 필요하다고 생각했다면 그것은 아주 중요했다. 그도 나와 마찬가지로 의사결정에 신중한 사람이었다. 논리나 전략, 최종 목표에 대한 확신 없이는 결정을 내리지 않았다.

나는 호텔로 돌아와서 진 크레츠Gene Cretz 리비아 주재 미국대사와 리비아 혁명군을 담당할 새 특사로 지명된 크리스 스티븐스Chris Stevens를 함께 만났다. 크리스 스티븐스는 전에 리비아의 수도 트리폴리에서 부대사와 대사 직무대행을 맡은 경험이 있었다. 크레츠는 뉴욕 북부지역 출신으로 다소 성급하지만 재미있고 개성 있는 성격의 외교관이었다. 하지만 카다피의 폭정을 비밀리에 워싱턴에 알린 사실이 위키리크스에서 폭로되자, 그는 트리폴리에서 신변의 위협을 받게 되었다. 2010년 12월 하순, 나는 안전을 위해 크레츠를 워싱턴으로 복귀시키기로 했다. 혁명의 열기가 뜨거워진 2011년 2월 말에는 남아 있던 대사관 직원들도 대피했다. 대부분은 몰타행 연락선을 탔는데, 평소보다 파도가 높고 거칠었지만 다행히 모두 안전하게 도착했다.

크리스도 중동과 관련해 경험이 많고 유능한 외교관이었다. 금발에 카리스마 있는 캘리포니아 사람인 그는 프랑스어와 아랍어에 능통하고, 시리아와 이집트, 사우디아라비아, 예루살렘에서 근무한 적이 있었다. 크리스는 옛 리비아에 관한 역사서나 회고록 등을 닥치는 대로 읽었으며, 알려지지 않은 야사를 들려주거나 지역 방언으로 농담하기를 좋아했다. 나는 그에게 리비아로 돌아가 혁명군의 본거지인 벵가지에서 과도국가위원회와 접촉할 것을 요청했다. 그것은 어렵고 위험한 임무였지만 미국은 그 일을 해줄 사람을 필요로 했다. 크리스는 요청에 응하며 임무를 받아들였다. 그의 어머니는 아들의 신발에 늘 모래가 들어 있었다고 말하곤 했다. 중동 전역을 누비며 새로운 과제와 모험을 찾아 움직이고, 달리고, 일했기 때문이다. 수년간 현장경험을 쌓은 후, 그는 어렵고 위험한 곳들이야말로 미국의 이익이 대단히 중요하게 걸려 있으며, 아주 노련하고 섬세하게 외교술을 펼쳐야 하는 곳임을 알았다. 늦봄에 그를 포함한 소규모 팀은 마치 19세기 사절단처럼 그리스 화물선을 타고 벵가지에 도착했고, 곧바로 시민들과 혁명군 지도자들을 만나 관계를 형성하기 시작했다. 그가 이처럼 놀라운 일을 해낸 것을 보고 이후에 나는 리비아 주재 미국대사인 크레츠의 후임으로 크리스를 대통령에게 추천했다.

마침내 오후 10시쯤, 지브릴이 자리를 마련하는 데 도움을 준 베르나르앙리 레비와 함께 파리의 웨스틴 방돔 호텔에 도착했다. 혁명가와 철학자, 이 둘은 너무나 잘 어울리는 한 쌍이었다. 누가 혁명가이고 누가 철학자인지 구분이 되지 않을 정도로. 사실 지브릴은 선동가라기보다는 기술관료 같았다. 작은 체구에 안경을 썼고 머리숱이 적었으며 위압감이 있었다. 반면 레비는 긴 곱슬머리에 셔츠 단추를 배꼽이 보일 정도로 풀어젖힌 인상적이고 멋진 모습이었다. 그는 "신은 죽었지만 내 머리카락은 완벽하다"라는 말을 인용했다. (나는 그 말에 대고 "신은 살아 있는데 나에게 완벽한 머리카락을 주지 않

으셨다"라고 말하고 싶다!)

수세에 몰린 혁명군의 과도국가위원회 대표로서 이야기하는 지브릴의 모습은 아주 인상적이고 우아했다. 그는 카다피 정부의 국가경제개발국 국장으로 일하다가 혁명에 가담하기 위해 그곳을 떠났다. 수십 년 동안 자행된 카다피의 야만적 행위와 잘못된 국가운영으로 황폐해진 나라를 재건하는 데 얼마나 많은 노력이 필요할지 잘 아는 듯했다. 지브릴은 정부가 르완다 집단학살과 발칸 반도 인종청소의 망령에 사로잡힌 양 벵가지에 공권력을 쏟아부은 탓에 수십만 명의 시민들이 일촉즉발의 위험에 처해 있다고 말했다. 그는 국제사회의 개입을 간절히 원했다.

지브릴이 말하는 동안 그의 심경을 이해하기 위해 노력했다. 우리는 독재자를 무너뜨린 뒤에는 합법적이고 믿을 수 있는 정부가 자리 잡도록 모두 힘을 합쳐야 한다는 것을 이라크 등의 사례를 통해 힘들게 깨우쳤다. 만약 미국이 리비아 사태에 개입하는 데 동의한다면 우리는 이 정치학자와 그의 동료들에게 큰 모험을 거는 것이다. 40년 동안 카다피는 자신의 권력을 위협하는 사람들을 체계적으로 제거하고 리비아의 사회제도와 정치문화를 무너뜨렸다. 조지 워싱턴처럼 완벽하게 준비된 지도자는 어디에서도 찾을 수 없을 것 같았다. 모든 것을 고려해볼 때, 지브릴과 그의 혁명군을 지원하는 것이 어쩌면 최선인 셈이었다.

그 후 나는 파리에서 들은 이야기와 더불어 국제사회 파트너들과의 협업이 얼마나 이루어지고 있는지에 대해서도 백악관에 보고했다. 나토 동맹국들은 군사행동을 주도할 준비가 되어 있었다. 아랍연맹이 그들을 지원하기로 했고, 그중 몇몇 국가는 이웃 아랍 국가를 상대로 하는 군사작전에 적극적으로 참여하겠다는 의사를 밝혔다. 카다피의 만행이 어느 정도였는지를 알려주는 신호였다. 나는 강력한 결의안을 다시 얻으려면 안전보장이사회에서 투표로 반대파를 설득해야 한다고 생각했다. 2009년과 2010년에 북한과 이란에 대한 강력한 제재안을 논의하는 회의장으로 러시아와 중국을 용케 끌어들인 적이 있으니, 이번에도 똑같이 할 수 있을 거라 믿었다. 그리고 지브릴을 만나본 결과, 혁명군이 충분히 믿음직한 파트너가 될 수 있으리라고 생각되었다.

미국 국가안전보장회의는 리비아 사태 개입에 대한 의견이 아직 분분했다. 수전 라이스 유엔 대사와 서맨사 파워Samantha Power 국가안전보장회의 보좌관을 비롯한 몇몇은 우리가 할 수 있는 한 시민들을 보호하고 대학살을 막을 책임이 있다고 주장했다. 하지만 게이츠 국방장관은 강하게 반대했다. 이라크 문제와 아프가니스탄 문제를 이미 겪어본 베테랑이자 미국이 가진 힘의 한계를 아는 현실주의자인 그는 리비아에 대한 우리의 관심이 희생을 정당화한다고 생각하지 않았다. 개입의 결과가 예측불가능하다는 것은 우리 모두가 알고 있었다. 하지만 카다피의 군대는 벵가지에서 고작 수백 킬로미터 떨어진 곳에서 빠르게 다가가고 있었다. 우리는 수없이 많은 생명이 죽음의 위험에 처하는 인류의 재앙을 그저 지켜보기만 할 판이었다. 그것을 멈추려면 당장 움직여야 했다.

대통령은 군사작전을 짜고 유엔안전보장이사회의 결의안을 확보해 한 단계 앞으로 나아가기로 결심했다. 그런데 중대한 두 가지 걸림돌이 있었다. 첫째는 국방부가 확언한 대로 비행 금지구역 설정은 단순히 상징적인 행동으로만 간주될 수 있기 때문에, 우리는 상황에 따라 유엔의 지원을 얻어 더욱 강경한 군사행동을 할 필요가 있다는 것이었다. 다시 말해, 시민들을 보호하기 위해서라면 '필요한 모든 수단'을 사용할 수 있는 권한이 있어야 했다. 둘째는 오바마 대통령이 미국의 개입은 제한적이기를 원하기 때문에 동맹국들이 맡아야 할 부담이나 항공작전이 많다는 것이었다. 이런 조건들을 충족하려면 폭넓은 외교술이 필요하지만, 수전과 나는 가능하다는 결론을 내리고 여기저기 전화를 걸기 시작했다.

다음 날 뉴욕에서 열린 안전보장이사회 회의에서 러시아가 휴전이라는 미약한 해결책을 제시했다. 나는 그것이 판도를 흐리고 비행 금지구역 설정에 찬성하는 움직임을 꺾어놓으려는 못된 장난이라고 생각했다. 우리가 내놓은 강경한 결의안을 받아들이도록 러시아를 설득하지 못한다면 그건 이미 실패한 해결책이다. 러시아뿐만 아니라 거부권을 쥔 중국을 비롯한 몇몇 비상임이사국도 걱정이었다.

3월 15일 아침, 파리에서 카이로로 날아가 아므르 무사를 만났다. 그리고 아랍권 국가들이 군사 개입을 강하게 주장하고 적극적으로 참여하는 것이 얼마나 중요한지 강조했다. 이번 정책은 서방이 아니라 리비아의 이웃나라들이 추진하는 것으로 인식되어야만 집행할 수 있었다. 무사는 카타르와 아랍에미리트가 비행기 및 조종사를 보낼 준비를 마쳤다고 확인했는데, 이것은 커다란 진전이었다. 나중에는 요르단도 한 단계 더 나아갔다. 나는 이러한 지원으로 갈팡질팡하는 안전보장이사회 회원국들을 보다 수월하게 설득할 수 있으리라 생각했다.

카다피는 3월 17일에 텔레비전 방송을 통해 벵가지 시민들에게 "우리는 오늘밤에 갈 것이다. 자비란 없다"고 경고해 우리의 일을 덜어주었다. 그는 집집마다 돌아다니며 "배신자"를 색출할 것을 맹세하며, 이 작전을 "쥐잡기"라고 불렀다. 당시 튀니지에 있었던 나는 세르게이 라브로프 러시아 외무장관에게 전화를 걸었다. 전에 그는 러시아가 비행 금지구역 설정을 단호하게 반대한다고 말했지만, 그 이후 몇몇 안전보장이사회 비상임국들은 우리의 결의안을 지지했다. 이제 이번 일이 이라크나 아프가니스탄과는 다르다는 것을 러시아에 확신시키고 우리의 의도를 명백히 밝히는 것이 중요했다. 나는 라브로프에게 말했다. "우리는 더 이상 전쟁을 원하지 않아요. 더 이상 지상군이 투입되는 것을 원하지 않습니다. 하지만 우리의 목표는 잔혹하고 무차별적인 공격으로부터 시민들을 보호하는 것입니다. 비행 금지구역은 필요하지만 그것만으로는 충분하지 않습니다. 추가 방안이 필요해요. 시간이 없습니다."

"더 이상 전쟁을 원하지 않는다는 점에는 동의합니다." 라브로프가 대답했다. "그렇다고 전쟁에 휘말리지 않게 되는 것은 아니잖아요." 그는 러시아인들은 카다피를 보호하는 일에도 그가 시민들을 학살하는 일에도 관심이 없다는 말도 덧붙였다. 나는 우리의 결의안은 러시아가 제안한 휴전안을 포함하되, 카다피가 진격을 멈추지 않을 경우 강한 무력 제재를 할 수 있는 권한도 가져야 한다고 설명했다. "찬성표는 던질 수 없습니다. 하지만 우리가 기권하면 결의안은 통과될 겁니다." 라브로프가 말했다. 바로 우리가 원한 대답이었다. 이런 상황에서 기권표는 찬성표나 마찬가지였다. 나중에 시리아에 대해 논의하면서, 라브로프는 자신이 우리의 의도를 오해했다고 주장했다. 그 말은 솔직하지 않은 것 같았다. 라브로프는 이전에 유엔 대사였던 만큼 '필요한 모든 수단'의 의미를 아는 사람이었으니까.

이어 유엔안전보장이사회 비상임이사국인 포르투갈의 루이스 아마두Luis Amado 외무장관에게 전화했다. 거부권을 피하더라도 우리는 아직 과반수 이상을 확보해야 했다. 그리고 표를 많이 얻을수록 카다피에게 보내는 메시지에 더욱 힘이 실릴 터였다. "미국은 지상군이나 지상작전에 어떠한 이해관계나 의도나 계획이 없음을 다시 한 번 말씀드리고 싶습니다." 나는 아마두에게 말했다. "우리는 이 결의안이 통과되면 카다피와 그 측근들이 크게 경각심을 느낄 거라고 믿어요. 분명 그의 추후 행보에 영향을 끼칠 겁니다." 그는 내 주장을 듣고 찬성표를 던지기로 했다. "걱정하지 마세요. 우리도 같은 편에 설 테니까." 그가 말했다.

오바마 대통령은 제이컵 주마 남아공 대통령에게 전화해 비슷한 방식으로 설득했다. 수전은 뉴욕에서 유엔 대사들을 상대로 로비를 벌였다. 프랑스와 영국 또한 열심히 각자 맡은 일을 하고 있었다. 투표는 브라질, 인도,

중국, 독일이 러시아에 가세해 기권하면서 찬성 10표, 반대 0표로 마무리되었다. 이제 우리는 '필요한 모든 수단'을 통해 리비아 시민들을 보호할 강력한 권한을 갖게 되었다.

그런데 시작과 동시에 극적인 난관에 봉착했다.

오바마 대통령은 미국이 유엔 결의안 실행을 위한 군사작전에 제한적으로만 참여하겠다는 뜻을 우리 팀과 동맹국에 분명하게 전달했다. 비행금지구역을 설정하기 위한 첫 번째 단계는 카다피의 방공체계에 타격을 입히는 것이었는데, 이 점에 관해서는 미국이 다른 동맹국보다 나은 장비를 갖추고 있었다. 하지만 대통령은 동맹국들의 공군력이 최대한 빨리 선두에 나서기를 원했고, 미국 지상군은 파병하지 않겠다는 단호한 자세를 취했다. "지상군은 없다"는 말은 하나의 주문이 되었다. 이 모든 것은 미국이 크루즈미사일과 폭격기로 길을 터준 뒤에는 다양한 국가가 협력해 구성한 연합군이 침투해 다음 단계를 이어서 수행해야 한다는 의미였다. 나는 우리 동맹국들이 하나의 팀으로 일하는 것이 예상보다 훨씬 어렵다는 것을 곧 깨닫게 되었다.

사르코지는 주도권을 쥐고 싶어 안달했다. 유엔 표결을 준비하는 과정에서 그는 국제사회의 군사행동을 누구보다 큰 목소리로 옹호해왔고, 이제는 주요 강대국으로서 프랑스의 역할을 재차 강조할 기회를 잡았다. 그는 3월 19일 토요일에 유엔 결의안 이행에 대해 긴급하게 논의하고자 유럽과 아랍권 정상들을 파리로 불러들였다. 그런데 나토 동맹국인 터키가 초대받지 못했다는 사실이 눈에 띄었다. 터키의 유럽연합 가입을 프랑스가 반대한 탓에 사르코지 대통령과 에르도안 터키 총리의 사이가 그리 좋지 않았다. 당시 에르도안이 리비아에 대해 조심스러운 입장을 드러낸 터라 사르코지는 터키를 연합군에서 제외할 생각이었다. 이러한 냉대에 격분한 에르도안은 국제사회의 개입을 더욱 단호히 반대했다.

나는 다우토을루 터키 외무장관과 이야기하면서 속상한 마음을 달래주려 노력했다. "우선 터키를 초대하기 위해 제가 많이 노력했다는 것을 말씀드리고 싶어요." 내가 말했다. 우려했던 대로 다우토을루는 화가 잔뜩 나 있었다. "우리는 나토를 통한 대응을 예상했는데, 우리를 초대하지도 않고 파리에서 갑자기 회의를 열다니요." 그는 이게 프랑스의 십자군원정인지 국제적인 연합군인지 모르겠다고, 합리적인 이유를 들어가며 불평했다. 나는 프랑스가 정상회담을 주최했지만 미국은 나토가 군사작전 운용을 맡을 것을 강하게 주장했다고 설명했다.

파리에서 나는 다른 일들도 차근차근 잘 진행되기를 기대한다는 오바마 대통령의 메시지를 전했다. 일단 도착하자마자 압즈에게 전화를 걸었다. 앞에서도 이야기했지만 이 대화는 매우 어렵게 이어졌다. 바레인 사태에 대한 아랍에미리트의 행동을 미국이 비판했다는 이유로 그가 이번 리비아 작전에는 참여하지 않겠다고 으름장을 놓았기 때문이다.

그런데 공식 회의가 열리기도 전에 사르코지는 나와 데이비드 캐머런 영국 총리를 따로 불러 프랑스 전투기들이 이미 리비아로 향하는 중이라고 털어놓았다. 프랑스의 성급한 출발을 더 많은 동맹국들이 알게 되자, 한바탕 소동이 벌어졌다. 사르코지만큼이나 의욕이 넘치고 주목받고 싶어하던 이탈리아의 실비오 베를루스코니Silvio Berlusconi 총리가 특히 격노했다. 과거 식민지였던 나라에 위기가 찾아오면 식민통치를 했던 강대국이 주도적으로 그 위기를 해결한다는 공공연한 생각이 퍼져 있어서였다. 그래서 훗날 프랑스가 말리와 중앙아프리카공화국에 군대를 보낸 것이다. 과거 이탈리아 식민지였던 리비아의 경우 프랑스가 아닌 이탈리아가 전면에 나서야 한다고 베를루스코니는 생각했다. 게다가 이탈리아는 지중해 안쪽으로 돌출된 전략적 위치 덕분에 리비아를 향해 대부분의 공군력을 출격시킬 수 있는 천연 전투기 출격장 역할을 할 수 있었다. 이미 여러 공군기지를 연합

제트기들에게 개방하기 시작한 상태였다. 하지만 이번에 베를루스코니는 사르코지 때문에 뒷전으로 밀려났다는 느낌을 받고, 연합군에서 탈퇴해 이탈리아 군사기지에 대한 접근을 차단하겠다고 협박했다.

베를루스코니 등의 주장은 상처받은 자존심 문제를 넘어서 타당성이 있었다. 우리는 이미 발칸 반도와 아프가니스탄에서 다국적 군사작전을 조정한다는 것이 복잡한 일임을 배웠다. 명확한 지휘통제체계 없이 모두가 똑같은 전략을 실행한다면 심각한 혼란이 빚어질 수 있다. 12개국이 서로 비행 계획이나 목표, 교전규칙 등을 조정하지 않고 리비아로 전투기를 보낸다고 생각해보라. 하늘은 아수라장이 될 것이고, 사고로 안타까운 목숨만 잃게 될 가능성이 높다.

가장 많은 능력을 갖춘 미국이 조정의 길잡이 역할을 맡고 나섰다. 논리적으로 봤을 때 다음 단계는 나토가 군사 개입을 준비하는 것이었다. 나토 연합군은 이미 통합된 군사지휘체계와 이전의 갈등을 조정하면서 얻은 경험이 있었다. 그런데 사르코지는 이 제안을 썩 달가워하지 않았다. 우선은 프랑스에 덜 영광스러운 일이었기 때문이다. 또한 리비아 사태에 나토가 나설 경우, 유엔 표결을 앞둔 시점에 여론을 움직여주었던 아랍권과 사이가 더 멀어질 거라고 생각했다. 카타르와 아랍에미리트는 비행 금지구역 시행을 위해 비행기를 보내기로 약속했는데, 그들이 나토의 이름 아래서도 그렇게 할까? 게다가 나토는 만장일치 원칙으로 일을 처리한다. 즉 터키 등 어느 한 회원국이 행동을 막을 수 있다. 우리는 시민들을 보호하기 위해 '필요한 모든 수단'이라는 말이 효력을 갖도록 유엔에서 온갖 노력을 기울였다. 그래야 카다피군의 비행기들이 혁명군 주둔지역을 공격하지 못하도록 막고 그 이상의 일도 해낼 수 있기 때문이다(카다피군의 탱크와 보병이 벵가지에 도달하기 전에 그들을 저지하는 게 무엇보다 중요했다). 누군가는 이를 가리켜 '차량운행 금지구역'이라고 불렀다. 그런데 에르도안을 비롯한 몇몇 사람들은 비행 금지구역을 순수하게 공대지공격 금지구역으로만 제한하려 했다. 사르코지는 나토가 임무를 수행했다가 불길에 휩싸인 벵가지의 모습을 그저 지켜보기만 하게 될까봐 걱정했다.

파리에서 열린 회의는 미국이 개입 초기 단계를 주도한 후의 일에 대해서는 이견을 좁히지 못한 채 끝났다. 하지만 카다피군이 움직이고 있는데다 프랑스가 제트기를 띄운 뒤라 주저할 시간이 없었다. 나는 카메라 앞에서 이야기했다. "미국은 독자적인 능력을 갖추고 있습니다. 우리는 그 능력으로 캐나다와 유럽 동맹국들과 아랍 협력국들을 돕고 비행 금지구역도 효과적으로 시행해 민간인에 대한 폭력을 멈추게 할 것입니다." 몇 시간 후 지중해에 있던 미 해군 군함이 리비아 내 방공체계를 무력화시키고 벵가지로 향하는 대규모 장갑차 행렬을 저지하기 위해 100기가 넘는 크루즈미사일을 쏘았다. 브라질을 방문하고 있던 오바마 대통령이 말했다. "무력 사용은 우리의 첫 번째 선택지가 아니었으며, 결코 쉽게 결정한 것이 아님을 미국 국민들이 알아주셨으면 합니다. 하지만 행동에는 결과가 따르고, 국제사회의 결의는 집행해야만 합니다. 그래서 이 연합군이 결성되었습니다."

그 후 72시간 동안 리비아의 방공체계는 성공적으로 파괴되었고, 벵가지 주민들은 임박했던 파멸의 위험으로부터 벗어났다. 오바마 대통령은 후에 리비아 사태 진압을 "뒤에서 지휘했다"라는 억울한 비난을 받았다. 말도 안 되는 소리였다. 임무를 부여해 수행하고 수만 명의 목숨이 걸린 일을 지휘하려면 앞에서, 옆에서, 사방에서 많은 노력이 필요하다. 카다피군에 결정적으로 선제공격을 가한 군사적 역량 면에서나, 폭넓게 연합군을 형성하고 유지한 외교적 역량 면에서나, 그 누구도 우리와 같은 역할을 해내지는 못했을 것이다.

불행히도, 그 후 며칠 동안 연합군 내부의 분위기는 점차 악화되었다. 파리에서 정상회담을 한 지 이틀밖에 지나지 않은 월요일에 대표자들이 이견을 좁히기 위해 브뤼셀의 나토 본부에 모였는데, 프랑스대사가 회의실을 박차고 나가면서 회의 분위기가 싸늘해진 것이다. 프랑스와 터키 양측 모두 신경전을 벌이기는 마찬가지였다. 우려했던 대로 터키는 나토를 통한 임무로 제한하기를 고집했고, 프랑스는 주도권을 포기하려 하지 않았다. 월요일 저녁에 오바마 대통령은 에르도안에게 전화를 걸어 다시 한 번 '필요한 모든 수단'의 중요성을 설명하고 지상군 투입은 포함되지 않았음을 강조했다. 그러고 나서 사르코지와도 이야기했다. 사르코지는 만약 프랑스와 영국을 비롯한 나라들이 각자 더욱 적극적으로 차량운행 금지구역을 유지할 수 있다면 비행 금지구역은 기꺼이 나토에 맡길 생각이었다. 우리가 보기에 비슷한 두 임무를 동시에 설정하면 어려움이 따를 수 있었다. 하지만 카다피군이 혁명군 주둔지역을 초토화시키려 위협하고 있는 시점에 카다피의 지상군을 노린 작전을 짜지 않을 수가 없다는 사르코지의 의견에는 동의했다.

월요일 밤, 우리 모두를 긴장하게 한 끔찍한 사고 소식이 있었다. 미군 비행사 케네스 하니Kenneth Harney 소령과 타일러 스타크Tyler Stark 대위가 조종하던 F-15 스트라이크 이글 전투기가 자정 무렵 리비아 동쪽 상공에서 기계 결함을 일으켰다. 전투기는 약 225킬로그램의 폭탄을 목표지점에 투하한 직후 기체 꼬리를 마구 회전하며 급강하하기 시작했다. 두 조종사 모두 탈출에는 성공했지만 스타크는 낙하산이 찢어지는 바람에 엉뚱한 방향으로 떨어졌다. 하니는 미군 수색구조반에 의해 곧바로 구조되었지만, 스타크는 실종되고 말았다. 나는 리비아 사막에서 잃은 콜로라도 리틀턴 출신의 27세 청년을 생각하면 몹시 애가 탔다.

놀랍게도 스타크는 친절한 벵가지 혁명군에 발견되었다. 그들은 현지 영어교사를 데려와 스타크에게 말을 걸었다. 이 교사는 부바커 하비브Bubaker Habib라는 사람으로, 미국대사관 직원들과 친한 사이였다. 비록 대사관 직원들은 모두 그 나라를 떠났지만, 부바커는 가지고 있던 연락처로 국무부 작전센터에 연락할 수 있었다. 국무부는 작전센터에서 받은 정보를 국방부에 전달해 스타크 구조 계획을 마련했다. 그사이에 부바커는 스타크를 벵가지의 한 호텔로 데려가 힘줄이 파열된 무릎과 발목을 치료받게 했다. 훗날 부바커는 〈배니티 페어Vanity Fair〉지와의 인터뷰에서 혁명군에 이런 지시를 내렸다고 고백했다. "우리는 지금 미국인 파일럿을 데리고 있다. 만약 그가 생포되거나 죽는다면 그걸로 임무는 끝장난다. 그의 안전과 건강을 지켜라." 리비아인들은 카다피군으로부터 자신들을 보호해준 미군에 감사를 표하며 스타크에게 크게 고마워했다.

워싱턴에서 우리 모두 안도의 한숨을 크게 쉬었다. 그때 내 눈에는 교착 상태에 빠진 동맹국들의 출구가 될 타협안의 윤곽이 보이기 시작했다. 만약 터키가 차량운행 금지구역 설정에 대해 거부권을 행사하지 않기로 하면 (표결에 참여할 필요 없이 기권만 해준다면) 우리는 프랑스를 설득해 나토가 지휘통제 전권을 갖게 할 수 있었다.

나토의 아네르스 포그 라스무센 사무총장이 터키 인사들에게 들은 이야기로는, 아랍권은 나토가 주도하는 임무에 참여하는 데 이의가 없다고 했다. 바로 사르코지가 가장 우려했던 일이다. 밝혀진 바에 의하면, 어쩌다 압즈가 앙카라에 있는 다우토을루의 사무실에서 라스무센의 전화를 받게 되었다고 한다. 다우토을루가 아랍에미리트의 압즈에게 전화를 바꿔주어 동의한다는 의사를 직접 표명하게 한 것이다. 카타르와 아랍연맹에서 돌아온 대답도 긍정적이었다. 나는 라스무센에게 "프랑스에도 알렸습니까?"라고 물었다. 그는 "아랍 국가들이 사적으로 나눈 이야기와 공적으로 하는 이야기는 다르다고 하더군요"라고 대답했다. 나는 직접 다우토을루와 이야기해 아랍이 지지 표명을 공식화할지 알아보겠다고 했다.

나는 다우토을루를 만나 이제부터 나토가 지휘통제권을 갖는 데 미국이

동의했음을 강조했다. "위임 과정이 가능한 한 순조로웠으면 합니다. 우리는 하나의 작전지역에 활용할 단일한 지휘권이 필요해요. 민간인 보호를 포함해 모든 측면에서 통합이 이루어져야 합니다." 이 말인즉, 비행 금지구역과 차량운행 금지구역 모두가 필요하다는 뜻이다. 다우토을루도 동의했다. "나토의 주도 아래 지휘통제체계도 하나여야겠지요." 아울러 그가 덧붙였다. "리비아 국민들에게 중요한 일입니다. 유엔이라는 우산 아래에서 나토가 작전을 수행한다면 아무도 그것을 십자군원정이나 동서양의 대립으로 보지 않을 것입니다."

나는 알랭 쥐페 프랑스 외무장관에게도 전화했다. 그는 "특정 조건을 건다면 우리도 타협안을 받아들일 준비가 되었습니다"라고 말했다. 그 조건이란, 나토가 군사작전을 총괄할 경우 프랑스는 아랍권을 포함해 군사력을 지원하는 모든 국가를 모아 독립적으로 외교위원회를 구성하고 정책 지침을 마련하겠다는 것이었다. 이 정도의 적절한 제안은 수용할 수 있겠다는 생각이 들었다.

나는 협상을 체결하기 위해 프랑스와 터키, 영국 대표들과 화상회의를 소집했다. "우리 서로 합의된 바가 있다고 믿습니다만, 그걸 좀 확실히 해두고 싶습니다. 나토가 비행 금지구역 설정과 리비아 민간인 보호 책임을 갖는 데 우리 모두가 같은 입장을 취하는 것이 대단히 중요합니다." 나는 이렇게 말한 뒤 조심스럽게 타협안을 제시했다. 결국 회의 막바지에 전원이 동의했다. 모두 전화를 끊으려는 순간, 쥐페가 "브라보!"라고 외쳤다.

곧 나토는 유니파이드 프로텍터 작전의 공식적인 지휘통제권을 받았다. 미국은 공중공격을 인도할 필수적인 첩보와 감시 정보를 계속해서 제공하고, 연합군 항공기들이 리비아 상공에 더 오래 머무를 수 있도록 공중 재급유 임무를 맡았다. 하지만 전투 출격은 대부분 다른 나라들이 맡았다.

리비아에서의 군사작전은 우리가 바라고 예상한 것보다 더 오래 지속되었다. 몇몇 사람들이 우려하던 대로 지상군을 동원하는 일은 없었지만 말이다. 가끔 연합군 내에 긴장이 조성되기도 해서 모든 파트너들을 함께 끌고 가려면 회유와 압박이 상당히 필요했다. 하지만 2011년 늦여름, 혁명군이 마침내 정부군을 밀어냈다. 그들은 8월 하순에 트리폴리를 점령했고, 카다피와 그의 가족들은 사막으로 달아났다. 혁명이 성공하면서 이제 새로운 국가 건설이라는 힘든 과제를 시작할 수 있게 되었다.

===

트리폴리는 해방되었지만 카다피의 행방은 여전히 오리무중이던 10월 중순, 나는 직접 리비아를 방문해 새 과도정부에 대한 미국의 지지를 표명하고자 했다. 나라 곳곳에 휴대용 지대공 미사일이 있는 터라, 머리부터 꼬리까지 '미합중국'이 새겨진 파란색과 흰색의 757기를 타고 비행하는 것은 너무나 위험했다. 그래서 공군은 몰타에서 트리폴리까지의 아침 비행에 방어장비를 갖춘 C-17 군수송기를 제공해주기로 했다.

이륙하기 직전에 〈타임Time〉 사진기자 다이애나 워커Diana Walker가 휴대전화를 확인하는 나를 잽싸게 카메라에 담았다. 놀랍게도 그녀가 찍은 사진은 여러 달이 지난 뒤 '힐러리한테 온 문자'라는 제목으로 인터넷에 퍼지고 패러디되었다. 내용은 간단했다. 한 네티즌이 휴대전화를 쥔 내 사진과, 마찬가지로 휴대전화를 사용하는 다른 유명인사의 사진을 같이 올려놓고는 마치 우리가 문자를 주고받는 것처럼 재미있는 설명을 달아놓았다. 맨 처음 올라온 것은 소파에 편하게 누워 있는 오바마 대통령의 사진에 "이봐, 힐, 뭐 해?"라고 쓰여 있었다. 내 사진에 적힌 대답은 이랬다. "세계를 돌아다니고 있어." 결국은 나도 이 재미있는 놀이에 끼어들기로 했다. 나는 인터넷 속어를 잔뜩 써서 "님 텀블러 짱 대박 ㅋㅋㅋ 나 이제 머리 묶으러 가야 함~"이라고 올렸다. 나는 '힐러리한테 온 문자'를 만든 워싱턴의 두 젊은 홍보전문가 애덤 스미스Adam Smith와 스테이시 램Stacy Lambe을 국무부로 초대하기도 했다. 우리는 세 명이 동시에 휴대전화를 확인하고 있는 포즈를 취하며 사진을 찍었다.

하지만 워커가 그 사진을 찍었을 때 내 마음상태는 재미와는 거리가 멀었다. 나는 전쟁으로 폐허가 된 수도에서 힘도 약하고 나라를 운영해본 경험조차 적은 새로운 정부와 함께 보낼 지독한 하루를 준비하고 있었다.

C-17기가 안전하게 착륙하고 문이 열린 뒤 나는 비행기 계단 앞에서 바깥을 내다보았다. 계단 아래에는 수염을 기른 무장민병대 전사들이 나를 기다리고 있었다. 이 민병대원들은 전쟁의 상흔이 남은 진탄 출신이었는데, 진탄은 리비아 북서쪽의 산악지대로 혁명의 발원지 중 한 곳이기도 했다. 여러 민병대가 트리폴리를 통제하고 있어서 권력 분담이 매끄럽지 않은 가운데 진탄 부대는 공항 관리를 맡았다. 내 경호원들이 그때만큼 긴장한 모습은 본 적이 없었던 것 같다. 나는 심호흡을 하고 계단을 내려가기 시작했다. 그러자 놀랍게도 민병대원들이 "신은 위대하다!" "미국!" 등의 구호를 외치는 것이었다. 그들은 두 팔을 들고 환호하며 손가락으로 승리의 브이를 만들어 보였다. 나는 곧 활기차고 환희에 찬 이 산골 사람들에게 둘러싸였다. 어떤 이들은 자동소총을 전우에게 맡겨놓고 내 옆으로 비집고 들어와 사진을 찍기도 했고, 또 어떤 이들은 내 등을 두드리거나 악수를 하기도 했다. 커트 올슨Kurt Olsson 경호팀장은 동요하지는 않았지만 아마 흰 머리가 몇 가닥은 더 늘었을 것이다.

그 남자들은 총을 집어들고는 중화기가 실린 SUV 차량과 소형 트럭에 우르르 올라타 우리 차량 행렬이 시내를 통과할 때 호위해주었다. 그들은 적극적으로 교통을 통제하고, 내 차와 나란히 달릴 때마다 열광하며 손을 흔들었다. 트리폴리의 거리에는 혁명의 낙서들이 가득했는데, 카다피를 풍자

하는 내용도 있고 혁명군의 슬로건과 승리를 기념하는 내용도 있었다. 우리는 곧 새 정부가 임시본부로 쓰고 있는 커다란 이슬람 자선단체의 사무실에 도착했다.

리비아 과도국가위원회의 무스타파 압둘 잘릴Mustafa Abdul Jalil 의장을 만나고 나서, 지브릴의 사무실로 발걸음을 돌렸다. 파리에서 만났던 혁명군 지도자가 지금은 임시 국무총리가 되어 있었다. 그는 환한 미소로 날 반겼고, 나는 "자유를 찾은 리비아 땅 위에 서 있는 것이 자랑스럽습니다"라고 말했다.

잘릴과 지브릴과의 만남에서 우리는 새 정부가 직면한 여러 가지 난제에 대해 토론했다. 그중에서 가장 큰 문제는 카다피와 그의 지지자들이 계속해서 위협을 가하고 있다는 점이었다. 나는 카다피를 찾아 완전히 굴복시킬 때까지 나토가 계속해서 리비아 시민들을 보호해줄 거라고 확언했다. 그러고 나서 또 다른 문제를 꺼냈다.

어떤 정부든 가장 기본적인 임무는 안전을 제공하고 법과 질서를 보장하는 것이다. 그런데 이것이 리비아에서는 커다란 난제였다. 무바라크 정권의 몰락 후에도 군사 및 치안활동이 대개 온전하게 유지되었던 이집트와 달리, 현재 리비아에는 엄청난 공백이 있었다. 진탄 출신의 민병대원들은 친근하고 활기찼지만, 트리폴리는 물론 나라 전체에 산재하는 수많은 독립 무장단체들이 지속적으로 주둔할 수는 없었다. 따라서 행정당국의 통제 아래 민병대를 모두 하나의 군대로 모으는 것, 법치국가를 수립하는 것, 보복성 및 자경단식 심판을 막는 것, 나라를 뒤덮고 있는 버려진 무기들을 수거하는 것이 중요했다. 미국은 이 모든 영역에서 새 정부를 도울 준비가 되어 있었지만 이 일들을 가능하게 하려면 그들의 리더십이 필요했다. 지브릴을 비롯한 사람들은 동의하며 고개를 끄덕였고 그 일을 최우선으로 하겠다고 약속했다.

논의가 끝난 뒤 나는 학생들 및 시민단체 활동가들과 토론을 하기 위해 재빨리 트리폴리 대학으로 달려갔다. 카다피는 그동안 온갖 수단을 동원해 봉사단체나 NGO, 독립언론, 정부 감시단체 등 시민사회를 구성하는 단체들의 출범을 막아왔다. 나는 이들이 리비아를 재건할 다음 단계에 기꺼이 긍정적인 역할을 해주기를, 그리고 할 수 있기를 바랐다. 역사는 폭군을 제거하는 것과 새 정부를 수립해 국민들에게 돌려주는 것은 많이 다르다는 사실을 보여주고 있다. 민주주의는 리비아에서 상당한 도전을 받게 될 것이다. 이 나라의 미래는 민병대의 무기에 의해 만들어질 것인가, 아니면 국민의 염원에 의해 만들어질 것인가?

학생들과 활동가들은 차례로 일어나서 새로운 민주사회를 어떻게 건설할지에 대해 진지하고 실제적인 질문을 던졌다. "우리는 정당이 없습니다." 엔지니어가 되려고 공부하는 한 여학생이 물었다. "2년 혹은 더 짧은 기간 안에 한 번씩 선거를 치러 우리 손으로 의원과 대통령을 뽑아야 합니다. 그렇다면 많은 사람들이 정치에 참여하도록 하려면 어떻게 해야 하나요?" 이번에는 의대에 다니는 여학생이 일어나더니, "우리에게 민주주의는 굉장히 낯섭니다"라며 말문을 열었다. "언론의 자유를 리비아인들의 가슴속에 뿌리내리게 하려면 어떤 단계들을 밟아야 할까요?" 이 젊은이들은 '평범한 나라'에서 살기를 간절하게 원했다. 세계경제에도 참여하고, 미국을 비롯한 세계 곳곳에서 이미 오랫동안 누려온 모든 권리를 가질 수 있는 나라 말이다. 그리고 이웃나라 이집트에서 만났던 몇몇 젊은이들과 달리, 이들은 서로 간의 차이를 제쳐두고 바깥세상에서 교훈을 얻으며 정치 과정에 관여할 수 있기를 열망했다. 자유를 얻은 리비아는 근본적으로 무에서부터 시작하고 있어 아직 갈 길이 멀었지만, 새로운 리비아를 만들어가려는 이 젊은이들의 사려 깊음과 결의에 나는 감동받았다.

트리폴리를 떠나기 전에 지역 병원에 들러 카다피에 대항해 혁명에 참여했다가 부상을 당한 민간인과 군인 들을 만났다. 그곳에서 사상자들의 참혹한 모습에 몹시 놀랐던 의사와 간호사, 팔다리를 잃은 청년 들과 이야기를 나누었다. 나는 미국에서 의료 지원을 하고 심각한 부상자의 경우 미국 병원으로 이송해서 치료하겠다고 약속했다.

마지막으로 들른 곳은 임시대사관이 되어버린 리비아 주재 미국대사 진 크레츠의 숙소였다. 혁명이 일어난 동안 정권의 하수인들이 미국대사관을 마구 뒤지고 불질러버린 탓에(미국인 직원들은 모두 대피한 뒤였다), 돌아온 외교관들이 진의 거실에 묵고 있었다. 나는 이 용감한 미국 외교관들의 강인함과 불굴의 의지에 감탄했다. 그러던 중 먼 곳에서 총성이 들려왔다. 나는 그것이 교전 소리인지, 축제 소리인지 궁금했다. 대사관 직원들은 이런 일에 꽤 익숙한 듯했다. 나는 한 명 한 명과 악수를 나누며 그들이 이룬 놀라운 업적과 희생에 감사를 표했다.

트리폴리를 떠나는 C-17기가 빠르게 하늘로 떠올랐다. 내가 도하에서 중동 지도자들을 만나 개혁을 받아들이지 않는다면 나라가 모래 속에 가라앉아버릴 것이라고 경고한 뒤 아홉 달 동안 너무나 많은 일들이 있었다.

리비아는 2012년 여름에 첫 선거를 치렀다. 보안상의 우려가 있기는 했지만 투표는 잘 진행되었고 부정행위도 비교적 적었다. 카다피 정권하에서 40년이 넘도록 참정권 없이 살아온 리비아 사람들의 약 60퍼센트, 사회의 다양한 단면을 아우르는 그들은 자신들의 대표를 선출하기 위해 투표를 한 뒤 거리에서 축제를 벌였다.

나는 가장 선한 과도정부 지도자들에게도 향후 난제는 극복하기 힘들 거라는 생각에 걱정이 되었다. 만약 새 정부가 권한을 강화하고, 안전을 제공하고, 국가 재건을 위해 석유 세입을 사용하고, 민병대를 무장해제시키고, 극단주의자들을 추방할 수 있다면, 리비아는 굳건한 민주주의 사회를 건설할 가망이 있다. 그러지 못한다면 혁명으로 드러난 국민의 바람을 자유롭고 안전하며 번영된 미래로 해석하는 데 많은 어려움을 겪게 될 것이다. 그리고 우리도 곧 알게 되겠지만, 리비아가 민주주의 재건에 실패할 경우 고통 받는 것은 비단 리비아만이 아니다.

17

벵가지 : 피습 사건

2012년 9월 11일, 리비아 벵가지 주재 미국영사관이 피습을 받아 크리스 스티븐스 대사와 정보담당관 숀 스미스Sean Smith가 사망했다. 그로부터 몇 시간 뒤, CIA 요원 글렌 도허티Glen Doherty와 타이론 우즈Tyrone Woods 또한 인근 CIA 기지가 피습당하는 과정에서 목숨을 잃었다.

숀 스미스는 미국 공군에서 6년간 복무한 뒤 국무부에 들어왔으며, 10년 동안 프리토리아, 바그다드, 몬트리올, 헤이그 주재 대사관과 영사관에서 근무했다.

타이론 우즈는 네이비실과 CIA 동료들 사이에서 '론'으로 통했다. 이라크와 아프가니스탄에서 수년간 복무한 그는 실전경험이 풍부한 참전용사였음은 물론 간호사와 응급의료요원 자격도 있었다. 타이론과 아내 도로시에게는 세 아들이 있었는데, 막내아들은 그가 죽기 몇 달 전에 태어났다.

'버브'라는 애칭으로 불린 글렌 도허티 또한 전직 네이비실 요원이자 베테랑 응급의료요원이었으며, 우즈와 마찬가지로 이라크와 아프가니스탄 등 지구상에서 가장 위험하다고 알려진 곳에 배치되어 미국 동포를 위해 목숨을 걸고 싸웠다. 타이론과 글렌 모두 자신의 기량과 경험을 발휘해 리비아의 다른 CIA 요원들을 보호했다.

네 사람 중 내가 개인적으로 친분을 쌓는 영광을 누린 사람은 크리스 스티븐스 대사가 유일하다. 크리스는 유능한 외교관이자 놀라울 정도로 심성이 따뜻하고 호감이 가는 사람이었다. 2011년 봄, 리비아 내전 당시 벵가지의 혁명군 지도부와 접촉하라는 위험한 임무와 카다피 실각 이후 리비아로 돌아와 대사직을 맡아달라는 요청을 크리스는 그 자리에서 수락했다.

크리스는 만신창이가 된 국가의 재건을 돕는 것이 얼마나 힘들고 위험이 뒤따르는 일인지 알았지만, 국가안보가 걸린 중대한 문제라는 사실 또한 잘 알았다. 내전 지역에서 오랜 경험을 쌓은데다 세심한 외교 전략에 타고난 재능을 발휘해온 터라 나는 당연히 그를 선택했다.

이 용감한 공복 네 사람이 직무를 수행하다 목숨을 잃었다는 소식은 엄청난 충격이었다. 국무장관으로서 나에게는 국민의 안전에 대한 근본적인 책임이 있었고, 이때처럼 그러한 책임감을 절실히 느낀 적이 없었다.

국가에 이바지하는 사람들을 위험한 곳으로 보내는 일은 나라의 지도자들이 내려야 하는 가장 힘든 선택 중 하나다. 그들이 모두 안전하게 귀향하지 못했다는 사실은 이후 몇 년 동안을 통틀어 내게 가장 가슴 아픈 일이었다. 나는 종종 사랑하는 이들을 잃은 국가공무원들의 가족을 생각한다. 그들에게 주어졌던 임무의 중대성과 전 국민의 감사하는 마음이 어느 정도 위안이 될 수는 있겠지만, 어떤 말이나 행동으로도 그들이 떠난 빈자리를 채울 수는 없을 것이다.

그들의 죽음을 기리는 가장 올바른 방법은 현재 최전선에서 활약하고 있는 사람들을 보호할 능력을 기르고 앞으로는 그런 일이 일어나지 않도록 막는 것이다.

═══

국무부를 이끌기 시작한 첫날부터 나는 테러범들이 언제든 전 세계 270여 곳의 미 외교공관을 습격할 수 있다는 사실을 알고 있었다. 전에도 자주 있어온 일이고, 미국 공격에 필사적인 사람들은 결코 그 시도를 멈추지 않을 테니 말이다. 1979년에는 미 외교관 52명이 이란에서 444일 동안 억류되어 있었다. 1983년 레바논의 베이루트 주재 미국대사관과 해병대 막사가 헤즈볼라의 공격을 받아 미국인 258명과 타국민 100명 이상이 살해당했다. 1998년 케냐와 탄자니아 주재 미국대사관이 알카에다에 의해 폭격당하고 미국인 12명을 비롯해 총 200명 넘는 사람이 죽었다. 그 일 후에 빌과 함께 앤드루스 공군기지에서 본 생존자들의 귀국 장면을 나는 아직도 생생하게 기억한다.

1970년대부터 테러범에게 목숨을 잃은 미 대사관 직원은 총 66명에 이르며, 계약직을 포함한 현지 고용인 또한 100명 이상이 피살되었다. 1973년과 1979년 사이에만 미국대사 4명이 테러 공격을 받고 사망했다. 2001년 이후 전 세계 미 외교공관은 100번도 넘게 습격을 받았으며, 대사관 직원이 직접 공격을 당한 횟수만 20번이 넘는다. 2004년에는 무장괴한이 사우디아라비아의 제다 영사관에 침입해 현지 고용인 5명을 포함해 9명을 사살했다. 2009년 5월 이라크에서는 길가에 설치된 폭탄이 터져 이라크독립지원국 부국장 테리 바니치Terry Barnich가 목숨을 잃었으며, 2010년 3월에는 멕시코 후아레스 주재 영사관에서 근무하던 25세 임산부 레슬리 엔리케스Lesley Enriquez가 남편과 함께 사살되었다. 2012년 8월, 미국 국제개발처 근무자 라가에이 사이드 아델파타Ragaei Said Abdelfattah는 아프가니스탄에서 자살폭탄 테러로 사망했다. 2014년 현재까지 미 외교관 244명이 해외근무 중에 미국 역사의 뒤편으로 사라졌다.

외교란 본질적으로 국가안보가 불안정한 위험지역에서 실행되기 마련이다. 우리는 국가안보라는 긴요한 문제와 그것을 지키는 데 필요한 희생을 저울질해야 한다. 국무장관으로서 나는 7,000명에 달하는 직원들의 삶을 책임지고 있으며, 외교가 절실히 필요한 곳에서 성조기가 휘날릴 때 수반되는 위험을 자처하는 사람들을 마음 깊이 존경한다. 국무부 직원들은 매일 아침 해리 S. 트루먼 빌딩 로비에서 순직자 244명의 이름이 새겨진 대리석을 지나친다. 이는 세계 각지에서 미국을 대표하는 데 따르는 위험을 끊임없이 일깨운다. 미국에 대한 주요 공격이 있은 뒤 외무 담당 지원자가 늘어났다는 사실을 보고받고, 나는 놀라지는 않았지만 큰 힘을 얻었다. 국민들은 위험에 처할 것을 알면서도 나라를 위해 봉사하고 싶어했다. 전 세계에서 미국을 대표해 일하고 있는 사람들의 성품과 헌신을 이보다 더 잘 보여줄 수 있을까.

2012년 9월에 일어난 사건들, 그리고 그로부터 몇 주를 전후해 내린 결정들은 미국이 외교정책상 가장 어려운 딜레마를 겪었음을 극명하게 보여준다. 우리가 내린 모든 결정은 누군가의 애통한 희생을 담보로 했다. 외교관은 힘들고 위험한 상황에 개입할 긴요성, 그리고 자신의 안전과 안정을 유지하려는 요구 사이에서 균형을 찾아야 한다. 국가는 외교관들을 보호하기 위해 더욱 힘쓰되 그들이 중요한 임무를 수행하는 것을 막아서는 안 된다. 사소한 자극에도 세계 각지에서 반미 폭동이 일어나며 전 세계의 광범위한 테러단체들이 시시각각 새로운 테러 공격 계획을 세우고 있는 지금, 우리는 세상과 열린 마음으로 소통해야 한다. 궁극적으로 이러한 도전 과제들은 단 하나의 질문으로 귀결된다. 이 험난한 시대에 우리는 이 나라를 이끌 중책을 기꺼이 짊어질 자세가 되어 있는가?

벵가지 사태에 관한 한 독자적인 조사에서 이 질문에 대한 대답을 일부 찾아볼 수 있다. 조사자는 이렇게 기록했다. "미국 외교에서 위험부담을 완전히 제거하는 것은 애당초 불가능하다. 미국 정부는 종종 안정과 안전이 심각하게 결여되고 본국 정부의 지원이 미미하거나 아예 부재하는 곳에 관여할 필요가 있기 때문이다.”

우리에게는 위험성을 낮출 능력과 책임이 있는 것이 사실이지만, 위험을 완전히 없애는 유일한 길은 위험지역에서 전부 철수하고, 우리가 떠난 후 발생한 힘의 공백이 빚어낼 결과를 받아들이는 것이다. 미국이 부재하는 곳에는 극단주의가 뿌리를 내리고 우리의 이익에 큰 손실이 생기며 국내의 안보가 위협을 받는다. 그것이 더 나은 선택이라고 믿는 사람도 물론 있지만, 나는 아니다. 철수는 답이 될 수 없다. 철수는 세계를 더 안전하게 만들어주지 않으며, 미국의 기질에 반하는 일이기도 하다. 장애물과 비극을 마주할 때마다 우리 미국인들은 더 열심히, 현명하게 노력했다. 우리는 실수를 교훈 삼아 같은 행동을 되풀이하지 않도록 주의했고, 눈앞에 닥친 도전과제에 몸을 사리지도 않았다. 우리는 앞으로도 그렇게 행동해야 한다.

사건이 일어난 그해 9월은 전운이 감돌았다. 정보를 입수하기가 어려웠고 서로 모순되거나 불완전한 보고 때문에 워싱턴에서 수천 킬로미터 떨어진 현지에서 실제로 어떤 일이 벌어지고 있는지 알기 힘들었다. 이 불확실함은 답답할 정도로 오래 지속되었는데, 리비아의 분쟁도 한몫 거들었다. 백악관, 국무부, 군 당국, 정보기관, FBI, 독자적인 책임심의회, 의회의 8개 상임위원회를 포함한 미국 정부의 모든 관료들이 최선을 다해도 진상을 완벽하게 밝혀내기란 불가능할 것이다. 그날 밤 정확히 무슨 일이 어떻게, 왜 일어났는지 모두가 납득할 만한 결론을 내릴 가능성도 거의 없다. 하지만 그렇다고 해서 진실을 밝혀내거나 국민에게 알리려는 노력이 부족했다는 오해는 없기를 바란다. 가능한 한 모든 질문에 대한 답을 구하고자 전력투구한 전문가들에게 나는 감사의 마음을 전하고 싶다.

이제부터 할 이야기는 나의 개인적인 경험, 그리고 그날 밤 이후 수일,

수주, 수개월간 여러 차례에 걸친 철저한 조사를 통해 알아낸 정보를 바탕으로 한다. 특히 진상을 밝히는 데 물불을 가리지 않은 독자적인 심의회의 도움이 컸다. 잘못된 정보나 억측, 정치권과 언론이 아예 작정하고 속임수를 쓴 경우가 유감스러울 정도로 많았지만, 1년여 뒤 여러 차례 출처가 확실한 심층보고가 잇따르면서 진상 규명이 폭넓게 이루어지고 있다.

2012년 9월 11일 아침은 여느 때와 다름없이 시작됐지만, 미국에게 그만큼 의미 있는 날짜도 드물 것이다. 2001년 이후 해마다 9월 11일이 되면 나는 그 끔찍한 날을 회상한다. 쌍둥이빌딩 공격으로 뉴욕이 폐허가 된 것은 내가 뉴욕 주를 대표하는 상원의원이 된 지 채 1년도 지나지 않았을 때였다. 수백 명의 사람들이 의사당 건물의 계단을 뛰어 내려가는 것으로 시작해, 의사당 직원 수백 명이 같은 계단에 서서 〈갓 블레스 아메리카God Bless America〉를 부르며 감동적인 화합의 장을 연출하는 것으로 끝을 맺은 그날은 내 안에 뉴욕 재건을 돕고 향후 공격을 막겠다는 끈질긴 집념을 심어주었다. 그때의 기억이 홍수처럼 밀려드는 것을 느끼며 나는 집을 떠나 국무부로 향했다.

차를 타고 금세 집무실에 도착한 뒤 맨 처음 한 일은 언제나 그렇듯 국가정보와 안보 상황에 관한 일일 브리핑을 받는 것이었다. 여기에는 전 세계 테러위협 최신현황 보고도 포함되는데, 정부 고위층 관료들은 매일 이러한 브리핑을 듣는다. 이 내용은 전문 정보분석팀이 밤새워 조사해 새벽 해가 뜨기도 전에 워싱턴 전체에 직접 전달되며 구두로 보고된다.

지난 몇 달간 중동과 북아프리카는 격동의 시간을 맞았다. 시리아 내전이 악화되어 난민들이 요르단과 터키로 밀려들었으며, 이집트에서는 무슬림형제단이 세력을 넓혀 군사적 긴장이 고조되면서 아랍의 봄의 미래가 불투명해졌다. 북아프리카, 이라크, 아라비아 반도에서는 알카에다 연계조직이 계속해서 지역의 안전을 위협했다.

9월 8일, 〈순진한 무슬림Innocence of Muslims〉이라는 영화의 예고편으로 제작된 14분짜리 선동적인 영상이 이집트 위성TV 방송국을 통해 중동 전역에 방영되었다. 몇몇 신문기사에 따르면 이 영화는 "예언자 무함마드를 희화화"했으며, "이슬람 혐오자들이 자주 하는 방식으로 그를 비하"했고, 심지어 그를 당나귀에 비유하기까지 했다. 한 신문 보도는 이 영화에서 무함마드가 "동성애자와 아동성추행자라는 비난을 받았다"고 주장했다. 많은 이집트 시청자가 격분했으며, 이 집단 분노는 인터넷을 통해 전 중동과 북아프리카로 퍼졌다. 미국 정부는 이 영상과 아무런 관계도 없었지만, 많은 비난이 미국에 쏟아졌다.

9·11 기념일이 임박했다는 점 또한 잠재적인 가연성을 높였다. 매년 그렇듯 미 정보국과 안보 관계자들은 특별한 주의를 기울여 일을 진행했다. 하지만 정보기관이 증언했듯이 중동과 북아프리카 주재 미국 외교관들을 상대로 한 구체적인 위협에 관해 실질적인 정보가 전달되지는 않았다.

그날 오전 나는 집무실에서 복도를 걸어 내려가 트리티룸에 갔다. 최근 리비아에서 근무하고 돌아온 진 크레츠를 가나 대사로 정식 임명하기 위해서였다. 비슷한 시간에 지구 반대편의 카이로에서는 미국대사관 밖에 젊은이들이 모여들어, 이슬람 강경파 지도자들이 주도하는 가운데 그 모욕적인 영상을 두고 시위를 벌이고 있었다. 군중은 순식간에 2,000명 이상으로 불어나 반미 구호를 외치고 검은 지하드 현수막을 흔들었다. 시위자 몇몇은 벽을 기어올라 커다란 미국 국기를 찢고 그 자리에 검은 깃발을 꽂았다. 시간이 지나 이집트 기동대가 도착했지만 시위는 계속되었다. 다행히 이 아수라장 속에서 부상을 당한 미국인은 없었다. 군중에 섞여 있던 저널리스트와 소셜미디어 유저들은 그 영상에 대해 쏟아지는 분노에 찬 발언들을 기록했다. 한 젊은이는 "우리 예언자를 모욕한 것에 대한 단순한 반응일 뿐"이라고 말했으며, 다른 한 명은 "지금 당장 이 영화를 상영금지하고 제작자의 사과를 받아내야 한다"고 주장했다.

선동가들이 모욕적인 자료를 사용해 이슬람 세계 전역에 걸쳐 대중의 분노를 부추기고 종종 치명적인 결과까지 초래한 것은 이때가 처음이 아니다. 2010년에 플로리다의 목사 테리 존스Terry Jones는 9·11 테러 9주년 기념일에 이슬람교의 경전 코란을 불태우겠다고 선언했다. 이슬람 극단주의자들은 이 목사의 협박에 크게 반발해 대대적인 시위를 벌였다. 당시 나는 플로리다 주 게인즈빌에서 작은 교회를 이끄는 한 선동가가 그토록 큰 문제를 야기한 데 놀라움을 금치 못했다. 하지만 그가 한 협박은 몹시 현실적인 결과를 낳았다. 로버트 게이츠 국방장관은 테리 목사에게 전화를 걸어 그의 행동이 이라크와 아프가니스탄에 있는 미군과 연합군, 그리고 민간인들을 위험에 빠뜨렸다고 말했다. 테리 목사는 계획을 철회하는 데 동의했으며 9월 11일은 무사히 지나갔다. 그러나 2011년 3월, 그는 약속을 어기고 코란 한 권을 불태웠다. 로버트의 경고는 안타깝게도 현실이 되었다. 아프가니스탄에서 화난 군중이 한 유엔 기관에 불을 질러 7명을 죽였다. 2012년 2월에는 미군부대가 아프가니스탄의 바그람 공군기지에서 무심코 경전 몇 권을 불태우는 바람에 유혈폭동이 일어났다. 이때 미국인 4명이 목숨을 잃었다. 테리 목사는 이제 예언자 무함마드를 모독하는 이 새로운 영상 홍보를 돕고 있어, 또다시 그와 같은 일이 반복될 실질적인 위험이 있었다.

카이로 사태의 귀추를 지켜보며 나는 국방장관 리언 패네타와 국가안보보좌관 토마스 도닐런을 만나러 백악관으로 향했다. 집무실로 돌아온 뒤에는 오후 내내 국무부 고관들과 이집트 주재 대사관에서 들어오는 보고서를 면밀히 주시하며 밀담을 나누었다. 대사 앤 패터슨Anne Patterson은 마침 협의를 위해 워싱턴으로 돌아온 상태였고, 부대사와 계속 연락을 취하며 이집트 당국에 상황을 통제하도록 압박하라고 지시했다. 우리 모두 폭력 사태가 더 이상 번지지 않은 것에 깊이 안도했다.

카이로에서 사건이 전개되던 당시 이웃 리비아 주재 대사 크리스 스티븐스가 리비아에서 두 번째로 큰 도시 벵가지를 방문했다는 사실은 나중에야 전해 들었다.

트리폴리를 처음 방문한 2011년 10월 이후 리비아에서는 많은 일이 일어났다. 내가 리비아를 떠나고 이틀 뒤 무아마르 카다피 대령이 체포, 사살되었다. 2012년 7월 초에는 최초로 총선을 실시했고, 그해 8월 과도정부는 새로운 리비아 제헌의회에 전권을 이양했다. 크리스는 이날 열린 기념식이 리비아에서 보낸 시간 중 가장 뜻깊었다고 말했다. 크리스와 그의 팀은 리비아의 새 지도자들과 긴밀히 협력하며 민주주의 정부를 수립하고, 수십 년간의 압제로 구멍이 뚫린 국가에 안보와 도움을 제공하는 중요한 과제에 직면했다. 1년 전 공항으로 나를 마중 나오고 내 자동차 행렬을 호위해 준 대대를 비롯한 민병대도 새 정부의 지휘를 받게 될 터였다. 나라 곳곳에 널린 무기를 수거하고, 선거를 준비하며, 민주적인 제도와 절차를 수립해야 했다. 치안 또한 심각한 문제였다.

2012년 2월 나는 부장관 톰 나이즈를 트리폴리로 보냈고, 그해 3월 새 임시총리 압두르라힘 엘킵Abdurrahim El-Keib을 워싱턴에서 맞이했다. 우리는 리비아 정부가 국경을 수비하고, 민병대를 무장해제해 해산하며, 참전했던 군인들을 안보기관이나 민간으로 복귀시키는 것을 도와주겠다고 제안했다. 7월에는 부장관 빌 번스가 다시 한 번 리비아를 방문했다. 나는 8월에 리비아 제헌의회 의장 무함마드 마까리아프Mohammed Magariaf와 통화하는 등 리비아 정부 지도자들과 전화로 연락을 주고받았으며, 워싱턴과 트리폴리에서 미국 정부가 새 리비아 정부를 어떻게 돕고 있는지 주기적으로 보고받았다.

동원해제와 무장해제, 군 재통합, 리비아 전역에 흩어진 무기를 수거하고 폐기하기 위한 준비가 진행되었지만 아직 해야 할 일이 많이 남아 있었다. 미 국방부 전문가들과 국무부의 국경안보 전문가들은 리비아의 관계자들과 긴밀히 협력했다. 2012년 9월 4일, 우리는 리비아를 국제안보대응기금 Global Security Contingency Fund 대상으로 지정했다. 이 기금은 리비아 정부가 직면한 갖가지 난제들을 처리하기 위해 국방부와 국무부가 공동으로 자원과 전문지식을 모아 조성한 것이다.

크리스는 이 일을 총괄했고, 리비아에 풀어야 할 숙제가 많이 남아 있음을 그 누구보다도 잘 알고 있었다. 9월 10일 월요일 그는 트리폴리 주재 미 대사관을 떠나 동쪽으로 약 650킬로미터를 날아서 벵가지로 갔다. 우리는 그곳에 주기적으로 인력이 교체되는 임시 외교공관을 두고 있었다. 벵가지는 지중해와 맞닿은 항구도시이며 인구가 100만 명이 넘는데, 그중 대부분이 이슬람 수니파이고 아프리카인과 이집트인 소수민족이 다수 거주하고 있다. 다양한 건축기술, 그리고 세월에 녹슨 건물과 공사가 반쯤 진행되다가 중단된 건축현장이 혼재하는 모습은 아랍, 오스만, 이탈리아 통치자 간의 경쟁에 의한 정복과 갈등의 역사는 물론 카다피 정권의 돈키호테식 헛된 야망과 점진적인 쇠퇴를 반영한다. 벵가지는 반체제주의자들의 온상으로, 카다피에게 권력을 안겨준 1969년 혁명과 그를 권좌에서 끌어내린 2011년 혁명이 시작된 곳이기도 하다. 크리스는 2011년에 혁명이 일어나는 동안 벵가지에서 시작된 리비아 과도국가위원회에 미국 대표로 참가한 경험을 통해 벵가지에 대해 잘 알고 있었으며, 현지인들에게도 큰 존경과 사랑을 받았다.

미국대사들은 파견국 내 여행 시 정부와 상의하거나 허가를 받을 필요가 없으며, 그렇게 하는 경우는 극히 드물다. 크리스 또한 다른 대사들과 마찬가지로 현지 팀의 안전 분석 결과와 본인의 판단에 따라 이동을 결정했다. 크리스만큼 리비아에 관한 지식과 경험이 풍부한 사람도 없었으니까 말이다. 그는 벵가지의 치안이 취약하며, 그해 초 서방의 개입에 반대하는 일련의 사건이 일어났다는 사실을 인지하고 있었다. 그러나 그는 리비아에서 벵가지의 전략적 중요성도 이해하고 있었고 벵가지 방문이 가져다줄 이익이 위험성보다 더 크다고 판단했다. 영사관 습격사건 당시 공관 내에는 그가 대동한 안보요원 2명을 포함해 총 5명의 외교안보요원이 있었다. 국무부 직원 숀 스미스까지 포함하면 현장에는 총 7명의 미국인이 있었던 셈이다.

우리가 나중에 알게 된 바로는, 크리스는 벵가지에 도착하자마자 현지 CIA 직원에게서 브리핑을 들었다고 한다. 이 CIA 직원은 거기서 약 1.5킬로미터 떨어진 더 규모가 큰 제2기지에서 근무하고 있었다. 그곳 기지의 존재와 임무는 극비에 부쳐졌으나, 두 공관 사이에는 국무부 공관에 비상사태가 발생하면 CIA 신속대응팀이 출동해 보호한다는 합의가 있었다. 크리스는 시의회 의원들과 도심의 한 호텔에서 저녁식사를 하며 리비아에서의 첫날 일정을 마무리했다.

9·11 11주년 기념일이었던 화요일, 크리스는 모든 회의를 공관 내에서 가졌다. 그날 늦은 오후, 카이로 주재 미 대사관 앞에 군중이 모여들 무렵 그는 터키 외교관을 만났다. 면담이 끝나고 터키 외교관을 배웅할 때만 해도 특별히 이상한 조짐은 없었다. 9시경 크리스와 숀은 잠자리에 들었다.

그로부터 약 40분 후 난데없이 무장괴한 수십 명이 공관 정문에 나타나 현지 리비아인 경비원들을 제압하고 안으로 밀고 들어왔다. 그들은 총을 쏘며 움직였다.

공관의 작전센터 담당 외교안보요원 알렉은 CCTV를 통해 침입자들을 발견했고, 총소리와 폭발음을 들은 즉시 행동을 취했다. 알렉은 공관 내의 경고 시스템을 작동하고, 트리폴리 대사관의 미국 안보요원들과 연락을 취한 뒤, 훈련받은 대로 근처에 배치된 중무장한 CIA 팀에게 연락해 긴급지원을 요청했다.

다른 4명의 외교안보요원도 훈련받은 대로 정확하게 대처했다. 책임자인 스콧은 그날 밤 그가 목숨을 걸고 보호하려 한 두 사람 크리스와 숀을 공관 본관에 있는 대피소로 안내했다. 남은 세 요원은 중화기와 전술 장비를 챙기려고 재빨리 움직였지만 발각되어 공관 내 다른 두 건물에서 각각 제압당하고 말았다.

스콧은 M4 라이플을 장전한 상태로 대피소 안에서 망을 보았다. 크리스는 스콧의 휴대전화로 현지 관계자들과 트리폴리 대사관에 머무르고 있던 부대사 그렉 힉스Greg Hicks에게 수차례 연락을 취했다. 침입자들이 건물 내부를 이 잡듯 뒤지고 대피소의 강철 문을 두드리는 소리가 들려왔다. 그러다 갑자기 공격이 멈추었다. 침입자들이 건물 전체에 경유를 뿌리고 불을 지른 것이다. 검고 매캐한 짙은 연기가 눈 깜짝할 새 건물 안을 가득 메웠다. 곧 크리스, 숀, 스콧은 앞이 보이지 않았고, 숨 쉬기도 힘들었다.

한 가닥 희망은 옥상으로 올라가는 것이었다. 옥상에는 건물에서 빠져나갈 수 있는 비상구가 있었다. 스콧은 기다시피 해서 길을 안내했다. 눈과 목이 타는 듯한 고통 속에서 비상구에 도착해 창살문을 열어젖혔다. 하지만 문 밖으로 기어나가 뒤를 돌아보니 방금 전까지만 해도 뒤따라오던 크리스와 숀이 온데간데없었다. 짙은 연기 속에서 길을 잃어버린 것이다. 지금도 나는 불타는 건물 안에서 보낸 그 몇 분이 얼마나 끔찍했을까 하는 생각에 사로잡히곤 한다.

스콧은 다시 건물 안으로 들어가 두 사람의 이름을 부르며 절박하게 찾았지만 대답이 없었다. 마침내 거의 기절할 지경이 되어서야 그는 사다리를 타고 옥상으로 올라갔다. 다른 외교안보요원들은 무전기를 통해 스콧이 쉰 목소리로 더듬더듬 전하는 섬뜩한 메시지를 들었다. "크리스와 숀이 사라졌다."

무장 세력이 공관 곳곳을 샅샅이 뒤진 뒤 철수하기 시작했을 때, 제압당했던 3명의 안보요원은 마침내 공관 본관에 들어갈 수 있었다. 그들은 이미 연기를 많이 들이마신데다 여러 군데 부상을 입은 스콧에게 응급처치를 한 뒤, 스콧이 왔던 길을 되돌아가 창문을 통해 대피소에 들어갔다. 이때는 이미 연기 때문에 아무것도 볼 수 없었으나 요원들은 수색을 포기하지 않았다. 그들은 짙은 연기 속에서 바닥을 기며 촉각에 의지해 주변을 더듬으면서 크리스 대사와 숀을 찾아 헤맸다. 한 요원이 건물의 정문을 열려고 했을 때는 천장의 일부가 주저앉기도 했다.

CIA 기지에서는 미국인 동료들이 공격을 받고 있다는 사실을 안 순간부터 구조를 위해 대응팀을 준비시켰다. 멀리서 폭발음이 들려오자 그들은 곧바로 무장을 갖추고 출동 준비를 했다. 무장한 요원들을 실은 차량 2대가 CIA 기지를 떠나 외교공관으로 향한 것은 테러 공격이 시작된 지 약 20분 뒤였다. 10월 말 CIA가 벵가지에 기지를 둔 사실을 공식적으로 인정할 때까지 이들의 존재는 비밀에 부쳐졌으며, 대사관 습격사건 직후 이 CIA 요원들의 공은 공개적으로 인정받지 못했다. 하지만 국무부의 모든 관계자들은 CIA의 우리 동료들이 그날 밤 신속하게 대응해준 데 깊은 감사의 마음을 품고 있다.

현장에 도착한 CIA 팀은 두 그룹으로 나뉘어 한쪽은 공관을 안전하게 보호하고, 한쪽은 외교안보요원들에 합류해 불타는 건물 내부를 수색했다. 곧 그들은 끔찍한 사실에 직면했다. 연기를 너무 많이 마셔 질식사한 것으로 보이는 숀의 시신을 발견한 것이다. 그의 시신은 폐허가 된 건물 밖으로 조심스럽게 옮겨졌다. 크리스의 모습은 어디에서도 찾을 수 없었다.

내가 처음 피습 소식을 들은 것도 이때쯤이었다. 스티브 멀Steve Mull은 국무부 작전실에서 내 집무실까지 허둥지둥 달려왔다. 외무직 근무 경력

30년의 베테랑인 스티브는 외교술과 논리적 언변으로 널리 존경받았으며 국무부 사무국장으로서 마지막 한 주를 보내며 폴란드 대사직을 수행할 준비를 하고 있었다. 사무국장의 업무에는 전 세계에서 워싱턴의 백악관과 국무부로 보내오는 수백 통에 달하는 우편과 정보의 흐름을 관리하는 일도 포함된다. 이날은 중동지역에서 근심스러운 보고가 이미 여러 건 들어온 터였다. 그런 정황에도 불구하고 나는 스티브의 눈을 본 순간 무언가 심각하게 잘못되었음을 알았다. 당시 스티브가 아는 것이라고는 벵가지의 외교부 공관이 공격을 받았다는 사실뿐이었다.

나는 곧바로 크리스 대사를 떠올렸다. 나는 크리스에게 직접 리비아 대사직을 맡아달라고 부탁했었다. 그를 비롯한 현지 직원이 중대한 위험에 처해 있다는 생각에 온몸이 떨려왔다.

책상 위 보안전화기를 들고 백악관의 국가안보 보좌관 토머스 도닐런에게 직통전화를 걸었다. 오바마 대통령은 국방장관 리언 패네타, 현실적이고 직선적인 합동참모본부의장 마틴 뎀프시Martin Dempsey를 집무실에서 접견하던 도중 피습 소식을 들었다고 했다. 이후 오바마 대통령은 리비아 내의 미국 국민을 지원하는 데 필요한 모든 조치를 취하라고 명령했다. 즉시 모든 자원을 총동원해야 했다. CIA 기지에서는 이미 대처를 하고 있었지만, 오바마 대통령은 당장 리비아에 보낼 수 있는 모든 군사 자원을 가동하기를 원했다. 자국민이 공격을 받고 있는 상황에서 이는 통수권자가 두 번 내릴 필요가 없는 명령이었다. 미군은 동포의 목숨을 구하기 위해서라면 인간으로서 할 수 있는 모든 일을 한다. 능력이 허락한다면 그 이상도 마다치 않을 것이다. 이런 조치에 이의를 제기하는 사람을 나로선 결코 이해할 수 없을 것이다.

습격 소식을 듣는 순간 명치를 얻어맞은 듯한 충격을 받았다. 하지만 이런 위기 상황에서 감상에 젖어 있을 수만은 없었다. 할 일이 태산이었다. 나는 차관 팻 케네디Pat Kennedy가 이끄는 국무부 작전팀에게 트리폴리 대사관과 협력해 미국 국민들을 안전한 장소로 대피시키고, 필요하다면 리비아 정부의 문을 부숴서라도 더 많은 지원을 받아내라고 지시했다. 이후 현장 근처의 기지에 중무장한 보안부대를 배치한 CIA 국장 데이비드 퍼트레이어스에게 전화했다. 다른 곳이 습격당할 가능성에도 대비해야 했기 때문이다. 카이로 대사관은 이미 전에 테러 공격의 표적이 된 적이 있었고, 이제 벵가지가 피습을 당했다. 다음 타깃은 어디인가? 팻은 외무직 근무 경력 40년을 자랑하는 베테랑이었고, 민주당과 공화당을 막론하고 함께 일한 대통령만 모두 8명이었다. 온화한 태도, 그리고 카디건과 스웨터 조끼를 즐겨 입는다는 점 때문에 그가 심약하다고 오해하는 이도 있지만 팻은 더할 나위 없이 강인한 사람이었다. 그는 위기 상황에서도 냉정을 유지했으며, 할 수 있는 모든 조치를 취했다고 나를 안심시켰다. 그는 유동적인 상황에 익숙했다. 국무부 공관과 그곳에 배치된 사람들이 역사상 최악의 공격을 당한 시기를 겪어낸데다, 젊은 시절 외무 담당으로 근무했을 때는 1979년 이란 주재 미국대사관이 점령당했을 때 간신히 탈출에 성공한 외교관 가족 6명을 돕는 일에 작으나마 힘을 보태기도 했었다. (이 실화는 후에 영화 〈아르고 Argo〉로 각색되었다.)

트리폴리에서는 군인과 정보요원 7명이 전세기를 타고 신속히 벵가지로 갈 준비를 하기 시작했다. 이 외에는 달리 선택의 여지가 없었다. 노스캐롤라이나 주 포트 브래그에는 국방부의 특수작전부대가 대기하고 있었지만 소집까지 몇 시간이 걸리는데다 현장에서 8,000킬로미터나 떨어져 있었다. 합참의장과 그의 팀을 비롯한 군 지휘관들과 민간인 지도자들은 공개석상과 비공개 청문회에서 모든 군사 자원을 즉시 가동했지만 빠른 시간 내에 리비아에 도착할 수는 없었다고 수차례의 선서와 함께 증언했다. 비평가들은 세계 최고의 군대가 자국민을 보호하기 위해 벵가지에 제때 당도하지 못했다는 사실에 의문을 품었는데, 사실 2008년도에 미국 아프리카 사령부를 설립한 이후에도 아프리카 내 미군 기반시설은 많지 않았다. 유럽과 아시아와는 달리, 아프리카에 주둔한 미군의 수는 미미한 실정이다. 게다가 해외에 주둔하는 미군에게는 애초에 외교공관을 보호하기 위해 항상 부대를 대기시켜야 한다는 임무가 부과되지 않았다. 미군부대를 전 세계 270군데도 넘는 대사관과 영사관에 할당하는 것은 군 지도자들이 국방부에서 증언했듯 우리 군의 능력을 넘어서는 일이었다. 이들의 증언을 믿지 않는 사람이 있다 해도, 그리고 우리의 군사행동에 계속 이런저런 의문을 제기한다 해도, 이 사실은 변하지 않는다. 이에 관한 또 다른 예로, 벵가지 피습 후 몇 주가 지난 뒤에는 미국의 AC-130 중무장 지상공격기가 벵가지로 갔지만 그냥 돌아왔다는 선정적인 기사가 나간 적도 있었다. 국방부는 이 주장에 대해 심도 있는 조사를 벌였는데, 현장 근처에 중무장 지상공격기는 한 대도 없었을 뿐만 아니라 아프리카 대륙은커녕 그 주변에도 전혀 없었다는 사실이 드러났다. 당시 가장 가까운 중무장 지상공격기는 현장에서 1,600킬로미터 이상 떨어진 아프가니스탄에 있었다. 그 기사는 대중을 우롱하기로 작정한 사람들이 지어낸 유언비어일 뿐이다.

비평가들은 또한 해외비상지원팀을 보냈더라면 결과가 달라졌을지도 모른다고 주장한다. 1998년 동아프리카 미국 대사관 폭격사건 이후 해외비상지원팀이라는 범부서 차원의 통합 기관이 현장에 배치되었다. 해외비상지원팀은 안전한 연락망 복구를 돕고 생물학적 위험에 대응하는 등 마비된 외교시설을 지원하기 위해 장비를 갖춘 훈련된 기관이었다. 하지만 실전 투입이 가능한 무장대응 부대가 아닌데다 수천 킬로미터 떨어진 워싱턴에 근거지를 두고 있었다.

많은 미국 국민들, 심지어 몇몇 국회의원마저 벵가지 외교공관에 배치된 미 해병대가 전혀 없었다는 사실에 놀라움을 금치 못했다. 사실 해병대는 전 세계 미국대사관 중 절반이 조금 넘는 곳에만 배치되어 있다. 그곳에서 해병대의 가장 주된 임무는 공관 보호와 위기 상황 발생 시 기밀 자료와 장비를 파괴하는 것이다. 따라서 대부분의 외교관이 근무하며 기밀 자료를 취급하는 트리폴리 대사관에는 해병대가 주둔했지만, 벵가지의 외교공관은 기밀 자료를 다루지 않으므로 배치되지 않았다.

또한 벵가지 외교공관에는 백악관에서 상황을 살필 수 있는 동영상 실시간 전송시설도 없었다. 세계 다른 지역의 규모가 큰 미국대사관은 그런 설비를 갖추었지만, 벵가지 대사관은 광대역 접속이 원활하지 않은 임시 시설이었다. CCTV, 그리고 가정용 DVR과 비슷한 현장 영상기록 시스템은 있었지만, 미국 안보당국이 영상을 확보한 것은 사건이 발생하고 수주가 지난 뒤 리비아 당국이 장비를 복원해 미국 관계자에게 넘겼을 때였다. 따라서 사건 당시 버지니아에 있는 외교안보사령부는 숨 가쁘게 전개되는 상황을 실시간으로 관찰하기 위해 고작 전화선 하나에 의존해 트리폴리와 벵가지에 있는 동료의 보고를 들어야만 했다. 그들은 겨우 현지에서 무슨 일이 일어났는지를 들었을 뿐, 전체 상황을 파악하기에는 괴로울 정도로 역부족이었다.

이러한 공백을 메우기 위해 가동할 수 있었던 또 다른 자원은 당시 리비아의 다른 도시에서 임무 수행 중이던 비무장 무인항공기였다. 이 무인항공기는 벵가지로 방향을 바꾸어 피습이 시작된 지 약 90분 만에 공관에 도착해, 미국 안보 및 정보요원들에게 현장 상황을 관찰할 또 하나의 눈이 되어주었다.

비슷한 시각, 작전본부는 공관 내 총격이 멈췄으며 미 보안부대가 실종자들을 찾는 중이라고 보고했다. '실종자'라니, 소름이 돋는 말이었다. 무장세력이 대부분 철수했다고는 하지만 수색할 시간은 많지 않았다. 공관 근처에는 폭력배와 약탈자들이 도사리고 있었다. 보안부대는 공관에 계속 머물렀다간 더 큰 인명피해의 위험이 있다는 결론을 내렸다. 화염에 휩싸인 본관 건물 안에서 행방이 묘연한 크리스를 찾기 위해 노력했지만 이제 그들에게 남은 단 하나의 선택은 1.6킬로미터쯤 떨어진 CIA의 보다 철저하게 방비된 기지로 돌아가는 것이었다.

외교안보요원 5명은 무거운 마음으로 장갑차에 재빨리 몸을 실었다. 장갑차에 타고 있던 시간은 고작 몇 분밖에 되지 않았지만 그들에게는 악몽 같았다. 차가 출발하자마자 도로변에서 지속적인 집중 포화를 받았고, 속력을 높여 바리케이드 주변에 모여든 무장한 사람들을 뚫고 지나갔다. 타이어 두 개가 펑크가 났고 강화유리창이 깨졌지만 그들은 오직 앞만 보고 달렸다. 미확인 차량 두 대가 그들을 추격하는 것 같았다. 요원들은 중앙선을 가로질러 반대편 차선을 역주행한 끝에 몇 분 뒤 겨우 CIA 기지에 도착했다. 부상자들은 치료를 받았고, 나머지 사람들은 방어 태세에 돌입했다. 얼마 지나지 않아 CIA 대응팀이 숀 스미스의 시신을 수습해 왔다. 하지만 크리스는 여전히 실종상태였다.

국무부 건물 7층에서는 모두가 최선을 다하고 있었다. 국무부 전 직원이 나서서 각각 리비아 측 관계자와 사태를 논의했다. 리비아와 백악관에 있는 미국 관리들은 안전을 회복하고 크리스 대사의 수색을 돕기 위해 리비아 정부 사람들과 협력했다. 나는 국무부의 고위관료들을 불러 모아 상황을 점검하고 다음 대책을 논의했다. 또한 백악관과도 다시 한 번 연락했다. CIA 기지는 이제 소총과 로켓추진식 수류탄 공격을 받고 있었다. 요원들 모두 또 한 차례의 습격에 대비했지만 다행히 우려에 그쳤다. 총격은 드문드문 계속되다가 마침내 멈췄다.

작전센터는 '샤리아의 유격대Ansar al-Sharia'라는 이슬람 강경파 무장단체가 대사관 습격이 자신들의 소행임을 인정했다고 보고했으나, 해당 단체는 이후 진술을 번복했다. 신중하게 다뤄야 할 사건이었다. 이후 며칠 동안 미국 정보분석가들은 피습 사태를 면밀히 조사해 공격이 어떻게 시작되었으며 누가 가담했는지 밝혀내려고 노력했다. 하지만 진상이 밝혀지기까지 우리는 최악의 상황, 즉 지역 내에서 미국에 반대하는 세력의 또 다른 공격 가능성을 예상하고 대비해야 했다.

트리폴리 주재 미국대사관은 최대한 강하게 밀어붙였지만 나는 여전히 리비아 정부에서 얻어낼 수 있는 것에 만족할 수 없었다. 나는 마까리야프 대통령에게 전화를 걸어 그 주에 면담한 모든 이에게 그랬듯 추가 공격의 가능성을 분명하게 제기했다. 마까리야프 대통령을 포함한 모두가 사태의 긴급함을 이해하고, 위협이 사라졌다고 생각하지 않기를 바랐기 때문이다. 마까리야프는 내게 사과했다. 나는 걱정해주어서 고맙다고 말하면서도, 후회와 우려만으로 끝날 일이 아님을 명확하게 전달했다. 벵가지와 트리폴리의 미국 국민을 보호하려면 즉각적인 조치가 필요했다.

한편 트리폴리에서 미 안보지원군을 실은 비행기가 벵가지 공항에 도착했다. 그들의 목표는 차량을 확보해서 CIA 기지에 최대한 빨리 도착하는 것이었다. 하지만 공항을 가득 메운 리비아 보안요원과 군 지휘관들은 미국인들을 대규모 장갑차 행렬로 호위하겠다고 고집했다. 우리 지원팀은 한시라도 빨리 동료를 구하고 싶어 애가 탔지만 리비아 군대가 공항에서 CIA 기지로 가는 길이 안전하다고 판단할 때까지 몇 시간을 기다려야 했다.

워싱턴에서 나는 국무부의 고위간부 8명과 트리폴리 주재 부대사 그렉 힉스와 전화회의를 가졌다. 그렉은 크리스 대사가 사라지기 전에 마지막으로 통화한 사람 중 하나였으며, 대사가 실종된 이후에는 그가 리비아에 거주하는 모든 미국 시민의 안전을 공식적으로 책임지고 있었다. 나는 우리 요원들이 트리폴리에서 잘 견디고 있는지 걱정하며 기나긴 밤을 지새웠다. 워싱턴에서 군과 CIA, 그리고 정부의 다른 부처에서 어떤 조치를 취하는지 그들에게 알려주고 싶었다. 그렉은 위험을 예방하는 차원에서 트리폴리 대사관 직원들을 다른 공관으로 대피시키는 게 좋겠다고 말했고 나도 그의 말에 동의했다. 그렉과 나 모두 크리스를 몹시 아꼈고, 크리스의 수색 작업 또한 진지하게 논의했다. 상황은 그다지 좋아 보이지 않았으며 그렉의 목소리에서는 고통이 느껴졌다. 나는 그렉의 팀원 모두에게 안부를 전하고 자주 연락하자고 당부했다.

이후에는 백악관 상황실, 국가안보회의, CIA, 국방부, 합동참모본부를 비롯한 여러 정부기관과 안보 화상회의를 하기 위해 작전센터로 향했다. 주요 책임자가 빠진 회의였지만 격식을 따지고 있을 때가 아니었다. 나는 그렉과 마까리야프 대통령이 나눈 대화 내용을 전송한 뒤 벵가지에서 최대한 빠르고 안전하게 미국 국민을 대피시키는 것이 얼마나 중요한지 강조했다.

집무실로 돌아와 우리 팀에게 마침내 공식 발표를 할 차례라고 말했다. 여태껏 나는 정부의 각 기관과 대책을 조율하고 현지에 있는 미국 국민을 위해 자원을 동원하는 일에만 몰두했다. 하지만 벵가지 사태에 관한 기사가 여기저기서 보도되었고, 미국 국민들은 무슨 일이 일어나고 있는지 내 입을 통해 직접 들을 권리가 있었다. 아직 입수한 정보가 부족할지라도 말이다. 국무부는 관례상 모든 관계자의 행방을 확인할 때까지 성명서를 발표하지 않는다. 크리스 대사는 여전히 실종상태였다. 하지만 나는 가능한 한 빠르고 솔직하게 대처하는 것이 중요하다고 결정했다. 그리고 곧 미국 대사 한 사람이 실종되었음을 인정하고, 습격을 규탄하며, 전 세계 미국의 동맹국들과 함께 미국 외교관과 공관, 국민을 보호하겠다고 맹세하는 성명서를 발표했다.

나와 이야기한 지 얼마 되지 않아 그렉과 그의 팀은 깜짝 놀랄 만한 전화를 받았다. 크리스가 연기로 가득한 대피소에서 사라지기 직전에 사용한 핸드폰과 같은 번호였는데, 전화를 건 사람은 그가 아니었다. 한 남자가 아랍어로 크리스와 인상착의가 비슷한 의식불명의 남자가 리비아의 한 병원에 있다고 말하고는 더 많은 정보를 주지도, 아무것도 확인해주지도 않고 끊어버렸다. 병원에 있는 남자가 정말 크리스일까? 아니면 CIA 기지에서 요원들을 밖으로 유인하려는 미끼일까? 확인이 시급했다. 그렉은 한 현지인에게 병원으로 가 직접 알아봐달라고 부탁했다. 신기하게도 이 현지인은 1년 전 추락사고를 당한 미 공군 조종사를 구해준 바로 그 사람이었다.

며칠 뒤 안보요원들이 떠난 후 잿더미가 된 공관 내부에 약탈자와 구경꾼 무리가 돌아다니는 모습을 찍은 아마추어 영상이 나왔다. 신원불명의 리비아인들이 연기가 걷힐 무렵 크리스를 발견하고 그의 신원을 알지 못한 채 근처 병원으로 데려간 듯했다. 보고에 따르면 그들이 응급실에 도착한 것은 새벽 1시가 막 지나서였다고 한다. 의사들은 45분 동안 크리스를 소생시키려 노력했지만 결국 2시쯤에 사망선고를 내렸다. 사인은 연기에 의한 질식사였다. 리비아 총리는 트리폴리에 있는 그렉에게 전화를 걸어 이 소식을 알렸는데, 그렉은 평생 가장 비통한 전화 통화였다고 말했다. 크리스의 사망이 확실해진 것은 다음 날 아침 그의 시신이 벵가지 공항에서 미국 관계자에게 전달되었을 때였다. 나는 그가 아마 사망했으리라 생각하면서도, 신원이 확인되기 전까지는 어떻게든 살아남았을지도 모른다고 믿었다. 하지만 이제 희망의 불빛은 완전히 꺼지고 말았다.

═

외교안보요원들은 견고하게 방비한 CIA 기지에 있고 트리폴리에서 파견된 지원군은 현지 공항에 있던 즈음, 나는 집무실을 떠나 집에 가기로 결정했다. 워싱턴 북서쪽의 우리 집은 국무부에서 불과 몇 분 거리였다. 앞으로 며칠이 우리 모두에게 힘든 시간이 되리라는 것, 그리고 국무부 직원 전체가 앞으로 전개될 일들에 집중하면서 이 충격적인 비극 속에서 자신들을 이끌 나를 바라보고 있다는 것을 나는 알았다. 국무장관에 취임했을 때 국무부에서 업무에 필요한 보안 통신시설과 기타 장비를 우리 집에도 설치해 준 덕분에 집무실에서처럼 편안하게 일할 수 있었다.

나는 오바마 대통령에게 전화를 걸어 진전된 상황을 보고했다. 그는 미국 요원들의 안부를 물은 뒤 리비아 현지의 미국대사와 국민을 보호하는 데 필요한 모든 조치를 취하라고 거듭 당부했다. 나는 그의 말에 동의한 뒤 현재 상황에 대한 나름의 평가를 전했다. 나는 위기가 끝났다고 생각하지 않았다. 앞으로도 사건이 더 터질 가능성이 높았다. 리비아든 다른 어떤 곳에서든 말이다.

한편 트리폴리에서 파견된 지원팀은 마침내 공항을 떠나 CIA 기지에 도착해 지친 동료들에게 큰 안도감을 안겨주었다. 하지만 그도 잠시뿐이었다.

지원팀이 도착한 지 몇 분도 되지 않아 박격포 소리가 들렸다. 첫 번째 포탄은 비켜갔지만 이어 위력적인 포탄이 목표물을 명중시켜, CIA 안보요원 글렌 도허티와 타이론 우즈가 죽고 외교안보요원 데이비드 등 여러 명이 중상을 입었다.

벵가지의 참사는 이제 피해를 헤아릴 수 없을 만큼 악화되었다. 더 이상 인명피해가 나기 전에 나머지 사람들, 즉 국무부 소속 외교안보요원 5명과 CIA 요원을 포함한 약 30명을 도시에서 탈출시켜야 했다.

약 한 시간 뒤, CIA 기지가 박격포 공격을 받자마자 뿔뿔이 흩어졌던 리비아 정부의 보안부대가 돌아와 남은 사람들을 공항까지 호위해주었다. 이들을 태운 첫 비행기는 오전 7시 30분에 이륙했고, 두 번째 비행기에는 숀 스미스, 글렌 도허티, 타이론 우즈, 그리고 병원에서 도착한 크리스 스티븐스의 시신과 함께 나머지 사람들이 탔다. 정오 무렵에는 벵가지를 출발한 미국인 전부가 트리폴리에 있었다.

워싱턴에서 리비아에서 일어난 끔찍한 일에 대해 생각하고 또 생각했다. 1979년 이후 처음으로 미국대사가 해외근무 중 피살되었다. 미국인 4명이 목숨을 잃었다. 벵가지 공관은 불에 타 폐허로 변했으며, CIA 기지는 버려졌다. 언제 어디서 또 무슨 일이 일어날지 아무도 장담할 수 없었다.

나는 내일을 위해 마음을 가다듬었다. 휘청거리는 국무부를 굳건히 다잡고, 계속되는 위협에 집중하는 것이 얼마나 중요한지 잘 알았기 때문이다. 하지만 그전에 먼저 해야 할 일은 사망자들의 가족에게 전화를 거는 것이었다. 유가족들은 우리 국무부, 더 나아가 국가 전체가 희생자들의 봉사에 얼마나 감사하는지, 그들을 잃어서 얼마나 애통한지 알아야 했다.

뎀프시 장군과 함께 새로 들어온 보고가 없는지 확인한 뒤, 나는 국무부의 책상 앞에 앉아 시애틀 아동병원에서 의사로 근무하는 크리스 대사의 여동생 앤 스티븐스에게 전화를 걸었다. 그녀는 국무부 내 크리스의 동료들과 이야기하고 다른 가족들에게 소식을 전하느라 거의 밤을 새웠다고 했다. 지칠 대로 지치고 충격을 받은 상태에서도 그녀는 오빠가 살아 있었다면 무엇을 원했을지 생각해보았다고 했다. "이번 일로 리비아에 대한 지원이 끊기거나 미래를 향한 전진이 멈추지 않았으면 좋겠어요." 앤이 말했다. 그녀는 오빠가 카다피 정권이 남긴 잔해 속에서 새로운 리비아 재건을 돕는 일에 얼마나 헌신했는지, 그리고 그 일이 미국에 얼마나 큰 이익이 될지 잘 알고 있었다. 크리스는 젊은 시절 평화봉사단의 자원봉사자로 모로코에서 영어를 가르치던 중 중동과 사랑에 빠졌고, 이후 중동 전역에서 외교관으로서 미국을 대표해왔다. 그는 가는 곳마다 미국을 위해 우호적인 관계를 쌓았으며, 타인의 희망을 자신의 희망처럼 여겼다. 나는 앤에게 오빠가 장차 많은 나라에서 영웅으로 기억될 것이라고 말해주었다.

나는 이후 몇 주간 스티븐스 가족이 사랑하는 이를 잃은 비탄과 역사의 잔혹한 스포트라이트 속에서도 보여준 품위와 위엄에 깊이 감동했다. 내가 사임한 뒤에도 우리는 계속해서 연락을 주고받았으며, 스티븐스 가족이 기술을 통해 중동의 청년들과 미국의 교육자들을 이어주는 'J. 크리스토퍼 스티븐스 가상교류사업'을 시작했을 때도 벅찬 자부심을 느끼며 지원했다. 크리스를 기리고, 그가 그토록 사랑했던 사명을 이어가기에 더할 나위 없이 적합한 일이었다.

이어 나는 어린 두 자녀와 네덜란드에 살고 있는 숀 스미스의 아내 헤더에게 전화를 걸어 남편의 사망 소식을 전하고 조의를 표했다. 헤더는 엄청난 충격을 받았다. 숀과 헤더는 이번 해외근무를 마치고 휴가를 떠날 계획이었다고 했다. 크리스 스티븐스처럼 숀 스미스도 전 세계에서 미국의 외교 업무에 헌신했으며 자신의 일에 자부심을 가졌다. 벵가지 사태 이후 헤더 또한, 남편이라면 미국이 세계 각지에서 후퇴하거나 두려움에 떨며 살기를 결코 원하지 않았으리라 믿는다고 말했다.

그것이 바로 우리가 9월 12일을 되새기며 기억해야 할 중요한 생각이었다. 하룻밤 사이에 무함마드를 모욕하는 영화 예고 영상에 반대하는 시위가 이집트에서 중동 전역으로 퍼져나갔다. 약 200명의 성난 모로코인이 카사블랑카 주재 영사관 주위로 모여들었다. 튀니지에서는 경찰이 미 대사관 밖에 모여든 군중을 해산시키기 위해 최루가스를 써야 할 지경이었다. 수단, 모리타니아, 이집트에서도 미국 공관 앞에서 비슷한 시위가 벌어졌다. 전날 벵가지에서 일어난 일로 모두가 과민해진 상태였고, 우리는 각각의 사태가 금세 걷잡을 수 없이 악화될 수 있음을 우려하며 조심스럽게 대처해나갔다.

나는 그때까지 기진맥진한 상태에서도 꿋꿋이 버티던 트리폴리의 외교팀과 또 다른 화상회의를 열었다. 그들은 지난 24시간 동안 훌륭히 소임을 다했다. 나는 그들에게 직접 감사의 말을 전하고, 몸은 고국에서 수천 킬로미터 떨어져 있을지언정 결코 혼자가 아님을 알려주었다.

이어서 나는 미국 국민들과 전 세계에 직접 이야기하고 싶었다. 잠에서 깨자마자 또 다른 9·11 유혈 사태 소식을 접한 국민들에게 설명하기 어려운 일을 설명해야 하는 부담이 나를 무겁게 짓눌렀다. 모두의 감정은 고조되었다. 크리스 스티븐스를 잘 알고 친애하던 보좌관 몇몇은 눈물을 흘리기도 했다. 나는 집무실에서 혼자 마음을 가라앉히고 내가 무슨 말을 하고 싶은지 생각했다. 그리고 복도를 걸어 내려가 기자단이 모인 트리티룸으로 들어갔다.

카메라 플래시가 터지는 가운데 나는 입수한 사실, 즉 "무장 세력"이 우리 공관을 습격해 우리 국민을 죽였다는 사실을 간단명료하게 밝혔다. 전 세계에 있는 미국 정부 관계자와 민간인의 안전을 위해 할 수 있는 조치를 모두 취하고 있다고 선언하며 국민들을 안심시켰다. 또한 희생자의 가족을 위해 기도한 뒤, 세계 각국에서 미국과 미국의 가치관을 위해 노력하는 외교관들에게 칭송을 전했다. 크리스 스티븐스는 독재를 멈추려고 목숨을 거는 일도 마다하지 않았고, 더 나은 리비아를 건국하려 노력하다 순직했다. 나는 "세상은 더 많은 크리스 스티븐스를 필요로 합니다"라고 덧붙였다.

리비아의 미래를 위해 헌신한 크리스를 기려달라던 앤 스티븐스의 호소가 귓가에 울렸다. 나는 미국 국민들에게 "이는 소규모 무력집단에 의한 공격이지 리비아 정부나 국민과는 아무 관계가 없"으며 우리가 해방을 도운 나라에서 등을 돌리지는 않을 것이라고 말했다. 또한 공격을 감행한 정확한 동기와 방법에 대해서는 아직 조사 중이지만, 이들의 정체가 밝혀지고 정의가 실현될 때까지 노력을 멈추지 않을 것이라고 확언했다.

기자회견을 마친 뒤 오바마 대통령이 대국민 연설을 준비 중인 백악관으로 갔다. 대통령 집무실 밖에서 나는 그에게 연설을 마친 뒤 국무부로 와서 슬픔에 잠긴 크리스와 숀의 동료들에게 위로의 말을 건네줄 수 있는지 물었다. 그렇게만 해준다면 아직도 충격에서 헤어나지 못한 국무부에 큰 힘이 될 것이라는 말과 함께. 우리는 로즈 가든으로 함께 걸어 나갔고, 그곳에서 대통령은 세계를 향해 이렇게 말했다. "그 어떤 테러 공격도 이 위대한 나라의 결심을 꺾거나 위상을 뒤흔들고 우리가 수호하는 가치의 빛을 가리지 못할 것입니다."

대통령의 연설이 끝난 뒤 서둘러 국무부로 향했다. 대통령은 나에게 함께 차를 타고 가자고 제안했지만 나는 그의 갑작스러운 방문을 앞두고 모든 준비가 잘 되어 있는지 확인하고 싶었다. 보통 대통령 방문을 준비하는 데는 몇 주가 걸리지만, 이번에는 몹시 분주하게 움직여야 할 판이었다.

국무부에 도착한 뒤 우리는 함께 로비를 가로질러 걸었다. 나는 오바마 대통령에게 순직한 외교관들의 이름이 새겨진 대리석을 보여주었다. 그는 나중에 우리가 방금 잃은 사람들을 위해 조의록에 글을 남기기도 했다.

사전 공지가 거의 없었음에도 수백 명의 국무부 직원이 건물 안뜰에 모였다. 크리스가 근무했던 근동 담당국과 숀 스미스가 근무했던 정보자원관리국 사람들도 보였다. 급하게 마련한 음향기기가 작동하지 않아 나는 그 자리에서 마이크를 설치한 뒤 대통령을 소개해야 했다. 대통령은 약 20분간 외교관들의 노력이 미국의 안보와 가치관에 얼마나 큰 도움이 되는지에 대해 감동적인 연설을 했다. 또한 국무부 직원들 모두 떠나보낸 사람들의 헌신을 기리기 위해서라도 미국 최고의 전통을 보여주는 데 갑절의 노력을 기울여야 한다고 말했다. 안뜰에 서 있는 직원들, 그리고 건물의 창문 너머로 지켜보는 사람들의 얼굴을 보고 나는 그 연설이 그들에게 얼마나 큰 힘이 되었는지 알 수 있었다. 연설이 끝난 뒤 나는 대통령에게 벵가지 사태가 벌어진 이후 말 그대로 쉬지 않고 일한 근동 담당국 소속 크리스 대사의 동료들을 소개했다. 그러고 나서 오후에 근동 담당국과 숀의 동료들이 일하는 정보자원관리국 사무실로 찾아가 깊은 조의와 감사의 마음을 표했다. 나는 대통령과 함께 일하고, 가족과도 같은 국무부를 이끌며, 그 일원으로 일한다는 사실이 이루 말할 수 없을 만큼 자랑스러웠다.

═══

리비아 내 혼란은 계속 격화되어갔다. 이후 몇 주 동안 우리는 10여 개국 내의 미국 국민과 공관을 위협하고 시위자 수십 명의 목숨을 앗아간 잇따른 사태와 직면했다. 다행히 더 이상의 미국인 인명피해는 없었다.

9월 13일 목요일에는 시위대가 예멘 주재 미 대사관 정문을 부수고 침입했다. 카이로에서도 격렬한 충돌이 끊이지 않았다. 인도에서는 150명이나 되는 사람들이 첸나이 주재 미 영사관 밖에서 체포되었다. 금요일에는 긴장이 더욱 증폭되었다. 튀니지인 수천 명이 튀니스 주재 미 대사관을 포위해, 대사관 직원들이 바리케이드를 치고 안에 틀어박혀 있는 동안 차량을 부수고 건물 외관을 훼손했다. 이들은 길 건너편 미국인 학교에 불을 지르고 약탈하기도 했다. 나는 튀니지의 문시프 마르주끼Moncef Marzouki 대통령에게 전화를 걸었고, 그는 내게 대통령 개인 경호원을 보내 시위대를 해산시키고 미국인과 튀니지인 직원들을 보호하겠다고 약속했다. 하르툼에서는 수천 명의 수단인이 미 대사관 담장을 벌떼처럼 기어올라 검은색 깃발을 꽂으려고 했다. 이슬라마바드, 카라치, 페샤와르 거리는 파키스탄인 시위자들로 가득했다. 시위의 불길은 멀리 인도네시아와 필리핀까지 퍼졌다. 심지어 1차 걸프전에서 미국의 도움으로 독립과 부를 이룬 쿠웨이트에서도 미국대사관 담장을 넘으려던 사람들이 체포되었다. 9월 8일 카이로에서 시작된 불씨는 이제 산불처럼 활활 타올라 주변에 있는 모든 미국 공관과 국민을 태워버릴 기세로 번져나갔다.

이 힘든 나날 동안 우리 국무부는 시위로 몸살을 앓는 나라들의 정부와 끊임없이 접촉했다. 이 일의 심각성을 정확히 인지할 필요가 있는 지역 지도자들과 열띤 논쟁을 벌이기도 했다. 또한 국방부와 협력해 더 많은 미 해병대를 튀니지와 수단, 예멘에 배치했다.

고작 인터넷 영상 하나가 이 사태를 부른 원인이라는 말에 수긍하고 싶지 않은 사람들이 있다는 건 안다. 하지만 그게 사실인 것을 어쩌랴. 파키스탄 시위자들은 심지어 영상과 관련 있는 플로리다의 목사 테리 존스의 모습을 본뜬 인형을 만들어 구타하기까지 했다. 워싱턴의 정치 상황에서 멀찍이 떨어져 있던 미국 외교관들조차 이 사태의 영향을 피부로 느꼈다고 했다.

벵가지 테러 공격은 또 어떤가? 위기의 한복판에서 우리는 어떤 요인이 이 공격의 동기로 작용했는지, 이 공격이 계획적인지 우발적인지, 계획적인 공격이라면 얼마나 오랫동안 계획되었는지 알 방도가 없었다. 나는 다음 날 아침에 발표한 성명서에서 이를 분명히 했으며, 이후 며칠 동안에도 정부 당국자들은 아직 정보가 부족하며 진상을 규명하는 중이라고 말했다. 가설만 난무하는 가운데 증거는 여전히 부족했다. 나 또한 이번 사태의 진상과 범인, (영화 예고편을 포함한) 복합적인 원인에 대한 여러 가설 사이에서 오락가락했다. 하지만 그 영상이 지역 사람들을 선동하고 전 세계에서 시위를 일으킨 것이 분명했고, 수일째 시위가 지속되는 마당에, 벵가지 테러 공격에도 같은 영향을 끼쳤다고 생각하는 게 타당했다. 훗날의 조사와 보고는 그 동영상이 실제 원인임을 확인해주었다. 하지만 당시에 무엇보다 확실한 사실 하나는 미국 국민들이 목숨을 잃었으며 다른 사람들도 여전히 위험에 처해 있다는 것이었다. 왜 우리가 공격을 받는지, 공격자들이 무슨 생각을 했는지, 혹은 그 전날 무엇을 했는지는 모두의 관심 밖이었다. 우리에게 가장 중요한 일은 사람을 살리는 것이었다. 그것 말고는 아무것도 상황을 변화시키지 못했기 때문이다.

하지만 벵가지 현지에서는 아직도 기자 몇몇이 질문을 제기했다. 〈뉴욕타임스〉는 "화요일 밤에 공격자들과 그 지지자들을 인터뷰했다. 이들은 모욕적인 영상으로부터 자신의 신앙을 지키겠다고 선언했다"고 보도했다. 로이터 통신의 기자 또한 그날 밤 현장에 있었는데 "습격자들은 선지자 무함마드를 모욕한 영화에 대해 미국의 책임을 묻는 군중의 일부였다"고 썼다. 〈워싱턴타임스〉도 벵가지 주민들을 인터뷰해 "중무장한 과격분자들이 미국 외교공관 밖에서 벌어진 평화로운 시위를 장악했다. 시위자들은 이슬람교의 선지자 무함마드를 모욕한 영상에 대해 시위하고 있었는데, 어느 틈에 로켓추진식 수류탄으로 무장한 무리가 시위에 합류했다"고 보도했다.

그로부터 약 1년 뒤인 2013년 12월에 〈뉴욕타임스〉는 벵가지 사태에 관해 여태껏 발표된 가장 종합적인 기사를 실었다. 이 기사는 "수개월간의 조사"와 "벵가지 테러 공격과 그 전후 사정을 직접 경험한 벵가지 거주자들을 광범위하게 인터뷰한 자료"에 기초했다. 〈뉴욕타임스〉 조사원은 "몇몇 의원의 주장과 달리, 이슬람을 폄하하는 미제 영상에 대한 분노가 테러 공격에 큰 영향을 미쳤다"고 결론 내리고 "애초에 공격을 도발한 것은 영상에 대한 분노였으며, 많은 공격자들이 그 영상에서 동기를 얻었다는 데는 의문의 여지가 없다"고 말했다.

그날 밤 공격에 가담한 사람은 수십 명에 달했고, 분명 제각각 동기가 달랐을 것이다. 그들 모두가 이 혐오스러운 영상의 영향을 받았다는 주장이나, 아무도 영향을 받지 않았다는 주장은 양쪽 다 어폐가 있다. 두 주장 모두 증거는 물론 논리도 부족하다. 〈뉴욕타임스〉의 조사원이 결론 내렸듯, 진상은 "이 두 주장이 시사하는 것처럼 명백하지만은 않다."

어찌되었든 이 영상이 전 세계 미 대사관과 영사관을 위협하는 불안 상황과 관련되어 있음에는 의문의 여지가 없었다. 그래서 나는 이 험난한 나날 내내 이슬람 세계에 만연한 분노에 대해 공개적으로 입장을 표명하기 위해 최선을 다했다. 신앙을 가진 사람으로서 내 신앙을 모욕받는 일이 얼마나 큰 상처가 되는지 나는 잘 알고 있다. 하지만 아무리 억울해도 폭력에 기대는 것은 절대 정당화할 수 없다. 세계 최대의 종교는 사소한 모욕쯤은 견뎌낼 만큼 강하며, 우리 개개인의 신앙 또한 마찬가지다.

9월 13일 저녁, 나는 국무부의 연례행사로, 이슬람 금식 성월인 라마단의 종료를 기념하는 축제인 이드 알피트르Eid al-Fitr를 열었다. 다양한 인종으로 이루어진 군중의 온기를 느끼며 나는 벵가지의 살인자들이 전 세계 10억 명 이상의 이슬람교도들을 대변하지는 않는다고 강조했다. 이후 미국 주재 리비아대사가 앞으로 나와 짧은 연설을 했다. 연설 도중 그는 수년간 알고 지낸 친구 크리스 스티븐스를 감동적으로 추억했다. 그들은 함께 테니스를 치고 리비아 전통음식을 먹으며 미래에 대해 몇 시간이고 토론했다고 한다. 그는 크리스가 영웅이었으며, 독재정권의 그늘에서 빠져나올 수 있는 리비아 국민들의 잠재력을 단 한시도 의심한 적이 없다고 말했다.

그날 그렇게 느낀 건 리비아대사뿐만이 아니었다. 리비아 혁명의 꿋꿋한 지지자로 알려진 크리스를 추도하기 위해 수만 명의 리비아인이 길거리로 나왔다. 곳곳에서 놀라운 광경이 벌어졌다. 머리를 가리고 슬픔에 잠긴 눈을 한 젊은 여인은 "깡패와 살인자는 벵가지나 이슬람을 대표하지 않는다"라고 적힌 종이를 들고 있었다. "크리스 스티븐스는 모든 리비아 국민의 친구였다" "크리스에게 정의를"이라는 문구도 있었다.

트리폴리에서는 리비아 지도자들이 공개적으로 미 대사관 습격을 규탄하고, 크리스를 위한 추도식을 직접 준비했다. "그는 리비아인의 신뢰를 얻었다"고 마까리야프 대통령은 조문객들에게 말했다. 리비아 정부는 벵가지 사태의 책임을 물어 고위 안보관계자들을 해고했다. 9월 22일에는 샤리아의 유격대를 비롯한 전국의 모든 무장단체에 48시간 이내로 무장해제하고 해산하지 않으면 분명한 대가를 치르리라는 최후통첩을 내렸는데, 총 10개의 무장단체가 그 명령을 따랐다. 벵가지 주민들은 직접 샤리아의 유격대 본부로 쳐들어갔고, 일원 중 다수가 마을을 떠났다. "비겁한 테러리스트, 아프가니스탄으로 돌아가라!" 시민들이 외쳤다.

이 애통한 시간 내내 나는 순직한 동료들의 가족에 대한 생각을 떨칠 수가 없었다. 우리가 그들을 위로하고 도와주기 위해 가능한 모든 일을 했는지 확신할 수가 없었다. 나는 의전장 카프리샤 마셜에게 이 임무를 맡겼다. 타이론 우즈와 글렌 도허티가 사실 CIA를 위해 일하고 있었다는 사실은 앞으로 6개월간 대중에게 공개되지 않을 예정이라 일은 더 복잡해졌다. 그들의 진짜 임무에 대해 누가 알고 누가 모르는지를 모르는 터라, 심지어 가족들에게조차 그 사실을 이야기할 수 없었다.

마침 외무 공무원 중 고위직인 국무부 부장관 빌 번스가 해외에 있는 터라, 그에게 순직자들의 시신을 태운 비행기를 마중 나가 독일에서부터 워싱턴까지 동행해달라고 부탁했다. 빌은 안정적이고 절제력이 강한 사람이었지만, 그런 여정을 떠맡고 싶지는 않았을 것이다.

보통 나라를 위해 봉사하다 순직한 미국인의 시신은 이라크와 아프가니스탄에서 목숨을 잃은 사망자들이 귀국하는 델라웨어 주의 도버 공군기지로 들어온다. 하지만 나는 국무부의 동료들과 순직자 가족들이 시신이 도착할 때 현장에 있기를 바랐다. 따라서 우리는 리언 패네타와 국방부 직원들의 도움을 받아 비행기가 독일에서 도버 기지로 가기 전에 메릴랜드 주의 앤드루스 공군기지에 들를 수 있도록 경로를 조정했다. 1998년 동아프리카 주재 대사관 폭격 이후 그랬던 것처럼 말이다.

금요일 오후, 습격으로부터 3일이 지난 뒤 나는 오바마 대통령, 바이든 부통령, 국방장관 리언 패네타와 함께 앤드루스 기지에서 순직자 가족을 만났다. 숀 스미스와 타이론 우즈의 아이들은 아직 어렸다. 그 아이들이 앞으로 아버지 없이 자랄 것을 생각하니 참을 수 없을 만큼 괴로웠다. 네 사람의 가족들은 사랑하는 이의 갑작스러운 죽음으로 망연자실해 있었다. 이런 상황에서는 그 어떤 제스처도 큰 위로나 위안을 주지 못한다. 우리가 해줄 수 있는 것이라고는 인간적인 손길과 따뜻한 말, 부드러운 포옹뿐이었다. 대기실 안은 60명이 넘는 가족과 친지로 가득했고, 모두가 저마다 슬픔을 짊어지고 있었다. 그들은 사랑하는 이의 영웅적 행동과 헌신, 그리고 잃어버린 남편, 아들, 아버지, 형제에 대한 비탄으로 하나가 되었다.

우리는 활주로에서 떨어져 있는 개방된 격납고로 걸어갔다. 그곳에서는 수천 명의 친구들과 동료들이 거대한 미국 국기 아래 모여 있었다. 모두의 응원과 존경의 마음이 드러나는 몹시 가슴 벅찬 장면이었다. 우리 모두가 숙연히 침묵하는 가운데 파란색과 흰색의 빳빳한 유니폼을 입은 미국 해병대가 국기로 덮인 네 개의 관을 수송기에서 들고 나와 대기 중인 영구차로 천천히 걸어갔고, 관이 영구차에 실릴 때 마지막으로 순직자들에게 경례했다. 이윽고 군종목사가 기도를 올렸다.

연설할 차례가 되었을 때 나는 네 애국자의 봉사와 희생에 경의를 표하며 나를 비롯한 동료들이 느끼는 자랑스러움과 슬픔을 나타내려고 노력했다. 또한 크리스 스티븐스가 보여준 외교적 사명과 명예를 기리고자, 그가 사망한 뒤 리비아에서 목격한 놀라운 애도와 연대의 장면을 이야기했다. 그것이야말로 크리스가 그곳에 끼친 영향의 증거였다. 나는 또 팔레스타인 자치정부의 수반인 마무드 아바스가 보낸 편지를 큰 소리로 읽었다. 크리스가 예루살렘에서 근무했을 때 그와 긴밀히 협력한 적이 있는 아바스는 크리스의 에너지와 도덕성에 대해 애틋하게 회고하며 크리스를 죽인 "흉측한 테러행위"를 개탄했다. 마지막으로 나는 계속되는 시위로 또다시 중동지역에 불안이 촉발된 상황에서 반미주의가 지금처럼 활개를 치기까지 이 모든 사태의 원인으로 지목된 영상을 다시 한 번 언급했다. "이집트와 리비아, 예멘, 튀니지 국민들은 군중의 폭압을 받고자 독재자의 폭압을 몰아낸 게 아닙니다." 폭력은 반드시 막아야 했다. 미국은 험난한 앞날에 대비하면서도 절대 글로벌 리더로서의 책임을 회피하지 않으며, "눈물을 닦고 허리를 꼿꼿이 편 채 의연하게 미래를 맞이할" 것이었다.

오바마 대통령 또한 추도 연설을 통해 절제된 메시지를 전했다. 대통령이 연설을 마쳤을 때 나는 그의 손을 꼭 쥐었고 그도 팔로 내 어깨를 감쌌다. 해군 군악대가 〈아메리카 더 뷰티풀America The Beautiful〉을 연주했다. 그날처럼 내가 맡은 일에 막중한 책임감을 느낀 적이 없었다.

═══

국무부 장관으로서 나는 국무부와 미국 국제개발처 직원 7만 명, 그리고 전 세계 270여 곳의 외교공관의 안전을 책임졌다. 따라서 벵가지에서처럼 뭔가가 잘못되면, 그건 내 책임이었다. 그리고 여기에는 국무부 시스템과 안보 절차의 허점을 확인하고 앞으로 또 다른 비극이 일어날 위험을 줄이기 위해 가능한 모든 조치를 취할 책임도 포함되어 있다. 1983년 베이루트, 1998년 케냐와 탄자니아, 2001년 9 · 11 사태에서 우리는 많은 교훈을 얻었으며, 이제 벵가지의 비극에서도 배울 차례였다. 이 배움의 과정은 문제의 원인을 찾는 데서 시작되어야 했다.

법에 의하면, 국무부 해외 직원의 인명피해가 있을 때마다 책임심의회를 열어 조사를 벌이는데, 1988년 이후 19회의 조사가 진행되었다. 벵가지 책임심의회의 위원장으로는 토머스 피커링Thomas Pickering이 임명되었다. 토머스는 은퇴한 고위 외무 공무원으로 내전 기간의 엘살바도르와 1차 인티파다가 발생했던 이스라엘, 구소련 몰락 직후의 초기 러시아를 비롯한 위험지역에서 미국을 대표하며 흠잡을 데 없는 경력을 쌓아온 사람이었다. 톰은 강인하고 지적이며 직설적이었다. 그는 사랑하는 국무부의 명예를 기리고 보호하기 위해, 잘못된 점을 발견할 때마다 비판을 서슴지 않았다. 신뢰할 만한 조사를 이끌고 수많은 질문에 대한 답을 찾아내기에 그만큼 적격인 사람은 없었다.

피커링의 파트너로는 은퇴한 마이크 멀린 제독이 임명되었다. 전 합참의장인 그는 널리 존경받는 인물로, 해군 출신답게 직설적인 화법을 구사했다. 곧 외교, 관리, 정보 분야에서 경력을 쌓은 특출한 공무원들이 합류했다. 총 5명으로 이루어진 위원회는 벵가지 사태의 진상을 캐내기 위해 조사에 착수했다

나는 벵가지 사태 발생 후 일주일 남짓 지난 9월 20일에 조사가 시작되었음을 발표했다. 과거 그 어떤 조사도 이렇게 신속하게 개시된 적은 없었다. 이번 사건은 되도록 빨리 처결해야 할 중요한 사안이었다. 나는 국무부 직원 모두에게 전적인 협력을 지시했고, 위원회에게는 진상 규명을 위해 수단과 방법을 가리지 말라고 말했다. 위원회는 조사에 필요하다면 아무런 규제를 받지 않고 나를 포함한 모든 사람과 사물에 접근할 수 있었다. 또한 나는 위원회 보고서를 일반 대중에게 공개한 적이 한 번도 없었던 관례를 깨고 민감한 보안사항을 위반하지 않는 선에서 최대한 많은 내용을 발표하려고 했다.

조사가 시작된 후 나는 공식 보고서가 나올 때까지 기다릴 수 없는 긴급한 취약점에 대한 대처에 착수했다. 우선 전 세계 미 외교공관의 안보상태를 즉각 빈틈없이 조사하라고 지시했다. 국방부와 합동 안보평가팀을 조직해 위험국가 주재 미 대사관과 영사관을 주의 깊게 조사하고, 특수부대와

외교안보 전문가들을 10여 개국의 고위험 국가에 보내는 데 협조를 부탁하기도 했다. 나는 뎀프시 장군과 패네타 장관과 협력해 고위험지역에 해상안보경비대를 추가로 배치해 안보를 강화했고, 해병대 추가 파병과 외교안보요원 추가 고용, 해외 외교시설의 물리적 취약점 강화를 위해 의회에 자금을 요청했다. 또한 외교안보국에서 처음으로 고위험지역 담당 차관보를 임명하기도 했다.

책임심의회의 조사 보고서가 마무리된 뒤 피커링 대사와 멀린 제독은 조사 결과를 브리핑해주었다. 가차 없고 직설적인 보고서였다. 그들은 외교안보국과 근동 담당국의 시스템 문제와 관리 부실을 발견했다. 외교안보를 담당하는 부서와 주재국 정부와의 관계 및 정책을 담당하는 부서 간의 협력 또한 형편없었다. 안보가 "모두의 책임"이라는 인식이 없었으며, 현장에서 대사 이외에 누구에게 최종 결정권이 있는지도 불분명했다. 전 세계 270여 개의 미 외교공관이 자체적인 기술적 과제와 요구를 떠안은 가운데, 일상적인 안보에 관한 질문은 국무부 최고위층까지 올라오는 일이 드물었다. 결과적으로 안보 문제에서만큼은 리더십이 부족했던 것으로 드러났다.

벵가지 외교공관의 안보는 이번 일로 더욱 보강되었다. 외벽을 콘크리트와 가시철조망으로 높이고, 외부 조명, 콘크리트 차량 방호벽, 경비소를 설치하고, 모래주머니로 포상을 쌓았다. 나무 문을 강철과 강화 잠금장치로 더욱 견고하게 하고, 폭발물 탐지 장비를 추가로 마련했다. 하지만 책임위원회는 나날이 위험해지는 도시에서 이러한 예방책만으로는 부족하다고 못을 박았다. 이번 조사와 의회 심문의 초점은 정부 감독자들이 리비아 현지 안보요원들의 요청을 거부했느냐 하는 문제였다. 조사 결과 벵가지에서 근무하는 직원들은 그들의 안보 관련 요청이 "워싱턴의 정부에는 최우선 순위로 여겨지지 않았으며, 트리폴리 대사관은 안보 강화를 위해 워싱턴에 강력하고 지속적인 지지를 보내지 않았다"고 생각했음이 드러났다. 벵가지

영사관과 안보 관련 사안을 책임지는 부서에서는 "궁극적으로 누가 결정을 내릴 책임과 권한이 있는지가 분명치 않았다." 미국 정부와 트리폴리 공관은 전화와 이메일, 그리고 전문 형식으로 연락했다. 매년 이 같은 문서 수백만 통이 외교공관에서 국무부로, 국무부에서 공관으로, 공관에서 공관으로 보내진다. 여기에는 현지 실정의 요약부터 인사이동 보고까지 온갖 내용이 포함된다. 국무부로 향하는 모든 전문은 주재 대사를 발신인으로 하고 국무장관을 수취인으로 한다. 국무부에서 보내는 전문은 모두 국무장관을 발신인으로 하고 주재 대사를 수취인으로 한다. 좀 말이 안 된다고 생각할 수도 있지만, 국무부에서 까마득한 옛날부터 지켜온 관례다. 이처럼 1년에 200만 통도 넘는 전문을 읽거나 쓸 수 있는 장관은 존재하지 않으며, 대사들 또한 대사관의 수발신 전문을 작성하기는커녕 심지어 그 존재조차 알지 못하는 경우가 다반사다. 국무장관은 이중 극히 일부만을 받아볼 뿐, 대부분은 수백 명에 달하는 다른 직원들의 몫이다.

몇몇 비평가들은 이 기이한 절차를 들먹이며 내가 벵가지 공관에서 보낸 안보 관련 요청을 받아보았을 것이라고 했다. 하지만 일은 그렇게 처리되지 않는다. 그렇게 처리되어서도 안 되고, 처리되지도 않았다. 안보 문제는 안보 담당국 직원들이 처리한다. 그런 전문이 국무장관 책상에 올라오는 일은 좀처럼 없다. 첫째로, 그건 발신인의 의도가 아니다. 이슬라마바드의 미국 안보요원이 탄약을 보내달라고 내게 직접 전문을 보낼 리가 없지 않은가. 둘째로, 그건 이치에 맞지 않는다. 안보 문제에 관한 결정은 안보 담당 전문가들이 내려야 한다. 셋째로, 그건 내각의 그 어떤 장관에게도 불가능한 일이다. 단순히 전문의 양 문제가 아니라 관련 전문지식이 부족하기 때문이다. 나는 외교안보요원들을 신뢰했다. 극도로 불안한 아프가니스탄과 예멘 같은 세계 각국의 위험한 장소에서 우리의 외교공관을 훌륭하게 보호하는 사람들이 아닌가.

책임심의회가 밝혀낸 또 다른 중요한 사실은 국무부가 리비아 현지 치안력에 지나치게 의존한다는 것이었다. 1961년 외교관계에 관한 빈 협약에 따라 정부는 국토 내 외교시설의 안보를 책임지게 되어 있었다. 하지만 혁명 직후 분열된 리비아에서는 정부가 그러한 책임을 수행할 능력이 부족해 지역 민병대가 그 역할을 했다. 미 국무부는 CIA의 심사를 통과한 민병대를 고용해 외교공관 부지에 항상 대기시켰으며, 무장하지 않은 현지 경비원들을 고용해 입구를 지키도록 지시했다. 하지만 이번 습격 사태로 분명해졌듯 민병대의 전투 능력, 그리고 결정적인 순간에 같은 리비아인에 대항해 경비 의무를 수행할 의지력에는 치명적인 결함이 있었다.

책임심의회는 또한 국무부가 "임무 수행에 필요한 자원을 얻는 데 어려움을 겪었다"고 말했다. 이는 전체 정부 부처의 예산이 줄어드는 터라 국무부가 당면한 문제였다. 나는 지난 4년간 국가안보를 위해 애쓰는 외교관들과 개발전문가들에게 적절한 자금을 우선적으로 지원해야 한다고 주장했고, 의회에서 많은 조력자와 옹호자를 얻었다. 하지만 이는 앞으로도 지속적으로 풀어나가야 할 문제였다. 책임심의회는 "국무부의 필요를 만족시키기 위해 의회는 더욱 심도 있고 지속적인 지원을 약속해야 한다. 국무부가 요구하는 것은 전체 국가 예산과 국가안보 예산에 비하면 지극히 미미한 숫자다"라고 말했다.

마지막 분석에서 책임심의회는 "벵가지 내 미 공무원들은 통제가 거의 불가능한 상황에서 동료를 보호하기 위해 목숨을 거는 등 용기 있고 준비된 자세로 임무를 수행했다"고 평가했다. 안보 시스템의 결함에도 불구하고 조사자들은 "크리스 대사와 숀 스미스를 구조하고 소생시키기 위해 가능한 조치는 모두 취했으며, 미국의 중무장 지원군이 상황을 뒤바꾸기에는 시간이 부족했다"라고 결론 내렸다. 또한 이번 위기에서 행정부가 보여준 "신속하고 탁월한" 조직력을 칭찬하고, 결정이 지체되거나 미 정부나 군에서 지원을 거부한 일이 없음을 밝혔다. 위원회는 우리의 대응력이 미국 국민의 생명을 살렸다고 보고했으며, 그것은 사실이었다.

위원회는 훈련, 화재안전, 채용, 위협 분석 부문에서 찾아낸 부족한 점을 메우고자 구체적인 권고안 29개를 내놓았다(그중 24개가 기밀에 부쳐졌다). 나는 모든 권고안에 찬성했고 즉시 시행을 승인했다. 그리고 부장관 톰 나이즈에게 전담팀을 조직해 모든 권고안을 신속하게 전격 시행하고, 이 외에도 가능한 추가 조치를 모두 취하라고 요청했다. 이제 국무부가 고위험지역 근무의 시기, 위치, 그리고 인력 파견에 관해 어떻게 의사결정을 내리고 위협과 위기에 어떤 식으로 대처하는지 제대로 들여다볼 차례였다.

톰과 그의 팀은 곧바로 각 권고안을 해석해 64개의 구체적인 행동방침을 만들었다. 이 행동방침은 관련 국과 부서에 구체적인 완료 일정과 함께 배정되었다. 또한 우리는 고위험지역 외교공관에 대해 국무장관이 이끄는 연례 심의를 열기로 하고, 부장관의 지속적인 검토 아래 안보에 관한 중추적 질문이 최고위층에 전달되도록 보장하기로 했다. 마지막으로 의회와의 정보 공유에 관한 의례를 규정화해 의회에서 자원에 관한 결정을 내릴 때 계속해서 현지의 안보 관련 요구를 고려할 수 있게 했다.

나는 모든 권고안이 실행될 때까지 직위에서 물러나지 않겠다고 맹세했으며, 임기 말까지 목표를 완수했다. 국무부는 미 외교시설에 더 많은 해병대를 파견하기 위해 의회와 국방부와 협력했고, 해외의 화재와 생명안전 장비 수요를 검토하고 개선하기 시작했다. 또한 모든 해외 외교시설에 더 많은 최신 감시카메라를 설치했고, 의회의 지원을 받아 외교안보직 151개를 신설했으며, 안보요원 훈련에 더욱 큰 노력을 기울였다.

═══

전 상원의원으로서 나는 의회가 수행하는 관리감독 역할을 이해했고, 깊은 존경심을 품어왔다. 미국 의회에서 근무한 8년 동안 답을 찾아내야 하는 어려운 문제에 직면할 때마다 그러한 책임을 염두에 두었다. 그래서 벵가지 사태 발발 즉시 입법자들에게 즉각적이고 솔직하게 대응하는 일을 최우선순위로 삼았다. 나는 피습 사태가 발생한 지 1주일 뒤에 의회로 가서 전 하원의원과 상원의원 앞에서 지금까지 입수한 정보를 보고하기로 결정했다. 미국 국가정보국 국장 제임스 클래퍼, 국방부 부장관 애슈턴 카터Ashton Carter, 합참차장 제임스 샌디 윈펠드 주니어James Sandy Winnefeld Jr. 제독을 비롯해 정보당국과 사법당국의 고위관료들이 나와 함께했다. 많은 의원들이 그날 내가 준비한 답변에 불만을 내비쳤다. 몇몇은 드러내놓고 화를 내기도 했다. 모든 질문에 대답하지 못해 답답한 건 우리도 마찬가지였지만, 그렇다고 보고를 아예 그만둘 수는 없었다. 브리핑은 원래 한 시간으로 예정되어 있었지만 나는 모든 상원의원이 질문을 마칠 때까지 상원의회의 보안실에 두 시간 반 넘게 남아 있었다.

이후 몇 달 동안 국무부, 국방부, CIA, FBI, 그리고 다른 정보기관의 고위관료들은(대부분 어떤 정당에도 속하지 않은 전문가였다) 의회 산하 8개 위원회에 30여 차례에 걸쳐 수천 장의 문서를 제출하고 그들의 질문에 최대한 신속하고 완전하게 대답했다.

이듬해 1월, 나는 수십 명의 상원의원과 하원의원이 수백 개의 질문을 퍼붓는 가운데 당시 우리가 알고 있던 정보를 토대로 다섯 시간 넘게 성심껏 질의응답 시간을 가졌다. 임기 말이 다가왔지만 나는 국무부와 우리 국가를 더 안전하고 강하게 만들어놓고 떠나겠다고 선언했다. 벵가지 사태 수습에 대해 나는 "이전에도 여러 번 말했듯이 이번 공격의 책임은 저에게 있으며, 사건을 제대로 마무리하는 데 누구보다 헌신하고 있습니다"라고 말했다. 미국은 글로벌 리더로서 핵심적인 역할을 해야 하며, 특히 불안정한 환경에서 미국이 발을 빼면 반드시 좋지 않은 결과를 초래하게 된다는 것을 입법자들에게 상기시키기도 했다. 애초에 크리스 스티븐스를 리비아로 보낸 것도, 크리스가 그곳에 가고 싶어한 이유도 마찬가지였다. 최전선에서 일하는 이들에게 항상 필요한 자원을 지원하고, 이들이 직면하는 위험을 줄이는 것이 우리의 책임이라고 나는 주장했다. 미국은 물러서지도 않을 것이고 물러설 수도 없었다.

몇몇 의원은 이번 일로 힘들게 얻은 교훈을 어떻게 적용해서 앞으로의 외교활동을 개선할지 통찰력 있는 질문을 던졌다. 그러나 앞으로의 비극을 예방하는 데 아무 도움도 되지 않는 음모론만 좇는 의원이 있는가 하면, 카메라에 찍히려고 얼굴만 비춘 의원도 있었다. 텔레비전에 방영되지 않는 비공개 청문회에는 불참한 이들이었다.

한편 유엔 주재 미국대사 수전 라이스가 벵가지 사태 발생 5일 뒤인 9월 16일 일요일 아침 토크쇼에서 한 말이 세간의 이목을 끌었다. 수전은 벵가지 사태 관련 질문을 받고, 아직 진상이 확실히 규명되지 않았으며 조사가 진행 중이라고 조심스럽게 말했다. 그런데 수전은 당시 입수한 가장 믿을 만한 정보에 따라, 이번 테러 공격은 "카이로에서 몇 시간 전 일어난 시위에 대한 즉흥적인 반응으로서, 문제의 영상 때문에 촉발된 카이로 내 미 외교시설에 대한 시위를 모방한 것입니다. 벵가지에서는 공관에서 시위가 전개되는 도중에 기회주의적인 과격분자가 끼어든 것으로 보입니다"라고 말을 이었다.

비평가들은 수전이 일어나지도 않은 시위를 날조해 오바마 대통령의 눈앞에서 테러 공격이 계획적으로 이루어졌음을 감추려 했다고 비난했다. 그들은 누가 그날 아침 수전의 인터뷰 대본을 써주었는지 알아내려고 강박적으로 파고들었고, 백악관이 부당한 술수를 쓴 증거를 찾아내고자 갖은 애를 썼다. 그러나 수전은 옳건 그르건 간에, 당시 정보기관이 믿고 있던 가설을 말한 것뿐이었다. 수전이 아닌 그 누구라도 그렇게 말하는 것이 최선이었다. 우리는 한 걸음씩 나아가며 새로운 사실을 발견할 때마다 신속하게 의회와 국민들에게 알렸다. 사실을 잘못 아는 것과 잘못된 행동을 하는 것에는 분명한 차이가 있는데, 몇몇은 이 차이점을 모호하게 하여 단순히 실수를 저지른 사람에게 의도적인 기만을 저지른 죄를 묻고 돌을 던졌다.

많은 사람들은 또한 왜 내가 그날 아침 텔레비전에 출연하지 않았는가 하는 질문에만 집착했다. 마치 토크쇼 출연이 배심원 의무라도 되는 듯 불참에 대한 정당한 사유를 대라고 했다. 나는 일요일 아침 토크쇼 출연이 심야 토크쇼 출연보다 책임감 있는 행동이라고 생각하지 않는다. 일요일 아침 9시에 텔레비전에 나와야만 미국 시민들과 소통하는 것이라고 생각하는 도시는 아마 워싱턴뿐일 것이다. 요일과 시간대가 뭐가 중요하단 말인가? 절대 그 주장에 동의할 수 없었다.

미국 국민들은 무슨 일이 일어나는지 알 권리가 있고, 그것을 알리는 것이 바로 우리의 의무다. 나는 국민들이 내게서 직접 이야기를 듣기를 원했다. 사태 직후 다음 날 아침 가장 먼저 공식 성명을 발표한 것도, 이틀 뒤에 앤드루스 공군기지에 간 것도 그 때문이었다. 이후 수주, 수개월간 나는 셀 수도 없을 만큼 여러 번 성명서를 발표하고 인터뷰와 기자회견을 가졌다.

다량의 공식 기록을 보면 수전이 말한 정보는 CIA가 처음 입수하고 승인한 것이었다. CIA가 작성해 배포한 보고서 초안에는 "현재까지 입수한 정보에 의하면 이번 테러 공격은 카이로 주재 미국대사관 밖 시위에서 처음 영감을 얻은 것 같다"라고 적혀 있었다. 이러한 평가는 백악관의 정치 참모에게서 나온 것이 아니라 정보기관 전문가들이 한 것이었다. 정보요원들은 민주당원과 공화당원을 모두 포함하는 안보 관련 하원 정보특별위원회를 위해 이 내용을 직접 작성했다고 한다. 또한 14일 금요일에 벵가지에 대한 보고를 들은 해당 위원회 소속 의원들은 데이비드 퍼트레이어스에게 비공개로 보고된 내용 중 텔레비전에 내보내도 되는 부분을 직접 물어보기까지 했다고 한다. 이 내용은 애초에 모든 정보를 자세하게 설명하기 위한 것이 아니라, 이미 브리핑을 받은 국회의원이 공식석상에서 이야기할 때 기밀이나 민감한 내용에 대해 발설하는 일이 없도록 도와주기 위한 것이었다. 이것을 작성한 정보요원 중 그 누구도 이틀 후 수전이 이 내용을 그대로 밝힐 것이라고는 생각하지 않았다. 이러한 오해는 사실과 논리에 반하는 여러 음모론 중 하나일 뿐이다.

의회 증언 도중 이와 관련된 질문을 여러 번 받았는데, 나는 이렇게 대답했다. "개인적으로 그 발언과 관련된 문제에는 신경 쓰지 않았습니다. 우리 국민들의 안전을 지키는 데 더 집중했죠." 몇몇 편향적 질문이 쏟아지면서 대화가 점점 열기를 띤 적이 있는데, 이때 내가 한 말이 앞뒤가 잘린 채 정치적인 목적으로 인용되기도 했다. 당시 내가 한 대답 전체를 되짚어볼 필요가 있을 것 같다.

> 의원님의 의견은 존중합니다만, 분명한 것은 네 명의 미국인이 목숨을 잃었다는 사실입니다. 한 번의 시위 때문에 벌어진 일일까요? 아니면 어느 날 밤 산책하러 나온 작자들이 미국인이나 좀 죽여볼까 하고 마음먹은 데서 비롯된 일일까요? 이 시점에서 그게 무슨 상관입니까? 무슨 일이 일어났는지 알아내고, 다시 같은 일이 되풀이되지 않도록 가능한 모든 예방조치를 취하는 게 우리의 임무입니다, 상원의원님. 자, 전 이번 사태에 관한 모든 질문에 최선을 다해 대답할 겁니다. 하지만 당시 많은 사람들이 실시간으로 가장 정확한 정보를 얻기 위해 노력하고 있었습니다. 현재 [정보기관들은] 보고 내용이 도대체 어떻게 작성되었는지 설명하기 위해 여러 위원회

와 조사 중이라고 알고 있습니다. 하지만 분명히 말씀드리건대, 제 소견으로는 습격자들의 동기를 캐내는 것보다 그들을 찾아내 재판에 회부하는 게 더 중요합니다. 그러면 그동안에 어떤 일이 벌어졌는지 밝힐 수 있겠죠.

이 비극을 끔찍하게도 정략적으로 이용했음을 보여주는 또 다른 예가 "이 시점에서 그게 무슨 상관입니까?"라는 내 발언을 많은 사람들이 벵가지의 비극을 축소했다고 편리하게 해석한 것이다. 물론 그건 내가 말한 뜻이 아니며, 원래 의도와는 거리가 먼 해석이다. 내가 한 말을 자신에게 유리하게 비튼 사람들도 그 사실을 알았겠지만 그저 무시했을 것이다. 내 말뜻은 간단했다. 만약 누군가 자기 집에 침입해 가족을 인질로 잡았다면, 침입자의 하루 일과를 알아내는 데 더 많은 시간을 할애하겠는가, 아니면 사랑하는 사람을 구해내고 다시는 그런 일이 일어나지 않도록 예방하는 데 집중하겠는가? 하지만 예의 그 사람들은 왜 질문에 대답을 못 하냐며 고장 난 전축처럼 같은 질문만 되풀이한다. 질문에 대답할 수 없는 것과 대답에 귀 기울이지 않은 것은 엄연히 차이가 있는데도 말이다.

대통령선거를 두 달 앞두고 선거유세가 막상막하의 접전을 벌이는 때에 미국인 네 명의 죽음이 정치적으로 이용되지 않으리라 믿은 내가 순진했는지도 모른다. 정치계는 사태의 맥락을 흐리고 많은 사실을 모호하게 했다. 돌이켜보면, 국무장관직의 가장 큰 장점은 4년 동안 당파적 정치가 업무에 거의 영향을 미치지 않았다는 사실이었다.

이 비극을 계속 정치적 수단으로 악용하는 것은 미국을 위해 봉사하다 목숨을 잃은 사람들의 희생을 헛되게 하는 짓이다. 나는 죽은 미국인의 시신을 짓밟고 벌어지는 정치적 난타전에 끼어들지 않을 것이다. 이는 명백한 잘못이고, 우리의 위대한 조국에 걸맞지 않은 행위다. 벵가지의 비극을 정략적으로 이용하려는 사람들은 앞으로도 나를 끌어들일 수 없을 것이다.

국무장관으로서 나는 세계 각국에서 근무하는 외교안보요원들과 알게 되었고, 그들의 봉사정신과 직업의식에 이루 말할 수 없이 감사했다. 내 경호팀을 이끈 요원 두 사람, 프레드 케첨Fred Ketchem과 그의 뒤를 이은 커트 올슨은 늘 침착했고 어떤 어려움에도 굴하지 않았다. 나는 이 두 사람에게 목숨을 맡겼다.

9월 11일 벵가지에 있었던 5명의 요원은 수적으로 크게 밀리는 상황에서도 영웅적으로 임무를 수행했고, 동료들을 보호하기 위해 자신의 목숨을 걸었다. CIA 기지가 박격포 공격을 받았을 때 심각한 부상을 입은 데이비드는 월터리드 의료센터에서 몇 달간 치료를 받았다. 나는 입원 중인 그에게 전화를 걸어 충분히 건강을 회복하면 그와 그의 동료들을 초대해 그들의 봉사를 제대로 기리고 싶다고 말했다.

2013년 1월 31일, 국무장관직에서 물러나기 이틀 전, 트리티룸은 다섯 요원의 가족과 친구들로 가득 찼다. 데이비드는 휠체어를 타고 만찬에 와주었고, 크리스의 가족도 요원들이 크리스를 보호하기 위해 힘써준 데 감사를 표하러 이 자리에 참석했다. 다섯 요원의 용기와 직업의식을 치하할 수 있는 것이 나에게는 영광이었다. 그날 국무부는 위대한 나라의 힘과 기백을 보여준 이들에게 영웅상을 수여했다. 지켜보는 이들의 눈에 눈물이 고였다. 이 시상식은 인간이 지닌 최고와 최악의 면을 보았던 벵가지 사태의 그 끔찍했던 밤을, 그리고 그와 닮은 11년 전 그날을 상기시켜주었다.

나는 벵가지의 일을 결코 잊지 않을 것이며, 그 일은 앞으로 미 외교관들의 임무 수행방식을 바꿔놓을 것이다. 하지만 우리는 크리스 스티븐스, 숀 스미스, 글렌 도허티, 타이론 우즈가 어떻게 죽음을 맞이했는지뿐만 아니라 어떤 삶을 살았는지도 기억해야 한다. 네 사람 모두 안전이 보장되지 않은 곳에서 조국을 위해 헌신했다. 그곳이야말로 미국의 이해와 가치가 가장 위기에 처한 곳이자 그들의 도움을 가장 필요로 하는 곳이었기 때문이다.

18

이란 : 제재와 협상

오만의 술탄은 상황을 극적으로 만드는 재주가 있었다.

우리는 아라비아 반도 끝에 위치한 오만의 수도 무스카트에 술탄이 직접 설계한 궁전에서 호화로운 점식식사를 하는 중이었다. 존 필립 수자John Philip sousa가 작곡한 〈자유의 종 행진곡Liberty Bell march〉의 귀에 익은 선율이 들려왔다. 길게 늘어진 로브에 허리춤에는 의식용 단도를 차고, 화려한 터번을 머리에 두른 카보스 술탄이 미소를 지으며 위를 올려다보았다. 일부는 막에 가려 보이지 않았지만, 위층 발코니에서 오만 왕립교향악단이 연주하고 있었다. 미국과의 관계를 소중히 여기고 음악을 사랑하며 40여 년의 통치 기간 동안 절대권력으로 오만을 근대화하는 데 힘쓴 기민하고 자애로운 지도자다운 연출이었다.

그날 술탄이 한 말은 이보다 더 극적이었다. 때는 바야흐로 2011년 1월 12일, 아랍의 봄이 중동의 지정학을 완전히 뒤엎어놓기 불과 며칠 전이었다. 나는 분쟁으로 몸살을 앓고 있는 오만의 남쪽 이웃국가 예멘을 다녀온 터였고, 이어 카타르에서 열리는 지역 컨퍼런스에서 경제적, 정치적 개혁

없이는 그들의 정권이 "모래 속에 가라앉아버릴 것"이라고 경고할 참이었다. 하지만 이날 술탄의 관심사는 오로지 이란뿐이었다.

이란의 불법 핵 프로그램을 둘러싼 교착상태가 날로 악화되면서 중동과 전 세계 안보에 긴박한 위협이 되고 있었다. 2009년 이후 오바마 행정부는 대화와 압박의 이중전략을 펴왔지만, 이란과 주요 6개국(P5+1, 유엔안전보장이사회 5개 상임이사국인 미국, 러시아, 중국, 영국, 프랑스에 독일을 포함)의 교섭에는 아무 진전이 없었다. 이스라엘이 이란의 핵시설을 공격해 파괴하는 식의 무력 분쟁이 일어날 가능성이 커졌다. 1981년 이라크, 2007년 시리아를 상대로 감행된 공격처럼 말이다.

"제가 도움이 되어드리지요." 술탄이 말했다. 그는 양측 모두가 공정한 중재자로 여기는 몇 안 되는 지도자 중의 하나였으며, 미국과 걸프 만 국가들, 그리고 이란과 긴밀한 유대관계를 유지하고 있었다. 술탄은 핵 문제를 해결하기 위해 미국과 이란의 비밀 양자회담을 주선하겠다고 제안하며, 이전에 이란의 신정정부와 대화를 시도하다 실패한 적이 몇 번 있었으나 이번에야말로 돌파구를 찾아낼 수 있을지도 모른다고 말했다. 물론 양측의 강경파들이 대화가 시작되기도 전에 초를 치지 못하도록 비밀 엄수가 무엇보다 중요했다. 그런데 과연 기꺼이 검토해볼 만한 제안일까?

생각해보면 이란 정부를 신뢰할 만한 이유는 하나도 없었고, 오히려 그들이 시간을 벌고 우리의 주의를 돌리기 위해 호시탐탐 기회를 노리고 있다고 믿는 편이 더 타당했다. 새로운 협상은 핵무기를 개발해 이웃 이스라엘과 세계를 위협하고자 하는 이란 정부의 목표 달성을 앞당기고 시간만 벌게 해줄 가능성이 있었다. 대화를 위해 우리가 조금이라도 양보하는 모습을 보이면, 이란 정부를 강력하게 제재하고 압박을 가중시키기 위해 국제사회의 합의를 이끌어낸 수년간의 조심스러운 노력이 물거품이 될 수 있었다. 하지만 한편으로는 술탄의 제안이야말로 갈등 상황이나 절대 있어서는 안 되는 이란의 핵무장을 막을 최고의 기회일 수도 있었다. 외교적 노력의 실패는 결국 이란과 그들에게 제재를 적용하고 시행하기 위해 지금까지 쌓아온 폭넓은 국제적 연합의 충돌로 이어질 것이었다.

═══

지금까지 일어난 일들을 감안하면 믿기 힘들겠지만, 이란은 냉전 시기에 미국의 동맹국이었다. '샤Shah'라고 불리는 이란의 군주는 1953년 민주적으로 선출된 친공산주의 성향의 정부를 전복시킨 쿠데타에 성공함으로써 왕좌에 올랐는데, 이 쿠데타는 아이젠하워 행정부의 지원을 받은 것이었다. 이는 냉전 시기에 미국의 전형적인 대처방식이었는데, 이 때문에 많은 이란인들이 미국에 원한을 품었다. 미국과 이란 정부가 25년 이상 유지해온 친밀한 관계는 1979년 시민혁명에 의해 전제군주가 타도되면서 끝이 났다. 이어 아야톨라 루홀라 호메이니Ayatollah Ruhollah Khomeini가 이끄는 근본주의 시아파가 권력을 잡고, 이란 국민들에게 이슬람공화국이라는 비전을 위한 신정주의 체제를 따르도록 강요했다. 이란 새 지도부의 반미 감정은 극에 달했으며, 미국을 '거대한 사탄'이라고 불렀다.

1979년 11월, 이란의 급진주의자들은 테헤란 주재 미국대사관을 급습하고 444일 동안 미국인 52명을 억류했다. 이는 가공할 만한 국제법 위반행위이자 미국에 큰 트라우마를 남긴 경험이었다. 나는 위기가 끝이 보이지 않을 만큼 오래 지속되는 가운데 리틀록에서 매일 밤 뉴스를 보며 인질들이 감금된 지 며칠이 지났는지 세던 것을 기억한다. 게다가 미군 구조대를 태운 헬기와 수송기가 사막에서 추락하고 미군 8명이 사망하며 사태의 비극을 더했다.

이란 혁명은 이후 수십 년간 국가 차원의 테러리즘이 지속되는 결과를 초래했다. 이란을 대표하는 단체인 이슬람혁명수비대와 헤즈볼라는 중동 전역과 세계를 상대로 수차례 공격을 감행했다. 1983년 4월 레바논의 베이루트 주재 미국대사관을 폭격해 미국인 17명을 포함해 63명이 죽었고, 같은 해 10월 미 해병대 막사를 공격해 미국인 241명이 죽었으며, 1996년에는 사우디아라비아의 쿠바르 타워를 폭격해 미국 공군 장병 19명이 사망하고 수백 명이 부상을 입었다. 이란은 또한 유대인과 이스라엘인을 겨냥한 테러도 자행했다. 1994년 아르헨티나 수도 부에노스아이레스에 있는 이스라엘문화원 폭파사건을 비롯하여, 85명을 죽이고 수백 명에게 부상을 입혔다. 국무부는 주기적으로 이란을 '가장 활동적인 테러지원국'으로 지정하고 폭격, 납치, 항공기 피랍 및 그 밖의 테러행위 관련 여부를 기록해왔다. 이란의 로켓과 자동화기, 박격포 또한 미군뿐 아니라 이라크와 아프가니스탄 내 미국 관계자와 민간인을 죽이는 데 사용되었다.

이러한 전례로 미루어보아 이란의 핵무장은 이웃 이스라엘과 걸프 만 주변국, 더 나아가서 전 세계 안보에 심각한 위협을 가했다. 이 때문에 유엔안전보장이사회는 2006년 이후 6개의 결의안을 채택한 뒤 이란에게 핵무기 프로그램을 중단하고 핵확산금지조약을 따르라고 촉구했다. 다른 180개 국가와 더불어 이란 또한 핵확산금지조약 서명국이었다. 이 조약에 따르면 평화적인 목적으로 핵에너지를 사용할 권리는 있으나, 기존 핵무기보유국은 핵무기를 축소하고 비보유국은 핵 개발을 포기해야 했다. 이란이 조약을 위반해 핵기술을 보유하면 먼저 이란의 정적인 수니파가 이끄는 중동 내 국가들에게, 이어 세계 전역에 핵무기 확산의 수문이 열리는 셈이다.

우리는 이란이 국제사회의 비난과 압력에도 불구하고 수년 동안 폭탄을 만드는 데 필요한 기술과 재료를 개발해온 사실을 알고 있었다. 2003년 초 이란은 우라늄 농축을 위한 원심분리기를 100여 개 소유했다. 농축우라늄과 플루토늄은 핵연료로 쓰일 수 있는 유일한 물질이다. 원심분리기는 엄청나게 빠른 속도로 회전하면서 우라늄을 폭탄 제조에 쓰일 수 있을 만큼 농축시키는데, 이 어렵고 정교한 과정에는 수천 개의 원심분리기가 필요하다. 이후 6년간 국제사회의 의견이 갈린 틈에 이란은 국제원자력기구International Atomic Energy Agency의 핵 사찰과 정보 공유 요구를 거부하며 계속해서 핵 프로그램을 확장해나갔다. 오바마 대통령이 취임할 무렵 이란은 이미 원심분리기 5,000개를 보유했다. 이란의 지도부는 핵 프로그램이 평화를 위협하지 않는 과학, 의학, 상업적 목적으로 쓰일 것이라고 주장해왔지만, 이란의 과학자들은 깊은 산중의 강화 방어설비를 갖춘 벙커에서 비밀리에 연구를 계속했다. 이 시설에서 생산되는 농축우라늄의 농도와 양은 이성적인 사람이라면 누구나 마땅히 이란의 의도에 의심을 품을 수준이었다.

1990년 말, 비록 짧은 시간이었지만 이란이 다른 길을 선택할 희망이 보인 적도 있었다. 1997년 이란 국민은 비교적 온건파에 속하는 모하마드 하타미Mohammad Khatami를 대통령으로 선출했다. 그는 미국 텔레비전과의 인터뷰에서 이란과 미국 사이에 놓인 "불신의 벽"을 허물고 싶다고 말했다. 클린턴 행정부는 쿠바르 타워 폭격사건의 여파로 경계를 늦추지 않았지만, 빌은 이슬람의 성월인 라마단을 끝내는 축제 이드 알피트르를 기념하는 영상메시지 촬영 중 이란을 언급하며("우리가 다시 이란과 친선관계를 누릴 날이 오기를 바랍니다") 신중하게 이란 대통령의 발언에 상응하는 입장을 취했다. 정부는 또한 미국과 이란 모두와 우호적 관계인 오만의 술탄을 통해 편지를 보내는 등, 이란과 대화를 시도하고자 수차례 외교적 촉수를 뻗어 그들의 의사를 타진했다. 2000년, 국무부 장관 매들린 올브라이트는 1953년 이란 쿠데타에 미국이 관여한 일에 대해 정식으로 사과하고 몇몇 경제적 제재를 완화하며 보다 더 공개적으로 화해의 손길을 내밀었다. 하지만 이란에서는 후속 행동이 없었는데, 부분적으로 이는 하타미 대통령을 압박하는 강경파 때문이었다.

이때 다져놓은 외교 기반 덕분에 하타미 대통령은 9·11 사태 이후 이란과 국경을 맞대고 있는 아프가니스탄에 주둔한 미국과 협력하려고 먼저 손을 내밀 수도 있었다. 하지만 2002년 부시 대통령이 연설 도중 이란, 이라크, 북한을 "악의 축"으로 명명했을 때 이란과의 대화 기회는 굳게 닫혀버렸다. 이후 유럽 국가들이 이란의 핵 프로그램을 둘러싼 협상을 주도했으나, 2005년 하타미가 물러나고 마무드 아마디네자드Mahmoud Ahmadinejad가 뒤를 이은 뒤에는 그마저도 무산되었다. 아마디네자드 대통령은 홀로코스트를 부정하고 이스라엘을 지도상에서 없애버리겠다고 위협하며 갈등을 부추겼고, 수시로 서방 국가를 모욕했다.

부시의 재임 기간 동안 나는 뉴욕 주의 상원의원으로서 이란 정부와 무장단체들에게 더 큰 압박을 가해야 한다는 입장을 고수했으며, 이란에게 제재를 가하고 혁명수비대를 테러리스트 조직으로 정식 지정하는 안건에 찬성표를 던졌다. "우리는 이란이 핵무기를 개발하거나 보유하도록 허락할 수 없으며, 해서도 안 된다"고 수차례 주장하기도 했다. 하지만 국제사회의 폭넓은 합의 없이 미국의 단독적인 제재는 이란의 행동을 억제하기에 역부족이었다.

2007년, 미국의 시사 잡지 〈포린 어페어Foreign Affairs〉에 기고한 글에서 나는 "부시 행정부는 이란과 핵 프로그램에 대해 대화하기를 거부하고, 잘못된 행동에 이의를 제기하기보다는 무시하는 쪽을 선택했다"고 주장했다. 그리고 "이란이 자신이 한 약속을 어기고 국제사회의 의견을 따르지 않을 가능성에 대비해 가능한 한 많은 선택안을 준비해야 한다"고도 했다. '선택안'이라는 포괄적인 단어는 군사행동의 가능성을 포함한다고 해석할 수도 있지만, 나는 우리의 첫 번째 선택은 외교여야 한다고 강조했다. 냉전의 한복판에서 수천 개의 미사일이 미국의 도시들을 겨냥하는 와중에도 소련과 협상할 수 있었던 미국 정부라면, 적절한 조건 아래 이란 같은 상대와 대화를 피할 이유가 없었다. 군사행동의 위협을 높이면서도 외교력과 인내심을 발휘하는 일은 세심한 수위조절을 필요로 했지만, 새삼스러운 일도 아니었다. 효과적인 외교정책은 언제나 채찍과 당근을 적절히 사용한다. 둘 사이의 균형을 찾는 것은 과학보다는 예술에 더 가깝다.

2008년 대통령 예비선거가 한창일 때, 나는 오바마 상원의원이 토론 도중 임기 첫해 안에 이란, 시리아, 베네수엘라, 쿠바, 북한의 지도자들과 "전제조건 없이" 만나겠다고 말하자마자 이의를 제기했다. 나는 다시 외교의 물꼬를 트고 이 국가들과 관계를 맺는 건 좋지만, 우리가 얻을 게 없다면 이들에게 세간의 이목을 끄는 정상회담이라는 보상을 약속하지 말라고 잘라 말했다. 이 발언에 오바마 진영은 내가 부시의 전철을 밟아 상대편과 대화를 일절 거부한다고 몰아붙였다. 이는 유권자들의 오해를 사기에 충분한 비난이었지만 원래 선거전이란 그런 법이다. 나는 또한 2008년 4월 이란 지도부에 내 눈앞에서 이스라엘에 핵 공격을 감행하면 미국은 곧바로 보복에 들어가 "이란을 말살해버리겠다"고 경고해 파문을 일으켰다. 이 발언으로 나는 이란 정부의 관심을 끌었으며, 이란은 유엔에 정식 항의서를 제출하기도 했다.

오바마 대통령이 국무장관직을 맡아달라고 부탁한 후 우리는 이란에 좀 더 효과적으로 접근할 방안을 논의하기 시작했다. 이란의 핵무기 개발을 막는다는 목표 자체는 단순할지 몰라도 이를 성취하는 길은 험난했다.

2009년 초 이란은 중동에서 새로운 세력으로 부상하는 듯했다. 미국이 주도한 이라크 침공으로 이란의 강적 사담 후세인이 최후를 맞이하고 그 자리에 이란과 뜻을 같이하는 시아파 정부가 들어섰다. 이 지역에서 미국의 세력과 위신은 땅에 떨어졌다. 2006년 레바논에서 벌어진 헤즈볼라와 이스라엘 간의 전투는 유혈이 낭자한 교착상태로 끝을 맺었고, 하마스는 2009년 1월 2주간 지속된 이스라엘 공습 이후 줄곧 가자 지구를 완전 장악하고 있었다. 걸프 만의 수니파 군주들은 이란이 군사력을 강화하고 세력을 넓혀가며 전략상 요충지인 호르무즈 해협을 장악하기 위해 위협을 가해오는 것을 두려움에 떨면서 지켜보았다. 한편 이란 내부에서 정부는 방해받지 않고 철권통치를 했고, 석유 수출로 큰 이득을 보았다. 아마디네자드 대통령은 싸울 기회만 노리는 공작처럼 세계무대를 활보했다. 하지만 실권은 이란의 최고지도자 아야톨라 알리 하메네이Ayatollah Ali Khamenei가 쥐고 있었다. 1989년 호메이니의 뒤를 이어 최고지도자 자리에 오른 그는 미국에 대한 증오를 거침없이 드러냈다. 강경파 혁명수비대 또한 이란 내에 막대한 경제적 부를 쌓고 상당한 세력을 키우고 있어, 이란은 겉으로는 성직자 지도부의 통치 아래 놓인 듯 보여도 실제로는 군부독재를 향해 가고 있었다. 나는 걸프 만 지역을 순방하는 동안 이러한 추세를 눈치채면서 또 한 차례 파문을 일으켰다.

이 험난한 정세에 맞서 오바마 대통령과 나는 이란 지도부가 명확한 선택을 할 수 있도록 대화와 압박을 적절히 사용하기로 결심했다. 이란이 조약상의 의무를 지키고 그들의 핵 프로그램이 국제사회에 끼친 불안을 해소한다면 미국과의 관계를 개선하고 그에 따른 이득을 볼 테지만, 만약 거부한다면 지금보다 더한 고립상태와 더욱 고통스러운 결과까지 맞이하게 될 것이었다.

오바마 대통령이 취한 첫 행동은 아야톨라 하메네이에게 새로운 외교 재개를 제안하는 두 통의 친서를 보낸 것이었다. 또한 이란 국민을 향한 영상 메시지를 촬영하기도 했다. 이 친서들에 내해 이란 정부는 10년 전 내 남편에게도 그랬듯 냉담한 반응을 보였다. 물론 새 미국 대통령이 대화를 제안한다고 해서 이란이 쉽게 태도를 바꿀 것이라고는 그 누구도 생각하지 않았다. 하지만 우리는 미국이 대화를 위해 노력하는 모습을 보이면 이란이 우리의 제안을 거절했을 때 더 강력한 제재를 강구할 명분이 주어진다고 믿었다. 다른 국가들은 미국이 아니라 이란이 비협조적임을 알게 될 것이고, 이란 정부에게 더 큰 압박을 가하도록 지지할 터였다.

우리가 이전에 모색한 방안은 아프가니스탄 문제를 두고 이란과 손을 잡는 것이었다. 2001년, 전쟁 초기에는 마약밀매를 막고 아프가니스탄을 안정화하기 위해 이란과 협력하는 문제를 실험적으로 논의해보기도 했으니 말이다. 하지만 이후 이란은 점점 더 건설적인 역할에서 멀어져갔다. 2009년 3월 말 유엔 주최로 헤이그에서 열리는 아프가니스탄에 대한 주요 국제회의를 앞두고, 그 회의에 이란을 초대하는 데 찬성할지 반대할지 고민했다. 나토 동맹국들과 상의 끝에 나는 곧 있을 회의를 "아프가니스탄에 이해관계가 있는 국가들이 모두 모인 대규모 회합"이라고 정의했다. 이 정의에 따르면 문은 이란에게도 열려 있었다. 만약 이란이 참석한다면 이 회의가 우리가 첫 대면하는 자리가 될 터였다.

이란 정부는 결국 헤이그로 외무부 차관을 보냈고, 그는 협력에 대해 긍정적인 메시지를 담은 연설을 했다. 나는 이란의 외무차관과 직접 만나지는 못했지만 제이크 설리번을 보내 이란이 아프가니스탄 문제에 직접적으로 관여할 가능성을 높일 수 있도록 대화해보라고 지시했다.

제이크는 또한 이란에 구금된 세 미국인의 석방을 요청하는 편지를 직접 전달했다. 세 사람은 퇴직한 전 FBI 요원 로버트 레빈슨Robert Levinson, 대학원생 에샤 모메니Esha Momeni, 이란인 아버지와 일본인 어머니 사이에서 태어난 미국 기자 록사나 사베리Roxana Saberi였다. 록사나는 2009년 1월, 내가 국무부 장관에 취임한 지 며칠 만에 간첩 혐의로 기소되어 테헤란에서 체포되었다. 단식투쟁, 그리고 미국 정부와 다른 이들의 집요한 로비활동 이후 록사나는 5월에 석방되었다. 그녀는 석방 직후 국무부로 찾아와 그간 겪었던 참혹한 시련을 내게 털어놓았다. 로버트 레빈슨은 여전히 수감상태다. 에샤 모메니는 보석으로 출소되었지만 출국을 금지당했고, 2009년 8월에야 미국으로 돌아올 수 있었다.

헤이그 회의에서 리처드 홀브룩은 공식 오찬 때 이란의 외교관과 간략하게 이야기를 나누었으나, 이란 정부는 이후 그 사실을 완전히 부인했다.

2009년 하반기에는 예상치 못한 사건이 계속해서 일어나 이란에 대한 국제적 논쟁을 극적으로 뒤바꿔놓았다.

먼저 이란의 대통령선거가 있었다. 6월에 아마디네자드가 대통령 당선자로 발표되었는데, 이 선거는 누가 봐도 완전히 조작되었거나 심각한 오류가 있었다. 곧 테헤란의 거리를 비롯해 이란 전역에서 수많은 군중이 모여 선거 결과에 대해 항의하기 시작했다. 이란의 중산층이 1979년 혁명이 약속했으나 현실화하지 못한 민주주의를 요구하고 나선 것은 분명 놀라운 장면이었다. 후에 '녹색운동'이라고 불리게 된 시위의 물결은 더욱 거세져갔다. 이란 국민 수백만 명이 체제에 대한 불만을 표명하고 심지어 정권교체마저 요구하며 거리로 나선 것은 전례 없는 일이었다.

이란 치안부대는 무자비한 폭력으로 대응했다. 평화적인 가두 시위를 벌이던 시민들은 무차별 곤봉 세례를 받고 일제히 붙잡혀갔다. 반정부 인사들도 일제 검거되어 심한 고문을 받았으며 몇몇은 목숨을 잃었다. 길거리에서 총살당한 젊은 여인의 영상이 전 세계를 공포에 질리게 했다. 폭력진압도 충격적이었지만, 최악의 인권 기록을 보유한 정권답게 언론 탄압 또한 거셌다.

오바마 행정부는 대응책 논의에 나섰다. 나는 시위가 점점 열기를 띠어가고 아직 정부의 탄압이 심하지 않던 무렵에는 "사태가 진행되는 양상을 예의주시하고는 있지만 다른 국가들과 다를 바 없이 우리도 이란 국민이 어떤 결정을 내릴지 기다리며 지켜보는 중"이며 "우리도 당연히 이란 국민의 진정한 의지와 바람을 반영한 결과가 나오기를 바란다"라고 선언했다.

이란 내 관계자들은 우리에게 가능한 한 말조심할 것을 당부했다. 미국이 시위자들을 지지하는 발언을 하거나 상황에 공공연하게 개입하려 들면, 이란 정부가 시위 자체를 외국 세력의 공작으로 치부할 수 있었다. 많은 정보 분석가들과 이란 전문가들도 이에 동의했다. 하지만 우리는 자리를 박차고 일어나 이란 국민들을 향한 지지와 이란 정부의 가혹한 태도에 대한 분노를 알리고 싶은 강한 충동을 느꼈다. 그것이야말로 민주주의적 가치관에 따라 미국이 수행해야 할 적절한 역할처럼 느껴졌다.

여러 의견을 듣고 나서 오바마 대통령은 이번 사태에 미국이 개입하지 않는 편이 이란 국민들의 염원에 더 도움이 될 것이라고 마지못해 결정했다. 이는 어렵고도 현실적인 전략적 결정이었다. 당시 일부 언론 논평가들은 오바마 대통령이 이란 정부에 맞서기보다는 그들과의 대화를 중시했기 때문에 그런 결정을 내렸다고 분석했는데, 그건 사실이 아니었다. 그 결정은 시위자들과 민주주의를 위해 옳다고 믿는 대로 행동한 것 그 이상도 그 이하도 아니었다. 국무부는 보이지 않는 곳에서 이란 내 운동가들과 꾸준히 연락을 유지했으며, 시위자들의 주요 연락수단이었던 트위터가 정기 점검으로 일시 폐쇄되지 않도록 비상 개입을 하기도 했다.

돌이켜 생각해보면 우리가 대응을 자제한 것이 옳은 선택이었는지 잘 모르겠다. 이란 정부가 녹색운동을 보는 것만으로도 고통스러울 만큼 무자비하게 탄압하는 것을 막지 못했으니 말이다. 미국이 좀 더 단호한 메시지를 보냈더라면 그러한 결과를 막기는커녕 오히려 재촉했을지도 모르지만, 지금에 와서 우리가 결과에 영향을 끼칠 수 있었을지 알 방도는 없다. 나는 좀 더 강경한 입장을 밝히고 다른 이들에게도 그렇게 하도록 종용하지 못한 것을 후회하게 되었다. 이란의 탄압 사태 이후, 나는 민주화 운동가들이 정부의 탄압과 검열을 피할 수 있도록 수단과 기술을 제공하는 데 더욱 힘쓰겠다고 다짐했다. 이후 수년간 우리는 수천만 달러를 투자해 전 세계 5,000명 이상의 운동가를 양성했다.

하메네이와 아마디네자드가 여전히 이란 정부를 장악한 9월, 또 다른 일촉즉발의 상황이 발생했다. 서방의 정보기관은 테헤란 남서쪽 콤이라는 도시의 산자락에 이란 정부가 비밀리에 건축 중인 한 우라늄 농축시설을 1년 넘게 감시하고 있었다. 이라크 내 대량살상무기에 관한 잘못된 정보로 크게 곤욕을 치른 후라 이란에 관해 성급한 판단을 내리지 않도록 모두가 신중에 신중을 기했지만, 매우 우려스러운 상황이었다. 이 우라늄 농축시설은 완공을 몇 달 앞둔 상태였고, 만약 완공된다면 보안상 유리한 위치 덕분에 이란의 핵폭탄 제조 능력을 강화시킬 터였다. 이란은 우리에게 농축시설의 존재를 들켰음을 알아채고는 허둥지둥 은폐 공작을 꾸몄다. 2009년 9월 21일, 국제원자력기구에 조심스레 서한을 보내 사실은 콤 근처에 이전에 미처 밝히지 못한 소규모 시범시설을 짓는 중임을 재빨리 알린 것이다.

결국 우리 손으로 진실을 밝히기로 결심했다. 그 주에 세계 각국의 지도자들은 매년 열리는 유엔총회를 위해 뉴욕에 집결할 예정이었다. 우리는 이란의 비밀 우라늄 농축시설을 폭로해 큰 논란이 일면 우리에게 유리해질 거라고 생각했다. 오바마 대통령은 핵안보 사안이 회부된 안전보장이사회 회의에서 의장을 맡았는데, 주요 6개국의 협상자들은 이란에 관해 새로운 회담을 가질 참이었다. 우리는 동맹국 영국과 프랑스와 함께 이란, 그리고 이란의 변명을 믿어줄 가능성이 있는 나라들(러시아나 중국 등)을 상대로 어떤 식으로 정보를 공개해야 영향력이 최대가 될지 세심하게 계획했다. 잘만 된다면 이번 폭로로 외교 정세를 이란에게 불리한 쪽으로 일변시키고 이란에 더욱 강력한 제재를 가하는 데 도움을 얻을 수도 있었다.

월도프 아스토리아 호텔 내 오바마 대통령의 스위트룸에서 우리는 전략을 짜기 위해 한자리에 모였다. 한 가지 방법은 오바마 대통령이 안전보장이사회 앞에서 콤의 우라늄 농축시설에 대해 극적으로 프레젠테이션을 하는 것이었다. 하지만 이는 그와 유사한 두 가지 기억을 떠오르게 했다. 바로 쿠바 미사일 위기 당시 유엔 주재 미국대사 애들레이 스티븐슨Adlai Stevenson과 소련대사 간에 벌어졌던 유명한 논쟁이나, 전 국무부 장관 콜린 파월이 이라크의 대량살상무기에 관해 한 악명 높은 프레젠테이션이었다. 둘 다 되풀이하고 싶지 않은 선례였다. 우리는 또한 사전에 동맹국들과 완전히 입을 맞추고 국제원자력기구와 러시아, 중국에게 미리 사실을 밝히고 싶었다. 따라서 유엔총회에서 공개하지는 않기로 결론 내렸다.

9월 23일 오후, 나는 오바마 대통령과 제임스 존스 국가안보 보좌관과 함께 러시아의 드미트리 메드베데프 대통령, 러시아 외무부 장관 세르게이 라브로프, 러시아 국가안보 보좌관 세르게이 프리호드코Sergei Prikhodko와 약 한 시간 동안 면담을 가지며 이란 내 우라늄 농축시설이 존재한다는 증거를 보여주었다. 그해 봄 런던에서 처음 양국의 대통령이 만났을 때 메드베데프 대통령은 러시아가 그간 이란의 핵 프로그램을 과소평가했음을 인정했으나, 이란의 기만행위에 대한 새로운 정보는 역시 러시아에 크나큰 충격을 안겨주었다. 국무장관으로 일한 4년 동안 강철 같은 라브로프 장관이 당황해서 할 말을 잃은 모습을 본 것은 그때가 유일했다. 면담 이후 메드베데프 대통령은 이란에 대해 그 어떤 때보다 단호한 발언을 해서 언론을 놀라게 했다. "제재가 생산적인 결과를 가져다주는 경우는 드물긴 하지만 제재가 불가피한 때도 있는 법이죠." 기자들은 러시아의 입장이 눈에 띄게 바뀐 데 대해 백악관 직원들을 붙들고 질문을 퍼부었지만 우리는 아직 콤의 우라늄 농축시설을 대중에게 알릴 준비가 되어 있지 않았다.

발표 계획은 이틀 뒤, 유엔총회에 참석했던 지도자들 다수가 모습을 드러낼 피츠버그의 G20 정상회의에서 농축시설의 존재를 알리는 것으로 가닥이 잡혔다. 때가 되자 오바마 대통령과 고든 브라운 영국 총리, 니콜라 사르코지 프랑스 대통령이 나란히 연단 앞에 섰다. "이 시설의 규모와 형태는 평화적인 목적의 프로그램에 부합하지 않습니다." 오바마 대통령이 선언했다. "이란은 모든 국가가 따라야 할 규정을 위반했습니다."

사태는 빠르게 진전되었다. 10월 1일 주요 6개국의 외교관들은 제네바에서 이란의 대표단과 만났다. 나는 미국 대표로 빌 번스 국무부 차관을 보내 이란의 대표단과 은밀히 면담을 가지라고 지시했다. 국제사회의 압력이 거세지는 가운데 이란은 국제원자력기구의 조사관이 콤 근처의 비밀 시설을 방문하는 것에 동의했고, 한 달 내에 조사가 이루어졌다.

제네바 핵 협상에서 다룰 또 다른 안건에는 테헤란 실험용 원자로가 있었다. 이것은 1960년대에 미국이 이란에게 질병의 진단과 치료를 위한 의료용 동위원소를 제조하라고 기증한 것이었다. 2009년 여름 내내, 이란은 원자로를 작동시키고 동위원소를 생산할 핵연료봉이 바닥났다고 보고했다. 이란은 저농축 우라늄을 보유했으나 핵연료봉을 만드는 데는 고농축 우라늄이 필요했으므로 국제원자력기구에 국내시장의 연료 수요를 충족할 수 있게 해달라고 요청했다. 국무부 특별보좌관 로버트 아인혼Robert Einhorn을 비롯한 미국의 핵 전문가들은 이 소식을 듣고 모든 문제를 한 번에 해결할 창의적인 계획안 마련에 착수했다. 이란이 대량 비축해놓은 저농축 우라늄의 전체 혹은 상당 부분을 해외로 보내고, 실험용 원자로를 작동시킬 수는 있으나 핵폭탄의 재료로는 쓰일 수 없는 핵연료봉을 주면 어떻겠는가? 그렇게 하면 이란의 정당한 요구사항을 들어줄 수 있을 뿐만 아니라 핵 프로그램을 수개월에서 1년까지 지연시킬 수 있을 터였다. 만약 이란이 제안을 받아들이면 우리는 핵 프로그램에 대한 우려를 잠재울 보다 포괄적인 합의안을 마련할 시간을 얻게 된다. 만약 이란이 거절한다면 그들의 진짜 의도가 만천하에 드러날 것이었다. 그해 8월에 나는 이 아이디어를 러시아의 라브로프 장관과 논의하고, 이란의 저농축 우라늄을 해외로 내보내면 중동지역의 긴장상태가 완화될 것이라고 주장했다. 나는 미국과 러시아가 협력해 결속력을 과시한다면 이란도 어떻게든 응할 수밖에 없으리라 기대했다. 그는 내 말에 동의했다. "우리는 이란의 요구사항을 진지하게 고찰해 보아야 합니다. 우리는 당신이 제안한 아이디어의 원칙에 동의하며 협력할 준비가 되어 있습니다."

이제는 제네바 회담에서 이 제안을 상정하고 이란이 어떻게 반응할지 지켜볼 시간이었다. 점심시간 도중 번스는 핵 협상단 수석대표 사에드 잘릴리Saeed Jalili에게 따로 만나 이야기하자고 제의했다. 그가 동의하자 번스는 우리 측의 제안 조건을 밝혔다. 잘릴리 수석대표는 이 제안에 국제사회의 단합된 뜻이 담겨 있으며 명백히 공정하고 타당한 조건임을 이해했고, 제안을 받아들일 수밖에 없었다. 이후 아인혼과 이란의 부수석대표는 자세한 사항을 하나씩 논의했다. 이란 대표단은 모든 조항에 동의했으나 한 가지 조건을 걸었다. 대표단이 테헤란에 돌아가 지도부에게 합의 내용을 보고하기 전에는 그 어떤 사실도 공표되어서는 안 된다는 것이었다.

그런데 그달 말 협상자들이 빈에 있는 국제원자력기구 본부에서 다시 모였을 때, 이란 대표단은 완전히 태도를 바꾸었다. 이란 정부 내 강경파의 완강한 반대에 부딪혀 일이 잘 풀리지 않은 것이다. 이제 이란 대표단은 소량의 저농축 우라늄을 기꺼이 포기하겠지만, 해외로 내보내지는 않고 이란 내 외딴 지역에 보관하겠다고 했다. 받아들일 수 없는 제안이었다. 이는 핵폭탄 제조에 필요한 농축우라늄 보유를 막는다는 애초의 목적에 완전히 반하는 것이었다. 국제원자력기구는 원래의 합의사항을 따를 것을 촉구했으나 아무 소용도 없었다. 빈 회담은 실패로 끝났고, 합의는 물거품이 되었다.

오바마 대통령이 대선에서 공약한 대로 우리는 이란과 대화를 시도했다. 이제는 더 큰 압박을 가하고 이란의 지도부에게 보다 명확한 선택안을 제시할 차례라고 오바마 대통령은 결정했다. 하지만 실질적인 결과를 얻으려면 다른 국가들의 도움이 간절했다.

유엔 주재 미국대사 수전 라이스는 안전보장이사회에서 강경한 결의안에 찬성표를 던질 국가를 찾기 힘들 것이라고 보고했다. 타국 국무장관들의 의견도 같았다. "지금은 이란에 대한 제재안을 논할 때가 아닌 것 같습니다." 중국 양제츠 외교부장이 2010년 1월 내게 말했다. "일단 제재안이 의사일정에 포함되고 나면 한동안은 같은 안건에 관한 회담을 재개하기 어려울 텐데요." 중국과 러시아는 이란이 핵무기를 개발하거나 보유해서는 안 된다는 원칙에는 동의했지만, 이를 막기 위해 조치를 감행할 마음은 없었던 것이다.

하지만 정세가 우리에게 유리하게 돌아가고 있는 지금이야말로 이러한 저항을 이겨내고 안전보장이사회에 새로운 제재안을 밀어붙일 기회였다. 2010년 봄 내내 우리는 찬성표를 모으기 위해 두 팔을 걷어붙였다. 나 또한 이 일에 혼신의 힘을 기울였다. 이때 쏟아부은 광범위한 외교적 노력은 상원의원 시절 주요 법안을 통과시키기 위해 비밀리에 행해지던 협상, 즉 홍정, 협박, 편 가르기, 도덕적 원칙과 개인적 이해관계에 대한 교묘한 호소와 강경 정치술을 연상시켰다.

보통은 어떤 결의안에 거부권을 행사할 수 있는 안전보장이사회 5개 상임이사국에게 주의가 집중되는데, 사실 이사회에는 10개 비상임이사국도 있다. 이들은 2년을 임기로 하며 총회에서 선출된다. 결의안이 채택되려면 모든 상임이사국이 거부권을 행사하지 않고 총 15개 이사국 중 9개국이 찬성표를 던져야 한다. 따라서 우간다나 레바논처럼 작은 비상임이사국 또한 매우 중요했다. 내가 임기 4년 내내, 일반적으로는 국제정세에 큰 영향을 미치지 못하지만 결정적인 때에 큰 도움을 줄 수 있는 토고 같은 국가들과 공들여 관계를 맺어온 것도 그 때문이었다.

소극적인 이사국들에게서 9개의 찬성표를 얻어내는 것은 보통 까다로운 일이 아니었다. 당시 영국의 외무장관 데이비드 밀리밴드는 수차례의 전략회의 도중 중국이 거부권을 행사하지 않도록 설득하는 것만으로 충분하지 않다고 지적했다. 부동표를 끌어오려면 중국의 확고한 지지가 필요했다. "지금까지 파악한 찬성표 수로는 결과가 불확실합니다. 중국이 기권하면 나이지리아, 우간다, 브라질, 터키의 표도 잃을 수 있어요." 나 또한 나름대로 투표 결과를 계산했고, 우간다나 나이지리아의 표를 잃을 것이라고는 생각지 않았지만 브라질과 터키의 표에는 확신이 없었다. "게다가 중국이 기권한다고 해도 러시아가 변함 없이 찬성표를 던지리라는 보장은 없어요." 데이비드가 덧붙였다. "러시아는 우리 편에 설 거라고 믿습니다. 하지만 결의안의 힘이 좀 약해질지도 모르죠." 내가 대꾸했다. 이렇게 회담은 계속되었다.

4월 중순에 나는 우간다의 요웨리 무세베니Yoweri Museveni 대통령을 설득하려고 노력했다. 이란은 새 제재안 통과를 막기 위한 외교 반격의 일환으로 다음 날 아마디네자드를 우간다에 보낼 예정이어서 반드시 우리가 무세베니 대통령의 찬성표를 먼저 확보해야 했다. 다행히 나는 처음 우간다를 방문한 1997년부터 그와 알고 지냈고 이후에도, 우리 부부는 그와 연락의 끈을 놓지 않았다. 나는 그에게 오바마 행정부가 그간 이란과 대화하려고 시도했다는 사실과, 최근 국제사회가 이란에게 한 선의의 제안조차 거절당했음을 상기시켰다. 이란은 모든 간청을 거절하고 국제사회의 뜻을 무시하며 계속해서 고농축 우라늄을 생산해왔다. 나는 또한 외교적 해결에 실패하면 결국 그 누구도 원치 않는 군사행동으로 이어질 수도 있다고 경고했다. 이는 아직 결정을 내리지 못한 이사국들을 설득하는 데 효과적인 주장이었다. "이란에게 강력한 메시지를 전하고 태도를 바꾸기에 아직 늦지 않았음을 보여주기 위해 우간다와 협력하고 싶습니다." 나는 말했다.

무세베니는 매우 신중했다. 그가 입을 열었다. "아마디네자드에게 두 가지만 말하겠습니다. 첫째, 우리는 모든 국가가 전력 생산을 비롯한 평화적 용도를 위해 원자력을 사용할 권리를 옹호한다는 것. 그리고 둘째, 핵무기 확산에는 전적으로 반대한다는 것. 이것이 환영만찬을 위해 써놓은 연설문의 요점입니다. 아마디네자드에게 숨길 것이 없다면 핵 사찰에 응하라고 권하겠습니다." 나는 요점을 밀어붙였다. "전문가들에게 이란 관련 문제점을 서술해놓은 국제원자력기구의 보고서를 검토해보라고 하세요. 분명 의구심이 드실 겁니다." 그가 대답했다. "저도 압니다. 이란이 핵무기를 손에 넣으면 사우디아라비아와 이집트도 똑같이 따라할 수밖에 없겠지요. 그러면 우리도 직접적인 위협을 받을 테니, 이란을 지지할 수는 없습니다. 아마디네자드 대통령과 솔직하게 논의해보겠습니다." 결국 우간다는 제재에 찬성표를 던졌다.

밀리밴드가 정확히 예상했듯이 중국의 표가 관건이었다. 만약 중국을 우리 편으로 끌어올 수만 있다면 나머지 이사국들도 자연스럽게 따라올 터였다. 당시 뉴욕에서는 수전 라이스와 그녀의 팀이 다른 대표단들과 함께 제재 결의안 문안을 다듬고 있었다. 중국과 러시아는 계속해서 결의안의 조항을 완화하려고만 했다. 우리는 어느 정도 타협은 했지만 무의미한 결의안을 통과시키는 건 아무런 의의가 없다고 보았다. 4월에는 오바마 대통령이 핵안보 정상회담을 위해 세계 각국의 지도자들을 워싱턴으로 초청했다. 그는 이 기회에 중국 후진타오 주석과 이란 문제를 논의할 계획이었다.

나는 두 정상이 메인 컨벤션센터가 있는 층과 떨어진 협실에서 벌이는 토론을 주의 깊게 들었다. 중국은 이란 정부와 폭넓은 상업적 유대관계를 맺었으며, 급성장하는 중국 산업은 이란의 석유에 의존했다. 후진타오 주석은 이란이 핵무기를 손에 넣어서는 안 된다는 사실에는 동의하면서도 너무 공격적으로 느껴지는 조항에는 조심스러운 태도를 보였다. 마침내 두 정상은 말뜻은 명확히 하지 않은 채 "실질적인" 조치를 취하는 데 동의했다.

얼마 지나지 않아 나는 중국 다이빙궈 외교 담당 국무위원과 만나 다시 한 번 합의사항을 논의했다. 중국은 아직까지도 제재 결의안 초안의 중요한 요소, 특히 이란의 불법 핵 활동과 직접적으로 연계된 재정과 금융활동에 관한 의미심장한 조치에 반대했다. "중국이 예전보다 협조적이긴 하지만 후진타오 주석과 오바마 대통령의 대화로 미루어 짐작한 우리의 기대 수준에는 못 미치는군요." 나는 다이빙궈에게 말했다. "중동에서 커지고 있는 분쟁의 위험을 줄이고 정치적 해결책을 마련할 기회를 얻으려면, 의미 있는 결의안을 내놓고 신속하고 결속력 있게 행동해야 해요." 나는 국제적 단합의 실패와 해결 의지의 부족이 중국이 추구하는 이익, 즉 중동의 안정 유지, 유가 안정, 세계경제 회복 등에도 악영향을 미칠 것이라고 말했다. "통제불가능한 상황을 반드시 막아야 합니다." 나는 덧붙였다.

다이빙궈 또한 현 상황이 불만족스럽다는 사실을 인정했으나 미래에 대해서는 낙관적 견해를 표명했고, 그때는 나도 그의 말에 동의했다. 우리는 중국과 러시아에 대해 이야기하며 의견차를 좁혀나갔다. 역사상 가장 강경한 제재방안을 마련할 날이 멀지 않았다는 느낌마저 들었다.

그렇게 목표 달성이 눈앞에 보이기 시작할 때 갑자기 예상치 못한 상황이 발생했다. 2010년 5월 17일, 테헤란에서 열린 기자회견에서 브라질, 터키, 이란 대통령은 이란의 저농축 우라늄을 핵연료봉과 교환하는 데 합의를 보았다고 득의만만하게 선언했다. 겉으로 보기에 이 합의 내용은 이란이 지난 10월에 거절했던 제안과 비슷했지만, 사실상 심각한 결함을 안고 있었다. 이란은 지난 10월 이후 수개월 동안 우라늄 농축을 계속해왔다. 따라서 예전에 우리가 요구한 양의 우라늄을 해외로 반출해도 상당한 양의 우라늄이 국내에 남았던 것이다. 또한 10월에 우리가 제안한 바와 달리, 이번 합의에 따르면 이란은 해외로 반출한 우라늄의 소유권을 유지하게 돼 있고, 원한다면 언제든 돌려받을 수 있었다. 가장 우려스러운 사실은 이란이 계속해서 고농축 우라늄을 생산할 권리를 선언했음에도, 이 새로운 합의 어디에도 생산을 중단하거나 국제원자력기구나 주요 6개국과 이 문제를 논의하겠다는 조항이 없다는 사실이었다.

한마디로 말해, 이번 합의는 이란이 실험용 원자로를 작동하는 데 필요한 핵연료봉을 제공받게 해주었지만 불법 무기 프로그램에 대한 국제사회의 우려는 해소하지 못했다. 합의 사실 공표 시기로 미루어보아 이는 안전보장이사회에서 강경 제재안이 채택되는 것을 저지하려는 이란의 술수임이 분명했다. 그리고 이란이 원하는 바를 이룰 가능성은 꽤 높았다.

2009년 10월 합의가 무산된 이후 터키와 브라질은 다시 한 번 협상을 시도하자고 목소리를 높여왔다. 비상임이사국인 두 나라 모두 세계무대에서 더 큰 영향력을 행사하려고 열심이었다. 이들은 이른바 '신흥 세력'의 전형적인 예로, 급속한 경제성장을 토대로 지역과 세계에서 영향력을 높이려는 큰 야심을 품고 있었다. 브라질의 루이스 이나시우 룰라 다 시우바 대통령과 터키의 레제프 타이이프 에르도안 총리 둘 다 의지만 있으면 역사의 흐름도 뒤바꿀 수 있다고 믿는 자신만만한 행동파여서, 일단 이란 문제를 중재하겠다고 마음먹은 이상 이들을 만류할 방법은 거의 없었다. 그 결과가 미적지근하고 심지어 역효과만 불러일으킨다고 해도 말이다.

미국을 비롯한 상임이사국들은 브라질과 터키의 행보에 조심스러운 반응을 보였다. 우리를 수차례 기만한 전례가 있는 이란이 자국의 핵 프로그램을 보호하고 그에 반대하는 국제사회의 결속력을 약화시키는 데 브라질과 터키의 선의를 악용할지도 모른다는 우려 때문이었다. 이란 정부가 우라늄 농축을 멈출 의도가 전혀 없음이 분명해지고, 애초 예상과는 달리 우라늄을 한 번에 선적하는 대신 소량씩 나누어 보내겠다고 제안하자 우리의 불안감은 증폭되어갔다. 시간이 지나면서 그것은 이란이 핵폭탄 제조에 충분한 원료를 항상 보유하게 됨을 의미했다.

2010년 3월 초 룰라 대통령을 만나기 위해 브라질리아를 방문했다. 나는 이번 협정이 불러올 좋지 않은 결과를 설명하고 체결을 포기하라고 설득했지만, 룰라 대통령은 뜻을 꺾지 않았다. 그는 이란이 시간을 벌려고 한다는 내 견해에 반대했다. 브라질 방문 중에 나는 공개적으로 말했다. "협상의 문은 열려 있습니다. 한 번도 닫힌 적이 없어요. 하지만 저 멀리에서조차 문을 향해 걸어오는 이를 찾아볼 수가 없군요." 그리고 말을 이었다. "이란은 브라질과 터키, 중국의 문을 두드리고서는 국제적인 세재를 피하기 위해 각기 다른 이야기를 늘어놓고 있습니다."

오바마 대통령은 4월 룰라 대통령에게 편지를 보내 다시 한 번 우려를 표명했다. "이란은 서로에게 신뢰와 확신을 줄 행동은 거부하면서도 상황에 유연하게 대처하는 듯한 인상을 주는 전략을 추구하는 것으로 보입니다." 그는 터키의 에르도안 총리에게도 같은 메시지를 전달했다. 한편, 이란은 우라늄 농축을 계속하겠다고 선언하며 우리 측 주장에 신빙성을 더해주었다. 그들의 목표는 오로지 유엔의 제재 움직임을 틀어지게 하는 것으로 보였다.

룰라 대통령이 테헤란 방문을 준비하는 동안, 나는 브라질 외무장관 세우수 아모링에게 전화를 걸어 현 상황을 정면으로 직시하고 이란의 "교묘한 술책"에 속지 말라고 당부했다. 하지만 그는 이 방문에서 좋은 결과가 있을 것이라고 자신했다. 마침내 나는 격분한 나머지 이렇게 외쳤다. "이런 상황에 종지부를 찍어야 합니다. 언젠가는 심판의 날이 오겠죠." 아모링은 이란이 미국보다는 브라질, 터키와 협정을 맺는 편을 선호하지 않겠냐고 주장했다. 나는 그 만남에서 긍정적인 결과가 나올지 의심스러웠고, 하필 유엔에서 중국, 러시아가 새로운 제재 결의안의 세부조항에 마침내 동의하려 하는 이 예민한 시기에 회담을 하는 것이 걱정스러웠다. 러시아나 중국이나 새 결의안을 그다지 달가워하지 않았으며, 이번 일에서 발을 빼고 이란에게 좀 더 시간을 줄 기회가 생기면 단번에 그것을 수용할 태세였다.

룰라, 에르도안, 아마디네자드가 협정을 맺었다는 소식을 듣자마자 가장 먼저 든 생각도 그것이었다. 아모링 장관의 기자회견에서 이러한 우려는 현실화되었다. "이번 협정으로 대화의 문이 열렸으며, 제재를 가할 명분은 이제 없습니다." 그는 말했다. 브라질과 터키의 외무장관은 이후 회담에서 내게 협정이 가져다줄 이득을 설명하며, 18시간 동안 이어진 협상 과정이 얼마나 고됐는지, 그러나 결국에는 얼마나 큰 성과를 올렸는지 자랑을 늘어놓았다. 그들은 자신들이 이룬 업적이 그토록 회의적인 반응을 부른 사실에 진심으로 놀라는 듯했다. 하지만 나는 이란이 말이 아닌 행동을 보여주길 원했다. "미국 속담에 증거는 푸딩 안에 들어 있다는 말이 있습니다. 먹어보지 않으면 모르는 거지요." 나는 아모링에게 말했다. 그러자 그가 대꾸했다. "물론 푸딩을 맛보는 일이 중요하다는 건 압니다. 하지만 그러려면 스푼을 꺼내고 푸딩을 입에 넣을 시간이 있어야 하지 않겠습니까." 나는 말했다. "이 푸딩은 벌써 1년 넘게 식탁에 놓여 있었단 말입니다!"

상대방이 새로운 수를 내놓은 국면에서 과연 제재 결의안을 밀어붙일 수 있을까? 이 질문이 무엇보다 시급했다. 중국과 러시아는 원칙적으로 우리와 뜻을 함께한다고 동의했고, 테헤란에서의 기자회견 이후 나는 이에 대한 발표를 서둘렀다. 하지만 뉴욕에서 개표가 이루어지기 전까지는 아무것도 확실치 않았다. 중국 정부가 이란-브라질-터키 협정을 환영하는 성명서를 조심스럽게 발표했을 때 나는 중국의 마음이 흔들리고 있음을 감지했다. 며칠 뒤 중국으로 날아가 지도부와 고위급 회담을 가지기로 예정된 것이 천만다행이었다. 이 회담에서는 북한과 남중국해 문제를 비롯해 이란 문제가 주요 안건으로 다뤄질 예정이었다.

중국 영빈관 댜오위타이에서 만찬을 즐기며 다이빙궈와 오랫동안 각 의제를 논의했다. 나는 브라질과 터키가 체결한 협정에 이의를 제기했으며, 콤에서의 기만행위를 비롯한 이란의 오랜 이중 거래 전력을 상기시켰다. 나는 남은 문제를 제재 결의안으로 해결해야 할 때라고 말했다. 언제나 그렇듯 다이빙궈는 신중하면서도 단호한 태도를 보이며, 역사적 흐름과 실리를 모두 고려했다. 중국은 극단적인 상황을 제외하고는 국제사회가 한 국가에 직접 처벌을 가하는 데 회의적이었고, 이번 제재로 자국의 상업적 이해관계에 타격을 입는 것도 원치 않았다. 게다가 1년 전 북한에 더 강력한 제재안을 채택할 때도 같은 과정을 되풀이한 적이 있어 중국은 이번 제재 결의안이 더더욱 못마땅할 수밖에 없었다. 나는 여러 해 동안 겨우 두 번째로 같은 일이 되풀이되는 것이니 한 번만 더 참아달라고 간곡히 청했다.

나는 다이빙궈에게 중국 입장에서 가장 중요한 것은 중동의 안정이 유지되어 석유를 안정적으로 수입하는 것임을 상기시켰다. 이번 제재가 유엔에서 통과되지 못하면 중동에서 군사적 대립이 발생할 가능성은 여전히 남게 될 것이다. 그러면 석유 가격이 치솟고 세계경제는 막대한 손해를 입는다. 반대로 중국이 이란과 상업적 교류를 줄인다면, 다른 에너지 공급자를 찾도록 미국이 도와줄 수도 있었다. 회담이 막바지에 이르자 나는 직설적으로 말했다. "이는 우리에게 중요한 문제입니다. 오바마 대통령과 후진타오 주석이 약속한 대로 협조적인 관계를 맺으려면 중국은 안보리에서 우리 편에 서야 해요."

만찬이 끝나갈 무렵에는 일을 다시 정상궤도에 올려놓았다는 확신이 들었다. 나는 이 논의의 결론을 이후 며칠간 후진타오 주석과 원자바오 총리에게도 확고히 심어주었다. "우리는 중국의 협조에 깊이 만족합니다. 주요 6개국도 모두 이번 제재안을 지지합니다." 나는 베이징 회담 이후 이렇게 발표했다. 이제 남은 일은 세부조항을 논의하는 것뿐이었다. "국제사회는 1주일 전 이란, 브라질, 터키가 협정을 체결한 것은 안보리가 곧 수주간 교섭해온 제재안을 공개할 예정임을 알았기 때문이라고 생각하고 있습니다. 안보리의 제재를 피하기 위한 뻔한 수작이었던 겁니다."

투표는 6월 9일 뉴욕에서 열리기로 결정되었다. 수전과 그녀의 팀은 여전히 중국 관계자들과 제재 대상 기업 및 금융기관에 대해 논의 중이었으며 우리는 비상임이사국들을 우리 편으로 끌어오려는 노력에 더욱 박차를 가했다. 우리는 최소한 반대보다는 기권이라도 해주기를 바랐다.

한편 나는 페루 리마에서 열리는 미주기구 회의에 참가해야 했는데, 이는 의외의 행운을 안겨주었다. 마침 미국 주재 중국대사 장예쑤이張業遂 또한 미주기구 회의에 참가하러 리마에 있어서, 내가 묵고 있던 호텔로 초대해 함께 술을 마셨다. 결의안의 조항에 대해 완전히 합의를 볼 절호의 기회였다. 리마의 J. W. 메리어트 호텔은 코스타베르데 절벽 위에 자리해 태평양의 멋진 풍광이 내다보였다. 장예쑤이 대사가 도착했을 때 얘기하기에 적당한 조용한 바로 그를 이끌었다. 나는 당시 국무부 기자단과 함께 있었는데, 기자들은 바에서 페루 술과 라임주스, 달걀흰자, 비터를 섞은 페루에서 가장 인기 있는 칵테일인 피스코 사워를 즐기고 있었다. 그들 중 누구도 코앞에서 외교협상이 벌어지고 있음을 눈치채지 못했다. 어느 순간 활기 넘치는 〈뉴욕타임스〉의 마크 랜들러Mark Landler 기자가 피스코 사워 두 잔을 들고 우리 테이블로 다가왔다. 효과적이면서도 즐거운 외교는 없다고 누가 말했는가? 나는 미소로 답하며 잔을 받아들었다. 장예쑤이 대사도 정중히 잔을 받았다. 그렇게 페루산 칵테일을 마시며 우리는 제재 대상을 최종 결정했다.

유엔안전보장이사회는 결의안 1929호를 찬성 12표, 반대 2표로 통과시켰다. 이 결의안은 이란에게 역사상 가장 엄중한 제재를 가했으며, 혁명수비대, 무기 판매, 금융 거래를 제재 대상으로 삼았다. 자신들의 외교 책략이 실패해 기분이 상한 터키와 브라질만이 반대표를 던졌다. 바이든 부통령과 저명한 레바논계 미국인인 레이 라후드Ray LaHood 교통부 장관과 함께 마지막 순간에 레바논을 설득해 기권표를 얻어냈다. 투표 몇 시간 전에는 콜롬비아에서 레바논의 미셸 술레이만Michel Suleiman 대통령에게 전화를 걸어 반대표를 던지지 말아달라고 요청했다. 자국 내 정치적 상황 또한 내 요청에 힘을 실어주었다. 나는 그가 얼마나 어려운 결정을 내려야 하는지 이해했으며 그가 기권표를 던진 데 만족했다.

이번 결의안은 절대 완벽하지 않았다. 러시아와 중국의 협조를 얻기 위해서는 수차례 타협을 거쳐야 했다. 하지만 나는 우리가 이룬 성과가 자랑스러웠다. 부시 대통령의 재임 기간 동안 이란은 세계 강국 사이를 이간질하고 자국의 위법행위에 대한 강력한 국제적 제재를 피해왔다. 그런데 오바마 행정부가 이를 바꿔놓았다.

그러나 이제 시작일 뿐임을 알고 있었다. 이번 유엔 결의안은 미국을 비롯한 여러 국가들이 일방적으로도 훨씬 강력한 추가 제재를 가할 수 있는 가능성을 열어주었다. 우리는 결의안 통과 이전부터 국내의 의회 지도자들과 추가 제재를 논의했고, 의회는 곧 이란의 경제에 더 큰 타격을 입힐 법안을 승인했다. 나는 유럽의 동맹국들과 다음 단계를 논의하기도 했다.

이란에 압박을 높여가는 와중에도 대화의 문은 여전히 열어놓았다. 2010년 12월 바레인에서 열린 걸프 만 안보에 대한 회의에 참석했다. 우리는 이란의 외교관들로 이루어진 대표단도 참석하리라는 것을 알고 있었다. 리처드 홀브룩과 제이크 설리번이 이전의 고위급 회담에서 이란의 대표단과 잠깐 이야기를 나누기는 했지만 나는 아직 이란 외교관과 얼굴을 마주한 적이 없었다. 나는 이번 회의를 이란에게 메시지를 보낼 기회로 삼기로 했다. 리츠칼튼 호텔 연회장에서 열린 만찬에서 연설 도중 나는 잠시 말을 멈췄다가 이었다. "잠시, 이란 이슬람공화국 정부가 이 회담에 파견한 대표단에게 직접 이야기하고 싶습니다." 순간 연회장에 정적이 감돌았다. 이란의 외무장관 마누체르 모타키Manouchehr Mottaki는 고작 몇 자리 떨어진 곳에 앉아 있었다. "2년 전쯤, 오바마 대통령은 이란 정부에 진심을 담아 대화를 요청했습니다. 이 제안은 아직도 유효합니다. 이란 정부에게는 평화적인 핵 프로그램을 보유할 권리가 있습니다. 하지만 이 권리에는 그에 합당한 책임이 따릅니다. 이란 정부가 직접 서명한 조약을 지키고, 이란의 핵 활동에 대한 국제사회의 우려를 완전히 해소하는 것이 바로 그것입니다. 우리는 이란 정부가 현명한 선택을 내릴 것을 촉구합니다. 이란의 국민들, 이란의 이익, 그리고 전 세계의 안보를 위해서 말입니다."

만찬이 끝나가고 모두가 악수를 나눌 무렵 모타키 장관을 향해 "안녕하세요, 장관님!"이라고 인사했다. 그러나 그는 페르시아어로 무어라 중얼거리며 돌아서버렸다. 몇 분 뒤 우리는 바깥의 차량진입로에서 다시 한 번 마주쳤다. 나는 또다시 친근하게 인사를 건넸으나 이번에도 대꾸하지 않았다. 나는 마음속으로 미소 지었다. 첫 임기 취임연설 당시 오바마 대통령은 이란을 비롯한 고립된 국가들에게 "꽉 쥔 주먹을 펴기만 하면 우리는 언제든 손을 내밀 준비가 되어 있습니다"라고 말했다. 모타키 장관의 행동은 이란과 화해하는 일이 얼마나 어려운지를 보여주었다. 하지만 그의 입장에서 보자면 미국은 여러 나라를 조직적으로 움직여, 그의 조국에 큰 타격을 입힐 제재안을 이제 막 통과시킨 터였다. 대화와 압박. 당근과 채찍. 이것이야말로 외교의 본질이었고, 우리는 아직도 긴 게임을 하고 있었다.

═══

여기까지가 2011년 1월 오만의 술탄이 이란과의 비밀 회담을 제안하기 직전까지 있었던 일이다. 주요 6개국을 통한 협상 시도는 난관에 봉착했고, 선의의 제3자에 의한 중재 또한 실패했다. 이란은 거듭해서 비협조적이고 신뢰할 수 없는 면모만 보여주었다. 하지만 그럼에도 오만의 술탄이 문제 해결의 실마리를 제공할 수 있을지도 모른다고 생각했던 건, 과거 이란에 억류된 미국 여행자 3명을 석방하는 데 그가 큰 도움이 되었기 때문이다.

2009년 7월, 젊은 미국인 3명이 이라크 북부와 이란 사이의 국경 산악 지대를 여행하다 간첩 혐의로 보안부대에 체포되었다. 조슈아 파탈Joshua Fattal, 셰인 바워Shane Bauer, 세라 슈어드Sarah Shourd는 이라크 북부에서 쿠르드족과 지내고 있었으며 간첩 혐의를 받을 만한 이유가 전혀 없었다. 미국 정부는 정확히 무슨 일이 일어났는지, 그리고 이 세 여행자가 정말 국경을 넘었는지 진상을 규명할 도리가 없었다. 이 사건은 중국과 북한의 국경 근처에서 두 미국 기자가 납치당한 몇 달 전의 사건과 유사했고, 시급하게 해결해야 할 문제였다. 이란은 북한과 마찬가지로 미국과 수교가 단절된 상태였다. 테헤란에는 억류된 미국인들에게 도움을 줄 만한 미 영사관도 없었다. 결국 과거 미국의 '이익대표국'(1949년 제네바 협정에 따라, 중립국이 교전 당사국 한쪽으로부터 적국 또는 적국이 점령한 지역 내에 있는 자국민 보호를 위탁받은 경우_옮긴이)이었던 스위스에게 미국을 대표하는 역할을 부탁했는데, 이란은 스위스 영사의 출입조차 불허했다. 이는 곧 아무도 억류된 미국인들과 면담하지 못한다는 뜻으로, 국가 간의 외교관계에 관한 빈 조약을 위반하는 조치였다. 나는 이후 수개월간 미국 여행자를 석방해달라고 여러 차례 공개적으로 호소했으며, 스위스 외교관을 통해 비공개 서신을 보내기도 했다.

나는 비탄에 빠진 여행자들의 가족들과 자주 연락을 주고받았고 11월에는 집무실로 초대해 직접 만나기도 했다. 테헤란 주재 스위스대사가 악명 높은 에빈 교도소에서 세 미국인과 면담하기까지는 수개월이 걸렸다. 여행자들은 정식 기소장이나 법정대리인 없이 수개월 동안 구금되었던 것이다. 스위스 외교관의 도움으로 여행자들의 모친들은 어머니날 직후에 이란을 방문할 수 있는 비자를 받았다. 그들이 이란으로 떠나기 전에 다시 한 번 얼굴을 보고 테헤란에 있는 여행자들에게 안부를 전해달라고 부탁했다. 그들은 눈물겨운 상봉을 했지만, 자식들을 본국에 데려오지는 못했다. 이란 정부는 이 가족상봉을 단순히 언론의 관심을 끄는 수단으로 이용했다.

이 악몽 같은 나날 동안 세 여행자를 석방하도록 이란 정부를 설득하기 위해 온갖 비정상적인 루트를 동원했다. 나는 제이크 설리번에게 이 일을 맡아달라고 청했다. 1년 전 헤이그 회의에서 구금된 세 미국인을 위해 했던 것처럼, 2010년 여름 아프가니스탄의 수도 카불에서 열린 회의에 제이크를 보내 이란 외무장관에게 미국 여행자들에 관한 메시지를 전하도록 했다. 하지만 사태 해결에 가장 핵심적인 인물은 오만에 있었다. 술탄의 한 고위참모가 오바마 대통령의 중동 담당 특별보좌관인 데니스 로스에게 접근해 중개자 역할을 자처했던 것이다.

오만인은 호언장담한 대로 중개자 역할을 훌륭히 수행해냈다. 2010년 9월, 세라 슈어드는 보석으로 풀려났다. 세라가 이란을 떠나자마자 술탄에게 전화를 걸어 감사의 마음을 전하고, 남은 두 여행자를 어떻게 석방시킬 수 있을지 물어보았다. (이들이 풀려나기까지는 1년이 더 걸렸다.) "우리는 늘 옳은 일을 도울 준비가 되어 있습니다." 술탄이 말했다. 이 말은 2011년 1월에 그와 다시 한 번 얼굴을 맞대고 대화할 때도 내 뇌리에 남아 있었다.

이란 핵 프로그램의 미래에 관한 민감한 대화를 주선하는 일은 억류된 여행자들을 석방시키는 일과는 성격이 완전히 달랐지만, 어찌되었든 술탄에게 성과를 이끌어낼 역량이 있음은 분명했다. 그리하여 나는 새로운 비밀 루트에 관한 그의 제안을 주의 깊게 들었으며 이란 측이 협상 내용을 성실히 이행하리라 믿어도 될지 물어보았다. 이란과 주요 6개국 간의 협상에 많은 시간을 투자했으나 이란 정부가 협상 테이블에서 체결된 합의사항을 테헤란으로 돌아가서는 기각해버린 전적도 있지 않은가. 술탄은 아무것도 약속할 수 없다면서도 시도해보기를 원했다. 나는 만약 이 일을 추진하기로 한다면 모든 사항을 극비에 부쳐야 한다는 데 동의했다. 언론에 보여주기 위한 가식적인 제스처가 난무하거나, 워싱턴의 정치적 압력이 가해지는 것은 원치 않았기 때문이다. 최상의 조건이 갖춰져도 성사시키기 어려운 면담이었지만 시도해볼 가치는 있었다. 나는 술탄에게 오바마 대통령과 정부 고위관료들과 논의해보겠지만, 이 계획을 어떻게 실행에 옮길지 지금부터 생각해놓는 것이 좋겠다고 말했다.

이후 수개월간 우리는 조심스럽게 일을 진행시키며 누구와 접촉해야 할지, 상대편의 진정한 동기가 무엇인지 등 현실적인 문제를 고심했다. 오바마 대통령은 경계심을 풀지 않으면서도 큰 관심을 보였다. 그는 술탄에게 직접 전화를 걸어 이 외교 채널의 실행가능성을 캐묻기도 했다. 우리는 관계자의 수를 최대한 제한하기로 했다. 나는 빌 번스, 제이크와 당시 백악관 국가안보 보좌관이었던 토머스 도닐런, 부보좌관 데니스 맥도너, 데니스 로스(로스는 2011년 11월 팀을 떠났다), 외교안보 진용 중 이란, 이라크, 걸프 만 국가 담당 수석 푸니트 탈와르Puneet Talwar를 포함한 소규모의 팀을 꾸렸다. 오만 관계자들의 중재하에 협상이 어떻게 이루어질지, 대표단으로 누구를 선출할지에 대한 메시지가 양국 사이를 오갔다. 모두가 예상했듯이, 이란 정부는 가장 단순한 질문에도 명확한 대답을 해주지 않았다.

그러던 중 그해 가을, 미국 사법당국과 정보기관은 이란이 워싱턴에서 사우디아라비아대사의 암살을 모의한 사실을 밝혀냈고, 우리는 이번 협상을 계속해야 할지 더 이상 확신할 수가 없었다. 뉴욕의 공항에서 체포된 한 이란인은 드라마 〈24〉나 〈홈랜드Homeland〉에 나올 법한 정교한 암살 계획을 자백했다. 멕시코의 마약조직을 고용해서 대사가 자주 찾는다고 알려진 레스토랑을 폭격한다는 계획이었다. 다행히 그가 접촉한 멕시코 청부업자는 미국 마약단속국의 정보원이었다. 우리는 이란의 고위관료들이 이 모의를 계획, 지원, 지휘했다는 증거를 확보했다. 얼마 지나지 않아 이란의 해군참모총장은 호르무즈 해협을 언제든 봉쇄하고 전 세계 석유 공급을 제한하겠다고 경고하며 세계시장을 긴장시켰다.

2011년 10월, 이 시점에서 나는 무스카트에 가서 다시 한 번 술탄을 만나기로 했다. 술탄은 여전히 협상을 추진할 의사를 보였으며, 서신 교환만으로는 진척이 더디니 오만으로 사전준비단을 보내 양측이 함께 실무를 논의하라고 제안했다. 나는 이란 대표단이 대화에 진지하게 임하고 이란 최고지도자의 뜻을 반영한다는 확신만 주어진다면, 그렇게 하겠다고 대답했다. 또한 술탄에게 호르무즈 해협 발언에 대해 엄중한 경고의 메시지를 전해달라고 강하게 말했다. 대화를 끝낸 후 우리는 비밀리에 제이크와 푸니트를 비롯한 소규모 팀을 보내 이란의 대표단과 면담을 가질 계획을 세웠다. 존 케리 상원의원은 술탄의 측근과 이야기해 얻어낸 정보를 우리에게 알려주었다.

이란 대표단과의 민감한 첫 협상에 참가하기에 제이크는 국무부에서 가장 경험이 많은 외교관은 아니었지만, 분별력이 있고 전적으로 신뢰할 만했다. 그가 그 자리에 나서는 것만으로도 이번 협상에 내가 개인적으로 얼마나 큰 공을 들이고 있는지 강력하게 시사할 수 있었다. 2012년 7월 초, 제이크는 파리 순방에 나와 동행했다가 아무도 모르게 빠져나가 무스카트행 비행기에 올라탔다. 그의 행보는 동행한 순방팀원들에게까지도 철저히 비밀에 부쳐졌다. 국내와 해외를 넘나들며 밤낮없이 함께 일하던 동료들은 그에게 급한 집안일이 생겼다고 생각하고 매우 걱정했다. 놀랍게도 1년 뒤 언론 보도를 읽을 때까지 이들은 제이크가 자리를 비운 진짜 이유를 몰랐다.

오만에 도착하자마자 제이크와 푸니트는 텅 빈 대사관의 소파에서 잠을 청했다. 이란의 사전준비단이 명시한 요구사항과 전제조건은 하나같이 수용할 수 없는 것들뿐이었다. 물론 사전준비단이 온 것 자체만으로 의의가 있었지만, 그들의 명백하게 소극적인 태도는 이란 지도부가 양면적이고 분열되었음을 반영하는 듯했다. 제이크는 이란이 아직 진지하게 대화할 준비가 되어 있지 않다는 느낌을 받았다고 보고했다. 우리는 대화의 가능성은 열어두고 상황이 나아지기를 지켜보는 데 동의했다.

이란과 비밀리에 대화를 추진하는 동안에도 우리는 이란 정권에 대한 국제적인 압박에 박차를 가했으며, 이란 정부의 공격적인 야망을 저지하려고 노력했다. 우선은 걸프 만 국가들과의 군사적 동맹관계를 확장하고, 동맹국들을 안심시키고 이란의 공격을 방지하기 위해 그 지역에 더 많은 군사 자원을 투입했다. 우리는 이스라엘과의 지속적이고 긴밀한 협력을 통해 이스라엘이 잠재적 경쟁자들에게 군사적 우위를 유지할 수 있도록 전례 없는 조치를 취했다. 상원의원 시절 오랫동안 내 보좌관으로 일했고, 이제 국무부의 정치군사 담당 차관보가 된 앤드루 샤피로Andrew Shapiro에게 이스라엘이 F-35 통합타격전투기 같은 최첨단 무기를 갖추도록 도와달라고 부탁했다. 또한 우리는 이스라엘 정부와 협력해 다층 방공망을 개발하고 구축했는데, 이 방공망은 1991년 걸프전에 배치되었던 패트리어트미사일을 업그레이드한 신형 조기경보 레이더, 미사일 방어체계 아이언돔, '다윗 물매David's Sling'와 '애로Arrow-3 요격기'로 알려진 대탄도미사일 시스템을 포함했다. 아이언돔은 2012년 말 가자 지구에서 하마스와 분쟁이 벌어졌을 때 이스라엘의 가정과 도시를 효과적으로 보호했다.

나는 또한 오랜 시간에 걸쳐 이스라엘 베냐민 네타냐후 총리와 우리의 이중전략을 논의하고, 제재안이 분명 효과가 있을 것이라는 확신을 주려 애썼다. 우리는 실질적인 군사적 위협이 중요하다는 데 동의했지만(이는 오바마 대통령과 내가 수차례 "모든 가능성은 열려 있다"고 강조한 이유이기도 했다) 정보 공개의 적절한 수위에 있어서는 견해를 달리했다. 나는 오바마 대통령이 이란의 핵폭탄 보유를 절대 허락할 수 없다고 한 말은 빈말이 아니며, '봉쇄'는 더 이상 우리의 정책기조가 아니라고 말했다. 봉쇄정책은 소련에게는 먹혔을지 모르지만, 이란과 테러조직의 관계와 중동의 불안정한 상황을 감안하면 핵무장한 이란은 용납할 수도, 봉쇄할 수도 없다는 데 이스라엘과 우리는 뜻을 같이했다. 따라서 무력행사를 포함한 모든 가능성이 실제로 열려 있었다.

이스라엘과의 협력 이외에도 오바마 행정부는 걸프 만에 주둔하는 미국의 해군과 공군 병력을 늘리고, 이란을 큰 위협으로 보고 있는 걸프 만 군주국들과의 유대를 공고히 했다. 나는 걸프협력위원회 회원국들과 함께 지속적인 안보대화를 열심히 추진했으며, 합동군사훈련을 실시하기도 했다. 주요 레이더 시설을 설치하도록 터키를 설득한 것 또한 혹시 있을지 모를 이란의 공격에서 우리의 유럽 동맹국들을 보호할 새로운 미사일 방어체계 구축에 큰 도움이 되었다.

이렇게 방어진을 강화하는 한편 우리는 이란 지도부의 생각을 바꾸겠다는 희망으로 이란에 대한 압박 강도를 높였다. 오바마 행정부와 미국 의회는 입법과 행정조치를 통해 2010년 여름 유엔안전보장이사회에서 성립된 결의안을 기반으로 더 강력한 제재를 가했다. 우리의 목표는 나날이 더 많은 사업에 손을 대고 있는 이란의 군부를 포함한 지도부에 재정적인 압박을 가해서 이란 정부가 제대로 된 제안을 가지고 협상 테이블로 오도록 유인하는 것이었다. 이를 위해 우리는 이란의 석유산업, 은행, 무기개발 프로그램을 타깃으로 삼고, 보험회사, 해운회사, 에너지 거래업자, 금융기관을 비롯한 다수의 관련 업체들에게 이란을 국제무역에서 고립시키는 데 협조해달라고 부탁했다. 무엇보다 나는 이란 석유의 가장 큰 수요국들에게 석유 공급처를 다양화하고 이란에서 수입하는 석유의 양을 줄이라고 설득하는 일에 매달렸다. 내 제안에 동의하는 나라가 늘어날 때마다 이란의 국고는 큰 타격을 입었다. 석유는 이란의 생명줄과도 같았다. 이란은 세계 3위의 원유 수출국이었고, 석유 수출로 귀중한 경화(다른 국가 또는 통화지역과의 국제 거래 결제를 위해 지불수단으로 자유롭게 전환할 수 있는 통화_옮긴이)를 벌어들였다. 그래서 우리는 이란이 특히 석유 관련 사업에서 어려움을 겪도록 갖은 조치를 취했다.

이를 위해서는 유럽 국가들의 협조가 무엇보다 중요했다. 다행히 유럽연합 27개국 모두 이란과의 석유 거래를 완전 중단하겠다고 동의해 이란에 큰 타격을 입혔다. 2009년 10월 테헤란 실험용 원자로 교환 계획을 마련하는 데 큰 도움을 준 전문가 로버트 아인혼과 재무부 차관 데이비드 코언David Cohen은 새로운 제재안들을 독창적이고 효과적으로 시행할 방안을 찾기 시작했다. 이란의 은행자산을 동결해 이란의 유조선이 국제시장에서 석유 운송보험에 들지 못하게 하고 세계 금융망으로의 접근을 완전 차단했다. 전면적인 압박 공세에 들어간 것이다.

2011년 12월부터는 오바마 대통령이 승인한 새로운 법에 따라 다른 나라들은 6개월에 한 번씩 이란산 석유 소비를 상당량 줄였음을 입증해야 했고, 이를 따르지 않으면 미국의 제재 대상이 되었다. 나는 이 법안의 시행을 최근 신설된 에너지자원국의 카를로스 파스쿠알 국장에게 맡겼다. 에너지자원국 팀은 이란이 석유 수출을 시도하는 곳은 어디든 찾아가 대체 공급자를 추천하고, 국제적으로 고립된 국가와 거래하는 데 따르는 재정적인 위험을 설명했다. 이란산 석유를 주로 사용하는 나라들은 자국 경제에 상당한 영향을 미칠 어려운 선택에 직면했다. 다행히 많은 지도자들은 에너지원을 다양화할 기회를 적극 수용할 만큼 선견지명이 있었다.

우리는 앙골라, 나이지리아, 남수단, 걸프 만에서도 활발한 활동을 펼치며 이란의 경쟁자들에게 석유 생산량과 수출량을 늘리도록 장려했다. 시장의 균형을 유지하고 유가 폭등을 막기 위해서였다. 미국이 오래전부터 주력해온 이라크 석유산업을 재기하는 일이 큰 도움이 되었다. 하지만 가장 결정적인 석유 공급원은 다름 아닌 미국의 국토에 있었다. 최신 기술개발과 탐사 작업 덕분에 국내의 석유와 가스 생산량이 급증하자 에너지 수입량이 격감했다. 미국이 더 이상 수입하지 않는 석유는 다른 석유 소비국에게 돌아가 세계시장의 부담을 덜었으며 이란을 고립시키는 일도 그만큼 쉬워졌다.

이란 석유의 가장 큰 소비국임에도 원유 수입량을 줄이도록 설득하기가 가장 힘들었던 것이 아시아 국가들이다. 특히 중국과 인도는 급증하는 에너지 수요를 충족시키느라 이란의 석유에 크게 의존하고 있었다. 한국과 일본의 선진경제 또한 수입원유에 대한 의존도가 매우 높았다. 일본은 특히 후쿠시마 원자력발전소의 노심 용융사고와 그에 따른 원전 가동의 일시 중단으로 더 큰 부담을 안았지만, 이란산 석유 소비를 줄이겠다고 약속하며 악조건에도 굴하지 않는 용감한 결의를 보여주었다.

그에 반해 인도는 당초에 이란산 석유에 대한 의존도를 줄여달라는 서방의 간청을 공개적으로 거절했다. 비공식 회담에서 인도 지도부는 중동 평화의 중요성에 동의하며, 걸프 만에서 거주하고 일하는 600만 인도 국민이 정치적, 경제적 불안의 희생양이 될 수 있다는 사실을 정확히 인지했다. 하지만 급성장하는 인도 경제는 지속적인 에너지 공급을 필요로 했다. 인도 지도부는 자국의 에너지 수요가 너무 많아서 이란의 석유 없이는 경제성장을 지탱할 수 없을 거라고 염려했다. 인도가 우리의 제안을 내켜하지 않은 데는 또 다른 암묵적인 이유가 있었다. 냉전 시기에 '비동맹운동'을 주도했던 인도는 아직까지도 '전략적인 자치'를 지향했고, 외부의 간섭에 치를 떨었다. 우리가 인도에게 에너지 공급원을 바꾸라고 종용하는 목소리를 높일수록 그들은 더욱 완강하게 버틸 가능성이 높았다.

2012년 5월 뉴델리를 방문해 직접 설득에 나서기로 했다. 나는 단합된 국제 전선을 유지하는 것이야말로 이란을 협상 테이블로 돌아오도록 설득하고, 교착상태를 외교적으로 해소하며, 세계안보를 위협하는 군사 갈등을 피할 최고의 방법이라고 주장했다. 나는 에너지원 다양화의 이점을 조목조목 따져가며 현재 석유시장에서 이란을 대체할 잠재적 공급자들을 이야기했다. 또한 만약 우리 제안에 긍정적인 조치를 취한다면 그 조치가 무엇이든 온전히 인도 정부에서 나온 것임을 확실히 인정하겠다고 장담했다. 우리의 목표는 성과를 내는 것이지 남들 앞에서 으스대는 것이 아니었다. 이 말은 확실히 인도의 마음을 돌려놓은 것 같았다. 나는 크리슈나S. M. Krishna 인도 외무장관과 합동 기자회견을 가졌고, 아니나 다를까 이란에 관한 질문을 받았다. 나는 먼저 크리슈나 장관의 대답을 들었다. "현재 우리 경제의 에너지 수요 증가를 생각하면 석유와 가스 수입원을 다양화해 에너지 안보라는 목표를 이루는 것이 당연하다고 봅니다. 이란에 관한 구체적인 질문에 답하자면, 이란은 계속해서 중요한 석유 공급원이 될 테지만, 인도의 석유 수입에서 이란의 점유율이 감소하는 추세임은 이미 잘 알려진 사실이지요. 결국 정유시설들이 상업적, 재정적, 기술적 요인을 감안해 내리는 결정에 달렸습니다." 나에게는 만족스러운 답변이었다. 나는 크리슈나 장관에게 카를로스와 전문가 팀을 델리로 보내 그가 기자회견 도중 언급한 "이란과 전적으로 무관한" 결정을 빨리 실행하도록 돕겠다고 약속했다.

결국 우리의 노력으로 이란 석유의 모든 주요 수입국, 심지어 이 조치를 가장 꺼렸던 국가들조차 이란산 석유의 수입량을 줄이는 데 동의했다. 이후 극적인 결과가 나타났다. 이란은 물가상승률이 40퍼센트 이상 치솟아 통화가치가 폭락했다. 석유 수출량은 2012년 초 하루 250만 배럴에서 100만 배럴로 감소해, 800억 달러 이상의 손실을 냈다.

이란의 유조선은 수송 목적지도, 수송에 대한 책임보험을 들어줄 보험회사나 외국인 투자자도 없이 항구를 지켰으며, 이란의 제트기는 대체 부품을 구할 수 없어 격납고에서 녹슬어갔다. 쉘, 토요타, 도이체방크를 비롯한 다국적 대기업들은 이란에서 철수하기 시작했다. 오랫동안 제재 결의안이 효과가 없을 것이라고 장담했던 아마디네자드 대통령은 이제 이 '경제적 공격'에 대해 불평하기 시작했다.

내가 수년 동안 이야기해온 강경한 제재안이 현실이 되어갔다. 베냐민 네타냐후는 '강경한 제재안'이라는 표현을 마음에 들어하며 자신도 종종 그 표현을 쓴다고 후에 내게 말해주었다. 나는 우리가 구축한 연합, 혼신을 다해 이룬 결과가 자랑스러웠으나, 국제사회의 뜻을 거스른 지도부의 결정 탓에 이란 국민들이 고통을 겪는 것은 전혀 기쁘지 않았다. 우리는 이번 제재안이 이란 국민들에게서 식품과 의약품을 비롯한 인도주의적 물품을 박탈하지 않도록 갖은 노력을 다했다. 또 기회가 날 때마다 이 공격은 이란 국민이 아닌 정부를 겨냥한 것임을 강조했다. 나는 보이스오브아메리카의 〈데일리 쇼The Daily Show〉와 비슷한 이란판 정치풍자 프로그램 〈파라지트 Parazit〉와의 인터뷰에서도 이를 명확히 했다. 이란 국민들은 더 나은 미래를 누릴 권리가 있지만, 그들의 지도부가 행동을 바꿔야만 가능했다.

이란은 여전히 뜻을 굽히지 않았고, 불가리아, 그루지야, 태국 등 세계 각국에서 계속해서 새로운 테러 계획에 연루되었다. 이란 정부는 이웃국가 정부의 세력을 약화시키려 노력했으며 바레인과 예멘, 그 너머까지 불안을 조장했다. 또한 동맹국 시리아에 자금과 무기를 공급해 바샤르 알아사드 대통령을 지원하고 시리아 국민에 대한 잔혹한 탄압을 부추겼으며, 아사드 대통령의 세력을 강화하기 위해 혁명수비대 교관들과 헤즈볼라 대원들을 보내주기까지 했다. 유엔안전보장이사회의 결의안을 위반하고 핵 프로그램을 계속 진행했으며 주요 6개국과 선의를 갖고 대화하기를 거부했다. 공개석상에서 오바마 대통령과 나는 외교의 창은 아직 열려 있으나 언제까지 열려 있지는 않을 것이라고 단언했다. 비공식적으로는 오만을 통한 수교 노력이 언젠가는 결실을 맺기를 바라지만 말이다. 더 큰 압력이 가해지고 이란의 경제가 침체될수록 이란 정부가 입장을 재고할 동기도 커질 터였다.

═══

2012년 후반, 내 국무장관 임기 말에 이 같은 바람이 현실이 되기 시작했다. 이란의 경제 상황, 중동 내에서의 위치, 국제적 평판은 바닥을 쳤다. 아마디네자드 대통령의 두 번째 임기는 재앙에 가까웠다. 이란 내 권력 실세인 최고지도자를 비롯한 막강한 보수주의 세력과 종교 지도자와의 관계가 악화됨에 따라 자국 내 그의 정치적 입지 또한 추락했다. 한편 오만 관계자들은 이란 정부가 마침내 오랜 시간 기다려온 비밀 협상을 진행시킬 준비를 하고 있다고 보고했다. 이란은 외무부 차관을 보내 무스카트에서 우리 쪽 부장관 빌 번스와 만나기를 원했고, 우리도 동의했다.

2013년 3월, 내 국무장관 임기가 끝나고 몇 주 후 빌과 제이크는 이 새로운 국면이 가져다줄 변화를 살피고자 다시 한 번 오만을 방문했다. 대답은 여전히 기대에 못 미쳤다. 이란은 여전히 어떻게 해야 할지 고심 중인 것으로 보였다. 이란 정부에는 분명 진지한 대화를 원하는 사람도 있었으나 다른 막강한 세력이 협상가들의 손발을 묶고 있었다. 우리 팀은 아직 시기상조라는 생각을 안고 귀국했다.

그러던 중 또 훼방을 놓는 사건이 터졌다. 그해 봄 이란은 아마디네자드의 뒤를 이을 대통령을 선출할 선거를 준비하고 있었다. 부정선거 무효를 외치며 수많은 시위자들이 테헤란의 거리를 메운 것이 엊그제 같은데, 벌써 4년이라는 세월이 흘렀다. 그때 이후 이란 정권은 야당 세력을 무자비하게 재야로 내몰고, 정부의 뜻에 반하는 사람은 모두 제거했다. 그들은 이번 2013년 선거에서도 후보자를 직접 고르고 보수성이나 충성심이 부족하다고 여겨지는 후보자는 탈락시키는 등 권위주의적인 행보를 이어나갔다. 이란 정부는 심지어 1979년 이란 혁명의 지도자이자 전 대통령이며 영향력 있는 성직자 알리 악바르 하셰미 라프산자니Ali Akbar Hashemi Rafsanjani 또한 현 정권에 위협적인 인물이라는 이유로 탈락시켰다. 까다로운 심사를 통과한 여덟 후보자는 모두 최고지도자와 긴밀한 관계를 맺었으며 정권의 신임이 두터웠다. 요컨대 이란 지도부는 위험요소를 최대한 제거한 것이다.

독단적인 이란의 핵 협상가 사에드 잘릴리는 아야톨라가 가장 아끼는 후보자였고, 따라서 당선이 가장 유력시되었다. 그는 '이슬람 개발'에 대한 공허한 구호를 내걸고 선거운동을 벌였으며 경제침체를 논하거나 이란의 형편없는 외교정책에 이의를 제기하는 것을 피했다. 국민들 사이에서는 대통령선거에 대한 관심이나 기대감 따위는 거의 보이지 않았으며, 이는 이란 정권이 노린 바였다. 하지만 불만의 목소리를 찾기는 어렵지 않았다. 서방 언론은 2009년 비밀 핵시설의 존재가 밝혀졌던 도시 콤 인근에서 차량정비소를 운영하는 40세 주민의 말을 인용했다. "나는 우리나라를 사랑합니다. 하지만 물가상승률 100퍼센트는 어떻게 해결한단 말입니까? 좋은 계획이 있는 사람이면 누구든 뽑고 싶은데, 아직까지는 미래에 대해 구체적인 방안을 가진 후보자를 본 적이 없습니다."

그러다가 6월 대통령선거를 며칠 앞두고 놀라운 일이 벌어졌다. 정권이 세심하게 선거를 조종하는 와중에 이러한 불만의 목소리가 공개적으로 표출되고, 온 국민 앞에서 현 정부 정책의 모순과 실패에 대한 질문이 제기되었다. 전국적으로 생중계된 열띤 토론에서 잘릴리의 상대 후보들은 그의 핵정책이 실패했고 그 때문에 이란 경제가 끔찍한 피해를 입었다며 그를 공격적으로 몰아세웠다. "보수주의라고 해서 무조건 융통성 없고 고집불통이지는 않습니다. 하나도 내주지 않으면서 열을 기대할 수는 없습니다." 강경파로 알려진 전 외무장관 알리 악바르 벨라야티Ali Akbar Velayati가 말했다. 이슬람혁명수비대의 전 상급지휘관 모센 레자에이Mohsen Rezaei 또한 전 세계를 등지는 정책에 대해 의문을 제기했다. "그러니까 지금, 저항을 계속하고 국민들의 배를 곯리자는 말입니까?" 잘릴리는 최근 주요 6개국과의 회담에서 보였던 비협조적인 태도에 대해 변명을 늘어놓으며("그들은 보석을 사탕과 맞바꾸자고 제의했습니다!"라고 그는 항의했다) 자신의 행동을 변호하고자 최고지도자를 들먹이기도 했다. 하지만 공격은 계속되었다. 전 수석 핵 협상가이자 '세계와의 건설적인 교류'를 주장해 이번 선거에서 그나마 가장 온건파에 가깝다고 알려진 하산 로하니Hassan Rouhani는 이란이 유엔안전보장이사회의 제재를 받을 정도로 사태를 악화시킨 잘릴리를 거세게 비난했다. "거기서 모든 문제가 시작되었습니다. 원심분리기를 돌리는 건 좋습니다. 하지만 국민의 목숨과 생계도 돌아가도록 해줘야 하지 않겠습니까." 가정에서 토론을 지켜보던 이란 국민들은 분명 충격에 빠졌을 것이다. 여태껏 이런 논쟁을 방송에 내보낸 적이 거의 없었으니 말이다.

2013년 6월의 대통령선거일에는 놀랄 만큼 많은 이란 국민들이 투표장에 나타났고, 로하니는 압도적인 승리를 거두었다. 이번에는 결과를 뒤엎거나 선거를 조작하려는 시도도 없었다. 군중은 거리에 모여 "개혁은 계속되리라"고 외쳤다. 로하니는 8월에 공식 취임하자마자 국제사회를 향해 화해의 메시지를 보냈으며 심지어 유대인의 새해 명절인 로쉬 하샤나Rosh Hashanah에는 트위터에 새해 인사말을 올리기도 했다.

나는 이제 일반 시민의 자리로 돌아왔지만 이 모든 상황을 큰 관심과 적당한 의구심을 가지고 지켜보았다. 이란은 핵 프로그램과 외교정책에서는 아직도 최고지도자가 실권을 장악하고 있었다. 그는 로하니의 당선을 묵인했으며, 새로운 정책 방향에 대한 모든 이야기에도 침묵했고, 심지어 불안해하는 강경파들의 공격으로부터 새 대통령을 묵묵히 보호해주기까지 했다. 이 모든 것은 아마도 그가 이전 정권의 정책이 지속불가능하다는 사실을 이해하고 있었으리라는 것을 의미했다. 하지만 그가 중동과 전 세계를 향한 이란의 악감정이 불러올 핵심 문제들에 관해 근본적인 정책 전환을 결심할 리는 만무했다.

한편, 로하니 대통령 당선 이후에도 오만을 통한 비밀 협상 추진은 극비리에 진행되었다. 오만의 술탄은 외국 지도자 중 가장 먼저 테헤란을 방문해 로하니를 만났다. 오바마 대통령은 다시 한 번 비공개 서한을 보냈으며, 이번에는 긍정적인 답변을 받았다. 바이든 부통령의 국가안보 보좌관이 된 제이크와 빌은 마침내 고위급 협상 권한을 위임받은 이란의 관리들과 무스카트에서 협상을 재개했다. 이란 정부 내 로하니 대통령의 낮은 신뢰도에 금이 가지 않도록 보호하기 위해 엄격한 비밀 유지가 그 어느 때보다 중요했다. 비교적 빠른 시간 내에 예비 협상의 윤곽이 잡혀가기 시작했다. 이란은 핵 프로그램을 전면 중지하고 6개월 동안 새 핵 사찰을 받기로 했으며, 그 대가로 제재가 조금 완화될 예정이었다. 이런 조치는 국제사회의 우려를 해소하고 중요한 문제를 모두 해결할 진지한 협상의 창을 열어줄 것이었다. 노련한 협상가이자 미국의 첫 여성 정무차관인 웬디 셔먼Wendy Sherman 또한 오만 협상에 참여해 구체적인 사항을 논의했다.

협상팀은 9월 말 뉴욕의 유엔총회 빌딩에서 오바마 대통령과 로하니 대통령의 역사적인 첫 만남 가능성을 논의했지만, 이란 정부는 마지막 순간 회담 성사에 실패하며 정권 내에서 분열과 불안이 계속되고 있음을 시사했다. 결국 로하니는 이란으로 돌아가는 비행기를 타러 공항으로 가는 도중 리무진 안에서 오바마 대통령과 전화상으로 이야기를 나누었다. 이는 1979년 이후 처음 있는 일이었다. 내 후임자 케리 장관은 새 이란 외무장관 자바드 자리프Javad Zarif를 만났고, 미 행정부는 주요 동맹국들에게 비밀 협상에서 얻은 성과를 보고하기 시작했다. 그러나 이스라엘의 네타냐후 총리는 유엔 연설에서 로하니 대통령이 "양의 탈을 쓴 늑대"라고 경고했다.

10월에는 오만을 통한 비밀 협상이 미국 대표 웬디 셔먼이 주도하던 주요 6개국의 제네바 공식 협상과 통합되었다. 빌과 제이크도 여기에 참여했지만, 다른 호텔에 숙박하고 직원용 출입구로 드나드는 등 언론의 관심을 피하기 위해 세심하게 주의했다.

11월, 케리 장관은 협상 종결의 희망을 품고 두 차례 제네바를 방문했다. 아직 해결되지 않은 문제는 다음과 같았다. 이란 우라늄 농축을 전면 중단할 것인가, 아니면 핵폭탄 생산에 필요한 것보다 훨씬 낮은 농도로 농축하는 것은 허용할 것인가? 저농축 우라늄 생산이라도 유지하는 편이 로하니 대통령에게 중요한 정치적 보호막이 되어줄 수 있었다. 하지만 이스라엘을 비롯한 여러 국가들은 그러한 타협이 위험한 선례를 만들 수도 있다고 생각했다. 이 외에 제재 완화 수위에 관한 문제도 있었다. 몇몇 국가들은 이란이 확실하고 철회불가능한 조치를 통해 핵 프로그램을 해체할 때까지 조금도 물러서서는 안 된다고 주장했다. 네타냐후 총리는 주요 6개국이 은쟁반에 "세기의 거래"를 담아 이란에게 내놓는 꼴이라며 조롱하기도 했다.

케리와 웬디는 오바마 대통령의 지지를 받으며 협상을 강행했고, 미국의 동맹국들과 함께 타협안을 마련하는 데 성공했다. 이란은 그동안 비축해놓은 고농축 우라늄을 폐기하고, 무기급에 필요한 수준에 훨씬 못 미치는 농축도 5퍼센트 이하의 우라늄 농축만 계속하는 데 동의했다. 또한 모든 차세대 원심분리기를 포함한 수천 개의 분리기 가동을 멈추고 핵 사찰을 받아들이며, 플루토늄 원자로를 비롯한 새 핵시설 건축을 중단하기로 했다. 그 대가로 국제사회는 수십억 달러에 이르는 이란 자산의 동결을 풀 예정이었다. 오바마 대통령은 백악관에서 이번 합의를 "종합적인 해결책을 향한 중요한 첫걸음"이라고 크게 기뻐하며 이 모두가 수년간 인내심 있게 외교를 시도하고 압력을 가한 덕분이라고 말했다.

2009년 우리가 공직을 맡았을 때 국제사회는 분열되어 있었고, 외교는 고착상태에 빠져 있었으며, 이란은 핵무장 계획을 차근차근 진행시키는 중이었다. 대화와 압박이라는 이중전략은 이러한 흐름을 뒤엎고 전 세계를 단합시켜 마침내 이란을 다시 협상 테이블로 불러왔다. 나는 이란이 최종

합의안을 따를지에 대해 여전히 회의적이었다. 지난 몇 년간 헛된 희망을 가졌던 적이 한두 번이 아니어서 사태를 지나치게 낙관할 수 없었다. 하지만 이번 협상은 그간 보아온 것 중 가장 유망한 진전이었으며, 우리가 얼마나 이루어낼 수 있는지 시험해볼 가치가 충분했다.

이 초기 협상을 타결하기까지 5년이라는 세월이 걸렸지만, 아직도 힘든 일이 산더미였다. 이란과 국제사회의 관계를 악화시킨 난제 모두 아직 미해결 상태였다. 그리고 시간이 지나 현실적인 협정을 통해 핵 문제가 만족스럽게 마무리된다 해도, 이란 정부의 테러행위 지원과 역내에서의 공격적인 태도는 미국과 미국의 동맹국들의 국가안보를 계속해서 위협할 것이다.

앞으로 이란의 지도부, 특히 최고지도자는 현실적인 선택에 직면할 것이다. 1979년 이란 혁명 당시 이란의 경제 규모는 터키보다 40퍼센트가량 더 컸다. 하지만 2014년에는 그 반대가 되었다. 이란의 핵 프로그램이 뛰어난 문명국가를 가난에 빠뜨리고 자랑스러운 국민을 궁핍하게 할 만큼 중요한 것인가? 이란에게 당장 내일 핵무기가 생긴다면 수백만 명의 젊은 실업자를 위한 일자리가 단 한 개라도 생기는가? 핵무기가 국민 한 사람이라도 더 대학에 보내거나, 한 세대 전 이라크와의 전쟁 때 붕괴된 도로와 항구를 재건해줄 것인가? 멀리 보았을 때, 이란은 북한처럼 될 것인가? 한국처럼 될 것인가?

19

시리아 : 사악한 난제

"역사는 냉철한 심판관이다. 우리가 오늘 옳은 길을 걷지 않으면 언젠가는 가혹한 처벌을 내릴 것이다." 2012년 6월 말, 스위스 제네바에 위치한 유엔 유럽본부 팔레 데 나시옹에 초청된 장관들을 둘러보며 코피 아난Kofi Annan이 한 말이다. 당시 우리는 시리아에서 벌어지는 피비린내 나는 내전을 종식시키기 위해 테이블에 둘러앉아 있었다.

코피는 과거 힘겨운 외교협상을 수차례 경험했다. 1997년부터 2006년까지 유엔의 제7대 사무총장직을 맡은 이 온화한 가나인은 노벨평화상 수상자이기도 했다. 그가 말했다. "여러분 모두가 힘을 합하면 엄청난 잠재력을 발휘해 이번 위기의 방향을 전환할 수 있습니다. 오늘 여기에 모인 것은 곧 여러분이 그러한 리더십을 보여줄 의지를 표명한 것입니다." 하지만 우리는 실질적으로 어떤 종류의 리더십이 필요한지에 관해 서로 첨예하게 대립했고, 코피도 이를 잘 알고 있었다.

사태는 2011년 초, 튀니지와 이집트에서의 성공적인 평화 시위를 보고 자극을 받은 시리아 국민들이 거리로 나와 바샤르 알아사드 독재정권에 맞서 시위를 벌이면서 시작되었다. 리비아에서와 마찬가지로 치안부대가 과잉 진압과 집단 구금으로 대응하고 나서자, 일부 시위대는 스스로를 방어하기 위해 무기를 들었고, 결국 아사드 정권 타도에 나서게 되었다. 하지만 이는 일방적인 싸움이었다. 2011년 6월까지 시리아 정권은 어린이를 포함해 총 1,300여 명의 시민을 죽였다. (2014년 초 조사에서는 총 사망자 수를 15만여 명으로 집계했지만, 실제 수치는 이보다 훨씬 높을 것으로 추정된다.)

시리아가 일대 혼란에 빠지기 1년 전인 2010년 초, 나는 최근의 이라크를 비롯한 중동 전역에서 외교 경험을 쌓아온 로버트 포드Robert Ford를 시리아 주재 미국대사로 대통령에게 천거했다. 5년 동안 공석이었던 이 자리에 새 인물을 앉히는 것은 결코 쉬운 결정은 아니었다. 미국은 시리아 정권에 대한 불만을 표하기 위해 자국 대사를 소환한 상태였으며, 다시 대사를 파견하는 것은 아사드 대통령을 지지하는 뜻으로 받아들여질 우려가 있었다. 하지만 나는 그때나 지금이나, 우리가 강력하게 반대하는 정권이 통치하는 국가에도 미국대사를 파견해 메시지를 전달하고 우리의 눈과 귀가 되게 하는 편이 낫다고 믿는다.

오바마 대통령 또한 내 제안에 동의하고 2010년 2월에 로버트를 시리아 주재 대사로 지명했다. 하지만 그의 부임에 대한 상원 인준은 일단 보류되었다. 상원에서는 로버트의 자질이 아니라(그의 이력은 흠잡을 데가 없었다) 시리아에 대사를 보내는 것 자체를 문제 삼았다. 그러나 크리스마스 직후 오바마 대통령은 헌법에 명시된 대통령의 권한으로 휴회 중에 로버트를 대사직에 임명했다. 2011년 1월에 다마스쿠스에 도착한 로버트는 시위가 시작될 무렵 이제 막 대사관에서 자리를 잡아가고 있었다. 3월이 되자 시위는 더욱 거세졌다. 다라에서는 치안부대가 시위대를 향해 발포해 사상자가 속출했다. 아사드는 다라에 시리아 육군을 배치했고, 4월 말에는 다라를 완전 포위하고 탱크를 투입해 주택지를 파괴했다.

미국은 이 같은 민간인에 대한 폭력을 강력 규탄했다. 이 때문에 로버트 포드 대사와 대사관 직원들은 온갖 괴롭힘과 협박을 받았다. 2011년 7월에는 친정부 시위자들이 대사관에 침입해 창문을 부수고 스프레이로 건물 외관을 훼손하며 로버트의 거처를 습격한 심각한 사건도 있었다.

이러한 위험에도 불구하고 로버트는 1982년에 악명 높은 대학살이 자행된 하마로 갔다. 시위자들을 만나고 민주적 개혁을 요구하는 사람들에게 미국의 연대감과 지지를 보여주기 위해서였다. 로버트의 차가 하마에 들어서자 주민들이 그의 차를 꽃으로 덮기 시작했다. 그는 시리아의 치안부대에게 부상당한 사람들을 위문하러 병원에 들렀으며, 시위자들의 목적이 무엇이고 어떻게 지속적으로 연락을 취할 수 있는지를 묻는 등 더 많은 정보를 얻고자 노력했다. 그날 하마 방문 덕분에 로버트는 미국을 대표하는 사람으로서 시위자들 사이에서 위상이 확고해졌다. 로버트의 대사 인준을 보류했던 다수의 상원의원도 그의 용기와 지략에 감탄해 10월 초에는 승인표를 던졌다. 이는 노련한 외교관이 임무를 제대로 수행하기 위해 대사관 담장 밖으로 나가 위험을 감수한 또 다른 예다.

시리아 폭력 사태에 대한 국제적인 항의에도 불구하고, 러시아와 중국은 2011년 10월 유엔안전보장이사회에서 아사드의 인권 유린 행위를 규탄하고 평화로운 시위를 허락하도록 촉구하는 수위 낮은 결의안에 대해서도 거부권을 행사했다. 러시아는 시리아의 지중해 해변에 중요한 해군기지를 두는 등 냉전 시기부터 오랫동안 지속적으로 시리아 정부와 정치적 유대관계를 맺어왔고, 시리아정교와 러시아정교의 종교적인 유대감도 깊었다. 러시

71_ 2009년 6월. 오바마 대통령과 나는 이집트 카이로에 소재한 이슬람 사원 술탄 하산 모스크를 방문했다. 그날 오후 오바마 대통령이 카이로 대학에서 연설했는데, 아주 열정적이고 설득력 있는 말투로 미국과 이슬람 세계의 관계를 재정립했다.

72_ 2011년 1월. 이혼소송에 승소한 열 살 소녀 누주드 알리를 다시 만나러 예멘 사나를 방문했을 때. 청년들과 활동가들과 함께하는 간담회에서 나는 누주드의 이야기를 들려주며 예멘에서 어린 나이에 결혼을 강요받는 끔찍한 일이 더 이상 벌어지지 않도록 하자고 제안했다.

73_ 2010년 9월 1일 백악관 로즈 가든. 중동평화 특사 조지 미첼과 함께 오바마 대통령을 따라 걷고 있다. 이날부터 이스라엘과 팔레스타인의 직접적인 평화회담이 시작되었다.

74_ 같은 날 저녁, 오바마 대통령은 백악관 올드 패밀리 다이닝룸에서 작은 실무 만찬을 열었다. 등을 보인 사람들 중 카메라 가까운 곳부터 요르단 국왕 압둘라 2세, 오바마 대통령, 이집트 대통령 호스니 무바라크. 그 맞은편이 나, 내 옆은 차례로 이스라엘 총리 베냐민 네타냐후, 팔레스타인 자치정부 수반 마무드 아바스, 콰르텟 특사 토니 블레어.

75_ 2010년 9월 2일, 나는 처음으로 이스라엘 총리 베냐민 네타냐후와 팔레스타인 자치정부 수반 마무드 아바스를 국무부에 초청해서 3자회담을 주재했다. 후에 중동평화 특사 조지 미첼도 초청해 내 사무실에서 담화를 나눴다. 그러고 나서 이스라엘과 팔레스타인 양측이 직접 대화할 수 있도록 미첼과 나는 자리를 떴다.

76_ 종종 있는 일이지만, 카타르의 수도 도하에서 2011년 1월 진행한 걸프협력회의에서 나는 유일한 여성이었다. 다음 날 나는 아랍 지도자들에게 경고했다. “너무나 많은 곳에서, 너무나 많은 방식으로, 지역의 기반이 모래 속으로 잠기고 있습니다.” 나는 아랍에미리트 외무장관 압둘라 빈 자이드 알 나하얀(왼쪽)과 카타르 수상 하마드 빈 자심(오른쪽) 사이에 앉았다.

77_ 2011년 2월 1일. 상황실에서 오바마 대통령 옆에 서 있다. 대통령 국가안보 보좌관 토머스 도닐런, 재무장관 티머시 가이트너, 국가정보국장 제임스 클래퍼(앉아 있는 세 사람) 등이 시위대의 요구에 답하려는 텔레비전 속 이집트 대통령 호스니 무바라크를 바라보고 있다. 그가 발표한 담화는 별다른 내용이 없는데다 너무 늦었다.

78_ 2011년 3월 16일. 아랍의 봄 중심부인 카이로 타흐리르 광장에서 한 이집트 소녀와 악수하고 있다.

79_ 2011년 10월. 무아마르 카다피가 트리폴리에서 도망친 후 나는 리비아 방문을 결정했다. 미국이 새로운 과도정부를 지원할 것이라는 사실과, 리비아는 국가안보를 회복하는 것이 가장 시급하다는 메시지를 전하기 위해서였다. 트리폴리에 착륙한 후에 매우 열정적이고 활기 넘치는 리비아 군인들과 함께 포즈를 취했다.

80_ 2012년 5월 14일. 국무부 트리티 룸에서 신임 리비아 주재 미국대사로 크리스 스티븐스를 임명하고 있다. 그의 아버지 잰 스티븐스가 지켜보고 있다. 크리스는 매우 헌신적인 공직자로 카다피 집권기에 무너져 버린 리비아를 새롭게 건설하는 임무를 맡았다.

81_ 2012년 9월 카이로 주재 미 대사관 앞. 시위대가 성조기를 찢고 있다. 선지자 무함마드를 모욕하는 영상이 방영된 이후 무슬림 세계 전역에 분노가 확산되었다.

82_ 오바마 대통령이 국무부 추모의 벽 앞에서 조의록에 사인하는 모습. 리비아 벵가지에서 끔찍한 공격이 있은 바로 다음 날이다. 대통령은 슬픔에 잠긴 크리스 스티븐스 대사와 숀 스미스의 동료들을 찾아와 위로했다.

83_ 2012년 9월 14일 메릴랜드 주 앤드루스 공군기지에서 오바마 대통령과 군종목사 J. 웨슬리 스미스 대령과 함께. 우리는 벵가지에서 피살된 동료들의 유해를 인수해 예우를 갖출 준비를 했다.

84_ 2013년 1월에 소집된 상원 외교위원회에 출석해 벵가지에 있는 미국 시설물을 향한 공격에 대해 증언했다.

85_ 2011년 10월 오만의 수도 무스카트에서 술탄 카보스와 함께. 술탄은 이란에 억류된 미국인 여행자 세 명을 집으로 돌려보내도록 도왔다. 또한 이란의 핵 프로그램에 관해 대화할 수 있는 은밀한 외교 채널을 열어주었다.

86_ 2012년 1월 뉴욕에서 열린 유엔안전보장이사회에서 시리아의 위기에 관해 연설하는 장면. 러시아는 시리아의 끔찍한 폭력사태에 대한 유엔의 개입을 가로막고 오히려 상황을 악화시켰다. 사망자 수는 계속 증가했고 수많은 사람들이 고향을 떠나야만 했다.

87_ 오바마 대통령과 함께 캄보디아 프놈펜의 한 호텔에서. 내가 중동으로 날아가 가자 지구에서 벌어진 이스라엘과 하마스 간의 분쟁을 종식시켜야 하는지에 대해 의논했다. 뒤로는 왼쪽부터 국무부 정책기획실장 제이크 설리번, 국가안보 부보좌관 벤 로즈, 국가안보 보좌관 토머스 도닐런.

88_ 2012년 11월 카이로. 이집트 대통령 무함마드 무르시와 가자 지구의 폭력을 종식시키기 위해 협상을 하고 있다. 무르시의 도움으로 협상이 잘 진척되어 이스라엘과 하마스는 휴전하기로 합의했다.

89_ 오바마 대통령과 나는 2009년 12월 덴마크 코펜하겐에서 열린 유엔 기후변화 회의에서 한 회의 장소를 습격하다시피 해서 들어갔다. 우리는 그곳에서 좁은 테이블에 앉아 자기들만의 이익을 도모하는 원자바오 중국 총리, 룰라 다시우바 브라질 대통령, 만모한 싱 인도 총리, 그리고 제이컵 주마 남아프리카공화국 대통령 등이 진행하는 비밀 회의를 방해했다.

90_ 2012년 6월 노르웨이 트롬쇠 피오르 해변 여행 중 노르웨이 외무장관 요나스 가르 스퇴레와 북극 조사선 헬머 한센호에 승선해 기후변화의 영향에 대해 논의하고 있다.

91_ 2011년 7월 인도 첸나이. 스토브 연구가 칼파나 발라크리슈난 박사와 함께 구식과 신식 스토브 전시회를 관람하고 있다. 나는 세계 곳곳에서 나무나 석탄 등을 사용하는 전통적인 지저분한 스토브 대신 깨끗한 연료를 사용하는 스토브를 쓰자고 주장했다. 구식 스토브는 나무와 석탄을 태우면서 유독가스를 배출해 매년 수많은 사람들, 특히 어린이와 여성을 죽음에 이르게 한다.

92_ 2010년 1월. 아이티에서 지진이 발생한 지 4일째 되던 날 현지에 도착했다. 텐트에서 아이티 총리 장 막스 벨레리브, 아이티 대통령 르네 프레발, 아이티 주재 미국대사 케네스 머텐, 나의 법률고문이자 수석 보좌관 셰릴 밀스, 미국 국제개발처장 라지브 샤, 그리고 켄 킨 중장 등과 함께 아이티의 긴급 재난대응과 복구에 대해 논의하고 있다.

93_ 2011년 1월. 포르토프랭스 공항 밖에서 시위대가 나를 맞이하고 있다. 아이티에서는 지진 1년 후에 대통령선거가 있었다. 아이티인들은 너무나 많은 고통을 겪었고, 투표에 직접 참여해 평화로운 정권 이양을 요구할 자격이 충분했다. 결국은 그들의 바람대로 되었다.

94_ 2012년 10월. 빌과 내가 카라콜 산업단지 공장 개소식에서 아이티 노동자들에 둘러싸여 있다. 카라콜 프로젝트는 아이티 경제를 새롭게 일으키고자 우리가 가장 중점을 두고 시행한 사업이었다. 이 프로젝트는 원조에서 투자로 방향을 전환하는 전 세계 개발원조 사업의 전반적인 경향과도 일치한다.

95_ 2010년 1월. 워싱턴 첨단기술 박물관인 뉴지엄에서 인터넷의 자유에 관해 연설하는 중이다. 나는 중국, 러시아, 이란 등의 국가에 미국은 인권이 보호받는 인터넷, 혁신에 개방적이고 전 세계와 정보교환이 가능하며 신뢰할 수 있을 정도로 안전하고 일에도 도움이 되는 인터넷 환경을 조성하고 보호할 것이라고 통고했다.

96_ 1995년 9월 베이징에서 열린 유엔 제4차 세계여성회의에서 연설한 후 약 20년이 지났다. 여성의 인권은 21세기에도 여전히 '미완성 과업'이다. 국무장관으로서 나는 세계인권선언에 명시된 자유를 옹호하고 이를 전 세계 사람들의 삶에 실제로 적용시키기 위해 온 힘을 기울였다.

97_ 세계여성문제 담당 초대 전권대사에 임명돼 선서를 마친 멜란 버비어와 함께. 멜란은 내가 '완전한 참여 의제'를 미국 외교정책에 적용하는 데 도움을 주었다.

98_ 우리가 인권을 함양하는 첫 번째 단계 중 하나가 유엔인권이사회에 재가입하는 것이었다. 2011년 12월 스위스 제네바에서 열린 의회에서 연설하기 위해 연단으로 가고 있다. 여기서 전 세계 성소수자의 인권 보호에 대해 연설했다.

99_ 2012년 9월 동티모르. 1만 6,000킬로미터 남짓 떨어진 노스캐롤라이나 주 샬럿에서 빌이 민주당 전당대회에서 오바마 대통령을 대선 후보로 공식 지명하는 연설을 보고 있다. 이곳에는 CNN도 방송되지 않았고 인터넷도 잘 연결되지 않았다. 하지만 우리는 대사관저 컴퓨터에 인터넷과 비디오를 설치했다.

100_ 2013년 2월 1일. 훌륭한 국무부 직원들에게 작별을 고하는 자리에 부장관 톰 나이즈(왼쪽)와 빌 번스, 팻 케네디(오른쪽)가 함께했다. 나는 우리가 이룬 모든 일들을 자랑스럽게 생각하면서 4년 전 들어왔던 문으로 걸어나갔다.

아는 시리아에 대한 영향력을 유지하려고 결심하고 아사드 정권을 확고부동하게 지지했다.

바샤르 알아사드는 1970년 시리아를 장악한 후 2000년 6월에 사망할 때까지 30년간 시리아의 지도자로 군림한 하페즈 알아사드Hafez al-Assad의 아들이다. 안과 전문의였던 바샤르는 1994년에 형이 자동차 사고로 사망한 후 후계자 교육을 받았으며, 아버지 하페즈가 죽자 대통령직을 물려받았다. 바샤르의 아내 아스마는 영부인이 되기 전 투자금융업계에서 일한 것으로 알려졌다. 2005년 기사에서 이 부부는 "세속적인 서방-아랍 결합의 결정체"라고 묘사되었다. 하지만 이 기사에서 암시한 대로 이 이미지는 그저 "신기루"에 불과했고, 새 시리아 정부에 관한 높은 기대는 "공약空約 남발과 지독한 언사, 그리고 피를 부르는 책략의 반복" 앞에 무너져내렸다. 정세 불안이 중동 전체로 확산되었을 때 시리아의 수많은 시위자들을 움직인 건 바로 이 "공약 남발"과 실현되지 않은 희망이었다.

아사드를 비롯한 시리아의 집권층은 모두 알라위트파였다. 시아파의 분파로 이란 정부와 뜻을 같이하는 알라위트파는 시리아 인구의 12퍼센트에 지나지 않지만, 1차대전 이후 프랑스 식민지 시절부터 인구의 대다수를 차지하는 수니파를 지배해왔다. 저항 세력의 대부분은 인구의 70퍼센트 이상을 차지하는 수니파였고, 9퍼센트인 쿠르드족이 있었다. 시리아 인구의 남은 10퍼센트는 기독교인, 그리고 약 3퍼센트는 이슬람교 시아파의 분파로 기독교와 유대교를 비롯한 여러 종교가 섞인 드루즈파가 차지했다. 사태가 진전됨에 따라 우리에게 닥친 가장 큰 난제는 시위자들이 이러한 종교적, 지리적, 이념적 차이를 뛰어넘어 단결할 수 있도록 도와주는 것이었다.

2011년 10월, 아랍연맹은 시리아에 발포 중지를 요구했다. 아사드 정권이 주요 도시에서 정부군을 철수시키고 정치범을 석방하며 기자들과 인권단체 활동가들의 접근을 허락하고 시위자들과 대화를 시작할 것을 촉구했다. 국민 대다수가 수니파인 아랍 국가들, 특히 사우디아라비아를 비롯한 걸프 만 국가들은 시위자들의 편에 서서 아사드의 사임을 원했다. 아사드는 주변국의 압박에 못 이겨 아랍연맹의 계획에 동의했지만, 곧바로 입장을 바꿔 결정을 무시해버렸다. 정부군은 이후 며칠 동안 계속해서 시위자들을 살상했다. 이에 대해 아랍연맹은 시리아의 회원자격을 정지했다.

아랍연맹은 그해 12월에 다시 한 번 중재를 시도했다. 전과 마찬가지로 아사드는 아랍연맹의 계획에 동의했다. 이번에 아랍연맹은 연이은 폭력 사태로 몸살을 앓는 시리아의 도시들에 감시단을 파견했다. 하지만 안타깝게도 아랍연맹 감시단조차 폭력을 잠재우지 못했으며, 아사드에게 약속을 지킬 의사가 전혀 없다는 사실이 다시 한 번 명백해졌다. 2012년 1월, 아랍연맹은 실망하여 감시단을 철수시킨 뒤, 아사드가 부통령에게 권력을 인계하고 정부와 반대파 쌍방이 참여한 국민통합정부를 구성하도록 유엔안전보장이사회가 지지해달라고 요청했다.

한편 시리아 정부군은 탱크부대를 투입해 다마스쿠스의 교외 주택지를 폭격하고 있었고, 반군은 이에 결사적으로 저항했다. 일부 시위자들은 점점 더 과격해졌고, 극단주의자들이 시위에 합류하기 시작했다. 알카에다와 연계된 몇몇 조직을 포함하여 이슬람 성전주의자 단체는 이 상황을 소기의 목적을 달성할 기회로 보기도 했다. 결국 수많은 난민들은 시리아의 국경을 넘어 요르단, 터키, 레바논으로 탈출했다. (2014년 현재 시리아 분쟁으로 무려 250만 명 이상의 난민이 국경을 넘었다.)

2012년 1월 말에 아랍연맹의 보고를 듣고 대응책을 논의하기 위해 뉴욕에서 열리는 유엔안전보장이사회의 특별회의에 참석했다. 나는 이사회에 말했다. "우리에게는 한 가지 선택안이 있습니다. 시리아와 중동지역 국민들 편에 서거나, 계속되는 폭력 사태의 공모자가 되는 것입니다."

아랍연맹의 평화 계획을 지지하는 새 결의안은 이전에 겪었던 것과 같은 문제에 직면했다. 러시아는 아사드에게 조금이라도 압력을 가하는 결의안이라면 무조건 반대했다. 이전 해에 러시아는 리비아 상공에 비행 금지구역을 설정하고 민간인을 보호하는 데 '필요한 모든 조치'를 취할 것을 다짐하는 표결에서 기권했으며 나토가 이끄는 연합군이 민간인을 보호하고자 카다피 정권의 붕괴를 가속화했을 때도 가담하지 않았다. 시리아마저 혼란 상태에 빠진 지금 러시아는 이번에야말로 서방의 개입을 막겠다고 단단히 작정하고 있었다. 아사드 정권은 러시아에게 전략적으로 상당히 중요했다. 뉴욕에서 나는 러시아에게 리비아와 시리아를 비교하는 것은 '잘못'이라고 주장했다. 이번 결의안은 제재를 가하거나 군사력 동원을 지지하지 않았고, 그 대신 평화로운 정치적 변화의 필요성에만 집중했다. 하지만 러시아는 내 말을 들으려고도 하지 않았다.

나는 뮌헨안보회의에 참석하러 가는 비행기 안에서 러시아의 외무장관 세르게이 라브로프와 이야기를 나누며 국제사회가 단합된 메시지를 전할 필요가 있다고 말했다. 러시아 정부는 이번 결의안이 아사드 정권보다 시위자들에게 더 강경한 조치를 취하기를 바랐다. 라브로프는 아사드가 결의안에 따르지 않으면 어떻게 할 것이냐고 집요하게 물었다. 리비아 때처럼 사태에 개입할 것인가? 나는 고개를 저었다. 우리는 이 결의안을 이용해 아사드가 협상에 응하도록 압박을 가할 예정이었다. "아사드는 유엔안전보장이사회가 한목소리로 이야기해야 받아들일 거예요. 우리는 리비아에서와 같은 시나리오가 재현되지 않을 것임을 분명히 알리기 위해 할 수 있는 건 다 했어요. 이번 제재안은 그 어떤 무력행사나 외국 정부의 개입, 군사행동도 승인하지 않을 겁니다."

자주권을 존중하고 외국의 개입을 반대한다는 러시아의 말은 사실 그간의 전력으로 보건대 공허하게 들렸다. 2008년과 2014년 푸틴은 단순히 러시아에 이득이 된다는 이유로 한 치의 망설임도 없이 그루지야와 우크라이

나에 병력을 투입하며 두 국가의 자주권을 침해하지 않았는가.

라브로프와 내가 뮌헨에서 대화를 나누고 있을 무렵 시리아 분쟁은 격화되었다. 정부군은 시리아에서 세 번째로 큰 도시이자 이번 시위의 발상지로 알려진 홈스를 집중 포격해 수백 명을 죽였다. 이번 분쟁에서 가장 큰 유혈 사태가 벌어진 것이다.

나는 라브로프에게 뉴욕에서 상정된 결의안은 이미 단어 하나하나까지 철저한 토론을 거쳤다고 말해주었다. 우리는 폭력에 종지부를 찍고 새로운 변화를 시작한다는 최소한의 선만 유지하면서 타협을 마친 터였다. 이제 투표 절차만 남은 상태였다. 바로 이날 결의안에 대한 찬반투표가 열릴 예정이었다.

"하지만 이번 사태의 끝은 어디입니까?" 라브로프가 물었다. 뮌헨에서 우리가 만난 그 시점에서 앞으로 미국이 취할 조치를 모두 예상하는 건 불가능했고, 아사드 정권 몰락 이후 시리아 국민들이 직면할 문제를 과소평가해서는 안 된다는 걸 나는 잘 알고 있었다. 하지만 단 하나만큼은 확신했다. 만약 우리가 평화협상 과정을 시작하지 않는다면 사태의 끝은 암울하리라는 것. 유혈 사태는 계속되고, 정부군의 만행과 폭격으로 가족과 집을 잃은 시위자들은 더욱 완강히 저항할 것이며, 결국 전면적인 내전이 발발해 파탄국가가 된 시리아로 극단주의자들이 몰려들고, 시리아는 여러 지역으로 분열되어 테러단체를 비롯한 서로 싸우는 파벌들의 지배를 받을 가능성이 높다. 탄압과 폭력의 나날이 지속될수록 시리아인들의 화해와 재건은 어려워지고, 종파 간 갈등과 불안이 시리아를 넘어 중동 전체로 확산될 위험이 커지는 것이다.

라브로프와의 면담이 끝나고 몇 시간 뒤, 유엔안전보장이사회가 소집되어 투표를 시작했다. 나는 뮌헨에서 기자단에게 이렇게 말했다. "평화와 안보, 그리고 민주주의가 살아 있는 미래를 원합니까, 아니면 계속되는 폭력과 유혈 사태의 공모자가 되기를 원합니까? 저는 미국이 무엇을 원하는지 잘 알고 있습니다. 그리고 이제 곧 다른 상임이사국들이 무엇을 원하는지도 알게 되겠군요." 시리아가 최악의 유혈 사태를 겪은 뒤임에도 러시아와 중국은 거부권을 행사해 국제사회가 시리아 정부의 폭력행사를 규탄하는 것을 저지했다. 이 결의안 체결을 막은 것은 곧 현지에서 벌어지는 참사에 책임이 있다는 뜻이었다. 훗날 내가 말했듯, 이는 야비한 짓이었다.

예상했던 대로 상황은 점차 나빠졌다. 2월 말, 시리아 문제를 타개하기 위해 유엔과 아랍연맹은 공동 특사로 코피 아난을 임명했다. 그의 임무는 시리아 정권과 저항 세력, 각 측을 지지하는 국가들이 이번 갈등을 해결할 정치적 결의안을 마련하도록 설득하는 것이었다.

이 새로운 외교활동을 지지하고자, 나는 미국과 뜻을 같이하는 국가들을 모아 시리아 정권에 더 큰 압력을 가하고 고통 받는 민간인들에게 인도적인 지원을 보낼 방안을 고심할 자리를 주선했다. 우리의 첫 번째 선택이 유엔에서 실패로 돌아갔기 때문이다. 우리는 외교적인 해결방안을 지지해왔지만 마냥 기다릴 수는 없었다. 국제사회의 행동이 필요하다고 느낀 참가국 명단은 점점 길어졌으며 마침내 60여 개국이 2월 말 튀니지에 모여 후에 '시리아의 친구들Friends of the Syrian People'이라 불리게 되는 모임을 시작했다. 우리는 아사드의 자금줄을 끊을(러시아와 이란이 시리아 국고를 효과적으로 채워주었지만 말이다) 제재 실무단을 조직했고 폭력을 피해 탈출한 난민들에게 비상 보급품을 보내기로 약속했으며, 민간인 반군 지도자들에 대한 훈련 강도를 높였다.

한편 튀니스에서는 반군에게 비밀리에 무기를 보내 시리아 정부군과 이란, 러시아 지원군에 맞서 승산을 높이자는 말이 오갔다. 걸프 만의 미 동맹국들은 알자지라를 통해 수니파 반군과 민간인들이 학살되는 장면을 실시간으로 지켜보며 점점 더 초조해졌다. 사우디아라비아의 외무장관 사우드 알파이살 왕자는 무기를 지원하는 것이 "훌륭한 생각"이라고 말했다. 사태의 진행 상황에 관한 그의 답답한 심정과 전세가 역전되기를 바라는 마음은 십분 이해했다. 그러나 시리아에 더 많은 무기를 지원했다가 본격적인 내전으로 치닫는 것은 경계해야 했다. 시리아에 일단 무기가 유포되면 통제가 어렵고, 자칫 극단주의자들의 손에 들어갈 위험이 있기 때문이었다.

아사드의 후원자들에게는 그런 걱정이 없었다. 이란의 혁명수비대와 그 산하 준군사 정예부대인 쿠드Quds 여단은 이미 시리아군을 지원하고 있었다. 이란인들은 시리아 정부군과 함께 전장에 뛰어들고, 시리아 정권이 준군사부대를 조직하는 것을 돕는 등 시리아의 주요 자문 역할을 맡았다. 레바논 내에서 이란의 지원을 받는 헤즈볼라의 과격파들 또한 시리아 정권을 위해 싸움에 참가했다. 이란-헤즈볼라 연합은 아사드 정권이 권력을 유지하는 데 없어서는 안 될 존재였다.

나는 사우드 왕자에게 만약 우리가 러시아의 동의를 얻는 데 성공한다면 아사드가 폭력을 멈추고 정치적 개혁을 여는 계획에 협조할 것이라고 생각하는지 물었다. 그는 고개를 저으며 아사드의 가족이 절대 허락하지 않을 것이라고 말했다. 어머니의 치마폭에 감싸인 아사드는 늘 가족의 위상을 지키고 폭동을 잔인하게 탄압했던 아버지처럼 집권해야 한다는 압박감에 시달린다는 것이었다. 하페즈 알아사드가 1982년에 일어난 폭동에 대한 보복으로 하마를 완전히 파괴해버린 악명 높은 사건을 말하는 것이었다.

3월 말 리야드에서 나는 사우드 왕자와 압둘라 왕과 함께 미국과 걸프 만 6개국 간의 새로운 전략적 제휴를 위한 첫 회담에 참석했다. 이번 회담의 주요 안건은 이란의 위협이었지만, 우리는 또한 시리아 반군에 더 많은 지원을 보낼 필요성도 논의했다. 그날 밤늦게 나는 이스탄불로 날아가 터키, 사우디아라비아, 아랍에미리트, 카타르의 대표단을 만났고, 이들에게서도 반군에게 반드시 무기를 지원해야 한다는 이야기를 들었다.

나는 몹시 난감했다. 미국은 반군을 무장시키는 일에 동참할 준비가 되어 있지 않았지만, 한편으로는 반아사드 진영을 와해시키거나 아랍 국가들에 대한 영향력을 잃고 싶지도 않았다. "각자 자신이 할 수 있는 일을 하기로 합시다." 나는 리야드 회담에서 조심스럽게 말했다. "반군 지원에는 여러 가지 방법이 있습니다. 모든 국가가 같은 종류의 지원을 보내지는 않을 겁니다." 이미 기정사실화된 것을 처음 공식적으로 인정한 셈이었다. 어떤 국가는 더 많은 무기를 지원하는 반면, 어떤 국가는 인도적 원조에 힘을 보탤 테니 말이다. (2014년 4월까지 미국은 17억 달러가 넘는 인도적 원조를 약속했으며, 지금까지 시리아 난민들에게 가장 많은 원조를 한 나라다.)

2012년 3월은 시리아 시위 1주년이 되는 달로, 유엔이 집계한 사상자 수만 약 8,000명이 넘었다. 코피 아난은 아사드를 비롯한 모든 관계자들과 순차적으로 회담을 갖고 어려운 협상을 마무리 지어 더 많은 인명피해가 나기 전에 갈등을 봉합하려고 노력했다. 3월 중순에 그는 6개항으로 구성된 평화안을 내놓았다. 그해 초에 아랍연맹이 제시했던 것과 비슷한 계획안이었다. 코피는 아사드 정권이 군을 철수시키고, 무력 사용을 중지하며, 평화 시위를 허락하고, 인도적 구호 작업과 해외 기자들의 접근을 허용할 것을 촉구했다. 또한 시리아 국민들의 정당한 바람과 우려의 목소리에 귀 기울여 정치적 변화를 도모해야 한다고 말했다. 러시아의 동의를 얻어내기 위해 코피는 유엔안전보장이사회가 자신의 평화안을 결의안보다 법적 강제력이 약한 '성명서'로 채택할 것을 제안했다. 덕분에 이 평화안이 후에 군사 개입의 구실로 사용될 것이라는 러시아 정부의 우려는 불식되었고, 서방 강대국들은 유엔안전보장이사회가 시리아 사태의 성격을 공식적인 기록으로 남길 수 있다는 점에서 코피의 제안에 동의했다. 안전보장이사회는 성명서를 통해 휴전을 촉구하고, 코피에게 "시리아 정부가 추진하는 민주주의적 복수정당제로의 전환을 돕고 시리아 정부와 다양한 집단의 반정부 세력 간 종합적인 정치대화를 시작하게 하는" 역할을 맡겼다.

성명서에 동의한 러시아는 아사드에게 코피의 평화안을 수용하라고 종용하기 시작했다. 3월 말 아사드는 러시아의 뜻에 따랐다. 하지만 우리는 아사드가 얼마나 자주 말을 바꾸는지 이미 잘 알고 있었으므로, 정말 휴전이 되리라고는 아무도 기대하지 않았다. 평화안 이행 최종기한인 4월 10일이 다가왔지만 시리아 내 폭력은 수그러들 기미를 보이지 않았다. 시리아 정부군은 심지어 국경을 넘어 터키와 레바논 영토에까지 총격을 가해 갈등이 더 넓은 지역으로 확산될 가능성을 높이기까지 했다. 하지만 시한이 다가오자 사태는 어느 정도 잠잠해졌다. 무력 사용이 전면 중지된 것은 아니었지만 전투는 잠시 소강상태를 맞이했다. 유엔은 아랍연맹이 그랬던 것처럼 감시단을 파견해 현장 상황을 관찰했다.

하지만 약속했던 것과 달리 아사드는 평화안의 나머지 조항 이행을 위한 신뢰할 만한 조치를 취하지 않았으며, 위태롭던 휴전 상황도 조금씩 흐트러지기 시작했다. 약 한 달 뒤 코피는 평화안에 대한 "심각한 위반"을 보고했으며, 5월 말에는 시리아의 훌라에서 어린아이 49명을 포함해 100명이 넘는 마을 주민이 학살당했다. 러시아와 중국은 안전보장이사회가 평화안 준수를 강요하거나 위반행위를 처벌하는 것을 계속해서 저지했다. 두 나라가 평화안 채택에 동의한 것은 그저 국제사회의 비난을 잠재우기 위한 겉치레에 지나지 않았다.

나는 코피에게 새로운 방침을 취하라고 권했다. 시리아의 정치적 개혁을 계획하는 데 초점을 맞춘 국제회의를 열어보면 어떨까? 더 이상의 외교활동 없이는 불안한 휴전상태가 완전히 붕괴되고 모든 것이 처음으로 되돌아갈 것이었다. 6월 첫째 주에 코피는 워싱턴으로 나를 만나러 왔으며, 모스크바, 테헤란, 다마스쿠스를 비롯한 여러 국가의 수도를 오가면서 나와 자주 통화를 했다. 그는 새로운 외교 조치를 취할 때라는 사실에 동의하며

6월 말에 열릴 국제회의를 위한 계획을 마련하기 시작했다.

6월 중순, 폭력 사태가 점점 악화되어 유엔이 감시단 파견을 중단해야 하는 지경에 이르렀다. 나는 오바마 대통령을 수행하며 멕시코 로스카보스에서 열리는 G20 정상회의에 참가했고, 거기서 약 두 시간 동안 러시아의 푸틴 대통령과 면담했다. 논의의 주요 주제는 역시 시리아였다.

오바마 대통령은 먼저 우리 측 입장을 간략하게 설명했다. 국제사회는 시리아가 내전과 국제적 대리전으로 산산조각 나고 중동의 안정에 부정적인 결과를 초래하는 것을 방관하거나, 아니면 러시아 정부의 영향력을 빌려 실현가능한 정치적 해결안을 마련할 수 있었다. 푸틴 대통령은 아사드에게 딱히 호감을 품고 있지 않으며 러시아 정부도 아사드 때문에 꽤나 골치가 아프지만, 러시아는 시리아 정부에 대해 실질적인 영향력을 행사하고 있지 않다고 단언했다. 내 생각에 그는 내부의 반대 세력에 몰린 아사드에게 개인적인 동질감을 느끼는 듯했다. 푸틴 대통령은 이어서 반정부 세력 내의 극단주의자들이 점점 더 큰 위협을 가하고 있다고 경고하며 리비아, 이집트, 그리고 이라크 내 민주화가 얼마나 엉망인지 보라고 지적했다.

이 모두 아사드에게 계속해서 자금과 무기를 지원하고 안전보장이사회의 개입을 막기 위한 손쉬운 합리화였다. 나는 러시아의 말도 행동도 믿지 않았지만, 대안이 없으니 모든 외교적 선택지를 다 동원해보아야 한다는 것을 알고 있었다. 나는 푸틴 대통령과의 만남 이후 코피에게 이렇게 말했다. "가서 러시아 정부에 특사님의 팀이 시리아의 정치적 변화 계획안을 마련할 거라고 전하세요. 논의에 참여하지 않을 거라면 옆에서 구경이나 하라고요." 코피가 추진한 제네바 국제회의 날짜가 다가오자 모두의 합의를 얻어낼 수 있으리라는 희망을 품고 코피와 함께 계획안에 들어갈 어휘를 신중하게 검토했다. 〈워싱턴포스트〉에 실린 제네바 회의의 개막을 알리는 기고문에서 코피는 기대하는 바를 명확히 서술했다. 그는 시리아의 이웃국가들과 세계 강국들이 "갈등에 대한 더 이상의 무력 개입을 피하고자, 유혈 사태에 종지부를 찍고 6개항 평화안을 시행하기 위해 단합할 것을 약속한다"고 말했다. 또한 그는 "나는 이번 토요일에 열리는 회의에서 시리아가 주도하는 정치적 변화 과정이 반드시 명확한 원칙과 지침에 따라 실현되어야 한다는 데 모든 참여국이 동의하기를 기대한다"고 덧붙였다.

국제회의 전날 코피에게 그가 제안한 원칙을 고수하라고 거듭 당부했다. "약간의 수정이나 부가설명은 이해할 수 있어요. 괜찮습니다. 하지만 이번 회의에서 얻어내야 할 핵심은 러시아와 중국을 포함한 국제사회가 민주주의적 미래를 위한 정치적 변화를 한목소리로 지지한다는 거예요. 이는 신성불가침입니다. 세부사항은 협상이 가능하지만 그 핵심만큼은 꼭 지켜야 해요." 코피는 결국 러시아도 우리와 뜻을 같이할 것이라 생각했다. "러시아 정부는 정치적 변화에는 동의하지만 반드시 체계가 잡혀 있어야 한다고 했습니다." 그가 말했다. 나는 코피처럼 낙관적이지만은 않았지만, 일단 시험해보자는 데는 동의했다.

═══

러시아에서 열린 아시아태평양경제회의에 참석한 뒤 6월 30일 새벽 1시경에 제네바에 도착했다. 상트페테르부르크에서 열린 긴 만찬에서 나는 라브로프에게 코피를 지지하고 시리아 사태를 매듭짓자고 종용한 터였다. 나는 러시아가 아사드의 사임을 직접적으로 요구하는 일은 절대 없으리라는 걸 알았다. 코피는 우리의 도움으로 이에 대한 훌륭한 해결책을 마련했다. 그는 완전한 법 집행권을 가진 통합과도정부 구성을 제안할 예정이었다. 이 임시정부는 대체로 배경이 다양한 인물들을 포함하면서도 "존재와 참여가 지속적으로 정치적 변화의 신뢰성을 약화시키고 국가의 안정과 화합을 위태롭게 하는 인물"은 제외하기로 했다. 이는 물론 아사드를 배제한다는 말이었다. '아사드는 사임해야 한다'는 우리 측 입장과 '아사드에게 사임을 요구하지는 않겠다'는 러시아 측 입장의 차이를 표면화시키지 않고 시리아가 자체적으로 사태를 처리하는 식의 조항을 러시아는 원했다.

라브로프는 강경한 태도를 취했다. 그는 러시아가 정치적 결의안을 원한다고 주장하면서도 결의안 채택을 위한 어떤 조치에도 동의하지 않았다. 나는 만약 다음 날 회의에서 우리가 체계적인 변화를 위한 코피의 제안에 합의를 보지 못한다면, 유엔이 주도하는 외교적 노력은 실패로 돌아가고 극단주의자들은 입지를 강화해 분쟁은 격화될 것이라고 지적했다. 아랍연맹과 이란은 각자 더 많은 무기를 시리아에 투입할 것이었다. 종파 간 긴장 상태와 늘어나는 난민 물결은 시리아의 이웃국가들, 특히 레바논과 요르단을 더욱더 불안정하게 할 것이었다. 나는 아사드 정권이 언젠가 실각하리라고 믿어 의심치 않았지만, 시간을 끌수록 시리아와 중동지역은 계속해서 피해를 입을 것이라고 주장했다. 그것은 러시아의 이익에도, 영향력 유지에도 도움이 되지 않았다. 하지만 라브로프는 꿈쩍도 하지 않았다. 스위스행 비행기 안에서 나는 러시아 사람들을 계속해서 압박하고 비행기에 탄 다른 사람들에게 코피의 제안을 설명해야 했다.

제네바에서 나는 우선 영국 외무장관 윌리엄 헤이그와 프랑스 외무장관 로랑 파비우스를 만나 돌아가는 상황을 살펴보았다. 헤이그와 나는 이후 카타르 외무장관 하마드 빈 자심 알사니Hamad bin Jassim al-Thani와 터키 외무장관 다우토을루와 이야기했다. 그들은 제네바 회의에서 어떤 결론이 나든 반군에 대한 군사적 지원을 생각해보라고 강력 촉구했다. 미국과 영국이 그렇게 할 준비가 되어 있지 않다는 것을 알면서도 자신들의 의견을 피력했다.

반기문 유엔 사무총장은 회의 개막식을 주재하며 이번 회의는 5개 상임이사국과 터키, 이라크, 쿠웨이트, 카타르, 유럽연합의 외무장관들이 참여하는 '시리아 실행 그룹Action Group of Syria'이라고 낙관적으로 칭했다. 이란과 사우디아라비아는 초대되지 않았다.

회의가 시작되자 코피는 자신의 목표를 간략히 설명했다. "우리는 시리아 정부의 주도 아래 시리아 국민들의 정당한 바람을 실현시킬 정치적 변화에 대한 지침과 원칙을 합의하러 이 자리에 모였습니다. 또한 이러한 목적을 현실화하기 위해 우리 각자가 그리고 모두가 취해야 할 행동과 이를 준수하지 않을 경우 시리아에 취할 조치에 대해 합의할 것입니다." 코피는 그가 제안하는 정치적 변화를 명시한 문서를 모두에게 공개했다.

나는 시리아의 민주화와 '아사드 정권 이후의 미래'를 향한 길을 닦을 코피의 계획안을 환영했다. 미국은 코피와 마찬가지로 시리아 정부가 민주적이고 다원적인 정치체제로 전환해 법치를 따르고 인종이나 종파, 성별에 상관없이 모든 집단이 누려야 할 권리를 존중하는 것을 목표로 삼았다. 우리는 또한 시리아 정부와 각 부처의 주권, 특히 안보 기반을 온전히 유지하여, 사담 후세인을 축출하고 이라크군과 정부를 해산한 이후 뒤따랐던 것과 같은 혼돈을 예방하는 것이 몹시 중요하다는 사실에 동의했다. 새로운 합의안이 실제로 시행되기 위해서 유엔안전보장이사회의 결의안은 '위반 시 실질적이고 즉각적인 조치'를 취할 수 있어야 했다. 또한 분쟁 당사자들에게 영향력을 행사할 수 있는 국가들이 시리아 정부로 하여금 합의안을 수용하도록 압박하고 정치적 변화를 지지해야 했다. 즉 러시아 정부는 아사드 정권에, 아랍연맹과 서방 국가들은 반군에 영향력을 행사해 모두의 동의를 이끌어내야 했다.

우리는 몇몇 조항에 보다 강력한 표현을 사용하고 싶었지만(예를 들어 아사드의 사임이 보다 직접적으로 명시되기를 바랐다) 번거로운 일을 피하고 모두의 합의를 이끌어내기 위해 코피의 원안을 그대로 수용하고, 다른 국가들에게도 그렇게 하자고 설득했다.

보통 국제회의에서 대중에 공개되는 부분은 미리 작성해온 원고를 읽는 식으로 진행된다. 각 나라와 기관이 자신의 입장을 언명하는 시간은 꽤 지루할 수밖에 없다. 회의가 본격적으로 시작되는 것은 보도진이 떠나고 나서부터다. 이번 회의도 예외는 아니었다.

우리는 의전용 홀을 나와 긴 직사각형 방으로 향했다. 코피와 반기문이 상석에 앉고 보좌관 한 명씩을 대동한 각국 장관들이 나란히 놓인 두 개의 테이블에 마주보고 앉았다. 감정이 고조되었다. 장관들은 서로를 향해 고함을 지르고 테이블을 내려치기도 했다. 막바지에 나와 라브로프의 논쟁이 치열해지자 다른 소동은 잠잠해졌다. 이전과 같은 논쟁이 그곳에서도 일어난 것이다.

결국 러시아는 우리가 조항의 표현만 조금 달리하면 과도정부 설립을 받아들일 것처럼 보였다. 라브로프는 "정치적 변화의 신뢰성을 약화시키고 국가의 안정과 화합을 위태롭게 하는 인물"을 제외한다는 표현에 난색을 표했다. 나는 이 교착상태를 해소하기 위해 새로운 표현을 제시했다. 과도정부는 현 정부와 반정부 세력을 대표하는 인물들을 "쌍방 합의하에" 선정하는 것은 어떨까? 러시아는 마침내 조항을 수용했다.

단어의 의미에만 너무 집착하다가 다른 것들을 놓칠 위험도 있지만, 외교에서 적절한 어휘 사용은 몹시 중요하다. 사용하는 어휘에 따라 국제사회와 시리아 현지 사람들이 이번 합의안을 받아들일지 여부가 결정되기 때문이다. 내가 "쌍방 합의"를 해결책으로 제시한 이유는 실제로 아사드가 절대 그 전제조건을 충족시킬 리 없다고 믿었기 때문이다. 반군은 무슨 일이 있어도 아사드에 동의하지 않을 것이었다. 우리는 또한 과도정부의 권한을 명시하기 위해 "완전한 법 집행권"이라는 표현을 유지했다. 이는 곧 아사드와 그의 측근들이 지휘권을 전부 잃게 될 것임을 의미했다. 우리의 의도를 좀 더 분명히 하기 위해 나는 합의안이 명백하게 시리아의 안보 및 정보기관을 비롯한 "모든 정부기관"을 과도정부의 통제 아래 두며, 대중의 신임을 얻는 최고지도부를 선출해야 한다고 분명히 요구했다(아사드가 절대 충족할 수 없는 조건이 하나 더 생긴 셈이다).

나는 이번 회의가 끝나면 유엔안전보장이사회 회의를 열어 유엔헌장 제7장(평화에 대한 위협, 평화의 파괴 및 침략행위에 관한 조치를 규정한 장_옮긴이)에 따른 결의안을 채택하자고 주장했다. 이는 시리아 정부가 합의사항을 위반할 시 강력한 제재를 재가하는 결의안이었다. 라브로프는 이 제안에 애매한 태도를 취했으나, 코피의 계획안을 지지하기 위해 러시아의 영향력을 이용하는 데 동의하고 이번 회의에서 협의한 내용에 서명했다. 그러고 나서 우리가 이룬 성과를 전 세계에 발표했다.

문제가 발생하기까지는 오랜 시간이 걸리지 않았다. 언론은 "쌍방 합의"라는 문구의 단순한 의미와 의도를 오해하고 아사드가 정권을 유지하는 것을 허락한다고 해석했다. 〈뉴욕타임스〉는 "시리아 계획 수립, 그러나 아사드 퇴출과는 무관해"라는 제목의 부정적인 기사를 실었다. 라브로프는 이 잘못된 해석을 열심히 부채질했다. 그는 언론에 이렇게 말했다. "이번 합의안의 의도는 정치적 변화 과정에 어떤 제한을 두려는 것이 아닙니다. 이양 과정을 위한 선행조건도 없고, 그 과정에서 제외되는 인물이나 단체도 없을 것입니다." 아주 틀린 말은 아니었지만 노골적으로 오해를 불러일으키는 발언이었다.

코피는 라브로프의 발언을 일축했다. "나라를 누가, 어떻게 통치하는지에 대해 발언권을 얻고자 그토록 열심히 싸워온 시리아 국민들이 손에 피를 묻힌 사람들을 지도자로 선출하지는 않을 것이라고 생각합니다." 나 역시 그의 말을 거들었다. "이번 회의에서 우리는 [아사드와] 손에 피를 묻힌 인물들이 정권을 유지할 수 있다는 환상을 완전히 깨뜨렸습니다. 이번 계확안은 아사드 정권이 완전한 공권력을 지닌 새로운 과도정부에게 자리를 내어줄 것을 요구하고 있습니다." 시간이 지남에 따라 반정부 세력과 민간인들은 제네바 공식 성명서를 아사드 사임을 위한 청사진이라고 있는 그대로 받아들였다.

═══

그러나 그해 시리아의 여름은 처참했다. 제네바에서 합의안에 서명한 뒤 러시아는 유엔헌장 7장을 원용한 결의안을 받아들이지 않았으며 아사드에게 실질적인 영향력을 행사하기를 거부했다. 실망스럽기는 했지만 놀랍지 않은 결과였다.

그해 8월 코피는 결국 넌더리를 내며 사직했다. "저는 최선을 다했습니다만, 최선이 충분하지 않은 때도 있는 것 같습니다." 내가 말했다. "특사님이 더 뭘 할 수 있었겠습니까. 지금껏 우리가 이루어낸 것만 해도 놀라운걸요. 러시아가 유엔 결의안에 대해 저렇게 비협조적으로 나오는데요. 제네바에서는 합의안의 틀이라도 잡을 수 있었는데, 지금은 아무것도 할 수가 없네요." 한편 시리아 내 사상자 수는 이제 수만 명에 이르렀고 사태는 걷잡을 수 없이 나빠졌다.

날이 갈수록 더 큰 좌절감을 느꼈지만 절대 포기하지 않았다. 유엔안전보장이사회에서 러시아라는 벽에 부딪혔을 때도 나는 유엔이 아닌 다른 루트를 통해 외교를 시도하며 이제 100여 개국으로 늘어난 '시리아의 친구들' 회원국들과 더 많은 회담을 가졌다.

남은 과제는 양측(아사드와 그를 후원하는 러시아와 이란으로 구성된 한편, 반군과 아랍 연맹으로 이루어진 반대편)에 궁극적이고 결정적인 군사적 승리는 불가능하며 대신 외교적 해결책을 마련하는 데 주력해야 한다고 설득하는 일이었다. 이를 위해 우리는 오랫동안 신중하고 지속적인 압력을 가해야 했다. 미국과 미국의 동맹국들은 아사드 정권에 대한 제재의 강도를 꾸준히 높였다. 우리는 아사드 정권의 자산을 동결하고, 시리아를 여행금지 국가로 선정했으며, 무역을 제한했다. 그 결과 시리아 경제는 곤두박질쳤지만, 러시아와 이란이 아사드에게 계속해서 전쟁자금을 대주고 있어 전투는 끊이지 않았다.

아사드는 지속적으로 공군력을 확장하고 반군을 제압하기 위해 스커드 미사일을 발사하며 더 많은 민간인들을 죽였다. 반군은 유럽과 아랍연맹, 미국의 노력에도 불구하고 여전히 오합지졸이었다. 우리는 2012년 3월부터 반군에게 통신장비와 휴대용 식량을 비롯한 '비군사적' 지원은 했지만 무기를 보내고 군사훈련을 도와달라는 요구는 거절했다. 시리아의 반정부 세력을 비롯한 많은 이들이 우리가 리비아 반군을 지원했던 것처럼 자신들도 도와달라고 외쳤다. 하지만 시리아는 리비아가 아니었다.

우선 아사드 정권은 카다피 정권보다 훨씬 견고했다. 사회의 주요 계층에서 더 많은 지지를 받았고 역내 동맹국도 더 많았으며, 제대로 된 군대를 갖추었고 방공력 또한 월등했다. 리비아에서는 저항 세력이 주도하는 과도국가위원회가 나라에서 두 번째로 큰 도시 벵가지를 포함해 리비아 동부를 대부분 장악했던 것과 달리, 시리아의 저항 세력은 체계 없이 분산되어 있었고, 영토를 장악하거나 단일 지휘체계 아래 연합하는 데 어려움을 겪었다. 무엇보다 가장 중요한 차이점은 러시아가 리비아와 같은 상황을 막기 위해 시리아 분쟁에 대한 유엔의 개입을 전면 차단했다는 점이었다.

갈등 초기에 많은 사람들은 아사드 정권의 몰락이 불가피할 것이라고 예상했다. 과거 튀니지, 이집트, 리비아, 예멘의 지도자들처럼 말이다. 그렇게 많은 피를 흘린 뒤 자유를 맛본 시리아 국민들이 그냥 조용히 다시 독재정권을 받아들일 것이라고 상상하기는 어려웠다. 하지만 내전이 2년째 지속되자 아사드가 시리아를 분열시키고 파괴적인 종파 분쟁을 조장하면서까지 권력을 포기하지 않을 가능성이 점점 높아졌다. 시리아는 오랫동안 유혈 교착상태에 머무르게 될 수 있었다. 파탄국가가 되어 정부 구조가 완전히 무너지고 대혼란이 뒤따를 수도 있었다. 분쟁을 질질 끌수록 요르단이나 레바논 등 갈등에 취약한 주변국가로 정세 불안이 확산되고, 극단주의자들이 시리아에서 세력을 넓혀갈 위험이 커졌다.

나는 시리아를 "사악한 난제wicked problem"라고 칭하기 시작했다. "사악한 난제"란 계획전문가들이 일반적인 해결책이나 접근법을 무색하게 하는 까다로운 문제를 일컫는 용어다. 여기에는 대부분 정답이 없다. 사실, 선택안을 찾을수록 해답에서 멀어지기 때문에 바로 '난제'인 것이다. 시리아 사태도 날이 갈수록 그런 양상을 보였다. 아무것도 하지 않으면 수많은 목숨을 앗아가는 대참사가 역내를 뒤덮는다. 그렇다고 군사적으로 개입하면 판도라의 상자를 여는 꼴이 되어 이라크 때와 마찬가지로 또 다른 수렁으로 기어들어가는 위험을 감수해야 할 수 있고, 반군을 원조하면 극단주의자들에게 좋은 일만 하게 될 수도 있다. 외교활동을 계속하면 곧 러시아의 거부권에 부딪힌다. 그 어떤 접근법도 성공하리라는 희망이 없었다. 그렇다고 포기할 수도 없었다.

제네바 회의에서 마련한 합의안이 별다른 효과가 없다는 게 분명해지자 나를 비롯한 오바마 정부의 국가안보팀은 미국 무기를 믿고 맡길 수 있도록 신중하게 검증하고 훈련한 온건파 반군부대 양성을 진지하게 고려하기 시작했다. 이 접근법에는 사실 실질적인 위험이 따랐다. 1980년대 미국, 사우디아라비아, 파키스탄은 소련의 아프가니스탄 점령 종식을 도운 무자헤딘Mujahideen이라는 아프가니스탄 반군조직에 무기를 지원한 적이 있는데, 오사마 빈 라덴을 포함한 무자헤딘 출신 장병들은 훗날 알카에다를 조직해 서방에 총칼을 겨누었다. 그런 결과가 되풀이되는 것은 아무도 바라지 않았다.

하지만 효과적인 검증과 훈련을 거친 소규모 부대를 양성하는 것은 여러모로 도움이 될 수 있었다. 우선, 비교적 규모가 작은 부대라도 저항 세력의 사기를 고양하고 아사드의 후원자들이 정치적인 해결책을 고려하도록 설득하는 데 유용할 수 있었다. 실제로 헤즈볼라는 고작 수천 명의 강경파 전사를 투입함으로써 아사드에게 유리한 쪽으로 전세를 뒤집어 이 전략의 효과를 입증하지 않았는가.

두 번째 이유는 보다 즉각적인 영향에 관한 것이었다. 우리의 행동(혹은 침묵)은 중동 내 우리 동맹국들과의 관계에 영향을 줄 수 있었다. 여러 아랍 국가와 개인이 시리아에 무기를 보내고 있다는 것은 공공연한 사실이었다. 하지만 이들의 무기 조달 방식은 허점투성이여서, 제각기 다른 단체를 지원하거나 심지어 경쟁관계인 집단을 지원하기도 했으며 우려스러운 양의 군사물자가 극단주의자들의 손에 들어가기도 했다. 미국은 군사적 원조를 하지 않았기 때문에 무기 거래를 통제하고 조정할 수 있는 영향력이 그만큼 적었다. 그나마 이런 이야기도 걸프 만 현지에서 대화를 통해 직접 전해들은 사실이었다. 하지만 만약 미국이 마침내 군사 지원에 동참한다면, 극단주의자들을 따돌리고 시리아 내 온건파의 힘을 키우는 데 보탬이 될 수 있었다.

시리아에 관한 주된 우려이자, 시리아가 사악한 난제인 또 다른 이유는 시리아 내에 아사드를 대체할 만한 인물이 없다는 사실이었다. 그와 그의 후원자들은 프랑스의 루이 15세가 "내가 죽은 뒤에 무슨 일이 일어나든 말든"이라고 말했듯, "아사드가 떠난 뒤에 혼란이 찾아오든 말든"이라고 그럴듯한 주장을 펼칠 수도 있었다. 사담 후세인 축출과 이라크 군대 해산 이후의 권력 공백이 준 교훈이 잊지 않은가. 하지만 만약 미군이 신뢰할 수 있고 유능한 온건파 반군부대를 훈련해 무장시킨다면 과도기 동안 시리아의 단합을 도모하고, 비축해둔 화학무기를 보호하며, 후에 있을 인종청소나 보복행위를 예방할 수 있었다.

하지만 그것이 과연 가능한 일일까? 성공하려면 철저한 검증을 통해 극단주의자들을 걸러낸 뒤 모든 동맹국들과 긴밀하게 정보를 공유하고 작전을 조율하는 것이 관건이었다.

이라크와 아프가니스탄에서 미국은 현지 용병들을 훈련시켜 국가안보를 유지하고 내란을 진압할 수 있는 단결력 강한 국군을 양성하는 데 상당한 에너지를 쏟았다. 2011년 CIA 국장이 되기 전 이 두 나라에서 미국의 군사작전을 지휘한 데이비드 퍼트레이어스 사령관은 이것이 얼마나 힘든 일인지 몸소 겪었다. 부분적인 성공도 있었지만 이라크와 아프가니스탄 보안부대는 여전히 기반을 마련하는 데 애를 먹었다. 하지만 퍼트레이어스는 두 나라에서의 경험을 통해 효과가 있는 조치와 그렇지 않은 조치가 무엇인지 제대로 배웠다고 했다.

7월의 어느 토요일 오후, 나는 온건파 반군부대를 검증하고 훈련해 무장시키는 일이 가능한지 의논하기 위해 퍼트레이어스를 워싱턴의 내 집으로 초대해 점심식사를 함께 했다. 만약 그가 시리아에서 이 같은 노력이 결실을 맺을 수 있다고 생각한다면 정말 그렇게 될 가능성이 컸다. 퍼트레이어스는 이미 이 해결책을 신중히 고려한 터라 세부사항의 윤곽을 잡고 계획안을 제출할 준비를 하고 있었다.

시리아 내전에 개입하는 것을 주저했던 미군의 고위간부들은 아사드의 최신 방공망을 뚫고 리비아처럼 비행 금지구역을 설정하는 데 필요한 병력을 제공하는 문제에서도 일관되게 부정적인 견해를 피력했다. 페네타 국방장관은 선택안이 부족한 시리아 문제에 나만큼이나 좌절한 상태였다. 하지만 그는 CIA를 이끌었던 경험을 바탕으로 첩보원들이 어떻게 이번 사태에 협력할 수 있을지 잘 알고 있었다.

8월 중순에 나는 압둘라 귈 대통령, 에르도안 총리, 다우토을루 외무장관과 상의하기 위해 이스탄불로 갔다. 터키는 국경 너머에서 벌어진 분쟁 때문에 골머리를 앓고 있었으며 시리아로부터 몰려드는 엄청난 수의 난민 문제에 대처하기 위해 분투하고 있었다. (나는 이스탄불 방문 도중 시리아 난민들을 직접 만나보기도 했다.) 또한 지중해상에서 터키 전투기가 시리아에 의해 격추되는 등 국경 인근에서 종종 폭력이 발생했다. 터키 전투기 격추사건은 시리아의 위기가 언제든 중동 전체로 번져나갈 수 있음을 극적으로 상기시켜주었다. 이 회담에서 나는 미국을 비롯한 나토 동맹국들이 시리아의 공격에서 터키를 보호해줄 거라고 약속했다.

미국과 터키는 시리아 내전 초기부터 지속적인 논의를 해왔는데, 나는 만일의 사태에 대비해 더욱 심도 있는 군사 계획이 필요하다고 생각했다. 비행 금지구역을 설정하려면 어떻게 해야 하는가? 화학무기의 사용이나 손실에 어떻게 대응할 것인가? 무장한 저항 세력에 더 나은 지원을 보내려면 어떻게 해야 하는가? 터키도 내 생각에 동의했고, 이틀 뒤 나는 다우토을루와 함께 영국, 프랑스, 독일의 외무장관과 전화상으로 이런 문제들에 대해 논의했다.

워싱턴으로 돌아올 무렵에는 만약 우리가 온건파 반군부대를 양성하고 무기를 지원하기로 결정한다면 역내 동맹국들과 협력해 효과적으로 일을 추진할 수 있을 것이라는 자신이 생겼다. 이제 각 기관들은 서로 협력해 전략기획 수립에 박차를 가했고, 퍼트레이어스는 오바마 대통령에게 계획안을 발표했다. 오바마 대통령은 주의 깊게 그의 보고를 들은 뒤 많은 질문을 던졌다. 대통령은 그는 반군에게 무기를 지원하는 것만으로는 아사드를 권좌에서 끌어내리기에 역부족이지 않을까 걱정했다. 이미 아랍 국가들로부터 시리아에 무기가 유입되는 상황에서 우리의 원조가 결정적인 역할을 하기는 어렵지 않겠냐고 물었다. 또한 미국의 무기 지원이 의도하지 않은 결과를 낳을 가능성도 고려해보아야 했다. 아프가니스탄 무자헤딘의 예는 모두의 뇌리에 강력한 교훈으로 남아 있었다. 오바마 대통령은 미국이 반군을 지원해서 성공적인 결과를 거둔 적이 있는지 물었다.

모두 타당한 질문이었다. 이에 대해 퍼트레이어스와 나는 카타르와 사우디아라비아가 시리아에 무기를 마구잡이로 쏟아붓는 것과 미국이 책임감을 가지고 온건파 반군부대를 훈련하고 무장시키는 것에는 큰 차이가 있다고 주장했다. 그러한 난장판을 통제하는 것이야말로 이번 계획의 주목적 중 하나이기도 했다. 게다가 우리의 목표는 아사드 정권을 무너뜨릴 정도로 강력한 군대를 양성하는 것이 아니었다. 시리아에서 미국과 함께 일하는 협력자가 되어, 아사드와 그의 후원자들이 군사적 승리는 불가능하다고 생각하게 할 정도면 충분했다. 어느 모로 보나 완벽한 계획은 아니었다. 아니, 아무리 좋게 말해도 최악의 선택안보다는 나은 차악에 불과했다.

국가안전보장회의의 고위관료들은 이 해결안을 지지했지만, 백악관에서는 회의적인 목소리가 들려왔다. 애초에 오바마 대통령이 당선된 데는 이라크 전쟁에 대한 반대 입장과 미군을 철수하겠다는 약속이 중요하게 작용했다. 취임할 때만 해도 중동에서 또 다른 종파 간 내전에 개입할 마음은 조금도 없었을 것이다. 그는 또한 개입의 강도를 높이기 전에 시리아 반정부 세력을 조금 더 지켜볼 필요가 있다고 생각했다.

행동이든 침묵이든 큰 위험이 따르기는 마찬가지였다. 두 선택안 모두 의도하지 않은 결과를 초래할 것이었다. 오바마 대통령은 현 노선을 유지하고 싶어했으며 반군을 지원해 무장시키는 안을 추진하기는 꺼렸다.

말싸움에서 지는 것을 좋아하는 사람은 없을 것이다. 나 역시 지는 건 싫다. 하지만 최종 결정은 대통령의 몫이었고 나는 그의 신중한 결정을 존중했다. 처음 한 팀이 되었을 때부터 대통령은 늘 내 의견에 귀를 기울이겠다고 약속했고, 그 약속을 한 번도 어긴 적이 없었다. 이번 경우에는 다만 내 주장이 받아들여지지 않았을 뿐이었다.

반군을 직접 무장시키는 계획이 좌절되자 나는 다시 외교활동에 온 힘을 쏟았다. 아사드 정권을 더더욱 고립시키고 압박하는 한편, 이 참사에 인도주의적으로 접근하려고 노력했다. 2012년 8월 반기문 유엔 사무총장은 코피 아난의 후임 특사로 알제리 출신의 노련한 외교관 라흐다르 브라히미Lakhdar Brahimi를 임명했다. 라흐다르와 나는 내 임기가 끝나기 직전까지 자주 대화했다. 9월에 열린 시리아의 친구들 모임에서 나는 고통 받는 시리아 국민들을 위한 음식, 물, 담요, 긴급 의료서비스 지원을 늘릴 계획이라고 발표했다. 또한 민간인 시위대에 위성 연결된 컴퓨터, 전화기, 카메라를 지원하고 1,000명 이상의 활동가, 학생, 독립언론인을 훈련시키는 등 더 많은 원조를 약속했다. 점점 더 많은 시리아의 도시들이 아사드 정권의 손아귀에서 풀려나면서 우리는 학교를 다시 열고 집을 재건하는 등 현지 반정부 세력이 필요로 하는 곳에 도움의 손길을 내밀었다. 하지만 이는 그저 응급처치에 불과했다. 시리아 분쟁은 계속되었다.

═══

내가 국무부를 떠날 무렵인 2013년 초에 시리아 내전으로 인한 사망자는 수만, 난민은 수백만 명에 이르렀다. 국제적인 외교활동은 교착상태에 이르렀다. 극단주의자들의 세력이 비교적 온건한 자유시리아군의 지도부를 넘어서면서, 우리가 걱정했던 상황이 현실화되었다.

2013년 3월, 내가 국무장관직에서 물러난 지 약 한 달 후 아사드 정권이 알레포 주변에서 처음으로 화학무기를 사용했다는 불길한 보고가 들어왔다. 지난 2년간 우리가 가장 우려하던 바였다. 시리아는 머스터드가스와 사린을 비롯한 화학무기를 전 세계에서 가장 많이 보유한 것으로 알려져 있다. 2012년 내내 우리는 이따금 시리아 정부군이 화학물질을 운반하거나 혼합하고 있다는 보고를 받곤 했다. 이에 대해 오바마 대통령과 나는 단호한 경고의 메시지를 보냈다. 2012년 8월에 오바마 대통령은 미국은 화학무기 운반이나 사용을 금지선으로 간주한다고 선언했다. 만약 아사드 정권이 그 선을 넘는다면 군사력을 동원해서라도 반드시 조치를 취하겠다는 뜻을 분명히 한 것이다. 2012년에는 이러한 위협이 효과가 있었고, 아사드는 한 발 물러섰다. 만약 화학무기에 관한 새로운 보고가 사실이라면 시리아 분쟁은 이제 몹시 위험한 단계에 돌입했음을 의미했다.

오바마 대통령은 시리아가 정말 화학무기를 사용했다면 모든 것이 달라질 것이라고 다시 한 번 못 박았다. 하지만 미국 정보기관이 보고의 진위 여부를 확실히 밝히려면 더 많은 조사 작업이 필요한 상태였다. 2013년 6월, 보도 자제가 요청된 성명서에서 백악관은 소량의 화학무기가 여러 차례 사용되어 150여 명에 달하는 목숨을 앗아간 것을 마침내 확인했다고 선언했다. 대통령은 즉시 자유시리아군에 대한 원조를 늘리기로 결정했다. 익명의 정부 당국자는 언론에 대통령이 전년 여름에 내린 결정을 뒤엎고 처음으로 반군에게 무기와 탄약을 지원할 예정이라는 정보를 흘렸다.

그러던 중 2013년 8월에는 시리아 저항 세력이 장악한 다마스쿠스 인근 마을들이 대규모 화학무기 공격을 받는 모습이 사진으로 유포되어 세상을 발칵 뒤집어놓았다. 집계된 사망자 수만 남녀노소 모두 포함해 1,400명을 훌쩍 넘었다. 이는 분쟁을 악화시킨 주요한 국면이자 노골적인 폭력이었으며, 오바마 대통령이 그은 금지선과 오래된 국제 규범 모두를 위반하는 행위였다. 미국의 즉각적이고 강경한 대응을 요구하는 국제사회의 압력은 점점 심해졌다. 케리 국무장관은 화학무기 공격을 규탄하는 데 앞장섰으며 이번 사태를 "노골적으로 추잡한 행위"라고 비난했다. 오바마 대통령은 "우리는 여성과 어린이를 포함해 엄청나게 많은 무고한 민간인들이 가스로 목숨을 잃는 세상을 용납하지 않을 것"이라고 말했다. 군사행동이 언제 시작될지에 미국 국민들의 이목이 집중되었다.

논평가들과 국회의원들은 아사드가 이미 재래식 무기로 수많은 사람들의 목숨을 앗아간 마당에 오바마 대통령이 왜 화학무기에 그토록 민감하게 반응하는지 궁금해했는데, 사실 화학무기는 재래식 무기와는 완전히 다른 범주에 속한다. 국제사회는 화학무기가 잔인하고 무차별적이며 비인도적이라는 이유로 1925년 제네바 의정서와 1993년 화학무기금지협약을 통해 사용을 금지했다. 오바마 대통령이 설명한 대로였다. "우리가 행동에 들어가지 않으면 아사드 정권은 화학무기 사용을 멈출 필요를 느끼지 못할 것입니다. 화학무기금지법이 효력을 잃기 시작하면 다른 독재자들도 주저 없이 독가스를 손에 넣고 휘두르려 들 것이고 시간이 지나면 결국 미군부대는 다시 한 번 화학전 가능성에 직면하게 됩니다. 테러단체로서도 무기를 입수하고 민간인 공격에 사용하기가 쉬워질 것입니다."

백악관이 대응책 마련에 박차를 가하고 있을 때, 데이비드 캐머런 영국 총리가 영국 의회에 상정한 시리아 군사개입안이 부결되고 말았다. 이틀 뒤 오바마 대통령은 아사드 정권의 화학무기 사용을 비난하고 같은 행위를 되풀이하지 않도록 저지하기 위해 공습을 감행하겠다고 발표했다. 하지만 그전에 현재 휴회 중인 의회의 승인을 구하겠다고 선언해 많은 정부 당국자들을 놀라게 했다. 갑작스럽게 의회는 미국의 다음 행보를 두고 격렬한 논쟁에 돌입했다. 의원들은 현 사태를 이라크전이 발발하기 전 상황과 비교했다. 최악의 시나리오와 자칫 파국으로 치달을 가능성이 제기되었다. 중요한 국제 규범을 보호하기 위해 제한된 공격을 감행하자는 대통령의 계획은 서로 내지르는 고함소리에 묻혀버렸다. 시간이 지날수록 여론은 백악관에 등을 돌렸다. 표결이 대통령에게 불리할 것으로 예측되자 미국의 위상과 신뢰가 큰 타격을 입을 위기에 놓였다. 나는 경악해서 초조해하며 논쟁을 지켜보았다. 시리아는 이제 전보다 더 사악한 난제가 되어버린 듯했다.

나는 의회와 함께 대통령의 결정을 지지했으며 의원들에게 행동에 나설 것을 촉구했다.

이 기간 동안 나는 케리 국무장관과 백악관 수석보좌관 데니스 맥도너와 함께 해외에서 대통령의 주장에 힘을 실어줄 방안을 강구하기 시작했다. 특히 오바마 대통령은 그 주 후반에 상트페테르부르크 G20 정상회의에서 블라디미르 푸틴을 만날 예정이었다. 푸틴이 의회 내 논쟁을 구실 삼아 오바마 대통령의 말에 반박하지 않을까 염려한 나는 데니스에게 의회 표결 전에 대통령이 초당적인 지지를 받고 있음을 보여주는 것이 어떻겠냐고 제안했다. 또한 외교의원회의 공화당 간사 밥 코커Bob Korker 상원의원이 푸틴을 그다지 좋아하지 않는 것을 알고 있던 터라, 의회에 메시지를 전달하는 것은 코커 의원이 도와줄 수 있을 거라고 데니스에게 조언했다. 그 주에 있을 외교위원회 정기 청문회에서 오바마 대통령의 군사 개입 결의안이 가결되게 하자고 생각했던 것이다. 언제나 새로운 아이디어를 적극 수용하고 과거 근무 경험을 통해 의회가 어떻게 돌아가는지 잘 알고 있던 데니스는 내 제안에 동의했다. 그 결과 대통령은 코커 의원의 도움을 받아 표결에서 승리했다. 이는 국제적으로 특별한 의미가 있는 표결은 아니었지만, 푸틴이 바랐던 만큼 우리가 분열되어 있지는 않다는 것을 알리기에는 충분했다. 데니스는 며칠 뒤 전화를 걸어 내게 다른 아이디어가 있는지 물었고, 대통령이 다음 날 나와 통화하고 싶어한다고 알려주었다. 현재 대통령의 업무량이 얼마나 많은지 잘 알았던 나는 데니스에게 꼭 그렇게까지 하지 않아도 된다고 말했다. 하지만 데니스는 대통령이 꼭 연락할 것이라고 대답했고, 다음 날 대통령과 나는 의회에서의 노력이 진척되어가는 상황과 국제무대에서 벌어지는 다른 일들을 논의했다.

마침 우연찮게도 나는 야생동물 밀매사건으로 9월 9일에 직접 백악관을 방문할 예정이었다. 국무부에서 나는 아프리카 중부 밀림에 사는 둥근귀코끼리가 멸종위기라는 사실을 전해들은 적이 있다. 이 일은 그 자체로도 비극이었지만, 특히 내 주의를 끈 것은 그 원인 중 하나였다. 알샤바브와 신의 저항군 같은 테러조직과 무장단체가 중앙아프리카 전역에서 역내 안정을 위협하는 불법행위에 자금을 조달하기 위해 상아 밀매에 손을 댔던 것이다. 내가 미국 정부를 떠나 클린턴재단에서 빌과 첼시를 돕기 시작하면서, 첼시와 나는 선도적인 자연보호단체들과 협력해 "살육을 멈추고, 밀매를 멈추고, 수요를 멈추자"라는 구호를 내걸고 국제적인 대응을 이끌어내는 일에 착수했다. 우리의 로비활동을 비롯한 다양한 노력 덕분에 백악관 또한 이를 중요한 문제로 인식하게 되었고, 오바마 대통령은 2013년 여름 상아 밀매 근절조치를 한층 강화하는 행정명령을 내렸다. 이제 백악관은 다음 단계를 계획하기 위한 회의를 열고 첼시와 내가 참석하기를 바랐다. 하지만 물론 세상 사람들의 관심사는 온통 시리아뿐이었다.

그날 아침, 런던 기자회견에서 케리 국무장관은 아사드가 미국의 군사 개입을 피하기 위해 할 수 있는 일이 있느냐는 질문을 받았다. "물론이죠." 케리가 대답했다. "다음 주 안으로 화학무기를 마지막 한 방울까지 국제사회에 넘기면 됩니다. 전부 다, 즉각 반환하고 철저한 총량 집계를 허가한다면 말이죠. 하지만 아사드는 그럴 마음도, 그럴 수도 없을 겁니다." 아마 케리의 대답은 우리의 동맹국들과 러시아와 나누었던 대화를 반영했을 테지만, 세계 언론은 이를 경솔한 발언으로 받아들였다. 국무부 대변인은 케리의 발언을 "수사적인 말"일 뿐이라고 해명했다. 반면 러시아는 이때다 하고 케리의 발언을 진지한 외교적 제안으로 받아들였다.

내가 오후 1시에 백악관에 도착했을 때 최고위관료들은 이번 사태에 대한 대응책을 논의하고 있었다. 나는 간단한 보고를 듣고 오바마 대통령을 만나러 집무실로 갔다. 7개월 전 국무장관직에서 물러난 이후 처음으로 긴급한 국제적 위기를 논의하기 위해 이 익숙한 방에 들어오니 감회가 새로웠다. 나는 대통령에게 만약 의회에서 시리아 군사 개입을 승인하지 않는다면 이를 전화위복의 계기로 삼아 러시아가 내민 협상의 손을 주저 말고 잡으라고 조언했다.

물론 경계심을 풀어서는 안 되었다. 러시아의 이번 외교 행보는 무슨 수를 써서라도 아사드의 권력을 유지하기 위해 시간을 끌려는 계략일 수도 있었다. 하지만 러시아는 자국 내의 다루기 힘든 이슬람 집단 때문에 골치를 앓는 터라, 시리아가 다량의 화학무기를 비축하는 것은 러시아에게도 좋을 리 없었다. 따라서 우리로서는 아사드의 화학무기 폐기에 위험을 감수할 만한 가치가 있었다. 특히 의회와의 충돌로 오바마 대통령의 입지가 약화될 우려가 있는 지금이라면 말이다. 화학무기를 폐기한다고 해서 내전이 종식되는 것도 아니고 십자포화에 목숨이 위태로운 시리아 국민들이 도움을 받을 수도 없겠지만, 시리아 민간인들과 이스라엘을 비롯한 주변 국가, 그리고 미국을 향한 심각한 위협은 제거할 수 있었다. 분쟁이 악화되고 불안상태가 확산될 경우 화학무기가 또다시 민간인을 대상으로 사용되거나, 헤즈볼라에 전해지거나, 다른 테러리스트들에게 도난당할 가능성 또한 높아질 테니 말이다.

나는 오바마 대통령에게 이번 분쟁에 종지부를 찍기 위해 외교적 해결책을 강구하는 것이 중요하다는 믿음은 변함없다고 말했다. 물론 그 일이 얼마나 어려운지 나는 정확히 알고 있었다. 2011년 3월부터 시도해온 일이 아니던가. 하지만 전년도에 제네바 회의에서 서명한 로드맵은 여전히 우리가 앞으로 나아갈 길을 보여주고 있었다. 어쩌면 화학무기 문제로 러시아와 협력해 더 폭넓은 진전을 위한 추진력을 낼 수 있지 않을까? 성공가능성은 적었지만, 시험해볼 가치는 있었다.

오바마 대통령은 내 말에 동의하고 성명서를 발표했다. 대통령 집무실 밖에서 나는 대통령 직속 국가안보 부보좌관이자 최고의 외교정책 연설문 작성자인 벤 로즈와 함께 상아 밀매에 관한 내 논평을 새롭게 다듬었다. 데니스 맥도너와 마찬가지로, 로즈 또한 수년간 함께 일한 경험이 있어 내가 신뢰하고 아끼는 대통령 보좌관이었다. 로즈를 오랫동안 가까이서 지켜본 우리 팀 사람들은 서로 으르렁대던 2008년 예비선거 때부터 지금까지 얼마나 먼 길을 걸어왔는지, 함께 일한 시간이 얼마나 그리운지 회고하곤 했다. 내가 하고자 하는 말을 세상에 제대로 전하기 위해 다시 한 번 그의 조언에 귀 기울일 수 있게 되어 기뻤다.

백악관 강당에 마련된 야생동물 밀거래 방지 행사장에 들어섰을 때 강당 안은 코끼리 밀렵 취재에 관한 한 전례가 없을 정도로 많은 카메라와 기자들로 꽉 차 있었다.

나는 시리아 문제로 이야기를 시작했다. "케리 국무장관과 러시아가 제안했듯 아사드 정권이 지금 즉시 모든 화학무기를 반환한다면 사태는 중대한 전환점을 맞이하게 될 것입니다. 하지만 이는 절대로 시간을 끌거나 사태의 진전을 막는 수단으로 쓰여서는 안 됩니다. 또한 러시아는 국제사회의 뜻을 진정으로 지지해야 하며, 그렇게 하지 않을 경우 그 결과에 따른 책임을 지게 될 것입니다." 이어서 나는 러시아가 타개책을 찾을 필요를 느낀 것은 오바마 대통령이 군사력을 동원하겠다고 위협했기 때문임을 강조했다.

백악관은 의회 표결을 잠시 미루고 다시 한 번 외교협상을 시도해보기로 결정했다. 케리 국무장관은 제네바로 가서 라브로프와 화학무기 폐기안의 세부사항을 논의했다. 화학무기 폐기 계획 실행을 맡은 유엔 산하 화학무기금지기구Organization for the Prohibition of Chemical Weapons는 한 달 뒤에 노벨평화상을 수상했다. 이는 대단한 신임의 표시였다. 지금 이 책을 집필하는 시점에는 놀랍게도 합의가 제대로 이행된 상태이며, 유엔은 굉장한 악조건 속에서도 점진적으로 아사드의 화학무기고를 해체해나가고 있다. 여러 차례 폐기 과정이 지연되기는 했으나 2014년 4월에는 시리아의 화학무기 90퍼센트 이상이 폐기되었다.

2014년 1월 브라히미 특사는 제네바에서 시리아 분쟁에 관한 두 번째 유엔 평화회의를 소집했다. 이 회의의 목표는 2012년 6월에 내가 제안한 합의사항을 실행에 옮기는 것이었다. 아사드 정권 대표단은 처음으로 반군 대표단과 마주보고 앉았다. 하지만 회의는 아무런 성과도 내지 못했다. 아사드 정권은 원 합의안이 명시한 과도정부에 대해 논의하기를 거부했으며 러시아 또한 충직하게 이들의 주장을 지지했다. 그러는 동안 시리아 내전은 조금도 수그러들지 않고 계속되고 있다.

시리아에서 일어나는 비극은 비통하기 그지없다. 언제나 그렇듯 죄 없는 여인들과 아이들이 가장 큰 고통을 겪고 있다. 극단주의자들은 계속해서 세력을 넓혀가고 있으며 미국과 유럽의 정보요원들은 이들이 시리아 국경 너머까지 위협을 가할 수도 있다고 경고했다. 2014년 2월, CIA 국장 존 브레넌은 이렇게 보고했다. "우리는 알카에다가 시리아 영토에서 조직원을 모으고 능력을 개발하여 공격을 감행하는 데 그치지 않고, 시리아를 더 국제적인 공격의 기반으로 삼지 않을까 우려하고 있다." 미국 국가정보국 국장 제임스 클래퍼는 이보다 더 구체적인 위험을 고려해, 시리아 내 최소한 하나의 극단주의자 집단이 "미국 영토에 공격을 가할 계획을 세우고 있다"고 덧붙였다. 시리아에서 유혈 교착상태가 지속되는 가운데 이러한 위험은 날이 갈수록 높아질 것이며, 미국과 미국의 동맹국들은 더 이상 사태를 간과할 수만은 없게 될 것이다.

비교적 온건하던 반정부 세력도 혁명의 성과를 가로채려는 극단주의자들의 위협을 인지하고, 반군이 장악하고 있는 영토에서 극단주의자들을 몰아내기 위해 공격을 개시했다. 하지만 이는 아사드 정권과의 전선에 투입할 무기와 병력을 그만큼 감소시키는 고통스러운 싸움이 될 것이다.

2014년 4월에는 미국이 특정 반군집단에게 추가적으로 군사훈련과 무기를 지원할 예정이라는 보도가 있었다.

코피 아난이 첫 제네바 회의에서 말했듯 "역사는 냉철한 심판관이다." 일반 시민으로서 시리아 국민이 겪는 고통을 지켜보며 나는 정말 우리가 할 수 있는 일을 다했는지 의문을 품지 않을 수 없었다. 이것이 바로 시리아를 비롯해 중동의 불안정이라는 폭넓은 문제를 사악한 난제라고 칭하는 이유 중 하나다. 하지만 사악한 난제 앞에서 무력하게 손 놓고 있을 수만은 없다. 해법을 찾기가 아무리 어렵더라도 시급히 해결책을 모색하려는 노력을 계속해야 한다.

20

가자 : 휴전을 해부하다

라말라와 예루살렘 간 고속도로를 달리던 자동차 행렬이 먼지로 뒤덮인 길 한쪽으로 차를 댔다. 안보요원들이 장갑차에서 우르르 쏟아져나와 도로 맞은편과 웨스트뱅크 중심부를 차례로 살펴보았다. 하늘을 올려다보는 사람도 있었다. 이스라엘 정보기관이 방금 전 가자 지구에서 팔레스타인 극단주의자들이 로켓탄을 발사했을 가능성이 있다고 보고해온 것이다. 로켓탄의 경로를 알 방도는 없었다. 자동차 행렬 속 평범한 밴에 탄 미국 관료들은 폭격으로부터 좀 더 안전한 장갑차 서너 대에 옮겨 탔다. 모두가 자리를 잡고 앉자 우리는 다시 차에 시동을 걸고 예루살렘으로 향했다.

2012년 추수감사절을 며칠 앞두고 예루살렘 성지에는 또다시 전쟁 분위기가 감돌았다. 나는 아시아에서 열린 고위급 회담을 마치고 중동으로 향한 터였다. 나는 이스라엘과 가자 지구 하마스 간의 공중전이 더욱 파괴적인 지상전으로 치닫는 것을 막는, 긴급한 외교 임무를 맡았다. 혼란에 빠진 중동이라는 배경에서 적대적인 양측의 고집과 불신을 풀고 휴전협상을 중재해야 했다. 지난 4년 동안 중동과의 외교에서 좌절을 맛본 미국의 리더십이 시험대에 오르는 순간이었다.

═══

오바마 행정부는 약 4년 전 한 차례의 가자 분쟁이 종결된 지 불과 며칠 뒤에 출범했다. 이스라엘을 겨냥한 로켓탄 발사로 촉발된 분쟁이었다. 2009년 1월 초, 이스라엘군은 과격분자들이 국경 너머로 로켓탄을 발사하는 것을 멈추기 위해 가자 침공을 감행했다. 이스라엘은 2주 가까이 계속된 가자 지구 도심의 격렬한 전투로 약 1,400명의 사망자를 낸 뒤 군대를 철수했고, 가자 지구 내 팔레스타인 주민들을 사실상 완전히 포위했다. 이후 몇 년 동안 양국 간에는 강도 낮은 무력전이 계속되었다. 2009년과 2010년에는 수차례의 박격포 공격과 함께 100개도 넘는 로켓탄이 이스라엘 남부에 발사되었으며, 이스라엘 제트기가 보복 공습을 감행하기도 했다. 객관적으로 허용할 수 있는 범위를 벗어난 상황이었지만, 이 지역 기준에서는 비교적 평화로운 시기였다. 그러나 2011년 극단주의자들이 재무장하는가 하면 중동 대부분의 지역에 혁명의 바람이 불자 폭력 사태는 점점 악화되었다. 그해 이스라엘에 발사된 로켓탄만 수백 개에 달했다. 2012년에는 공세가 더욱 가속화되었다. 11월 11일에는 이스라엘 국방장관 에후드 바라크가 가자의 테러리스트 정파를 향해 군사 공격의 가능성을 경고했다. 100개 이상의 로켓탄이 이스라엘 남부를 폭격해 이스라엘인 3명이 부상을 당한 사건이 일어나고 얼마 후의 일이었다.

2007년 이후 가자는 팔레스타인 극단주의자 집단인 하마스의 지배를 받고 있었다. 하마스는 1980년 후반 1차 인티파다 중에 창설되었다. 1997년에 미국은 하마스를 해외 테러조직으로 지명했다. 하마스의 목표는 팔레스타인 영토 내에 독립국가를 세우는 것이 아니라 이스라엘을 말살하고 요르단 강과 지중해 사이에 이슬람 국가를 수립하는 것이었다. 수년 동안 하마스는 이란과 시리아의 재정적 지원을 받았으며, 2004년 야세르 아라파트가 사망한 뒤에는 팔레스타인의 지도자 자리를 두고 온건파에 속하는 마무드 아바스가 이끄는 파타당과 경쟁하기 시작했다. 이후 2006년 총선에서 승리한 하마스는 2007년에 아바스와 팔레스타인 자치정부로부터 가자 통치권을 넘겨받았으며, 2009년에 벌어진 전쟁 중에도 권좌를 지켰다. 이후 하마스와 해외 후원자들이 재무장을 위해 무기 밀수에 자금을 쏟아붓는 동안 가자의 경제는 침체했고, 주민들은 계속해서 고통을 겪었다.

그러던 중 아랍의 봄 민중봉기가 중동의 정치판을 뒤흔들자 하마스는 급변한 정세에서 나아갈 길을 찾기 시작했다. 오랫동안 하마스를 후원해온 시리아의 알라위트파 독재자 바샤르 알아사드가 국민 다수인 수니파를 잔인하게 탄압하자, 수니파 조직인 하마스는 다마스쿠스의 본부를 떠났다. 한편 하마스와 연계된 수니파 이슬람주의단체 무슬림형제단은 가자 국경 건너편 혁명 직후의 이집트에서 세력을 떨쳤다. 하마스로서는 한쪽 문이 닫히자 다른 쪽 문이 열린 꼴이었다. 한편 가자 지구 내에서는 다른 극단주의자 집단, 특히 팔레스타인 이슬람지하드와의 경쟁이 치열해지고 있어 일이 더 복잡해졌다. 이슬람지하드 또한 이스라엘 타도를 목표로 삼았지만, 하마스와는 달리 가자를 통치하거나 주민들에게 성과를 입증할 부담에서 자유로웠다.

이스라엘이 가자 지구에 대한 해상봉쇄를 강행하고 가자의 북쪽과 동쪽 국경을 엄격히 통제하는 가운데, 하마스의 물자 재보급은 주로 이집트의 시나이 반도와 맞닿은 짧은 남쪽 국경을 통해 이루어졌다. 이집트의 무바라크 대통령은 밀반입을 꽤 엄격하게 통제했고 전반적으로 이스라엘과 좋은 관계를 유지했으나, 하마스는 국경 아래 땅굴을 파서 이집트 영토에 침입하는 데 성공했다. 무바라크 대통령이 사퇴하고 무슬림형제단이 권좌에 오르자 가자 국경을 넘나드는 일은 훨씬 쉬워졌다.

한편 이집트 당국은 시나이 반도에 대한 지배권을 잃기 시작했다. 시나이 반도는 수에즈 운하 동쪽 제방에서 홍해 안으로 불쑥 튀어나온 면적 6만 제곱킬로미터의 사막지대다. 성경에서 모세가 십계명을 받은 곳으로 유명하며 아프리카와 아시아 대륙 간의 다리 역할을 하는 전략적 요충지로도 잘 알려져 있다. 시나이 반도는 1956년 수에즈 위기와 1967년 6일전쟁 때 각각 한 차례씩 이스라엘의 침공을 받았다. 1979년 캠프데이비드 협정에 따라 이스라엘은 시나이 반도를 이집트에 반환했고, 미군을 포함한 국제 평화유지군이 휴전을 유지하기 위해 시나이 반도에 주둔하고 있다. 또한 이집트 정부로부터 오랜 박해를 받아온 반항적인 유목민 베두인족의 거주지이기도 하다. 베두인족은 이집트 혁명으로 인한 혼란을 기회로 삼아 자주권을 주장했으며, 정부의 더 많은 경제적 지원과 정부 보안군의 보다 큰 존중을 요구했다. 시나이 반도가 점점 무법천지가 되자 알카에다와 연계된 극단주의자들은 이 반도를 안전한 피난처로 여기기 시작했다.

무슬림형제단 소속의 새로운 이집트 대통령 무함마드 무르시와 처음 만난 자리에서 나는 "알카에다를 비롯한 극단주의자들이 이집트, 특히 시나이 반도의 안정을 뒤흔드는 것을 어떻게 막으실 겁니까?"라고 물었다. 그는 이렇게 대답했다. "그들이 왜 그런 짓을 하겠습니까? 이제 이슬람 정부가 들어섰는데요." 테러범들과의 결속을 기대하다니, 너무 순진한 게 아니라면 지독하게 악랄한 생각이었다. "이집트 정부는 절대 단순히 이슬람 정부로만 남아 있을 수 없을 테니까요. 대통령님이 어떤 생각을 갖고 계시든 그들은 공격해올 거예요. 국가와 정부를 지키셔야 할 겁니다." 하지만 그는 내 말을 귓등으로 들었다.

2012년 8월에는 시나이 반도의 상황이 위협적인 수준에 이르렀다는 사실을 더 이상 부정할 수 없게 되었다. 어느 일요일 저녁에는 복면을 쓴 서

른댓 명 정도의 무장괴한이 이스라엘과 이집트의 국경 근처에서 이집트 군대의 전초기지를 습격해 저녁식사를 하려고 모인 장병 16명을 죽였다. 이들은 이어 장갑차와 트럭을 훔쳐 폭탄을 가득 싣고 이스라엘로 향했다. 트럭은 쏜살같이 달려 케렘 샬롬의 국경 펜스를 넘으려다 폭발했고, 장갑차는 이스라엘 공군의 폭격을 받았다. 불과 15분 동안에 일어난 이 충돌은 이집트와 이스라엘 모두에게 큰 충격을 안겨주었다. 이 비극적인 사건 이후 이집트는 미국의 도움을 받아 시나이 반도에서 과격분자들을 몰아내려는 노력을 강화했고 공군력 사용도 서슴지 않았지만, 시나이 반도는 여전히 고위험지역으로 남았다.

그러던 중 10월 말, 상황이 얼마나 복잡하고 불안정한지를 시사하는 두 사건이 연달아 일어났다.

10월 23일, 카타르 국왕 셰이크 하마드 빈 할리파 알사니Sheikh Hamad bin Khalifa al-Thani는 하마스의 초청으로 가자를 방문했다. 2007년 하마스가 장악하면서 고립된 가자에 한 나라의 정상이 방문한 것은 처음이었다. 양국 모두 이번 방문의 상징성을 과대선전했다. 이집트에서 출발한 50여 대의 검은 메르세데스벤츠와 토요타 장갑차로 이루어진 카타르 국왕의 호화로운 자동차 행렬이 가자 지구 내에 들어오자 하마스는 최대한 성대하게 그를 환영했다. 하마스 최고지도자 이스마일 하니야Ismail Haniya는 카타르 왕의 방문이 "가자의 정치적, 경제적 봉쇄상태"에 종지부를 찍었다고 선언하며 처음으로 대중에게 자신의 아내를 공개했다. 카타르 왕은 4억 달러의 개발 원조를 약속했는데, 이는 가자가 국제사회에서 받은 원조를 모두 합한 것보다 더 큰 액수였다. 카타르 왕은 아내 셰이카 모자와 사촌이자 총리 겸 외무장관 하마드 빈 자심 알사니(우리는 그를 HBJ라고 불렀다)와 동행했다.

하니야와 하마스에게는 이번 방문이 국제사회가 팔레스타인의 정당한 지도자로 인정하는 팔레스타인 자치정부의 대통령 마무드 아바스의 그늘에서 벗어나, 시리아와 이란의 지원 없이도 그들의 앞날은 밝다는 것을 보여줄 절호의 기회였다. 카타르 왕으로서는 역내에 새롭게 영향력을 과시하고 아랍 세계의 팔레스타인 주 후원자로서 권리를 주장할 기회였다. 한편 이스라엘에게는 이번 방문이 큰 걱정거리였다. 그런가 하면 하마스를 계속해서 위험한 테러단체로 보고 있는 미국의 입장에서 카타르는 이 혼란스러운 시기에 중동 문제를 해결하는 것이 얼마나 복잡한지를 보여주는 수수께끼였다.

지리적으로 카타르는 사우디아라비아에서 걸프 만으로 뻗은 작은 손가락처럼 생겼다. 면적이 1만 1,586제곱킬로미터로 미국 버몬트 주의 반도 되지 않지만, 엄청난 석유와 천연가스가 매장돼 있으며 1인당 국민소득이 세계에서 가장 높은 국가 중 하나다. 카타르 국민은 약 25만 명에 불과하고, 그 몇 배에 달하는 외국인 노동자가 카타르의 경제를 지탱하고 있다. 셰이크 하마드는 1995년에 아버지를 폐위시키고 왕이 되자마자 카타르의 중동 내 입지 강화에 나섰다. 그가 통치하면서 카타르의 수도 도하는 두바이, 아부다비와 함께 지역 내 무역과 문화의 중심지로 꼽힐 만큼 급속히 발전했고, 카타르의 위성TV 방송사 알자지라는 중동에서 가장 영향력 있는 소식통이 되어 카타르가 영향력을 확장하는 데 발판이 되어주었다.

다른 걸프 만 국가들과 마찬가지로 카타르는 민주주의나 보편적 인권 존중과는 거리가 멀었으나, 미국과 강력한 전략적, 안보적 유대를 맺고 있으며 미 공군의 주요 군사시설이 위치한 곳이기도 했다. 그러나 이 아슬아슬한 줄타기는 아랍의 봄이 한창 진행되던 당시 걸프 만 전역에 걸쳐 시험대에 올랐다.

카타르 국왕과 HBJ는 지역적 격변을 기회로 삼아 카타르가 혁명의 옹호자인 양 행동했다. 이들의 목표는 무슬림형제단을 비롯한 이슬람주의자들의 편에 서서 카타르를 중동의 강대국으로 만드는 것이었다. 걸프 만 국가의 다른 군주들은 그러한 행보가 자국의 정세 불안을 초래할까 염려했지만, 카타르 지도부는 역내 신흥 세력들과 함께 영향력을 키우고 카타르의 보수적인 문화관을 널리 퍼뜨리면서 자국 내 개혁의 토대 부재로부터 관심을 돌릴 기회를 노렸다.

카타르 왕과 HBJ는 알자지라의 문화적 영향력과 막대한 자금력을 이용해 이집트의 무르시 대통령에게 자금을 대고, 리비아와 시리아의 이슬람주의자 반군에게 무기를 제공했으며, 가자의 하마스와도 새로운 유대관계를 맺었다. 카타르의 전투기는 리비아에 비행 금지구역을 설정하는 것을 돕기도 했다. 당시에는 중동 내 어디로 눈을 돌리든 카타르의 손길이 미치지 않은 곳이 없었다. 이는 감탄할 만한 외교 여정이었으며, 카타르의 이 같은 노력이 미국에게 이익이 된 적도 있었다. 하지만 다른 아랍 국가들과 이스라엘은 카타르가 이슬람 무장단체와 과격분자들을 지원하는 것을 심각한 위협으로 보았다. 카타르 국왕의 가자 방문은 이러한 문제를 더욱 구체적으로 드러냈다. (2013년 이슬람 무장단체들이 이집트를 비롯한 곳곳에서 후퇴할 무렵, 카타르 왕은 아들에게 왕좌를 물려주었고 HBJ의 자리는 잘 알려지지 않은 전 내무부 차관이 맡았다. 2014년 3월 걸프 만 국가들의 관계는 나빠질 대로 나빠져 사우디아라비아, 바레인, 아랍에미리트는 카타르에서 자국 대사를 소환했다.)

카타르 국왕이 가자를 방문한 지 몇 시간 뒤 수단의 하르툼에 위치한 무기 공장이 폭격을 받았다. 수단 당국은 동쪽에서 날아온 전투기 4대가 공장을 폭격해 2명이 숨졌다고 말했다. 그들은 공격의 배후로 이스라엘을 지목했다. 이는 처음 있는 일은 아니었다. 지난 4년 동안 수단은 수차례에 걸쳐 자국 영토를 겨냥한 이스라엘의 공습을 받았다고 주장해왔다. 그해 9월만 해도 로켓탄과 탄약을 싣고 가자로 향하던 배가 하르툼 남쪽에서 공격을 받았다. 이스라엘은 무기 공장 폭격사건에 대해 답변을 일절 거부했으나 한 국방부 고위관료는 수단이 "이란의 지원을 받고 있으며, 이집트 영토를 거쳐 하마스와 이슬람지하드 테러리스트에게 넘겨지는 이란산 무기의 운반 경로를 제공하고 있다"고 말했다.

수단은 분명 테러리즘과 관련해 파란만장한 역사를 가지고 있다. 1990년대 초에 오사마 빈 라덴을 숨겨준 전력이 있으며, 미국 국무부는 1993년에 수단을 테러지원국가로 지명했다. 수단은 또한 이란과 하마스와 긴밀한 유대관계를 유지하고 있기도 하다. 무기 공장 폭격사건 직후에 이란 군함 두 척이 포트수단에 입항했고, 하마스의 지도자 칼리드 마슈알Khaled Mashal은 몇 주 후 하르툼을 방문했다.

종합해보건대 이 모든 분쟁 요소, 즉 가자의 로켓탄 공격, 시나이 반도의 정세 불안, 카타르의 패권 추구, 이란의 간섭, 수단이 밀반입한 무기가 복합적으로 작용해 2012년 가을에 가자를 화약고로 만들었음을 알 수 있다. 그리고 그해 11월, 화약고는 결국 폭발했다.

═══

2012년 11월 14일 나는 국방장관 리언 패네타와 합참의장 마틴 뎀프시와 함께 동맹국 오스트레일리아와의 연례 회담에 참가하기 위해 오스트레일리아의 퍼스에 머물고 있었다. 회담은 킹스 공원 내 퍼스 시와 스완 강이 내려다보이는 회의장에서 열렸다. 오후 회담을 마무리할 무렵 패네타는 이스라엘의 바라크 국방장관이 급하게 그를 찾고 있다는 메시지를 받았다. 패네타는 주방 쪽으로 가서 예루살렘에서 걸려온 보안전화를 받았다. 저녁 식사 뒤 패네타는 건물 뒤쪽의 테라스에서 뎀프시 합참의장과 나에게 바라크가 전한 내용을 들려주었다. 그의 표정으로 보아 사태가 매우 복잡해지리라는 것을 알 수 있었다. 패네타는 이스라엘 군부가 가자의 과격분자들을 상대로 공습작전을 벌일 예정이라고 말해주었다. 곧 폭격을 개시할 것이라는 얘기였다.

평화로운 퍼스의 테라스에 서 있자니 중동에서 또 다른 전쟁이 일어날 수도 있다는 생각이 100만 킬로미터는 떨어진 먼 곳의 이야기처럼 느껴졌지만(실제로는 1만 킬로미터가 조금 넘을 뿐이다) 이는 매우 심각한 사안이었다.

나는 패네타와 뎀프시에게 이스라엘의 대응방식도 이해된다고 말했다. 하마스의 로켓탄은 나날이 발전해 높은 정확도를 자랑했고, 심지어 국경에서 60킬로미터 이상 떨어진 텔아비브마저 위협했다. 텔아비브 주민들은 1991년 1차 걸프전 중에 사담 후세인이 이스라엘을 향해 스커드미사일을 발사한 이후로 공습경보를 들어본 적이 없었는데 말이다. 모든 국가는 자신을 보호할 권리가 있었고, 어떤 정부도 그런 도발을 묵인하지는 않을 터였다. 하지만 무력 사용이 조금만 늘어나도 상황은 그만큼 통제하기 어려워진다. 4년 전 총력전의 악몽을 되풀이하고 싶은 사람은 아무도 없었다.

이스라엘의 첫 번째 공습으로 수년 동안 이스라엘에 대한 수많은 테러 공격을 계획한 것으로 알려진 테러리스트 아흐메드 자바리Ahmed Jabari가 죽었다. 이후 이틀 동안 이스라엘과 하마스 모두 인명피해를 입었다. 11월 16일자 〈뉴욕타임스〉는 1면에 가자와 예루살렘에서 치러진 극적인 장례식 사진을 나란히 실었다.

이스라엘 당국의 발표에 의하면 그 주에만 가자에서 1,500개 이상의 로켓탄이 발사되어 이스라엘 국민 6명(민간인 4명과 군인 2명)이 숨지고 200명 이상이 부상을 입었다. 가자 근처 남부지역에 거주하는 수많은 이스라엘 주민들은 하늘에서 비 오듯 쏟아지는 로켓탄을 피해 대피해야 했다. 한편 이스라엘 군부가 '방어기둥 작전'이라고 명명한 이 공습으로 인해 팔레스타인인은 수백 명이 사망한 것으로 보고되었다.

나는 텔아비브 주재 미국대사관 소속 댄 샤피로Dan Shapiro 대사와 그의 팀, 그리고 워싱턴에 있는 전문가들에게서 자주 보고를 받았다. 콜린 파월

전 장관 밑에서 중동 전문가로 활약해온 빌 번스 국무부 부장관은 다시 한 번 나를 위해 정보를 수집했다. 빌과 나는 외교로는 분쟁 악화를 막는 데 한계가 있다는 것에 동의했다.

나는 이집트 외무장관 무함마드 아므르Mohamed Amr에게 전화를 걸어 이집트가 긴장을 누그러뜨리는 데 도움을 줄 수 있는지 물었다. 아므르는 이스라엘의 공습에 대해 "도저히 용납할 수 없다"고 대답했다. 무바라크가 축출되고 그 자리에 무슬림형제단 지도자 무르시가 들어섰지만, 나는 이집트가 주요 중재자 역할을 계속하고 평화를 지지해주기를 바랐다. 나는 아므르가 이집트의 위상에 민감하다는 점을 공략하기로 했다. "이번 사태에서 장관님의 역할이 정말 중요합니다. 사태를 완화하기 위해 할 수 있는 건 모두 해주세요." 나는 그에게 하마스가 이스라엘 폭격을 중단하도록 설득해야 한다고 말했다. 또한 이스라엘의 공습은 오직 자국 방어를 위한 것이라고 주장했다. "자국민이 로켓탄 공격을 받는 것을 앉아서 지켜보고만 있을 나라는 세상 어디에도 없습니다." 아므르는 시도는 해보겠다고 말했다. "이 난장판을 해결하기 위해 우리가 뭐라도 할 수 있었으면 좋겠군요. 긴밀한 협력이 필요합니다."

오스트레일리아를 가로질러 퍼스에서 애들레이드로 날아갔다가 싱가포르를 순방하는 동안, 오바마 대통령과 나는 자주 연락을 주고받으며 중동 분쟁의 양측 당사자에 대한 압력을 조율했다. 그는 무르시에게 도움을 요청하고 이스라엘의 네타냐후 총리와 터키의 에르도안 대통령과 상의해 모두에게 휴전을 촉구하자고 설득했다. 오바마 대통령과 나는 서로 정보를 교환하며 미국이 직접 개입하는 것이 이치에 맞는지 따져보았다. 분쟁을 멈추기 위해 내가 직접 중동으로 가는 건 어떨까?

그러나 우리 둘 다 내가 직접 중동을 방문하는 것이 가장 현명한 행보인지 확신할 수 없었다. 우선 당장 아시아에서 중요한 정무를 보아야 했다. 나는 싱가포르에 잠시 머무른 뒤 태국에서 오바마 대통령을 만나 버마의 민주주의의 태동을 응원하는 역사적 방문에 함께 할 예정이었다. 이후 남중국해를 두고 민감한 외교활동이 벌어질 것으로 예상되는 아시아 국가 고위급 회담을 위해 캄보디아로 떠날 계획이었다. 아시아에서는 내가 회담에 참석하는 것이 매우 중요했으므로 지금 중동으로 떠나면 분명 후에 대가를 치러야 할 터였다.

그뿐이 아니었다. 오바마 대통령은 중동에서 일어난 또 한 차례 골치 아픈 분쟁에 미국이 직접적인 중재자 역할을 자청하는 것을 당연히 경계했다. 만약 우리가 다시 한 번 휴전을 중재하려고 했다가 실패한다면(실패할 가능성이 높아 보였다) 이 지역에서 미국의 위상과 신뢰가 큰 타격을 입을 터였다. 미국의 직접적인 개입은 양측이 각자 더욱 완강히 자신들의 입장을 고수하게 함으로써 갈등을 고착화하고 오히려 평화를 이끌어내는 데 방해가 될 소지도 있었다. 이는 대통령은 물론 나나 미국 국민 모두에게 가장 바람직하지 않은 시나리오였다.

계획대로 아시아 순방을 시작했지만, 주요 중동 국가의 지도자들, 그리고 유럽의 동맹국들과 최대한 자주 전화로 이야기를 나누었다. 통화를 할 때마다 나는 사태를 긍정적으로 진전시킬 최고의 방법은 이스라엘과 하마스가 동시에 무력 사용을 중지하는 것이라고 주장했다.

잃을 것이 너무나도 많은 싸움이었다. 이스라엘 정부는 가자에서 지상전을 벌일 가능성을 고려해 7만 5,000명의 예비군을 소집했다. 우려했던 대로 사태는 가자 사람들과 이스라엘의 국제적 평판에 극심한 손상을 입힌 2009년 1월 가자 전쟁의 전철을 밟는 듯했다. 무슨 일이 있어도 지상전이 시작되기 전에 사태를 해결해야 했다. 로켓탄 공격으로부터 이스라엘을 보호하기 위해 미국의 도움을 받아 구축한 아이언돔 미사일 방어체계가 기대 이상으로 활약한 것이 유일한 좋은 뉴스였다. 이스라엘 군부는 아이언돔의 로켓탄 요격 성공률이 80퍼센트가 넘는다고 보고했다. 수치가 조금 과장되었을 가능성을 감안해도 놀라운 성공률이었다. 하지만 가자에서 날아온 단 한 발의 로켓탄으로도 큰 피해를 입을 상황이라, 이스라엘은 가자의 무기 저장고와 로켓발사대를 공격하려고 벼르고 있었다.

11월 18일에 방콕에서 오바마 대통령과 합류했을 때 나는 전화상의 외교가 현실적인 어려움에 부딪혔다고 보고했다. 양측 모두 먼저 뜻을 굽히려 들지 않았다. 대통령도 전화를 하면서 같은 문제를 겪고 있다고 말했다. 내가 양측이 동시에 무력 사용을 중지하며 벼랑 끝에서 함께 물러서야 한다고 계속해서 주장해온 이유가 바로 이것이었다.

"하마스는 휴전에 동의하기 전에 협상조건을 제의하려고 해요. 이스라엘은 절대 그 조건을 받아들이지 않을 겁니다. 이스라엘이 파괴적인 지상 공격을 시작하기까지 겨우 48시간밖에 남지 않았습니다." 나는 방콕에 도착한 지 한 시간 뒤 카타르의 HBJ에게 이렇게 경고했다.

오바마 대통령과 나는 방콕의 한 병원에 입원 중인 태국 왕을 비공개로 병문안했고, 태국에서 가장 큰 길이 46미터짜리 황금 와불상이 있는 왓포 사원 주위를 함께 산책했다. 주변은 한없이 평화로웠지만 우리는 계속 가자에 대해 이야기했다. 우리는 이스라엘에게 자국 방어권이 있다는 사실에 동의했지만, 가자의 지상군 침공이 관련국 모두에게 참혹한 피해를 입히리라는 것도 알고 있었다.

이틀 뒤 상황이 절박해지자 오바마 대통령에게 다시 한 번 내가 이번 아시아 순방에서 빠지고 중동으로 가서 개인적으로 분쟁에 개입하면 어떻겠냐고 제안하기로 마음먹었다. 위험부담이 많았지만, 설사 실패한다 하더라도, 더 광범위한 전쟁의 위험이 닥친 지금은 무엇이든 해봐야 했다. 아침에 눈을 뜨자마자 대통령이 묵고 있는 캄보디아 프놈펜의 래플스 호텔 르 로얄 스위트룸으로 올라갔다. 그는 아직 샤워 중이어서, 나는 잠시 기다렸다.

대통령이 모닝커피를 마시는 동안 우리는 다음 행보를 논의했다. 그는 여전히 신중했다. 내 방문이 폭력 사태에 종지부를 찍을 가능성은 얼마나 되는가? 미국이 이스라엘의 세를 약화시키려 한다고 비칠 수도 있지 않겠는가? 미국을 분쟁의 한복판에 밀어넣음으로써 어떤 의도치 않은 결과가 야기되겠는가? 우리는 이러한 질문들을 비롯해 여러 사항을 논의했다. 결국 우리는 국가안보를 위해 중동의 평화를 우선시해야 한다는 데 동의했다. 가자에서 또 한 차례의 지상전을 막는 것은 매우 중요했고, 역내에는 미국의 리더십을 대신할 만한 것이 전혀 없었다.

오바마 대통령은 이 결정을 백 퍼센트 지지하지는 않았지만 내가 떠날 준비를 해야 한다는 데 동의했다. 후마와 우리 순방 팀은 캄보디아에서 이스라엘로 가는 비행 계획(분명 전형적인 경로는 아니었다)을 세우기 위해 분주히 움직이기 시작했다. 추수감사절을 이틀 앞둔 시점이었고 일이 끝날 때까지 얼마나 걸릴지 아무도 장담할 수 없었으므로, 나는 집에 돌아가야 하는 사람이 있으면 대통령과 함께 대통령 전용기를 타고 가라고 말했다.

그날 오전에 대통령과 나는 프놈펜의 거대한 평화궁전 대회장 내 임시로 빌린 방에서 다시 한 번 논의를 가졌다. 파이프와 커튼으로 외부인의 접근을 차단한 작은 방 안에서 한 번 더 이해득실을 따져보았다. 제이크 설리번, 토머스 도닐런, 벤 로즈도 이 최종 논의에 참여했다. 수년간 중동에서 아주 많은 힘든 일을 겪었던 도닐런은 불안함을 숨기지 못했지만 결국에는 내가 가는 것이 좋겠다고 동의했다. 대통령은 모든 주장을 들어본 뒤 결정을 내렸다. 이제 행동에 나설 때였다. 실패할지도 모르지만 어쨌든 노력은 해봐야 한다고 굳게 믿었다.

오바마 대통령은 워싱턴으로 돌아가는 전용기에서 무르시와 네타냐후에게 전화를 걸어 내가 중동에 도착하기 전까지 사태를 조금이라도 진전시켜 보겠다고 말했다. 그는 헤어지면서 나에게 익숙한 응원의 말을 건넸다. 시각장애인 인권운동가 천광청의 운명에 대한 협상을 앞두었을 때와 마찬가지로, 대통령의 메시지는 명확했다. "일을 망치지 마시오!" 나도 그럴 생각은 없었다.

═══

캄보디아에서 이스라엘로 가는 열한 시간의 비행 동안 나는 이번 위기의 복잡성에 대해 오랫동안 곰곰이 생각했다. 가자에서 일어나는 일을 이해하려면 로켓탄이 이란에서 수단을 거쳐 하마스의 발사대에 올랐다는 사실과 이들의 연결고리가 중동의 안보에 어떤 영향을 미치는지 이해해야 했다. 또한 과학기술의 역할이 점점 중요해지고 있다는 점도 인지해야 했다. 로켓탄은 갈수록 정교해졌고, 이스라엘의 방공망도 마찬가지였다. 이 중 어느 쪽이 승패를 결정할 것인가? 게다가 시리아 분쟁이 수니파 하마스와 하마스를 오랫동안 후원해온 시리아와 이란의 시아파 정부 사이에 마찰을 일으키고 있으며, 동시에 수니파 무슬림형제단이 이집트에서 정권을 잡았고, 시리아 내전이 진행 중이라는 점도 고려해야 했다. 시나이 반도의 정세가 갈수록 불안하고 그로 인해 새 이집트 정부가 큰 압박감을 느끼고 있다는 사실은 또 어떤가? 이스라엘의 선거가 다가오는 시점에서 네타냐후 총리의 연합정권은 안정과는 거리가 멀었다. 이스라엘의 국내 정치판이 가자에 대한 그의 입장에 어떤 영향을 미칠까? 이러한 질문들은 휴전을 중재하는 내내 머릿속을 맴돌 터였다.

비행 도중 예루살렘에서 재량껏 협상을 추진하고 있는 독일 외무장관 기도 베스터벨레Guido Westerwelle에게 전화를 걸었다. 그가 내게 말했다. "장관님이 묵으실 호텔에 와서 앉아 있습니다. 방금 로켓탄 경보음이 울려서 방에서 대피해야 했어요. 얼마나 위태로운 상황인지 상상조차 못 하실 겁니다."

11월 20일 밤 10시경 우리는 텔아비브의 벤구리온 국제공항에 도착했다. 그리고 예루살렘에 있는 네타냐후 총리의 집무실까지 차로 30분을 달렸다. 곧바로 위층으로 올라가 네타냐후와 우리 측 보좌관들과 함께 자리를 잡고 앉았다. 네타냐후는 벌써 하마스 측을 대변하는 이집트와 대화를 시작했으나, 가자에 대한 이스라엘의 금수조치, 가자 지구 거주자들의 이동의 자유를 제한하는 봉쇄, 해역 내 어업권 분쟁, 그 밖의 현존하는 갈등과 관련한 해묵은 난해한 쟁점 때문에 협상이 좌절되고 있다고 말했다. 네타냐후와 그의 팀은 협상에 대해 비관적이었다. 또한 현 상황에서 아무것도 달라지지 않는다면 진지하게 가자 침공을 고려할 것이며, 내게 시간을 줄 수는 있지만 오래 지체할 수는 없다고도 했다. 제한시간이 주어진 것이다.

몇 시간이나 지났을까. 총리실 직원들이 계속해서 그릴치즈샌드위치와 조그만 에클레어가 산처럼 쌓인 음식카트를 밀고 들어왔다. 엄청난 스트레스가 쌓이는 상황에서 기분전환용 음식을 마련해주다니! 비록 시계를 흘끔대는 사람은 아무도 없었지만 말이다. 나는 네타냐후와 그의 팀이 내 앞에서도 거리낌 없이 행동하는 것이 고마웠다. 그들은 서로의 말을 가로막고 반박을 서슴지 않았다. 심지어 총리한테까지.

네타냐후는 가자를 침공하라는 압력에 시달렸다. 이스라엘 내 여론조사에 따르면 이스라엘 국민, 특히 리쿠드당 지지자들은 그러한 조치에 강력하게 찬성했다. 하지만 이스라엘의 군 사령관들은 많은 인명피해가 날 것이라고 경고했으며, 네타냐후 또한 이번 침공이 역내에 불러올 결과를 우려했다. 이집트는 어떻게 반응할 것인가? 헤즈볼라가 레바논에서 공격을 개시하지 않을까? 네타냐후는 또한 몇 시간 동안 계속된 공습으로 이미 하마스의 장거리 로켓탄 무력화를 비롯한 원래의 목표를 사실상 거의 이루었으며, 아이언돔이 이스라엘 국민을 보호하는 임무를 훌륭하게 수행하고 있다는 사실을 알고 있었다. 네타냐후는 지상전을 원하지는 않았지만, 후에 더 큰 폭력을 부를 하마스의 지속적인 도발에 움츠러드는 것처럼 보이지 않고도 이스라엘이 분쟁에서 발을 빼고 긴장을 완화시킬 수 있는 비상구를 찾지 못하고 있었다. 또한 이스라엘은 무바라크 축출 이후 카이로에 새로 들어선 무슬림형제단 정권을 불신하고 있었다. 즉 미국의 역할이 더욱 중요해진 것이다. 훗날 적어도 이스라엘 관료 한 사람은 내게 이것이 네타냐후가 총리가 된 이래 가장 어려운 선택이었다고 말해주었다.

나는 다음 날 카이로로 갈 거라고 밝히며, 무르시 대통령에게 최종 협상의 기준으로 제시할 문서를 가져가고자 한다고 말했다. 내 생각에 관건은 이스라엘이 순순히 동의할 리 없는 몇 개의 조항을 협상기준에 포함해, 무르시 대통령이 하마스에게 유리한 협상조건을 얻어냈다고 생각하게 하는 것이었다. 우리는 그러한 목적을 달성할 만한 결과물을 내놓지 못한 채 세부사항만 되풀이해 논의했다.

회의는 자정이 지나서야 끝났다. 나는 지난 8년간 예루살렘의 상징이 되어온 킹 데이비드 호텔로 가 몇 시간 선잠을 잤다. 이번 외교 임무가 실패해 이스라엘 군대가 가자를 침공할 가능성이 그렇지 않을 가능성보다 더 높았다. 다음 날 아침 아바스와 상의하러 차를 타고 라말라로 갔다. 아바스는 이번 사태에 별다른 영향력이 없었지만, 그를 제외해 팔레스타인 내 권력다툼에서 하마스를 정당한 지도자로 인정하는 듯한 여지를 주고 싶지는 않았다. 또한 팔레스타인 자치정부는 하마스 정권이 들어선 뒤에도 가자 시민 수천 명에게 급여를 지급하고 있었으므로 휴전에 대한 아바스의 지지를 얻는 것은 분명 도움이 될 터였다.

이제 내게 라말라의 팔레스타인 자치정부 본부는 익숙한 곳이었다. 무카타라고 알려진 이곳은 원래 1920년대에 영국 점령군의 요새로 지어졌는데, 2002년에 이스라엘 군대가 야세르 아라파트와 그의 수석보좌관들이 있는 관저를 포위하고 자치정부 기반시설 대부분을 파괴한 사건으로 유명해졌다. 그러나 2012년에는 잔인했던 과거의 흔적을 거의 찾아볼 수 없었다. 새로 지은 청사 안에는 석회암으로 지은 아라파트의 묘지도 있어 팔레스타인 의장대가 묘를 지키는 가운데 사람들이 참배를 드리기도 했다.

아바스에게는 힘든 한 해였다. 지지율은 바닥을 기었고 웨스트뱅크의 경제는 침체되었다. 2010년 말에 이스라엘 정착촌 건설 유예 기간이 끝나자, 아바스는 직접교섭을 중단하고 유엔에 팔레스타인을 독립국가로 승인해달라는 신청서를 제출하기로 결정했다. 그는 하마스처럼 무력투쟁을 하지 않고도 평화로운 방식으로 독립국가를 수립할 수 있다는 믿음에 정치생명을 걸었으나, 교섭 실패는 그의 정치적 입지를 약화시켰다. 아바스는 계속해서 권력을 유지하고 극단주의자들에게 실현가능한 대안을 제시하려면 또 다른 비폭력 수단을 강구해야 한다고 느꼈다. 유엔에서의 상징적인 표결은 팔레스타인 주민들의 일상에 당장 영향을 미치지는 못하겠지만, 국제무대에서 이스라엘이 점점 고립되고 있음을 알림으로써 팔레스타인 내 아바스의 입지를 강화하고, 이스라엘에게서 타협을 이끌어낼 수 있을지도 몰랐다. 문제는 유엔의 도움을 요청하는 행위가 평화는 양측 간의 협상과 타협으로만 이루어질 수 있다는 중요한 원칙에 반한다는 것이었다. 유엔에 팔레스타인의 독립국 승인을 신청하는 것이든, 웨스트뱅크에 이스라엘 정착촌을 건설하는 것이든 어느 한쪽의 일방적인 행동은 신뢰를 무너뜨리고 절충안 마련을 어렵게 했다.

2011년 내내 우리는 아바스가 독립국 승인 신청을 그만두게 하려고 설득했으나 허사였다. 우리는 또한 안전보장이사회에서 승인에 필요한 찬성표가 나오지 못하도록 힘을 쓰기도 했다. (가능한 한 미국이 거부권을 행사하는 일은 피하고 싶었다.) 같은 시기에 나는 유럽연합의 캐서린 애슈턴, 토니 블레어와 함께 오바마 대통령이 2011년 5월에 한 연설에서 제시한 조건에 근거해 직접교섭 재개를 위한 틀을 구축하기 시작했다. 2011년 9월에 열린 유엔총회에서의 온갖 외교적 노력에도 불구하고 아바스는 끝내 신청서를 제출하고 유엔의 승인을 요구했다. 하지만 우리가 보이지 않는 곳에서 손을 써둔 덕분에 유엔안전보장이사회는 신청을 기각했다. 아바스가 무모한 행동으로 얻은 것이라고는 (미국과 이스라엘과의 관계 악화를 제외한다면) 유네스코 가입뿐이었다. 그는 2012년에 다시 한 번 승인을 시도하겠다고 다짐했다.

한편 하마스는 이스라엘에 대한 무력 저항으로 신문 헤드라인을 장식하면서 팔레스타인 주민의 관심을 가로채고 아바스를 힘없고 무기력한 인물로 보이게 만들었다. 아바스는 내가 직접 만나러 와준 것을 고마워했지만 상황이 상황인지라 몹시 우울한 것 같았다. 두서없는 논의 끝에 그는 휴전을 중재하는 내 노력을 지지하기로 동의하고 카이로에서의 행운을 빌어주었다.

나는 다시 한 번 예루살렘으로 가서 네타냐후 총리와 회의를 했다. 그의 고문단이 한밤중에 내게 전화해 카이로로 떠나기 전에 한 번 더 만날 수 있겠냐고 물어왔던 것이다. 우리는 모든 조항을 하나씩 짚어가며 이스라엘이 얼마나 타협할 수 있는지 신중히 수위를 조정하고, 이집트 정부와의 회담이 어떻게 진행될지 가늠해보았다. 회의가 마무리될 무렵 우리는 적당한 전략을 세웠으며, 나는 이스라엘이 승인한 합의 초안을 이집트 정부에 보여줄 준비를 마치고 공항으로 갔다.

비행기 안에서 나는 그해 처음으로 텔아비브에서 버스가 폭격되어 수십 명이 부상을 입었다는 소식을 전해들었다. 내가 맡은 긴박한 임무에 대한 불길한 암시 같았다.

11월 21일 오후에 무바라크 대통령과 수차례 만남을 가졌던 카이로의 대통령궁에 도착했다. 건물과 직원들은 같았지만 이제는 무슬림형제단이 이곳의 주인이었다. 지금까지 무르시는 지난 수십 년 동안 역내 안정의 초석이었던 이스라엘과의 캠프데이비드 평화협정을 준수했으나, 이스라엘이 가자를 침공한다면 그마저도 장담할 수 없었다. 무르시는 이집트가 지금까지 해온 대로 중재자 역할을 다시 한 번 수행하고 국제적인 정치가로 발돋움할까? 아니면 대중의 분노를 악용해 중동에서 유일하게 이스라엘에 대항할 수 있는 인물로 자신을 포장할까? 이제 그를 시험해볼 차례였다.

무르시는 평범한 정치인이 아니었다. 역사는 그를 무대 뒤에서 끌어내 권좌에 앉혀놓았다. 아무것도 없는 상태에서 혁명으로 몸살을 앓는 나라를 통치하는 법을 배우는 것은 여러모로 부담이 되었을 것이다. 그러나 무르시는 새로 얻은 권력을 분명 좋아했고 정치 수완도 뛰어났다. (정치판이 훗날 그를 먹어치우기 전까지는 말이다.) 나는 적어도 가자 사태에서만큼은 그가 선동가보다는 중재자 역할을 맡고 싶어한다는 사실에 안도했다. 우리는 그의 집무실에서 소수의 고문단과 함께 내가 이스라엘 총리에게서 승인받아 온 문서를 한 줄씩 검토했다.

나는 무르시에게 중동지역에서 이집트의 전략적 역할은 물론 세계사에 남을 무르시 자신의 발자취 또한 생각해보라고 종용했다. 1982년 서던캘리포니아 대학에서 재료공학 박사학위를 취득하고, 1985년까지 캘리포니아 주립대학 노스리지 캠퍼스에서 강의한 그는 영어를 유창하게 구사했다. 그는 문서의 단어 하나하나까지 꼼꼼히 살폈다. “이게 무슨 뜻입니까? 제대로 번역된 것이 맞습니까?” 그가 물었다. “이건 절대 안 돼요”라고 소리친 적도 있었다. “하지만 이전 초안에서 이미 제안하신 내용인데요.” “오, 그렇습니까? 그럼 그렇게 하지요.” 그가 동의했다. 그는 심지어 아므르 외무장관의 이의에도 불구하고 중요한 타협점을 제시하기도 했다.

합의안은 짧고 간결했다. 양측이 동의한 “발효시점”에 이스라엘은 가자에 대한 지상, 해상, 공중 공격을 멈추고 하마스는 로켓탄 발사와 국경 근처 공격을 전면 중단한다. 이집트는 이번 합의안 이행의 보증인이자 감시자 역할을 수행할 것이었다. 하지만 그다음부터가 까다로웠다. 이스라엘은 언제 국경봉쇄를 해제하여 팔레스타인 주민들이 음식과 물자를 보급받을 수 있도록 할 것인가? 하마스가 다시 로켓탄을 제조하지 않는다는 보장은 어디 있는가? 우리는 이러한 복잡한 문제들을 "휴전 개시로부터 24시간 후에 논의하자"고 제안했다. 이 막연한 조항은 휴전이 시작되면 이집트가 실질적인 대화를 주선할 수 있도록 하기 위함이었다. 네타냐후 총리가 이 조항이 어떤 사안을 구체적으로 언급할지 협상하는 일을 내게 맡긴 것이 다행이었다.

무르시는 몇 가지 사안에 강경한 입장을 취했으며 우리는 안건 목록을 여러 번 수정해 다음과 같은 조항에 합의했다. "국경봉쇄를 해제하여 사람들의 이동과 화물 수송을 허락하고, 주민들의 이동의 자유 제한이나 국경지대 주민 공격을 금지하는 사안과 그에 따른 시행 절차는 휴전 개시로부터 24시간 후에 논의한다."

내가 무르시와 협상하는 내내 이집트 관계자들은 하마스의 지도부를 비롯한 가자 내 팔레스타인 극단주의 무장단체들과 통화했다. 그들 중 몇몇은 사실 도시 반대편에 있는 이집트 정보기관 사무소에 앉아 있었다. 외교에 아직 서툰 무르시의 팀은 하마스와 연락하면서 머뭇거렸고 합의를 위해 압력을 행사하는 것을 거북해했다. 우리는 계속해서 무슬림형제단원들에게 그들은 이제 주요한 역내 권력을 상징하고 있으며 주어진 임무를 수행할 책임이 있다는 사실을 상기시켜야만 했다.

나는 오바마 대통령에게 자주 보고를 하고 네타냐후 총리와도 여러 차례 연락했다. 네타냐후와 무르시는 직접 대화하기를 거부했으므로 나는 중대한 이해관계가 걸린 전화 협상을 중개했다. 한편 제이크와, 만만찮은 협상자인 카이로 주재 대사 앤 패터슨은 무르시의 고문단과 보다 까다로운 세부사항을 논의했다.

네타냐후는 새 무기들이 가자로 수송되는 것을 막기 위해 미국과 이집트의 도움을 받기로 단단히 작정했다. 그는 공습을 중단했다가 일이 년 만에 다시 불안정한 처지에 놓이는 것을 원하지 않았다. 내가 무르시에게 그 점을 강조하자 그도 그렇게 하는 편이 이집트의 안보에도 이익이 될 것 같다고 동의했다. 하지만 그 대가로 무르시는 인도적 원조에 물자 수송을 위해 최대한 빨리 가자의 국경봉쇄를 풀고 해역 내 팔레스타인 어선의 이동의 자유를 허락한다는 약속을 원했다. 네타냐후는 만약 무기와 로켓 수송 중단이 확인된다면 무르시의 요구사항을 융통성 있게 고려해보겠다고 말했다. 대화가 계속될수록 우리는 화해와 이해에 한 걸음씩 다가섰다.

여러 시간에 걸친 치열한 협상 끝에 우리는 마침내 합의에 도달했다. 휴전은 겨우 몇 시간 뒤인 현지시간 오후 9시에 시작될 예정이었다. ('폭력이 언제 그칠 것인가?'라는 기본적인 질문에 명확하게 대답하기 위해 임의로 정한 시간이었다.) 하지만 승리를 자축하기 전에 아직 해야 할 일이 하나 더 남아 있었다. 오바마 대통령이 네타냐후 총리에게 전화를 걸어 휴전에 동의해달라고 직접 부탁하면서 가자의 무기 밀반입 근절에 미국의 적극적인 지원을 약속하기로 되어 있었던 것이다. 네타냐후 총리는 이스라엘의 가장 강력한 동맹국이 간청하는 바람에 침공을 그만두었다고 그의 내각과 유권자들에게 정치적인 핑계를 대려는 것이었을까? 아니면 오바마 대통령이 자신의 요구대로 따르는데 개인적인 만족을 얻으려는 것이었을까? 이유가 어찌되었든 협상을 타결시키는 데 필요한 일이라면 그렇게 할 수밖에 없었다.

우리 팀은 초조하게 시계만 바라보았다. 때는 추수감사절 전날 밤, 카이로 현지시간으로 오후 6시가 막 지났다. 공군 규정에 따라 승무원들의 휴식시간이 곧 시작될 참이라 우리는 다음 날까지 이륙을 할 수 없었다. 최대한 빨리 떠난다면 팀원들이 명절을 가족과 보낼 수 있도록 아슬아슬하게 시간을 맞출 수 있었지만, 조금만 지체되면 추수감사절 저녁으로 미국 공군의 유명한 칠면조 타코샐러드를 먹어야 할 판이었다. 물론 엄청난 국제외교 업무량 때문에 명절을 제대로 쇠지 못한 것이 이번이 처음은 아니었고, 팀원들 중 누구도 불평하지 않았다. 우리는 그저 일을 마무리 짓고 싶은 마음뿐이었다.

마침내 모든 퍼즐조각들이 제자리에 놓였고 오바마 대통령은 네타냐후에게 전화했으며 우리는 협상에 대해 이스라엘과 미국 정부의 승인을 받았다. 무르시의 국가안보 보좌관 에삼 알하다드Essam al-Haddad는 무릎을 꿇고 신께 감사를 올렸다. 외무장관 아므르와 나는 기자들이 가득 들어찬 회견장으로 내려가 휴전이 합의되었다고 발표했다. 회견장은 순식간에 아수라장이 되었고, 모두 감정이 북받쳐올랐다. 아므르는 "팔레스타인 문제를 위한 이집트의 역사적인 책임", "유혈 사태"를 막고 역내 안정을 유지하고자 하는 열망을 이야기했다. 새로운 무슬림형제단 정부가 그토록 믿음직해 보인 날은 다시없을 것이다. 나는 무르시 대통령의 중재에 감사를 표하고 이번 합의에 찬사를 보내면서도 신중을 기했다. "그 어느 것도 팔레스타인과 이스라엘의 안보, 명예, 정당한 바람을 지켜줄 정의롭고 지속적인 평화를 대신할 수 없습니다." 할 일은 아직도 많이 남아 있었다. 나는 약속했다. "앞으로 미국은 이 지역의 동맹국들과 협력해 평화로 가는 길을 다지고, 가자 주민들의 삶의 질을 향상시키며, 이스라엘 국민들을 보호할 것입니다."

그날 밤 우리 팀을 태운 자동차 행렬이 카이로의 도로를 질주할 때 나는 휴전이 얼마나 지속될지, 아니 이루어지기는 할지 의문을 품었다. 그 지역 사람들은 희망에 찬물을 끼얹는 폭력의 악순환을 자주 보아왔다. 갈등의 불씨를 다시 지피는 데는 단 몇 명의 과격분자와 로켓탄 발사기만 있으면 되었다. 양측 모두 평화를 유지하기 위해 열심히 노력해야 할 것이다. 그리고 평화를 이루는 데 성공한다 하더라도 우리가 이번 합의에서 논의를 미룬 복잡한 사안에 대한 힘든 협상 과정이 남아 있었다. 어쩌면 나는 퍼즐조각을 맞추기 위해 곧 다시 이곳으로 돌아올지도 몰랐다.

밤 9시가 되자 예정대로 가자의 상공은 잠잠해졌다. 반면 지상은 수천 명의 팔레스타인 사람들의 환호성으로 시끌벅적했다. 아슬아슬하게 이스라엘의 침공을 피한 하마스의 지도부는 승리를 선언했다. 이스라엘에서는 네타냐후가 침울한 어조로 만약 휴전합의가 깨진다면 이스라엘은 "더욱 가혹한 군사작전"을 펼칠 가능성이 "매우 농후하다"고 예측했다. 이 대조적인 반응에도 불구하고 나는 이번 사태의 전략적 결과 중 가장 중요한 두 가지가 이스라엘에 꽤 좋은 징조를 보여준다고 생각했다. 첫째로 적어도 당분간은 무바라크 축출 이후로 입장이 불분명했던 이집트가 평화를 위한 협력자로 남았다는 것이다. 둘째는 아이언돔이 성공적으로 로켓탄을 격추하며 이스라엘 군부의 '질적 우위'를 강화하고 하마스의 군사적 위협이 헛일임을 모두에게 보여주었다는 것이다.

공항에 도착했을 때 나는 제이크에게 아직 휴전합의가 지켜지고 있는지 물어보았다. 물론 농담 반 진담 반이었다. 그는 그렇다고 대답했고, 나는 집으로 향하는 긴 여정을 위해 비행기에 몸을 실었다.

밝혀진 대로, 휴전은 모두의 예상보다 훨씬 오래 지속되었다. 2013년에 이스라엘은 지난 10년 사이 가장 조용한 한 해를 보냈다. 이후 한 이스라엘 고위관료가 내게 당시 이스라엘 정부는 가자 지상전 감행을 48시간 앞둔 상태였으며, 파괴적인 무력 분쟁을 저지한 유일한 요인은 내 외교적 개입이었다고 털어놓았다. 물론 나는 지금도 길게 보았을 때 이스라엘이 유대 민주주의 국가로서 미래를 보장하는 가장 효과적인 방법은 두 국민을 위한 두 국가를 기반으로 한 포괄적인 평화라고 믿는다.

Hillary Rodham Clinton

PART 6

우리가 바라는 미래

HARD CHOICES

21

기후변화 : 우리 모두 한 배를 탄 운명

"안 됩니다! 들어오시면 안 돼요!" 중국 관리가 출입문을 향해 팔을 휘저으며 소리쳤다. 중국 총리가 몇몇 국가들과 비공개 회의를 하는 장소에 초대도 되지 않은 미국 대통령이 불쑥 들어온 것이다. 게다가 그를 제지할 방도도 없었다.

대통령이나 국무부 장관은 물론 해외에서 미국을 대표하는 고위관리라면, 모든 움직임이 면밀하게 계획되고 큐 사인에 따라 모든 문이 열리게 되어 있다. 자동차 행렬 속에서 분주한 도심을 잽싸게 통과하고, 공항 세관과 보안검색대를 건너뛰며, 엘리베이터를 절대 기다릴 일이 없는 상황에 익숙해지게 마련이다. 그러나 때로는 의전이 엉망이 되거나 외교가 꼬여버리기도 한다. 기지가 필요한 순간이다. 이 상황도 그런 순간 중 하나였다.

오바마 대통령과 나는 덴마크 코펜하겐에서 열린 기후변화에 관한 국제회의 중에 원자바오 중국 총리를 찾고 있었다. 2009년 12월, 그 멋스러운 도시는 춥고 어두웠으며 전에 없이 긴장감이 감돌았다. 우리는 기후변화에 대해 의미 있는 합의를 이끌어내는 유일한 길은 최대 온실가스 배출국(특히 미국과 중국) 정상들이 자리를 함께 해 타협점을 찾는 것임을 알고 있었다. 우리 앞에 닥친 선택과 흥정은 쉽지 않을 터였다. 새로운 청정에너지 기술을 개발하고 에너지효율을 높이면, 온실가스 배출을 줄이는 것은 물론 일자리를 창출하고 신생산업에 활기를 불어넣으며, 신흥경제국들이 산업 발전의 가장 힘든 단계를 뛰어넘는 데 도움을 줄 수도 있을 것이다. 그러나 전 세계가 이미 글로벌 금융위기로 휘청이는 가운데 기후변화에 맞서 싸우는 일이 정치적으로 힘겨운 쟁점이 되리라는 사실은 피할 도리가 없었다. 모든 경제의 주 원동력은 화석연료였다. 상황을 변화시키려면 대담한 리더십과 국제사회의 협력이 필요할 것이었다.

그러나 중국은 미국을 피하고 있었다. 설상가상으로 원자바오 총리가 인도와 브라질, 남아프리카공화국과 '비밀' 회의를 열어 미국이 추진하는 합의를 중단시키거나 적어도 약화시키려 했다는 사실을 알게 되었다. 우리는 이 국가 정상들의 모습이 보이지 않자 무엇인가 잘못됐음을 깨닫고 팀원들을 보내 건물을 샅샅이 찾아보게 했다. 결국 회의 장소가 발견됐다.

'지금 우리 같은 생각이죠?'라는 눈빛을 교환하고서 오바마 대통령과 나는 사방으로 뻗어 있는 북유럽식 컨벤션센터의 기다란 복도를 따라 회의실로 향했다. 우리 측 전문가 및 자문위원 들도 서둘러 뒤를 따랐다. 나중에 우리는 이 즉흥적인 '도보행진'을 두고 농담을 하기도 했지만, 당시 나는 행진의 끝에 기다리고 있을 외교적 갈등에 골몰해 있었다. 우리는 그렇게 출발해서 급히 계단을 올라가, 놀란 모습으로 쳐다보는 중국 관리들과 마주쳤다. 그들은 우리를 반대 방향으로 유인하려 했다. 우리는 굴하지 않았다. 〈뉴스위크〉는 훗날 우리를 "외교 버전의 스타스키와 허치"(미국 드라마에 등장하는 콤비 형사_옮긴이)라고 묘사했다.

회의실 밖에 도착하니 말다툼하는 보좌관들과 초조한 빛이 역력한 보안요원들이 한데 뒤섞여 있었다. 로버트 깁스 백악관 대변인이 중국 경호원과 옥신각신하고 있었다. 야단법석이 일어난 가운데 오바마 대통령이 문을 밀고 들어가 "원자바오 총리님!" 하고 정말 크게 외쳤고, 모두가 대통령 쪽을 바라보았다. 중국 경호원들이 다시 팔로 문을 막아섰으나, 나는 몸을 숙여 안으로 들어갔다.

임시 회의실 안 유리벽은 밖에서 엿보지 못하도록 천으로 가려져 있었다. 원자바오 총리는 만모한 싱 인도 총리와 루이스 이나시우 룰라 다시우바 브라질 대통령, 제이컵 주마 남아공 대통령 사이에 끼어 긴 탁자 주위에 앉아 있었다. 우리를 보자 모두들 입을 다물지 못했다.

"준비됐습니까?" 오바마 대통령이 활짝 웃어 보이며 말했다. 이제 진짜 협상이 시작될 참이었다.

═══

1년 이상을 끌어온 순간이었다. 2008년 대선 당시 오바마 상원의원과 나는 기후변화는 미국뿐 아니라 전 세계가 안고 있는 시급한 과제라고 강조하며 온실가스 감축과 에너지효율 증진, 그리고 청정에너지 기술 개발 계획을 제안했다. 우리는 앞으로의 어려운 선택에 대해 국민들에게 솔직히 말하면서, 경제와 환경 중 하나만을 고르는 식의 잘못된 선택을 피하고자 했다.

지구온난화가 야기한 문제는 명백했다. 아무리 부정해도 사실이 그랬다. 이산화탄소와 메탄가스, 기타 온실가스가 끼치는 치명적인 영향에 대해 수없이 많은 과학적 데이터가 쌓여 있었다. 지구의 연평균기온 최고기록 1~14위 중 13건이 2000년 이후였다. 산불과 폭염, 가뭄을 포함한 기상이변은 현저하게 증가하고 있다. 이런 추세가 계속된다면, 수백만 명이 집을 잃고, 깨끗한 물 같은 희소자원을 놓고 경쟁이 치열해지며, 경쟁에 취약한 국가는 불안정해지는 등 부가적인 문제들이 나타날 것이다.

언젠가 오바마 대통령과 나는 기후변화가 국가안보에 중대한 위협이자, 미국의 리더십을 평가하는 주요 시험대라는 데 의견을 같이한 바 있다. 유엔은 우리의 임기 첫해 말쯤 중요한 기후변화 회의를 개최할 것이고 이는 국제사회의 폭넓은 행동을 촉발하는 계기가 될 터였다. 그래서 우리는 그 초석을 다지기 시작했다.

이는 미국 외교정책 변화의 방향을 보여주는 커다란 밑그림의 일부일 뿐이었다. 냉전 당시 국무장관들은 대개 핵 군비 통제 같은 전쟁과 평화에 대한 전통적인 문제에만 골몰해왔다. 하지만 21세기로 넘어오면서 우리는 상호의존적인 세계에 사는 모든 사람에게 영향을 미치는 글로벌한 문제의 부상에도 주의를 기울여야 했다. 전염병이나 금융위기 확산, 국제적 테러행위, 국경을 넘나드는 범죄조직, 인신매매와 야생동물 밀매…… 그리고 물론 기후변화 문제가 포함된다.

국내에서는 2009년부터 빠르게 진전이 이루어지기 시작했다. 새로 출범한 오바마 행정부는 의회에서 '탄소배출권 거래제'를 야심차게 입안해 탄소배출권의 가격을 책정하고 구매 및 판매까지 아우르는 시장을 탄생시키고자 했다. 동시에 미국환경보호청Environmental Protection Agency 같은 연방기관을 통해 직접 조치를 취하고 태양에너지와 풍력에너지 생산을 늘리기 위해 인센티브를 제공하는 법령을 통과시키는 결실을 이뤄냈다. 헨리 왁스먼Henry Waxman 캘리포니아 주 하원의원과 에드 마키Ed Markey 매사추세츠 주 하원의원의 리더십으로 6월에 법안이 통과되자 많은 이들이 환호했지만, 곧 상원에서 논의가 지지부진해졌다.

국제적으로 미국은 힘겨운 상황을 맞고 있었다. 시작부터 나는 기후변화 대응에 기꺼이 동참하는 글로벌 파트너십을 쌓으려면 창의적이고도 끈질긴 외교가 필요하다고 생각했다. 특히 관련된 정책 선택이 아주 어려운 상황에서 이러한 연대를 결성하는 일은 제각각인 고양이들을 한데 모으는 것보다 더 어려웠다. 그 첫 단계는 바로 유엔기후변화협약The United Nations Framework Convention on Climate Change이라 불리는 국제협상 프로세스를 이용해 모든 당사국이 한자리에 모여 기후변화라는 공동의 과제를 논의하는 것이었다. 2009년 12월 코펜하겐에 모두 모여 선진국과 개발도상국 간 합의점을 찾는 것이 협약의 목표였다.

이를 추진하려면 기후와 에너지 문제에 전문성을 지닌 노련한 협상가가 필요했다. 나는 토드 스턴Todd Stern에게 기후변화 특사로 일해달라고 부탁했다. 나는 그가 1990년대 교토 의정서 채택 당시 협상을 맡은 걸 알고 있었다. 교토 의정서는 앨 고어 부통령이 주도하고 빌이 서명했으나 상원 비준에 실패했다. 토드는 침착하면서도 그 이면에 열정과 집요함을 지닌 외교관이었다. 부시 행정부 시기에 그는 미국진보센터Center for American Progress에서 기후와 에너지 문제를 놓고 열심히 일했다. 이제 그는 참여를 꺼리는 국가들을 회유해 협상 테이블에 앉히고 타협을 이끌어내기 위해 모든 수완을 발휘해야 했다. 나는 그에게 처음부터 가능한 한 많은 힘을 실어주고 싶어서, 아시아 첫 순방 때 그를 대동했다. 중국과 일본, 한국, 인도네시아에 기후정책을 개선하도록 설득하지 않았더라면, 신뢰할 만한 국제적 합의점을 도출해내기란 거의 불가능했을 것이다.

베이징에서 토드와 나는 최첨단 타이양궁 가스 화력발전소를 방문했는데, 그곳의 이산화탄소 배출량은 석탄 화력발전소의 절반 정도였고 물 사용량은 3분의 1에 그쳤다. GE의 첨단기술로 만들어낸 터빈을 둘러본 후, 나는 중국 청중을 대상으로 기후변화 문제에 대응함으로써 얻을 수 있는 경제적 기회에 대해 말했다. 중국 정부는 청정에너지, 특히 태양열에너지와 풍력에너지에 대한 대규모 투자를 시작한 터였으나 온실가스 배출에 대한 구속력 있는 국제협약 비준은 거부했다. 토드는 그날 이후 장시간에 걸쳐 중국 정부가 생각을 바꾸도록 설득하느라 애를 썼다.

미국이 일찌감치 중국에 초점을 맞춘 것은 우연이 아니었다. 지난 10여 년간 엄청난 경제성장으로 중국은 단시간에 세계 최대 온실가스 배출국이 되었다(중국 당국은 인구 1인당 배출량은 서방 선진국, 특히 미국에 비하면 한참 뒤처진다는 사실을 앞세우곤 했다. 그러나 그 수치 역시 빠르게 치솟고 있다). 중국은 또한 브라질과 인도, 인도네시아, 터키, 남아공 등 군사력보다는 경제 규모 팽창으로 국제적 영향력을 얻고 있는 지역 및 국제무대의 신흥강국 중 가장 크고 영향력 있는 국가였다. 이 국가들의 협력은 기후변화에 대한 포괄적인 합의에 핵심 역할을 할 것이었다.

이 국가들은 자국의 높아지는 위상과 영향력에 따른 여파로 나름대로 고심을 하고 있었다. 예를 들어, 중국은 덩샤오핑이 1978년에 개혁·개방을 추진한 이래 수억 명이 가난을 벗어났지만, 2009년에도 국민 1억 명은 여전히 하루 1달러가 채 안 되는 돈으로 살고 있었다. 공산당의 소득 증가 및 빈곤 퇴치 공약은 산업생산량 증가에 달려 있었다. 이는 냉혹한 선택을 종용했다. 중국은 과연 수천만 명이 빈곤에 허덕이는 상황에서 기후변화에 맞설 여력이 있는가? 중국은 보다 효율적인 재생에너지에 의지해, 빈곤을 감소시킬 다른 발전 경로를 선택할 수 있을 것인가? 이 문제로 씨름하는 것은 중국뿐만이 아니었다. 심각한 불평등과 빈곤에 빠진 나라를 운영하는 입장이라고 생각해보자. 19세기와 20세기 산업 강국은 번영을 일구는 과정에서 환경오염을 야기했는데, 자신들은 환경오염을 이유로 성장을 제한해야 한다는 것을 받아들이기 어려운 게 당연하다. 인도가 경제성장을 가속화하면 수백만 명의 삶을 개선할 수 있는데, 굳이 다른 길을 선택할 여유를 부리겠는가? 그런데 기후변화 대응에 동참할지에 대한 이 나라들의 답변은, 그들이 원인 제공자가 아니긴 하지만, 우리 외교의 성패를 결정지을 것이었다.

이 점을 생각하고, 토드와 나는 2009년 여름 인도로 향했다. 델리 근처의 친환경 건물을 자랑스레 보여주고 내게 화환을 건넨 후, 자이람 라메시 Jairam Ramesh 인도 환경부 장관은 우리가 공개연설을 하는 동안 공격적인 발언을 해서 우리를 놀라게 했다. 기후변화 문제는 미국과 같은 선진국이 조치를 취해야 하며, 인도같이 더욱 시급한 국내 문제로 씨름하는 신흥강국들은 책임이 없다고 그는 분명히 말했다. 사적인 대화 중에 라메시 장관은 인도의 1인당 온실가스 배출량은 선진국보다 낮은 수준임을 재삼 확인하고, 코펜하겐 회의를 앞두고 국제사회가 인도에 압력을 가할 정당한 근거가 없다고 주장했다.

그러나 분명한 것은 급격히 성장하는 나라들이 기존 원칙을 고수하고 엄청난 양의 탄소를 대기중으로 뿜어내는 한 지구의 기온 상승은 멈출 수 없으리라는 사실이었다. 미국이 어떻게든 탄소배출량을 완전히 제로 수준으로 줄이는 날이 온다 해도, 중국과 인도와 그 밖의 나라들이 탄소배출량을 억제하지 못하는 한 전 세계의 온실가스 감축목표량에 도달하는 일은 요원하다. 더군다나 인도 장관이 도움을 역설하는 바로 그 빈곤층이 기후변화의 최대 피해자가 될 것이다. 그래서 나는 그의 말에 미국은 경제성장을 촉진하고 빈곤을 퇴치하면서도 온실가스 배출을 감축할 수 있는 청정기술 개발에 본분을 다할 것이라고 답했다. 그러나 전 세계가 이를 공동의 의무이자 책임으로 받아들이는 것이 중요함을 재차 강조했다. 이는 앞으로 몇 달간 계속될 논쟁의 시초였다. 12월 덴마크에서 열릴 유엔 기후변화 회의에 참석하는 각국은 자신의 입장을 정하느라 분주했고, 오바마 대통령과 내가 맞닥뜨린 비밀 회의를 소집하게 되었다.

═══

코펜하겐은 곳곳에 조약돌 거리와 공원이 들어찬 그림 같은 도시다. 그러나 2009년 12월 17일 새벽 3시가 막 지나 거센 눈보라를 뚫고 도착한 한겨울 도시는 지독하게 추웠고 협상도 꽁꽁 얼어붙고 말았다. 회의는 이틀 만에 끝날 기세였고 행동을 촉구할 이번 기회가 각국 협상단의 손가락 사이로 빠져나가는 듯했다.

토론 테이블의 한쪽에는 신흥강국들이 자리했다. 전체 이산화탄소 배출량 중 이 국가들의 점유율이 급격하게 증가한 것을 보면 '신흥 탄소배출국'이라는 말이 더 적절하다는 생각이 들기 시작했다. 그들 대부분은 자국의 경제성장을 제한할 구속력 있는 협약을 피하려 애썼다. 다른 한쪽에는 유럽 국가들이 있었는데, 이들은 선진국이 큰 부담을 지게 하면서도 중국과 인도 같은 거대한 개발도상국에는 기본적으로 책임을 면제시킨 교토 의정서의 영향력이 확대되길 여전히 바라고 있었다. 가난한 약소국들, 특히 섬나라들은 이미 체감하는 기후변화의 영향을 저지하거나 적어도 경감시켜줄 수 있는 협약이 절실했다.

미국은 현실적이고 달성 가능하다고 생각하는 결과를 도출하기 위해 총력을 기울였다. 즉 (의회가 비준하고 법원이 집행하는 법률 조약보다는) 각국 정상들이 합의한 외교협정을 이끌어내고자 했다. 이를 통해 선진국, 개발도상국 할 것 없이 주요 국가들이 실질적인 조치를 취함으로써 탄소배출량을 억제하고 그 진전 상황을 투명하게 보고하자는 것이었다. 이는 전례 없는 행보였다. 우리는 모든 국가가 동일한 조치를 취하거나 탄소배출량을 동일한 수준으로 줄이길 기대한 것이 아니었다. 다만 모든 나라가 온실가스 감축에 얼마간 책임을 지는 협정을 채택하고자 했다.

코펜하겐에서 참석한 첫 회의 중에 군소도서국가연합Alliance of Small Island States과 회의가 있었다. 세계 해수면은 20세기에만 17센티미터 상승한 것으로 추정된다. 북극의 얼음이 계속 녹으면 해수면이 무서운 속도로 높아지고 이런 군소국가의 생존은 당장 위협받는다. 2012년 태평양 도서국가 포럼 참석차 쿡 제도를 방문했을 당시, 그 자리에 있던 국가 정상들은 기후변화야말로 국가가 맞닥뜨린 단일 위협요소 중 가장 중대하다고 말했다.

도서국가와 저지대국가들이 이러한 위기의 최전선에서 고군분투 중이지만, 나머지 국가들도 딱히 나을 것은 없다. 세계 인구의 약 40퍼센트가 연안에서 100킬로미터도 떨어지지 않은 지역에 산다. 미시시피 강과 나일 강, 갠지스 강, 메콩 강 주변을 포함해 연안 삼각주 지역 근처에 뻗어 있는 도시들은 특히 위험하다. 우리는 기후변화가 계속되고 해수면이 상승하면 무슨 일이 일어날지 생각하여 앞을 내다보고 계획해야 한다. 집과 도시가 거주 불가능한 곳이 된다면 이 수십억 명의 사람들은 어떻게 될 것인가? 이들은 어디로 갈 것인가? 누가 도움을 줄 것인가?

취약 국가에서 심각한 가뭄과 극심한 식량난, 물 부족의 여파로 일어날 수 있는 폭력 사태를 상상해보자. 혹은 홍수와 폭풍우로 농장과 기반시설이 파괴되면 전 세계 상거래에 어떤 영향이 미칠지 생각해보자. 빈부격차가 심화될 경우 세계무역과 안정에 어떤 영향이 갈 것인가? 코펜하겐에서 나는 멜레스 제나위Meles Zenawi 에티오피아 총리를 만났다. 그는 기후변화의 영향에 가장 취약하고 그 영향을 관리할 능력이 가장 부족한 몇몇 국가의 대변인으로 부상한 터였다. 그는 전 세계가 미국에 거는 기대가 크며 이 회의가 미국의 리더십을 보여줄 순간이라고 내게 말했다.

모두의 높은 기대 덕분에 기후변화 회의가 열렸지만, 아마도 어느 정도는 그 때문에 상황이 처음부터 꼬였다. 이해관계가 충돌했고 신경전이 벌어졌으며 타협은 요원해 보였다. 우리는 어떻게든 이런 역학관계를 변화시킬 필요가 있었다. 12월 17일 이른 아침, 나는 기자회견을 요청했다. 컨퍼런스 홀에서 우리 팀은 스타디움 스타일로 좌석이 배치된 넓은 공간을 찾아냈고, 내가 도착했을 땐 전 세계 수백 명의 기자들이 가득했다. 교착상태를 타개했다고 보도할 만한 작은 뉴스라도 얻을 수 있지 않을까 기대하는 눈빛이었다. 나는 모인 사람들 앞에서 미국은 선진국 공동의 노력에 선도적인 역할을 할 준비가 되어 있으며, 2020년까지 민관 합동 재원에서 매년 1,000억 달러를 출연해 기후변화에 가장 취약한 최빈국이 입는 피해를 최소화하도록 돕겠다고 말했다. 물론 그전에 온실가스 배출량 감축에 대해 광범위한 합의가 있어야 했다.

이런 생각은 유럽에서부터 시작되었는데, 특히 고든 브라운 영국 총리는 여름에 비슷한 제안을 한 바 있었다. 내가 코펜하겐에 도착하기 전, 토드와 마이크 프로먼Mike Froman 국가안보 부보좌관은 협상에 힘을 실을 필요가 있을 때를 대비해 마지막 카드로 남겨두라고 권고했다. 나는 구체적인 약속을 내놓음으로써 협상에 활기를 불어넣고 싶었다. 그리하여 중국과 그 밖의 '신흥 탄소배출국'이 이에 부응하도록 압박하고, 새로운 원조를 반길 것이 분명한 개발도상국의 지지를 얻길 바랐다. 기자들과 대표단은 즉시 웅성거리기 시작했고 많은 이들이 흥분을 감추지 못했다. 덴마크 총리는 분위기 변화를 감지하고 말을 꺼냈다. "이제 대표들 사이에서 당면 과제에 뛰어들 때가 됐다는 분위기가 무르익었습니다. 이제 우리는 좀 더 유연해지고 진짜 타협을 이끌어내도록 정말 열심히 노력해야 합니다."

그러나 화기애애한 분위기는 오래가지 않았다. 협상 결렬의 근본 원인이 여전히 남아 있었기 때문이다. 그날 밤, 오바마 대통령은 아직 코펜하겐에 도착하기 전이었다. 나는 다른 국가 지도자들과 함께 좁고 열기가 가득한 방에서 치열한 논쟁을 벌이며 늦게까지 회의를 이어갔다. 중국 대표단은 조금도 물러서지 않았다. 인도와 브라질 대표단도 마찬가지였다. 일부 유럽 대표들은 완벽을 추구하다가 가능한 최선을 놓쳐버렸다. 우리는 점점 초조해지고 지쳐갔다. 새벽 2시경까지도 여전히 합의를 이루지 못한 상태였다. 녹초가 된 각국 대통령들과 총리들은 서둘러 회의장을 빠져나갔으나, 눈앞에 펼쳐진 것은 자동차 행렬과 경호 차량들로 인한 교통체증뿐이었다.

결국 우리는 사상 초유의 택시 대기줄에 길게 늘어섰다. 인내심이 바닥나기 시작했다. 우리는 모두 배고프고 졸려서, 어떤 노력의 몸짓도 보여줄 수가 없었다. 전에 없이 많은 최고위 지도자들이 참석한 기후변화 회의였으나, 합의에 도달할 기미는 보이지 않았다. 마침내 사르코지 프랑스 대통령은 참을 수 없었는지, 눈을 굴리며 격분에 가득 찬 눈빛으로 "죽고 싶을 지경"이라고 영어로 외쳤다. 우리 모두 같은 심정이었다.

═══

하루 만에도 얼마나 큰 변화가 일어나는지! 몇몇 정상이 모인 소규모 회의실에 무작정 뛰어들어간 오바마 대통령과 나란히 앉아, 나는 어떻게든 결론을 지을 수 있길 바랐다. 테이블 맞은편으로 원자바오 중국 총리와 인도, 브라질, 남아공 정상들이 보였다. 이 국가들의 인구는 전 세계 인구의 40퍼센트에 육박한다. 이들이 이 자리에 앉아 있다는 사실은 국제적 영향력이 상당히 이동했음을 상징적으로 보여주었다. 몇십 년 전만 해도 국제무대에서 변방에 머물러 있던 나라들이 이제 중요한 의사결정을 내리게 되었다.

이 정상들의 제스처를 보니, 오바마 대통령이 덴마크에 오기로 한 것이 다행이었다. 그는 원래 협상 마지막 날인 금요일 아침에 코펜하겐에 도착하기로 되어 있었다. 우리는 그가 도착하는 날에 맞춰 협상을 끝내고 싶었으나, 협상 결렬로 그 계획은 물거품이 되고 말았다. 백악관에 남은 보좌관들은 점점 초조해했다. 협상 진척이 더딘 마당에, 대통령이 과연 시간을 들여 여기까지 올 가치가 있을까? 하지만 나는 바로 이런 상황에서 '끝까지 밀어붙여야' 한다고 생각했다. 나는 대통령에게 전화해, 그가 직접 끼어들어야 이 교착상태를 타개할 추진력을 얻을 수 있다고 힘주어 말했다. 그는 내 말에 동의했고, 전용기로 꽁꽁 얼어붙은 코펜하겐에 내렸다.

이제 우리는 막바지 총력을 기울였다. 가장 골치 아픈 현안 중 하나는, 각국이 온실가스 배출량 감축에 동의한다고 해도 어떻게 이를 감시하고 실행할 것인가였다. 외부 감시에 알레르기 반응을 보이는 중국의 경우, 적극적 보고 의무나 검증 체계에는 늘 반대를 거듭해왔다. 그에 비해 인도는 온건한 편이었다. 온화한 말투의 만모한 싱 총리는 중국의 반대에 온건한 태도로 대처했다. 제이컵 주마 남아공 대통령은 앞서 열렸던 회의에서 미국에 강경한 비판을 퍼부은 사람 중 하나였으나, 중국에 비하면 역시 건설적이고 유화적인 제스처를 보였다.

회의 분위기가 변하는 걸 느낄 수 있었고, 이를 감지한 것은 우리뿐만이 아니었다. 뜻밖에도 중국 대표단 가운데 미국과 대체로 우호적인 관계를 유지해온 뛰어난 외교관 한 명이 훨씬 상관인 원자바오 총리를 큰 소리로 질책하기 시작했다. 그는 협상 타결이 실제로 머지않았다고 느꼈는지 상당히 격앙되었다. 원자바오 총리는 당황한 나머지 통역사에게 그 외교관이 쏟아낸 말을 통역하지 말라고 지시했다. 회의를 다시 정상화시키기 위해 오바마 대통령은 특유의 침착하고 조용한 태도로 그 중국 외교관이 뭐라고 말했는지 원자바오 총리에게 물었다. 원자바오 총리는 우리 쪽을 보며 말했다. "중요한 얘기가 아닙니다."

결국 회유와 토론, 타협이 수없이 이루어진 후, 그 자리에 있던 정상들이 협상을 타결했다. 완벽에는 한참 못 미치긴 했으나 이 고위급 기후변화 회의를 침몰 위기에서 구하고 발전적인 미래를 향해 한 걸음 내디딜 수 있게 되었다. 처음으로 선진국과 개발도상국을 아우르는 주요 경제국들이 국가별로 2020년까지 탄소배출량을 감축하고 배출 완화 노력을 투명하게 보고하겠다는 약속에 합의했다. 교토 의정서를 통해 드러났던 선진국과 개발도상국 간 분열에서 벗어나 전 세계가 변화를 꾀하기 시작한 것이다. 이로써 진전의 토대가 마련되었다.

오바마 대통령과 나는 유럽 대표단을 만나 바로 이런 내용을 알렸다. 고든 브라운 영국 총리와 사르코지 프랑스 대통령, 앙겔라 메르켈 독일 총리, 프레드리크 레인펠트Fredrik Reinfeldt 스웨덴 총리, 라르스 라스무센Lars Rasmusen 덴마크 총리와 유럽연합 집행위원회 호세 마누엘 바로소José Manuel Barroso 위원장은 비좁은 회의실 안에서 오바마 대통령의 말을 경청했다. 이들은 코펜하겐에서 법적 조약이 체결되길 원했기 때문에 미국의 타협안을 못마땅해했다. 그러나 실행가능한 대안이 없었으므로 어쩔 수 없이 지지 의사를 표명했다. 코펜하겐에서 우리가 원했던 바를 모두 이룰 수는 없었으니, 유럽 대표단의 태도가 옳긴 했다. 하지만 타협이란 바로 이런 것이다.

이후 몇 달간 주요 개발도상국을 포함한 10여 개 국가에서 실제로 온실가스 배출량 제한 계획안을 제출했다. 그리고 이들은 현재 계획을 실행하려고 행동에 나서는 등 최선의 결말을 보여주고 있다. 우리는 이후 4년 동안 칸쿤과 더반, 도하에서 열릴 후속 협상의 근간을 마련했다. 2015년 파리에서 개최 예정인 다음 회의에서는 모든 국가에 적용되는 보다 강력한 합의를 이루리라는 희망을 품었다.

═══

의회의 정치적 반대와 국제무대에서 중국을 비롯한 다른 나라들과의 마찰로 인해 기후변화에 대처하는 대대적인 개혁을 꾀하기가 어려웠지만, 코펜하겐 회의 후 나는 지속적인 성과를 낼 방법을 찾기 시작했다. 유년 시절 일리노이 주에서 소프트볼을 하면서 내가 얻은 교훈 중 하나는 홈런만 노리다가는 더 빈번한 진루 기회를 날려버리게 된다는 것이었다.

이른바 '유해오염물질' 감소를 목적으로 2012년 2월 기후 및 청정대기 연합Climate and Clean Air Coalition의 설립을 선포한 것도 그러한 맥락이었다. 지구온난화의 30퍼센트 이상이 메탄, 블랙카본 및 수소불화탄소 등의 유해물질에 기인한다. 이 물질들은 가축의 배설물이나 도시에 매립된 쓰레기가 부패할 때, 에어컨을 작동시킬 때, 화전을 일굴 때, 소각하거나 요리할 때, 석유와 가스를 생산하는 과정에서 생성된다. 오염물질은 또한 인체의 호흡기 건강에 아주 해롭다. 다행인 것은 이러한 온실가스가 대기 중에서 이산화탄소보다 빨리 분산되므로, 적극적인 감축 노력을 통해 신속하게 기후변화 속도를 늦출 수 있다는 점이다. 한 연구에 따르면 "2015년부터 단기잔류 오염물질 배출량을 급격히 줄이면 2050년까지 기온 상승을 최대 50퍼센트까지 상쇄할 수 있다"고 한다.

그렇게 되면 각국은 신기술을 개발하고 심각한 탄소배출 문제에 대응하기 위한 정치적 의지를 다지는 데 귀중한 시간을 벌 수 있는 셈이다. 이런 생각을 공유하는 다른 나라 정부들, 특히 북유럽 국가들과 우리가 할 수 있는 일을 논의를 시작했다. 우리는 정부와 기업, 과학자, 재단으로 구성된 민관 파트너십을 구축하기로 했다. 나는 방글라데시, 캐나다, 멕시코, 스웨덴 환경부 장관들과 가나 대사, 리사 잭슨Lisa Jackon 미 환경보호청 청장과 함께 미 국무부 합동 이벤트를 열어 기후 및 청정대기 연합을 출범시켰다. 2014년 현재 이 연합에는 37개국 파트너와 44개 비정부 파트너가 참여하고 있으며, 석유 및 가스 생산 과정에서 나오는 메탄가스와 디젤유 매연 및 다른 오염원에서 배출되는 블랙카본 감축에 중요한 진전을 보이고 있다. 나이지리아에서 말레이시아에 이르는 여러 도시의 폐기물 관리 대응과 콜롬비아와 멕시코 등지의 벽돌제조 과정에서 나오는 블랙카본 감소, 그리고 방글라데시와 가나의 메탄가스 배출량 저감의 성과가 아직 가시적인 것은 아닐지 모르지만, 이런 움직임이 기후변화에 대응하려는 전 지구적 노력에 변화를 만들고 있다.

이런 노력에 동참하는 동반자 중 하나로 요나스 가르 스퇴레Jonas Gahr Støre 노르웨이 외무장관을 들 수 있다. 그는 나를 노르웨이에 초청해 기후변화가 북극 빙하 감소에 미치는 영향을 직접 보도록 했다. 2012년 6월, 나는 북극권 한계선의 북쪽에 자리 잡은, 그림 같은 풍경이 펼쳐진 노르웨이의 트롬쇠 시에 도착했다. 여름이라 그런지 기온이 영상 4도를 넘어섰고, 밤에도 대낮처럼 밝았다. 요나스 장관과 함께 북극조사선 헬머 한센호에 승선해 얼음이 녹는 모습을 가까이에서 보기 위해 피오르로 떠났다. 믿기 어려울 정도로 공기가 맑고 상쾌했다. 여전히 대부분 눈에 덮인 산은 얼음물을 뚫고 솟아오른 듯했다. 요나스 장관은 빙하가 후퇴하는 모습을 우려하는 눈빛으로 가리켰다. 여름 해빙기가 되면서 북극해의 일부에서는 얼음이 완전히 녹아 사라지는데, 이런 상태가 몇 주씩 지속되는 것이었다. 실제로 빙하는 전 세계적으로 거의 모든 곳에서 후퇴하고 있었다. 알프스, 히말라야, 안데스, 로키 산맥, 그리고 알래스카와 아프리카의 빙하도 예외가 아니었다.

알래스카는 미국의 나머지 지역에 비해 기온 상승 폭이 2배나 되고, 침식과 영구동토의 해빙, 상승하는 해수면으로 인해 이미 일부 연안지역 주민들은 내륙 안쪽으로 이주하고 있었다.

2005년, 나는 존 매케인 상원의원과 두 명의 공화당 상원의원 린지 그레이엄과 수전 콜린스와 함께 캐나다의 화이트호스와 미국 최북단에 있는 알래스카의 배로 시를 방문했다. 우리는 과학자들과 현지 지도층 인사들, 그리고 캐나다 원주민단체 퍼스트네이션First Nations의 원로들을 만나 기후변화의 영향에 대한 얘기를 들었다. 유콘 준주의 광대한 침엽수림 위로 날아가면서, 나는 나무좀 때문에 죽은 가문비나무들이 이룬 거대한 갈색 띠를 볼 수 있었다. 기온 상승으로 특히 온화한 겨울날이 이어지면서 나무좀이 북쪽으로 이동한 것이었다. 캐나다인들은 죽은 나무들이 불쏘시개 역할을 하면서 산불이 더 자주 일어나게 됐다고 말해주었다. 바로 근처의 화염에서 피어오르는 연기를 우리 눈으로 직접 볼 수 있었다.

사실상 그 여행에서 내가 대화를 나눈 모든 이들이 현재 상황에 각자 경각심을 갖고 있었다. 부족의 원로 하나는 어릴 때 고기잡이하던 호수에 갔다가 말라버린 바닥을 보고 그냥 되돌아왔다는 얘기를 해주었다. 평생 개썰매대회에 참가해온 이들은 더 이상 장갑을 낄 필요가 없어졌다고 말했다. 배로 시에서는 11월을 시작으로 북극으로 난 바닷길이 온통 얼음으로 뒤덮이곤 했으나, 이제 주민들은 얼음 대신 질척이는 눈밖에 볼 수 없다고 했다. 케나이 피오르 국립공원 관리인들은 빙하의 부피가 얼마나 줄어들었는지를 보여주었다. 수십 년 전 빙하가 만든 장관을 보여주기 위해 지어놓은 관광안내소에서 얼음을 전혀 볼 수 없을 정도로 상태가 나빠졌다.

그로부터 7년 후 노르웨이에서 기후변화가 꾸준히 진행 중이라는 더 많은 증거를 보게 되었다. 나는 요나스 장관을 좋아했고, 자국의 소중한 생태계를 보호하려는 그의 열정을 높이 샀다. 그러나 불행히도 노르웨이 혼자 힘으로 할 수 있는 건 딱 그만큼이었다. 그는 북극 주변국가들의 힘을 한데 모으고자 열심히 외교에 몰두했다. 나는 그와 함께 북극지역 보호규범 제정을 담당하는 국제기구인 북극이사회Arctic Council에서의 공동의 노력에 대해 논의했다. 트롬쇠 시에는 이제 북극이사회의 상설 본부가 자리하고 있다. 북극이사회에는 미국과 캐나다, 덴마크, 핀란드, 아이슬란드, 노르웨이, 러시아, 스웨덴 등 주요국이 모두 참여하고 있다. 나는 요나스 장관과 이사회에 대한 책임의식을 공유하고, 2011년에는 그린란드의 행정수도 누크에서 열린 이사회 공식 회의에 미 국무장관으로서는 최초로 참석했다. 북극이사회에 미국이 적극 관여하도록 밀어붙인 동료 가운데 하나는 바로 공화당의 리사 머코스키Lisa Murkowski 알래스카 주 상원의원이었다. 그녀는 켄 살라사르Ken Salazar 내무장관과 나와 누크를 함께 방문했다. 나는 북극지역 8개국 간 구속력 있는 국제협정에 처음으로 서명했고, 조난당한 선박을 수색 및 구조하는 임무를 계획하기도 했다. 이는 기후변화와 에너지 및 안보에 대해 미래 협력의 길을 닦는 첫걸음이었다.

얼음이 녹으면서 북극지역의 운송과 석유 및 가스 탐사에 새로운 기회가 열리자 자원과 영토권을 놓고 분쟁이 촉발되었다. 에너지 매장량은 엄청날 수 있었다. 블라디미르 푸틴 러시아 대통령은 북극지역을 주시하면서, 자국 군대를 북극에 있는 다수의 구소련 기지로 복귀하도록 지시했다. 2007년에는 러시아 잠수함이 북극 주변 해저에 러시아 국기를 꽂기까지 했다. 러시아의 움직임으로 북극지역에 군비 경쟁 및 군비 확장 가능성이 높아졌다. 스티븐 하퍼Stephen Harper 캐나다 총리는 북극에서 "국가주권 수호"를 위해 "캐나다는 지상군과 해상 선박, 적절한 감시를 필요로 한다"고 말했다. 중국 역시 북극지역에서 영향력을 얻는 데 혈안이 되어 있다. 중국은 에너지에 굶주린데다가, 상하이와 홍콩 항만에서 수천 킬로미터 떨어진 유럽 시장 간 이동시간을 단축할 새로운 운송항로를 개발하리라는 기대에 부풀었다. 중국은 북극 탐사대를 여러 차례 파견했고, 노르웨이에 자체 연구센터를 짓고, 북유럽 국가에 투자를 확대했으며, 아이슬란드와 무역협정을 체결하고, 북극위원회에서 옵서버 자격을 획득했다.

요나스 장관과 나는 제2의 골드러시로 인해 북극의 취약한 생태계가 파괴되고 기후변화가 가속화되는 것을 방지할 필요성에 대해 논의했다. 경제활동이 늘어나는 것은 불가피하지만, 주의를 기울인다면 책임감 있게 이루어질 수 있다. 그러나 북극지역에 더 많은 배가 들어오고 더 많은 시추 작업이 이루어지고 더 많은 군사력이 개입하면, 환경피해가 악화되기만 할 뿐이다. 2010년 멕시코 만을 덮친 원유 유출과 같은 일이 북극지역에 미칠 영향을 상상해보라. 북극에 개척 시대 미 서부처럼 난개발이 이루어지도록 내버려둔다면, 지구 생태계와 인류의 안전이 위협받을 것이다.

머지않아 북극위원회가 북극을 어떻게 보호하고 이용할지에 대해 합의를 이룰 수 있길 바란다. 이 과제는 오늘날 여론을 자극하는 소재는 아닐 테지만 우리가 당면한 가장 중요한 장기적 쟁점이기 때문이다.

===

오바마 대통령이 재취임 연설에서 기후변화에 대응하는 행동을 강하게 촉구했음에도, 진지하고 포괄적인 대응은 국내에서의 완강한 정치적 반대로 인해 방해받고 있다. 경기침체는 온실가스 배출 총량 감소에 도움이 되었을지 모르지만, 보다 의미 있는 변화를 추진하기 위한 정치적 의지의 결집을 더욱 어렵게 만든 것이 사실이다. 경제가 활력을 잃고 실직자가 늘어나면서, 산적한 여러 문제들이 뒷전으로 밀려나고 있다. 게다가 경제활성화와 환경보호 사이에서 고질적인 양자택일의 오류가 다시 한 번 수면 위로 떠오르고 있다.

석탄에서 천연가스로 전기 생산방식이 급속히 변화한 것은 예외적으로 긍정적인 경우다. 또 다른 환경적 위험이 따르긴 하지만, 메탄이 천연가스 정井에서 새어나오는 것을 방지할 수만 있다면, 천연가스 연소 시 발생하는 온실가스는 석탄의 절반 정도밖에 되지 않는다. 미국이 가진 광대한 천연가스 매장량을 십분 활용하려면 주정부와 연방정부가 보다 나은 규제정책을 마련하고 투명하고 엄격한 시행을 보장할 필요가 있다.

오바마 대통령의 첫 4년 임기 중에 기후변화 대응방안을 더 많이 마련할 수 있었더라면 좋았을 것이다. 의회 내 민주당 의석 수가 줄어들면서 이런 움직임이 상당한 반대에 부딪혔기 때문이다. 다른 나라의 보수정당과 달리, 미국의 다수당인 공화당은 기후변화를 부정하고 경제적 효용가치가 있는 기후변화 대응책조차 거부하는 것을 공약의 핵심으로 삼았다. 그러나 우리는 문제의 규모나 반대파의 완고함에 굴할 수 없다. 실제로 효과가 있는 현실적인 조치를 지속해나가야 한다. 코펜하겐 회의에서, 에티오피아 총리는 전 세계가 미국이 기후변화에 있어 주도적 역할을 하기를 기대한다고 내게 말해주었다. 이는 우리가 받아들여야 하는 책임임과 동시에 놓쳐서는 안 되는 기회이기도 하다. 결국 미국은 여전히 최대 경제국이자 이산화탄소를 두 번째로 많이 배출하는 나라인 것이다. 기후변화의 영향이 더욱 심각해질수록, 미국이 앞장서는 일이 더욱 중요해질 것이다. 이러한 도전 과제를 해결하기 위한 중요한 혁신은, 그것이 새로운 청정에너지 기술이든 탄소격리 기술이든 또는 에너지효율 증가이든 간에, 우리 과학자와 연구소에서 나올 가능성이 가장 높다. 그리고 에너지 생산과 보존방식을 바꾸면 우리 경제에 기여하는 부분도 상당할 것이다.

중국은 국제무대에서 강경한 입장을 취하고 있지만, 중국 지도부는 이미 자국 내에서 청정에너지에 투자하고 국내 환경 문제에 대응하는 등 중요한 조치를 취하고 있다. 지난 몇 년간, 중국 국민들은 대기나 수질오염 문제 등에 대해 비판의 목소리를 높여왔다. 2013년 1월, 베이징을 비롯한 20여 개 도시의 대기오염도가 극심한 것으로 나타났다. 안전한 수준으로 분류되는 모든 미국 도시에 비해 베이징의 대기오염도는 25배나 높아 "에어포칼립스airpocalypse"(공기air와 종말apocalypse을 합성한 조어_옮긴이)라는 말이 돌 정도였다. 베이징 주재 미국대사관은 트위터로 대기오염도를 시간별 업데이트하는 등의 활동으로 오염에 관한 정보 공개에 핵심적인 역할을 했다. 상황이 심각해지자 중국 지도부는 오염이 국가의 안정에 위협이 된다고 인정하고 상황을 모니터하며 대기오염도 수치를 자체적으로 공개하기 시작했다.

2013년 6월, 오바마 대통령과 시진핑習近平 중국 주석은 주로 에어컨 냉매로 쓰이는 수소불화탄소 같은 '유해오염물질'을 제거하기로 협정을 맺었다. 이는 미국과 중국이 처음으로 기후변화에 대처하는 구체적 약속을 담은 협정이었다. 이 조치가 성공한다면 기후변화에 대응하는 전 세계의 협력이 장기적인 이익이 될 것이라고 중국을 설득하는 데 도움이 될 수 있다. 미국과 중국 간 합의는 국제적 합의에 핵심 역할을 할 것이다.

차후 국제적인 중대한 이정표는 2015년 파리에서 나오게 될 것이다. 코펜하겐에서 시작된 프로세스가 온실가스 배출과 기후변화 완화에 대한 새로운 법적 조약으로 발전하면 전 세계 모든 국가에 적용이 가능해지기 때문이다. 알다시피 이 같은 목표에 도달하는 것은 쉽지 않겠지만, 진전을 이룰 실질적인 기회임은 분명하다.

미국이 이런 상황을 주도할 수 있느냐는 국내에서 우리 스스로의 의지에 달려 있다. 미국이 하라는 대로 하는 나라는 없을 것이다. 그보다는 미국이 먼저 의미 있는 진전을 보여주길 바랄 것이다. 그러고 나서 그들에게 마찬가지를 기대하는 것이 수순이다. 지난 2009년 상원에서 포괄적인 기후법안이 통과에 실패하자, 코펜하겐에서 상대를 설득하기가 훨씬 힘들어졌던 바 있다. 파리에서 성공하려면 국내에서 실질적인 결과를 낼 수 있어야 한다. 2013년 6월 오바마 대통령이 발표한 기후행동계획은 올바른 방향으로 나아가는 주요 단계라 하겠다. 의회의 법안 타결이 난항을 겪는 상황에서도 대통령은 강력한 행정조치를 추진 중이다. 2008년부터 우리는 재생가능한 청정에너지인 풍력, 태양열 및 지열 에너지 생산을 약 2배로 늘렸고, 차량 연비를 개선시켰으며, 처음으로 온실가스 배출의 최대 주범인 화석연료에서 나오는 온실가스량을 측정하기 시작했다. 2012년, 미국의 탄소배출량은 20년 만에 최저치로 떨어졌다. 그러나 아직 갈 길이 멀다. 기후변화로 인한 위협의 긴급성과 과감하고도 포괄적인 대응의 책임에 대해 광범위한 국민적 합의를 이루는 일은 쉽지 않겠지만, 필수적이다.

이 사안에서 우리는 기후변화로 인해 삶과 생계가 가장 위협받는 사람들의 목소리를 들어야 한다. 낚시터가 바닥을 드러내고 마을의 토양이 침식되는 모습을 지켜보는 알래스카의 부족 원로들을 기억해야 한다. 집이 영원히 물속에 잠기기 전에 경종을 울리려 애쓰는 도서국가 지도자들, 기후변화가 야기하는 미래 분쟁과 위기에 대비하는 군사기획자 및 정보분석가, 이상기후로 피해를 입은 각 가정과 기업, 지역사회를 기억해야 한다. 2009년 코펜하겐 회의에서 군소도서국가 지도자들은 해수면 상승으로 인한 국토유실에 맞서며, 행동을 촉구하는 가장 강력한 목소리를 냈다. "아무것도 변하지 않는다면, 우리는 살아가지 못할 테고 죽음을 맞을 것입니다. 우리나라도 지구상에서 사라지겠죠."

22

일자리와 에너지 : 공정경쟁의 장

알제리는 미국이 이해관계와 가치를 조율하도록 압박하는 복잡한 나라들 중 하나다. 알제리는 알카에다와의 싸움에서 중요한 동맹국이었으며, 리비아와 말리가 혼란에 빠지면서 북아프리카에서 잠재적인 균형추 역할로 부상했다. 그러나 인권 상황은 좋은 편이 아닌데다가 상대적으로 폐쇄경제를 유지하고 있었다.

안보협력은 지속할 필요가 있었고 옳은 일이기도 했으므로, 미국은 알제리의 인권 상황 개선과 경제 개방을 촉구했다. 알제리 정부가 발전소 건설과 에너지 부문의 현대화를 위해 국제입찰을 요청하자, 나는 알제리의 번영을 앞당기는 데도, 미국 기업에도 좋은 기회가 되리라고 보았다. GE는 25억 달러 규모가 넘는 계약을 따내기 위해 경쟁했다. 위험부담을 꺼리는 미국 기업들이 대개 신흥시장이나 까다로운 시장을 기피하는 반면, 아시아와 유럽 기업들은 적극적으로 계약을 추진하고 이익을 창출했다. 국영기업이나 국유기업들은 특히 상대하기 어려운 경쟁자였다. 무제한 재원을 이용해 뇌물수수와 부정부패에 관한 국제규범을 거리낌 없이 위반하면서 자기

방식대로 행동했기 때문이다. 국내 경제 회복은 여전히 더디고 실업률은 높았지만, 그렇다고 눈앞에 있는 좋은 기회를 흘려버리거나 불공정한 경쟁을 참기만 할 수는 없었다. 잠재적으로 미국에 경제적 수익을 창출하고 북아프리카에 전략적 이익을 가져다줄 수 있는 GE의 알제리 경쟁입찰 참여는 그런 의미에서 대표적인 미국 기업의 과감한 행보를 나타내는 것이었다.

2012년 10월, 나는 알제를 방문해 알제리 정부에 정치개혁 지속과 말리에서의 안보협력 확대를 요청하며, GE와의 계약을 검토해달라고 했다. 압델라지즈 부테플리카Abdelaziz Bouteflika 대통령은 무어 양식의 아치 아래 널찍하게 자리 잡은 흰색 건물인 무라디아 궁전 밖 레드 카펫 위에서 나를 맞았다. 대통령 뒤로 전통적인 빨간 튜닉과 초록색 바지를 입은 알제리 기병들이 줄지어 차렷 자세로 서 있었다. 75세의 부테플리카 대통령은 나를 데리고 의장대를 지나쳐 궁 안으로 들어왔고, 우리는 세 시간 동안 기후변화의 영향에서 알카에다의 위협까지 광범위한 주제에 대해 얘기를 나눴다. 나는 GE에 대해서도 질문을 던졌고, GE가 공정한 기회를 통해 계약을 따낼 수 있으리라 낙관하는 마음으로 알제를 떠났다.

1년이 채 지나지 않아, GE가 계약을 체결해 6개의 천연가스 발전소 건설에 참여하게 됐다. 이로써 알제리의 전력 생산량은 70퍼센트 정도 증가할 것이라 예측되었다. 향후 몇 년간 GE는 뉴욕 주 스키넥터디와 사우스캐롤라이나 주의 그린빌에서 이 천연가스 발전소에 들어갈 발전기와 대형 터빈을 만들게 된다. 더불어 수천 개의 제조업 일자리도 창출하는 셈이었다. 스키넥터디의 지역 노조 대표는 〈타임스유니언Times-Union〉지를 통해 "세계적인 수준의 전력설비 제조에 있어서 우리가 여전히 1등임을 보여주는 것"이라고 말했다. 내가 보기에 GE의 계약 체결은 지난 4년간 국무부의 업무방향을 결정했던 판단이 옳았음을 재확인시켜주는 것이기도 했다. 에너지와 경제가 점점 미국의 전략적 과제의 핵심이 되고 있으니, 외교 분야에서도 당연히 핵심이 되어야 했다.

2009년, 국무장관에 취임하던 당시 나는 세계경제에 대해 굵직한 두 가지 문제에 초점을 맞췄다. 첫째, 국내에서 좋은 일자리를 창출하고 유지하면서 동시에 새로운 시장 개방과 수출 증대를 통해 경제 회복에 속도를 내도록 할 수 있을 것인가? 그리고 둘째로, 중국을 비롯해 상대적으로 폐쇄경제를 운영하는 국가들이 글로벌 경제규칙을 새로 써서 미국 노동자와 기업에게 불이익을 주도록 내버려둘 것인가? 그에 대한 답은 미국이 글로벌 경제를 계속 주도해갈지, 그리고 우리가 국민들을 위해 번영을 되찾을지를 결정하는 데 상당히 도움이 될 것이었다.

전통적으로 통상과 에너지, 그리고 국제경제는 국무부의 우선순위가 아니었다. 미국 무역대표부와 상무부, 에너지부, 그리고 재무부가 있지 않은가. 그러나 세계금융위기로 인해 그러한 구분은 무의미해졌다. 미국의 경제력과 글로벌 리더십이 한 묶음이라는 사실은 그 어느 때보다도 분명했다. 한쪽이 없이는 다른 한쪽도 유명무실해질 뿐이었다.

나는 우리의 노력을 '경제적 외교술'이라 부르며 전 세계에 나가 있는 미국 외교관들에게 이를 최우선순위로 삼을 것을 촉구했다. 미국은 전 세계 270개가 넘는 도시에 공관을 두고 있으며 그중 다수가 경제 관료를 상주시키고 있다. 이런 재원을 이용해 성장과 공동 번영의 새로운 기회가 창출되길 바랐다. 이후 4년간 우리는 보호무역주의와 중상주의에 맞섰고, 미국 기업과 노동자를 대변하기 위해 앞장섰다. 미국에 외국인 직접투자를 더 많이 유치하기 위해 애썼을 뿐 아니라, 에너지 혁명을 기회로 삼아 국내 경제 회복을 촉진하고 세계의 전략적 지형을 재배치하기 위해 노력했다.

===

미국은 모두에게 이익이 되는 명확한 규칙 아래 자유롭고 공정하며 개방적이면서도 투명하게 무역과 투자가 이루어지는 세계경제를 만들기 위해 수십 년간 노력해왔다.

현재의 세계 무역체제는 그러한 기준에 못 미친다. 개발도상국과 신흥경제국 앞에 놓인 진입장벽이 무역체제를 왜곡할 뿐 아니라, 미국을 포함한 선진국 특별이익단체의 완력도 그에 일조하고 있다. 다른 나라가 자국 시장에서 미국 제품과 서비스를 몰아내거나 뇌물을 요구하거나 시장 접근에 대한 대가로 지적재산권을 도용하는 것이 공정하지 않은 것과 마찬가지로, 저소득 국가의 빈민층이 목숨을 구할 수 있는 복제약을 이용하지 못하게 하는 우리의 특허법 적용도 공정성에 어긋난다. (에이즈 치료제의 가격을 낮추고 생산량을 늘리기 위한 클린턴 의료재단의 노력은 생명을 구하면서도 정당한 경제적 이익을 보호할 수 있는 방법을 보여준다.) 무역이 더 공정하고 자유로워지도록, 개발도상국은 생산성 향상과 노동조건 개선 및 환경보호에서 더 나은 성과를 내야 한다. 그리고 미국은 무역으로 인해 실직한 사람들에게 좋은 일자리를 제공하기 위해 더욱 힘써야 한다.

현재 미국은 아시아 및 남북아메리카 11개국과 유럽연합과 함께 포괄적인 협약을 협상 중이다. 우리는 개발도상국의 환율 조작과 환경 파괴, 열악한 노동조건을 종식시키고, 유럽연합과 규제정책을 조정하는 데 주력해야 한다. 뿐만 아니라 미국 기업을 비롯한 기업들이 사업상의 이해관계에 의해 원하는 법조항들, 예를 들면 기업이나 투자자들이 외국 정부를 상대로 소송을 걸어 환경 및 보건 관련 법규를 약화시키도록 하는 규정을 막아야 한다. 실제로 필립 모리스는 이미 오스트레일리아 정부를 상대로 소송 중이다(담배회사 필립 모리스는 강력한 금연정책의 일환으로 담뱃갑에 회사 로고와 이미지를 쓰지 못하게 한 오스트레일리아 정부를 상대로 소송을 제기했다_옮긴이). 미국은 특혜 없는 공평하고 공정한 경쟁의 장을 옹호해야 한다.

문제가 없는 것은 아니지만, 지난 35년간 보다 개방된 무역체제를 통해 역사상 그 어떤 때보다도 많은 사람들이 빈곤에서 벗어날 수 있었다. 그리고 미국과 협정을 맺지 않은 중국 같은 나라에 비해 캐나다와 멕시코처럼 대미 협정을 체결한 나라들과는 무역 불균형이 덜한 편이다. 개방 체제가 더 효과적으로 운영된다면 국가자본주의와 석유자본주의, 환율 조작 및 부패한 거래가 통용될 때보다 더 많은 이들이 도움을 받을 것이다.

한편 나는 미국 기업과 노동자가 이미 이용할 수 있는 기회들에 대해, 이를 적법화할 수 있도록 내가 할 수 있는 모든 일을 하리라 마음먹었다. 우리와 완전히 다른 체제를 원하는 다른 나라들로부터 미국은 거센 역풍을 맞고 있었다.

중국은 이른바 '국가자본주의'라 불리는 경제 모델을 이끄는 수장이 되어 있었다. 말하자면 국유기업 내지는 국영기업이 공공자본을 이용해 시장을 지배하고 전략적 이익을 증진하는 시스템이다. 국가자본주의는 국경 장벽과 관련된 다양하고 새로운 형태의 보호주의(불공정한 규제정책, 외국 기업 차별 및 기술 이전 강제 등)와 더불어 주요 시장에서 미국 기업의 경쟁력에 위협요소로 부상했다. 이러한 정책은 우리가 세계경제에 주입하고자 노력했던 가치와 원칙에 정면으로 역행했다. 우리는 명확한 규칙을 갖춘 개방적이고 자유롭고 투명하고 공정한 무역체제가 모두에게 이익이 된다고 믿었다.

중국이 새로운 형태의 보호주의와 국가자본주의 체제를 채택하면서 무역에서 가장 많은 반칙을 저질렀지만, 중국만 그런 것은 아니다. 2011년까지, 각국의 정부 소유로 운영되는 국부투자펀드는 종종 석유와 천연가스 수출로 얻은 수입과 함께 전 세계 모든 투자액의 약 12퍼센트를 좌우하는 정도까지 성장했다. 국영 및 국유 기업들은 국내시장뿐 아니라 세계시장을 무대로 때로는 은밀하게 움직이며, 주주제도와 규제정책이 보장하는 투명성과 책임을 점점 더 도외시하고 있다. 우리가 보았듯이, 러시아의 가즈프롬 같은 공공-민영 혼성기업은 실제로는 국가가 운영하지만 전략적인 결과를 내면서 민영기업으로 위장하기도 했다.

상원의원 자격으로 나는 세계무역기구 회원국인 중국이 "세계시장에서 원칙대로 행동해야 한다는 것을 납득할 필요가 있다"고 경고한 바 있다. 나는 부시 행정부의 자유방임주의 철학이 중국으로 하여금 불간섭주의 방식을 취하게 만든 것은 아닌지 우려되었다. 2004년, 코닝글라스Corning Glass라는 뉴욕 주 소재의 역사적으로 유명한 회사 임원들이 내게 연락해왔다. 코닝글라스가 안고 있는 문제는 우리가 직면한 어려움을 부각시켜주었다. 1851년에 설립된 코닝은 뉴욕 주 코닝 시에 본사가 있는 유리 제조업체로, 애플의 아이폰을 비롯해 33개 이상의 주요 스마트폰과 태블릿, 노트북 브랜드에 긁힘 방지 유리인 '고릴라 글라스'를 공급해온 유명한 회사였다. 코닝은 컴퓨터 모니터와 텔레비전을 비롯해 통신산업용 광섬유와 케이블, 디젤엔진용 청정 필터와 광범위한 기타 혁신제품군에 쓰이는 고급 액정디스플레이를 생산하기도 했다. 연구비로만 연간 7억 달러 이상을 지출했다. 중국 업체들은 기술과 제품이 뛰어난 코닝과 경쟁하려면 불공정한 이점을 가져야 한다고 생각했는지, 중국 정부에 줄을 대서 코닝의 중국 시장 진출을 완전히 막든가 코닝의 광섬유에 엄청나게 높은 관세를 매길 것을 요구했다. 게다가 코닝의 지적재산권을 훔치려는 뻔뻔한 시도도 있었다.

이는 공정하지도 않았을 뿐 아니라 수천 명의 뉴욕 주민을 고용한 회사의 앞날에 위협적이었다. 2004년 4월, 나는 의원실로 중국대사를 초청해 중국 상무부장에게 문제를 지적한 서한을 보냈다. 내 뜻을 지지해주도록 부시 행정부의 협조를 얻기 위해 온갖 노력을 기울였다. 백악관의 관심을 예상만큼 얻지 못하자, 나는 아칸소 주 리틀록에 있는 클린턴 도서관 헌정식에서 코닝 사태에 대해 직접 부시 대통령에게 문제 제기를 했다. "이렇게 위대한 미국 기업이 위협받고 있습니다. 우리 행정부가 나서서 제가 코닝을 돕도록 도와야 합니다." 부시 대통령은 그 문제를 살펴보겠다고 약속했고, 실제로 그렇게 했다. 그해 12월 중국은 차별적 관세를 낮췄다. 공정한 장에서 경쟁할 수 있게 되자, 코닝의 사업은 번창했다.

다른 미국 기업들도 이와 비슷한 어려움을 겪는다. 2009년 10월, 중국의 새로운 우편법이 발효되면서 모든 특급우편 서비스 회사가 국내 운영허가를 받아야 했다. 넓게 보면 이러한 움직임은 중국 정부가 국영기업인 중국우정의 특급우편 서비스를 확대하려는 계획의 일환이었다. 미국의 주요 운송회사인 페덱스와 UPS는 수년간 중국에서 사업을 운영해왔다. 2009년 이전 페덱스는 중국 내 58개 지역에서, 그리고 UPS는 30개 지역에서 운영을 해왔다. 두 기업은 새 우편법 공포 이후 중국 정부가 운영허가를 극히 제한할 것이라 우려했다. 존 헌츠먼Jon Huntsman 베이징 주재 미국대사와 후임인 게리 로크 대사(전임 상무장관으로서 게리는 이 사안이 얼마나 중요한지 정확히 이해하고 있었다)가 중국 정부에 이의를 제기했으나 별 소득이 없었다. 페덱스의 CEO인 프레드 스미스Fred Smith는 결국 내게 도움을 요청해왔다.

내가 존경하는 인물이자 친분이 있었던 경제 담당 왕치산王岐山 부총리에게 직접 이 문제를 제기했다. 존 브라이슨John Bryson 상무장관과 나는 공동서한을 추가로 보냈다. 그런 노력이 있은 뒤, 중국 정부는 페덱스에 면허를 발급했다고 알려왔으나 중국 내 8개 도시에 한정되었고, UPS는 5개 도시에 대해서만 면허를 받았다. 시작일 뿐이었지만 기대에 한참 못 미치는 수준이었다. 나는 왕치산 부총리에게 다시 서한을 보냈다. 마침내 중국 정부는 임시로 3년간 다른 도시들에서도 면허를 발급하겠다고 약속했다. 미국대사관에서는 미국 정부가 고위급 인사들을 통해 이 사안에 지속적인 반응을 보이자 중국 관리들이 놀라는 눈치였다고 알려왔다. 이 글을 쓰는 지금까지도 두 기업은 중국에서 사업을 지속할 수 있었다. 중국 정부는 면허 발급을 늘리겠다는 약속을 지켜왔으나, 두 기업은 앞으로의 성장 잠재력에 대해 여전히 우려하고 있다.

나는 개별 미국 기업들을 위해 싸울 준비가 되어 있었으나, 문제의 범위를 생각할 때 좀 더 시야를 넓힐 필요가 있었다. 2011년 여름, 나는 미국이 공정한 세계경제 체제를 지지할 생각임을 분명히 하기로 했다. 여전히 진화 중인 국가주도 경제의 중국에 부속된 기업가 자본주의 섬 홍콩으로 향했다. 홍콩은 공정한 경쟁의 장과 세계경제에 관한 일련의 공통규범에 대해 논의하기에 완벽한 장소 같았다. 내가 처음 홍콩을 방문한 것은 1980년대였는데, 당시에는 아칸소 주의 기업과 수출품을 홍보하기 위해 무역사절단 자격으로 남편과 동행했었다. 이번에는 콩 이상의 것을 팔아야 했다. 자유로운 시민들에게 자유시장의 미국적 모델을 파는 것이었다. 미국적 모델은 금융위기 동안 전 세계가 보는 가운데 흠씬 두들겨맞았고, 점점 많은 나라들이 중국의 국가자본주의와 전제정치 모델을 새롭게 바라보았다. 중국은 놀라운 경제성장을 지속했기 때문이다. 샹그릴라 호텔에서 수많은 아시아태평양 지역 비즈니스 리더들을 앞에 두고 연설하면서 나는 의견을 피력했다.

"우리는 눈앞에 닥친 가장 시급한 문제부터 해결해야 합니다. 세계 금융위기의 영향에 따라 우리 경제를 재편하는 것입니다. 이는 세계경제 성장을 위해 보다 균형 있는 전략을 좇아야 한다는 뜻입니다." 내가 말했다. 미국 같은 선진국들은 국내에서 더 많이 만들고 해외에서 더 많이 판매할 필요가 있는데(그럼으로써 일자리 창출과 경제 회복에 활기를 불어넣고 세계 다른 지역의 성장을 촉진시킨다), 반면 급속한 발전을 이룬 아시아 및 기타 지역 신흥국들은 대규모의 저축액을 근간으로 더 많이 구매할 필요가 있다. 그리고 금융 및 무역정책을 강화하고 갱신해 세계시장에서 보다 공정한 경쟁의 장을 만들고 보다 견고한 안정을 추구할 필요가 있다.

나는 수억 명이 여전히 가난으로 고통 받는 개발도상국이 당면한 문제를 잘 알고 있다. 중국은 종종 기업, 노동, 인권 실태에 대한 기존의 국제규범을 준수할 의무보다 당면한 문제에 대한 책임이 우선이라고 주장했다. 그러나 나는 중국과 다른 신흥경제국들이 미국이 창안을 도운 국제적인 시스템으로부터 상당한 이득을 취했으며(WTO 회원국 가입 등으로), 이제 그들도 이에 대한 책임을 공동으로 부담할 필요가 있다고 반박했다. 뿐만 아니라 그것이 바로 지속적인 성장과 번영을 이루는 최선의 길이며, 개발도상국 선진국 할 것 없이 더 많은 이들이 빈곤에서 벗어나 중산층으로 진입하는 방법이었다.

말레이시아 제조업체들 또한 미국 업체만큼이나 해외시장 접근을 원했다. 인도 기업들도 미국처럼 해외투자 시 공정한 대우를 원했다. 중국 예술가들도 자신의 작품이 저작권 침해에서 보호받길 원했다. 연구 및 기술 분야의 성장을 꾀하는 사회는 모두 지적재산권 보호를 필요로 한다. 그렇지 않고서야 혁신은 고위험을 수반하면서도 적은 보상만을 가져다줄 것이기 때문이다. 미국 같은 주요 선진국과 중국 같은 신흥시장에 서로 다른 규범이 적용되어야 한다는 생각에 나는 강한 반대를 표명했다. "세계 상거래의 상당 부분이 개발도상국과 관련해 일어나기 때문에 이들을 규범을 기반으로 한 체제 밖에 내버려둔다면 현 체제는 기능을 상실하게 될 것"이라고 말했다. "결국 모두가 빈곤해지고 말 뿐입니다."

유감스럽게도 그날의 관심은 무역이 아니라 몇천 킬로미터 떨어진 워싱턴에서 펼쳐진 드라마에 집중되었다. 그로 인해 나의 발언이 힘을 잃고 미국의 경제적 리더십에 대한 국제사회의 신뢰가 위협받게 되었다.

2011년 5월 중순경, 미국 정부의 국가부채가 상한선에 이르렀다. 대통령과 의회가 조만간 상한 증액에 합의하지 않으면 채무불이행 위기에 몰리게 되었다. 미국을 비롯한 세계경제에 돌이킬 수 없는 재앙이 닥칠 판이었다. 중대한 사안이었지만, 많은 이들은 이 사태를 납득하기 어려워했다. 대다수의 미국인들은 마치 의회가 스스로에게 거액의 돈을 지출할 수 있도록 허락해 새로운 부채를 추가할 것인가를 두고 싸우는 것처럼 생각했다. 그러나 실상은 그와 전혀 달랐다. 진짜 문제는 의회가 이미 통과시킨 세출법안에 따라 예산을 집행하느라 늘어난 부채를 상환하는 데 투표할 것인지였다. 대다수의 나라에서는 이 같은 추가 절차가 필요하지 않기 때문에, 다른 나라에서도 이런 상황을 이해하기란 어려운 일이었다.

일부 의원들은 세계경제와 미국의 신용도 및 리더십에 미칠 온갖 영향에도 불구하고, 역사상 처음으로 부채상환을 거부하고 국가 채무불이행 사태가 일어나게 내버려둬야 한다고 실제로 주장했다. 모든 지역에서, 외국 정상들은 심각한 우려를 표명했다. 미국 국채에 1조 달러 이상을 투자한 중국은 특히 초조한 빛을 감추지 못했다. 중국 국영언론인 신화통신은 전반적인 분위기를 반영해 이렇게 보도했다. "세계 최대 경제국이자 세계 기축통화 발행국이라는 미국의 지위를 고려할 때, 미국의 그 같은 정치적 벼랑 끝 전술은 위험하리만치 무책임하다." 이런 시나리오가 2013년에 또다시 재연되자, 중국은 한발 더 나아갔다. "탈미국화된 세계"에 관해 얘기하기 시작했고, 달러 외에 다른 기축통화에 눈을 돌릴 때가 되었다고 제언했다. 물론 중국은 상당량의 미국 국채를 떠안고 있었기 때문에 이를 현실로 만들 가능성이 농후했다.

홍콩에 도착했을 때 위기는 극에 달했다. 나는 홍콩 영자신문의 "미국 부채 관련 논의, 양당 싸움으로 격화"라는 헤드라인에 잠이 확 달아났다. 도널드 창Donald Tsang 홍콩특구 행정장관은 관저에서 관례적인 미소와 나비넥타이로 나를 맞으며, 아시아와 전 세계의 관심이 쏠린 문제에 대해 물었다. "워싱턴의 상황은 어떻습니까? 미국 경제를 계속 신뢰할 수 있을까요?"

나는 연설 전 재계 지도자들과 가진 리셉션에서도 똑같은 질문을 받았다.

내가 내놓은 답변은 물론 '그렇다'였다. 나는 협상이 타결되리라 확신한다고 답했다. 나는 거짓말할 때 나오는 버릇대로 손가락을 몰래 꼬았지만 그렇게 되길 바랐다.

전반적으로 이 경험은 미국이 국내에서 어떤 결정을 내리는지를 전 세계가 얼마나 주의 깊게 지켜보는지, 그리고 미국의 경제적 힘과 정치적 결단이 글로벌 리더십에 얼마나 핵심적인지를 상기시켜주었다. 미국에 대한 전폭적인 신뢰와 신용이 의심받는 일은 결코 일어나지 않을 것이다. 그리고 국무장관은 다른 국가 국민들에게 미국이 부채를 상환할 것이라고 공개적으로 확약할 필요도 없을 것이다. 그게 다였다.

그러나 가장 힘든 일이 남아 있었다. 나는 차를 타고 다리를 건너 선전 지역으로 향했고, 거기서 중국 측 파트너인 다이빙궈 국무위원을 만났다. 중국은 미국의 정치적 마비상태를 당혹스러움과 우려, 기대가 뒤섞인 채로 지켜보고 있었다. 물론 중국은 세계경제가 얼마나 상호의존적인지 이해하고 있었기에 진짜 심각한 사태가 일어나길 원치는 않았다. 그러나 미국이 무력해 보일수록 중국은 상대적으로 돋보일 것이다. 중국은 잠재적 파트너에게 '미국은 믿을 수 없지만 우리는 언제나 믿을 수 있는 상대'라고 말할 수 있을 것이다. 다이빙궈 국무위원은 냉소적인 어투로 미국의 정치적 난항에 대해 얘기하면서, 재정 악화를 강조하며 내심 즐기는 듯했다. 나는 심기가 불편했다. "앞으로 여섯 시간 동안 중국의 국내 문제만 얘기하다 끝날 수도 있습니다." 내가 받아쳤다. 다이빙궈 국무위원과의 면담을 마치고 나오면서, 미국 스스로 자초한 화를 피해 국내 문제부터 해결해야겠다는 확신이 굳어졌다.

미국 내에서 극적인 일들이 벌어지고 있었지만, 나는 홍콩에서 연설을 통해 국제적으로 통용되는 경제규범을 따르는 일이 중요하다는 데 대해 분명한 입장을 밝혔다. 그러나 말로만 그쳐서는 안 되었다. 2012년 국정연설 당시 오바마 대통령은 "우리 경쟁자들이 원칙을 무시하는 것을 보고만 있지 않겠습니다"라고 선언했다. 행정부에서는 당시에 이미 중국을 상대로 부시 행정부 때에 비해 2배 가까운 무역집행 소송을 벌이고 있었다. 게다가 무역단속부서를 신설함으로써 미국의 국익을 침해하고 자유시장 운영을 위태롭게 하는 불공정 무역관행을 조사할 예정이었다. 그리고 다른 나라가 자국의 수출기업에 불공정한 자금을 지원하는 경우, 미국은 미국 기업들에게 그에 상응하는 지원책을 내놓을 것이었다.

═══

미국의 좋은 일자리는 대부분 명확하고 공정한 규칙이 지켜지는 공평한 경쟁의 장에 달려 있다. 평균적으로 10억 달러어치 상품을 수출할 때마다 5,000~5,400개의 일자리가 생기며, 이러한 일자리는 수출과 관련 없는 일자리에 비해 13~18퍼센트 정도 높은 임금을 준다. 2010년 오바마 대통령은 5년에 걸쳐 미국의 수출량을 2배로 늘리겠다는 목표를 설정했다. 오바마 행정부는 부시 정부 시절 협상을 시작한 한국과 콜롬비아, 파나마와의 무역협정을 개선하고 비준하기 위해 열심히 노력했고, 유럽연합을 비롯한 환태평양지역 국가 다수와 새로운 통상협상을 시작했다.

나는 수출 증진을 개인적인 목표로 삼았다. 알제리에서 GE를 홍보한 것처럼, 순방 중에 미국 기업이나 제품을 홍보하는 데 열을 올렸다. 일례로 2009년 10월에는 모스크바에 있는 보잉 디자인센터를 방문했는데, 보잉이 러시아와 신형 비행기 계약을 체결하려고 애쓰고 있었기 때문이었다. 나는 보잉의 항공기가 뛰어난 국제 표준을 만들었다고 설명했고, 내가 떠난 후에는 주 러시아 미국대사관에서 설득 작업을 계속했다. 2010년 러시아는

40억 달러에 달하는 보잉 737 기종 50대를 구매하기로 합의했다. 이것으로 미국 내에 수천 개의 일자리가 만들어진 셈이다. 우리의 노력은 보잉이나 GE 같은 대기업에 국한되지 않았다. 세계로 뻗어나가려는 미국 전역의 중소기업을 위해서도 노력을 아끼지 않았다.

우리는 다이렉트 라인과 같이 새로운 구상을 시도하기도 했다. 다이렉트 라인을 통해 미국대사들은 새로운 시장에 진입하고자 하는 미국 기업들과 전화회의나 화상대화를 진행할 수 있었다. 예를 들면 스페인 주재 미국대사는 30개 기업과 전화회의를 열어 지적재산권 보호에 대해 토론하고, 칠레 주재 미국대사는 재생에너지 활용에 대해 회의를 주최하는 것이었다.

국무부는 미국 내 외국인 직접투자를 더 많이 유치하기 위해, 상무부를 비롯한 정부 및 지역 공무원들과 함께 '셀렉트 USA'라는 프로그램을 개발했다. 2011년 6월 오바마 대통령이 출범을 선언한 이후, 이 프로그램은 이미 500만 개 이상의 일자리 창출에 기여했고, 그중 200만 개가 제조업 일자리였다. 초기 성과는 고무적이었다. 2013년 10월, 오바마 대통령은 조지아 주 카터스빌의 오스트리아 자동차 부품회사 공장에 220개 일자리가 새로이 만들어졌으며, 캔자스 주 위치타는 캐나다 기업인 봄바르디에로부터 6억 달러 규모의 투자를 유치했다고 힘주어 말했다.

눈에 잘 띄지는 않으나 상당히 효과적인 수단 중 하나는 국무부의 항공외교였다. 4년간의 내 임기 동안, 우리 쪽 전문가들은 세계 곳곳의 국가들과 15개 항공자유화협정을 추진했고, 그 수는 현재 100개가 넘는다. 이 협정은 미국 항공사에 새로운 항로를 열어주었다. 독자적인 추산액에 따르면, 멤피스와 암스테르담 간의 직항로가 뚫리면서 테네시에 연간 1억 2,000만 달러 규모의 경제적 효과가 창출됐고 2,200개가 넘는 지역 일자리가 생겼다. 그리고 아메리칸 에어라인이 마드리드까지 직항운행을 시작하면서 댈러스포트워스 공항에 연간 1억 달러의 경제적 효과가 발생했다.

2009년 이후 미국의 수출은 50퍼센트가량 증가했다. 이는 경제 전반의 성장 속도에 비해 4배가 빠르다. 해외 매출액을 모두 합하면 미국 경제 총생산에 약 7,000억 달러를 기여한 셈인데, 미국 경제성장 기여도의 약 3분의 1에 해당하며 민간부문에서 160만 개의 일자리를 창출한 것으로 추산된다. 수백만 명의 미국인이 여전히 실직상태지만, 이는 의미 있는 결과라 하겠다.

미국 기업들의 진입장벽을 낮춘 것도 우리 노력이 일궈낸 성과에서 큰 부분을 차지한다. 노동권과 환경보호, 국유기업의 행동 양식, 지적재산권 같은 주요 사안에 대해 해외시장에서도 기준이 높아졌다. 미국에 있는 기업들은 이미 이 같은 기준을 충족했으나 다른 나라 기업의 상당수는 그렇지 못했다. 우리는 경쟁의 장을 공평하게 만들고 그러는 과정에서 전 세계의 많은 이들이 삶의 질을 높일 수 있게 해야 한다. 많은 기업이 공장 문을 닫고 미국을 떠나도록 우리는 너무 오래 방치해왔다. 해외에서는 노동자에게 최저생계비를 지급하거나 공해 관련 법규를 따를 필요가 없어 보다 적은 비용으로 사업을 할 수 있기 때문이다. 외교와 통상협상을 이용해 국제적인 기준을 높이면 기업들의 손익계산에 변화를 줄 수 있을 것이다.

나는 특히 전 세계의 노동조건 향상에 관심이 많았다. 수년간 많은 노동자들을 만났는데, 그중에는 여성도 많았고, 심지어 어린이도 있었다. 상당수가 끔찍한 환경 속에서 일했다. 가장 가슴 아팠던 건 인신매매와 강제노동의 희생자들로, 이들은 현대판 노예나 다름없었다.

2012년 7월 어느 날인가 캄보디아 시엠립에서 여러 명의 여성 노동자와 운동가를 만났다. 국제연대센터Solidarity Center의 지역 대표도 함께한 자리였는데, 이 조직은 전 세계 노동권 향상을 위해 미국노동총동맹 산업별조합회의American Federation of Labor and Congress of Industrial Organization에서 일부 자금을 지원받는다. 캄보디아 여성들은 그들이 겪는 숱한 어려움에 대해 얘기해주었다. 수많은 사용자들이 오랜 시간 동안 일하도록 다양한 형태로 노동을 강요하며 때로는 위험한 환경에서 일을 시킨다. 많은 아이들이 여전히 억지로 밭일을 하고 벽돌을 구우며 거리에서 구걸을 하도록 내몰린다. 시골 아이들은 인신매매로 도시에 팔려가 성적 착취를 당하며, 성경험이 없는 소녀들은 수천 달러에 팔려나가 외국 남성의 성적 노리개가 되거나, 아동 섹스관광이라는 다른 형태의 착취에 연루되기도 한다. 지역단위마다 제대로 훈련받은 경찰이 극히 드물고, 있다 해도 이런 문제에 대처하거나 인신매매 생존자를 보호할 능력이 부족하다. 수많은 공무원들이 문제를 못 본 척하거나 최악의 경우 인신매매에서 이득을 취하기도 한다.

2010년 시엠립에서 나는 소말리 맘Somaly Mam이라는 용기 있는 여성이 운영하는 인신매매 생존자를 위한 쉼터와 재활센터를 방문한 적이 있었다. 어린 소녀의 몸으로 사창가에 팔려간 그녀는 반복적으로 강간과 학대에 시달리다가 마침내 탈출에 성공했다고 한다. 1996년 그녀는 다른 인신매매 피해여성 구출 및 재활운동을 시작했고 자신처럼 새로운 삶을 찾도록 도와주었다. 2010년경 그녀가 만든 단체는 미 국무부에서 일부 자금을 지원받으며 캄보디아 전역에서 3개의 쉼터를 운영 중이었다. 피해여성들은 이곳에서 안전하게 보살핌을 받으며 재활과 직업훈련을 거쳐 사회활동을 위한 교육을 받았다.

내가 만난 소녀들은 그처럼 끔찍한 범죄의 희생양이라기엔 충격적일 정도로 어렸다. 그러나 사랑과 보살핌을 받으면서 이들의 눈빛에 생기가 도는 모습을 볼 수 있었다. 어떤 이들은 내게 이곳저곳을 열심히 보여주었고, 좀 더 수줍음이 많은 이들은 무슨 일이 일어나는지 조심스레 지켜보았다.

인신매매라는 범죄는 캄보디아나 동남아시아에만 국한된 문제는 아니다. 전 세계 약 3,000만 명에 달하는 사람들이 성매매의 덫에 빠지거나 밭이나 공장이나 고기잡이배에서 노동에 시달리는 등 여러 형태로 현대판 노예의 삶을 산다. 미국도 예외는 아니다. 2010년 6명의 '알선책'이 하와이에서 미국 역사상 최대 규모의 인신매매 혐의로 기소되었다. 그들은 태국 노동자 400명의 여권을 압수하고 불평하면 추방해버리겠다고 협박하면서 농장에서 강제노동을 시켰다.

국무장관으로서 나는 훌륭한 전직 연방검사였던 루이스 시드바카Lou CdeBaca를 지명해 전 세계 인신매매 퇴치를 위한 노력에 박차를 가하고, 177개국의 인신매매 퇴치법 시행에 관한 보고서를 작성하게 했다. 또한 그에게 국내의 현실도 점검해보라고, 국무부가 한 적 없는 일을 주문했다. 우리가 다른 이들에게 기대하는 만큼의 높은 기준을 우리 스스로에게 대입해보는 일이 중요하다고 생각했기 때문이다. 법적으로 이 보고서의 조사 결과가 인신매매 퇴치에 실패한 나라에 대해 제재를 가하는 계기로 작용하면서, 구체적인 조치를 촉구하기 위한 강력한 외교적 수단이 되었다.

인신매매와 더불어 정부가 방조한 악덕업주들에 대한 우려도 컸다. 이 사용자들은 어른 아이 할 것 없이 노동자를 착취하면서 범죄에 가까운 일을 저질렀다. 내가 노동자의 노조 설립권을 강력히 지지한 데는 이런 이유도 있었다. 몇십 년에 걸친 투쟁의 결과로, 미국 노동자들은 자신의 권리를 보호하기 위해 노조를 설립할 수 있었고 하루 8시간 노동과 최저임금제를 보장받았다. 이는 미국 중산층을 형성하고 유지하는 동력이 되었다.

전 세계 많은 국가에서 노조는 여전히 탄압받고 있으며 노동자의 권리가 보장되지 않는 경우가 많다. 이는 해당 국가뿐 아니라 미국 노동자들에게도 바람직한 일은 아니다. 결국 모두가 낮은 임금을 받게 만드는 불공정 경쟁을 유발하기 때문이다. 일부 국가 정부나 사용자의 생각과는 달리, 노동자의 권리 존중이 외국인 직접투자 상승과 더불어 장기적으로 긍정적인 경제효과로 이어진다는 연구 결과가 있다. 더 많은 노동자가 공식 경제에 편입되고 공정한 보호를 받게 되면, 사회 전반에 긍정적 파급효과가 생긴다.

불평등이 감소하면 계층 간 이동이 증가한다. 세수도 늘어난다. 국가와 지역사회가 튼튼해지고 시민들의 기대와 열망을 충족시키기가 수월해진다. 그 반대도 역시 참이다. 노동자의 권리를 인정하지 않으면, 생산성과 혁신, 성장을 감소시켜 사회적 비용이 상당하다. 이는 법치주의를 저해하고 사회불안의 단초가 된다. 게다가 외국 노동자들이 소득 감소로 미국 제품을 살 수 없으면 미국도 결국 손해인 것이다.

1999년경 파리 소르본 대학에서 '새천년을 앞둔 세계화'를 화두로 연설할 때 이런 질문들을 던진 적이 있다. 경제적 상호의존성이 커지면 전 세계의 성장과 안정, 혁신의 확대로 이어질 것인가? 아니면 단순히 수십억 명이 경제적 지위를 놓고 '하향 경쟁'으로 치닫게 될 것인가? 모든 이들에게 기회가 확대될 것인가, 아니면 정보의 시대를 헤쳐나갈 충분한 기술을 운 좋게 이미 갖춘 사람들만 혜택을 누릴 것인가? 나는 "고삐 풀린 글로벌 자본주의가 낳은 최악의 결과"에 대처하고 "전 세계 노동자들이 성공에 제 몫을 담당하고 그로부터 보상을 얻을 수 있도록, 세계경제에 인간의 얼굴을 입혀야" 할 때라고 제언하면서 "가장 취약한 계층을 위한 사회안전망"을 제공해야 한다고 끝맺었다. 그로부터 10여 년이 지나서야 그러한 우려의 긴박성이 겨우 주목받게 되었다.

국무부는 민주주의와 인권, 노동 문제에 오랫동안 관여해왔으나, 노동 문제는 때로 소홀히 취급되곤 했다. 나는 이런 분위기를 바꿔보고 싶었고, 1990년대에 공정노동위원회Fair Labor Association 출범에 일조한 인권운동가 출신의 마이클 포스너 국무부 차관보 역시 나와 뜻을 같이했다. 그의 지휘 아래 미국은 노조 설립자와 사용자, 정부 공무원을 위한 국제 노동기준에 관한 연수 프로그램과 워크숍 지원을 강화했다. 전 세계 노동 분야 학자들이 서로 배울 수 있는 교환 프로그램을 후원하고, 경찰과 검찰의 인신매매와 강제노동 수사를 돕기도 했다. 또한 노동부 장관들과 새로이 외교담화를 시작하는 한편, 베트남과 중국 같은 주요 국가와 협정을 체결해 광산 안전에서 사회보장에 이르는 다양한 노동 이슈에 대해 기술적 지원을 제공하기로 했다.

2012년 5월, 방글라데시의 다카에서 열린 간담회에서 한 노동운동가가 내게 물었다. 방글라데시가 특히 성장세에 있는 의류산업 등의 분야에서 노동자의 권리 및 노동조건 향상을 위해 무엇을 할 수 있겠느냐는 질문이었다. 그녀는 말했다. "우리는 경찰과 불량배, 폭력배를 비롯해 법정에서의 허위진술 같은 온갖 종류의 방해공작에 직면해 있습니다. 게다가 실제로 우리 리더 중 하나였던 아미눌 이슬람Aminul Islam이 무참하게 살해당했습니다."

나는 방글라데시 정부에 이 사안에 대해 강력하게 문제 제기를 했다. 노조 지도자 살해사건은 그 나라의 사법체계와 법치주의에 대한 진정한 시험대라 생각했기 때문이다.

그 질문에 대한 답변으로, 나는 개발도상국에서 노동권이라는 보다 광범위한 문제로 주의를 돌렸다.

> 노동조합 결성을 반대하는 강력한 힘이 존재합니다. 미국 역시 마찬가지입니다. 노조가 막 시작된 19세기와 20세기 초반에는 불량배가 있었고, 폭력배가 있었고, 살인이 있었고, 폭동이 있었으며, 끔찍한 상황이 난무했습니다. 우리는 20세기 초반 아동 노동과 장시간 노동을 방지하는 법을 통과시켰지만, 그렇게 되기까지는 시간이 걸렸습니다. 이런 문제에 대응하는 정치적 의식을 기르는 데 시간이 걸렸기 때문입니다. 그러니까 여러분은 지금 그 일을 시작하는 단계고, 그것은 아주 중요한 싸움입니다…… 아주 중요한 일을 하고 있는 거지요. 용기를 잃거나 겁먹으면 안 됩니다. 여러분의 정부와 여러분의 사회로부터 당연히 지지를 받아야 합니다.

그러고 나서 미국이 노동권을 지키기 위해 전 세계적으로 벌이는 몇 가지 노력에 대해 설명했다.

> 우리는 콜롬비아에서 캄보디아에 이르기까지 공장주와 여타 기업가들이 지속적으로 좋은 수익을 내면서도 노동자의 권리를 존중하는 법을 이해하도록 돕기 위해 노력을 아끼지 않았습니다⋯⋯ 중산층이 나라의 중심이 되는 과정인 것이죠. 노동자는 노동을 존중받고 그에 대한 정당한 대가를 받아야 합니다. 공장주는 지불에 대한 대가, 즉 지불한 임금에 대한 정직한 노동을 얻어야 합니다. 우리는 이러한 이해관계를 조율하는 방법이 존재한다는 것을 눈으로 확인했고, 여러분이 그것을 이루어내도록 협력을 지속할 것입니다.

═══

경제학과 지정학이 만나는 가장 강력한 분야이자, 미국의 리더십이 가장 필요한 분야는 바로 에너지 분야다. 4년 임기 동안 직간접적으로 다룬 국제 문제의 상당수는 전 세계의 폭발적인 에너지 수요, 그리고 새로운 에너지원과 공급원을 온라인에서 찾게 된 데 따른 역학변동에서 비롯되었다. 이 책에서 논의된 사건 중에 에너지가 중심이 된 경우가 얼마나 많았는지 생각해보자. 수단과 남수단 간의 첨예한 석유 분쟁, 해수면의 상업적 이용가능성과 대륙붕 지역의 자원을 장악하려는 경쟁에서 촉발된 남중국해와 동중국해상의 영토 분쟁, 이란의 석유 수출을 제재하기 위한 광범위한 노력, 그리고 온실가스 배출량을 줄이고 기후변화 문제를 해결하려는 국제사회의 노력 등이 그 예다.

에너지는 언제나 국제 문제의 중요한 변수가 되어왔으나 최근 몇 년간 새로운 국면이 전개되면서 그 의미가 새롭게 부각되었다. 중국과 인도를 비롯한 여러 신흥시장의 경제성장으로 인해 엄청난 신규 수요가 발생한 것이다. 기술혁신으로 이전에 이용이 불가능했던 석유 및 천연가스 자원을 활용할 수 있는 가능성이 열리고 풍력과 태양열 등 재생에너지 생산 비용이 절감되면서, 러시아와 사우디아라비아 같은 전통적인 석유 대국과 경쟁할 새로운 에너지 강대국이 출현했다. 그리고 기후변화 대응의 시급성은 화석연료를 대체할 청정에너지원을 개발하고 에너지효율을 증진시키는 동기로 작용했다.

새로운 에너지원을 차지하려는 경쟁으로 인해 전 세계적으로 분쟁이나 협력이 늘어날 가능성도 함께 커졌다. 그러나 올바른 전략과 수단이 있으면 미국은 분쟁을 줄이고 협력을 추구하도록 상황을 이끌어갈 수 있을 터였다. 이를 효과적으로 돕기 위해 나는 국무부 내에 에너지 외교에 주력할 새로운 국을 설치해 카를로스 파스쿠알 대사에게 이끌어달라고 요청했다. 기존의 에너지부는 상당한 전문성을 갖췄으나 국제적 영향력이 부족한 터라 그를 비롯한 팀원들과 긴밀하게 협력했다. 미국의 에너지 외교의 상당 부분은 5대 사안에 집중되었다.

첫째, 동일 자원에 소유권을 주장하는 국가들이나 이를 활용하기 위해 협력이 필요한 국가들 간의 분쟁 해결을 돕고자 했다. 예를 들어 남수단이 대규모의 석유 매장량을 가진 반면 수단은 그렇지 못하다는 사실을 떠올려보자. 그러나 수단에는 정제 및 운송시설이 있고 남수단에는 없다. 이는 적대관계가 지속됨에도 불구하고 두 나라가 협력해야 함을 뜻한다.

둘째, 다른 나라를 제압하거나 위협하는 수단으로 에너지 공급을 이용하는 것을 막고자 했다. 러시아가 우크라이나와 다른 유럽 국가들에게 천연가스 요금을 지나치게 인상하고 공급을 중단하는 식으로 협박한 것이 좋은 사례다.

셋째, 이란의 석유산업에 초점을 맞춰 제재를 가했고, 다른 동맹국과 협력해 이란산 원유 수입을 큰 폭으로 줄이고 온라인으로 다른 공급처를 확보하도록 했다.

넷째, 태양열, 풍력, 수력, 지열 및 천연가스(완벽하진 않지만 석탄에 비하면 깨끗하다) 같은 청정에너지원을 홍보해, 기후변화의 영향을 늦추도록 했다.

다섯째, 채취산업에서 투명성과 책임감을 고취시키고 동맹국 정부와 함께 자원소득의 책임투자와 부패 방지를 위해 노력함으로써, 이른바 자원의 저주를 막거나 경감시키도록 했다. 나이지리아만큼 자원의 저주로 고통 받은 나라도 없다. 2009년과 2012년 나이지리아 방문 당시 나는 삶의 질을 개선하려면, 사재를 불릴 게 아니라 국가적으로 부패 척결과 세수투자가 시급함을 힘주어 말했다. 나이지리아는 자원의 저주를 극복하기 위해 어려운 결단을 내리기만 한다면 G20 회원국이 되어 국제사회에 영향력 있는 발언을 할 수도 있었다.

우리가 해외에서 이런 일들을 하는 동안 국내에서는 흥미로운 일들이 전개되었다. 기술혁신 덕분에 채굴이 어려웠던 석유와 가스 또는 첨단 재생에너지원 등 새로운 에너지원을 확보할 수 있게 되었다. 2013년 미국은 석유 및 가스 생산에서 사우디아라비아와 러시아를 앞지른 것으로 보고되었다. 그리고 풍력과 태양열을 이용한 전력 생산은 2009년과 2013년 사이 2배 이상 증가했다.

국내 에너지 생산에 붐이 일고, 특히 천연가스 분야가 활기를 띠면서 미국은 중요한 경제적, 전략적 기회를 창출했다.

에너지 생산 확대는 노스다코타 주의 석유 시추시설에서 사우스캐롤라이나의 풍력 터빈 공장에 이르는 수만 개의 일자리 창출로 이어졌다. 값싸고 풍부한 천연가스는 에너지 집약적인 제조업체의 생산비용을 낮춰주고, 에너지 가격이 여전히 높은 일본과 유럽 등에 비해 미국에 커다란 경쟁우위를 안겨주고 있다. 연구자들은 미국의 국내 에너지 혁명이 가져온 파급효과가 2020년까지 최대 170만 개의 정규직 일자리를 창출하고 연간 2~4퍼센트의 GDP 증가를 유도할 것이라 전망한다. 천연가스는 석탄에 비해 청정에너지원에 해당하기 때문에 탄소배출량을 줄이는 데도 도움이 된다. 국내 전력 생산량 증가는 해외 원유 의존도를 낮추며, 주요한 전략적 부담을 줄이고, 다른 에너지 수출국들이 비축해둔 에너지를 풀어 유럽 국가들이 러시아에 대한 의존도를 낮추도록 해준다.

원유를 채굴하고 천연가스를 추출하는 새로운 방식과 그것이 해당 지역의 물, 토양, 대기에 끼치는 영향에 대해 기후변화를 우려하는 목소리가 있다. 천연가스의 생산과 운송 과정에서 누출되는 메탄은 특히 우려할 만하다. 따라서 똑똑한 규제를 마련하고 시행하는 것이 중요하다. 위험이 너무 크다면 시추를 중단하는 것은 물론이다.

책임 있는 자세로 이런 문제에 접근해 기간시설과 기술 및 환경보호에 올바르게 투자한다면, 미국은 21세기 청정에너지 분야의 초강대국이 될 수 있다. 다시 말해 민간부문 혁신과 위험 감수를 긍정적으로 수용하는 환경을 만들고, 선별적인 세제 혜택과 연구개발에 대한 투자, 깨끗한 재생에너지원으로의 전환을 장려하는 정책이 함께 이루어져야 한다. 이는 전기를 보다 깨끗하게 생산하는 차세대 발전소, 전기를 효과적으로 운반하는 스마트 그리드, 전기를 효율적으로 사용하는 친환경 건물 같은 미래 기간시설에 투자한다는 의미이기도 하다. 중국을 비롯한 다른 나라들은 이미 재생에너지원에 엄청난 투자를 하며 경쟁에 돌입하고 있다. 하지만 미국의 혁신이 차세대 발전의 핵심 역할을 하는데다 이를 활용하는 역량 또한 국내에서나 역내에서 거의 무한하기 때문에, 미국은 이 분야에서 리더십을 양보할 수 없는 상황이다. 청정에너지 경제로 이어지는 단초를 마련할 수 있다면, 미국의 경제 회복과 기후변화에 대처하는 활동, 그리고 글로벌 무대에서의 전략적 입지가 한층 강화될 것이다.

═══

이처럼 에너지와 경제 부문의 굵직한 몇 가지 흐름을 해결하려 애쓰다보면, 전 세계의 개인과 가족의 일상에 미치는 영향은 쉽게 잊게 된다. 내가 진짜 가정에서 일어나는 일을 실감하게 해준 것은 단순하다고 생각하고 간과했던 취사용 스토브의 문제였다. 여기에는 지역적인 수준의 에너지, 환경, 경제, 공중보건에 관한 복합적인 우려가 함축되어 있다. 그리고 개발과 외교에 대한 창의적인 21세기형 접근방식이 어떻게 문제를 해결하고 예상 외로 삶의 질을 향상시킬 수 있는지를 보여주었다.

캠프파이어를 하거나 야외에서 요리를 시도한 적이 있다면 아마도 풍향이 바뀌고 검은 연기가 폐 속으로 들어올 때 어떤 느낌인지 알 것이다. 눈에서 눈물이 나기도 한다. 이제 이것을 가끔 하는 야외활동이 아닌, 집 안에서 매일 경험하는 일이라고 상상해보자. 바로 이것이 전 세계 30억 인구가 모닥불이나 환기가 잘 안 되는 집 안 작은 주방의 효율 낮은 오래된 스토브 주변에 모여 있을 때 일어나는 일이다. 여성들은 이런 화롯가에서 몇 시간씩 일을 한다. 등에 아이를 업고 일하는 경우도 많고 땔감을 모으며 몇 시간이나 보내는 일도 잦다. 이들이 만드는 음식은 대륙마다 다르지만 그들이 들이마시는 공기는 똑같다. 나무나 그 밖의 고체연료가 타면서 뿜어져 나오는 유독성 화학물질로, 미 환경보호청이 정한 안전기준량의 200배에 달한다. 요리를 할 때면, 연기가 폐를 가득 채우고 독소가 여성들과 아이들을 중독시키기 시작한다. 연기와 함께 방출된 블랙카본, 메탄 및 기타 '유해오염물질'들은 기후변화에도 영향을 미친다.

일상적으로 오염원에 노출되면 그 결과는 치명적이다. 세계보건기구

World Health Organization에서 2014년 3월에 발표한 자료에 따르면, 2012년 한 해 동안 430만 명이 가정 내 공기오염으로 조기 사망한 것으로 집계되었다. 이는 말라리아와 결핵으로 인한 사망자 수 합계의 2배가 넘는다고 한다. 개발도상국에서 건강을 위협하는 최악의 요인 중 하나가 바로 이 오염된 공기다. 인류 역사 이래 사람들은 늘 모닥불이나 지저분한 스토브를 이용해 요리를 해오긴 했지만, 우리는 이제 그것이 수백만 명을 서서히 죽이고 있다는 걸 안다.

나는 글로벌 파트너십 특사인 크리스 발더스턴Kris Balderston에게 눈에 띄지는 않지만 심각하고 중대한 이 문제를 해결하는 데 앞장서달라고 요청했다. 그리고 2010년 9월 클린턴 글로벌 이니셔티브 연례회의에서 나는 각국 정부와 기업, 국제기구, 학계 및 자선단체로 이루어진 19개 창립 파트너들과 함께 '안전한 취사용 스토브를 위한 국제연맹Global Alliance for Clean Cookstoves'을 발족했다. 이 연맹은 기업들에게 깨끗하고 효율적이며 저렴한 스토브와 연료를 만들도록 시장 원리에 근거한 접근법을 추구하기로 했다. 우리는 야심찬 계획을 세웠는데, 2020년까지 1억 가구가 깨끗한 스토브와 연료로 교체하게 한다는 구상이었다. 얼마나 험난한 일이 될지는 알고 있었다. 값싸고 안전하며 깨끗하고 내구성 있는 스토브를 만드는 데 따르는 기술적 어려움, 이를 세계 각지에 공급하는 데 따르는 운송상의 어려움, 그리고 실제로 이런 제품을 소비자가 구매하도록 설득하는 데 따르는 사회적 어려움에 이르기까지 말이다. 그러나 기술적 혁신과 민간부문의 참여 증가가 성공을 가져다주길 간절히 바랐다. 미국 정부를 대표해 나는 관련된 노력을 지속하기 위해 5,000억 달러를 지원하겠다는 약속을 발표했다.

이 같은 노력이 전 세계적으로 넓고 빠르게 진행되자 몹시 기뻤다. 2012년에만 800만 개가 넘는 안전한 취사용 스토브가 유통됐는데, 이는 2011년의 2배가 넘는 수치였다. 최종 목표치가 1억 개임을 감안하면 예상을 훨씬 뛰어넘는 성과였다. 2013년 말, 연맹 규모가 커지면서 파트너 수가 800을 넘어섰고, 미국 정부는 지원액을 1억 2,500만 달러까지 증액했다.

국무부를 떠난 이후 나는 명예회장으로서 연맹 일을 계속해왔다. 시작 단계에 있는 인도와 과테말라를 비롯해 방글라데시, 중국, 가나, 케냐, 나이지리아, 우간다에서도 프로젝트를 진행하고 있다. 연맹은 이제 전 세계 13개의 시범 센터를 지원하고, 취사용 스토브에 대한 새로운 국제 표준을 선도하며, 제조업체와 유통업체 및 바이어들에게 청결함과 안전, 효율 기준에 대한 가이드라인을 제시하고 있다. 이는 실제로 사용할 소비자들에게 안전한 스토브를 공급하는 시장을 형성하는 중요한 단계다.

═══

경제가 어려울 때는, 다른 나라의 빈곤층이 중산층으로 편입되었으면 하는 바람과 경제적으로 쪼들리는 자국의 중산층을 보호해야 한다는 당위를 놓고 갈등하게 마련이다. 세계경제가 제로섬 게임이라면, 다른 시장의 부상과 다른 나라 중산층의 성장은 늘 우리에게 손해를 입힐 것이다. 그러나 실제로는 꼭 그렇지가 않다. 나는 미국의 번영이 교역 파트너에 달려 있다고 생각하며 미국의 성공은 필연적으로 세계 다른 나라의 여건과 연계되어 있다고 믿는다. 그리고 경쟁이 공정하게 유지되는 한, 전 세계의 더 많은 이들이 가난을 벗어나 중산층에 편입될수록 미국에도 좋은 결과를 가져올 것임을 확신한다.

이런 믿음은 중산층 가정에서 자란 나 자신의 경험에서 비롯되었다. 2차 대전 이후 나의 아버지인 휴 로댐은 자그마한 직물점을 열었다. 아버지는 장시간 일하며 가끔씩은 일용직 노동자를 고용했다. 종종 어머니와 남동생들, 그리고 나까지 불러내 실크스크린 인쇄를 돕게 했다. 부모님은 자립과 근면의 가치를 중시했고, 자녀들이 돈의 가치를 배우고 성실함의 미덕을 깨닫게 해주었다.

내가 아이 돌보기 외에 처음으로 돈을 받고 일을 한 건 열세 살 때였다. 집에서 몇 킬로미터 떨어진 파크리지 공원지구의 작은 공원을 감독하는 일이었는데, 일주일에 사흘간 오전에 일했다. 아버지가 하나밖에 없는 차로 아침 일찍 일터에 나가고 나면, 나는 야구공과 배트, 줄넘기, 그 밖의 물품이 가득한 수레를 끌고 일하는 데까지 걸어가야 했다. 그해부터 나는 항상 여름과 휴가철에 아르바이트를 했다. 그렇게 번 돈은 대학과 로스쿨 학비를 대는 데 보탰다. 나는 당신들이 누려보지 못한 기회를 우리 남매에게 주기 위해 많은 것을 희생한 부모님께 감사했고, 딸 첼시에게도 투철한 직업의식 등 똑같은 가치를 전해주려고 남편과 함께 열심히 노력했다. 우리는 이런 부분이 특히 중요하다고 생각했다. 첼시는 주지사 관저에서 백악관에 이르기까지 특이한 환경에서 자랐기 때문이다. 지금 부모님이 살아 계시다면 아마도 손녀가 원칙을 지키는 강인하고 근면한 여성으로 자란 것에 엄청난 자부심을 느끼실 것이다. 나 역시 딸아이가 자랑스러우니까.

내가 자랄 때와는 세상이 많이 변했지만, 미국 중산층은 역사상 가장 강력한 경제적 원동력이자 여전히 아메리칸 드림의 핵심이다. 중산층의 성공은 열심히 일하고 원칙을 지키면 성공할 것이라는 기본 합의에 기초한다. 혁신하고 창조하고 발전해나간다면 성취하지 못할 게 없다. 중산층은 언제나 구매력으로 정의되어왔지만, 때로는 그 이상으로 우리가 공유하는 가치와 열망으로 설명되곤 했다.

내가 국무장관으로 일한 때는 많은 이들이 중산층으로 편입되는 또 하나의 거대한 움직임이 일어난 시기와 맞물렸다. 이번에는 미국이 아닌 다른 나라에서 일어난 일이었는데, 수억 명이 처음으로 빈곤에서 벗어나게 되었다. 예상 수치는 놀라울 정도다. 전 세계 중산층은 2035년경이면 2배로 증가해 최대 50억 명에 이를 전망이다. 중국 인구의 3분의 2, 인도 인구의 40퍼센트 이상, 브라질 인구의 절반 정도가 중산층으로 분류되는 것이다. 2022년에는 역사상 최초로 지구상의 대다수 인구가 중산층이 되어 빈곤층보다 많아질 것으로 추정된다.

이처럼 폭발적인 성장은 이른바 중산층의 생활에 걸맞은 소비 수준을 지구가 유지할 여력이 있을까 하는 의문을 유발한다. 특히 자동차와 에너지, 그리고 물 소비가 그렇다. 기후변화, 희소자원 및 국지적 오염은 우리에게 생산과 소비 패턴의 극적인 변화를 요구할 것이다. 그러나 잘만 한다면 그러한 변화는 새로운 일자리와 기업을 만들고 삶의 질을 향상시킬 것이다. 즉 세계적인 중산층의 부상은 모두에게 바람직하다는 의미다. 미국인들에게도 잘된 일이다. 다른 지역의 급여와 소득이 오르면, 더 많은 이들이 미국 제품과 서비스를 구매할 수 있게 되고 기업에겐 일자리를 해외로 아웃소싱할 유인이 줄어든다. 몇 년간 소득이 정체하고 사회적, 경제적 계층 간 이동이 줄어든 마당이라 중산층의 존재가 더욱 절실하다.

전 세계 중산층은 우리가 지향하는 가치를 공유할 가능성이 더 높다. 어느 곳에서든 사람들이 삶에서 원하는 바는 비슷하고 전형적이다. 누구나 건강과 괜찮은 일자리, 안전한 지역사회, 자녀에게 교육과 기회를 제공할 수 있는 가능성을 원한다. 또한 존엄성과 기회의 평등, 공정한 사법체계하의 정당한 법 절차에 관심을 쏟는다. 어떻게든 중산층으로 올라가 생존 필요조건에 대한 절박함에서 놓여나면, 사람들은 책임 있는 정부와 효율적인 서비스, 더 나은 교육, 더 나은 보건의료, 깨끗한 환경과 평화를 요구하게 된다. 그리고 그들 대부분은 정치적 극단주의에서 나온 기만적인 수사를 그다지 마음에 들어하지 않는다. 전 세계 중산층은 자연히 미국을 지지하게 된다. 더 많은 사람들이 중산층으로 성장하는 것이 미국의 이익과도 부합한다. 우리는 국내를 비롯한 전 세계 중산층의 확대를 위해 최선을 다해야 한다.

23

아이티 : 재난과 개발

아이티에 지진이 발생한 지 4일 후, 포르토프랭스 공항의 하나뿐인 활주로는 북새통을 이루었다. 미 해안경비대 C-130 화물수송기 계단을 걸어 내려가는데, 활주로 위에 아직 풀지 않은 보급품들이 그대로 운반대에 실려 있는 모습이 눈에 들어왔다. 긴급구호품을 실은 비행기들이 머리 위를 선회하면서 착륙 차례를 기다리고 있었다. 터미널은 불이 꺼진 채 폐쇄된 상태였다. 깨진 유리창의 파편이 땅바닥에 흩어져 있었다. 정신적 외상을 입은 가족들은 공항 부지에 대피해 있었다. 지진이 일어난 후, 특히 여진이 계속되자 실내에 있으려는 아이티 사람은 몇 없었는데, 100만 명이 넘는 이재민들에게 쉼터가 될 만한 안전한 구조물도 거의 남지 않은 것 같았다.

2010년 1월 12일 아이티를 쑥대밭으로 만든 진도 7.0의 지진으로 인구 1,000만 중에서 23만 명이 넘게 목숨을 잃었고, 30만 명 이상이 부상을 입었다. 서반구 최빈국인 아이티에 이제 대규모의 인도주의적 구호가 필요한 재난까지 겹친 것이다. 아이티에서 긴급구조와 장기적 재건이 모두 필요해지면서 우리의 원조 역량이 시험받게 됐을 뿐 아니라, 21세기 국제개발에 새로운 접근을 시도하는 일이 한층 중요해졌다.

그날 아이티에서 나와 동행한 사람은 지칠 줄 모르는 수석보좌관 셰릴 밀스와 겨우 9일 전에 갓 취임한 미국 국제개발처 처장인 라지브 샤Rajiv Shah 박사였다. 셰릴은 지난 1년간 미국의 아이티정책 검토를 주관해왔으며, 지진이 발생하자 재빨리 범정부 차원의 대대적인 대응책을 이끌어냈다. 국무부는 작전센터 내에 24시간 위기대응 태스크포스를 조직해 정보수집과 협조 요청 및 지원 제공을 총괄하게 했다. 영사관 직원들은 밤낮없이 일하며 4만 5,000명으로 추정되는 아이티 거주 미국인들의 소재를 파악하려 애썼고, 이들의 안부를 걱정하는 친지들의 문의전화 50만 건을 응대했다.

첫날 밤 우리는 유엔 아이티 안정화지원단 직원들의 소재 파악이 어렵다는 것을 알게 되었다. 아침이 되자 지원단장과 부단장 및 101명의 유엔 직원이 목숨을 잃었다는 것을 알았다. 이 비극적인 사태로 인해 국제사회는 역량 결집과 협력을 통한 재난대응 능력에 상당한 손상을 입었다.

지진 발생 첫 48시간 동안 아무도 아이티에 들어갈 수 없었다. 전 세계가 원조 대열에 동참했으나, 구호물자가 도착하는 즉시 그것을 인수하거나 분배하는 시스템이 전혀 없었다. 포르토프랭스의 항만이 파괴되는 바람에 수도에서 160킬로미터 이상 떨어진 곳에 화물을 운반해 하역할 수밖에 없었다. 도미니카공화국과 아이티를 잇는 도로와 아이티 내 다른 도로들은 통행이 불가능했다. 일부 관제사들만이 폐허가 된 공항에 남아 구호물자를 전달하는 항공교통 흐름을 관리할 뿐이었다. 모든 게 엉망이었다.

지진 발생 뉴스를 들었을 때, 나는 아시아 4개국 순방길에 올라 하와이에 있었다. 그러나 아이티의 피해 규모에 대해 알게 되자마자 순방을 취소하고 워싱턴으로 돌아가 구호활동을 주관했다. 일부 아시아 정상들은 실망하는 기색이었으나 위기의 시급성을 다들 이해했으므로 가능한 한 많은 도움을 주었다.

1975년 신혼여행 때 남편과 처음 아이티를 방문했던 기억이 머릿속을 가득 채웠다. 우리는 아이티의 아름다움(사람들, 다양한 색채, 음식, 예술)과 빈곤 및 제도의 취약성 사이에서 이질감을 느꼈다. 여행 중 가장 기억에 남았던 일 중 하나는 막스 보부아르Max Beauvoir라는 현지 부두교 사제를 만난 일이었다. 놀랍게도 그는 뉴욕 시립대학과 소르본 대학에서 공부한 적이 있으며 화학과 생화학 학위를 갖고 있었다. 그는 우리를 부두교 의식에 초대했다. 우리는 '정령에 사로잡힌' 아이티인들이 달궈진 석탄 위를 걷고, 살아 있는 닭의 머리를 물어뜯으며, 유리를 씹고 그 파편을 뱉으면서도 피 한 방울 흘리지 않는 광경을 보았다. 의식이 끝나갈 무렵 사람들은 암흑의 정령이 떠났다고 주장했다.

우리는 베이비 독Baby Doc으로 알려진 독재자 장클로드 뒤발리에Jean-Claude Duvalier의 악명 높은 친위보안대가 미러 선글라스를 쓴 채 자동소총을 들고 거들먹거리며 도시 주변을 걷는 모습도 보았다. 한번은 베이비 독이 직접 차를 몰고 대통령궁으로 들어가는 광경도 보았다. 그로부터 35년이 지나 아이티 지진으로 바로 그 대통령궁도 무너지게 된다.

지진 소식을 듣고 워싱턴으로 돌아오면서 곧장 포르토프랭스로 향하는 건 말도 안 된다고 생각했다. 몇 년간 긴급한 재난대응을 지켜보고 참여도 하면서 내가 배운 것은 공무원의 가장 중요한 책임 중 하나가 바로 응급처치요원과 구조대원에게 방해가 되어서는 안 된다는 사실이었다. 이미 마비된 아이티의 시스템에 부담을 주거나, 가능한 한 많은 생명을 구하는 일이 시급한 마당에 제한된 자원을 고위급 인사의 방문에 할애하고 싶지 않았다.

그러나 지진 발생 이틀 후 셰릴은 르네 프레발René Préval 아이티 대통령과 대화했고, 그는 셰릴에게 그가 유일하게 믿는 외부 사람이 바로 나라고 말했다. "힐러리가 필요하오. 그녀 말고 다른 사람은 필요 없소." 정상외교와 정부 차원에서조차 대인관계가 얼마나 중요할 수 있는지를 상기시켜준 일화였다.

1월 16일 일요일, 나는 해안경비대 화물수송기가 기다리고 있는 푸에르토리코로 날아갔다. 보잉 757기를 타고 엉망이 된 공항에 어렵사리 착륙하는 것보다는 그 편이 쉬울 터였다. 포르토프랭스에 도착하니 케네스 머텐Ken Merten 대사가 활주로에서 기다리고 있었다.

대사관 직원들은 엄청난 일을 하고 있었다. 한 대사관 소속 간호사는 임시로 지은 외상외과 병동에서 심각한 부상을 입고 도움을 청하러 대사관에 온 미국인들을 돌보았는데, 자신의 집이 무너졌는데도 쉬지 않고 거의 48시간 동안 일하는 중이었다. 한 보안요원은 현지 경비대와 함께 실종된 미국인 직원을 찾아 나섰고, 땅이 갈라진 틈으로 집이 무너져내리는 바람에 부상을 당한 두 명의 동료를 발견했다. 그들은 사다리와 정원용 호스를 이용해 임시로 만든 들것에 두 사람을 실어 여섯 시간이나 걸어서 대사관 의료센터에 도착했다.

그러나 그 외에도 미 대사관 직원 및 그 가족 중 많은 사람이 실종상태였다. 그중에는 빅토리아 드롱Victorioa DeLong 문화 담당관을 비롯해, 유엔과 함께 일하면서 훈장까지 받았던 국무부 직원 앤드루 와일리Andrew Wyllie의 아내와 어린 자녀도 있었다.

미국대사관 팀은 지원 방향을 조율하기 위해 워싱턴의 국무부 직원들과 긴밀하게 협력했다. 우리는 구글과 다수의 통신회사들과 혁신적인 아이디어를 성공적으로 테스트해 긴급 구호요청을 수집하고(그중 상당수는 SMS 문자 핫라인을 통해 도착했다) 지도상 위치를 확인했다. 그리고 그에 대한 정보를 현장 구조팀과 공유하는 식으로 작업이 이루어졌다.

미국 정부 내 전문가들은 아이티에 직접 와서 도우려 애썼다. 연방긴급재난관리청Federal Emergency Management Agency은 미 국제개발처와 보건복지부, 질병통제예방센터Centers for Disease Control and Prevention로부터 의사와 공중보건 전문가들을 파견하는 등 즉각 행동에 나섰다. 연방항공청Federal Aviation Administration은 이동식 공항관제탑을 보냈다. 소방관, 경찰관 및 엔지니어로 구성된 6개 수색구조팀이 캘리포니아, 플로리다, 뉴욕, 버지니아 주에서 속속 도착했다.

활주로에는 머텐 대사 옆에 미 남부사령부의 부사령관 켄 킨Ken Keen 중장이 서 있었다. 그는 지진이 아이티를 강타했을 당시 일정에 따라 아이티에 체류하고 있었다. 그들은 대사관저의 뒷마당에 있다가 땅이 흔들리는 걸 느꼈다고 했다. 다행스럽게도 관저는 거의 피해를 입지 않았고 이내 대사관 직원들과 아이티 정부 장관들의 집합소가 되었다. 킨 장군이 마이애미에 있는 미 남부사령부와의 연락소로 활용하면서 군 기지 역할도 하게 되었다.

해안경비대 대원들은 아이티 지상에 첫발을 내디딘 최초의 미국인이었다. 최종적으로 2만 명이 넘는 미국 민간인과 군인이 직접 수색과 구조에 참여했다. 그들은 공항과 항구를 복구하고 인명구조에 필요한 보건의료 서비스와 기본 생필품을 제공했다. 미 해군 병원선인 컴포트호에서는 환자 수백 명이 치료를 받았다. 미군은 환대와 응원을 받았고 지역 주민과 정부는 미군에게 떠나지 말아달라고 당부했다. 이라크와 아프가니스탄에 몇 차례 배치되었다가 아이티에서 일하게 된 군인들은 외국 땅에서 그토록 환영받는 기분을 새롭게 느끼며 놀라워했다.

나는 활주로에서 또다시 낯익은 얼굴을 만났다. 바로 미 국가안전보장회의 수석보좌관 데니스 맥도너였다. 그는 복잡한 구조활동 조정을 돕고자 그 전날 군용기를 타고 왔다고 했다. 그는 말 그대로 땀에 푹 젖은 폴로셔츠와 군복 바지를 입은 채 활주로의 교통 정리를 돕고 있었다. 그가 여기 있다는 것은 오바마 대통령이 아이티에 개인적으로 얼마나 마음을 쏟는지를 보여주었다. 이틀 전 백악관에서 대통령이 미국의 지원을 공개적으로 약속할 때, 나는 그 옆에 서 있었다. 그가 감정을 추스르려 애쓰는 모습을 본 것은 그때가 처음이었다.

첫 번째로 내가 할 일은 프레발 대통령과의 협의였다. 우리는 공항 부지의 텐트 안에서 만났다. 셰릴이 왜 내가 직접 오는 게 중요하다고 생각했는지 즉시 이유를 알 수 있었다. 파괴된 아이티의 모습과 국민들의 절망감이 그의 얼굴 위에 생생히 새겨져 있었다.

지진이 강타했을 때, 프레발 대통령과 아내는 언덕 위의 자택에 막 도착하려는 참이었다고 했다. 그들은 눈앞에서 집이 무너지는 걸 봤다. 대통령궁의 집무실도 심하게 파손되었다. 실종된 장관들도 몇 있었다. 중상을 입거나 사망한 사람도 있었다. 보고서에 따르면 아이티 공무원의 18퍼센트가 포르토프랭스에서 사망했고 29개 정부 건물 중 28개가 파괴되었으며, 내각의 각료와 의원 다수가 실종되거나 사망한 것으로 확인되었다. 상황은 심각했고 정부 기능은 마비되었다.

프레발 대통령은 취임 초기만 해도 정치적 경험이 거의 없었으나 지진이 일어날 무렵에는 아이티 정계의 협상 문화에 익숙해져 있었다. 그러나 그는 천성적으로 과묵했고, 지진이 일어난 후 지도자와 직접 얼굴을 맞대고 얘기하고 싶어하는 국민들을 만나는 것을 여전히 어려워했다.

프레발 대통령과 텐트 안에서 얘기를 나누며, 그런 엄청난 재난 앞에서 그가 얼마나 잘 견디고 있는지 가늠해보려 했다. 우리에겐 시급히 해결해야 할 일이 있었다. 국제 구호활동으로 공항의 교통 정체가 더욱 심해졌다. 나는 구호활동이 순조롭게 흘러가도록 가능한 한 빨리 미군이 작전을 지휘하는 게 어떻겠냐고 제안했다. 프레발 대통령은 주저했다. 다른 나라와 마찬가지로 아이티도 주권을 소중히 여겼다. 아무리 비상 사태라 해도 과거 미군의 간섭에 대한 기억을 쉽사리 떨칠 수는 없는 것이었다. 나는 미군이 거리를 순찰하거나 유엔군을 대신해 법과 질서를 회복하기 위해 주둔하는 일은 없을 거라고 못박았다. 다만 공항이 다시 제 기능을 하고 항공기의 이착륙을 원활히 해서 보급품 공급이 제때 이루어지도록 하려는 것이었다. 셰릴과 우리 팀은 미군이 일시적으로 공항과 항만을 관리한다는 내용의 법적 합의문을 준비해 프레발 대통령의 서명을 받았다. 우리는 한 줄 한 줄 문구를 검토해나갔다. 그는 아이티에 필요한 각종 지원을 얻을 수 있으리란 사실을 이해했으나, 동시에 다른 나라들과 그의 정적들이 나라를 미국에 '팔아넘겼다'고 비난하리라는 사실도 알고 있었다. 이는 앞으로 그가 내려야 할 고통스러운 결정 중 하나에 불과했다.

프레발 대통령은 합의문에 서명했다. 그는 미국에 대한 신뢰만큼이나 나에 대한 개인적인 신뢰를 보여주었다. 그가 내 눈을 보며 말했다. "힐러리, 아이티인들을 위한 아이티를 만들어주시오. 지금 우리는 그럴 힘이 없소." 나는 그에게 미국을, 그리고 나를 믿어도 좋다고 말했다. "오늘도 내일도 그리고 앞으로도 아이티가 미군이 남아 있길 바라는 동안은 여기 남아 있겠습니다." 미국의 도움으로 곧 공항과 항구는 평소의 10배가 넘는 화물을 처리할 수 있게 되었고, 도움이 가장 절실한 아이티인들에게 지원이 이루어지기 시작했다.

미국 및 국제 원조단체와 가진 보다 큰 규모의 두 번째 회의에서, 프레발 대통령은 이전에 비해 덜 협조적이었다. 그는 집을 잃은 수십만 명의 아이티인들이 쉴 수 있도록 대형 캠프를 세우자는 권고에 날카로운 대립각을 세웠다. 그는 캠프를 지었다가 영영 철거할 수 없을지도 모른다는 성급한 우려를 내비쳤다. 대신, 그는 텐트와 방수포를 지급해 사람들이 원래 집 근처에 살 수 있도록 해달라고 요구했다. 그러나 유엔 팀은 사람들이 흩어져 있으면 식량 및 식수 배급이 훨씬 힘들어질 거라고 주장했다. 캠프가 재난 대응의 국제 기준이 된 것은 훨씬 효율적으로 운영되기 때문이었다.

그날 늦게 포르토프랭스를 빠져나오며 우리는 가능한 한 많은 사람들을 비행기에 태워 20여 명의 아이티계 미국인들을 안전한 곳으로 옮겼다. 셰릴과 나는 앞으로 남은 일들을 논의했다. 프레발 대통령에게 한 '아이티인들을 위한 아이티'라는 약속을 지키려면 단기적인 구호활동에 그쳐서는 안 되었다. 장기적인 과정에 대비해야만 했다.

═══

위기 상황에서 미국인들은 본능적으로 서로 돕는다. 9·11 사태로 힘든 시간을 보낸 사람이라면 헌혈하기 위해 길게 줄선 사람들의 전국적인 행렬을 평생 잊을 수 없을 것이다. 허리케인 카트리나 이후에도 마찬가지로 아낌없는 마음을 확인할 수 있었다. 휴스턴을 비롯한 다른 지역의 가정들은 터전을 잃은 뉴올리언스 주민들이 자신들의 집에 묵도록 문을 활짝 열어주었다. 태풍 샌디가 할퀴고 지나간 이후 사람들은 뉴저지와 뉴욕을 돕기 위해 힘을 모았다.

지진이 아이티를 강타하자 국무부는 엠기브mGive라는 모바일 솔루션회사와 협력해 미국인들이 문자메시지를 통해 적십자에 직접 기부할 수 있도록 했다. 그러한 노력의 결과 3주가 채 지나지 않아 300만 명이 넘는 미국인들로부터 3,000만 달러 이상의 기부금이 도착했다. 미국인들이 지진 피해를 입은 아이티를 돕기 위해 내놓은 기부금은 총 10억 달러나 되었다.

미국 입장에서는 비상시에 행동에 나서는 것이 단지 옳은 일을 하는 것에 그치지 않는다. 똑똑한 전략적 움직임이기도 하다. 2004년 동남아시아에 쓰나미가 발생하자 미국은 대규모로 인도적 구호에 나섰고, 이로 인해 우호라는 귀중한 자산을 쌓을 수 있었다. 쓰나미 피해가 집중된 인도네시아에서 10명 중 8명은 미국의 긴급지원으로 미국에 대한 견해가 개선됐다고 말했다. 미국에 대한 호감도는 이라크 전쟁이 한창이던 2003년에 최저인 15퍼센트였으나, 2005년에는 2배 이상 상승해 38퍼센트에 달했다. 2011년에도 마찬가지 현상이 나타났다. 일본에 '3중 재난'이라 불리는 지진과 쓰나미, 원전 폭발사고가 일어난 직후 미국은 서둘러 지원을 제공했다. 미국에 대한 일본의 호감도는 66퍼센트에서 85퍼센트까지 급상승했고 국가별 순위에서 최고를 기록했다.

많은 미국인들이 긴급한 위기 상황에 반응하지만, 드라마틱하고 시선을 끄는 쓰나미 같은 위기에 비해 가난과 기아, 질병처럼 완만하게 진행되는 비극에는 나서서 도우려는 의지를 결집시키기 어려울 때가 더 많다. 지진으로 폐허가 된 아이티에 즉각 도움의 손길을 내미는 것과 별개로, 지진이 일어나기 전 아메리카 대륙 최악의 빈곤으로 신음하는 아이티라면 어떻게 할 것인가? 아니면 이후 몇 년씩 걸리는 어려운 재건 과정 상황이라면? 미국은 이런 노력을 위해 어떤 역할을 해야 하는가?

미국인들은 늘 선행을 베풀어왔다. 알렉시스 드 토크빌Alexis de Tocqueville은 "마음의 습관" 덕분에 민주주의가 가능했고 미국 건국 초기 개척민들이 이웃과 합심해 헛간을 짓고 이불을 꿰맬 수 있었다고 썼다. 나의 어머니는 2차대전 이후 유럽의 굶주린 가정에 생필품 꾸러미를 보낸 수만 명의 미국인 중 하나였다. 거기에는 전지분유와 베이컨, 초콜릿과 통조림 같은 기본 식료품이 들어 있었다. 그런가 하면 나는 이른바 밀레니엄 세대의 박애정신에 계속 놀라고 있다. 2012년에는 미국 젊은이의 4분의 3 정도가 비영리 단체에서 봉사활동을 한 적이 있다는 연구 결과도 있다.

그러나 해외원조, 특히 단기 구호보다 장기 원조를 둘러싼 토론에서, 수많은 미국인들은 국내에서 해결해야 할 문제도 넘치는 마당에 왜 외국에까지 돈을 퍼주어야 하는지 묻는다. 더욱이 예산이 빠듯하고 여러 국내 문제가 산적해 있을 때는 선택이 쉽지 않다. 하지만 사실관계를 정확히 아는 것이 도움이 된다. 여론조사 결과를 보면 미국인들은 해외원조에 할당되는 연방 예산의 비율을 과대평가한다. 2013년 11월, 카이저가족재단Kaiser Family Foundation의 설문조사에 따르면, 평균적으로 미국인들은 연방 예산의 28퍼센트를 해외원조에 쓴다고 믿고 있으며 응답자의 60퍼센트 이상은 이것이 너무 많다고 생각하는 것으로 나타났다. 그러나 실제로 미국이 해외원조에 쓰는 돈은 연방 예산의 1퍼센트도 채 안 된다. 진실을 알면 반대는 반으로 줄어든다.

수십 년간, 국제개발에 대한 미국의 접근방식에는 철학적 갈등이 있어왔다. 해외원조란, 도움이 절실한 곳이라면 어디든 고통을 덜어주겠다는 목적으로 순수하게 이타적이어야 하는가, 아니면 냉전 시대처럼 이데올로기 확장 투쟁에서 다수의 마음을 얻기 위해 경쟁하는 국가 전략의 일환으로 의도성을 띠어야 하는가? 아니면 오늘날 급진주의와 내전을 부채질하는 절망과 소외 문제를 해결하기 위한 것인가? 케네디 대통령은 취임연설을 통해 "독재, 빈곤, 질병, 그리고 전쟁 등 인류 공동의 적에 맞선 투쟁"에 대한 요청으로 동시대인의 의식을 고취시켰다. 그러나 그는 전략적 맥락을 결코 놓치지 않았다. 평화봉사단이라는 아이디어는 1960년 10월 미시건 대학에서 밤 2시에 있었던 짤막한 선거연설로 시작됐다. "의사가 되려는 여러분 중 몇 명이나 기꺼이 가나에서 의료활동을 하겠습니까?" 한밤중에 그의 연설을 들으러 모인 학생들 앞에서 그가 물었다. "그렇게 하려는 여러분의 의지, 그러니까 일이 년 의료활동을 하는 게 아니라 여러분 인생의 일부를 이 나라에 기여하고자 하는 의지에 바로 자유사회가 경쟁력이 있느냐에 대한 답변이 달려 있다고 생각합니다." 밤 2시에도 그는 어떻게 개발로 미국의 이익을 증진시킬 것인가를 생각하고 있었다.

나는 늘 '원조 자체를 위한 원조'와 '전략적 목적을 위한 원조' 간의 토론은 다소 논점을 비껴간 것이라 생각해왔다. 우리에겐 양쪽 모두가 필요하다. 오바마 대통령과 나는 미국의 국력의 핵심적인 중추로서 외교와 국방

못지않게 개발을 증진시키는 문제도 중요시했다. 그러나 행정부 내에서도 원조의 목적에 대한 토론을 수없이 벌였다. 백악관이 최초로 개발에 관한 대통령 정책지침을 만들기 시작하자, 나는 우리의 원조 업무와 국가안보 사이의 연관성을 명확히 할 필요가 있다고 주장했다. 개발전문가 몇 명이 그러한 시각에 반대를 표했지만, 대통령은 마침내 다른 나라의 자연재해와 빈곤, 질병이 미국의 전략적 이해에도 위협이 된다는 전제를 받아들였다.

아이티는 그 대표적인 예다. 아이티를 도와 스스로 자립할 수 있게 하면 인도적, 전략적 면에서 모두 합리적인 결과를 가져온다.

포르토프랭스의 빈민가로 모여든 가난한 아이티인들의 고통에 마음이 움직이지 않는 건 불가능했다. 경제적, 교육적 기회는 거의 없었고, 부패하고 불안정하며 독재적인 정권이 이어졌다. 아이티 국민들은 엄청난 재능과 인내를 가졌으면서도, 누구라도 진이 빠질 수밖에 없는 참담한 빈곤과 실망을 견뎌야 했다. 바다 건너 가까이에서 그처럼 끔찍한 환경 속에서 아이들이 자라는 모습을 보고 있자면 깊이 양심의 가책을 느낀다.

플로리다에서 1,100킬로미터 정도 떨어진(워싱턴과 애틀랜타 간 거리보다 조금 더 되는) 곳에서 가난과 마약밀매, 정치적 불안정이 판치고 곪아터지도록 내버려두는 것은 위험천만한 일이다. 매년 난민들이 줄지어 아이티를 떠나 금방이라도 부서질 듯한 보트와 뗏목을 타고 상어가 우글거리는 위험한 바다를 건너 미국에 오려고 애쓴다. 군사적 개입이나 대규모로 밀려드는 난민 수용과 비교할 때, 슬기롭게 개발을 원조하는 편이 오히려 비용이 저렴하다.

지진 발생 이전에도 아이티는 내 우선순위 의제였다. 국무장관이 되고 나서 셰릴에게 미국의 아이티정책을 새롭게 검토해본 후 아이티인들의 삶을 변화시킬 만한 영향력 있는 경제적 개발전략을 수립해보라고 주문했다. 뿐만 아니라 이를 기회로 삼아 새로운 개발방식을 현장에서 시험해보고 다른 나라에 폭넓게 적용할 수 있는지 알아보기로 했다. 여러 난관에도 불구하고 아이티는 성공할 만한 중요한 요소를 많이 갖추었다. 종교나 종파주의적 분열은 없었다. 안정적이고 민주적인 도미니카공화국과 섬을 공유하면서 미국과도 거리가 가까웠다. 미국과 캐나다에 큰 규모의 이민사회를 형성하고 있었다. 요약하면, 아이티는 다른 최빈국들이 갖지 못한 유리한 조건을 많이 갖고 있었다. 이런 이점을 발판으로 아이티의 재건을 도울 수 있다면, 아이티인들은 엄청난 잠재력을 발휘하게 될 것이다.

2010년 1월 지진이 강타한 바로 그날, 셰릴과 팀원들은 아이티인 스스로 설정한 우선 과제에 기초해 아이티에 대한 권고사항을 담은 보고서를 백악관에 보내려고 마무리하는 중이었다. 다음 몇 주간 모두의 관심은 비상대응에 집중되었다. 그러나 곧 장기적인 재건 및 개발의 필요성에 대해 생각할 때가 올 것이다. 그래서 나는 셰릴에게 보고서를 다시 꺼내 일을 시작하라고 말했다.

═══

2004년 쓰나미가 동남아를 강타한 이후 남편이 조지 H.W. 부시 대통령과 함께 일할 때 썼던 문구인 '더 나은 재건'이라는 과제는 아이티에서 곤란을 겪고 있었다. 전례 없는 대규모 지진이 주요 항만과 공항, 송전선과 변전소, 주요 간선도로 등 아이티의 경제 중심과 생산 기반시설을 상당 부분 파괴했다. 프레발 대통령과 장막스 벨레리브Jean-Max Bellerive 총리는 아이티 국민들의 삶이 지속적으로 향상되려면 재건 기금을 이용한 과감한 경제발전 전략이 필요함을 일찍부터 인식하고 있었다. 아이티가 개발을 비롯해 경제활성화와 정부기능 향상에 일조할 수 있는 해외원조의 역할에 관한 논쟁의 중심이 되면서, 그들은 선택할 수 있는 방안이 많아졌다.

그러면서 부각된 것이 아이티 정부가 재건활동의 지침으로 내놓은 개발 전략이었다. 그 중심 취지 중 두 가지가 미국의 대아이티 원조의 골자가 되었다. 바로 과밀화된 포르토프랭스 외곽의 이른바 성장벨트 지역에서 경제적 기회를 창출하는 것, 그리고 농업 및 간단한 제조업 분야 일자리를 확대하는 것이었다.

현지 정부가 우선순위를 설정하고 개발을 이끌게 하자는 생각은 처음이 아니다. 조지 마셜은 1947년 마셜 플랜을 제안한 유명한 연설에서, "이 정부가 일방적으로 나서서 유럽이 경제적으로 자립하도록 고안된 프로그램을 만든다는 건 적합하지도 않고 효과적이지도 않을 것입니다"라고 주장했다. 그러나 마셜의 조언은 이후 수십 년간 간과되기 일쑤였다. 공여국과 NGO는 나름의 계획과 아이디어를 가지고 개발도상국으로 불쑥 뛰어들었다. 현지 정부가 전문가의 조언을 구하는 경우가 많다는 점을 생각하면 그러한 충동적인 행동은 이해할 만하지만, 때로는 예상치 않은 결과로 이어지기도 했다. 현장의 원조 인력들은 가끔 "1만 6,000킬로미터 떨어진 스크루드라이버"에 대해 불평하곤 했다. 워싱턴이나 여러 유럽 국가 정부 관료들이 개발 관련 활동을 세세한 부분까지 관리하려 한다는 것이었다. 하지만 기획 단계에서 좋아 보였던 계획이라도 실제 적용 단계에서는 좌초되었고, 현지의 협력과 지원 없이는 실현이 불가능했다.

결국 국제적인 개발단체들은 '수혜국 주도권'이라는 원칙으로 마셜 장군의 지침을 재발견하고, 아이티와 더불어 전 세계에서 이루어지는 개발 노력의 핵심으로 삼았다. 수혜국 주도권이란 되도록이면 현지 공무원 및 정부 부처와 함께 그들이 필요로 하는 부분에 노력을 집중하면서 스스로 역량을 키우고 일관성을 갖추도록 돕고, 모든 공여국 및 기관이 제각각이거나 경쟁적으로 일하는 것이 아니라 협력해서 통합된 접근방식으로 그 목표를 위해 나아가게 하는 것이다. 틀에 박힌 개발 모델이 아니어야 했다. 파푸아뉴기니에서 통했던 방식이 페루에서는 통하지 않을 수도 있는 것이다. 개별 사안별, 국가별, 때로는 마을별 접근이 필요하며, 당사자들이 무엇을 필요로 하는지 분석하고 기회를 평가하며 우리의 노력이 최대의 성과를 낳도록 투자와 협력을 상황에 맞게 조정해야 한다.

아이티를 비롯한 세계 곳곳에서, 미국의 개발활동은 주로 미 국제개발처를 통해 이루어졌다. 국제개발처는 의지가 굳은 공무원들이 꾸려가는 기관이지만 지난 몇 년간 재원 감소와 의제 설정 미비로 진통을 겪어왔다. 1990년대, 노스캐롤라이나 주 제시 헬름스Jesse Helms 상원의원이 이끄는 공화당 의원들은 국제개발처의 완전 폐지를 요구하며, 냉전의 종식으로 인해 대규모 해외원조가 전략적 근거를 상실했다고 주장했다. 헬름스 의원은 국제개발처를 폐지하는 데는 실패했으나 예산을 대폭 줄이는 데는 성공을 거뒀다. 이 논쟁은 특히 아프가니스탄에서 드러났듯이, 우리가 뒤로 물러나 문제가 악화되도록 내버려둔 데서 나타날 실제적인 결과를 간과했다. 1989년 소련이 철수한 이후 미국이 손을 뗀 것은 아프가니스탄에 탈레반 세력이 부상할 여지를 만든 셈이었다. 이는 값비싼 실수였다.

흥미롭게도 남편의 대통령 임기가 끝나갈 무렵 헬름스 의원은 모든 여유 자금을 의료, 교육 또는 경제개발에 쏟아부어 빈곤국의 부채를 탕감하자는 남편의 계획을 지지하고 나섰다. 그룹 U2의 리드 싱어인 보노 덕분이었다. 그는 놀랍게도 성미 고약한 헬름스 의원을 설득하는 데 성공한 것이었다.

부시 행정부는 개발에 대해 나름의 입장을 갖고 있었다. 부시 대통령은 '온정적 보수주의'를 표방하며, 기존의 국제개발처 관료주의 밖에서 이루어진 새로운 개발 프로그램에 투자했다. 이는 특히 사하라 이남 아프리카에서 엄청난 효과를 발휘했다. 밀레니엄 챌린지 코퍼레이션Millennium Challenge Corporation(부시 대통령 때 설립된 빈곤 퇴치 기금_옮긴이)은 일정 기준을 충족하고 부패를 척결하고 통치개혁을 단행한 국가들에 아낌없이 원조했다.

부시 대통령의 에이즈 구제를 위한 대통령 긴급계획은 진료소를 짓고 의약품을 나눠주는 등 아프리카 전역에 걸쳐 인명을 구조했다. 놀라운 성공이 아닐 수 없었다.

내가 국무장관으로 취임했을 때, 최우선 과제는 국제개발처를 개편하고 재조명하는 것이었다. 특히 외부 도급업체에 대한 의존도를 줄이고 혁신과 실행력을 높이는 등의 개혁 없이는, 미국은 다른 나라에 추월당하고 압도당할 위기를 맞고 있었다. 여러 유럽 국가들은 현지 인력을 끌어들여서 국제개발처의 일반적인 구호활동에 비해 훨씬 낮은 간접비로 운영되는 훌륭한 개발 프로그램을 갖추었다. 중국은 개발도상국에 엄청난 비용을 지출했다. 가치 창출과 고용 증진, 환경보호보다는 자원 채굴과 자국 인력 배치를 우선시하는 중국의 개발방식을 높이 평가하기는 뭣하지만, 확실히 중국의 개발 참여 규모와 범위는 따를 나라가 없었다. 세계 곳곳에서, 미국의 원조를 나타내는 구체적인 상징물을 알아보는 사람은 거의 없었지만, 많은 나라의 사람들이 매일같이 중국이 건설한 스타디움을 지나치거나 고속도로 위를 달린다. 우리는 중국식 접근법을 모방하고 싶지도 않지만, 특히 농작물 생산량을 증가시키고 에이즈와 결핵, 말라리아로 인한 불필요한 죽음을 예방하는 등 눈에 덜 띄는 프로젝트의 가치를 폄하하려는 생각도 없다. 그러나 우리는 개선과 혁신을 지속할 필요가 있다. 그래야만 미국의 개발 프로그램이 세계에서 가장 훌륭한 프로그램으로 남을 것이다.

국제개발처 운영을 위해 우리는 농림부에서 일하는 사려 깊고 재능 있는 라지브 샤 박사를 찾아냈다. 숙련된 의사이자 보건경제학자인 박사는 게이츠재단에서 주요 프로그램을 운영한 경험이 있었다. 그는 곧 외교정책의 틀 안에서 국제개발처를 개혁하고 개발을 향상시키려는 노력에 동참하는 귀중한 동반자가 되었다.

오바마 행정부는 2014년까지 해외원조를 2배로 늘리겠다고 제안했으나,

돈의 액수를 늘리는 것 못지않게 중요한 돈의 지출방식도 개혁할 계획이었다. 영리 목적의 도급업체로 나가는 급여와 간접비로 유용되는 금액을 줄이고 현장에서 프로그램에 직접 지출되는 금액을 늘리려는 것이었다. 뿐만 아니라 국제개발처 내 개발전문가 수를 늘리고 다시금 흥미진진하고 보람을 느끼는 일터로 만들어 '두뇌 유출'을 역전시키자는 심산이기도 했다.

라지브 박사와 나는 성공을 위해서 국제개발처가 혁신과 투자, 자급자족을 새로이 강조할 필요가 있다는 데 의견을 같이했다. 우리는 정부 밖에서 최고의 개발 아이디어를 찾아내 지원할 수 있는 새로운 방식을 찾기 시작했다. 이를 통해 국제 문제를 해결하고, 특히 시장주도의 해결책을 내놓음으로써 사람들에게 힘을 실어주고 창의력을 북돋자는 것이었다.

국제개발처는 '그랜드 챌린지' 대회를 열기 시작했다. 이는 잠재적으로 판도를 바꿀 만한 혁신을 지원하는 콘테스트였다. 우리는 또한 벤처 캐피털, 즉 많은 수익을 낼 수 있는 좋은 아이디어에 투자하기 위한 스타일펀드를 조성했다. 첫 번째 자금 조달을 통해서는 우간다 시골 지역의 태양광 조명 설치와 인도의 모바일 의료서비스 실시 같은 프로젝트를 지원했다. 미 국립과학재단National Science Foundation과 국립보건원National Institutes of Health과 협력하면서 전 세계 과학재단 및 보건의료기관에서 개발 연구에 매진하는 미국 과학자들과 가까워지기 시작했다. 과학계와의 친분으로 국제개발처와 함께 일하는 연구자와 엔지니어, 의사의 수도 늘어갔다. 2008년, 국제개발처는 약 1억 2,700만 달러를 연구개발비로 지출했다. 2014년까지 그 수치는 6억 1,100만 달러로 증가했다.

2011년을 기점으로, 라지브 박사와 나는 이 혁신이라는 의제를 위한 핵심 프로젝트를 논의하기 시작했다. 즉 국제개발처가 연구 대학, 민간 비영리단체, 첨단기술 전문가 그룹, 미국 기업과의 제휴를 통해 운영하는 최첨단 개발연구소를 설립하는 것이었다. 3년간의 준비 기간 끝에, 2014년 4월

라지브 박사와 함께 이른바 미국 글로벌개발연구소U.S. Global Development Lab를 출범시키게 되자 가슴이 벅찼다. 연구소는 물과 보건, 영양, 에너지, 교육, 기후변화 문제의 혁신적인 해법 마련에 주력해 첫 5년간 2억 명을 돕는다는 목표를 세웠다.

개발도상국에 대한 민간부문의 투자를 촉진하는 새로운 방법을 찾기 위한 노력도 대대적으로 이루어졌다. 미국 기업들은 국제투자와 무역을 관장하는 잡다한 정부기관 틈에서 헤매기 일쑤였다. 이를테면 해외민간투자공사Overseas Private Investment Corporation, 국무부, 국제개발처의 개발신용기관, 무역개발처, 수출입은행 등을 들락거리는 것이다. 공직을 떠나기 전 나는 오바마 대통령에게 해외민간투자공사를 본격적인 '개발금융기관'으로 키운다는 계획을 내밀었다. 개발금융기관이 각 정부 부처의 재원을 동원해 추가 세금이 붙지 않는 민간부문 투자에 인센티브를 주자는 것이었다. 다른 나라에는 이런 종류의 금융기관들이 있다. 미국도 예외가 되어서는 안 된다. 미국 기업뿐 아니라 투자받는 상대국에도 바람직한 일이다.

미국의 자체 개발 역량을 향상시키는 한편, 상대국 스스로도 역량을 강화하도록 하는 것이 중요하다. 나는 우리가 지원하는 개발도상국가에서 부패와 부실한 세금제도에 특히 신경을 썼다. 해외원조는 최선의 환경 속에서도 힘든 일인데, 상대국 지도층이 온갖 수단을 동원해 해야 할 몫을 하지 않는다면, 한층 어려운 일이 될 것이다. 나는 전 세계에서 이런 일을 목격했고 분노하지 않을 수 없었다. 한 국가가 조세개혁을 단행하고 투명성을 확대하며 부패에 맞서 싸운다면, 선순환 구조를 만들어낼 수 있다. 납세자들은 납부한 세금이 제대로 쓰이는 것을 보게 될 것이다. 세수가 늘어나면 정부는 더 나은 서비스를 제공하고 공무원들에게 더 나은 급여를 지불할 수 있다. 그러면 해외투자자들과 개발 공여국들 모두에게 더 매력적인 풍토가 조성되고 나아가 해당 국가에 자립의 기초를 세우게 된다.

==

아이티 재건을 돕는 일은 국제개발처로서는 주요 시험대가 될 것이다. 아이티의 역량을 제고하고 외국 정부, 민간 비영리단체 및 기관들로 이루어진 국제 파트너들의 의견을 조율하면서 아이티 정부와 얼마나 잘 협력할 수 있는지를 보여줄 것이다.

나는 지진 발생 직후 프랑스, 브라질, 캐나다, 도미니카공화국 외무장관들을 시작으로, 전 세계 지도자들에게 전화를 걸기 시작했다. 2010년 봄에 열린 아이티 공여국 회의에서 미국은 35억 달러가 넘는 원조액을 책정하는 절차를 밟기 시작했고, 다른 나라들에도 미국의 선례를 따르도록 촉구했다. 최종적으로 회의가 끝나고 장기 개발을 위한 각국 정부의 지원금 총액은 90억 달러가 넘었고, 민간부문에서도 상당한 금액을 약속했다. 대부분의 나라가 뜻을 같이했다. 특히 아이티와 히스파니올라 섬을 공유하면서도 사이가 늘 좋지는 않았던 도미니카공화국에서 기대 이상으로 돕고 나서자 기뻤다. 쿠바와 베네수엘라도 협력해주었다.

반기문 유엔 사무총장은 빌에게 2009년 5월부터 유엔 아이티 특사로 일해달라고 요청했다. 남편은 2013년까지 특사 자격으로 일했다. 그 후에는 오바마 대통령이 빌과 조지 W. 부시 전 대통령에게 지진 구호 캠페인을 이끌어달라고 부탁했다. 이 캠페인으로 창업과 고용 증진에 쓰일 수천만 달러가 모금되었다. 남편 곁에는 폴 파머Paul Farmer 박사가 있었다. 남편은 2009년 8월 파트너스 인 헬스Partners in Health 공동설립자인 파머 박사에게 유엔 아이티 부특사가 되어달라고 부탁했다. 비영리 의료단체인 파트너스 인 헬스는 1983년에 아이티에서 활동을 시작해, 시골에 사는 가난한 이들에게 제한된 자원으로 질 높은 의료를 제공하는 독특한 모델을 개발했다. 지진 발생 후, 파머 박사와 그의 팀은 제대로 의학을 가르칠 수 있는 병원을 짓기 위해 애썼다. 아이티의 미르발레에 있는 미르발레 대학병원은 태양열에너지를 사용하는 건물로서는 아이티 최대 규모다.

국제적인 구호 및 재건 노력은 특히 지진 직후에 많은 도움이 됐으나, 충분하지는 않았다. 수만 명의 구호 인력이 포위당한 도시 같은 분위기 속에서 캠프를 세웠으나, 언제나 조율이 잘된 것은 아니었다. 선의의 비영리단체가 너무 많이 밀려드는 바람에 구호활동 흐름이 정체되었다. 게다가 2010년 가을 유엔 평화유지군에 합류한 네팔군 내부에서 콜레라 전염병이 발생해 의도치 않은 비극적 결과를 초래하기도 했다.

국제개발처는 일부 중요 지역에서 목표 달성에 실패했다. 미국 보건전문가가 설계한 협력병원 네트워크는 실현되지 않았는데, 이는 대부분 관료주의적 내분 때문이었다. 에너지 분야에서 미국은 발전소 건설과 수리를 맡았으나, 에너지 혁명이라는 더 원대한 계획은 아직 성과를 내지 못했다.

그러나 몇 가지 중요한 성공 사례가 있다. 2013년 1월 현재, 740만 입방미터에 달하는 지진 잔해가 제거되었고, 그중 3분의 1은 미국 정부의 공이었다. 텐트 캠프에서 지내던 아이티인의 수는 최고 160만 명에 달했다가 20만 명 미만으로 떨어졌다. 30만 명이 넘는 사람들이 국제개발처의 자금지원을 받은 프로그램 덕분에 더 안전한 주거지를 찾았다. 그리고 질병통제예방센터의 주도로 콜레라 대응과 백신접종이 이루어지면서 콜레라 치사율이 9퍼센트에서 1퍼센트대로 떨어졌다. 미국은 아이티 내 251개 1차 진료소와 52개 2차 진료소를 지원했는데, 이는 아이티 인구의 약 50퍼센트에 의료서비스를 제공한 것으로 추산되었다. 우리는 1만 명 가까운 농부들에게 개량종자와 비료를 지급하고 생산성 향상을 위한 신기술을 이전했다. 쌀 수확량은 2배 이상, 옥수수 수확량은 4배 이상 증가했다.

우리가 아이티에서 설정한 장기 개발전략의 우선 목표는 경제를 활성화하고, 적절한 임금을 지불하는 일자리를 창출하며, 점진적으로 해외원조 의존도를 줄여나가는 일이었다. 그러한 노력의 핵심은 3억 달러 규모의 카라콜 산업단지로 구체화되었다. 아이티 북부에 위치한 카라콜 산업단지는 미국무부와 국제개발처, 아이티 정부, 미주개발은행에서 공동으로 자금지원을 받았다. 이는 곧 국제적 노력으로 이어져, 한국의 섬유기업인 세아상역과 함께 월마트와 콜스, 타깃 등의 대형마트에 납품할 티셔츠 및 기타 의류 제품을 만드는 공장을 짓고 운영하기로 했다. 2012년 10월 공장 개소식 참석을 위해 방문했을 당시 1,050명의 아이티인이 이미 그곳에서 일하고 있었고 추가 고용이 있을 예정이라고 했다.

카라콜 프로젝트는 전 세계 개발사업에서 나타나는 광범위한 추세에 맞춘 것이었다. 우리는 원조에서 투자에 중점을 두는 방식으로 전환해왔다. 1960년대 케네디 대통령이 국제개발처를 창설했을 당시, 미국 등의 나라에서 지원하는 공적 개발원조는 개발도상국으로 유입되는 자본 흐름의 70퍼센트를 차지했다. 그 이후 여러 나라에서 개발 예산을 실제로 증액했으나 공적 개발원조는 그러한 자본 흐름의 13퍼센트에 그치고 있다. 이는 대부분 신흥시장에서 민간투자와 교역이 급증했기 때문이다. 반가운 소식이 아닐 수 없다. 이런 변화를 고려할 때, 시장의 힘을 잘 활용해 지속가능한 경제성장을 촉진하도록 공공부문 투자를 제대로 하기 위해서는 개발에 대한 접근법을 재조명하는 것은 올바른 선택이었다.

미국이 쌀이나 의약품 지원과 같은 전통적인 원조를 포기한다는 말이 아니다. 그런 종류의 원조는 여전히 필수적인 수단이며, 특히 긴급 재난대응의 일환으로 중요하다. 그러나 원조를 통해 수혜국이 자체 시설을 짓고 필수 서비스를 제공할 수 있는 역량을 기르는 한편, 투자를 통해서는 원조에 의존하지 않고 자립할 수 있는 방안을 모색했다. 원조는 어려움을 좇아가고, 투자는 기회를 따라간다.

2013년 말, 문을 연 지 갓 1년이 지난 상황에서 카라콜 산업단지는 아이티에 약 2,000개의 일자리를 창출했다. 6개의 민간 입주사와 약 9만 3,000평방미터에 달하는 임대공장과 사무실, 그리고 2,600만 달러의 연간 수출액이 그 성과였다. 새로 완공된 공장으로 제조업체들이 들어오면서, 2014년 고용과 수출액은 2배로 늘어나는 양상을 보이고 있다. 현대식 폐수시설과 주변 마을에 안정적인 전력을 공급하는 새로운 전력망이 처음으로 생겼을 뿐 아니라 새로운 주택과 학교, 진료소도 들어섰다.

2013년 로랑 라모트Laurent Lamothe 아이티 총리는 〈파이낸셜 타임스Financial Times〉의 칼럼을 통해 대다수의 아이티 가정은 자작농으로 연간 700달러 정도를 벌지만 "폭우로 수확량이 대폭 줄어들 수도 있는 상황"이라고 밝혔다. 그래서 카라콜 단지가 문을 열자, 일자리마다 50대 1의 지원자가 몰렸다. 라모트 총리는 이렇게 썼다. "카라콜에 사는 한 싱글맘은 이제 생애 최초의 상시적 일자리 덕분에 연간 평균 1,820달러를 벌며, 관리자로 승진하면 임금이 50퍼센트 상승하게 된다. 실직에서 벗어난 그녀는 이제 아이들을 학교에 보내고 휴대전화 요금을 낼 수 있으며 24시간 전기를 사용할 수 있고 재량소득의 일부를 저축할 여유도 생겼다. 유급휴가와 건강보험 혜택도 누릴 뿐 아니라 노동자의 권리와 안전관리 체제를 통해 보호받는다."

2012년 10월 카라콜 산업단지 개소식에는 아이티에서 힘겨운 나날을 보낸 우리 모두가 이 반가운 소식을 축하하러 모였다. 그중에서도 가장 큰 박수를 받을 사람은 프레발이었다. 그러나 그는 그때 이미 1년 넘게 공직을 떠난 상태였고, 새로 취임한 대통령과의 관계는 썩 좋지 못했다.

악감정이 처음 불거진 것은 2010년 11월 선거 때로, 지진이 발생한 지 10개월쯤 지났을 무렵이었다. 대선후보 결선투표를 놓고 공식적인 정부 집계와 미주기구의 독자적인 집계 결과에는 차이가 있었다. 이미 오랜 독재를 경험한 수많은 아이티 국민들은 자신들의 표가 집계에서 누락될지 모른다는 사실에 분노했다. 거리는 순식간에 함성과 걷잡을 수 없는 시위대로 가득 찼다.

아이티에서 프레발과 다른 후보들을 만나, 가뜩이나 지진으로 할 일이 많은 상황에서 가급적 위기를 피해갈 수 있도록 평화적인 해결책에 대해 논의하기로 했다. 프레발이 지지하는 후보는 미주기구의 발표에 따르면 실제 득표에서 3위에 그쳤는데, 국제사회가 자신을 경쟁에서 탈락시킨 것이라고 항의했다. 나는 그렇지 않다고 주장했다. 내가 출마한 2008년 대선에서도 결국 나를 탈락시킨 것은 국민들이었다고 설명했다. 오바마 대통령과 내가 그랬듯, 그와 다른 두 명의 후보자도 유권자의 선택을 존중해야 했다. 내가 말했다. "나도 선거에 나가봤어요. 나는 두 번 이겼고, 크게 한 번 졌어요. 그래서 어떤 기분일지 압니다. 그렇지만 더 중요한 건 민주주의를 지키는 일이에요." 직업 외교관이나 학자, 기업인과 달리 나는 이 후보자들의 입장에서 생각할 수 있었다. 선거는 괴로울 수 있다. 민주주의는 만만치가 않다. 어떤 곳에서는 출마하고 싶어하거나 투표를 원한다는 이유로 살해당하거나 투옥되며 파산할 수도 있다. 사람들이 어떤 위험을 감수하고 어떤 걱정을 하는지 이해하고, 존중받고 싶다는 욕구를 이해해야 한다.

프레발의 임시 거처에서 그를 만났다. 우리는 고급 의자에 거의 무릎이 맞닿을 정도로 가까이 마주앉았다. 나는 바로 내일이 아닌 먼 미래를 생각한다는 것이 어떤 의미인지 얘기하기 시작했다. 지금이 그에게 결정적인 순간이라고 말했다. 국민의 목소리를 듣지 않았던 역사 속의 다른 아이티 지도자들과 별다를 바 없는 대통령으로 기억될 수도 있고, 아니면 민주주의를 정착시킨 대통령으로 기억될 수도 있다고. 선택은 그의 몫이었다. "친구로서의 조언이기도 하지만, 내 나라를 사랑하는 사람으로서, 그리고 마찬가지로 여러 가지 어려움을 해결해야 하는 사람으로서 하는 말이기도 해요." 내가 말했다. "어려운 일이지만 해야 해요. 그것이 궁극적으로 국가와 대통령님 스스로를 위한 최선의 길이니까요. 한발 물러나서 지켜보기 전까지는 그런 생각이 들지 않을지도 모르지만요." 그는 면담을 마치면서 이렇게 말했다. "덕분에 생각할 게 많아졌군요. 내가 뭘 할 수 있을지 좀 알아보겠소."

그러고 나서 얼마 지나지 않아 프레발과 세 명의 후보는 미주기구의 결과를 받아들였다. '스위트 미키'로 널리 알려진 인기 가수 출신의 미셸 마르텔리Michel Martelly가 결선투표에서 승리했고, 프레발은 대통령직에서 물러났다. 대체로 모든 영광은 선거의 승자가 차지하게 마련이다. 그러나 나는 이번만큼은 엄청난 재난으로 여전히 나라가 휘청이는 가운데 명예롭게 물러난 사람이야말로 주목받아야 할 영웅이라 생각했다. 이로써 아이티 역사상 최초로 대통령이 야당 당선자에게 평화롭게 권력을 넘겨주게 됐다.

아이티의 미래에 청신호가 켜진 셈이었다. 지속가능한 개발과 올바른 통치 사이에 확고한 관계가 자리 잡은 것이다. 우리가 이를 여러 가지 원조 프로그램, 특히 밀레니엄 챌린지 코퍼레이션의 핵심으로 삼은 것도 바로 이런 이유에서였다. 아이티의 문제는 이 두 가지 면을 개선한 좋은 예다. 물론 그 반대 경우도 쉽게 찾을 수 있다. 아이티 지진 발생 한 달 후에 훨씬 강력한 지진이 칠레를 강타했다. 그러나 아이티와는 달리 칠레는 사회기반시설과 자원, 운영기관을 통해 충격적인 사태를 이겨내고 신속히 효율적으로 대응할 수 있었다. '더 나은 재건'을 위해, 아이티는 폐허를 걷어내고 경제가 다시 움직이도록 하는 것 이상을 필요로 했다. 튼튼한 민주주의와 책임감 있게 대응하는 정부가 필요했다. 평화로운 권력이양은 그 중요한 첫 걸음이었다.

카라콜 산업단지 개소식에서 프레발을 보고 기뻤으나 그와 마르텔리 신임 대통령이 서로를 어떻게 대할지 궁금했다. 놀랍고 기쁘게도, 마르텔리 대통령이 프레발에게 감사인사를 하며 그를 단상 위로 불렀다. 그리고 축하의 의미로 함께 손을 들어올렸다. 미국인에게는 익숙한 단순한 제스처였으나, 아이티에서는 전직 대통령과 현직 대통령이 그런 행동을 보인 적이 없었다. 평화로운 권력이양이 이루어진 적이 거의 없었기 때문이다. 아이티가 그 모든 난관에도 불구하고 마침내 더 나은 미래를 향해 가고 있다는 생각이 들었다.

═

국제개발사업에 관여하다보면 좌절하고 운명론에 빠지기 쉽다. 그러나 한 발 물러나 역사의 면면을 살펴보면, 미국이 얼마나 놀라운 기여를 해왔는지 깨닫게 된다. 나는 살면서 미국이 천연두 박멸과 소아마비 및 말라리아 발병 감소에 기여하는 것을 지켜봐왔다. 미국은 예방접종과 에이즈 치료, 아동사망률을 크게 감소시킨 경구 수분보충 요법을 통해 수백만 명의 생명을 구하는 데 일조했다. 미국이 수백만 젊은이의 교육을 돕고 강력한 지원을 제공함으로써 한때의 빈곤국가가 번영을 이룩해 공여국으로 탈바꿈한 한국 같은 경우도 있었다. 미국인들은 이 같은 성취에 자부심을 가져야 한다. 이는 인류 전체에 도움이 되었을 뿐만 아니라, 미국이 소중히 여기는 가치를 드러내고 국제무대에서 미국의 리더십을 강화하는 데도 도움이 되었다.

24

21세기 국정운영술 : 네트워크화된 세계의 디지털외교

"정부 따위 지옥에나 가버려!" 한 젊은 여성이 반항적인 말투로 소리쳤다. 나는 벨라루스에서 온 민주화운동가에게 테크캠프TechCamp 일정이 끝나고 귀국한 후에 맞게 될 파장이 걱정되지 않느냐고 물었다. 테크캠프란 2011년 6월 벨라루스 인근 국가인 리투아니아에서 미 국무부가 주관한 워크숍이었다. 미국은 이곳에서 각 지역의 시민사회단체가 활동을 계속하면서도 박해를 피할 수 있는 기술을 배우게 했다. 구소련 독립국가인 벨라루스는 강압통치가 행해지는 나라 중 하나였다. 그러나 이 여성은 두렵지 않다고 말했다. 그녀는 새로운 기술을 배워 검열과 비밀경찰보다 한발 앞서가기 위해 리투아니아에 왔다. 나는 그녀의 패기가 마음에 들었다.

18개국에서 온 80여 명의 운동가들이 이틀간 11시간짜리 연수에 참가하며 빌뉴스에 있는 작은 방 안을 꽉꽉 채웠다. 그들 대부분은 순진한 이상주의자도 기술 전도사도 아니었다. 오로지 의견을 표현하고 집회를 조직하고 검열을 피하게 해줄 어떤 기술을 간절히 원하는 반체제 인사와 조직운동가였다. 국무부 전문가 팀이 그 자리에 참석해 활동가들에게 사생활과 온라인에서 익명성을 보호하고 제한적인 정부 방화벽을 우회하는 방법을 설명했다. 트위터와 페이스북, 마이크로소프트, 스카이프 임원들도 참석했다.

일부 활동가들은 시리아의 바샤르 알아사드 정권이 어떻게 야당 트위터 이용자들이 사용한 해시태그를 감시하고, 야당을 팔로우하려는 사람들을 저지하고, 똑같은 태그를 이용해 네트워크가 스팸으로 가득 차게 만들었는지 얘기했다. 이를 막기 위해 할 수 있는 일이 있었을까? 그런가 하면 다른 이들은 위기가 발생했을 때 실시간으로 시위와 탄압이 일어나는 위치를 지도상에 표시하고 싶어했다.

그날 저녁 나는 미국 대표단을 데리고 빌뉴스의 현지 레스토랑에 저녁을 먹으러 갔다. 리투아니아 맥주를 마시며, 하루를 어떻게 보냈느냐고 물었다. 알렉 로스Alec Ross 국무부 혁신 담당 수석보좌관이 특히 즐거워했다. 2008년 알렉은 당시 오바마 상원의원의 대선 캠프가 실리콘밸리와 폭넓은 테크놀로지 산업의 지지를 얻게 한 인물이었다. 국무장관 취임 후, 나는 그에게 국무부가 21세기에 맞춰 나아가도록 도와달라고 요청했다. 나 스스로도 기술에 능숙한 사람이 아니지만(그러나 아이패드와 사랑에 빠지면서 딸아이와 국무부 직원들을 놀라게 했고, 지금은 세계 어딜 가든 갖고 다닐 정도다) 새로운 기술이 모든 곳에서 소통과 업무, 조직, 놀이 방식을 바꾸어놓은 것과 마찬가지로 외교와 개발 실무를 바꾸어놓으리라는 사실을 잘 알고 있었다.

우리는 이러한 툴이 어떻게 생겨났는지와 그것 자체가 지닌 가치중립성에 대해 논의했다. 그것은 좋은 쪽으로도 나쁜 쪽으로도 쓰일 수 있다. 강철은 병원을 짓는 데 쓰일 수도 있지만 탱크를 만드는 데 쓰일 수도 있으며, 원자력은 한 도시에 에너지를 공급할 수도 있지만 도시를 파괴할 수도 있다. 기술이 주는 혜택을 극대화하고 그 위험을 최소화하려면 책임 있게 행동해야 한다.

기술은 문제해결과 미국의 이익 및 가치 증진에 새로운 활로를 열어주었다. 우리는 전 세계 시민사회가 모바일 기술과 소셜미디어를 이용해 정부에 책임을 묻고 권력 남용을 입증하며 여성과 젊은이를 포함해 소외된 사람들에게 힘을 실어주도록 하는 데 주력했다. 나는 어떻게 혁신이 사람들이 빈곤에서 벗어나 삶의 주도권을 잡도록 했는지를 직접 보았다. 케냐의 농부들은 모바일뱅킹을 위해 휴대폰을 사용하며 병충해로부터 농작물을 효과적으로 보호하는 법을 익힌 후, 소득이 많게는 30퍼센트가 늘었다. 방글라데시에서는 30만 명이 넘는 사람들이 휴대전화 영어강좌에 등록했다. 개발도상국의 휴대전화 사용자는 약 40억 명에 이른다. 다수가 농부와 시장 상인, 인력거꾼을 비롯해 역사적으로 교육 기회가 없었던 사람들이다. 다양한 연구 결과에 의하면, 개발도상국에서 휴대전화 보급률이 10퍼센트 증가할 때마다 1인당 GDP가 0.6~1.2퍼센트 증가할 수 있다. 즉 수십 억 달러와 수많은 일자리가 만들어진다는 얘기다.

그러나 디지털혁명의 음지 역시 존재했다. 인터넷을 전례 없는 진보의 원동력으로 만든 바로 그 특징, 즉 개방성, 평준화 효과, 정보의 도달 범위와 속도는 부정행위 역시 전례 없는 수준으로 가능하게 했다. 인터넷이 정보의 원천이자 오보의 원천이라는 사실이 잘 알려져 있긴 하지만, 이는 시작에 불과하다. 인터넷을 이용해 테러리스트와 극단주의자 단체들은 증오를 조장하고 조직원을 모집하며 공격 계획을 세우고 실행에 옮긴다. 인신매매범은 새로운 희생자를 꾀어내 현대판 노예로 만든다. 아동포르노 제작자는 어린이들을 착취한다. 해커는 금융기관과 소매상, 휴대전화 네트워크, 개인 이메일 계정 등에 침입한다. 범죄집단은 국가와 마찬가지로 공격적인 사이버 전투력과 산업스파이 능력을 기른다. 전력망과 항공교통관제 시스템 같은 주요 기반시설도 점점 사이버 공격에 취약해지고 있다.

다른 국가기밀을 다루는 정부기관처럼 국무부도 자주 사이버 공격의 대상이 되었다. 국무부 공무원들은 이메일 계정 침입과 점점 교묘해지는 피

싱 시도를 물리쳐야 했다. 처음 국무부에 왔을 때, 이런 시도들은 많은 미국인들이 집에서 개인용 컴퓨터를 사용하며 접하는 사기성 이메일과 비슷했다. 악명 높은 나이지리아 은행 사기에서 덜미를 잡힌 서툰 영어처럼 국무부 보안 시스템에 들어오려는 조잡한 초창기 시도들은 쉽게 눈에 띄었다. 그러나 2012년이 되자 영어가 훨씬 세련되고 유창해졌고, 국무부 직원을 사칭한 해커들은 다른 직원들을 속여 진짜 같아 보이는 첨부문서를 열게 만들려고 했다.

러시아 같은 민감한 지역을 방문할 때는 국무부 보안 담당 직원들로부터 비행기 안에서는 블랙베리와 노트북, 그 밖에 외부세계와 통신할 수 있는 것은 무엇이든 배터리를 빼서 외국 정보기관에 노출되지 않게 하라는 경고를 종종 받았다. 화기애애한 분위기일지라도 우리는 어디서 어떻게 보안 문서를 읽고 기술을 이용했는지에 주의하며, 철저히 보안에 신경 써서 업무를 수행했다. 자료 보호수단의 하나는 호텔 방 안의 불투명 텐트(내부에 소음발생장치가 설치돼 있어, 감시카메라에 움직임이 잡히거나 외부 음파수집기에 목소리가 잡히지 않는 보안텐트_옮긴이) 안에서 문서를 읽는 것이었다. 장비가 불충분할 때는 머리 위에 담요를 덮어쓰고 민감한 자료를 읽는 식으로 융통성을 발휘하기도 했다. 잠자리에 들어 이불 속에서 플래시를 비추고 몰래 문서를 읽노라면, 다시 열 살 아이가 된 기분이었다. 호텔 방에서 마음껏 얘기하지 말라고 경고를 받은 적도 한두 번이 아니었다.

미국 정부기관과 공무원들만 타깃이 되었던 것은 아니다. 미국 기업들도 감시 대상이었다. 나는 CEO들에게서 걸려온, 지적재산권과 영업 비밀을 훔치려는 것은 물론 집에서 쓰는 컴퓨터까지 침입하는 공격적인 시도에 항의하는 짜증 섞인 전화를 처리하기도 했다. 날로 심각해지는 위협에 제대로 대처하기 위해, 2011년 2월에는 국무부 최초의 사이버정책 조정관을 임명했다.

일부 국가에서는 마음껏 자유롭게 인터넷을 사용하지 못하도록 전자 장벽을 세우기 시작했다. 검열로 인해 검색 결과에서 특정한 단어와 이름과 문구가 삭제됐다. 이들은 비폭력으로 정치적 표현에 참여하는 시민들을 탄압했는데, 이는 사회 불안과 대중 시위가 있었던 기간에만 국한된 것이 아니었다. 가장 두드러진 예의 하나로 중국을 들 수 있다. 2013년 중국은 인터넷 인구가 6억 명에 육박했지만 인터넷상의 자유를 가장 탄압하고 제한하는 국가로 분류되었다. '만리방화벽'(만리장성 방화벽의 줄임말_옮긴이)은 공산당에 위협으로 간주되는 내용을 담은 외국 웹사이트와 특정 웹페이지를 차단했다. 몇몇 보고서의 추정 자료에 따르면 중국은 많게는 10만 명에 이르는 검열관을 고용해 인터넷을 순찰한다고 알려져 있다. 2009년 중국 정부는 신장 위구르 자치구에서 폭동이 일어나자 10개월간 그 지역 인터넷 접속을 완전히 차단해버렸다.

2009년 6월, 선거 부정에 대해 시위를 벌이던 이란 젊은이들은 웹사이트와 소셜미디어를 이용해 자신들의 메시지를 전달했다. 반정부 시위 도중 이란 친정부 민병대의 총에 맞아 숨진 26세 여성 네다 아그하솔탄Neda Agha-Soltan의 모습을 담은 흐릿한 휴대전화 영상이 인터넷에 올라갔고 트위터와 페이스북을 통해 널리 공유되었다. 몇 시간이 지나지 않아 수백만 명이 네다가 테헤란 거리에서 피를 흘리며 죽어가는 동영상을 보았다. 〈타임〉은 "아마도 인류 역사상 가장 많은 사람이 목격한 죽음일 것"이라 논평했다. 동영상은 시위대를 대신해 전 세계를 격분시켰다.

그즈음 이란 야당 세력의 온라인 활동을 추적하던 우리 국무부 공무원들은 곤혹스러운 사실을 알게 됐다. 5일 후 트위터가 사전 공지한 점검 작업으로 인해 글로벌 서비스를 잠시 중단할 계획이었는데, 하필 테헤란에서는 낮 시간대였던 것이다. 그런데 27세의 국무부 정책기획실 직원인 재러드 코언Jared Cohen이 트위터에 아는 사람들이 있었다. 그해 4월에 그는 트위터의 공동창업자인 잭 도시Jack Dorsey와 다른 기술 임원들을 위해 바그다드 여행을 준비하기도 한 터였다. 그는 재빨리 도시에게 연락을 취해 서비스 중단이 이란 활동가들에게 가져올 혼란에 대해 주의를 환기시켰다. 그 결과 트위터는 이란이 밤 시간대로 넘어갈 때까지 유지보수 작업을 연기했다. 블로그 포스트를 통해 트위터는 작업을 연기한 이유에 대해 "현재 트위터가 이란에서 중요한 소통수단이 되고 있기 때문"이라고 밝혔다.

그러나 이란 정부 역시 이 새로운 기술을 자신들의 목적을 위해 활용하는 데 능수능란했다. 이란 혁명수비대는 시위 지도자들의 온라인 행적을 추적해 이들에게 몰래 접근했다. 해외에 거주하는 이란인들이 정권을 비판하는 포스팅을 하면, 이란에 남은 가족들이 처벌 대상으로 지목됐다. 이란 당국은 결국 인터넷과 모바일 네트워크를 완전히 차단해버렸다. 뿐만 아니라 전통적 수법인 협박과 테러로 밀고 나가기 시작했다. 잔혹한 탄압 앞에 시위대는 무너졌다.

이란 사태와 전 세계 독재정권하에서 탄압받는 온라인 활동가들의 소식에 나는 경악했다. 나는 국무부의 민주주의, 인권 및 노동 담당 부차관보 대니얼 배어Daniel Baer에게 조언을 구했다. 국무부에 영입되기 전 그는 조지타운 대학에서 윤리, 경제, 인권의 교집합에 대해 연구하고 가르치는 교수였다. 나는 대니얼에게 알렉의 팀과 일하며 도울 수 있는 방법이 없는지 함께 찾아보자고 청했다. 그들은 강력한 신기술들이 있으며, 반체제 인사들이 정부 감시와 검열을 우회할 수 있도록 자금을 지원할 만하다고 말해주었다. 그러한 툴을 상황에 맞게 적용하고, 가장 필요로 하는 활동가들이 이용할 수 있도록 하는 데 미국의 투자가 중요한 역할을 할 수 있었다. 그러나 여기엔 문제가 있었다. 범죄자와 해커 역시 자신들이 발각되지 않도록 그러한 수단을 이용할 수 있다는 점이었다. 미국의 정보기관과 사법기관은 그들을 파악하는 데 어려움을 겪을 것이다. 우리는 불법 온라인 활동이라는 판도라의 상자를 열게 되는 것인가? 활동가들에게 힘을 실어주고 이들을 보호하기 위해 그러한 위험을 감수할 가치가 있는가?

나는 이 문제에 대해 진지하게 생각했다. 국가안보에 미치는 영향은 엄연한 현실이었다. 결코 쉬운 결정은 아니었다. 그러나 전 세계 표현의 자유와 결사의 자유를 위해 싸우는 것은 위험을 감수할 만한 일이었다. 범죄자들은 어차피 항상 새로운 기술을 이용할 방법을 찾으려 한다. 수수방관할 이유가 없었다. 나는 계속 진행해도 좋다고 허가했다. 우리 팀은 일에 착수해 2011년 리투아니아를 방문할 때쯤에는 반체제 인사들이 안전하게 활동할 수 있도록 온라인 툴에 4,500만 달러 이상을 투자했으며, 전 세계의 5,000명이 넘는 활동가들을 교육시켰는데 이들은 다시 수천 명을 교육하는 데 힘쓸 터였다. 우리는 개발자들과의 협업을 통해 새로운 앱과 디바이스를 만들기도 했다. 예를 들어 시위대원이 휴대전화의 패닉 버튼을 누르면 친구들에게 체포 직전이라는 신호를 보내고, 그 즉시 개인 연락처를 모두 삭제하는 식이었다.

==

이런 기술의제는 국무부와 미국 외교정책을 21세기에 맞추기 위한 노력의 일환이었다. 국무장관 취임 전 준비 기간 동안 나는 〈포린 어페어〉에 실린 기고문을 읽었다. 프린스턴 대학 우드로 윌슨 공공국제정책 대학원장인 앤마리 슬로터Anne-Marie Slaughter가 쓴 "미국의 경쟁력: 네트워크화된 시대의 권력"이라는 제하의 글이었다. 그녀가 생각하는 네트워크란 인터넷의 구조에서 비롯된 개념이지만, 인터넷보다 큰 범주라 할 수 있다. 네트워크는 협력과 소통, 거래, 다툼에 이르기까지 사람들이 21세기에 집단을 구성하는 모든 방식과 관련되어 있다. 이처럼 네트워크화된 세상에서 다양하고 국제적인 사회는 단일하고 폐쇄된 사회에 비해 상당한 우위를 갖는다고 그녀는 설명한다. 상업적, 문화적, 기술적 네트워크의 팽창과 국가 간 상호의존성이 만들어내는 기회를 더 잘 활용할 수 있다는 것이다. 창조적이고 다문화주의에 기반한 초연결hyperconnected 사회인 미국으로서는 반가운 소식이라고 그녀는 주장한다.

2009년에는 5,500만 명 이상의 미국인들이 이민자 출신이거나 이민자의 자녀로 집계되었다. 이러한 1세대 또는 2세대 미국인들은 그들의 출신 국가와 미국을 잇는 귀중한 연결고리일 뿐만 아니라 미국의 경제, 문화, 정치에도 상당한 기여를 하고 있다. 우리의 협력국과 경쟁국 다수에서 고령화가 진행되는 상황에서도, 미국은 이민 덕분에 젊고 역동적인 인구 구조를 유지하고 있다. 특히 러시아는 푸틴 대통령이 '인구 위기'라고 불렀을 정도로 고령화가 진행되고 있다. 중국조차 '한 자녀 정책' 때문에 인구 절벽demographic cliff을 향해 가고 있다. 모쪼록 2013년 상원에서 초당적으로 통과된 미국 이민법 개혁에 관한 법안이 하원에서 무사히 통과되기를 바란다.

나는 기존 형태의 권력에 대해 건전한 존경심을 갖고 있지만 슬로터 교수가 분석한 네트워크화된 세계에서의 미국의 비교우위라는 내용에는 동감하게 됐다. 이 글은 바로 미국의 오랜 전통과 최근의 혁신에 기인한 권력의 쇠퇴에 대해 설명해준다. 나는 슬로터 교수에게 대학을 떠나 국무부 내 싱크탱크인 정책기획실 실장을 맡아달라고 제안했다. 더불어 그녀는 국무부와 국제개발처가 내놓은 이른바 '4개년 외교 개발 검토 보고서'를 철저하게 작성하도록 이끌었다. 이는 미 상원 군사위원회 위원으로서 내가 익히 알고 있던 국방부의 4개년 국방 검토 보고서에서 힌트를 얻은 것이었다. 이 보고서의 목표는 미국이 어떻게 스마트파워를 실행에 옮기고 내가 명명한 '21세기 국정운영술'을 어떻게 이용할지 정확하게 준비하는 것이었다. 여기에는 새로운 기술과 민관 파트너십, 디아스포라 네트워크 및 그 밖의 새로운 툴을 이용하는 내용도 포함되었으며, 전통적 외교를 뛰어넘어 특히 에너지와 경제 분야로 눈을 돌리게 했다.

국무부 공보국은 디지털 부서를 꾸려 미국의 메시지가 트위터와 페이스북, 플리커, 구글플러스 등 광범위한 플랫폼을 통해 확산되도록 했다. 2013년까지 260만 명이 넘는 트위터 이용자들이 아랍어와 중국어, 파르시어, 러시아어, 터키어 및 우르두어를 포함한 11개 언어로 된 301개 공식 피드를 팔로우했다. 나는 전 세계 대사관에 근무하는 우리 외교관들에게 자체 페이스북 페이지와 트위터 계정을 개설하고 현지 텔레비전 방송에 나가서 어떤 식으로든 참여해보라고 독려했다. 마찬가지로 중요한 일이 소셜미디어 등의 수단을 활용해 주재국 국민들의 얘기를 듣는 것이었다. 보안상의 이유로 종종 외국인과의 연락이 제한되는 시대에, 소셜미디어는 다소 폐쇄적인 사회에 사는 사람들의 의견도 직접 들을 수 있는 통로가 되었다. 20억 명 이상이 온라인에 접속하며, 이는 전 세계 인구의 거의 3분의 1에 해당한다. 인터넷은 전 세계인의 광장이자 강의실인 동시에 시장이면서 카페이기도 한 21세기형 공공장소가 되었으므로 미국 외교관들도 그곳에 함께 할 필요가 있었다.

스탠퍼드 대학 정치학 교수이자 국가안전보장회의 러시아 담당 국장인 마이크 맥폴이 신임 러시아 주재 대사로 발령받아 모스크바로 떠날 준비를 하던 무렵이었다. 나는 그에게 러시아 정부의 방해공작을 피해 러시아 국민들과 직접 소통할 수 있는 새로운 방법들을 찾아봐야 한다고 말했다. "마이크, 이 세 가지만 기억해요. 강해질 것, 엘리트 계층 외의 사람들과도 어울릴 것, 그리고 더 많은 사람들과 소통하기 위해 주저하지 말고 새로운 기술을 이용할 것." 마이크는 곧 러시아 정부가 조종하는 미디어에 의해 자신이 괴롭힘과 비방을 당하고 있다는 사실을 깨달았다. 어느 날 밤 나는 그에게 일부러 비보안 회선으로 전화를 걸어, 도청 중인 러시아 스파이들이 모두 들을 수 있도록 그가 잘하고 있다고 말해주었다.

마이크는 소셜미디어의 열렬한 사용자로서 마침내 7만 명이 넘는 트위터 팔로워를 끌어모았고, 다른 사용자와 구독자의 멘션 수를 기반으로 러시아의 온라인에서 가장 영향력 있는 인물 10인 중 한 명이 되었다. 많은 러시아인들을 그를 주로 @맥폴로 알고 있었고, 페이지를 방문하는 누구와도 기꺼이 토론하겠다는 그의 놀랄 만큼 솔직한 태도에 흥미를 느꼈다. 마이크는 미국의 정책을 설명하고 러시아의 권력남용을 집중 조명하는 사이사이에, 개인적인 생각과 사진도 꾸준히 올렸다. 러시아인들은 그가 볼쇼이 발레를 감상하고, 자신을 방문한 친지들에게 붉은 광장을 구경시켜주는가 하면 농구경기에서 손가락이 부러졌다가 점차 회복해가는 모습을 보면 러시아 미국대사를 한 사람의 인간으로 보기 시작했다. 손가락이 부러지는 사고 직후 첫 공식석상에서 드미트리 메드베데프 러시아 총리가 마이크에게 손은 괜찮은지 물었다. 어떻게 다치게 됐는지 그가 얘기를 시작하자, 메드베데프 총리는 손사래를 쳤다. "인터넷에서 읽어서 이미 다 알고 있소."

취임 초기 마이크는 러시아 외무부와 트위터에서 열띤 공방을 벌였다. 팔로워 수 25만 명이 넘는 카를 빌트Carl Bildt 스웨덴 외무장관이 한마디 하면서 끼어들었다. "러시아 외무부가 맥폴 미국대사를 상대로 트위터전을 벌였다. 그것이 바로 핵무기 대신 팔로워를 앞세운 신세계다. 이 편이 훨씬 낫다." 나는 마이크가 여기에 제일 먼저 동의할 거라 생각한다.

═══

네트워크화된 세계에서의 초연결성은 미국의 강점을 활용하고 국익 증진을 위해 스마트파워를 발휘할 기회를 제공했으나, 동시에 미국의 안보와 가치에 새로이 중대한 문제를 던져주기도 했다.

이런 우려가 극단적인 형태로 가시화된 것은 2010년 11월, 온라인 단체인 위키리크스와 전 세계 몇몇 언론매체들이 불법적으로 획득한 25만 건 이상의 미 국무부 전문을 최초로 공개한 사건이었다. 그중 상당수가 현장에 나가 있는 미국 외교관들이 보낸 민감한 논평과 정보를 담고 있었다.

이라크에 주둔해 있는 미 육군 정보분석병인 브래들리 매닝Bradley Manning 일병은 국방부 컴퓨터에서 비밀 전문을 다운받아 이를 위키리크스 및 위키리크스 대표인 오스트레일리아인 줄리언 어산지Julian Assange에게 넘겼다. 매닝 일병과 어산지를 정부의 부정행위 폭로라는 고귀한 전통을 잇는 투명성의 수호자로 추어올리며, 베트남 전쟁 중에 대니얼 엘스버그Daniel Ellsberg가 국방부의 기밀 문서를 유출했던 사건과 비교하는 사람도 있었다. 내 생각은 다르다. 당시 말했다시피, 신의를 아는 사람들은 국익과 국제사회의 공동이익을 지키기 위해 섬세한 외교적 의사소통이 필요함을 이해한다. 미국을 비롯한 각국은 자국이 상대하는 국민과 국가에 대해 솔직하게 대화할 수 있어야 한다. 그리고 유출된 수천 건의 전문은 대체로 어려운 상황에서도 미국 외교관들이 맡은 일을 훌륭하게 해왔음을 보여주었다.

전문들은 흥미로운 면면을 보여주기도 했다. 예를 들어, 중앙아시아 장관과의 외교회담을 다룬 전문에는 그가 술에 취한 채 회담 장소에 나타나서 "의자에 구부정하게 기대앉아 온갖 종류의 러시아어 분사들을 중얼거렸다"고 기록되어 있다. 다른 전문에는 러시아령 다게스탄공화국에서 열린 결혼식에 참석한 하객들이 아동 무용수에게 100달러짜리 지폐를 던지는 장면이 묘사되어 있는데, 이를 "북캅카스 지역의 사회적, 정치적 관계의 축소판"으로 그려놓았다. 외교관들은 세계 지도자들에 대한 통찰을 드러내곤 했는데, 짐바브웨 독재자인 로버트 무가베의 "경제적 사안에 대한 깊은 무관심(18개나 되는 박사학위가 그에게 경제법칙을 무시할 권한을 주었다는 믿음에서 비롯된)을 지적하는 전문도 그중 하나다.

이러한 보고서가 공개되면서 미국 외교관들이 매우 어려운 일을 하고 있으며, 관찰력이 날카롭고 필력이 뛰어나다는 것을 알게 되는 예상 밖의 수확이 있었다. 그러나 다듬어지지 않은 일부 논평들은 외교관들이 수년에 걸쳐 이룬 외교관계를 손상시켰다. 또한 미국 외교관들은 인권운동가와 반체제 인사, 재계 지도자, 외국 정부 관리와의 대화를 일상적으로 보고했는데, 이들은 이름이 공개되면 박해와 보복에 시달릴 위험이 있었다.

정보 유출 직후 나는 기밀 정보의 불법적 공개를 규탄했다. "이는 사람들의 목숨을 위태롭게 하고 국가안보를 위협하며 다른 나라와 공동의 문제를 해결하기 위한 미국의 노력을 방해한다"고 말했다. 그리고 감정이 상한 동맹국과 격분한 협력국으로부터 외교적 후폭풍을 맞게 됐다.

나는 팻 케네디 국무부 운영 담당 차관에게 태스크포스를 조직해 유출된 문건을 전문별로 분석해 정확히 어떤 정보가 노출됐고 그러한 폭로가 우리의 이익과 인력 및 상대국에 어떤 영향을 미칠지 밝혀내라고 주문했다. 우리는 서둘러 위험에 처한 정보원을 식별하는 프로세스를 마련해, 필요하다면 이들을 안전한 곳으로 피신시키도록 했다.

2010년 추수감사절 전날 밤, 나는 차파콰에 있는 내 집에서 10여 통의 전화를 걸기 시작했다. 첫 번째는 오스트레일리아 외무장관이자 전직 총리인 케빈 러드였다. 우리는 평소 관심사인 북한에 대한 논의로 대화를 시작했다. "제가 달리 얘기하고 싶은 건 위키리크스예요." 내가 말했다. 오스트레일리아 주재 미국대사는 이미 러드에게 중국의 활동을 비롯한 아태지역에 관한 비공개 논의의 일부가 유출되었을지 모른다고 보고한 바 있었다. 오스트레일리아 정부는 그러한 상황에 대처하기 위해 자체 태스크포스를 조직했다. "진짜 문제가 될지도 모릅니다. 후폭풍이 엄청납니다." 그가 말했다. 내가 동의를 표했다. "정말 유감스럽고, 기습공격이라도 당한 기분이에요." 나는 피해 수습을 돕기 위해 지원을 아끼지 않겠다고 약속했다.

전화기를 붙들고 연신 사과를 해대는 기나긴 추수감사절이 될 터였다. 이후 며칠간 나는 많은 외무장관과 총리 한 명, 그리고 대통령 한 명과 대화를 나눴다. 통화하면서 다른 문제들도 다루었지만, 매번 대화 때마다 나는 비밀 전문의 공개가 임박했음을 알리고 이해를 구했다. 그중 일부는 분노하고 상처받았다. 다른 이들은 미국과의 관계에서 영향력을 얻을 기회를 포착하고 활용하려 했다. 그러나 대부분은 품위를 잃지 않았다. "직접 전화 주셔서 감사합니다." 기도 베스터벨레 독일 외무장관이 말했다. 양제츠 중국 외교부장은 위로하며 말했다. "대중의 반응을 예측할 수는 없지만 양국이 서로를 더욱 신뢰하는 것이 중요합니다. 그것이 바로 중미 양국관계를 굳건히 하는 마법의 주문입니다." 한 정상은 농담도 던졌다. "우리가 당신에 대해 무슨 말을 하는지 당신도 알게 되겠네요."

직접 대화는 훨씬 힘들었다. 12월 첫 주, 나는 다른 세계 정상들과 함께 카자흐스탄의 아스타나에서 열린 유럽안보협력기구Organization for Security and Cooperation in Europe 정상회의에 참석했다. 실비오 베를루스코니 이탈리아 총리는 특히 기분이 상해 있었는데, 다수의 유출된 전문에서 묘사된 우스꽝스러운 행동으로 이탈리아 일간지 1면에서 조롱을 당하고 있어서였다. "왜 나에 대해 이런 말을 하는 거요? 나는 미국에게 가장 좋은 친구일 텐데." 그는 함께 자리에 앉으며 물었다. "당신은 나를 알고, 나도 당신 가족을 알잖소." 그는 아버지가 이탈리아를 위해 희생한 미국 군인들의 묘지에 자신을 데려가곤 했다는 얘기로 열변을 토하기 시작했다. "난 한 번도 잊은 적이 없소." 추문을 다룬 신문 스크랩 파일이 불룩한 것만 보더라도 베를루스코니는 나쁜 평판에 익숙한 사람이었다. 그러나 동료의 평가, 특히 미국의 평가는 그에게 상당히 중요했다. 그리고 이번 일은 당혹스럽기 그지없었던 것이다.

나는 다시 한 번 사과했다. 그런 말들이 공개되지 않길 나만큼 바란 사람은 없었을 것이다. 하지만 사과 정도로는 그를 달래기에 당연히 부족할 수밖에 없었다. 그는 카메라 앞에 함께 서서 미국-이탈리아 관계의 중요성을 강조해달라고 요구했고, 나는 그렇게 해주었다. 베를루스코니는 결점이 많았지만, 미국에 대한 애정만큼은 진실했다. 이탈리아는 또한 나토 핵심 우방국으로, 세계 전역의 나토군 활동에서 이탈리아의 지지가 필요했다. 특히 리비아에서 나토군 군사훈련을 앞둔 터라 더욱 그랬다. 그래서 신뢰와 존경을 회복하기 위해 나는 할 수 있는 모든 일을 했다.

마침내 우리 팀과 나는 비밀 전문에서 두드러지게 언급된 거의 모든 정상들에게 연락을 취했다. 사태 수습에 총력을 기울인 결과 장기적인 피해는 최소화되는 듯했다. 어떤 경우에는 우리의 진심어린 사과가 관계에 새로운 깊이를 더하기도 했지만, 어떤 경우에는 관계 회복이 불가능했다.

리비아의 진 크레츠 대사는 무아마르 카다피 국가원수에 대한 거침없는 보고서로 인해 트리폴리에서 페르소나 논 그라타persona non grata(외교상 기피 인물_옮긴이)로 분류되었다. 심지어 카다피 일당의 협박을 받는 일이 발생하자, 안전을 위해 나는 그를 본국으로 서둘러 소환했다. 인근 튀니지에서는 반대로 독재자가 달아났다. 튀니지 정권의 부패상에 대한 미국의 비밀 보고서가 공개되자 대중의 분노가 끓어올라 마침내 혁명으로 발전해, 벤 알리가 축출되기에 이르렀다.

결과적으로 위키리크스의 외교적 후폭풍은 심각했으나, 치명적인 것은 아니었다. 그러나 이는 다른 악재의 전조일 뿐이었다. 내가 공직을 떠난 후, 이와는 아주 상이한 성격의 훨씬 심각한 기밀 보안사고가 발생했다. 국가안보국에서 해외 교신 감시를 주로 담당하며 계약직으로 일하던 에드워드 스노든이 언론에 극비 파일을 무더기로 빼돌렸다. 스노든은 홍콩으로 도망쳤다가 망명신청을 받아준 러시아로 건너갔다. 그가 폭로한 정보에는 미국의 가장 민감한 기밀 정보 프로그램에 관한 내용이 일부 포함되어 있었다.

미국이 앙겔라 메르켈 독일 총리와 지우마 호세프 브라질 대통령 같은 상대국 지도자의 개인 휴대전화를 감청했다는 게 알려지자, 전 세계가 분개했다. 뿐만 아니라 테러리스트들과 범죄자들이 미국 정보기관의 정보원과 정보수집 방식을 알게 된 이상 연락방식을 바꿀 것이라는 우려도 있었다.

그러나 정작 미국 내에서는 국가안보국의 다양한 자료수집 프로그램이 미국인들에게 얼마나 영향을 줄 것인가에 관심이 집중됐다. 특히 주목받은 부분은 대화 내용이나 발신자의 신원이 아닌 전화번호 데이터베이스와 전화를 건 시각 및 통화시간 등 통화기록에 대한 방대한 수집이었다. 그러나 이는 특정 전화번호가 테러와 관련이 있다는 합당한 의혹이 있을 경우에만 가능한 일이었다. 오바마 대통령은 이후 정부가 그러한 자료를 더 이상 보유하지 못하도록 의회에 개혁조치를 단행하라고 촉구했다.

9·11이 일어난 지 10여 년이 지난 지금, 대통령은 해외 감시와 첩보활동의 필요성을 계속 옹호하면서도 안보와 자유, 그리고 사생활 간에 어떻게 균형을 이룰지에 대한 공개토론을 환영한다고 밝혔다. 러시아나 중국에서 이와 비슷한 대화가 이루어질 거라고 생각하긴 어렵다. 아이러니하게도, 스노든 사태가 터지기 불과 몇 주 전, 오바마 대통령은 국가안보정책에 관한 중요한 연설을 했다. "지난 10여 년간 오늘을 위한 경험을 쌓아온 만큼, 이제 우리 스스로에게 어려운 질문을 던져야 할 때입니다. 오늘날 위협의 성격에 대해, 그리고 우리가 어떻게 대처해야 하는지에 대해 자문해야 합니다…… 전쟁에 대한 우리의 선택은 우리 삶을 좌우하는 개방과 자유에 때론 의도치 않게 영향을 줄 수 있습니다."

수년 동안 대중의 시선을 의식하며 살아오면서 나는 사생활을 깊이 갈망하게 되었고 이를 지키고 싶었다. 논란이 되는 기술은 새로운 것이지만, 자유와 안보의 균형이라는 문제는 오랫동안 존재해왔다. 1755년 벤저민 프랭클린Benjamin Franklin은 "일시적인 안전을 위해 근본적인 자유를 포기하는 사람들은 자유나 안전을 얻을 자격이 없다"고 썼다. 자유와 안보는 어느 한쪽을 더 가진다고 해서 다른 한쪽을 덜 갖게 되는 것이 아니다. 사실 나는 둘 다 가능할 수 있다고 믿는다. 안보가 없는 자유는 취약하다. 자유가 없는 안보는 억압적이다. 적절한 기준을 찾는 것이 관건이다. 안보는 자유를 수호하기에 충분해야 하지만 자유를 위협할 정도로 너무 많지는 (혹은 적지는) 않아야 한다.

국무장관으로서 나는 인터넷상의 사생활과 안보와 자유를 지키는 데 관심을 집중했다. 2010년 1월, 구글은 중국 정부 당국이 반체제 인사의 G메일 계정에 침입하려는 걸 발견했다고 발표했다. 구글은 중국의 트래픽을 홍콩 서버로 경로를 재설정해서 '만리방화벽'을 우회하겠다고 밝혔다. 중국 정부는 격앙된 반응을 보였다. 별안간 우리는 전혀 새로운 종류의 국제적 사건에 휘말리게 됐다.

한동안 나는 인터넷의 자유에 대한 미국의 의지를 분명히 하는 연설을 준비해왔다. 이제 온라인 탄압을 경고하는 일이 훨씬 중요해진 듯했다. 2010년 1월 21일, 나는 언론의 역사와 미래를 보여주는 워싱턴의 첨단기술 박물관인 뉴지엄Newseum에서 '접속할 자유'를 피력했다. 우리가 가정과 공공의 장에서 소중히 여기는 자유, 즉 한데 모여 소통하고 혁신을 일으키며 지지를 표명할 수 있는 자유가 온라인에도 존재함을 역설했다.

미국인들에게 이런 생각은 수정헌법 제1조에 뿌리를 두고 있는데, 그 내용이 뉴지엄 앞 50톤짜리 테네시 산 대리석에 새겨져 있다. 그러나 접속할 자유는 미국의 가치만은 아니다. 세계인권선언은 모든 사람이 "모든 매체를 통하여 국경에 관계없이 정보와 사상을 추구하고, 접수하고, 전달하는" 권리를 가짐을 공식화한다.

나는 미국이 인권이 보호받을 수 있는 인터넷, 혁신에 개방적이고 전 세계와 정보 교환이 가능하며 신뢰할 수 있을 정도로 안전하고 일에도 도움이 되는 인터넷 환경을 조성하고 보호할 것임을 중국과 러시아, 이란 같은 국가에 알리고 싶었다. 우리는 접속을 제한하거나 인터넷 구조를 규율하는 국제규범을 다시 쓰려는 시도에 반대하고, 억압적인 방화벽을 우회하려는 활동가들과 혁신가들을 지원할 것이다. 일부 국가에서는 1990년대에 마련된 인터넷 거버넌스의 다양한 이해관계자를 포함시키는 접근법, 즉 정부와 민간부문, 재단, 시민 개개인 모두가 단일한 글로벌 네트워크 안에서 자유로운 정보 흐름을 지지하는 방식을 정부가 독점적인 통제권을 갖는 방식으로 대체하고 싶어했다. 그들은 사이버 공간에 국가 간 장벽을 만들어 각 정부가 자체 규범을 만들 수 있는 환경을 원했다. 이런 접근법은 인터넷의 자유와 상거래에 재앙이 될 수 있다. 나는 외교관들에게 회의 규모에 관계없이 공론의 장에서 그런 시도에 맞설 것을 주문했다.

내 연설은 특히 온라인에서 논란을 일으켰다. 국제인권감시기구에서는 이를 "획기적"이라 평했다. 나는 우리가 인터넷상의 자유에 대한 사람들의 사고방식에 변화를 가져올 대화를 시작한 것이길 바랐다. 무엇보다도 나는 미국이 20세기에 그랬듯이 21세기에도 인권을 위한 길을 이끌고 있다고 확신하고 싶었다.

25

인권 : 미완성 과업

일리노이 주 파크리지에 살던 어린 시절에는 매주 감리교회 주일학교에 나갔다. 부모님은 독실한 신자였지만 표현방식이 각각 달랐기 때문에 나는 때때로 아버지의 자립정신과 어머니의 사회정의에 대한 관심을 조율하느라 애를 먹었다. 1961년 활동적인 성격의 청년부 목사 돈 존스Don Jones가 우리 교회에 새로 부임했다. 그는 내 삶에서 믿음이 해줬으면 하는 역할을 더 잘 이해하도록 도와주었다. 그는 내가 '행동하는 믿음'을 받아들이고 안전한 중산층 사회 바깥의 더 넓은 세계에서 일어나는 부당한 일들에 대해 눈뜨도록 가르쳤다. 내게 읽을 책들도 많이 주었고, 우리 청년부를 이끌고 시카고 도심지역의 흑인 교회와 히스패닉 교회에 가기도 했다. 삶의 경험이 아주 다르긴 했지만, 이 교회 지하에 있던 소년 소녀들과 우린 공통점이 많았다. 공통의 관심사에 대해 토론하면서 나는 처음으로 민권운동에 흥미를 갖고 더 알고 싶어하게 됐다. 나와 친구들에게 로자 파크스Rosa Parks와 마틴 루서 킹Martin Luther King 목사는 신문 헤드라인에서 이따금씩 보거나 부모님이 저녁뉴스를 볼 때 우연히 듣던 이름이었다. 그러나 여러 교회를 탐방하면서 내가 만났던 아이들에게 그 이름들은 희망과 영감의 원천이었다.

어느 날 존스 목사는 우리를 데리고 시카고에서 열리는 킹 목사의 연설회에 가고 싶다는 뜻을 밝혔다. 내 부모님을 설득해서 가게 해달라고 허락을 받는 일은 어렵지 않았지만, 친구들 부모님 중 일부는 킹 목사를 '선동가'라 생각하고 참석을 허락하지 않으려 했다. 나는 기분이 들떴지만 뭘 기대해야 하는지는 잘 몰랐다. 그런데 오케스트라 홀에서 킹 목사가 연설을 시작하자 나는 그 자리에 얼어붙고 말았다. 연설 제목은 "혁명이 진행되는 동안 깨어 있으라"였고, 그는 그날 저녁 정의를 위해 사회에 참여하라고, 주변 세상이 변하는데도 잠자고 있으면 안 된다며 우리 모두를 자극했다.

연설이 끝나자 나는 킹 목사와 악수하기 위해 길게 늘어선 줄에 섰다. 그의 기품 있는 태도와 통찰력 있는 도덕적 명쾌함은 오래도록 내 기억에 남았다. 나는 미국식 민주주의의 미덕에 대해 깊은 존경심을 갖고 자랐다. 완고한 반공산주의자이자 공화당원이었던 아버지가 보기에, 우리에겐 독립선언서와 권리장전이 있고 소련은 그렇지 않다는 사실이 냉전 시대 이념투쟁의 결정적 특징이었다. 자유와 평등에 대해 미국의 건국이념이 표방한 약속은 신성하게 여겨졌다. 그러나 나는 많은 미국인들이 여전히 내가 당연시한 권리를 인정받지 못하고 있음을 깨달았다. 이러한 교훈과 킹 목사의 말이 가진 힘은 내 가슴속에 불을 지폈고, 사회정의에 관한 교회의 가르침으로 불길이 더욱 거세졌다. 나는 이전에는 신의 사랑을 선행과 사회적 행동을 통해 표현해야 한다는 사명을 가져본 적이 없었다는 것을 깨달았다.

마찬가지로 내가 젊은 시절에 만난 매리언 라이트 에덜먼Marian Wright Edelman도 내게 영감을 주었다. 1963년 예일대 로스쿨을 졸업한 그녀는 미시시피에서 변호사 자격을 얻은 최초의 아프리카계 미국인 여성으로 잭슨시의 전미 유색인지위향상협회National Association for the Advancement of Colored

People를 위해 일하는 인권변호사였다. 예일대 로스쿨 첫 학기에 매리언의 연설을 들었을 때, 그녀는 내게 인권, 특히 여성과 아동의 인권을 위한 법적, 사회적, 정치적 지지에 평생을 헌신하도록 문을 열어준 셈이었다.

내가 로스쿨을 졸업하고 얻은 초기 직장 중 하나는 매리언이 일하는 아동보호기금이었다. 그녀는 내게 수수께끼 같은 문제를 조사하는 데 도움이 필요하다고 했다. 여러 지역사회에서 엄청난 수의 아이들이 학교에 다니지 않는다는 것이었다. 우리는 인구조사 자료를 통해 아이들이 그 주소지에 살고 있다는 사실을 알았다. 대체 무엇 때문인가? 전국 단위 설문조사의 일환으로 나는 매사추세츠 주 뉴 베드포드 시에서 이 집 저 집을 찾아다니며 가족들을 붙잡고 얘기했다. 우리는 어떤 아이들은 집에 남아 부모가 일하는 동안 어린 동생들을 돌본다는 사실을 알게 됐다. 가족을 부양하기 위해 스스로 학교를 중퇴하고 일을 시작한 아이들도 있었다. 그러나 대부분의 경우, 공립학교에는 장애아동을 위한 적합한 편의시설이 없기 때문에 장애를 가진 아이들은 집에 있을 수밖에 없다는 걸 알게 됐다. 시력과 청력을 잃은 아이들, 휠체어를 타는 아이들, 발달장애가 있는 아이들, 그리고 가족이 치료비를 댈 능력이 없는 아이들이었던 것이다. 나는 집 뒷마당에서 휠체어에 앉아 있던 여자아이와의 만남을 기억한다. 우리는 포도 덩굴에 덮인 정자에 앉아 얘기를 나눴다. 아이는 학교에 가서 수업에 참여하고 배우고 싶어했지만, 그런 일이 가능할 것 같지 않았다.

우리는 전국의 협력단체와 함께 설문을 바탕으로 자료를 수집했고 이를 워싱턴에 보냈다. 의회는 마침내 장애아동을 포함해 전국의 모든 아동이 교육 기회를 누려야 함을 명시하는 법안을 제정했다. 아동의 권리에 대한 내 평생의 노력이 첫발을 내디딘 셈이었다. 나는 장애인의 복지를 위해 줄곧 노력해왔고, 국무부에서도 처음으로 국제 장애인인권 특별 보좌관을 임명해 다른 나라 정부에서도 장애인의 인권보호를 독려하도록 했다. 오바마 대통령이 미국이 유엔 장애인권리협약에 서명하겠다고 선언했을 당시 나는 백악관에서 대통령 옆에 서 있는 것이 자랑스러웠다. 유엔 장애인권리협약은 미국장애인법을 모델로 한 것으로, 미국의 21세기 첫 인권조약이 될 터였다. 동시에 전 공화당 상원 원내대표이자 장애를 가진 전쟁영웅 밥 돌Bob Dole의 열정적인 호소에도 불구하고 일부 공화당 상원의원들이 2012년 12월 협약의 비준을 방해하려 했다는 사실은 몹시 실망스러웠다.

═══

전 세계가 지켜보는 가운데 내가 인권에 대한 지지를 표명할 기회를 처음으로 얻은 것은 1995년 9월이었다. 나는 퍼스트레이디 자격으로 베이징에서 열린 제4차 세계여성회의에 참석하는 미국 대표단을 이끌었다. 거기서 189개국 대표들과 수천 명의 기자 및 활동가 앞에서 중요한 연설을 하기로 되어 있었다.

"이루고 싶은 것이 무엇입니까?" 내 연설원고를 담당하는 리사 머스커틴과 초고를 손질하고 있는데, 매들린 올브라이트 당시 국무부 장관이 와서 물었다. "여성을 위해 일하며 한계에 도전해보고 싶어요." 내가 대답했다. 나는 여성의 권리가 모든 사람이 누릴 권리가 있는 인권과 별개가 아니며, 그에 부속된 권리도 아니라는 메시지를 단순하고 명료하면서 강한 어조로 전달하고 싶었다.

퍼스트레이디로서 회의에 참석하는 동안 나는 여성들이 처한 장애물을 직접 맞닥뜨렸다. 법과 관습의 제약으로 인해 여성들은 교육이나 의료 혜택을 받지 못한다든가, 자국 경제와 정치에 온전히 참여할 수 없었다. 가정에서조차 폭력과 학대를 견뎌야 했다. 나는 이런 장애물을 집중 조명하고 이를 무너뜨리는 일을 독려하고 싶었다. 또한 교육과 의료 혜택, 경제적 독립, 법적 권리, 정치적 참여를 원하는 여성들을 대변하고 싶었다. 이를 통해 여성을 차별의 피해자로 보는 시선과 변화의 주역으로 보는 시선이 적절한 균형을 찾길 바랐다. 내 목소리를 통해, 내가 만난 여성들의 이야기와 더불어 나를 비롯한 다른 이들이 대신 나서지 않았더라면 결코 듣지 못했을 수백만 명의 이야기를 하고 싶었다.

연설의 핵심은 명백하고 부정할 수 없는 내용이었지만 국제무대에서 너무 오랫동안 언급되지 않았던 것 또한 사실이었다. 나는 이렇게 말했다. "이 회의에서 하나의 메시지가 울려퍼져야 한다면, 그것은 인권이 곧 여권이고 여권이 곧 인권이라는 메시지가 되어야 합니다."

나는 가정폭력과 강제 성매매, 전술이나 전리품으로서의 강간, 여성할례, 신부 불태우기(지참금이 적을 경우 신부를 산 채로 불에 태워 죽이는 행위_옮긴이) 등 여권 및 인권 침해에 해당하는 온갖 종류의 학대행위를 열거했고, 전 세계가 나서서 한목소리로 이를 규탄할 것을 촉구했다. 내가 만난 놀라운 여성들의 이야기도 전했다. 갓 엄마가 되어 정기적으로 마을에서 모임을 갖고 영양과 가족 계획, 양육에 대해 의논하는 인도네시아 여성들, 작지만 유망한 영세사업을 시작하는 데 필요한 젖소며 인력거며 실 등의 재료를 사기 위해 소액대출을 이용하는 인도와 방글라데시 여성들, 아파르트헤이트 종식을 위한 투쟁에 앞장서고 새로운 민주주의를 세우는 데 기여한 남아프리카공화국 여성들의 이야기를 들려주었다.

나는 각자 자기 나라로 돌아가서 여성의 교육과 의료 혜택과 법적, 경제적, 정치적 기회 확대를 위한 노력을 새롭게 하자고 행동을 촉구하는 것으로 연설을 끝맺었다. 내 말이 끝나자, 각국 대표들이 기립박수를 보내주었다. 회의장을 나오는데, 난간에 모여 있던 여성들이 에스컬레이터를 타고 내려와 내게 악수를 청했다.

내가 전하고자 한 메시지는 베이징의 여성들에게 반향을 불러일으켰지만, 이 21분짜리 연설의 영향력이 얼마나 멀리, 그리고 널리 뻗어갈지는 예측할 수가 없었다. 20여 년간 전 세계 여성들이 내가 했던 말을 인용해 나한테 다시 들려주거나, 연설원고 복사본에 사인을 부탁하거나, 내 연설이 변화를 꾀하는 그들의 활동에 얼마나 영감을 주었는지에 대해 개인적인 이야기를 했다.

가장 중요한 것은 그 회의에 참석한 189개국 모두가 야심차면서도 구체적인 베이징 행동강령에 합의한 것이다. 이 강령은 "정치적, 시민적, 경제적, 사회적, 문화적인 생활에서 여성의 완전하고 평등한 참여"를 촉구했다.

백악관으로 돌아온 나는 팀원들을 모아놓고 베이징에서 합의한 사항들을 기반으로 즉시 일을 시작했으면 한다고 말했다. 우리는 정기적인 전략 회의를 열기 시작했다. 때로는 프랭클린 루스벨트 대통령이 2차대전 중 상황실로 이용했던 관저 1층의 맵룸에서 만나기도 했다. 전시 상황을 기록한 지도의 대부분은 오래전에 없어졌으나(나는 1945년 유럽에서 연합군의 위치를 표시한 루스벨트 대통령의 원본 지도들을 찾아내 벽난로 위에 걸어놓았다) 국제적인 캠페인을 계획하기엔 아직 괜찮은 장소 같았다. 이번에는 파시즘이나 공산주의와 맞서 싸우는 것이 아니라, 더 원대하고 대담한 목표를 내걸었다. 전 세계 인구의 절반에게 더 많은 권리와 기회를 주는 것이었다.

이런 맥락에서 여러 가지 관점으로 세계 지도를 볼 수도 있다. 문제를 하나하나 짚어나가기는 어렵지 않았다. 지도 위에 다트를 던지면 여성이 폭력과 학대에 시달리거나, 여성이 경제적 참여를 통해 성공할 수 있는 기회를 거부당하거나, 여성이 정치에 참여하는 것이 배제되는 나라를 쉽게 맞힐 수 있었다. 여성의 삶이 가장 경시되는 나라는 대개 불안정과 갈등, 극단주의, 빈곤으로 가장 고통을 겪는 나라이기도 하다는 사실은 우연이 아니었다.

이는 워싱턴의 외교정책 기관에서 일하는 대다수의 남성들이 간과하는 점이었지만, 수년간 나는 이것이야말로 여성을 위해 나서는 것이 단지 옳은 일일 뿐 아니라 현명하면서도 전략적인 일이라는 데 대한 가장 설득력 있는 주장이라 생각했다. 여성학대는 탈레반이 여자아이들을 학교에서 납치하고 여성들을 문명에 뒤처진 환경에서 살도록 강요한 아프가니스탄이나, 강간이 흔한 전쟁무기가 된 중앙아프리카의 경우에서 우리가 생각하는 문제의 유일한 원인이나 주된 원인은 분명히 아니었다. 그러나 그 상관관계는 명백하며, 여성의 생존환경이 나아질수록 분쟁 해결과 사회안정에 도움이 된다는 연구 결과가 점점 늘어나고 있다. '여성 문제'는 오랫동안 미국 외교정책과 국제외교의 변방으로 밀려나 있었고, 기껏해야 하면 좋지만 꼭 필요하지는 않은 것으로 치부되었다. 사실 나는 이 문제야말로 미국 국가안보의 핵심을 찌르는 원인이라고 확신하게 되었다.

지도를 또 다른 식으로 볼 수도 있었다. 문제가 아닌 기회를 찾아내는 것이다. 세계는 이런 고질적인 문제에 대한 새로운 해법을 찾는 여성들로 가득했다. 학교에 가고, 땅을 소유하고, 사업을 일으키고, 공직에 출마하길 간절히 바라는 이들이었다. 우리가 기꺼이 나서려고 했다면 파트너십을 맺고 리더를 양성했을 수도 있었다. 나는 정부와 민간부문, 비영리단체와 국제기구 들을 설득해 이런 과제에 착수해 여성을 구해야 할 희생자가 아닌 끌어안아야 할 동반자로 보게 했다.

백악관 시절 내 여정에 늘 동행해준 비서실장이 둘 있었다. 매기 윌리엄스Maggie Williams는 1980년대 아동보호기금에서 나와 함께 일했는데, 의사소통에 뛰어난 재능을 발휘했으며 내가 만나본 가장 창의적이고 예의바른 사람 중 하나였다. 그녀는 내가 퍼스트레이디 역할을 충실히 해내도록 도움을 아끼지 않았고, 지금까지도 전적으로 신뢰할 수 있는 가까운 친구다. 멜란 버비어Melanne Verveer는 클린턴 1기 행정부 때는 부실장으로 매기 밑에서 일했다가 클린턴 2기 행정부 때는 그녀의 뒤를 이어 비서실장으로 일했다. 우리는 늘 서로를 존경했다. 멜란과 그녀의 남편인 필Phil Verveer은 내 남편 빌과 조지타운 대학에서 함께 수학한 사이였는데, 멜란은 의회와 '미국의 길을 위한 사람들People for the American Way'이라는 시민권 단체에서 스타로 발돋움했다. 그녀의 에너지와 지성은 멈출 줄 몰랐고, 여성들을 위해 일하겠다는 열정은 그 누구도 따를 수 없었다.

베이징 회의 이후 몇 년간 흥미로운 진전이 있었다. 많은 나라에서 한때 여성의 불평등한 대우를 허용했던 법이 폐지되었다. 유엔은 유엔여성기구라는 새로운 기구를 창설했고, 안전보장이사회는 평화유지와 안보에 여성의 역할이 중요함을 인정하는 결의안을 통과시켰다. 세계은행과 국제통화기금 및 기타 기관의 연구자들은 경제발전과 사회진보의 원동력으로서 여성의 잠재적 가능성에 대한 연구를 확대했다. 여성이 노동과 교육 및 사회참여 기회를 얻으면서 이들의 경제적, 사회적, 정치적 기여도도 크게 늘어났다.

그러나 이러한 진전에도 불구하고 여성은 건강과 식생활, 경제 면에서 취약한 상태에 있는 전 세계 인구의 다수에 해당한다. 2013년 말, 여성은 전 세계 의회 의석의 22퍼센트 미만을 차지했다. 몇몇 지역에서 여성은 은행계좌를 개설하거나 계약을 체결할 수 없으며, 100여 개 국가에서 여전히 여성의 경제활동 참여를 법으로 제한하거나 금지하고 있다. 20년 전, 미국 여성은 남성이 1달러를 벌 때 72센트를 벌었다. 오늘날에도 불평등은 여전하다. 저임금 일자리의 대다수는 여성이 차지하며, 웨이터와 바텐더, 헤어스타일리스트같이 팁이 주 수입원인 분야의 일자리(평균 시급에도 못 미치는 일자리)는 약 4분의 3이 여성으로 채워지고 있다. 그에 비해 〈포춘Fortune〉 선정 500대 기업 CEO 중 여성은 극소수에 해당한다. 요컨대 여성의 완전한 참여를 위해서는 아직도 갈 길이 멀다.

이러한 암울한 사실과 맞닥뜨리면 좌절할 수밖에 없다. 베이징 회의를 마치고 백악관으로 돌아온 나는 해결해야 할 산더미 같은 문제에 짓눌릴 때마다 사무실에 걸어둔 엘리너 루스벨트의 초상화를 보며 위안을 받곤 했다. 대담한 퍼스트레이디로서, 그리고 인권을 위해 싸우는 용감한 전사로서 그녀는 내게 영감을 주고 기운을 북돋워주었다. 프랭클린 루스벨트 대통령이 사망하고 2차대전이 종식된 후, 엘리너는 미국을 대표하는 유엔 대사로 활동했고 유엔의 발전에 기여했다. 1946년 초 런던에서 열린 유엔총회 첫 회의 중에 엘리너는 16개국 여성 대표와 함께 '전 세계 여성들에게 보내는 공개서한'을 발표했다. 본문에서 이들은 "세계 각지의 여성들은 공동체의 생활에 참여하는 단계가 각각 다르"지만 "자국을 비롯한 국제사회의 생활과 책임에 대한 완전한 참여를 공통의 목표로 삼고 이를 향해 서로 도와야 한다"고 밝혔다. 엘리너의 '완전한 참여'라는 말은 그로부터 50여 년 후 '베이징 행동강령'을 통해 울려퍼졌고, 언제나 내 가슴속에서 메아리쳤다.

그 밖에 엘리너의 다른 말들도 울림이 컸다. 그녀는 "여성이란 티백 같은 존재다"라고 비유한 적이 있다. "뜨거운 물에 집어넣기 전까지는 그녀가 얼마나 강한지 알 수가 없다." 나는 그 말을 좋아할뿐더러 경험상 정확한 말이기도 하다. 1959년은 엘리너가 말년에 원로 정치인으로 존경받을 때였는데, 그녀는 일간지 지면을 빌려 미국인들에게 행동을 촉구하는 칼럼을 기고했다. "우리는 모든 미국인에게 평등한 자유와 기회를 주는 민주주의를 아직 이루지 못했고, 그것이 바로 우리의 미완성 과업이다." 전 세계 여성들을 위한 일에 더욱 몰두하면서, 나는 여성의 평등한 권리와 완전한 참여를 위한 노력이야말로 오늘날 우리의 '미완성 과업'이라고 표현하기 시작했다. 이는 청중에게, 그리고 내게도 아직 우리가 갈 길이 멀다는 사실을 상기시켜주었다.

엘리너 루스벨트가 이룬 가장 위대한 업적은 인류의 권리에 대한 구속력 있는 최초의 국제협약인 세계인권선언이었다. 2차대전과 홀로코스트 이후, 세계 여러 나라에서 앞으로의 가혹행위 가능성을 막고 모든 사람에게 내재된 인간성과 존엄성을 보호하는 성명 채택을 강하게 요구했다. 나치가 범죄를 저지를 수 있었던 것은 인간이라 정의된 사람들의 범주를 점진적으로 제한했기 때문이었다. 다른 인간으로부터 먼저 이해를 거두고, 그 다음에는 공감을, 마지막으로 인간성을 앗아간 그토록 냉랭했던 인간 영혼의 암흑지대는 물론 나치 독일에만 국한된 것은 아니었다. 인간성을 말살하고자 하는 충동은 역사 전체에 걸쳐 반복적으로 나타났다. 세계인권선언의 초안을 마련한 이들이 저지하고자 했던 것이 바로 그런 충동이었다.

그들은 논의를 거쳐 문안을 작성하고 검토하고 고치고 다시 쓰기를 반복했다. 각국 정부와 단체, 그리고 개인들로부터 받은 제언과 수정사항을 통합했다. 그런데 심지어 세계인권선언의 초안을 마련하면서도 여성의 권리에 대해서는 토론이 있었던 것이 분명하다. 제1조의 초기 버전에는 "모든 사람은 평등하게 태어난다"고 되어 있었다. 인도의 한사 메타Hansa Mehta 대표가 이끄는 유엔인권위원회의 여성 위원들은 "모든 사람all men"이라는 문구가 여성을 배제하는 것으로 해석될 수 있음을 지적했다. 길고 긴 토론이 이어진 후에야 해당 문구는 "모든 사람all human beings은 태어날 때부터 자유로우며 그 존엄과 권리에 있어 동등하다"로 수정됐다.

1948년 12월 10일 새벽 3시, 2년에 걸친 초안 작성과 밤새 이어진 긴 마지막 토론 끝에 유엔총회 의장이 최종안을 표결에 부쳤다. 48개 국가가 찬성하고 8개 국가가 기권, 반대는 0표로 세계인권선언이 채택되었다. 이로써 우리의 권리는 정부가 주는 것이 아니며 모든 사람이 타고난 자연권임이 분명해졌다. 거주국이 어딘지 국가수반이 누군지, 심지어 자신이 누구인지도 상관없다. 우리는 인간이라는 사실 자체만으로 그러한 권리를 갖는다. 그리고 타고난 권리가 있기 때문에 정부는 우리를 보호할 의무가 있다.

냉전 시대에 미국은 인권을 위해 헌신함으로써 전 세계 수백만 명에게 희망과 영감의 원천이 되었다. 그러나 미국의 정책과 실무가 언제나 이상과 일치하는 것은 아니었다. 미국이 모든 미국인의 시민권을 인정하기까지는 버스에서 백인에게 자리를 양보하라는 말에 굴하지 않았던 로자 파크스의 용기와 "바로 지금이라는 이 순간의 긴박성"에 대해 침묵하길 거부한 마틴 루서 킹의 용기와 인종분리 및 차별을 견디길 거부했던 수많은 사람들의 용기가 필요했다. 국제사회에서 미국 정부는 안보와 전략적 이해를 인권보다 우선시하면서, 끔찍한 독재자들이 공산주의 반대에 뜻을 같이한다는 이유로 이들에게 지지를 표하곤 했다.

미국 외교정책의 역사에서는 이른바 현실주의자와 이상주의자 간의 논쟁이 내내 지속되어왔다. 논쟁의 여지는 있으나, 현실주의자는 인권보다 국가안보를 앞세우는 반면, 이상주의자는 그 반대다. 물론 이는 범주를 지나치게 단순화한 것이다. 누구도 미국이 당면한 안보위협의 중대성을 착각해서는 안 되며, 국무장관으로서 미국 시민과 미국을 지키는 것이 내가 짊어진 가장 무거운 책임이다. 그러나 동시에 보편적 가치와 인권을 수호하는 것은 미국인의 정체성의 핵심이기도 하다. 우리가 이러한 가치를 희생시키거나 미국의 정책이 이상과 너무 멀어지도록 내버려둔다면, 미국의 영향력은 쇠퇴하고 에이브러햄 링컨이 "지구상에 남은 마지막 최고의 희망"이라 말한 미국은 사라지고 말 것이다. 게다가 미국의 가치와 이해관계를 모두 지켜내는 일은 때로는 보기보다 갈등이 크지 않기도 하다. 장기적으로 억압은 안정을 해치며 새로운 위기를 만들어내는 반면, 민주주의와 인권 존중은 튼튼하고 안정적인 사회를 만든다.

그러나 이 책 전반에 걸쳐 드러나다시피, 힘겨운 타협을 해야만 할 때가 있다. 우리의 과제는 세계를 있는 그대로 냉정하게 바라보면서도 우리가 만들어가고자 하는 세상이 어떤 것인지 잊지 않는 것이다. 그래서 나는 수년간 이상주의자와 현실주의자 어느 쪽으로 불리든 개의치 않았다. 절충주의자라고 불리는 편이 나은데, 말하자면 이상주의적 현실주의자에 가까울지도 모르겠다. 나는 미국이라는 나라처럼 양면을 모두 갖고 있기 때문이다.

인권을 지지하는 것이 어떻게 미국의 전략적 이해를 증진시키는가에 대해 내가 좋아하는 예로 1970년대의 일화를 들 수 있다. 당시 제럴드 포드 Gerald Ford 대통령은 소련과 헬싱키 협정을 체결했다. 서방의 일부 논평가들은 협정의 인권 조항을 어리석은 이상주의의 극치라고 일축하면서, 협정문이 인쇄된 종이가 아까울 정도라고 혹평했다. 소련은 그 조항을 무시할 게 뻔했다.

이후 예상치 못한 일이 일어났다. 헬싱키 협정을 구실로 인권에 대해 발언할 기회가 생기자, 철의 장막 뒤에 있던 인권운동가들과 반체제 인사들이 자신들에게 힘이 주어졌다고 느끼며 변화를 위한 움직임에 나섰다. 공산당원들은 궁지에 몰렸다. 소련 정부가 서명한 문서를 비난할 수는 없었으나, 협정의 조항을 시행한다면 독재체제 전체가 무너질 것이었다. 이후 몇 년이 지나자 폴란드 자유노조 연대의 조선소 노동자, 헝가리의 개혁주의자, 그리고 프라하의 시위대는 모두 헬싱키 협정에서 정의한 기본권을 이용했다. 그들은 협정에서 합의한 기준에 합당한 생활을 하지 못하는 데 대해 자국 정부에 책임을 물었다. 헬싱키 협성은 공산주의의 몰락에 일조한 트로이 목마인 셈이었다. 만만히 볼 게 아니었던 것이다.

나는 헬싱키 협정의 교훈과 인권이 미칠 수 있는 전략적 영향을 절대 잊지 않으리라 노력했다. 다짐이 필요할 때면 책상 가까이 걸어둔 엘리너 루스벨트 여사의 초상화를 들여다보았다.

베이징 회의가 열리고 2년이 지난 1997년 후반 무렵 유엔에서 내게 세계인권선언 50주년 기념일 축사를 부탁했다. 인권의 날로 알려진 12월 10일, 나는 뉴욕 유엔 본부를 방문해, 세계인권선언이 남긴 유산이 새천년에도 이어가야 할 우리의 공동 책임이라고 연설했다. 나는 1948년 이후 전 세계가 이룬 진전을 치하했지만, 경각심을 일깨우기도 했다. "우리는 인간의 존엄성이라는 범주를 충분히 확장시키지는 못했습니다. 여전히 수많은 사람들이 세계인권선언이 천명한 기본권을 보장받지 못하고 있으며, 우리는 이들에게 냉담했습니다. 이들이 겪는 인간적인 괴로움을 우리는 충분히 알지 못하며 듣지도 느끼지도 못합니다." 특히 제도적으로 권리를 인정받지 못하고 사회참여 기회를 박탈당한 세계 곳곳의 여성들에 대해 주의를 환기시켰다. "여성의 완전한 참정권 보장은 이 같은 격변의 시대에 해결해야 할 미완성 과업입니다." 나는 엘리너 여사의 말을 반복하듯 말했다. "새천년의 문턱에 선 지금 더욱 긴박함을 느끼며 우리 스스로 해결해야 하는 미완성 과업을 찾아내야만 하는 이유는, 모든 시대마다 나름의 사각지대가 존재하게 마련이기 때문입니다. 우리는 인권이라는 범주를 최종적으로 완성하는 데 다시금 노력을 아끼지 말아야 합니다."

═

2009년 국무장관으로 취임한 후 나는 이 '미완성 과업'을 미국이 외교를 통해 풀어야 할 최상위 과제로 삼기로 마음먹었다. 멜란 버비어는 내가 가장 먼저 연락을 취한 사람들 중 하나였다. 그녀는 지난 8년간 전 세계에서 새롭게 떠오르는 여성 리더들을 찾아 지원하기 위해 나와 매들린 올브라이트 전 국무장관이 함께 결성한 '생명의 목소리'를 운영해왔다. 나는 멜란에게 첫 세계여성문제 담당 전권대사로 일하면서 '완전한 참여 의제'를 만들어, 이것이 미국 외교정책과 국가안보의 틀 안에 포함되도록 해달라고 부탁했다. 우리는 전통에 얽매인 부서들과 기관들에게 갈등과 평화 유지, 경제적이고 민주적인 개발, 공중보건 등의 분야에서 여성의 역할을 종래와 다른 시각에서 생각해보라고 주문했다. 멜란의 부서에서만 이 일을 담당하기보다는 전 세계 미국 외교관들과 개발전문가들의 평범한 일상에 녹아들어가길 바랐다.

미 국무부와 국제개발처는 국제적, 지역적 범위의 폭넓은 계획을 발족했다. 여기에는 여성 기업가들이 직무연수와 시장 진입, 재무 및 신용을 관리할 수 있게 하는 프로그램이 있는가 하면, 미국의 일부 명문 여대와 파트너십을 맺어 전 세계 공공서비스 분야의 여성 종사자들에게 멘토링과 교육 기회를 제공하는 일도 있었다. 그리고 더 많은 여성들이 안전한 은행업무에서부터 성폭력을 기록하는 데 이르기까지 모바일 기술을 다양하게 이용할 수 있도록 돕는 활동 등도 포함되었다. 멜란은 이러한 노력이 수도뿐 아니라 지역사회에 뿌리내리도록 현지에서 협력을 얻고자 끊임없이 세계를 돌아다녔다. 나는 그녀가 아마 나보다 항공 마일리지가 더 많이 적립된 유일한 사람일 거라고 즐겨 농담하곤 했다(공군기에도 탑승 마일리지 제도가 있다면 말이다!).

수년 전에 아프리카를 순방했을 당시, 어딜 가든 여성들이 들판에서 일을 하고, 물을 긷고, 땔감을 모으고, 시장에서 좌판을 벌이는 것이 눈에 띄었다. 나는 경제학자들과 대담 중에 이렇게 물었다. "여성의 경제 기여도를 어떻게 평가하시죠?" 그중 한 명이 답했다. "평가하지 않습니다. 이곳 여성들은 경제활동에 참여하지 않으니까요." 그는 사무실과 공장에서 이루어지는 공식 경제를 말한 것이었다. 그러나 전 세계 여성들이 갑자기 어느 날 일을 멈춘다면, 이 경제학자들은 여성이 실제로 경제에, 그리고 지역사회의 평화와 안보에도 상당 부분 기여했다는 사실을 곧 알게 될 것이다.

나는 세계 곳곳에서 이런 식의 사고방식과 마주쳤다. 테이블을 사이에 두고 대화하다가 내가 해당 국가 여성의 권리와 기회에 관한 문제를 제기할 때마다 따분한 표정을 짓던 대통령이나 총리의 얼굴을 얼마나 많이 보았는지 모른다. 나는 한 번이라도 이런 고위급 회의에 참석한 여성 리더나 고문이 몇 명이나 될지 차분히 따져보기 시작했다. 그리 어렵지 않았다. 참석한 사람이 거의 없었기 때문이다.

2010년 11월 동남아시아의 외딴 섬나라인 파푸아뉴기니에서 있었던 멍청한 지도층 인사와의 대화는 정말 어이가 없었다. 신비로우면서도 광활한 자연이 펼쳐진 나라로, 이제 막 발전 단계에 들어선 파푸아뉴기니는 세계 최악의 여성폭력으로 몸살을 앓고 있었다. 한 통계에 따르면, 파푸아뉴기니 여성의 70퍼센트가 생애 중에 강간이나 신체적 폭력의 희생자가 된다고 한다. 공동 기자회견에서 마이클 소마레Michael Somare 총리에게 한 미국 기자가 이런 충격적인 통계에 대해 어떻게 생각하느냐고 질문했다. 소마레 총리는 그 문제는 "우리에 대해 기사를 쓰는 사람들이 과장한 것"이라고 답했다. 얼마간의 폭력행위가 있다는 것은 그도 인정했지만, 이렇게 덧붙였다. "오랫동안 지켜봐왔고, 그런 남자들과 여자들에 대해서 잘 압니다. 때로는 싸울 수도 있고 언쟁이 일어나기도 합니다만 그리 잔인한 정도는 아닙니다." 그는 법이 있다는 말도 했다. "술에 취해 일을 저지르는 경우가 있습니다…… 취기가 오르면 자제력을 발휘하기가 힘든 법이지요." 나는 너무나 놀랐고, 기가 막힌 미국 기자단도 할 말을 잃었다. 그 후, 짐작하다시피 멜란과 나는 곧바로 파푸아뉴기니 시민사회와 함께 새로운 프로그램과 파트너십을 구축하기 시작했다. 이를 통해 여성의 목소리를 확대하고 참여의 새로운 발판을 만들어주자는 것이었다. 2013년 5월, 피터 오닐Peter O'Neill 신임 총리는 공식적으로 파푸아뉴기니 여성들에게 폭력행위에 대해 사과하며 형사처벌을 강화하겠다고 약속했다. 기쁜 일이었다.

워싱턴에 돌아와서도 여성을 위한 우리의 일은 부수적인 것으로 취급되기 일쑤였고, 중요한 외교정책 업무와 별도로 진행되었다. 〈워싱턴포스트〉의 칼럼을 통해 익명의 고위 행정공무원이 아프가니스탄 여성들과 관련한 우리의 노력에 대해 비웃듯 말했다. "젠더 이슈는 다른 우선순위에 밀리게 될 것이다…… 특별히 관심을 갖고 펫 프로젝트pet project(퍼스트레이디가 관심을 갖고 추진하는 사업 또는 수익성과 상관없이 대표나 임원이 좋아서 진행시키는 사업_옮긴이)를 유지한다고 해도 성공가능성은 낮다. 배낭 속의 애완용 돌pet rock 때문에 우리가 주저앉는 셈이다." 그런 주장을 하면서 이름을 밝히길 꺼렸다는 것이 별로 놀랍지도 않았다. 멜란과 나는 그녀의 작업실을 '애완용 돌 사무소'라 부르며 계속해서 일에 매진했다.

다른 면에서는 사려 깊은 사람들이 내가 여성 문제를 제기할 때면 그저 웃으며 고개를 끄덕이는 모습을 보면서, 사실 좀 지쳐갔다. 20년 가까이 국제무대에서 이런 이슈에 목소리를 높여왔지만, 때로는 다 아는 이야기를 되풀이하는 게 아닌가 싶은 기분도 들었다. 그래서 나는 회의주의자들을 설득할 수 있을 만큼 강력한 주장을 펼치기 위해 더욱 노력하기로 결심했다. 확실한 데이터와 현실적인 분석을 토대로, 전 세계 여성들에게 기회를 마련해주는 것이 모두의 안전과 번영에 직접적으로 도움이 될뿐더러 미국 외교와 개발사업의 일환이 되어야 한다고 주장했다.

멜란의 팀은 세계은행과 국제통화기금 같은 기관들이 수집한 모든 자료를 샅샅이 뒤지기 시작했다. 이들은 여성의 노동력을 활용했을 때의 이점과 이들의 사회 진출을 가로막는 장애물 등 특정 분야에서는 여성의 참여에 대한 연구가 잘된 부분도 있으나, 그 밖에는 연구가 턱없이 부족하다는 사실을 알게 됐다. 심지어 여성의 삶에 대한 기본 사실들에 대해 신뢰할 만하고 지속적인 자료조차 부족한 나라가 많았다. 출생증명서는 있는지, 첫 출산 연령이 언제였는지, 유급노동과 무급노동에 할애하는 시간이 얼마나 되는지, 또는 경작하는 토지가 본인의 소유인지 등을 다룬 자료가 거의 없었다.

나는 정부에서든 기업에서든 일상생활 속에서든 올바른 결정은 이데올로기보다는 증거를 기반으로 한다고 늘 믿어왔다. 특히 수백만 명의 삶에 영향을 줄 수 있는 정책에 관해서라면 더더욱 그렇다. 자료조사와 수치분석을 해야 한다. 그래야 위험을 최소화하고 효과를 극대화할 수 있다. 게다가 오늘날 우리는 야구의 타율부터 투자수익률에 이르기까지 중요한 모든 일에는 언제나 통계를 낸다. 경영자들 사이에서 하는 얘기 중에 "측정할 수 있어야 실행할 수 있다"는 말이 있다. 그러니까 여성이 잠재력을 최대한 발휘하게 하려면, 그들이 처한 상황과 그들이 기여하는 정도에 대한 데이터를 진지하게 수집하고 분석해야 한다. 우리는 더 많은 데이터가 필요할 뿐 아니라 더 우수한 데이터가 필요했다. 연구자들과 정책입안자들이 데이터를 이용해 올바른 결정을 내릴 수 있게 해야 했다. 국무부는 데이터 공백을 메우기 위해 유엔과 세계은행, OECD 및 다른 국제기구들과 함께 몇 가지 새로운 계획에 착수했다.

(일반적으로, 나는 정부에서 수많은 사람들이 데이터와 과학이 묵살되는 '무증거evidence-free 지역'에서 일한다는 사실에 놀랐다. 부시 대통령의 고위급 보좌관 한 명이 "해결책이란 인식가능한 현실을 신중하게 연구하는 데서 나온다고 믿는" 사람들로 이루어진 이른바 "현실 중심주의 집단"을 폄하하는 발언을 한 적이 있었다. 나는 그런 접근이야말로 문제해결의 정석이라 생각해왔다. 그 보좌관은 계속해서 "이 세계는 더 이상 그런 식으로 돌아가지 않는다…… 우리는 이제 하나의 제국이며, 우리가 행동하면 현실은 창조되기 마련이다"라고 말했다. 이런 태도는 지난 수년간 많은 일들이 왜 잘못되었는지 설명해준다.)

오래지 않아 이런 프로젝트가 결실을 맺으면서 우리가 이미 갖고 있던 데이터, 특히 여성과 경제에 관한 데이터가 널리 알려졌다. 멀리 갈 것도 없었다. 1970년대 초반에 미국 여성은 전체 일자리의 37퍼센트를 차지했지만, 2009년에는 47퍼센트로 늘어났다. 이러한 여성인력 증가에 힘입어 지난 40여 년간 GDP는 3조 5,000만 달러 이상이 향상되었다.

이런 상황은 개발도상국에서도 마찬가지였다. 예를 들어 라틴아메리카와 카리브 해 연안 국가들에서는 1990년대부터 여성의 노동시장 참여가 꾸준히 증가했다. 세계은행은 이 지역의 극심한 빈곤이 최근 생산성 향상의 결과로 30퍼센트 정도 감소했다고 추산했다.

그와 유사한 연구 결과는 더 많은 여성이 경제활동에 참여하고 여성의 사회 진출을 가로막는 장벽을 제거하는 일이 모두에게 이익이 된다는 주장에 힘을 실어준다. 2011년 9월, 나는 가능한 모든 데이터를 모아 샌프란시스코에서 열린 아시아태평양지역 정상회의에서 각국 대표들에게 말했다. "우리 모두가 바라는 경제 규모 확대를 위해서는 앞으로 몇십 년간 우리 경제를 움직일 성장의 핵심적인 원천을 활용할 필요가 있습니다. 성장의 핵심 원천은 바로 여성입니다. 세계 각국에서 경제성장 모델이 한계에 이른 지금, 우리는 더 이상 노동시장에서 여성이 마주한 장벽을 이대로 계속 놔둬서는 안 됩니다."

아베 신조安倍晋三 일본 총리가 여성의 경제활동 참여 증가야말로 그가 야심차게 내놓은 새로운 경제 의제의 중심축이 될 것이라 선언하자 반가운 마음이 들었다. 일명 '우머노믹스womenomics'였다. 그는 더 많은 여성들이 노동시장에 진입할 수 있도록 하는 저렴한 보육서비스와 육아휴직제 개선 계획에 대해 자세히 설명했다. 아베 총리는 또한 일본 최대 기업들에게 최소한 1명 이상의 여성 임원을 임명할 것을 주문했다. 국내외에 이처럼 장기적인 안목을 지닌 리더들이 더 많아져야 한다.

집중적인 노력을 기울인 또 다른 분야는 평화유지에 있어서 여성의 역할이었다. 우리는 라이베리아, 콜롬비아, 르완다, 북아일랜드 등지에서 분쟁을 종식시키고 폐허가 된 사회를 다시 일으키는 데 두드러지게 기여한 여성들의 놀라운 예를 수없이 봐왔다. 1995년 벨파스트의 피시 앤 칩스 레스토랑에 갔던 일이 생생히 기억난다. 당시 나는 우연히 북아일랜드 문제에 신물이 난다며 평화를 열망하는 가톨릭과 기독교 여성들과 함께 앉아 차를 마시게 되었다. 그들은 일요일마다 서로 다른 교회에 다녔지만, 모두들 날마다 학교에 간 아이나 시내에 볼일 보러 간 남편이 무사히 돌아오길 기도했다. 그중 한 명인 조이스 맥카탄Joyce McCartan은 1987년 열일곱 살 난 아들이 총에 맞아 죽은 후 여성전용 드롭인센터Women's Drop-in Center를 세운 인물이었다. "남자를 정신 차리게 하는 건 여자죠."

여성이 평화 프로세스에 참여하면서 평화유지에 중요한 인권과 정의, 국민 화합, 경제 회복 같은 이슈에 논의의 초점이 맞춰졌다. 여성들은 대체로 인종과 종파를 뛰어넘어 서로 연대하고 다른 소외집단을 위해 목소리를 높이는 경향이 있다. 이들은 종종 중재자 역할을 하면서 타협을 이끌어낸다.

그러나 그처럼 여성들이 협상에 기여하는 바가 있음에도, 이들이 배제되는 경우가 흔하다. 1990년대 초반 이후 체결된 수백 개의 평화조약 가운데 여성 협상가가 관여한 것은 10퍼센트가 채 안 되며, 서명자가 여성이었던 경우는 3퍼센트 미만이고, 여성이 한 번이라도 권한을 위임받은 경우는 극소수에 불과했다. 모든 평화협정의 반 이상이 5년 내에 실패한다는 사실은 그리 놀랍지 않다.

나는 수년간 국내외 군 장성과 외교관, 국가안보 정책입안자들이 이런 현실을 깨닫게 하려고 애썼다. 국방부와 백악관에서 몇 명의 동조자를 찾을 수 있었고, 그중에는 미셸 플러노이 국방부 정책 담당 차관과 합참차장인 제임스 윈펠드 해군 제독도 있었다. 국무부와 국제개발처 및 국방부는 외교관, 개발전문가, 군 관계자 들이 분쟁지역 및 분쟁 종식지역 여성들과의 소통방식을 바꿀 수 있도록 계획에 착수했다. 강간과 성폭력을 근절하고 여성이 평화에 일익을 담당하도록 하는 데 새로이 역점을 두었다. 우리는 그것을 '여성, 평화, 안보를 위한 국가행동계획'이라고 불렀다.

2011년 12월, 오바마 대통령은 국가행동계획을 개시하는 행정명령을 발동했다. 플러노이 차관과 윈펠드 합참차장은 나와 조지타운에서 만나 이를 대중에게 발표하기로 했다. 중재자로서의 여성의 역할을 논하는 자리에 빳빳하게 다린 해군 제복을 입고 나타난 윈펠드 제독을 보고, 적어도 미국에서만큼은 여권신장에 진전이 있었길 바랐다.

국무부 장관 임기가 끝나갈 무렵, 젠더 이슈가 미국 외교정책의 각 분야에서 반영되도록 한 그간의 변화가 내가 퇴임한 후 물거품이 되지 않았으면 했다. 어떤 관료사회에서든 개혁을 제도화하는 것은 어려우며, 당연히 국무부도 예외는 아니었다. 몇 개월간 우리는 백악관과 함께 멜란 버비어가 맡은 세계여성문제 전권대사직을 상설직으로 만들고, 그녀의 후임은 국무부 장관에게 직속으로 보고하도록 하는 대통령 각서를 마련하고자 했다. 백악관의 시스템을 거치느라 애를 먹었지만 다행히도 잭 루 전 국무부 부장관이 오바마 대통령 비서실장으로 있어서 믿을 만한 동지를 둔 셈이었다. 2013년 1월 30일 국무부 장관직을 수행하는 마지막 날, 나는 오바마 대통령과 함께 대통령 집무실의 개인 다이닝룸에서 점심을 먹었다. 식사 후 자리에서 일어나려는데, 그가 나를 멈춰 세우더니 대통령 각서에 서명하는 모습을 보여주었다. 그보다 더 좋은 송별은 없었을 것이다.

═══

전 세계 여성들을 위한 우리의 노력은 세계인권선언에 명시된 자유를 수호하고 전 세계인이 그 자유를 누릴 수 있도록 하려는 폭넓은 인권 의제에 기초한다.

2009년, 인권을 다루는 미국의 방식이 다소 균형을 잃었음은 부인할 여지가 없었다. 취임 이틀째, 오바마 대통령은 모든 미국 공무원의 고문이나 공무상의 학대행위를 금지하는 행정명령을 발동하고, 관타나모 수용소의 폐쇄를 명령했다(아직 목표는 이루지 못했다). 그는 인권을 미국 외교의 핵심으로 삼겠다는 공약을 내걸었다.

앞서 말했다시피, 미국은 인터넷상 자유를 수호하고, 검열을 피하고 방화벽을 우회하려는 반체제 인사들에 대한 지원을 강화했다. 우리는 억압적인 정권에 대한 불편한 진실을 폭로한 대가로 감옥에 투옥된 언론인들을 변호하고, 인신매매 생존자들이 암흑 같은 현실에서 빠져나오도록 도왔고, 노동권과 공정한 근로기준을 주장해왔다. 이러한 굵직한 헤드라인의 이면에는 일상적인 외교업무가 뒷받침이 되었다. 외국 정부를 압박하고, 반체제 인사를 후원하며, 시민사회를 참여시키고, 미국 정부가 인권 문제를 모든 정책의 최우선 고려사항으로 다루게 하는 것 등이었다.

이러한 노력의 첫 단계 중 하나가 전 세계 학대 실태를 감시하기 위해 2006년에 창설되어 47개 회원국을 둔 유엔인권이사회에 재가입하는 것이었다. 1940년대 후반 엘리너 루스벨트 여사가 창설을 주도한 유엔인권위원회는 시간이 지나면서 수단과 짐바브웨같이 악명 높은 인권 유린 국가들이 위원국으로 선출되면서 조롱거리로 전락했다. 유엔인권이사회는 그 후신인데, 새로운 조직에서도 문제는 여전했다. 쿠바 같은 나라도 의석을 얻었다. 이전의 부시 행정부는 참여를 거부했다. 유엔인권이사회는 이스라엘을 규탄하는 데만 열중하는 듯 보였다. 그렇다면 오바마 행정부는 왜 굳이 가입했을까? 인권이사회의 결점을 외면한 것이 아니라, 참여야말로 건설적인 영향력을 발휘할 절호의 기회가 될 것이며 인권이사회가 더 나은 방향으로 나아가게 할 수도 있으리라고 판단했기 때문이었다.

유엔인권이사회의 심각한 문제들은 해소되지 않았지만, 미국의 의제를 진척시키는 데는 유용한 기반이었음이 드러났다. 무아마르 카다피가

2011년 초 리비아 시민들을 상대로 무자비한 폭력을 자행할 당시, 나는 그의 잔학행위에 대항해 전 세계를 결집시키기 위해 제네바의 유엔인권이사회로 달려갔다. 한편으로는 이스라엘을 향한 지속적인 편견에 반대하는 목소리를 냈다. 더불어 이사회에는 종교에 대한 모독을 금지하거나 범죄로 간주해야 하는지에 대해 10여 년간 끌어온 논쟁에서 벗어나 앞으로 나아갈 것을 촉구했다. "종교적 감수성과 표현의 자유가 대립하도록 조장하는 거짓된 분열을 극복하고, 불관용이 있을 때 맞서 싸우기 위한 구체적인 방안을 토대로 새로운 각도에서 접근해야 할 때입니다." 내가 말했다.

수년 동안 인권이사회의 일부 이슬람 국가들은 종교에 대한 '비방'을 막는다는 구실로, 미국과 다른 나라라면 표현의 자유에 대한 위협이므로 반대했을 유엔 결의안 상정을 밀어붙였다. 누군가가 예언자 무함마드를 폄하하는 만화를 게재하거나 동영상을 온라인에 올렸을 때 때때로 터져나왔던 무슬림의 엄청난 분노를 생각하면, 이는 그저 원론적인 행동이 아니었다. 나는 관용과 자유는 보호받아야 할 핵심 가치라는 사실을 인정함으로써 난국을 타개할 수 있으리라 생각했다. 타협에 이르려면 논쟁을 뒤덮고 있는 격한 정치적, 이념적인 문제를 뒤로하고 앞으로 나아갈 파트너가 필요했다.

우리는 약 60개 국가를 회원국으로 둔 이슬람협력기구 내에서 그런 파트너를 찾았다. 터키 외교관이자 학자인 에크멜레딘 이흐산오울루Ekmeleddin İhsanoğlu 사무총장은 나와는 1990년대에 알게 된 사려 깊은 사람으로, 당시 이스탄불 소재 이슬람역사예술문화 연구센터의 소장으로 재직 중이었다. 그는 유엔인권이사회에서 표현과 신앙의 자유를 강력히 지지하면서 종교나 믿음에 따른 차별과 폭력에 맞서는 새로운 결의안을 채택하는 데 힘을 보태겠다고 했다. 그러면서 이전의 '비방' 금지 결의안이 촉구한 언론의 자유에 대한 광범위한 제약을 막고자 했다. 제네바의 미국 대표들은 문안을 조정하기 시작했고, 2011년 3월 말 유엔인권이사회는 만장일치로 이를 채택했다.

우리는 누구나 원하는 바를 생각하고 생각하는 바를 말하며 다른 이들과 어울리고 평화롭게 모일 수 있으면서도, 국가의 감시나 통제를 받지 않을 권리 등의 많은 권리와 함께 종교의 자유를 누릴 권리가 있다. 그것은 그 자체로 일종의 인권이다. 세계인권선언은 누구든지 종교를 선택하거나 개종하거나 아무 종교도 갖지 않을 자유를 갖고 태어났음을 명시하고 있다. 어떤 국가도 이런 자유를 특권으로 부여하거나 박탈할 수 없다.

매년 국무부에서는 전 세계의 종교적 박해에 관한 상세 보고서를 발간한다. 예를 들어, 이란 당국은 이슬람의 수피교와 복음주의 기독교, 유대교, 바하이교, 수니파, 아흐마디야교 신자, 그리고 정부와 종교적 견해가 다른 사람들을 억압한다. 또한 우리는 유럽 일부 국가에서 문제의 반유대주의가 부활하는 것을 확인했다. 프랑스와 폴란드, 네덜란드에서는 유대인 묘지와 학교, 시나고그(유대교 예배당_옮긴이), 코셔 마트(유대교 율법에 따라 정결한 식품을 파는 곳_옮긴이) 등에 스프레이로 뒤집힌 만卍자 형상의 스와스티카를 그린 사건이 발생했다.

중국 정부는 위구르 무슬림과 티베트 불교 승려를 비롯해, 미등록 '가정 교회'와 그곳에 모여 예배한 기독교인들을 탄압했다. 2009년 2월 국무장관 자격으로 중국을 처음 방문했을 당시, 나는 종교의 자유에 대해 중국 정부에 메시지를 전달하기 위해 가정 교회 한 곳에서 예배에 참석했다.

종교의 자유와 소수집단의 권리 보호에 대한 미국의 관심은 단순한 도덕적 논쟁을 뛰어넘는다. 특히 과도기 사회의 경우에는 중요한 전략적 고려사항이기도 했다. 2012년 이집트를 방문했을 당시 콥트교도들은 이집트 정부가 모든 이집트인들에게 보장한 것과 동일한 권리와 존중을 자신들도 받을 수 있을지 궁금해했다. 버마의 로힝야족 무슬림은 여전히 완전한 시민권과 교육, 고용 및 이주에 있어서 평등한 기회를 보장받지 못한다. 이집트와 버마, 그리고 다른 나라들에서 이런 종교적 소수집단의 보호에 대해 내리는 결단은 국민들의 삶에 큰 영향을 끼치며, 이 국가들이 안정과 민주주의를 누릴 수 있을지를 결정하는 데도 상당한 영향을 끼칠 것이다. 역사는 우리에게 소수집단의 권리가 지켜질 때 사회가 보다 안정되며 모든 사람이 혜택을 누릴 수 있음을 가르쳐준다. 2012년 뜨겁게 요동치던 여름, 이집트 알렉산드리아에서 나는 이렇게 말한 바 있다. "진정한 민주주의란 남성이든 여성이든, 이슬람교도든 기독교도든, 그 어떤 배경을 갖고 있든지 상관없이 모든 시민이 원하는 대로 살고 일하며 예배할 수 있는 권리를 가진다는 것을 뜻합니다. 진정한 민주주의란 어떠한 집단이나 종파나 지도자도 자신의 의지나 사상, 종교, 욕망을 그 누구에게도 강요할 수 없음을 의미합니다."

═══

지난 수년 동안 나는 유엔에서 세계인권선언 50주년 기념사에서 언급했던 말을 종종 인용하곤 했다. "우리는 이제 반복되는 전쟁으로 초토화되었던 20세기의 마지막에 가까이 있습니다. 20세기 역사가 우리에게 가르쳐주는 것이 있다면, 바로 어떤 개인이나 집단의 존엄성이 이들의 정체성이나 이들이 가진 본질적인 속성에 대한 경멸로 인해 훼손된다면, 우리 모두가 악몽에 시달리게 된다는 것입니다." 나는 역사의 교훈을 바탕으로 시민권과 인간의 존엄성이라는 범주를 확장해 예외 없이 모든 사람을 포함해야 한다고 촉구했다.

이 말을 하면서, 나는 여러 형태로 주변화된 채 살아가는 전 세계의 숱한 여성들은 물론 종교적, 인종적 소수집단에서 장애인, 그리고 레즈비언, 게이, 바이섹슈얼, 트랜스젠더 등의 성소수자에 이르는 '보이지 않는' 수많은 사람들의 존재를 떠올렸다. 국무장관 시절을 돌이켜보면, 인간의 존엄성과 인권의 범주를 확장해 역사적으로 배제되었던 사람들까지 포함시킨 우리의 성과가 자랑스럽다.

2011년 1월, 전 세계가 데이비드 카토David Kato에 대해 알게 되었다. 그는 우간다의 동성애자 인권운동가로, 우간다를 비롯한 국제 시민단체에서 잘 알려진 인물이었다. 그는 여러 차례 협박을 받았는데, 우간다 신문 1면에는 데이비드 카토와 그의 동료들의 사진과 함께 "교수형에 처하라"라는 문구가 실리기도 했다. 결국 누군가 그 협박을 실행에 옮겼다. 데이비드 카토가 살해당한 것이다. 경찰에서는 강도를 당한 것 같다고 말했지만, 그보다는 처형에 가까운 살인이었다.

우간다와 세계 각지의 많은 이들과 마찬가지로, 나는 경찰과 정부가 공개적인 살해 협박이 나간 후에도 데이비드를 보호하기 위해 아무런 조치도 취하지 않았다는 사실에 충격을 받았다. 그러나 이는 경찰의 무능력 때문만은 아니었다. 우간다 의회는 동성애를 사형 처벌이 가능한 범죄로 규정하려는 법안을 마련하는 중이었다. 고위 정부관리는(윤리청렴부 장관이 틀림없다) 인터뷰에서 경멸조로 말했다. "동성애자에게 인권이란 없습니다." 우간다의 성소수자는 늘 핍박과 공격에 시달렸으나, 사실상 정부 당국은 이를 막기 위해 아무런 조치도 취하지 않았다. 요웨리 무세베니 우간다 대통령에게 이 문제를 제기하자, 그는 내 우려를 비웃었다. "힐러리, 또 시작이구려." 데이비드 카토의 죽음은 개별적인 사건이 아니었다. 이는 어떤 수단을 이용해서든, 심지어 정부까지 합세해 성소수자를 억압하려는 전국적인 움직임의 결과였다.

나는 데이비트 카토의 생애와 활동에 대한 브리핑을 요청했고 2009년 그의 인터뷰 기사를 읽었다. 그는 "죽어서가 아니라 살아서 인권의 좋은 수호자"가 되고 싶다고 말했다. 그는 그런 기회를 강탈당했으나 다른 이들이 그가 하던 일을 계속하고 있으며, 나는 미국 정부도 그들 편에 굳게 서길 바랐다.

성소수자에 대한 학대는 결코 우간다에 국한된 일이 아니다. 이 글을 쓰는 지금도, 카리브 해 연안에서 중동, 동남아시아에 이르는 전 세계 80개 이상의 나라에서 어떤 식으로든 성소수자를 범죄자로 취급한다. 동성애자라는 이유로, 일반적인 성별 규범에 반하는 옷을 입었다는 이유로, 또는 단지 성소수자라고 커밍아웃을 했다는 이유로 사람들이 투옥된다. 우간다 이웃 국가인 케냐는 게이 남성을 몇 년간 수감했다. 나이지리아 북부에서 게이 남성들은 투석형에 의해 죽음을 맞기도 한다. 2012년 카메룬에서는 한 남성이 연애감정을 표현하는 문자를 다른 남성에게 보냈다는 이유로 투옥됐다. 2014년 초 굿럭 조너선Goodluck Jonathan 나이지리아 대통령과 무세베니 우간다 대통령이 가혹하고 억압적인 반동성애 법안에 서명할 때 나는 마음이 무거웠다. 동성애는 이미 양국에서 범죄로 취급되어왔지만 새로운 나이지리아 법은 동성애에 대해 14년의 징역형과 성소수자 옹호에 대해 10년형을, 그리고 새로운 우간다 법은 일부 행위에 대해 종신형을 규정하고 있다.

러시아의 블라디미르 푸틴 정권은 일련의 반동성애 법을 입안해, 러시아 아동이 게이 커플이나 동성애 결혼을 허용하는 국가 커플에게 입양되는 것을 금지하고, 동성애자의 권리를 지지하거나 아이들 앞에서 동성애를 논하는 것을 불법으로 규정하고 있다. 세르게이 라브로프 러시아 외무장관을 압박해 성소수자의 권리 보호를 촉구하자, 늘 냉정하고 과묵하던 그가 언짢은 기색을 보였다. 러시아는 동성애자를 문제시하지 않으며, 다만 그들의 "선전활동"만 문제 삼을 뿐이라고 답했다. "왜 '그 사람들'은 굳이 돌아다니면서 그걸 과시하려 하는 겁니까? 러시아는 참을 이유가 없어요." 라브로프 장관은 이 사안에 대해 "역사의 바른 편"에 선다는 생각을 경멸했다. 그에겐 그저 "감상적인 난센스"일 뿐이기 때문이었다. 나는 미군 내 성소수자에 관한 '묻지도, 답하지도 말라'는 방침을 폐지하고 성소수자에게도 군 복무의 길을 열어주기 위해 미국이 추진 중인 계획에 대해 설명하고, 동행한 국방부 대표 해리 해리스Harry Harris 제독에게 자세한 설명을 부탁했다. 러시아 측은 낄낄대고 웃기 시작했다. "아, 이 사람도 게이인가?" 그들 중 하나가 들으란 듯이 혼잣말로 중얼거렸다. 해리스 제독은 러시아의 모욕적 언사를 신경 쓰지 않았고 신경 쓸 수도 없었지만, 나는 세련된 러시아 대표단이 가볍고도 잔인한 말투로 불쾌한 화제를 앵무새처럼 따라하는 데 경악을 금치 못했다.

미국 인권감시망은 전 세계 성소수자의 암울한 인권 실태를 얼마간 추적해왔다. 연례 인권보고서에 성적 지향을 포함시키라는 작성지침 변화가 있었던 1993년 이후, 국무부는 전 세계 성소수자 집단이 처한 학대 실태를 집중적으로 조명했고, 라브로프 장관과 무세베니 대통령을 비롯한 다른 나라 정부와의 협상에서 문제를 제기했다. 또한 우리는 '에이즈 구제를 위한 대통령 긴급계획'을 통해 성소수자에게 상당한 지원활동을 폈고, 이를 통해 수백만의 생명을 살릴 수 있었을 뿐 아니라 소외된 사람들을 다시 공적인 영역으로 끌어들였다.

그러나 인권운동은 한 단계 업그레이드될 필요가 있었다. 성소수자를 둘러싼 환경이 각국에서 악화되고 있다는 증거가 넘쳐났다. 미국을 포함해 다른 나라에서 엄청난 진전이 있었던 것과는 극명한 대조를 이뤘다. 끔찍할 정도의 아이러니였다. 어떤 나라에서는 성소수자의 삶이 그 어느 때보다 좋아진 반면, 다른 곳에서는 더 이상 나빠질 수 없는 지경이었다.

한편으로 나는 국무부 가족들 가운데 성소수자에게 지원을 개선함으로써 국내에서 보다 진전을 이룰 방법을 찾았다. 이전 세대에서는 능력 있는 외무 공무원들의 성적 지향이 알려짐에 따라 사직을 강요받았다. 이제 그런 시대는 갔지만, 각종 규정들로 인해 성소수자 동료들의 삶은 여전히 녹록하지 않았다. 그래서 2009년에 나는 해외에서 근무하는 외무 공무원의 동성 파트너에게도 다양한 법적 혜택과 수당 지급을 확대했다. 2010년에는 국무부의 평등고용기회 정책을 통해 성 정체성에 근거해 피고용인과 구직자가 차별대우를 받지 않도록 명시적으로 보호하라고 지시했다. 또한 미국인들이 여권에 기재된 성별을 쉽게 바꿀 수 있도록 하고, 동성 커플이 결혼이나 동성 간의 결합을 통해 성姓이 바뀌는 경우, 해당 이름으로 주 정부가 인정한 여권을 취득할 수 있게 했다. 칼럼니스트 댄 새비지Dan Savage가 시작한 따돌림 방지 캠페인을 지지하기 위해, 나는 폭발적 인기를 얻은 '나아질 거야It Gets Better' 프로젝트에 참여해 동영상을 녹화했다. 내 위로와 격려의 말이 위험한 상태에 있는 청소년들에게 닿을지 모르겠지만, 그럴 거라는 희망을 가졌다.

미 외교기관 동성애자 모임이 주최한 국무부의 연례 프라이드 행사(매년 6월 프라이드 위크에는 세계 곳곳에서 동성애자들의 자부심을 드러내는 행사가 열린다_옮긴이)를 지원하기도 했다. 단체 이름에서 알 수 있듯 이들은 미국 외교업무를 담당하는 성소수자로서, 국내뿐 아니라 해외의 성소수자를 위한 환경을 개선하는 데 강한 직업적 사명감이 있었다. 국무부 내에서 이들이 마련한 연례 프라이드 행사는 즐겁기도 하고 목적의식도 있었다. 2010년행사에서 한 해 동안 우리가 함께 이룬 진전을 정리해본 다음, 나는 전 세계의 성소수자가 당하는 끔찍한 고통으로 화제를 옮겼다. "이런 위험들은 단순히 동성애 문제가 아닙니다. 인권에 관한 문제입니다." 내가 말했다. 방 안에서 함성과 환호가 터져나왔다. "15년 전 베이징에서 자랑스레 분명히 말했던 것처럼, 인권은 여권이며 여권은 곧 인권입니다. 오늘 저는 인권이 곧 동성애자의 권리이며 동성애자의 권리가 곧 인권이라 단호히 말하고 싶습니다." 다시 한 번 박수갈채가 터졌다. 물론 내 발언이 좋은 평가를 받았으면 싶긴 했지만, 청중의 열정적인 반응에 적잖이 놀랐다. 분명히 사람들은 내가 생각한 것보다 열렬히 이런 발언을 기다려왔던 것이다. 이 모임에서 회원으로 활동 중인 대니얼 배어는 나중에 이를 확인시켜주듯 말했다. "전 세계에 이런 얘길 하셔야 합니다."

그렇게 국무장관으로서 가장 기억에 남는 연설로부터 일이 시작되었다.

국무장관의 주요 연설은 자연히 외교에 치중될 수밖에 없었다. 복합적인 문제에 대해 다년간에 걸친 다면적인 전략을 다루기 마련이다. 연설에는 신경 써서 고른 단어들로 이루어진 단서와 비밀스러운 경고, 약간의 외교적 은어가 담긴다. 내 연설문 작성자들은 보다 많은 청중에게 다가가려고 애쓰지만, 변함없는 사실이 있었다. 외교정책에 관한 연설은 지루한 경향이 있으며, 가장 열성적인 청중과 독자는 정부 공무원이든 싱크탱크 전문가든 아니면 기자이든 간에 외교정책 전문가인 경우가 많다.

나는 좀 다른 연설을 원했다. 수많은 서로 다른 환경에 있는 성소수자에게 뭔가 의미 있는 연설을 전하고 싶었다. 인권 관련 전문용어에 익숙한 일선 운동가뿐만 아니라, 미국의 시골이든 아르메니아든 알제리든 어디가 됐든 간에 따돌림을 당하는 청소년에게도 말이다. 동성애에 반대하는 사람들이 늘어놓는 어둡고 외설적인 이야기와는 정반대로, 단순하고 직접적인 연설을 하고 싶었다. 인권수호에서 한 발짝도 물러서지 않은 채, 의심으로 가득 찬 청중을 설득할 만한 연설, 그래서 합리적이고 존경을 표할 만한 그런 연설을 원했다. 무엇보다도 전 세계 지도자들에게 연설을 통해 분명한 메시지를 전달하고 싶었다. 성소수자를 보호하는 일은 인권수호 의무의 일부이며, 그 의무를 다하는지 전 세계가 지켜보고 있다는 메시지를 전하려 했다.

연설문 초고를 작성하기 전에 나는 어디서 연설을 하게 될지 알고 싶었다. 이처럼 민감한 주제에 관해서 연설을 할 때는 장소와 상황이 평소보다 중요하기 때문이다. 2011년 초였는데, 다음 몇 달 동안은 세계 각 지역 방문일정이 잡혀 있었다. 방문일정 중 연설을 해도 괜찮을까? 8월에는 아프리카에 가기로 되어 있어서, 우리는 잠깐 우간다에 들러 데이비드 카토를 기리는 연설을 할까 생각했었으나 곧 그 아이디어는 포기했다. 어떤 일이 있더라도 반동성애 폭력 사태가 전 세계의 문제라기보다는 아프리카의 문제라는 인상을 주거나, 편견에 사로잡힌 현지인들에게 미국의 협박에 대해 항의할 만한 빌미를 제공하고 싶지는 않았다. 연설 자체가 하나의 이야기로 다가가길 원했다.

우리는 일정을 확인했다. 아마도 의미 있는 장소보다는 의미 있는 날짜를 선택해야 할 것이다. 2011년 6월 프라이드 기념행사에서? 아니다. 미국에서 그런 연설을 한다면 내가 계획한 연설은 하지 못할 것이다. 언론에 소개된다면 아마 국내 정치면에 실릴 것이다(성소수자의 권리에 대해 프라이드 행사에서 연설하는 것은 딱히 뉴스거리가 안 된다). 그다지 영향을 주지 못할 것이 뻔했다.

결국 제이크 설리번과 대니얼 배어가 모두 같은 아이디어를 냈다. 유엔인권이사회 본부가 있는 제네바에서 연설을 한다는 계획이었다. 성소수자의 권리를 국제사회의 인권이라는 틀 안에서 확고하게 자리 잡게 하는 것이 목적이라면 그보다 더 좋은 장소는 없었다.

그래서 장소는 그곳으로 정했다. 그렇다면 날짜는? 1997년에 그랬듯, 세계인권선언 서명 기념일인 12월 첫 주로 정했다. 역사적으로 중요한 의미가 있는 날짜였다. 그 주에 나토 본부에서 열리는 회의 때문에 브뤼셀에 가기로 되어 있어서 실용적이기도 했다. 제네바 일정을 추가하기란 어렵지 않았다.

원고를 쓰는 일은 쉽지 않았다. 나는 성소수자들에 대한 인도적 대우를 강조할 때마다 심각한 어조로 반박했던 각국 장관들을 비롯해 반동성애 광신도들이 진실인 양 퍼뜨리는 말도 안 되는 유언비어를 반박하고 싶었다. 연설문 작성자인 메건 루니는 아주 희한한 예들을 찾아냈는데, 정말이지 많았다. 동성애자는 정신적으로 병든 아동학대자라느니, 신은 우리가 그들을 거부하고 고립시키길 원한다느니, 가난한 나라들은 인권을 신경 쓸 여유가 없다거나 이런 나라에는 성소수자가 전혀 존재하지 않는다는 얘기도 있었다. 마무드 아마디네자드 이란 대통령이 2007년 컬럼비아 대학에서 청중에게 한 것과도 똑같은 얘기였다. "미국과 달리, 이란에는 동성애자가 없습니다." 사석에서도 비슷한 얘기를 수없이 들었다.

초안 작업에서 우리는 다섯 가지 흔한 오해를 열거하고 하나하나 그 거짓을 파헤쳤다. 연설문은 점점 꽤 그럴듯한 몇 가지 초안이 마련되며 진척을 보였지만 기본적인 구조는 내내 확고하게 유지됐다. 누군가의 생각을 바꿀 수 있으려면 연설은 굉장히 차분하고 신중한 어조여야 한다고 생각했으므로 그 부분에 집중해서 여러 번 고쳐 썼다. 예를 들어 '다섯 가지 오해'는 '다섯 가지 이슈'가 되었다. 성소수자에 대한 다수의 의견이 종교적이고 문화적인 전통에 뿌리내리고 있다는 사실을 인정하는 것이 중요하다고 생각했다. 종교와 문화는 사람들의 일상에 큰 의미를 지니기 때문에 경멸하듯 다루면 안 된다. "저는 존경과 이해, 겸허한 마음을 가지고 여기 여러분 앞에 섰습니다"라고 썼다. 생각은 보다 신중하게 표현해야 그 힘이 사그라들지 않는다.

나는 메건에게 1995년 베이징에서 했던 연설을 모델로 삼자고 했다. 결국 여기서 내가 하고 싶은 말은 아주 비슷했기 때문이다. 성소수자도 인간이라는 단순명료한 사실로 인해, 이들이 겪는 추악한 일들은 곧 인권 침해에 해당한다고 말하려는 것이었다. 바로 그것이었다. 복잡한 논쟁도 화려한 수사도 필요 없었다. 다만 할 일을 너무 오래 미루었다는, 꾸밈없는 몇 가지 주장이면 되는 것이다.

우리가 답해야 할 몇 가지 전략적인 질문이 있었다. 첫 번째 질문은 잘못된 방향으로 가고 있는 나라들을 '지목해 망신을 주어야' 하는가였다. 연설 초안에는 여러 국가 중에서 우간다를 지목하는 부분이 있었다. 나는 그게 잘못이라 생각했다. 어떤 목록을 작성한들 불완전할 터였다. 게다가 비판의 대상으로 지목된 나라는 대응을 해야 한다고 느낄 것이고 아마 분노에 차서 방어적으로 나올 것이다. 미국은 이 문제에서 진전을 이루긴 했지만, 국내 성소수자의 평등을 위해서도 아직 할 일이 많이 남아 있었다. 나는 이번 연설을 통해 각국 지도자들이 생각하게 만들고 싶을 뿐 비난하려는 것은 아니었다.

대신, 우리는 성소수자의 권리에 대해 엄청난 진전을 이룬 비서구권 국가의 예를 찾았다. 성소수자를 지지하는 것이 서방 식민주의자들의 수법이라는 오해를 반박하기에 그보다 더 좋은 방법이 어디 있겠는가? 다행히도 그러한 예는 아주 많았다. 마침내 나는 몽골과 네팔, 남아공, 인도, 아르헨티나, 콜롬비아를 치하하며 보츠와나 전 대통령의 말을 인용했다.

두 번째 질문은 이 연설을 어떻게 홍보하느냐였다. 성소수자의 인권에 관한 연설이라고 하면 어떤 이들은 (정확히 말해 우리가 설득하려는 사람들은) 연설을 듣지 않으려 할 것이다. 그래서 우리는 이 연설을 단순히 세계인권선언을 기념하는 인권에 관한 연설이라고 알리기로 했고, 그렇게 진행되었다.

연설할 날짜가 임박한 즈음, 일단 문안의 대부분을 확정하고 나서는 덧붙일 만한 이야기와 생각이 없는지 귀를 활짝 열어놓았다. 백악관 회의에서 해병대 사령관이 '묻지도, 답하지도 말라'는 방침을 폐지하게 된 일화를 소개해주었다. "저는 폐지에 반대했고 당시에 그렇게 말하기도 했습니다. 그렇지만 일단 폐지되고 나니, 제가 근거 없는 두려움을 갖고 있었다는 사실을 깨달았습니다." 그는 해병대가 군인정신을 가지고 당당히 그러한 변화를 끌어안았다고 덧붙였다. 그 일화도 연설원고에 넣었다. 국무부 법률고문인 해럴드 고는 다른 사람의 입장에 서보는 공감의 중요성에 관한 이야기를 덧붙이는 게 어떠냐고 제안했다. 그 이야기는 연설에서 가장 멋진 부분이 되었다.

마침내 우리는 유럽으로 떠났다. 스위스는 하루에 1개국을 방문하는 5개국 순방일정 중 세 번째 국가였다. 독일에서 나는 아프가니스탄 문제에 대한 회의에 참석한 미국 대표단을 이끌었다. 리투아니아에서는 유럽안보협력기구 회의에 참석했다. 빌뉴스의 아담하면서도 멋진 호텔에 도착하자, 대표단 직원 여러 명이 늦은 저녁으로 리투아니아 특산물 요리를 먹으러 호텔 바로 향했다. 그러나 메건과 제이크는 다음 날 연설 때문에 너무 긴장한 탓에 쉬지 못했다. 제이크는 메건의 방으로 가서 바닥에 앉아 (이미 제네바에 간) 대니얼 배어와 함께 스피커폰으로 연설 문장 하나하나를 검토했다. 그들은 새벽이 되어서야 겨우 일을 끝냈다

다음 날 아침 일찍 백악관에서 마침내 우리가 논의해온 정책 변화를 승인했다는 소식을 들었다. 이제부터 미국은 해외원조액을 책정할 때 해당 국가의 성소수자 인권 실태를 참작한다. 이런 종류의 정책은 다른 나라 정부의 행동에 실질적으로 영향을 줄 수 있었다. 나는 연설에 그 내용을 더하기로 했다.

12월 6일, 우리는 제네바로 날아가 팔레 데 나시옹으로 향했다. 그날따라 팔레 데 나시옹은 더욱 웅장해 보였다. 평소에도 충분히 인상적이었지만 말이다. 국제연맹League of Nations 본부로 지어진 이 건물은 1936년에 문을 열었고, 유럽 해체 이전 낙관론의 최후를 상징했다. 핵무기 감축에서부터 식민지 해방국가의 독립에 이르기까지 20세기 외교의 수많은 문제가 이곳에서 중재되었다. 복도와 회의실은 언제나 혼잡했지만 그날은 정말 사람들로 가득 찼다.

나는 연단으로 걸어나가 연설을 시작했다.

오늘 저는, 지금도 여전히 세계 곳곳에서 인권을 부정당하고 있는 하나의 집단을 보호하기 위해 우리에게 남겨진 할 일에 대해 이야기하려고 합

니다. 여러 면에서 그들은 보이지 않는 소수자입니다. 그들은 체포되고, 구타당하고, 테러당하고, 심지어 사형에 처해집니다. 많은 이들이 동료 시민들에게 모욕적이고 폭력적인 처우를 받는 반면, 이들을 보호할 권한이 있는 당국은 보고도 못 본 척 무시하거나, 심지어 많은 경우 이 학대에 동참합니다. 이 보이지 않는 소수자들은 일하고 배울 기회에서 배제당하고, 집에서 쫓겨나거나 나라에서 추방당하며, 위험으로부터 스스로를 보호하기 위해 자신이 누구인지 은폐하고 부정하도록 강요받습니다.

청중 가운데 몇 사람의 얼굴에 호기심 어린 표정이 떠올랐다. '무슨 얘기를 하려는 거지?'

"제가 말하는 이들은 게이, 레즈비언, 바이섹슈얼, 트랜스젠더입니다." 나는 연설을 계속했다.

나는 한마디 한마디를 입 밖에 낼 때마다 자랑스러움을 느꼈지만 몇몇 특정한 문장은 유난히 기억에 남는다. 데이비드 카토를 기억하며, 나는 세계 위험지역에서 외롭게 힘겨운 싸움을 벌이는 용감한 성소수자 활동가들에게 직접 말을 전했다. "미국에는 여러분의 동지와 수백만 명의 친구가 있습니다."

손을 내저으며 "우리 국민들은 동성애자를 싫어하오. 그들이 반동성애법을 지지한다는데 어쩌겠소?"라고 말하던 외국 지도자들과의 모든 대화를 떠올리며, 그들을 향해 직접 말했다. "정의에 따르면, 리더십은 요구가 있을 때 여러분의 국민 앞에 나서는 것을 의미합니다. 국민 모두의 존엄성을 위해 앞장서고 국민들도 따르도록 설득하는 것을 뜻합니다."

그리고 베이징에서 했던 연설과 1년 전 국무부에서 했던 말을 다시 떠올리며 말했다. "여성이라는 것이 그렇듯, 인종적, 종교적, 부족적 또는 민족적 소수자라는 것이 그렇듯, 성소수자라는 것이 여러분을 열등한 인간으로 만들지 않습니다. 그리고 동성애자의 권리가 곧 인권인 이유, 인권이 곧 동성애자의 권리인 이유가 바로 이것입니다."

다음 날 일어나 내 연설이 돌파구를 마련했다는 것을 처음 알게 된 것은 그날 아침 내 머리를 만져주던 동성애자인 헤어디자이너가 마치 연극이라도 하듯 감사의 표시로 무릎을 꿇었을 때였다. 나는 웃으며 제발 어서 일어나라고 말했다. 내 머리는 여느 때처럼 엉망이어서 빨리 손질을 받아야 했다.

연설의 여파는 전 세계에 퍼져나갔고, 내 핸드폰은 곧 메시지로 가득 찼다. 엄청나게 많은 사람들이 온라인으로 내 연설을 다시 보았다. 나는 여러 가지 이유에서 만족스러웠다. 일부 아프리카 대표단이 그날 자리를 뜰 것이라 예상했지만, 아무도 일어나지 않았다. 그리고 전 세계 프라이드 행사에서 사람들이 내게 보내준 수많은 사진과 동영상에서 보았다시피, "동성애자의 권리가 인권이다"라는 말이 수많은 포스터와 배너와 티셔츠를 통해 널리 퍼졌다. 나는 미국이 다른 상황에서도 수없이 그래왔듯, 다시 한 번 인권을 위해 앞장섰다는 사실이 자랑스러웠다.

장관 임기 후반에 나는 라틴아메리카 주재 외교관에게 한 통의 편지를 받았다. 나는 그 편지를 소중하게 간직한다. "저는 장관님께 국무부 직원으로서가 아니라 남편이자 아버지로서 감사 편지를 씁니다. 한 개인으로서 장관님이 저희 가족에게 지난 4년간 베풀어주신 모든 것에 감사드리고 싶습니다. 저는 오랫동안 외교관이 되길 꿈꿨지만, 장관님이 취임하시기 전까지는 진지하게 생각해본 적이 없었습니다. 장관님이 국무부에서 동성 파트너를 가족 구성원으로 인정하라고 지시하신 순간, 제 앞을 가로막고 있던 유일한 걸림돌이 사라져버렸습니다." 그는 계속해서 7년간 동성 파트너와 함께 해외근무지에서 지낼 수 있어 얼마나 즐거웠는지 얘기하고는 마침내 쌍둥이를 함께 키울 수 있게 되었다고 했다. 그는 행복에 겨운 모습이 담긴 가족사진까지 한 장 동봉했다. "3년 전에는 상상조차 못 했던 일이었습니다…… 저희가 국가에 봉사하는 외교관이 된다는 것, 저희의 관계를 정부에서 인정해준다는 것, 저희가 아버지가 된다는 것. 이 모든 것이 현실이 되었습니다."

═══

2013년 국무장관직에서 퇴임하고 뉴욕의 클린턴재단에서 일을 시작했을 때, 나는 '21세기의 위대한 미완성 과업'을 계속하고 싶다는 생각이 들었다. 빠르게 다가오는 베이징 제4차 세계여성회의 20주년 기념일이 생각을 집중하는 데 도움을 주었다. 그동안 얼마나 많은 것을 성취했는지를 생각하니 자랑스러운 마음이 들었다. 그러나 '완전하고 평등한 참여'라는 목표는 아직 한참 멀었다는 사실은 의심의 여지가 없었다.

멜란은 조지타운 대학에서 여성, 평화, 안보에 관한 아카데미 센터를 시작했고, 나는 센터의 명예회장을 맡기로 했다. 이제 매일같이 전 세계를 돌아다닐 일이 없으니, 우리는 수년간 몰두해온 일의 역사와 미래에 대해 많은 얘기를 하고 생각하게 되었다. 나는 매기 윌리엄스에게 전화를 걸어 우리와 함께 전략을 짜보자고 청했다. 국무부에서 핵심 역할을 맡았던 젠 클레인Jen Klein, 레이철 보겔스테인Rachel Vogelstein을 포함한 클린턴재단의 훌륭한 멤버들과 첼시와 함께 새로운 계획을 세웠다.

2013년 9월 뉴욕에서 열린 클린턴 글로벌 이니셔티브의 연례회의에서, 나는 클린턴재단이 베이징 회의 이후 여성들이 이룬 진전을 평가하고, 여성의 완전하고 평등한 참여를 이루는 앞으로의 방향을 정하는 데 폭넓은 노력을 동원하겠다고 밝혔다. 우리가 어느 위치까지 왔고 얼마나 더 나아가야 하는지, 그리고 이 미완성 과업에서 무엇을 계획해야 할지를 현실적으로 바라볼 때라고 말했다.

게이츠재단 같은 파트너와 함께, 우리는 2015년 9월 베이징 제4차 세계 여성회의 20주년 기념일에 맞춰 여성의 지위에 대한 디지털 '글로벌 리뷰' 작업을 시작했다. 모든 사람이 우리가 이룬 성취와 더불어 앞으로 메워야 할 격차를 볼 수 있길 바랐다. 우리는 여성주의자들과 학자들, 정치지도자들이 개혁안을 마련하고 진짜 변화를 만들어내도록 쉽게 이용할 수 있는 정보를 제시했다.

나는 또한 여전히 1995년과 같은 사각지대에 있는 여성들을 포함한 전 세계 여성들의 완전한 참여를 가속화하기 위해 베이징에서 각국이 지지를 표명했던 베이징 행동강령을 발판으로 삼아 21세기 의제를 제시하고자 했다. 예를 들어, 베이징 회의 당시 우리 중 그 누구도 인터넷과 모바일 기술이 지금처럼 세상을 바꿔놓으리라고 상상하지 못했을 것이다. 또는 개발도상국에서 온라인에 접속하는 여성이 남성보다 2억 명이 적다는 사실이 무엇을 의미하는지도 이해할 수 없었을 것이다. 그러한 '디지털 격차'의 해소는 경제적, 정치적 참여에 방대한 규모의 새로운 기회를 열어줄 터였다.

마침내 우리는 새로운 완전한 참여 프로젝트를 '유리천장 깨기'라 부르기 시작했다. 그 명칭은 내가 대선에 출마했을 때 막판에 유명해진 "유리천장에 난 1,800만 개의 균열"이라는 말을 재미있게 따라한 것이지만, 사실 그 이상의 의미가 있었다. 누구나 정치나 기업에서 최고 수준에 올라야 하는 것은 아니다. 하지만 여성들은 어디서나 야망과 꿈을 가로막는 온갖 종류의 유리천장과 맞닥뜨렸으며, 그런 유리천장은 꿈을 좇는 일이 불가능하진 않더라도 더 어려워지게 만들었다.

'유리천장 깨기'를 발표한 지 얼마 지나지 않아 놀라운 얘기를 들었다. 우리와 함께 백악관에서 근무했던 스티븐 매시Stephen Massey가 베이징에 갔다가 우연히 서점에 들렀다. 크고 현대적인 서점이었지만 조용하고 사람이

별로 없었다. 그때 스티븐은 귀를 의심했다. 서점의 확성기로 익숙한 문구가 흘러나왔다. "인권이 곧 여권이며 여권이 곧 인권입니다." 내 목소리였다. 녹음된 내 연설이 서점 전체에 흘러나오고 있었다. 20년 사이에 이런 변화를 이루다니! 1995년에 중국 정부는 내 연설이 방송되는 유선TV 프로그램을 차단시켰다. 그러나 이제 이런 논쟁적인 말들이 고객을 위한 '배경음악'으로 깔리면서 일상의 한 부분이 되었다. 스티븐은 스마트폰을 재빨리 꺼내 동영상을 촬영한 다음 이메일로 보내왔다. 그 동영상을 보자 웃음이 나왔다. 이렇게 하면 정말 책이 잘 팔리나? 중국에서는?

베이징 회의의 메시지와 그로 대변되는 평생의 과업은 내 정체성의 많은 부분을 차지하게 되어 거의 내 DNA에 새겨진 것 같았다. 내가 해온 일이 한때는 적대적이었던 곳의 문화에 스며들어갔다는 사실이 반가웠다. 인권의 수호와 확대라는 사명은 그 어느 때보다도 시급하고 불가피하며, 미국의 리더십 없이는 더 이상 진전을 지속하기 어렵다.

═══

2014년 2월, 인권캠페인Human Rights Campaign에서 딸아이 첼시를 초청해 동성애 권리에 대한 컨퍼런스에서 연설을 부탁했다. 연설에서 첼시는 익숙한 문구를 새롭게 바꾸었다. "여성 문제는 21세기의 미완성 과업이라고 어머니는 종종 말씀하셨습니다. 이는 분명한 사실입니다. 그러나 성소수자와 성 정체성을 확립하지 못한 사람들의 권리 문제 역시 그 못지않은 21세기의 미완성 과업입니다." 물론 맞는 말이었다. 모든 사람들의 평등과 기회를 위해 강력한 입장을 표명한 딸아이가 그렇게 자랑스러울 수가 없었다.

일찍이 나는 미국 외교정책 업무를 릴레이 경주에 빗댄 적이 있다. 지도자는 배턴을 넘겨받아 가능한 한 훌륭하게 다리를 움직여 다음 주자가 이어 달리기에 가장 좋게 만들어준다. 리틀록의 병원에서 첼시를 처음 팔에 안았을 때, 나는 내 인생의 목표가 딸아이가 잘 자랄 수 있게끔 많은 기회를 안겨주는 것임을 깨달았다. 아이가 자라 자신의 능력으로 세상에 나가면서 내 책임에도 변화가 생겼다. 이제 딸아이도 곧 엄마가 되는 지금, 나는 몇 년 동안 고대해온 할머니라는 새로운 역할을 준비하고 있다. 나는 유년 시절과 마찬가지로 성인이 된 후에도 나와 내 어머니와의 관계에 대해, 그리고 어머니에게 배운 것에 대해 많이 생각하게 되었다.

내가 국무장관이 되었을 때, 어머니는 막 90세가 되었다. 지난 몇 년간 어머니는 워싱턴에서 우리 가족과 함께 살았다. 코네티컷 애비뉴의 동물원이 내려다보이는 아파트에서 혼자 사는 건 더 이상은 무리였기 때문이다. 내 세대 많은 미국인들처럼 나 또한 연로한 부모와 여생을 보내게 되어 축복이라 생각했고, 어머니를 편안하게 보살펴야 한다는 책임감도 느꼈다. 파크리지에서의 유년 시절, 어머니는 내게 무조건적인 사랑과 지원을 주었다. 이제 내가 어머니를 돌볼 차례였다. 물론 나는 이런 식으로 말하는 걸 어머니가 절대 듣지 못하게 했다. 내 어머니 도로시 하월 로댐은 지독하리만치 독립적인 여성이었다. 누군가에게 짐이 된다는 생각은 참지 못했을 것이다.

어머니 곁에서 지낸다는 것은 내게 엄청난 위안이 되었고, 특히 2008년 대선이 끝난 후의 힘겨운 시기에는 더더욱 그랬다. 나는 상원이나 국무부에서 종일 일하고 집에 돌아와 주방 한쪽의 작은 테이블 앞에 앉아 있는 어머니 옆으로 슬며시 다가가 하루 일을 시시콜콜 털어놓곤 했다.

어머니는 추리소설과 멕시칸 음식, 〈댄싱 위드 더 스타Dancing with the Stars〉 프로그램을 좋아했고(우리는 실제로 어머니에게 이 프로를 녹화해드리려고 애쓴 적도 있다) 손주들을 가장 좋아했다. 내 조카인 자크 로댐은 우리 집에서 5분 거리에 있는 학교에 다니는 터라 할머니를 보러 오후에 자주 들르곤 했다. 제일 어린 손주 피오나와 사이먼 로댐과 함께하는 시간은 어머니에게 소중한 기뿐이었다. 첼시의 인생에서도 할머니는 중요한 인물이었다. 어머니는 첼시가 대중의 시선을 받으며 자라는 어렵고도 특별한 순간을 잘 헤쳐가도록 도와주었다. 그 애가 받아들일 준비가 되었을 무렵에는 봉사와 자선활동에 대한 열정을 북돋워주었다. 90대에 들어서서도 어머니는 사회정의를 위해 한결같이 헌신했다. 어머니의 이런 면은 내가 성장하며 인격을 형성하고 영감을 얻는 데도 큰 영향을 끼쳤다. 나는 어머니가 첼시에게도 똑같은 일을 해줄 수 있어서 기뻤다. 첼시의 결혼식 때만큼 행복해하는 어머니의 얼굴은 본 적이 없었던 것 같다. 어머니는 자크의 팔짱을 끼고 자랑스럽게 결혼식장 한가운데로 걸어와, 눈부시게 환한 손녀를 보며 몹시 기뻐했다.

그런데 정작 어머니의 어린 시절은 부모에게서 버림받는 데 대한 두려움과 그로 인한 트라우마로 점철되었다. 시카고에 살던 내 외조부모는 부부싸움이 잦았고, 어머니와 이모가 어렸을 때 이혼했다. 부모 둘 다 아이들을 맡아 키우려 하지 않아서 어머니와 이모는 기차를 타고 캘리포니아로 향했고, LA 동쪽에 있는 샌게이브리얼 산맥 근처 마을 앨럼브라의 조부모 댁에서 살게 되었다. 노부부는 둘 다 쌀쌀맞고 손녀들에게 애정이 없었다. 한번은 핼러윈데이에 어머니가 학교 친구들과 사탕을 받으러 돌아다니다가 집에 왔는데, 하지 말라는 행동을 했다는 이유로 학교 갈 때를 제외하고는 1년 내내 방 안에 갇혀 지냈다. 주방 테이블에서 음식을 먹거나 마당에서 노는 것도 허락되지 않았다. 어머니는 열네 살이 되자 더 이상 할머니 집에서 참고 살 수 없다고 생각했다. 어머니는 집을 나와 일자리를 찾았다. 샌게이브리얼의 마음씨 따듯한 여성을 만나 가정부와 유모로 일하며 숙식을 해결하고 주급으로 3달러를 받았는데, 집주인은 어머니에게 고등학교 진학을 권유했다. 처음으로 어머니는 애정이 넘치는 부모가 아이를 얼마나 아끼는지 보았다. 그것은 경이로움 자체였다.

고등학교 졸업 후 어머니는 친모와 연락이 닿길 바라며 시카고로 돌아갔다. 안타깝게도 어머니는 또다시 거절당했다. 슬픔에 가득 찬 어머니는 이후 5년간 비서로 일하다가 아버지 휴 로댐을 만나 결혼했다. 어머니는 주부로서 새로운 삶을 살았고 나와 두 남동생에게 아낌없이 사랑을 주었다.

나이가 들어서 이 모든 것을 이해하게 되었을 때, 나는 어떻게 증오심에 휩싸이거나 마음을 닫지 않고, 학대와 부모에게서 버림받은 고통을 견뎌냈느냐고 어머니에게 물었다. 어떻게 그처럼 외로운 유년 시절을 겪고도 그토록 애정이 넘치는 분별력 있는 여성이 될 수 있었을까? 나는 절대 어머니가 들려준 대답을 잊지 못할 것 같다. "삶이 위태위태하던 순간, 누군가가 내게 친절을 베풀어주었으니까." 어머니가 말했다. 때로 그 친절은 보잘것없어 보일지 모르지만, 정말 큰 의미를 지닐 수 있다. 어머니가 우유를 사 먹을 돈이 없다는 걸 안 초등학교 선생님은 매일 우유를 두 개 사들고 와서 "도로시, 이 우유 하나는 못 마실 것 같은데 마시겠니?"라고 말해주었다. 어머니를 유모로 고용해 고등학교에 가라고 용기를 북돋워준 집주인도 있었다. 언젠가 집주인은 어머니가 블라우스가 하나밖에 없어 매일 빨아 입는 것을 알고는 "도로시, 나한테는 이 블라우스가 더 이상 맞지 않는데 버리기는 아깝네. 혹시 입겠니?"라고 말해주었다.

어머니는 90세가 넘어서도 놀라울 정도로 에너지가 넘치고 긍정적인 사람이었다. 그러나 건강이 악화되면서 무너지기 시작했다. 어머니는 심장이 좋지 않았다. 2011년 가을이 되면서 어머니를 혼자 놔두는 게 걱정되기 시작했다. 10월 31일 저녁, 핼러윈데이에 나는 런던과 터키로 떠날 준비를 하고 있었다. 우리 팀원들은 세인트앤드루스 공항에서 이미 비행기에 탑승해 내가 오자마자 이륙하려고 기다리고 있었다. 바로 그때 어머니가 조지워싱턴 대학병원에 급히 실려 갔다는 전화를 받았다. 여정을 급히 취소하고 병원으로 달려갔다. 빌과 첼시, 그리고 마크가 뉴욕에서 서둘러 왔고, 두 남동생 부부인 휴와 마리아, 토니와 메건도 만사를 제쳐놓고 병원으로 달려왔다. 어머니는 평생 포기를 모르는 사람이었지만, 이번에는 모든 것을 내려놓아야 할 때였다. 나는 어머니의 침상을 지키며 마지막으로 손을 꼭 잡았다. 그 누구도 어머니만큼 내 인생에, 그리고 내 인격을 형성하는 데 큰 영향을 미친 사람은 없었다.

1993년에 아버지가 돌아가셨을 때는 너무 이르다고 느꼈고, 아버지가 더 이상 살아서 볼 수 없는 것들을 생각하니 슬픔에 사로잡혀 견딜 수가 없었다. 이번에는 달랐다. 어머니는 오래도록 충만한 삶을 살았다. 이번에는 어머니가 잃어버린 것들이 아니라, 내가 어머니를 잃었다는 사실, 어머니를 얼마나 그리워하게 될지를 생각하고 눈물을 흘렸다.

이후 며칠 동안 집에서 어머니의 책을 뒤적이고 오래된 앨범을 보며 아끼던 보석을 만지작거리는 등 어머니의 물건들 속에서 시간을 보냈다. 한 번만 더 어머니와 얘기하고 한 번만 더 안을 수 있었으면 하고 바라며 주방 한쪽에 놓인 빈 의자 옆에 앉아 있었다.

우리는 가까운 가족과 친지를 불러 집에서 작은 추도예배를 열었다. 첼시와 마크의 결혼식 주례를 섰던 윌리엄 실라디 목사에게 부탁했다. 첼시는 가슴 뭉클한 얘기를 시작했고, 어머니의 친구들과 가족들 모두 비슷한 얘기를 나눴다. 나는 어머니와 내가 함께 좋아한 시인 메리 올리버Mary Oliver의 작품에서 몇 구절을 발췌해 읽었다.

빌과 첼시 옆에 서서 나는 마지막 작별인사를 하려 했다. 한 선배가 말년에 해준 지혜로운 말이 기억났다. 나의 어머니가 어떻게 인생을 살아왔고, 내가 인생을 어떻게 살고 싶은지를 정확히 포착한 말이었다. "나는 사랑했고 사랑받았어. 나머지는 모두 배경음악일 뿐이지."

나는 첼시를 보면서 어머니가 얼마나 딸아이를 자랑스러워했는지 생각했다. 어머니는 자신이 얼마나 우리를 도울 수 있는지, 얼마나 남들에게 봉사할 수 있는지로 스스로의 삶을 평가했다. 계속 살아 계셨다면 우리에게도 똑같이 하라고 말했을 것이다. 성취에 절대 안주하지 마라. 절대 그만두지 마라. 세상을 더 나은 곳으로 만들기 위한 노력을 절대 멈추지 마라. 그것이 바로 우리의 미완성 과업이다.

에필로그

"힐러리 장관은 어디에 갔습니까?" 오바마 대통령이 주위를 둘러보며 물었다. 대통령은 양곤에 있는 아웅산 수치의 집 현관에 서서 버마의 민주주의에 관한 짧은 연설을 하는 중이었다. "힐러리 장관은 어디에 있습니까?" 2012년 11월, 우리가 대통령과 국무장관으로서 마지막으로 함께 나선 순방길이었다. 나는 한쪽에 따로 떨어져 있다가 손을 흔들며 대통령과 눈을 맞췄다. 대통령은 "저기 있군요"라고 하더니 내게 감사의 말을 전했다. 그 말을 들으면서 나는 우리가 다이앤 페인스테인의 집 거실에서 만났던 날로부터 얼마나 먼 길을 왔는지 생각했다. 벌써 4년도 더 전의 일이었다. 함께 한 마지막 순방 내내 그랬듯, 이 순간에도 씁쓸하면서도 달콤한 그리움, 우리가 성취한 것들에 대한 만족감, 우리가 이룬 협력에 대한 기쁨, 그리고 그러한 관계가 곧 끝난다는 섭섭함이 교차했다.

대통령이 재선에 성공한 지 2주밖에 지나지 않은 때였다. 2008년과 달리 이번에 나는 그의 선거운동에 나설 수 없었다. 법과 전통에 따라 국무장관은 국내 정치에 관여하지 않기 때문이다. 노스캐롤라이나 주 샬럿에서 열린 민주당 전당대회는 1976년 이후 처음으로 내가 참석하지 않은 전당대회였다. 2008년 덴버에서 열린 전당대회에서는 내게 오바마를 지지하고 긴 대선후보 선거전 뒤에 민주당을 통합하도록 도울 기회가 주어졌다. 하지만 2012년 전당대회가 열리는 동안 나는 지구 반대편에서, 아시아에 파견된 외교사절로 우리나라를 대표하고 있었다.

내 남편이 전당대회에서 연설을 하며 대통령을 대선후보로 공식 지명하던 날 밤에 나는 아시아에서 가장 신생국가인 동티모르에 있었다. 동티모르는 오랜 독립투쟁 끝에 2002년에 인도네시아로부터 독립했다. 나는 수도 딜리에서 하루 동안 외교업무를 수행한 뒤, 하사날 볼키아Hassanal Bolkiah 술탄과 만나 만찬을 함께 하기 위해 브루나이로 날아가기 직전에 우리 대사관저에서 잠깐 비공식적인 시간을 보냈다. 그곳에서는 CNN도 방송되지 않았고 인터넷 대역폭도 제한되었지만, 필립 레인스가 자신의 티보 자동녹화기를 어렵사리 워싱턴과 연결했다. 덕분에 우리는 막 끝난 빌의 연설을 녹화한 영상을 대사관저 컴퓨터로 볼 수 있었다. 내가 앉아서 영상을 보는 동안 나머지 팀원들이 내 뒤에 모여들었다.

열광하는 군중 앞에서 무대에 선 빌을 보자 절로 미소가 지어졌다. 빌은 마지막 유세를 한 지 16년이 지났지만 중요한 정치적 순간이 주는 흥분을 여전히 좋아했다. 빌은 마치 배심원에게 차근차근 사실을 제시하는 시골 변호사처럼, 2009년에 우리의 경제와 세계에서의 입지가 얼마나 크게 손상되었고 오바마 행정부가 어떻게 상황을 전환시키기 시작했는지 설명했다. 연설 마지막 부분에서는 미국의 쇠퇴와 회복 문제를 이야기했다. “200년이 넘는 세월 동안 온갖 위기를 겪었지만 우리는 항상 되돌아왔습니다. 사람들은 조지 워싱턴이 조악한 나무틀니를 낀 평범한 측량기사라고 비난받던 시절부터 늘 우리가 망해서 사라질 것이라 예상했습니다. 지금까지 미국의 반대편에 베팅을 한 사람들은 모두 돈을 잃었습니다. 우리는 항상 되돌아왔으니까요. 우리는 온갖 난관을 헤쳐나오며 조금 더 강해지고 조금 더 발전했습니다." 빌이 말을 끝낸 뒤 오바마 대통령이 예기치 않게 무대에 나타나 빌에게 감사를 표했다. 두 대통령이 서로 껴안자 군중은 열광했다. 수천 킬로미터 떨어진 곳에서 이 광경을 보고 있던 내 마음에는 나와 결혼한 전 대통령과 내가 보좌한 현 대통령, 그리고 우리 모두가 사랑하는 나라에 대한 자랑스러움이 가득 차올랐다.

═══

버마에서의 일정을 마무리한 뒤 오바마 대통령과 나는 동아시아 정상회의와 ASEAN 정상회담에 참석하기 위해 에어포스원을 타고 캄보디아로 날아갔다. 이번 회담들은 우리의 중심축 전략에 대한 또 다른 중요한 시험대가 될 것이었다. 같은 시기에 가자 지구에서는 이스라엘과 하마스 간의 충돌이 격화되고 있었다. 우리는 내가 순방에서 빠져 가자 지구로 날아가 휴전을 중개해야 할지 결정해야 했다. 논의할 일이 많았기 때문에 대통령이 내게 에어포스원 앞쪽에 마련된 집무실로 오라고 했다.

나는 대통령의 커다란 목조 책상 앞에 앉아 당면한 민감한 외교 문제들을 논의했다. 모든 일이 아직 진행 중인 상황이었지만 우리는 지난 시간을 추억하기 시작했다. 지난 4년은 우리 두 사람 모두 예측하지 못했던 방식으로 우리를 바꾸어놓았다. 여러 일들을 함께 검토하고 수행하면서 우리는 자신을, 서로를 그리고 세계를 그 어느 때보다 더 잘 이해할 수 있었다.

하지만 함께한 모든 시간들에도 불구하고 나는 그다음 순간에 벌어질 일을 예상하지 못했다. 대통령은 내게 "국무장관을 계속 맡는 게 어떻겠습니까?"라고 물었다.

국무장관직을 수락한 이래 나는 항상 스스로에게 '임기는 한 번이면 충분해'라고 말해왔고 공적으로도 종종 그런 의사를 밝혔다. 나는 국무장관 일을 좋아하는 것 못지않게 공적 생활을 떠나 가족과 더 많은 시간을 보내고, 친구들과 다시 연락하고, 내가 놓쳤던 일상적인 일들을 할 수 있길 고대했다. 잠에서 깰 때마다 5시간, 10시간, 14시간을 더하거나 뺄 필요 없이 하나의 시간대에 쭉 머무는 생활도 멋질 것 같았다.

하지만 4년 전과 마찬가지로 내 '봉사 유전자'가 꿈틀대는 것이 느껴졌다. 조국을 위해 일하는 것보다 더 고귀한 소명, 더 숭고한 목적의식은 없다는 목소리가 들렸다. 미국의 대통령이 책임을 맡아달라고 요청하는데 어떻게 거절할 수 있겠는가? 게다가 미완성 과업도 산더미였다. 캄보디아에서 열릴 정상회담과 가자 지구에서 일어나는 분쟁은 두 가지 예일 뿐이었다. 버마의 민주주의는 어떻게 될 것인가? 이란과의 비밀 협상은? 러시아의 푸틴이 야기하는 점점 더 힘들어지는 과제들에는 어떻게 대응할 것인가?

하지만 외교는 릴레이 경주였고, 나는 내 구간의 끝에 다다랐다. 나는 대답했다. "죄송합니다, 대통령님. 저는 할 수 없습니다."

═══

몇 달 뒤 우리는 작별인사를 했다. 나는 대통령 집무실 옆의 사적인 다이닝룸에서 오바마 대통령과 점심을 먹었다. 우리는 피시 타코를 먹으며 그의 두 번째 임기를 위한 내 권고사항을 정리한 20페이지짜리 메모에 대해 이야기를 나누었다. 우리가 이미 시작한 일들과 새로운 계획들이 바탕이 된 권고사항이었다. 나오는 길에 우리는 대통령 집무실에서 발을 멈추었다. 눈물이 핑 돌았다. 나는 대통령을 껴안았고 우리가 함께 나눈 일들과 우정이 내게 얼마나 큰 의미인지 재차 이야기했다. 그가 나를 필요로 하면 언제든 달려올 것이라고도 말했다.

'안개가 자욱한 땅'에서의 마지막 날인 2013년 2월 1일, 나는 벽에 벚나무 판자를 댄 작은 집무실에 마지막으로 앉아 내 후임인 존 케리에게 편지를 썼다. 그리고 4년 전 콘돌리자의 편지를 발견했던 장소에 내 편지를 놓아두었다. 그러고 나서는 대통령에게 제출할 사직서에 서명했다. 퍼스트레이디, 상원의원, 국무장관을 거친 뒤 20년 만에 처음으로 공직에서 물러났다.

내가 마지막으로 한 일은 로비로 가서(2009년에 국무장관으로 취임한 첫날 동료들의 환영을 받았던 곳이다) 국무부와 국제개발처 직원들에게 작별인사를 하는 것이었다. 그들의 헌신적인 도움에는 아무리 감사해도 모자라지만 나는 최선을 다해 고마움을 표했다. 우리가 잃은 동료들, 우리나라를 위해 일하다 쓰러진 사람들의 이름이 새겨진 대리석 벽을 다시 한 번 바라보았다. 그리고 그 사람들과 그들의 가족을 위해 조용히 기도드렸다. 로비는 내가 사랑하고 존경하게 된 많은 사람들로 가득 차 있었다. 지성과 끈기, 용기를 갖춘 그들이 미국을 위해 계속 일하는 것이 다행이라는 생각이 들었다.

앞으로 미국인들은 역사에서 교훈을 얻고 배워서 다시 한 번 부상해 우리의 가치와 이해관계를 지킬 준비가 되어 있는지 판단해야 할 것이다. 대립이나 새로운 냉전을 일으키라는 뜻이 아니다. 무력은 결코 우리의 첫 번째 수단이 아니라 최후의 수단이 되어야 한다는 것을 뼈아프게 배웠으니까. 내 말은 더 정의롭고 자유로우며 평화로운 세계를 만들기 위해 굳건하게 버티고 서서 똘똘 뭉치라는 호소다. 오직 미국인들만이 그런 판단을 내릴 수 있다.

세계에서의 우리의 힘은 결국 국내에서의 결단력과 회복력에 달려 있다. 시민들과 지도자들은 모두 우리가 살고 싶고 후손들에게 물려주고 싶은 국가에 대한 선택권이 있다. 중산층의 소득이 10년 넘게 하락해왔고, 성장의 혜택은 대개 최상위층에게만 돌아갈 정도로 빈곤이 심화되었다. 우리에게는 좋은 일자리가 더 많이 필요하다. 열심히 일하면 급여가 많아지고 인간으로서의 존엄성이 높아지며 더 나은 삶을 영위할 수 있도록 말이다. 기회는 늘어나고 불평등은 감소한 진정한 21세기 경제를 구축하기 위한 투자도 필요하다. 진보를 방해하고 민주주의를 저해하는 정치적 역기능을 워싱턴에서 없애야 한다. 그러려면 우리 이웃과 동료 시민들이 경제와 민주주의에 전면적으로 참여할 수 있도록 더 많은 권한이 부여되어야 한다. 우리가 아메리칸 드림을 되찾고 장기적인 번영을 누리며 세계에서의 리더십을 계속 유지할 수 있는 방법은 이것뿐이다.

현재 우리가 처한 정치 상황에서는 이 일이 쉽지 않을 것이다. 그러나 내가 가장 좋아하는 영화 중 하나인 〈그들만의 리그A League of Their Own〉에는 "물론 힘들 것이다…… 힘들다는 것은 그 일을 위대하게 만들어준다"라는 말이 나온다. 힘든 일을 하면 우리나라는 계속 위대해질 것이다.

═══

나는 2013년과 2014년 초에 걸쳐 이 책을 썼다. 대부분 뉴욕 주 차파쿼에 있는 우리 집 3층의 아늑하고 햇빛이 잘 드는 서재에서 집필했다. 이 서재에는 두꺼운 카펫이 깔려 있고 편안한 의자가 놓여 있다. 창밖으로는 나무 꼭대기들이 내다보인다. 나는 드디어 책을 읽고, 밀린 잠을 자고, 남편과 개들과 함께 오래 산책을 하고, 가족들을 더 많이 만나고, 미래에 대해 생각할 시간을 얻었다.

2014년 초에 빌과 나는 고대하던 멋진 소식을 들었다. 우리가 할아버지, 할머니가 된다는 소식이었다. 우리는 첼시와 마크 덕분에 더없이 행복했고 손주 볼 생각에 들떴다. 첼시가 태어났을 때 나는 잔뜩 긴장했었다. 많은 책을 읽고 예일 대학교 아동연구센터에서 공부까지 했지만 이 더없이 기적적인 존재와 부모로서의 책임에 준비가 안 된 상태였다. 나는 좋은 엄마가 되게 해달라고 기도했고, 작가 엘리자베스 스톤Elizabeth Stone이 말한 대로 아이를 낳는 것은 "내 심장을 몸 밖에 꺼내놓는 것"임을 곧 실감하게 되었다. 경이로운 동시에 무섭기도 했다. 그러나 이 모든 세월을 겪은 뒤 손주를 기다리는 지금은 흥분과 기대감밖에 들지 않는다. 마거릿 미드Margaret Mead의 말도 떠오른다. 아이들은 우리의 상상력을 생기 있게 유지시키고 마음을 젊게 해주며, 우리가 더 나은 미래를 만들고 싶게 한다.

지금 내 머릿속에는 그 어느 때보다 미래에 대한 생각이 많다. 작년에 미국을 다시 한 번 여행하는 동안 한 가지 질문을 유난히 많이 들었다. 2016년도 대선 출마 여부였다.

내 대답은 아직 결정을 내리지 못했다는 것이다.

하지만 누군가가 그 말을 꺼낼 때마다 나는 영광스러웠다. 내게 출마를 권하는 사람들의 에너지와 열정, 그리고 내가 우리나라에 필요한 리더십을 발휘할 수 있다는 그들의 믿음 덕분이었다.

나는 지금은 우리가 2016년까지 미뤄놓을 수 없는 일에 초점을 맞추어야 한다고 생각한다. 많은 미국인들이 오랜 경기침체로 받은 심각한 타격에서 아직 회복되지 못했다. 너무나 많은 젊은이들이 점점 불어나는 학자금대출과 더 좁아지는 취업문으로 힘들어한다. 2014년에는 의회 장악을 결정하고 우리 경제와 미래에 실질적인 영향을 미칠 중요한 선거가 있다. 이것은 우리가 간과하거나 몸을 사릴 수 있는 문제들이 아니다.

최근에 빌과 나는 우리 개 세 마리를 데리고 집 근처를 오랫동안 산책했다. 때 아닌 꽃샘추위가 길게 이어지더니 드디어 얼음이 녹으며 봄이 고개를 내밀고 있었다. 우리는 이야기를 나누며 걸었다. 40년 전에 예일 대학교 로스쿨에서 처음 시작된 우리의 대화는 아직까지 끝나지 않았다.

우리 두 사람 모두 내가 중요한 결정을 앞두고 있다는 것을 알았다.

나는 대통령에 출마해본 적이 있어서 그 도전이 모든 면에서 후보자 본인만이 아니라 가족들에게도 얼마나 힘든지 잘 알고 있었다. 2008년에 패배한 경험이 있기 때문에 보장된 것은 아무것도 없고 당연시할 수 있는 일도 아무것도 없다는 것 역시 잘 알고 있었다. 또한 출마를 고려하는 사람이 대답해야 할 가장 중요한 질문은 "대통령이 되고 싶습니까?" 혹은 "승리할 수 있습니까?"가 아니라 "당신이 생각하는 미국의 비전은 무엇입니까?"와 "당신은 우리를 그러한 비전으로 이끌 수 있습니까?"라는 것도 알고 있었다. 우리를 다시 뭉치게 하고 아메리칸 드림이 다시 시작되도록 이끄는 것이 과제다. 이것이 넘어야 할 문턱이며, 이 문턱은 매우 높다.

궁극적으로 2016년의 선거는 미국인이 자신과 자녀들, 그리고 손주들을 위해 어떤 미래를 원하는지가 중심이 되어야 한다. 나는 우리가 미국을 특별한 나라로 만드는 창의력, 잠재력, 기회를 끌어낼 수 있는 포괄적인 정책과 공동의 목표를 선택하길 바란다. 모든 미국인은 그런 힘과 기회를 누릴 자격이 있다.

내가 어떤 결정을 내리건 나는 세계에서 미국을 대표할 기회를 가졌던 것에 항상 감사할 것이다. 나는 우리 국민들의 선량함과 우리나라의 위대함을 새삼스레 느꼈다. 축복을 받은 느낌이고 감사한 마음이다. 우리의 미래는 가능성으로 가득 차 있다. 그리고 나와 내 가족에게 이 가능성에는 새로 태어날 생명, 우리가 줄 수 있는 최상의 미래를 누릴 자격이 있는 또 한 명의 미국인을 기다리는 일도 포함되어 있다.

하지만 적어도 오늘은 그저 다리를 쭉 뻗고 봄을 즐기고 싶다. 주변은 온통 새로운 생명의 기운이 가득하다. 수년간 이렇게 조용한 순간을 거의 누리지 못했다. 나는 이 순간을 즐기고 싶다. 또 다른 힘든 선택의 시간이 곧 찾아올 테니.

감사의 말

클린턴재단의 모토는 '우리 모두는 한 배를 탔다'이다. 분열된 세계에서 화합을 말하는 간결한 표현이다. 그리고 내가 깨달은 것처럼, 이 책을 쓰는 데 필요한 것을 알맞게 묘사해주는 말이기도 하다. 나는 국무부에서 지낸 4년 동안, 그리고 1년 넘게 이 책을 쓰고 편집하는 동안 도움을 준 모든 사람에게 큰 신세를 졌다. 내가 가장 손쉽게 내린 선택은 댄 슈워린, 이선 겔버, 테드 위드머에게 이 책을 만드는 팀이 되어달라고 요청한 일이었다. 우리가 밤낮으로 이 책에 매달리는 동안 나는 더할 나위 없이 운이 좋은 사람이라는 생각이 들었다.

댄 슈워린은 내가 상원에 있을 때부터 함께 일하기 시작해서 국무부에서도 내 연설문 작성을 맡았다. 슈워린은 나와 함께 문장을 다듬고, 내 생각을 정확하게 포착하고, 내가 그런 생각들에 일관성을 부여하도록 도운, 없어서는 안 되는 파트너였다. 그는 재능 있는 작가일 뿐 아니라 멋진 동료였다. 이선 겔버는 복잡한 집필 및 편집 과정을 관리하고, 내가 휘갈겨 쓴 글을 이해할 수 있게 정리했다. 그리고 내 기억을 명확하게 짚어주고 초고가 쌓여가는 동안 내가 분별력을 유지하도록 도와준, 내게 꼭 필요한 사람이었다. 겔버가 없었다면 아마 이 책을 끝내지 못했을 것이다. 뛰어난 역사학자이자 훌륭한 협력자인 테드 위드머는 글에 맥락과 균형감을 잡아주고 이 책에 꼭 필요한 유머와 인간애를 불어넣어주었다.

국무부에서 일하는 동안 내게 많은 도움을 주고 우리나라에 큰 기여를 했던 후마 애버딘, 셰릴 밀스, 필립 레인스, 제이크 설리번은 본질적인 조언과 영감을 주었고 책을 쓰는 내내 기꺼이 사실 검증을 해주었다. 또한 초고를 읽고 의견을 얘기해준 커트 캠벨, 리사 머스커틴, 메건 루니의 도움과 조언에도 의지했다.

사이먼앤슈스터 출판사, 특히 CEO인 캐럴린 리디와 내 책의 출판자이자 편집자인 조너선 카프에게 감사한다. 나는 지금까지 캐럴린과 다섯 권의 책을 냈는데, 이번에도 즐거운 작업이었다. 격려와 비판을 적절하게 섞어서 해준 조너선은 배려심 많고 건설적인 편집자라는 평판에 걸맞은 사람이다. 아이린 케라디, 조너선 에번스, 리사 어윈, 팻 글린, 지나 디마샤, 페즈 카플란, 잉게 마스, 주디스 후버, 필립 바사, 조이 오미어러, 재키 서우, 로라 위스, 니컬러스 그린, 마이클 셀렉, 리즈 펄, 게리 우르다, 콜린 실즈, 파울라 아멘돌라라, 세스 루소, 랜스 피츠제럴드, 마리 플로리오, 크리스토퍼 린치, 데이비드 힐먼, 엘리 허쉬혼, 에이드리언 노먼, 수 플레밍, 애덤 로스버그, 제프 윌슨, 엘리나 베이스베인, 캐리 골드스테인, 줄리아 프로서, 리처드 로어 등 팀원 모두에게도 감사드린다.

그리고 해외출판 관련 대리인이자 안내인 역할을 하며 내게 꼭 필요한 도움을 준 밥 바네트와 그를 도와준 계약 대리인 마이클 오코너에게도 고맙다는 말을 하고 싶다.

이 책을 쓰면서 가장 좋았던 부분 중 하나는 친구들, 동료들과 다시 연락하고 추억에 잠길 기회를 얻었던 것이다. 캐럴라인 애들러, 댄 배어, 크리스 발더스턴, 데아라 밸린저, 제러미 배시, 댄 베나임, 댄 벤저민, 재럿 블랑, 조니 카슨, 사라 데이비, 알렉스 제라시, 밥 아인혼, 댄 펠드먼, 제프 펠트먼, 데이비드 헤일, 아모스 호시스테인, 프레드 호프, 사라 허위츠, 짐 케네디, 카이틀린 클레보릭, 벤 코브런, 해럴드 고, 댄 커츠펠란, 카프리샤 마셜, 마이크 맥폴, 주디스 맥헤일, 조지 미첼, 딕 모닝스타, 카를로스 파스쿠알, 니라브 파텔, 존 포데스타, 마이클 포스너, 벤 로즈, 알렉 로스, 데니스 로스, 프랭크 루지에로, 헤더 새뮤얼슨, 톰 섀넌, 앤드루 샤피로, 앤마리 슬로터, 토드 스턴, 푸니트 탈와르, 토미카 틸먼, 멜란 버비어, 매슈 월시, 애슐리 울히터 등 기억과 기록, 견해를 함께 나눈 모든 사람에게 고마움을 전한다. 또한 클래런스 피니와 그의 부지런한 기록 보관 담당자들, 존 해킷, 척 다리스, 올던 파히, 베하르 고다니, 폴 힐번, 채니쿠아 넬슨, 그리고 국무부와 국가안전보장회의의 꼼꼼한 검토자들에게 감사한다.

나는 국무부 부장관 빌 번스, 잭 루, 톰 나이즈, 짐 스테인버그, 유엔 미국 대사 수전 라이스, 국제개발처 처장 라지브 샤, 국제 에이즈 조정관 에릭 구스비, 밀레니엄 챌린지 코퍼레이션의 CEO 대니얼 요하네스, 해외민간투자공사의 사장 겸 CEO인 엘리자베스 리틀필드 같은 헌신적인 고위관료들과 함께 일하는 행운을 누렸다.

나는 사진 10에 나와 있는 'S 패밀리' 전부를 마음속에 특별하게 간직할 것이다. 니마 아바사데, 다니엘라 발루아레스, 코트니 빌, 크리스토퍼 비숍, 클레어 콜먼, 젠 데이비스, 린다 드완, 실라 다이슨, 댄 포가티, 로렌 질로티, 브록 존슨, 닐 라킨스, 조앤 라츠지크, 로라 루카스, 조 맥매너스, 로리 매클레인, 버너뎃 미한, 로런스 랜돌프, 마리아 샌드, 진마리 스미스, 지아 시에드, 노라 토이브, 앨리스 웰스는 장관들을 훌륭하게 보필하는 헌신적인 외교 관료들과 공무원들일 뿐 아니라 믿을 수 없을 만큼 뛰어난 행정사무국 사무장들이다.

데이브 애덤스, 톰 애덤스, 엘리자베스 배글리, 조이스 바, 릭 바턴, 존 배스, 밥 블레이크, 에릭 보즈웰, 에스더 브리머, 빌 브라운필드, 수전 버크, 파이퍼 캠벨, 필립 카터, 마우라 코넬리, 마이클 코빈, 톰 컨트리맨, 하이디 크레보레디커, PJ 크롤리, 루 시드바카, 이보 달더, 조시 대니얼, 글린 데이비스, 에일린 도너호체임벌린, 호세 페르난데즈, 알론조 풀검, 필 골드버그, 데이비드 골드윈, 필 고든, 로즈 고테묄러, 마크 그로스먼, 마이클 해머, 로레인 해리튼, 주디 호이만, 크리스토퍼 힐, 밥 호매츠, 라샤드 후세인, 재니스 제이컵스, 로버타 제이컵스, 보니 젠킨스, 수전 존슨 쿡, 케리앤 존스, 베스 존스, 폴 존스, 데클란 켈리, 이언 켈리, 로라 케네디, 팻 케네디, 로버트 킹, 레타 조 루이스, 카르멘 로멜린, 프린스턴 리먼, 돈 매콜, 케네스 머텐, 스티브 멀, 토리아 눌런드, 마리아 오테로, 파라 팬디스, 낸시 파월, 로이스 쾀, 스티븐 랩, 줄리사 레이노소, 앤 리처드, 존 로빈슨, 미겔 로드리게스, 해나 로젠탈, 에릭 슈워츠, 바버라 샤일러, 웬디 셔먼, 댄 스미스, 타라 소넨샤인, 돈 스테인버그, 캐런 스튜어트, 앤 스톡, 엘런 타우셔, 린다 토머스그린필드, 아르투로 발렌주엘라, 리처드 버머, 필 버비어, 제이크 월레스, 패멀라 화이트, 폴 월러스를 포함한 국무부, 국제개발처, 에이즈 구제를 위한 대통령 긴급계획, 밀레니엄 챌린지 코퍼레이션의 고위 지도부에게도 감사드린다.

또한 전 세계에서 나와 우리 팀을 안전하게 지켜준 용감하고 헌신적인 국무부 외교안보요원들에게 특히 감사를 전한다. 내가 국무장관으로 재직하는 동안 우리 외교안보국은 프레드 케첨과 커트 올슨이 이끌었다.

내가 이 책을 쓰기 시작해 결승선을 향해 달려가는 동안, 지칠 줄 모르는 열성적인 조력자들과 조언자들이 집필과 그 외의 온갖 일을 도와주었다. 모니크 에이컨, 브린 크레이그, 케이티 다우드, 오스카 플로레스, 모니카 해인리, 젠 클레인, 마드후리 코마레디, 예르카 조, 마리사 매콜리프, 테리 매컬로, 닉 메릴, 패티 밀러, 토머스 모런, 앤 오리어리, 마우라 팔리, 실프 페사루, 로버트 루소, 마리나 산토스, 로나 발모로, 레이철 보겔스테인에게 감사한다.

나를 신뢰하고 우리나라를 대표할 기회를 준 오바마 대통령, 그리고 바이든 부통령과 국가안전보장회의 위원들의 협력에 다시 한 번 감사를 전한다.

마지막으로 빌과 첼시에게 고맙다는 말을 하고 싶다. 두 사람은 항상 그러했듯이 지난 한 해 동안 끈기 있게 내 이야기를 들어주고 계속 수정되는 초고를 꼼꼼하게 읽어주었다. 그리고 너무나 많은 일들로 가득 찼던 4년에서 내가 정수를 뽑아내 설명하도록 도와주었다. 이번에도 두 사람은 지원과 사랑이라는 대단히 값진 선물을 내게 주었다.

찾아보기

ㄹ

ㅁ

ㅅ

ㅇ

ㅊ

기타

사진 출처

앞표지 © Ruven Afanador/Corbis Outline

뒤표지

(첫째 줄 왼쪽) 이스라엘 베냐민 네타냐후 총리와 팔레스타인 자치정부 수반 마무드 아바스와 함께, 2010년 워싱턴 D. C.: Saul Loeb/AFP/Getty Images

(첫째 줄 오른쪽) 오바마 대통령과 앤드루스 공군 기지에서, 2012년 메릴랜드: AP Photo/Carolyn Kaster

(둘째 줄 왼쪽) 오바마 대통령과 나토 정상회의 때, 2009년 프랑스 스트라스부르: AP Photo/Geert Vanden Wijngaert

(둘째 줄 가운데) 넬슨 만델라와 함께, 2009년 남아프리카 요하네스버그: © Huma ABedin

(둘째 줄 오른쪽) 앙겔라 메르켈을 초대하여, 2011년 워싱턴 D. C.: AP Photo/Manuel Balce Ceneta

(위쪽 원) 군용기 안에서, 2011년 리비아 트리폴리로 가는 중: Reuters/Kevin Lamarque

(셋째 줄 왼쪽) 사우디 외무장관 사우드 알파이살과 함께, 2010년: AP Photo/Hassan Ammar

(셋째 줄 오른쪽) 오사마 빈 라덴 사살 작전을 지켜보는 백악관 상황실의 모습, 2011년: Official White House Photo by Pete Souza

(아래쪽 원) 아웅산 수치와 함께, 2011년 버마 양곤: Soe Than WIN/AFP/Getty Images

(넷째 줄 왼쪽) 이화여자대학교 학생들의 환영, 2009년 대한민국 서울: Chung Sungjin/Getty Images

(넷째 줄 가운데) 미군의 환영, 2012년 아프가니스탄 카불: Brendan Smialowski/AFP/Getty Images

(넷째 줄 오른쪽) 오바마 대통령과 대통령 집무실에서, 2009년 워싱턴: Official White House Photo by Pete Souza

앞면지 © Annie Leibovitz/Contact Press Images

뒷면지 AP Photo/Evan Vucci

화보

1. Win McNamee/Getty Images
2. © Barbara Kinney
3. © Barbara Kinney
4. © Christopher Fitzgerald/CandidatePhotos/Newscom
5. AP Photo/Charles Dharapak
6. Alex Wong/Getty Images
7. MARK RALSTON/AFP/Getty Images
8. Mannie Garcia/Bloomberg via Getty Images
9. Official White House Photo by Pete Souza
10. Department of State
11. REUTERS/Jason Reed
12. Matthew Cavanaugh–Pool/Getty Images
13. Melissa Golden/Redux
14. © Philippe Reines
15. Official White House Photo by Pete Souza
16. REUTERS/Toru Hanai
17. Bloomberg via Getty Images
18. TATAN SYUFLANA/AFP/Getty Images
19. Ann Johansson/Getty Images
20. AP Photo/Korea Pool
21. Photo by Cherie Cullen/DOD via Getty Images
22. SAUL LOEB/AFP/Getty Images
23. AP Photo/Greg Baker/Pool
24. Win McNamee/Getty Images
25. SAUL LOEB/AFP/Getty Images
26. AP Photo/Saul Loeb, Pool

27. © Genevieve de Manio
28. Getty Images News/Getty Images
29. Win McNamee/Getty Images
30. AP Photo/Saul Loeb, Pool
31. AP Photo/Saul Loeb, Pool
32. AP Photo/Saul Loeb, Pool
33. Official White House Photo by Pete Souza
34. Official White House Photo by Pete Souza
35. Official White House Photo by Pete Souza
36. REUTERS/Jerry Lampen
37. SHAH MARAI/AFP/Getty Images
38. Department of State
39. J. SCOTT APPLEWHITE/AFP/Getty Images
40. ROBERT F. BUKATY/AFP/Getty Images
41. AP Photo/K. M. Chaudary
42. Diana Walker/TIME
43. Official White House Photo by Pete Souza
44. Official White House Photo by Pete Souza
45. TRIPPLAAR KRISTOFFER/SIPA/Newscom
46. Chip Somodevilla/Getty Images
47. Michael Nagle/Getty Images
48. REUTERS/Larry Downing
49. KCSPresse/Splash News/Newscom
50. Brendan Smialowski/Getty Images
51. Department of State
52. BRENDAN SMIALOWSKI/AFP/Getty Images
53. SAUL LOEB/AFP/Getty Images
54. AP Photo/RIA-Novosti, Alexei Nikolsky, Pool
55. HARAZ N. GHANBARI/AFP/Getty Images

56. © Philippe Reines
57. AP Photo/Mandel Ngan, pool
58. AP Photo/Eraldo Peres
59. © TMZ.com/Splash News/Corbis
60. STR/AFP/Getty Images
61. AP Photo/Pablo Martinez Monsivais, Pool
62. REUTERS/Glenna Gordon/Pool
63. ROBERTO SCHMIDT/AFP/Getty Images
64. AP Photo/Khalil Senosi
65. AP Photo/Jacquelyn Martin, Pool
66. Photo by Susan Walsh, Pool/Getty Images
67. AMOS GUMULIRA/AFP/Getty Images
68. Charles Sleicher/Danita Delimont Photography/Newscom
69. AP Photo/Jacquelyn Martin, Pool
70. © Sara Latham
71. Official White House Photo by Pete Souza
72. © Stephanie Sinclair/VII/Corbis
73. Astrid Riecken/Getty Images
74. Official White House Photo by Pete Souza
75. Department of State
76. MARWAN NAAMANI/AFP/Getty Images
77. Official White House Photo by Pete Souza
78. PAUL J. RICHARDS/AFP/Getty Images
79. REUTERS/Kevin Lamarque
80. Department of State
81. STR/AFP/Getty Images
82. Official White House Photo by Pete Souza
83. Official White House Photo by Pete Souza
84. Chip Somodevilla/Getty Images

85. KEVIN LAMARQUE/AFP/Getty Images
86. Mario Tama/Getty Images
87. Official White House Photo by Pete Souza
88. AP Photo/Egyptian Presidency
89. Official White House Photo by Pete Souza
90. AP Photo/Saul Loeb, Pool
91. © Kris Balderston
92. AP Photo/Julie Jacobson, Pool
93. Allison Shelley/Getty Images
94. AP Photo/Larry Downing, Pool
95. Andrew Harrer/Bloomberg vla Getty Images
96. Courtesy of the William J. Clinton Presidential Library
97. Washington Post/Getty Images
98. AP Photo/Anja Niedringhaus
99. © Nicholas Merrill
100. MANDEL NGAN/AFP/Getty Images